Antonia S. Byatt

Die Jungfrau im Garten

Roman

Aus dem Englischen von
Christa E. Seibicke

Insel Verlag

Die Originalausgabe erschien 1978 unter dem Titel
The Virgin in the Garden bei Chatto & Windus, London

Für ihre Mitwirkung bei der Übertragung der Lyrikzitate
dankt die Übersetzerin Werner von Koppenfels,
Melanie Walz und ganz besonders Christa Schuenke.

Erste Auflage 1998

Satz: Wagner GmbH, Nördlingen
Druck: Friedrich Pustet, Regensburg
Printed in Germany

Die Jungfrau im Garten

Für meinen Sohn
Charles Byatt
19. Juli 1961 - 22. Juli 1972

Vorspiel
Die National Portrait Gallery
1968

Sie hatte Alexander gebeten, zu der Queen-Elizabeth-Rezitation mit Flora Robson in die National Portrait Gallery zu kommen. Und er, der nicht wußte, ob das eine spontane Einladung war oder ob sie etwas im Schilde führte, hatte erst nein sagen wollen, dann aber doch ja gesagt, weshalb er nun vor dem Museum stand, in den Anblick des rußgeschwärzten Schriftzugs versunken. Vorsorglich hatte sie die Einladung damals gleich auf die ganze bunt zusammengewürfelte Dinnerparty ausgedehnt, aber außer ihm hatte nur Daniel versprochen zu kommen. Einer der Gäste, ein junger Maler, hatte versichert, daß ihm schon bei einem Begriffspaar wie national und Porträt die Lust vergehe. Besten Dank, erklärte dieser konsequente Mensch entschieden, doch auf so was stehe er nicht. Aber Alexander stehe darauf, hatte Frederica mit solchem Nachdruck behauptet, daß er, ungeachtet seiner angestammten Vorliebe für die Galerie, widersprochen hatte. Gekommen war er trotzdem.

Er sondierte die strittigen Begriffe: national und Porträt, die vormals gewichtig und momentan fast obsolet waren. Bei beiden ging es um Identität, einmal um die einer Kultur (Land, Sprache, Geschichte), zum anderen um die des Individuums als Gegenstand mimetischer Darstellung. Beide bedeuteten Alexander sehr viel, zumindest hatte er das einmal geglaubt. Ungeachtet solcher Grübeleien amüsierte er sich auch über das phantasievolle Defilee der Straße. Am schwarzen Geländerrund vor dem Museum war in fortlaufender Folge eine blasse Reproduktion des Darnley-Porträts plakatiert: In verblichenem Korallenrot, Gold und Weiß, wachsam und arrogant warb Elizabeth Tudor für: *People, Past and Present* – eine Kulturgeschichte des Porträts.

Unterwegs war er an ein paar Musterungsplakaten aus dem Ersten Weltkrieg vorbeigekommen, die ihn mit erhobenem Zeigefinger anklagten, und an einem Laden, der mit dem Slogan »Ich war Lord Kitcheners Kammerdiener« an die Blütezeit des Empires anknüpfen wollte (auch wenn er dessen siegreiche Fanfaren durch das universelle Jaulen und Winseln elektrisch verstärkter Gitarren ersetzt hatte) und der vollgestopft war mit billigem Nippes. Von einer Reklametafel an der Shaftesbury Avenue war ihm ein derbes Plakat ins Auge gesprungen: die Rückenansicht eines muskulösen Arbeiters, nackt bis zur Taille und darunter in hautenge, rot-weiß-blaugestreifte Breeches geknöpft. »I'M BACKING BRITAIN«, war quer über den strammen Hintern des Mannes gekritzelt.

Über ihm, auf der Treppe zur National Gallery, lagerte das obligate Nomadenvölkchen mit den neuen, ewiggleichen Gesichtern. Jesuslatschen, Kaftane, apathisch träge Stille, hie und da unterbrochen von Gesangsfetzen oder Musikgeklimper.

Alexander ging hinein. Sie hatte sich, wie nicht anders zu erwarten, verspätet. Seit seinem letzten Besuch, der schon eine Weile zurücklag, hatte sich das Museum verändert, war etwas von seinem viktorianisch gediegenen Leder- und Mahagoniwesen abgerückt und hatte statt dessen, etwa mit den indirekt beleuchteten Nischen für die Tudor-Ikonen im Treppenhaus, ein bühnenreifes Flair gewonnen, das seine Wirkung auf Alexander nicht verfehlte. Er ging nach oben, um einen Blick auf das Darnley-Porträt zu werfen. Doch das war wegen der Veranstaltung umgehängt worden, und so mußte er auf der gewohnten Bank mit einer anderen Gloriana vorliebnehmen: ockrig und bleiweiß, mit zolldicker Schminke und roßhaargepolsterter, hennagefärbter Coiffure, in schwere Atlasseide gewandet, die fischbeingestützte Taille fest geschnürt, so stand die Monarchin in Herrscherpose über Englands Grafschaften, das Unwetter im Rücken und vor sich die Sonne.

Die Besucher, die sich in Scharen zwischen ihn und die Gemälde drängten, hätten von der Treppe zur National Gallery ausgeschwärmt sein können: In der Vielfalt der Uniformen schrumpfte die Vielfalt zur Uniform. Draußen trugen sie staubige Sandalen unter und seidige, flaumige, verfilzte Bärte über

Sari und safrangelber Kutte oder Militärjacken aus Vietnam und von der Krim. Schüttere Schnurrbärte und magere Gänsehälse wuchsen über angelaufenen Epauletten aus goldbetreßten Kragen. Man sah sportlich getrimmte Mädels in Lurexstrumpfhosen, Glitzerstiefeln und wippenden Lurexminis überm knakkigen Popo. Elegische Geschöpfe in schwarzem Samt mit Papierblumen in den Tollen und Fransen ihrer falschen Mähnen und mit durchbrochenen Goldtäschchen über der Schulter. Etliche George Sands, Mesdemoiselles Sacripant, in Hosen, Rüschenhemd und Samtbarett. Androgyne Schlakse in tristen Schlabbergewändern aus dürftig bedruckten indischen Tagesdecken von der Sorte, wie sie in Alexanders Kindheit auf den Speichern des heimischen Seebades verstaubt waren. Manche hatten nagelneue Bettelschalen aus Benares dabei und bimmelten wie eine Kuhherde mit den ebenso fabrikneuen Glocken, die an ihrem Hals glänzten und die Alexander schon an Dutzenden von Straßenständen begegnet waren, wo die Händler sie auf kleinen Transparenten zu Dumpingpreisen als Symbole der Innerlichkeit anpriesen.

Drinnen machten sich in englischen Mackintoshes, englischem Tweed und englischem Kaschmir die amerikanischen Touristen breit. Das Raunen ihrer tragbaren Audioführer, mit denen sie per Plastikstöpsel verkabelt waren, galt ohne Zweifel den statuarischen und doch realistisch anmutenden Zügen der hier versammelten englischen Renaissanceporträts, die, auch wenn sie zwei Jahrhunderte nach den stimmigen, filigranen Meisterwerken der italienischen Hochrenaissance barbarisch plump anmuteten, gleichwohl von selbstbewußter Hinwendung zu einem eigenständigen Stil zeugten. Einem profanen Stil, der sich entschieden absetzte von den ikonoklastischen Exzessen unter Edward VI., der Engelsfiguren und Madonnenbilder auf die Straße werfen und anzünden ließ, als Brandopfer für einen alttestamentarischen, Bildwerken abholden Gott.

Vor dem Porträt Cromwells und seines Staffageheeres stellte sich Alexander die Frage nach dem Wesen der modernen Parodie, die ihm, der nichts damit anzufangen wußte, einfallslos und banal erschien. Da imitierte man alles und jedes in einer unkalkulierbaren Mischung aus ästhetischer Neugier, pseudodestruktiven Neigungen und gefühlsseliger Nostalgie, immer getrieben von dem Drang, überall und bei allem dabeizusein, nur nicht im Hier und Jetzt. Was hatte es mit diesen Soldaten auf sich? Verabscheuten sie den Krieg, oder sehnten sie ihn heimlich herbei? Oder wußten sie das am Ende selber nicht? Wollte das Bild sich, wie der Maler behauptet hätte, kritisch mit dem Thema »Der angepaßte und der unangepaßte Mensch« auseinandersetzen, oder war es bloß eine überspitzte Weiterentwicklung kindlicher Verkleidungslust? Alexander selbst war in der Mode sehr bewandert und konnte von einem Schnitt oder einer Rocklänge fast ebenso treffsicher auf Tradition und Talent des Couturiers schließen wie von Wortschatz und Versform auf den Autor eines Gedichts. Auch bei der eigenen Kleidung und bei seinen Texten achtete er genau auf jeden noch so geringfügigen Stilwechsel. Trotzdem hegte er die Befürchtung, daß es zur Zeit auf beiden Gebieten ziemlich trostlos um ihn bestellt war.

Dessen ungeachtet machte er mit seinem tadellos sitzenden olivgrünen Gabardineanzug, dem cremeweißen Seidenhemd und der goldgemusterten Krawatte für einen Fünfzigjährigen eine ausgesprochen gute Figur.

Wider besseres Wissen ging er zurück ins Treppenhaus, um nach Frederica Ausschau zu halten. Er beugte sich über die Balustrade, und direkt unter ihm, vor einem Porträt des verstorbenen Königs in einem Salon auf Schloß Windsor, samt seiner Königin und den beiden Prinzessinnen in züchtigen Röcken und Riemchenschuhen und mit zinnoberrot gemalten Lippen, schier erdrückt von der leinwandgroßen, lindgrünen Noblesse, dem Lüsterglanz und den silbernen Teekannen, wiegte sich Frederica und mit ihr ein unbekannter Mann, in einer lockeren Tanzpantomime rund um einen gepolsterten Dreiecksschemel. Der Fremde war korpulent und wirkte von oben her noch gedrungener. Alles, was Alexander von ihm erkennen konnte, waren ein schwarzgelackter PVC-Regenmantel, der sich zeltartig um den wuchtigen Körper bauschte, und ein dichter Schopf glatten Blondhaars, das glänzte wie frische Butter.

Jetzt griff er über den Schemel hinweg nach Fredericas Handgelenk: Sie reckte sich, flüsterte ihm etwas ins Ohr, küßte ihn auf den Hals und twistete davon. Er holte sie ein, und seine große

Hand glitt flach über ihren Rücken, den Steiß hinunter und wölbte sich in einer Geste unmißverständlicher, öffentlich zur Schau gestellter Intimität um ihren Po. Dann bahnte er sich mit den Schultern einen Weg durch die Menge, ohne sich noch einmal nach ihr umzudrehen. Als Frederica lachend die Treppe heraufkam, wich Alexander von der Balustrade zurück.

»Ach, *hier* steckst du! Hast du Daniel schon gesehen? Mich wundert's, daß er sich durchringen konnte.«

Alexander antwortete nicht, weil Daniel genau in dem Moment auf dem Treppenabsatz erschien: ein dicker Mann in schwarzen Cordhosen und schwarzem Rollkragenpullover. Schwerfällig trat er näher und nickte den beiden zu.

»Wie schön«, sagte Frederica, »jetzt sind wir komplett. Habt ihr am Eingang auch was geschenkt bekommen?«

»Nein«, sagte Daniel.

Da streckte sie die Hände aus, und in der rechten lag eine gründliche Spiegelglasscherbe, die von einer Badezimmerkachel stammen mochte, in der linken eine erdbeerrote Garderobenmarke mit der Ziffer 69 auf der einen und dem malvenfarbenen Aufdruck LOVE auf der anderen Seite.

»Die haben mir eine platinblonde Pocahontas und ein Cowboy mit grüner Augenblende aufgedrängt. Ob das ein Jux sein sollte oder eine ernstgemeinte Botschaft?«

»Sowohl als auch«, sagte Alexander. »Ernstgemeinte Botschaften sind bei uns immer als Jux getarnt, unsere Scherze aber nehmen wir so todernst, daß wir sie einrahmen und die Museumswände damit behängen. Angefangen von dem vielzitierten britischen Humor (gekreuzt mit amerikanischer Verklemmtheit) über den Hintersinn der romanischen Völker bis zum schelmischen Augenzwinkern oder dem lehrreichen Backenstreich der Orientalen. Deine Botschaft deckt sich mit der ihren – die sie gleichzeitig ad absurdum führt –, aber nicht ohne darauf zu verweisen, daß sich hinter der Absurdität ein tieferer Sinn verbirgt. Und so weiter, *ad infinitum.*«

»Dabei fällt mir was ein«, sagte Frederica. »Wußtest du eigentlich, mein Lieber, daß du inzwischen zur Pflichtlektüre für die mittlere Reife gehörst? Wie ist das, brauchen sie dazu deine Einwilligung?«

»Hör auf!« Alexander war schmerzlich zusammengezuckt.

Sie hielt ihm die Glasscherbe hin. »Und was soll ich jetzt damit machen?«

»Ich würd' sie behalten. Als Vanitas-Symbol. Oder als die unwahrscheinliche, aber denkbare Alternative – ein Symbol der Selbsterkenntnis.«

Frederica hob die Scherbe ans Auge. »Viel zu *sehen* ist da nicht.«

»Dann steck sie ein«, sagte Daniel, »wo du sie schon mal angenommen hast.«

»Daran war meine Kinderstube schuld, die gute englische Kinderstube.«

»Zu der gehört auch, daß man sich überwindet und in Ehren hält, was man einmal angenommen hat.«

»Na schön«, sagte Frederica.

In der langgestreckten Galerie, wo sie ihre Plätze für die Rezitation einnahmen, war ein ganz anderes Publikum versammelt. Alexander machte sich einen Spaß daraus, die Frauen unter der anwesenden Prominenz zu zählen: Da war einmal Dame Sybil Thorndike, die sich huldvoll von Dr. Roy Strong, dem amtierenden Direktor des Museums und Ikonographen, vielleicht sogar Verehrer der jungfräulichen Königin, einen thronähnlichen Sessel zurechtrücken ließ. Daneben, hoch erhobenen Hauptes und mit freundlich strenger Miene, Dame Helen Gardner von der Universität Oxford, ausgewiesene Kennerin der Renaissanceliteratur und Inhaberin des Merton-Lehrstuhls. Ferner Lady Longford, die Biographin Queen Victorias, und im Hintergrund glaubte oder hoffte er in einer korpulenten, nachdenklich und zerstreut wirkenden Gestalt Dr. Frances Yates zu erkennen, deren Studie über die Darstellungen der Elizabeth Tudor als Virgo Astraea sein Leben und Schreiben so nachhaltig beeinflußt hatte. Gekommen war auch Lady Antonia Fraser, begleitet von einer untersetzten Frau in Regenmantel, St.-Laurent-Rock und hohen, weichen Wildlederstiefeln mit passender Weste und Hut, ein Ensemble, das von der Lederkluft der Cowboys, Trapper und Indianer inspiriert, aber dank endloser Finessen eines geschickten Couturiers zu großstädtischer Eleganz veredelt war. Der kunstverständige Blick, mit dem sie das Darnley-Porträt betrachtete, das jetzt hier über dem Podium hing, war ostentativ wohlwollend. Wahrscheinlich traf es nicht ihren Geschmack, obgleich Alexanders Phantasie sie in diesem Aufzug, mit dem sonnenhellen Haar und den Jagdaccessoires, leicht hätte in eine moderne Belphoebe verwandeln können. Und gesetzt, sie wäre eine Belphoebe, dann war Frederica in dem knappen Strickkorselett aus dunkelgrauer Wolle mit Glitzereffekt und den metallisch glänzenden Stiefeln Britomart, deren Bronzehelm bei ihr die strenge Courrèges-Frisur ersetzte, auch wenn dafür eher das Raumzeitalter Pate gestanden hatte als die Renaissance. Nach diesen Gedankenspielereien richtete auch er sein Augenmerk auf sein Lieblingsbild, das Darnley-Porträt.

Da stand sie, eine makellose, imposante Erscheinung in prunkvoller Robe aus cremeweißem Atlas mit goldener Rankenstickerei, korallenroten Tressen und einem lässig über der Brust verschlungenen Perlengehänge. In Haltung und Blick lagen die Ruhe und Kraft eines jungen Mädchens. Die starre Leinwandmattigkeit der schmalen weißen Hände brachte deren Zartheit trefflich zur Geltung. Die Rechte hob oder schwenkte (das zu entscheiden fiel dem Betrachter nicht leicht) einen buschigen Federfächer, dessen dunkel loderndes Farbenspiel – im harschen Kontrast zum würdig-strengen Hofkleid – jenes leidenschaftlich ungestüme Temperament verriet, von dem die Gestalt der Porträtierten nichts preisgab. Das Bildnis ließ, je länger man es betrachtete, noch andere Ambiguitäten erkennen, Duplizitäten, die über die augenfällige zwischen Frau und Herrscherin hinausgingen: War das auffallend blasse Gesicht jung, arrogant, der Mode gehorchend weiß geschminkt – oder von Natur aus wächsern, verhärmt, knochig, alterslos? Und der Blick aus schwarzen Augen unter schweren Lidern – deutete man ihn hoheitsvoll oder abschätzig und durchtrieben?

Die Männerwelt hatte ihre Porträts als Ikonen verherrlicht, aber auch frevelhaften Zauber damit getrieben: Manch einer mußte mit dem Leben dafür bezahlen, daß er die Bilder auf vielfältige Weise manipulierte – sie aufschlitzte, verbrannte, mit Schweinsborsten durchbohrte, ins Giftbad tauchte.

Ihr hatte das zwar angst gemacht, aber sie hatte nicht den Kopf verloren.

Die Frau auf diesem Porträt, dachte Alexander, war unverkennbar aus Fleisch und Blut. Allein, sie war wie Shakespeare ein Phänomen, dessen überbordende Energie Zweifel weckt und gemischte Gefühle – abgöttische Verehrung und Ikonoklasmus, Liebe und Furcht – und damit einhergehend das Bedürfnis, diese rätselhafte Verquickung von Fremdartigem und Alltäglichem durch Entmystifizierung und nichtssagende »Erklärungen« abzuwerten, sie in Mißkredit zu bringen. Shakespeare hat Shakespeare gar nicht geschrieben. Shakespeare war nicht Shakespeare, sondern Marlowe oder Bacon oder de Vere oder Queen Elizabeth persönlich. Elizabeth wiederum war nicht Elizabeth, die jungfräuliche Königin: Sie war eine Hure (aus Babylon oder London), eine heimliche Mutter, ein Mann, Shakespeare. Alexander entsann sich der vergnüglichen Lektüre eines Buches mit lobendem Vorwort von Earl Stanley Gardner, dessen Autor den »Beweis« erbrachte, daß Shakespeares Dramen die heimliche Frucht der Vermählung zwischen Elizabeth und England seien, die Krönung eines zwiefachen Gelübdes, durch das sie sich (mit 15) zum Zölibat und (mit 45) zur Literatur bekannte. Als Indiz für ihre Urheberschaft an Shakespeares Werk führte er ihre Bildung an, die wohl ausgereicht hätte, um über den erforderlichen hohen Wortschatz zu verfügen (unterschiedlich auf 15 000 oder 21 000 Wörter taxiert) und über das, was Keats die *negative Befähigung* nennt, eine Gabe, die sich bei ihr in der taktischen Kunst niederschlug, militärische, heirats- und wirtschaftspolitische Entscheidungen endlos in der Schwebe zu halten. Natürlich hatte sie ihre Verfasserschaft verheimlicht, schon um ihrem Werk eine gerechte Beurteilung zu sichern, und aus Angst vor dem Vorwurf, sie vernachlässige ihre Pflichten als Regentin.

Alexander lächelte verstohlen. So wie man Shakespeare, gleich Homer, unbedingt als Frau entlarven wollte, hatte die Gesellschaft, einschließlich vieler seiner Zeitgenossen, es immer wieder darauf angelegt, nachzuweisen, daß Queen Elizabeth in Wahrheit ein Mann gewesen sei. Als Junge hatte ihn diese Vorstellung fasziniert. Und zwar weit mehr als das Gerücht vom heimlich beiseite geschafften mutmaßlichen Bastard des Grafen Leicester. Was war diese Räuberpistole gegen das Abenteuer, Muskeln und Sehnen unter Fischbein verschwinden zu lassen, virile Kraft – und mehr – in raschelnder Seide zu begraben! Später dann hatte er begonnen, den Reiz dieses Versteckspiels mit Spensers Mutter Natur zu assoziieren, die »beide Geschlechter in sich trägt« – »und so nach keinem andren frägt«. Ein zufriedenstellender Zustand. In der Phantasie.

Die Schauspieler traten auf, deklamierten, wurden beklatscht. Dame Flora, schlicht in schlichtem Schwarz, trug Verse aus der Feder der Königin vor:

> Mein Kummer gleicht meinem Schatten in der Sonne
> Folgt jeder Grille, wenn ich ihn jage, flieht er ...

Anschauliche Schilderungen von ihrer Krönung und der Freigebigkeit gegen das Volk schlossen sich an. Die Armadarede vor Tilbury kam zum Vortrag. Alexander war still gerührt.

Nicht so Frederica. Ihr erschien Dame Floras Vortrag zu weich, zu feminin: möglich, daß sie voreingenommen war. Allein, sie fand, die Künstlerin interpretiere die harschen petrarkischen Antithesen zu elegisch, ja viktorianisch verniedlicht. Und dann verhaspelte sich die volle, getragen skandierende Stimme ausgerechnet bei jener flammenden, immer wieder zitierten Beteuerung: Ich weiß, ich habe den Körper eines schwachen und kraftlosen Weibes, aber ich habe auch das Herz und den Mut eines Königs. Sie reduziert das ganz auf die Frau, dachte Frederica gereizt, auf eine biedere obendrein, so als würde man sich mit einem heimlichen Blick in die königliche Teeküche im Bukkingham Palast vergewissern, daß sich unter den eleganten Toiletten und pelzverbrämten Roben nur ein braves Hausmütterchen verbirgt. Gesetzt, man jagte diese Königin in Unterröcken und mit einer Handvoll Flittertand aus ihrem Reich – wer wäre dann die Schauspielerin und wer die Majestät? Und wie konnte man die herrlich funkelnden Kadenzen solch erhabener Prosa mit profanen Pausen und in »natürlichem« Fluß darbieten? »Weder ergetze ich mich so an ihm, daß ich ihn herbeiwünschte, noch hege ich ein solches Grauen vor dem Tode, daß er mir groß Angst einjagte; gleichwohl verhehle ich nicht, daß Fleisch und Blut – so der Schlag nicht unvermutet käme – aufbegehren und danach trachten würden, ihm zu entkommen ...« Frederica hätte gern gewußt, wie sie ursprünglich geklungen hatten, ihre

Ansprachen, ob so mitreißend virtuos, wie sie es sich vorstellte, oder eher gebrochen, stockend, fahrig; ob sie womöglich schriftlich ausgearbeitet und für die Nachwelt (zu der ja auch sie gehörte) zurechtgefeilt waren.

Als nächstes rezitierte das Schauspielerpaar ein Gedicht, das Frederica noch nicht kannte, ein *Duett zwischen Ihrer Königlichen Majestät und Engelland.*

Komm über den Bach, Bessy,
Komm über den Bach, Bessy,
Holde Bessy, komm herüber zu mir;
Dann will ich dich frein,
Sollst meine liebste Herrin sein,
Darf keine andre sich messen mit dir ...
Ich bin dein treuer Bräutigam,
Der dich zu seiner Erbin nahm
Und man heißt mich glückliches Engelland ...

Ihr Gedächtnis hakte ein. Komm über den Bach, Bessy. Frederica wurde ganz aufgeregt, und kaum, daß der Vortrag zu Ende war, hakte sie sich bei Alexander ein.

»Dieses Gedicht, das ist aus dem *Lear.* Schaut, wie er dasteht und glotzt! Brauchst Gaffer beim Prozeß, Madam? Komm übern Bach, Bessy, zu mir. Das sagt Edgar. Und darauf der Narr: Ihr Boot ist nicht dicht, Warum sagt sie dir nicht, Drum kommt sie nicht rüber zu dir! In meiner Ausgabe wurde das regelmäßig als Chiffre für Syphilis gedeutet. Das war doch bestimmt gewagt, war sicher ein Sakrileg oder so was?«

»Das Stück thematisiert das Ende ihrer Regentschaft. Die Angst vor einer drohenden Aufteilung des Königreichs – das ist der *Lear.* Machtverfall und Untergang des glücklichen Engelland.«

»Sie hat doch gesagt – als sie mit dem Archivar im Tower sprach – da sagte sie: Ich bin Richard II., weiß Er das nicht?«

»Ja, ja«, versetzte Alexander, »ich weiß.«

»Aber natürlich, es kam ja in deinem Stück vor. Wahrscheinlich hab' ich es überhaupt daher.«

»Mag sein.« Alexander war auf einmal von unsäglicher Traurigkeit erfüllt. Ich wünschte, dachte er, ich hätte dieses Stück nie geschrieben. Hier zu stehen, im Angesicht des Darnley-Porträts, das war, als befände man sich im selben Raum mit einer Frau, an der man sich einmal fast vergangen hätte und mit der nun keine andere Beziehung mehr möglich war.

»Wenn ich die Chance hätte, es noch mal zu schreiben, dann würde ich den Stoff ganz anders angehen, wirklich ganz anders.«

»Aber dann mach das doch!«

»Ausgeschlossen!« Alexander hatte ein ganz und gar lineares Zeitgefühl. Eine solche Chance bot sich kein zweites Mal, was man einmal verspielt hatte, war und blieb vertan. Zwar hatte er zuweilen mit dem Gedanken gespielt, den Topos – Jungfrau und Garten, England und die Gegenwart – moderner, abstrakter zu gestalten, ohne schwärmerische Sentimentalität oder plumpe Ironie. Aber versuchen würde er sich nicht daran.

»Gut war es allerdings auch beim ersten Mal«, hörte er Frederica sagen. »Ein großer Wurf. Allein durch die vielen Tanz- und Gesangseinlagen. Waren schon komisch, die Fünfziger. Für die heutige Jugend ist das eine unwirkliche Zeit, die sich wie in einem Vakuum abgespielt hat. Aber wir sind schließlich dabeigewesen, und es war doch ganz schön, das Schauspiel und die Krönung und überhaupt.«

»Ein verpatzter Anfang«, sagte Alexander.

»Der einzige, den wir hatten«, versetzte sie. »Jedenfalls, was mich betrifft. So und nicht anders ist es gewesen.«

»Ich muß los«, warf Daniel ein. »Ich muß dringend weg.«

Besorgt wandten sie sich nach ihm um. Er hatte sich noch gar nicht geäußert. Hatte es ihm gefallen? Was hielt er von der Rezitation?

Eigentlich nichts, gestand Daniel. Er sei, ehrlich gesagt, so müde gewesen, daß er während des Vortrags einfach weggedämmert sei und fast nichts mitbekommen habe, man möge ihm verzeihen. Aber jetzt müsse er wirklich gehen. Es erwarte ihn jemand.

Dieser Jemand war eine Frau. Deren Sohn, der durch einen Unfall bleibende Schäden davongetragen hatte, war einmal ein bildhübscher Junge gewesen, ja war es noch, war das unwirkliche, wandelnde Abbild eines bildhübschen Knaben, eine Wachspuppe, abwechselnd Heimstatt eines kreischenden Dämons und eines primitiven Organismus, der sich erst bis zum Platzen vollstopfte und dann schlief – wie eine Amöbe. Sein Vater hatte das irgendwann nicht mehr ausgehalten und sich auf und davon gemacht. Die Frau war eine gute Lehrerin gewesen und war es jetzt nicht mehr, hatte Freunde gehabt und sie verloren, ebenso ihre gute Figur. Ängstlich war sie und wütend und erschöpft, und sie trennte sich keinen Augenblick von dem, der ihr Sohn war und doch wieder nicht. Sie hatte Daniel gebeten, sie zum Gericht zu begleiten, wenn über ihre Schmerzensgeldklage verhandelt würde. Sie wollte ihn dabeihaben, weil womöglich jemand über ihren Jungen lachen und sie dann Amok laufen könnte. Daniel hatte ihr versprochen mitzukommen, auch wenn es ermüdend war, das lange Warten auf den Fluren des Justizgebäudes, bis so ein Fall aufgerufen wurde. Heute hatte er einmal das Bedürfnis gehabt, etwas anderes zu hören als immer nur die schrille, verzweifelte Stimme der Mutter und das gelegentliche Grunzen ihres Jungen. Aber dann war er einfach eingeschlafen. Kopfschüttelnd wiederholte er, er müsse jetzt gehen.

Als sie zu dritt das Museum verließen, gab Daniel sich einen Ruck und sagte: »Ihr Stück hat mir besser gefallen.« Doch Alexander, der noch immer über die Irreversibilität von Zeit und Kunst nachgrübelte, wehrte ab. »Nein, nein!« sagte er. Sie nahmen eine Abkürzung zum Piccadilly Circus, und kaum, daß sie Eros über den zusammengekauerten, schlaff herumhängenden, torkelnden Junkies schweben sahen, erklärte Daniel, er werde mit der U-Bahn zu seinem Treffpunkt fahren. »Bleib doch«, sagte Frederica, »und geh mit uns Tee trinken«, aber da stapfte Daniel bereits mit schweren Schritten hinunter in die miefig-warme Dunkelheit. »Komm, wir trinken noch einen Tee bei Fortnum's, das wäre doch nett«, sagte Frederica zu Alexander. Und obwohl er eigentlich nein sagen wollte, sagte er ja.

Teil I
Eine flüchtige Tugend

1. Der Brühl

1952 griff die Geschichte auf Alexander Wedderburns Phantasiewelt über. Als der König starb, stand das Stück kurz vor dem Abschluß, auch wenn er später ständig Mühe hatte, den Leuten die richtige Chronologie zwischen seiner persönlichen Themenwahl und dem Zufallsfaktor Tod begreiflich zu machen. Fälschlicherweise wurde das Stück oft als Mysterienspiel eingestuft, als Auftragsarbeit für das Festival anläßlich der feierlichen Übergabe von Long Royston Hall an die noch im Planungsstadium befindliche North Yorkshire University. Das Festival selbst war zweifellos so geplant, daß es mit jenen pseudospontanen Ausbrüchen nationaler Kultureuphorie zusammenfiel, die sich zur Feier der Krönung landesweit in Parks und Gärten entluden. Wäre Alexanders Stück nicht zur Hand gewesen, man hätte es bestellen müssen. Zum Glück lag es bereit.

Anfangs hatte er sich von seiner naiven Passion für die Erneuerung der Sprache im allgemeinen und des Versdramas im besonderen leiten lassen. Das lag damals in der Luft. Man denke nur an Eliot und Fry. Während seines Studiums in Oxford war Alexander zu dem Schluß gekommen, das Problem sei Shakespeare, dessen gewissermaßen überbordendes Genie so erdrückend wirkte, daß man nach ihm fast keine guten dramatischen Verse mehr schreiben konnte. Entweder versteifte sich der Autor blindlings auf Neuschöpfungen um ihrer selbst willen, oder er wurde unwillkürlich zum seichten Shakespeare-Imitator. Alexander sah einen möglichen Ausweg darin, daß man sich direkt an Shakespeare maß, ihn gleichsam frontal anging. Ein Historiendrama nach seinem Muster, aber in modernem Versmaß schrieb und sich darin mit Zeit, Umfeld und Person des Dichters auseinandersetzte. Später hatte er sich, teils aus persönlichen, teils aus ästhetischen Gründen, doch dafür entschieden, Shakespeare auszuklammern und sich auf die Königin zu konzentrieren. Was ihm vorschwebte, war ein vitaler Realismus, und er hatte große Probleme mit einer dem Stoff immanenten Tendenz zu Persiflage und Parodie. Die Arbeit erstreckte sich, mit Unterbrechungen, über mehrere Jahre hingebungsvoller Recherche und formaler Experimente, begleitet von Verzweiflungsanfällen und Visionen. Alexander war damals zweiter Englischlehrer an der Blesford Ride School in North Riding, und eines Tages, während einer Klassenarbeit in Biologie, die er beaufsichtigen mußte, begriff er beim Herumfeilen an seinen Versen fast widerstrebend, daß das Stück fertig war; die Sache hatte ein Ende gefunden. Mehr konnte er nicht daraus machen. Aber ohne die Hoffnung, die Leidenschaft, ohne den gläsernen Käfig summender Rhythmen und wechselnder Formen, in dem er sich so lange bewegt hatte, wußte er nicht weiter. Einen Monat lang verwahrte er das Manuskript in einer Schublade, und dann – der König war inzwischen gestorben – brachte er es zu Matthew Crowe.

Daß er sich so orientierungslos und verloren fühlte, als der König starb, hing auch mit der Fertigstellung des Stücks zusammen. Er fuhr mit einer Jungengruppe von der Hauptschule nach Calverley, wo sie Zeuge wurden, wie der Ausrufer vor dem Münsterportal die Inthronisation verkündete. »Der König ist tot – lang lebe die Königin.« Und dann erscholl, hell und klar, die Fanfare. Die Jungen scharrten mit den Füßen und horchten gespannt in sich hinein, ob sich da etwas regte. Dieser Tod bedeutete eine Zäsur im ersten Abschnitt ihres jungen Lebens, das ihnen nach Rationierung, Kriegsende und Utilitätsprogramm gleichwohl wie eine Ewigkeit vorkommen mochte. Alexander erinnerte sich noch gut, wie der König für die Wochenschau im Bombenschutt herumgestochert hatte. Erinnerte sich an eine geisterhafte Stimme, die übers Radio den Kriegseintritt erklärte. Nervös und pastoral. Er malte sich aus, wie die Nation sich diese allbekannte Persönlichkeit einsam und tot in ihrem Bett vorzustellen suchte, ohne daß ihr das gelang. So war das mit Königen. Seine eigene Trauer war lächerlich und normal zugleich.

Matthew Crowe war es, der Alexanders Stück im wahrsten Sinne des Wortes eine Heimstatt samt kultureller und finanzieller Basis schuf. Crowe war Eigentümer und Bewohner von Long Royston, einem architektonischen Pendant zu der weiter nördlich angesiedelten Hardwick Hall, allerdings ohne deren verschwenderische Fülle von Glasfenstern und wehrhaften Türmen: Die weitläufige Anlage war sowohl als Wohnsitz wie als Schaustück konzipiert, aber mit dem Schwerpunkt auf Wohnlichkeit. Crowe, ein geborener Organisator, tat sich gern als Kunstmäzen hervor, und Alexander stand bereits in seiner Schuld, weil Crowe seinem ersten Stück, *Die Gaukler*, eine kurze Laufzeit im Arts Theatre verschafft hatte. Wenn Alexander sich heute für diesen Erstling genierte, dann weil der ungeschminkte Realismus, auf den er neuerdings seine Hoffnungen setzte, ihn in dem Glauben bestärkte, Dramen, die ihrerseits das Schauspiel oder dessen Akteure thematisierten, seien ein Indikator für den allgemeinen Niedergang des Theaters. Crowe verdankte er auch die gesellschaftlichen Glanzlichter in seinem Leben außerhalb von Blesford Ride. Sein Glaube an heimische Kultur, Loyalität und Begabung war unerschütterlich, und obwohl er in jungen Jahren kurzzeitig als Regisseur im West End Karriere gemacht hatte, beschränkte er sich jetzt darauf, Festspiele und Dramenzyklen in Kirchen, Music Halls und Dorfscheunen zu inszenieren. Er war ein großer Fisch in einem ziemlich kleinen Teich und behauptete, es sei ihm lieber so. Er war sehr reich. Nur selten reiste er in den Süden.

Als er das Stück gelesen hatte, lud er Alexander zum Essen ein, schwärmte begeistert von seinem Werk, vertraute ihm bei Kaffee und Brandy vor dem Kamin in seinem Arbeitszimmer ein paar Politgeheimnisse an und enthüllte diese und jene Affäre. Geheimnisse, Enthüllungen und Politik waren Crowes Steckenpferd. Aus seinem wuchtigen Ledersessel beugte er sich vor in den Schein der Flammen und schilderte Alexander mit diebischem Vergnügen die Intrigen und geheimen Machenschaften innerhalb der mächtigen Gremien, die sich darum bemühten, die neue Universität auf die Beine zu stellen. Eine besonders starke Lobby hatte der Verein für Erwachsenenbildung, von dem auch der Vorschlag zur Universitätsgründung stammte; hinzu kamen St. Hilda's, das Lehrerinnenseminar, und das theologische Seminar von St. Chad's, die beide in die neue Hochschule integriert werden sollten, und endlich die Universität Cambridge, die ursprüngliche Schirmherrin des Fernstudiums für Erwachsene.

Crowe unterhielt Alexander mit Intimitäten über den Bischof, den Minister, den Mann vom Finanzministerium und schilderte ihm die diversen Machtkämpfe und die daraus resultierenden Kompromisse, doch da Alexander wenig politisches Gespür besaß, entging ihm des öfteren die Brillanz solcher taktischen Zugeständnisse, Schachzüge und Zeitmanöver. Crowe sprach von den langwierigen Kämpfen um die Gestaltung des Lehrplans; den Bemühungen, diesen speziell auf die Region und auf Studenten reiferer Jahrgänge auszurichten, oder aber – ähnlich wie Keele, das vor ein paar Jahren gegründete und bislang einzige Vorbild – die Studenten, bevor sie sich spezialisierten, zu einer Art Studium generale anzuhalten, um sie, ganz im Sinne des Renaissanceideals, zu ganzheitlichen Menschen heranzubilden. Er sprach auch von der Rolle, die er dabei zu spielen gedachte: Taktisch würde er vorgehen und erst in scheinbar aussichtsloser Pattsituation seine Absicht enthüllen, den Haus- und Grundbesitz von Long Royston der Universität zu vermachen, vorausgesetzt, man garantierte ihm in seinem Privatflügel das Wohnrecht auf Lebenszeit.

Entscheidend sei indes, wie Alexander nicht entgangen sein dürfte, das äußerst günstige Zusammentreffen von Gründungsgesuch, Proklamation der Stiftung und Königlicher Konzession in einem Krönungsjahr, wo man sämtliche Anlässe koordinieren und festlich begehen konnte – unter anderem durch sommerliche Freilichtaufführungen von Alexanders so wunderbar passendem Stück auf der Terrasse von Long Royston. Sein Werk sei bestens geeignet, den Landstrich aufzuwerten, indem es einem ganzen Heer von Einheimischen Arbeit und kulturelle Betätigung bot. Gewiß käme man – bei halbwegs geschickter Manipulation – auf Tausende von Mitwirkenden; Musiker, Kulissenschreiner, Kostümbildner und Näherinnen hinzugerechnet, ließe sich die gesamte ortsansässige Bevölkerung einbinden. Es handele sich nicht um ein Historienfestspiel, warf Alexander ein. Nein, sagte Crowe, sein Stück sei ein Kunstwerk, dem, sofern alles nach Plan verlief, die gebührende Würdigung sicher sei. Er selbst werde ganz in seinem Element sein, bei den Vorbereitungen. Alexander werde sich wundern.

Alexander war leicht benommen vom Tempo der Vorbereitungen. In kürzester Zeit wurde er wieder nach Long Royston zitiert, um das Festspielkomitee kennenzulernen, dem der Kaplan des Bischofs angehörte und der Mann vom Finanzamt, Miss Mott vom Weiterbildungsprogramm, Stadtrat Barker aus Calverley, Crowe selbst natürlich auch und endlich Benjamin Lodge, der Regisseur aus London. Alexanders Manuskript hatte sich zu einem bereits vervielfältigten Opus gemausert: Alle Anwesenden hatten ihre eigene Kopie vor sich. Ein jeder gratulierte ihm zur Brillanz und Aktualität seines Werks. Ein wohlwollender Crowe übernahm den Vorsitz: Das Komitee beriet über Daten, Kosten, Werbung, Begleitprogramme, mögliche Rollenverteilung, sanitäre Versorgung. Alexander hätte hinterher nicht zu sagen vermocht, von wem und an welchem Punkt die offizielle Entscheidung für die Aufführung seines Stücks gefällt wurde: Er ärgerte sich ein bißchen über Lodge, der ein- oder zweimal von »diesem Mysterienspiel« sprach und davon, daß es gekürzt werden müsse. Crowe, der klug genug war, hier Konfliktstoff zu wittern, lud Lodge und Alexander nach der Sitzung noch auf einen Drink ein, entlockte Lodge ein paar Komplimente für Alexanders Dichtkunst und Alexander ein Lob auf Lodges wunderbar spartanische Inszenierung der *Wakefield Plays*, die Alexander gesehen und in der Tat sehr bewundert hatte. Lodge, ein schwerfälliger und verschlossener Mensch in einem scheußlichen senffarbenen Sweater, kompensierte sein schütteres schwarzes Haupthaar durch einen gewaltigen, buschig-weichen Bart. Crowe hatte sich, obwohl schon in den Sechzigern, durch sein hochrotes Cherubsgesicht immer noch einen knabenhaft unfertigen Ausdruck bewahrt. Er hatte große hellblaue Augen, einen kleinen sinnlichen Mund mit leicht geschürzten Lippen und einen feingewellten silbernen Haarkranz. Mit den Jahren war er zwar etwas füllig geworden, aber noch nicht direkt korpulent. Crowe nutzte den Zeitpunkt, da es Lodge und Alexander vermutlich noch warm ums Herz war vom feinen Malt Whisky und dem Hochgefühl des Erfolgs, um Alexander geschickt aus der Schußlinie zu nehmen, indem er sich erbot, ihn heimzufahren nach Blesford Ride.

Crowe fuhr einen älteren Bentley, und das ziemlich rasant. Er kutschierte Alexander vorbei an Trockenmauern und Brachfeldern, an der Moorgrenze entlang, runter ins Blesford Vale und die lange Lindenallee hinauf, die zur Schule führte. Er hielt direkt vor dem roten gotischen Torbogen.

»Sie sollten zufrieden sein mit dem, was wir heute erreicht haben. Und mit sich selber auch.«

»Bin ich ja. Und Sie sind's hoffentlich genauso. Wie kann ich Ihnen nur jemals danken ...«

»Sie haben sich über Ben geärgert, ich weiß. Aber keine Bange, er wird aus Ihrem Stück kein Historienspektakel machen. Denn erstens werde ich das nicht zulassen, und zweitens ist er kein Dummkopf. Ihm kommt's bloß darauf an, seine eigene Kreativität unter Beweis zu stellen. Und er walkt ein Stück gern ein bißchen durch, bis er spürt, daß es seinen Stempel trägt. Das haben Sie natürlich gleich spitzgekriegt. Aber ich werde ein Auge auf ihn haben, darauf können Sie sich verlassen. Ganz bestimmt. Und auch Sie müssen wachsam sein. A propos: Ob man Sie von dieser Schreckensburg beurlauben wird?«

Er wies mit dem Kopf auf den wuchtig drohenden Torbogen.

»Abscheulich, diese protzige Geschmacksverirrung meines Ahnherrn. Wie lange wollen Sie hier eigentlich noch bleiben?«

»Ach, ich weiß nicht. Ich unterrichte eigentlich gern. Aber der Gedanke, mich ganz dem Schreiben zu widmen, ist schon auch reizvoll.«

»Na, dann lassen Sie sich eben an eine erstklassige Schule versetzen, mit einem erstklassigen Fachbereichsleiter. Der hier ist zwar ein bemerkenswerter Mann, aber auch ein Ekel.«

»Ach, mich tangiert das nicht weiter. Und er ist auf seine Art ein erstklassiger Pädagoge. Wir kommen sehr gut miteinander aus.«

»Sie überraschen mich«, meinte Crowe. »Und was wird er zu unserem Projekt sagen?«

»Daran wage ich kaum zu denken. Er hält nicht viel von Versdramen.«

»Von mir auch nicht«, sagte Crowe, »da können Sie sicher sein. Von mir nicht und angeblich auch nicht von der Universität, jedenfalls nicht nach dem derzeitigen Konzept.«

»Ich rede mit ihm.«

»Ganz schön mutig.«

»Na, ich muß es ihm doch sagen, oder?«

»Ich tät's nicht«, sagte Crowe. »Ich würde kündigen. Aber für Sie kommt das nicht in Frage, ich weiß. Also dann, Hals- und Beinbruch.«

Eine Kieswolke hinter sich aufwirbelnd, brauste der Bentley davon. Alexander betrat, noch immer ganz benommen, das Schulgelände.

Stämmige rote Säulen trugen den Kreuzgang, der, ausgehend vom Torbogen, ein Rasengeviert umschloß und mit seinem spätgotischen Gewölbe seltsam gedrungen wirkte. In den Arkaden tummelte sich ein kritiklos zusammengetragenes Universalpantheon aus plumpen neogotischen Steinfiguren: Apollo und Dionysos und Pallas Athene, Isis und Osiris, Baldur und Thor, der gehörnte Moses, König Artus, St. Cuthbert, Amidha Buddha und William Shakespeare.

Blesford Ride war eine Privatschule mit fortschrittlichen, egalitären Prinzipien; gegründet anno 1880 von Matthew Crowe, dem Urgroßvater des jetzigen Crowe, der als Tuchfabrikant reich geworden war und sich mit seinem Hobby, der vergleichenden Mythologie, einen Namen gemacht hatte. Mit dem Bau der Schule wollte er in erster Linie garantieren, daß seine sechs Söhne weder daheim erzogen wurden noch mit irgendeiner Form des praktizierten Christentums in Berührung kamen. Zum Agnostizismus verpflichtete schon die Stiftungsurkunde, die im übrigen den Bau jeder Art von »Gotteshaus, Andachts-, Meditations- oder sonstiger sakraler Einrichtungen« ausdrücklich verbot. Kreuzgang und Pantheon waren, da sie als Kunstwerke galten, nicht betroffen. Zu Lebzeiten des Gründers kam die Schule kurzfristig allein deshalb in Mode, weil sie so exzentrisch war, womit sich vielleicht auch erklären läßt, warum von den sechs Söhnen zwei Wanderprediger wurden und einer Gefängnisdirektor. Von den drei anderen erbte einer die Wollspinnerei, einer unterrichtete in der Schule alte Sprachen und wurde später Archivar und Präsident der Historisch-Topographischen Gesellschaft von Blesford. Einer starb schon in jungen Jahren. Matthew Crowe, der seine Ausbildung in Eton und Oxford erhalten hatte, war ein

Sproß des Archivars, dessen ältester Bruder kinderlos verstorben war.

Die Schule erzielte nie mehr als bescheidene Erfolge. Geographisch gesehen war Blesford Ride dort oben in den Yorkshire Moors benachteiligt, da es meilenweit keine größeren Ortschaften gab, ausgenommen die unbedeutende Domstadt Calverley, die aber weder an die kulturelle Bedeutung von York heranreichte noch an die imposante Selbständigkeit von Durham und folglich von beiden in den Schatten gestellt wurde. Und historisch gesehen war es taktlos gewesen, sich in Zeiten, da die Konformität regierte, so exzentrisch zu gerieren, um ausgerechnet dann (aufgrund finanzieller Probleme und einer liberaleren Führung) auf einen moderat konformistischen Kurs einzuschwenken, als seine ursprüngliche Spleenigkeit dem Internat womöglich zu einem gewissen Prestige verholfen hätte. Heutzutage empfahl man es Eltern, die ihren Söhnen das Offiziersausbildungskorps ersparen wollten; die das barbarische System des *fagging* ablehnten; die sich selbst im zarten Kindesalter vor dem angekokelten Knabenfleisch in *Tom Browns Schulzeit* gegruselt hatten; denen ein harmloser Spaß auf Kosten von Empire und Union Jack nicht als Sakrileg galt; und endlich denen, die im Einzugsgebiet von Blesford wohnten. Gleichfalls empfohlen wurde es Eltern mit einer Aversion gegen Schmutz, ausgetretene Sandalen, Zigaretten, Alkohol, sexuelle Freizügigkeit, drastischen Aufklärungsunterricht sowie antiautoritäre, alternative Erziehungsmethoden und Intellektualismus. Die Zöglinge waren größtenteils Kinder aus dem Mittelstand, deren sparsame und pflichtbewußte Eltern hoffnungsvoll darauf vertraut hatten, daß der Nachwuchs die Aufnahmeprüfung für eine weiterführende Schule bestehen würde, und die es im Erfolgsfall nicht übers Herz brachten, ihre Kinder den Raufbolden an der städtischen Realschule auszusetzen. Nicht kirchlich gebundene Minderheiten und Bedürftige – Juden, Epileptiker, Waisen, die Jungs einfacher Wollspinner, aufgeweckte Söhne kinderreicher Familien – konnten sich um ein Gründerstipendium bewerben. Theoretisch unterstand die Schule einem Parlament aus Knaben und Lehrern, das nach einem komplexen Verhältniswahlsystem, ersonnen von einem der letzten Rektoren, gekürt wurde. Der

Lehrkörper zerfiel in drei Kategorien: intelligente junge Männer, die auf der Suche nach akademischer und moralischer Freiheit nach Blesford kamen, kurze Zeit verweilten und dann nach Dartington, Charterhouse oder in den Journalismus abwanderten; intelligente junge Männer, die kamen, aus irgendeinem Grund hängenblieben und unmerklich älter wurden; und Bill Potter, der seit fast zwanzig Jahren dazugehörte. Blesford Ride war eine einigermaßen normale allgemeinbildende Schule, paritätisch, gemäßigt, unbedeutend.

Bill Potter war Alexanders Fachbereichsleiter. Er galt allgemein als ausgezeichneter Pädagoge, engagiert, hartnäckig und beharrlich. Von den Auswahlkommissionen der Universitäten wurde er geschätzt, von seinem Direktor gefürchtet. Das Angebot, Leiter eines Internatshauses zu werden, hatte er, der sich ausschließlich als Pädagoge verstand, abgelehnt und wohnte nach wie vor in der Doppelhaushälfte aus rotem Backstein, die er und seine Frau gleich nach der Hochzeit in einer abgelegenen Reihenhaussiedlung für verheiratete Lehrer bezogen hatten. Dieses Sträßchen am Rande des äußersten Rugby-Platzes, des sogenannten Brühls, hieß Master's Row. Als Alexander sich jetzt dorthin auf den Weg machte, um Bill Potter zu besuchen, tat er dies mit gemischten Gefühlen.

Bill war in vieler Hinsicht eine Reinkarnation des ursprünglichen Geistes von Blesford Ride. So vertrat er die gleichen gewichtigen agnostischen Grundsätze wie Sidgwick, George Eliot oder der erste Matthew Crowe und arbeitete hartnäckig an einer eigenen Version von Ruskins und Morris' Volkskultur, auch wenn sein bärbeißiger Respekt vor dem echten Arbeiterstand, seinem Leben und seinen Interessen eher an Tawneys Schufterei in den Potteries erinnerte. Was die Region 1953 an kulturellem Leben zu bieten hatte, ging größtenteils auf seine Initiative zurück. Zu seinen Vorträgen im Rahmen extrauniversitärer Fortbildung kamen die Leute meilenweit und bei jeder Witterung in Lieferwagen und Überlandbussen, aus Heidemoordörfern, Seebädern, Woll- und Stahlindustriesiedlungen angereist. Er leitete ein Wohlfahrtsprojekt des Blesforder Gemeindezentrums und war maßgeblich beteiligt am Fortbestand der Gesellschaft für Literatur und Philosophie in Calverley. Er verstand es, Menschen dazu zu motivieren, etwas Sinnvolles und Dauerhaftes auf die Beine zu stellen. So dramatisierte und inszenierte das Gemeindezentrum einen Erzählzyklus von D. H. Lawrence, dessen Interpretation in ihrem manisch verbissenen Perfektionismus unverkennbar Bills Handschrift trug. Die Lit.-Phil.-Gesellschaft hatte ein eigenes Archiv über heimische Kultur und Schrifttum zusammengetragen und katalogisiert, angefangen von der Studie einer Gesangslehrerin zum Thema Schüttelreime über eine Interpretation des Symbolismus in den Bildern von Insassen der Nervenklinik Mount Pleasant, erstellt von einer ehemaligen Patientin, einer Hobbymalerin in den Wechseljahren, bis hin zu wissenschaftlichen Kommentaren der von Mrs. Gaskell für *Sylvia's Lovers* benutzten Quellen. Dazu kamen fundierte Laienstudien über Sprachstrukturen und gut recherchierte Interviews, die Ladeninhaber, Lehrer, Geschäftsfrauen mit in Yorkshire lebenden und arbeitenden Schriftstellern geführt hatten. Bill gebührte das Verdienst, solche Beiträge nicht als Fingerübungen, sondern als sinnvolle Leistungen zu werten, was den jeweiligen Dokumentationen und den Gruppen, die sie erstellten, Identität und Anerkennung verlieh. Er war ein Sklaventreiber, aber er hatte auch ein offenes Ohr: Eine Frau mit Artikulationsschwierigkeiten fand bei ihm die richtigen Tips, um ihre unbeholfenen Sätze so zurechtzubiegen, daß man sie für eine nette stilistische Eigenart halten konnte. Und all das schaffte er, ohne die Jungen von Blesford Ride zu vernachlässigen, die er mit Schikanen, Spott und harten Anforderungen durch die Prüfungen boxte.

Als Alexander neu an die Schule kam, hatte Bill einen nicht sehr tatkräftigen Versuch unternommen, ihn für seine Kulturarbeit zu gewinnen. Doch Alexander konnte zwar mit seinen Schülern relativ gut umgehen, fand aber zu Erwachsenen nicht so leicht Kontakt. Außerdem betrachtete er sich schon damals als angehenden Großstadtliteraten und erkannte in einer Mischung aus Arroganz und Demut seine Unfähigkeit, etwas zu diesen ambitionierten, laienhaft provinziellen Unternehmungen beizutragen. Hätte er es versucht, so wäre ihm das schlecht bekommen, da seine literarischen Prioritäten nur wenig mit denen von Bill gemeinsam hatten. Bill nahm sein mäßiges Engagement erstaunlich gelassen. Ihm lag es nicht, Autorität und Vollmacht zu delegieren, und Alexander, der sich vorrangig als Dichter und erst in zweiter Linie als Lehrer verstand, hatte auf beides keine Ambitionen. Bill weckte in den meisten guten Schülern – und auch in ein paar schlechten – eine fanatische Ergebenheit, was bei Alexander trotz seines blendenden Aussehens und fachlichen Engagements nicht der Fall war. Er war von Natur aus schüchtern und bescheiden, vielleicht genau die Eigenschaften, um derentwillen Bill ihn zu mögen schien.

Trotzdem sah er Bills Reaktion auf sein Stück und das Festival nicht eben optimistisch entgegen. Daß Crowe seine Hand im Spiel hatte, würde Bill besonders mißfallen. Crowe hatte mit seinem entwaffnenden Charme versucht, Bill, dessen Energiepotential er sehr wohl erkannte, für seinen Kreis zu gewinnen, und dabei immerhin einen Überraschungserfolg erzielt. 1951, als die Gesellschaft für Literatur und Philosophie die *Beggar's Opera* aufführte, hatten beide an der Inszenierung mitgewirkt und dabei gemerkt, wie trefflich sie sich gegenseitig ergänzten: Crowe bereicherte Bills ungestüme Sozialkritik, seine Texttreue und gekonnte Schauspielerführung durch glanzvolles Flair, Tempo, Leuchtkraft und aufwendige Musikarrangements. Dennoch hatte Alexander damals das Gefühl gehabt, daß Bill eine unspektakuläre, hölzerne Aufführung mit persönlichem Profil in der Blesforder Gemeindehalle eigentlich lieber gewesen wäre. Er war eben ein Purist, im guten wie im schlechten Sinne, und hegte darüber hinaus eine grundsätzliche, fast körperliche Aversion gegen Matthew, die Alexander erst nach und nach gewahr wurde. Crowes Erziehung, sein Geld, der Duft von Whisky und Leder, kurz alles, wovon Alexander sich so angezogen fühlte, versperrte Crowe den Zugang zu Bills Welt ebenso zwangsläufig, wie die falsche Hautfarbe oder ein verräterischer Akzent andere Menschen aus anderen Zirkeln ausgeschlossen hätte. Nein, Bill würden Crowes kulturelle Höhenflüge nicht gefallen.

Desungeachtet überkam Alexander auf dem Weg durch das dämmrige Schulgelände jene heimliche Freude, die sich schon den ganzen Tag über angekündigt hatte. Jenseits der schuleigenen Gärten, hinter den großen Gewächshäusern, in denen eine wohlschmeckende und einträgliche Tomatenernte heranreifte, ging eine massive Bohlentür auf einen bemoosten, von hohen Mauern gesäumten Feldweg hinaus, der zu einer Fußgängerbrücke über die Schnellbahntrasse führte. Gleich dahinter kam der Brühl. Die Mauer zur Linken, die den Blick auf den Rektoratsgarten versperrte, war zum Schutz vor unliebsamen Eindringlingen mit einbetonierten, fahl glitzernden, flaschengrünen Glasdreiecken bewehrt. Drinnen erinnerte dieser verbotene Garten, ein tristes, sauberes Geviert mit einer mickrigen Zeder und der Sonnenuhr auf einem gepflasterten Erdhügel, an die sonnigen Rentnerinseln vor einem Kriegerdenkmal. Letzten Sommer hatte Alexander hier die Hauptrolle in *Die Dame ist nicht fürs Feuer* gespielt, einer Inszenierung des Kollegiums, die in ein harmloses Bacchanal ausartete. Ihm war, als wäre das sehr lange her.

Von der Mündung des Feldwegs aus betrat er die schmiedeeiserne Brücke. Unter ihr schlängelte sich, flankiert von hohen Dämmen, der Schienenstrang am Sportplatz vorbei. In der Ferne markierte die Gleisschleife in weitem Bogen zugleich die Krümmung des Horizonts. Über den Bahndamm war ein starker Maschendrahtzaun gespannt, hinter dem die Züge nord- und südwärts brausten. Jede Lokomotive nebelte das Gelände und die spärlichen Rhododendren auf dem Damm mit Wasserdampf ein und ließ auf die Jungs in den Sprunggruben am Wegrand feinen, heiß prickelnden Grus niederregnen, der sich in schwarzen Schlieren auf Haut und Laubwerk sammelte.

Alexander blieb stehen und stützte sich mit den Händen aufs Brückengeländer. Er fühlte sich schlichtweg glücklich. Am Ziel. Eine seltsame Eingebung brachte ihn auf den Gedanken, daß er just das rechte Maß an Intelligenz besitze: Was auch geschah, er konnte damit umgehen. Den Anstoß dazu gab sein Stück, das jetzt unabhängig von ihm existierte – für den Autor Verlust und Befreiung zugleich. Er hatte sich angewöhnt, die eingezäunten Sportplätze und die Schule dazu als Gefängnis zu betrachten. In der Anfangsphase mokierte er sich in seinen Briefen an die Oxforder Freunde über die Häßlichkeit, Nordlastigkeit und Kleinbürgerlichkeit von Blesford. Dann hörte er auf zu spotten, aus Angst, jedes Wort in diese Richtung käme dem Eingeständnis gleich, daß die Schule auch ihn einengte. Gelegentlich hatte er

Kollegen aus Blesford Ride erzählt: Ich schreibe ein Theaterstück. Und sie hatten geantwortet: Ach ja? oder: Und worüber? Aber dann war es ihm jedesmal konfus und papieren vorgekommen, wie das Produkt eines fiebrigen Hirns. Jetzt wurde es auf einmal herumgereicht, vervielfältigt, gelesen. Und da die Distanz zu seinem Werk ihm zugleich auch Distanz zu Blesford Ride verschaffte, konnte er sich der Schule fortan mit freundlich engagiertem Interesse widmen. In hochgemuter Freude darüber, daß es so, wie es war, vor ihm lag, schaute er hinunter auf das rußbedeckte Spielfeld.

Das schwindende Abendlicht verdichtete Umrisse und Schatten, schwärzte das Zaungeflecht, tilgte die letzten Farbspuren im aufgeweichten Gras. Die Brücke unter seinen Füßen summte und vibrierte. Ein Zug kündigte sich an, und Alexander erwartete ihn mit heiterer Neugier. Pechschwarz schlängelte er sich heran, preschte ihm donnernd entgegen, hüllte ihn, als er mit ratternden Rädern und Kolbengestampf unter ihm hindurchbrauste, in beißenden Qualm und sprühende Funken und entschwand dröhnend in greifbare Fernen. Alexander stieg von der Brücke, und die Erde bebte noch immer: als ob die Sogkraft eines solchen Zuges sich mit dem Kielwasser eines Schiffes messen könnte. Gefiederte Rauchschwaden stiegen zum Himmel empor und verschmolzen am Horizont mit der grau heraufziehenden Dunkelheit. Drüben stand jemand am Bioteich.

Das Gewässerbiotop, das von jeher einfach der Bioteich hieß, war beim Bau der Schule ausgehoben worden und mittlerweile aufgrund mangelnder Pflege völlig verschlammt. Der kreisrunde, in Stein gefaßte Teich war in das Rasenareal unter dem Bahndamm eingelassen. Obenauf schwammen ein oder zwei Wasserlilien und etwas Entengrütze, und eine wackelige Steinplatte diente als Rastplatz für frisch mutierte Frösche. Die Tiefe des Gewässers unter der schwarz schillernden Oberfläche war schwer zu schätzen, da der Grund von feinen schwarzen Schlickablagerungen bedeckt war. Die Schüler, die früher hier die Wasserfauna kultiviert hatten, waren längst auf die großzügig ausgestattete Forschungsstation der Schule weiter oben im Moor ausgewichen. Unbestätigten Gerüchten zufolge wimmelte es im

Bioteich von Blutegeln, die sich angeblich seit seiner Entstehung eifrig vermehrt hatten. Niemand steckte die Füße ins Wasser, für den Fall, daß diese möglicherweise gar nicht existierenden Viecher sich einem an den Knöcheln festsetzten.

Die Gestalt neben dem Teich beugte sich unbeholfen übers Wasser und rührte mit einem langen Stecken darin herum. Als Alexander näher kam, erkannte er Marcus Potter.

Marcus war das jüngste von Bills Kindern und sein einziger Sohn. Er hatte einen Freiplatz an der Schule und stand offiziell zwei Jahre vor dem Abitur. Man wußte nicht viel über ihn, war aber allgemein bestrebt, ihn ganz »normal« zu behandeln, was in der Praxis so aussah, daß er nie hart herangenommen und soweit wie möglich sich selbst überlassen wurde. Alexander hörte sich selbst den Jungen manchmal mit unnatürlich farbloser Stimme anreden und wußte, daß das nicht nur ihm passierte. Vielleicht lag es daran, daß Marcus, im Gegensatz zu seinem Vater, ein unnatürlich farbloser Mensch war.

Bill hielt Marcus augenscheinlich für hochbegabt, auch wenn sich dafür kaum Belege finden ließen. Seine Hauptfächer waren Geographie, Geschichte und Volkswirtschaftslehre, und in seinen Beurteilungen wurde er als schwerfällig, seine Leistungen als zufriedenstellend eingestuft. Nun umfaßt »zufriedenstellend« ein breites Spektrum von hervorragend bis beinahe mangelhaft. In Alexanders Unterricht beispielsweise gab Potter dauernd unvollständige Sätze von sich und reagierte überrascht, wenn man ihn darauf hinwies. In der Klasse wirkte er schweigsam und verkrampft, und Alexander war schon der Gedanke gekommen, er gehöre zu denen, die sich anfänglich so sehr um Aufmerksamkeit bemühen, daß ihre Konzentration in der Praxis zur Pose erstarrt und sie gar nichts mehr mitbekommen.

Als kleiner Junge hatte Marcus indes über die unheimliche Gabe eines Rechenkünstlers verfügt und besaß außerdem das absolute Gehör. Die rechnerischen Fähigkeiten hatte er rätselhafterweise mit vierzehn verloren. Das absolute Gehör blieb ihm erhalten, ohne daß der Junge sich deshalb sonderlich für Musik interessiert hätte. Er sang im Chor und spielte Bratsche, letzteres zwar präzise, aber ohne Ausdruck. Seine Kollegen wußten, daß der selbst nahezu unmusikalische Bill rührend stolz war auf die Begabung seines Sohnes und sie hartnäckig als Beweis dafür nahm, daß der Junge mit der Zeit sogar die phänomenalen Schul- und Studienerfolge übertrumpfen würde, die seinen beiden älteren Schwestern auf konventionellerem Wege gelungen waren.

Alexander hatte sich kurzzeitig einmal lebhaft für Marcus interessiert. Vor einem Jahr, als er mit der Schule den *Hamlet* aufführte, hatte Marcus darin eine ganz ungewöhnliche, frostig spröde Ophelia gespielt. Auf der Bühne verhielt sich der Junge ähnlich wie bei seinen Rechenkunststücken oder beim Musizieren: einfach als Medium, das Impulse empfing und weitergab. Seine Ophelia war fügsam, entrückt, von einer fast routinierten Anmut – Attribute, die in den Liedern und Wahnsinnsmonologen stockend und gebrochen als Parodie wiederkehrten. Marcus hatte kein begehrenswertes Mädchen dargestellt, wohl aber eines, das verletzlich war und glaubhaft. Die Koketterien und Zoten gerieten ihm so ungeschickt, als sei seine Ophelia völlig unerfahren im Umgang mit derlei Reden, und genauso sollte oder zumindest konnte die Rolle nach Alexanders Ansicht interpretiert werden. Marcus hatte jede noch so kleine Andeutung Alexanders aufgegriffen, um daraus seine Bühnenfigur zu entwickeln. Allerdings wartete er stets auf Anweisung und brachte nie etwas aus eigenem Impuls ein, abgesehen von einem scheinbar untadeligen Gespür für Sprachrhythmus und Versmaß. Solange sie noch zu jung sind, um Hemmungen zu entwickeln, hat ein Regisseur mit Knaben leichtes Spiel; Alexander wußte darum und auch um ihre Gabe, in Verse, die sie nicht verstehen, eine Innigkeit zu legen, deren sie sich nicht bewußt sind. Marcus aber war etwas ganz Außergewöhnliches gelungen, etwas, das Alexander zu Herzen ging, ja ihm sogar angst machte, wenn auch anscheinend niemandem sonst. Keine andere Interpretation der Ophelia hatte je so anschaulich gezeigt, daß es ganz einfach der Hergang des Stückes war, der aller Unschuld den Garaus machte.

Stolzgeschwellt und vor Genugtuung strahlend hatte Bill alle drei Vorstellungen von Anfang bis Ende verfolgt. Alexander, der darauf hoffte, Marcus auch in dem neuen Stück besetzen zu dürfen und dem bereits eine Rolle für ihn vorschwebte, vertraute darauf, Bill in dem Fall auch für das Stück als solches interessieren zu können.

Als Alexander eben den Rasen überquerte, ließ Marcus sich auf alle viere nieder und legte das Gesicht auf die Steinfassung des Bioteichs. Alexander schlug einen Haken und machte sich im Näherkommen durch Hüsteln und geräuschvolles Schlurfen bemerkbar. Der Junge fuhr hoch. Er zitterte am ganzen Körper. Sein Gesicht war mit Schlamm bespritzt.

Marcus rückte sich die Brille zurecht, ein Kassengestell mit mondförmigen Gläsern, das bei dem jähen Sprung seitwärts verrutscht war. Der Junge war klein für sein Alter und mager, mit einem länglichen, blassen Gesicht und einem dichten Schopf feiner, glatter aschblonder Haare. Er trug eine Flanellhose und eine ausgebleichte blaue Tweedjacke, aus der er herausgewachsen war.

»Fehlt dir was?« fragte Alexander.

Marcus starrte ihn nur an.

»Ich wollte zu deinem Vater. Gehst du nach Hause? Alles in Ordnung mit dir?«

»Nein.«

Alexander wollte keine weitere Frage einfallen.

»Alles hat gewackelt. Die ganze Erde.«

»Das war nur der Zug. Das ist immer so.«

»Nein, so nicht. Aber es ist gut, ich bin wieder okay.«

Marcus Potter hatte etwas an sich, das ihn nicht eben sympathisch machte. Alexander wußte, daß er hätte nachhaken sollen, und hatte doch keine Lust dazu.

»Ich bin okay«, wiederholte der Junge in dem roboterhaften Gehorsamston, der ihm manchmal eigen war. Alexander begriff sehr wohl, daß Marcus Widerspruch provozieren wollte, aber er sagte nur: »Darf ich mich dir anschließen?«

Marcus nickte. Schweigend machten sie sich auf den Weg, der spärlichen Lichterkette in den Häusern am Rand des Spielfeldes entgegen.

Marcus Potter war auf diesen Sportplätzen groß geworden, die er in den Ferien oft ganz für sich allein hatte. Sie waren der Schauplatz seiner frühen Kindheit, und er schuf aus ihren Schlammpfützen und Grasbuckeln den Schauplatz für Passchendaele und Ypern und die Somme, für Schützengräben, Unterstände und Niemandsland.

Eines seiner Spiele hieß »Ausschlüpfen« und begann damit, daß er sein Gesichtsfeld bewußt soweit vergrößerte, bis er – gewissermaßen durch einen Wahrnehmungstrick – gleichzeitig alle vier Spielfeldecken, die Spitzen der Torpfosten und den obersten Zaundraht im Blickfeld hatte. Das war nicht etwa so, als würde er die Dinge, die er sah, zusammenfassen und bündeln. Vielmehr betrachtete er sie alle auf einmal, aber von neutraler Warte, ohne eines hervorzuheben, und ortete so – unvorstellbar simultan – links in der Tiefe eine Berberitze, den Schlammsee im Mittelfeld und rechts außen den Bioteich.

Er war noch ganz klein, als er dieses Spiel perfektionierte, und nicht viel älter, als er die Kontrolle darüber verlor. Manchmal war er für ewig lange Augenblicke ohne jeden Orientierungssinn, und dann wußte er nicht mehr, wo der ausgeschlüpfte Geist eigentlich hingehörte. Er mußte sich erst beibringen, seinen Körper wiederzufinden, indem er seine Gedanken auf konkrete Gegenstände richtete und die Konzentration soweit drosselte, bis sie sich in etwas Handfestem manifestierte, einem Halbmond aus weißer Farbe im ausgebleichten Gras, dem hellschimmernden, eingezäunten Kricketfeld, dem stillen schwarzen Teichwasser. Von solchen Fixpunkten aus konnte er, wie durch eine Art Fernglas, den kalten, zusammengekrümmten Körper ausspähen und mit etwas Glück den Geist zu ihm hinüberspringen lassen.

Früh schon bediente er sich dankbar der Geometrie, die dort Halt oder Durchschlupf bot, wo Grasbüschel und Schlammkrusten versagten. Gestrichelte Linien, der Punkt, an dem die Markierungen von Sommer- und Winterspielen sich kreuzten, parallel laufende Trambahngleise, Wegemarken, die im tückisch schlingernden Schlamm für Orientierung sorgten und ihn in Schach hielten, waren Behelfspfade, ja ein veritables Rettungsnetz.

Nachdem er das Spiel ein paar Jahre lang weder gespielt noch daran gedacht hatte und obwohl er es nicht mochte, war es vor kurzem wieder über ihn gekommen, fast wie eine Sucht. Es war wie mit der Onanie, zu der er sich auch ganz plötzlich und um so heftiger getrieben fühlte, wenn er gerade den Vorsatz gefaßt hatte, damit aufzuhören und folglich ganz entspannt war. Für gewöhnlich gab er nach und dachte, gut, er werde es tun, es schnell hinter sich bringen und gleich danach einen neuen Anfang machen.

Diesmal hatte er geglaubt, daß er ohne das Spiel über den Platz komme. Er wollte sich an die Markierungen halten; die würden ihm, wenn er auf ihnen entlanglief, hinüberhelfen. Er hatte nicht mit dem Zug gerechnet, der ihn ganz ohne die vorbereitenden Blick- und Bewegungsübungen aus sich herauskatapultierte, die ihm sonst Mut gaben, ja die vielleicht sogar überlebenswichtig waren.

Inzwischen fror er bitterlich. Er konnte sich nicht erinnern, was im einzelnen geschehen war. Aber hinterher war ihm jedesmal bitterkalt.

Er schlurfte steifbeinig durchs Gras und versuchte immer noch, sich an die sicheren weißen Linien zu halten.

Sie gingen unter den hohen weißen Malstangen entlang, von denen er sich als Kind vorgestellt hatte, daß geheimnisvolle Fabelwesen sie als Hochsprunglatten benutzen würden. Sie stießen die Gartenpforte auf und betraten den Kiesweg, der zum Haus führte.

2. In der Höhle des Löwen

Man hatte Alexander oft beteuert, daß das Pottersche Haus ihm immer offenstehe. Sie würden ihn, hieß es, bedenkenlos fortschicken, sollte er einmal unerwünscht sein. Sie schickten ihn nie fort, und er hatte sich nie richtig erwünscht gefühlt, sondern immer so, als störe er bei einer wichtigen und intimen Familiensache. Werte wie Heim und Familie schüchterten ihn ein, und darum behandelte er sie mit übertriebenem Respekt. Seine Eltern führten in Weymouth ein kleines Hotel, in dem er – ein Einzelkind – immerhin nach Belieben hatte ein- und ausgehen können, ohne sich den Vorwurf einzuhandeln, er betrachte sein Zuhause als Hotel, denn es war schließlich eines.

Die Hintertür führte in die Küche, wo Winifred an der Spüle stand. Sie wollte Marcus umarmen, der ihr auswich, und lud Alexander zum Abendbrot ein. Das Essen sei gleich fertig, sagte sie, und werde ohne weiteres für einen mehr reichen. Alexander finde die übrige Familie im Wohnzimmer.

Starr und flach wuchs sie durch einen Kokon aus Baumwollstrümpfen, grauem Rock und geblümte Kittelschürze bis zu der schweren Krone graumelierter blonder Flechten empor, deren Strenge gemildert wurde durch einen wehenden Flaum splissiger Härchen, in denen sich das Licht fing. Mit der geraden dänischen Nase und den eng beieinanderstehenden Augen, typischen North-Yorkshire-Merkmalen, wirkte sie wie das viktorianische Abbild einer erschöpften skandinavischen Gottheit. Im übrigen hatte sie durchaus auch eine kritische Ader, auch wenn Alexander sich auf keine Äußerung von ihr besinnen konnte, die nicht in erster Linie versöhnlich gewesen wäre. Sie sprach im Grunde wenig, und wenn, dann mit unverkennbarem Yorkshire-Akzent. Alexander kannte sie bestimmt schon ein Jahr, ehe er in Erfahrung brachte, daß sie in Leeds Anglistik studiert und den Magister gemacht hatte.

Bill und seine Töchter saßen schweigend im Wohnzimmer. Alexander stellte sich vor, daß die meisten Engländer so eingerichtet waren wie die Potters, auch wenn er kaum vergleichbare Wohnungen kannte. Das kleine Zimmer war vollgestopft mit Möbeln: einer dreiteiligen Polstergarnitur aus rostfarbenem Schlingenmokett, einer wuchtigen, geschweiften Musiktruhe, einem Kamin mit leberbraunen Kacheln und abgerundeten Ecken, einem Nußbaumschreibtisch mit Greifenklauen und vagen Anleihen beim Directoire-Stil, zwei Sitzpolstern, zwei Lampen aus Serienproduktion, zwei Sätzen Beistelltischchen. Leinenvorhänge im Stil der Zeit Jacobs I. in Graugrün, Rost- und Blutrot rahmten die Terrassentür, die in den kleinen Garten hinter dem Haus führte. Auf dem schon etwas abgetretenen Teppich nisteten Vogelschemen im altersbleichen, filigranen Geäst eines orientalischen Baums.

Silbergerahmte Fotos auf der Musiktruhe zeigten die drei

Kinder, alle im Alter von etwa fünf Jahren. Die beiden Mädchen, Hand in Hand, im Samtkleid mit Spitzenkragen, blickten finster in die Kamera. Marcus stand allein und verloren neben einem riesenhaften, knopfäugigen Teddybären.

»Alexander«, sagte Bill. »So eine Überraschung. Nehmen Sie sich einen Stuhl.«

»Nehmen Sie die Hälfte vom Sofa«, sagte Frederica, die sich darauf ausgestreckt hatte. Sie trug eine verknitterte Schuluniform in den Farben des Blesforder Mädchengymnasiums: Weiß und Kastanienbraun. Ihre Finger waren tintenbeschmiert bis zu den Knöcheln, die Söckchen nicht mehr ganz sauber.

Alexander setzte sich auf einen Stuhl.

»Wie hast du bei der Geschichtsarbeit abgeschnitten?« erkundigte sich Bill bei seinem Sohn.

»Zweiundfünfzig Punkte.«

»Und der wievielte warst du?«

»Weiß ich nicht. Achter oder neunter.«

»Geschichte ist natürlich nicht dein Hauptfach.«

»Nein.«

»Zeig Alexander die Katzen«, sagte Frederica zu Stephanie. Es klang wie ein Befehl.

Stephanie, die über einen Stapel Hefte gebeugt an einem Tischchen saß, richtete den Oberkörper auf und streckte sich. Sie war ein sanftmütiges Mädchen, blond, mit großen Brüsten, schöngeformten Beinen und einem Pagenkopf mit etwas zu straffer Innenrolle. Sie hatte gerade ihr Studium in Cambridge in beiden Fächern mit Bestnote abgeschlossen und unterrichtete jetzt an ihrer alten Schule, dem Blesforder Mädchengymnasium.

»An meiner Tochter Stephanie«, sagte Bill, »ist ein Samariter verlorengegangen. Wir alle können ein Lied davon singen. Sie rettet, wo sie kann – lebende und halbtote Kreaturen –, je schlechter die Chancen stehen, desto lieber. Diesmal stehen sie miserabel, würde ich sagen. Na, Stephanie, sind die Viecher schon hinüber?«

»Nein. Und wenn sie die Nacht überleben, dann haben sie eine reelle Chance.«

»Soll das heißen, du willst die ganze Nacht aufbleiben?«

»Ich denke schon.«

»Darf ich mal sehen?« Alexander fragte aus reiner Höflichkeit. Er hätte sich den Anblick viel lieber erspart. Stephanie schob die große Kiste neben ihrem Stuhl ein Stück weit in seine Richtung. Er bückte sich hastig, wobei sein Haar das ihre streifte, das sauber duftete und frisch. Sie schien sich überhaupt nicht zu verändern, wirkte immer natürlich und suggerierte durch ihren sparsamen Umgang mit Worten und Gesten eine geistige wie körperliche Trägheit, die ihre Mitmenschen wechselweise beruhigend oder aufreizend fanden.

In der Kiste lagen drei Katzenfrühchen, deren unverhältnismäßig große Köpfe schwach und schutzsuchend gegeneinander taumelten. Ihre Augenlider waren mit gelblich-braunen Krusten verklebt. Von Zeit zu Zeit sperrte eins sein rosiges Mäulchen auf und entblößte Zähnchen, so fein wie Gräten. Sie waren feucht und schlüpfrig, reptilartige Geschöpfe, die winzige, unbehaarte Füßchen nachschleiften.

Als Stephanie eins der Kätzchen aufnahm, rollte es sich wie ein Fötus in ihrer hohlen Hand zusammen.

»Ich reibe sie von Zeit zu Zeit mit einem Waschlappen ab, damit sie sich nicht verkühlen«, erklärte sie leise. »Und ich füttere sie häufig – mit der Pipette hier.«

Sie nahm das Instrument von einer Untertasse auf dem Kamin. Es wirkte fast brutal, als sie mit dem kleinen Finger die hilflos zarten Kiefer entblößte, die Pipette einführte und zu pressen begann.

»Das Problem ist nur, daß sie dabei leicht ersticken können.« Das Kätzchen spuckte, würgte kaum hörbar und blieb nach kurzem Zappeln reglos liegen. »Na, das hat es immerhin bei sich behalten.«

»Woher haben Sie sie?«

»Aus dem Pfarrhaus. Dort ist die Katze gestorben. Eine wirklich furchtbare Geschichte.« Und mit unverändert leiser Stimme fuhr sie fort: »Ich saß mit Miss Wells beim Tee, als plötzlich der Vikar an die Tür hämmerte und rief, die kleine Tochter der Putzfrau würde sich in der Küche die Seele aus dem Leib schreien. Da bin ich runtergelaufen und fand die Katze ... ihr war nicht mehr zu helfen ... sie hat immer nur in einem fort geröchelt und sich vor Schmerzen gekrümmt, bis sie endlich tot war.«

»Muß das sein?« fragte Bill.

Marcus, der so weit wie möglich von den Kätzchen abgerückt war, schob die Hände zwischen die Knie und begann mit Hilfe von Fingerspitzen und -knöcheln eine mathematische Gleichung zu lösen.

»Außer denen hier gab es noch drei Totgeburten. Die Kleine war ganz verzweifelt. Womöglich hat sie das Unglück verschuldet – wollte vielleicht das arme Tier hochnehmen und hat nicht richtig zugepackt. Jedenfalls war das Kind völlig außer sich. Und da habe ich ihr versprochen, daß ich die drei hier durchbringe, wenn ich kann. Obwohl es lästig ist, nachts dauernd aufzustehen.«

Das Tierchen in ihrer Hand gab einen schrillen Piepston von sich, dem die Kraft zum Schrei fehlte.

Frederica sagte mit dem ihr eigenen schroffen Tonfall: »Ich wußte gar nicht, daß auch Katzen im Kindbett sterben können. Ich dachte, bei denen purzeln die Jungen einfach so raus, und Tod im Kindbett gäb's nur noch bei Romanheldinnen.«

»Bei dieser Katze hatte sich inwendig irgendwas verknotet.«

»Armes Viech. Und was willst du mit den Jungen machen?«

»Ihnen ein Zuhause suchen, was sonst. Falls sie durchkommen.«

»Ein Zuhause«, wiederholte Frederica mit vor Ironie triefender Stimme. »Ein *Zuhause. Falls* sie durchkommen.«

»Ganz recht«, bestätigte Stephanie ruhig.

Alexander stand auf. Ihm war ein bißchen übel vor lauter Geburtsgerüchen und Brutgerede. Er war eben im Begriff, den Grund seines Besuches zu erklären, als Bill, der unterdessen seine verbale Munition gesammelt hatte, zugleich mit ihm das Wort ergriff, wie es seine Gewohnheit war. Alexander, der sich trotzdem immer wieder darüber ärgerte, so auch jetzt, brach mitten im Satz ab und musterte Bill. Er war klein und hager, auch wenn das längliche Pferdegesicht sowie Hände und Füße für eine andere Statur bestimmt schienen. Er trug Flanellhosen, ein blau-weiß kariertes Hemd, das am Hals offenstand, und ein rötlichbraunes Jackett mit Lederflicken an den Ellbogen. Sein schütteres Haar, früher vermutlich genauso rötlichbraun wie das von Frederica, war inzwischen ausgebleicht und zeigte die ersten silbrigen Sprenkel, wie Ascheflocken auf einem verglühenden Feuer. Ein paar lange Strähnen waren über die kahle Stelle am Oberkopf gekämmt. Er hatte eine spitze Nase und wasserblaue Augen: Als sie klein waren, hatten sich beide Potter-Töchter den bösen Rattenfänger mit dem Gesicht ihres Vaters vorgestellt – und mit Augen, die flackerten »wie eine salzbestreute Kerzenflamme«. Und wirklich umgab Bill die Aura einer erstickten Feuersbrunst – kein offener Brandherd, sondern das unheilvolle Schwelen im Innern eines Heuhaufens, das Knistern in den Tiefen eines Holzstoßes, der sich plötzlich entzünden mochte, lichterloh aufflammen und einstürzen.

»Nur heraus damit«, sagte er und deutete, ohne sich um Alexanders höflichen Auftakt zu kümmern, mit einer ruckartigen Kopfbewegung auf seinen Sohn. »Wie findet man denn seine Leistungen?«

»Ganz gut.« Alexander war peinlich berührt. »Das heißt, soweit ich informiert bin. Er ist sehr fleißig, wissen Sie.«

»Ich weiß, ich weiß. Nein, ich weiß es eben nicht. Mir sagt ja keiner was. Niemand spricht mit mir. Am allerwenigsten er.«

Als Alexander verstohlen zu Marcus hinsah, hatte er den Eindruck, der Junge höre überhaupt nicht zu. Und so unwahrscheinlich das auch schien, glaubte er nicht, daß er sich täuschte.

»Wenn ich mich erkundige«, sagte Bill, »wenn ich, wie es für einen Vater ganz natürlich ist, nachfrage, dann werde ich allenthalben mit Ausflüchten abgespeist. Niemand mag beschwören, daß er seine Sache so gut macht, wie er sollte. Keiner ist bereit, konstruktive Kritik zu üben. Überall Fehlanzeige. Man möchte meinen, der Junge existiert überhaupt nicht, ja man könnte ihn glatt für unsichtbar halten.«

»Ich unterrichte ihn ja nur in Englisch, was für ihn Nebenfach ist, aber ich bin recht zufrieden ...« Alexander stockte. Was, fragte er sich, was heißt eigentlich »recht zufrieden« in diesem Zusammenhang? Die Crux war, daß der Junge mitunter – und nach Alexanders Überzeugung absichtlich – in der Tat unsichtbar wurde.

»Zufrieden. Recht zufrieden. Dann verraten Sie mir doch mal, was *genau* Sie als Lehrer, als Anglist und Literat, unter diesem ›recht zufrieden‹ verstehen ...«

»Zu Tisch«, rief Winifred und stand so gebieterisch in der Tür, als sei sie per Knopfdruck zu seiner Rettung berufen worden. Die Mädchen standen auf, Marcus verdrückte sich.

Das winzige Eßzimmer prunkte pseudofeudal mit Eiche und Leder. Um einen Klapptisch mit plumpen, gichtig gespreizten Beinen Stühle mit Messingbeschlägen und lederbezogener Rükkenlehne. An den Wänden grobkörnige Rauhfasertapeten, über dem Kopfende des Tisches ein ganz kleiner, gerahmter Druck von Uccellos *Jagd*. Das bloße Format dieses Druckes ließ Frederica bis weit ins Erwachsenenalter hinein vermuten, daß es sich bei dem Original im Ashmolean Museum um ein riesengroßes, über eine ganze Wand reichendes Bild handeln müsse: Seine in Wahrheit moderaten Maße empörten und entzückten sie zugleich.

Auf dem Tisch lag eine Plastikdecke, eine ungewöhnlich raffinierte Imitation: rosengeschmückter weißer Damast auf der einen und rosagepunkteter Gingan auf der anderen Seite. Winifred gehörte zu jener Kriegsgeneration von Hausfrauen, die Plastik, in jeder Form, für ein arbeitssparendes Wunderwerk hielten und auf die Farben, in jeder Schattierung, unweigerlich heiter und befreiend wirkten. Heute war die Damastseide mit dem schweren, prunkvollen Hochzeitssilber der Potters eingedeckt, mit imitierten Binsenmatten aus Plastik, ungestärkten, kreppleinenen Servietten mit einem obskuren Schottenmuster in viel zu weiten Silberringen, Überbleibseln eines gediegenen Lebensstils mit festlich begangenen Hochzeiten und Kindstaufen, den die Potters partiell abgelegt hatten, ohne statt dessen anspruchsvollere Ambitionen zu entwickeln. In der Mitte des Tisches stand ein Sortiment Würzflaschen: Piccalilli, HP-Sauce, Senfgurken, Chutney und Ketchup.

Frederica und Stephanie, die beide in Alexander verliebt waren, fragten sich beklommen, welchen Eindruck diese Umgebung auf ihn machen würde. Alexander kleidete sich leger, aber mit Pfiff: strapazierfähige Köperhose, Sportsakko, Wildlederstiefel und goldbraunes Hemd aus aufgerauhter Baumwolle. Er war auf unaufdringliche Weise schön; das lange braune Haar fiel weich und locker in die Denkerstirn, alles an ihm war schmal, elegant, wohlgeformt und dabei kultiviert, ohne eine Spur kerniger Jovialität. Die Schwestern befürchteten, er müsse sie fast zwangsläufig für ordinär halten. Sie hätten ihm gern einen anderen Eindruck vermittelt und genierten sich um so mehr, weil sie andererseits der festen Überzeugung waren, daß es ordinär und unrecht von Alexander wäre, sich überhaupt ein Urteil über die Lebensverhältnisse der Potters anzumaßen. Nicht minder ordinär und unrecht wäre es seitens der Potters, etwas auf sein Urteil zu geben. Letzten Endes kam es doch nur auf Charakter und Rechtschaffenheit an, und das nicht zu wissen, war überhaupt das Allerordinärste – so ihre verwirrende, ganz dem Potterschen Naturell entsprechende Argumentationskette.

Bill, der sich die Hemdsärmel über den blaßgeäderten Armen hochgekrempelt hatte, schnitt kalten Hammelbraten auf und teilte Blumenkohlgemüse und gekochte Kartoffeln aus. Nebenher tyrannisierte er Alexander unerbittlich weiter mit Fragen nach dem intellektuellen Werdegang seines Sohnes. Stur zu sein bis zur Verbohrtheit, auch das gehörte zum kollektiven Charakterbild der Potters. Bill behauptete, Marcus habe nichts gelesen, mit Ausnahme der Biggles-Bücher, und wollte wissen, wie schlimm das sei. Er hätte in Marcus' Alter bereits den ganzen Kanon intus gehabt: Kipling, Dickens, Scott, Morris, Macaulay, Carlyle, einfach alles. Ja, er war genauso alt gewesen wie Marcus, als der Kongregationalistenpfarrer ihm *Jude the Obscure* abgenommen und seine Familie und Freunde zu dem Brandopfer eingeladen hatte, das er damit veranstaltete.

»Im Ofen der Sakristei. Die kleine runde Klappe zum rotglühenden Fegefeuer aufgerissen und rein mit dem armen Jude, den er auf Armeslänge von sich abhielt und nur mit der Zange anfaßte. Dazu eine Predigt über sündige Gedanken und die Arroganz der Halbgebildeten. Sprich die meine.«

»Und Sie? Was haben Sie gemacht?«

»Es ihm mit gleicher Münze heimgezahlt. Mit 'nem regelrechten Holocaust. Sämtliche Missionarsheftchen hab' ich zusammengerafft – all den Schund über die elend darbenden Heidenkinder, die Klein-Hans mit seinem Spendenscherflein auf ewig glücklich macht, oder über die angebliche Dankbarkeit der Aussätzigen für Gottes Wort und den ganzen faulen Zauber, wo's bei denen doch buchstäblich ums *Verfaulen* ging und nicht um lange Hosen und Monogamie und Selig sind die Sanftmütigen, was sowieso gelogen ist. Ich hatte nicht den Mumm, eine Predigt zu halten, aber geschrieben hab' ich eine, Gott steh mir bei, in Schönschrift, und sie ans Schwarze Brett gehängt. *Autodafé*, schrieb ich, bedeute ursprünglich ›Glaubensakt‹, was sogar ich Halbgebildeter wisse, und das hier sei meins, und für mich gehörten die Pfaffen verdammt, wegen Scheinheiligkeit, verlogener Werte und schwülstigen Stils. Und weil sie *Jude* verbrannt hätten, bevor ich ihn zu Ende lesen konnte.«

Alexander lachte verlegen. »Es wundert mich, daß Ihre Eltern sich nicht von Ihnen losgesagt haben.«

»Und ob sie das taten! Selbstverständlich. Gleich am nächsten Tag bin ich mit einem schwarzen Blechkoffer voller Bücher und ein paar Kleidern ausgezogen und hab' sie nie wiedergesehen. Win war mit den Mädchen da, einmal, aber *ich* käme ihnen nicht über die Schwelle, selbst wenn ich hinführe, was ich nicht vorhabe. Nein, ich hab' mich damals als Handelsvertreter durchgeschlagen. Orthopädische Stützwäsche für Herren. Nach Cambridge hab' ich's über die Arbeiterfortbildung und die Abendschule geschafft. Hab' *Jude* zu Ende gelesen und meine Lektion gelernt. Was einer sich erkämpft und vom Munde abgespart hat, das weiß er auch zu schätzen.«

Alexander war beeindruckt und wollte das eben kundtun, als Frederica sagte:

»Dann finde ich's komisch, daß du unsere Bücher verbrennst.«

»Ich verbrenne keine Bücher.«

»Solche, die dir nicht gefallen, schon. Du zensierst unsere Lektüre.«

Bill gab einen schmatzenden Laut von sich. »Zensieren, daß ich nicht lache! Wer hat denn an diese vertrocknete alte Jungfer geschrieben, als ihr so dumm wart, euch in der Schule die *Lady Chatterley* wegnehmen zu lassen? Und ihr obendrein noch gesteckt, es sei hanebüchen, daß *Der Regenbogen* und *Liebende Frauen* in eurer Schülerbücherei fehlen?«

»Ich hatte dich nicht drum gebeten. Mir wär's sogar lieber, du würdest dich nicht einmischen.«

»Ich glaube, das debile Frauenzimmer schrieb mir zurück, sie hätte sechs Exemplare eines Werkes mit dem Titel *Das Mysterium der Erfüllung oder Wie ein Kind zur Welt kommt* angeschafft. Was sie für einen hinlänglichen Beweis ihrer liberalen Gesinnung zu halten schien.«

»Sie hat Hemmungen«, sagte Stephanie. »Aber sie meint es gut.«

Frederica schien aufgebracht. Sie schoß wütende Blicke in die Runde, konnte sich aber offenbar nicht entscheiden, wen sie angreifen sollte, Bill oder *Das Mysterium der Erfüllung.*

»Na schön, viel taugt es nicht, dieses Buch. Lauter Diagramme, die man heute schon in jeder Tamponschachtel findet. Und ein Haufen Unsinn über höchste Glückseligkeit und das innige Vertrauen der Liebe und die Erschließung des jungfräulichen Schatzkästleins – eine blöde Metapher, ehrlich, wo doch da gar nichts *drin* ist! Und ihre religiösen Kommentare dazu gefallen mir auch nicht, ich lass' mir die Biologie nicht durch ihre frommen Schwärmereien infizieren, besten Dank. Sie hat einfach keine *Ahnung.*«

»Aber wenn ich mich darüber beschwere, daß sie euch vernünftige Bücher und Erfahrungen vorenthält, dann protestierst du.«

Frederica brauste auf. »*Du* hast uns dieses gräßliche Gymnasium eingebrockt, und jetzt dürfen wir nicht mal auf unsere Art damit fertig werden. Du machst mir das Leben unerträglich, wenn du's genau wissen willst, du mit deinen ewigen Briefen an die Wells über Sex und Freiheit und Literatur und überhaupt. Falls du dich im Ernst für meine Meinung interessierst, bitte: Ich glaube allen Ernstes, daß *Liebende Frauen* genauso schädlich und verderblich für uns zarte junge Knospen ist wie *Das Mysterium der Erfüllung.* Wenn ich dächte, daß mir wirklich einmal so ein Leben bevorstünde, wie dieser Roman es mir als Vorbild hinstellt, also ich würde mich auf der Stelle im Bioteich ertränken. Ich pfeife auf das Mysterium kosmisch erfahrbaren Andersseins! Das kannst du behalten. Sofern du's begriffen hast. Ich hoffe inständig, daß Lawrence uns da was vorlügt, obwohl ich nicht weiß, wie ich das deiner Meinung nach erkennen soll, auch wenn du mich zehnmal zwingst, ihn zu lesen. Und daß du Bücher verbrennst, das stimmt sehr wohl.«

»Ich verbrenne keine Bücher.«

»Doch! Meine sämtlichen *Girls'-Crystals*-Hefte hast du verbrannt und alle Georgette Heyers, die mir diese Beinahe-Freundin, die ich mal hatte, geborgt hat, und die gehörten mir nicht mal.«

»Ach ja!« Noch im nachhinein wurde Bills diebische Freude spürbar. »Du hast recht. Aber das waren keine Bücher.«

»Es war harmlose Lektüre. Ich hab's gern gelesen.«

»Märchen waren das. Lüsterne Phantasien. Ordinär und unwahr, falls dir das etwas sagt.«

»Du darfst mir schon zutrauen, daß ich Phantasie und Realität auseinanderhalten kann. Ein bißchen Phantasie hat noch keinem geschadet. Und ich hatte endlich mal was, worüber ich mich mit den anderen Mädchen unterhalten konnte.«

Bill ließ sich über dichterische Wahrheit aus. Alexander sah verstohlen nach der Uhr. Winifred fragte sich, wie so oft, was Bill dazu trieb, sich ausgerechnet mit der Tochter unerbittlich anzulegen und ihr so (für seine Verhältnisse) grobschlächtig Paroli zu bieten, die doch ganz seine blindwütige analytische Sucht nach dem gedruckten Wort geerbt hatte.

Auch sie erinnerte sich an die Geschichte mit den *Girls'-Crystals*-Heften. Wie Bill auf ihre Spur gekommen war, erfuhr man nie. Jedenfalls fand er die Heftchen in einem Karton unter Fredericas Bett versteckt und schleppte sie, trunken vor Zorn und Schadenfreude, ins Freie, um sie in der perforierten Mülltonne einzuäschern, in der er sonst die Gartenabfälle zu verbrennen pflegte. Ein *Crystal* nach dem anderen wurde schwarz und verkohlte; angesengte Papierfetzen und lichte Flammen tanzten in den hellen Sommerhimmel empor. Bill stocherte mit einer Eisenstange in der Glut wie ein Opferpriester, indes Frederica auf dem Rasen um ihn herumsprang, wild mit den Armen fuchtelte und unmißverständlich ihre Wut herausschrie.

Winifred war diese ihre jüngere Tochter nicht ganz geheuer. Frederica schien manchmal von einem Dämon besessen; in den Schulzeugnissen stand, ihr Stil, ja sogar ihre Schrift seien »aggressiv«. Winifred glaubte das. Stephanie, die sanfter war und fauler als ihre Schwester, galt als die klügere. Marcus war in Winifreds Augen friedfertig und selbstgenügsam. Was sie an ihm und Stephanie bewunderte, war, daß die beiden Zornausbrüchen mit der gleichen stoischen Geduld begegneten wie sie selbst. Frederica geriet immer gleich in Rage.

Beim Kaffee gelang es Alexander endlich, sein Stück zur Sprache zu bringen. Er näherte sich dem Thema mit einer weitschweifigen Einleitung über Crowe und seine Pläne für die neue Universität, gegen die Bill prompt zu Felde zog. Er wisse, versicherte er Alexander, sehr gut Bescheid über die diesbezüglichen Verhandlungen, habe sogar selber daran teilgenommen, am Anfang, als noch Hoffnung auf einen echten Neubeginn bestand und man ein Modell anstrebte, das wirklich auf der Basis der Erwachsenenbildung fußte, mit der schließlich alles angefangen hatte. Aber als geschäftsführende Rektoren hergingen und ihm seinen Lehrplan verhackstückten, bis er sich nicht mehr von dem irgendeiner x-beliebigen Universität unterschied, als Crowe ungebeten seine Nase in alles reinsteckte und endlich noch der Bischof lauter überflüssigen Firlefanz und Kinkerlitzchen wie theologische Kollegien einführen wollte, da habe er, Bill, die Geduld verloren. Bei dieser sogenannten neuen Universität werde nichts weiter herauskommen als ein geschönter Abklatsch von Oxbridge, mit nachgeäfftem Zeremoniell. Und für die Dons, die die Güte hätten, hier zu unterrichten, würde man die Altbauten der Stadt mit Messingklopfern und diesem scheußlichen himmelblauen Festival-of-Britain-Anstrich verschandeln. Mit so was, wolle er, Bill, nichts zu tun haben. *Seine* Arbeit müsse eben weitergehen wie bisher, auf jeden Fall unbehelligt von dieser ganzen Sensationshascherei. Und was Crowe anging, der sei wie eine alte Spinne. Er würde auf seinem Schloß hocken und warten, bis ihm die fetten Kulturfliegen ins Netz gingen, und sich noch zum geschäftsführenden Rektor ernennen lassen, Alexander möge nur abwarten. Und den neuen Renaissancemenschen, den brauche man auch nicht, besten Dank – Lesen, Schreiben, Rechnen, Anschauungsunterricht und Sprachschulung genügten für seine Begriffe vollauf.

Alexander erwähnte die Festspiele und daß er ein Stück geschrieben habe, zu dem er gern Bills Meinung hören würde. Es solle bei der Eröffnungsfeier aufgeführt werden. Ein Glücksfall für ihn. Er sprach von Crowes Plänen für einen kulturellen

Aufschwung für die ganze Region und setzte unsicher hinzu, daß Bills Mitwirkung gewiß unverzichtbar sei. Er sprach von seiner Hoffnung, im Sommersemester etwas Zeit auf die Arbeit an dem Stück verwenden zu können, aber das hänge natürlich von Bill ab. Das euphorische Freiheitsgefühl, das er in Crowes Gesellschaft und auf der Eisenbahnbrücke verspürt hatte, war inzwischen verflogen. Was er sagte, klang schlicht, beinahe apologetisch. Bill ließ ihn ausreden und drehte sich währenddessen mittels einer gummigepolsterten Blechpresse eine Zigarette. Umständlich zupfte er Prise für Prise des klebrig schwarzen, unverschnittenen Tabaks zurecht, leckte sich die Lippen und befeuchtete pedantisch den dünnen Rand des Zigarettenpapiers.

»Und? Was ist es geworden? 'ne Art Kulturfestspiel?«

»Nein, nein.«

»Eine Neuauflage des Renaissancetheaters?«

»Nein. Ein Schauspiel. Ein historisches Schauspiel. Ein Versdrama. Über die Königin.« Er stockte. »Daher auch mein Arbeitstitel: *A Lady Time Surprised*. Nach dem Porträt. Aber nun haben wir uns für *Astraea* entschieden, weil das einprägsamer klingt. Und dann habe ich dramaturgisch auch eine Menge Anleihen bei Frances Yates und ihren Studien über Elizabeth als Virgo-Astraea gemacht.«

Er sah Bill an, daß ihm sein Konzept zu akademisch war, daß er es für eine prätentiöse Fehlleistung hielt.

»Tja«, sagte Bill, »ich schlage vor, Sie geben mir Ihr Werk mal zum Lesen. Haben Sie noch ein Exemplar übrig?«

Alexander brachte eines von Crowes hektografierten Exemplaren zum Vorschein. Die Erkenntnis, daß Bill es von vornherein für ausgeschlossen hielt, daß sein Stück etwas taugen könne, bestürzte ihn. Bill sprach zu ihm im Ton eines Schulmeisters, der Fleiß und Strebsamkeit fördert, aber zu redlich ist, einer Arbeit Beifall zu spenden, den das Resultat nicht rechtfertigen wird.

»Können wir mitmachen?« fragte Frederica. »Gehören wir zur Regionalkultur? Ich werde sowieso Schauspielerin.«

»Oh«, stieß Alexander hervor. »Interessenten werden natürlich vorsprechen können. Dafür werden reichlich Termine anberaumt. Für jedermann zugänglich. Einschließlich der Schulen. Allerdings hätte ich persönlich für eine bestimmte Rolle gern

Marcus vorgeschlagen – falls er Lust hat. Darum bin ich gekommen, um zu fragen, wie er – und Sie – darüber denken.«

»Ich finde, er hat im *Hamlet* echte Begabung bewiesen«, sagte Bill.

»Ganz meine Meinung«, sagte Alexander. »Und diesmal ist eine Traumrolle für ihn dabei.«

»Edward VI., darauf möcht' ich wetten«, rief die unverwüstliche Frederica. »Der würde ihm liegen. Nein, was für ein Glückspilz!«

»Danke, aber ich mag nicht«, sagte Marcus.

»Ich denke, es wäre zu schaffen«, meinte Bill. »Trotz deiner Arbeit für ...«

»Nein!«

»Sag uns wenigstens, warum du nicht willst.«

»Weil ich nicht ohne Brille auf der Bühne herumstolpern kann.«

»Aber als Ophelia hast du's gemacht.«

»Ich tauge nicht zum Schauspieler. Ich tu's nicht, ich will nicht auf die Bühne. Ich kann's nicht.«

»Wir können ein andermal darüber sprechen«, sagte Alexander und meinte: Wenn Bill nicht dabei ist.

»Nein!« gab Marcus entschieden, aber mit schriller Stimme zurück.

Es klingelte. Frederica stürzte zur Tür und kam mit dem ominösen Bescheid zurück, ein Vikar wolle »seine Aufwartung machen. Er will zu Stephanie.«

Das hörte sich lächerlich anachronistisch an, wie ein Zitat von Charlotte Brontë, Elizabeth Gaskell oder Mrs. Humphrey Ward. Es war undenkbar, daß jemand den Potters seine Aufwartung machte, am allerwenigsten ein Geistlicher. Und Vikare, die andernorts vielleicht noch ihre Aufwartung machten, kamen ganz gewiß nicht an ihre Tür.

»Laß ihn nicht einfach draußen stehen, das gehört sich nicht«, sagte Winifred. »Bitte ihn herein.«

Der Vikar trat ein und blieb auf der Schwelle stehen. Er war ein stattlicher Mann, groß, dick, stark behaart, mit ungebärdigem schwarzen Bürstenschnitt, dichten Brauen und einem ausgeprägten, von üppig sprießenden Bartstoppeln überschatteten

Kinn. Seine schwarze Jacke saß salopp über den kräftigen Schultern, der muskulöse Hals quoll mit Macht aus dem steifen Priesterkragen.

Stephanie war merklich nervös, als sie ihn vorstellte. Daniel Orton, Mr. Ellenbys Vikar, von St. Bartholomew's in Blesford. Daniel Orton faßte die Tischgesellschaft ins Auge, und als er mit volltönender Stimme fragte, ob er sich setzen dürfe, hätte man das eventuell noch als bewährtes Mittel des Geistlichen gegen die Befangenheit seines Gegenübers auslegen können. Er sprach unverkennbar Yorkshire – allerdings den Dialekt der südlichen Industrieregion, nicht den modulierten Singsang des Nordens, der Winifreds Akzent bestimmte.

»Falls Sie als Seelsorger kommen«, meinte Bill, »sage ich Ihnen lieber gleich, daß Sie an der falschen Adresse sind. Hier werden Sie keine Kirchgänger finden.«

Ohne darauf einzugehen, erklärte der Vikar schlicht, er sei gekommen, um ein paar Minuten mit Stephanie zu sprechen, mit Miss Potter. Falls es erlaubt sei. Er habe der kleinen Julie aus dem Pfarrhaus versprochen, daß er vorbeischauen und sich nach dem Befinden der Kätzchen erkundigen würde. Das Katzenlager hatte er, offenbar bereit, instinktiv ausgemacht, setzte sich ohne weiteres auf die freie Hälfte von Fredericas Sofa und spähte in die Kiste.

»Sie machen sich nicht schlecht«, sagte Stephanie. »Mehr kann ich vorläufig noch nicht sagen.«

»Das Kind gibt eindeutig sich die Schuld«, sagte Daniel Orton. »Ich hoffe, Sie bringen sie durch.«

»Machen Sie der Kleinen bitte keine übertriebenen Hoffnungen – und bitte verlassen Sie sich nicht allzusehr auf mich. Den Tierchen fehlt nicht bloß die Mutter, sie sind auch zu früh auf die Welt gekommen. Eigentlich ist es verrückt, was ich hier versuche.«

»Ganz recht, ja, man soll immer bei der Wahrheit bleiben. Ich bin aus eigenem Antrieb hier – hatte keine Gelegenheit, Ihnen zu sagen – also das war wunderbar, wie Sie auf das Kind eingegangen sind – und das wollte ich jetzt nachholen.«

Zwischen den stumpfen Yorkshire-Lauten flackerte wie ein Fremdkörper eine Spur von klerikalem Pathos auf. Bill warf in autoritärem Stakkato ein: »Unser Bedarf an dieser Katzengeschichte ist gedeckt, besten Dank.«

Daniel wandte den schweren dunklen Kopf ein wenig in die Richtung, aus der der Einwurf kam, schien ihn abzuschätzen und wandte sich dann wieder an Stephanie.

»Ich wollte mich mal erkundigen, ob ich Sie für eine von meinen Aufgaben gewinnen kann. Sie waren so freundlich, sich dafür zu interessieren, wie ich meine Arbeit organisiere. Also in meinem Beruf muß man aufdringlich sein, sonst erreicht man gar nichts, und da wäre was, wo ich Hilfe brauche, und ich habe das Gefühl, Sie wären genau die Richtige dafür. Nur so ein Gespür. Deshalb wollte ich mich erkundigen ...«

»Vielleicht ein andermal«, flüsterte Stephanie fast unhörbar. Sie war knallrot im Gesicht und hatte die Augen niedergeschlagen.

»Womöglich habe ich Sie gestört«, sagte Daniel. »Wenn ja, dann bitte ich um Entschuldigung.«

Alexanders Blick wanderte von seiner Uhr zu den Potters, zum Vikar.

»Sie haben ein paar sehr schöne Wandgemälde in Ihrer Kirche, Mr. Orton. Ich wüßte in ganz England keine, die sich damit messen könnten. Ganz besondere Prachtexemplare sind der Höllenschlund über dem Mittelschiff – und dieses typisch *englische* Exemplar eines eklen Drachens. Ein veritables Purgatorium, trotz der verblaßten Farben. Ganz wunderbar. Bloß schade, daß der Kirchenführer nicht ein bißchen informativer und dafür etwas weniger schwärmerisch ist. Die Verfasserin war, glaube ich, die Frau eines früheren Pfarrers.«

»Das weiß ich nicht, und den Führer habe ich nicht gelesen. Kunstwerke kann ich nicht beurteilen, aber sicher liegen Sie mit Ihrer Einschätzung richtig.«

»Wenn Sie Helfer für Ihre Gemeindearbeit suchen«, warf Bill ein, »dann sind Sie hier an der falschen Adresse. Die Institution, die Sie vertreten, handelt meiner Ansicht nach mit Lügen und falschen Werten, und ich will nichts mit ihr zu schaffen haben.«

»Das war deutlich«, sagte Daniel.

»Ich lebe in einer Kultur, die sich ihre Institutionen und ihren törichten Moralkodex anhand einer Ideologie zurechtgebastelt hat, die auf einer historischen Überlieferung fußt, für deren Wahrheitsgehalt es *keine* stichhaltigen Beweise gibt, und auf den Sermonen eines bigotten Asketen mit Namen Paulus. Trotzdem arrangieren wir uns alle damit. Man hat eben Respekt vor der Kirche. Die Frage, welche Weisheiten wohl zutage kommen würden, wenn wir sie einfach hinwegfegten, die stellt man erst gar nicht.« Ein Wetterleuchten ging über Bills Gesicht. Solche Thesen verbreitete er häufig, aber er hatte nicht oft Gelegenheit, sie einem Geistlichen vorzutragen.

»Ich bin nicht gekommen, um Sie zum Kirchgang zu bewegen. Ich wollte nur Miss Potters Unterstützung für eins meiner Projekte erbitten.«

»Ha, das ist ja der Haken: Sie *müßten* mich zum Kirchgang auffordern – *falls* Sie wirklich gläubig wären. Aber euer Geschäft ist nicht bloß gestorben, nein, die Luft ist raus.«

»Ich bin gläubig.« Daniel Ortons klobige Hände umspannten seine großen Knie.

»Oh, ich weiß! Sie glauben an den Einen Gott, Schöpfer des Himmels und der Erde et cetera. Einschließlich Gemeinschaft der Heiligen, Vergebung der Sünden, Auferstehung der Toten und das Ewige Leben. An all das glauben Sie wirklich? Auch an Himmel und Hölle? Es kommt nämlich darauf an, was wir glauben.«

»Ich glaube an Himmel und Hölle.«

»Und an Städte von Gold, Cherubim und Seraphim, Trompetenschall, Perlenflüsse, Klauen und Fledermausflügel, den Rosenpfad zum ewigen Fegefeuer und all das? Oder woran? Vielleicht an eine gewiefte moderne Variante, in der jeder seine persönliche Hölle im eigenen Naturell findet und auf ewig mit sich rumschleppt? Sagen Sie's mir, ich interessiere mich sehr für moderne Geistliche.«

»Anscheinend mehr als ich«, sagte Daniel. »Warum?«

»Weil unser sogenanntes Gemeindeleben auf einer Lüge beruht, weil es *vergiftet* ist – auch wenn die Mehrzahl der Opfer das gar nicht merkt – vergiftet von den widerlich perversen Symbolen, mit denen Sie hausieren gehen. Einem Leichnam auf zwei gekreuzten Brettern. Ein paar spannenden, aber trotzdem unwahren Metaphern wie Feuersbrunst und Apfelbaum.«

»Warum gehen Sie eigentlich so auf mich los?«

»Meines Wissens steckt im *Lear* mehr Wahrheit als in allen vier Evangelien zusammen. Ich will, daß die Menschen ihr Leben ausschöpfen, in seiner ganzen Fülle, Mr. Orton. Dem stehen Sie im Weg.«

»Aha«, sagte Daniel. »Den *Lear* habe ich nicht gelesen, der gehörte zu meiner Zeit nicht zum Abiturkanon. Aber ich werde das Versäumte nachholen. Und jetzt möchte ich mich verabschieden, wenn's recht ist. Ich bin nicht Pfarrer geworden, um mit Worten zu streiten, und das Predigen gehört noch nicht zu meinen Aufgaben. Und Sie verderben mir die Laune.«

»So darfst du nicht reden, Daddy«, mischte Stephanie sich ein. »Er praktiziert, was du predigst. Ich habe gesehen, was er leistet – in Krankenhäusern und an anderen Stätten, die du – bei all deinem Gerede über den Wert der Erfahrung – noch nie betreten hast. Er *kennt* den *Lear*, auch wenn er ihn nicht gelesen hat.«

»Wetten, daß ich meine Bibel besser kenne?«

»Garantiert!« sagte Stephanie. »Aber ob das für dich spricht oder eher für ihn, darüber mag er entscheiden. Nichts für ungut, Mr. Orton.«

»Dann hole ich mir Ihre Antwort zu einem günstigeren Zeitpunkt«, sagte Daniel zu ihr. Wie die Potters war auch er stur bis zur Verbohrtheit.

»Ich kann Ihnen nichts versprechen.«

»Aber Sie werden mich anhören.«

»Ich habe große Hochachtung vor Ihrer Arbeit, Mr. Orton«, gab sie steif zurück.

»Gut, dann gehe ich jetzt.«

Alexander sah abermals auf die Uhr und sagte, er gehe mit. Draußen auf der öden Straße standen sie einen Augenblick in mehr oder minder leutseligem Schweigen beisammen.

»Der Mann muß verrückt sein«, sagte Daniel Orton. »Ich hab ihm doch nichts getan.«

»Ironischerweise ist er in Wahrheit ein gläubiger Volksprediger. Ein Unzeitgemäßer, der sich gegen seine Erziehung auflehnt.«

»Ach, genau wie ich. Nur unter umgekehrten Vorzeichen. Da sollte ich wohl Verständnis haben. Klappt aber leider nicht. Na, egal. Und mit dem Predigen hab ich's nicht so. Worte, immer bloß Worte.«

»Worte sind sein täglich Brot.«

»Dann soll er sich gefälligst daran halten. Was ihm fehlt, ist Würde.« Ob auf theologischem, ästhetischem oder einem ganz anderen Sektor, blieb ungeklärt. Daniel bot Alexander eine klobige Hand und wandte sich, keineswegs würdevoll, sondern mit tapsig schaukelndem Gang, stadtwärts. Alexander schlug in großer Eile die andere Richtung ein. Wie alle, die einer Verabredung entgegenfiebern, aber die Qual des Wartens am Treffpunkt nicht ertragen, hatte er sich verspätet. Er setzte sich in Trab.

3. Der Burgwall

In den Ausläufern von Blesford, wo sich Fertighäuser und verwahrloste Schrebergärten ins freie Feld hinausschoben, stieß Alexander, immer noch im Laufschritt, auf den Burgwall. Von der Festung, die kurzzeitig den besiegten Richard II. beherbergt hatte, standen nur noch die Grundmauern. Dazwischen abgemähte Erdbuckel und -höcker, die ominös wie Grabhügel aus dem Boden brachen, und Blechtafeln, die anzeigten, wo sich der versiegte Brunnen, einstige Befestigungsanlagen und die Fundamente der Schlafgemächer befunden hatten.

Dieser museal getrimmten, anonymen Ruine benachbart war ein Streifen Brachland, ein früheres Ausbildungslager für Offiziere, mit einem Halbrund zerfallener Nissenhütten auf geborstenem Asphalt. Weidenröschen und Kreuzkraut reckten ihre dünnen, aber zähen Stengel durch die klaffenden Risse in der Teerdecke. Der Betonschlitz für den Fahnenmast war leer, der ausgewiesene Parkplatz verwaist: Man wähnte sich an der Stätte einer erfolgreichen Belagerung aus nicht jüngster Vergangenheit. Aus den Hütten drang, durch windschief in den Angeln hängende Türen, der beißende Geruch von abgestandenem Urin. Die lange Reihe von Waschbecken und Urinalen in einer Baracke war mutwillig besudelt und zertrümmert worden. Die Stammklientel hatte sich, wie Alexander sah, bereits eingefunden. Eine

Gruppe schmuddeliger Jungen blickte von ihren mit hohler Hand geschützten Streichholzflammen auf, als er vorbeiging. In einem Torweg lehnte untergehakt, tuschelnd und kichernd, eine Schar Mädchen. Das größte, ein mageres, aufreizendes Ding von vielleicht dreizehn Jahren, starrte ihn unverfroren an. Sie trug ein schlabbriges, geblümtes Kunstseidenkleid und ein durchbrochenes Haarnetz in auffallendem Rot. Zwischen ihren gespitzten Lippen verglühte im Mundwinkel ein Zigarettenstummel. Alexander grüßte hastig mit unbeholfener Geste hinüber. Er bildete sich ein, daß die Jugendlichen genau wußten, was ihn oder sonst einen Erwachsenen hierher führte.

Sie entdeckte er jenseits eines Maschendrahtzauns auf der einzigen Viehweide im Umkreis und sah, wie sie sich lebhaften Schrittes zwischen Disteln und Kuhfladen von ihm entfernte. Die Hände hatte sie tief in den Taschen eines blauen Regenmantels versenkt, dessen kegelförmiger Rock sich steif über zierlichen Fesseln und Füßen spreizte. Den anmutig mit einem roten Baumwolltuch drapierten Kopf hielt sie gesenkt. Er war schrecklich gerührt; er ging ihr nach; unter den Bäumen des Wäldchens, jenseits des Zauntritts, holte er sie ein und küßte sie.

»Meine Geliebte«, flüsterte Alexander. »Meine Geliebte.«

»Hör zu«, stieß sie hastig hervor, »ich muß gleich wieder zurück. Thomas schlief, als ich weg bin, aber ich dürfte das nicht machen, es ist viel zu riskant, ich muß heim ...«

»Liebling«, sagte Alexander. »Ich hab' dich warten lassen. Vor lauter Angst, den Mut zu verlieren, wenn ich zu früh da bin, zögere ich so lange, bis ich mich verspäte ...«

»Wie gut, daß wenigstens einer von uns keine hat. Keine Angst, meine ich.«

Immerhin nahm sie seine Hand. Beide zitterten. Das Glücksgefühl vom frühen Abend stellte sich wieder ein.

»Schönen Tag gehabt?« fragte sie spröde und nervös.

»Phantastisch! Jenny, hör zu, Jenny ...« Und er erzählte ihr von dem Stück.

Sie hörte schweigend zu. Er spürte, wie der Enthusiasmus aus seiner Stimme wich. »Jenny?«

»Ich freue mich für dich. Aber natürlich freue ich mich.«

Sie versuchte ihm ihre Hand zu entziehen. Alexander war

entzückt von dieser kleinen Gegenwehr. Sein Dilemma – oder vielleicht auch sein Glück – war, daß er alles an ihr entzückend fand. Wenn sie gereizt war, was oft vorkam, ergötzte er sich an ihren schroffen Unmutsgebärden. Wenn sie sich wütend abwandte, dann ergötzte er sich am Anblick ihres Ohrs und ihrer Halsmuskeln. Er war geradezu aberwitzig schlicht und beständig in seinen Gefühlen. Als er sie ihr einmal zu erklären versucht hatte, war sie ernsthaft böse geworden.

Jetzt mußte er etwas tun, soviel war ihm klar. Er zog an ihrem Handgelenk: Die Hand war wieder in der Tasche verschwunden.

»Nein, du freust dich gar nicht. Verzeih, daß ich mich verspätet habe.«

»Das spielt keine Rolle. Damit hatte ich schon gerechnet. Wahrscheinlich bin ich egoistisch, aber wenn das Stück ein Erfolg wird – woran kein Zweifel besteht –, dann werde ich dich immer seltener sehen. Und wenn der Erfolg groß genug ist, wirst du ganz fortgehen. Ich an deiner Stelle täte es, ich ...«

»Jetzt sei nicht kindisch. Das Stück wird mir höchstens ein bißchen Geld einbringen. Und wenn ich etwas Geld hätte, würde ich ein Auto kaufen.«

»Du redest immer, als ob ein Auto die Lösung aller Probleme wäre.«

»Es würde schon einen Unterschied machen.«

»Aber keinen großen.«

»Wir könnten wegfahren ...«

»Wohin denn? Für wie lange? Ach, das führt doch zu nichts.«

»Jenny – du könntest eine Rolle in dem, in meinem Stück übernehmen.« Den Disput über das Auto hatten sie schon so oft geführt. »Dann würden wir uns jeden Tag sehen. Es wäre wieder genau wie am Anfang.«

»Ach ja?« Immerhin blieb sie stehen und lehnte sich an ihn, bis ihm schwindlig wurde. »Für uns ist der Anfang doch schon zum Dauerzustand geworden. Wir könnten genausogut Schluß machen.«

»Aber wir lieben uns doch. Wir waren uns einig, daß wir nehmen müssen, was wir kriegen können, und wenn es noch so wenig ist ...«

Darauf lief es jedesmal hinaus.

Ihr Mann, Geoffrey Parry, der Deutschlehrer, war derjenige, der sich schüchtern erkundigt hatte, ob Alexander in *Die Dame ist nicht fürs Feuer* eine Rolle für sie finden könne. Er erhoffte sich davon eine therapeutische Wirkung gegen postnatale Depressionen. Alexander hatte Mrs. Parry nur flüchtig wahrgenommen, wenn sie sich mit dem ungraziös kugelichten Gang, zu dem sehr kleine Frauen seiner Erfahrung nach neigten, durch die Schulanlagen schleppte. Aus reiner Höflichkeit hatte er sie zum Vorsprechen in seine Wohnung gebeten und sich bei einem Glas Sherry ihre überschäumende Kleopatra angehört und eine lyrisch psalmodierende, auf so engem Raum schier übermächtige Jennet. Selbstverständlich hatte er sie als Jennet besetzt. Talent war rar in Blesford Ride. Geoffrey hatte sich bei ihm bedankt.

Bei den Proben hatte er eine Abneigung gegen sie gefaßt. Nach zwei Tagen schon beherrschte sie ihre Rolle, den Probenplan und die Rollen aller übrigen. Sie empfahl Kürzungen, alternative Bewegungsabläufe, eine eventuell brauchbare Schlußmusik. Sie soufflierte ungefragt und schlug anderen Schauspielern vor, wie sie ihren Text sprechen sollten. Sie machte Alexander nervös und das Ensemble unsicher und konfus. Einmal, als sie mit Alexander in einem der Orchesterkabuffs (engen, stickigen Verschlägen unter der Bühne) probierte, brachte sie es fertig, in ein und demselben Satz seine Grammatik zu korrigieren, seinen Besetzungsplan in Frage zu stellen und seine Zitate zu berichtigen. Er riet ihr nachsichtig, nicht dauernd so zu tun, als gehe es um Leben und Tod.

Sie schwankte unschlüssig, dann sprang sie ihn an und verpaßte ihm eine schallende Ohrfeige.

Er stolperte im Zurückweichen über den vergoldeten Notenständer, schlug mit dem Kopf aufs Klavier und stürzte zu Boden. Er blutete, wo der Klavierdeckel seinen Hinterkopf aufgeschürft und wo Jennys Fingernägel seine Wange zerkratzt hatten. Sie, die jetzt erst richtig in Fahrt kam, warf sich auf ihn und stammelte, es *gehe* um Leben und Tod, jedenfalls für sie, um ihr Leben und ihren Tod, das Baby rieche schlecht und langweile sie und die Jungen röchen noch schlimmer und seien noch langweiliger und alle an dieser langweiligen Schule seien nur auf die unerträglichen Bengel fixiert. Mühsam richtete sie sich auf, kniete zwischen Alexanders gespreizten Beinen im Staub und schüttelte gereizt ein paar wirre Locken zurück, die sich aus ihrem langen schwarzen Haar gelöst hatten.

»Ich empfinde das Leben hier nur als regressiv. Das, was ich einmal unter Gesprächskultur verstand, erreichen wir allenfalls noch in der Maske von Studenten, die sich als Schauspieler ausgeben, die mittelalterliche Hexen und Söldner mimen. Alberne Petitessen. Und während die Enttäuschung darüber mich so unausstehlich und rechthaberisch macht, werden Sie gönnerhaft und weisen mich schonend darauf hin.«

Ihren nächsten Schlag parierte er, indem er sich einfach den Arm vors Gesicht hielt. Dabei lächelte er sie an.

»Auf der Universität war ich noch so dumm zu glauben, nach dem Studium würde mir das Leben offenstehen. Statt dessen bin ich nun von allem ausgeschlossen. Keine Ansprache, kein geistiger Anreiz, keine Hoffnung mehr. Sie ahnen ja nicht, wie das ist.«

Alexander war, vielleicht zwangsläufig, zum wichtigsten Vertrauten einer Reihe von energiegeladenen, jungverheirateten Frauen geworden, die sich ohne Beschäftigung in der kleinen Männerdomäne langweilten und einsam fühlten. Er glaubte sich sehr wohl in ihre Lage hineinversetzen zu können, hatte indes nicht die Absicht, das zuzugeben. Statt dessen zog er sie zu sich heran, umschlang sie mit beiden Armen und küßte sie.

Das Kollegium brachte nur alle zwei, drei Jahre ein Stück auf die Bühne, denn es dauerte seine Zeit, bis man sich von den Unruhen erholt hatte, die das ungewohnte Zusammenwirken von Drama, Alkohol und leichtgeschürzten Frauen unweigerlich nach sich zog. Alexander, dem gewöhnlich die Rolle des amüsierten Beobachters zufiel, empfand den sich nun entwikkelnden banalen Flirt, die Besuche in der Damengarderobe, das Flair halbherzig-burlesker Ausschweifungen anfangs als entwürdigend. Da er sie nicht enttäuschen mochte, half er seiner Hauptdarstellerin ins Kostüm, richtete ihr Dekolleté und streifte, wenn niemand hinzusehen schien, mit Wange oder Lippen die kleinen, festen Brüste. Aber ihr strahlender Leichtsinn fegte seine Hemmungen hinweg, und er reagierte bald wie ein guter Schauspieler auf die uneigennützig bravouröse Leistung eines Partners. Als sie am Premierenabend in der Kulissengasse standen und auf ihren Auftritt warteten, sagte er: »Du weißt, daß ich dich liebe« und sah zu, wie Herzensverwirrung, Glut und Hoffnung ihr Spiel beflügelten, ganz so, wie er es erwartet hatte. Er wollte, er beabsichtigte mit ihr ins Bett zu gehen, sobald das Stück abgesetzt war.

Seitdem war fast ein Jahr vergangen. Ein Jahr heimlicher, kurzer Rendezvous, vorher abgesprochener Telefonate, Versteckspiele, Briefe und Lügen. Die Briefe hatten die Arbeit an seinem Stück begleitet; Wendungen aus den Briefen hatten Eingang in das Stück gefunden. Geistreich, behutsam, anzüglich, ungeduldig, mit Zitaten, Vulgärausdrücken und immer ausführlicheren Details hatten die Briefe den Augenblick beschworen, da ein Bett verfügbar sein und sie drin liegen würden. Es war beinahe, dachte er jetzt, als ob die Briefe die eigentliche Realität widerspiegelten. Nachdem soviel gemeinsame Phantasie auf den Vollzug ihrer Liebe verwandt worden war, kam es ihm vor, als wären sie, in aller Unschuld, intim miteinander.

Das Wäldchen am Fuß des Burgwalls war umzingelt und eingezwängt von Neubausiedlungen. Aber sie hatten bald heraus, wo sie sich ohne Angst vor Entdeckung niederlassen konnten. Fast immer stießen sie in ihren Verstecken auf frische Spuren anderer Paare. Es kam vor, daß ihre ausgelassene Stimmung dem standhielt und sie sich darüber amüsierten; dann verwandelte ihre Liebe zerdrücktes Laub und lippenstiftverschmierte Papiertaschentücher in interessante Trouvaillen. Einmal stieß Jenny in einer halbleeren Dose Baked Beans auf ein benutztes Kondom. »So also sieht der Ersatz fürs Eheglück aus«, bemerkte sie spitz, als Alexander ihren Fund ins angrenzende Gebüsch warf. Und er sagte: »Wohl eher ein Antifruchtbarkeitsritus, wegen der gebakkenen Bohnen nebst abgefangenem Sperma«, und sie hatten beide lange und herzhaft gelacht.

Er schleuderte eine zerfledderte Zeitung beiseite und bettete Jenny, den Rücken gegen einen Baum gelehnt, in eine Mulde. Mit dem linken Arm hielt er sie umschlungen, während er mit der Rechten begann, sie auszuziehen. Sie legte ihm eine Hand auf den Schenkel.

»Mir ist jedesmal so, als würde gleich ein ganzes Rudel feixender Jungen aus dem Gebüsch stürzen. Ich hab' das Gefühl, in diesem Wald wimmelt es vor Jungen. Naseweisen Schnüfflern …«

»Die Jungs verfolgen dich ja regelrecht.«

»Ich weiß. Gräßlich ist das. Ich hätte mir nie träumen lassen, daß ich sie einmal so hassen könnte. Der arme kleine Thomas wird eines Tages auch dazu gehören. Aber ich lasse nicht zu, daß er mit einem Stipendium an die Schule kommt und geächtet wird wie der kleine Potter …«

»Ist es wirklich so schlimm?« Alexander hatte ihr Regenmantel und Strickjacke aufgeknöpft, schlug beide zurück und machte sich an den Rock.

»Allerdings. Er ist immer allein. Ich glaube, irgendwas stimmt nicht mit ihm. Neulich hab' ich ihn mutterseelenallein kreuz und quer über den Brühl flitzen sehen, kopflos wie ein Kaninchen. Und dann hat er sich plötzlich auf den Boden gelegt.«

Alexander legte ihren Hals und den Busen frei. Ihre Sachen faltete er zusammen und breitete sie wie einen Rahmen um die reglos dasitzende Jenny. Seufzend legte er sein Gesicht auf ihre Brust. Sie erschauerte.

»Alexander, sag, *magst* du Jungs?«

»Pscht.«

»Nein, ehrlich, sag's mir.«

»Hältst du mich etwa für schwul? Den Verdacht haben verheiratete Frauen bei unverheirateten Lehrern immer.« Zufrieden rieb er sein Gesicht an der Haut, die er freigelegt hatte. »Aber keine Angst, mein Interesse an den Jungen ist Lehren, nicht Begehren. Ich hab' nie Lust gehabt, einen von ihnen zu begrapschen oder so was.«

Den Kopf behaglich an ihre Brust gebettet, dachte er, daß er überhaupt noch nie ein richtig unwiderstehliches Verlangen nach der Berührung eines anderen Menschen verspürt hatte. Noch bei keiner Gelegenheit hätte er nicht fast ebensogut auf die Berührung verzichten können. Wonach es ihn verlangte, was er sich wirklich wünschte … das ließ sich nicht in Worte fassen. Also sagte er statt dessen: »Warum bin ich so glücklich? Obwohl ich unsäglich frustriert sein sollte.«

»Ja, das solltest du. Und warum bist du's nicht?«

»Wenn ich eine Wohnung hätte – ein Bett –, du glaubst doch nicht, daß ich dann zögern würde ...«

»Ich weiß nicht, was dann wäre. Und wie's aussieht, werde ich's auch nie erfahren.«

Solche aggressiven Unmutsäußerungen gehörten ebenfalls zum Repertoire ihrer Stelldicheins. Jenny regte sich nicht. Alexander wandte sich ihren Schenkeln zu, berührte das kühle, feste Fleisch zwischen den glatten, straffgespannten Strümpfen und dem zwickenden Bündchen des elastischen Schlüpfers, strich behutsam mit den Fingerspitzen über Strapshubbel und Gummiwülste, wanderte mit gespreizten Fingern unter den engen Hosenrand und hinein in die warmen Falten, die borstigen Haare, die weiche Muschel. Seufzend bog sie sich zurück und legte eine Hand auf ihn. Rühr dich nicht, daß du dich nur ja nicht rührst, flehte er sie in Gedanken an, indes seine Finger ihr stummes Schmetterlingsspiel fortsetzten. Bekleidete Körper faszinierten ihn mit ihren einander überlagernden Schichten und Facetten: glatt, fest, stramm, geschmeidig ... Bestimmt gab es genauso viele verschiedene Arten des Geschlechtsverkehrs wie Menschentypen: Er bevorzugte eine sich langsam steigernde Intensität, die tunlichst so gut wie ohne Bewegung auskam. Es wäre durchaus möglich gewesen, sie dort im Wald zu nehmen. Unter einem Mantel oder einer Decke wäre es, gesetzt den Fall, jemand hätte sie überrascht, kaum riskanter gewesen als das, was sie jetzt trieben. Sein Widerstreben hielt er für ästhetisch begründet. Ihr Gewalt anzutun zwischen unordentlich zerknüllten Kleidungsstücken, zertretenen Zweigen, festgeklebten Bucheckern, auf wechselnd feuchtem Untergrund. Wie ach so roh geschändet. Eigenartig, daß er sich, wiewohl des Einverständnisses der Dame gewiß, den Gedanken an Schändung und Gewalt nicht aus dem Kopf schlagen konnte. Zweifellos war er ein bißchen eigenartig. Aber er mußte mit sich leben, und darum fuhr er fort, sie mit dem Schmetterlingsspiel seiner Hände ruhig und aufnahmebereit zu halten, während er, wie so oft in dieser Stellung, an T. S. Eliot dachte. Die geheiligte Stimme. Philomele, die der entmenschte König so rüde übermannt: wie ach so roh geschändet! Und immer noch weint sie, und die Welt strebt noch immer nach dem Glück. Die Tempora! Es war gut und schön, mit Shakespeare zu ringen, doch die andere Stimme war raffinierter, ihm näher. Momentan ergriff ihn eine panische Angst. Er würde nie eine eigene Stimme finden. Es gab da eine Zeile, von der er gedacht hatte, sie stamme von ihm oder sei zumindest sein klug modernisiertes Echo der Renaissance-Interpretation des Ovid. Die mußte er jetzt ändern, er durfte nicht vergessen, sie zu ändern, denn die verdammte Kadenz stammte garantiert von Eliot …

Jennifer drang mit einer Flut von Wörtern in seine Gedanken ein.

»Liebster Alexander, ich muß, wirklich, es geht nicht anders, ich muß unbedingt zurück zu Thomas, und außerdem ist mein Po schon ganz taub …«

Er antwortete, seine Hüfte sei auch wie abgestorben oder jedenfalls fast gefühllos und das Handgelenk, auf das er sich stützte, tue arg weh. Als er Jenny ansah, schwammen ihre Augen in Tränen. Wortlos zog er sein Taschentuch und wischte sie behutsam fort.

»Ist was nicht in Ordnung?«

»Nein, nicht irgendwas – alles. Ich liebe dich.«

»Ich dich auch.«

Er säuberte sie, verhüllte die weißen Brüste, knöpfte züchtig Bluse, Strickjacke und Regenmantel zu, zupfte eine Strumpfnaht gerade, klopfte ihr den Rock ab. Beide zückten ihre Kalender, vereinbarten ein nächstes Treffen, versprachen zu schreiben. Dann brach sie wie immer als erste auf, rannte fast davon, ohne sich umzusehen. Er ließ ihr jedesmal eine Viertelstunde Vorsprung.

Er lagerte sich aufs welke Laub und entwarf einen Satz eines noch ungeschriebenen Briefes, der irgendwie die Unzulänglichkeit tauber, verkrampfter Glieder mit seinem Gefühl der unendlichen goldenen Weite von Zeit und Raum verbinden würde. Sie ließ immer soviel Wärme zurück. Er wähnte sich von ihr besessen. Er lächelte.

Als kleiner Junge hatte er sich, wenn er allein am Strand von Weymouth spielte, immer eine Freundin aus dem Meer erdacht oder sie vielleicht sogar selber verkörpert, so intensiv war die Gegenwart dieser Schaumgeborenen, die weiß und golden war und so blitzblank und glänzend wie die Ellie aus den *Kleinen Wasserkindern.* Etwas von der Erinnerung an diese Phantasiegestalt war in seine Elizabeth eingeflossen. Vielleicht wäre er gern eine Frau geworden. Der Gedanke mutete ihn an wie eine ziemlich distanzierte Beobachtung über einen Fremden. Falls sie zutraf, dann hätte das sein Stück beleben, es eindringlicher machen müssen. Und nur darauf kam es an. Er mußte unbedingt diesen Pseudo-Eliot-Pseudo-Ovid-Satz überprüfen.

Nach der vereinbarten Frist stand er auf und schlenderte bedächtig zurück zum Burgwall. Die Jungen- und die Mädchenclique hatten sich inzwischen zusammengetan und brutzelten irgendein Dosengericht über einem Holzfeuerchen. Das Mädchen mit dem scharlachroten Haarnetz lag, das Kleid bis zu den Schenkeln gerafft, mit gespreizten Beinen rücklings auf dem Schoß des größten und schmuddeligsten Jungen. Die drei kleineren Mädchen saßen mit untergeschlagenen Beinen daneben und beobachteten die Großen gespannt, was offenbar ein wesentlicher Bestandteil dieser unergründlichen Inszenierung war. Als Alexander aus dem Dunkel trat, richteten sich aller Augen auf ihn. Das Mädchen mit dem Haarnetz räkelte sich so provozierend wie eine Dreijährige, die automatisch vor jedem männlichen Wesen das Höschen runterläßt und das pralle Bäuchlein entblößt, streckte ihm bebend ihre kleine Scheide entgegen und winkte lässig, wobei sie einen deutlich hörbaren, ordinären Laut von sich gab. Alexander spürte, wie ihm das Blut ins Gesicht schoß, bis hinauf zu den Haarwurzeln. Er war der primitiven Herausforderung dieses dreisten Geschöpfs nicht gewachsen. Mit abgewandtem Blick eilte er davon.

4. Liebende Frauen

Die Schwestern saßen im Nachtzeug vor Stephanies elektrischem Heizgerät. Tröpfchenweise flößte Stephanie den Kätzchen, die mittlerweile triefnaß, aber noch am Leben waren, ihre Milch ein. Sie trug einen gestreiften Herrenpyjama von Marks and Spencer, der so reichlich war, daß ihr wohlgerundeter Körper darin formlos und täuschend schwammig wirkte. Frederica hatte eine Schwäche für lange weiße Nachthemden mit weiten Ärmeln und einer von schwarzen Schleifen durchzogenen Passe aus Broderie anglaise. Sie erträumte sich dieses Gewand aus feinem weißen Batist, der sie in weichfließenden Falten umspielte. Tatsächlich war es ein Nylonhemd, das einzige, was es, außer vulgär glänzender Kunstseide, in Blesford oder Calverley zu kaufen gab. Statt sie zu umspielen, klebte es an Fredericas staksig knubbeligen Gliedern, ein schlüpfriges Gefühl, das ihr zuwider war. Beim Kleiderkauf ließ sie sich stets allzu leicht von einem platonischen Idealgewand verführen, wie es möglicher-, aber nicht notwendigerweise auch den Herstellern der billigen Imitationen vorgeschwebt hatte, die sie sich leisten konnte. Sie hätte durchaus das Yorkshire-Gespür für hochwertige Stoffe entwickelt, wenn sie nur über den entsprechenden Geldbeutel verfügt hätte. Da das nicht der Fall war, weigerte sie sich, zweitklassige Ware mit Bedacht zu prüfen.

Sie sprachen über ihr Leben und über Alexander. Ihre Liebe zu ihm erzeugte keine Rivalität, nur eine seltsame Komplizenschaft, wahrscheinlich weil beide – wenn auch auf unterschiedliche Weise – von der Aussichtslosigkeit dieser Liebe überzeugt waren. Ein Problem, das Frederica in ihrem Fall für ein befristetes hielt: Sie konnte nicht erwarten, daß er ihre geistige und körperliche Schönheit jetzt schon entdeckte, wo beide noch das abscheuliche Korsett der Schuluniform, der Etikette und des intellektuellen Horizonts verbarg, die am Blesforder Mädchengymnasium regierten. Warum Stephanie so sicher war, daß ihre Liebe aussichtslos sei, ist schwerer nachzuvollziehen. Aber da Alexander fünf Jahre lang ihre Entwicklung vom Mädchen zur Frau miterlebt und sie doch nie richtig *gesehen* hatte, gab es keinen Grund anzunehmen, daß sich das plötzlich ändern würde. Und ihr gefiel das Bild, das sie sich von ihm gemacht hatte, das Bild eines Mannes, der unberührt war, lauter und makellos. Daß beide Schwestern eine derart idealisierte Vorstellung von Alexander hegten und in ihren Gesprächen vervollkommneten, war ein weiterer Grund dafür, ihre Leidenschaft so friedlich zu teilen. Er stand für Dinge, die ihnen fehlten, die sie, ohne jede Hoffnung auf Erfolg, herbeisehnten: Kunst im Gegensatz zur Kunstkritik, männliche Mobilität im Gegensatz zur provinziellen Verwurzeltheit der Frau, gewandtes Auftreten, die Aussicht auf eine Karriere großen Stils. Alexander unternahm in den Ferien ausgedehnte Auslandsreisen; zu seinen Freunden zählten Schauspieler und Professoren aus London und Oxford; im Gegensatz zu seinen Kollegen flüchtete er sich an jedem Trimesterende in die Zivilisation. Die Ehe bekam den Lehrern erkennbar schlecht und ihren Frauen noch schlechter. Wenn sie ihn liebten, mußten sie also die fatale Wirkung fürchten, die es für ihn haben würde, falls er sie oder eine andere wiederliebte. Das Gespräch der Schwestern diente der Vertiefung früherer Gespräche.

»Er hat wunderbar ausgesehen, heute abend.«

»Er ist mit Vaters Zankerei so taktvoll umgegangen. Genau wie immer.«

»Das wird er nicht mehr lange nötig haben. Er wird fortgehen. Er wird gehen, Steph, und uns hier verkümmern lassen.«

»Das denke ich auch. Wahrscheinlich ist er überhaupt nur so lange geblieben, um in Ruhe sein Stück zu Ende zu schreiben.«

»Mit dir spricht er über seine Arbeit. Mit mir nicht. Ich bin ihm lästig. Ohne es zu wollen. Ich wünschte, ich könnte dagegen an.«

»Vielleicht ist sein Stück *wirklich* gut.«

»Kannst du dir vorstellen, was das für ein Gefühl sein muß, wenn man *wirklich* gut ist und das auch weiß?«

»Nein. Nein, das kann ich mir nicht vorstellen. Klingt beängstigend.«

»Also Shakespeare zum Beispiel, der muß doch *gewußt* haben, daß er was Besonderes war, Steph ...«

»Er ist aber nicht Shakespeare.«

»Das kannst du nicht wissen.«

»Ich sag' ja auch nur, was ich denke. Außerdem – vielleicht hat Shakespeare es nicht gewußt.«

»Doch, ganz bestimmt.« Insgeheim fand Frederica es furchtbar anstrengend, in dem Bewußtsein zu leben, daß man das Kraftpotential und die Begabung einer Frederica Potter besaß, besonders solange man noch nicht entschieden hatte, wo man diese Kraft einsetzen wollte. Alexanders unbestrittene Überlegenheit hatte, wie es schien, nicht unbedingt etwas mit Kraft zu tun. Andererseits …

»Dein Vikar war ganz schön heftig, Steph.«

»Er ist nicht mein Vikar. Aber heftig ist er, zum Fürchten, ja. Du solltest ihn mal bei der Arbeit sehen.«

»Ich verstehe nicht, warum die meisten Leute solche Nesthocker sind. Ich werde mal nicht so.«

»Du nicht, nein.«

»Warum gehst du nicht fort von hier, Steph? *Du* könntest es dir leisten.«

»Das werde ich wohl auch tun. Ich lasse mir nur noch ein bißchen Zeit zum Nachdenken.« Da sie sich nicht weiter mit der Frage befassen wollte, beugte sie den Kopf wieder über die Kätzchen.

»Geh zu Bett, Frederica. Wenn ich die ganze Nacht aufbleiben muß, brauche ich ein bißchen Ruhe, also leg dich schlafen, sei so gut.«

5. Daniel

Als Daniel die Tür zum Pfarrhaus aufschloß und eintrat, brannte, obwohl es draußen schon dunkel war, im Haupttrakt kein Licht. Es war noch nicht spät, aber die Pfarrersfrau sparte an Heizung und Strom, und so lag die ansteigende Säule des rechtwinkligen viktorianischen Treppenaufgangs in abweisendem Dämmerschatten. Daniel, der sich aus dem Gedächtnis zurechtfand, tapste auf leisen Sohlen an Hindernissen wie Garderobenständer und schwarzer Eichenkommode vorbei, mied trügerische Dieleninseln in Gestalt ausgefranster und abgewetzter türkischer Läufer und begab sich ins Arbeitszimmer des Pfarrers.

Hier drinnen fanden sich Spuren verflossenen Reichtums: ein wuchtiger Schreibtisch mit lederbezogener Platte, zwei Tintenfässer aus geschliffenem Glas mit Silberverschluß, ein Ohrensessel aus dunklem Leder, verglaste Bücherwände mit ledergebundenen Ausgaben. Der Teppich, ein Afghan, wies fadenscheinige Flecken auf, und an den besonders strapazierten Stellen hatte sich der schwarzgoldene Lüster zu stumpfem Sackleinen abgelaufen. In dem peinlich sauberen Zimmer mischten sich durchdringender Narzissenduft und leicht würziges Freesienaroma. In einer flachen schwarzen Porzellanschale mit mattsilbern schimmernder Glasur schwamm ein zartfarbenes, kunstvolles Blütenarrangement: neben den wächsernen Narzissen und den blaßgoldenen Freesien auch purpurne und violette Anemonenkelche und grüngeränderte Schneeglöckchen, deren farbige Schatten sich allesamt im Wasser widerspiegelten.

Für den Blumenschmuck sorgte täglich Miss Wells, des Pfarrers ergebene Untermieterin und Stephanies dienstälteste Kollegin. Daniel brachte ihr Präsent ein wenig durcheinander, als er nach der Schreibtischlampe tastete. Ihm fiel ein, was seine Mutter gesagt hatte: Blumen über Nacht im Zimmer zu behalten sei gesundheitsschädlich. Solange sein Vater daheim aufgebahrt lag, hatte sie Abend für Abend alle Vasen in die Spülküche geschafft und in das angeschlagene, blutrote Steingutbecken verfrachtet. Sie behauptete, die Blumen würden irgendein giftiges Gas verströmen, das hätten ihr die Schwestern im Krankenhaus gesagt. Daniel schob die Erinnerung beiseite, griff nach der Bibliotheksleiter und musterte die Bücherregale.

Die Shakespeare-Ausgabe im schwarz und gold gepunzten Einband stand auf dem obersten Bord. Die Glastür war verschlossen. Daniel inspizierte die übrigen Türen. Nirgends ein Schlüssel. Schwerfällig kletterte er von der Leiter, suchte im schwachen Lichtkegel die Schreibtischplatte ab, öffnete erst eine Silberdose, die nach Tabak roch, dann eine Holzschatulle voller Büroklammern und Haushaltsaufkleber. Wie ein nächtlicher Dieb begann er die Schreibtischschubladen zu durchwühlen, hob kleine Münzverstecke aus, Nester aus Gummiringen und welken Palmsonntagskreuzen. In einer Geheimlade, die sich mittels einer in einem oberen Brieffach verborgenen Sprungtaste öffnen ließ, fand er endlich, wonach er gesucht hatte: den vergoldeten Ring mit einem Bund Schlüsseln dran, die angefangen vom Tresor bis hin zur Nähmaschine so manches häusliche Arkanum aufsperrten. Schwer atmend erklomm er zum zweitenmal die schmale Leiter, öffnete schwungvoll die Glastür und zog, nachdem er im schummrigen Licht angestrengt an den vergoldeten Lettern herumgerätselt hatte, den *Lear* aus dem Regal. Auf der konkaven Buchdecke lag fingerdick der Staub. Daniel blies die feine obere Schicht fort, sah zu, wie die Flocken zu Boden schwebten und sich auflösten, und rieb die schwärzlichen Reste in ein Taschentuch. Leise verschloß er Bücherschrank, Schublade, Schreibtisch, Arbeitszimmer und ging nach oben.

Sein Zimmer lag im ersten Stock. Die hohe Stuckdecke des weitläufigen, höhlenartigen Raumes strotzte vor staubdunklen Rosengirlanden und weißen Stuckäpfeln, deren zwiebelschalfarbene Patina von der schleichenden Feuchtigkeit herrührte. An den beiden hohen Fenstern hingen nach wie vor die Verdunkelungsvorhänge der Ellenbys aus dem Krieg: schwarzgoldener Baumwollzwirn mit Kunstseide vermischt und mit einem erhabenen Muster aus großen Goldringen durchwirkt. Dieser Raum, in dem alle Vikare von Mr. Ellenby untergebracht wurden, trug die Bezeichnung Wohnschlafzimmer – vermutlich wegen des harten kleinen Diwans in der einen Ecke und weil sich hinter dem Vorhang im Alkoven ein Waschbecken und ein kleiner Baby-Belling-Kocher befanden, auf dem Daniel gehalten war, das Wasser für seinen Nescafé zu brühen und sich das Abendessen zu kochen. (Frühstück und Mittagsmahl nahm er gemeinsam mit den Ellenbys.) Das Zimmer war vollgestopft und kahl zugleich, wie ein Möbelgeschäft, und mit einem solchen hatte es in der Tat etwas gemeinsam: Mrs. Ellenby hatte nämlich die Angewohnheit, Möbelstücke, für die sich gegenwärtig keine Verwendung fand, die aber zum Wegwerfen zu schade waren, wie selbstverständlich in das Wohnschlafzimmer des jeweiligen Vikars zu verbannen. Daniel war umgeben von zwei Kleiderschränken, drei Kommoden, einer Ottomane, einem Wasch- und zwei Couchtischen, drei Sesseln, einem Schreibtisch, einem Rollpult, drei Konfektionslampen, einem verglasten Bücherschrank, einem Sitzpuff und drei kleinen Etageren. Hinzu kam ein Stapel Klappstühle aus Stahlrohr und Kunstleder. Die Möbel waren teils Eiche, teils Nußbaum, Mahagoni oder helles Furnier. Die Polsterbezüge variierten zwischen einem satten Weinrot und einem undefinierbaren Graubraun. An den Wänden hingen Dürers *Betende Hände*, van Goghs *Sonnenblumen* und eine großformatige Fotografie von zwei Meßdienern im spitzenbesetzten Chorhemd vor einer mit Lilien gefüllten Messingvase, angeleuchtet von einem sehr langen Sonnenstrahl. Auf dem rauchgrau gesprenkelten Linoleum waren lauter Teppichinseln verstreut: ein karmesinroter Läufer im Stil Jacobs I., ein Flickenteppich mit einem weißen Segler auf ultramarinblauen Wellen, ein Plüschvorleger mit einem pointillistisch hingetupften, impressionistischen Muster: windzerzauste Margeriten inmitten leise wogender Kornähren.

Daniel steckte einen Shilling in den Gaszähler und stellte sein Öfchen an, einen alten Sunbeam, der mit beängstigendem Zischen und Fauchen losbullerte: Zwei der Heizstäbe waren defekt. Er zwängte sich hinter den knappen Vorhang und wusch sich eilig bis hinunter zur Taille. Stirnrunzelnd legte er seine schwarzen Kleider zusammen, zog den Schlafanzug an, streifte einen unförmigen, gesprenkelten Sweater darüber und legte sich ins Bett.

Die Nachttischlampe hatte einen geflochtenen Schirm aus rotem Plastik; die sparsam schwache Birne gab ein düster verhuschtes Licht. Daniel lehnte sich seitwärts aus dem Bett, damit der rötliche Lampenschein auf die Buchseiten fiel, und begann in dieser unbequemen Stellung den *Lear* zu lesen.

Er las langsam, gewissenhaft und konzentriert. Sein Zimmer gefiel ihm nicht, aber er hatte keine Anstalten gemacht, es zu verändern oder weniger düster erscheinen zu lassen. Das wäre Energieverschwendung gewesen, und im Umgang mit Energie – seiner eigenen ebenso wie der anderer Menschen – war Daniel in zunehmendem Maße diszipliniert und wachsam. Hätte er nicht so gute Augen und darüber hinaus die Gabe besessen, körperliche Beschwerden zu ignorieren, dann hätte er die Lampe ausgetauscht oder sie an einen anderen Platz gestellt. Da er aber ohne darüber nachzudenken entschieden hatte, daß sie keine Beachtung verdiente, zollte er ihr auch keine.

Daniel war kein großer Leser. Er war langsam, war es immer gewesen. Seinerzeit, als blasser, schwergewichtiger kleiner Junge, hatte er sein Fett wie eine Last empfunden, die ihn unter sich niederdrückte. Kurz vor seiner Bekehrung, mit fünfzehn, hatte er gelesen, daß Fette aufgrund ihres hohen Brennwertes ideale Energiespeicher seien; das hatte ihn beeindruckt, hatte seine Vorstellung vom Verhältnis des inneren zum äußeren Daniel verändert und es fast zum erstenmal denkbar erscheinen lassen, daß beide eng zusammengehörten. Inzwischen nutzte er die Brennwertformel häufig auf der Kanzel für eine Pointe auf eigene Kosten. Zum Dicksein gehörte nämlich auch, daß man sich in gewissem Sinne wie ein Dicker benahm. Dickes Benehmen war für ihn, als Kind wie als Erwachsener, stets eine Frage der Haltung gewesen. Man konnte sich etwa unter das Deckmäntelchen des friedfertigen Gemütsmenschen zurückziehen; die Billy-Bunter-Alternative, die einem bisweilen aufgezwungen wurde und in der man den Clown zu spielen hatte, war mittlerweile zum Berufsrisiko geworden.

Als sein Vater noch lebte, war er sicher gewesen, daß Kraft unter dem Fett saß. Sein Vater war Lokführer. Daniel wuchs in Sheffield auf, in einer kleinen, rußgeschwärzten Reihenhaussiedlung mit eingezäunten Gärten und schindelgedeckten Aborten. Hier waren Lokführer geachtete Leute und standen eine Stufe höher als die übrigen Arbeiter in der Straße. Bei den Ortons waren die Gardinen frischer, die Türschwelle weißer und das Messing blanker als bei den Nachbarn. Ted Orton war ein poltriger Hüne. Wenn er zur Haustür hereinkam, dann brachte er das Rattern und Stampfen seiner Lok mit. Seine Frau, die sehr etepetete war, regte sich darüber auf, daß er ständig über irgend etwas stolperte, Nippes verräumte und beim Essen schmatzte. Er war ein Freund von derben Scherzen, der plötzlich den heißen Löffel aus einer frischgebrühten Tasse Tee reißen und Daniel damit die Hand versengen konnte; oder er fand, gierig mampfend, Halbkronen- und Zweishillingstücke in seiner Portion Rosinenpudding und biß sich in einer umständlichen und eklig drastischen Pantomime geradezu die Zähne daran aus, ehe er die Münzen seinem Sohn schenkte. Daheim markierte er den wilden Mann, der Daniel mit: Mach schon, halt dich ran, wird's bald, herumscheuchte. Daniel widersetzte sich seinem aufbrausenden Temperament durch ostentativ bedächtiges und gemessenes Auftreten. Er glaubte sich vor seinem Vater zu fürchten; er schlug die Augen nieder, und sein feistes Gesicht blieb ernst und ausdruckslos; insgeheim aber erregte ihn das gärende Gewaltpotential, und die ständigen Forderungen spornten ihn an.

Außerhalb seiner vier Wände milderte sich Teds tapsiger Elan, und seine Tatkraft glich einer Lok, die aus dem Bahnhof ausgelaufen ist und das anfänglich holprige Schnaufen gegen den angenehm ruhigen Takt einer Langstreckenfahrt vertauscht hat. Er nahm Daniel gern mit auf seine Runde durch die Lokschuppen, über die Gleisanlagen oder in sein Führerhaus. Er überwachte seine Schularbeiten, bombardierte ihn unvermittelt mit Wortungetümen, die er buchstabieren sollte, oder mit ellenlangen Kopfrechenaufgaben. Er versprach ihm ein Briefmarkenalbum und eine Reise ans Meer für den Fall, daß er die Aufnahmeprüfung für die höhere Schule bestand.

Daniel schaffte es, nicht mit Bravour, aber er schaffte es. Das Briefmarkenalbum hatte er immer noch. Aus der Reise ans Meer war nie etwas geworden. Nur eine Woche nach der Prüfung wurde Ted auf einem Gefälle von einem Zug führerloser Roherzloren überrollt. Eine Woche lag er noch im Krankenhaus, ein Gebrochener, eine tragische Figur. Dann starb er. Ohne daß Daniel ihn noch einmal gesehen hätte. Zuerst hieß es, wenn Dad wieder bei Bewußtsein sei, dürfe er ihn besuchen, und dann war auf einmal alles vorbei. In der Rückschau begriff er, daß er seinem Vater böse gewesen war, weil der sich so liederlich davongestohlen, weil er, was noch nie vorgekommen war, etwas versprochen hatte, was er anscheinend nicht halten konnte. Statt ihn zur Beerdigung mitzunehmen, ließ man Daniel mit einem anderen Jungen auf der Straße »spielen«. Seine Mutter redete nicht mit ihm über das, was passiert war.

Später gewöhnte er sich an, den Leuten auf die Frage nach dem Tod seines Vaters zu antworten, er habe an diese Zeit keine Erinnerung mehr. Doch das war nur die halbe Wahrheit. Er klappte das Visier vor sein breites Gesicht, er tat das, was er unter »normal« verstand, er überlebte. Es gab Tage, an denen er nur untätig in seinem Sessel sitzend einzunicken brauchte, und schon fand er sich in den Augenblick zurückversetzt, in dem der erste Anruf gekommen war, so als wäre er auf ewig in diesem Moment gefangen und die Zeit brächte ihn nur wieder und wieder an diesen einen Punkt zurück. Er fühlte sich aus unerfindlichen Gründen aufgerufen, den wahren Hergang aufzuklären, und blieb, da das schlechterdings unmöglich war, immer neuen Versuchen ausgesetzt.

Das Briefmarkenalbum hatte er aufgehoben: leere Seiten mit vorgedruckten, kleinen Kästchen, ungeöffnete durchsichtige Zellophantüten mit gummierten Haftecken. Er hatte es nicht weggeworfen, aber auch nie wieder angesehen.

Er hatte angenommen, daß er und seine Mutter sich nun näherkommen müßten, hatte sich rührselig als den kleinen Mann im Haus gesehen, als trostspendende und trostbedürftige Waise. Tatsächlich wurde seine Mutter zusehends unleidlich und verbittert und brachte einen Großteil ihrer Zeit damit zu, sich am Gartentor über ihre kümmerliche Rente zu beklagen, über karges Los, spartanische Verhältnisse und Gliederschmerzen. Daniel nannte sie in solchen Gesprächen eine Belastung. Mrs. Orton war eine Frau mit ehemals zierlicher Figur und spitzen Zügen; jetzt saßen überschüssige Fettpolster auf Schultern, Rippen, Hüften und Wangen, so daß nur Nase und Kinn, die feingliedrigen Finger und schmalen Augen noch einen flüchtigen Eindruck von ihrer früheren Schlankheit vermittelten. Sie hatte im Leben nur ein wahres Vergnügen gekannt: das Flirten, und ihre Glanzzeit, das waren die Tage des Neckens und Hinhaltens und der Machtproben vor der Hochzeit gewesen. In Ted hatte sie ihren Meister gefunden: Um sich darüber hinwegzutrösten, hortete sie Küchlein, Zierdeckchen, Sesselschoner, Mokkalöffel und Messingglöckchen, mit denen sie, den Blick züchtig von ihm abgewandt, hantieren, die sie zurechtrücken und blankpolieren konnte, während er ihr Vorträge hielt. In ihrer Witwenschaft verschwand viel von diesem Nippes, und obwohl die Gardinen immer noch makellos sauber waren, begann Daniel unmerklich sein Zuhause schmuddelig zu finden. Mrs. Orton ersetzte die Freuden des Flirtens durch die Freuden des Klatsches: Wie sie einst mit anderen Mädchen über das Pech glückloser Freier und Rivalinnen gekichert hatte, so knüpfte sie jetzt mit am bodenlosen Netz aus Spekulation, Kritik und Gerüchten über das Treiben der Nachbarn. Sie vertauschte ihre Schuhe mit Pantoffeln und ernährte Daniel aus Konserven.

Daniel war einsam – so einsam, daß er nicht einmal darüber nachzudenken wagte. In der Schule war er still und unauffällig. Er gab sich Mühe bei den Hausaufgaben und verstand doch nie, worum es ging, welches logische System Geometrie oder Grammatik zugrunde lag. Da er die Prüfungen immer nur mit knapper Not bestand, fragte ihn keiner, ob er den Stoff verstanden habe, und er selbst erwartete das erst gar nicht. Wäre er ein besserer Schüler gewesen, dann hätte vielleicht irgendein Lehrer versucht, ihn anzuspornen. Wäre er schlechter gewesen, hätte man ihn womöglich für ein Förderprogramm vorgeschlagen. So aber lavierte er sich allein durch. Er war gerade gut genug, um nicht aufzufallen.

Als er fünfzehn war und gefangen in einem Panzergewinde aus prallen Fleischwülsten, da schickte man ihn mit einer bunt zusammengewürfelten Schülerabordnung nach Sheffield zu einer Staatsbürgerkundetagung, einem erbarmungslosen Marathon aus Ansprachen und Vorführungen, deren Themen von Gesteinskunde bis zur Dampfsterilisation der Milchflasche reichten, von den Grundbucheintragungen für Earl Waltehof's Hall im Domesday Book bis zur Stahlverhüttung, von den Satzungen eines Gemeinwesens bis hin zur szenischen Darstellung des Skinners' Plays aus dem Yorker Mysterienzyklus durch die Isis Players.

Unter den Rednern war aus unerfindlichen Gründen auch ein Pater von St. Michael und All Angels, einem der Hochkirche angehörenden Anglikanerorden, der die Gelübde der Armut, Keuschheit und des Gehorsams streng befolgte, der mit Arbeiterpriestern experimentierte, Brüder in die Fabriken schickte oder sie in Wohnheimen mit entlassenen Sträflingen zusammenleben ließ. Der Vortrag des Paters war angekündigt unter dem Titel: Der ambitionierte Mensch und seine Perspektiven.

Er sprach an einem schwülen Spätnachmittag vor einem großen, zwangsverpflichteten, trägen und unkalkulierbaren Publikum im höhlenartig düsteren, pfeilergestützten Rathaussaal von Sheffield. Sein Auftreten war gewandt; gleichsam aus dem Untergrund wuchs die strenge, hagere Gestalt in ihrer Säule aus schwarzen Gewändern empor, flankiert von einem Paar faschistischer Bronzesphingen, die starr und feierlich zu beiden Seiten der Bühne lauerten.

Was er dann sagte, wurde für Daniel zu einem einmaligen Erlebnis kollektiver Begeisterung.

Der Pater war ein begnadeter Redner, der schnörkellos und ohne erkennbare Tricks eine Art biologischen Imperativs verkündete. Einen Moment lang lotete er ruhig ihre rastlose Mißstimmung aus, ehe er sich anschickte, mit nüchternen, schneidenden Worten das graue Gespinst aus Apathie und Indolenz im Saal zu zerreißen. Anfangs berichtete er nur von seinem Beruf, von seinen Aufgaben in der Welt, sachlich skizzierte er Gemeinheit, Engherzigkeit, Schmerz, geistige Verwirrung, Entsetzen. Er tat dies ganz honorig, ohne Anbiederung, nicht mitleidheischend, sondern eher schroff. Er suchte keinen Augenkontakt, forcierte keine Reaktionen und hielt doch mit feinnervig gezügelter Autorität die Aufmerksamkeit seiner Zuhörer gefangen. Er wirkte losgelöst, sprach mit unverkennbar eigenen Worten gleichsam für sich und machte keine Zugeständnisse an die mutmaßliche Verletzlichkeit, Dummheit oder das zarte Alter des Publikums. Und doch war er ungemein wandlungsfähig und schlüpfte beim Sprechen in immer neue Rollen. Mit kleinen Gesten illustrierte sein Körper, was ihm vor Augen stand, während die nüchterne Stimme Informationen abspulte. Die Unterlippe hing leblos herab, wie versteinert vor Furcht und Grauen, sekundenlang lähmte der Schmerz seine Hände, leer und verunsichert stierte sein Auge auf eine aus den Fugen geratene Welt, ohne daß die spröde Stimme auch nur einmal ins Stocken geraten wäre.

Er sagte, es sei verwunderlich, daß bei soviel Klarheit, soviel unbestrittener Klarheit, die Gefolgschaft so gering sei. Daß, obwohl Christus die Menschen gelehrt habe, wie sie leben sollten, die Zahl derer, die wenigstens über ein solches Leben nachdächten, so gering bleibe. Was not tue, sagte er düster, und sein Gesicht war seltsam nackt dabei, was not tue, das sei, daß die Menschen ihr Leben nutzen lernten. Nur ganz wenige wüßten, sagte er, was wirklich in ihnen steckte. Die meisten seien zu feige, es herauszufinden. Und hätten Angst, daß die Verhältnisse sie trotzdem dazu zwingen könnten. Besser – die Finger seiner ausgestreckten Hand zuckten, spreizten sich –, besser, man raffte sich gleich auf und bot dem Leben die Stirn, entschlossen, für einen guten Zweck. Zu wissen, daß er nur ein Leben habe, nur soviel und nicht mehr erreichen könne, das komme den Menschen hart an. Dabei bedeute diese Einsicht, wie alles Wissen, im

Grunde Macht. Im Bewußtsein der eigenen Grenzen zu handeln, erst einmal und dann immer wieder, das sei Macht, die neuerlich Macht erzeuge. Der Mensch müsse sein Leben *nutzen* und sich überlegen, wie. Die ausgestreckt erhobenen Hände ertasteten die energiegeladene, knisternde Spannung im stumm und gebannt lauschenden Saal, sogen sie gleichsam mit den Fingerspitzen auf. Dann kehrte er die Handflächen nach außen, ließ, einem Magier gleich, die Hände sinken und erklärte, unter ihnen seien vielleicht zwei oder drei, die sich mit keinen Halbheiten zufriedengeben, sondern all ihre Kraft auf das eine Ziel lenken würden, für Gott und mit Gott zu arbeiten. Der aber wolle keine Almosen, er fordere den ganzen Menschen. Christus sei in die Welt gekommen, auf daß ihr Leben reicher würde. Wohlgemerkt, nicht Glück sei die Losung, sondern Leben.

Den Ausschlag gab nicht, was er sagte, auch wenn er sich mittlerweile in Fahrt geredet hatte und sie mit einer faszinierenden Mixtur aus Volksweisheit und lupenreiner Logik hypnotisierte. Aber er verkörperte die Lebendigkeit, von der er sprach, und nicht nur Daniel, sondern mit ihm alle anderen horchten auf und griffen begierig nach den Lehren, die er auf den Kuppen seiner weit gespreizten Finger darbot. Sein Blick ging über ihre Köpfe hinweg ins fahle Licht der elektrischen Kugellampen, die an bronzener Kette über dem dämmrigen Saal schwebten, und sie folgten ihm geschlossen wie ein Mann, von seinem strahlenden Auge gebannt: Wäre er herabgestiegen vom Podium, sie hätten sich um ihn geschart und darum gewetteifert, daß er ihnen die Hände auflegte.

Greift zu, beschwor er sie, nehmt euch, was da ist, was faßbar ist, ergreift die Chance, eine Sache richtig zu machen. Denn es gibt nur einen Weg, eine Wahrheit, ein Leben. Der Rest ist Träumerei.

Und dann zitierte er Yeats:

> Die Besten haben kein Sendungsbewußtsein, indes die Schlechtesten
> In unbändiger Leidenschaft schwelgen.

Wir können das ändern, sagte er. Jeder einzelne von uns. Wir alle zusammen.

Daniel war rhetorisch nicht bewandert. An viele Sätze konnte er sich hinterher nicht mehr erinnern, und die, die er behalten hatte, hatten ihre zündende Kraft verloren, ja dünkten ihn sogar großspurig oder banal. Eins aber vergaß er nie, und das war die brodelnde Begeisterung im Saal, nachdem der Mann mit einer abschließenden Gebärde, die Drohung, Ansporn oder Umarmung verheißen mochte, den Kraftstrom seiner beredten Arme drosselte – die Begeisterung und das Gefühl, es gebe einen Weg, das Ungesagte, die entfesselte Kraft zu artikulieren. Grüppchenweise standen die Jungen beisammen, es wurde eindringlich diskutiert, und man spürte etwas wie Jubel darüber, daß alle angerührt waren, daß man die wundersame Erfahrung teilen und bewahren konnte. Auch Daniel stand dabei und redete eifrig mit, befreit aus der Einsamkeit, in die sein unförmiger Körper und sein Schweigen ihn verbannt hatten. Gleich am nächsten Tag ging er zu seinem Pfarrer und zum Direktor und erkundigte sich, welche Vorleistungen er erbringen müsse, um dem geistlichen Stand beizutreten. Und er freute sich sogar, als er erfuhr, daß er ein Jahr länger zur Schule gehen und das Große Latinum würde nachmachen müssen, denn Widerstände und Hürden stärkten sein Vertrauen in die eigene Kraft. Er hatte ein Ziel vor Augen, und das spiegelte sich in ihrem Glanz.

Auf dem Priesterseminar lernte er eine Menge über das, was er an jenem trüben Nachmittag in Sheffield erlebt hatte. Der Berufung, die er damals an sich ergehen fühlte, war er unbeirrt treu geblieben. Aber im Lauf seiner Ausbildung definierte er sie deutlicher im Hinblick auf die eigene Person. Was wirklich not tat, so erkannte er mit der Zeit, war jemand mit einer praktischen Ader, einer, der sich ganz den *praktischen* Problemlösungen verschrieben hatte. In Gedanken benutzte er dieses Wort in einem Sinn, den er vielleicht als einziger hineininterpretierte. Als er nach und nach einsah, daß er weder ein kontemplativer Mensch noch ein Gelehrter war, daß er sich weder für die eigenen noch für die Motive anderer Leute interessierte und auch nicht für frühchristliche Ketzerlehren oder liturgische Formen, da wiederholte er sich unverdrossen, wie groß der Bedarf an Leuten mit uneingeschränkt praktischem Engagement sei. Praktisch zu handeln bedeutete den direkten und ganz unverstellten Umgang mit Schmerz, Armut, Grauen. Bedeutete all jenen, die die Mächte des Bösen körperlich, geistig oder sozial aus allen menschlichen Verhältnissen herauskatapultiert hatten, dorthin zurückzuführen, wo man sie nach menschlichem Maß beurteilen würde. Um mit dieser Aufgabe betraut zu werden, benötigte er eine entsprechende Ausbildung. Alles übrige war einfach Ballast, mit dem es sich abzufinden galt.

Er war klug genug, sein Desinteresse an Gebetsversammlungen oder gemeinschaftlicher Selbsterforschung vor seinen Seminarleitern zu verbergen. Er glaubte, daß seinem und seiner Kommilitonen Seelenzustand weniger Aufmerksamkeit gebühre als der Arbeit, die sie zu verrichten hatten. Aber auch das behielt er für sich. Er war arglos und subversiv zugleich, doch seine Vorgesetzten sahen nur den dicken, respektvollen jungen Mann und hielten ihn für willig, aber begriffsstutzig. Als ihm das Vikariat in Blesford angeboten wurde, schien ihm die Stelle für einen angehenden Praktiker so gut wie jede andere. Was er suchte, war keine Berufung, sondern einfach ein Job, und deshalb merkte auch niemand, daß er ein Fanatiker war. Falls Mr. Ellenby langsam so etwas schwante, war Daniel selbst immer noch ahnungslos – er war ganz darauf konzentriert, sich einzuarbeiten und herauszufinden, wie er seinem Beruf am besten gerecht werden konnte.

Gewöhnlich saß er abends allein über einem Berg verschiedenfarbiger Aktenordner, in denen er mit eckiger, schwarzer Schrift Buch führte über seine Arbeit, Spalte für Spalte sein Pensum notierte oder fällige Besuche bei Gemeindemitgliedern vormerkte. Er war ein Verfechter des Protokolls (für den Fall, daß er einmal etwas Wichtiges übersehen oder vergessen sollte), und er war ein Verfechter der Nachbarschaftshilfe – ein Netzwerk, in dem einsame Menschen denen Besuche machten, die ans Haus gefesselt waren, und verwitwete oder sonstwie alleinstehende Personen den Schwerkranken Beistand leisteten. Erstaunlicherweise ließen sich die Leute durch seinen unerschütterlichen Glauben an ihre Fähigkeit, ja Verpflichtung zur praktischen Nächstenliebe tatsächlich zum Handeln bewegen. Er mußte sich nur reiflich überlegen, wem er welche Aufgabe übertrug. Ein- oder zweimal waren ihm dabei Fehler unterlaufen.

Mrs. Oakesshott hatte sich erboten, auf Mrs. Haydocks autistischen Sohn aufzupassen, und war dann in panischer Angst aus dem Haus gerannt und hatte ihn bei Mr. Ellenby der seelischen Erpressung bezichtigt. Er wurde aufgefordert, sich zu entschuldigen, und er hatte sich entschuldigt. Eben jetzt kam ihm der Gedanke, daß Stephanie Potter einen Großteil der Eigenschaften besaß, die der Umgang mit Malcolm Haydock erforderte. Auf den Tod der Katze hatte sie bewundernswert ruhig, unerschütterlich, praktisch und vernünftig reagiert. Sie mochte keine Christin sein, aber gewissenhaft war sie. Er konnte nicht mehr tun, als sie fragen, und fragen würde er.

Er legte sich in seinem harten, schmalen Bett zurecht und wandte sich dem *Lear* zu. Auch wenn er nicht genau wußte, warum, schien es ihm doch wichtig, ihn gelesen zu haben. Was Daniel dazu verleitet hatte, waren ein ungestümer Zorn und das noch rätselhaftere Verlangen, sich mit den Potters – insbesondere mit Stephanie – auseinanderzusetzen. Beim Lesen wußte er nicht genau, worauf es zu achten galt, und konzentrierte sich darum auf die Handlung, auf das Schicksal von Edgar und Cordelia, die er für das jugendliche Heldenpaar hielt. Unbefangen bewunderte er Shakespeare für die Klugheit, mit der es ihm gelungen war, einen alten Mann so über die Maßen lebensecht darzustellen, als unerträglichen, zutiefst verletzten, unheilbar gebrochenen, übergeschnappten Greis. Die leidenschaftlich düstere Theologiefeindlichkeit des Stücks, die die *anima naturaliter theologica* eines Bill Potter auf Anhieb erkannte, übersah er; nicht, weil er den *Lear* für ein Erlösungsdrama gehalten hätte, sondern weil er instinktiv und jenseits aller Skepsis wußte: So ist die Welt. Der *Lear* war authentisch. Er notierte sich verschiedene Sätze für künftige Predigten. Alter ist unnütz. Dies sind unschöne Scherze. Kehrt Ihr zu meiner Schwester. Das Stück las sich leichter, viel leichter – und war obendrein überzeugender –, als er es von den Shakespeare-Pflichttexten fürs Abitur in Erinnerung hatte. Er hätte viel darum gegeben, sich so schlicht ausdrücken zu können. An seinen Formulierungen haftete eine Art klerikaler Schwammigkeit, die ihm mißfiel und ihn zu Unrecht isolierte, nur wußte er nicht, wie er sie überwinden konnte.

Als er zum Schluß kam, begriff er, daß er etwas über den

Schmerz gelernt hatte. Sein Körper war steif und verspannt, und er fühlte sich ängstlich bewegt – was mit der Lektüre, aber mehr noch mit Stephanie Potter zusammenhing. Er erinnerte sich, wie penibel und umsichtig sie nach dem Tod der Katze mit ihren blutbefleckten Händen für Ordnung gesorgt hatte, wie sie die Jungen trockengerieben und warm verpackt und wie sanft sie das weinende Kind an sich gedrückt hatte, um es zu trösten. Eine schrecklich gefühlvolle alte Dame hatte erst diese Woche zu ihm gesagt, als sie ihm von dem kleinen Baby ihrer Tochter erzählte: »Ach, ich könnte ihn in einem fort *herzen*, immerzu *herzen* könnt' ich ihn!« Und nun entdeckte er in sich das Verlangen, Stephanie zu herzen. Schon während ihr Vater ihm seine Predigt hielt, hatte er es sonderbar deutlich vor sich gesehen, wie er sich hinunterbeugte, ihr rundes, träges Fußgelenk umfaßte und drückte, bis die Knochen nachgaben.

6. *Filmpalast*

An den Wochenenden suchte Marcus die Abgeschiedenheit. Er hatte einen sicheren Hort, wo sonst niemand hinkam, das Café im Gaumont, dem Blesforder Lichtspieltheater. Kinobesuche waren seitens der Schule verboten und bei Bill verpönt, von einigen wohlerwogenen Ausnahmen abgesehen. *Schneewittchen*, das man, als er noch klein war, für kreativitätsfördernd hielt, hatte ihn in gewaltige, metamorphosenreiche Schreckensvisionen gestürzt, wie sie dem Tibetischen Totenbuch zufolge die frisch aus dem Körper entwichene Seele heimsuchen: aufgeblähte, alles verschlingende Ungeheuer, wildromantische Abgründe, gischtweiße Wasserfälle, donnernde Felslawinen, rotierende Lichtgarben, windzerklüftete Klippen und lemurenhafte Wesen – blutrote, schleimgrüne, schwarze. Eine Wucht, sagte Frederica. Marcus wurde davon zermalmt. Obwohl er noch so klein war, hatte er schon versucht, die Illusion zu durchbrechen, indem er den Kopf nach hinten drehte und hinaufstarrte in den hell flackernden Lichtkegel, der dem Projektor entströmte. Doch dem vom Spektakel bedrängten und überwältigten Kind boten Vernunft und Logik keinen Schutz. Sowie er des Abends die Augen schloß, bestürmten die Phantasmagorien aufs neue sein Hirn.

In *Bambi* oder *Dumbo* durfte er nicht gehen, weil Bill sie für kitschig hielt.

Verbotene Freuden reizten Marcus heute nicht mehr. Achtlos lief er an den verlockenden Schaukästen vorbei, auf deren chromgerahmten Standfotos geschönte Traumpaare sich in aberwitzig verrenkter Pose aneinanderschmiegten oder ein knabenhafter Held, die weiße Stirn mit leuchtendroten Blutspritzern benetzt, auf dem Achterdeck eines Piratenseglers über die eisig schäumenden Elfenbeinkämme einer aufgewühlten See ritt oder Wild und Hund einträchtig mit unnatürlich glänzendem Fell durch unnatürlich grüne Wälder einem rosigglühenden Horizont entgegentänzelten. Marcus kam überhaupt nicht wegen der Filme. Sein Interesse galt dem Herzstück dieses Bollwerks, dessen Außenmauern kahl und fensterlos und dessen Türen von innen verriegelt waren.

Der Weg dorthin führte über eine bei Tage dämmrige, aufwärts und einwärts geschwungene Treppe, gesäumt von einem Geländer aus vergoldeten Efeuranken mit plüschgepolstertem, rubinrotem Handlauf, auf deren flachen, mit dicken Purpurläufern bespannten Stufen der Fuß laut- und spurlos nach oben glitt. Mattierte, fleischfarbene Blütenlampen in vergoldeten Kelchfassungen tauchten die Treppe in samtiges Pfirsichlicht und gossen einen Hauch von Lebenswärme über die Hochglanzgesichter an der Wand: dunkelmähnige Sirenen in schwarzer Spitze mit scharlachroten Fingernägeln und überlangen, juwelenbesetzten Zigarettenspitzen, anmutig blasse Schmollmundstars mit wogendem Busen in einem Nest aus weißen Schwanendaunen und mit symmetrisch gewelltem, silbrig schimmerndem Haar, kleine Mädchen mit einem sonnenhellen Wuschelkopf goldener Korkenzieherlocken und einer Blütenkrone über der Stirn.

Inmitten des weitläufigen purpurnen Treppenabsatzes plätscherte leise ein Springbrunnen, der aus einem flachen Kelch in der Hand einer durchsichtigen, grüngläsernen Nymphe entsprang, unverkennbar ein Geschöpf der dreißiger Jahre mit nichtssagenden Zügen, gleichmäßig gefälteltem Gewand, effektvoll gespreizten Fingern und Zehen und hoch angesetzten, knospenhaft kleinen Brüsten. Das seichte Wasser sammelte sich in einem Spiegelglasteich, wo es über bronzene Wasserlilien rieselte, deren Blätter von unten rosa und chromgrün angestrahlt waren. Man stieg höher hinauf, in eine noch tiefere Stille, und gewahrte, am anderen Ende des zweiten Treppenabsatzes, den Eingang zum Café.

Die Türflügel aus bronzegefaßtem Tafelglas waren von innen mit schweren Portieren verhängt. Man stieß sie auf und betrat ein schwach erleuchtetes unterirdisches Reich. Den mit bronzegetöntem Spiegelglas verkleideten Säulen entsprossen auf gebogenen Messingstengeln kunstvoll arrangierte Blütendolden aus rosa schimmernden Glühbirnen, die das spärliche, durch dichte, cremefarbene Rüschengardinen gefilterte Tageslicht verstärkten. Der Teppich war übersät mit hellroten und cremeweißen Rosen, so groß wie Kohlköpfe. Die zierlichen Stühlchen waren vergoldet. Zwischen den Säulen hindurch sah man, von einer bronzenen Spiegelwand reflektiert, die Erfrischungsbar mit den aufgereihten Gläsern und der leise zischenden Kaffeemaschine. Zwei junge Mädchen mit weißen Häubchen und ebensolchen Schürzen saßen, die Ellbogen auf die Theke gestützt, auf hochbeinigen Hockern und unterhielten sich mit gedämpfter Stimme. Betrieb herrschte hier nur zu bestimmten Zeiten. Marcus war oft stundenlang der einzige Gast.

Er bestellte Milchshakes, rosenrote, lachsfarbene, braune, quittengelbe, alle mit einer langsam zerfallenden Schaumkrone obendrauf. An so einem Milchshake ließ sich, bei sparsamer Einteilung, lange nippen, und niemand störte einen, solange man an seinem Strohhalm zog oder so tat als ob; man saß unbehelligt auf seinem Platz und konnte sich sicher fühlen. Von unten, aus den unsichtbaren Tiefen, stiegen von Zeit zu Zeit Geräusche empor: gedämpfte Musik, Trommelfeuer, fernes Getümmel. Bei symphonisch unterlegten Höhepunkten vibrierte der ganze Raum sachte mit und sank danach in um so tiefere Stille zurück. Marcus rührte sich nicht und mied die Gedanken.

Er kannte verschiedene Methoden, um dem Denken auszuweichen. Da war einmal das lautlose Summen, mit dem man eine vorsätzlich begrenzte Tonfolge der Mittellage verschiedentlich variierte. Analog dazu die Erzeugung rhythmischer Sequenzen durch Aneinanderklopfen und -schrammen von Knöcheln und Daumennägeln. Ferner eine Art mathematischer Vermessung von Café und Erfrischungsbar. Dabei taxierte er Säulenhöhe und Zwischenräume, die Anzahl der rosa Glühbirnen, cremeweißer Teppichrosen und Lichtradien, die von Tisch zu Tisch sprangen und sich in den funkelnden Reflexen auf Spiegelflächen und Vergoldungen brachen, bis der ganze Raum allmählich zu einem homogenen, würfelförmigen Strahlengeflecht aus wohlgeordneten, sanft leuchtenden Lichtkoordinaten wurde: bronzebraun, cremeweiß, rosenrot, blaßrosa, den komplexen Schlangenlinien eines arabischen Kachelmosaiks nicht unähnlich. Diese Methode war zufriedenstellender, aber auch anfälliger als andere, denn eine unerwartete Bewegung der Kellnerinnen, die in dem Modell meist als schwarze Ovale vertreten waren, konnte den langsam gesponnenen Kokon jäh zerreißen.

Er war daher nicht erfreut, als er, an seinem süßen, rosaroten Drink nippend, hörte, wie eine Stimme über ihm fragte, ob es ihm sehr unangenehm wäre, wenn man ihm Gesellschaft leiste.

Er schrak zusammen und nahm hastig einen Schluck. Der andere zog sich schwungvoll einen Stuhl heran.

»Wie ich sehe, hatten wir beide das gleiche Ziel. Ruhe und Frieden. Zufall. Ich mag Zufälle, du nicht auch?«

Marcus beschränkte sich auf eine unbestimmte Kopfbewegung. Er hatte es geschafft, den Eindringling zu erkennen: Es war Lucas Simmonds, ein Assessor von seiner Schule, der in der Unterstufe Naturwissenschaften unterrichtete. Simmonds mußte schon an die dreißig sein, auch wenn der adrette, frische, rosige Mensch mit den braunen Locken und den ziemlich großen braunen Augen um einige Jahre jünger wirkte. Seine Schultern wölbten sich kräftig unter gesprenkeltem Tweed, und das Gesäß war ein bißchen füllig für den wohlgebauten Torso. Er trug ein blütenreines Hemd und eine Flanellhose, die ebenfalls kaum zu beanstanden war. Als er Marcus offen anlächelte, wandte der sich ab.

Marcus nahm an einem von Simmonds geleiteten Kurs über allgemeine Naturwissenschaften teil, der den kulturellen Horizont der Abituranwärter erweitern sollte. Diese bestenfalls oberflächliche Einführung zu stören und vom Lehrstoff abzulenken war ein Kinderspiel für die aufgeweckteren Schüler, die Simmonds gern mit peinlichen Fragen in Verlegenheit brachten, eine leichte Übung, da er im Denken scheinbar träge war und sich nur zu bereitwillig geschlagen gab, wenn man seinen Unterrichtsplan über den Haufen warf. Er war allerdings erstaunlich immun gegen Hänseleien, ließ seine pädagogischen Bemühungen einfach fahren und versuchte ebenso heiter wie unzulänglich auf die jeweiligen Einwürfe zu reagieren, wie aberwitzig die auch immer sein mochten. Halbwegs intelligente Jungen bildeten sich ein, ihn lächerlich zu machen. Die besonders intelligenten glaubten, er sei einfach nicht klug genug, um zu begreifen, was sie im Schilde führten. Marcus dachte, die wahre Erklärung sei zu simpel und zugleich zu verletzend für den Verstand eines Schuljungen. Simmonds war es einfach egal, ob sie etwas lernten oder nicht. Marcus fand, man sollte imstande sein, Gleichgültigkeit zu erkennen. Er für sein Teil respektierte sie. Während Simmonds' Unterricht saß er jedesmal still inmitten des Spektakels und zeichnete. Er entwarf auf Millimeterpapier ein Muster aus Spiralen, die sich durch konzentrische Rhomben schlängelten. Bei dieser Übung kam es darauf an, den zentralen Punkt, an dem alle Linien nach Unendlich konvergierten, zu meiden, ohne ihn freilich außer acht zu lassen. Eine Möglichkeit, dies zu erreichen, war, die Linien fast unsichtbar dünn zu stricheln, so daß das vorgedruckte Netzwerk des Millimeterpapiers ihr Verschwinden fördern und zugleich verhüten konnte. Einmal war Simmonds hinter ihn getreten und hatte eine Zeitlang mit beifälligem Nicken und stillem Lächeln auf das Muster, mit dem er gerade beschäftigt war, herabgesehen. Marcus hatte das nicht vergessen. Er mochte es nicht, wenn man ihn beobachtete.

»Und ich störe dich auch bestimmt nicht? Was würdest du empfehlen? Aha, du hast dir einen Milchshake bestellt. Dafür habe ich auch eine Schwäche. Fräulein, noch einen Milchshake – ich nehme den gleichen wie mein Freund hier, den rosaroten. Und einen Krapfen dazu. Oder zwei? Nein? Gut, dann einen Krapfen, aber vielleicht zwei Milchshakes, ja. Dankeschön.«

Marcus hatte anderthalb rosa schäumende Gläser vor sich. Die ließen sich nicht auf einen Sitz hinunterstürzen.

»Komisches Zusammentreffen, hm? Ich habe mich ganz spontan hier reinverirrt, bin nie zuvor dagewesen, aber du bist mir – sozusagen – im Kopf rumgegangen, also war es wohl Fügung, einer dieser Zufälle, die vorherbestimmt sind. Glaubst du an so was? Na, egal. Ich hab' an dich gedacht, weil in der Lehrerkonferenz immer wieder von dir die Rede ist. Man vermutet, du fühlest dich nicht wohl in der Schule. Nicht wohl in deiner Haut. Kollegen stehen anscheinend vor einem Rätsel. Wedderburn sagt, du willst nicht in seinem Stück auftreten. Nun mach kein so erschrockenes Gesicht. Eigentlich versteht sowieso keiner, warum du da mitmachen solltest.«

Marcus gab einen erstickten Laut von sich.

»Kein Grund, gleich so belämmert dreinzuschauen. Aber ich mische mich da wohl ungebeten in Sachen ein, die mich nichts angehen. Dachte bloß, ich könnte vielleicht helfen.«

»Danke.«

»Keine Ursache.«

»Mit mir ist alles in Ordnung, danke. Ich kann bloß nicht schauspielern. Falls es das ist, worüber man sich Gedanken macht.«

»Oh, und ob du spielen kannst. Du mußt wissen, ich hab' den *Hamlet* gesehen.«

»Aber ich will nicht. Es macht mir keine Freude.«

»Auch das habe ich gesehen. Sehr anrührend, sehr unglücklich. O ja.«

Simmonds zog kräftig an seinem Strohhalm und prustete dabei ein oder zwei winzige Himbeerbläschen in die Luft. Penibel wie er war, wischte Marcus sich eines vom linken Handrücken. Er erinnerte sich an Ophelia.

All die Abende, wenn er die zerfetzten Blumengirlanden und das zerknitterte weiße Kleid von seinem, dem falschen Körper geschält hatte, wie war er da in Bedrängnis gewesen: Seine Hände nicht die seinen, die einzigen Worte in seinem Kopf ihre schrillen Klagen, sein Haar nicht das seine und doch unheimlich juckend unter der langen blonden Mähne, die er allabendlich wieder abnahm. Aus einem verlorenen Winkel seiner selbst hörte er das Flehen ihrer brechenden Seele – aber wollte sie hinaus oder wieder herein? Es war ähnlich wie beim »Ausschlüpfen«, nur ohne das Gefühl, die Luft würde dünner und der Raum weite sich – auch hier trat er aus sich heraus, aber bloß, um den Kerker zu wechseln, sich einzwängen zu lassen in fremde Kleider, eine fettige Maske, die ihm die Poren verstopfte, in Gummibrüste und ihr Leichentuch, das sich festverknotet um seine Glieder schlang. Er hatte Schreie gehört und Gesang und hinterher nie gewußt, ob er es war, der gesungen oder geschrien hatte.

»Heikle Sache, die Schauspielerei«, sagte Simmonds. »Nach moderner Auffassung ist im Dienste der Kunst alles erlaubt, aber in früheren Zeiten wußte man's besser. Diese alten Puritaner haben sehr wohl begriffen, daß der Mensch vereinnahmt werden kann, oder jedenfalls sein *Soma*, der physiochemische Organismus, sie wußten, daß Schauspielerei Teufelswerk sein kann. Gefährliches Wagnis, dieses Experimentieren mit dem menschlichen Bewußtsein, es sei denn, man weiß genau, was man tut. Es kommt vor, daß Leute ein hermetisches Bewußtsein haben, denen kann natürlich nichts passieren. Manch einer genießt es, Macht über andere Menschen zu haben, Exhibitionisten, Mesmeristen und so weiter. Du nicht.«

Den Großteil dieser Rede verstand Marcus kaum, wenngleich Simmonds mit dem Begriff »vereinnahmen« sein Ophelia-Erlebnis, das er um keinen Preis wiederholen wollte, geradezu unheimlich auf den Punkt brachte.

»War sehr beeindruckt von deiner Leistung, wirklich«, sagte Simmonds. »Warst mehr Medium als Schauspieler. Sprachrohr eines anderen Bewußtseins. Ich treibe selber so 'ne Art Bewußtseinsstudien – auf wissenschaftlicher Basis. Ich finde, wir wagen nicht genug. Versteh mich richtig: Ich meine nicht diesen ganzen dilettantischen Spiritualismus mit Kristallkugeln, Seancen und dem Hokuspokus, der von blödsinnigen alten Riten übriggeblieben ist. Genausowenig wie die reinen Laborversuche, die nie darüber hinauskommen, Probanden mit verbundenen Augen die farbigen Punkte auf irgendwelchen Spielkarten zählen zu lassen oder das Gesetz der Serie um ein paar Grad zu beugen. Nein, wir sollten uns mit Menschen beschäftigen, denen man *anmerkt*, daß sie über besondere Geistesgaben verfügen – so ließe sich das irdische Machtspektrum vielleicht vergrößern. Und darum, mein lieber Potter, interessiere ich mich für dich, sehr sogar.«

»Ich bin nichts Besonderes«, sagte Marcus. »Eine Menge Leute könnten die Ophelia spielen.«

»Das weiß ich. Aber du besitzt auch andere Gaben, nicht wahr? Das absolute Gehör? Die Fähigkeit, mathematische Probleme ohne die üblichen geistigen Verrenkungen zu lösen?«

Marcus sah starr vor sich hin. Über diese Dinge sprach er nie.

»Hab' ich was Verkehrtes gesagt? Du tust gut daran, mit diesen Talenten vorsichtig zu sein. In den falschen Händen könnten sie zum schrecklichen Fluch werden. Ähnlich wie die Fähigkeit, fremde Mächte in deinem Körper aufzunehmen. Solche Gaben können zum Guten wie zum Bösen ausschlagen. Vielleicht sollte ich meinen Standpunkt erklären.«

Zu den Peinlichkeiten dieses Dialogs, der im übrigen sehr einseitig geführt wurde, gehörte, daß er in Simmonds offenbar widerstreitende Gefühle hervorrief. Einerseits war er ungemein vergnügt, strahlte übers ganze Gesicht und verbreitete mit jungenhaftem Zwinkern Wohlwollen. Andererseits war er offensichtlich über die Maßen erregt: Er schwitzte und wischte sich in einem fort mit einer zerknüllten Papierserviette die Stirn, die so rosig schimmerte wie der Himbeershake. Marcus ermunterte ihn weder, »seinen Standpunkt zu erklären«, noch hinderte er ihn daran, einfach, weil er zu beidem nicht imstande war. Also fuhr Simmonds fort.

»Ich bin, was man, zumindest im wissenschaftlichen Sinne, vermutlich einen religiösen Menschen nennen könnte. Ich interessiere mich für die Gesetze, auf die das Universum gegründet ist. Die großen Bausteine und Organismen, Planeten und Galaxien, und die kleinen Bausteine, kleine Organismen, Lucas Simmonds, Marcus Potter, Mäuse und Mikroben. Jawohl! Wir sind nicht auf unsere körperliche Existenz beschränkt. Seit Anbeginn ihrer Geschichte hat die Menschheit Methoden entwikkelt, um über das physiochemische *Soma* hinauszugelangen. Gute wie schlechte. Gebet und Tanz, Wissenschaft und Sexualität. Methoden, die sich segensreich und schädlich nutzen lassen. Manchen Menschen fällt der Einstieg leichter als anderen. Zu

Anbeginn war es Gott, der die träge Masse der Dingwelt formativ oder informativ gestaltete – beachte die Verwandtschaft: Beide Male ist FORM das Stammwort. Wenn Gott dich nicht informiert, können das auch geringere Mächte besorgen oder schlechtere oder beide zugleich.«

»Ich kann Ihnen nicht folgen.«

»Ich weiß. Darum erkläre ich's dir ja.«

»Ich glaube nicht an Gott.«

»Gewiß. Aber das macht nichts, mein Lieber, solange G nur an dich glaubt. Ich beobachte dich nun schon seit geraumer Zeit und bin zu der Überzeugung gelangt, daß Er an dich glaubt. Als ein Medium der Kraft oder der Formgestaltung.«

»Nein.«

»Sagst du mir, wie du die Matheprobleme gelöst hast?«

»Ich kann's nicht mehr.«

»Seit wann?«

»Seit ich ... seit ich jemandem gesagt hab', wie's geht.«

»Aha! Du hast deine Vision verraten. Dafür wurden schon die alten Propheten bestraft.«

»Hören Sie! Es war *keine* Vision. Überhaupt nichts Religiöses. Es war so was wie ein Trick.«

»Du kannst nicht beurteilen, ob es sich um eine religiöse Erfahrung handelt oder nicht. Aber lassen wir das. Warum kannst du's jetzt nicht mehr?«

»Das möchte ich nicht sagen.«

»Du möchtest überhaupt nichts. Ich habe dich beobachtet, ich weiß *Bescheid.* Hast du schon mal dran gedacht, daß es genau daran liegen könnte? Daß du einer Kraft, einem Talent den Rükken gekehrt hast?«

Daran hatte Marcus nicht gedacht. Er hatte, wie schon erwähnt, alles daran gesetzt, dem Denken auszuweichen. Vielleicht stimmte es, daß sein Gefühl, keinen Platz auf der Welt zu haben, keine Hoffnung und keinen Halt, ebenso wie die ständig wiederkehrenden, seltsam beängstigenden Streiche, die seine Konstitution ihm etwa mit dem »Ausschlüpfen« spielte, auf den Verlust seiner mathematischen Fähigkeiten zurückgingen. Simmonds wurde zur janusköpfigen Erscheinung aus gedankenlesendem Magier und lästigem Fanatiker.

»Bitte – nimm's als wissenschaftliches Experiment – versuch dich zu erinnern.«

»Hören Sie – es war unheimlich gruselig. Ich versuche es zu vergessen.«

»Ich werde dir nicht weh tun. Ich möcht's bloß wissen. Ohne dir was anhaben zu wollen.«

Sein Vater hatte einen Mathematikprofessor angeschleppt, und Marcus hatte seine Kunststücke vorführen müssen. Sie – Vater und Professor – waren sehr aufgeregt gewesen. Er begann zu erzählen.

»Ich hab' ewig lang geglaubt, daß jeder es könnte. Ich dachte, es sei ganz normal, so was zu sehen. Ich meine, wenn man sich mit einem Problem beschäftigt. Ich habe keine Ahnung, wie jemand sehen kann, was im Kopf eines anderen vorgeht. Ich weiß nicht, wie man das macht oder warum man's versuchen sollte ...«

»Reg dich nicht auf. Erzähl's mir einfach. Es macht gar nichts, wenn ich's nicht in allen Einzelheiten verstehe.«

»Vielleicht hilft's.«

Allmählich machte Marcus sich Simmonds' Ansicht zu eigen und glaubte auch, daß er dringend Hilfe brauche.

»Na ja – meistens war es so, daß ich – ich habe einen Ort gesehen – ihn mir vorgestellt. Eine Art Garten. Und die Formen, die geometrischen *Formen*, die schwirrten so in der Gegend herum, und dann ließ man dem Problem freien Lauf, so daß es sich unter die Formen mischen konnte – wo es Leuchtspuren hinterließ. Und dann sah ich die Lösung.«

»Kannst du mir diesen Garten beschreiben?«

»Nein. Nein!«

An dem Punkt war er beim letzten Mal zusammengebrochen. Unter den gierigen, stolzen Blicken seines Vaters und den forschenden des Professors. Das war der Fluchtpunkt, an dem alles erloschen war: Ein schwarzer Kegel oder ein schwarzes Dreieck hatte sich niedergesenkt, ein schwarzer Kegel oder ein schwarzes Dreieck war aufgestiegen, und sein Hirn war der Druckpunkt, an dem diese ambivalenten Körper oder Flächen zusammenstießen. Er war mit dem Kopf auf die Tischplatte geknallt und in eine tiefe Ohnmacht gesunken. Er hatte seinen Vater in

Verlegenheit gebracht. Man hatte ihn ins Bett gesteckt und ihm gut zugeredet. Er solle es sich nicht so zu Herzen nehmen. Seitdem hatte er es nie wieder gemacht und war fest davon überzeugt, es gar nicht mehr zu können.

»Als ich mal versucht habe, es zu beschreiben, bin ich ohnmächtig geworden. Und danach war es aus, ich konnte nicht, nie mehr ...«

»Natürlich. Das kommt vor bei solchen Begabungen. Ist ganz normal. Erzähl's mir ruhig. Jetzt kann's nicht mehr schaden.«

»Also es kam darauf an, die *Art* Ding, um die es sich handelte, und sein Umfeld nur indirekt zu sehen – aus dem Augenwinkel – mit dem geistigen Auge. Auf keinen Fall durfte man es offen ansehen, sondern mußte absichtlich weggucken und warten, bis es eine Form bekam. Wenn man lange genug gewartet hatte und das Ding zum Vorschein kam, dann konnte man die Umrisse zeichnen oder sogar Namen finden, die dazu paßten. Aber man durfte es nicht fixieren oder festhalten, sonst ... Es kam darauf an zu *warten*, doch die Leute, die mich ausfragten, sie bedrängten mich, wie ich so geduldig sein könne, wollten sie wissen, also hab' ich versucht, mich zu konzentrieren, mit aller Gewalt ... und es hat nichts genützt.«

»Verstehe. Zum Teil jedenfalls. Sag, was waren das für Formen?«

»Eben *Formen*«, wiederholte Marcus störrisch, als bedürfe es da keiner näheren Erklärung. »Die Konturen wechselten. Sie waren weder eindeutig räumlich noch das Gegenteil. Mal waren's plane geometrische Figuren, mal so eine Art schwebender Flächen und dann wieder Gegenstände, nicht direkt wie Bäume oder Blumen. Oder es war, als ginge man über ein Feld mit der Dichte Null, zwischen unheimlich vielen Flächen – von ganz verschiedener Größe und wechselnder Form. Kein richtiger Garten. Einer aus dem Kopf. Aber anders als die Bilder, die man sonst von Landschaften im Kopf hat, wie zum Beispiel meine Erinnerungen an Ramsgate oder Robin Hood's Bay. *Manches* war wie in der Natur – ein x-beliebiges Feld oder Waldstück –, anderes überhaupt nicht ... Ach, ich kann nicht mehr.«

Simmonds runzelte verdutzt die Stirn, streckte gebieterisch

die Hände nach Marcus' Handgelenken aus und zog sie jählings wieder zurück. »Faszinierend«, murmelte er, »faszinierend.«

Marcus erinnerte sich jetzt jener leuchtenden Gefilde, die er verloren hatte, ohne ihnen nachzutrauern. Denn er hatte nicht gewagt, sie sich deutlich genug vorzustellen, um den Verlust als solchen zu empfinden. Er erinnerte sich – nicht plastisch, sondern schemenhaft –, wie berauschend sinnlich es dort gewesen war, wie klar und rein, wie hell, luftig und frei.

»Ich *glaube*«, hörte er Lucas Simmonds sagen, »ich glaube, ich habe mit meiner Vermutung ins Schwarze getroffen. Du hast in der Tat direkten Zugang zu den Denkformen, den Modellen, die uns informieren und kontrollieren. Was du noch brauchst und was ich beisteuern kann – just um dies anzubieten, hat ein glücklicher Zufall mich hergeführt –, das ist die geistige Disziplin, die das Ganze ungefährlich und optimal erfolgreich macht. In den letzten Jahren haben wir uns zu stark auf das *Soma* konzentriert, was auf Kosten der Psyche ging. Körperlich, physisch gelingt es uns immer besser, uns, unsere Welt und unser Universum in den Griff zu bekommen. Denk nur an Mikroskop, Teleskop, Radioteleskop, Zyklotron, Bevatron. Frequenz und Steigung, Farbe und Licht. Es gibt schon Denkapparate, mit denen sich der Mensch, obwohl er sie entworfen hat, nicht mehr messen kann. Und wir, wo stehen wir? Die primitiven Methoden von einst, mit denen der Mensch sich Zugang zu dem höheren, dem informativen Bewußtsein verschaffte, die sind uns abhanden gekommen. Aber du bist außergewöhnlich begabt. Mit dem richtigen Beistand, mit intelligenter Testplanung könntest du neue Methoden entwickeln. Wie wär's?«

Marcus hatte eine heftige Abneigung gegen laute Geräusche und grelles Licht. Er wußte damals noch nicht, daß Asthmatiker höhere Tonfrequenzen aufnehmen können als andere Menschen, aber er sollte es noch erfahren und daran glauben. Jetzt hatte er einen Moment lang das Gefühl, sein Kopf hänge an Drähten und hauchdünne Metallsonden drängten schmerzhaft durch alle Öffnungen, bohrten sich, einander überkreuzend, mit grausam knirschenden Tönen in seinen Schädel und weiter bis ins Unendliche. Er schüttelte den Kopf, um den Spuk zu verscheuchen, aber die langen Sonden vollführten die Bewegung mit und drückten qualvoll auf Weichteile und Hohlräume in seinem Hirn.

Er wollte sich nicht mit Simmonds einlassen. Simmonds würde die holden Gefilde nicht zurückbringen.

»Du verstehst gewiß, wie schwer es ist, nicht in das übliche Kauderwelsch von Astralleib, Aura, Ektoplasma zu verfallen – aber dieser ganze Unfug kümmert mich nicht. Mir geht es um deine Art, das Universum zu begreifen, Potter.«

»Ich kann nicht, Sir. Sie müssen mich bitte in Ruhe lassen.«

»Aber du hast es mir erzählt, und diesmal bist du nicht ohnmächtig geworden.«

»Nein.«

»Und jetzt geht's dir besser.«

»Nein! Nein, nein!«

»Ich denke, du wirst einsehen, daß mein Vorschlag vernünftig ist. Die Vorsehung wird uns schon wieder zusammenführen. Einstweilen kennst du meine Ansicht. Nein, bleib nur sitzen, ich bezahle für dich mit.« Simmonds stand auf. Er lächelte vergnügt. »Und denk dran: In Gottes Universum bleibt nichts dem Zufall überlassen.«

»Ich glaube nicht an Gott. Dieses ganze Gerede ergibt für mich keinen Sinn.«

Simmonds' rosiges Gesicht zog sich schmerzlich zusammen und entspannte sich dann wieder, gleich einer elastischen Gummimaske, zu einem verbindlichen Lächeln.

»Wenn etwas passiert, wodurch meine Worte Sinn bekommen – und der Fall wird eintreten, daran habe ich keinen, nicht den geringsten Zweifel –, dann komm zu mir. Das ist alles, worum ich dich bitte. Denk daran, ich warte. Alles andere wird sich finden.«

7. Prospero

Im düster stürmischen Monat März ging Matthew Crowe daran, die Region über seine Pläne zu unterrichten und auf Trab zu bringen. Das Festival sollte sein Opus magnum werden. Was ihm vorschwebte, war ein Reigen von Lustbarkeiten, wie er in elisabethanischer Zeit zur königlichen Rundreise gehört hatte, mit Musik und Blumenschmuck, mitternächtlichem Salut und festlichem Gepränge, mit trunkenem Schwof und Gesellschaftstanz, mit Schauturnier und Gänsemarkt als Rahmenprogramm zur Inszenierung von Alexanders *Astraea*. Mit unglaublicher Energie durchstreifte er das ganze nördliche Yorkshire landauf, landab, vom Domhof zur Fischerhütte, von der Offiziersmesse zum Arbeiterverein der Bergleute, und warf allerorten verschwenderisch mit Einfällen, Versprechungen und Bargeld um sich. Alexander, der ihn, so oft es sich einrichten ließ, begleitete, war fasziniert von diesem verheißungsvollen Organisationsgenie. Er selbst hielt sich dekorativ und distanziert im Hintergrund, während Crowe vorn auf dem Podium große und kleine Kommunalverbände – vom Mütterkreis über Frauenverein und Nähkränzchen bis zum Gärtnerbund – mit seiner Eloquenz betörte. Seine Auftritte hatten etwas von der Entschiedenheit eines Lord Beaverbrook, der die Frauen in Kriegszeiten dazu animierte, aus Aluminium, Zinkwannen und Eisenstangen Schrottberge für die Munitionsfabriken aufzuhäufen, oder eines Savonarola, der die Florentiner Damen zur Buße mahnte und sie aufforderte, zur Rettung ihres Seelenheils Schmuck und falsche Locken auf dem Scheiterhaufen zu opfern. Crowe spornte seine Yorkshire-Verbände zu heroischen Leistungen an, ja mobilisierte ebenjenen, mittlerweile schon nostalgisch verklärten, grimmen Einsatz, mit dem man seinerzeit Gräben für den Sieg ausgehoben oder aus minderwertiger Wolle Halstücher gestrickt hatte. Auch er verlangte Kleider und Schmuck – alles, was an glitzernden Straßsteinchen oder glänzenden Stoffen oder Flitterkram aufzutreiben war, sollte zusammengetragen, umgearbeitet und aufgefrischt werden, um Königinnen und Edelfräulein damit auszustaffieren. Er forderte Virtuosität – echte Stikkerei auf Unterkleidern und Krinolinen, die, so prophezeite er, eines Tages Kunstwerke und Museumsstücke sein würden. Er wollte, daß man das Land nach echten altenglischen Rezepten durchkämmte: Buchweizenklöße, Verjus, gebeizter Eberkopf, Salmagundi-Ragout. Nach seinem Wunsch sollten in diesem Frühjahr alle, alle mithelfen, der Landschaft die Erinnerung an ihren alten Reiz und Zauber zurückzugeben und die ach so geliebte Natur mit echten, ursprünglichen Blumen zu verschönern, mit köstlich duftendem Lavendel, Goldlack, Stabwurz, mit Gewürz- und Kartäusernelken.

Er umwarb auch die Männer, hängte sich an Landwehr, Jungbauernverband, Bauunternehmer, Bäcker und Pfadfinder, von denen er Pferde, Kuchenstände, Transportwagen, Sänften, Pavillons erbat. Er regte an, Kirchendenkmäler zu restaurieren, die elisabethanische Säuglingsgruft in der Kathedrale neu zu vergolden, Schaukästen aus Panzerglas anzuschaffen, um die unter Verschluß gehaltenen antiken Abendmahlskelche darin auszustellen. Wenn er durch kleine Küstenorte kam, wo die heftigen Unwetter vom Januar und Februar mit orkanartigen Stürmen und Überschwemmungen Katenbewohner und Villenbesitzer gleichermaßen obdachlos gemacht hatten, polkte er teilnahmsvoll in klitschigen Teppichen und verfaulten Tapeten herum und verteilte Geld für notwendige Renovierungsmaßnahmen. Noch wirkten die Farben des *Festival of Britain*, matt leuchtendes Himmelblau, Quittengelb und hie und da ein grelles Violett, auf Häuserwänden, Garagentoren oder Zäunen im amerikanischen Rancherstil wie Fremdkörper inmitten der alten grauweißen Schieferlandschaft. Aber Crowe machte sich Alexander gegenüber anheischig, im Lauf des Jahres dafür zu sorgen, daß die Pseudo-Tudor-Bauten in den Vororten von Calverley und Blesford mit duftenden Hecken, verschwenderisch blühenden Rosarien und architektonischem Zierrat das rechte Tudor-Gepräge bekämen.

»Farben und Lichterglanz, Musik, Stimmung, süße Düfte – Teufel auch, was spricht dagegen«, sagte er zu Alexander. »Das Volk lechzt danach, und ich plane einen fulminanten Abgang mit Feuerwerk und Jubelfeier und ein oder zwei bleibenden Denkmälern als Vermächtnis: keine großen Monumente, die auch nicht unbedingt eigenständig seien, aber immerhin meine Handschrift tragen sollen, eine Universität und Ihr wundervolles Stück, mein Lieber, und hie und da ein herausgeputzter Garten oder Marktplatz. Und dann werde ich meinen Stab zerbrechen, wenn auch nicht gleich meine Bücher ertränken, werde in meinem Ecktürmchen von der Arbeit ausruhen und die brandneuen

Studenten in ihren kurzen schwarzen Talaren inspizieren, die sich in dekorativer Manier zwischen meinen Eibenhecken ergehen. Die Talare sind leider noch umstritten, weil angeblich nicht mehr zeitgemäß an einer *neuen*, einer demokratischen Hochschule, aber ich denke, das Dekorum und ein wenig Rücksicht auf meine Altersgrillen werden obsiegen.«

Und weiter sagte er: »Voraussetzung war ein genialer Plan. Der eine Menge Zeit, Platz und Menschen einbezieht. Ich appelliere gleichermaßen an hehre Ideale wie an primitive Gelüste. Wir machen Realkultur – wo Näherei und Kleister, Malzbonbons und Zuckerwatte, alte und neue Sprachkunst anstandslos zusammengehen. Dazu gehört auch der ganz ordinäre Wettbewerb, mein lieber Junge. Das beste elisabethanische Bankett, der beste altelisabethanische und der beste neuelisabethanische Garten, der beste Dorffestzug. Und die Akteure für die musikalischen Darbietungen, für die Tanzeinlagen und vor allem für Ihr Stück, die prüfen wir auf Herz und Nieren. Wie die rüdesten Hollywood-Bosse werden wir das Land nach unentdeckten Talenten abgrasen, jedem Schulmädchen in den Ausschnitt linsen, uns anhören, wie die kleinen Jungen in viermal zehn Minuten einen Gürtel rund um die Erde ziehn und wie die großen den Caliban aufsagen. Wir werden einfach alle einbeziehen ...«

Klein und kindlich saß er da, mit rotglänzenden Pausbacken, die spitzen Ohren anmutig vom silbrigen Haarkranz umfächelt, und illustrierte mit unermüdlich kreisenden, strammen Armen, wie er alle, alle einbezog. Dann schenkte er Alexander nach, der dieser Tage ständig etwas zuviel Scotch zur Beruhigung trank, und brachte einen Toast aus.

»Auf das Goldene Zeitalter, Alexander. *Redeunt Saturnia regna*. Es gärt und brodelt überall. Ich bin voller Hoffnung, Vertrauen und Zuversicht.«

In den umliegenden Städten und Dörfern wurden Festspielkomitees gegründet. Alexander bot vergebens ein beträchtliches Quantum an Charme auf, um Bill Potter für den Vorsitz des Blesforder Kuratoriums zu gewinnen, dem auch Felicity Wells vom Mädchengymnasium und Pfarrer Ellenby angehörten. Bills Verachtung für diese beiden, gepaart mit seiner grimmen Furcht davor, Crowe könne ihm seine asketischen Kulturvereine mit der Verheißung fideler Lustbarkeiten abspenstig machen, stürzte ihn in arge Konflikte. Was ihn endlich doch zur Teilnahme bewog, war der nachgerade trotzkistische Vorsatz, Crowes frivoles Konzept mit Crowes Geld und gestützt auf dessen eigenes Szenario zu untergraben. Er würde die Öffentlichkeit über den Polizeistaat der Tudorregierung informieren, über die barbarischen Methoden ihrer Justiz und über ihre hungerleidenden, von Seuchen heimgesuchten Armeen: In Blesford Ride würde er eine Ausstellung über Folter- und Hinrichtungspraktiken zeigen und einen Polithistoriker zu einem hochseriösen Vortrag einladen, der zwar keine solche Attraktion werden würde wie die Ausstellung, aber dank des von Crowe begründeten Interessentrends und der morbiden Neugier der Schüler trotzdem sein Publikum fände.

Die Festspielkomitees besuchten Schulen und Colleges, um sich verbindlich deren volle Unterstützung zu sichern. Als Alexander bei einer dieser Werbeveranstaltungen hinter dem Pfarrer das Podium des Blesforder Mädchengymnasiums erklomm, befand er sich unversehens inmitten einer disparaten Delegation, zu der neben einem strahlenden Crowe und einer huldvollen Direktorin auch die bedauernswerte Miss Wells gehörte, die sehr wohl spürte, wie unerbittlich Bill neben ihr auf das kleinste Anzeichen von Verklemmtheit lauerte. Felicity Wells war als Rednerin vorgesehen. Sie hatte Probleme mit ihrem Stuhlbein und einer eingetopften Hortensie. Sie beging den Fehler, ihrer Schilderung der neuen Renaissance eine ausführliche und komplexe Analyse der alten nebst deren besonderen Auswirkungen auf Calverley voranzustellen, und sie ließ sich von einem bösen Geist zu einem besonders langatmigen Exkurs über die New Model Army verleiten und über den Schaden, den die Soldaten angerichtet hatten, als sie in ihrem Notquartier in der Kathedrale von Calverley einen Lettner von unschätzbarem Wert als Brennholz verfeuerten. Miss Wells war ein winziges Persönchen mit schütterem zinngrauen Haar, das sie über einem dieser falschen Roßhaardutts zum strähnigen Knoten frisierte und mit großen schwarzen Haarnadeln in Form von Krockettoren im Miniaturformat feststeckte. Ihr von Natur aus dunkler Teint wirkte unter dieser Haartracht wie blankes altes Holz, und ihre schwarzen Augen über der langen Nase und dem breiten Mund schauten verwundert in die Runde. Sie hatte winzige Hände, die sie oft, die Handflächen nach außen gekehrt, mit einem Ausdruck enthusiasmierten Staunens an die Ohren hob, eine Gebärde, die ihr Ähnlichkeit mit einem jener mechanischen Spielzeugaffen oder -hunde aus viktorianischer Zeit verlieh.

Sie spürte, daß Bill neben ihr die Muskeln spielen ließ, die fazialen, um ein schadenfrohes Grinsen zu erzeugen, die des Körpers womöglich, weil er Anstalten machte, sich zu erheben und eine nicht vorgesehene Rede zu halten. Seine Töchter, die beide anwesend waren und ebenfalls befürchteten, daß es dazu kommen könnte, waren starr vor Angst. Stephanie, die zwischen einer ansehnlichen Riege von Nachwuchslehrern und durch eine Laune des Schicksals direkt hinter Alexander saß, ja mit ihren eingezwängten Knien fast an seinen Hintern stieß, merkte, daß Miss Wells sich verzettelte, und das weckte ihren Beschützerinstinkt. Felicity Wells war in Stephanies Augen ohne Arg und hatte, da sie niemals Zorn oder Ungeduld an den Tag legte, Anspruch darauf, mit gleicher Toleranz behandelt zu werden. Miss Wells verschlimmerte derweil ihre Taktlosigkeit unerschrocken mit der Behauptung, es sei nur gut, daß aus Cromwells Plänen für eine neue Universität in Calverley nie etwas geworden sei, da sie, die sich mit T. S. Eliot zu den Royalisten, Anglikanern und Konservativen zähle, dieses Vorhaben sehr viel lieber in der jetzigen Atmosphäre der Wiederbelebung alter Prinzipien und Grundsätze verwirklicht sehe, notabene unter der Schirmherrschaft von ... Bill schnaubte vernehmlich. Crowe lächelte und lächelte, aus Taktgefühl, Belustigung über Bill, Freude an der Macht. Stephanie sah Alexander an, und Alexander guckte beklommen in den Saal.

Ihnen gegenüber, im Schneidersitz auf dem Fußboden, hockten kleinere, mittlere und größere Mädchen in ansteigender Reihe. Über ihren Köpfen, unterhalb der Balustrade zur Galerie, von wo Unter- und Oberprima die Gruppe auf dem Podium in Augenschein nahmen, wurden reihenweise unterschiedlich geformte, baumwollbestrumpfte Beine ge- und entkreuzt, wurden Arme verlegen oder anzüglich über winzig knospenden Brüsten und üppig schwellenden Busen verschränkt, unter deren Wölbung sich die Plisseefalten der Trägerröcke blähten. Mädchen in so geballter Masse fand Alexander abstoßend. Gleich beim Betreten der Aula hatte er das Rascheln gehört und das mahnende Zischeln, das sich wie ein Vorhang über das schrille weibliche Zirpen und Zwitschern senkte, Töne, die ihn erschreckten, während er die Rempeleien und das gutturale Gefrotzel der Jungen als wohltuend empfand. Nun kreuzte und entkreuzte auch er die Beine und spürte, wie die Jungmädchenblicke sich in Zickzacklinien auf seine entblößten Knöchel und die behosten Knie senkten. Als er Frederica entdeckte, die kerzengerade im Schatten einer tragenden Säule unter dem Balkon saß, fühlte er sich vor Schwäche erröten: Artegall im Hause Radigunds, Herakles, bezwungen von Omphales starrem Blick.

Stephanie, die hinter ihm saß, die Hände entspannt in ihrem honetten Schoß, bemüht, die fruchtlose Sorge um die verwegene Felicity zu unterdrücken und unter den emotionalen Wogen wegzutauchen, die von den Plätzen des Vaters und der Schwester herüberschwappten, dachte an Alexander und versuchte, den Saal mit seinen Augen zu sehen. Eine Aula ganz wie in anderen Schulen: die Fenster zu hoch, um hindurchzusehen, und staubig, mit lang aufgerollten Jalousieschnüren und Sperrklinken, eine Galerie, die gefährlich nach Pfuscharbeit aussah, Tafeln mit kurzgefaßten Listen der ausgezeichneten Schülerinnen und Oxbridge-Stipendiaten in goldenen Lettern – ihr eigener Name zuunterst und noch ganz frisch. Auf halber Höhe des Saals ein Gipsabdruck der Venus von Milo.

Ein Großteil ihrer Geschichte war hier verankert. Solange man zu den Kleinen gehörte, saß man vor der Venus und hatte ihre blinden, gräßlich leeren Augen im Rücken. Ungefähr um die Zeit, da man in die Pubertät kam, saß man geradewegs neben oder unter ihr und hatte, wenn man den Kopf hob, ihre feiste Taille über sich, die ausladenden, verhüllten Hüften und die kläglichen Armstümpfe. Gegen Ende der Schulzeit dann sah man sie von hinten, schwerfällig, mit stattlichem Gesäß und abgewandtem Blick, der leblos ins Weite ging. Sie glänzte wie ein alter Käse, wie Cheddar mit einem dicken Firnis, und der Stein, der viele Jahre lang kaum Ähnlichkeit mit dem Marmor hatte, den er doch imitieren sollte, erschien dem kritischen Auge jetzt leichenfarben, opak und schwülstig. Von ihrem elften bis zum achtzehnten Lebensjahr hatte Stephanie ihre noch unbestimmten Gefühle allmorgendlich auf diesen Klotz mit den toten Augen konzentriert. Hier und jetzt schaute sie zwar auf ihn herunter, aber er spielte immer noch eine wichtige Rolle.

Ihr Blick fiel auf Alexanders frischgekämmtes und so springlebendiges Haar, und sie dachte verzagt, daß sie wohl nur deshalb aus Cambridge zurückgekommen war, weil sie ihn liebte und in seiner Nähe sein wollte. Was sie an ihm liebte, war eine Art verhaltener Anmut, eine Schüchternheit, die sie zu der Vorstellung verleitete, sie könnten, wenn er sie nur bemerken würde, gemeinsam ein Leben führen, das auf Vertraulichkeit und Einvernehmen gründete und mit wenig Worten auskam. Sie kannte seine Wünsche nicht und hatte sich schon gefragt, ob er womöglich schwul sei. In der Regel wußte man Bescheid über die, die es waren, oder zumindest stellte der eigene Körper so seine Vermutungen an. Sie fragte sich, ob er überhaupt je an sie dachte. Andere Männer taten es. Falls er eine Ausnahme machte, dann aus welchem Grund? Warum war sie für ihn unsichtbar? Vielleicht liebte sie ihn um dieser Ungewißheit willen.

Auch Alexander fragte sich, warum er nie an sie dachte. Sooft er sie sah, fragte er sich das, ohne den Gedanken je weiterzuspinnen. Sooft er mit ihr sprach, wie neulich kurz über sein Stück, nahm er sich vor, das zu wiederholen, und fand nie Gelegenheit dazu. Sie war großartig und besonnen und aufgeweckt und verständnisvoll; und vielleicht fürchtete er sich vor diesen Eigenschaften, weil sie zu Dingen führten, die ihm ganz gewiß nicht gefielen; obwohl sie, dachte er, keinesfalls bedrohlich war wie Frederica, die sich plötzlich in sein Blickfeld drängte und mit krudem Ernst ihre ganze Aufmerksamkeit auf ihn richtete. Diesem Mädchen, dachte er, hätte als Kind eine ordentliche Tracht Prügel gebührt. Als Bill sich erhob, um das Wort zu ergreifen – ob spontan oder protokollgemäß, war nicht auszumachen –, da dämmerte ihm, daß sie diese Hiebe höchstwahrscheinlich bekommen hatte, und er schlug vor ihrem durchdringenden Blick die Augen nieder.

Bill heimste unterdessen Punkte ein. Er sprach von der einmaligen Gelegenheit, die *wahre* Geschichte Calverleys und seiner Umgebung darzustellen: mit Preßpatrouillen und in Brand gesteckten Heuschobern, mit Feinspinnmaschine und Hungermärschen. Beiläufig hielt er es für angebracht, darauf hinzuweisen, daß für den eigentlich gravierenden Schaden, den die Kathedrale von Calverley davongetragen hatte, nicht die New Model Army verantwortlich sei, die sich mit gebührendem Anstand aufgeführt habe, sondern die bilderstürmerischen Exzesse der Anhänger des jungfräulichen Freigeistes und ihres puritanischen kleinen Bruders. Stephanie versuchte wegzuhören. Es war sinnlos, absolut sinnlos, Bill zuzuhören. Aber während seine Stimme eloquent drauflosschnarrte, kam ihr der Gedanke, daß ihre Wunschvorstellung von einem stillen Bündnis mit Alexander gar nichts mit Alexander zu tun hatte, sondern mit Bill, ja daß auch ihr Entschluß, zurückzukommen und an dieser mittelmäßigen, geistig beengenden Schule zu unterrichten, mit Bill zusammenhing, daß sie das Tor zu Cambridge hinter sich zugeschlagen hatte, auf daß der Knall in Bills Ohren widerhallen möge.

Ihr Hiersein bedeutete das Äußerste an passivem Widerstand. Wenn Bill etwas nicht gewollt hatte, dann daß sie sich ans Blesforder Mädchengymnasium »wegwarf«. Und darum war sie hier. Behauptete ihre Unabhängigkeit durch die Weigerung, aus dem Elternhaus auszuziehen, und indem sie sich den ehrgeizigen Plänen, die ihr Vater mit ihr hatte und die ein schlimmeres Gefängnis verhießen als sein Haus, beharrlich widersetzte. Er war ein gewissenhafter Lehrmeister gewesen, und sie hatte – von Natur aus und dank ihrer Gelehrigkeit – die Anlagen ausgebildet, die er sich für sie erhoffte; doch weil sein Ehrgeiz dahintersteckte und nicht der ihre, ließ sie sie ungenutzt. Sie befolgte, was er predigte und praktizierte, ging einer ehrlichen Arbeit nach an einem Ort, wo ehrliche Arbeit selten und auch dann nur spärlich honoriert wurde. Er wollte sie als Sommerville-Stipendiatin sehen, als Literaturredakteurin einer namhaften Wochenzeitung, als Professorin in der Provinz. Wenn er nicht darauf aus gewesen wäre, hätte sie womöglich eine solche Karriere angestrebt. So aber dachte sie nicht daran. Allerdings tat ihr Frederica leid, der dieses heißkalte Wechselbad aus Ehrgeiz und Moral ganz anders zusetzte. Und ihr Mitgefühl verstärkte sich, als Miss Wells zu der Liste mit den Mädchen kam, die laut Vorauswahl in Blesford Ride zum Vorsprechen für *Astraea* geladen waren. Fredericas gespannte Miene verfinsterte sich vor brennendem Verlangen. Sie wünschte sich nichts sehnlicher, als auf dieser Liste zu stehen.

Listen sind Machtinstrumente, und Frederica verwandte einen Großteil ihrer Schulzeit darauf, Machtmodelle und deren Ausübung zu studieren. Zu dem Zweck kontrollierte sie Schritttempo und Notengleichstand der Mädchen, zählte Socken, Strümpfe, Schlüpfer, Größe und Farbe von Gingan-Karos. Aufnahmen und Abgänge, Beliebtheitsgrad und Mißerfolge wurden in Listen erfaßt und veröffentlicht. Listen für besondere Auszeichnungen, Betragensnoten, Tennismannschaften, Debattierclubs, Zeugnisbelobigungen, Klassenzugehörigkeit nach Fächern und im allgemeinen. Frederica, die das Listensystem verabscheute, mobilisierte mit diesem Abscheu ein ungeheures Energiepotential. Trotzdem mußte sie in all den Disziplinen, die sie nicht von vornherein für sich als unmaßgeblich aussortiert hatte, an der Spitze stehen. Sie wußte, daß sie bei den Lehrern nicht beliebt war, aber die Gerechtigkeit verlangte, daß sie jede akademische Liste anführte, und diejenigen, die die Listen erstellten, waren verpflichtet, sich dabei der objektiven, vorurteilslosen und unbefleckten Gerechtigkeit zu unterwerfen.

Sie war der Meinung, daß ihr auch auf allen künstlerischen Listen der erste Platz gebühre, sah aber immerhin ein, daß die sich nicht so leicht und eindeutig nach abstrakten und unparteiischen Prinzipien erarbeiten ließen. Trotzdem hatte sie keine Ahnung, welch ein Greuel sie für jeden Schauspielkurs oder bei einer szenischen Lesung war. Als Lehrer konnte man unmöglich die Rollenverteilung vornehmen, ohne Fredericas verzweifelte Konzentration zu bemerken und den krampfhaften Eifer, mit dem sie Finger und Zehen, Augen und Mund zusammenkniff. Wenn sie eine Rolle bekam, dann las sie so laut und mit dröhnendem Brio, daß sie die anderen Mädchen in Verlegenheit brachte, nach deren Empfinden die Verhältnisse im Klassenzimmer anstandshalber gedämpfte Töne erforderten. Besetzte man sie dagegen nicht, dann kauerte sie angespannt und mit finsterer Miene über ihrem Pult und störte die Lesung ostentativ mit einer auswendig vor sich hin gemurmelten Gegenrezitation.

Das Merkwürdige an ihrer Obsession war, daß sie sich bei der Rollenwahl mehr vom Geschlecht als vom Textumfang leiten ließ und Goneril erstrebenswerter fand als Lear, lieber Miranda sein wollte als Prospero. In weiblichen Rollen war sie zaghaft oder gefühlsselig. Ihre Männer wirkten, obwohl es deren bei Shakespeare mehr und leidenschaftlichere gibt, paradoxerweise weniger erschreckend auf ihr unfreiwilliges Publikum.

Am schlimmsten war die *Heilige Johanna*. Miss Wells versicherte Stephanie, sie wisse nicht, wie sie *Die heilige Johanna* überlebt habe. Bisweilen, sagte sie, habe sie ernsthaft befürchtet, daß Frederica aufspringen und sie schlagen würde, weil sie die Johanna in der Gerichtsszene oder im Epilog von einem anderen Mädchen spielen ließ. Hatte sie aber Frederica besetzt, dann kam es bisweilen vor, daß sie lieber hinausgerannt wäre, als die Peinlichkeiten und Spannungen ihres leidenschaftlichen Spiels noch länger zu erdulden.

Jetzt erhob sich Miss Wells, um die entscheidende Liste zu verlesen, auf der etwa zwanzig Namen aufgeführt waren, und Frederica, die sich unter Folterqualen auf ihrem Stuhl zusammenkrümmte, warf einen verzweifelten Blick auf Alexander, der so tat, als bemerkte er es nicht. Stephanie war leicht verärgert, sowohl über Miss Wells als auch über Frederica. Man hatte ernsthaft erwogen, Frederica nicht auf die Liste zu setzen, was Miss Wells damit begründete, daß sie es sich bei ihrer überragenden geisteswissenschaftlichen Begabung nicht leisten könne, so viel Zeit von ihren Studien abzuzweigen, und die Direktorin damit, daß Frederica sich zu sehr in den Vordergrund spiele und man auch anderen Mädchen die Chance geben müsse, sich hervorzutun. Stephanie wußte, daß Fredericas Name auf der Liste stand, weil sie selbst sich mit ungewohnter Festigkeit dafür eingesetzt und es ungerecht genannt hatte, sie von vornherein auszuschließen. Sie hatte das in dem Bewußtsein vorgebracht, daß ihre Bitte so bescheiden war, ihre Dienste dagegen für die Schule so wertvoll waren, daß die anderen ihrem Wunsch nachgeben mußten. Frederica atmete tief durch, als ihr Name vorgelesen wurde, löste die verkrampften Hände von ihrem

Stuhl, maß Alexander triumphierend mit besitzergreifendem Blick und verlor dann spürbar das Interesse an der Veranstaltung, so als wäre es einzig und allein um diesen Namen gegangen. Im ersten Moment empfand Stephanie blanken Zorn, der rasch bangem Schuldbewußtsein wich: Denn was blieb nach diesem bescheidenen Erfolg zu erhoffen? Und Fredericas Gesicht erstrahlte in töricht arrogantem Hoffnungsglanz.

Die Blesforder Mädchen wurden mit einem Mietbus zur Jungenschule gebracht. Sie trugen Baskenmützen mit aufgestickter Goldrose und Wappenschild, hatten gestreifte Krawatten umgebunden und sahen einander auffallend ähnlich. In dichtem Schwarm standen sie in der Auffahrt, als die anderen Busse vorfuhren und ebenfalls je eine kleine Mädchenriege absetzten. Viele trugen noch Söckchen, über denen sie jedoch, durch ihre Uniformen, matronenhaft und korpulent wirkten, wozu die Mädchen seinerzeit freilich auch ohne Uniform neigten. Zumindest teilweise lag das daran, daß die Schönheitsideale, die Hochglanzmagazine und das Kino ihnen zur Nachahmung präsentierten, in der Regel keine Gleichaltrigen waren, sondern erwachsene Frauen, behütet und behandschuht, geheimnisvoll verschleiert oder mit einem Make-up des Typs »durch Erfahrung gereift«. Erfahrung, Schminke und Schleier hatten sie nicht zu bieten; mithin blieb nur das Matronenhafte. Man beäugte sich gegenseitig mit Mißtrauen. Jungen, die von einem Unterrichtsraum zum nächsten wechselten, liefen vorbei, und einige pfiffen. Dem einen oder anderen setzte Miss Wells erfolglos nach, bis Frederica sie mit dem Versprechen davon abbrachte, ihre Mitschülerinnen in die Aula zu führen, wo die Bühne sei und folglich auch das Vorsprechen stattfinden müsse. Sobald sie den Kreuzgang betrat, schlossen die übrigen Mädchen, auch die der anderen Schulen, sich ihr in Zweierreihen an, so daß Frederica, als sie schwungvoll die Pendeltür zur Aula aufstieß, Einzug hielt wie ein Truppenführer. Es waren freilich keine schneidigen Truppen, die hinter ihr dreinschlurften und sich zaudernd am Ausgang stauten.

Drinnen herrschte eine andere Atmosphäre, ja es roch fast nach Freizügigkeit. Lodge hatte sich in einen Sessel geflegelt und ließ ein Bein über die Lehne baumeln. Er trug einen viel zu weiten, schmutzigen Sweater und rauchte. Alexander lehnte in klassischer Pose am Proszeniumsbogen, ein Bein in ebendem eleganten Winkel über das andere gekreuzt, den sie später auf Hilliards Miniatur *Jüngling unter Rosen* wiedererkennen sollte. Crowe, der ständig in Bewegung war, führte die Mädchen zu ihren Plätzen und rief jemand Unsichtbarem zu, er solle die Scheinwerfer einschalten, worauf die Bühne – und Alexander – nach und nach in warmes, rosiggoldenes Licht getaucht wurden.

Sie hatten Monologe zum Vorsprechen eingeübt. Perdita, Helena, Imogen, die Herzogin von Malfi. Frederica hatte stundenlang, zwischen Helena und der Herzogin schwankend, vor dem Spiegel geprobt. Stephanie, die diese Ergüsse mit anhörte, hatte sich mutig erboten, das Publikum zu markieren, und Frederica noch mutiger dazu angehalten, sich ein wenig zurückzunehmen und den Text für sich sprechen zu lassen. Frederica hatte Stephanie verflucht und sie angeschrien, *sie* könne nicht rezitieren, *sie* kenne sich nicht aus, *sie* spiele sich und alles andere herunter.

Lodge teilte die Mädchen in kleine Gruppen ein und überraschte sie mit der Ankündigung, sie sollten nun erst einmal ein paar Lockerungsübungen machen und dann etwas vortanzen. Sie mußten Mützen und Mäntel ablegen, quer durch die Aula und auf die Bühne laufen, Kreise bilden, hüpfen und die Beine schwingen. Alexander begab sich ans Klavier und intonierte *Thomas Bull.* Die Mädchen setzten sich in Trab, und Lodge rief: »Schneller!« Lange Zöpfe wippten gegen Klassensprecher-Abzeichen, weiche Rattenschwänze streiften erhitzte Wangen. »Und jetzt: Hepp!« kommandierte Lodge lachend. Er und Crowe machten sich eifrig Notizen. »*Kräftige* Sprünge, federn Sie, *weit* nach oben durchstrecken!«

Frederica besaß weder Anmut noch Grazie. Während sämtlicher Proben vor dem Spiegel hatten, auch wenn die Stimme noch so ergreifend gurrte und schluchzte, ihre Arme steif an ihrem steifen Rumpf gehangen. Sie wußte einfach nicht, was sie mit ihnen machen sollte. Wenn die Herzogin ihren schüchternen Freier beschwor, hatte sie zwar die Hand ausgestreckt, sich dabei aber nur an den aufziehbaren Blechtrommler erinnert gefühlt, den sie und Stephanie als Kinder besaßen. Ungestüm und hölzern reckte sie sich jetzt kerzengerade in die Höhe, landete krachend auf hölzernen Dielen und tapste mit bleiernen Füßen durch das Dickicht aus flatternden Armen und flinken Zehen. Alexander am Klavier glich einer Meereswoge, mit seinem wallenden Haar, dem wellenförmigen Muskelspiel der Schultern und den Fingern, die so fließend über die Tasten glitten. Fredericas Züge verdüsterten sich vor Scham über ihre fruchtlosen Anstrengungen. Bei der ersten sich bietenden Gelegenheit stapfte sie vom Podium herunter und zog sich schmollend ins Dunkel zurück.

Jetzt, da sie aufgewärmt und locker seien, erklärte Lodge, könnten sie ihm vorsprechen. Und schon rief er sie der Reihe nach auf, die Gillians, Susans, Judiths und Patricias, die das Tanzen und Springen seltsamerweise aus ihrer eingedrillten Konformität befreit hatte und die nun eine nach der anderen auf die Bühne traten und, aus dem rosigen Licht ins Dunkel blinzelnd, Perditas Blumenmonolog vortrugen oder Helenas Liebe zu dem einen hellen Stern, Imogens Kummer in Milford Haven oder den Antrag der Herzogin an ihren Haushofmeister. Die Perditas waren deutlich in der Überzahl. »O Prosperina! Hätt ich die Blumen jetzt, die du erschreckt verlorst vor Plutos Wagen.« Ob im Yorkshire-Dialekt oder im glockenhellen Singsang einer teuren Klosterschule, ob stockend oder überschwenglich dargeboten, es war und blieb eine unendlich betörende Fürbitte, sooft sie auch wiederholt wurde. Als Frederica auf die Bühne kam, war Crowe derjenige, der sich nach ihrem Text erkundigte und der Alexander aufforderte, ihr, wie zuvor schon anderen Mädchen, mit den vorangehenden Sätzen Antonios den Einstieg zu liefern. Fredericas Stimme zitterte, als sie ihre Rezitation ankündigte, und Alexander, der ihr gegenüberstand, wurde von ungewohnter Rührung für sie ergriffen.

»Ganz ruhig, Frederica. Lassen Sie sich Zeit. Den Kopf wird es nicht kosten.«

»Ach nein?« versetzte sie mit einem matten Aufflackern ihres alten Widerspruchsgeistes.

»Nein«, sagte Alexander und lächelte. Es war das erste wirklich warmherzige Lächeln, das er ihr je geschenkt hatte, ein fürsorgliches Lehrerlächeln, dachte sie, irritiert und erregt zugleich.

Alexander sagte seinen Text auf.

> Glaubt nicht, ich sei so dumm, doch strebe ich
> Dem nach, wohin Eure Gunst sich neigt: der nur ist
> ein Narr,
> Der, wär ihm kalt, die Händ' ins Feuer streckte,
> Sich zu erwärmen.

Blindlings stürzte sich Frederica in die Gegenrede, die sie hübsch unverbindlich, wenngleich edelmütig hatte anlegen wollen. Aber Alexanders Gegenwart und ihre Wut über das Fiasko beim Vortanzen mischten ihrem Spiel Zutaten bei, deren sie nicht ganz Herr war: eine Prise aggressiver Unduldsamkeit, einen Hauch jenes zielgerichteten, eisernen Willens, der sie so weit gebracht und bei der Stange gehalten hatte. Sie stand reglos wie eine Statue, doch weil Alexander nun einmal Alexander war, erbebte sie in ihrer Starrheit.

> Wir sind elend, die wir groß geboren sind –
> Werben gezwungen, weil keiner wagt, um uns zu werben:
> Und wie ein Tyrann mit seinem Worte spielt
> Und zum Fürchten doppelsinnig redet, so sind wir
> Gezwungen, unsere großen Leidenschaften
> In Rätseln auszudrücken und in Träumen und den Pfad
> Schlichter Tugend zu verlassen, die nie das schien,
> Was sie nicht ist. Geht, geht prahlen,
> Ihr habt mich herzlos gelassen – meins ist in Eurer Brust,
> Ich hoff, es wird die Liebe dort vermehren. Ihr zittert:
> Macht aus Euerm Herzen nicht ein Stück totes Fleisch,
> Das mich mehr fürchtet als mich liebt: Sir, habt Vertrauen –
> Was zerstreut Euch so? Dies ist Fleisch und Blut, Sir;
> Ist nicht die Statue, gehau'n aus Alabaster,
> Kniend an meines Mannes Grab. ...

Gegen Ende des Monologs machte sie unwillkürlich einen Schritt auf ihn zu. Wohl wissend, daß sie sich im Ton vergriff, zu laut und übertrieben deklamierte, bat sie gewissermaßen um Beistand, geriet verlegen ins Stocken. »Danke sehr«, sagte Crowe ausdruckslos, als sie geendet hatte, und irgendwie schaffte sie es, von der Bühne herunterzukommen. Alexander schob seinen

Stuhl zurück und wischte sich mit einem blütenweißen Taschentuch die Stirn.

Es folgte eine Pause, angefüllt mit geschäftigem Kommen und Gehen, die drei Männer verglichen ihre Notizen, und dann erklärte Crowe, daß sie zehn der Mädchen noch einmal hören möchten, diesmal mit einem Gedicht. Er verlas die Namen der Kandidaten, zweifellos die Vorstufe zur endgültigen Liste. Fredericas Name war nicht dabei. Im ersten Augenblick konnte sie es einfach nicht glauben. Man mußte sie vergessen haben. Nervös und freudestrahlend kehrten die zehn Auserwählten auf die Bühne zurück; Lodge hievte sich aus seinem Sitz und trat vor ein hochgewachsenes Mädchen mit ebenmäßigen Zügen und Rattenschwänzen hin, eine Klosterschülerin mit Namen Anthea Warburton. Ob sie ihm wohl erlauben würde, ihr Haar zu lösen? Und die anderen, würden sie vielleicht ...? Die Nonne, die den Klosterzöglingen als Anstandsdame beigegeben war, raschelte mit ihren Gewändern, erhob aber sonst keinen Einwand. Lodge nestelte mit geschickten Fingern einen glänzenden, lichtblonden Zopf auf; Miss Warburton, die behender war, löste mit züchtig niedergeschlagenen Augen den zweiten. Lodge schüttelte ihr Haar aus, das ihr jetzt locker ins Gesicht fiel. Kühl und fragend sah sie ihn durch den blonden Schleier an, und Frederica begriff schmerzlich, daß die Auserwählten eines gemeinsam hatten. Sie waren alle hübsch. Sehr hübsch. Nie zuvor waren Frederica die eigenen Grenzen oder die Vielfalt an Eignungsmöglichkeiten, die es auf der Welt gibt, so deutlich vor Augen geführt worden. Zu Gesang und Tanz würde man unter den Bäumen im Park von Blesford Ride aufspielen, Gelächter und Verse würden erklingen, aber sie würde nicht daran teilhaben. Sie hatte keinesfalls die Absicht, als Publikum für die Vorstellung anderer herzuhalten. Sie würde aufstehen und gehen. Sie stand auf und ging.

Im Pantheon holte Matthew Crowe sie ein und nahm sie beim Arm.

»Wo wollen Sie hin?«

»Nach Hause.«

»Warum?«

»Weil es keinen Sinn hätte zu bleiben.«

»Und warum nicht?«

»Weil es hier«, zischte Frederica giftig, »ganz klar um einen *Schönheitswettbewerb* ging.« Im Geiste sah sie knappe Badeanzüge vor sich, hohe Pfennigabsätze und Satinschärpen über hochgewölbten Brüsten, eine plötzliche Eingebung, die besänftigend auf sie wirkte.

»Ein Schauspiel ist etwas fürs Auge«, sagte Matthew Crowe.

»Das habe ich begriffen.«

»Bei der Auswahl hier geht es vor allem um Nebenrollen. Wir suchen Nymphen und Grazien für ein Maskenspiel zu Ehren der Königin. In einem solchen Part kann ich Sie mir nicht vorstellen.«

»Nein.« Und dann: »Aber warum haben Sie nicht gleich gesagt, daß es Ihnen – um was es Ihnen ging?«

»Nun ja, wir brauchten auch noch Mägde. Statisten für die Volksmenge.«

»Verstehe. Also ich geh' dann jetzt heim.«

Frederica versuchte, an ihm vorbeizuschlüpfen. Sie standen zwischen den Statuen von Baldur dem Schönen, bewußt oder unbewußt eine Nachbildung von Michelangelos Sterbendem Sklaven, die Gliedmaßen im granitenen Tode entspannt, einen unverkennbar neogotischen Mistelzweig in der linken Brustwarze, und Pallas Athene, die, starr gewandet in einen granitenen Chiton, das grause Gorgonenhaupt umklammert hielt.

»An Ihrer Stelle würde ich noch nicht gehen. Ihr Vorsprechen hat mich auf einen ganz aparten Einfall gebracht. Ihr Auftritt an sich war übrigens recht gut. Wie sind Sie auf die Idee gekommen, die Herzogin so aggressiv anzulegen?«

»Aber das liegt doch auf der Hand. Sie war schließlich die Schwester ihrer niederträchtigen Brüder. Sie war eine mächtige Fürstin. Und ein Nimmersatt. Wie gierig sie die Aprikosen verschlang! Sie war es gewohnt, ihren Willen durchzusetzen. Also um ehrlich zu sein, wollte ich sie eigentlich mehr – nein weniger – flehentlicher wollte ich sie spielen. Aber dann habe ich mich so geärgert, wegen der Tanzerei. Ich kann nicht tanzen. Und vor lauter Aufregung war ich plötzlich ganz nervös. Sonst bin ich besser als vorhin. Obwohl, als ich da oben stand, hab' ich gemerkt, daß man sie hart an der Grenze zum – zum Überspitzten spielen könnte. Es würde zu ihr passen.«

»In der Tat. Sehr gescheit.«

»Danke.« Lob saugte sie auf wie eine wiedererblühende Pflanze. Crowe lehnte sich an die zusammengeringelten Steinschlangen der Gorgo. »Zeigen Sie mir Ihr Gesicht«, sagte er und fuhr mit dem Finger über ihre spitze Nase. »Ich glaube wirklich, es lohnt sich, daß Sie wieder mit reinkommen.«

»Wieso?«

»Nun, was die Rollenverteilung angeht ... und von der sprachen wir ja ... also da könnten wir, denke ich, zumindest eine zweite Besetzung für den ersten Akt reinschleusen ...«

Das war eine viel schlimmere Demonstration des Machtspiels als die Listen. Es war der glückliche Ausweg, den die Märchen weisen, die Kinderbuchlektionen à la Noel Straetfield, der ungebärdigen Mädchen wie ihr erst einen Dämpfer aufsetzte, ihnen am Ende aber doch noch eine Chance einräumte. Frederica strich sich über das rotblonde Haar und musterte den kleinen Impresario eingehend. Diese Situation war märchenhaft, weil es ihm Spaß machte, Märchen zu arrangieren. In seiner Welt schuf man mit solchen Arrangements Kunstwerke, waren Leben und Macht Nachahmer der Kunst.

»Ach«, sagte sie, »ach, ich danke Ihnen – nie habe ich mir etwas so sehr gewünscht, niemals. Wenn Sie's möglich machen könnten – ich wäre ...«

»Ich verspreche Ihnen nichts, hören Sie«, sagte er. Und fügte hinzu: »Sie haben sich wegen der Herzogin doch nicht mit Ihrem Vater besprochen?«

»Die habe ich mir ganz allein erarbeitet. Ehrenwort.«

Er lachte. »Dann kommen Sie wieder mit rein, kommen Sie.«

Und sie eilte ihm mit fliegenden Fahnen nach.

8. Ode auf eine griechische Urne

Stephanie saß in einem kühlen, braunen, von Kreidestaub weiß übertünchten Klassenzimmer und nahm mit den Mädchen, die nicht mit nach Blesford Ride gefahren waren, die *Ode auf eine griechische Urne* durch. Was einen guten Unterricht ausmacht, zeigt sich in vielerlei Gestalt. Stephanies Vorstellung von einer guten Unterrichtsstunde beschränkte sich schlicht und einfach auf die induktive, gemeinschaftliche Betrachtung eines Werkes, Gegenstandes, Artefakts. Anstöße zur Selbstdarstellung, Selbstanalyse oder zu den später sogenannten interpersonellen Beziehungen gehörten nicht dazu. Vielmehr betrachtete sie eine gründliche Interpretation der *Ode auf eine griechische Urne* als willkommene Maßnahme gegen derlei pädagogische Ziele.

Disziplinschwierigkeiten gab es bei ihr nicht, obwohl sie niemals laut wurde. Sie forderte äußerste Ruhe, innerlich wie äußerlich. Türen knallend, schwatzend und lachend kamen die Mädchen von draußen herein. Barbara, Gillian, Zelda, Valerie, Susan, Juliet, Grace. Valerie litt unter einem entstellenden Furunkel und Barbara an akuten Menstruationsbeschwerden. Zeldas Vater lag im Sterben, diesen oder im nächsten Monat würde es soweit sein, und Juliet stand unter Schock, weil ein fremder Junge ihr in einem engen Hausgang in Blesford die Faust unter den Rock gerammt und ihr mit angewinkeltem Arm den Hals zugedrückt hatte. Gillian war sehr gescheit und benötigte zu Prüfungszwecken eine Interpretation, Eselsbrücken und einen analytischen Aufriß der *Griechischen Urne*. Susan war in Stephanie verliebt und verdoppelte, um ihr zu gefallen, ihre Aufmerksamkeit in der Klasse. Grace wünschte sich nichts weiter als einen Blumenladen und saß nur ihre Zeit in der Schule ab, wo der elterliche Ehrgeiz sie wie in einem Schraubstock gefangenhielt.

Stephanie hatte ihren Kopf von all diesen Informationen freigemacht und erwartete von den Mädchen das gleiche. Sie zwang die Klasse zur Ruhe, indem sie sich selbst unnatürlich still verhielt, nach Art der Dompteure, über die sie als Kind gelesen hatte, und der Tierbändiger, die wilde Vögel abrichten und mit ihrer Reglosigkeit die Kreatur hypnotisieren oder ihr die Furcht nehmen oder beides, so genau wußte sie das nicht mehr.

Des weiteren mußte zumindest ihr Kopf frei sein von dem kuriosen Sammelsurium mnemonischer Zeichen, die normalerweise, wenn man nicht seine ganze Aufmerksamkeit darauf konzentrierte, für das Gedicht standen. In ihrem Fall: eine subjektive visuelle Erinnerung an die Gliederung auf dem Papier oder vielmehr ein aus verschiedenen Ausgaben zusammengesetztes, sich gegenseitig überlagerndes Muster von gleichbleibendem Umriß, aber wechselnder Größe: ein Gefühl für Sprachfluß und Rhythmus, das sich nicht verbal oder optisch äußerte, sondern biologisch und das sich nicht heraufbeschwören ließ, ohne vor dem geistigen Auge und Ohr ganze Wortfolgen wiedererstehen zu lassen: einmal die rein abstrakten wie *form*, *thought*, *eternity*, *beauty*, *truth*, zum anderen so konkrete wie *unheard*, *sweeter*, *green*, *marble*, *warm*, *cold*, *desolate*. Eine Serie von grammatikalischen Fingerzeigen und Interpunktionshinweisen: die Flut von brüsken und unbeantworteten Fragen in der ersten Strophe, der scheinbar ungezügelte Schwall ständig wiederholter Epitheta in der dritten. Optische Bilder, dem geistigen Auge weder bekannt noch unbekannt. Weiße Silhouetten, in der Bewegung erstarrt, unter dunklen Bäumen. Probleme mit dem »Bild« vom zertretnen Gras. John Keats' Gebot auf dem Sterbebett, alle Bücher zu entfernen, sogar den Shakespeare. Sie selbst in Cambridge, wie sie durch verglaste Bibliothekswände ins Grüne schaut und sich was einprägt? Welche Fragen stellt und warum?

Ruhig, so tonlos wie möglich las sie das Gedicht vor, »eine Weise ohne Klang«. Und wiederholte es. Im Idealfall näherte man sich ihm mit unvoreingenommen offenen Sinnen, als wäre es das erste Mal, sagte sie. Und sie müßten alle Strophen gleichermaßen auf sich wirken lassen, ohne vorschnelle Kritik oder spitzfindige Deutungen. »Also?« fragte sie streng und zog den heiklen Moment in die Länge, da die Klasse stumm blieb, weil sie um Worte verlegen war und eine wertende Deutung unvermeidlich schien.

Sie saß da und wartete, den Blick nach innen, ins Leere gewandt, darauf, daß das Ding Gestalt annahm. Erst sah sie nichts und wieder nichts, dann plötzlich eine stürmisch bewegte graue See mit gischtsprühenden, tanzenden, flockigen Schaumkronen. Kein schneeweißer, sondern hie und da braun- und goldgesprenkelter Schaum, der sich auftürmte und mit schützenden Schwaden gleich einem Kokon den festgefügten Kern ummantelte. Nein, sagte ihr Verstand, das gehört nicht hierher, verdammt noch mal, »der Wellenschaum gefahrdrohnder Meere«, der ist doch aus dem anderen Gedicht. Das Ding erinnerte sie an etwas, keine angenehme Erinnerung, und sie verzog angewidert das Gesicht, als sie es erkannte. Die Venus von Milo. Venus Anadyomene. Die Schaumgeborene. Schaum aus den kastrierten Genitalien des Uranos. Keine schlechte Metapher, falls man auf eine solche aus war, für die Gestaltwerdung formlosen Materials, aber doch nicht das, was ihr vorgeschwebt hatte.

»Also«, sagte sie zu den Mädchen, »also, was *seht* ihr?«

Zuerst sprachen sie darüber, wann Keats seine Leser aufforderе, eine Urne zu sehen, und wann eine Landschaft, welche Farben er beschwor und welche er zur Auswahl stellte, und näherten sich von dort dem spezifischen Problem, Dinge zu sehen, die sich dem Sehenden allein durch die Sprache erschließen: marmorne Männer und Mädchen im Geleit, die Färse am Altar, die verschmachtende Zunge und die glühende Stirn, ein grausam Hirtenlied.

> Erlauschter Klang ist süß, noch Süßres sagt
> Der stumme

zitierte Stephanie. Die aufgeweckte Gillian erklärte, das Wort »verlassen« behaupte eine so zentrale Rolle in dem Gedicht, daß es fast allein stehen könne, ähnlich dem Wort »verloren« in der *Ode an die Nachtigall*. Man sprach über »Schönes ist wahr und Wahres schön«. Sie diskutierten, ganz in Stephanies Sinn, über ein verbales Phänomen, ein Gebilde aus sehr sinnlichen Wörtern und solchen, die überhaupt nichts Sinnliches hatten, wie Schönheit und Wahrheit. Sie warf die Frage auf, was es wohl zu bedeuten habe, daß die Urne »uns gleich der Ewigkeit ums Denken narrt«. Es ist eine Graburne, sagte Zelda. Das genügt nicht als Erklärung, sagte Susan, den Blick unverwandt auf Stephanie gerichtet.

Die Klasse geriet in Bewegung, acht hermetische Köpfe ließen eine Urne, acht, neun Urnen zwischen sich kreisen, gewahrten verschwommen unwirkliche, weiße Gestalten, deren Antlitz und Glieder man erahnen, aber nicht genau beschreiben konnte, sie sahen strahlendes Weiß und tiefes Dunkel, und Wörter, immer wieder Wörter, die einzeln, paarweise und in Gruppen zwischen den Zellen hin und her pendelten, in denen das individuelle oder kollektive Gedächtnis optische, akustische oder intellektuelle Erinnerungen gespeichert hatte. Stephanie redete ihnen das Vokabular aus, das sie ihnen eigentlich hätte beibringen sollen, und überließ sie wortlosem Dunkel. Gillian, der diese Entäußerung Spaß machte, war sicher, daß Wörter sich im Bedarfsfall rasch genug zurückerobern ließen. Stephanie wiederum war sicher, daß ihr dieses Gedicht in seiner Ambivalenz mehr bedeute als alle anderen. Erst erklärte es die eigene Forderung – das Unsichtbare zu schauen, Unwirkliches darzustellen, das Namenlose zu benennen – für unerfüllbar, ja nicht einmal eines Versuches wert, brachte es dann aber selber fertig, stumme Klänge ungleich verlockender wirken zu lassen als alles, worauf das Ohr je hoffen durfte. Wie leicht, hatte sie schon als Kind bei der Lektüre der *Lady of Shalott* gedacht, wie leicht hätte es geschehen können, daß die Menschen einfach immerzu in den Tag hineingelebt hätten und geträumt und sich bemüht, die Wahrheit zu sagen, ohne daß es ihnen je eingefallen wäre, Wörter für das zu erfinden, was nur in der Phantasie existiert. *Warum* hat der Dichter das geschrieben? Diese Frage hatte sie Bill wieder und wieder gestellt, und die Antworten waren so vielfältig und schillernd ausgefallen und dermaßen am eigentlichen Problem vorbeigegangen, daß sie sie zwar mühelos ihrem Gedächtnis zum künftigen Gebrauch einverleibt, ihren Geist aber davor verschlossen hatte, genau wie Gillian das jetzt tun mußte und tun würde.

Die Schulglocke läutete. Blinzelnd, wie Eulen im hellen Tageslicht, kamen sie aus der Klasse.

Während sie ihre Bücher einsammelte, sann Stephanie dem stiebenden Schaum nach, den sie gesehen hatte und der nicht ins Bild paßte. Ob der wirklich aus der Nachtigallenode stammte? Oder hatte der eigene Verstand ihr allzu geschickt einen Freudschen Bezug suggeriert zwischen marmornen Mädchen, der Venus und ihrer, Stephanies, unterbewußter Kenntnis von der Beschaffenheit dieses Schaums? Der kein besonders schöner Schaum war.

Hinterher wollte sie rasch aus der Schule fort, um ungestört nachdenken zu können. Auf dem Weg durchs Lehrerzimmer überdachte sie unwillkürlich ihr Berufsbild. Man konnte sagen:

Ich bin Lehrerin – und damit den Geruch von Tinte assoziieren, von klammem Futterstoff und Bohnerwachs. Im Lehrerzimmer, das vollgestopft war mit schmutzigen, knallbunten Allzweckstühlen aus billiger Kriegsproduktion in Pfauenblau, Zitronengelb und Tomatenrot, duftete es stark nach Tee. Die zu hoch eingelassenen Fenster boten keine Aussicht. Oder man sagte: Ich bin Lehrerin, und konnte dabei stummen Klängen lauschen und weiße Silhouetten unter dunklen Bäumen umherhuschen sehen. Miss Wells, die aus Blesford zurück war, stand von ihrem Stuhl auf und reichte Stephanie ein Sträußchen Schlüsselblumen. Das Gegenstück dazu prangte an Miss Wells' lila Strickjacke. Stephanie schnupperte an dem zarten Honig- und Weinbukett und heftete sich den Blumenschmuck mit dankbarem Lächeln an den Mantel, den sie, zum Zeichen, daß sie es eilig hatte, gleich überzog.

»Wie reizend«, sagte sie. »Aber jetzt muß ich los. Wie war das Vorsprechen?« Dabei hatte sie sich doch gar nicht auf ein Gespräch einlassen wollen.

»Er hat sie alle zum Tanzen animiert und ihnen die Haare gelöst.«

»Aber sicher nicht Frederica!«

»Sie tanzt nicht sehr gut. Aber meine liebe Mary hat ihnen gefallen. Es waren auch ein, zwei reizende Perditas dabei. Frederica ist sehr *aggressiv* aufgetreten, meine Liebe. Im übrigen waren die Herren, fürchte ich, nur auf Nymphen und Hofdamen aus. Trotzdem haben sie Frederica dabehalten. Als ich ging, hatte man sie gerade wieder auf die Bühne zitiert und ließ sie irgendein Gedicht aus der Feder der Königin aufsagen. Die Herren lachten und disputierten. ›Ein Löwenjunges, stark und kräftig‹, hörte ich Mr. Crowe sagen. Und sie machte ein ganz böses Gesicht.«

»O je!« Stephanie hielt es nicht mehr aus. »Jetzt muß ich aber wirklich los. Ich bin mit dem Rad da. Und *vielen* herzlichen Dank für die Blumen. Sie binden so wunderhübsche Sträußchen.«

Bei den Spinden lauerte Susan mit dem Mut der Verzweiflung auf Miss Potter, die auf dem Weg zum Fahrradschuppen vorbeikommen mußte. Sie hatte sich eine besonders kluge Frage über die Urne zurechtgelegt, die ihrer Ansicht nach einer ausführlichen und gewissenhaften Antwort bedurfte. Sowie Miss Potter aufstieg, würde Susan hinterhersausen, sich ganz ungezwungen aufs eigene Fahrrad schwingen, Miss Potter ungefähr auf der Höhe des Kraters einholen, und dann würden, ja müßten sie etwa zehn, fünfzehn Minuten nebeneinander herradeln und miteinander reden, nur sie beide, was noch nie vorgekommen war.

Der Krater war eine verwilderte Bodensenke in unmittelbarer Nähe zu den Tennisplätzen und der Schuleinfahrt. Blesfords einzige Bombe, ein halber Blindgänger, bei deren relativ harmloser Detonation ein paar Fensterscheiben zu Bruch gegangen waren, hatte diesen gezackten Trichter ins Erdreich geschlagen, dessen lehmiger Grund längst von Gras und Weidenröschen überwuchert war und auf den nie jemand Eigentumsrechte geltend gemacht hatte. Mit der Zeit war der Bombentrichter zu einer Art Kriegerdenkmal geworden, und kleine Mädchen benutzten ihn als Bühne für selbsterdachte Theaterstücke.

Stephanie Potter hatte ein schlechtes Gewissen, weil sie wußte, daß Felicity Wells sich auf einen gemeinsamen Teeplausch gefreut hatte. Trotzdem ließ sie sich nicht aufhalten. Das weiche Blondhaar war mit einem grasgrünen Schal zusammengebunden; grün war auch der wallende Mantel, an den sie die Schlüsselblumen geheftet hatte, ein ziemlich flottes Modell, das vom Schnitt her ein wenig an einen Malerkittel erinnerte und dessen weite Ärmel sich über engen Bündchen bauschten.

Susan flitzte zum Fahrradschuppen und hievte ihren Drahtesel aus der Betonkuhle.

Die grün und blond umflatterte Miss Potter trat kräftig in die Pedale und radelte forsch vorbei.

Susan stieg auf und fuhr ruckelnd und schwankend los.

Mit angezogener Bremse, holpernd und scheppernd, bog Stephanie in den abschüssigen Pfad ein, der durch den Bombentrichter führte.

Eine korpulente schwarze Gestalt auf einem robusten schwarzen Überlandrad fuhr von der anderen Seite her schwerfällig in den Krater ein. Als ob er, dachte Susan, die jetzt ebenfalls bremste, geradewegs aus den rußigen Lorbeerbüschen jenseits des Trichters aufgetaucht wäre. Womit sie durchaus recht hatte.

Unbeholfen keuchte er heran, hielt in seiner Fahrrinne genau auf Miss Potter zu und ließ ihre beiden Lenkstangen zusammenstoßen wie zwei gehörnte Tiere, die gegeneinander anrennen. Wie ungeschickt, dachte Susan, womit sie diesmal nicht unbedingt recht hatte. Die eingeklemmte Stephanie hüpfte noch ein paar Schritte, prallte mit der Wade unsanft gegen die Kante eines Pedals und blieb stehen, um sich die schmerzende Stelle zu reiben. Susan entdeckte eine langgezogene Ölspur an Miss Potters seidig glänzendem Strumpf. Sie wußte nicht recht, was sie jetzt tun sollte: vorbeifahren, umkehren oder wie ein aufdringliches Gör herumlungern.

Grimmig und mit gesenktem Kopf machte Daniel sich an Lenkern und verkeilten Bremsbacken zu schaffen. Seiner Schätzung nach würde er, mit etwas Glück, zehn Minuten herausschinden können. Das mußte reichen. Er hatte sich ausgerechnet, daß sie um die Zeit an der und der Stelle sein müsse, und den Zusammenstoß mit seiner gewohnten Sorgfalt geplant. Besser hier, als in Blesford eine scheinbar zufälligere Begegnung zu arrangieren, die dann doch nicht zustande kam. Nur daß es ihm jetzt die Sprache verschlagen hatte, so daß ihm nichts weiter übrigblieb, als verbissen Metall und Gummi aneinander zu wetzen.

Sie, die mit eingezwicktem grünen Stoff und öliger Kette rang, starrte ihn an und sah einen wild wuchernden schwarzen Haarschopf, schwarzen Regenmantel, schwarze Hosen, schwarze Schuhe. Stattlichen Bauch und mächtige Schultern. Priesterkragen. Fahrradspangen. Was für ein Koloß! Sie blieb stumm.

Mit roher Gewalt befreite er sein Rad und sagte unverblümt: »Ich habe auf Sie gewartet.«

»Das sehe ich.«

»Ich möchte mit Ihnen reden.«

Sie rieb sich immer noch das Bein, was er geflissentlich übersah.

»Ich bin etwas in Eile. Vielleicht ein andermal.«

»Aber es ist wichtig.«

»Es ist doch nichts passiert?« Ihre hübsche, glatte Stirn legte sich in bange Falten.

»Nein, nein. Nur daß ich ... ich hätte gern mit Ihnen gesprochen ... rein persönlich.« Und als hätte sie das wissen müssen, wiederholte er ziemlich verdrossen: »Es ist wichtig.«

Es half nichts, er konnte immer nur genau das sagen, was er meinte. Was er sich bisher vom Leben gewünscht hatte, war herzlich wenig. Und das wenige hatte er auch bekommen. Wenn er sie nur dazu bringen könnte, ihm ganze zehn Minuten zu schenken, dann würde sie einsehen, wie dringend es war. Das wußte er, wußte es genauso intuitiv, wie er, ganz von selbst, erraten hatte, daß es ihr sehr schwerfiel, nein zu sagen.

»Ein paar Minuten können Sie schon erübrigen«, erklärte er bestimmt.

»Ach, ein paar Minuten.« Als ob er zuvor Stunden gefordert hätte. »Ein paar Minuten. Ja, ich denke, das läßt sich machen. Wollen wir auf einen Sprung in das neue Café gehen? Es ist ganz in der Nähe.«

Es war nicht das, was er sich vorgestellt hatte, aber er konnte auch kulant sein.

»Ja, gern. Und entschuldigen Sie, daß ich Ihnen den Lack zerkratzt habe.«

»Macht nichts, der war sowieso nicht mehr frisch. Der Kettenschutz ist schon eher ein Problem. Aber bis zum Café werde ich's wohl schaffen.«

Das naseweise, belesene Kind sah sie auf wackeligen Rädern davonholpern ins dunkle Gebüsch. Der dicke schwarze Rücken und die wuchtigen Elefantenbeine verstellten ihr den Blick auf seine grüngoldene Eroberung. Sie war so aufgebracht vor Wut und Enttäuschung, daß ihr schwarz vor Augen wurde. Aber dann dachte sie gereizt: Sei's drum, es ist ja nur das Blesforder Gymnasium und die Schwärmerei für eine Lehrerin: Es ist bloß ein Bombentrichter, und ich bin noch so jung. Als ob sie gewußt hätte, daß sie irgendwann in der Zukunft alt genug sein würde, um in einer anderen Landschaft und bei anderen Menschen dauerhaften und verläßlichen Halt zu finden. Und als ob künftige, noch nicht geschaute Farben auf jeden Fall leuchtender sein müßten als das entschwindende Grasgrün und Goldblond.

Blesfords neues Café, eines der ersten hier im Norden, lag unterirdisch, im Kellergeschoß der Teestube »Zum Spinnrad«, das man probeweise umgebaut und mit einer neuen Espressomaschine sowie ein paar Nischen mit Lamellenwänden dazwischen ausgestattet hatte. Auf den Tischen standen kerzenbewehrte Flaschen, und die Wände schmückten Poster mit romantischen Sehenswürdigkeiten aus Italien: Sizilien, Pompeji, die Spanische Treppe. Bei der enzianfarbenen Beleuchtung sah der Schaum auf dem Cappuccino aus wie phosphoreszierende Tinte.

Als Daniel seine dunkle, massige Gestalt vorsichtig, mit hochgezogenen Schultern, die Holzstiege hinunterbugsierte, da erinnerte er Stephanie flüchtig an Beatrix Potters Ratsherrn Ptolemäus Schildkröte. Sie setzten sich in eine Ecknische auf kunstlederne Hocker, und der von Daniel quietschte bedenklich unter seinem Gewicht. Mit blauen Lippen saßen sie einander gegenüber, mit hyazinthfarbenen blitzenden Zähnen und traubenblauen Mundhöhlen. Stephanies Haar und die Schlüsselblumen hatten keine Farbe mehr, nur einen metallischen Glanz. In dem schummrigen Licht, das in die Falten seiner schattenhaften Kleider kroch, seine Haare, die buschigen Brauen und das bartdunkle Kinn umspielte, sah Daniel milder aus und geschmeidiger, nicht mehr so ungeheuer gewichtig. Er selber merkte nichts davon, sondern erklärte im Gegenteil die Beleuchtung für ziemlich trist. Dann bestellte er Kaffee.

Er überlegte, ob er einfach sagen konnte: Ich glaube, Sie sollten mich heiraten. Oder präziser und bescheidener formuliert: Ich glaube, ich sollte Sie heiraten. Daß sie sich auf einmal in eine blauglitzernde Silhouette verwandelt hatte, brachte ihn ausnahmsweise aus dem Konzept. Seine Angewohnheit, frei heraus zu sagen, was er meinte, war von Nachteil in einer Situation wie dieser, wo das, was er zu sagen hatte, unvermutet und drastisch, vielleicht sogar töricht klingen mochte. Er versuchte es mit: »Ich finde, wir sollten uns mal unterhalten.«

»Und worüber?«

»Ach, alles mögliche. Aber um das Worüber habe ich mir eigentlich noch gar keine Gedanken gemacht. Es geht mir mehr darum, daß wir – Sie und ich – miteinander ins Gespräch kommen. Das scheint mir wichtig.«

Sie verharrte in höflichem Schweigen, als warte sie auf eine Frage, die man beantworten könne. Und so haspelte er blindlings weiter.

»Ich wollte Sie gern kennenlernen. Es ist eigentlich nicht meine Art ... also sonst bin ich nur beruflich ... aber jetzt spreche ich in eigener Sache.«

»Hören Sie auf«, sagte sie.

»Bitte?«

»Ich ... ich mag es nicht, wenn man so mit mir redet.«

»Und warum nicht?«

»Mein Gott, weil es mir immer wieder passiert. Das sollten Sie aber nun wirklich verstehen.«

Er verstand es nicht: Daniel hatte sich noch nie in eigener Sache an ein Mädchen gewandt. Aber er schaltete schnell. Er begriff schlagartig, daß sie vielfältigen Ansprüchen ausgesetzt war: seitens der Familie, des Berufs, von Zufallsbekanntschaften und zweifellos auch von anderen Männern. Was für ihn einzigartig war, war es für sie noch lange nicht. Nun war es an ihm zu schweigen.

»Ich weiß doch gar nichts von Ihnen«, sagte Stephanie.

»Darum bitte ich Sie ja, mich kennenzulernen.«

»Ja, ja. Aber Sie machen so ... so eine große Sache daraus. Und ich ... ich hab' so ein Gefühl, als ginge es dabei gar nicht um mich. Bitte versuchen Sie mich zu verstehen.«

Ihre Freundlichkeit wirkte irgendwie unecht, fahrig und herablassend. Was sie sagte, klang routinemäßig und abgedroschen. Daniels Gesicht verfinsterte sich, so wütend machte ihn das. Sie sah ihn ängstlich an, begriff, was in ihm vorging, und sagte: »O je!«

»Tja«, meinte er, »das wär's dann. Wollen wir gehn?«

»O je«, wiederholte sie.

»O je«, echote er grimmig und winkte der Kellnerin. Ihm war, als müsse er ersticken.

»Gehn Sie nicht. Ich hätte sonst ein schlechtes Gewissen. Dabei meinte ich doch bloß ...«

Weiter kam sie nicht, und er brachte es nicht fertig zu sagen, daß ihm ihr schlechtes Gewissen egal sei. Also saßen sie sich stumm gegenüber, bis sie endlich unbeholfen versuchte, das Gespräch wieder in Gang zu bringen, indem sie sich nach seiner Arbeit erkundigte. Felicity Wells, die im Pfarrhaus wohnte, schwärmte zaghaft von dem kompromißlosen Eifer, mit dem

Daniel seinen seelsorgerischen Pflichten nachkam, und davon, wie er seine Zeit zu nutzen verstand, auch wenn sie sich um seine theologischen Prinzipien sorgte. Stephanie hatte sich angehört, was Miss Wells zu sagen hatte, und Daniels Moral, die ihr durchaus vernünftig, wenn auch vermutlich kaum ins praktische Leben umsetzbar schien, hatte sie angesprochen.

»Meine Arbeit wäre leichter, wenn die Leute nicht soviel Angst voreinander hätten«, sagte Daniel bedrückt. »Aber die Menschen sind alle so heillos in ihren Konventionen verfangen, daß sie schier daran ersticken. Sprich nur, wenn du gefragt wirst; tue Gutes nur im Stillen; mach den anderen nichts vor, und laß dich auch nicht von ihnen verkohlen. Selbst wer innerlich vor Einsamkeit und Leerlauf verkümmert, würde sich nicht aufraffen, den Nachbarn auf der anderen Straßenseite anzusprechen, der in der gleichen Misere steckt. Ich bin in erster Linie Bittsteller, ein höflicher, wenn möglich, notfalls auch ein bißchen grob, damit es amtlich wirkt, als ob ein Komitee hinter mir stünde, wenn ich meine diversen *Wünsche* anmelde. Im Grunde erfinde ich ein alternatives Konventionsmodell mit Geboten wie: Überwinde dich und *sag*, was los ist; geh und *finde heraus*, was los ist.«

»Konventionen haben auch ihr Gutes«, sagte Stephanie. »Sie sind ein Schutz – vor Kränkungen, davor, daß einer sich mehr zumutet, als er ertragen kann. Oder sie helfen einem dabei, sich behutsam, schrittweise auf das Leben einzulassen. Man kann die Menschen nicht immer mit äußerster Not konfrontieren, schon weil manch einer das womöglich gar nicht aushalten würde.«

»Aber die Not ist nun einmal da!« entgegnete Daniel heftig. »Nehmen Sie zum Beispiel Miss Phelps. Komplizierter Bekkenbruch, keine Hoffnung, je wieder laufen zu können, tagein, tagaus unter Schmerzen ans Klinikbett gefesselt, ein klägliches Ende vor Augen, an das sie möglichst nicht denken will. Und dann nehmen Sie Miss Whicher. Wohnt bloß zwei Häuser weiter, kennt aber weder Miss P. noch sonstwen. Mich dagegen traktiert sie unentwegt mit Tee, eine rosengemusterte Tasse nach der anderen drängt sie mir auf, *so was* von etepetete und ach, Mr. Orton, ich hab' das Gefühl, mein Leben verrinnt ganz sinnlos, im Grunde braucht mich ja keiner. Also sage ich: Dann besuchen

Sie doch mal Miss Phelps. Na, und dann das Blabla, das endlose Blabla.«

Er spielte Stephanie Miss Whichers Repertoire an Ausflüchten vor. Womöglich würde man für *aufdringlich* gehalten oder für einen Humanitätsapostel, oder vielleicht hatte man gar nichts gemeinsam, oder es ginge einem *zu sehr* zu Herzen und man machte alles nur noch *schlimmer*, oder man sagte etwas *Falsches*, und natürlich wäre einem ständig bewußt, daß man nicht *wirklich* miteinander befreundet war, jedenfalls nicht von Haus aus ... Stephanie, die ihn sich als immer gleich und unwandelbar vorgestellt hatte, auf einen Ton gestimmt, stur und linientreu, staunte über das Nachahmungstalent, das sich in dem schummrig blauen Gewölbe so amorph und ungestüm Bahn brach.

»Der Pfarrer«, klagte Daniel, obwohl es sonst nicht seine Art war, sich zu beschweren, »der Pfarrer hat Hemmungen, sich einzumischen. Er lächelt nur und sagt: Da haben Sie aber schöne Rosen bekommen, Miss Phelps. Es ist Schönwetter angesagt, Miss Phelps. Er sagt nicht: Wie werden Sie draußen zurechtkommen, Miss Phelps, jetzt, wo Sie nicht mehr laufen können? Geschweige denn: In Ihrem Herzen drinnen, Miss Phelps, da sind Sie immer noch sehr lebendig. Sie können schließlich reden, ich bin da, wir haben uns noch viel zu sagen. So was kommt ihm nicht über die Lippen.«

»So was kann man auch nur sagen, wenn man den richtigen Ton trifft. Und Sie können auch nicht alle Welt auf eigene Faust aufrütteln.«

»Ich weiß nicht, wie ich den Leuten sonst helfen könnte.« Er lächelte bitter. »Der Pfarrer mag mich nicht. Für ihn bin ich ein Unruhestifter.«

»Eine Rolle, in der Sie sich gefallen. Aber Sie haben natürlich recht.« Das Zugeständnis verleitete sie unwillkürlich zu der Frage: »Kann ich irgendwas tun?«

»Ich hatte da eine Idee. Abgesehen davon«, warf er scherzend ein, »daß Sie sich mit mir unterhalten sollten. Es geht um Mrs. Haydock.«

»Mrs. Haydock?«

»Ja, Brontë-Ring, in der Branwick-Siedlung. Wird so um die dreißig sein. Der Mann hat sie sitzenlassen. Das alte Lied. Hat zwei Kinder, ein verängstigtes Mädchen von sechs und einen neunjährigen autistischen Buben. Der Junge haut einen um. Stumm wie ein Fisch, sagt kein Wort, hat noch nie gesprochen, aber nimmt systematisch alles auseinander, was ihm in die Finger kommt – ob er's nun kurz und klein schlägt, zertrümmert, kaputtrampelt oder in Fetzen reißt. Menschen hat er allerdings noch nie angerührt. Vergreift sich nur an Sachen. Manchmal, da summt er. Kann angeblich ganz verzwickte Melodien nachsummen. Ich bin nicht musikalisch, kann das also nicht beurteilen, komme grade mal mit den Responsorien und so zu Rande. Hat einen starren Blick, der Junge. Nicht deppert, weder stiert er einen an, noch weicht er einem aus. Sein Blick, der geht in ganz andere Sphären. Die Mutter will ihn in kein Heim geben. Sie liebt den Jungen. Bedenkliche Entscheidung, würd' ich sagen, zumindest was das andere Kind angeht, das Mädchen. Dem bleibt nicht mal ein Mauseloch, in das es sich ungestört verkriechen könnte. Bloß daß es da nichts zu entscheiden gibt, sie liebt den Jungen und opfert ihm ihr Leben.«

»Und Sie haben nicht versucht, sie umzustimmen?«

»War drauf und dran. Ja, ich hab' ernsthaft dran gedacht. Schon wegen der Kleinen, Pat heißt sie. Aber Mrs. Haydock hat den Jungen nun mal zu ihrem Lebensinhalt gemacht. Womöglich würde sie ohne ihn zugrunde gehen. Das Leben geht schon sonderbare Wege, und man weiß nie, durch welche Laune des Schicksals auch das eigene in so ein schrecklich tiefes Fahrwasser geraten könnte, aus dem man dann nie wieder rauskommt. Sei's durch ein solches Kind oder einen geistig umnachteten Elternteil. Die Liebe. Gott. Jedenfalls bin ich zu dem Schluß gekommen ...«

»Aha, Sie entscheiden das also ...«

»Wenn die Frau einen Tag oder auch nur einen Nachmittag in der Woche frei hätte, nicht durch den Jungen angebunden wäre und mit der kleinen Pat was unternehmen könnte ... also wenn sie jemand Verläßlichen hätte, der regelmäßig käme, um auf den Jungen aufzupassen, so daß sie fest damit *rechnen* könnte. Dann hätten alle drei was davon. Sie würde allerdings nie drum bitten. Im Gegenteil, man müßte sie überreden. Aber falls sich wer *anböte*. Könnten Sie sich das vorstellen?«

»Ich hätte Angst davor«, sagte Stephanie Potter.

»Ja, glauben Sie denn, Mrs. Haydock hat keine? Und erst Pat?«

»Aber so eine große Verantwortung ...«

»Wir alle müssen irgendwann Verantwortung übernehmen.«

»Daniel – Mr. Orton – warum ich?«

»Ich hab' Sie einfach von Anfang an für die Richtige gehalten. Sie wären ihre Chance. Sie könnten's schaffen. Ich glaube, wenn Sie hingingen, würden Sie merken, daß ich recht habe.«

Auf einmal machte er ihr angst. Er wagte sich kompromißlos in Bereiche vor, mit denen man normalerweise noch nicht einmal in Gedanken in Berührung kam, ja die man sein Leben lang zu meiden hoffte. Er dagegen sah die Welt *in extremis* und tat gut daran. Sie versuchte sich das Leben vorzustellen, das er sich eingerichtet hatte, aber es gelang ihr nicht. Und sie wollte es auch nicht unbedingt. An dem, was er in Angriff nahm, war schon Keats gründlich verzweifelt, als er die Medizin um der Dichtung willen aufgab, obwohl er wußte, daß man mit Gedichten keine Schmerzen lindern kann.

»Sie könnten Blut aus Steinen pressen«, sagte Stephanie. »Wenn wir uns einig sind, daß ich fürs erste nur ein, zwei Versuche anbiete – bis ich weiß, ob ich damit zurechtkomme –, dann will ich's probieren. Mehr kann ich nicht versprechen.«

Sie lächelte flüchtig. Er hatte sie noch nie so lebhaft gesehen. Stolz fügte sie hinzu: »Aber falls ich ja sage, dann können Sie sich auf mich verlassen, dafür garantiere ich.«

»Nicht nötig. In manchen Dingen kenne ich mich mit Menschen aus, in anderen nicht. In dem Fall weiß ich Bescheid.«

9. Fleisch

Marcus verbrachte übermäßig viel Zeit im Bad. Jede Woche, dachte Winifred, kam eine halbe Stunde oder mehr dazu. In rätselhaften Intervallen rauschte es vernehmlich, weil er das Wasser laufen ließ; dazwischen blieb es lange still. Manchmal sah sie Bill auf Socken über den Flur schleichen, einen braunbestrumpften, geduckten Späher mit finsterem Profil, der lauernd auf das horchte, was da drinnen vorging. Ein- oder zweimal trommelte er auch wie wild mit den Fäusten gegen die Türfüllung und verlangte, daß Marcus herauskommen, ihm Rede und Antwort stehen solle. Aber der Junge stellte sich taub, und Winifred versuchte sich herauszuhalten. In Bills Fall erschien ihr das ratsam, weil ein Choleriker sich durch jedwede Reaktion immer gleich provoziert fühlt. Und bei Marcus ließ sie sich von dem Aberglauben leiten, daß er, wenn sie sich nicht auf ihn konzentrierte, ihre Blicke, ihre Ängste, ihre Liebe im Zaum hielt, vielleicht eine Chance hätte, sich durchzulavieren und unbehelligt zu bleiben – sei es vom Schicksal oder von seinem Vater. Also verfolgte sie, ohne sich bemerkbar zu machen, in ihrem Frisierspiegel, wie er aus dem Bad entwischte, sobald Bill sich ausgetobt hatte. Ruhe und Frieden hatten Vorrang bei ihr. Ruhe und Frieden um jeden Preis. Ganz besonders für diesen Jungen.

Nicht nur seine Geburt war ihr noch deutlich in Erinnerung, sondern auch der mutmaßliche Moment seiner Zeugung. Er wurde zur Zeit des Münchner Abkommens geboren, in der unnatürlichen Flaute vor dem gnadenlosen Sturm. Und er mußte in diesem Haus, in ebendiesem Bett gezeugt worden sein, eines Nachts, als Bill bierselig und streitlustig von einem Shakespeare-Kurs in der Volkshochschule heimgekommen war und sie über akzeptable und inakzeptable Aussöhnungen im Finale der Spätwerke belehren wollte. Das *Wintermärchen* mochte er nicht. Teils wegen der hineininterpretierten christlichen Untertöne, vor allem aber, weil es völlig unglaubwürdig war. So lautete seine Begründung, während er auf Mühsalgeruch verströmenden Socken im Schlafzimmer auf und ab tigerte, um seinen Füßen Linderung zu verschaffen. Ein Mann, der seine Frau sechzehn Jahre lang für tot hielt und sie dann als belebte Statue zurückbekommt, der bejubelt diesen Betrug nicht, als ob es ein Wunder wäre, so leicht geht das nicht. Hier sei Shakespeare an der simplen Forderung nach einer glaubhaften Fabel gescheitert, sagte Bill. Und was ist mit Hermione? fragte Winifred sanft. Diese Frau hat sechzehn Jahre ihres Lebens geopfert, von ihren beiden Kindern ist eines tot, das andere verschollen, und alles, was ihr an Gefühlen zugebilligt wird, sind Dankbarkeit und

Freude. Sein Kurs, sagte Bill, habe ihm einreden wollen, die Statue sei ein Symbol für die Überwindung menschlichen Leids in der Kunst, worauf er geantwortet habe, gewisse Probleme seien auf die Art nicht lösbar. Im Falle Prosperos sei der versöhnliche Schluß komplexer und somit besser gelungen. Da bahne sich der Akt der Vergebung nicht so ohne weiteres an und bleibe folgerichtig als *Coup de thèâtre* erkennbar. Er müsse seine Töchter wohl lieben gelernt haben zu der Zeit, da seine letzten Stücke entstanden, hatte Winifred gesagt, warum sonst diese vielen wunderbaren Mädchenfiguren? Worauf Bill, mittlerweile in der Unterhose, grinsend erwidert hatte, für Töchter gebe es keine gesicherten Belege.

Es war nicht passiert, weil er oder sie sich einen Sohn gewünscht hätte – auch wenn er ihren Töchtern diese prononciert femininen Namen ausgesucht hatte, die doch beide von Jungennamen abgeleitet waren. Passiert war es, weil ihre vorhandenen Töchter sich wunderbarerweise einmal nicht mucksten und weil ihn die Volkshochschule mit Bier traktiert hatte und weil er mit ihr redete, wozu er normalerweise zu müde war oder zu beschäftigt oder zu ausgelaugt von der Sorge um Rechnungen und Babys. Oder zu wütend.

Sie hatte ihn geheiratet, weil sie ihn von allen Männern am meisten bewunderte. Weil er gerecht war, leidenschaftlich, voller Tatendrang, ein kritischer Geist. Ihre größte Angst war die gewesen, einmal ein Leben führen zu müssen wie ihre Mutter: zu viele Kinder, zu wenig Geld, belastet mit einem Haus und einem Ehemann, die einen moralisch beherrschten und damit langsam aber sicher auch physisch zugrunde richteten. Winifred als die älteste war die Vertraute ihrer Mutter gewesen und wußte bis ins kleinste Bescheid über Blut, Bohnerwachs und weibliche Schmach. Sie kannte sich aus mit Schwangerschaft und Niederkunft und dem Egoismus der Männer »danach«, mit Herdglanz, Granulit für die Türschwelle, Waschblau, Stärke und Scheuermitteln. Ihre Mutter hatte zaghaft versucht, ihr aus diesem Milieu herauszuhelfen, etwa indem sie sich nicht gegen ihren Übertritt aufs Gymnasium sperrte, wo Winifred lernen sollte, daß man um seiner Gefühle und des Gespräches willen heiraten könne, ja sogar solle, und nicht wegen Herdglanz und der

Bluterei. Bill hatte ihr *Lady Chatterley* geborgt und von der Freiheit geschwärmt: Das Modell Mann und Frau und Hausstand, vor dem er auf der Flucht war, war noch unerbittlicher als das, welches sie zu überwinden hoffte.

Mit der Zeit hatte sie gelernt, daß man aus seinem Leben nicht das Gegenteil von dem machen kann, was man von klein auf gekannt hat, nur weil einem dieses Gegenteil so erstrebenswert scheint. Der Mensch ist auf seine vertrauten Koordinaten angewiesen, Greuel eingeschlossen. An das Unbekannte läßt sich nur schwer herankommen, eben weil man es nicht kennt. Paradoxerweise, so Winifreds Einsicht, sind Mann und Frau einander näher, solange sie noch nicht zusammenleben, ja noch nicht einmal miteinander geschlafen oder sich sehr lange unterhalten haben – dafür bekennen sie sich in diesem frühen Stadium noch ungenierter zur eigenen Meinung und nehmen, da noch unbelastet von der frustrierenden Erfahrung gescheiterter Verständigungsversuche, weniger Rücksicht auf Eigenarten und Marotten des Partners. Sie hatten viel miteinander geredet, damals, und auch wenn es stimmte, daß sie Bill anfangs so sah, wie sie ihn sehen wollte, war sie doch aufrichtiger gegen ihn gewesen, und was auf sie zutraf, galt ja vielleicht auch für ihn. Inzwischen zehrten das ewige Pusseln und Putzen und die plärrenden Töchter an seinen Nerven und machten ihn unduldsam. Doch sie wußte, daß er im Beruf anders war: geduldig, ausdauernd, nachsichtig. Und an sich selbst entdeckte sie ein gleichbleibendes, ominöses Verlangen nach Pflichten und Tadel. Vielleicht blieben am Ende tatsächlich keine anderen Alternativen als Wut und Geduld.

Zu Anfang war sie im Bett sehr leidenschaftlich gewesen. Nicht anspruchsvoll oder fordernd, nein, nur ungestüm und feurig und ganz wild aufs Beißen und Lecken, Riechen und Schmecken, Tasten und Balgen. Aber dann, unmerklich, Schritt für Schritt, holte sie der Alltag ein. Sie machte sich nicht mehr die Mühe, das Nachthemd auszuziehen. Oder aus der Horizontalen in die Vertikale zu wechseln. Oder ihn auf den Mund zu küssen. Und seine Füße irritierten sie. Einmal machte sie im Dunkeln die Augen auf und merkte, daß eine innere Stimme, die nicht unbedingt ihre eigene war, sich hämisch über die Gefühllosigkeit ausließ, mit der Bill sich über ihre Müdigkeit und ihre Beschwerden hinwegsetzte, während er das tat, was sie vor einem Jahr immerhin noch weidlich genossen hätte. Sie nahm an, das sei vielleicht eine ganz normale Entwicklung, hatte indes keine Freundin, bei der sie sich hätte erkundigen können. Und sie schwor sich, daß sie mit ihren Töchtern nie und nimmer so reden würde, wie ihre Mutter mit ihr gesprochen hatte. Sie würde stillschweigen. Mehr und mehr Bereiche, in denen früher Hoffnung gewaltet hatte, versanken jetzt in Schweigen.

An jenem Abend des Jahres 1938, als Bill, den das Bier redselig gemacht hatte, mit ihr über Shakespeare sprach und Frederica ausnahmsweise einmal nicht schreiend aus dem Schlaf hochgeschreckt war, widmete sie sich einfach nur matt und dankbar der Unterhaltung und blieb, leise von Hermione flüsternd, auf dem Rücken liegen, während Bill sich über ihr hochstemmte und zielstrebig auf- und abbewegte. Sie empfand das, was sie neuerdings bestenfalls gewohnt war: leicht klaustrophobische Beklemmungen und eine vage Aussicht auf Lustgewinn, so schwach, daß sie keiner Anstrengung wert schien. Als Bill seufzte, sich schüttelte und auf seine Seite des Bettes zurückplumpste, da fröstelte sie auf einmal, fühlte sich ein bißchen schwindelig und innerlich so finster und hohl, daß sie in sich hineinlauschte, als ob dort etwas vorgehe, eine Veränderung, die ein feines Gehör auffangen konnte wie Stromstöße. Nachträglich war sie der festen Überzeugung, daß sie den Augenblick der Empfängnis wahrgenommen hatte, den lauen, weitgehend zufälligen Entstehungsbeginn von Marcus, ihrem Sohn.

Das Kind und der Krieg entwickelten sich notgedrungen parallel. Bill, der ein Armageddon voraussagte, den Untergang der Kultur und den Triumph des Bösen, das er in Schaftstiefeln auf Englands Straßen einmarschieren sah, machte Winifred für die unzeitige Schwangerschaft verantwortlich, indem er ihr eine nicht näher benannte Fahrlässigkeit vorwarf. Als von seinen jüngeren Kollegen etliche die Schule verließen, um sich freiwillig zum Wehrdienst zu melden, schäumte Bill, weil er sich dadurch inkommodiert fühlte, und verbrachte mehr und mehr Zeit außer Haus. Hochschwanger und verängstigt schob Winifred den Kinderwagen durch Blesford. Unter dem Verdeck lag herrisch und ungebärdig die rothaarige Frederica, Stephanie saß vorn am Griff, ließ die stämmigen Beinchen baumeln und schaute allzu ernst unter ihrem Sonnenhütchen hervor. Furcht ist ansteckend. Und Stephanie lernte sich zu fürchten. Winifred hatte weder die schauspielerischen Fähigkeiten, noch war sie körperlich stabil genug, um Zuversicht oder Geborgenheit zu vermitteln. Den Blick über die Köpfe ihrer Töchter hinweggerichtet, schob sie den Wagen und wappnete sich seelisch und moralisch für die Auseinandersetzungen mit Bill, die Geburt des Babys, Bomben, Gasangriffe, Besatzung. Im Geiste sah sie Bajonette mit aufgespießten Kinderkörpern vor sich, sah Wiegen und Fleisch, zermalmt von prasselndem Schutt. Das Baby wäre besser nicht gezeugt worden, aber weil es nun einmal da war, mußte es auch beschützt werden. Sofern das möglich war. Weiter dachte sie nicht.

Er kam an einem heiteren Julinachmittag zur Welt, und die Geburt verlief so rasch und schmerzlos, daß sie sich tagelang ganz unwirklich fühlte, als ob ihr die Tortur noch bevorstünde. »Es ist ein Junge«, sagten sie, und Winifred entgegnete höflich: »Wie ich's mir gewünscht habe«, obwohl sie die Möglichkeit, daß es kein Mädchen werden könnte, nie ernsthaft in Betracht gezogen hatte. Er hing noch an der Nabelschnur, als sie sich mit unverbrauchter Kraft aufrichtete und ihn zum erstenmal sah, ein grimmig zuckendes, bläulich verfärbtes Etwas mit dunklen Augen, die blicklos ins hereinflutende Sonnenlicht blinzelten. Der zarte, zornige Winzling, der mit kraftlosen, purpurnen Fäustchen über der runzligen, mit rötlich feuchtem Flaum gesträhnten Glatze herumfuchtelte, war das genaue Ebenbild von Bill in einem seiner Wutanfälle. Von ihr hatte er überhaupt nichts. Was in ihr gelebt, sich geregt und gestrampelt, was sie beschützt und behütet hatte, das entpuppte sich nun schlichtweg als Bills personifizierter Jähzorn. Ein Junge. Sie legte sich ganz ruhig in die Kissen zurück und wartete ab, bis die Schwestern ihn fortbrachten.

Außer sich vor Freude schwirrte Bill durchs Krankenhaus, überredete die Schwestern, den Jungen auszuwickeln und auf dem weißen Musselin seine relativ großen violetten Genitalien zu entblößen. Er wußte auf Anhieb, wie er heißen sollte. Marcus, den Namen hätte er sich als Junge selbst gewünscht, sagte er. Sie lag still im Bett und sah zu, wie er einen Finger in die kleine kalte Faust seines Sohnes bohrte, und es war ihr fast, als ob sie jemanden verloren hätte.

Drei Abende später, als es schon dunkel war, geschah etwas Furchtbares. Sie brachten ihr das Baby zum Stillen. Im gedämpften Licht der grünbeschirmten Lampe nahm sie das nachgerade schwerelose Bündel im steifen Klinikhemdchen in Empfang. Spürte die klamm herunterhängenden Zipfel des Flanellakens, in das man ihn gehüllt hatte, rückte das pendelnde Köpfchen mit dem hageren, enttäuschten Gesicht in ihrer Armbeuge zurecht und wußte, daß er schwach war und hilflos und daß sie ihn liebte. Sie war hin und her gerissen zwischen dem Bedürfnis, ihn an sich zu pressen, und der Furcht, ihn zu zerdrücken. Babyhaut fühlt sich kühl an, da, wo sie nicht feucht ist und erhitzt vom Strampeln. Dieser Säugling lag ganz still und war rundum kühl. Wie gebannt von ihrer plötzlichen, furchtbaren Liebe saß sie auf der Gummieinlage und zitterte, obwohl er eben erst gekommen war, vor dem Moment, da die Schwestern ihn ihr wieder wegnehmen würden. Ebenso hellsichtig, wie sie um seine Entstehung gewußt hatte, erkannte sie jetzt, daß er ihr ganzes Zukunftsbild verändern würde: Von nun an drehte sich alles um ihn, komme, was da wolle. Ja, sie traf bereits ihre Vorkehrungen. Er trank ruhig und reinlich und sank gleich darauf in einen tiefen Schlaf. Sie ahnte schon, daß dieses neuartige Gefühl rückhaltloser Leidenschaft gefährlich für ihn sei oder zumindest belastend, und beschloß daher, es zu verbergen. Die Schwestern kamen und trugen ihn fort. Starr und reglos, zwischen banger Erwartung und Vorfreude schwankend, lechzte sie die ganze Nacht nach dem Moment, da man ihn ihr wiederbringen würde. Und so kam etwas in Gang.

»Scher dich aus dem Bad, Junge!« hörte sie Bill in der Küche brüllen. »Es gibt hier auch noch andere Leute, die mal müssen!« Das Haus hatte dünne Wände, und die durchdringende Stimme durchdrang sie alle. Bill hatte die klassischen Fehler gemacht. Jedes Spielzeug wurde ein halbes Jahr, bevor der Junge etwas damit anfangen konnte, gekauft, jedem Lehrer – unter Berufung auf die unglückselige mathematische Besonderheit – erklärt, ja eingehämmert, daß der Junge ein Genie sei. Am meisten hatte Bill sich darauf gefreut, Marcus bei seinen ersten Leseerlebnissen zu begleiten. Er selbst hatte seinerzeit im kargen Staub evangelischer Traktate gescharrt, doch für Marcus sollten sich prächtige Phantasiewelten öffnen, die Bill gemeinsam mit ihm betreten würde. Was empfindest du, was stellst du dir dabei vor, was bewegt dich? Der schwerfällige Junge blickte ins Leere und löste schwindelerregende Rechenaufgaben – eine Passion, die nicht seinem Erbgut entsprang und in dieser mathematisch unbegabten Familie weder geteilt noch bestaunt wurde.

Den verderblichen Einfluß von Bill und seiner Liebe konnte sie nur durch Zurückhaltung aufwiegen. Indem sie Energie in Trägheit umwandelte. Dinge ungeschehen und rückgängig machte. Vielleicht war das, was sie tat, falsch. Sehr befriedigend war es jedenfalls nicht.

Sie hörte, wie die Badezimmertür behutsam aufgeklinkt wurde, und folgte ihm in sein Zimmer mit der Werkbank, dem ordentlich aufgebauten Kriegsspielzeug, den Modelleisenbahnen. Er schaute aus dem Fenster. Seit jenen ersten Momenten gleich nach der Geburt hatte er nicht mehr viel Ähnlichkeit mit seinem Vater. Inzwischen glich er ihr, mehr noch als die Töchter. Stur war er und sanft, schwerfällig und unscheinbar. Obwohl sie ihn gern berührt hätte, tat sie es nicht.

»Hast du zu tun, Marcus?«

Er schüttelte den Kopf.

»Ich fahre nach Blesford, einkaufen. Würdest du mitkommen und mir tragen helfen?«

»Okay. Ich hol' nur meine Jacke.«

Sie sagte nicht: Wenn wir wiederkommen, hat er sich vielleicht beruhigt wegen des Badezimmers. Falls Marcus um den Zusammenhang wußte, ließ er es sich nicht anmerken. Sie beide kommunizierten, wenn überhaupt, nonverbal. Manchmal fragte sie sich schon, ob sie ihm nicht zurufen sollte: Du bist so seltsam, Marcus, da *stimmt* was nicht, Marcus, sprich mit mir! Aber so etwas sagte sie nicht. Er baute darauf, daß sie es nicht tat. Oder jedenfalls glaubte sie das.

Von der Masters' Row, die hinten an den Brühl grenzte, blickte man nach vorn auf eine Reihe einzeln stehender Vorstadthäuser an einer Landstraße, die sich zwischen Feldern mit Weißdornhecken oder Trockenmauern dahinschlängelte. Zumindest war das 1953 so, als die Masters' Row auch noch ihre eigene Bushaltestelle hatte, mit einem Wartehäuschen aus verzinktem Eisenblech in einer asphaltierten Bucht und einem gußeisernen Schild davor. Später dann, um 1970, wurde die ganze Straße ausgebaut, erweitert und begradigt, und die schnittige, schwarzgesprenkelte Fahrbahn säumten jetzt Peitschenlampen mit Betonpfeilern und orangeroten Glaszylindern. Die Hecken verschwanden, die Felder wurden planiert, und auf dem so geschaffenen Baugrund schossen dicht an dicht niedere Bungalows aus dem Boden, kleine Anwesen mit Miniatureinfahrten und Spielzeugzäunen aus weißem Plastik. Neben diesen Neubauten wirkten die Häuser der Masters' Row wie eine heruntergekommene, belagerte Siedlung. 1953 jedoch konnten die Potters sich noch wie in einer Landgemeinde fühlen. Ihr angestammter Spazierweg führte, ausgehend vom Schulgelände, über Feldwege, durch Wiesen, vorbei an Hafer- und Gersteparzellen bis zu einer Kläranlage. Winifred erklärte den Kindern auf diesen Spaziergängen, wie die heimischen Pflanzen hießen: Glockenblume, Sternmiere, Lein- und Johanniskraut, Hahnenfuß, Wicke und Klee. Die Mädchen wiederholten jeden Namen im Chor. Marcus, der an Heuschnupfen litt, nieste und schüttelte sich. Rotglänzende, geschwollene Lider umgaben die Wimpern, in den Nebenhöhlen tobte bohrender Schmerz, der Gaumen war roh und wund.

Das Klärwerk mit seinen Eisengittern, den fensterlosen Betongehäusen und künstlichen Graswällen wirkte wie eine geschlossene Festung. Kein menschlicher Laut war zu hören, nur das leise Summen der Drähte und das Kratzen der Verteilerfinger, die über den Boden leerer Kiesströge schabten. Die Mädchen schwenkten gewöhnlich gleich wieder ab, als ob es ausgemacht wäre, daß der Aufenthalt in der Anlage gesundheitsschädlich sei. Marcus fühlte sich bis zu einem gewissen Grad wohl dort, wo es keine gefiederten Gräser gab und wo sauber gemähte Rasenflächen, sanfte Erdhügel und die tiefe Stille an einen wohlgepflegten Friedhof erinnerten. Wenn das Klärwerk schon ihr ausgemachtes Ziel war, hätten sie seiner Meinung nach auch dort haltmachen und es besichtigen sollen, was indes nie geschah. Wiederaufbereitetes Wasser, wiederaufbereitete flüssige Abfallstoffe, so hatte Lucas Simmonds einmal im Unterricht gesagt, seien reiner als Quellwasser und absolut steril. Marcus hatte dabei an den lautlosen Betrieb ihres Klärwerks gedacht.

Ob ein Ausflug nach Blesford mit dem Bus oder ein Spaziergang zum Klärwerk, für Marcus war beides lehrreich und qualvoll zugleich. Als er noch in die Grundschule ging, war er den umgekehrten und sehr viel weiteren Weg nach Calverley gefahren, wo er die der Domkantorei angegliederte Schule besuchte. Nach Blesford fuhr man wegen der Geschäfte oder ins Krankenhaus. Und so wie sie ihn auf dem Weg zum Klärwerk in Botanik unterwies, erzählte Winifred ihm auf der Fahrt nach Blesford die dürftige Stadtgeschichte. Die wenigen erhaltenen Zeugnisse des ursprünglichen mittelalterlichen Marktfleckens waren heute von lauter uniformen quadratischen Kästen aus Glas und Rauhputz umzingelt. Zur Ruine der alten Burg, die immer noch auf ihrer – allerdings arg geschrumpften – grünen Hügelkuppe stand, führte inzwischen ein Touristenpfad mit bequemen Stufen und eisernem Geländer hinauf. Blesford hatte einen Marktplatz mit gestreiften Buden, und jeden Mittwoch war Viehmarkt unten am Bahndamm, wo dann das Pflaster ein paar Stunden lang nach Stroh und Mist, nach Urin und Angstschweiß roch, bevor das Gelände gründlich abgespritzt wurde. Auch alte Namen hatten sich erhalten: Beastfair, Finkle Street, Slutwell Lane, Grindergate. Der Bus umrundete das Zentrum mit seinem engen Gassengewirr und fuhr an der Peripherie entlang, vorbei an rotgeklinkerten Zweckbauten mit asphaltierten Höfen: Hauptpost Blesford, Krankenhaus Blesford, Busbahnhof Blesford, so hießen die Haltestellen.

Marcus hatte viele Wochen in dem Krankenhaus zugebracht, wo er entweder wegen besonders schlimmer akuter Asthmaanfälle behandelt wurde oder die Ärzte erfolglos versuchten, die Ursache seines Leidens zu ergründen. Sie vermuteten einen »Infektionsherd« in seinem Körper und hielten das Asthma für eine mögliche Folgeerkrankung. Man hatte ihn geröntgt, gewogen und gemessen, ihn Hauttests unterzogen und ihm, im Vertrauen auf Linderung, Mandeln und Polypen entfernt.

Er hatte allerhand gelernt dabei, vor allem über das Wahrnehmungsvermögen.

Einmal hatte er mitangehört, wie Alexander und sein Vater über die Schwindsucht als künstlerisches Stimulans spekulierten. Schärfung der Sinne, hektische Betriebsamkeit hatte Alexander der Krankheit attestiert. Jahre später sollte Marcus selbst Betrachtungen über die Relation zwischen geistigem Scharfblick und Sauerstoffzufuhr anstellen. Damals animierte ihn das belauschte Gespräch immerhin zu der Überlegung, daß Asthma im Gegensatz zur Schwindsucht keine stimulierende Wirkung hatte. Vielmehr dehnte es Zeit und Wahrnehmung, so daß man alles verlangsamt, klarer und schärfer sah.

In Zeiten, da er nicht krank war, bot die Klinik eine neutrale Zuflucht als höhlenartiges, dunkelrotes Labyrinth, in dem es nach Karbol roch und nach Blumen, nach frischsterilisierten Instrumenten und den gestärkten Kitteln, in denen die Schwestern geschäftig hin und her eilten.

Wenn er krank war, erfuhr er Raum und Zeit sowohl unmittelbar als auch abstrakt. Sämtliche Rippen wurden einzeln durch den Schmerz geortet und voneinander abgegrenzt, sein Gedächtnis speicherte die Dauer eines jeden Atemvorgangs, erst das mühselige, rasselnde Einholen und dann das ebenso mühsame und geräuschvolle Ausstoßen der Luft. Sein Körper hatte mit der Zeit die charakteristische Kauerstellung des Asthmatikers angenommen und bildete mit gekrümmtem Rückgrat, hochgezogenen Schultern, schlaffem Brustkorb und der Gewichtsverlagerung auf steife Arme und verkrampfte Knöchel einen anthropoiden Käfig für das ewige Ringen mit dem Schmerz. In dieser reglosen, geduckten Position schärfte sich sein Blick für ganz bestimmte Dinge: Farben, Umrisse, Menschen, Servierwagen, Blumenvasen. Sein inneres Ohr war wie ein überempfindliches Instrument, das man mit jaulendem Pfeifen und gedrechselten Tonläufen malträtierte. All diese Wahrnehmungen, innere wie äußere, stellten sich als klar erkennbare schwarze Silhouetten einer bleich und bedrohlich gegen ihn vorrückenden Nebelwand entgegen.

Im Extremfall verwandelte der Schmerz die visionären in mathematische Bilder, und dann sah er seine Umgebung – Vorhänge, Möbelecken, Bett, Stuhl, die kleinen, von den Fingern aus der Decke hochgezupften Dreieckszelte – als schwarz-weiß-graue lineare Koordinaten einer Art Lageplans, der mit einer imaginären inneren Karte korrespondierte, auf der seine blokkierten, verengten Luftwege verzeichnet waren. Zweimal hatte er, als er ohnmächtig wurde, im allerletzten Moment das gleiche Bild vor Augen gehabt. Das erste Mal bei der Mandeloperation, als er sich mit dem Ätherbausch für die Narkose abquälte, das andere Mal während eines Anfalls, der so schlimm war, daß er darüber ohnmächtig wurde. (Zu seinem Leidwesen wurde er relativ oft ohnmächtig.)

Was er sah, waren mobile geometrische Konzepte auf kreisendem Millimeterpapier, dessen Kästchen nach einem fast durchschaubaren geometrischen Gesetz schrumpften und gleichzeitig rotierten, so daß der Fluchtpunkt nach unendlich irgendwo in der Mitte des Blattes, aber am Rande des Gesichtsfelds lag. Mithin war die Geometrie der leidenden Kreatur verschwistert und zugleich ihr Gegenpart. Die geometrischen Bilder verstärkten sich unter Schmerzeinwirkung; umgekehrt konnte die Konzentration bei einiger Anstrengung auch vom Schmerz auf die Geometrie, diese methodisch geregelte, konstante, dem Endlichen verhaftete Disziplin umgelenkt werden. In seiner Vorstellung waren Schmerz und Geometrie keine Gegensätze, vielmehr konfrontierte er beide mit dem »normalen Leben«, in dem man die Dinge locker so nahm, wie sie kamen – ob blank oder glänzend, weich oder hart, schlüpfrig oder griffig –, ohne daß es einer Zuordnung oder kartographischen Dokumentation bedurfte. Als der Blesforder Bus das Krankenhaus umrundete, zählte er die Fenster oben und unten, überschlug die geometrischen Proportionen und drückte sich die Daumen. Seine Mutter neben ihm umklammerte ihre Handtasche und hing eigenen Erinnerungen nach. Sie sprachen nicht miteinander.

Der Metzgerladen lag nicht, wie der Name vermuten ließ, in Beastfair, wo sich der neue Marks & Spencer, Timothy White's, Etam und ein paar kleine Wollgeschäfte angesiedelt hatten. Es war eine alteingesessene, florierende Qualitätsfleischerei mit grünweiß gekachelten Wänden und Blutflecken auf dem mit Sägemehl bestreuten Boden. W. Allenbury, der Inhaber, war rüstig und vital und, wie es sich offenbar für seinen Stand gehörte, ein sehr rühriger Mensch, der sich verantwortungsbewußt in der Lokalpolitik engagierte und stets bereit, ja erpicht darauf war, mit den Hausfrauen die Lage der Nation und die Beschaffenheit des Universums zu erörtern. Von der Rolle des gütigen Tyrannen, als der er zu Zeiten der Rationierung über seine Kundschaft geherrscht hatte, war er seither nie mehr ganz losgekommen. Die drei jungen Burschen in langen blutbespritzten Schürzen, die ihm zur Hand gingen, waren sehr aufgekratzt, mitunter gar obszön. Marcus assoziierte ihre Lebhaftigkeit mit dem heimischen Sonntagsbraten. Eine Zeitlang hatte es bei den Potters regelmäßig Roastbeef gegeben und davor große Portionen knusprigen, goldbraun dampfenden, leicht gesalzenen Yorkshire-Puddings mit Soße. An diesen Sonntagen hatten Bill und Winifred den blassen Marcus immer wieder genötigt, sich doch ein paar Löffel von dem guten roten Bratensaft herauszuschöpfen, auf daß er ein bißchen Leben und Farbe bekomme.

Allenburys Schaufenster war auf seine Art ein Kunstwerk. Die Symmetrie und das nuancenreiche Farb- und Formenspiel in der Auslage eines Fischhändlers, der sein Warenangebot auf Marmor oder Eis als Wagenrad oder stilisierte Rose anordnet, lassen sich mit Fleisch zwar nicht erzielen. Doch Allenbury kompensierte diesen Mangel durch eine abwechslungsreiche Dekoration, in der naturbelassene und handwerkliche Produkte, Anthropomorphes und Abstraktes auf angenehm eklektische Weise zusammenfanden und Reichhaltigkeit suggerierten.

Von einer funkelnden Stange hingen an elegant geschwungenen Haken die Hühner mit fleischig nackter Brust, gutgenährten Gliedern und langgezogenen, flaumbedeckten Hälsen. Der Entenkette mit den goldschimmernden Schnäbeln, schwarzen Augen und scharlachrotem Halsgefieder auf weißem Grund waren die starren Schwimmfüße fein säuberlich an den Seiten festgebunden. Die Vitrine unter ihnen stellte, mit smaragdgrünem Kunstrasen ausgelegt, eine Miniaturwiese vor, auf der allerlei volkstümliche Gestalten und Märchenfiguren herumtollten. Ein lachendes Pappschwein tänzelte graziös auf einer Hinterhand und balancierte auf den Vorderfüßen eine Platte mit dampfenden Würsten. Es war, vermutlich aus Schicklichkeitsgründen, mit einer blauweiß gestreiften Schürze bekleidet und trug eine keck in den Nacken geschobene, hohe weiße dreidimensionale Kochmütze. Ein gütig jovialer Stierkopf (am Genick abgetrennt, aber immer noch Sinnbild krauslockig kraftstrotzenden Lebens) bildete mit einem Häuflein bonbonbunter Brühwürfel und etlichen Bechern voll belebender brauner Flüssigkeit eine Art Triptychon aus lackierter Pappe. Ein noch ganz junges schwarzweißes Kälbchen, eine Kinderreimfigur zum Ausschneiden, tummelte sich in einer mit Gänseblümchen übersäten Wiese, auf die vom leuchtend blauen Himmel die helle Sonne niederstrahlte. Auf einem Stoß von Pastetchen in Cellophan tanzten Hähnchen, Kalb und Ferkel einen fröhlichen Ringelreihen und symbolisierten so die englische Eintracht und Harmonie von Kalbfleisch, Schinken und Ei.

Eine Stellage tiefer, auf weißem Marmor unter schillerndem Grün, standen Emaillegefäße mit etwas abstruseren Viktualien unterschiedlicher Farbe und Konsistenz. Ein Klumpen wächsernen Nierentalgs, eine Platte mit eingerollten und wabenartig gemusterten, zarten weißen Kutteln. Innereien: wahlweise schlaffe und pralle Nieren, an denen mitunter noch die Harnstränge baumelten und deren glitschiges, manchmal noch von Fettkapseln umhülltes Fleisch bläulich durch die Hautrisse schimmerte; oder irisierende Lebern; auch ein gewaltiges Ochsenherz mit gesträubten Kapillaren, einer klaffenden Wunde an der Seite und vom Trocknen nachgedunkelten, gelblichen Fettschlieren auf dem Bug. An einen planen Sockel gestützt lehnte ein gekochter halber Schweinskopf mit hellen Blutspritzern, einer Blechmarke im Ohr, weißgebleichten Borsten um den Rüssel und salzigweißen Wimpern.

Davor das Angebot an Wurst- und Bratenaufschnitt. Eine zerlegte und kegelförmig wieder zusammengesetzte, mit goldbraunen Bröseln bestreute Schweinebacke glänzte hübsch unpersönlich unter ihrer Zellophanhülle. Lammkoteletts in zakkiger Formation bildeten ein sich stetig wiederholendes Muster aus rosa Fleisch, weißem Fett, schimmernden Knochen, eine Komposition parallellaufender Geraden und unebener Höcker, die durch die Wiederholung eine Art abstrakten Gleichmaßes erlangte. Daneben ein Lammkronenbraten, zusammengebunden und verschnürt, jeder Stiel geschmückt mit einem gezackten Krönchen aus weißem Papier. Rumpf und Flanke, Schulter, Fuß und Bauch von Rind und Schwein, Lamm und Kalb zusammengepreßt zu langen und kurzen, prallen und dünnen Wülsten, in Netze gezwängt, mit hölzernen Miniaturpfählen und Spießen gespickt.

Wenn alles Fleisch Gras ist, dann kann es, einer anderen Maxime zufolge, ebensogut Geometrie sein. Der lukullische Mensch, mit seinem einzigartigen Gebiß gleichermaßen zum Fleisch- wie zum Pflanzenfresser prädestiniert, ist, ausgerüstet mit Werkzeugen zum Durchbohren, Aufbrechen, Sortieren, Zerkleinern und verzehrgerechten Verarbeiten, ein Meister in der Kunst, Fleisch zu zerlegen und wieder zusammenzusetzen. Der Künstler im Menschen bringt das herzige Glücksschweinchen unterm lachenden Himmelszelt ebenso elegant mit dem prallen Wurstring in Einklang, wie er mit ausgelassenem Nierentalg, gemahlener Kalbsbrust, gehackter Petersilie, Brot und Eischnee eine spiralförmige, in pastelligem Rosaweiß und Grüngold gemaserte Plastik formt.

Zu beiden Seiten der Tür hing, an einem durch die Hauptsehne getriebenen Haken, je eine Rinderhälfte. Als Marcus mit seiner Mutter den Laden betrat, ging er gleichsam durch dieses Tier hindurch, das man vermutlich am selben Morgen mit dem kopflosen Hals nach unten über dem Eingang aufgehängt und mit kräftigen Beilhieben längs des Rückgrats aufgeschlitzt hatte. Er hatte so was schon mit angesehen. Jetzt sah er das Fleisch aus dem prallen, fleckigen Musselinüberzug quellen und sah zugleich die nackten Konturen: Rückenwirbel, Rippenbogen, straff gespannte, glänzende Hautlappen zwischen den Knochenschichten. Gleich hinter der Tür lagen in einer Reihe steifbeinig hingestreckt Lämmer und bleiche Schweinskadaver.

Sich gegen diesen Anblick mittels geometrischer Bilder zur Wehr zu setzen war anstrengend und ging an die Substanz. Je kleiner die Projektionsfläche, desto schärfer waren die geometrischen Tableaus und war folglich die Chance, sie zu berechnen. Wenn sich Sicht-, Vorstellungs- und Denkvermögen nach Molekülen ausrichten ließen, dann mochten wohl auch Einheiten wie Schnitzel zulässig sein, als Teile von anderen vielfältigen und interessanten Ordnungssystemen. Ein halber Schweinskopf als Grundeinheit war dagegen nicht denkbar. Doch da es andererseits auf Erden wie in der Luft von organischen Verbindungen wimmelte, die vielleicht einmal Bestandteil eines halben Schweinskopfs gewesen waren, und da er sich weder um alles kümmern konnte noch um gar nichts, erklärte er den halben Schweinskopf zur aus seinem Blickwinkel sinnvollen und annehmbaren Einheit.

Fletcher Finsterling stand hinter seinem von Fleischmesser, Beil und Säge mit Dellen, Kerben und Scharten verunzierten Hackklotz und begrüßte sie lebhaft. Den Spitznamen hatten ihm Stephanie und Frederica verliehen, weil seine Mimik auf die Palette von Hohn und Häme beschränkt war. Einmal hatte er sich angelegentlich über die Theke gebeugt, seine Hände an einem blutigfeuchten Geschirrtuch abgewischt und Frederica zu einer Spritztour auf seinem Motorrad eingeladen. Und Frederica wäre mitgefahren, wenn Bill es nicht mit der Begründung verboten hätte, so ein Motorrad sei auf jeden Fall gefährlich und Fletcher Finsterling höchstwahrscheinlich auch. »Womit kann ich dienen?« erkundigte er sich jetzt bei Winifred. Seine Hand steckte tief in einem geblähten Truthahn, der unter seinen rührigen Fingern ein makabres Scheinleben entfaltete. Unter Gurgeln und Schmatzen brachte er in langer Schlange sämtliche Innereien zum Vorschein: zarte, helle Därme, feste Innereien in schillerndem Fettmantel, rotgeäderte Eiertrauben in goldschimmernder Hülle.

»Ein Pfund Leber vom Lamm und ein Stück Kalbsschulter«, sagte Winifred. Der Finsterling nickte, brachte schwungvoll einen Behälter zum Vorschein, der aussah wie ein Spielzeugeimerchen, und fischte einen dunkel glänzenden, starren Klumpen tiefgefrorener Leber von den Antipodeninseln heraus, die er prüfend mit seinem großen Messer beklopfte.

»Zu hart. Aber grad is' 'ne Lieferung vom Schlachthof gekommen, Mrs. Potter. Und Sie mögen doch lieber frische Innereien, nich'? Augenblickchen, ja, ich seh' mal nach.«

Marcus ekelte sich vor der dampfenden, zum Bersten prallen frischen Leber, die der Finsterling mit der Linken zurechtwalkte und mit der Rechten in hauchdünne Scheiben schnitt. Anschließend beinte er mit der Spitze eines langen, fast rasierklingenscharf geschliffenen Messers das Kalbsblatt aus. Er ging rasch und geschickt zu Werke und löste das weiche Fleisch so glatt und sicher vom Knorpel, daß die bläulichvioletten, perlweißen und rosigen Lagen immer durchsichtiger übereinander fielen. Marcus starrte wie gebannt auf das Schauspiel, während er im Geist seine geometrischen Bilder sortierte und staffelte. Er wandte den Blick gewaltsam bald nach links, bald nach rechts, doch von überall schwappte ihm Fleisch entgegen. Den ganzen Tag, dachte er, gehen Leute hier ein und aus, und es macht ihnen nicht das geringste, *jawohl*.

»So, Marcus, das gibt einen feinen Braten.« Winifred, die in Gedanken schon beim Kochen war, hatte ihm mit dieser Aussicht auf eine schmackhafte Mahlzeit eine Freude machen wollen. Aber dann sah sie sein Gesicht. »Marcus!«

»Mummy«, stammelte er. »Ach, Mummy ...« Eine Anrede, die er eigentlich längst nicht mehr benutzte und die sie, um ehrlich zu sein, nie gemocht hatte. Nicht nur, daß das Wort sie unangenehm an Mumien in staubzerfallenen Leichentüchern erinnerte, es klang obendrein auch so einfältig infantil. Dennoch hatte sie ihren Kindern weder verboten, es zu benutzen, noch je darum gebeten, sie beim Vornamen zu nennen. Das war nicht ihre Art. Alle drei hatten das Wort von ihren Spielkameraden oder von anderen Müttern gelernt, es zögernd ausprobiert und wieder verlernt. War eine direkte Anrede unumgänglich, dann behalfen sie sich mit dem förmlichen »Mutter«, meist aber verzichteten sie ganz darauf.

Sie nahm ihn bei der Hand und führte ihn hinaus auf den Gehsteig.

»Marcus, sag mir, was los ist. Du *hast* doch was, Marcus ...«

Ihre Worte wurden von einer Hupe übertönt, die beiden gebieterisch, schrill und unnatürlich langgezogen in den Ohren gellte. Sie schraken zusammen. Hart am Bordstein parkte, ohne daß er ihnen aufgefallen wäre oder sie ihn hätten vorfahren sehen, der glänzende schwarze Sportwagen von Lucas Simmonds, ein kleiner Triumph, den er, wie sich im Innenhof der Schule beobachten ließ, mit Hingabe pflegte. Er kurbelte das

Fenster herunter und strahlte die beiden mit rosiger Unschuldsmiene an.

»Mrs. Potter! Marcus! So ein Zufall, sind Sie womöglich auch auf dem Heimweg? Dann darf ich Sie vielleicht mitnehmen – falls es Marcus nichts ausmacht, daß es auf der Rückbank von so einem Zweisitzer ein bißchen eng ist?«

Marcus trat hastig zwei Schritte beiseite. Winifred fand, er sah verheerend aus, richtiggehend krank, und da sie einen seiner Ohnmachtsanfälle befürchtete, nahm sie Lucas Simmonds' Angebot dankbar an. Er komme wie gerufen, sagte sie, worauf er solch prompte Kavaliersdienste zu seiner Spezialität erklärte und jedwedes Befremden über diese Entgegnung mit einem schüchternen Kichern zerstreute. Lucas Simmonds' Wagen fegte so dröhnend und rasant um die Kurven, daß Winifred sich an ihrem Sitz festklammern mußte und von Marcus, der zusammengekauert hinter ihr hockte, weder friedliche noch feindselige Schwingungen auffangen konnte. Lucas' entwaffnend banale Betrachtungen über den Blesforder Verkehr gingen größtenteils im Motorenlärm unter. Zu Hause angekommen, sagte Marcus, ihm sei vom Autofahren übel, und ging zu Bett.

10. *Im Turm*

Frederica bekam einen Brief.

> Liebe Frederica,
>
> bei der Besetzung von *Astraea* sind wir in einigen Fällen nach wie vor unschlüssig, und das Komitee würde gerne noch einmal eine Probe von Ihnen hören. Wären Sie wohl so freundlich, am Mittwoch in meiner Wohnung im Internat vorbeizukommen? Wenn möglich gleich nach der Schule.
>
> Mit besten Grüßen
> Alexander Wedderburn.

Frederica entwarf mehrere dankbare, überschwengliche, klug formulierte Antworten. Und entschied sich endlich für die folgende:

Lieber Alexander,
es wird mir eine große Freude sein.
Frederica.

Hinterher schwankte sie zwischen Hoffnung und Zweifel bezüglich seiner Fähigkeit, die feine Nuancierung ihrer Wortwahl zu bemerken.

Alexander wohnte im roten Westturm der Schule, zu dem man unter einem gotischen Bogen hindurch und in dem man über eine steinerne Wendeltreppe nach oben gelangte. Nach dem Vorbild von Oxbridge gab es außer der eichenen Eingangstür vor Alexanders Zimmer noch eine mit grünem Boi bespannte Innentür. Die spätgotisch anmutendenden Fenster gingen teils nach Süden, mit Blick auf die Grünanlagen und Blumenrabatten bis zum ummauerten Garten und dem Brühl, teils nach Westen gen Burgwall nebst bescheidenem Umland (wozu auch die Kläranlage gehörte). Über dem Eingang befand sich eine Gittervorrichtung mit eingebautem Schieber, der wahlweise den Hinweis verdeckte, daß Alexander M. M. Wedderburn, M. A., B. Lit., ANWESEND respektive ABWESEND war. Die Treppe war aus rotem Stein und roch nach Jeyes-Flüssigreiniger.

Als Alexander am fraglichen Mittwoch trübsinnig aus seinem Südfenster blickte, sah er Frederica im Anmarsch. Er hatte sie in der Schuluniform erwartet, doch sie war aufgetakelt wie eine Ballerina in Zivil: Über schwarzgrauen, hochgeschlossenen Gewändern trug sie das Haar zu einem straffen Knoten geschlungen, hielt die spitze Nase schnuppernd emporgereckt und bohrte ihre Pfennigabsätze ungerührt in den Rasen, dessen Betreten ausdrücklich verboten war. Sie kam zu früh, zumindest insofern, als sie vor Crowe und Lodge erschien, und Alexander, dem bei der Beratung im Anschluß an ihr erstes Vorsprechen klargeworden war, daß er entschieden eine gewisse Abneigung gegen Frederica Potter hegte, fühlte sich prompt von ihr belästigt. Schuld daran war nicht nur, daß sie einen in Verlegenheit brachte, ja nicht einmal sein Verdacht, sie sei womöglich in ihn verschossen: Solche Dinge gehörten nun einmal zum Schulalltag, und man begegnete ihnen am wirksamsten, indem man nachsichtig den Ahnungslosen mimte. Doch Crowes Entzücken über ihren Vortrag, die Unbeirrbarkeit, mit der er ihr schauspielerisches Talent rühmte, gepaart mit der Aggressivität ihres letzten Auftritts, hatten in Alexander die ebenso unbegründete wie felsenfeste Gewißheit reifen lassen, Frederica sei bestenfalls eine Nervensäge und im schlimmsten Falle gefährlich. Genausogut hätte man versuchen können, die Annäherungsversuche einer Boa constrictor zu ignorieren. Und falls diese Diagnose bislang zu pessimistisch war, dünkte es ihn nur eine Frage der Zeit, wann sie sich bewahrheiten würde.

Er hörte das flinke Trappeln ihrer Füße. Ihr Klopfen dröhnte durchs Treppenhaus. Mit einem heimlichen Fluch auf Crowe öffnete er die Innentür.

»Hier steht, Sie sind *abwesend*«, sagte sie vorwurfsvoll.

»Ich vergesse immer umzustellen.«

Er wollte ihr den Mantel abnehmen, aber sie inspizierte bereits sein Zimmer, ließ den Blick über die Bücherregale schweifen, schritt den Raum der Länge und Breite nach ab und orientierte sich an der Aussicht vor den beiden Fensterfronten. Soweit es sich mit seinen Pflichten in Einklang bringen ließ, versuchte er, sein Privatquartier gegen Besucher abzuschotten. Sie jedenfalls war noch nie hier gewesen. Alexander gewann wieder Boden.

»Setzen Sie sich. Geben Sie mir Ihren Mantel.«

Frederica gehorchte. Sie steckte in einem voluminösen, grauschwarzen Wollrock, zu dem sie einen schwarzen Pullover mit Fledermausärmeln trug und um den Hals, an einem Lederriemen, ein bizarres Schmuckstück, eines jener knubbeligen Gebilde aus rostfreiem Stahl, die er überhaupt nicht leiden mochte. Sie schlug die Beine übereinander wie eine Hollywood-Sekretärin und maß ihn mit Inquisitorenblick. Alexander verschanzte sich hinter seinem Schreibtisch.

»Die anderen sind noch nicht da. Wir sind ein bißchen früh dran.«

»*Ich* bin zu früh. *Sie* wohnen hier.«

»Stimmt.«

»Würden Sie mir bitte sagen, worum es geht, Alexander?«

Er überhörte das klägliche Zittern in ihrer Stimme. »Ja, vielleicht ist es das beste, ich erkläre Ihnen die Situation vorab. Wir haben da ein Problem, und zwar gibt es Schwierigkeiten bei der Besetzung der – der Titelrolle. Lodge ist dafür – und Matthew ebenso –, die Königin mit Marina Yeo zu besetzen. Die beiden haben ihr sogar«, ergänzte er, darauf bedacht, den Anflug von Bitterkeit aus seinem Tonfall herauszuhalten, »also sie haben ihr sogar schon ein Angebot gemacht – sie und Matthew sind alte Freunde –, und angeblich zeigt sie großes Interesse.«

Frederica sah ihn unverwandt an, ohne etwas zu sagen.

»Sie ist zu alt«, fuhr Alexander fort. »Zu alt für das – für mein Stück in seiner jetzigen Form, das ist das Dumme.«

»Ich hab' sie in Newcastle in *Hedda Gabler* gesehen. Und einmal als Kleopatra. Bei Kleopatra läßt sich das Alter überspielen. Ach, und diesen gräßlichen Film, *Der Todesmond*, in dem sie die Elizabeth spielt, den hab' ich auch gesehen. Da war sie ganz gut.«

»Das ist aber etliche Jahre her. Im übrigen ist sie eine große Schauspielerin, keine Frage. Crowe hatte auch einen glänzenden Vorschlag für die Inszenierung – er möchte die Rolle aufteilen, also die Elizabeth im ersten Akt – vor der Thronbesteigung – von einem jungen Mädchen spielen lassen, das man anschließend gegen Marina austauschen würde, mit der die Figur dann mit Anstand altern kann. Fairerweise sage ich lieber gleich, daß ich persönlich nicht für diese Lösung bin. So wie ich die Rolle angelegt habe, ist sie nicht teilbar.«

»Also ich an Ihrer Stelle«, warf Frederica ein, »ich würde auf die Barrikaden gehen, wenn wer käme und wollte die Rolle auf zwei Schauspieler verteilen. Das paßt doch gar nicht zu so was *Stilvollem* ...«

»Es ist kein Mysterienspiel«, entfuhr es Alexander unbedacht.

»Nein, nein.«

»Na, jedenfalls war Crowe ganz fasziniert von Ihrer Ähnlichkeit mit – mit dem Original und meinte, er könne Sie sich durchaus als Besetzung für die ersten Szenen vorstellen.«

»Damit wäre ich so nicht einverstanden«, sagte sie. »Selbst wenn die anderen mich wollten, würde ich nicht mitmachen, solange *Sie* nicht ... Ich meine, mir geht es um *Ihre* Meinung, und es ist schließlich Ihr Stück. Sie haben es geschrieben.«

»Trotzdem ist es nicht mein Eigentum, jetzt nicht mehr«,

bekannte er gewissenhaft. »Für die Inszenierung zeichnet Lodge verantwortlich, und ihm haben Sie gefallen.«

Was Lodge Frederica bescheinigt hatte, war »ein eigentümlich spröder Sex-Appeal«, eine Formulierung, die sich Alexander schon deshalb eingeprägt hatte, weil ihm Frederica bislang alles andere als sexy erschienen war. Sex-Appeal und Tölpelhaftigkeit (und in seiner Gegenwart wurde Frederica regelmäßig zum Tölpel) waren in seinen Augen gänzlich unvereinbar.

»Crowe hat mir Hoffnung auf eine Zweitbesetzung gemacht«, sagte sie. »Und ich *habe* darauf gehofft. Trotzdem finde ich es nicht richtig, daß Sie sich *irgendeine* Änderung an Ihrem Stück aufzwingen lassen, mit der Sie nicht einverstanden sind. Es ist und bleibt *Ihr* Werk.«

»Ich möchte Ihnen nicht die Hoffnung nehmen ...«

»Ich wollte einfach dabeisein. So eine Chance kommt nie wieder.« Frederica dachte an die Traumbilder, die sie abwechselnd gehegt und wieder verworfen hatte, dachte an Fanfaren und Krinolinen, an funkelnde Glanznummern englischer Sprachkunst, an Ritter und Jungfrauen und brillante Wortgefechte und wer weiß was sonst noch, und an Alexander. Alexander ... natürlich Alexander. »Es wäre verfrüht zu sagen, daß ich dabei nicht mitmache, daß ich für so eine zweigeteilte Rolle nicht zu haben bin, denn wahrscheinlich gefalle ich dem Regisseur ohnehin nicht. Aber selbst wenn – ich würde mich *nicht* darauf einlassen«, beteuerte sie. »Ganz ehrlich nicht.«

Frederica mochte kaum glauben, was sie da sagte. Und doch war es ihr ernst damit. Sie konnte sich gut in ihn hineinversetzen. An seiner Stelle würde sie genauso denken. Für ihn ging es um sein Werk. Trotzdem, das Wichtigste war doch, daß man ihr, Frederica Potter, eine Rolle – nein *die* Rolle – zugedacht hatte. Und warum sagte sie dann das alles? Nicht unbedingt, damit er so antwortete wie jetzt: »Nein, nein, Sie müssen Ihr Bestes geben, die Entscheidung liegt bei Lodge ...« Sondern eigentlich mehr, um seine Interessen zu erforschen, sich damit vertraut zu machen; und um sich über die eigenen klarzuwerden und diese noch intensiver zu verfolgen, was er nicht tat, weshalb man ihn dazu bringen mußte.

Sie sah sich in seinem Zimmer um. Immer schon hatte sie

vorgehabt, irgendwann hier einzudringen. Der Raum, der nur bedingt dem entsprach, was sie sich vorgestellt hatte, war kühl und schlicht und so modern, wie es der neogotische Rahmen erlaubte. Ganz im Stil jener Post-Festival-Jahre waren die Wände in verschiedenfarbigen Pastelltönen gestrichen: zartes Taubenblau, wäßriges Grasgrün, gedämpftes Lachsrosa, blasses Rotgold, und die Polstersessel aus hellem Buchenholz waren mit olivgrünem Kordsamt bezogen. Auf einer Fensterbank standen weiße Hyazinthen und farbige Krokusse in Wedgwood-Schalen aus schwarzem Basalt.

Hinter Alexander, an der blauen Wand, hing, in einem ganz schmalen hellen Eichenholzrahmen, ein großformatiger Druck von Picassos *Saltimbanques* und gegenüber, an der rosafarbenen Wand, sein *Knabe mit Pfeife*, den Frederica allerdings nicht erkannte. An der grünen Wand, über dem Kamin, sah sie eine auffallend große Hochglanzfotografie in Schwarzweiß, die Rükkenansicht eines auf der Seite liegenden weiblichen Aktes aus Marmor, den sie ebenfalls nicht erkannte. Darunter, auf dem Sims, waren Steine von unterschiedlicher Größe zu einem Kegel oder einer Pyramide aufgeschichtet. Bis auf ein, zwei geschliffene Achat- und Alabastereier waren es ganz gewöhnliche Steine. Diejenigen, die sich nicht in das Turmgebilde fügen wollten, waren in spitz zulaufender Reihe neben denen angeordnet, die es taten.

An der goldenen Wand hing, schon leicht verblaßt, ein aufgezogenes Poster, das Theaterplakat zu den *Gauklern* von Alexander Wedderburn. Figuren der Commedia dell' Arte, die teils ernsthaft posierten, teils tolldreiste Kapriolen schlugen, hatten die aus knospenden Zweigen oder Ästen geformten Titellettern zu tragen. Braun und grün die Schriftzeichen, schwarzweiß gewürfelt die Kostüme der Figuren.

Zweimal las Frederica die Daten auf dem Plakat, das von vergessenen Höhepunkten im Arts Theatre von anno 1950 kündete, dann wandte sie sich den Buchtiteln auf den Borden zu, die ihr am nächsten standen. Druckerzeugnisse, Beschriftungen aller Art faszinierten sie so sehr, daß sie das Lesen an sich als sinnliches Vergnügen empfand, egal ob es sich um die Gebrauchsanweisung für einen WC-Reiniger handelte, um feuerpolizeiliche Vorschriften, Einkaufszettel oder, wie eben jetzt, um die Titel von Büchern. *Notes Towards a Definition of Culture. A la recherche du temps perdu. Théâtre complet de Racine.*

An der Tür hingen ein ausgebeulter Talar und ein Tweedjakkett.

Was fehlte diesem Zimmer, welche ihrer Erwartungen ließ es unerfüllt? Sie hatte es sich theatralischer vorgestellt, prächtiger, dunkler und war nun, wenn auch angenehm, überrascht von diesem luftigen Dekor.

»Ihre Steine gefallen mir.«

Er stand auf, nahm ein, zwei Stücke seiner Sammlung in die Hand und drehte sie nervös zwischen den Fingern – kaltes Gestein, das raunend und klackend aneinanderstieß.

»Die habe ich von der Chesil Bank. Da stamme ich her, Dorset ist meine Heimat.«

Wieder ein Fitzelchen Information, und Frederica speicherte es begierig, auch wenn ihr nichts dazu einfiel, weder ein Kommentar über Steine noch eine Bemerkung zu Dorset. Für ein Mädchen war sie in der Kunst der belanglosen Konversation ungewöhnlich schlecht bewandert, weshalb sie fast erleichtert reagierte, als Crowe und Lodge hereinplatzten und dem allmählich peinlich in die Länge geratenen Schweigen ein Ende machten.

Die Herren hielten sich bedeckt und taten sehr geheimnisvoll, was Alexander und Frederica so in Verlegenheit brachte, daß keiner von beiden zugeben mochte, daß man sich bereits über die neuesten Pläne verständigt hatte. Crowe ließ sich unter bedeutungsvollem Zwinkern über eine eventuelle Zweitbesetzung aus, und Lodge bekannte, Fredericas voriger Auftritt habe so großen Eindruck gemacht, daß man sie für eine Sprechrolle in Betracht ziehe. Ob sie ihnen, gewissermaßen zur Einstimmung, vielleicht Perditas Monolog zu Gehör bringen könne?

Frederica erwiderte, sie würde lieber etwas anderes rezitieren. Ihr sei nämlich klargeworden, fügte sie in bitterem Ton hinzu, daß ihr die naiven Mädchenrollen nicht lägen. Könne sie statt dessen die Goneril vortragen? Lodge quittierte ihren Einwurf mit schallendem Gelächter und meinte, gesucht würden nun einmal leider jugendliche Naive und keine Gonerils, und sofern es ihr nichts ausmache, würde man gern herausfinden, wieweit sie sich dem gefragten Rollentypus anzunähern imstande sei. Etwas an diesem gedrechselten Pseudokotau ließ Frederica spüren, daß man sich um sie bemühte, daß sie gefiel und umworben wurde. Immerhin waren die Herren bereit, sich auf ein Wortgefecht mit ihr einzulassen. Also sagte sie lächelnd, nun gut, inzwischen wüßten sie ja, daß sie keine Nymphe vor sich hätten, und kämpfte sich ergeben durch: O Proserpina! Hätt ich die Blumen jetzt, die du erschreckt verlorst von Plutos Wagen! Keine geniale Interpretation, dachte Alexander, aber doch eine, die sich von der öden Standardroutine abhob: Pausen und Akzente waren brauchbar gesetzt, und die Verse entfalteten zumindest ungehindert ihre Melodie, ja fast hörte man sie singen, auch wenn Frederica es nicht tat.

»Und wenn Sie jetzt noch eine kleine Probe aus Alexanders Stück memorieren könnten«, sagte Lodge. »Haben Sie eine geeignete Stelle parat, Alexander?«

Alexander schlug den Monolog im Tower vor. Als er ihr das Textbuch reichte, versuchte Frederica, in seinem Gesicht zu lesen: gefaßte Resignation. Der Monolog der jungen Elizabeth, die auf Geheiß ihrer Stiefschwester Maria im Tower gefangengehalten wird, spiegelte einen jener poetisch überhöhten historischen Augenblicke, wie Frederica sie im Geiste schon oft genug durchlebt hatte, war sie doch mit Margaret Irwin und dem romantischen Gefühlsüberschwang ihrer *Young Bess* aufgewachsen. Eine Erfahrung, die Alexander vermutlich nicht gemacht hatte, auch wenn es seiner Szene keineswegs an Gefühlsromantik mangelte.

Alexander beobachtete sie gespannt. Mitanzusehen, wie jemand anderes zügig und entschlossen einen Text durchgeht, den man selber verfaßt hat, ist immer einigermaßen zermürbend. Um seiner Nervosität Herr zu werden, wartete er fast unwillkürlich mit nützlichen, besänftigenden, aber auch verwirrenden Informationen auf. Doch sie verschanzte sich hinter einer finster abweisenden Miene und konzentrierte sich ganz auf ihre Lektüre. Alexander gestand es sich nicht ein, aber er fürchtete ihr Urteil.

»Ich gehe davon aus, daß es ihr ernst war mit diesem: Ich

werde niemals heiraten. Das Stück jedenfalls macht sich die Meinung der Historiker zu eigen, die überzeugt sind, daß sie tatsächlich ledig bleiben wollte ...«

»Ja, verstehe ...«

»Und diese ›sie‹, auf die Elizabeth immer wieder zurückkommt, das ist Anne Boleyn. Obwohl natürlich nicht verbürgt ist, ob sie je von Anne Boleyn gesprochen hat.«

»Das weiß ich.«

»Ach so. Dann darf ich vielleicht noch darauf hinweisen, daß der Monolog mit einem hysterischen Wortschwall einsetzen sollte, unterbrochen von Lachen und Weinen – ganz so, wie es von Anne Boleyns Tiraden aus dem Tower überliefert ist –, daß sich der Ton dann aber langsam mäßigt und ...«

»Ja doch!« Fast ungeduldig. »Das sind sehr lange Sätze. Wenn man sie frei sprechen soll.«

»Es ist kein leichter Text«, bestätigte Alexander. Da griff Matthew Crowe ein: »Nun lassen Sie das arme Kind sich doch erst einmal sammeln, ich bitte Sie!« Alexander trat ans Fenster und sah hinaus.

Die Verse schillerten nur so vor spannungsgeladenen Adjektiven und ambitionierten Metaphern. Die Prinzessin beschrieb das kalte, feuchte Gemäuer des Towers, die schwarzen Fluten der Themse, den kleinen Gartenflecken mit den wenigen übriggebliebenen Blumen. Dann wand sie aus roten und weißen Rosen ein ellenlanges mäanderndes Satzgeflecht, in dem auch von der Tudorrose die Rede war, von Blut und Fleisch und Marmor, einer verschlossenen Quelle und einem versiegelten Brunnen, ehe sie sich zu guter letzt als *ego flos campi* vorstellte, die nicht einmal der grausame Schlächter brechen darf. Folgte ein thematischer Abstecher in wunderlich versponnenem blumigen Stil über die Märchenprinzessin, der ihr güldener Ball in den Brunnen und ein glitschiger Frosch lästig fiel. Wiederum Marmor und vergoldete Fürstendenkmäler. Bis endlich die kunstreichen Satzgebilde kategorisch strengen Behauptungen wichen; Elizabeth würde nicht bluten. Würde sich weder dem Henker beugen noch einem Gemahl. Von Stein wollte sie sein, denn Steine bluten nicht; und Prinzessin würde sie bleiben, *semper eadem* und ledig, sicher im Bollwerk ihrer Tugend.

Frederica stand in einer Fensterlaibung, sah in den Garten hinunter und las. Sie hatte recht gehabt: Die besonderen Tücken des Textes waren grammatikalischer Natur, und Grammatik war ihre Stärke. Alexander hatte ihr wohlweislich verschwiegen, daß er schon einige potentielle Elizabeths hatte vorsprechen lassen, denen allesamt seine Sprache zum Verhängnis geworden war. Frederica verblüffte ihn wider Erwarten mit ausgeprägten Negativtugenden. So verhunzte sie seine Sätze nicht, weil sie glücklicherweise zu dem Schluß gelangt war, daß man eine so blumige, ja überbordende Sprache am besten ruhig und schlicht deklamierte, damit sie sich nach ihren eigenen Gesetzen entfalten konnte – ein Ansatz, der Alexander über die Maßen beeindruckte. Exaltierte Schauspielerinnen, die sich auf Kosten seiner Texte »zur Geltung bringen« wollten, waren ihm ein Graus, und er hatte geargwöhnt, daß Frederica zur schlimmsten Sorte gehören würde. Was nicht zutraf. Ja, womöglich war sie im Gegenteil nicht exaltiert genug, um Lodge imponieren zu können. Unversehens ertappte er sich bei dem Wunsch, Lodge möge sie nicht zu fad und nüchtern finden.

Lodge ließ sich nicht in die Karten schauen. Immerhin forderte er sie zu einem zweiten Durchgang auf, mit der Bitte, sich diesmal rückhaltlos einzubringen, und entlockte ihr eine spröde Heftigkeit, die ihm zu gefallen schien. Meinen Sie, Sie könnten lernen, sich natürlicher zu bewegen? fragte er, und Frederica antwortete: aber sicher. Crowe warf ein, er habe den Eindruck, ihr kleiner Plan entwickle sich sehr vielversprechend, und Frederica verkniff sich die Frage nach dem Gegenstand dieses kleinen Plans. Doch als Crowe ihr dann anbot, sie nach Hause zu fahren, war ihr klar, daß sein Faible für Andeutungen, Indiskretionen und Intrigen ihn dazu verleiten würde, ihr von dem »kleinen Plan« zu erzählen und zweifellos auch von Alexanders Einwänden dagegen. Von den drei Männern war Crowe derjenige, der sie am ehesten mochte und auf ihrer Seite stand. Nur besaß er zugleich auch die geringste Anziehungskraft: Alles, was Crowe zu bieten hatte, waren Reichtum und Macht, Lodge hingegen – und mehr noch Alexander – waren Künstler, was einem selbstredend viel mehr imponierte. Frederica war in der Tat naiv genug, sich einzubilden, ihre vermeintlichen ästhetischen Grundsätze seien in diesem Falle deckungsgleich mit dem, was sie, schon nebulöser und obendrein unzutreffend, als ihre politischen Interessen bezeichnete: Der Mann, dem es zu imponieren galt, war Alexander. Er war der Autor des Stücks, mithin brauchte sie seine Zustimmung zu ihrer Interpretation und zum Plan der beiden anderen. Weiter ging sie fälschlicherweise davon aus, daß Crowe und Lodge sich bereits für eine Besetzung der Titelrolle mit dem Duo Frederica und Marina Yeo entschieden und diese Lesung nur anberaumt hatten, um Alexander zu bekehren. Weshalb sie Crowe erklärte, sie brauche keine Mitfahrgelegenheit, da sie praktisch schon daheim sei und bloß noch den Feldweg entlang und über den Brühl gehen müsse. Und indem sie, als man sich verabschiedete, unverfroren die eigens für sie aufgehaltene Tür ignorierte, gelang es ihr, mit Alexander allein zu bleiben.

Großmütig gestand Alexander seine Bewunderung für ihren Vortrag. Sie versicherte im Gegenzug, die Lesung sei, trotz der Anstrengung, ein Vergnügen gewesen, weil der Text so spannend sei und wegen der Metaphorik. Alexander sagte, just dieser Monolog bilde, metaphorisch gesehen, den Höhepunkt des ganzen Stücks. Ihr hätten, sagte sie, besonders die Farben gefallen. Das Rot und Weiß. Er bekannte, daß er sich gerade die Szene immer in Rot-Weiß-Grau vorgestellt hätte, und Frederica wollte wissen, ob denn bei einer Freilichtaufführung nicht mit Grün zu rechnen sei. Nein, sagte er, nicht wenn man lange genug warte; im Dunkeln, mit künstlichem Licht, könnten Baum und Strauch als Steine durchgehen, jedenfalls hoffe er das. Wie wäre es übrigens mit einem Glas Sherry zur Stärkung nach ihrer Tortur? Er verdanke, verriet er ihr, die Rot-Weiß-Symbolik dem kleinen Gedicht über die jungfräuliche Elizabeth, das er ja auch in seinem Stück zitiere.

Unter einem Baum, da saß eine Jungfrau,
Die trug im Antlitz der rotweißen Rose Geviert.

Durch »Geviert« sei er, abgesehen von der Assoziation zum Wappen, auch auf vierteilen gekommen, auf Folter und Henken, woraus sich dann die Metaphorik von Rot und Weiß, Blut und Stein, entwickelt habe. Ob sie nicht auf dem Sofa Platz nehmen wolle? Interessiere sie sich für die Ikonographie des Elizabeth-

Kultes? Ein durchaus reizvolles Thema. Elizabeth habe viele der traditionell der Himmelskönigin zugeordneten Attribute für sich entlehnt: *Rosa mundi*, den Elfenbeinturm. *Ego flos campi*, ergänzte Frederica, und die ganze Litanei mit dem versiegelten Brunnen. »Nun ist die Gelehrsamkeit uns kein versiegelter Brunnen mehr«, so laute das Motto auf ihren Schulblazern. Wisse er vielleicht auch, wo das herstamme?

Alexander brach unwillkürlich in schallendes Gelächter aus. *Das*, klärte er sie auf, sei ein Zitat aus Tennysons *The Princess*, dem Gedicht über jene glühende Feministin, die auszieht, eine reine Frauenuniversität zu gründen. Der Dichter mokiere sich schlichtweg über die hehren Ambitionen seiner jungfräulichen Prinzessin Ida, über ihr Blaustrumpfgefolge und das ganze Theater um die weibliche Bildung. Früher, sehr viel früher, komme der versiegelte Brunnen natürlich schon im Hohenlied Salomos vor, als ein Bild mit eindeutig erotischer Konnotation. Meine Schwester, liebe Braut, du bist ein verschlossener Garten, eine verschlossene Quelle, ein versiegelter Brunnen. Wenn das so ist, sagte Frederica, die mittlerweile bei ihrem zweiten Sherry und entsprechend schlagfertig war, wenn das so ist, dann geriere Tennyson sich entweder emanzipiert oder obszön, indem er gleiche Bildungschancen für alle befürworte und diese Forderung eigenmächtig vom Verdacht der Erbsünde freispreche. Alexander wandte ein, er fürchte eher, der Poeta laureatus treibe hier seinen Spott mit den jungfräulichen Idealistinnen, die Zugang zu den Quellen der Gelehrsamkeit beanspruchten und deren liebliche Gesänge er benutze, um das erklärte Manifest der Frauen als Heuchelei zu entlarven, weil ihre Lieder nämlich entweder hocherotisch oder gar ein Hymnus aufs Kinderkriegen seien. Schon netzt der Schlaf die Blütenblätter, die roten erst und dann die weißen. Eins der anzüglichsten Gedichte englischer Sprache. Frederica sagte, sie sei froh, daß die Blazer des Blesforder Mädchengymnasiums nicht nur scheußlich seien, sondern heimlich auch eine obszöne Botschaft transportierten, das mache einem die häßliche Tracht gleich erträglicher, und sie sei ihm dankbar dafür, daß er ihr die Augen geöffnet habe. Allmählich dämmerte beiden, daß sie Seite an Seite auf ein und demselben Sofa saßen und sich über Sex unterhielten.

Sie rückten auseinander, aber nicht sehr weit. Alexander war so töricht nachzuschenken. Er hatte vergessen – erstaunlich, wie leicht man so was vergessen konnte –, wie er an Elizabeths Metaphern gefeilt und die Ikonographie ihres Kults in ihren Text hineingeflochten hatte: den Phönix, die Rose, Hermelin und Goldenes Zeitalter, die Erntekönigin, Virgo Astraea, Füllhorn und Schirmherrin über Recht und Gerechtigkeit. Hier, in diesem Zimmer, hatte er gesessen, ganz allein, und all das ausgetüftelt. Doch seit die Arbeit abgeschlossen war, hatte sich niemand mehr für diese seine geistige Leistung interessiert. Crowe und Lodge sprachen über dramatische Zuspitzung, zeitgenössische Relevanz, über Kürzungen zum Zwecke der Spannungssteigerung, über szenisches Tempo und Figurenkonstellationen. Doch die Bildsymbole, die er so liebevoll, mit einer so unnachahmlichen Mischung aus künstlerischer Willkür und unwillkürlicher Vision geschaffen hatte, die erwähnte keiner. Bis dieses Mädchen kam und das eine oder andere Motiv aufgriff und erkannte wie eine überdurchschnittlich begabte Abiturientin, die sie ja auch war – so wie er Lehrer. Was dazu führte, daß er ihr zu erläutern begann, wieso Elizabeths Wahlspruch, *semper eadem*, in seinem Stück einerseits mit der Homogenität des Steins assoziiert werde und andererseits mit der Äternität des Goldenen Zeitalters. Wohingegen er das umgekehrte Motto der Maria Stuart, *eadem mutata resurgam* (ich werde als dieselbe unverändert auferstehen), christlich deute, als eine Maxime, die ihn längst nicht so unerschütterlich dünkte wie Elizabeths heidnisches Vertrauen auf die eigene immerwährende Identität. Sie finde es jammerschade, sagte Frederica und meinte es aufrichtig, daß ausgerechnet ein Stück, in dem die sieghafte Kraft der Identität eine so große Rolle spiele, nun Gefahr laufe, mit einer gewaltsam auf zwei Aktricen verteilten Hauptfigur auf die Bühne zu kommen. Alexander ließ sich zu dem Bekenntnis hinreißen, daß ihn diese Aussicht längst nicht mehr so bekümmere, seit er eine Chance sehe, daß seine Sprache durch diese Manipulation nicht verballhornt würde. Frederica schöpfte neue Hoffnung. Es sei eine herrliche, eine stimulierende Sprache, rühmte sie, und die Leute würden schon noch dahinterkommen …

Lieblich berauschende Sprache, Zuckerrohr, Nektar von Rosen, wohin willst du entfliehn?

In den Fünfzigern verfaßte man anspruchsvolle Essays über »Die Blut- und Steinmetaphorik in Wedderburns *Astraea*«.

In den frühen Sechzigern kursierten Listen mit diesen Metaphern, die in Repetitorien für schwache Abitursanwärter abgedruckt waren.

In den Siebzigern verwarf man das ganze Konzept als hoffnungslos verkrustetes Fossil eines modernistisch dekadenten Individualismus, strotzend von kulturschädigenden, nostalgisch motivierten Banalitäten, überladen und schwülstig. Die Renaissance des Versdramas: eine Sackgasse, wie man von Anfang an hätte merken sollen.

An jenem Mittwoch, nachdem sie sich Alexanders Anerkennung – zumindest bedingt – verdient und ertrotzt hatte, beschloß Frederica, das Thema zu wechseln. Eine Überleitung war rasch gefunden: Sie deutete einfach auf die Fotografie des liegenden Aktes und fragte ihn, wer das sei.

Das, sagte er, sei Rodins *Danaïde,* trat vor das Bild und betrachtete andächtig, was ihrem zerstreuten Blick über den Hochglanzeffekten entgangen war.

»Beachten Sie nur einmal diese Linienführung. Hier, sehen Sie.«

Und er folgte mit dem Zeigefinger der angedeuteten Kontur des horizontalen marmornen Rückgrats unter seidigglänzender Marmorhaut, das einem Halbmond gleich vom gesenkten Nakken bis zum wohlgerundeten Gesäß reichte und hell schimmernd mit dem schwarzen Hintergrund verschmolz. Frederica beobachtete den Finger und seine ambige Bewegung – rein instruktiv, pure Sinnlichkeit –, und auf einmal sah sie die Statue vor sich.

Trotz aller Aufgeregtheit darüber, endlich mit Alexander allein zu sein, hatte sie noch Sinn für die Bedeutung dieses Augenblicks: Zum erstenmal im Leben führte sie jemand in ein Werk der bildenden Kunst ein. Sie spürte, daß diese stille, sinnliche Kontemplation, die ihr völlig neu erschien, ihm ganz geläufig war. Sie dagegen hatte noch nie ein Bild oder eine Skulptur, ja nicht einmal eine Landschaft betrachtet, ohne das Gesehene sofort verbal zu akkompagnieren oder gar gleich ins Medium der Sprache zu übersetzen, das ihr in Fleisch und Blut übergegangen war. Dafür hatte Bill gesorgt, der schon ihre ersten Worte kommentiert, sie ihr nachgeplappert und in ihrer Gegenwart bewundernd vor anderen Leuten wiederholt und dabei unbewußt berichtigt hatte. Und er hatte ihr vorgelesen ohne Ende.

Für Kunstformen, die nicht mittels Sprache geschaffen waren, zeigte er indes keinerlei Interesse. Auf Farben, Licht und Klänge, die anders als mit Worten erzeugt wurden, reagierte er geradeso wie jeder x-beliebige Moralapostel seiner angestammten Konfession. Auch wenn er es vielleicht nicht direkt gesagt hätte, verriet er doch mit jeder Geste, jedem Urteil, daß er die Schönen Künste für entbehrlichen, untugendhaften Luxus hielt, allenfalls frivoles Beiwerk einer Zivilisation, deren wahre Wurzeln anderswo lagen.

Und da man ihr von klein auf eingetrichtert hatte, daß nichts so weise und wahrhaftig sei wie der *Lear*, hatte das Stück sie nie so in Erstaunen versetzt, daß sie sich gefragt hätte, warum, warum nur ein Mensch lieber ein ganzes Drama zu Papier brachte, als sich ohne Umschweife einfach selbst mit so bitteren Wahrheiten wie Alter und Siechtum, mit aufsässigen Töchtern, Narretei, Haß und Tod auseinanderzusetzen. Oder warum einer den Wunsch verspüren sollte, lieber eine *Ode an den Westwind* zu dichten als das Lager mit seiner Liebsten zu teilen oder mit dem süßen Trennungsschmerz. Sie hatte sich, in aller Naivität, die Erklärung zurechtgelegt, daß Gedicht und Drama irgendwie mehr wert sein müßten als das, was sie widerspiegelten und wovon sie erzählten. Aber als sie jetzt zusah, wie vertraulich Alexander die Wirbelsäule der *Danaïde* nachzeichnete, schien ihr das so befremdlich, daß sie sich endlich doch wunderte, wieso ein Mann auf die Idee kam, eine Frau aus Marmor zu erschaffen, und wieso ein anderer Mann – oder eine Frau – es vorzog, sich diesen Stein anzuschauen, statt ... statt etwas anderes zu tun. Später, bei sich zu Hause, würde sie sich in der Tat andere Szenen auf diesem Sofa ausmalen und seinen Finger auf ihrem Rücken spüren. Aber ihre Einsicht reichte immerhin soweit zu begreifen, daß der imaginäre Genuß für diesmal mehr als genug war. Und darum verabschiedete sie sich, bevor er Zeit fand, irgend etwas von dem, was er getan oder gesagt hatte, zu bereuen – für Frederica eine bemerkenswert rare Anwandlung von Taktgefühl.

Alexander grämte sich, kaum, daß er allein war, über seine Offenheit. Er wußte nur zu gut, was es bedeutete, Kleinodien, insbesondere die eigenen, herzuzeigen. Es war fast das gleiche wie jemanden zu beschenken. Er hatte Jennifer die *Danaïde* gezeigt und hatte mit ihr über das Mysterium der Steine gesprochen, während sie gemeinsam seine kleine Pyramide umschichteten. Anders als Frederica hatte Jennifer seine Schätze wortreich bewundert und sich fast auf Anhieb mit ihnen vertraut gemacht, indem sie einen Stein vom anderen zu unterscheiden lernte und Namen für die abgrundtiefe Verzweiflung des Weibes fand: Jennifer wußte, daß die Frau verzweifelt war. Und sie hatte seine Sammlung ergänzt: Die Blumenzwiebeln in den Wedgwood-Schalen waren ein Geschenk von ihr. Als sie sie aus dem weißen Floristenpapier wickelte, hatte sie geweint, weil sie die Hyazinthen und Krokusse von Geoffreys Geld hatte kaufen müssen; ihr gehörte in Wahrheit nichts, was sie hätte verschenken können. Alexanders Finger glitt über die marmornen Ritter und Jungfraun und hielt unter dem *Knaben mit Pfeife* inne. Dieses Bild war sein heimlicher Privatwitz.

Der Knabe, dekadent bekränzt mit verwischt hingetupften orangeroten Rosen, sitzt an eine Lehmmauer gelehnt, die mit vollerblühten pastellenen Blumenbuketts samt weißen Schleifen bemalt ist. Sein Gesicht ist streng, asketisch, korrupt, sauber, rechthaberisch. Er trägt weite Pluderhosen und eine enge blaue Jacke und sitzt mit geöffneten Knien da. Der zerdrückte Faltenwurf zwischen seinen Schenkeln verrät sexuelle Ambiguität: Mit dem bauschigen Schoß des Gewandes und dem prall gewölbten Schritt könnte er sowohl dem einen wie dem anderen Geschlecht zuneigen oder eher noch beiden zugleich. Eine Hand ruht zwischen den Beinen, in der anderen hält er ungeschickt eine schmucke Stummelpfeife, deren Kopf auf sein Herz gerichtet ist. Kein Besucher hat Alexander je auf diese doch ziemlich eindeutigen Merkmale des Knaben angesprochen, und es ist ihm auch nie so ergangen wie anderen Lehrern, denen man nahelegte, ein bestimmtes Bild – einen Akt von Gauguin oder eine Hure von Lautrec – zu entfernen. Möglicherweise assoziierte man den Knaben hier unwillkürlich mit den *Saltimbanques* und sah auch ihn als eins jener harmlosen ätherischen Wesen, die, Farbtupfern gleich, zwischen Himmel und Erde schwebten und in beiden Elementen heimisch waren.

Alexander glaubte zu wissen, was es mit dem Knaben auf sich hatte. Ja von Zeit zu Zeit wußte er sogar über sich selber Bescheid: Er war ein Mann, der überspannte junge Mädchen mit Rodins *Danaïde* konfrontierte, während er sich gleichzeitig, wie ein Manifest der Erkenntnis, diesen Knaben an die Wand hängte. Nicht etwa, daß der Knabe ein begehrenswerter Jüngling gewesen wäre, ganz und gar nicht. Was Alexander für ihn empfand, grenzte hart an gemeinen Neid.

11. Spielzimmer

Schlicht, mit Flicken und Resten, glanzvoll, mit Straß und Federn und Flittergold, so nistete das Stück sich im Pfarrhaus ein.

Letztes Jahr hatte der Blesforder Damenzirkel neue Betkissen für die Kirchenbänke von St. Bartholomew's gestickt, Lilien und Fische in creme- und ockerfarbenem Petit Point auf dezentem khakibraunen Grund, damit man den Schmutz nicht so sah.

Vor zehn Jahren hatten sie ausrangierte Kleider für die Evakuierten gesammelt, Taschenbücher für die Soldaten und Strickreste, aus denen man Wolldecken für die Ausgebombten zusammenstückelte.

In diesem Jahr nun fertigten sie Krinolinen.

In London wurde das Krönungsgewand der Königin mit Tausenden von winzigfeinen Staubperlen und Bergkristallen besetzt, die den weißen Atlas zum Funkeln brachten. Und auf dem Saum der Robe wurden in bunter Seidenstickerei die Wahrzeichen von Empire und Commonwealth, allen voran Rose und Distel, Ahorn und Eichel, festgehalten.

Felicity Wells, die die künstlerischen Bemühungen in Blesford koordinierte, sah sich im Zentrum eines endlosen, rotierenden Geflechts neu geknüpfter, frisch geschürzter Kulturfäden. Im Flur des Pfarrhauses und am Kirchenportal standen Körbe für jedes Fitzelchen ausgefallener oder prächtiger Materialien bereit, das nur irgend entbehrlich war. Handarbeitsklassen bestickten Sir Walter Raleighs schwarzsamtenes Cape mit einem Strahlenkranz aus kleinen Plastikperlen, verschönten Unterkleider, Leibchen und Schleppen mit silbernen Monden, güldenen Vögeln, Rosen rot und weiß oder nähten gelbe Rosetten und rosa Schleifen auf reich verzierte Strumpfbänder.

Wir sind ausgehungert nach Farben, sagte Miss Wells und leerte eine Einkaufstasche voll neuer Seidengarnspulen auf ihren Teppich, wo sie klappernd, in allen erdenklichen Farbschattierungen und -abstufungen schillernd und schimmernd, durcheinanderpurzelten. Himmlisch, wie für eine Aussteuer, rief sie Stephanie zu und gestand, daß sie sich immer schon eine ganze Schublade voll davon gewünscht, aber nie einen plausiblen Grund für die Anschaffung gefunden hatte.

Abgeschreckt durch den Wirbel, den Frederica veranstaltete, hatte Stephanie eigentlich nichts mit dem Stück zu tun haben wollen. Das Bewußtsein, daß Alexander der Verfasser war, tat ein übriges und weckte in ihr eine träge oder widerstrebende Scheu, ihre Mitwirkung anzubieten. Wenn sie dennoch abends im Pfarrhaus saß und goldene Tressen flocht oder mit Bestellungen für Fischbein und Halskrausenstoff übers Moor radelte, dann nur, weil sie Felicity nichts abschlagen mochte.

Mit der Zeit gewöhnte man sich daran, daß Daniel, wann immer er es einrichten konnte, mit von der Partie war. Die Damen nähten, und der immer rührige Daniel kochte Tee und wusch die Tassen ab. Es stand schlecht um Daniel. Gut, was Stephanie und Malcolm Haydock betraf, so hatte er recht behalten, Stephanie hatte den Jungen ein-, zweimal probeweise gehütet und dann einen festen Termin, abwechselnd samstags und sonntags, vereinbart. Mrs. Haydock hatte in Daniels Zimmer geweint vor Erleichterung und aus Angst, daß es nicht dauern würde, und weil sie ein schlechtes Gewissen hatte wegen Malcolm und Stephanie, die anscheinend einen Weg gefunden hatten, sich miteinander zu arrangieren, auch wenn weder Daniel noch Mrs. Haydock wußten, wie sie das anstellten. Wenn man bedenkt, sagte Mrs. Haydock, was Malcolm alles anrichtet, dann ist's das reinste Wunder, daß Miss Potter das Haus immer so tipptopp in Schuß hat, wenn ich heimkomme. Richtig schämen müsse sie sich, wo sie doch wisse, daß ständig Mehlstaub und Schmutz und zerbrochenes Besteck und Schlimmeres zu beseitigen war, wenn sie Malcolm selbst betreute und es mal jemandem einfiel, bei ihnen vorbeizuschauen! Gut, auch Miss Potter mußte wohl beim Aufräumen öfter einen Stapel zerschlagener Tassen oder Milchflaschen in die Aschentonne werfen, aber wenn ich heimkomme, Mr. Orton, dann ist's immer hübsch ruhig und aufgeräumt, so daß mir nicht vor einem Berg Arbeit zu grausen braucht oder davor, wieder in diesen fürchterlichen Spektakel reinzugeraten. Nein, wahrhaftig, sie schäme sich ordentlich, denn wo Miss Potter alles so im Griff habe und so gut mit dem Jungen zurechtkomme, da müsse sie sich doch fragen, ob sie selber sich nicht ungeschickter anstelle als nötig. Daniel widersprach. Sie sei Malcolms Mutter, er sei mit ihr vertraut und lasse sich deshalb in ihrer Gegenwart ganz anders gehen, und Miss Potter müsse außerdem nur jeweils einen Tag lang mit ihm auskommen. Trotzdem sei sie natürlich ein Schatz, und er sei froh, daß man sie habe.

Ein-, zweimal hatte er am Brontë-Ring vorgesprochen, um sich, was ja wohl mehr oder minder zu seinen Pflichten gehörte, zu erkundigen, wie sie zurechtkam. Dann fand er sie und den Jungen meist in sich gekehrt, stumm und reglos dasitzen: Stephanie mit gefalteten Händen in einem Sessel, den Jungen, wie üblich, wenn er keine seiner hyperaktiven Phasen hatte, in einer Ecke am Fußboden, wo er den Kopf wie in Trance gegen die aneinanderstoßenden Wände schlug. Daniel, der sich zu seiner Verwunderung von der Aura dieses Schweigens eingeschüchtert fühlte, wagte nicht recht, es zu stören. Einmal fragte er sie wohl im forciert fröhlichen Ton des Seelsorgers, was ihr Geheimnis sei, wie sie es anstelle, den Jungen so zu bändigen, und sie sagte, dazu gehöre nichts weiter, als daß sie sich selbst ruhig verhalte und ihre Aufmerksamkeit nicht auf ihn konzentriere. Wenn man sich so verhielt, sagte sie, dann versuche er, einen nachzuahmen, so daß schließlich beide die vorgeschriebene Zeit wie geistesabwesend zubrachten. Zwar solle sie vielleicht versuchen, einen Kontakt zu ihm herzustellen oder mit ihm zu spielen, aber dafür sei sie nicht ausgebildet und wisse nicht, wie sie es anstellen solle.

Und so, wie sie es hielten, richtete der Junge zumindest keinen Schaden an.

Nein, gab Daniel zu, das nicht. Aber sowohl dort bei den Haydocks als auch in Miss Wells' Stübchen hatte er das ungute Gefühl, daß sie ihn – bewußt oder unbewußt – nach dem gleichen Rezept behandelte wie Malcolm: ihm Schweigen auferlegte, indem sie sich innerlich löste und ihm ihre Aufmerksamkeit entzog. Sie war körperlich anwesend, das schon, aber statt ihm eine Chance zur Aussprache zu bieten, richtete sie eine schalldichte Schranke auf, an der man abprallte wie an einer gläsernen Wand. Er redete sich ein, er wisse nicht, warum er weiter an den Teestunden bei Felicity teilnahm.

Natürlich wußte er es doch. Er war besessen von ihr, und für einen so törichten Gemütszustand war Daniel schlecht gerüstet. Jahrelang hatte er der eigenen Person kaum Beachtung geschenkt und sich nie anders denn als Werkzeug für die eigenen Ziele gesehen. Jetzt dachte er fortwährend an sie, und wenn es ihm einmal gelang, ihr Bild durch Aufbietung all seiner Willenskraft aus seiner Kirche oder seinem Schlafzimmer zu verbannen, dann plagten ihn schreckliche Anfälle von Selbsterkenntnis. Er versuchte sich vorzustellen, wie er in ihren Augen wirken mochte, und es gelang ihm nicht. Diverse eherne Überzeugungen gerieten ins Wanken. Er überdachte den eigenen Werdegang und fragte sich, ob es nicht, in gewisser Weise, von Grund auf unnatürlich war, daß es ihn früher nie so umgetrieben hatte. »Unreine Gedanken« hatten ihn zu keiner Zeit belastet. Masturbation war für ihn nichts weiter als ein Ventil, auf das er sich, seiner Zeit voraus, von jeher ein Recht zugebilligt hatte, weil gewissen biologischen Trieben damit rasch und praktisch beizukommen war. Bevor er Stephanie kennenlernte, war es eigentlich immer ein ganz funktioneller, von keinem Traumbild begleiteter Akt gewesen. Inzwischen hörte er hin und wieder ein schwaches, winselndes Echo der eigenen rauhen Stimme die Bitte äußern, sie möge doch *lieb* sein zu ihm. Und das war ihm zuwider.

Auch mit Gott hatte er neuerdings Probleme. Ein persönliches Verhältnis zu Gott hatte er bislang weder gekannt noch für erstrebenswert gehalten, und im Gebet wandte er sich nie mit eigenen Worten an seinen Schöpfer. Er hielt sich an die Worte der Liturgie, die waren genauso solide wie die Quader in der Kirchenmauer, was also wollte er mehr? Das Gebet diente der Einsicht, daß es da etwas gab, was mächtiger war und stärker als er, es half ihm, das Tauziehen der Kräfte jenseits seiner Wahrnehmung und Erkenntnis zu spüren.

Der Christus, dem er anhing, das war einer, der um die Mächte gewußt hatte, die für die Vögel unter dem Himmel sorgen und für die Lilien auf dem Felde. Ein umwerfend verständiger Christus, der weder Ausflüchte machte noch mit sich spaßen ließ und der das Räderwerk der Seele und der göttlichen Gerechtigkeit in pointierten Gleichnissen bloßlegte. Wenn er sich nicht namentlich an ihn wandte, dann weil er diesen Christus – instinktiv und ohne weiter darüber nachzudenken – für tot hielt.

Gemessen an der Kraft und Zuversicht, die er empfunden hatte, solange er noch mit Gott allein war, hatte sein Glaube keine große Rolle gespielt. Aber jetzt, da *sie* zwischen ihn und Gott trat, wurde Gott zum Problem, und er selbst sah sich wieder, wie in der Kindheit, als den Gefangenen seiner Leibesfülle.

Er hätte sie schlagen, ihren Widerstand brechen mögen.

Er kam zum Tee, weil sie, im selben Raum mit ihm, wenigstens auf Normalmaß gestutzt und an den Stuhl gefesselt war, auf dem sie saß. Natürlich war das nicht der einzige Grund: Wenn er sie schon fleischlich begehren mußte, dann wollte er das Fleisch auch gegenwärtig haben: Er war keiner, der sich vor den Tatsachen drückte. Folglich saß er in glühenden schwarzen Priesterhosen bei ihr und litt.

Felicity Wells genoß die Gesellschaft der beiden auf ihre Weise. Sie hätschelte und belehrte sie und beobachtete sie aus dunkel verschleierten, traurigen Augen. Daß die Treffen in ihrem Zimmer, gewissermaßen von ihr inszeniert, stattfanden, kam allen dreien gelegen.

Eines Tages überraschte Stephanie ihre Freundin, als sie, auf einem Bein balancierend, hoch oben auf einer wackligen Treppe, bestehend aus einem Lexikon, einem Fußschemel, einem Serviertischchen, dem Bett und einem großen Tisch, posierte.

Im letzten Tageslicht, das spärlich durchs Mansardenfenster

drang, erkannte man einen üppig gebauschten Rock samt Überrock aus blaugrün changierendem Vorhangstoff, den sie, mit ihren beiden kleinen Fäusten zu zwei stattlichen Wülsten gerafft, hoch emporhielt. Auf dem Kopf trug sie eine perlenbestickte Atlashaube über einem verrutschten Fanchon.

Felicity sollte als Statistin sowohl im Krönungszug Elizabeths I. mitwirken wie auch später in ihrem Trauergefolge. »Ich probe gerade würdevolles Schreiten mit Hindernissen«, sagte sie und lächelte auf Stephanie herab, hinter der Daniels wuchtige Statur aufragte. Miss Wells winkte ihm zu, geriet ins Wanken und plumpste unsanft aufs Bett, wo sie blindlings und kichernd zwischen buntem Stoffgewoge nach ihrem verrutschten Kopfputz tastete. Daniel brach in schallendes Gelächter aus.

»Sie haben mich erschreckt, Sie unartiger Bengel. Hoffentlich piksen mich nun nicht sämtliche Stecknadeln. Wußt' ich's doch, daß man Übung braucht, um mit einer Hüftrolle die Treppe zu bewältigen. Helfen Sie mir hoch, mein Kind.«

Stephanie ergriff ihre Hand und zog nach Kräften, bis Miss Wells aufrecht zwischen ihren Röcken saß. Sie reckte die Arme und nestelte Haare und Drahtstützen, Haube und falsche Flechten notdürftig wieder zusammen.

»Eine tückische Mode«, bemerkte sie und schnalzte dabei mißbilligend mit der Zunge. Stephanie hatte Mitleid mit ihr, wie sie da so zwischen der mit Draht verankerten Steißrolle kauerte: eine schmächtige Frau, flachbrüstig und außer Atem. Die Haut über dem dekolletierten Mieder war von jener riffeligen, überempfindlichen Zartheit, die zu vorzeitiger Faltenbildung neigt. Als Daniel jetzt seine kräftigen Arme ausstreckte und sie mühelos auf die Füße stellte, lachten beide. Stephanie wandte sich ihrer Saumstickerei zu.

Miss Wells' winziges Stübchen war wie ein niedriger Käfig, ein mit Nippsachen zugewachsenes Provisorium. In schwarzlackierten, viktorianischen Bücherschränken mit maschinell gestanztem gotischen Leistenwerk in jenem Perlstabmuster, das schon den jungen Lord Tennyson zugrunde gerichtet hatte, war eine kunterbunte Andenkensammlung aufgebaut. Kristallene Kerzenleuchter, eine blecherne Teebüchse mit Gloire-de-Dijon-Rosen, ein Nadelkissen aus japanischer Seide, eine bauchige indische Messingvase mit zwei Pfauenfedern, drei runde Keksdosen (eine aus Glas, eine aus geblümtem Porzellan im Flechtkörbchen und eine Holzschatulle mit Messingbeschlägen), ein Handarbeitsbeutel aus italienischem Leder, eine Schere mit emailliertem Griff in Form eines stolzierenden Kranichs, ein Mokkatäßchen aus Spode-Porzellan, sechs Woolworth-Tassen in Bonbonrosa und Graublau, ein Satz Tauflöffel, ein halber Brotlaib, ein halbes Glas Lemon-Curd, ein Stoß Rechnungen, mit einer Gipshand beschwert, ein Kruzifix aus Silber und Elfenbein, eine gehäkelte Baskenmütze, ein Stapel Baumwollstrümpfe, ein Tintenfaß, ein Marmeladenglas voll Rotstifte, ein Strauß Salweide und ein Palmsonntagskreuz aus dem Heiligen Land ...

Stephanie, die über ein ausgezeichnetes, aber schlicht unselektives Gedächtnis verfügte, hatte sich all diese Gegenstände eingeprägt. Als Kind hatte nicht einmal Frederica sie bei jenem Ratespiel schlagen können, wo auf einem Tablett verschiedene Gegenstände, von einem Geschirrtuch verdeckt, hereingetragen, kurz enthüllt und wieder fortgebracht werden. Sie konnte hinterher nicht nur die Löffel, Scheren, Uhren, Schnürsenkel, Ringelblumen und Glastierchen auf dem Tablett aufzählen, sondern wußte auch deren Muster in allen Einzelheiten zu beschreiben. Bei Nacht hatte sie Mühe, sich von den tagsüber angehäuften Kleinigkeiten freizumachen. Die Gegenstände, die ihr Gedächtnis gespeichert hatte, blockierten ihre Gedanken und schwebten als bunte Mosaiken vor ihren geschlossenen Augen. Manchmal mußte sie sie, um überhaupt einschlafen zu können, einen nach dem anderen aufrufen und im Geiste löschen, ja ihr Gehirn vorübergehend in eine *Tabula rasa* zurückverwandeln. Doch selbst dann zog am nächsten Morgen beim Aufwachen ein endloses Fließband voll unzusammenhängender Dinge an ihr vorbei, die alle genau memoriert sein wollten.

Bevor sie selber zu unterrichten begann, hatte sie darin nichts Ungewöhnliches gesehen, sondern glaubte, alle Menschen lebten mit dem Segen oder dem Fluch einer solchen Überfülle gespeicherter Objekte und Informationen, teils brauchbar, teils belanglos. Damals bestand der Schulunterricht im wesentlichen aus Gedächtnistraining, und wer von ihren Schülern kein Erinnerungsvermögen hatte, war im Nachteil. Später, als es galt, Geistesströmungen, Zeitgeschehen und Geschichte ohne die Qual des »Einpaukens« zu erfassen, ohne vorgefertigte, nach grammatikalischer, ästhetischer oder zeitlicher Abfolge sortierte Rubriken, und als Kunst und Politik ihr Augenmerk gezielt auf Gegenwart und Zukunft richteten, da schätzte man Fähigkeiten wie die ihren geringer ein, wenn sie nicht gar bespöttelt oder abgelehnt wurden. Geistesrichtungen sind ebenso zeitgebunden wie die Mode, und kurz nach der Zeit, in der diese Geschichte spielt, also kurz nach der Krönung Elizabeths II., verschwanden mnemonische Unterrichtsmethoden ebenso, wie mit der Renaissance das Schuldrama untergegangen war, und mit der Mnemonik verschwanden Kunstwerke, die ihrerseits mnemonisch waren, verschwanden Tradition und Talent, die Bibel, das Pantheon, die Eigenständigkeit der Sprachen. An einem Stand im Antiquitätenmarkt oder im Möbelbasar sah man vielleicht auch später noch lackierte oder gefirnißte oder messinggetriebene oder emaillierte Tabletts mit einem Haufen Strandgut, ähnlich dem, das sich in Felicity Wells' Regalen türmte. Aber bestimmt hätte sich dessen An- oder Unordnung niemand so bewußt angesehen oder gar eingeprägt, wie Stephanie das 1953 tat.

Normalerweise war Miss Wells' Zimmer mit Stoffbahnen dekoriert. Spitze über dem Tisch, Dimity auf dem Bett, rotgoldene Seide, beschwert mit Goldplättchen (flachgeklopften Milchflaschendeckeln gleichend), lässig über die Tischlampen drapiert, die so ein traulich geheimnisvolles Licht spendeten. Aber jetzt stapelten sich in allen Winkeln Requisiten in Bündeln und Ballen, und an jedem freien Platz hingen halbfertige Gewänder aus buntschillernden Stoffen.

Stephanie sah dieses ganze Dekor gleichzeitig mit visionärer Phantasie und untrüglichem Scharfblick, das heißt, sie erkannte, was jeder Gegenstand vorstellen sollte, und registrierte zugleich seine tatsächliche Wirkung bis ins kleinste Detail. Sie konnte sich ausmalen, in welch fürstlichen Dimensionen jemand schwelgte, der eine Louis-Seize-Garnitur in ein winziges Wohnzimmer zwängte, an dessen Wänden der Putz pappte wie der Zuckerguß auf einer Torte. Sie verstand, welch klares und praktisches Konzept denjenigen vorgeschwebt hatte, die ohne Rücksicht auf die architektonischen Vorgaben eine viktorianische Küche modernisierten, indem sie billiges Sperrholz über solide, bürgerliche Täfelungen nagelten und die herkömmlichen Türgriffe aus handlichem weißen Porzellan oder massivem Messing gegen verspielte sechseckige Plastikknäufe vertauschten. Bei Miss Wells imaginierte sie die herrlichen Gewänder, die geheimnisvoll schimmernden, vielschichtigen Maskeraden, von denen Felicity träumte, und verstand ihren Ehrgeiz, jenes Formgefühl und Ebenmaß und die beseelte Leidenschaft, die mit Englands Goldenem Zeitalter unwiederbringlich dahingegangen waren, im Hier und Jetzt, im eigenen Zeit- und Raumgefüge wiedererstehen zu lassen. Sie konnte sich in Felicity hineinversetzen, für die es eine glückliche Fügung, ja ein Überlagern von erhabener Vergangenheit und nüchterner Gegenwart war, daß neben dem geistlichen Gewand aus dem Theaterfundus an ihrer Kleiderstange und dem Zeitungsfoto des Dekans von Westminster in einem Pluviale, das schon bei der Krönung von Charles II. getragen und zur Krönung Elizabeths II. wieder hervorgeholt worden war, nun auch noch Daniel mit seinem Priesterkragen saß.

Stephanie sah das alles und blieb doch auf Distanz. Sie erkannte die flachgeklopften Kronkorken auf dem Pluviale und sah, daß Daniel für festliche Zeremonien rein gar nichts übrig hatte – egal, ob sie Shakespeare galten, Yeats oder der anglikanischen Hochkirche. Sie sah die Sprünge in den Teetassen und die Löcher in den Strümpfen. Aber es war nicht ihre Aufgabe, Kaputtes wieder ganz zu machen. Sie war nur Zuschauerin.

Daniel ging mit dem Wasserkessel hinunter zu dem kleinen Baby-Belling-Kocher auf dem Treppenabsatz und brühte frischen Tee. Als er zurückkam, den Kessel vorsichtig auf den Kamin stellte und sich Stephanie zu Füßen setzte, unterwies Miss Wells, die jetzt zwischen ihren kunstseidenen Gewändern thronte, Stephanie gerade in der Farbsymbolik der elisabethanischen Mode. Damals habe jede Couleur ihre eigene Bedeutung gehabt, so daß man sich mit Farben verständigen konnte. Gelb hieß Freude, Zitronengelb allerdings stand für Trauer, Orange für Mißgunst, und Fleischfarben war die Lüsternheit. Rot symbolisierte Trotz, Gold den Geiz, strohfarben zeigte sich der

Überfluß. Grün war die Hoffnung, Meergrün dagegen bedeutete Wankelmut. Violett stand für die Religion und Weidengrün für Entsagung. Ihr eigenes Kleid verwies, so befürchtete sie, auf ein flatterhaftes Gemüt, mindestens aber auf Unzuverlässigkeit.

Daniel zeigte sich skeptisch gegen diese geheimnisvolle Farbenfibel. Wie, fragte er, habe ein Elisabethaner denn Weiß von Milchweiß unterscheiden können oder gar einfaches Gelb, Stroh-, Zitronen- und Goldgelb auseinandergehalten? Und warum, ergänzte Stephanie, rühmte Carlyle die meergrüne Unbestechlichkeit, wenn diese Farbe in Wahrheit Wankelmut signalisierte? In elisabethanischer Zeit standen, so wurden sie daraufhin belehrt, die reinen, unvermischten Farben besonders hoch im Kurs: Gelb, Blau, Scharlachrot, Grün. Für Nuancen und Schattierungen hatte man noch wenig Sinn, weshalb man Mischfarben fast immer mit zwielichtigen Machenschaften assoziierte. Eindeutige, klare Farben dagegen ließen die Welt heller und schöner erscheinen. Carlyle wiederum war Romantiker und verherrlichte als solcher die Naturgewalt des Meeres. Für die Elisabethaner stand die Natur noch nicht an erster Stelle; sie gaben der geistigen Wahrheit den Vorzug. Außerdem war die Farbherstellung zu ihrer Zeit noch sehr mühsam. Stephanie bewunderte die kunstvoll ausgetüftelte, treffsichere Symbolik des elisabethanischen Farbenkatalogs. Daniel fand sie ein bißchen albern. Miss Wells lachte ihn aus und wies kokett darauf hin, daß es durchaus gute Gründe dafür gebe, in bestimmten Fällen eine bestimmte Farbe zu bevorzugen – zum Beispiel trügen die Prostituierten Grün, um die Grasflecken zu kaschieren, die in ihrem Gewerbe an der Tagesordnung seien. Außerdem sei Grün aber auch noch die Farbe des Bräutigams: Symbol für Frühlingsgelüste. Seufzend sah sie erst Daniel an und dann Stephanie. Und was für entzückende Synonyme es da gab: Papageiengrün, Gänsedreck, Weidenbaum. Übrigens sei damals sogar der Schnitt der Gewänder symbolträchtig gewesen. Was damit anfing, daß Männer und Frauen in der frühen Tudorzeit noch ganz dezidiert maskulin oder feminin gekleidet waren: Bei den Männern hieß das Schultern und Rumpf betont, bei den Frauen gebärfreudiges Becken und Brüste, die man ungeniert ansehen und prüfen durfte. Nur artete die Mode dann irgendwann aus. Mit übergroßen Schamkapseln, wattierten, erbsengrünen Wämsern, Krinolinen und Halskrausen, über die man nicht einmal mehr hinwegsehen konnte, wurde die Kleidung buchstäblich zum Kerker ihrer Träger. Oder stempelte die Frau zum Eigentum des Mannes, der sie mit Putz behängte, bis sie so bewegungsunfähig war wie ein Vollblut mit gefesselten Vorderhufen. Aus der lustvollen Zurschaustellung sexueller Reize wurde eine Hierarchie der Geschlechter abgeleitet, und bald saß die Frau gewissermaßen ausgestopft im Drahtkäfig. Man denke nur an die alte Königin mit den gefärbten Haaren und dem angemalten Gesicht und ihrem Nachtstuhl unter dem Reifrock. Ein drastisches Bild, das Felicity züchtig erröten ließ, doch Daniel ermunterte sie fortzufahren, indem er sich nach jenen ausgestopften Kniehosen, den sogenannten spanischen Heerpauken, erkundigte, derentwegen eigens die Sitze im Parlament verbreitert werden mußten. Stephanie ärgerte sich über solche Fragen. Sie verstand nicht, warum Geistliche dauernd beweisen wollten, daß sie genauso animalische Instinkte hatten wie jeder Durchschnittsmann.

Inzwischen war es dunkel geworden. Der Gasofen blubberte und glühte und strahlte eine ordentliche Hitze ab. Daniel sah Stephanie an, guckte auf die Stelle, wo ihr Blusenkragen über der Brust zusammenlief, und auf die nylonbestrumpfte, glänzende Wade unter den Seidenwogen, die sie einsäumte. Auch er glühte. Und Miss Wells sah ihm dabei zu.

»Kleider«, sagte er finster, »sind dazu da, uns zu wärmen, nicht um damit Staat zu machen. *König Lear.*«

Ach, das hätte Stephanie hören sollen, schwärmte Miss Wells, wie Daniel den *Lear* in seine letzte Sonntagspredigt über das Alter eingebaut hatte. Sie meine sich zu erinnern, sagte Stephanie mit gesenktem Blick, daß er den *Lear* gar nicht gelesen habe. Man habe ihm nahegelegt, antwortete Daniel steif, dieses Versäumnis tunlichst nachzuholen. (Eigentlich hatte er mit ihr über den *Lear* reden wollen, doch nun wußte er nicht, wie beginnen. Dabei war die Predigt ziemlich gut gewesen: Er hatte das Stück gründlich ausgelotet.)

Miss Wells half, das Schweigen zu überbrücken. »Sie müssen eben immer gegen den Stachel löcken«, sagte sie. »Als Geistlicher sollten Sie allerdings wissen, daß es auch mit der Zier einer Amtstracht seine Bewandtnis hat ...«

Falls sie auf das Priestergewand anspiele, versetzte Daniel, so wirke das oft genug nicht anders als ein abstoßender Geruch oder Hautausschlag. Es hätten schon Leute in der Eisenbahn das Abteil gewechselt, wenn er zustieg. Wenn er den schwarzen Rock trage, dann weil er glaube, daß man bestehende Regeln einhalten müsse. Aber Freude habe er keine daran.

Mit diesem Geständnis lenkte er die weibliche Aufmerksamkeit auf seinen Körper in dem knappsitzenden, abgewetzten Anzug. Daniel spürte, wie ihm der Schweiß unter den Achseln ausbrach, und wähnte seine Stirn so glänzend wie seinen Hosenboden. Er fühlte sich von den beiden verhöhnt. »Ich geh' dann jetzt«, sagte er schroff.

Miss Wells hob abwehrend den Finger. »Nein, nein! Stephanie, meine Liebe, Sie kommen leichter auf die Beine als ich. Seien Sie doch so gut und bieten Sie Daniel einen Keks an.«

Stephanie stand auf, holte die Keksdose mit dem Blumenmuster, trat zu Daniel und beugte sich, die Hüfte an seiner Schulter, die Brust dicht neben seinem Gesicht, fürsorglich über ihn. Ihre Unterröcke – sie trug den obligatorischen mehrlagigen und gestärkten Netzpetticoat – raschelten vernehmlich unter dem zweiteiligen rosaroten Hemdblusenkleid. Das offene Haar floß dicht und wellig über ihre goldschimmernde Wange. Daniel packte eine ohnmächtige Wut.

»Nein, danke. Ich möchte nichts.«

»Ach bitte, kosten Sie wenigstens«, sagte Felicity Wells.

»Los, nur zu«, bat Stephanie, die sonst nicht dazu neigte, jemanden zu nötigen. »Riskieren Sie die kleine Sünde.«

»Ich sollte eigentlich abnehmen.«

»Bloß eins.« Es war fast albern, wie sie ihn bedrängte. »Das kann doch nichts schaden.«

»Bei meinem Übergewicht? Und ob! Ich könnte meinen einzigen Anzug sprengen. Gehen Sie weg. Nehmen Sie das fort.«

Doch sie blieb lachend mit der dargebotenen Dose vor ihm stehen.

Daniel explodierte. »Also wirklich! Ich habe *nein* gesagt. Und dabei bleibt es. Lassen Sie mich doch, um Gottes willen!«

Stephanie senkte den Kopf und trat unschlüssig einen Schritt beiseite. Auf einmal war Miss Wells trotz der Steißrolle erstaunlich behende, murmelte etwas von »Toilette« und »Entschuldigung« und wuselte aus dem Zimmer. Daniel vergrub den Kopf in den Händen, und es sah aus, als hielte er sich an den eigenen Haaren fest. Er hörte sie unruhig hin und her gehen, und dann sagte sie: »Ich verstehe nicht, wie man jemanden so penetrant zum Abnehmen drängen kann. Als ob man sich da unbedingt einmischen müßte. Ist doch komisch.«

Daniel hörte seine eigene Stimme. »Es geht nicht ums Abnehmen allein. Egal welcher Versuchung man zu widerstehen sucht – irgendwer fühlt sich immer bemüßigt, einem dreinzureden.«

Sie zog sich an den Kamin zurück, legte einen runden Arm auf den Sims und sah ihn verstohlen an. »Ach?«

Prasselnd und glühend verströmte der Gasofen seine betäubende Wärme. Daniel war schon ganz krank von all den Andeutungen, die ihn obendrein konfus machten. Wenn er sie ansah, dann entdeckte er lauter warme, frische, goldschimmernde Rundungen und Rüschen und Falten und begriff zum erstenmal, daß der Vergleich zwischen einer Frau und einer Blume oder einer Frucht mehr war als eine Metapher.

»Die Leute traktieren einen mit Keksen oder anderen Dingen, weil ihnen das ein Gefühl von Macht verleiht: Das Weib versuchte mich, und ich habe gegessen.«

»Nein, also wirklich!« Die Röte ihrer Wangen wetteiferte mit der Farbe ihres Kleides. »Das geht entschieden zu weit. Sie können doch keine Predigt über Kekse halten. Von Ihren fragwürdigen theologischen Volten ganz zu schweigen.«

»Tut mir leid, daß mein Stil Ihnen nicht gefällt.« Daniel ließ sie merken, wie gekränkt er war. Aber er schaute sie nicht an. Es würde ihr gleich leid tun. Sie war so ein nettes Mädchen. Er wußte nicht, wieweit sie begriff, was in ihm vorging. Doch er fügte nichts hinzu, sondern starrte mürrisch auf den Teppich und überließ sie ihrem beschämenden Zorn. Wenn er nichts mehr sagte, weder lächelte noch beschwichtigte oder besänftigte …

Sie kam über den Teppich zurückgeflattert und stellte sich direkt neben ihn.

»Entschuldigen Sie, Daniel. Ich wollte nicht unhöflich sein. Ich weiß selber nicht, warum ich so grob zu Ihnen bin ...«

Ach nein, dachte er bei sich, und ob Sie das wissen! Oder tat er ihr unrecht? Er hielt den Blick gesenkt. Er glühte. Im nächsten Moment geschah etwas Unfaßbares: Sie streckte die Hand aus und strich ihm übers Haar.

Da begann der störrische Daniel zu zittern. Blindlings beugte er sich vor, zog sie tastend an sich und vergrub sein aufgewühltes, heißes Gesicht im rosaroten Schoß ihrer Röcke. Stephanie erstarrte, fing dann selbst an zu zittern, machte einen haltsuchenden Schritt vorwärts und schlang die Arme fürsorglich und behutsam um seinen Kopf. Er preßte das Gesicht an ihre Schenkel und wiegte sie beide. »Ist ja gut«, hörte er sie sagen, »ist ja gut ...« Du hast keine Ahnung, dachte er, keine Ahnung hast du, was los ist. Ich will, ich möchte, flüsterte er in den Stoff und fuhr bestürzt zurück, als Miss Wells, neuerlich die Macht geschickt inszenierter Auftritte demonstrierend, ins Zimmer trat. Sie streifte die beiden mit triumphierendem Blick, unterhielt sie zehn befreiende, sogar angenehme, endlose Minuten in ungezwungenem Plauderton und entließ sie dann hoheitsvoll.

Eine Treppe tiefer blieb Daniel auf dem Absatz stehen. »Hier wohne ich.« Sie nickte, ohne ihn anzusehen. »Kommen Sie einen Moment mit rein«, sagte er. Er hatte, bis er es aussprach, nicht gewußt, ob er sie darum bitten würde. Stephanie trat ein und schloß die Tür so behutsam hinter sich, daß der Riegel lautlos einrastete. Hart an der Schwelle blieb sie stehen. Eine nach der anderen knipste Daniel sämtliche schummrigen Lampen an. Dann setzte er sich aufs Bett.

»Was soll ich jetzt sagen?« fragte er in beinahe zornigem Ton.

»Sie brauchen gar nichts zu sagen.«

»O doch!« Er schlug die Fäuste zusammen. »Sie können mir das nicht länger antun.«

»Ich hab' doch gesagt, daß es mir leid tut. Es war nicht meine Absicht, Sie zu provozieren.«

»O nein, dazu sind Sie viel zu nett. Sie haben sich alle Mühe gegeben, nett zu sein.«

»Seien Sie mir nicht böse deswegen.«

»Ich bin Ihnen nicht böse.« Er seufzte schwer. »Ich bin nur –

ach, was soll's. Dieses Gespräch führt zu nichts. Sie sollten sich lieber Ihren Schal umbinden und nach Hause gehen. Sie sind ja nicht dumm, Sie sehen doch, daß es besser ist, wenn Sie jetzt gehen. Und was mich betrifft, so sorge ich schon dafür, daß es nicht wieder vorkommt.«

»Das klingt ein bißchen trostlos. Als ob ich Sie absichtlich gekränkt hätte, bloß damit Sie mich wegschicken.«

»Sie wissen, daß das nicht wahr ist. Hören Sie zu: Sie haben nicht angefangen, stimmt's? Es ging von mir aus. Sie haben nur nett drauf reagiert. Weil Sie mich bedauern, beruflich und aus anderen Gründen – wegen meines Gewichts zum Beispiel –, darum sind Sie nett zu mir. Sie können gar nicht an-ders. Gut, ich könnte das jetzt ausnutzen, aber das würde zwangsläufig in ein Desaster führen, und dafür sind mir meine Zeit und meine Kraft zu schade. Deshalb schlage ich vor, daß Sie jetzt gehen. Und bitte kommen Sie nicht so bald wieder.«

»Wie kann man nur so von sich überzeugt sein! Sie stellen sich ja an, als ob ...«

»Nein, ich denke bloß praktisch.« Er gab sich einen Ruck und sagte frei heraus: »Ich liebe Sie. Ich möchte Sie heiraten. Ich ... ach, was ich nicht alles möchte! Nein, mit Anstellerei hat das nichts zu tun, dafür aber eine ganze Menge mit mir. Es behindert meine Arbeit.«

»Sie können mich unmöglich heiraten wollen. Sie ...«

»Doch, genau das will ich«, sagte Daniel mit einer Entschiedenheit, die keinen Widerspruch duldete. Er rechnete fast damit, daß sie auf diese rüde Offenbarung hin aufstehen und gehen würde, ja er hoffte beinahe, daß sie es tat. Statt dessen überraschte sie ihn mit der Feststellung: »Das wollen die Männer immer.«

»Was denn?«

»Mich heiraten. Es ist zum Fürchten. Schon in Cambridge war das so. Ich bekam Anträge von Männern, die ich nur zweimal oder gar bloß ein einziges Mal getroffen hatte. Von einem Kellner in einem Hotel, wo wir Ferien machten. Von einem von Daddys Bergarbeitern. Dem Jungen in unserer Bank. Ich glaube, ich muß – von Sex-Appeal ist nie die Rede, immer nur vom Heiraten – darum denke ich, es liegt an meinem Aussehen, ich wirke einfach so *bieder* und vertrauenerweckend. Jedenfalls habe ich nie das Gefühl, als ob es wirklich um *mich* ginge. Diese Männer kennen mich doch alle überhaupt nicht. Wahrscheinlich habe ich eines von diesen Schablonengesichtern, wie man sie für die Zigarettenreklame aussucht – nur ist meines der Inbegriff des Ehefrauengesichts. Fast eine Erniedrigung, so was.«

Er sagte wutentbrannt: »Ich verstehe schon. Ein Problem, mit dem Sie häufig konfrontiert sind. Lauter irregeleitete Männer, nichts weiter. Das weist mich in die Schranken. Also schön, ich entschuldige mich, aber nun gehen Sie bitte.«

Stephanie weinte still vor sich hin und blieb stocksteif im Türrahmen stehen. Endlich wischte sie sich mit dem Handrükken über die Augen und stieß stammelnd hervor: »Da sagt keiner: Gehen Sie mit mir zum Tanzen, verreisen wir zusammen, gehen Sie mit mir ins Bett oder sonst was, sondern immer nur: Ich möchte Sie heiraten. Und das mit so einer beängstigenden Ehrfurcht in der Stimme, daß ich einfach nicht damit fertig werde. Schon weil ich's nicht verstehen kann.«

Daniel ging zu ihr hin, führte sie zum Bett und setzte sich neben sie.

»Ich könnte es Ihnen schon begreiflich machen. Aber es würde nichts nützen. Von Ehrfurcht kann jedenfalls bei mir keine Rede sein. Ich begehre Sie ganz einfach. Und in dem Zustand heiratet man besser, als sich zu verzehren, weil das nämlich entsetzlich frustrierend und obendrein eine arge Zeitverschwendung ist, das können Sie mir glauben. Also wollte ich Sie heiraten – doch ich sehe ein, daß daraus nichts werden kann. Nur gehen Sie jetzt nicht in dem Glauben fort, ich wüßte nicht, wer Sie sind. Ich begehre Sie so, wie Sie sein würden, wenn … wenn Sie meine Frau wären.«

»Wie kann man nur so arrogant sein.«

»Ah, das ist Ihnen also aufgefallen. Tja, das meiste von dem, was ich mir ernsthaft wünsche, habe ich auch bekommen. Aber in dem Fall … da sollte es nicht sein. Ich habe darum gebetet, von dem Verlangen loszukommen …«

»Wie können Sie es wagen?«

»Was?«

»Also Sie diskutieren über mich mit … Nicht auszudenken!«

»Das hat doch nichts mit *diskutieren* zu tun ...«

»Ich will auch nicht in Ihren Gebeten vorkommen. Das verbitte ich mir! Weil ich nämlich nicht an Ihren Gott glaube. Mit der ganzen Religion habe ich nichts zu schaffen.«

Stephanie wußte selber nicht, warum der Gedanke, Gegenstand eines Gebets zu sein, sie so in Rage brachte.

»Auch aus diesem Grund ist es hoffnungslos«, versetzte Daniel nicht minder erregt.

»Ihre Kirche macht zuviel Aufhebens um den Sex.«

»Falls Sie damit meinen, daß unsere Geistlichen ihm in ihren Predigten zuviel Raum geben und sich gebärden wie Freud persönlich, indem sie alles auf die Sexualität zurückführen, als ob es keine anderen Ursachen gäbe, ja, da gebe ich Ihnen recht«, sagte er. »Aber ansonsten darf ich mir kein Urteil erlauben, denn ich persönlich habe mir bisher keine Gedanken über das Thema gemacht, es betraf mich ganz einfach nicht.«

Ungläubig wandte sie ihm ihr tränenverschmiertes Gesicht zu.

»Ich glaube nicht, daß ich homosexuell bin oder so. Nur ganz von meiner Arbeit in Anspruch genommen. Falls Sie sich das vorstellen können. Jedenfalls war das so, bis ...«

Hier erlahmte sein scheinbar unerschöpflicher Zorn. Er senkte den kantigen Schädel und fing wieder an zu zittern. Stephanie rückte zaghaft näher.

»Das hab' ich alles nicht gewußt.«

»Ich dürfte Sie nicht so anfahren.«

»Und ich sollte nicht alles so schwernehmen.«

»Das ist leicht gesagt.«

»Ja, ich weiß.«

Sie legte ihm die Hand aufs Knie.

»Ach, Daniel ...«

»Lassen Sie mich in Ruhe.«

»Daniel ...«

Da wandte er sich endlich nach ihr um, schloß sie fest in die Arme und drückte sie auf sein quietschendes Bett nieder. Und dort lagen sie nun: Stephanie starrte über seine Schulter zur Decke, er lastete mit seinem ganzen Gewicht auf ihrem Körper, das Gesicht an ihr nasses Antlitz auf seinem Kissen gepreßt. Er rührte sich nicht. Stephanie fühlte sich vollkommen ruhig und entspannt. Daniel rutschte ein Stückchen beiseite, so daß ihr Ausschnitt sichtbar wurde. Langsam und gewissenhaft knöpfte er ihr Kleid auf und starrte erschrocken, verwundert und gequält auf die blaßgoldene Haut an Hals und Busen. Mit blind tastender Hand schob er ihren Rock hoch und spürte ihren weichen, warmen Schenkel. Ihn schauderte.

»Schon gut«, sagte sie (den Blick immer noch starr zur Decke gerichtet), wie sie es an diesem Abend schon so oft im gleichen beschwichtigenden Ton gesagt hatte. »Es macht nichts. Es wird alles gut.«

Daniel verschob sein Bauchgebirge und drückte das Gesicht fest in die freigelegte Brust. Mit zögernder oder teilnahmsloser Hand, wie sollte er das wissen, berührte sie sein Haar. Und dann hörte er, wie sie rasch, einen nach dem an-deren, ihre Schuhe abstreifte. Er öffnete noch ein paar Knöpfe und löste ihren Gürtel. Einen berauschenden Augenblick lang schob er die Hand in ihr Kleid, fuhr mit den Fingern unter ihrer Brust entlang, fühlte ihre pochenden Rippen, den zarten Bogen der Wirbelsäule, spürte sie unter sich, in seinem Griff. Er hob den Kopf und preßte seinen Mund auf den ihren, der warm schmeckte und süß, sich weich öffnete und dann doch vor ihm zurückwich. Daniel stützte sich ungelenk auf ein Knie und blickte ihr mit forschend gerunzelter Stirn ins Gesicht. Sie starrte immer noch an die Decke. Er meinte hinter ihrer willfährigen Pose Verzweiflung zu spüren. Sie wollte ihm eine Freude machen, fühlte sich verpflichtet, ihm etwas zu geben, und er hatte das Gefühl, daß sie dabei nichts für sich erwartete, daß sein Verlangen, seine Raserei in ihr keinen Widerhall fanden. Vielleicht war sie immer so, womöglich konnte sie gar nicht aus sich herausgehen.

Er machte sich von ihr los. »Nein. Du weißt nicht, was du willst.«

»Doch, Daniel, ich will mit dir schlafen, ehrlich. Ist schon gut.« Fast anklagend.

»Schon gut. Schon gut. Dauernd sagst du: Schon gut. Aber dein *schon gut* reicht mir nicht. Und außerdem stimmt's ja gar nicht.«

»Ach, daß ich daran nicht gedacht habe! *Du* kannst das

natürlich nicht so einfach akzeptieren, in deinem Fall wäre es … ein Unrecht.«

Sie hatte sehr wohl daran gedacht. Aber es hat etwas Angenehmes, richtige Tabus zu brechen, selbst für Moralisten wie die Potters, vielleicht sogar ganz besonders für Moralisten wie die Potters.

»Und wenn es so wäre, dann ist das immer noch meine Sache. Du mußt jetzt aufstehen. Du gehst heim.«

»Aber warum?« Sie rührte sich nicht.

»Weil ich keine Almosen will. Und jetzt komm hoch. Komm hoch!«

»Sei nicht so grob.«

»Du mußt doch wissen, was du willst.«

»Das kann man nicht einfach so kaltblütig entscheiden, Liebster.«

»Und ob man das kann! Gerade wenn etwas wirklich wichtig ist, entscheidet man so. Und nenn mich nicht Liebster, wenn ich's nicht bin.«

»Du bist zu hart zu mir«, sagte sie und brach erneut in Tränen aus. Sie saß zusammengesunken auf dem Bett und zupfte an ihren verrutschten Kleidern herum.

»Bitte geh jetzt«, sagte er schroff, mit abgewandtem Blick, unfähig, sich zu rühren, heillos verstrickt in ein aussichtsloses Tauziehen zwischen Stolz, Verlangen und Taktik. Er wußte nicht, ob er sie fortschickte, weil sie ihn so gönnerhaft behandelte oder weil er einen endgültigen Schlußstrich ziehen wollte. Verschleppte Entscheidungen entfalten ihre eigene Sogkraft, ungeklärte Probleme quälen die Phantasie, mitunter sogar lustvoll. Wie dem auch sei, er ertrug es einfach nicht länger.

Sie zog sich die Schuhe an. Und als er keine Anstalten machte aufzustehen, schlüpfte sie in den Mantel und setzte ihren Hut auf.

»Also dann«, sagte sie, »auf Wiedersehen.«

Er besann sich. »Nein, warte. Ich bring' dich nach Hause. Laß uns einfach ganz ruhig das Stück Weg miteinander gehen.«

Sie machte ein Gesicht, als ob sie widersprechen wollte, und sagte dann: »Also gut.«

12. Im Schulgarten

Wenn einer richtig verrückt war, dann fürchtete er sich vermutlich nicht vor dem Verrücktsein. Marcus schloß das daraus, daß die Verrückten, die in Büchern und Filmen vorkamen, immer felsenfest von ihrer Zurechnungsfähigkeit überzeugt schienen. Mithin war seine wachsende Angst vor dem Wahnsinn vielleicht ein Zeichen von Normalität. Zudem gingen Wahnvorstellungen in seiner literarischen Familie mit spinösen Phantastereien und lyrischen Ergüssen einher, womit das, was ihn umtrieb, nicht das geringste zu tun hatte.

Was ihn umtrieb, war eine stetig wachsende Furcht, deren Auslöser – Dinge, die er nicht mehr tun, deren Anblick er nicht länger ertragen konnte – immer zahlreicher wurden und die er an ihren Begleiterscheinungen erkannte, kleinen, schockartigen Wahrnehmungsstörungen, wie wenn man zwei Stufen auf einmal nimmt, während der Körper sich nur auf eine eingestellt hat. Es hatte etwas mit Geometrie zu tun (sorgfältige Berechnungen und ein gutes Augenmaß konnten das Unheil bannen) und mit einer nachgerade kreatürlichen Angst davor, daß sein Reaktionsvermögen ihn im Stich lassen könnte. Wie bei einem, der sich verbrennt, weil Hautsensoren oder Geruchssinn nicht richtig funktionieren. Marcus' Instinkte versagten in beide Richtungen, sowohl animalisch wie geometrisch.

Jeder Tag brachte ein neues Problem, einen neuen Konflikt. Eine ganz frühe Hürde waren die Bücher, mit denen er sich immer schon schwergetan hatte und nun gar nicht mehr zurechtkam. Wie züngelnde Schlangen sprangen die Druckzeilen ihm aus den Seiten entgegen. Sein Blick verfing sich an Abweichlern wie dem Buchstaben g und dem auffallenden Unterschied zwischen seiner geschriebenen und der gedruckten Form. Mit dem Lesen ging es nicht voran, weil er entweder die Anzahl der gs in einem Text zu schätzen versuchte oder sich von einem einzigen hypnotisieren ließ und nicht weiterkam. Jedes Wort, das man lange genug unter die Lupe nimmt, kommt einem irgendwann komisch vor – als ob es falsch geschrieben wäre, keinen Sinn ergäbe oder einfach kein richtiges Wort wäre. Aber auf ihn wirkten jetzt alle Wörter so und das von vornherein.

Probleme hatte er auch damit, eine Treppe abwärts zu gehen. Gern getan hatte er das nie, doch nun drückte er sich lange unschlüssig oben auf dem Absatz herum und schob sich dann Stufe für Stufe hinunter, indem er jedesmal beide Füße nebeneinander aufsetzte und mit Hüfte und Oberschenkel am Geländer entlangscheuerte, um die Abstände zwischen den Pfosten zu taxieren.

Und dann das Badezimmer. Wenn das Wasser in die Kloschüssel rauschte – ein tüchtiger Schwall von vorn, jähe Sturzbäche seitlich und hinten ein kümmerliches Rinnsal, die sich gegenseitig zu einem wilden Strudel aufschäumten, der alles hinwegschwemmte –, ängstigte er sich und mußte doch wie gebannt den Sog des Wassers verfolgen. Auch den Abfluß im Becken mochte er nicht, diese leere Tunnelröhre mit dem kreisförmigen Verschluß, der aussah wie die Speichen eines Wagenrads.

Seine Abneigungen und Ängste führten dazu, daß er erst den Gang zur Toilette hinauszögerte, dann das Händewaschen und das Abtrocknen und endlich das Verlassen des Badezimmers – wegen der Treppe.

Trotzdem war er weder verrückt, noch mußte er sich ganz dem Diktat seiner Ängste beugen. Auf dem Schulklo zum Beispiel bewegte er sich, sowie ein anderer Junge hinzukam, ganz ungezwungen. Aber wenn er allein war, fand er es einfach angenehmer, sich zu fügen. Zudem hatten, wie er dunkel ahnte, seine Ausweichrituale ihren eigenen verführerischen Reiz. Fließwasser, Schwindelanfälle, Zahlen, rhythmische Bewegungen, der Buchstabe g – sie alle verschonten ihn vor Schlimmerem, ja vermittelten ihm ein wohliges Gefühl der Sicherheit. Indem es ihm ferner gelang, den Fleischkonsum einzustellen, ohne sich zum Vegetarismus zu bekennen, entging er der drohenden Zwangsvorstellung, bald ganz aufs Essen verzichten zu müssen.

Was ihn endlich doch besiegte, das war die Sache mit dem Licht.

Es war an einem Montagmorgen, als er wie immer auf dem Weg zur Schule über die Sportplätze ging. Im entscheidenden Moment war er gleich weit entfernt von den Kraftvektoren, die von den verblassenden weißen Markierungslinien auf den Spielfeldern ausgingen. Es war ein kühler Frühlingstag; die Sonne über dem jungen Gras und dem Immergrün wärmte noch nicht. Aber ihre Strahlen ließen die blanken, geschwungenen Schienenstränge aufblitzen und hie und da ein Stück des Maschendrahts, mit dem die Tennisplätze eingezäunt waren. Die Sonne selber, eine triste, matt umrissene, flimmernde Scheibe, hing irgendwo – weit entfernt – am leeren, fahlblauen Himmel. Perspektivisch war dieser Sonne nicht beizukommen. Weder ihr Wesen noch ihr Standort ließ sich so erschließen – das ging allenfalls, indem man irgendwo seitlich an ihr vorbeischaute und ab und an verstohlen einen flüchtigen Blick riskierte. Dabei stellte sich heraus, daß sie nicht golden war, sondern eher weiß und gleißend hell. Ihre zahlreichen Nachbilder sprenkelten die grünen Rasenplätze mit indigoblauen Kreisen.

Eben und weitläufig, mit frischgemähtem, niedergetrampeltem Grün dehnten sich die Spielfelder. Zu seiner Linken lag klein, schwarz und unauffällig der Bioteich. Da wechselte plötzlich das Licht, und er blieb wie angewurzelt stehen.

Entscheidenden Einfluß auf das, was weiter geschah, hatte seine ungläubige Haltung dazu. Wenn er sich später daran erinnerte, dann wie an einen ungeheuren, beklemmenden Druck, hervorgerufen durch zwei gegensätzliche und dennoch ineinandergreifende Ängste: die vor einer vollständigen und unwiderruflichen Persönlichkeitsveränderung und die ebenso gräßliche Angst, daß es sich nur um ein Hirngespinst handeln könne, eine aberwitzige Täuschung, die seine gestörte Wahrnehmung der realen Welt überstülpte. Doch selbst in diesem Augenblick, der womöglich sein ganzes Leben veränderte, hörte er eine aufmunternde innere Stimme, die ihm zuraunte, wie bei Büchern, Treppen und Bädern brauche er auch hier der Sache nicht auf den Grund zu gehen. Später hielt er diese Stimme für trügerisch und verlogen, noch später aber erinnerte er sich ihrer als eines wahren Trostspenders, nahm ihre leise, dumpfe Fröhlichkeit als Garantie dafür, daß ihm seine Identität erhalten und er sich selbst treu geblieben war …

In dem Moment, als das Licht wechselte, war er stehengeblieben, weil sich vor ihm und rings herum soviel fast greifbares, bestürzend helles Licht ballte, daß kaum noch ein Durchkommen war. Er machte sukzessive halt: Erst stockte der Körper, dann die Wahrnehmung, und so kam es, daß das Innere seines Kopfes, die Hirnhöhle, einen entsetzlichen Augenblick lang allein weiterlief, vorbei an den sanften, angsterfüllten Augen und der bibbernden Haut.

Das Licht war ungemein rührig. Er sah, wie es sich entlang der Markierungslinien, an denen es zuerst aufgeflammt war, bündelte und zusammenlief. Ungestüm und geradlinig folgte es den Bahnschienen, kreuzte flackernd und zuckend das Zaungeflecht rings um die Tennisplätze und stob in jähem Feuerwerk aus glänzenden Lorbeerblättern und kurzgeschorenen Grashalmen empor. Ohne daß es von einem Gegenstand gebrochen, reflektiert oder gelenkt wurde, bewegte sich das Licht und durchdrang – in Spiralen und Wellen, als mächtiger linearer Strom, in Strudeln und mit weitreichenden Strahlen – völlig ungehindert Steine, Bäume, die Erde, ihn selbst. Was einmal die Vorstellung konditioniert hatte, wurde zum Objekt der Vorstellung.

Es griff gestaltend in die Umgebung ein. Gegenstände, auf die es traf – Felsen, Steine, Bäume, Torpfosten –, wurden als dunkle Silhouetten hervorgehoben und dann, durch das Licht, neu fassoniert; wobei die Lichtdurchlässigkeit der Gegenstände erstaunlicherweise nur ihre Opazität betonte.

Über die linearen Bewegungen hinaus machte es sich auch kompakt bemerkbar, in Schichten etwa oder bedrohlich nahenden Fronten, die aussahen wie turmhohe, unendlich große oder zumindest unmeßbare Wellenkämme oder wie Hunderte und Aberhunderte von weißglühenden Flammenwänden. Selbst damit war seine Wandlungsfähigkeit noch nicht erschöpft, nur entzogen sich die übrigen Formen menschlichen Maß- und Vergleichssystemen. Sie waren einfach da, und ihm blieb keine andere Wahl, als sie unangezweifelt zur Kenntnis zu nehmen. Aber ihre bedrückende Nähe, ihre Allgegenwart lähmte ihn, und das quälende Bewußtsein, daß er ihren emsigen Manipulationen trotz aller Anstrengung nicht zu folgen vermochte, zehrte an seinen Nerven.

Da dem Phänomen anders nicht beizukommen war, akzeptierte er es als Erscheinung, allerdings eine mit Ziel und Zweck, die gänzlich außerhalb seiner Sphäre lag und ihr Werk mit einer Verve und Präzision vollführte, die so grandios und gleichzeitig so fein abgezirkelt waren, daß er sie unmöglich kalkulieren konnte. Während sein Körper sich bald dehnte, bald zusammenzog, spürte er, wie das Licht um ihn herum und durch ihn hindurch floß, und war im schlimmsten Moment sogar darauf gefaßt, daß es seinen Weg mitten durch sein Bewußtsein nehmen würde. Was ihn rettete (vor Blendung, Vernichtung) und davor bewahrte, sich in diesem grellen Lichterspiel zu verlieren, das war eine geometrische Figur, die sich als optisches Bild oder vielleicht auch mit stärkeren Mitteln dagegen behauptete. Was er sah, war eine bis ins Unendliche reichende Vielzahl einander kreuzender, kegelförmiger Gebilde, die die wallenden Lichtströme kanalisierten. Aber er sah auch, daß er sich an der Schnittstelle oder jedenfalls an einem der Kreuzungspunkte befand und daß das Licht, falls es anders nicht hindurchkam, seine schwache körperliche Hülle vernichten würde, um sich Bahn zu schaffen. Er hatte nur dann eine Chance, wenn er standhielt und es gleichwohl passieren ließ – wie ein Brennglas die gebündelten Sonnenstrahlen. Rings um die Erscheinung war ein einziges Lodern und Flackern. »O Gott«, flüsterte er, versuchte, zu sein und nicht zu sein und (was am gefährlichsten war) seinen Weg fortzusetzen.

Wenn er sich bewegte, kam es entweder mit oder schwebte ihm voran. Er glaubte nicht, daß er die Schule lebend erreichen würde, doch es gab auch kein Zurück mehr: Das, was hinter ihm war, entfaltete immer größere Betriebsamkeit. Also setzte er ergeben einen Fuß vor den anderen, und die Lichtfelder, die ihn brausend umgaukelten, kamen und gingen mit flirrendem Gesang.

Irgendwie schaffte er es schließlich doch bis vor die Schule. Er setzte sich im Kreuzgang auf das niedrige Steinmäuerchen gegenüber dem gehörnten Moses, einer Statue, die teils von Michelangelo, aber mehr noch von Rodins wuchtigem *Balzac* inspiriert war. Marcus sah ihm tief in die erhabenen Steinaugen und sammelte sich.

Das Lichtgewitter tobte jetzt in einiger Entfernung: Knapp vor dem roten Klinkerbau machte es halt, aber seine Ausläufer strichen bedrohlich über den Rasen und die Gewächshäuser. Er konnte also weder vor noch zurück. Während er so saß und überlegte, schritt eine Gestalt in strahlendweißen Gewändern so mühelos und beschwingt durch die Lichtgebilde, als seien sie ihr ureigenstes Element. Das gelockte Haar glänzte in der Sonne. Marcus fröstelte und blinkte gequält. Es war Lucas Simmonds, auf dem Weg zum Biosaal. Er glaubte nicht an Omen und Zeichen, natürlich nicht. Aber das war nun schon das dritte Mal. Im Gaumont und vor der Metzgerei hatte Simmonds ihm seine Hilfe angeboten. Und jetzt kam er hier vorbei. Marcus stand auf und zockelte erschöpft hinter ihm her. Schließlich, ermahnte ihn die leise innere Stimme, ist sonst niemand da, absolut niemand.

Der Biosaal gehörte zum alten Gebäudekomplex. Physik- und Chemielabor waren in einem modernen Anbau untergebracht, einem rechtwinkligen Glastrakt, mit abstrakten Mosaiken. Über dem Eingang des im neogotischen Stil gehaltenen Biosaals, einer Rundbogentür aus massiver Eiche, stand in Goldfraktur auf mitternachtsblauem Grund: »Biologie, Humanphysiologie und Anatomie.«

Er trat ein. Leere, ansteigende Bankreihen, hochbeinige Hokker, schnörkelig gebogene Messinghähne, kleine Porzellanbekken, Gasleitungen, grünbeschirmte Lampen. Und am Fenster, von der Sonne beschienen, eine Gestalt im weißen Kittel über zerknitterten grauen Flanellhosen, die Wasser zogen.

»Sir«, sagte er. Seine Stimme, die ihm so laut vorkam, daß er unter dem Lärm zusammenzuckte, war in Wirklichkeit nur ein dumpfes Näseln und so wacklig wie die Beine, die ihn kaum noch tragen konnten. »Sir ...«

Lächelnd wandte Simmonds sich um.

»Hallo, mein Freund. Was gibt's?«

»Sir ...«

Mit einer Hand umklammerte er die Klinke, sank zu Boden und hielt sich an der Tür fest, die in den Angeln schaukelte. Ob solcher Tücke überkam ihn blanker Haß.

Lucas Simmonds eilte zwischen den Bänken zu ihm hin.

»Bleib ganz ruhig. Keine Angst. Hat dich was erschreckt? Leg dich flach, das hilft bestimmt.«

Er rührte Marcus nicht an, stand nur mit besorgtem Lächeln über ihm und deutete auf das Linoleum. »Na los, leg dich hin. Ist bestimmt das Beste.«

Vorsichtig streckte Marcus sich auf dem Rücken aus, wobei er die Arme wie unter einem nervösen Zwang ordentlich neben dem Körper ablegte. Über ihm strahlte Simmonds' freundliches Gesicht, das sich schwankend zu ihm niederbeugte.

»Nur ein kleiner Schwächeanfall«, sagte er, »das geht gleich vorüber.« Marcus schloß fügsam die Augen. »Ein Schluck zu trinken würde dir jetzt sicher guttun.«

Er goß Wasser in einen Meßbecher mit Tülle und stellte ihn neben Marcus' Kopf auf den Boden. Unbeholfen, mit Tränen in den Augen, wälzte Marcus sich auf die Seite, stützte sich auf den Ellbogen und trank. Ein leichter Chemiegeschmack, versetzt mit den Ätherdünsten, die immer über dem Saal hingen, blieb ihm auf der Zunge zurück.

»Visionen gehabt?« Simmonds kniete jetzt neben ihm und spähte ihm forschend ins Gesicht. Die beiläufige und doch eindringliche Frage bestärkte Marcus in dem dumpfen Gefühl, hier sei das Schicksal am Werk. Jeder andere hätte doch bestimmt gefragt, ob er krank sei. Er schüttelte stumm den Kopf. Aber Simmonds musterte ihn lächelnd und wiederholte: »Visionen gehabt?«

»Keine *Visionen.*«

»Aha. Verstehe. Keine Visionen. Was dann?«

Marcus erinnerte sich an Simmonds Vorträge über mathematische Landschaften, und dahinter tauchte die Erinnerung an Bills unerbittliche Fragen auf, vor denen sein gehetzter Verstand bald hierhin, bald dorthin geflüchtet war.

»Na, was dann?« hakte Simmonds freundlich nach.

Er schloß Augen und Mund, öffnete sie verstohlen und sagte: »Licht. Es war das Licht.« Dann schottete er sich wieder ab, mehr schaffte er nicht.

»Licht. Verstehe. Was denn für Licht?«

»Ich weiß nicht. *Viel zuviel.* Es war schrecklich hell – und *lebendig*, wenn Sie verstehen, was ich ...«

»O ja!« rief Simmonds verzückt. »Und ob ich das verstehe! So erzähl doch.«

Marcus öffnete den Mund und erbrach sich heftig. Als er wieder zu sich kam, lag er mit dem Kopf auf einer Art Kissen und war mit irgend etwas zugedeckt – Simmonds' Regenmantel, in den er sich eingehüllt fand wie in einen Kokon, so fest, daß er sich nicht zu rühren vermochte. Simmonds' Gesicht tauchte wieder dicht neben dem seinen auf.

»Du stehst unter Schock«, sagte er. »Mußt erst mal ganz ruhig liegenbleiben. Ruh dich ein Weilchen aus, bis es dir wieder besser geht. Und mach dir keine Sorgen. Ich werde mich um alles kümmern.«

Er hatte keine andere Wahl.

»Ich mache das hier fertig, und wenn du dich etwas erholt hast, reden wir weiter.«

Simmonds, der zwischen den Bankreihen auf und ab ging, sammelte blecherne Frühstücksdosen ein und zugekorkte Gläser. Er wirkte ungemein gediegen und durch und durch normal. Hin und wieder pfiff er vergnügt durch die Zähne. Marcus erinnerte sich, wie sie Regenwürmer seziert hatten. Simmonds hatte die Würmer (ein Häuflein, das für die ganze Klasse reichte) einen nach dem anderen in ein Gefäß mit Chloroform getaucht, wo sie erst aufschäumten und dann fahl und schrumpelig wurden. Anschließend mußte Marcus die bläuliche, runzlige Haut aufschlitzen, zurückziehen und feststecken.

Der Saal hatte eine lange Tradition, die bis zu den humanistischen Bestrebungen der Schulgründer zurückreichte. Hier sollten die Knaben die Entwicklung der Arten studieren (Farn, Federvieh, Fisch und Fleisch) und mit ihrer Hilfe lernen, dem obersten Gebot: Erkenne dich selbst, zu folgen.

In den oberen Fächern der verglasten Mahagonischränke hockten ein paar ausgestopfte Vögel: eine Eule, einige Seeschwalben, ein verstaubtes Grüppchen Zaunkönige und Rotkehlchen. Unter den Vögeln lag ein drahtverstärktes Skelett mit baumelnden Gelenken. Daneben Kisten voll ausgelöster Rükkenwirbel, Fußwurzel- und Mittelfußknochen von kreideweiß bis cremefarben, mit denen schon Generationen von Schülern wie mit Bowlingkugeln auf ihren Pulten herumgebolzt hatten und die man immer wieder ausbreitete und einsammelte und bis zum nächsten Mal im Regal verwahrte.

Eine Vitrine enthielt Anschauungsobjekte in Glasgefäßen – gewöhnliche Weckgläser, wie seine Mutter sie für Victoria-Pflaumen benutzte oder für unreifes Fallobst, allen voran Äpfel und Birnen. Hier waren in Marmeladengläsern und Teströhrchen Dutzende von Föten konserviert. Winzige zartrosa Rattenembryos mit nacktem Kopf, blinden Augen und Ministümpfen anstelle der Füße und Schwänze, die zusammengerollt und sicher krümelig wie alter Käse in der konservierenden Flüssigkeit lagerten. Daneben größere Rattenfrühchen mit prallen Bäuchlein, an denen noch Plazenta und Nabelschnur hingen, flachköpfige ungeborene Katzen, fahle Fleischklumpen, deren noch unausgebildete Augen die Lider wie zum Schutz gegen die lichtdurchlässige Glaswand geschlossen hielten. Konservierte Schlangenembryos, aufgefädelt wie Perlen an einer Kette, fest zusammengeringelt und ohne jede Chance auf Leben, Vogelembryos im Ei, das man geköpft hatte, um die aufgeplusterte, feuchte Federkugel mit den Spinnenschenkeln und dem kraftlosen Schnabel sichtbar zu machen. In einem mahagonigerahmten Schaukasten lag ein Affenembryo aus der Zeit Edwards VII., ein grimmiger Homunkulus, ein verschrumpelter brauner Flaschengeist.

Zum Anschauungsmaterial für die Schüler gehörten auch einzeln konservierte Organe: ein Glas mit Lungen, eins mit Herzen, eins mit Augen. Marcus erinnerte sich besonders an den gehäuteten Katzenkopf mit den schwarzdunklen, gallertartigen, glanzlosen Augen, die so gespenstisch eingesunken in der trüben Flüssigkeit lauerten. Und an das weiße Kaninchen in dem eiförmigen Behälter, an die weitgespreizten, noch fellbedeckten, krallenbewehrten Pfötchen, zwischen denen seine Eingeweide bloßlagen: bleich oder rotgefärbt, chromgrün und kobaltblau – Gedärme, Lunge und Herz. Darüber seine gebleckten Karnikkelzähne und die langen, an der Glaswand plattgedrückten Ohren, die aussahen, als ließe das Tier die Löffel hängen.

Auch an lebende Objekte hatte man gedacht: Da war die weiße Trippelmaus im Laufrad, ein Bassin mit Wasserschnecken und Stichlingen, ein Formikarium, durch dessen Glaswände man die Tunnelgänge der Ameisen betrachten konnte und die Tierchen selbst, wie sie ihre weißlichen Puppen von einem Geschoß zum nächsten schleppten und geschäftig ihr helldunkles Labyrinth durchmaßen. Dann die altbekannte Versuchsanordnung für Samenwachstum und Photosynthese: Erbsen und Bohnen unter Wasserentzug, die selbstgenügsam auf ihrem Wattegrund vor sich hin schrumpelten; Erbsen und Bohnen unter Lichtentzug, die ziellos, schwach und bleich ihre Fühler ausstreckten; beheizte Erbsen und kalte; eng zusammengedrängte Erbsenbüschel auf kleinstem Raum; Erbsen unter schräg einfallendem Licht und im Halbdunkel – hier stumpfe, kräftige kleine Triebe, da bereits ein sich mählich entrollendes Blatt.

Marcus nahm noch einen Schluck von dem lauwarmen Wasser und wandte sich dann den vergleichsweise neutralen Diagrammen zu. Gleich neben der Wandtafel hing eine Tuschezeichnung von Lucas Simmonds, auf der die urogenitalen Systeme von Fröschen und Kaninchen in dezent zweidimensionalem Abbild dargeboten wurden. Da seine Kenntnisse auf dem Gebiet ziemlich lückenhaft waren und Lucas' Skizze sich auf minimale Andeutungen beschränkte, hatte Marcus keine Ahnung, ob es sich bei gewissen stumpf gebogenen, fingerförmigen Gebilden um Ausbuchtungen oder Kuhlen handelte, so daß er die Häsin mit dem Rammler verwechselte und bei den Fröschen eigentlich gar keinen Unterschied feststellen konnte.

Direkt gegenüber dem Lehrerpodest, auf dem er jetzt lag, hingen Seite an Seite – in ihrer ganzen radikal unschönen, klinisch dokumentierten Vereinzelung – MANN und FRAU. Beide in vierfacher Ausfertigung auf alten, vom Aufrollen welligen, pergamentfarbenen Wachstuchbahnen. Zuoberst erschienen sie als Skelett, darunter gehäutet, mit einem ekelerregenden Schema der diversen Muskelstränge und ihrer Funktionen. Dann folgte ein Aufriß der inneren Organe, und ganz zuletzt kamen, handfest und nackt, steatopygnisch, käsig und unbehaart, die fleischlichen Hüllen – die Kreatur an sich.

Sie waren jedesmal mit hängenden Armen und leicht geöffneten Beinen dargestellt, möglicherweise mit einem Lächeln auf den nur angedeuteten Lippen, und ihre Schädel waren wie Schlachtfelder in Kampfzonen und Gefechtsstände unterteilt. Gleich einem viktorianischen Sebastian waren sie mit langen schwarzen Pfeilen durchbohrt, an deren Enden in verblaßter Kursivschrift jeweils der Name eines Körperteils stand. Sie wirkten alt und ausrangiert, als ob irgendein Hilfslehrer (vielleicht aus der Zeit Edwards VII.) so lange mit seinem Lineal auf ihre hervorstechenden Merkmale gedeutet hätte, bis sie kaum noch zu erkennen waren und man die Diagramme aus dem Verkehr ziehen mußte.

Lucas Simmonds kam und kniete sich neben ihn.

»Na, geht's wieder?«

Marcus schüttelte kläglich den Kopf.

»Erzähl mir von diesem Licht.«

»Sir – womöglich werde ich krank. Es könnten doch die Symptome einer Krankheit sein, nicht? Oder vielleicht irgendein Anfall, oder mit meinem Gehirn stimmt was nicht. Sir!«

Lucas' Mundwinkel schnellten skeptisch nach oben, mitten in sein frisches, rundes Gesicht.

»Glaubst du das wirklich? Hast du allen Ernstes das Gefühl, daß es so um dich steht?«

»Wie soll ich das wissen? Ich hab' mich schon seit Wochen nicht mehr so richtig wohl gefühlt. Ich war ...«

Tabus zu enthüllen, war tabu. Er verkroch sich tiefer unter dem Regenmantel.

»Sprich nur weiter. Ich kann dir vielleicht helfen. Nur zu!«

»Also – ich kann mich nicht konzentrieren. Nicht auf das, worauf's ankommt. Nicht auf meine Arbeit. Ich lasse mich zu sehr ablenken, aber immer von den falschen Dingen. Und ich fürchte mich vor Sachen. Sachen, die's gar nicht wert sind. Kleinigkeiten. Ein Wasserhahn, ein Fenster, eine Treppe. Immerzu hab' ich Angst. Wegen solcher *Sachen*. Ich muß irgendwie krank sein, bestimmt. Und jetzt auch noch das!«

»Wir stempeln vieles allzu leichtfertig als Krankheiten ab«, sagte Simmonds. Er sah in seinem weißen Kittel ganz wie ein Mediziner aus. »Alles, was nicht in unsere gewohnten Schemata paßt, nennen wir gleich krankhaft; obwohl das für unser wahres Wohlbefinden sehr schädlich sein kann. Wer weiß, vielleicht gibt es einen guten Grund für deine Konzentrationsstörungen. Erzähl mir bitte mehr von diesem Licht.«

Marcus schloß die Augen. Simmonds packte ihn mit einer Hand an der Schulter, ging aber gleich wieder auf Distanz.

»Es hat irgendwas mit den Sportplätzen zu tun. Dort hab' ich mich immer schon so komisch gefühlt. Mitunter geht es so weit, daß ich nicht mehr weiß, wo ich bin, daß ich mich nicht mehr zurechtfinde in meinem ... es ist, als würde ich ausschlüpfen.« Ein heimlicher Versuch, das Schlüsselwort als Code oder Geisel anzubieten.

»Ausschlüpfen ... du meinst, den Körper verlassen?«

»Ich weiß nicht, was Sie meinen, aber so könnten Sie es nennen, ja. Eigentlich ist es ein Trick. Als ich noch klein war, konnte ich ihn beliebig einsetzen. Aber nun habe ich keine Gewalt mehr darüber.«

»Ein Trick also, ein Kunstgriff. Das ist gut, das gefällt mir. Und du kannst ihn nach Belieben einsetzen?«

»Ich tu's nicht gern. Nicht mehr jedenfalls.«

Simmonds' Lächeln war das einer Zahnpastareklame.

»Und hat dieser Trick den Schock ausgelöst? Das Licht, von dem du sprachst?«

»Oh, nein, nein, nein! Ich hab' überhaupt nichts gemacht. Das war *Es*. Das ist das einzige, worin ich mir sicher bin, daß es ganz von allein passiert ist – einfach so.«

»Schon besser. Und jetzt beschreib mir mal, *was* dieses Es getan hat.«

»Wie soll ich das beschreiben? Es war furchtbar. Es hat mich regelrecht weggedrängt. Ich hatte schon Angst, daß ... daß es mich umbringt.«

Simmonds rieb sich erregt die Hände.

»Und du meinst, mit dir stimmt was nicht, mein Junge?«

»Ich hab's Ihnen doch gesagt. Ich hatte schreckliche Angst. Ich wär' fast entzweigegangen und konnte nichts dagegen tun.«

»Vielleicht war das Bestimmung. Womöglich war eine höhere Macht im Spiel.«

Simmonds' Reaktion wirkte auf Marcus einerseits beruhigend, andererseits unheimlich. Beruhigend war, daß hier jemand die Courage aufbrachte, Phänomene anzuerkennen und mit einem Etikett zu versehen, von denen er gefürchtet hatte, daß sie nur in seiner Vorstellung existierten. Das Unheimliche daran war, daß Simmonds anscheinend Pläne und Absichten und Visionen verfolgte, bei denen er keineswegs sicher war, ob er daran teilhaben wollte.

»Photismus«, sagte Simmonds. »Ja, es gibt einen Fachausdruck dafür, Potter. Photismus. So nennt man eine besonders intensive, fast gloriolenhafte Lichtempfindung, die häufig mit einem Offenbarungserlebnis einhergeht. Das Phänomen ist bekannt.«

»Photismus«, wiederholte Marcus skeptisch und richtete sich auf.

»Die Deutung des Phänomens ist natürlich von wissenschaftlicher Seite nicht unangefochten. Aber die Erfahrung als solche ist bekannt, dokumentiert und Gegenstand der Diskussion.«

»Oh.«

»Herrgott noch mal!« rief Simmonds in höchster Erregung, »ist dir denn noch nie der Gedanke gekommen, daß du womöglich das gleiche gesehen haben könntest wie Saulus auf dem Weg nach Damaskus? Oder wie in jener Nacht die Hirten auf dem Felde? Sie fürchteten sich *sehr*, heißt es in der Bibel, und das gilt auch für dich, mit solchen Phänomenen ist nicht zu spaßen. Ihnen standzuhalten, darauf zu reagieren – das will gelernt sein, verstehst du. Und dir fehlt bislang jede Schulung.«

»Ich hab' Ihnen doch gesagt, ich glaube nicht an Gott.«

»Und ich hab' dir gesagt, daß das keine Rolle spielt, solange Er nur an dich glaubt. Als du die Lichterscheinung hattest, hast du da irgendwas gesagt – ich meine, laut?«

»Ich hab' gesagt: O Gott.«

»Na bitte!«

»Aber hören Sie, das sagt doch jeder, einfach so, andauernd. Es bedeutet gar nichts.«

»Das gibt's nicht, daß etwas ›gar nichts bedeutet‹. Kein Wort fällt grundlos. Ich wußte schon vorher, was du gesagt hast.«

»Aber jeder könnte ...«

»Dich treffen zu viele Zufälle. Allen voran unser Zusammentreffen. Zufällig weiß ich nämlich, wie man die Kräfte, die dich zu Recht so erschrecken, in geordnete Bahnen lenken kann. Ich arbeite schon seit einiger Zeit an Methoden des Bewußtseinstrainings. Man kann es auch Meditation nennen, nur eben auf wissenschaftlicher Basis. Nun bist du zu mir gekommen. Du könntest auch wieder davonlaufen, aber dann würde Gott dir abermals so einen bösen Schreck verpassen, und schon wärst du wieder da.«

»Nein.«

»Und ich sage dir, doch. Aber nun zu deiner Erscheinung.«
»Sie hat mich aus dem Gleichgewicht gebracht.«
»Und hast du was gesehen?«
»Ein Diagramm.«

Lucas Simmonds war begeistert. Erst verwirrte er Marcus mit lauter Fragen, dann zückte er Papier und Bleistift und entlockte ihm eine Zeichnung.

Auf dem Papier sah es nach gar nichts aus, obwohl die Erinnerung daran ihm immer noch ein wenig angst machte.

»Ein Unendlichkeitssymbol«, sagte Lucas. Marcus wandte schüchtern ein, daß es eher einem brennenden Glas geähnelt habe. Auch das, sagte Lucas, sei ein Unendlichkeitssymbol, eines für den grenzenlosen, durch einen Punkt gefilterten Energiestrom. Er schlug vor, das Symbol als Mantra zu benutzen, das Kontemplation und Meditation vereint.

Marcus blickte stumm auf das Diagramm, das unter Lucas' Analyse zu schrumpfen schien, ja eingehüllt in seine gewandte Deutung direkt harmlos und entschärft wirkte. Obwohl Simmonds doch eigentlich genau das Gegenteil beabsichtigt hatte und ihm das Rätsel seiner Erscheinung enthüllen wollte. Allein, indem man darüber sprach, verflüchtigte sich das ganze Erlebnis und erschien im Entschwinden zum erstenmal freundlich und reizvoll.

Simmonds stützte sich aufs Lehrerpult und hielt ihm einen wunderbar plausiblen Vortrag.

»Die Renaissance war es, die das Verhältnis zum Übernatürlichen falsch deutete. Damals ließ man die alte heidnische Vorstellung vom Menschen als dem Maß aller Dinge wiederaufleben, was natürlich grober Unfug war. Logischerweise richtete diese Lehre unsäglichen Schaden an. Statt nach dem Unendlichen zu greifen, mußte man sich auf einmal mit einem engen Kreis begnügen, den man an jedem beliebigen Punkt berühren konnte.« Friedlich lächelnd strichelte er eine grob vereinfachte Skizze von Leonardos mikrokosmischem Menschen im Zirkelrund neben Marcus' Unendlichkeitssymbol.

»Die Renaissance ließ sich auf die falschen Idole ein. Und seitdem hat die Menschheit verlernt, Augen, Ohren und Verstand zu gebrauchen, und lebte stumpfsinnig in einem anthropozentrischen Universum dahin. Was sich Religion nennt, hat längst nichts mehr mit überirdischer Spiritualität zu tun, sondern konzentriert sich auf menschliche Moral und Fortschritt, obwohl es darauf doch längst nicht so ankommt. Und dann kamen die Naturwissenschaften, die dem Menschen eine Ahnung hätten vermitteln können von den überirdischen Mächten, die Gewalt über ihn haben, doch was tat er? Baute unbeirrt sein anthropozentrisches Weltbild zu der schrecklichen Vorstellung aus, er, der Mensch, sei Herr über alle Dinge. Siehst du, Potter, das ist Schwarze Magie, das hat zu Hiroshima geführt und zu Blakes satanischen Fabriken. Dabei *hätte* man die Wissenschaft trefflich dazu nutzen können, die alte Weisheit wiederzubeleben, wonach der Mensch in der Seinsordnung zum Mittler zwischen reiner Materie und reinem Geist bestimmt ist. Aber diese sogenannten Gelehrten schwafeln lieber vom unbeugsamen Menschengeist und dem unbewohnten Himmel und verspielen ihre Chancen – einschließlich der, sich mit Erfahrungen, wie du sie gemacht hast, auseinanderzusetzen, sie zu kommentieren oder auch nur zur Kenntnis zu nehmen.«

Lucas hatte wieder angefangen zu schwitzen, und seine Gesichtsmuskeln zuckten – Symptome, die Marcus mit blankem Entsetzen registrierte. Noch waren es nicht die Theorien, die ihn zu Lucas hinzogen, sondern die Zuversicht, die er (wenigstens zuzeiten) ausstrahlte, und seine behäbige Normalität – just die Eigenschaft also, für die alle Potter-Kinder eine so prekäre Schwäche hatten. Wenn Lucas sich aufregte, war Marcus jedesmal ganz betroffen. Aber heute hatte seine Zuversicht etwas nachgerade Beflügeltes (falls dies das passende Wort ist) und schien zudem mit einem Gespür für Marcus' Stimmungsschwankungen gepaart.

»Dir ist das Vokabular suspekt. Ja, da ist die Wissenschaft fein raus, die hat ihre Fachtermini. Auf die müssen wir hier leider verzichten, weil der Mensch die spirituellen Erscheinungsformen zugunsten der somatischen vernachlässigt hat. Du willst nichts hören von Alchimie, von Auren oder gar Engeln, ich seh's dir an. Dabei sind das alles bloß mißglückte Bezeichnungen für Dinge, zu denen wir ein verklemmtes Verhältnis haben. Aber das wird sich ändern – ich glaube, ja, ich bin überzeugt davon, daß die Welt Anstalten macht, sich aus der materiellen in die spirituelle Sphäre emporzuschwingen ... Hier, ich hab's schon mal ausgearbeitet. Noch ziemlich stümperhaft zwar, aber ich würde mich trotzdem freuen, wenn du's liest.«

Simmonds holte ein dickes Bündel hektografierter Kopien aus seiner Aktentasche.

»Vielleicht findest du darin ja den einen oder anderen nützlichen Hinweis ...«

Das Papier war weich und abgegriffen, die Schrift verschmiert. Marcus las:

SYSTEM UND STRUKTUR
Denkschrift von Lucas Simmonds, Mag. rer. nat.,
zum höheren Ruhme des Schöpfers.

Zur Veranschaulichung des immer komplexeren
Entwicklungsmodells, in dem und nach dessen
Vorgaben Es uns unsere Rolle zugedacht hat.

»Ich denke, wir sollen uns zusammentun. Das käme uns beiden zugute. Das ist allerdings deine Entscheidung, denn« – er lachte – »noch einmal werden die höheren Mächte nicht eingreifen. Als erstes solltest du mein Buch lesen – für den Fall, daß du irgendwas anzumerken hast, und um dich mit der Thematik vertraut zu machen. Anschließend können wir uns, denke ich, an ein paar Experimente wagen.«

»Was soll ich tun?«

»Tun?«

»Ich meine jetzt. Mir ist hundeelend.«

»Ach so, jetzt. Ich an deiner Stelle würde ins Krankenzimmer gehen, der Schwester sagen, mir sei im Biosaal schlecht geworden, und mich von ihr ins Bett packen lassen. Ich würde dich gern hinbringen, aber es ist besser, kein Aufsehen zu erregen. Wir müssen unser Geheimnis hüten ... also sag einfach, dir wär' schlecht geworden und du hättest dich übergeben.«

»Ich hab' mich übergeben.«

»Genau! Also dann, ich freue mich auf unsere nächste Begegnung.«

Wann die sein würde, sagte er nicht, doch inzwischen teilte Marcus seine Gewißheit, daß sie auch ohne ihr Zutun stattfinden werde.

13. Im Hause des Humanisten

Fredericas Begegnung mit Long Royston war keine Liebe auf den ersten Blick. Obwohl sie begeisterungswillig gekommen war, denn immerhin bedeutete dies einen, wenn nicht gar mehrere Schritte aufwärts und raus aus Blesford. Wie der im selben Jahr bezwungene Mount Everest war das Schloß schon immer da, aber unerreichbar gewesen. Doch nun spazierte sie als Gast des Eigentümers durch die Gärten, bei deren Bepflanzung man sich im wesentlichen nach den Empfehlungen aus Francis Bacons Essay über Gartenbau* gerichtet hatte. Und trotz des grauen, naßkalten Frühlings in diesem Jahr kämpften sich Bacons Aprilblumen in den windgeschützten, befestigten Beeten tapfer ans Licht. Bacon schätzte es, wenn die Luft nach Blüten duftete. Frederica schnupperte und atmete ein: gefüllte weiße Veilchen, Goldlack, Levkojen, Schlüsselblumen, Schwert- und andere Lilienarten, Rosmarin, Tulpen, gefüllte Pfingstrosen, schneeweiße Narzissen, französisches Geißblatt, blühende Kirschen, Damaszener- und gemeine Pflaumen, grünender Weißdorn und Flieder. Sie standen alle im Schloßführer, der, wenn der Park zu Ostern und im Juni für Besucher geöffnet wurde, am Tor auslag. Bacon verhieß einem jeden Gärtner seinen *ver perpetuum*, vorausgesetzt, er richte sich nach dem, was der Boden zu bieten hat. Dann könne er sich selbst gegen die rauhen Moorwinde im Norden Yorkshires behaupten. Fredericas Schritte knirschten über die kiesbestreute Terrasse, auf der im Sommer das Stück aufgeführt werden sollte. Blütenduft ist in der Luft weit lieblicher als in der Hand. Besonders köstlich macht sich Goldlack unter einem Salon- oder ebenerdigen Schlafzimmerfenster. Bacons Rat war getreulich befolgt worden. Von denen aber, welche die Luft aufs betörendste würzen, an denen man nicht wie an den übrigen vorübergeht, sondern die man mit Füßen tritt und knickt, gibt es drei an der Zahl: nämlich Pimpinelle, Quendel und Wasserminze. Weshalb man, um beim Lustwandeln recht in den Genuß zu kommen, ganze Laubengänge damit bepflanzen sollte. Crowe hatte für besagten Genuß gesorgt. Auf verschlungenen Parkwegen sah Frederica die anderen Gäste über einen Teppich der genannten Duftspender lustwandeln – darunter unbekannte Gesichter und solche, die ihr von Fotos oder Plakaten vertraut waren. Jetzt kann das Fest beginnen, dachte sie, hochgemut Shakespeare abwandelnd.

Im Haus fühlte sie sich dann nicht mehr so wohl. Erst kam ein weißbefrackter Butler, nahm ihr den Mantel ab und ließ sich ihren Namen geben; dann erschien Crowe, sagte: »Wie reizend« und ließ sie stehen; und ein junger Mann im pfauenblauen Kordsamtjackett, das Gesicht zur Hälfte hinter riesengroßen meerblauen Brillengläsern verborgen, betrachtete angelegentlich ein Schnitzwerk und ließ sich nicht ablenken. Frederica führte ihr Unbehagen zunächst auf Minderwertigkeitskomplexe zurück und dachte, sie hätte Angst, sich gegenüber diesen ungemein wortgewandten, lebhaft, schlagfertig und kultiviert parlierenden, brillanten Geistern nicht behaupten zu können. Unterlegenheitsgefühle entluden sich bei ihr immer in Aggressivität. Erst später kam ihr der Gedanke, daß es vielleicht Long Royston selbst gewesen war, was sie so eingeschüchtert hatte.

Man hatte sich zu einer Vorbesprechung versammelt, um über die Kostüme zu beraten und weil Crowe dachte, daß so ein zwangloses Stelldichein allen Spaß machen würde. An der Mittagstafel, die im großen Saal unter der Minstrel-Galerie gedeckt war, nahmen fünfzehn Personen Platz: die künftigen Hauptdarsteller, das Triumvirat Autor, Regisseur und Intendant, die Gewandmeisterinnen, die Gattin des Dekans von Calverley und ein Herr, den Lodge aus Covent Garden hergelockt hatte. Marina Yeo thronte zwischen Crowe und Alexander und rühmte die Suggestionskraft von Kostüm und Maske. Frederica, am anderen Ende des Tisches zwischen dem meerblauen Jüngling (der seine Brille nicht abgesetzt hatte) und Jennifer Parry (der künftigen Bess Throgmorton, ein Part, der in dem Riesenensemble gerade noch als Hauptrolle durchging), musterte die Yeo kritisch.

»Auf der Bühne hat das Kostüm eine geradezu erschreckende Macht«, sagte Miss Marina. »Wie man dort oben wirkt, so *ist* man, bis zu einem gewissen Grad sind wir den Kostümen immer ausgeliefert. Es kommt freilich auch vor, daß Schauspieler die eigene Kraft aufs Kostüm übertragen. Ellen Terrys Tochter duldete nicht, daß man die Toiletten ihrer Mutter reinigte, die angeblich steif waren von ihrem Mana. Sybil hat mir einmal erzählt, daß sie nur die schimmernden Flügelärmel anzulegen brauchte, die Ellen Terry als Lady Macbeth getragen hatte, und schon *fiel alles Lampenfieber von ihr ab*. Diese Ärmel trugen sie gewissermaßen durch die Vorstellung. Ach, Alexander, kennen Sie eigentlich Oscar Wildes Anekdote über die Königin von Schottland und ihre kostbaren Flügelärmel? Also Wilde behauptet, die Königin habe die Speisen fürs Festbankett – ein sehr frugales übrigens – bei den Viktualienhändlern vor Ort bestellt – und die schlichten Kilts für ihren Gemahl – die soll sie gnädig bei den heimischen Webern in Auftrag gegeben haben. Ihre eigenen Gewänder aber – also die orderte sie – meint er – in Byzanz. Und so war es auch.«

»Ihre Lady Macbeth wird mir unvergeßlich bleiben«, sagte Crowe. »Ich sehe immer noch Ihre Hände vor mir und wie Sie die rangen, als ob Sie sie entzweireiben wollten.«

»In der Inszenierung«, sagte Miss Yeo, »hat mir das Nachtgewand weit besser gefallen als all die *biederen* Roben, die ich ansonsten über die Bühne schleifen mußte ...«

»In unserem Stück werden Sie für die Sterbeszene ein ganz entzückendes Nachthemd bekommen«, versprach Crowe. »Warten Sie nur, bis Sie die Skizzen sehen! Kostüme nach Originalentwürfen des Autors, ein Novum.«

»Nein, wirklich?« Miss Yeo richtete ihre ganze Aufmerksamkeit auf Alexander, der sich genötigt sah, ihr den Hof zu machen. Gespannt darauf, wie er seine Rolle meistern würde, beobachteten ihn Frederica und Jennifer Parry – die eine verstohlen, die andere ganz ungeniert. Wie Frederica erwartet hatte, spielte er sie kläglich, stammelte seine Komplimente hölzern und allem Anschein nach (der hier indessen trog) unaufrichtig. Marina Yeo hatte ein längliches Gesicht und einen dunklen Teint, das angegraute Haar war weich und dicht, die Augen unter den schweren Lidern waren tiefdunkel. Ihr großer Mund wurde allgemein als »lebhaft« apostrophiert; der lange Hals alterte anmutig wie feingeästeltes Holz, ohne jede Spur von Gedunsenheit. Aber ihre unermüdlich wechselnde Mimik wirkte übertrieben, gekünstelt, fand Frederica und verordnete den eigenen Gesichtszügen eine starre Reglosigkeit. Die Aura maskenhafter Strenge auf den Porträts von Elizabeth hatte sie nachhaltig beeindruckt.

»Ich habe Ihren Namen nicht mitbekommen«, sagte der Bebrillte und hob den Kopf, so daß die Lichtstrahlen, die durch die hohen Fenster fielen, auf seinen schillernden Augengläsern tanzten. »Ich glaube, wir kennen uns.«

»Wohl kaum. Aber ich heiße Frederica Potter.«

»Aha! Wußt ich's doch, daß ich Sie kenne! Bill Potters Tochter. Die jüngere, der Wildfang.«

Frederica wich zurück, stammelte: »Wie …«, und erkannte ihn an seiner Gestik.

»Sie sind Edmund Wilkie. Na, so was – wie kommen Sie hierher?«

»Ich bin Sir Walter Ralegh, mein Kind. Der verlorene Sohn kehrt in den Schoß der Gemeinde zurück, um die Propheten zu beschämen und sie das Staunen zu lehren. Und Sie, was machen Sie hier?«

»Ich bin Elizabeth. Jedenfalls solange, bis Marina Yeo alt – oder jung genug ist, um die Rolle zu übernehmen … sie zu verkörpern. Falls Sie verstehen, was ich meine.«

»Und ob! Ein kapitaler Spaß. Sie werden sich ihre Allüren aneignen müssen. Sollte Ihnen nicht schwerfallen, sie sind sehr ausgeprägt.« Und indem er sich zu Frederica hinneigte, imitierte er trefflich die beflissene Pose, mit der die Diva ihrem Gesprächspartner Aufmerksamkeit suggerierte.

»Ich kann Ihr Gesicht überhaupt nicht sehen«, beschwerte sich Frederica. »Diese getönten Gläser machen einen ganz konfus. Ich erinnere mich gar nicht, daß Sie eine Brille brauchen.«

»Ich brauche auch keine. Das hier ist ein Testmodell, selbst entworfen. Demonstriert die Wirkung intensiver Farben aufs Gemüt. Ich hab' auch schon mit diesen Reversionsbrillen experimentiert, die man den Hühnern verpaßt, aber mit denen traue ich mich nicht unter die Leute. Denn wenn man die abnimmt, verfällt man garantiert in einen gigantischen Totalitätsrausch: Da fallen glatt Nord- und Südpol zusammen – oder mindestens Keller und Dachgeschoß, weil nämlich die Sinneseindrücke den Intellekt vernebeln und eins mit dem anderen gleichsetzen. In der Öffentlichkeit kommt man mit Farben leichter zurecht. Ich hab' eine ganze Sammlung solcher Brillen: braungetönte, goldene, blaue, rauchgraue und grauviolette, purpurne und natürlich die gängigen rosagetönten. Über meine Stimmungen und Reaktionen auf das jeweilige Modell führe ich in allen Einzelheiten Buch. Und meine Freundin führt ein Vergleichsprotokoll. Bislang decken sich unsere Erkenntnisse allerdings nur in dem einen Punkt, daß ich um so ruppiger werde, je weniger ich zu erkennen bin.«

»Heutzutage«, sagte Frederica, »scheint sich jeder, der's versteht, ruppig aufzutreten, wer weiß was darauf einzubilden.«

»Wie wahr. Ich kann Ihnen nur zustimmen. Eine billige Masche, um sich als geistreich zu verkaufen. Revoluzzer um jeden Preis, aber bitte mit Manieren. Was halten Sie übrigens von Ihrem Alter ego, der anderen Gloriana?«

Edmund Wilkie war sozusagen der weiße Rabe von Blesford Ride. In der Schule hatte er in den geisteswissenschaftlichen Fächern ebenso brilliert wie in den Naturwissenschaften und ein glänzendes Abitur abgelegt. Anschließend studierte er Psychologie am King's College in Cambridge, wo man seine unübertroffene Intelligenz rühmte. Daneben errang er landesweiten Ruhm mit seinem kometenhaften Aufstieg als Schauspieler, schrieb und inszenierte eine Revue mit dem Titel *Midnight Mushrumps*, in der er auch selber mitwirkte und die sogar kurze Zeit in London gelaufen war. Über seinen *Hamlet*, eine Produktion der Marlowe Society, urteilte Harold Hobson: »Dieser kluge und dabei so ganz und gar nicht schwülstige Dänenprinz ist ein beispielloser Glücksfall in unserer Theaterlandschaft.« Frederica hatte einmal flüchtig für ihn geschwärmt, als er in Blesford Ride als Bunthorne in *Patience** aufgetreten war. Wilkie gehörte zu den Schülern, denen ihre Lehrer insgeheim wünschen, daß sie irgendwann auf die Nase fallen mögen – so lässig und arrogant, so mühelos und undankbar hatte er sein Pensum absolviert. Seine Zeugnisse waren gespickt mit schwerwiegenden Vorbehalten, denen man in Cambridge keinerlei Beachtung schenkte.

Die Klatschkolumnisten spekulierten schon darüber, was nun aus ihm werden würde: ein bedeutender Psychologe, ein reformfreudiger Universitätslehrer, ein glänzender Entertainer oder ein verdienstvoller Shakespeare-Interpret. Alexander hatte gemeint, Sir Ralegh, der Mann, der so viele Rollen verkörperte – den Aufsteiger und Poeten, den Scharlatan, Wissenschaftler, Atheisten, Soldaten, Seemann, Historiker und endlich Kerkerhäftling –, sei der rechte Köder, um ihn zurückzuholen. Ralegh war nicht nur eine der tragenden Figuren des Stücks, sondern übernahm zusätzlich, gewissermaßen eine Hälfte des »Chores«, auch eine entscheidende dramaturgische Funktion. Frederica sah in Wilkie den lebenden Beweis dafür, daß der Sprung aus den Niederungen Blesfords hinauf in den pulsierenden Glamour einer Weltstadt gelingen konnte. Bill, der eine andere Vorstellung von der Zukunft seiner Tochter hatte, verfolgte Wilkies Karriere mit Argwohn, auch wenn er ihm mit düsterer Miene einen scharfen Verstand bescheinigte, und nicht nur das.

Frederica hatte sich unterdessen in ihren Artigkeiten über Miss Yeo hoffnungslos verheddert und verdarb Komplimente wie das über ihre – körperlich wie verbal – sehr gewandte Sprache im nachhinein durch die Bemerkung, Marina Yeo erinnere sie an Tenniels Illustration von Alice als der Schlange, die das Täubchen erschreckt. »Kopfgesteuerte Mädchen wie Sie«, entgegnete Wilkie darauf, »bilden sich gern ein, daß man alles vom Verstand her lenken könnte.«

»Gegen einen wachen Verstand ist doch wohl nichts einzuwenden.«

»Nicht so empfindlich, mein Kind, das hab' ich ja nie behauptet. Ich hab' sogar ein Faible für die Kopflastigen, schließlich ernähren sie mich.«

»Ja, ich hab' schon gehört, daß Sie Hirnklempner werden.«

»Nein, nein, nein! Ich bin Wissenschaftler. Ich möchte das Verhältnis zwischen Wahrnehmung und Denkprozeß untersuchen. Mir geht's nicht um die Libido, mein liebes Kind, sondern um den *Intellekt*. Der Verstand, der seine eigenen Spleens und Fluktuationen registriert – das ist Narzißmus in Reinkultur! Da stoßen wir an die Wurzeln der Wissenschaft.«

»Wie soll das gehen?«

»Wie soll was gehen?«

»Daß Verstand sich selbst erkennt? Seine eigene Beschaffenheit untersucht? Er kann doch nicht aus sich heraustreten.«

»Doch, kann er. Mit Hilfe von Maschinen, Frederica.«

»Maschinen, die er selbst erfunden hat.«

»Na ja – so pauschal nun auch wieder nicht. Ein paar Auserwählte mit ganz besonderer abstrakter Begabung. Aber Ihr Einwand ist berechtigt. Ein ewiger Kreislauf, ohne Frage: Der Verstand kann nicht die Schlüsse des Verstandes über die Schlüsse des Verstandes über den Verstand ziehen. Trotzdem: Probieren geht über Studieren!«

Frederica versuchte krampfhaft, sich ein Gehirn vorzustellen, das im Selbstversuch Analyse treibt. Schwindelerregende Bilder gingen ihr durch den Kopf: eine Flamme, die ihrem Spiegelbild begegnet; eine Rauchwolke, die zur Explosion führt; graues Gekröse im mörderischen Kampf mit ebensolchem grauen Gekröse. So ein Gehirn war natürlich ungemein agil, auch wenn man es sich immer als formlose träge Masse dachte.

»Es würde explodieren«, mutmaßte sie hoffnungsvoll.

»Jetzt haben Sie sich eine elektrisch betriebene Versuchsanordnung vorgestellt.«

»Nein! Ich sehe Schlangen, bestehend aus lauter grauen Zellen, im Kampf mit anderen Schlangen aus der nämlichen grauen Substanz.«

»Und ihr Kampf mündet in die Vereinigung? Bemerkenswert, wie unverwüstlich die Symbolik des Schöpfungskonzepts ist! Immer wieder das Bild der Spirale – mal als Stromleiter, mal als Schlange – dann die Zelle – organisch oder batteriebetrieben – und danach entweder Verschmelzung oder Explosion. Worauf, was mich angeht, gar nichts mehr zu folgen braucht. Ich wäre mit so einem hellerleuchteten, leeren Raum vollauf zufrieden. Auch wenn ich den Zustand nie erreichen werde, weil ich von Natur aus viel zu umtriebig bin und mir letztlich auch der Mut fehlt, ganz bis zum äußersten zu gehen.«

Hier erhob sich Crowe, um die Tischgesellschaft miteinander bekanntzumachen. Er begann mit drei Berufsschauspielern, die in Stratford und am Old Vic auftraten und die Sprechrollen in Filmen von Lawrence Olivier hatten. Max Baron, ein schlanker, hochgewachsener Mann mit sorgenvoller Miene, würde Leicester spielen; Crispin Reed und Roger Braithwaite waren für Burleigh und Walsingham engagiert. Die beiden letzteren sahen einander merkwürdig ähnlich (ein Problem, das die Maske zweifellos beheben würde); zwei sehr gepflegte Erscheinungen, dunkelhaarig, mit Wildlederschuhen, blendendweißen Zähnen und sonoren Stimmen, in denen sie Anekdoten über Beinahe-Katastrophen aus ihrer Bühnenlaufbahn austauschten. Ungeachtet ihrer behäbigen Körperfülle war ihre Sprache geprägt von einer Mischung aus überschwenglichem Pathos und Erregbarkeit, einem teils temperamentvoll forcierten, teils stockenden Redefluß, der nach Fredericas Meinung nicht zu den beiden kühl distanzierten Beobachtern und umsichtig taktierenden Machtmenschen paßte, die sie darstellen sollten. Bob Grundy vom Yorker Repertoire-Theater, auch er ein Profi und der künftige Essex, ließ sich bereits einen Bart stehen.

Unter den Amateuren wurde als erster Thomas Poole genannt, Fachbereichsleiter für Englisch an der Pädagogischen Hochschule in Calverley und ein Freund Alexanders. Dieser vierschrötige, stille blonde Mensch sollte den abgeklärten Dichterfürsten Spenser verkörpern, der zusammen mit Ralegh den »Chor« bildete. Alexander hatte etliche Wochen an den irrwitzig peinlichen und unrentablen Versuch verschwendet, Shakespeare direkt anzugehen – bis ihm eines Nachts im Traum ein hünenhafter, maskierter Scharfrichter erschien, der ihn enthauptete. Zuvor aber zwang er ihn niederzuknien und überschüttete ihn mit einem unverständlichen Wortschwall, den Alexander (im Traum) als den wahren Urstrom seiner Muttersprache erkannte. Nicht Shakespeare, so offenbarte ihm die Traumgestalt, er selbst war es, der die Feuerprobe nicht ertrug. Als er in kalten Schweiß gebadet aufwachte, fiel ihm Spenser ein.

Dieser auf den ersten Blick so entrückte, unnahbare Dichter erwies sich als leichter zugänglich. Der Text, den Alexander für ihn geschrieben hatte, eine changierende Mischung aus bewußtem Diebstahl, liebevoller Persiflage und Alexanders eigenem luziden Gedankengut, gehörte seiner Meinung nach zu den gelungensten Passagen des Stücks. Das Elisabethanische Versmaß vertrug sich ebenso gut mit den parodistischen Zügen, wie

Alexanders Neuansatz zu den zitierten alten Quellen paßte. *Eterne in mutabilite*, wie Spenser, selbst ein großer Freund von Archaismen, seine Sprachschöpfung kommentiert haben könnte – und wie er Adonis tatsächlich genannt hatte. Alexander übernahm die Wendung für seine *Astraea*, von wo sie im Lauf der Zeit Eingang fand in die Fußnoten der Englischaufsätze zur mittleren Reife und zum Abitur. Alexander war froh, Thomas Poole gewonnen zu haben, der nicht nur die *Feenkönigin* kannte, sondern auch über eine klare und wohlklingende Stimme gebot.

Zu den Damen gehörten neben Marina Yeo und Frederica (ihrem jugendlichen Schatten, wie Crowe launig formulierte) eine gleichermaßen züchtige und leidenschaftliche Lehrerin aus Calverley, der die Rolle der Mary Tudor auf den Leib geschrieben schien; eine Walküre vom Scarborougher Repertoire-Theater, eine gewisse Miss Annette Turnbull, die Lady Lennos spielen sollte; und Mrs. Marion Bryce, die Frau von Kanonikus Bryce aus Blesford, die eine vielversprechende Bühnenkarriere aufgegeben hatte, um ihren Gatten in seinem geistlichen Amt zu unterstützen, und die nun alljährlich im Münster zu Calverley Krippen- und Passionsspiele (von Dorothy L. Sayers und Christopher Fry) inszenierte. Sie war eine vollbusige Brünette mit feuchten Augen, umflorter Stimme und ebensolchem Blick, ohne Zweifel eine Frau mit Ausstrahlung, aber auch sehr gefühlsbetont und nervös. Ihre Rolle war bei allem dramatischen Gewicht eher bescheiden, denn Alexander verabscheute Maria Stuart und ließ sie in seinem Stück hauptsächlich als unsichtbare Bedrohung agieren. Und dann war da noch Jenny, die vielleicht nicht dabei gewesen wäre, wenn Alexander nicht eigens darum gebeten hätte.

Jenny war schon ganz erschöpft von ihren Konversationsübungen bei Tisch. Sie und Wilkie hatten sich gebührend über die Abgründe ihrer bevorstehenden Bühnenehe ausgelassen, und Wilkie hatte sich erkundigt, ob sie eine vielbeschäftigte Schauspielerin sei.

»Aber nein! Ich habe ein Baby zu versorgen – oder sagen wir ein Kleinkind. Da ist man schon sehr angebunden. Und wie steht's mit Ihnen?«

»Ich werde vielleicht sogar Berufsschauspieler. Die Talentsucher sind schon bis in meine Garderobe vorgedrungen. Ganz schmeichelhaft, nicht? Außerdem ist es ein lukrativer Job, zumindest für ein, zwei Jahre. Aber ich bleibe wohl doch bei den grauen Zellen.«

Hier war Frederica dazwischengeplatzt. *Sie* habe fest vor, zum Theater zu gehen. Ihr Vater wolle sie zwar unbedingt nach Cambridge schicken, aber sie fürchte, die Uni sei nur ein lästiger Umweg. Wilkies meerblaues Gefunkel schwenkte in ihre Richtung. Als er sich eine Zigarette anzündete, die noch dazu in einer langen schwarzen Spitze steckte, sah es aus, als säße ein Rüssel zwischen den leuchtenden Mottenaugen. Im Augenblick, sagte er ernsthaft, könne sie sich keine bessere Startchance wünschen als Cambridge. Dann könne sie später unterrichten, wenn sie beim Theater »pausiere«, und das sei allemal besser als zu kellnern. Sie würde nicht unterrichten, protestierte Frederica lautstark, alles, nur das nicht – wenn's sonst nicht reicht, zum Lehrer leicht! Außerdem sei sie entschlossen, eine *gute* Schauspielerin zu werden. Selbst die guten müßten hin und wieder pausieren, sagte Wilkie gelassen, räumte dann aber ganz versöhnlich ein, daß man ohne vollen Einsatz nicht wirklich gut sein könne, da habe sie schon recht.

Jenny machten diese naßforschen, hochintelligenten Kinder angst. Mit ihren vierundzwanzig Jahren war sie alt dagegen, auch wenn Wilkie höchstens zwei Jahre jünger sein konnte als sie (eher weniger), denn er hatte immerhin schon den Wehrdienst hinter sich. Während der Ehrgeiz dieser beiden keine Grenzen kannte, endete ihr Horizont bei Geoffrey, Thomas, Blesford Ride. Und was blieb sonst, außer, mit etwas Glück, ab und zu eine läppische Unterrichtsvertretung? Früher, in Bristol, hatte sie ganz passabel Theater gespielt, aber es war ihr nie eingefallen, eine Karriere darauf aufzubauen. Sie hatte immer gewußt, daß sie zuerst das Problem Ehe und Kinderkriegen lösen mußte, bevor sie darangehen konnte, eine sinnvolle Zukunft zu planen. Sie hatte sich für die Ehe entschieden, ohne die Alternative auch nur in Erwägung zu ziehen. Während des ganzen Studiums, ja schon bevor sie sich überhaupt eingeschrieben hatte, war es ihr Wunsch gewesen zu heiraten. Und sie wußte beim besten Willen nicht, ob sie sich mit einer anderen Einstellung vielleicht anders eingeschätzt – sich womöglich für ein großes Talent gehalten und dann auch entsprechend entwickelt hätte. Ihre Abneigung galt nicht Wilkie, der sich augenscheinlich für ein Genie hielt, sondern Frederica, die genauso offensichtlich an ihr Genie glaubte und das obendrein relativ plump und lautstark kundtat. Daß sie sich bei ihrem Urteil vom Geschlecht leiten ließ, gestand sie widerstrebend ein. Sie hatte versucht, Blickkontakt mit Alexander aufzunehmen, um zumindest aus seiner Bewunderung ihrer weiblichen Reize Trost zu schöpfen, aber er war zu sehr damit beschäftigt, Miss Yeo ihre Stola umzulegen. Also legte sie es darauf an, Wilkies Aufmerksamkeit zurückzugewinnen, indem sie sich nach seinem Forschungsgebiet erkundigte und danach, welche Gehirnfunktionen er denn im einzelnen untersuche.

»Ich arbeite an der Relation zwischen Bildsymbolik und Sprache – um herauszubekommen, wie wir unsere Begriffe und Vorstellungen formen. Es geht darum, ob (wie manche Psychologen glauben) die Bildmetaphorik nicht nur primitiver, sondern auch elementarer ist als das Wort oder ob ohne irgendeine Form von Symbolsprache überhaupt kein Denkprozeß möglich ist. Ich möchte gern mit Eidetikern arbeiten – mit Menschen, deren Denken schlichtweg visuell gesteuert wird. Es gibt mathematische Genies – wie etwa Flinders Petrie –, die visuell denken – sich gewissermaßen im Geiste einen Rechenschieber vorstellen, von dem sie einfach die Ziffern ablesen. Mit solchen Probanden ließen sich aufschlußreiche Beziehungen herstellen zwischen visueller und konzeptioneller Gedächtnisleistung und analytischem Denken ...«

Frederica, die überhaupt ziemlich aufgedreht wirkte, mischte sich abermals ein.

»Mein Bruder hat das früher auch gekonnt – Rechenaufgaben einfach so vom Hinsehen lösen.«

»Ach, wirklich? Und hat er die Fähigkeit noch? Und wie hat er's angestellt, ich meine, mit was für Aufgaben hat er sich beschäftigt, wissen Sie das?«

»Na ja«, sagte Frederica gedehnt und begann eine schrecklich konfuse Schilderung von Marcus' mathematischem Sündenfall, die unterbrochen wurde, als Crowe die Tafel aufhob. Mit vierundzwanzig, dachte Jennifer, kann man doch unmöglich schon unsichtbar werden.

Crowe führte seine Gäste in die Bibliothek, wo verschiedene Entwürfe und Modelle ausgestellt waren. Auf einem langen Tisch stand ein verkleinerter Nachbau von Terrasse und Park mit diversen hellen Pavillons und luftigen Thronsälen als beweglichen Versatzstücken. Daneben ein White Tower aus Pappmaché und eine aus Streichhölzern, Gazestreifen und Bindfäden gefertigte Krönungssänfte. Die ganze possierliche Konstruktion erinnerte an eines jener mikrokosmischen Schachtelwunder – sei es Dorfmodell oder russische Folklorepuppe –, bei denen etwa dem Miniaturdorf abermals ein Modelldörfchen einverleibt ist, das seinerseits wieder eine kaum noch erkennbare weiße Kernansammlung enthält (wie im Gehäuse einer noch ganz kleinen, unfertigen Birne), die Burgen vorstellen soll oder Majestäten – allesamt so winzig, daß keine menschliche Hand sie schnitzen, kein Auge sie unterscheiden könnte. Oder an die sogenannten Gärten des Adonis, jene rasch welkenden, künstlich in Gefäßen getriebenen Pflanzkulturen mit Mais, Lattich und Fenchel, die am Festtag des Jünglings Straßen und Plätze schmücken und, kaum daß die Lustbarkeiten vorüber waren, dem Flußgott geopfert wurden, um ihn versöhnlich zu stimmen, wie bei anderen Gelegenheiten durch die Effigien von Tod und Karneval.

Auf dem Tisch waren auch Alexanders Zeichnungen ausgebreitet, die er ursprünglich nicht hatte publik machen wollen, dokumentierten sie doch den Gipfel seiner rauschhaften Versenkung in den Stoff. Wissenschaftliches Interesse und Schwärmerei hatten ihn gleichermaßen bewogen, sich während des Schreibens mit den Porträts, Miniaturen und Kostümen im Victoria and Albert Museum zu beschäftigen. Und die Museumsbesuche hatten wiederum dazu geführt, daß er sich spätnachts hinsetzte und seine Figuren zeichnete. Sobald Crowe herausgebracht hatte, daß diese Zeichnungen existierten, luchste er ihm einen ganzen Stapel davon ab. Ein zur Probe engagierter Kostümbildner hatte bereits erste Entwürfe angefertigt, die sich in der Farbgestaltung an den Vorgaben aus Alexanders Text orientierten: Neben Rot und Weiß, Grün und Gold tauchten immer wieder Tudorrosen und Ornamente in Rosettenform auf. Burleigh und

Walsingham waren rotweiß gewandet, Spenser und Ralegh trugen Grün und Gold, und in den Roben der Königin fanden sich alle vier Farben vereinigt. Doch Alexander mit seinem Faible für das Ausgefallene war mit diesen Entwürfen ganz und gar nicht einverstanden. Deren aufdringliche Symbolik schmälerte, so fand er, den dichten und punktgenauen Realismus, der ihm vorschwebte, ebenso wie die vom Sujet her vorgegebene phantasievolle Prachtentfaltung. Die Zeichnungen hatte er Crowe eigentlich nur gezeigt, um seine Wünsche zu veranschaulichen. Obwohl er sich nicht bloß aufs Zeichnen verstand, sondern auch auf Haken und Ösen, Biesen, Abnäher und Paspeln. Bei Schulaufführungen hatte immer er den Kostümfundus betreut.

Allein, die Schauspieler zeigten sich begeistert. Alexander hatte einige der Figurinen mit den Gesichtern der Originale gezeichnet, andere mit dem Konterfei ihres jeweiligen Darstellers. Ralegh im perlenbestickten schwarzen Samt war Ralegh. Bei Leicester dagegen konnte das schüttere blonde Bärtchen nicht darüber hinwegtäuschen, daß es Max Barons bang umwölkte Stirn war, unter der hervor er den Betrachter anblinzelte. In den Kostümen der Königin steckten gleich mehrere Gesichter und Gestalten. Über einer höfisch strengen Halskrause saß gebieterisch das bleiche, abgehärmt spitze Gesicht der weißgoldenen Majestät, die, auf dem britischen Inselreich stehend, das Unwetter-Porträt ziert. Die Figurine mit dem gefältelten Nachthemd krönte ein hybrides Antlitz mit Marina Yeos breitem Mund und ihrem Schwanenhals unter Elizabeths hochgewölbten, gezupften Brauen und der aufgetürmten Perücke. Voll Freude entdeckte Frederica ihre eigenen Kostüme: ein goldgesäumtes weißes Kleid für die Kerkerszene und einen grüngoldenen Rock für die ausgelassene Tollerei in Catherine Parrs Garten. Aber als sie sah, daß statt der Gesichter über diesen Gewändern jeweils nur ein leeres Oval gezeichnet war, fühlte sie sich gekränkt.

Bei Bess Throgmorton hatte Alexander sich heimlich gehenlassen, hatte sie als Aquarell à la Hilliard gemalt und ihr Jennys nervös gespanntes Gesichtchen über Jennys vertrauten runden Brüsten im fächerförmigen Spitzenkragen der wahren Bess gegeben. Sie stand vor einem Hilliardschen weißen Rosenstrauch auf einem manieristischen Teppich aus weißen Veilchen und bunten Maßliebchen und versuchte, ihre vom Wind gebauschten korallenroten Röcke zu bändigen. Einzig die Gewänder der Damen wurden in diesem beschaulichen Frühlingsidyll von den unzeitigen Launen der Lüfte bedroht. Erschrocken über den in seinen Augen unmißverständlichen Gefühlsüberschwang des Porträts, hatte Alexander sich bemüht, es zu versachlichen, indem er die Konturen detailgetreu mit Spitzen, Litzen und Zacken ausschmückte – wodurch er seine ursprünglichen Beweggründe (zumindest für den eigenen, in der Deutung verrätselter Konzetti so geschulten Blick) nur um so deutlicher zu erkennen gab. Doch jetzt gönnte er sich die Freude, Jenny zu beobachten, während sie ihr Ebenbild in seinem zartkolorierten, wohlgeordneten Hain musterte, und er sah ihr über die Schulter, als sie überrascht ausrief: »Die Frau da vor dem Rosenstrauch, die kommt mir so bekannt vor!«

»*Swisser Swatter!*« ließ sich Wilkie hinter ihr vernehmen.

»Das kommt auch in meinem Stück vor«, sagte Alexander. Und Crowe, der wiederum hinter Wilkie stand, sprach das John-Aubrey-Zitat zu Ende.

»Als Gefahr und Lust einander erhitzten und solchermaßen steigerten, da entrang sich ihrer Brust in höchster Verzückung ein: Nicht doch, *sweet Sir Walter*! Was, in der Aufregung, zu *swisser swatter* zusammenschnurrte.«

»Als sich herausstellte, daß sie schwanger war, wurden beide in den Tower geworfen«, ergänzte Wilkie. »Was für entzückende Unterröcke, Mr. Wedderburn. An denen werde ich mich delektieren.«

Alexander war im Begriff, Jennifer nachzugehen, als Frederica ihn zurückhielt.

»Hab' ich Sie doch noch erwischt!« sagte sie, ihre Verlegenheit mit einem koketten Tonfall überspielend. Die Aussicht auf einen ganzen Sommer mit Jennifer stimmte Alexander milde.

»Kommen Sie, ich zeig' Ihnen was, Frederica. Hier, schauen Sie mal.«

Er zog eine braune Papiertüte hervor und entnahm ihr einen schmalen, länglichen Streifen weinroten Samts.

»Unberührt vom Zahn der Zeit. Matthew hat's gefunden. Er wollte seine Stühle neu beziehen lassen und stieß dabei auf dieses herrliche Stückchen Stoff. Es war noch genauso in die Polsterung eingerollt wie weiland unter James I., als man es hineingeschoben hat.« Mit erhobener Hand hielt er das Fundstück ins Licht.

»Wenn man Samt gegen den Flor drapiert, dann verliert er seinen Glanz – er lebt nicht mehr. Dieser hier gehört so herum, sehen Sie?« Seine Finger liebkosten das leuchtende Plüschgewebe. »Beachten Sie die schillernden Lichtreflexe – erst silbrig, dann blutrot und schließlich schwarz. Karnat – eine Nuance dunkler als Rost – die inkarnierte Versuchung auf der Farbenskala. Denken Sie an den Fleischton auf alten Gemälden, der intensiver leuchtet als alle Damaszenerrosen und Kirschmünder, von denen uns die Sonettdichter singen. Hier haben Sie das Ding an sich.«

»Sie haben eine Schwäche fürs Dingliche, Alexander.«

»Das klingt ja fast vorwurfsvoll. Teilen Sie diese Schwäche etwa nicht?«

»Dazu hat mich nie jemand angehalten. Natürlich weiß ich eine gute Wollqualität zu schätzen und eine anständige, scharfe Klinge auch – ich stamme ja nicht umsonst aus Yorkshire. Aber damit hat sich's auch schon.«

»Vielleicht weil Sie noch so blutjung sind. Das Leben verdichtet sich mit den Jahren. Wer weiß, ob ich mich in Ihrem Alter schon so für die Kunstsammlung hier in Long Royston begeistert hätte.«

»Für mich ist das zuviel auf einmal. Es erschlägt mich. Ich gehöre immerhin zur sogenannten Spargeneration. Butter und Sahne, Apfelsinen und Zitronen, das waren bis vor kurzem noch Bilderbuchbegriffe für uns, verstehen Sie? Und Daddy mochte das: Ersatzbrot, Behelfsstühle, Trockenmilch und Margarine. Aber was Long Royston angeht, so kriege ich zwischen all diesen Skulpturen und Tapisserien fast Beklemmungen.«

»Hören Sie sich das an!« rief Alexander, an Crowe gewandt. »Frederica hat die Stirn und behauptet, daß Sie Ihren Schätzen von Kriegs wegen nichts abgewinnen kann.«

Crowe maß Frederica mit einem prüfenden Blick unter silberweißen Brauen.

»Das ist bestimmt nicht wahr.«

»Doch! Es gibt einfach so viel zu sehen, daß einem ganz bange wird davor.«

»Nicht, wenn man sich auskennt. Kommen Sie, ich zeige Ihnen mein schönes Haus und lehre Sie den Blick fürs Detail. Fangen wir mit den Stukkaturen im großen Saal an. Haben Sie sich die schon angesehen?«

Frederica erinnerte sich, daß im Saal unterhalb der Galerie ein Stuckfries verlief, doch mehr als ein flüchtiger Eindruck von blassen, nackten Reliefgestalten und Tieren in einem Waldesgrund hatte sich ihr nicht eingeprägt. Als sie jetzt gehorsam den Blick emporwandte, sah sie, daß die Figuren in ihrer teils dynamisch verspielten, teils hölzernen Pose eine halbherzige Verbindung britischer und antikisierender Stilelemente verrieten. Ein Mann fiel ihr auf, der sich in einen Hirsch verwandelte und dessen unter sichtbaren Qualen vollzogene Metamorphose sie an die Baummänner in der Kathedrale von Southwell erinnerte: die gleichen zum Zerreißen gespannten Sehnen, die knorpelig entstellten Füße, der geweitete Brustkorb über der hellschimmernden, pelzigen Wamme, der leicht geöffnete Maulmund unter der noch ganz menschlichen Stirn.

»Aktäon«, sagte die klassisch gebildete Frederica.

»Richtig«, bestätigte Crowe. »Diese Wand erzählt seine und Dianas Geschichte. Und dort drüben jagt Venus den pflichtvergessenen Cupido. Wie Sie sehen, treffen beide Göttinnen über dem Kamin zusammen. Der gescholtene Cupido geht in sich. Aktäon aber wird aufs grausamste gefoltert. Für mich fügen sich all diese Bilder zu einer fortlaufenden Allegorie. Und die Ausgestaltung ist sehr viel lebendiger als sonst bei englischen Stuckarbeiten üblich – beachten Sie nur die hübschen Göttinnen.«

Frederica tat wie geheißen. Die beiden Göttinnen traten wiederholt in Szenen auf, die fließend ineinander übergingen, was der jeweiligen Figur den Nimbus der Allgegenwart verlieh. Schlank, groß und hochbusig stand Diana im Schilfrohr eines runden Teiches, indes Aktäon, der böotische Heros, hinter einem Felsen hervorlugte. Da der Betrachter sich wiederum hinter dem spionierenden Jäger befand, konnte er das Muskelspiel seiner noch menschlichen Schultern und Gesäßhälften studieren. In der nächsten Szene verfolgten die erzürnte Göttin und ein Schwarm zartgliedriger Nymphen die Verwandlung vom Menschen zum Tier und die anschließende, grausam lange Hetzjagd: Hundepfoten, Mädchenfüße, Pferdehufe preschten gleich vertikalen weißen Wogen über weiße Blumenteppiche und weiße Baumstümpfe, indes Cupido mit seinem Spielzeugbogen bald hier, bald dort auftauchte, die Göttin ihm nachsetzte, auf ihn anlegte, ihn verfehlte und gleich wieder unvermutet auf der nächsten Lichtung erschien. Eine Nymphenprozession schleppte den geschundenen Leichnam, an langen Stangen aufgeknüpft, in Richtung Kamin, über dem die Göttinnen triumphierend, in fahlschimmernden, faltenreichen Gewändern, mit Blumengirlanden bekränzt, Hand in Hand thronten.

Auf der anderen Seite des Saals, wo statt der geschmeidigen Künstlerhand vom ersten Abschnitt des Frieses ein manierierter Stukkateur ohne eigenes Profil am Werk gewesen war, erwachte Venus in einem Schlafgemach im Walde, bei dessen Wänden sich nicht ausmachen ließ, ob sie aus schmucken weißen Bäumen bestanden oder aus Säulen mit Blattwerkkapitellen. In einer von Tauben gezogenen Kutsche flog die Göttin von dannen und ging auf einem beschaulichen Hügel in einem kleinen befestigten Städtchen nieder, vor dessen Toren ihr Bauern und Schafe und Kühe im Miniaturformat anhand hell leuchtender Wunden bedeuteten, daß ihr Sohn dagewesen, aber wieder verschwunden sei. Venus, die merklich fülliger war als Diana, trug ihren kunstvoll gewebten Gürtel über einem transparenten Gewand, dessen duftiger Faltenwurf ihre hübschen Rundungen durchschimmern ließ. Wo sie ging und stand, sprossen weiße Blumen aus dem Erdreich und schwebten als Sträußchen und Gebinde durch die Lüfte. Ihr Antlitz spiegelte ein ruhiges Lächeln, auf Dianas Zügen lag kalte Beherrschung. Im gemeinsamen Schlußbild, auf dem stilvoll arrangierten Trümmerfeld mit tränenüberströmten, blutenden Nymphen, den Opfern von Cupidos Pfeilen und dem zum Ausweiden aufgebahrten Jägersmann wirkten die beiden Göttinnen fast ein wenig anstößig. Frederica wies darauf hin. Crowe gab ihr recht und sagte, er interpretiere diese Darstellung als versteckten Kommentar zu Elizabeths Betragen gegen Johanna Seale, eine Tochter des Hauses, die ein ganz ähnliches Schicksal erlitten habe wie Beth Throgmorton. Jagd- und Fleischeslust seien ihr zum Verhängnis geworden, die, noch blutjung, im Kindbett gestorben war, nachdem sie ihren zweiten Sohn höchst leichtsinnig während einer Kerkerhaft empfangen hatte. Allerdings hänge über dem Saaleingang – vis-à-vis den Gottheiten – auch ein getreues Abbild der großen Königin, das im übrigen sehr gut zu Alexanders Stück passe und Frederica schon deshalb interessieren dürfte.

Frederica blickte hinauf zu diesem mit Pretiosen überladenen Geschöpf, das nichts von der grazilen Zartheit der Göttinnen hatte, und meinte, es komme ihr so vor, als ob die Königin in der Hocke kauere.

»Ja, ja, den Eindruck hat man, und schuld daran ist zum Teil die perspektivische Darstellung. Aber vor allem liegt es daran, daß ihr Gewand die Landkarte der britischen Inseln zeigen soll, was ein gewisses Quetschen respektive Dehnen des Körpers unvermeidlich macht. Hier, sehen Sie, wie Land's End unter ihrem linken Knie flattert? Und wie Schottland sich über der linken Schulter wölbt? Natürlich hat der Künstler hier Anleihen beim Frontispiz zu Draytons *Polyolbion* gemacht.«

»Es sieht so aus«, entschlüpfte es Frederica unbedacht, »als ob das Füllhorn zwischen ihren Beinen rauskäme, direkt aus der ...«

»Ich glaube eher, daß das die Themsemündung sein soll. Das Handelszentrum des Empires. Das Porträt zeigt Elizabeth als Virgo-Astraea. Astraea, letzte der Unsterblichen, Göttin der Gerechtigkeit, floh in der Eisenzeit vor der Gottlosigkeit der Menschen gen Himmel und wurde eins mit dem Zeichen der Jungfrau. Ihre Insignien wurden die Waage des gleichnamigen Sternbildes, aber auch die Erntefrüchte der Jungfrau, da die Sternzeichen Jungfrau und Waage beide in die Erntezeit fallen.«

»Ich weiß. Ich bin im Zeichen der Jungfrau geboren. Am 24. August, an St. Bartholomäus.«

»Na, wenn das kein Wink des Schicksals ist!«

»Ich glaube nicht an diesen ganzen Hokuspokus.«

»Immerhin war auch Elizabeth dem Sternzeichen nach Jungfrau. Was die Zuordnung betrifft, so werden allerdings Virgo

Astraea und die Jungfrau Maria oft zu ausgesprochen garstigen und unangenehmen Fruchtbarkeitsgöttinnen in Beziehung gesetzt – Kybele, Diana von Ephesus, Astarte.«

»Birkins Mond.«

»Schon, aber seine Bilder sind so *forciert*, finden Sie nicht, wenn man sie mit diesem hier vergleicht?« Pflichtschuldig richtete Frederica den Blick auf Elizabeth-Polyolbion-Virgo-Astraea. Die ein bißchen albern wirkende Hockstellung verlieh der Majestät etwas kantig Herbes, chthonisch Amorphes und ließ sie primitiver erscheinen als die Nymphen und Göttinnen mit ihren hübsch gerundeten Brüsten. Unter den im Wortsinne landschaftlich gestalteten, faltenreichen Gewändern ahnte man einen üppig plumpen Leib. Das Haupt der Königin, die in der Linken ein blankes Schwert und in der Rechten die Waage der Justitia hielt, krönte ein Schloß mit Zinnen und Türmchen. Zwischen den gewaltigen Knien wölbte sich großmächtig das Füllhorn, ein starr gebogener Trichter, der als segensreicher Fruchtbarkeitsstrom seine Ufer (sprich: die benachbarten Architrave) mit einer Kaskade von Stuckblumen und -früchten, Kornähren und vergoldeten Äpfeln überschüttete.

Fredericas ästhetische Erziehung war hiermit noch nicht zu Ende. Vielmehr mußte sich die ganze Gesellschaft wohl oder übel zu einer Führung durch die fürstlichen Schlafgemächer bequemen, eine Zimmerflucht, die aus ineinander übergehenden Räumen bestand, deren jeder mit einem riesigen Himmelbett unter einem kunstvollen Deckengemälde ausgestattet war und einen kosmologischen Namen trug. Sonne, Mond und Planeten – so hießen diese weitläufigen und unangenehm zugigen Zimmer, die durch mehrere Ein- und Ausgänge mit Kabinetten, Korridoren und Treppen verbunden waren. Wie eine Kreuzung zwischen Kastellan, Kunsthistoriker und Sklaventreiber wuselte Crowe zwischen seinen Gästen hin und her, beladen mit ganzen Bergen der Schonbezüge, die die von der unglücklichen Johanna Seale bestickten Tagesdecken vor dem Ausbleichen schützten. Im Mondzimmer schmückten silberne Mondsicheln auf blauem Grund Decken und Vorhänge. Crowe stieß die Fensterläden auf und ließ ein paar zaghafte, blaßkalte Sonnenstrahlen herein. Alle Schlafgemächer waren mit Stukkaturen versehen, deren klassische Motive den phantasiebegabten englischen Meister der Metamorphose verrieten. Im Mondzimmer hatte er die Grausamkeiten der Göttin Diana verewigt: den Tod von Niobes Kindern, das qualvolle Ende des Hippolytos, die Verwandlung Egerias in eine Quelle. Crowe wies darauf hin, wie schade es sei, daß das Deckengemälde, eine barocke Zutat, den Raum dominiere. Man blickte hinauf und sah wie Cynthia, in bizarrer Perspektive, von der Himmelskuppel herabstieg in die Berghöhle des schönen Schläfers Endymion.

»Wie lange es her sein mag«, sagte Wilkie, »seit sich in diesen Betten wer geliebt hat. In der Kulisse gewiß ein phantastisches Erlebnis.«

»Nachts hat man hier bestimmt elend gefroren, trotz der dichten Bettvorhänge und selbst mit einem Kaminfeuer«, meinte Thomas Poole.

»Ich glaube«, sagte Frederica, »wenn da mal einer kräftig draufspringt, wirbelt er ganze Staubwolken hoch. Und hinter den Bettvorhängen kriegt man ganz gewiß Platzangst. Und was die Liebe betrifft, so vergeht einem, denke ich, in einem Zimmer, das eher eine Durchgangsstraße ist, die Lust ganz schnell.«

»Um die wieder anzustacheln, war zweifellos die Decke da«, sagte Crowe.

»Mich hätte die nicht animiert«, kam es laut und anzüglich von Frederica, die eigentlich noch von niemandem zur körperlichen Liebe animiert worden war. »Diese rosig-braune Fleischbeschau unterm gräßlich faden, unwirklich blauen Himmel, und erst die widerlichen rosa Wölkchen – nein danke! Außerdem sieht das Fleisch aus wie gebraten oder halb gar, so was Gräßliches würde man bestimmt nicht anfassen wollen.«

Wilkie sah hinauf in die Trompe-l'œil-Kuppel und nahm schließlich die Brille ab. Als er sich Frederica zuwandte, stellte sie erschrocken fest, daß seine Augen, die sie sich genauso strahlendblau gedacht hatte wie die Brillengläser, in Wahrheit schokoladenbraun waren. Er blinzelte, sie blinzelte, und er sagte: »Der Maler war Italiener. Weder das Fleisch noch das Licht sind englisch. Dafür sind die Schatten zu scharf, das Licht ist zu grell. Und solche Braun- und Rottöne finden Sie in unseren Landschaften auch nicht. Englische Erotik besteht schlechterdings nicht aus satten Blau- und Terrakottatönen. Oder *carne cotta*. Die unsere fußt auf Waldesgrün und Quellwasser. Wir wollen durch Nebelschwaden in unergründliche Tiefen schauen. Das englische Arkadien besteht aus finsterfeuchtem Dickicht und Unterholz. Ein Hoch auf die baumbestandene, mitternächtliche Lichtung in *Liebende Frauen* oder auf Lady Chatterleys Liebhaber, der bei strömendem Regen splitternackt durch den Forst rennt.«

»Mystisches, greifbares und wahrhaftiges Anderssein«, deklamierte Frederica triumphierend, denn hier paßte ihr meistbespötteltes Zitat ausnahmsweise einmal gut. »Nein danke, nichts für mich.«

Im Sonnenzimmer sagte Mrs. Bryce, ihr täten die Füße weh, setzte sich auf eine geschnitzte Truhe und massierte ihren Spann. Reed und Braithwaite amüsierten sich damit, die Schonbezüge vom rotfunkelnden Bett zu raffen. Crowe lenkte ihre Aufmerksamkeit auf die gipserne Daphne inmitten der Geliebten Apolls – in seinen Augen das Meisterwerk des Stukkateurs und so urenglisch: sprießendes Laub an knorrigen Gliedern, menschliche Adern, die anfingen, sich zu verzweigen und in geädertes Blattwerk zu verwandeln, die Beine, gewaltsam im Sprung gehemmt und als Wurzeln im Boden verankert, und endlich das wunderliche Gesichtchen, das weit eher zu einem altenglischen Kobold paßte als zu einer griechischen Nymphe. Miss Yeo zitierte Marvell. Zur Nymphe taugt sie nicht, wohl aber für einen Baum. Reed und Braithwaite priesen den Hang zum Vegetarismus und seine enorme Verbreitung. Crowe nahm Frederica beim Arm und lenkte ihren Blick an die Decke.

»Kein Vergleich mit nebenan. Frauen haben Jacopo vermutlich nicht besonders inspiriert. Aber das hier …!«

Das Deckengemälde, das Hyazinths Tod darstellte, war von fragwürdigem Geschmack – falls das die richtige Umschreibung ist für das seltsame Unbehagen, das die meisten Besucher bei seinem Anblick beschlich. In mattgoldener Nacktheit, die güldenen Locken kunstvoll auf seinen schmalen Schultern drapiert und die Arme wie vor Entsetzen oder auch in erotischer Verzükkung ausgebreitet – so kniete der Sonnengott über dem schon erschlafften, dem blutüberströmten, dem idealisierten Bronzekörper des Jünglings, dessen röteres Blut den roten Sand in anmutigem Rinnsal durchzog und rings um die Lachen bereits zu Hyazinthen erblühte, die in violettem Purpur auf Terrakotta und Scharlachgrund leuchteten. Das Haupt des Gottes war, in Betrachtung seines Werks, zur Seite geneigt. Die Lider hatten sich so tief über die Augen gesenkt, daß er nur noch durch schmale Schlitze spähte; der sinnliche Mund war in die Breite gezogen und leicht geöffnet und formte sich, mit den herabhängenden Mundwinkeln, zu jenem rätselhaften Ausdruck, der wahrer Schmerz sein konnte oder schieres Entzücken: ein Spiegel überbordender Gefühle, zur Maske erstarrt.

Crowes Hand schloß sich fester um Fredericas Arm.

»Achten Sie auf die Konturen – sehen Sie, wie die Innenseite von Apolls Schenkeln die Linienführung am Bein des Knaben nachahmt? Und welche Unbekümmertheit auf beiden Gesichtern liegt? Achten Sie auf den Umriß des Kopfes in der Blutlache, die wiederkehrenden Rundungen ...«

»Er ist tot«, unterbrach ihn Frederica. Es schien ihr wichtig klarzustellen, daß Hyazinth tot war.

»Tod und sexueller Rausch, das waren damals austauschbare Metaphern.«

»Sind sie noch«, sagte Wilkie. »Und ganz zu Recht: Ein Toter und ein Mensch in Ekstase, die sehen wirklich gleich aus.«

Obwohl er sich so kennerhaft gebärdete, hatte Frederica keine Lust, ihn zu fragen, woher er das so genau wissen wolle. Crowe fuhr fort.

»Beachten Sie auch den Perspektivenwechsel. Nebenan ist die Welt eingeschlossen in eine gleichmäßig beleuchtete Kuppel. Hier dehnt sich der Wüstenhorizont bis weit über die Grenzen des Gesichtsfelds hinaus – das Auge muß wandern, kann auf nichts einzelnem ruhen. Und dann, inmitten dieser formlosen Wüstenei, die streng gegliederte, ganz und gar durchkomponierte zentrale Figurengruppe. Sehen Sie, wie exakt die Blütenblätter mit den glitzernden Blutströpfchen auf seinem Schenkel korrespondieren – wie der Blütenkelch nichts anderes ist als ein umgekehrter Tropfen. Das ganze Gemälde ist aufgebaut wie eine Pyramide aus lauter kleinen, auf- oder abwärtsstrebenden Elementen wie ebendiesen Tropfen – sehr schön zu verfolgen an

Apollos Haar, dem prononcierten Scheitel, dem üppig fließenden Spiel der Locken und Wellen. Nach meiner Theorie handelt es sich hier um ein Gleichnis für den Zyklus von Zeugung und Wiedergeburt im Zeichen der Sonne – Blut sickert ins Erdreich, das bringt die Blumen hervor ...«

»Blaues Fleisch«, sagte Wilkie und nahm abermals die Brille ab. »Da hat der Künstler die Nachbilder gleich mit einkalkuliert. Was mir noch auffällt, sind die vielen kalten Rottöne auf blauem Grund, die scheinbar so gar nicht ins Konzept passen.«

»Er hat einen grausamen Mund«, sagte Frederica.

»Er war ein grausamer Gott«, versetzte Crowe. »Die Geschichten über ihn sind grausam. Aber warten Sie, bis Sie meinen kleinen Marsyas sehen, den wir uns freilich bis zum Schluß aufheben wollen. Dieser Gott hier hat den Jüngling ja nicht getötet, aber sehen Sie, wie Zephyros, der wahre Mörder, seine Pose nachahmt? Und zu guter Letzt wollen wir auch die Randfiguren nicht vergessen. Kunsthistoriker rubrizieren sie gern pauschal unter Nymphen und Schäfer, eine Deutung, die ich höchst unbefriedigend finde. Meiner Ansicht nach soll die Gruppe zur Rechten – die Tanzgesellschaft – die Musen vorstellen – ›seinen Chor der Neun‹ – Sie wissen schon –, und dort drüben auf der linken Seite, dieses gestikulierend herumspringende obskure Häuflein, das sind für mich die Initianden, die Jünglinge, die Hyazinth oder Adonis oder Tammuz oder wem auch immer zu Ehren ihre wilden Orgien feierten, mit Selbstverstümmelung und so weiter. Im ganzen gesehen bilden die Figuren ein Unendlichkeitssymbol – wenn Sie genau hinschauen – orientieren Sie sich an den Armen und der Längsachse der Körper, dann erkennen Sie eine zur Seite geneigte, längliche Acht, deren Schnittstelle genau im Bildmittelpunkt liegt, da, wo die Körper von Apollo und Hyazinth sich – ach – fast berühren. Jacopo war recht bewandert in alchimistischen Heilslehren und neuplatonischen Mythen. Hier zeigt er uns Apoll als das Prinzip von Ordnung und Chaos, Kunst und Zerstörung. Wiederauferstehung und so weiter. Blütenflor und darunter ein harter Kern.«

»Wie obszön«, sagte Wilkie zu Frederica, und sie kicherte.

Alexander und Jennifer war es gelungen, unbemerkt unter dem spähnden Mond zurückzubleiben. In stiller Übereinkunft hielten sie so lange sicheren Abstand zueinander, bis der letzte Nachzügler, Thomas Poole, hereinkam, den Mund aufmachte, um Alexander anzusprechen, sich eines Besseren besann und weitereilte.

Alexander lehnte am Fenster, das auf den Kräuter- und Küchengarten hinausging. Hinter dessen hohen Mauern erstreckte sich das Moor und tummelten sich windzerzauste, staksbeinige Schafe.

»Komm her zu mir, Jenny.«

»Nein, du kommst her und siehst dir dieses Bett an.« Und dann blickten sie Seite an Seite und mit feierlichem Ernst auf die erhabene Seidendecke herab. »Du sagst doch dauernd: Ja, wenn wir nur ein Bett hätten. Bitte, hier steht ein *gigantisches* Bett.«

Alexander stimmte ihr zu. Seine Hand fand die ihre in der kleinen Kuhle über der Taille. Sie hielten einander umschlungen.

»Ich sollte dich jetzt nehmen«, sagte er, »dich ganz sachte da aufs Bett schubsen, dir die Füße hochlegen – so – und die Schuhe ausziehen, dein Haar lösen ... und dich dann langsam und in aller Ruhe ausziehen ... bis du ganz entblößt vor mir lägest ...«

»Und dann würdest du dastehen und große Augen machen, während ich in diesem riesigen Bett vor Kälte bibbere.«

»Nein, nein! Ich würde ... also ich würde ...« Niederschreiben hätte er es können. Aussprechen konnte er es nicht.

»Du würdest ganz unerhörte Sachen mit mir anstellen. Ich weiß, ich weiß. Das haben wir uns oft genug ausgemalt. Aber wir tun's nie wirklich, oder?«

»Doch, doch. Jetzt haben wir doch monatelang Zeit, um ...«

»Nein, nein. Wir müssen uns entscheiden. Entweder wir ziehen einen Schlußstrich, oder ...«

»Oder ...«, wiederholte Alexander matt.

»Oder wir heiraten. Dann könnten wir ...«

»Heiraten.« Sinnend betrachtete er die wehenden Bettvorhänge. Er begriff, daß er Jennifer nicht für besonders ehetauglich hielt. Er zog sie fester an sich. In seiner Angst vor Entdeckung zerrte er sie fast grob hinter den Bettvorhang und küßte sie.

Man hörte Schritte. Sie fuhren auseinander. Alexander wies zur Decke hinauf und zitierte den erstbesten Vers, der ihm einfiel.

»Auf deinen Silberrädern kehrst endlich du zurück.«

»Ach ja, Tennyson«, sagte Frederica mit einem unangebracht komplizenhaften Kichern. »Früher habe ich mir dabei statt des Streitwagens immer eine Statue auf Rollschuhen vorgestellt. Ganz schön dumm, nicht wahr? Man hat mich nach Ihnen geschickt. Mr. Crowe möchte diesen Flügel hier abschließen und uns in den Eckturm führen, in dem er wohnen wird, sobald die Studenten einziehen. Er sagt, wir müßten unbedingt noch seinen Marsyas sehen. Was mich angeht, so bin ich solche Besichtigungen nicht gewöhnt und weiß nicht, ob ich überhaupt noch aufnahmefähig bin. Na, jedenfalls hab ich's Ihnen ausgerichtet.«

Crowes kleiner Privatflügel war, auch ohne die herrschaftlichen Ausmaße der Prunkgemächer, ein feudales Refugium. Er lud das Ensemble zum Tee in sein Arbeitszimmer, einen holzgetäfelten, dämmrigen Raum, wo nur eine einzige helle Lampe brannte, und die war auf den kleinen Marsyas gerichtet. Frederica hielt das Bild zunächst für eine finster ominöse Kreuzigungsszene. Crowe genoß es sichtlich, dieses seiner Meinung nach sublimste, aber eben auch abstoßendste Werk Jacopos vorzustellen. Anders als Raffael zeige er nicht die animalische Kreatur, die in Märtyrerhaltung dem göttlichen Strafgericht entgegensieht, dergestalt der höheren, der göttlichen Kunst zum Sieg verhelfend. Nein, Jacopo halte es eher mit Ovid und habe eine Inkarnation des Schmerzes geschaffen. Das Bild zeigt den Körper im Augenblick des Zerfalls, nach Marsyas' Schindung, aber noch im Besitz seiner grausig abschreckenden Form. Die pelzige Haut lag am Boden, Fleisch und Muskelstränge waren entblößt, und unter dem Gewebe barsten Klumpen geronnenen Bluts, so daß sich, was auf den ersten Blick von marmorner Härte schien, bei näherem Hinsehen als glitschig und glibberig entpuppte, ein gedunsenes, gallertartiges Gebilde, das jeden Moment zu platzen drohte. Die Doppelflöte des Satyrs lag achtlos beiseitegeworfen am Boden. Im Mittelgrund lächelte Apollo sein furchtbar ausdrucksloses Lächeln und schlug die Leier.

Crowe legte Frederica den Arm um die Schulter.

»Nun, was sagen Sie dazu?«

»Es gefällt mir nicht.«

»Es schmerzt, ihn anzusehen, gewiß. Und doch ist es ein hinreißendes Bild. Es veranschaulicht die Geburt eines neuen Bewußtseins. Marsyas flehte Apollo an und schrie: *Quid me mihi detrahis.* Was ziehst du mich ab von mir selber! Dante aber betete darum, das gleiche Schicksal erleiden zu dürfen. Apoll solle mit ihm verfahren ›si come quando Marsia traesti: Della vagina della membre sue‹. Wie damals, als du über Marsyas siegtest und ihm die Haut von seinem Leibe zogst. Wir haben es also wieder mit einer Metamorphose zu tun. Aus der Puppe – dem Körper – schlüpft der schillernde Schmetterling Seele. Larve, Puppe, Imago: eine Allegorie der Kunst.«

»Ich find's widerlich«, sagte Frederica. »Wenn die Kunst so ekelhaft ausarten muß, dann kann sie mir gestohlen bleiben. Besten Dank.«

»Mein schönes Haus wirkt also immer noch bedrückend auf Sie?«

»Jetzt erst recht. Aber ich find's inzwischen auch interessanter.«

»Inwiefern?«

Frederica überlegte. Den hängenden Satyr streifte sie jetzt mit kühlem Blick.

»Na ja – bevor ich mich umgesehen hatte, fand ich es imposant, aber auch unwirklich. Jetzt, wo ich es mir angesehen habe, ist es immer noch imposant, aber nicht die Spur unwirklich. Trotzdem sehne ich mich nach einem ausgiebigen Spaziergang an der frischen Luft.«

Lachend gab Crowe sie frei. »Aber Sie müssen wiederkommen und sich weiter umsehen«, sagte er. »Ich möchte, daß Sie sich mit allem hier vertraut machen.«

14. Kosmogonie

In Blesford Ride hieß die Einrichtung, die man in den meisten Internaten schlicht als Krankenzimmer bezeichnet hätte, die Pflegestation. Die wohlbeleibte Schwester, die ihr vorstand, trug eine weißgestärkte Tracht (nicht ganz reinlich und mit einer

Haube, die wie ein geflügelter Helm auf ihrem Kopf schwebte), über dem wogenden Busen eine Kette aus Scheren und Stiften und auf der Oberlippe einen kräftig sprießenden, angegrauten Schnurrbart. Gegen die meisten Wehwehchen verordnete sie Essensentzug und Liegekur im abgedunkelten Zimmer, ein Rezept, das sie eine kleine Verschnaufpause für Hirn und Magen nannte. Schon ein oder zwei Stunden solchen Darbens führten bei der Mehrzahl der Jungen zu wundersamer Genesung, und sie meldeten sich rasch wieder zum Unterricht. Marcus, den immer wieder Asthma und Kopfweh plagten, lag häufig auf der Pflegestation, doch er bat nie um vorzeitige Entlassung.

Nach seiner Lichterscheinung und dem Vorfall im Biosaal machte Marcus einen halbherzigen Versuch, Gott und Lucas Simmonds aus seinem Bewußtsein zu bannen. Simmonds' Broschüre las er nicht, und wenn er Simmonds von weitem auf einem der Schulkorridore sichtete, schlug er die andere Richtung ein. Die Sportplätze überquerte er nur noch in Begleitung oder wählte einen Umweg. Trotzdem hatte er gelegentlich Migräneanfälle, bei denen unmittelbar hinter seinem Schädel Lichtgarben aufzuckten, die sich weder inner- noch außerhalb des Kopfes lokalisieren ließen. Und das Traktat bewahrte er, statt es fortzuwerfen, in seinem Pult auf.

Eines Tages, als er während der Mathestunde aus dem Fenster sah, gewahrte er am Horizont, auf den Wipfeln einer Lindenallee, rührige Lichtzeichen. Und als er das nächste Mal hinschaute, sah er, wie sich das Licht bündelte und zu tanzen begann. Ein Vogel schwang sich in die Lüfte, der Sonne entgegen, und sprühte ein flirrendes Funkenfeuerwerk in den Äther. Marcus wurde grün im Gesicht. Blindlings tastete er in seinem Pult nach dem Manuskript, hob, kaum daß er es gefunden hatte, die Hand und bat, ihn wegen heftiger Kopfschmerzen vom Unterricht zu befreien.

Auf der Pflegestation schnalzte die Schwester bedeutsam mit der Zunge, schlug die kalten Laken von einem hohen Eisenbett zurück, wartete, bis er unter die Decke gekrabbelt war, und zog dann das grüne Rollo vor dem Fenster herunter. Klappernd schlug die Holzkugel am Ende der Schnur gegen das Fenstersims. Unterwasserdämmerung legte sich über den Raum. Marcus zog die Knie hoch bis zum Kinn und verschloß die Augen vor den weißen Lichtsplittern, die sich unter den Rändern des Rollos hereinstahlen. Die Schwester verschwand mit raschelnden Gewändern und sperrte hinter sich ab.

Schemenhafte Visionen suchten ihn heim. Lichter überfielen ihn und glasiges Hyalin, das sich auftürmte wie Meereswogen, die ihn unweigerlich unter sich begruben. Er sah sich selbst, wie er Simmonds' graue Flanellknie umklammerte und dabei heulte wie ein Tier. Keines der Bilder, die er im Gegenzug heraufbeschwor, wirkte überzeugend oder plausibel.

Die Schwester hatte das Manuskript in den Spind neben seinem Bett gelegt. Marcus drehte sich auf die Seite, schob das Rollo vorsichtig einen Fingerbreit in die Höhe und begann zu lesen.

Er wußte nichts von jenem edlen Geist, den – wie Eliot es James nachrühmt – kein gedankliches Kalkül zu entweihen vermag. Allerdings maß er allen Denkmodellen gewissermaßen das gleiche Gewicht bei: Er urteilte nicht über ihren Wahrheitsgehalt und wertete sie weniger intellektuell als durch ein fast intuitives Abwägen ihres Kohärenz- oder Inkohärenzfaktors, also etwa nach der gleichen Methode, mit der er die Spielpositionen und die sich daraus ergebenden Züge auf einem Schachbrett zu berechnen pflegte. Hinzu kam, daß sein Gefühl für verbale Strukturen längst nicht so fein geeicht war wie das für visuelle oder mathematische Modelle. Im übrigen ging er ohnehin stillschweigend davon aus, daß Wörter nur primitive Indikatoren seien und ihre Botschaften bestenfalls Annäherungswert besäßen. Also überflog er Simmonds' Traktat in der gleichen Weise, in der er früher, in seiner eidetischen Phase, ein Bild überflogen hätte, das ihm aus einem Feld, einer Chaussee oder den Untiefen einer Wasserstraße entgegentrat und das er allein mit nervlichen Sensoren erkundete, um es seinem Gedächtnis einzuprägen. Falls an dieser seiner kognitiv neutralen Art zu lesen etwas auszusetzen war – nicht zuletzt deshalb, weil er keinen der Texte kannte, aus denen Simmonds seine Theorie des Universums zusammengestückelt hatte –, dann wurde dieser Fehler durch die Tatsache wettgemacht, daß er Simmonds gewissermaßen aus erster Hand las. Ja, in dem Sinne, daß man, wie das Sprichwort sagt, in einem Menschen liest wie in einem Buch, war er sogar Simmonds' einziger Leser, obwohl ihm (im Gegensatz zu allen anderen Charakteren dieser Geschichte) überhaupt nichts daran lag, seine Fähigkeit, andere Menschen zu durchschauen, unter Beweis zu stellen.

In *System und Struktur* ging es um nichts geringeres als um die Beschreibung jener miteinander verquickten Entitäten (also nicht näher bezeichneter Organismen und Urstoffen), aus denen – so das Postulat der Studie – das Unendliche zusammengesetzt sei. Das Unendliche wiederum war in drei Kategorien unterteilt: das unendlich Große, das unendlich Kleine, das unendlich Komplexe, wobei dem letztgenannten eine Art rangmäßig aufgeschlüsselter Werteskala beigegeben schien. »Je höher wir uns auf der Stufenleiter der Materie emporarbeiten«, hieß es da beispielsweise, »also von den Mineralien zu den Pflanzen, von den Pflanzen zu den Tieren, vom Tier zum Menschen und endlich bis zu den Geschöpfen, die noch komplexer strukturiert sind als der Mensch, desto augenfälliger manifestiert sich, daß die Elementarteilchen, aus denen die Materie zusammengesetzt ist – Atome, Elektronen, Protonen, Neutronen –, die Tendenz haben, sich in immer komplexeren Gruppen zu formieren und dergestalt immer komplexere Verbundkörper hervorzubringen.

Unter dem Aspekt der Komplexität betrachtet, ist der lebende Organismus dem unbelebten insofern überlegen, als ein Zellenverbund komplexer zu bewerten ist als ein Verbund von Molekülen. Ergo ist etwa eine Ameise der Sonne als physikalischer Entität überlegen.

Unser Planet hat keinen komplexeren Organismus hervorgebracht als das menschliche Gehirn.

Das kreatürliche Leben hier auf Erden verdankt sich einer Art hochempfindlichem Film (der sogenannten Biosphäre), der, bildlich gesprochen, sämtliche manifesten Oberflächen des Planeten überspannt. Diese Biosphäre bildet, zusammen mit der Lithosphäre (der Gesteinshülle der Erde), der Hydrosphäre (ihrer Wasserhülle) und endlich der Atmosphäre (der Lufthülle) die vier Grundbausteine dieses unseres physikalischen Globus. Den mentalen Globus stellen wir vorerst noch zurück.

Seit Eduard Sueß seine später von Wladimir Wernadski weiterentwickelte Theorie formulierte, wonach die Biosphäre als lebende Entität mit selbständiger innerer Struktur zu betrachten ist, haben sich zahlreiche Biologen und Geologen dieser Lehrmeinung angeschlossen.

Für unser traditionelles, simpel strukturiertes Existenzbild bedeutet eine solche These eine ungeheure Herausforderung, bedingt sie doch nichts weniger als den radikalen Widerruf unseres meganthropisch anthropozentrischen Glaubensbekenntnisses, wonach, gemäß unserer Sinneswahrnehmung, der Mensch die höchste Seinsordnung verkörpert. Wenn jedoch die Biosphäre im Rang eines Lebewesens steht, so sind wir Bausteine ihres physikalischen Organismus respektive Urstoffes – in dem Fall aber wäre unser Anteil an der Gesamtwesenheit so gering, daß wir nach Größe und Zahl in beinahe dem gleichen Verhältnis zu ihr stünden wie eine einzelne Zelle zum ganzen Menschen.

Betrachten wir einmal, ganz hypothetisch, die Menschheit als Hirnzellen der Biosphäre, so ergibt sich in der Tat schon rein numerisch eine verblüffende Übereinstimmung. Nach jüngsten Schätzungen beherbergt das menschliche Gehirn 3 000 000 000 Zellen, was, Hochrechnungen zufolge, exakt der Zahl der Erdbevölkerung im Jahre 2000 entspricht. Des weiteren besteht ein menschlicher Organismus aus annähernd 10 000 000 000 000 Körperzellen, eine Ziffer, die wiederum fast deckungsgleich ist mit dem ungefähren Schätzwert der auf Erden lebenden Metazoen …«

In Marcus regten sich, ohne daß er sie hätte begründen können, leise Zweifel an Simmonds' hypothetischer Staffelung der Materie. Gleichwohl gefiel ihm die Vorstellung, daß sein Bewußtsein nicht mehr sei als eine einzige Zelle in einem riesigen, ineinander verzahnten Begriffssystem. Unter dieser Prämisse wirkten Visionen wie seine vom Millimeterpapier hervorgerufenen Gaukelbilder oder die aufdringlichen Lichtattacken gleich erträglicher. Er übersprang ein paar eher fragwürdige Zahlenbeispiele und Analogien zwischen menschlichem Zellgebaren und der Evolution dessen, was da kreucht und fleucht, und gelangte endlich zu der Theorie der mentalen Evolution, eine Passage, in der Lucas Simmonds sich eindeutig als Epigone der Darwinschen Lehre zu erkennen gab.

»Die physikalische Oberfläche, sprich die äußere Materie, entwickelte und verfeinerte sich Stufe um Stufe bis zu dem Punkte der Hervorbringung des Menschen. Seit Darwin hat die Wissenschaft ebenso unermüdlich wie erfolglos nach Indizien für neuerliche Mutationen gefahndet, die ein Andauern des Evolutionsprozesses erkennbar machen würden. Ihre Bemühungen mußten indes fruchtlos bleiben, weil nämlich die Spezies inzwischen ihre endgültige physikalische Form und Identität erreicht hat. Existenzkampf und Entwicklungsprozeß haben sich auf die mentale Sphäre verlagert. Dementsprechend haben wir uns die veredelte Biosphäre als eingebettet in eine besonders komplexe Denkstruktur vorzustellen – gewissermaßen eine mentale Schutzschicht, die wir Erdengeist oder auch Noussphäre nennen. Eine Bilanz des gegenwärtigen Zivilisations- und Kulturszenarios legt die Vermutung nahe, daß die lebende Materie ihr Heil in einer Übertragung materieller Energie in mentale Energien sucht – ein Prozeß, in dessen Verlauf sich der Mensch (und in seinem Gefolge die gesamte niedere Schöpfung) sukzessive in reine, geläuterte Geistesmaterie verwandeln würde. Man bräuchte demnach hinfort das Phänomen der Entropie, sprich den Schwund tangentieller materieller Energie auf dem Erdball durch das mit jeder neuerlichen Materienbewegung verlorengegangene Hitzepotential, nicht länger als Gefahr für unser Überleben zu fürchten, sondern dürfte es im Gegenteil als aktive Vorstufe im Dienste eines höheren Ziels begrüßen, als notwendigen Prozeß im Zuge eines systemübergreifenden Plans.

Wir dürfen ferner davon ausgehen, daß auch andere Gestirne und Organisationssysteme – und zwar nicht nur solche, die unsere Wissenschaft bislang hat orten und katalogisieren können – über Noussphären oder Entelechien verfügen, die möglicherweise in den Kreaturen der Apokalypse Gestalt angenommen haben, vielleicht auch in der kruden Darstellung von Engeln, Erzengeln und so weiter; oder aber (wie C. S. Lewis es so trefflich dargelegt hat) auf dem Umweg über die Science-fiction, die den Seelen oder Noussphären der übrigen Planeten unseres Sonnensystems die Namen heidnischer Gottheiten verleiht, ohne sich von deren teils massiver Anthropomorphisierung auch nur im geringsten beirren zu lassen.«

Als im folgenden die Rede auf Gott kam, erkannte Marcus, daß Simmonds' Angewohnheit, den Schöpfer lediglich durch sein Initial zu benennen, nicht die Marotte war, für die er sie zunächst gehalten hatte, sondern der ernstgemeinte Versuch, den allgegenwärtigen Universalgeist, von dem im Text nur als G die Rede war, zu deanthropomorphisieren. G war der Spiritus rector aller Organisationssysteme, der Initiator eines Modells, das, gewissen Gesetzen gehorchend, »umgesetzt« werden mußte. Marcus hatte entschieden mehr Mühe, den Aktivitäten von G zu folgen, als sich in die Hypothesen der Biosphärologie einzulesen.

»Wir können uns das Geistespotential der gesamten Menschheit als Elemente oder Partikel von G vorstellen. G ist durchweht vom Geiste aller unsterblichen Dichterworte, dem von der Tulpe ebenso wie vom poetischen Hymnus auf die Morgenröte. Doch ist seine Existenz mitnichten abhängig von diesen flackernden Kreativitätssignalen, im Gegenteil: Sie wären ohne G nicht denkbar. Erklärtes Ziel aller mentalen Aktivität, sei sie humaner, subhumaner oder suprahumaner Natur, muß es daher sein, sich der Präsenz von G umfassender und intensiver bewußt zu werden.

Das System hat G selbst erdacht, und es ist gleichbedeutend mit der Idee, der vollkommenen und allumfassenden Schöpfungsidee, nach deren Verwirklichung der gesamte Kosmos strebt. Die Struktur besorgt die Umsetzung bestimmter Segmente des Systems in Raum und Zeit. System und Struktur stehen zueinander im gleichen Verhältnis wie männliches und weibliches Prinzip, wobei ersteres die positiv-bejahende, letzteres die abweisend ichbezogene Komponente vertritt. Die Sonne sollen wir künftig nicht mehr als Mutter der Planeten betrachten, die diese entsagungsvoll aus Eigensubstanz gebiert; vielmehr wollen wir in dem erhabenen Lichtspender den Vater sehen, der das noch ungeformte Satellitenmaterial mit dem großen, dem strukturübergreifenden Plane schwängert und mit der Strahlkraft seiner ureigenen genetischen Natur durchdringt.«

Hier folgten mehrere Seiten sehr spezieller wissenschaftlicher »Fakten«, mit deren Lektüre Marcus sich besonders schwertat. Es ging um eine Analyse der Proteine als Informationsträger. In lebenden Organismen ließen sich offenbar viele Millionen von Proteinstrukturen nachweisen, was gleichwohl nur »ein fast verschwindend geringer Teil der chemisch *vorstellbaren* Gesamtheit aller Proteine« sei.

Selbst ein ganz einfaches, aus 20 je einmal vertretenen Aminosäuren gebildetes Protein würde, laut Simmonds, etwa 2 400 000 000 000 000 000 verschiedene Verbindungen produzieren, von denen wiederum jede den gleichen Anteil identischer Aminosäuren enthielte, die sich lediglich im räumlichen Abstand voneinander unterschieden. Die nächste Passage befaßte sich mit der genetischen Kodierung, gewährleistet und übertragen durch Ei und Sperma (taxiert mit einem Hundertmillionstel des Körpergewichts). Simmonds verfolgte beispielsweise die Entwicklung eines so komplexen Organs, wie es das Auge ist, aus der dafür notwendigen bescheidenen Anzahl undifferenzierter Proteinkomponenten im Sperma. Allein, sobald er sich mit Zahlen konfrontiert sah, kamen Marcus Zweifel, da die angeführten Kohärenzfaktoren doch recht dürftig waren für die angestrebte Beweisführung. Erst dem Resümee über das Leben als alles versöhnende kosmische Kraft widmete er wieder seine ganze Aufmerksamkeit.

»Ach, wie jämmerlich gering ist doch die Zahl derjenigen unter uns, die sich ihrer wahren Natur und ihrer Aufgabe im Schöpfungskreis bewußt sind! Die meisten Menschen gelangen leider im Prozeß der Selbsterkenntnis kaum über das Niveau hinaus, das auch von anderen Vertretern der Spezies Säugetier erreicht werden kann. Eine Kuh zum Beispiel ist wie eine Maschine. Sie kann nur sein, was ihr bestimmt ist: die veritable Umsetzung des Modells Kuh, was *nota bene* bloß einen rudimentären Grad an Selbsterkenntnis zuläßt. Und das Gras oder die Lattichsorten, die sie ihrer Körpermaterie zuführt, besitzen natürlich überhaupt kein eigenes Bewußtsein. Der Mensch aber sollte danach trachten, sein reiches Potential auszuschöpfen. Doch wie sieht es in der Praxis aus? Wenn wir davon ausgehen, daß der Durchschnittsmensch vielleicht 10 000mal im Laufe seines Lebens die Möglichkeit zur freien Entscheidung hat, und diese Zahl mit den 100 000 000 000 unbewußten oder Reflexhandlungen vergleichen, die sein Organismus im nämlichen Zeitraum vollzieht, so kommen wir notgedrungen zu dem Schluß, daß Selbstbestimmung eine Gabe ist, deren sich der Mensch kaum je bedient.

Der höchste Grad der Selbsterkenntnis transzendiert natürlich jedes Individuum und jede Einzelspezies und ist stets der Wesenheit immanent, die System und Struktur in ihrer abstrakten Überhöhung als Lebensentwurf an sich zu erkennen vermag (zu nennen wären hier Entitäten wie die Biosphäre).

In jener Existenzform, die transzendierend über das biologische Leben hinausweist, fallen Existenz und Modellstruktur – ohne störende Einflüsse negativer Realitäten – deckungsgleich zusammen. In G wiederum sind Existenz und System identisch, ohne sich indes in konkreter Form zu materialisieren. Das Leben ist nichts anderes als die Affirmation eines positiven, eines nach Plan verwirklichten Systems. Die supranaturale, die über das biologische Leben hinausweichende Existenz aber ist reine, ist inkarnierte Affirmation. Erde und Sonne sind, vom affirmativen Standpunkt aus, beides autarke Systeme. Der qualitative Unterschied zwischen einer absolut hochentwickelten Lebensform und der ihr nachgeordneten erhellt aus dem Privileg derer, die ersterer angehören, die sich ihre eigene Struktur und eine persönliche Affirmative wählen, statt sich, wie alle übrigen, den Stempel einer höheren Ordnung aufdrücken lassen zu müssen.

Just aufgrund ihrer verringerten Aktualgenese genießt die Sonne den – im Vergleich zur Erde – höheren Affirmationsgrad. Allerdings wird sie ihrerseits wiederum von der Galaxis übertrumpft, nur daß deren Existenz sich über weite Strecken auf den Latenzbereich beschränkt.«

Als Marcus mit diesen und etlichen weiterführenden Reflexionen ähnlichen Inhalts zu Ende war, zog er das Rollo wieder ganz herunter, kuschelte sich, die Knie ans Kinn gedrückt, auf seinem Lager zusammen und sank in einen tiefen traumlosen Schlaf – ein nirwanahafter Zustand, den herbeizuführen ihm von klein auf ebenso leicht gefallen war, wie das »Ausschlüpfen« zu imaginieren. Als er erwachte, hatten Simmonds' Thesen sich in seinem Kopf gesetzt und Gestalt angenommen: Sie verdichteten sich zu einem harmlosen Muster aus sphärischen Strömungen, informativen Protistenketten und brauchbaren Lichtsymbolen. Nach reiflicher Überlegung beschloß er, nichts zu unternehmen. Falls Simmonds recht hatte, würde das ohnehin nicht nötig sein.

Und siehe da, die Rechnung ging auf: Als er, nur drei Tage

später, mit hängendem Kopf durch den Kreuzgang schlurfte, da erhaschte er auf einmal einen Blick auf den vertrauten weißen Kittelsaum. Die graubehosten Beine, die eben noch kräftig ausgeschritten waren, blieben plötzlich stehen. Marcus hob den Blick. Simmonds winkte ihm eindringlich und bedeutsam. Marcus folgte.

»So trifft man sich wieder«, konstatierte Simmonds sachlich. »Du hast meine Abhandlung gelesen.«

»Ja.«

»Mithin hast du nun wenigstens ansatzweise einen Begriff davon, wie wichtig die Aufgabe ist, die unser harrt. Wir müssen sehr besonnen vorgehen. Als erstes gilt es, den eigentlichen Kern unseres Auftrags zu ergründen; die Bewußtseinsformen, die wir zu erforschen haben, müssen ausgelotet werden. Ich habe da schon diverse Pilotprojekte im Auge. Wobei ich, was die Vorgehensweise anbelangt, Anhänger des eklektischen Prinzips bin. Wir werden uns diversen erprobten Kontemplationsübungen unterziehen. Und die direkte Gedankenübertragung exerzieren. Von dir zu mir und *vice versa* – und vielleicht durch uns als Überträgersubstanz geradewegs zur Noussphäre. Setz dich, mein Junge, ich werd's dir erklären. Als erstes mußt du lernen – und das ist gleich eine sehr, sehr schwere Aufgabe –, deinen Kopf von allem Ballast zu befreien ...«

Marcus setzte sich, faltete seine schmalen, durchschimmernden Hände und senkte folgsam den Kopf. Lucas' zusehends rascher und ungehemmter sprudelnder Wortschwall brachte wohltuende Bewegung in die eben noch reglos träge Oberfläche eines leider nur allzu oft leerstehenden geistigen Reservoirs.

Und weit und breit niemand, der hätte ermessen können, welch traurige Ironie darin lag, daß dieser Junge sich ausgerechnet mit Simmonds' endlosem Sermon über die radikale Entrümpelung der Sprache und das Ausmerzen lebloser Wörter und abgestorbener Idiome vor der drohenden geistigen Leere schützte; daß er sich mit Simmonds' unbekümmerter Litanei über die wortlose Verständigung, die sie gemeinsam erreichen würden, gegen das Schweigen wappnete.

Teil II
Eine blumige Sage

»Nun lenzt das Jahr«

The Times, Montag, 6. April 1953

Der ausgeklügelte Zyklus des Kalenders beschert dem Osterfest heuer den Platz im Jahreslauf, der ihm ursprünglich einmal zugedacht war. Der fünfte April gregorianischer Zeitrechnung (nach der Datierung alten Stils der 25. März) ist nämlich zugleich der Old New Year's Day, ein Feiertag, den heute leider nur noch das Finanzamt mit schöner Regelmäßigkeit begeht. Diesmal aber unterstreicht das Zusammenfallen des Auferstehungsfestes mit dem ersten Bankfeiertag im Jahr aufs schönste dessen tiefere Bedeutung für den Engländer, der ihn, mögen die Meteorologen auch mit Schnee und Kälte, mit Sturmböen und Hagelschauern drohen, entschlossen zum Anlaß nimmt, nun endlich allen Wintertrübsinn abzuschütteln. Unter den gesetzlichen Feiertagen ist dies der einzige, der sich mit einer deutlichen Zäsur gegen die zurückliegende Phase abgrenzt – ganz im Gegensatz zu Weihnachten, dem ersehnten Höhepunkt nach wochenlangen und immer hektischeren Vorbereitungen. Demgegenüber sieht sich zumindest der Städter an Ostern mit der unverhofften Entdekkung konfrontiert, daß das alljährliche Wunder des Frühlings ihn wieder einmal überrumpelt hat. Kaum daß es ihn aus dem grauen Häusermeer, wo sich die Jahreszeiten über Monate so träge, ja schier unwandelbar dahinschleppten, hinauszieht aufs Land, da bestürmt ihn die wiedererwachte Natur auch schon mit aller Macht: Die Narzissen wiegen sich in der lauen Luft, am Wegrand grüßen die Schlüsselblumen, allenthalben sprießt und knospt es, und die Vögel jubilieren aus voller Kehle. Das Leben, das so lange untätig im Dunkeln vor sich hin zu dämmern schien, hat es plötzlich dermaßen eilig, daß es nur so gärt und sprudelt vor lauter Ungestüm. Die Zeichen sind gesetzt, und der menschliche Alltag verändert sich mit der wiederbelebten Natur.

»Alt« und »jung« – das sind Kategorien, die sich unwillkürlich am menschlichen Leben orientieren. Und doch bedeutet es keine Vermenschlichung der Natur, sie auf diese zu übertragen, denn wir selbst sind ein Teil jenes ewigen Kreislaufs des Werdens und Vergehens, über den wir, anhand einschlägiger Beobachtungen, unsere moralischen Betrachtungen anstellen. Mit Sicherheit hat es, seit wir die Fähigkeit zum abstrakten Denken erwarben, keine Zeit gegeben, in der die Menschen den Wechsel der Jahreszeiten nicht gleichnishaft auf sich selbst bezogen,

deren stolze Pracht so kurz nur hält,
weil sie die *Zeit* gar bald mit stolzer Sichel fällt.

Und so kann denn auch Glaukos, der Sohn des Hippolochos, gewiß keine Urheberschaft geltend machen auf jenes vor den Mauern von Troja gesprochene, zauberhaft poetische Simile vom Menschengeschlecht und den Bäumen, die der Herbst entlaubt und das Frühjahr neu begrünt – ein Gleichnis, das sich von HOMER auf VERGIL vererbte, von dem es wiederum DANTE übernahm und an MILTON weitergab. Je länger man über den halb entschlüsselten Runen der Vorgeschichte brütet, desto zwingender scheint die Schlußfolgerung, daß der Urmensch sich nach seinem Selbstverständnis nicht nur mit dem ins Erdreich gesenkten Samenkorn verglich, sondern diese Saat mit ihrer Sterblichkeit und Zeugungskraft auf mystisch überhöhte Weise inkarnierte, so daß er sich auch als den Schößling sah, der aus dem Boden keimt und aufgeht, sobald die Natur zu neuem Leben erwacht. Ganze Gesellschaftssysteme fußen auf dieser Analogie, die sich beliebig vom einzelnen auf Familie, Stamm und Nation übertragen läßt.

In diesem Jahr nun sollte unser Land sich ganz besonders auf die archetypische Frühlingssymbolik besinnen, denn schließlich feiern wir mit der bevorstehenden Krönung die mystische Erneuerung der Nation. Der melancholisch graue Winter, der hinter uns liegt, war nicht nur von länderübergreifenden Naturkatastrophen überschattet, sondern in der heimischen Sphäre auch und besonders schmerzlich durch den Abschied von einer geliebten Königin. Doch der Frühling kommt und verheißt uns wie alle Jahre, daß das neuerwachte Leben mit seiner unbesiegbaren Kraft über jede Katastrophe und jeden Verlust hinweghelfen kann. So verneigen wir uns denn als Nation, als Commonwealth, vor unserer jungen KÖNIGIN als unserer erlauchten Repräsentantin, und wie ihre Krönung mit historisch verankertem Zeremoniell und Tradition der Zukunft huldigt, so bekennen auch wir uns zum Glauben an das Leben, das noch aus dem Schatten des Todes entspringt; an den für alles entschädigenden, scheinbaren Niederlagen abgetrotzten Sieg; und endlich an die uns verliehene Gabe der Transfiguration, die mitnichten unsere irdische Vergänglichkeit leugnet, sondern deren tieferen Sinn erst recht eigentlich offenbart. Es mag wohl sein,

daß jedes Ding die Dauer flieht
Und nach Verändrung strebt: doch wie man sieht,
Läßt's die Verändrung fast, wie's war: Sie zieht
Und dehnt sein Wesen nur. Wenn das geschieht,
Wird's wieder treu sich, mählich, Glied für
Glied,
Und muß sich zur Vollkommenheit entfalten:
Der Wandel kann ja über kein Ding walten,
Die Dinge walten über ihn und bleiben sich
erhalten.

15. Ostern

Ostern spielte verrückt in diesem Jahr der Extreme, und im Norden ganz besonders. Im Nordwesten kam es am Karfreitag stellenweise zu heftigen Schneefällen, und am Ostermontag wurden gar Hagelstürme gemeldet. In Calverley und Blesford wechselte rußiger Schneeregen mit wäßrigem Sonnenschein.

Die Theaterleute schwärmten vorübergehend aus. Felicity Wells ließ ihre rosa Rosetten und Postamente fürs erste ruhen und konzentrierte sich statt dessen auf die Ausschmückung des allerliebsten Ostergärtchens, das sie im Mittelschiff von St. Bartholomew's herrichtete. Alexander erstand einen gebrauchten silbergrauen Triumph und verschwand damit. Auch die neue Schallplatte, auf der T.S. Eliot seine *Vier Quartette* vortrug, hatte er besorgt. Aber die schwatzte ihm Frederica mit stoischer Beharrlichkeit und unter Berufung auf einen fruchtbaren Lehrer-Schüler-Rapport für die Dauer der Ferien ab. Gleich einer magischen Beschwörungsformel spielte sie die Aufnahme dann solange, bis die unentwegt durchs Haus hallenden Verse ihre unmusikalische Familie zur Raserei trieben.

Am Ostersonntag entschloß sich Stephanie zum Kirchgang. Mit Rücksicht auf die geltenden Anstandsregeln setzte sie einen Hut auf (eine marineblaue Halbmelone mit einem Hauch von Schleier) und bahnte sich im Windschatten eines schwankenden scharlachroten Regenschirms zwischen den Grabsteinen einen Weg durchs nasse Gras des Kirchhofs.

Vielleicht wäre sie auch ohne das Problem mit Daniel zum Gottesdienst gekommen. Sei es, um Felicity eine Freude zu machen, oder weil sie überhaupt gern an den Festen des Kirchenjahres teilnahm. Andere Male hatte sie Ostereier gefärbt – koschenillerot, zwiebelschalengold – und war mitunter auch in die Bergwerksdörfer gefahren, wo in den Pub-Räumen über dem Ausschank auf rohen Tapeziertischen phantasievoller Osterschmuck ausgestellt war: Eier, die man mit Farn oder Spitzendeckchen umwickelte und dann in siedendem Wasser ziehen ließ; Eier, die zusammen mit grellbunten Socken gekocht wurden, mit alten Clubkrawatten oder Roten Beeten; Eier, gefärbt mit Wachs, Enzian oder Batikmustern. Bill fand die Ostereier schön, aber um die Kirche machte er an den Feiertagen einen besonders großen Bogen. Stephanie hatte bisher beides, Brauchtum und Gottesdienst, genommen, wie es kam. Aber dieses Jahr war es anders. Sie war böse auf Daniel und ging in die Kirche, weil sie sehen wollte, wie er dort, an seinem angestammten Platz, wirken mochte.

Er hatte sie ganz aus der Fassung gebracht. Erst hatte er zitternd sein großes geweihtes Gesicht zwischen ihre Schenkel gedrängt, hatte seine Leidenschaft beteuert und ihr dann geraten, sie solle heimgehen und seine Worte vergessen. Er hatte sie in seine karitative Arbeit hineingezogen, in höfliches Teegeplauder, Geschichten aus der Vergangenheit und geistliches Zeremoniell, und sie am Ende behandelt, als ob sie eine billige Sirene wäre, die es darauf anlegte, die Männer hinzuhalten. Wenn er sie in der Kirche sah, würde er merken, daß sie bedauerte, was geschehen war, und daß es ihr im übrigen nicht am gebotenen Respekt fehlte. Umgekehrt würde sie, wenn sie ihn am Altar stehen sah, die Gewißheit haben, daß das Ganze ein lächerlicher Irrtum gewesen war und sie die Geschichte *ad acta* legen konnte.

Eine Schülerin aus ihrer vierten Klasse reichte ihr ein Gebetbuch. Sie setzte sich ganz hinten an eine Säule und beobachtete von dort, wie Miss Wells hereinwehte: Ihren tellerförmigen Hut umflatterten schillernde Chiffonschals in abgestuften Rosétönen, die sich wie trunkene Schmetterlinge an ihrem Hals und zwischen den Knöpfen des mausgrauen Gabardinemantels verfingen. Als nächstes erschienen ihr Bruder Marcus und ein junger Mann, der ihr vage bekannt vorkam, bis sie in ihm den verschrobenen Biologen wiedererkannte, der sie vor Jahren bei einer Weihnachtsfeier in der Schule mehrmals zum Tanzen geholt und auf dem Rücken ihres hellen Abendkleides den Abdruck seiner großen verschwitzten Hände hinterlassen hatte. Simmonds verbeugte sich lächelnd nach allen Seiten, bevor er Marcus in eine Bank dirigierte wie eine Glucke ihr Küken oder wie ein Kammerherr den Prinzen.

Stephanie erschrak zutiefst, als sie beide niederknien und sich bekreuzigen sah. Was war das? Wie lange ging das schon so? Marcus hatte sie anscheinend nicht gesehen. Aber daran war man bei ihm gewöhnt.

Die Orgel keuchte asthmatisch, hob zu spielen an und erfüllte den Raum mit brausenden Klängen. Schlurfenden Schritts hielt der Chor Einzug. Die abgestandene Luft, die unter dem Dekkengewölbe lastete, dämpfte die schrillen Obertöne der Sänger. Mit ihnen, als schwergewichtiger Hirte im Chorrock, kam Daniel, gefolgt von Mr. Ellenby, der heute für seine Osterkollekte werben wollte. Daniels Miene paßte ganz und gar nicht zu den Jubelklängen der Musik. Die schwarzen Brauen stießen über der Nasenwurzel zusammen, und er sah aus, als rüste er sich für einen Bußgottesdienst. Sie hörte seinen rauhen Baß heraus. Er sang richtig, aber ohne Klanggefühl, und schien sich nur deshalb so mächtig ins Zeug zu legen, um die anderen Sänger bei der Stange zu halten. Stephanie versuchte gar nicht erst einzustimmen.

Ihre Annahme, vielleicht auch Befürchtung, daß er lächerlich wirken könnte, bewahrheitete sich indes ebensowenig wie die

Fiktion des von spirituellem Sendungsbewußtsein durchglühten Geistlichen. Dabei war sie eigens hergekommen, um ihn in dieser Rolle kennenzulernen: Sie wollte ihn beten sehen. Doch er sah aus wie immer, schwarzlockig, stämmig und gediegen, ein Hüne, an dem das weiße Chorhemd wie ein Fremdkörper wirkte oder fast wie ein neckisches Lätzchen. Bei dem Vergleich mußte sie unwillkürlich lächeln. Und just in dem Moment entdeckte er sie. Er sah sie an, und sein düsteres Gesicht verfinsterte sich vor Schreck noch mehr. Er wandte sich ab, aber dann stieg ihm über Priesterkragen und schneeweißem Faltenwurf langsam eine flammende Röte ins Gesicht, indes das Blut vom bläulich schimmernden Kinn hinaufschoß in Wangen und Stirn. Sie kam sich vor, als hätte man sie bei einer Taktlosigkeit ertappt. Draußen prasselten die Hagelkörner auf die Kirchenfenster.

Man sang, erhob sich, kniete nieder, psalmodierte, murmelte Gebete, beichtete. Ihre Aversion gegen das Christentum verhärtete sich, und mit eisiger Ernüchterung begriff sie erst richtig, daß sie fast gehofft hatte, hier und heute am altüberlieferten Glaubensgut teilhaben zu können. Weihnachten zum Beispiel rührte sie wirklich. Bei *Nun singet und seid froh* empfand sie (besonders, wenn es auf lateinisch erklang) jedesmal aufrichtiges Bedauern darüber, aus der Pfarrgemeinschaft ausgeschlossen zu sein. Die schwere Geburt in unwirtlicher Winternacht, der Gesang der güldenen Engel im Schnee, im Anfang war das Wort, und das Wort war bei Gott, und Gott war das Wort – an Bildern und Gedanken wie diesen hätte sie gern teilgehabt, auch wenn sich ihre allzu rational gesteuerte Phantasie schon gegen eine so heimelige Vision wie die vom warmen, hellerleuchteten Stall verwahrte. Aber der von den Toten Auferstandene, der in der Morgenfrühe durch den Garten wandelte, der ließ sie völlig kalt. Die Gemeinde machte aus den Psalmen jenen quietschenden Stakkato-Sprechgesang, der ihr so schmerzhaft in den Ohren gellte, wie wenn im Unterricht ein Kreidestück von der Tafel abrutschte. Wimmernd klang es, tonlos, ergeben, trist – englisch. Sie fand es abstoßend.

Vielleicht war ja das englische Osterfest besonders unangenehm. Morgenländische Blutopfer und der Mythos von der geschundenen Gottheit hatten sich dem englischen Frühling längst nicht so einfach aufpfropfen lassen, wie man nordische Wintersonnwendfeiern, den wandernden Kometenstern, Tannenbaum, Ochs und Esel, Frohbotschaft und steinhart gefrorenes Land zusammenbringen konnte. Sogar das Osterevangelium zeugte von einem hitzigglühenden, einem barbarischen Geist, der überhaupt nicht zu Salweide und zitrusgelben flaumigen Küken paßte, auch wenn man womöglich Parallelen zu vergessenen Greueltaten der Druiden hätte aufzeigen können. Der Predigttext aus dem zweiten Buch Mose handelte vom Pessachlamm und dem rächenden Gott, der nächtens über die Ägypter kam und ihre erstgeborenen Knaben und Tiere hinschlachtete. Er enthielt den Befehl, die Türpfosten mit Blut zu markieren, und Vorschriften für das Schlachten und Zubereiten des gottgefälligen Opfers. Im zweiten Text, aus der Offenbarung des Johannes, ging es um Alpha und Omega, Anfang und Ende, um den, der gleich war eines Menschen Sohn und dessen Haupt und Haar weiß wie weiße Wolle und wie der Schnee, und seine Augen wie eine Feuerflamme und seine Füße gleich wie goldenes Erz, das im Ofen glüht. Die wolligweißen, im reinigenden Blutbad leuchtendrot gefärbten Seelen hatten die Menschheit über Generationen verstört und entsetzt – auch in England. Aber es war eben ein Mythos aus einer fremdartigen Kultur. Die Geburt, so argumentierte Stephanies Verstand kühl und sachlich weiter, die Geburt war ein echtes Wunder, und die Auferstehung, gesetzt, man glaubte daran, wäre ein noch viel größeres, nur sind das Blut, das wir trinken, und die schattenhaft flüchtige Erscheinung, die dem gesalbten Grab entsteigt, weder glaubhaft noch so ersehnt wie das Hosianna der himmlischen Heerscharen bei der Geburt. Gewiß, in nordischen Heldensagen wuchs dem furchtlosen Recken das abgeschlagene Haupt wieder nach, und in seinen erstarrten Adern floß aufs neue das Blut; auch Langland beschrieb Christi Höllenfahrt wie die eines jeden Helden, der sich in die Unterwelt hinabwagt und unbeschadet wiederkehrt. Aber damit war man eigentlich schon wieder bei Weihnachten. Das englische Osterfest aber versuchte das Symbol des reinigenden Schlachtrituals mit den Bildern zu verquikken, die die frühlingshafte Erneuerung des Lebens illustrieren, mit springlebendigen Wordsworthschen Lämmern, flauschigen, frischgeschlüpften Küken, fruchtbar erblühendem Fels. Doch all die Gleichnisse von spiegelblanker See, gläsernen Mauern, weißer Wolle und erzenen Füßen waren der englischen Mentalität ebenso wenig geheuer wie die Krone des neuen Jerusalems, in das kein Frühling einkehren würde, weil es dort weder Gras noch Winter gab.

Mr. Ellenby, dessen Predigt sich auf die Korintherbriefe stützte, versicherte seiner Gemeinde, daß es ohne Christi Auferstehung keine Kirche gäbe und sie alle miteinander zum ewigen Tod verdammt wären. Habe ich nur um menschlicher Dinge willen – Mr. Ellenby rückte seine Brille zurecht und fuhr sich mit der Zunge über die trockenen Lippen – zu Ephesus mit wilden Tieren gefochten, was hilft's mir? Wenn die Toten nicht auferstehen, dann lasset uns essen und trinken, denn morgen sind auch wir tot. Ein furchtbarer Spruch, sagte Mr. Ellenby und schlug, nein hämmerte mit der Faust auf die steinerne Kanzelbrüstung, furchtbar fürwahr, wenn wir nicht die Gewißheit hätten, daß Christus *heute* unter uns weilt, daß dem natürlichen und gleichwohl so grausamen Lauf der Dinge Einhalt geboten und das Steuer herumgerissen ward, so daß nun ein totes Herz schlägt, tote Füße gehen, die Verwesung aufgehalten und in ihr Gegenteil verkehrt wurde. Und weil dem so ist, dürfen wir – in aller Ehrfurcht – frohlocken, weil auch uns dereinst das ewige Leben zuteil wird. Die Gemeinde nickte lächelnd, wie jeder Jahr, und Stephanie, die Außenseiterin, durchlitt alle Phasen der Isolation, angefangen von der Scham über ihre unbotmäßigen Zweifel bis hin zu eisigem Haß.

Nach dem Gottesdienst standen Mr. Ellenby und Daniel unter dem Kirchenportal und schüttelten jedem ihrer Pfarrkinder zum Abschied die Hand. Stephanie war inzwischen klargeworden, daß sie besser nicht gekommen wäre und daß Daniel wußte, warum sie hier war, nämlich um ihn beten zu sehen. Um am Ausgang nicht mit ihm zusammenzutreffen, gesellte sie sich zu dem Häuflein derer, die sich voll Bewunderung um Miss Wells' Ostergärtchen geschart hatten und ihr eifrig Beifall zollten.

Sorgsam ausgewählte heimische Kalkstein- und Granitbrokken bildeten das Fundament der Anlage. Klüfte und Spalten waren mit feuchter Erde aufgefüllt und mit Moosstreifen gepolstert. Im Innern des Grabes – einem vierkantigen Wigwam aus gegeneinander geneigten Schieferplatten – sah man penibel zusammengerollte leinene Taschentücher, als Leichentücher drapiert. Vor dem Eingang lehnte ein etwas wackliger Keramikengel mit einem Heiligenschein aus Silberdraht an einem Weißdornast und faltete die Hände in stillem Gebet oder verzückter Ekstase. Auf der kleinen Hügelkuppe im Vordergrund stand ein Christus aus blaßblauem Porzellan und segnete mit bleichen Händen die Luft. Eine in dunklerem Blau gehaltene Maria Magdalena verfolgte am Fuß der Anhöhe seinen Aufstieg über einen schmalen, mit den abgeknipsten Köpfen von Schlüsselblumen und Blaukissen bestreuten Saumpfad. Rings um einen kleinen Teich aus Spiegelglas prangten büschelweise Frühlingsblumen – Schneeglöckchen, Waldanemonen, Eisenhut –, deren Stengel in wattegefüllten Pastetentöpfchen staken, die ihrerseits unter einer Kieselschicht verborgen waren. Blausterne, so groß wie die Christusfigur, nickten staunend von den Steinwällen am Rande auf den Heiland herab und erinnerten Stephanie an die Puppen in einer Beatrix-Potter-Geschichte, die unentwegt lächelnd an einer Frisierkommode lehnten. Rings um das Gärtchen hatten die Kinder der Gemeinde ihre Gaben aufgebaut: ausgeblasene Drossel-, Amsel- und Kiebitzeier und dazwischen ein paar Stoffküken mit scharfkralligen Drahtfüßen. Wie schon neulich in der Schule bat Miss Wells Stephanie erneut, doch einmal an den Schlüsselblumen zu riechen und ihren Honigweinduft einzuatmen. Sie bückte sich bereitwillig, und schon stieg ihr das vertraute Aroma in die Nase: ein reines, unverfälschtes Gemisch aus Honig, Wein und feuchtkühler Erdkrume.

Eine ungewohnte Stimme ließ sie aufhorchen und erinnerte sie daran, daß es außer den eigenen noch andere Probleme gab. Lucas Simmonds schob seine Schulter neben die ihre und zwängte sich in die erste Reihe durch. Überschwenglich, als hätte sie es ihm zuliebe angelegt, dankte er Miss Wells für das hübsche Gärtchen, begrüßte Stephanie und meinte, seiner Ansicht nach sei es ein sehr schöner, ein erhebender Gottesdienst gewesen.

Stephanie wußte nichts darauf zu sagen. Lucas Simmonds lächelte noch ausdauernder als Porzellanchristus und Keramikengel zusammen. Als sie unvermutet Marcus' Blick auffing, erbleichte ihr Bruder ebenso heftig, wie Daniel zuvor errötet war. Seine Finger, die nervös am Schenkel entlangfuhren, kniffen lauter Falten ins Hosenbein. Soweit sie sich zurückzudenken traute, war dies das erste Mal, daß sie Marcus (noch dazu freiwillig, wie es schien) in Gesellschaft sah. Dieser Kirchgang war, abgesehen von den unumgänglichen täglichen Pflichten, der erste selbständige Schritt, zu dem er sich aufgerafft hatte, seit ... ja, seit seinem Debut als Ophelia.

»Ostern ist ein triumphales, ein Siegesfest«, hörte sie Simmonds sagen. »Leider hat die Kirche nie ganz begriffen, welch allumfassende, ja universelle Bedeutung dem Osterfest zukommt. Ostern und nicht Weihnachten (wie zumindest unser Brauchtum es gemeinhin postuliert) – Ostern ist der Höhepunkt im Jahreskreislauf des maßgeblichen, des wahren Kalenders. Wie dieser kleine Garten hier es so wunderschön versinnbildlicht, feiern wir an Ostern den Einklang der Schöpfung, von den Pflanzen bis hinauf zum Menschen. Wir huldigen dem Gras, das nach jeder Maht neu aus dem Erdreich sprießt, der Ernte, die aus eingebrachtem Saatgut aufgeht und gedeiht, und feiern zugleich auch die Unsterblichkeit des Geistes und der Arten, schöpfen neue Kraft aus dem Versprechen, daß wir nicht untergehen werden. Dieses Fest bietet allen etwas, auch denen, die unseren Glauben nicht teilen und einer anderen Kirche angehören. Es ist nun einmal so, daß selbst Gottesdienst und Andacht den Menschen zwingen, sich den Gesetzen von Ort und Zeit anzupassen. Übrigens habe ich Sie noch nie hier gesehen, Miss Potter.«

»Nein. Ich bin ... ich gehe sonst nicht in die Kirche.«

»Um so mehr freut es mich, daß Sie gerade heute gekommen sind«, sagte Simmonds. Es klang, als ob die Kirche ihm gehöre. Sein weihevoller Ton hatte nicht die geringste Ähnlichkeit mit den kläglichen Konversationsversuchen damals auf der »Fete« in Blesford Ride.

Stephanie fühlte sich bemüßigt, ihren Bruder anzusprechen, so zu tun, als sei ihr Zusammentreffen etwas ganz Natürliches –

was es in dieser Umgebung weiß Gott nicht war. Doch Simmonds kam ihr zuvor. »Wir müssen los, Marcus. Die Arbeit ruft«, sagte er.

»Aber doch nicht am Ostersonntag«, protestierte Miss Wells.

»Doch – im Dienste Gottes.« Simmonds verneigte sich leicht und schob Marcus vor sich her dem Ausgang zu. »Im Dienste Gottes«, wiederholte er. Als Stephanie sich in der Kirche umsah und feststellte, daß außer ihr und Felicity kaum noch jemand da war, entfernte auch sie sich eilends.

Unter dem Portal standen immer noch Pfarrer und Vikar. Mr. Ellenby umfaßte mit beiden Händen ihre Rechte, beteuerte, es sei ihm eine Freude, sie hier zu sehen, gab der Hoffnung Ausdruck … und ließ den Satz in der Schwebe. Daniel streckte ihr steif die Hand entgegen, kaum daß seine Finger die ihren streiften.

»Guten Morgen«, sagte er und hielt, den Blick ins Kirchenschiff gerichtet, erwartungsvoll Ausschau nach weiteren Klienten.

»Auf Wiedersehen«, sagte er, als er sah, daß niemand mehr kam.

Es hatte aufgehört zu regnen. Zwischen begrünten Grabhügeln und windschiefen Gedenksteinen streifte sie gedankenverloren über den Friedhof und blieb schließlich vor einem Strauß Osterglocken stehen, der in einer von Marmorsplittern gestützten, blankgeputzten Urne stand. Gras, Osterglocken, Eiben, die Toten, Marcus.

Sie überlegte, ob sie am Ende froh sein sollte, daß Marcus einen Freund gefunden hatte. Er, der nie Freunde gekannt, nie jemanden mit nach Hause gebracht hatte. Es lag an der trostlosen Atmosphäre daheim, daß sein Eigenbrötlertum ebenso unbemerkt geblieben war wie ihr und Fredericas Widerstreben, Schulkameraden oder Spielgefährten zu sich einzuladen. Sie selbst hatte viele Freunde gehabt. Ihre sanfte, zurückhaltende Art machte sie beliebt, und sie war beispielsweise von klein auf mit den Pfadfinderinnen ins Ferienlager gefahren. Frederica pflegte leidenschaftliche Beziehungen zu Mädchen, die entweder wesentlich älter oder sehr viel jünger waren als sie, Beziehungen, die bald katastrophal, bald mit einer brüsken Abfuhr endeten oder deren sie ganz plötzlich überdrüssig wurde. In jedem Fall hüteten sie sich alle drei, Freunde mit nach Hause zu bringen, weil ihr Vater so unberechenbar war. Möglicherweise hätte er in so einem Fall den Pädagogen herausgekehrt, den jungen Gast in sokratischer Manier examiniert und ihm mit hinterhältigen Schmeicheleien seine geheimsten Überzeugungen und Ansichten entlockt. Genausogut konnte es aber auch passieren, daß er, wenn Besuch da war, lautstark durch die dünne Trennwand zu seinem Zimmer brüllte, es sei unerträglich hier, wo kein Mensch darauf Rücksicht nehme, daß er zum Arbeiten Ruhe brauche; oder, schlimmer noch, daß Gehacktes diese Woche schon zweimal auf den Tisch gekommen sei und daß die Köchin sich darauf gefaßt machen könne, die Schüssel an den Kopf zu kriegen.

Winifred schien zu glauben, daß sie, gesetzt den Fall, sie hätten ein offenes Haus geführt und gelegentlich Gäste eingeladen, dafür kein so intensives »Familienleben« führen würden, wie wenn sie unter sich blieben.

Stephanie dachte: Ich habe keine Ahnung, wie Marcus im Umgang mit anderen Jungen ist, weil ich ihn noch nie mit einem gesehen habe. Und weiter: Selbst wenn dieser Mann sich an ihn ranmacht, könnte das immer noch besser sein als gar nichts. Aber Simmonds' Bemerkung über die Arbeit »im Dienste Gottes« hatte ihr mißfallen – das war sententiös, plakativ, überheblich. Sie hätte bei Daniel Rat suchen können und hätte sich wohl auch an ihn gewandt, wäre ihr Verhältnis seit dieser leidenschaftlichen Aufwallung neulich nicht so heillos verfahren gewesen. Ganz gegen ihre Art begann sie sich selbst zu bemitleiden. Aber schließlich hatte sie Daniel Orton ja nicht darum gebeten, mit rotem Kopf von Liebe zu stammeln und dann plötzlich krittelig zu werden und sie vor den Kopf zu stoßen. Wäre er auf Distanz geblieben, dann hätte sie sich ohne weiteres neben seinem Christentum behaupten können. Sie mochte ihn wirklich, aber jetzt hatte er alles verdorben. Über solchen Betrachtungen und eingedenk ihres einsamen Bruders begann sie sich weidlich dafür zu bedauern, daß sie hier festsaß. Dabei hätte man sie in Cambridge sehr gern behalten, und wenn sie geblieben wäre, dann könnte sie jetzt durch die gebohnerten Flure von Newnham oder Girton wandeln und die Keatssche Verslehre diskutieren oder, wie man ansonsten kluge Debütantinnen vor dem eigenen Leichtsinn schützt. Sie hätte zwischen fünf oder sechs oder noch mehr Kavalieren wählen können, die sie allesamt heiraten wollten, zukünftigen Universitätsdozenten und Staatsbeamten, Lehrern und Stadtdirektoren, ja sogar ein kleiner Gutsbesitzer war darunter gewesen, ein Mann mit museumsreifem Rolls Royce und einem uralten Stammsitz, der, wie er sagte, dringend nach einer Herrin verlangte. Sie aber war zurückgekehrt auf die triste Heimatscholle, weil sie geglaubt hatte, das wahre Leben bestehe darin, die eigene Wirklichkeit zu ertragen. Aber war das, was Marcus ertragen mußte, die Realität? Und sie? Begrub sie nicht am Ende ihr einziges Talent ungenutzt im rußigen Erdreich von Blesford?

Ehrlich gestanden waren zum Teil die jungen Männer daran schuld, daß sie zurückgekommen war. Ihr fiel jedesmal so ein Stein vom Herzen, wenn sie sich wieder aus ihren Betten stehlen konnte, daß das nicht mehr lange gut gegangen wäre. Umgekehrt hätte sie es aber auch nicht durchgehalten, ihnen das, was sie anscheinend so dringend brauchten oder begehrten, auf Dauer zu verweigern. Sie fühlte sich ausgenutzt, aber nicht nur das: Sie gab sich auch noch selbst die Schuld daran. Falls Marcus sich auf Abwegen austobte, dann hoffte sie, daß er dabei wenigstens ein bißchen auf seine Kosten kam, so unwahrscheinlich das von außen betrachtet auch schien.

Stephanie hatte, ohne es zu merken, die Kirche halb umrundet und fand sich nun vor dem Eingang zur Sakristei wieder. Neben ihr stand eine Regentonne, und an der Mauer türmte sich ein Komposthaufen aus vertrockneten Kränzen und welken Blumengebinden. Zwischen den Gräberreihen erkannte sie Daniel, der, jetzt ohne Chorhemd, auf sie zukam. Er blieb in einiger Entfernung stehen und fragte kategorisch: »Suchst du wen?«

»Nein. Hab' mir nur die Beine vertreten.«

»Warum bist du gekommen?«

»Ich weiß nicht. Um mir ein Bild zu machen.«

»Und bist du nun zufrieden?«

»Zufrieden?«

»Also gut: *Hast* du dir ein Bild gemacht?«

»Ich weiß nicht. Ich weiß es wirklich nicht. Es hat mir nicht gefallen.«

»Was dich nicht überrascht haben dürfte.«

»Nein, ich meine, ich war mir so sicher, daß die ganze Auferstehungsgeschichte lauter Aberglaube ist. Außerdem hab' ich mich so elend gefühlt. Weihnachen, das bedeutet mir etwas, auch wenn ich nicht – aber das hier – Weihnachten, das hat seine eigene Wahrheit.«

»Entweder etwas ist wahr, oder es ist unwahr«, sagte er schroff. »Das gilt für Weihnachten wie für Ostern. Entweder haben beide sich wie überliefert zugetragen oder nicht. Und du kannst nur an beide glauben oder an gar nichts. Es geht hier nicht um eine rührende Geschichte oder hübsche Metaphern und schon gar nicht um Folklore, und das weißt du auch. Aber du glaubst kein Wort davon. Du hättest nicht herkommen sollen.«

»Du kannst nicht jeden wegschicken, der nicht an alles glaubt, was in der Bibel steht. Sonst bliebe dir bald niemand mehr übrig.«

»Das laß nur mich beurteilen. Im übrigen sage ich es nicht zu allen. Ich sage es dir. *Du* hättest nicht kommen sollen.«

Er hielt den Blick auf das zerfurchte, grasbewachsene Erdreich zu seinen Füßen gesenkt. Seine Hände verschränkte er hinter dem Rücken.

»Falls du denkst – wenn du meinst, ich sei deinetwegen gekommen – und angenommen, es wäre so – dann nur – weil ich sehen wollte, woran du glaubst. Damit ich es vielleicht verstehen kann. Was ist daran schlimm?«

Er zog die Schultern hoch wie einer, der an Nackenschmerzen leidet.

»Vermutlich ist nicht viel dabei herausgekommen. Oder *hast* du's verstanden?«

»Nein.« Es war unendlich schwer, gegen die inneren Widerstände anzukämpfen. In einer typisch weiblichen Kombination aus Rücksichtnahme auf die Gefühle anderer und moralischer Feigheit hätte Stephanie sich normalerweise bis zum äußersten verbogen, um ihr Gegenüber nur ja nicht zu kränken oder womöglich seine Glaubensgrundsätze zu verletzen. Aber mit ihm war alles anders. »Nein«, sagte sie giftig. »Wenn ich mich bemühe, die Ostergeschichte ernst zu nehmen, dann finde ich sie ehrlich gesagt einfach abstoßend. Ein spektakuläres Blutopfer, eine märchenhafte Geschichte, die vor keinem Historiker standhalten würde, und obendrauf, wie Zuckerguß, eine Menge widerlicher Gefühlsduselei. So empfinde ich's nun mal.«

»Na bitte«, sagte er gedehnt. Sein Gesicht verfinsterte sich. »Aber das wußtest du doch schon vorher. Ich hätte dir voraussagen können, daß du so reagieren würdest. Du hättest eben wegbleiben sollen.«

Jetzt war es an ihr, sich zu entrüsten.

»Ist das alles, was dir dazu einfällt? Du nimmst mich nicht ernst, oder? Dich interessiert überhaupt nicht, was ich denke! Darüber wird gar nicht erst diskutiert, o nein! Du behandelst mich ganz einfach, als wäre ich der leibhaftige Versucher, als wäre ich an all diesen peinlichen Verwicklungen schuld. Ja, du tust gerade so, als ob ich dein Sündenfall wäre. Aber das bin ich nicht, ich bin ...«

»Na gut, du hast recht. Ich nehm's zurück. Es war alles meine Schuld. Weil ich so schwerfällig war. Ich hätte ein Ende machen sollen, bevor es richtig losging, aber ich habe nicht schnell genug begriffen, was geschah. Ich sagte dir ja, daß ich so was noch nie erlebt hatte. Darum konnte ich auch nicht gleich erkennen, wie die Dinge liegen. Aber jetzt kenne ich mich aus, und nun komme ich auch klar damit. Ich schaff' das schon.«

»Und was kann *ich* tun?«

»Am besten vergißt du das Ganze und gehst wieder nach Hause.«

Er besann sich einen Augenblick, dann sagte er: »Beim nächsten Mal sollte ich imstande sein, rechtzeitig auf der Hut zu sein.« Seine Stimme klang gemessen und freundlich. Sie wußte nicht, wen er mit diesen Worten beruhigen wollte: sich oder sie oder keinen von beiden. »Es muß doch einen Punkt geben, an dem wir es noch in der Hand haben, ob etwas ungeschehen bleibt oder nicht. Wenn man nur richtig aufpaßt, muß es den geben.«

Auch sie hatte ein schwerfälliges Gemüt. Sie hatte heftige Worte gebraucht und ihren Gefühlen freien Lauf gelassen. Wutausbrüche hatten, da sie sie in der Regel sorgsam vermied, eine zugleich furchterregende und kathartische Wirkung auf sie. Dabei hatte sie eben doppelt gefrevelt, indem sie ihn kränkte und gegen ihr eigenes Toleranzgebot verstieß. Aber daß er ihr das einfach so gönnerhaft durchgehen ließ, machte sie erst recht wütend, was sich in dem merkwürdigen Verlangen äußerte, ihn zu berühren, aus dem Gleichgewicht zu bringen. Moralisch war er natürlich im Recht und ihr Benehmen unentschuldbar. Trotzdem stieg sie schwankenden Schritts über den nächstgelegenen Grabhügel, streckte den Arm aus und zerrte gereizt an seinen fest verschlungenen Händen. Vor ihrem geistigen Auge erschien ganz deutlich sein Gesicht zwischen ihren Beinen. Daniel riß sich schroff von ihr los.

»Wenn das nicht aufhört«, sagte er, »dann werde ich ganz von hier fort müssen. Begreifst du das denn nicht? Und ich möchte nicht weg.«

»Du behandelst mich wie Luft.«

»Im Moment wär's mir auch lieber, wenn es dich nicht gäbe.«

»Aber was du mir vorwirfst, gilt doch für dich genauso. Du hättest alles so lassen können, wie es war.«

»Ich wollte die Sache geklärt haben«, sagte er mit einer Entschiedenheit, die wohl nicht ganz echt war. »Ich habe gebetet, bin in mich gegangen und zu der Einsicht gelangt, daß ich für die Einbildung, ich wäre gegen persönliche Versuchungen, sexuelle Anfechtungen und so weiter gefeit, bezahlen muß. Wie gesagt, ich bin schwerfällig, sehr sogar. Aber das dürfte nun keinen Schaden mehr anrichten.«

»Du bist entsetzlich arrogant und obendrein ein Egoist, jawohl!«

»Was du mir schon einmal gesagt hast. Und vielleicht trifft das ja auf uns beide zu. Aber ich denke, ich hab' das Recht, dich noch einmal zu fragen: Was willst du jetzt noch von mir? Warum bist du immer noch da?«

»Hab' ich dir doch gesagt.«

»Und ich hab' dir geantwortet, du hättest nicht kommen sollen.«

Auf den Satz hin machte sie kehrt und entfernte sich raschen Schrittes über den Rasen.

Daniel, der sich in Wahrheit keines seiner Argumente vorab zurechtgelegt, der entgegen seiner Behauptung weder gebetet noch Einkehr gehalten und der den Schock über die unverhoffte Begegnung noch immer nicht ganz überwunden hatte, Daniel wäre ihr beinahe nachgelaufen und hätte sie barsch aufgefordert, sie solle gefälligst stehenbleiben. Doch er besann sich und ließ sie gehen, auch wenn er sie am liebsten bei den Schultern gepackt, sie geschüttelt und so lange gegen eine Eibe geschubst hätte, bis ihr die Zähne klapperten. Statt dessen trampelte er mit beiden Füßen in die welken Blätter und die rostigen Kranzdrähte auf dem Komposthaufen und wütete im Abfall, daß die kaffeebraunen, verblühten Narzissen, die fleckig vermoderten Rosenblätter und die verhutzelten Schwertlilien nur so stoben. Im nassen Schlamm, der an seinen derben Schuhen klebte, sammelten sich welke Blütenblätter. Als sie sich am Tor noch einmal umwandte, sah sie ihn dort stehen, einen bulligen Mann mit finsterer Miene, der vertrocknete Blütenstengel in den Boden trat.

16. Hypnagogie

Stephanies Traum löste sich auf und zerrann, aber als sie erwachte, war die glucksende Tonkulisse immer noch da. In dem Traum stand sie neben einem aufgebockten Zimmermannstisch in einem kahlen Raum mit nichts als blanken Dielen und kargen, getünchten Wänden und erklärte jemandem knapp außer Sichtweite, das Haus sei wetterfest und stabil gebaut. Die Fensterrahmen waren grundiert, aber nicht gestrichen: Im Zimmer war es taghell, doch draußen vor dem Fenster wogte ein aufgewühlter Nachthimmel, der indes, wie sie mählich erkannte, gar kein Himmel war, sondern ein machtvoll dräuendes Meer mit schwarzgekrönten Wogen, die höher brandeten als ihr Haus. Als sie ans Fenster trat und hinausspähte, da sah sie oder wußte möglicherweise instinktiv, was von ihrem Standort aus vielleicht gar nicht direkt zu sehen war, daß nämlich das Haus auf einer Sandbank stand, aus der die heranschwappenden Wellen bereits ein großes Oval herausgebrochen hatten. Unter dem Fenster war das Wasser beleuchtet, so daß sie beobachten konnte, wie ein

Keil um den anderen aus dem nassen Sand herausgefräst wurde, auseinanderbröselte und in körnigen Strudeln als gelblicher Schleier in den Fluten versank. Sie hörte das monotone Rauschen, mit dem die Wassermassen den nassen Sand überspülten, und dazwischen immer wieder ein ominöses Knarren. Sie erwachte gerade noch, bevor das Haus aus den Angeln gehoben wurde. Es war, dachte sie irritiert, so ziemlich der gleiche Traum wie der, in dem einem nach und nach alle Zähne locker werden, wackeln und schließlich ausfallen. Und sie ärgerte sich darüber, daß ihr im Traum derart krude, bedeutungsschwangere biblische Gleichnisse aufgezwungen wurden. Allein, das Geräusch war immer da: schmatzendes Glucksen, knarrendes Holz.

Ihr Zimmer lag neben dem ihres Bruders; die Kopfenden ihrer Betten standen Wand an Wand. Als das Geräusch nicht aufhören wollte, ging sie nachsehen; unter Marcus' Tür schimmerte Licht. Sie klopfte. Keine Antwort. Da drückte sie behutsam die Klinke herunter und trat ein.

Er lag im Bett. Die Leselampe auf dem Nachttisch brannte noch. Das Geräusch entpuppte sich als langgezogenes, blubberndes Schluchzen, unterbrochen vom grollenden Knarren des Bettkastens. Sie flüsterte seinen Namen. Immer noch keine Antwort. Leise schlich sie näher.

Er wälzte den Kopf auf dem Kissen hin und her. Seine Augen waren geschlossen, die Lider wie zum Schutz gegen ein blendendes Licht zusammengekniffen. Die Stirn lag in Falten, der Mund stand weit offen. Sein ganzes Gesicht und ein Teil des Kissens waren triefnaß. Während sie sich forschend über ihn beugte, quoll ein frischer Tränenstrom unter seinen Wimpern hervor und rann ihm in den offenen Mund. Sogar seine Haare waren naß. Vor dem Bett lag, fächerförmig ausgebreitet, ein Stapel Blätter mit geometrischen Figuren und primitiv gezeichneten Strichmännchen, Bäumen und Häusern, die durch verschiedenfarbige Pfeile oder Gliederketten miteinander verbunden waren. Dazwischen entdeckte sie ein Heft mit der Aufschrift *Hypnagogische Visionen*. Ohne die Papiere anzurühren, legte sie Marcus die Hand auf die Schulter, und als er weder wach wurde noch zu weinen aufhörte, setzte sie sich auf die Bettkante, strich ihm übers Haar und deckte ihn zu bis ans Kinn. Da schlossen sich seine Lippen, und das

Schluchzen verstummte. Mit einem schweren Seufzer vergrub er das Gesicht im Kissen, zog die Knie an und schien sich zu besänftigen, denn er schlief jetzt ganz ruhig. Sie wartete noch eine Weile und ging dann in ihr Zimmer zurück.

Zwei oder drei Nächte darauf vernahm sie das nämliche Schluchzen aus seinem Zimmer und fand ihn wieder tränenüberströmt unter der brennenden Lampe liegen. Doch in der folgenden Nacht wurde sie von anderen Geräuschen geweckt: Es klang wie Scharren und Tasten, unterbrochen von einem dumpfen Poltern. Vergeblich wartete sie auf das Schluchzen von nebenan. Statt dessen hörte sie Marcus in seinem Zimmer umhertapsen und dann das Fenster öffnen. Ohne Licht zu machen, lief auch sie ans Fenster und sah, wie sich im dunklen Garten, auf Asphalt und nachtschwarzem Rasen, das erleuchtete Viereck aus dem Nebenraum abzeichnete. Gleich darauf erschien Marcus' Schatten im Licht, und sie fürchtete schon, er könne aus dem Fenster fallen oder sich womöglich gar hinunterstürzen. Doch er tappte wieder ins Zimmer zurück, das Licht ging aus, und wenig später hörte sie ihn leise die Treppe hinunterschleichen. Als sie wieder ans Fenster ging und angestrengt ins Dunkel spähte, da entdeckte sie am Gartentor eine reglose, geduckte Gestalt im Regenmantel und mit mondbleichem Gesicht. Stephanie wartete gespannt. Marcus kam auf Strümpfen, die Schuhe unter dem Arm und auf dem Rücken eine schemenhafte Traglast, die aussah wie ein Höcker, über die Blumenbeete gehuscht. Ohne Aufenthalt, ja ohne ein Wort oder eine Geste der Begrüßung verschwanden er und die Gestalt am Tor in der Dunkelheit. Als sie das Zimmer ihres Bruders betrat, fand sie neben dem gemachten Bett eines von den Abenteuerbüchern aus der *Biggles*-Serie, die Marcus so liebte. Sonst nichts. Kein Papier, keine offenen Schubladen, keinen zusammengeknüllten Schlafanzug. Paradoxerweise wollte ihr die Angst, ihr Bruder könne unter die Schlafwandler gegangen sein, nicht aus dem Kopf; dabei handelte es sich hier doch eindeutig um ein fest verabredetes Treffen, auf das er wohl vorbereitet gewesen war.

Sie hörte ihn nicht heimkommen, doch am nächsten Morgen saß er, wenn auch geisterblaß, am Frühstückstisch. Er trank nur Tee. Sie sagte nichts.

Lucas Simmonds' Erfindungsgabe und sein strategisches Talent hatten vielfältige und verschwenderische Blüten getrieben. Jede Regung in seinem und Marcus' Bewußtsein wurde so gut wie möglich festgehalten und dokumentiert: Träume, Visionen, Meditationsphasen, Begegnungen, so daß jede unerwartet häufige Übereinstimmung herausgelöst und gründlich unter die Lupe genommen werden konnte. Da sie das Experimentierfeld noch nicht genau lokalisiert hatten, müßten sie, wie er mehrfach betonte, ihr Netz zunächst ganz besonders weit auswerfen und die Maschen so fein und mannigfaltig wie nur irgend möglich knüpfen, damit ihnen auch nicht die allerkleinste Spur oder Botschaft entging.

Für jemanden, der ohnehin schon unter der Last eines absoluten Gedächtnisses litt und von teils unheimlich irrlichternden, teils bedrohlich eindrücklichen Erscheinungen heimgesucht wurde, hätte dieses Exerzitium eine verkappte Folter bedeuten können, und in vielerlei Hinsicht empfand Marcus auch so. Tage, die er zuvor in ein geometrisch geordnetes, durch Querverweise verstärktes Schwarzweiß-Geflecht aus Gedankenketten hatte unterteilen können, die zu denken ebenso gefahrlos war, wie beim Spazierengehen auf eine gesprungene Gehsteigplatte zu treten, verwandelten sich nun in blauschwarze, vergoldete, hyazinthrote, grünglitzernde Technicolor-Phantasmagorien von Teppichen, Fahrrädern, Lorbeerbüschen, Wetterhähnen, Polizisten, Engeln, Fliegern, die womöglich allesamt himmlische Boten oder auch teuflische Versuchungen waren, auf jeden Fall aber Symbole des göttlichen Entwurfs, der, wenn man nur richtig hinsah, dem bloßen Auge (seinem, Marcus', stereoskopisch visionären Auge) eine schlichte Nachricht übermitteln oder seine komplizierte, vor molekular, genetisch, thermodynamisch kodierten Formeln wimmelnde Struktur enthüllen würde, mit der man wie weiland durch den brennenden Dornbusch oder die Kehrseite des Allmächtigen der ewigen Wahrheit teilhaftig wurde, die ihn, Lucas Simmonds, Blesford, Calverley, England und wer weiß was darüber hinaus vielleicht, nein gewiß, verwandeln und erleuchten konnte.

Durch die Tatsache, daß er die imaginierten Objekte und Zahlen aufschreiben mußte, war er allerdings einigermaßen vor ihrem entsetzlichen Flimmern oder ihren unergründlichen Tiefen geschützt. Der Protokollzwang ersetzte bis zu einem gewissen Grad die ausgefeilten geometrischen Kapricen, mit denen er sich vor Lucas gegen sichtbare und unsichtbare Phänomene gewappnet hatte. Durch die Beschreibung oder gar Zeichnung seiner Phantasmagorien wurden diese auf eine Weise neutralisiert und geerdet, von der Simmonds vermutlich keine Ahnung hatte. Jedenfalls hegte Marcus den Verdacht, daß Lucas erst dann etwas damit anfangen konnte, wenn er sie zu Papier gebrachte hatte. Simmonds war ein fabelhafter Zeichner. Neben seinen maßstabgerechten, detailgetreuen Darstellungen nahmen Marcus' primitive Gedächtnisstützen, seine gestikulierenden Strichmännchen, die Faustskizzen einer Rinderhälfte oder der Strudel im Waschbecken sich aus wie die in flüchtiger Hast oder höchster Bedrängnis hingeworfenen Götzenbilder eines Urmenschen lange vor den Höhlenmalereien von Lascaux.

Für zwei, drei Tage versprachen beide sich aufschlußreiche Erkenntnisse aus dem Flug der Stare, die an jenem wechselhaften Osterfest in hellen Scharen über den perlmutt- und muschelgrauen Himmel segelten, schwärmten und schwirrten. Marcus versuchte mit gepunkteten Linien und holprigen Vs die Flugbahn der Vögel festzuhalten, und Simmonds machte daraus eine kolorierte, Peter-Scott-reife Darstellung eines naturgetreuen Vogelschwarms, der vor lichten Zirruswolkenschleiern an einem zinnoberroten und ehrenpreisblauen Firmament kreiste. Sie gerieten ganz aus dem Häuschen über diese Skizzen, als sich herausstellte, daß eines von Marcus' Flugroutenprotokollen, wenn man den Maßstab entsprechend veränderte, gerade so über Lucas' Zeichnung paßte, daß beide zusammen aus Marcus' ineinandergreifenden V-Trichtern einen geschlossenen Kreis machten. Lucas borgte Marcus ein Buch über das Sozialverhalten der Stare, und Marcus beobachtete sie im Brühl, wo sie mit glänzendem Gefieder und langen Hälsen herumhüpften und nach quirligen Würmern pickten, und wünschte sich, er wäre aus der ganzen Sache heraus.

Doch just um die Zeit begann Simmonds mit einer ausführlichen Dokumentation von Marcus' visionärem, psychosomatischem oder spirituellem Werdegang, eine Analyse, die ganz anders vonstatten ging als das hektisch tastende Ringen darum, an Marcus' Visionen zu partizipieren. Während dieser neu eingeführten Anamnesesitzungen saßen sie sich an einem Tisch gegenüber, Marcus erzählte, was ihm gerade in den Sinn kam, und Lucas hielt es schriftlich fest, eine Methode, mit der er dem Jungen eine detaillierte Schilderung des Dehnvorgangs beim »Ausschlüpfen« und seiner mathematisch gegliederten Landschaftswahrnehmung entlockte, von Ophelia und den zerpflückten Kränzen erfuhr, von den Tabuzonen gewisser Sanitäreinrichtungen und architektonischer Gegebenheiten sowie dem zuschnappenden Millimeterpapierkäfig aus Äther und Asthma.

Marcus war zwar nicht gerade angetan von der Art und Weise, in der Lucas diese Verhöre (denn so nannte er sie insgeheim) zu führen pflegte, aber die Erfahrung, sich einem anderen Menschen anzuvertrauen, war für ihn so neu und ungewohnt, daß er, wenn schon, dann auch den ganzen Weg gehen und diese eine Autorität so bedingungslos annehmen wollte, wie er zuvor alle anderen abgelehnt hatte. Sein plötzliches Vertrauen hatte auch noch andere Gründe, auf die wir indes erst später eingehen wollen. Lucas' massive Stimmungsschwankungen nahm er als mögliche Begleiterscheinungen der neuen Forschungsdisziplin, die sie gemeinsam erkundeten, in Kauf. Vielleicht ergaben sie sich aber auch aus der besonderen Nähe zu einem anderen Menschen, die er bislang strikt gemieden hatte. Hätte er sich eingehender damit beschäftigt, was er nicht tat, dann wäre ihm vielleicht aufgefallen, daß er von seinem Vater her an jähe Gemütsveränderungen und Temperamentsausbrüche gewöhnt war. Doch Marcus war ohnehin kein guter Menschenkenner und hätte nicht einmal gewußt, mit welchen Worten er diese Wechselbäder charakterisieren sollte.

Für sich machte er die Veränderungen, die mit Lucas vorgingen, an unterschiedlichen Gesichtern fest. Zu den geometrischen Meditationen gehörte ein fast quadratisches Lucas-Gesicht mit abgerundeten Kanten, umrahmt von leuchtenden rötlichblonden Haaren, die in lustigen Kringeln vom Kopf abstanden, mit großen Augen und einem lebhaft bewegten, meist offenstehenden Mund, der aber in keiner Weise starr oder verzerrt wirkte. Es war ein rotes Gesicht mit glänzenden Schweißperlen. Das andere, das Verhörgesicht, war um einiges länger, düsterer, grämlich und maskenhaft; der Mund mit den geschürzten Lippen saß darin wie ein Klecks; die Augen waren schmäler, das Haar war dunkler und geschniegelt, die Miene drückte meist zornige Verachtung aus. Der erste Lucas bat inständig und wortreich darum, daß er ihm erzählte, was er sah. Der zweite bellte herrisch seine Sentenzen und Fragen heraus, klopfte sich nervös mit dem Bleistift an die Zähne und bequemte sich selten zu mehr als einem gelegentlichen »hm« oder einem entfernt ans Deutsche gemahnenden »soso« als Antwort auf erhaltene Informationen. Dafür erkundigte sich dieser zweite Lucas gelegentlich nach Bill oder Winifred, wollte wissen, ob er sich an seine Geburt erinnere, ob er »Wachträume« habe oder manchmal »an sich herumexperimentiere«. Marcus nahm nicht an, daß Simmonds viel Freude an diesen Gesprächen hatte, denn bei Fragen nach seinen Familienverhältnissen stellte er sich taub, da er nicht über Beziehungen sprechen wollte, und da Lucas die Art der Träume und Experimente, die ihn interessierten, nicht näher beschrieb, konnte er auch bei diesem Thema den Ahnungslosen oder Naiven spielen. Dann schlug der Verhör-Lucas zwar einen noch schärferen Ton an, weil er Marcus in solchen Momenten offenbar für eigensinnig und verstockt hielt, aber die gelegentlichen Plänkeleien über diesen Punkt endeten in der Regel damit, daß wieder eins von den angenehmeren Lucas-Gesichtern zum Vorschein kam. Und sobald Marcus das Spiel durchschaut hatte, blockte er unliebsame Fragen immer öfter ab und provozierte mit wachsendem Geschick die kathartischen Reibereien.

Es gab mindestens noch einen dritten Lucas, dessen Gegenwart den beiden anderen ihre Arbeit beträchtlich erschwerte. Besagte Nummer drei erschien zum erstenmal, als sie mit einer gemeinschaftlich erfahrenen Vision von gemähtem Gras nicht zurechtkamen, obwohl sie dieses Gesicht bestimmt nicht zufällig gehabt hatten, denn wie Lucas erregt beteuerte, war es unmöglich, daß gleich zwei Menschen im *März* allerorten gemähte Wiesen zu sehen glauben, ohne daß ein tieferer Sinn dahintersteckt. Aber selbst wenn es keine zufällige Vision war, so widerstand sie doch hartnäckig jedem Interpretations- oder Deutungsversuch, und schließlich gab Lucas es auf und meinte, sie seien beide müde, und ein Tee würde ihnen guttun. Diesem Tee (und später Kaffee oder Kakao) kochenden Lucas gehörte nun das dritte Gesicht, ein ganz normales, vergnügtes Antlitz, das sanft war und fürsorglich und sich, leicht zur Seite geneigt, für unschuldige Plaudereien interessierte. Der dritte Lucas tischte riesengroße Stücke klebriger englischer Kuchen auf und Gurken- oder Sardinensandwiches sowie getoastete Rosinenbrötchen nebst passendem Gesprächsstoff: Barrow Minors Akne, VEs miserable Abituraussichten, Edmund Wilkies unmoralischer Einfluß und die beklagenswerte Laxheit des jüngst erst zu literarischem Ruhm gelangten Alexander Wedderburn. Er verwöhnte Marcus mit Klatsch und Zuneigung und bot ihm bei Honig und Milch, Äpfeln und Nüssen ein immerwährendes Symposion, das sich später zu nächtlichen Feten in seiner Unterkunft ausweitete, eine Regelung, die notwendig wurde, um Zeit und Raum in den Griff zu bekommen.

In der ersten Zeit, als Lucas anfing, Marcus' Tagesablauf zu überwachen, ging es seinem Schützling nächtens zusehends schlechter. Was immer trostreich daran war, seine Ängste vor unberührbaren Gegenständen mit jemandem teilen zu können, besonders, wenn es nach solchen Offenbarungen Tee und süße Pfannkuchen gab, das mußte er des Nachts mit Alpträumen büßen. Ein paar davon erzählte er, etwa den, in dem es ihn wie einen Kreisel mitten durchs All gewirbelt hatte und aus seinen Fingern frischgesponnene Garnfäden quollen, die aus ihm zuerst eine Swastika machten und ihn dann zu einem Kokon verpuppten, der im Herzen eines weitmaschigen Netzes saß, das den Weltenraum in den Angeln hielt, ihn aber zu ersticken drohte. Andere, wie den, in dem er unter entsetzlichen Qualen kopfunter an einem langen Stahlnagel hing und, sooft er sich aufzurichten versuchte, von Lucas wieder niedergeknüppelt wurde, die behielt er für sich. Lucas erklärte seine Alpträume damit, daß die negativen Einflüsse, jetzt, da sie die Tage zusehends unter Kontrolle bekamen, nachts den Durchbruch probierten. Disziplin und Selbstbeherrschung waren laut Lucas die Lösung für jedes Problem. Marcus müsse sich dazu trainieren, nachts öfter und in regelmäßigen Abständen wach zu werden, um zu verhüten, daß irgendein Es oder Er unerlaubt Macht über sein unschätzbares Bewußtsein gewann. Und sobald er munter sei, müsse er gleich notieren, was er zuletzt geträumt habe. Marcus versuchte das auch, war aber, wenn er aufwachte, von Tränen (und Schlimmerem) durchnäßt und so erschöpft, daß er nicht einmal den Bleistift halten konnte, um etwas aufzuschreiben. Er träumte von Gefäßen, Retorten, Bechern und Karaffen, gefüllt mit alkoholischen und ätherischen Flüssigkeiten, die dampfend und zischend explodierten. Als Lucas das hörte, war er wieder ganz aufgeregt und behauptete, auch er habe von Glasbehältern geträumt, nur seien die seinen unversehrt gewesen und hätten sich erst im Traum langsam gefüllt. Wenn sie auch nachts wachen und ihre Beobachtungen machen würden, so wie sie es am Tage taten, sagte er, dann könnten sie der Sache auf den Grund gehen ... Marcus träumte von einem Pfau, der unter schaurigem Gekreisch ein Glasgefäß an einem Felsen zerschlug, so wie die Drosseln es mit den Schnecken zu tun pflegten. Lucas sagte, das sei schon sehr vielversprechend, nein, wirklich, er finde das sehr verheißungsvoll, weil es sich nämlich bei dem Pfau bestimmt um ein alchimistisches Symbol handele, und das berstende Glas, also das stehe vielleicht für das ausgebrütete Ei der Erkenntnis. Marcus wandte ein, die Drosseln würden die Schnecken töten und sie auffressen. Lucas sagte, Marcus habe selber etwas von einer Schnecke, so wie er sich in sich selbst verkrieche, anstatt einen Blick auf *die* Welt zu riskieren, die verdammt noch mal nur für seine Augen sichtbar war. Marcus hielt dagegen, daß die Schnecke, die sich aus ihrem Haus herauswagte, sogar noch schneller gefressen würde als eine, die sich verborgen hielt – ein Aperçu, für das er sich selbst mit einem matten Lächeln belohnte. »Hör zu, alter Knabe«, sagte Lucas, »halt du nur die Ohren steif, und ich versprech' dir, heut' nacht bin ich bei dir am Gartentor, das ist so sicher wie das Amen in der Kirche, und dann halten wir zusammen Wache und beten miteinander, und du wirst sehen, wir schaffen den Durchbruch, das garantier' ich dir.«

In der ersten Nacht prasselten die Kiesel, die Lucas an Marcus' Fenster warf, genau in dem Moment an die Scheibe, als in Marcus' Kopf ein Faß mit einem weinartigen, dunklen Gebräu explodierte, auslief und alles wie mit Oktopustinte einnebelte. Hastig fuhr er aus dem Bett und eilte blindlings, nur in Schlafanzug und Regenmantel, nach draußen, wo er prompt mit seinem Freund zusammenstieß, der ihn mit ausgestreckter Hand zu beruhigen suchte. Aber Marcus war außer sich.

»Mach das ja nicht wieder! Untersteh dich, mich noch einmal so zu erschrecken. Laß in Zukunft solche Mätzchen, oder ich ... Wenn du mich nicht durch Gedankenübertragung wecken kannst oder umgekehrt ich dich, dann ist es den ganzen Aufwand nicht wert.« Lucas tätschelte ihm unter beschwichtigendem verzeihungsheischenden Gemurmel Brust, Schultern und Oberarme. Dann führte er ihn über den dunklen Brühl und durch den finsteren Hohlweg jenseits der Eisenbahnbrücke und hinter dem Rektoratsgarten aufs Schulgelände. An unebenen Stellen stützte er den Jungen, der ganz wacklig auf den Beinen war, und nahm seinen Arm. Dabei brabbelte er ihm aufgeregt ins Ohr, daß der Brühl tatsächlich ein Kraftfeld sei, diesmal habe er es selber ganz deutlich gespürt, ja er sei überzeugt, daß eben die Erde gebebt habe.

Als sie zum Kreuzgang mit dem Pantheon kamen, wo auch um diese Stunde noch Licht brannte, ließ er Marcus unvermittelt los und fuhr sich mit den Fingern durchs Haar, bis unter den gebändigten rotblonden Locken das freundliche Lucas-Gesicht zum Vorschein kam. Er schloß etliche Glastüren auf, zu denen er den Schlüssel hatte, und stapfte, vorbei an den vertrauten Formikarien und Vermitorien, durch dunkle Gänge, bis sie endlich zu seiner Unterkunft kamen. Das überheizte Zimmer lag in einem Eckturm vis-à-vis zu dem von Alexander und war, bis auf die persönliche Habe und die Bilder an den Wänden, auch ganz ähnlich möbliert. Marcus sah ein paar ziemlich gute Fotografien von schnittigen Hochseeschiffen, stolz die Fluten durchpflügend, und etliche andere von Seemöwen auf abgeernteten Äkkern, einen großen, aber unscharfen Druck von Dalis *Christus des heiligen Johannes vom Kreuz*, der just dort, wo bei Alexander die *Danaïde* kauerte, über dem Kamin hing, zwei Aquarien mit Molchen und kanadischem Laichkrautgewächs sowie die Reproduktion eines tibetischen Mandalas aus einem Museum in Durham. Der spezifische Sportlergeruch im Zimmer, jene charakteristische Ausdünstung von Gummisohlen, verschwitzten Socken und Hemden, feuchter Wolle und verkrustetem Lehm, war beiden so vertraut, daß er ihnen gar nicht mehr auffiel, auch wenn er beruhigend auf Marcus' Unterbewußtsein einwirkte. Vor dem Kamin lag ein schwedischer Flickenteppich in fröhlichen Primärfarben: scharlachrot, zitronengelb, hellblau; die kleinen, harten, quadratischen Kissen auf den Sesseln waren farblich darauf abgestimmt, aber aus anderem Material. Obwohl man die Kissen offenbar passend zum Teppich ausgesucht hatte oder umgekehrt, war die erzwungene Übereinstimmung so unglücklich mißlungen, daß Marcus prompt mit Wahrnehmungsstörungen reagierte. Er bemühte sich redlich, eine Stil- oder Farbharmonie zwischen beiden zu entdecken, und ließ den Blick unablässig vergleichend hin und her schweifen, aber für eine *discordia concors* waren Teppich und Kissen einander zu ähnlich, und um augenfreundlich zu sein, wieder nicht ähnlich genug. Der Störfaktor trat allerdings vorübergehend in den Hintergrund, als Simmonds, um eine heimelige oder intime Atmosphäre zu schaffen, alle Lichter mit Ausnahme einer großen Tischlampe löschte, deren honiggelber Schirm auf einer bauchigen Korbflasche saß und mit Scharen von schwarzen Kommata geschmückt war – oder vielleicht waren es auch Mikroben oder gebogene Stecknadeln, diese tränenförmigen kleinen Gebilde, die wie die Heuschrecken dem oberen Schirmrand entgegenstrebten, ohne ihn freilich je zu erreichen. Der Lampenschein tauchte den Kamin in ockriges Licht und verschattete die Kissenfarben bis zur Unkenntlichkeit. Simmonds hockte inzwischen vor dem Kamin, in dem er einen kleinen Gaskocher stehen hatte, und machte Kakao. Die Milch holte er aus einem irdenen Kühlbehälter, Wasser stand im Kessel bereit, Tassen und Löffel nahm er von einer kleinen Anrichte. Er bot Marcus Schokoladenkekse an und nötigte ihn, tüchtig zuzugreifen, weil er doch bei Kräften bleiben müsse. Als er den Mantel ablegte und die Flanellhose auszog, kam ein gestreifter Pyjama zum Vorschein. Lucas schlüpfte in einen sportlichen, marineblauen Bademantel und gab Marcus eine Decke, die er sich um die Schultern legen sollte. Während sie ihren Kakao tranken, redete er: über die Fotografien und seine Erlebnisse bei der Marine – willkürlich durcheinandergewürfelte Eindrücke und

Erinnerungen, bei denen es um Maschinenöl und Kameradschaft ging, um eiserne Disziplin auf engstem Raum und die kontrastierende Weite des Nachthimmels, die Erhabenheit majestätisch dahintreibender Eisberge und die grausame Brutalität der Seehundjagd, das Gemeinschaftsleben der Pinguine und die unterschwelligen Kräfte, die den Organismus gegen extreme Kälte und Hitze feien, und endlich um die Erfindungsgabe des menschlichen Geistes, der es fertigbringt, einen Schiffsrumpf so zu konstruieren, daß er unter dem Eis durchtauchen kann. Eingelullt vom Feuer, der wärmenden Decke, dem heißen Kakao und der wohltuenden Fürsorge, fiel Marcus in einen dämmrigen Halbschlaf, aus dem er freilich immer wieder erschrocken hochfuhr. Simmonds drängte ihn, er solle sich doch ein Weilchen langlegen, drüben in seinem Schlafzimmer, da könne er sich ganz ungeniert hinlegen und eine Runde schlafen. Er, Simmonds würde bei ihm wachen, ihn beobachten, beim ersten auf eine Traumphase hindeutenden Zeichen von Erregung wecken und den Traum für ihn aufzeichnen. Auf die Weise könne Marcus sich getrost erholen und ausruhen, ohne daß sie darüber ihre Pflichten, ihre Aufgabe und ihr Pensum zu vernachlässigen brauchten. Was ihn anging, so würde er den Schlaf später nachholen und sich in die Falle hauen, sobald er Marcus heimgebracht hatte. Es waren ja Ferien, er habe sonst nichts zu tun und könne sich's leisten. Im Morgengrauen würde er Marcus wecken und ihn sicher über den Brühl zurückgeleiten. Dann konnten sie gemeinsam den Tag heraufziehen sehen, das wäre doch schön, nicht wahr, und vielleicht auch aufschlußreich, ja bestimmt würde ihnen das Einblick gewähren in die freie Entelechie des Systems und die Rolle, die der Sonne dabei zukam, denn schließlich würden sie zusammen das Mysterium erleben, als das der Mensch von alters her seine erste Begegnung mit dem Tagesgestirn feiert, das ihm so nah ist und zugleich so fern – dachte Marcus das nicht auch? Marcus dachte gar nichts, sondern nickte nur taumelig und erschöpft. Da nahm Lucas ihn bei den Schultern, dirigierte ihn ins Schlafzimmer und beobachtete gespannt, wie der Junge in das schmale Bett kroch, um sich mechanisch in der Kuhle, die Lucas' Körper in der Matratze hinterlassen hatte, zusammenzurollen.

Kaum daß sein Kopf das Kissen berührte, war er auch schon

weggesackt, ein Ausdruck, den man hier einmal getrost wörtlich nehmen konnte, denn Marcus trudelte wohlig durch watteweiche Finsternis, sank im Schutz der Dunkelheit wie im freien Fall tiefer und tiefer und spürte erleichtert, daß diese Stunde traumlos und von erschreckenden Höhepunkten oder einem grausigen Finale verschont bleiben würde. Für gewöhnlich peinigten ihn, wenn er im Traum kopfunter agieren mußte, zwischendurch hellsichtige Überlegungen wie die, daß er für die Dachwanderung ja gar nicht ausgerüstet sei und weder Sicherheitsanzug noch Schuhe mit Saugnäpfen trage oder daß der Grund des Brunnens oder Trichters, in den er so unbekümmert hinabkletterte, bestimmt keine sturzdämmende Auflage habe. Hier dagegen fühlte er sich sicher. Lucas, der ihn im Morgengrauen wachrüttelte, bedeutete ihm fast vorwurfsvoll, er habe so friedlich geschlafen, daß es keine Veranlassung gegeben habe, ihn zu stören. Man könne nur hoffen, daß sie beim nächsten Mal mehr Glück haben würden.

Und das hatten sie natürlich. Allerdings gleich in solchem Übermaß, daß Marcus ernstlich unter dem Schlafentzug zu leiden begann. Es zeigte sich nämlich, daß die Wärme, der Kakao und das weiche Bett, das er von Lucas bekam, nicht anders wirkten als seine sonstigen Zuwendungen, die auch vorübergehend vor gewissen Problemen schützten und Linderung boten, freilich nur, um dafür ganz ähnlich geartete, neue aufzuwerfen, die ihm um so schlimmer zusetzten. Wenn er, von Lucas' Arm gestützt, heil und unbeschadet (also weder zum »Ausschlüpfen« gezwungen noch von Halluzinationen gebeutelt oder sonderlich verängstigt) über den Brühl gelangte; wenn die anstrengende Konzentration auf geistig ermüdende und oft heillos verwirrende übersinnliche Experimente ihn vor flimmernden Lichterfluten und schmetternden Überschalltrompeten bewahrte, so führten andererseits die ständigen Schlafunterbrechungen dazu, daß er nach einer Reihe von Nächten (trotz aller liebevollen Sorge für sein leibliches Wohl und einer heitergelösten Stimmung) die gleichen Symptome entwickelte wie ein Gefangener während einer Gehirnwäsche. Hinter seinen Augen flackerte ein kaltes, grelles Licht, das selbst im Finstern nicht verschwand. Statt der Himmelssterne sah er jetzt welche, die in seinem Innern blinkten, und das unaufhörliche Rauschen in seinen Ohren klang nicht lieblich wie äolische Winde, sondern schlug gleich ratternden Funkstörungen an sein Trommelfell. Was *siehst* du, was *siehst* du, schmeichelte, sang, drohte, flehte und bettelte es vielstimmig und sehnsüchtig. Nichts, hoffte er antworten zu können und durfte das in den wohligen Schlummerphasen auch guten Gewissens tun. Nur waren diese Phasen gar so kurz.

Und so kam es, daß Stephanie ihn beim drittenmal um fünf Uhr morgens leblos auf der Treppe fand. Alle viere von sich gestreckt, lag er auf den Stufen, das Gesicht naß wie zuvor, mit taufeuchten Socken und Schuhen und die Waden unter den Schlafanzughosen voller Grashalme. Zuerst dachte sie nur daran, ihn vor Bill in Sicherheit zu bringen, aber dann sah sie, wie dünn er geworden war. Wie eine Vogelscheuche sieht er aus, dachte sie und rüttelte ihn sanft an der Schulter. Sein abwehrendes: Nein, nein, nein, nein, nein wurde immer lauter, sein Körper begann so unkontrolliert zu zucken und zu bibbern, daß sie ihn fest unter den Achseln packen mußte, damit er nicht die Treppe hinunterfiel. Jetzt begann er leise vor sich hin zu murmeln: »Geschweift sind sie, eins wie das andere, gebogen, fast kreisrund. Und sie zappeln so – nein, jetzt nicht mehr. Vielleicht Ammoniten. Ich seh' Lichter, die tanzen und flimmern immerzu, dann erstarren sie zu Ammoniten. Viele, viele kleine ... ganz viele kleine ... kleine ... darf ich jetzt Schluß machen?«

»Marcus! Psst! Marcus?«

»Wolle, oh, weiße Wolle, gelbe Wolle, rote Wolle ...«

Sie schüttelte ihn kräftiger.

»Weich«, flüsterte er noch. Dann schlug er die Augen auf, starrte sie an, ohne sie zu erkennen, und rutschte eine Stufe nach unten.

»Steh *auf*, Marcus. Oder willst du, daß Daddy ...«

Wie elektrisiert zog er die Beine an, rappelte sich hoch und wankte die Treppe hinauf. Stephanie folgte ihm in sein Zimmer.

»Marcus – ist es sehr schlimm? Kann ich dir irgendwie helfen?« Seine Wangen waren ganz fleckig und verschmiert, wie wenn ein verweinter kleiner Junge sich die Augen gerieben hat. Er starrte sie nur wortlos an.

»Irgendwas stimmt nicht«, konstatierte sie. Da gab er sich einen Ruck, runzelte die Stirn, ballte krampfhaft die Fäuste, krümmte sich, wie er es von seinen Asthmaanfällen her gewohnt war, und erklärte ihr im Ton resignierter Verzweiflung, sie kenne weder Tag noch Stunde. Dann sank er aufs Bett, drehte den Kopf zur Wand und fiel in einen so tiefen Schlaf, daß sie es für das klügste hielt, ihn nicht noch einmal zu wecken.

17. Pastoralgespräch

Stephanie schaute im Pfarrhaus vorbei, ging schnurstracks nach oben, und erst, als sie bei Daniel klopfte, fiel ihr ein, daß ein so vielbeschäftigter Mann um die Zeit wohl kaum zu Hause sein würde. Aber er war da. Als er ihr aufmachte und in schlabbrigem naturwollenen Seemannspullover und grünen Kordhosen vor ihr stand, wirkte er nicht nur äußerlich derangiert.

»Ach? Du hier? Was kann ich für dich tun?«

»Ich wollte dich um Rat fragen. Bei einem religiösen Problem – glaube ich zumindest.«

»Du hast keine religiösen Probleme«, entgegnete er schroff.

»Es geht auch nicht um mich. Trotzdem bin ich der Meinung, daß ich mich drum kümmern muß. Ich hab' nämlich Angst, daß was Schreckliches passieren könnte.«

»Na gut«, sagte Daniel. »Dann komm rein.«

Bei Tage und ohne das geheimnisvolle Spiel von Feuerschein und Schatten, die des Abends ein wenig ablenkten vom häßlich zusammengewürfelten Mobiliar, wirkte sein Zimmer noch trostloser. Er bat sie, Platz zu nehmen, und setzte sich, die Hände auf die Knie gestützt, ihr gegenüber.

»Also dann«, sagte er, »schieß los.«

»Es geht um meinen Bruder. Ich hab' gesehen, wie er – als ich Ostern in der Kirche war, du weißt schon – da hab' ich ihn mit diesem Mann gesehen, mit Simmonds, dem Biologielehrer von Blesford Ride. Und der hat zu mir über Gottes Werke gesprochen. Ich dachte, du wüßtest vielleicht, was das zu bedeuten hat.«

»Was glaubst denn du?«

»Ich weiß nicht, was ich davon halten soll. Vermutlich irgendein religiöses ... religiöses ... ach, keine Ahnung. Wenn es nur *das* wäre, dann hätte ich natürlich nichts dagegen ... ich meine ...«

»O doch! Trotzdem würdest du dich nicht einmischen. Aber sprich nur weiter.«

»Also was immer da vorgeht – auf Marcus hat es jedenfalls eine verheerende Wirkung. Er ist richtig abgemagert und weint ständig im Schlaf. Ich weiß es, ich bin zu ihm rübergegangen und hab' ihn beobachtet. Nachts schleicht er sich aus dem Haus, bestimmt zusammen mit diesem Simmonds, ich hab' ihn im Dunkeln bei uns im Garten lauern sehn wie einen Hund – fast hätt' ich gesagt, wie Lady Chatterleys Liebhaber ... na ja, auch dagegen hätte ich nicht unbedingt was einzuwenden, aber ...«

»Im Prinzip bist du gegen gar nichts – wäre da nicht dieses verflixte ABER.«

»Nein, nein, wenn du ihn gesehen hättest, dann würdest du dich nicht über mich lustig machen und mich womöglich als liberale Heuchlerin abstempeln. Es geht ihm furchtbar schlecht, und ich denke, er ist ernsthaft krank. Wenn's nur eine homosexuelle Phase wäre, würde ich nicht soviel Aufhebens darum machen – ich hab' mir sogar gedacht, das wär' vielleicht gut für ihn ...«

»Womöglich auch dann, wenn's nicht bloß eine vorübergehende Phase wäre?«

»Spar dir die Ironie. Schau, Daniel, er hatte nie Freunde, niemanden, an den er sich wenden, dem er vertrauen konnte. Ich bin zu dir gekommen, weil ich dachte, du wüßtest vielleicht Rat.«

»Da bringst du mich ganz schön in Konflikt.«

»Bitte, vergiß jetzt mal das mit uns beiden. Mein Bruder braucht wirklich Hilfe.«

»Sei so gut und leg mir nichts in den Mund. An uns hab' ich dabei gar nicht gedacht. Nein, das Problem ist, daß Simmonds schon mit mir über die Geschichte gesprochen hat – oder sagen wir lieber, er hat's versucht. Und es wäre nicht recht von mir, sein Vertrauen zu mißbrauchen.«

Sie wurde rot. Und kaum daß er es sah – und nicht nur das, sondern auch, wie schrecklich erschöpft sie selber wirkte –, da regte sich in seinem beständigen Herzen die alte, sinnlose Liebe gleich wieder mit aller Macht.

»Könntest du mir dann nicht wenigstens einen Tip geben, mir sagen, was ich tun oder wie ich mit ihm reden soll? Ich meine, ich kann es doch unmöglich so laufen lassen ...«

»Tut mir leid, aber ich wußte nicht, wie's um ihn steht. Davon hat er nichts erwähnt.«

Er rief sich die merkwürdige Beichte, die Aussage oder Prophezeiung ins Gedächtnis, die Lucas Simmonds zu ihm geführt hatte. Auf ihrem Platz hatte er gesessen, aber statt ihn hilfesuchend anzusehen, wie sie es jetzt tat, hielt er die zitternden Hände im Schoß verschränkt und richtete sein hastig hervorgestoßenes Gebrabbel abwechselnd an Fenster und Decke.

»Es wäre freilich nicht das erste Mal«, sagte Daniel, »daß jemand zu mir kommt, der was loswerden, sich etwas von der Seele reden und es wem anvertrauen will – und dann, wenn's soweit ist, nur um den heißen Brei herumredet. Manche Leute drücken sich schrecklich verklausuliert aus – sei es, weil sie verklemmt sind oder weil sie kein Vertrauen haben zu jemandem, der sich aus ihren Andeutungen nicht zusammenreimen kann, was wirklich los ist, oder weil sie das selber nicht so genau wissen, aber die Hoffnung haben, sie würden schon dahinterkommen, wenn sie nur lange genug reden. Ob ich ihr Problem begreife, ist ihnen dabei gar nicht so wichtig. Da ich aber nicht Gedanken lesen kann, bin ich längst nicht so im Bilde, wie Mr. Simmonds vielleicht glaubt – oder meinetwegen auch hofft. Und ich weiß nicht, ob ich das Recht habe, das, was ich herausbuchstabieren konnte, an dich weiterzugeben.«

»Du machst mir richtig angst.«

»Nicht doch. Ich hab' nicht den Eindruck, daß es was mit Sex zu tun hat. Wenigstens hat er sich mächtig ins Zeug gelegt, um mir klarzumachen, daß es nicht darum geht. Und daß er die körperliche Liebe für verwerflich hält. Wie es scheint, ist er ein Anhänger des Zölibats. Jedenfalls hat er dauernd von Keuschheit und Reinheit geschwärmt. Und deinen Bruder hat er gar nicht erwähnt, sondern immer nur von ›den anderen‹ gesprochen.

Also, er sagte zum Beispiel, er müsse dafür sorgen, daß ›den anderen‹ kein Leid geschieht. Aber was er darunter versteht, ist mir wieder nicht klar.«

»Marcus mag keinen Körperkontakt. Er läßt sich von niemandem anfassen. Schon als er noch klein war, konnte man einfach nicht mit ihm schmusen. Er war lange asthmakrank.«

Hierauf folgte betretenes Schweigen. Daniel dachte an Simmonds' wirres Gefasel über die Gefahren, die ›den anderen‹ drohten, falls sie unkeusch handeln oder sich mit überirdischen Mächten einlassen würden. Offenbar war er überzeugt, daß die Kirche im Prinzip über die nötigen Mittel verfüge, um diese Mächte in Schach zu halten, beschuldigte sie aber, die lebendige Kraft der Religion schnöde an leere Worthülsen und öde Steinmonumente verraten zu haben. Es folgten Exkurse über unbefleckte Unschuld, wissenschaftliche Erkenntnisse und Fortschritte in Sachen Bewußtseinserweiterung, über den beispiellosen Einfluß ›der anderen‹ und Simmonds' eigene, ihm selbst wohlbekannte Unzulänglichkeiten. Sobald Daniel versuchte, ihm Fragen zu stellen, bekam er mürrisch zur Antwort, er wisse doch schon alles, was er wissen müsse, oder etwa nicht? Doch, doch, er sei bestens informiert, jetzt brauchte er nur noch die Augen offenzuhalten und zu beten. Nachdem er gut eine dreiviertel Stunde lang immer die gleiche Litanei abgespult hatte, dankte er Daniel völlig unerwartet für seine weisen Ratschläge und machte sich eilig davon. Sein Dank mochte ironisch gemeint sein, aber vielleicht ging er auch allen Ernstes in dem Glauben, er habe sich Daniel offenbart.

Wie Stephanie zu raten war, stand auf einem anderen Blatt.

»Ich hatte den Eindruck, daß er sich mit religiösen Übungen befaßt, Exerzitien mit Gebet, Einkehr, Visionen und so weiter. Allerdings spielen offenbar auch wissenschaftliche Experimente eine Rolle, und deren Auswirkungen auf ›die anderen‹ schienen ihm Sorgen zu machen. Aber ob er dabei an Marcus dachte, das weiß ich wirklich nicht. Wenn du willst, könnte ich ihn natürlich fragen. Nur mische ich mich nach Möglichkeit bei so was nicht ein.«

»Ich will dem Mann gar nichts unterstellen, aber ich hab' einfach Angst, daß er mit seinen Experimenten großen Schaden anrichten könnte. Außerdem kann ich mir das alles nicht erklären – Marcus hat sich nie auch nur im mindesten für Religion interessiert. Ich begreife nicht, was auf einmal in ihn gefahren ist.«

»Vielleicht ist es, wie du sagst, und er brauchte einfach einen Freund. Womöglich hatte er immer schon das Bedürfnis nach einem religiösen Halt und hat das nur aufgrund seiner Erziehung nicht erkannt, solange ihn niemand drauf gestoßen hat. So was soll vorkommen. Ich kann mich da zwar schwer hineinversetzen, aber ich bin auch kein sehr religiöser Mensch.«

»*Wie* bitte?«

»Ich bin kein ...« Daniel stockte und lächelte verlegen. »Na ja, zumindest entspreche ich nicht dem Ideal eines Gottesmannes – will sagen, ich empfange weder himmlische Zeichen, noch höre ich Stimmen oder fühle mich vom Frieden des Herrn durchdrungen. So abgeklärt bin ich nicht und werde es auch nie sein.«

»Ich kenne niemanden, der frommer wäre als du.«

»Mag sein, bloß hast du auch keine Ahnung – verzeih, wenn ich das so sage –, aber du hast wirklich nicht die leiseste Ahnung, was das Wort bedeutet, vom Sinn, der dahintersteckt, ganz zu schweigen.«

»Ich kann sehr wohl mit Worten umgehen«, entrüstete sie sich, »das ist schließlich mein Beruf.«

»*Worte*!« Daniel lachte. »Man lobt mein soziales Engagement in den höchsten Tönen und übersieht dabei, daß ich meine Arbeit nicht der Gesellschaft zuliebe mache, die mich als abstraktes Gebilde nicht sonderlich interessiert, sondern einfach, weil ich das Bedürfnis habe, mich nützlich zu machen, Punktum. Aber hier in Yorkshire verwechselt man Arbeitsethos mit Frömmigkeit, auch wenn das zehnmal ein Irrtum ist. Du weißt es, und Simmonds weiß es auch, egal wieviel Unsinn er verzapft.«

Sie lachte verlegen. »Da bin ich also mit meinem religiösen Problem an einen unreligiösen Religionsmann geraten. Wenn das kein Witz ist.«

»Ich find's nicht komisch. Dein Problem wird dadurch ja nicht kleiner. Kann ich dir einen Kaffee machen? Bleibst du dann noch ein bißchen? Ich unterhalte mich gern mit dir.«

»Ein Kaffee wär' jetzt wunderbar. Und ich find's auch schön, mit dir zu reden. Wenn du bloß nicht so respekteinflößend wärst.«

Er machte sich angelegentlich an einer Dose Pulverkaffee zu schaffen. »Respekteinflößend, ich?«

»Sag, wie alt bist du?«

»Zweiundzwanzig«, sagte Daniel, der Wahrheitsfanatiker, auch wenn es ihm gerade in dem Punkt besonders schwerfiel, sich zur Wahrheit zu bekennen. Er war es nämlich gewohnt, daß man ihm wie einem Mittdreißiger begegnete, ja er sah sich selbst nicht anders.

»So jung noch? Die Leute behandeln dich alle, als ob du viel älter wärst.«

»Das liegt an meiner Statur. Im direkten wie im übertragenen Sinne, denn ich bin nicht nur körperlich ein Schwergewicht, sondern auch als Repräsentationsfigur.«

Er spürte ihren prüfenden Blick und erriet ihre Gedanken: Ein junger Mann, dachte sie, der doch schon alles gesehen hatte: Schmerz und Krankheit, Todesfurcht und die Angst vor dem Alleinsein, Verzagtheit, Raserei und Verzweiflung, Einsamkeit und Seelenqual, kurz alles, wovor die meisten Menschen sich die längste Zeit erfolgreich drücken oder was sie vielleicht ein-, zweimal im Leben am eigenen Leib erdulden müssen. Gut, aber das ging schließlich den Ärzten nicht anders. Und Mr. Ellenby auch nicht. Das brachte sein Beruf so mit sich. Nur daß es immer den Anschein hatte, als interessiere er sich eigentlich in erster Linie für die Gemeindepolitik und dafür, daß ein schönes Altarbild und ein gelungener Basar seiner Kirche Ehre machten. Mrs. Haydock hatte ja auch schon vor Daniels Zeit Kummer mit ihrem Sohn gehabt, ohne daß jemand ihr, Stephanie, oder sonst jemandem in den Ohren gelegen und sie aufgefordert hätte, sich um Malcolm zu kümmern.

»Sag, Daniel, warum bist du eigentlich Pfarrer geworden?«

»Weil ich keine halben Sachen mag. Und weil ich Angst davor hätte, mich auf meinen vier Buchstaben auszuruhen und Däumchen zu drehen. Ich fürchte mich vor Müßiggang. Was ich brauche, das ist ein kräftiger Anschub und eine Aufgabe, die es mir nicht erlaubt, auch nur eine Minute die Hände in den Schoß zu legen. Eiserne Disziplin, das ist's, was ich brauche.«

»Aber du bist doch der geborene Rebell ...«

»Eins schließt das andere nicht aus, oder? Ich brauche Druck. Die Kirche macht mir Druck. Verstehst du, was ich meine?«

»Teils, teils«, sagte sie, fasziniert von dieser absonderlichen Mischung aus ungebremster Energie und der drängenden Furcht vor Untätigkeit, die er ausgerechnet mit Hilfe einer Institution bekämpfte, in der sie immer nur einen verschlafenen Koloß gesehen hatte, ein verkalktes Ektoskelett und einen Organismus, der, obwohl er fast lahmgelegt war, gemächlich weiter von etwas zehrte, was längst keinen Nährwert mehr besaß. »Aber mir scheint, die Kirche ist nicht gerade das beste Forum für das, was du suchst, sie ist einfach nicht vital genug, um ...«

»Laß uns nicht wieder davon anfangen, sonst verfrachtest du mich am Ende noch hinter einen Schalter im Rathaus.«

Wenn er ehrlich war, mußte er zugeben, daß er ihre Einwände nicht verstand. Natürlich wußte er so gut wie sie, daß Mr. Ellenby ein Snob und ein Faulenzer war. Er wußte, daß sie wußte, daß sie in einer Zeit lebten, da Nächstenliebe zur bloßen Pflicht verkommen war, aber er begriff nicht, wieso sie nicht einsah, daß die Stärken der Kirche ganz woanders lagen. Er hatte gelernt, Bills unerbittlichem Widerstand gegen jede theologische Doktrin Paroli zu bieten, aber er machte sich einfach keinen Begriff davon, wie tief ihre Skepsis gegen die Lehren des Neuen Testaments verwurzelt war. Bill wäre willens und in der Lage gewesen, aus dem Stand darüber zu streiten, wer wie und warum den Stein vom Grabe fortgewälzt hatte. Stephanie dagegen war so überzeugt davon, daß die wahre Geschichte sich nicht mit der biblischen Darstellung deckte, daß sie erst gar nicht an einer Diskussion interessiert war. Und Daniel war bei all seinem psychologischen Scharfblick ein naiver Dogmatiker geblieben – und das aus gutem Grund, denn nur so konnte er Stephanies augenfällige Tugenden als christliche Eigenschaften deuten, ihre Sanftmut und Gewissenhaftigkeit auf das zurückführen, was er am meisten an Jesus Christus verehrte. Auf die Weise war es ganz einfach: Es gab halt immer wieder gute Christen, die sich selber nicht für solche hielten, und lästig war bloß, daß ausgerechnet sie in diese Kategorie gehörte. Er ahnte zwar, daß ihr ein solches Schubladendenken nicht gefallen würde, aber wie empört sie tatsächlich darüber gewesen wäre, davon machte er sich keine Vorstellung.

»Und hat man dich von klein auf zum Geistlichen erzogen, Daniel?«

»Nein, nein. Den Anstoß gab ein Erlebnis, das ich in ganz jungen Jahren hatte – das einzige Mal, daß ich mich von einem kollektiven Gruppengefühl mitreißen ließ und dazugehörig fühlte. Eigentlich ist so was ja beängstigend, wenn man bedenkt, daß wir statt dem Pater von Mirfield auch einem Hitler hätten in die Hände fallen können.«

»Erzähl mir, wie es war.«

Und er schilderte ihr jene schicksalhafte Begegnung, so gut er sie noch in Erinnerung hatte und in dem Bewußtsein, daß vermutlich nicht alles aus seinem Leben ihr so gefallen würde wie diese Geschichte. Und sie gefiel ihr wirklich, ja sie war richtig gerührt und sagte ihm das auch.

»Doch, das war auch für mich ein religiöses Erlebnis«, entgegnete er. »Siehst du, dieser Mann, der hätte instinktiv gewußt, ob der Simmonds ein Prophet ist oder ein Spinner. Er konnte eine richtige Vision von einer Wahnvorstellung unterscheiden, etwas, wofür ich keinen Blick habe, weshalb ich den Leuten vorsorglich rate, sich lieber gar nicht erst auf solche Experimente einzulassen. Jetzt weißt du, warum ich dir mit Marcus nicht viel weiterhelfen kann. Alles, was ich dir raten könnte, ist, gut auf ihn achtzugeben. Und wenn du meinst, daß es was nützt, dann schick ihn ruhig mal zu mir.«

»Ich danke dir«, sagte sie. Es war alles beim alten, und doch hatte sie das Gefühl, etwas erreicht zu haben, allein weil Daniels unbändige Energie sich nun auch Marcus' Nöten zuwenden würde.

»Paß auf – ich hab' ab und zu einen Tag für mich – Mittwoch nächster Woche ist es wieder soweit. Ich hab' mir den Tag freigehalten, weil ich unbedingt mal hier raus wollte. Ehrlich gesagt, hatte ich vor, wegzufahren – irgendwohin, wo ich ungestört darüber nachdenken kann, wie es weitergehen soll mit ... aber das Kapitel haben wir ja abgeschlossen. Jedenfalls dachte ich an einen ausgiebigen Strandspaziergang. Und ich würde mich freuen, wenn du mitkämst. Nicht um zu streiten, verstehst du, bloß auf einen Spaziergang. Das heute war doch kein schlechter Anfang.«

»Nein, bestimmt nicht.«

»Dann kommst du mit?«

»Ich bin gern am Meer.«

»Also abgemacht?«

Sie ließ sich nie zu einem klaren Nein verleiten. Und er schloß daraus, daß sie womöglich nie aus ganzem Herzen ja sagte. Sie wollte es allen recht machen. Sie hatte ihn gern. Es war zum Verzweifeln.

»Ja«, sagte sie. »Ich komme mit dir.«

18. Anadyomene

Sie fuhren nach Filey, weil Daniel in seiner Kindheit dort die Ferien verbracht hatte. Allerdings schickte er, als er den Vorschlag machte, gleich voraus, daß er normalerweise nicht an Schauplätze aus der Vergangenheit zurückkehre. Aber da er normalerweise ja auch kein Privatleben habe, hätte er sich gedacht, er könne einmal eine Ausnahme machen. Es wurde eine langwierige Anreise: Erst mußten sie mit dem Bus nach Calverley, dann von Calverley mit dem Zug nach Scarborough und dort umsteigen in einen anderen Zug, der sie endlich nach Filey brachte. Während der Fahrt boten Lokomotivengeschnauf und Räderrattern eine so ausgiebige Geräuschkulisse, daß sie gar nicht in die Verlegenheit kamen, sich unterhalten zu müssen. Daniel trug statt seines gewohnten Ornats den ausgeleierten Seemannspullover und einen unförmigen schwarzen Dufflecoat mit Kapuze und Knebelknöpfen, ein Fundstück aus einem Laden, der mit Restbeständen aus Armeedepots handelte. Stephanie fand, daß ein Mann von seiner Statur darin aussah wie ein Breughelscher Landmann, dem, um das Bild zu vervollständigen, nur noch eine Kohlenschütte oder eine Axt fehlte.

Sie stiegen als einzige in Filey aus, wo es trotz strahlenden Sonnenscheins bitterkalt war. Daniel hatte einen Tagesplan gemacht. Sie würden zu Fuß vom Bahnhof in die Stadt gehen und am Strand entlang bis hinaus zur Brigg wandern. Wenn sie unterwegs eine Fleischpastete und eine Flasche Bier mitnahmen, konnten sie im Freien essen. Stephanie, die an strapazierfähiges Schuhwerk gedacht, aber dafür weder Kopfbedeckung noch Handschuhe dabeihatte, fröstelte bald, was Daniel nicht entging.

»Tja, das wird ganz schön frisch werden«, sagte er und rieb sich zufrieden die Hände. »Wenn wir Glück haben, kriegen wir bei dem Wind einen tüchtigen Seegang. Aber du brauchst was über die Ohren. Ich kauf' dir eine Mütze.«

Sie wehrte ab.

»Nein, ich würde dir gern was schenken. Und ich möchte, daß du warm eingepackt bist, bevor wir losziehen, damit ich keine Angst zu haben brauche, daß du mir auf dem Rückweg erfrierst.«

Vorbei an rauhverputzten Bungalows und unbewohnten Ferienhäusern mit winterbleichem Anstrich kamen sie in die Stadt. In einem schokoladenbraunen viktorianischen Haus fanden sie ein Textilgeschäft mit vollbusigen Kleidern in Rostbraun und Hellbeige, die wie matronenhafte Vogelscheuchen auf T-förmigen Chromständern in der Auslage festgezurrt waren. Dahinter prangten die Filzbleche der Hutmacherei und stapelten sich Tüllballen in Königsblau, Violett und einem Grün, mit dem kein Apfel hätte mithalten können.

Im Laden breitete eine beigeblasse Frau im beigeblassen Strickkleid mit Häkelmieder Woll-, Leder- und Stoffhandschuhe vor ihnen aus, die sie aus einem Stapel weißglänzender, vielfach eingekerbter Schachteln hervorholte. Stephanie, die etwas Preisgünstiges und Wärmendes suchte, entschied sich für hellblaue Shetland-Fäustlinge, die über und über mit blaßgoldenen Sternen oder Sonnenrädchen bestickt waren. Daniel bestand auf der passenden Baskenmütze mit dicker, hellgelber Bommel. Als Stephanie sie folgsam aufsetzte und schräg über Ohren und Stirn zog, sah er, wie das adrett gewellte Blondhaar, das im Nacken unter dem Mützenrand hervorquoll, dicht und glänzend über den Mantelkragen floß. Wie *süß*, dachte Daniel gerührt und machte die Entdeckung, daß sich hinter diesem abgedroschenen Ausdruck eine archaische, eine absolute und urtümliche Geschmacksleidenschaft verbarg – nämlich die Passion für den sprichwörtlichen biblischen Honig. Hesekiel, der die Schriftrollen hinunterschlang, hatte sie im nachhinein als »süß« bezeichnet. Genauso, dachte Daniel aufgewühlt, genauso ging es ihm mit diesem frischen runden Gesicht unter der kindlichen Wollmütze, dem schimmernden Haar und dem sanften, skeptischen Blick.

Als sie zum Cargate Hill kamen, einem abschüssigen Küstenpfad mit Buckelpflaster und einem schützenden Geländer zur steil abfallenden Uferböschung hin, lag vor ihnen die graue See. Schwerfällig und düster rollten die Wogen landeinwärts, und wann immer ein Sonnenstrahl durch die jagenden Wolkenfetzen drang, blitzte eine Lichtlache im Wasser auf. Da ist es, da ist es! hatte sein Vater immer losgejubelt, kaum daß er den ersten Blick aufs Meer erhaschte, und war mit Geschrei ans Ziel gestürmt. Daniel, den er huckepack trug, hatte erst schrill und jauchzend eingestimmt, sich später aber vor den Einheimischen und den Urlaubern, die sich bereits eingewöhnt hatten, geniert, weil seine Begeisterung ihn in deren Augen womöglich als Neuling entlarvte. Warum ihm das aber zu Zeiten, da er tatsächlich eben erst angekommen war, etwas ausgemacht hatte, das konnte er sich jetzt nicht mehr erklären.

»Da ist es«, sagte er zu Stephanie Potter und nahm ihren Arm.

Der Weg zum Strand führte durch ein gewaltiges Steingewölbe unterhalb der Promenade, einen höhlenartigen Tunnel, in dem die Winde sich heulend und pfeifend fingen und verebbten. Längs der Innenwände sammelte sich in trockenen Wehen der Sand, dessen Flutmarke im Zickzack über das holprige Pflaster verlief. Als Kind hatte Daniel die kühlen Schatten täglich im Sturmschritt durchmessen und noch im Laufen die Gummistrandschuhe von sich geschleudert: ein dicker Junge, der mit seinen dicken Zehen wackelte, wenn er aus den naßkalten Sandverwehungen auf den sonnenwarmen Strand hinauskam.

»Früher konnte man hier sogar reiten«, sagte er. »Als ich klein war, durfte man mit den Ponys rauf bis in die Stadt, sozusagen bis vor die eigene Haustür.« Er war ein dickes Kind gewesen, das in einem Korbsitz mit Lederschlaufen auf einem schaukelnden Eselsrücken saß, und später dann ein dicker halbwüchsiger Junge, dem die kurzen grauen Hosen bis über die Knie reichten und den die Steigbügelriemen in die feisten Waden zwickten, wenn er sich zwischen Furcht und Stolz schwankend von einem mageren Schecken, der schwerfällig bergan trottete und ihm seine struppige Mähne ins Gesicht schüttelte, in die Stadt hinaufschaukeln ließ. Teils trug er die Fettpolster von damals noch immer mit sich herum, teils hatte er sie endgültig losgebracht. Wenn sein Dad neben ihm herging, pflegte er ihm einen Klaps auf den Hintern zu versetzen und sagte: »Halt dich grade, mein Junge, ein bißchen forscher, wenn ich bitten darf, laß dich doch nicht so hängen.« Im Sommer nach dem Unfall war er ein paarmal allein hier heraufgekommen; seine Mum scheute den Fußmarsch und gab auch ihm nur zweimal das Geld für den Ponyritt. Bis dahin hatte er immer gedacht, wenn sein Dad ihn nur gewähren ließ, könnte er mit den Pferdeburschen, die seine Zügel nicht aus der Hand gaben, ins Gespräch kommen. Aber als er dann die Gelegenheit gehabt hätte, versuchte er es nicht einmal.

Stephanie hätte gern gewußt, warum er beim Gedanken daran ein so grimmiges Gesicht machte. Unterdessen hatten sie den Tunnel erreicht.

»Und der Wind wie ein gewetztes Messer. Das hat mein Dad immer zitiert, jedesmal wenn wir hier langkamen – ohne Ausnahme. Ich glaube, es war der einzige Vers, den er kannte.«

»Dafür ist es ein sehr schöner Vers«, sagte Stephanie.

»Das kann ich nicht beurteilen«, versetzte Daniel, der immer noch seltsam bedrückt wirkte.

Tatsächlich schlug ihnen der Wind, als sie aus dem Tunnel auf den Strand hinaustraten, mit einer solchen Wucht entgegen, als wären sie geradewegs in eine nasse Zeltbahn gelaufen. Das ohrenbetäubende Knattern in der Luft, das kalte Prickeln auf der Haut verschlug ihnen den Atem.

»Oh«, keuchte Stephanie und stemmte sich lachend gegen den Wind, der ihr das Gleichgewicht zu nehmen drohte. Mit offenem Mund schlürfte sie die salzig frische Luft. »Oh, Daniel!«

Während sie mit der behandschuhten Rechten die sternenübersäte Baskenmütze festhielt, mühte sie sich mit der anderen Hand vergeblich, ihre Mantelschöße zu bändigen, die geräuschvoll auf und nieder flatterten.

»Komm auf die Seite rüber«, sagte Daniel. »An mir hast du

einen zuverlässigen Windschutz.« Und er stellte sich unter der Kaimauer zwischen sie und den Luftstrom, der vom offenen Meer hereinblies und den trockenen Sand vor sich hertrieb, ihn bald zu Wellen kräuselte, bald staute und zu Spitzkegeln zusammenfegte, die endlich im Windschatten der Hafenmauer leblos in sich zusammenfielen. Die Flut zog sich gerade zurück; weit draußen hatte sie ihre Grenzlinie aus schwarzfunkelndem Schotter, zermahlenen Muschelschalen und angeschwemmtem Blasentang markiert. Aber die mäandernden Schlangenlinien im Sand zeichneten gleichsam ein Spiegelbild der zurückweichenden See, und weiter unten, wo der Strand sich absenkte, blinkten noch die windgekräuselten Wellen der Priele. Daniel lachte freudetrunken.

»Sechs Meilen Sandstrand«, sagte er und fuhr seine fleischigen Arme aus, als wolle er das ganze Areal umfangen. Er schlug den Kragen hoch und zog die schwarze Kapuze über sein zerzaustes Haar. Der Wind orgelte um seinen Kopf, und die Sandkörner peitschten wütend gegen seine Hosenaufschläge. Hier brauchte er nur die Arme zu spreizen wie eine Vogelscheuche, und schon trieb sein unbeholfener Körper fast schwerelos mit den tosenden Winden davon. Er wandte sich Stephanie zu und bot ihr seinen angewinkelten Arm.

»Laß uns rüberlaufen zur Brigg«, sagte er und deutete auf die aus Felsen und Findlingen aufgetürmte Silhouette, die weit ins Meer hinausragte. »Der Wind macht dir doch nichts aus.«

Es war keine Frage, sondern eine Feststellung. Ihre Lippen und Wangen brannten, die Augen tränten in der kalten Luft. Sie barg den Kopf hinter seiner Schulter und nickte halbherzig. Eng aneinandergepreßt brachen sie auf und zogen eine tiefgespurte, bald in Schlangenlinien, bald im Zickzack verlaufende Fährte in den Sand. Manchmal kamen sie aus dem Tritt und prallten ungeschickt zusammen, dann wieder trabten sie zügig, fast im Laufschritt voran, während der Wind ihre Kleider segelgleich blähte, als wolle er sie in die Lüfte emportragen. Einmal nahm sie den Kopf von seiner Schulter und schaute sich um nach der immer noch weithin sichtbaren Bucht, gegen die das zurückweichende Meer in weißschlingernden Strudeln so ungestüm anbrandete, daß die windgetrocknete oberste Sandschicht wolkenartig aufstob und mit fortgerissen wurde. Gischt und Sand und schäumende Wellen verschwammen zu einem wirbelnden Schleier und hatten doch aus der Ferne eine angenehm klare Kontur. Aber kaum daß sie von ihm abrückte, gellte ein eisiges Dröhnen an ihr Ohr, weshalb sie den Kopf rasch wieder an seine Schulter preßte.

Es dauerte eine Weile, bis sie ans Ende des Deiches und zur Helling kamen, auf der die flachen Fischerboote auf Gummirädern abwärts rollten und über die im Sommer die lustig mit Minnie-Mäusen und Donald Ducks im Stil der dreißiger Jahre dekorierten Ponywagen auf die Promenade hinaufzockelten. Jenseits der Helling wurde der Strand von bedrohlich zerklüfteten Klippen begrenzt, die mit ihren grasbewachsenen Kuppen und roten Lehmwänden steil zum Strand abfielen. Auf der höchsten Erhebung thronte, von Eisenträgern abgestützt, das Marine Café. Schwungvoll deutete Daniel mit seinem freien Arm hinauf.

»Falls die schon offen haben«, rief er mit dröhnender Stimme, »könnten wir uns dort mit einer Tasse Kaffee und einem Teilchen für das nächste Wegstück stärken.«

Ein paar alte Männer drückten sich mit ihren Hunden gegen die schützende Mauer, und an der Wasserlinie gruben ein, zwei andere nach Köderwürmern. Es sah nicht so aus, als ob das Café offen hatte. Dabei hatte Stephanie große Lust auf einen Kaffee oder jedenfalls auf etwas Heißes, Süßes, Flüssiges. Sie schluckte angestrengt. Daniel lief voraus und erklomm als erster die Klippenstufen, eine Reihe blanker Holzschwellen, deren Erdeinfassung Wind und Wasser längst weggeschwemmt hatten. Vom Eingang her winkte er ihr aufmunternd zu: Sie hatten doch geöffnet. Das Leben war gut zu ihnen. Gelassen stieg sie ihm nach. Ihre Wangen glühten, als sie sich setzte, und ihr gereiztes Trommelfell machte sich in der plötzlichen Wärme und Stille dröhnend und hämmernd bemerkbar. Es dauerte ein Weilchen, bis sie die Sprache wiederfanden. Sie bestellten Kaffee und getoastete Wecken, die so warm und verheißungsvoll dufteten, daß es einem fast schmerzhaft den Magen zusammenzog.

Das Marine Café hatte entfernte Ähnlichkeit mit einem Schiff; vor den Aluminiumfenstern standen kleine Korbtische mit eisgrünen Glasplatten. Die Scheiben der Sonnenterrasse waren schlierig und trüb von der salzigen Gischt; die smaragdenen Tischplatten waren schlierig und trüb vom flüchtigen Drüberwischen. Draußen jagten die Wolken über die Sonne und verschatteten das Himmelsblau. Drinnen hellten sich die Glasflächen abwechselnd auf und verdüsterten sich wieder, was ein hermetisches Raumgefühl erzeugte, fast so, als befände man sich in einem Aquarium. Der Kaffee war heiß und schmeckte nicht übel. Daniel hätte ihr gern ein Kompliment über ihre strahlenden Augen und die frischen Wangen gemacht, traute sich aber dann doch nicht.

Statt dessen sagte er: »Hier bin ich früher immer mit meinem Dad und meiner Mum hergekommen. Sie tranken Tee, und ich bekam ein Eis im silbernen Becher. Na ja, echtes Silber war's wohl nicht, aber das konnte ich damals noch nicht unterscheiden. Das ganze nannte sich dann ›Familienleben‹. Komische Vorstellung. Wenn wir zu dritt hierher in die Ferien kamen, dann sollten wir Familienleben entfalten, das war der Sinn der Veranstaltung. Dabei wußten wir nicht mal, was wir miteinander reden sollten. Mein Dad spielte manchmal den Clown. Er hielt es nicht aus, einfach nur untätig herumzusitzen. Nein, das war nichts für ihn. Er mußte sich immer mit irgendwas beschäftigen. Manchmal denke ich, diese Ferien haben ihn zum Wahnsinn getrieben. Meine Mum saß die ganze Zeit im Liegestuhl, und mit mir konnte er nicht viel anfangen. Ich war zu dick und zu träge, wollte weder klettern noch wandern, und schwimmen hab' ich auch nie gelernt. Er dagegen ging bei jedem Wetter ins Meer, stürzte sich kopfüber in die Fluten, tauchte und kraulte mit einer erstaunlichen Ausdauer, und wir sahen vom Strand aus zu. Eigentlich eine alberne Art, die Zeit totzuschlagen. Vermutlich war er jedesmal heilfroh, wenn wir wieder nach Hause konnten und er zurück an die Arbeit durfte und sich keinen Zeitvertreib oder irgendwelche Spiele mehr auszudenken brauchte, um mich bei Laune zu halten.«

»Und nun bist du derjenige, der das Stillsitzen nicht verträgt.«

»Nein«, sagte Daniel, »das ist wirklich nichts für mich. Aber bei mir hat's erst später angefangen, erst nach seinem Tod.«

»Dein Vater ist tot? Das hab' ich ja gar nicht gewußt.«

Daniel machte ein Gesicht, als ob das ihre Schuld sei. Gern hätte er ihr begreiflich gemacht, daß es (in Anbetracht der Rolle, die sie in seinem Denken einnahm) um vieles leichter und angenehmer wäre, wenn sie bereits über dieses und jenes Bescheid wüßte.

»Ich war noch keine elf, als er starb.«

»Oh, wie traurig. Und woran ist er gestorben?«

»Ein Zug Eisenerzloren hat sich losgerissen und ihn unter sich zerquetscht.« Er saß da und brütete vor sich hin, weit weg von ihr. Er sah im Geist seinen Vater, der hünenhaft und bleich und vor Nässe triefend im grünlichen Licht des nach Meer und Leinwand riechenden Strandzelts stand und sich Schultern und Rumpf abrubbelte und das widerspenstige Haar, das Daniel von ihm geerbt hatte. Dann stellte er sich diesen großen, starken Menschen plattgewalzt und zerschmettert vor und sagte zu Stephanie: »Ich habe nicht getrauert. Jedenfalls erinnere ich mich an kein Trauergefühl. Ich hätte es mir mehr zu Herzen nehmen sollen.«

Sie streckte ihm die Hand entgegen, aber er nahm sie nicht.

»Ich bin sicher, du hast um ihn getrauert, Daniel. Vielleicht hat es einfach so weh getan, daß du die Erinnerung später verdrängt hast.«

»Er war ein guter Mensch. Groß und stark, ein braver Mann, immer freundlich. Aber er hat auch viel verlangt. Ständig war er hinter einem her, besser gesagt, hinter mir, damit ich mich auch ja hervortue, alles richtig mache. Ich hab's ihm nicht gedankt. Aber jetzt weiß ich's zu schätzen. Damals war's mir wohl eher lästig. Ich weiß nicht. Ich hab' ihn geliebt.«

Wie konnte er ihr diesen Toten nahebringen? Ja, warum sollte sie sich überhaupt ein Bild von ihm machen? Weil er seine Vergangenheit mit ihr teilen wollte. Ein Ding der Unmöglichkeit.

Stephanie verstand sehr wohl, was er wollte, und nahm es ihm trotzdem übel. Es kommt oft vor, daß gerade die Menschen, denen wir unsere Liebe beweisen wollen, indem wir ihnen unsere Vergangenheit darbringen, sich durch ebendiese Vergangenheit bedroht, ausgegrenzt oder zurückgesetzt fühlen – eine Ironie des Schicksals, die in ihrem Fall noch dadurch verschärft wurde, daß Stephanie sich mit latentem Trotz gegen sein Anerbieten verwahrte. Der schattenhafte Lokführer war schließlich nicht hier. Sie dagegen wohl. Nur sie. Daniel hätte das merken müssen.

Als sie wieder auf die Helling hinaustraten, hatte es sich spürbar abgekühlt. Schiefergraue, dunstige Wolkenbänke ballten sich hinter den schartigen roten Felsklippen zusammen. Von der Brigg trennte sie jetzt noch eine riesengroße halbmondförmige Sandbank. Daniel vergrub die Hände in den Taschen und starrte reglos und niedergeschlagen in die Ferne. Sie zupfte ihn am Ärmel.

»Komm, laß uns gehen. Es sieht nach Regen aus. Und der Wind dürfte selbst dir stürmisch genug sein.«

Achselzuckend sah er auf sie nieder und setzte unschlüssig einen Fuß vor den anderen. Sie sagte noch etwas, was er aber nicht verstand.

»Was?« brüllte er in den Wind.

Sie sagte es noch einmal, und er hörte sie wieder nicht; die Luft trug ihre Worte mit sich fort und übertönte sie mit ihrem Rauschen und Pfeifen. Er legte den Arm um sie, und sie nahmen das letzte Wegstück in Angriff.

Nachdem sie eine schräg abfallende, leuchtendrote Lehmbank überquert hatten, die unter ihren Füßen leise glucksend nachgab, kamen sie wieder auf trittfesten Sand, der allerdings in gewissen Abständen von blutroten, gurgelnden Wasseradern durchzogen war, die sich ihr eigenes Bett meerwärts gruben. Einmal mußten sie über ein aus dem Schlick aufragendes Eisenrohr springen, aus dem torfig brodelndes Abwasser geschossen kam; eine kurze Strecke weit mischten sich blutige Bäche und sahniger Schaum mit den silbrigen Lichtreflexen, die das Meer herübersandte. Weiter draußen verwandelte das Sonnenlicht den feuchten Sand in eine einzige funkelnde Spiegelfläche, auf der sich außer ihren Fußspuren nur die klitzekleinen dunklen Vulkankegel abzeichneten, die die Regenwürmer aufgehäufelt hatten. Während sie im Krebsgang gegen die Sturmböen vorrückten, wogte in dem Regenbogen, der vor ihren tränenden Augen leuchtete, ein Mosaik aus Erde, Luft, Wasser und Licht. Ihre Ohren pochten und brannten: In Daniels Kopf dröhnten Choräle, denen sein keuchender Atem den Takt vorgab. Stephanie, die trotz jagender Lungen kaum Luft bekam, wunderte sich, wieso kühles, feuchtes Salz dermaßen brannte. Man konnte schlecht schätzen, wie weit sie schon gekommen waren und wieviel sie noch vor sich hatten, denn das naßglänzende, weitläufige Watt war so gleichförmig, daß es ihnen schien, als träten sie trotz aller Anstrengung immer nur auf der Stelle. Doch auf einmal hatte Stephanie ihren toten Punkt überwunden und atmete wieder frei und leicht, und dann kam ihnen auch noch ein kräftiger Rükkenwind zu Hilfe, der sie nachgerade zur Brigg hinüberwehte.

Wer bis auf den Grat der Brigg hinaufgelangen will, der muß über Felsblöcke klettern und durch steiniges Geröll, dicht bewachsen mit scharfkantigen Entenmuscheln und Napfschnekken und überwuchert von wallendem braunen Unkraut und weichverfilztem, grünem Gestrüpp. Halb kletternd, halb schlitternd erreichten sie den künstlichen Damm, der parallel zum Grat ein Stück weiter meerwärts verläuft und die gestauchten, geborstenen, zermahlenen, abschüssigen und unsicheren Ränder der Brigg mit asphaltierten und betonierten Verschalungen abstützt und festigt. Auf allen vieren arbeiteten sie sich dort hinauf und standen, als sie sich wieder aufrichteten, just unter der Gedenktafel für die Familie Paget, die weiland von einer mächtigen Flutwelle erfaßt und mitgerissen worden war und deren tragisches Schicksal an ebendieser Stelle – zur Warnung für die Nachwelt – in Stein gemeißelt ist. Der Salzgeruch verdichtete sich jetzt, die Luft schmeckte nach Sole und Jod, ein durchdringendes Aroma, belebend und fremd zugleich. Daniel atmete den Duft genüßlich ein. »Möchtest du noch weiter?« fragte er. »Sollen wir bis ganz nach vorn? Oder rüber zu den Höhlen?«

»Weiter«, sagte sie und deutete aufs Meer hinaus.

»Gut.« Er konnte es kaum erwarten. »Jetzt, bei Ebbe, schaffen wir's noch ein gutes Stück weit raus, bevor's gefährlich wird. Weißt du, was die Legende erzählt? Der Satan persönlich hätte diesen Felsvorsprung hier ins Meer hinausgebaut, um vorbeifahrende Schiffe ins Verderben zu locken.«

»Vorstellen könnte ich's mir.«

»Einer anderen Sage nach wollte der Teufel von hier aus einen Damm über die Nordsee schlagen. Aber in seiner Ungeduld stützte er den Bau nicht gut genug ab, und der Damm brach ein. Da machte sich der Teufel davon und ließ uns die unfertige Ruine zurück.«

Erst aufrecht und später, als der Pfad unkenntlich wurde, bald kauernd, bald auf den Knien rutschend und immer wieder Halt suchend – so arbeiteten sie sich meerwärts voran, einzig ihr Ziel vor Augen. Strandschnecken kollerten polternd unter ihren Füßen weg; Stephanie ritzte sich das Handgelenk an einer Entenmuschel, als sie sich mit bloßen Fingern in den Spalten des porösen Geschiebelehms festkrallte. In unermüdlichem Zickzackkurs suchte sie jene üppigen Schleiergewächse zu umgehen, die, auch wenn man sie ob ihres satt leuchtenden, verführerischen Grüns fast für künstlich halten möchte, doch ganz natürlich in Büscheln und Stauden wachsen und nur dank der nährenden Kraft des sie überflutenden Salzwassers so prächtig gedeihen. Stephanie, deren Körper die letzten Reserven mobilisierte, fand allmählich Gefallen daran, den Widerstand ihrer schmerzenden Glieder zu brechen. Finger und Zehen tasteten sich von Spalt zu Spalt, während sie mit Rückgrat, Hüfte und Schulter das Gleichgewicht hielt. Als sie endlich von der geschützten Seite der Brigg auf die freie Landspitze hinaustraten, schlug der Wind eine andere Tonart an: Statt des monotonen Knatterns empfing sie hier draußen ein schriller, durchdringender Sirenengesang. Auf einer erhöhten Plattform hielten sie inne und sahen sich um.

Die Wellen, die frontal gegen den überschwemmten Sporn des Felsvorsprungs donnerten, schäumten erst turmhoch in die Lüfte und barsten dann schlingernd und strudelnd, um endlich wieder friedlich plätschernd am Fuß der Klippen zusammenzuströmen. Andere, die sich schon vorn an der Landspitze geteilt hatten, brandeten von beiden Seiten heran; steil aufsteigende Wassermassen, die sich an einer Schotterplatte brachen, ergossen sich prustend und gurgelnd in Ritzen und Rinnen und schwappten unsichtbar glucksend unter ihren Füßen fort. Es war fast unheimlich, wie homogen die Welt hier draußen wirkte. Die Wolkenfetzen, die über den stahlblauen Himmel hinflogen und ihn in lauter strahlendhelle Partikel zergliederten, spielten so übermütig mit der aufgepeitschten Gischt, daß schneeweiße, alabaster- und champagnerfarbene, graue und braune Flocken unterschiedslos durcheinanderwirbelten. Wer offenkundig keine Trennung zwischen beiden Elementen kannte, das waren die Vögel, die krächzend auf und nieder schwebten – weiße und braungefleckte, mit goldenen oder blutroten Schnäbeln, abwechselnd krumm, klobig, gerade gewachsen.

Von naiver Schaulust gepackt, blieben sie auch dann noch auf dem schlüpfrigen Vorsprung stehen, als eine reißende Woge grüngrau und graugolden heranwallte, mit weiß emporschäumendem Wellenkamm plötzlich neben ihnen aufragte und sekundenlang wie reglos über ihnen verharrte, bevor sie sich an dem Felsen zu ihren Füßen brach. Völlig durchnäßt standen die beiden an ihrem luftigen Platz und sahen zu, wie sich die Flutwelle, von jedem Stein und jedem Strauch, der sich ihr in den Weg stellte, weiter gespalten, rieselnd, glucksend und plätschernd ihren labyrinthischen Weg zurück in die kalte Dünung bahnte und verschwand. Stephanies Baskenmütze war patschnaß. Daniel schüttelte den schwarzen Kopf wie ein Hund, und die Wassertropfen, die aus seinen Haaren rannen, blitzten und funkelten in der kalt glitzernden Sonneninsel, die sich plötzlich über ihnen zu behaupten schien. Er sah Stephanie an, die einfach nur dastand und zuschaute, wie die letzten Ausläufer der mächtigen Welle auf dem Weg hinaus ins Meer über und um ihre Schuhe gurgelten. Als sie die Mütze abstreifte, fuhr der Wind ihr ins blonde, vom Wasser dunkel gesträhnte Haar und blies es in die Höhe. Ihr Regenmantel war von tropfenförmigen dunklen Spritzern übersät. Wie hypnotisiert starrte sie ins Wasser; der halb geöffnete Mund lächelte verstohlen, und sie schien gar nicht zu spüren, wie der Wind ihr die nassen Haare und Kleider zerzauste. Daniel wurde jetzt so von der Sonne geblendet, daß er Stephanie kaum noch erkennen konnte. Eine kleinere Woge brandete heran und schaffte es nicht, sich bis zu ihrer Höhe aufzubäumen. Wieder sagte Stephanie etwas, was er nicht verstand.

»Was?« schrie er. »Was hast du gesagt?«

Sie brachte ihren Mund bis dicht an sein Ohr, und er hörte: »... dann eben in deiner Sprache. Es werde Licht, hab' ich gesagt.« Sie kicherte wie trunken, strahlte von innen heraus.

»Los, weiter!« rief sie und strebte eilig, zwischen Laufschritt und Trab abwechselnd und mit ausgebreiteten Armen das Gleichgewicht haltend, über die Felsen aufs offene Meer zu. Ihm blieb nichts anderes übrig, als ihr zu folgen. Eine weitere hohe Welle stemmte sich empor, erzitterte und brach sich zu ihren Füßen, wo sie säuselnd verebbte. Als sie sich nach ihm umwandte, war ihm ihr Gesicht ganz fremd: Über den aufgewühlten, bleichen, tropfnassen Zügen lag ein undurchsichtiges Lächeln. Sie wollte eben weitergehen, als die nächste Welle heranrollte. Er riß sie an sich, die niederstürzenden Wassermassen durchnäßten beide bis auf die Haut, und Daniel hielt sie blindlings an Haaren und Kleidern fest. Er küßte sie, und es schmeckte nach Salz und Kälte und Hitze und Wankelmut. Sie erwiderte seinen Kuß, erwiderte ihn so ungestüm, daß beide taumelten, und Daniel sie nur abfangen konnte, indem er sich an ihren Haaren festklammerte und die Knie eisern gegen ihre Beine preßte. Unter dem Druck seines Körpers wurde die aufmüpfige, aggressive Stephanie unversehens sanft und fügsam.

»Ich lass' dich schon nicht ertrinken«, murmelte Daniel und zog sie mit sich zwischen zwei Felsblöcke, wo er sie in einer äußerst unbequemen Umarmung an sich drückte und abermals küßte. Auf ihrem Gesicht spiegelte sich eine fast lüsterne Hingabe. Daniel war so außer sich vor Erregung, daß er sie aus Versehen gegen den Felsen stieß, ehe er sie mit seinem wuchtigen Körper abstützen konnte. Die Sonne schien unverändert frostig.

»Nun wirst du mich heiraten müssen.«

»Nein. Das ist – ein romantisches Intermezzo –, das wir herbeigeführt haben. Dadurch ändert sich nichts.«

»O doch. Du hast es ja selbst gesagt: wir haben es herbeigeführt. Und wir können noch viel mehr erreichen. Eigentlich alles.«

»*Du* hast das fertiggebracht, du allein«, sagte sie in flehendem Ton.

»So wünsche ich mir mein Leben.«

»Es geht nicht. Ich weiß es. Solche Sachen – halten nicht.«

»Was ich anfange, das hält auch.«

Tränen liefen ihr über die Wangen, brannten heiß auf kaltem Meerwasser und kalter Haut. Sie wußte es, wußte genau, daß einem so etwas durch die Finger rann und verging, während man noch überlegte, wie es am Leben zu halten sei, daß es sich fortstahl, wenn man gerade dabei war, sein Leben in eine neue Form zu pressen, um dem Neuen Platz zu schaffen.

»Hast du je so empfunden?« fragte Daniel, und wieder klang es, als müsse sie wissen, was gemeint sei.

»Nein. Aber …«

»Ich auch nicht.«

»Daniel, das hat fast gar nichts zu bedeuten – es gilt nur hier und jetzt.«

»Nein, tut es nicht. Ich hab' keine großen Wünsche. Aber daß es so bleibt zwischen uns, das wünsche ich mir. Ich will dich. Ich will dich für mich.«

»Ach, Daniel.«

»Und du wünschst dir das auch. Ich weiß es genau.«

Er wußte es nicht. Trotzdem sagte sie: »Na gut.«

Sie waren beide überrascht, und Stephanie wiederholte es gereizt, als ob sie ihr Wort zurücknehmen könnte, falls er es nicht gehört hatte. »Na gut. Ich hab' ja gesagt.«

Ihr Gesicht war tränenüberströmt. Daniel zog einen Arm zurück.

»Nein, nein! Ich bedränge dich zu sehr. Du brauchst mir kein …«

»Du verstehst nicht. Obwohl ich das gehofft hatte. Die Sache ist die, daß ich in meinem ganzen Leben nie irgendwas unbedingt haben wollte, jedenfalls nicht für mich selber. Ich weiß nicht, wie ich das mit allem, was ich sonst gewohnt bin, in Einklang bringen soll. Ich kann nicht umgehen damit …«

Wenn er jetzt seine Entschlossenheit verlor, dann waren sie beide verloren. Doch er sagte: »Dann ist es abgemacht. Das allein zählt. Es wird schon alles gut.« Und er starrte über ihren blonden Schopf hinweg auf die stillen und rastlosen, die stürmischen und spiegelblanken Wellen und Wolken.

Geraume Zeit danach bestellten sie in einem Pub in Hunmanby Sandwiches und Bier. Sie saßen nebeneinander auf einer Holzbank am Kamin und verzehrten heißhungrig zwischen frische Vollkornscheiben gestopftes blutiges Roastbeef mit Zwiebeln und Salz. Sie konnten gar nicht schnell genug essen, so köstlich schmeckte ihnen die scharfgewürzte, deftige Mahlzeit. Sie waren beide nicht ans Glücklichsein gewöhnt und wappneten sich daher für den Augenblick, da das Glück zerbrechen würde.

»Und was kommt als nächstes?« fragte Daniel und trank sein Bier aus.

»Als nächstes?«

»Na ja, heute, nächste Woche, nächsten Monat. Was sollen wir jetzt tun?«

»Was können wir tun?«

»Heiraten. Und zwar bald. Das ist das einzig Richtige.«

»Wie bald?«

»Na ja, wir müssen das Aufgebot bestellen. Eine Wohnung suchen. Das wird nicht leicht werden. Ich verdiene ja so gut wie nichts. Aber beim Pfarrer wirst du nicht wohnen wollen. Und ich auch nicht.«

Da sagte man einmal: Na gut, und plötzlich war nichts mehr wiederzuerkennen. Sie konnte sich ein Leben mit Daniel nicht vorstellen. Eins ohne ihn freilich ebenso wenig.

»Ich muß bis Quartalsende unterrichten, und ich muß Daddy rumkriegen. Ihm wird's nicht gefallen.«

»Jetzt nicht oder überhaupt?«

»Wahrscheinlich überhaupt nicht. Aber vielleicht hab' ich Glück, und er lenkt ein bißchen ein.«

»Darauf würde ich nicht bauen. Und ich würd's auch nicht hinauszögern. Aber du mußt tun, was du für richtig hältst. Ach, der Pfarrer wird mit dir reden wollen.«

Die Kirche erhob ihr häßliches, ihr kraftvoll träges Haupt.

»Was wird er wohl sagen? Er mag mich.«

»Ja, er mag dich. Ich könnte mir vorstellen, daß du in seinen Augen eine gute Pfarrersfrau abgibst. Wo du doch so deutlich auf seiten der Engel stehst. Du brauchst dich also nicht mit ihm anzulegen.«

»Obwohl du's an meiner Stelle tun würdest.«

»Weil's um Dinge geht, die mir am Herzen liegen. Dir nicht, das macht dich ihm überlegen. Ich denke, er wird glauben, daß du einen zivilisierten Menschen aus mir machst. Er hält mich nämlich für ungehobelt.«

»Daniel ...«

»Hm?«

»Im neunzehnten Jahrhundert wär's vielleicht gegangen und ich hätte eine gute Pfarrersfrau abgegeben. Aber im zwanzigsten ist da die Moral davor.«

Brot und Fleisch hatten ihn angenehm gesättigt. Das Feuer wärmte seine meernassen Beine, ihr Schenkel lag auf dem seinen.

»Für mich wärst du genau die richtige Frau. Du mußt immer aktiv sein. Genau wie ich. Wir sind uns ähnlich. Wir werden gut miteinander auskommen. Es ist schließlich nicht so, als wäre ich einer der frömmlerisch salbadernden Betbrüder, oder?«

Er legte seine Hand in ihren Schoß, auf die ihre. Beide brannten sie vor Verlangen.

»Ich will, ich will, ich will«, stieß Daniel mit ganz nüchterner Stimme durch die Zähne.

»Ich auch«, gestand sie wahrheitsgemäß.

»Wir können aber nirgends hin.«

»Nein. Das heißt, wir könnten hier bleiben. Wir könnten uns ein Zimmer nehmen, uns eine Geschichte ausdenken, zu Hause anrufen und ihnen was vorschwindeln. Andere Leute machen das auch. Andauernd. Es dürfte nicht schwer sein.«

Sein Gesicht nahm wieder diesen finster grüblerischen Ausdruck an. »Würde es dir leichtfallen?«

»Nein. Ich bin eine furchtbar schlechte Lügnerin. Ich wäre die ganze Zeit in Angst.«

»Eben.« Er umklammerte ihre Hand so fest, daß die Knöchel schmerzten. »Es muß aber einen Weg geben. Andere Leute finden doch auch irgendwie eine Möglichkeit.«

»Weniger, als du glaubst.«

Er lachte unvermittelt. »In meinem Beruf erfährt man, wie viele es wirklich sind. Übrigens auch unter den Geistlichen. Für mein Gefühl sind's jede Menge. Anscheinend gibt es schrecklich viele Menschen, die dauernd in eine Situation reinschlittern, wo es ausgesprochen schwerfällt, nicht ... Vielleicht fehlt es mir bloß an der nötigen Erfahrung. Oder ich strenge mich nicht genug an. Was sollen wir machen?«

»Ich weiß es nicht.«

Sie irrten schließlich noch lange ratlos herum und kamen, ohne eine Lösung gefunden zu haben, umständlich mit Bus und Bahn nach Blesford zurück. Dort an der Bushaltestelle sagte er:

»Das beste, was ich anzubieten habe, ist Pulverkaffee auf meinem Zimmer.«

»Ich habe überhaupt nichts anzubieten.«

Das Pfarrhaus war dunkel und leer.

»Sie sind ausgegangen.«

»Scheint so, ja.«

Sie stiegen im Dunkeln die Treppe zu Daniels Zimmer hinauf, schlossen sich ein, lauschten. Stephanie fragte: »Wo ist Felicity?«

»Weiß ich nicht.«

»Willst du nicht die Vorhänge zumachen?«

Er tat es und schaltete gleich noch den Gasofen sowie die glutrote Nachttischlampe an. Dann wandte er sich ihr zu. »O Gott, was nun?«

Sie wußte es nicht. Sie hatten beide Angst davor, miteinander ins Bett zu gehen, und das merkwürdigerweise nicht aus irgendwelchen trivialen Versagensängsten, sondern aus der heimtükkisch subtileren Furcht vor peinlichen Überraschungen. Sie fürchteten das plötzliche Eindringen der Hausbewohner oder eines Pfarrkindes mit dringenden Problemen. Daniel dachte mit Grausen an seine uralten Bettfedern und den schwachen Schimmelgeruch, der ihn, wenn er allein war, nicht störte. Stephanie hatte Angst davor, Daniels Moralkodex nicht gerecht zu werden. Sünde, um die es hier vermutlich ging, war ein vielschichtiges Problem. In irgendeinem Sinne mußte es unrecht sein, daß er mit ihr ins Bett ging, und seine nachdrückliche Entschlossenheit, dieses Unrecht zu ignorieren, erregte sie. Die ganze Sache bekam dadurch eine so ernste und wichtige Dimension, wie keine ihrer Cambridger Affären sie gehabt hatte, auch wenn sie jetzt erkannte, daß sie es gewesen war, die damals den jungen Männern die nonchalante und alltägliche Verhaltensform vorgab. Diese unvorbereitete Konfrontation mit dem Sündenfall und seinen Folgen dagegen, die erschreckte sie. Sie wollte Daniel nicht in seiner Selbstachtung verletzen. Und sie wollte erst recht nichts mit Reue und Bußgedanken zu schaffen haben. Nervös drehte sie die Shetlandmütze zwischen den Händen, die sie sich vorhielt wie einen weichen Keuschheitsschild.

»Zieh wenigstens den Mantel aus«, sagte er, und sie drapierte ihn übertrieben langsam und ordentlich über einen seiner vielen Sessel. Die unsinnige Bedachtsamkeit, mit der sie hantierte, machte ihn reizbar. Knarrenden Schrittes schlich er sich an sie heran und legte ihr den Arm um die Taille.

Sie wich zur Seite.

»Was ist denn?«

»Ich weiß nicht, ob es dir danach nicht leid tun wird.«

»Bestimmt nicht. Nicht deinetwegen.«

»Aber du dürftest doch nicht ohne ...«

»Darüber mache ich mir gar keine Gedanken. Und wenn es mir nichts ausmacht, dann wüßte ich nicht, warum du dich dran stören solltest.«

»Ich verstehe aber nicht, *warum* du es so leichtnimmst.«

»Dich belastet es nicht«, konstatierte er. »Nicht der Akt als solcher.«

»Nein. Aber ich – ich bin auch nicht ...«

Er begriff, was ihr Sorgen machte, ohne daß er wußte, wie er es ihr ausreden sollte. Für ihn war es kein Problem, und er hatte nicht die Absicht, sich damit auseinanderzusetzen, weder jetzt noch überhaupt. Damit würde man nur unnötig die Klarheit des Tages trüben und die Kräfte von Meer und Himmel und Wind vergeuden. Krampfhaft sann er auf eine Möglichkeit, sie abzulenken, und schließlich sagte er listig: »Ich hab' natürlich noch nie ... noch nie richtig ... *Das* macht mir allerdings zu schaffen.«

Das tat es keineswegs. Daniel vertraute fälschlicherweise darauf, daß innige Leidenschaft den Mangel an Übung schon ausgleichen würde. Immerhin gelang es ihm mit seinem Einwurf, ihr Interesse von seiner angeschlagenen Moral auf seine angeblichen sexuellen Komplexe zu lenken.

»Das macht nichts«, sagte sie.

Im Haus war alles ruhig. Daniel begann, das Bett aufzudekken. Und sie ließ ihn gewähren. Als er fertig war, fragte sie: »Hast du ein Handtuch?«

»Ein Handtuch?«

»Wir brauchen ein Handtuch.«

Er fand eins, weiß mit roten Streifen, und legte es aufs Kissen. Während er noch überlegte, ob er zuerst sie ausziehen solle oder sich, sagte sie: »Wenn wir das Licht ausmachen und ganz leise sind, dann werden sie, wenn sie zurückkommen, gar nicht merken, daß wir da sind.«

»Ja«, sagte er. »So machen wir's.«

Also entkleideten sie sich hastig im Dunkeln und legten sich hin, pferchten kaltes Fleisch und heißes, blasses und dunkles zusammen in das schmale Bett.

Es war kein großer Erfolg, eher ein hektisches, arhythmisches Scharmützel, bei dem beide ständig Gefahr liefen, aus dem Bett zu fallen und fast bis zum Schluß empfindlich gestört wurden durch quietschende Bettfedern und unbefestigte, rutschige Laken. Daniel wußte, außer sich vor Erregung, die meiste Zeit nicht, ob er drinnen oder draußen war, ob er kam oder nicht. Stephanie, die an keine ekstatischen Lusterfahrungen gewöhnt war, versuchte gar nicht erst, einen Orgasmus zu erlangen, und bekam auch keinen, was der sich abstrampelnde Daniel nicht zu bemerken schien, da er weder den Versuch machte, einen herbeizuführen, noch wissen wollte, ob sich einer eingestellt habe, geschweige denn, daß er sich für dessen offensichtliches Ausbleiben entschuldigt hätte. Ihr war es fast lieber so, weil einem dadurch weitere Peinlichkeiten erspart blieben. Sie gerieten in Hitze und Schweiß, waren ein bißchen lädiert und verwirrt. Daniel stöhnte, und es war vorbei.

Er drehte sich weg, und sie richtete sich auf und beobachtete ängstlich sein strenges, verschlossenes Gesicht. Sie hatte keine Ahnung, was in ihm vorging, ja wußte nicht einmal, wer er war. Sie war beinahe darauf gefaßt, daß er sich aufschwingen und lautstark in Selbstvorwürfe oder einen ichbezogenen Verzükkungstaumel ausbrechen würde, was sie im einen wie im anderen Falle zutiefst geniert hätte.

Er schlug die Augen auf, blickte sie verschmitzt an und grinste träge, belustigt, gelassen.

»Tja«, sagte er, »das war immerhin ein Anfang. Ich nehme an, das ist die Hauptsache. Wir haben einen Anfang gemacht.«

Sie senkte den Blick.

»Ich sehe dich gern da«, sagte er. »So sollte es immer sein.« Er hob den fleischigen Arm und zog ihren blonden Kopf an seine Brust hinunter. Sie lag neben ihm und machte sich mit seinen harten Kanten vertraut, mit den dicken Fleischwülsten. Eine seiner Riesenhände lag in ihrem Kreuz, die andere auf ihrem Haar. Ihr war, als ließe sich nicht mehr genau unterscheiden, wo sein Körper aufhörte und der ihre anfing. Sie hörte sein starkes Herz rasen.

»Hast du's bequem?«

»Und wie.«

»Kannst du dir vorstellen ...« Den Schluß des Satzes bekam sie nicht mehr mit.

»Was? Ob ich mir was vorstellen kann?«

»Kannst du dir vorstellen, daß jemand heiratet, ohne es ernsthaft zu wollen? Dabei muß das ganz schön oft vorkommen, wenn man sich die Leute so anschaut. Aber ich sehe keinen Sinn darin, wenn man es nicht *wirklich* möchte ...«

»Vielleicht wollen manche Menschen einfach nicht allein bleiben.«

»Das würde mir nichts ausmachen.«

Seine Unbeirrbarkeit erschreckte und beglückte sie gleichermaßen. Endlich, seufzte sie und war schon eingeschlafen.

Als sie erwachten, verriet ihnen das Rumpeln und Klappern von unten, daß Menschen im Haus waren. Sie berieten im Flüsterton darüber, ob sie Licht machen sollten, und entschieden sich dagegen: Sie hatten kein Verlangen nach dem Geschwätz der Ellenbys oder den hoffnungsvoll teilnehmenden Blicken von Felicity Wells. Also blieben sie ruhig liegen und dösten noch ungefähr eine Stunde. Als die Ellenbys Zubettgeh-, Diebstahlsicherungs-, Badezimmergeräusche und Licht-Auslöschen absolviert hatten, standen sie auf und zogen sich an. Beide hatten großen Hunger und mußten außerdem dringend auf die Toilette. Diese letzte Peinlichkeit war es, die Stephanie schließlich veranlaßte, sich nach unten zu schleichen und den Heimweg anzutreten. Daniel versicherte ihr, daß sie ziemlich gefahrlos den Außenabort des Gärtners benutzen könne. Sie einigten sich darauf, daß er sie nicht begleitete, und so sah er von seinem Fenster aus zu, wie sie über den mondbeglänzten Rasen schlich, den Kopf unter der Baskenmütze gesenkt, und einmal nur zu seiner massigen Silhouette im dunklen Fenster hinaufschaute. Da hob er den Arm und salutierte großmütig, wie ein siegreicher General. Sein Körper fühlte sich angenehm warm an, seine Phantasie hatte sich wohltuend beruhigt. Er hoffte nur, daß er die Schwierigkeiten der nächsten Hürde nicht unterschätzte. Aber nachdem er mit Kühnheit und Liebe schon so weit gekommen war, konnte er sich unmöglich vorstellen, daß er es nicht auch weiterhin schaffen würde.

19. Mammon

Ein paar Wochen später, als das neue Trimester begonnen, als Alexander sich in seinem neuen Auto wieder eingefunden und die *Vier Quartette* abgeholt hatte, saßen Stephanie und Frederica in Calverleys größtem Kaufhaus Wallish & Jones im »Treffpunkt«, wohin sie sich vor einem Platzregen geflüchtet hatten. Die Panoramafenster des Cafés waren von innen und außen beschlagen; auf den Tischen gestärkter Damast; auf dem Boden ein schallschluckender Teppich mit dichtem, horizontal wucherndem Laubwerk: Dschungellianen und Wasserlilien in bizarrer Kreuzung mit gefiederten Roßkastanien, eine Komposition, die tropisches Grün mit den Braun- und Goldtönen des herbstlichen England zusammenführte und, in genau bemessenen Abständen, zierliche rote Beerensträußchen dazwischenstreute, die wie Blutstropfen leuchteten. Neben dem Klappern der Pfennigabsätze, dem Quietschen biederer Haferlschuhe und den Kratzgeräuschen scharfer Schoßhundkrallen verschluckte der Teppich an Tagen wie diesem auch das monotone Tröpfeln nasser Schirmspitzen und Plastikregenmäntel, Ölhautmützen und Tragetaschen. Die Luft war schwül und stickig. Die Damen vergingen fast vor Hitze und ließen diverse Hüllen fallen. Dank der dämpfenden Wirkung klammer Mäntel und Axminstercapes trugen die Stimmen im Café nicht weit. Dennoch war es üblich, sich nur mit halblauter Stimme zu unterhalten, egal ob man über die horrenden Preise der Stores klagte oder über die schrecklichen Nachwirkungen der eigenen Totaloperation. Die Potter-

Mädchen fühlten sich wohl hier, schon weil sie den »Treffpunkt« von klein auf kannten.

Es war ein Samstag. Und Fredericas Kleidung – enge, schwarze Hose, Pullover mit Fledermausärmeln, geknotetes Halstüchlein – wirkte, gemessen an Zeit und Ort, ziemlich auffallend. Zumal sie auch noch stark geschminkt war: grasgrün der Lidschatten, schwarzgetuschte Wimpern, pflaumenblauer Lippenstift. Stephanie, schlicht in Rock und Mantel, war zerzaust und überhitzt. Frederica nippte an einem Eiskaffee *de luxe* mit zwei Kugeln Eis, einem langstieligen Löffel und zwei Strohhalmen. Stephanie hatte Kaffee mit einem Kännchen Sahne bestellt. »Ich möchte dir gern was sagen«, begann sie.

»Nur zu!«

»Also weißt du ...« Es fiel ihr anscheinend nicht leicht. Frederica blickte von den lila Strohhalmen auf. Stephanie errötete bis zu den Ohrläppchen, bis in die Haarwurzeln.

»Raus damit.«

»Ich habe vor, mich ... das heißt, ich werde heiraten.«

»*Heiraten*?«

»Ich heirate Daniel Orton. Sehr bald schon.«

Einen entsetzlichen Moment lang erstarrte Frederica in heller Empörung. Das erste, was ihr einfiel, war: »Ich hatte keine Ahnung.«

»Wir haben es auch noch niemandem gesagt.«

»Ich hatte keine Ahnung«, wiederholte Frederica gekränkt.

»Mir ist natürlich klar, daß es nicht leicht werden wird.«

»Das will ich meinen!« bestätigte Frederica schroff.

»Erst mal muß ich es Daddy beibringen.«

»Der wird Gift und Galle spucken. Darauf wette ich.«

Mit einem verstohlenen Blick auf ihre Schwester musterte Frederica deren jetzt samtigrosa schimmerndes Gesicht, das fast lächerlich gegen ihre blonden Haare abstach. Und wie abstoßend sie erst die große Kullerträne in Stephanies Augenwinkel fand!

»So eine Pfarrersfrau ist rund um die Uhr im Einsatz. Kirchenfeste und Mütterverein und die starke Schulter zum Ausweinen und so weiter. Willst du das alles auf dich nehmen?«

»Einiges wohl schon. Mir macht das nichts aus.«

»Dann hast du verdammt recht: Das wird bestimmt nicht leicht werden. O je!«

»Ich wünschte, du würdest endlich was Nettes sagen!« rief Stephanie verzweifelt. »Ich bin *sehr glücklich.*« Mit einer rudernden Handbewegung schob sie weißes Porzellan, versilberte Kuchengabeln und Papierservietten beiseite, vergrub ihr Gesicht in den Armen und schluchzte hemmungslos.

Frederica war entsetzt. Sie rief eine Kellnerin herbei, gab Stephanie einen Klaps auf die Schulter und sagte: »Natürlich freue ich mich für dich – noch zwei Kaffee, bitte, mit Sahne und *rasch* –, Stephanie, es kam nur so plötzlich, wir hatten ja keine Ahnung, keiner von uns. Sag, liebst du Daniel Orton?«

»Ja. Ganz gewiß.«

»Wie willst du das wissen?« Die Frage, die Stephanie zu einem vertraulichen Geständnis ermuntern sollte, klang unangenehm inquisitorisch. Daniel Orton war dick und fromm. Wie mochte es sein, einen solchen Mann zu lieben? Frederica schwankte zwischen Neugier und pikierter Abwehrhaltung.

»Wie kann man das je mit Bestimmtheit wissen?« Mit glänzend geröteten Wangen richtete Stephanie sich auf und sah sich ratlos um. »Ich bin mit ihm ins Bett gegangen.«

»Und? War es aufregend?« fragte Frederica in einem Ton, der fast schockierend zwischen Lüsternheit und Spott changierte.

»Es war eine Offenbarung«, antwortete Stephanie würdevoll. Sie hörte, wie ihre nüchterne Cambridge-Stimme sich schwer auf Calverleys mit kleinen Pausen gepolsterten Klatsch senkte, sah auf und blickte statt in das aufmerksam freundliche Auge einer College-Freundin ins gierig angespannte, grellgeschminkte listige Gesicht Fredericas, auf dem hämisches Entsetzen mit maßlosem Zorn kämpfte.

»Und wie soll's weitergehen?« rief sie heiser. »Wirst du auch Orangenblüten und Schleier tragen und aus mir eine Brautjungfer mit schickem Hut machen, die dir aus einem niedlichen Körbchen Rosenblüten streut? Wirst du am Altar Gehorsam geloben, oder heiratest du wenigstens einen *modernen* Geistlichen ...?«

»Ich verstehe nicht, warum du so zu mir bist.«

Frederica verstand es selber nicht. Sie war wie besessen von einer unbändigen, blindwütigen Gehässigkeit.

»Wenn ich das gewußt hätte, hätte ich's dir nicht gesagt.«

»Aber ich freue mich sehr für dich. Bestimmt.«

»Ja, schon gut«, sagte Stephanie. Sie stand auf, schob zwei Halbkronenstücke über den Tisch, und noch bevor Frederica ihren nächsten Satz formuliert hatte, war sie gegangen.

Frederica blieb sitzen und spielte mit den Münzen. So grauenhaft, wie sie sich eben benommen hatte, war ihr jetzt zumute.

Als Kinder, während des Krieges, hatten sie und Stephanie sich oft als ›Große Dame‹ verkleidet, ein Spiel, bei dem sie, anders als bei Mutter-Vater-Kind, kaum Vorbilder zur Nachahmung hatten und dessen Regeln sie nie ganz verstanden. Sie hatten sich mit Winifreds abgelegten Sachen kostümiert, einem alten schwarzsamtenen Abendkleid und einem aus rüschenbesetztem Seidenkrepp mit leuchtenden Mohn- und Kornblumen darauf. Dazu gehörten Satinpumps, Petticoats, zerschlissene Fransenschals, Hüte, Seidenblumen, Pfauenfedern, ein mit Pailletten bestickter Pompadour an einer angelaufenen Kette und ein Kuverttäschchen aus Lackleder, selbstgebastelte Puderdose aus Hansaplastschachteln und Zigaretten, die sie aus Papier drehten, sowie Lippenstifte aus Wachsstiften, die man in Papprröhrchen schob. Es war eines dieser pantomimischen Spiele, deren Sinn sich nach und nach, über die Darstellung, erschließen sollte, was in diesem Fall leider überhaupt nicht funktionierte, obwohl sie unermüdlich im Zimmer herumstöckelten und sich für Erleuchtungen wappneten, die sich niemals einstellen wollten. Die Schauplätze ihres Spiels mußten immer irgendwelche imaginären Warteräume sein – ein Vestibül, ein Foyer, die Damentoilette oder Garderobe eines Tanzsaals oder Hotels –, kurz gesagt Orte, an denen sich nach ihrer rudimentären Kenntnis der Film- und Romanwelten die aufregenden Abenteuer der Erwachsenen abspielten, solche, die nicht auf Küche und Schlafzimmer beschränkt blieben. Da keine von beiden bereit war, den männlichen Gegenpart zu übernehmen, konnten sie immer nur mit Schimären spielen, mit denen Frederica bruchstückhaft holprige Ballkonversation trieb und bei denen Stephanie Köstlichkeiten wie Schlagsahne und Weintrauben, Apfelsinen und Zitronen, frische Butter und Törtchen mit Zuckerguß bestellte, die es in Wirklichkeit damals nirgends gab. Der anfängliche Reiz dieses Spiels, das prickelnde Erfahrungen verhieß und geheime, verbotene Freuden, mündete irgendwann unweigerlich in frustrierte Langeweile.

Wie es damals zum Spiel gehört hatte, ließ Frederica auch jetzt ihre Handtasche ein paarmal auf- und zuschnappen, musterte den Inhalt so argusäugig, als gälte es, den burgunderroten Lippenstift und den Kompaktpuder von Max Factor zu verzaubern, und fragte sich, warum sie so häßlich reagiert hatte, ja warum sie sich immer noch mit so häßlichen Gedanken trug. Im Gegensatz zu ihr hatte Stephanie (als die Ältere) die Chance gehabt, Calverley und Blesford den Rücken zu kehren, doch statt diese Chance zu nutzen, zerstörte sie den Traum von der Flucht aus den engen Doppelhaushälften hinaus in die wahre, die große Welt, dorthin, wo das richtige Leben stattfand. Wenn Stephanie sich nach ihrem Ausflug in die Freiheit mit dem häuslichen Glück an der Seite eines dicken Vikars zufriedengab, dann mußte sich auch Frederica auf das Schlimmste gefaßt machen. Die Aussicht auf einen neuen Herd, einen Satz Jenaer Glasgeschirr mit schwarzgestanzten Schneekristallen auf lachsfarbenem Grund oder einen eigenen Teekessel konnte ein Mädchen jederzeit korrumpieren. Man wußte ja aus der Lektüre von *Brave Ehefrauen* oder *Der Regenbogen*, wie verführerisch er sein konnte, der Rückzug in die private Idylle zu zweit mit einem vergötterten Mann, umgeben vom eigenen, vergötterten Hausrat. Meistens aber war ein solches Leben doch furchtbar trist, und in Blesford sowieso.

Sie dachte an Alexander, der ihr jetzt, da Stephanie die Liebe zu ihm so schnöde verraten hatte, noch unwirklicher und entrückter erschien. Wie würde sein Leben in Zukunft aussehen? Wenn er erst einmal reich und berühmt war, was nicht ausbleiben konnte, und vollends in der Kunst aufging, der schon jetzt sein ganzes Herz gehörte? Sie versuchte es sich vorzustellen, aber ihre Phantasie ließ sie bald ebenso im Stich wie seinerzeit bei den Verkleidungsspielen. Er würde den *Vier Quartetten* lauschen. Würde den Proben seiner Stücke beiwohnen, was sie sich noch ausmalen konnte, und literarische Teegesellschaften besuchen, vor denen ihre Imagination versagte. Denn ausschlaggebend waren die Gespräche, nicht die Teekannen, und ihre Erfahrung beschränkte sich auf das schwerfällige Heruminterpretieren der Potters an gedruckten Werken, wohingegen man sich in so einem literarischen Salon vermutlich bereits druckreif unterhielt.

Sex würde auch dazugehören. Das wußte sie von Stephanie. Allerdings hatten sie nie über Stephanies Sexualleben gesprochen, nicht einmal darüber, ob sie eines hatte, und Frederica fiel es schwer, sich jetzt mit der Tatsache vertraut zu machen, daß dem so war, und wahrscheinlich nicht erst seit gestern. Eine Erkenntnis, die sie mindestens ebenso erboste wie Stephanies Kapitulation vor den biederen bürgerlichen Werten. Doch beim Versuch, in das Leben der Schwester einzudringen, verirrte sie sich bald ebenso wie damals in den imaginären Vestibülen ihrer Kindheit. Daß Stephanie die keusche, die tollkühne Hoffnung auf Alexander für einen so gewöhnlichen Mann wie Daniel Orton geopfert hatte, machte die Hoffnung auf Alexander entweder ganz zunichte oder rückte sie in greifbare Nähe. »Ich bin mit ihm ins Bett gegangen. Es war eine Offenbarung.« Irgendwer würde vermutlich auch mit Alexander ins Bett gehen oder hatte es am Ende bereits getan. Also hatte man die Wahl: Entweder wünschte man sich, diejenige, welche, zu sein, oder man fand sich damit ab, daß alles nur ein Wunschtraum gewesen war. »Ich bin aus Fleisch und Blut, Sir.« Höchstwahrscheinlich war ihm das noch nie aufgefallen, und er würde es auch in Zukunft nicht bemerken. Andererseits war auch er – wie Daniel Orton und anders als Mr. Rochester – aus Fleisch und Blut. Und darum …

Sie entschied, daß ihr häßliches Benehmen Stephanie gegenüber gesühnt werden müsse. Sie würde einen Teil ihres T.-S.-Eliot-Fonds für ein passendes Hochzeitsgeschenk – eine hübsche Kelle oder ein Nudelholz – ausgeben. Sie steckte das Wechselgeld ein, das sie für Stephanies Kaffee herausbekommen hatte, und machte sich auf den Weg ins Untergeschoß zur Abteilung Haushaltswaren.

Das Kaufhaus Wallish & Jones war ein so alter Bestandteil ihres Lebens wie ihr Verkleidungsspiel mit der schwarzsamtenen Abendrobe, wenn nicht ein noch älterer. Als kleines Mädchen hatte man Frederica jedes Jahr im Advent in diesen Konsumtempel geführt, um ihr den Weihnachtsmann in seinem Feenpalast oder wahlweise den Weihnachtsmann in seiner unterirdischen Grotte zu zeigen. Eine ihrer frühesten Kindheitserinnerungen war die an ihren ersten Wasserstoffballon, einen prallen, perlmuttschimmernden Ballon an einer Schnur aus Silberdraht, den der bärtige Alte, der in den flaschengrünen Tiefen seiner Grotte saß, ihr persönlich von seinem mit Goldrauschgirlanden und bunten Lichtern geschmückten Thron heruntergereicht hatte. Ganze zehn Minuten hatte sie ihn in der Hand gehalten, bevor er in den Fängen der schweren, dunkelgebeizten Schwingtür der Damentoilette zerplatzte. Sie hatte ihr eigenes Schluchzen gehört, das von den gekachelten Wänden der schmuddeligen Nische hinter den Klofenstern widerhallte wie die Schreie einer gemarterten Seele im Kerker. Die Erwachsenen erzählten ihr, die daran freilich keine Erinnerung hatte, daß sie sich mit einem Himbeereisbecher im »Treffpunkt« habe trösten lassen, der damals, vor der Renovierung, trotz grüngoldener Fliesen, Spitzendeckchen und Wiener Stühlen fast streng und schmucklos gewirkt hatte.

Der Krieg hatte Schloß und Grotte, ersterer bevölkert von einem überirdisch strahlenden Feenvölkchen, letztere von emsig mit Schaufel und Schubkarre hantierenden, Juwelen hortenden Zwergen, viel von ihrer Pracht und ihrem Echtheitsglanz geraubt. Man merkte es daran, daß die Lichter, die hie auf den Zinnen, dort auf Stalaktiten und Stalagmiten gefunkelt und geglitzert hatten, oder die einst mächtig schäumenden Kaskaden aus silbrig schimmerndem Trockenwasser von Jahr zu Jahr trüber und unsteter wurden. Die Pappmachéfelsen und die Türmchen mit den verwunschenen gotischen Fensterluken, die so verführerisch leuchteten, wirkten bald ebenso abgestaubt und schäbig wie der Gartenschlauch der Zwerge oder die Feenpromenade, die Spinnweben in den Höhlen und die Banner vor dem Schloß. Die Ballons verschwanden, da sie aus Gummi waren, ganz. Und nach und nach folgte auf das gläubige Staunen über ein für wahr gehaltenes Märchenreich der vordergründige Spaß an der enttarnten Theaterillusion. Man stellte fest, daß die Grotte von hinten nicht anders aussah als die Rückseite der Kulissen, zwischen denen man bei einer Schulvorstellung auf seinen Auftritt wartete. Dem ehrwürdigen greisen Magier mit dem Rauschebart, der ihr den ersten durchsichtig schimmernden und so empfindlichen Ballon geschenkt hatte, folgte ein zwielichtiger, wattebärtiger Kandidat mit angeschminktem Dauerlächeln, der weder alt noch jung war und der sie im Feenpalast auf den Schoß genommen und unter lüsternem Gekicher seine stachelige Rougewange an ihrem Gesicht gerieben hatte, während seine heiße Hand genüßlich ihren Popo tätschelte, und der Häufchen aus Jett verteilte oder Briketts aus Gummi, der sich aber später als Lakritze entpuppte, so wie das vermeintliche Kohlenstück ein Brausespender war, aus dem man eine Menge leuchtendgelbes, schäumendes Pulver saugen konnte, das Zunge und Zähne senfgelb färbte.

Trotz aller Einschränkungen hatte Wallish & Jones die jährliche Weihnachtsinszenierung beibehalten als ein Fest, das Jahr für Jahr von der unüberwindlichen Macht der Phantasie kündete, deren verführerisch schimmerndes Netz weit über die kleine Bühne in der Kinderabteilung hinausreichte, ja sich über alle die reichlich bestückten Verkaufsetagen, Angebotstheken und Warenregale spannte. Mal zeigte es sich in Gestalt funkelnder Lamettafäden, die sich über unscheinbare, strapazierfähige Strümpfe schlängelten, mal in Gestalt bunter Glitzerkugeln, die zwischen schlichten Jenaer Glasschüsseln einen grün-goldenen, purpurnen Reigen tanzten, oder eine Schar Zelluloidelfen und -gnome in Tüllgewändern zappelte an einer fauchenden und prustenden Wunderkanone, die Geld auf die langweiligen schwarzen Baumwollballen in der Stoffabteilung niederregnen ließ.

Damals, in ihrer Kindheit, hatte ein findiger Mechanismus es einem ermöglicht, sich von Feen und Zwergen in eiernden Wägelchen zum Märchenpalast hinauf oder zur Grotte hinunter kutschieren zu lassen. Diese Schwanen- oder Drachenkarossen – wohl über den Lastenaufzug betrieben – verschwanden am Ziel ruckelnd und polternd in die Ober- oder die Unterwelt, je nachdem. Frederica war damit ebenso leidenschaftlich gern gefahren wie auf der Rutsch- oder Geisterbahn, die sie durch einen geheimnisvollen Tunnelgang im Nu in eine andere, in eine künstlich geschaffene Zauberwelt entführte. Jetzt stand sie mißmutig auf einer der lautlos zirkulierenden Stufen der großen Rolltreppe und sank langsam und aufrecht in die Tiefe. Vorbei an Ständern mit Damenkleidern und Flitterröckchen aus gestärktem Tüll, an Stühlen und dreiteiligen Anzügen und eingedeckten Mahagoni-, Nußbaum-, Eichentischen mit Wedgwood-, Minton-, Coalport-Porzellan, mit Bakkaratgläsern oder jenen, die gerade groß in Mode waren und in deren stämmigen Stielen kristallene Tränen schimmerten. Vorbei an der Bettenabteilung, wo jemand rings um die Rolltreppe strahlenförmig, wie aufgefächerte Orangenschnitze, eine Auswahl an Schlafzimmerelementen dekoriert hatte, in denen gleichsam die Idee eines Bettes oder eines Sessels endlos variiert wurde: Hier der niedere Diwan mit Tagesdecke in gewagtem Streifenmuster, dort die Polsterliege im kuscheligen Muscheldesign mit Steppdecke in Chintzqualität, preiswerte Furniermöbel mit Tagesdecke aus weißem Frottierplüsch, Frisierkommoden und Nachtkästchen in weißem Schleiflack mit Goldverzierung, geblümte Teppiche, weiße Zottelbrücken, Auslegware mit dem obligaten geometrischen Dekor aus Sperma und Streichhölzern in Nußbraun, Pink-Rosé, Schwefelgelb. Jeder dieser Raumausschnitte hatte Fenster aus Pappe und Zellophan mit gerafften Tüllgardinen, die farblich auf die Tagesdecke abgestimmt waren, und diese Fensterchen gingen auf einen tintenblauen papierenen Nachthimmel hinaus, der, mit ein paar künstlichen Sternen bestückt, von der fensterlosen Kuppel im Zentrum des Kaufhauses herableuchtete. Und sie schwebte weiter abwärts, am Parterre vorbei, diesem Jahrmarkt der Eitelkeiten mit Kurzwaren und Krimskrams, Kinkerlitzchen und Lockvogelangeboten, bis endlich das Tiefgeschoß in Sicht kam, wo als Pendant zu den Schlafzimmerelementen in grell künstlichem Licht und vor einem drastisch verkürzten Panorama gemalter Feldwege und papierener Blumenrabatten Küchenzeilen ausgestellt waren. Frederica stieg von der Rolltreppe und warf einen finsteren Blick in die Miniküchenlandschaft, ohne daß sie versucht gewesen wäre, irgendwo über die Schwelle zu treten oder gar die raffinierten Klappstühle und die Barhokker mit den Fliegenbeinen auszuprobieren. Nein, sie ließ das wacklige Mobiliar mit den auf Marmor getrimmten Resopalplatten links liegen, deren trübrote, eisblaue und klinisch weiße Flächen aus einer Zeit stammten, in der Plastik noch nicht in klaren, aussagekräftigen Farben produziert werden konnte, ganz abgesehen davon, daß es sich damals als halbherzige Imitation hinter den anderen Werkstoffen versteckte; eine Zeit, in der es darüber hinaus zum guten Ton gehörte, daß man ein leuchtendes Rot erst gehörig dämpfte und abmischte, bevor es als farbliche Auflockerung durchging.

Sie hatte gehofft, unter den Küchenutensilien etwas Preiswertes, Handfestes und doch Raffiniertes zu finden, etwas Formschönes, elegant und funktional, oder etwas ganz Ausgefallenes – eine Knoblauchpresse, einen wohlgerundeten Spachtel, einen Korkenzieher, irgend etwas Nebensächliches, das gleichwohl ihren guten Willen zeigte, indem es Stephanies häuslich-ehelichen Intentionen Rechnung trug. Ein löblicher Vorsatz, der sich gleichwohl nicht in die Tat umsetzen ließ, weil die passionierte Anhängerin der Tiefen und Labyrinthe ganz plötzlich klaustrophobische Anwandlungen bekam und sich eilends wieder in luftigere Regionen hinaufbegab.

Bei den Kurzwaren hatten die Schwestern sich stets am liebsten umgesehen. Als sie noch klein waren, hatte man hier die Spitzenkragen für Festtagskleider gekauft, die Haarschleifen, Leinen- und Gummibänder, Horn- und Druckknöpfe. 1953 neigte Frederica dazu, diese Kaufhausbesuche aus ihrer Kindheit als langweiliges Ritual abzuwerten, obwohl sie einsah, daß man sie auch anders bewerten konnte, nämlich mit einer Art dikkensscher Sehnsucht nach den Quisquilien eines Lebens, das es so nicht mehr gab – eine Betrachtungsweise, zu der sie sich viel später, 1973, tatsächlich bekehren sollte. Heute freilich schlugen ihr sogar Stecknadelpäckchen und Nähnadelhefte aufs Gemüt, weshalb sie sich vom nützlich-praktischen Sektor ab- und dem verspielt-frivolen zuwandte, wo samtig glatte, kopflose Mohrenbüsten mit Golddoublé- und Glasperlenketten behängt waren und an unbelaubten, ebenholzschwarzen Bäumchen riesengroße Ohrringe baumelten und wo ein Gemisch aus goldenen, silbernen, weinroten und perlmuttschimmernden Plastikkügelchen überdimensionale Champagnergläser füllte. Hier schmückten sich die Verkaufstheken mit Chiffonschals in allen Farben des Regenbogens, und dazwischen blühten Dahlien, Rosen, Astern, Peonien, Klatschmohn aus Seide, Papier oder dem neuen, naturgetreuen Plastik mit goldenen und silbernen Blättern aus Stanniolpapier und raschelnder Aluminiumfolie. Frederica, die müßig zwischen den Schaukästen umherschlenderte, stieß unversehens auf eine wuselnde Menschentraube, hinter der sich der gläserne Schwingkreis der Drehtür öffnete, und sah, daß sie vor den Vitrinen mit den Brautschleiern angelangt war. Mit grimmiger Miene machte sie halt, um das Angebot zu begutachten. In der Mitte stand ein kreisrunder Kiosk mit einem abgehetzten molligen Ladenmädchen drin, das sich fieberhaft um die eigene Achse drehte. Um sie herum waren auf mehrstöckigen, von wackligen Chromstäben gestützten Glasgestellen die spitz zulaufenden, goldblinkenden Ständer montiert, an denen die Brautkränze und Jungfernkrönchen schwebten. Wächserne Orangenblüten, Lorbeergestecke aus Silberpapier, keusche Samtschleifen und Tiaren mit funkelndem Straßbesatz, Fruchtbarkeitskrönchen aus doldenförmig auf Drahtstielen gebündelten kleinen Wachsbirnen – und jede Kreation umwogt von schäumendem Tüll. Überzogen mit einem feinen Netz jener scharf abgezirkelten Knitterbrüche, wie sie bei unachtsamem Falten entstehen, waren die Schleierwolken teils noch schneeweiß und duftig, teils schmuddelig und abgegriffen.

Wie ein Rugby-Team beim Angriff bedrängten die heiratslustigen Bräute die Verkäuferin in ihrer Mitte. Draußen war es naßkalt und windig, drinnen so überheizt, daß schwadenweise feuchter Dunst aus Tweed und Gabardine und pelzgefütterten Stiefeletten quoll. In großem Kreis umstanden, Sekundanten gleich, die begleitenden Mütter, Großmütter, Tanten und Schwestern den Pulk an der Front, dem sie vorsorglich Schirme, Hüte und triefende Pakete abgenommen hatten. Die so entlasteten Mädchen konnten ihre Köpfe bis zur Theke vorschieben und den Hals in Richtung der vielen Hand- und Drehspiegel recken, die zwischen den Schleiern auf dem Ladentisch verteilt waren. Die Körper nachzuschieben war dagegen schon fast unmöglich. Also beugten sie den Rumpf in spitzem Winkel nach vorn, krümmten und streckten sich bis zur Verrenkung und haschten krampfhaft mit zittrigen Fingern nach den Krönchen über ihren Häuptern. Aber auch wenn sie eins ergattert hatten und sich aufs feuchte Haar setzten, mußten sie, um nicht das Gleichgewicht zu verlieren, mit Hüften und Po unablässig weiterzappeln. Manche verdrehten, nachdem sie einen Blick in den Spiegel erhascht hatten, den Oberkörper, um der Verwandtschaft ihr gerahmtes Antlitz zu zeigen, mit schräggeneigtem Kopf, sich ängstlich, wie bei starker Zugluft festhaltend. Fasziniert beobachtete Frederica das Schauspiel. Im wallenden Tüllrahmen verwandelten sich die Gesichter über den stämmigen, mehr als handfesten Körpern schlagartig. Vereinzelt sah man unlustige Mienen oder verlegenes Grinsen, aber in der Mehrzahl enthüllten die heißen, feuchten Hände mit klassischer Geste Gesichter, die plötzlich, wenn auch gestellt, eine scheue Anmut widerspiegelten, eine ehrfürchtig entrückte Hingabe. Runde und Pferdegesichter, züchtige, anämische, nickelbebrillte – sie alle hielten ergriffen mit offenem Mund und staunenden Blicks Ausschau nach dem noch nicht erreichten neuen Ich in einer neuen Welt. Frederica sah auf ihre Füße, die einander stampfend und trampelnd auf dem schmutzigen Boden bedrängten, und fand das Ganze rührend und lächerlich zugleich. Plötzlich aber lachte sie laut und machte kehrt, um nach einem ganz und gar frivolen Geschenk für Stephanie zu suchen.

Zu guter Letzt wurden es deren zwei: ein Paar Pantöffelchen aus weißem Glacéleder mit Schwanendaunen, in einer Art Schneewittchensarg mit rosa Schleife drauf, und ein Gürtel, einer von diesen drahtgeflochtenen Kettengürteln, eine Kreuzung zwischen Hundeleine und Harnisch, die damals in Mode waren und deren eines Ende man in einem Kettenglied festhakte, während man das andere *à la châtelaine* herunterbaumeln ließ. Der Kauf verschlang ihre gesamten, für die *Vier Quartette* reservierten Ersparnisse, aber Frederica war es zufrieden. Die Pantöffelchen konnte Stephanie sich für die Flitterwochen aufheben und als Zeichen dafür nehmen, daß Frederica der ganzen Geschichte positiv gegenüberstand. Und bei der Wahl des Gürtels hatte sie sich von dem empfehlenswerten Prinzip leiten lassen, das auszusuchen, worüber sie sich selber am meisten gefreut hätte.

Anschließend zwängte sie sich in die Drehtür, mit der sie einen eleganten Halbkreis vollführte, atmete, kaum, daß sie ins Freie trat, die frische Luft so gierig ein, daß ihr schwindelig wurde, und entfernte sich raschen Schrittes über die regennasse Straße.

20. Paterfamilias

Alexander hatte es sich zur Regel gemacht, nie Haus oder Heim der verheirateten Frauen zu betreten, in die er gerade verliebt war. Seiner Ansicht nach hätte das weder ihnen noch ihm gutgetan. Denn entweder hatten sie ein schlechtes Verhältnis zu Haus und Heim, was sie reizbar und unaufmerksam machte, oder sie fühlten sich insgeheim ganz wohl dort und wollten entweder ihr Zuhause oder den Liebhaber aufwerten, indem sie beide zusammenführten. Es gab noch eine dritte Möglichkeit, und obwohl ihm die noch nicht untergekommen war, hatte er Angst davor, daß eines schönen Tages eine Frau von ihm verlangen könnte, er solle bei der Zerstörung von Haus oder Heim mit Hand anlegen, der Einrichtung mit Axt und Lötlampe zu Leibe rücken und hernach auf den verkohlten Überresten der Wohnzimmergardinen mit ihr schlafen. Ein- oder zweimal war es schon ziemlich brenzlig geworden. Und seitdem blieb er lieber außen vor.

Seine Osterferien waren sehr schön gewesen. Er hatte Jennifer geschrieben, er vermisse sie auf Schritt und Tritt, ob er nun durchs elterliche Hotel streune und ein ums andere Mal durch eine numerierte Tür nach einem gesichtslosen Bett schiele; ob er – ach so allein – über die Kreidefelsen wandere oder längs der Flutmarke am Sandstrand von Weymouth herumstreife. Im dunklen Souterrain des Hotels, einem weitläufigen viktorianischen Bau, gab es eine ganze Phalanx von kärglich ausgestatteten Wirtschaftsräumen, Spülküchen und Anrichten mit schlecht schließenden, verglasten Türen und windigen Kokosmatten. Dort unten saßen seine Eltern zwischen riesigen Kanistern mit Tomatensuppe und abgepackten Trockenzwiebeln, blätterten im *Daily Telegraph* und hörten Radio. Captain und Mrs. Wedderburn waren gewissermaßen ihr eigenes Personal; sie kümmerten sich um den Belegungsplan und um die Einkäufe, sortierten die Wäsche und kontrollierten das Geschirr. Darüber stand nichts in Alexanders Briefen an Jennifer. »Meine Eltern sind gesund und wohlauf, und sie freuen sich über meinen Besuch«, schrieb er, obwohl Vater und Mutter kaum Zeit gefunden hatten, sich mit ihm zu unterhalten. Er verfaßte auch ein paar wohlgesetzte Briefe an Crowe, in denen er die Freuden einsamer Spaziergänge pries und die Wohltat, einmal keine Schüler um sich zu haben. Crowes Antworten, die enthusiastisch den kommenden Sommer beschworen, trug er zusammen mit Jennys Briefen in der Brusttasche bei sich.

Als er zurückkam, war Jenny recht bedrückt und ihm gegenüber fast zänkisch aufgelegt. Er wußte nicht, ob sie unglücklich war, weil er sie allein gelassen hatte, oder wütend, weil sie sich zu Hause angebunden fühlte. Als sie sich einmal auf dem Burgwall trafen, spionierte das Mädchen mit dem Haarnetz ihnen nach. »Wie die grinsende Cheshire-Katze«, sagte Alexander, als das naseweise Mädchengesicht scheinbar körperlos hinter einem Brombeerstrauch auftauchte. Aber Jenny entgegnete bissig, sie könne das nicht komisch finden, weil sie nämlich ständig in der Rolle der Alice sei und immerfort durch winzige Schlüssellöcher in unerreichbare Gärten spähe. Allmählich habe sie genug davon und wolle zur Abwechslung mal was vom Leben haben.

So kam es, daß Alexander sich eines Tages zum Tee bei ihr einfand – nachdem er es vorsorglich so eingerichtet hatte, daß er am Abend ein paar Häuser weiter bei den Potters erwartet wurde. Bill Potter redete nicht mehr mit Geoffrey Parry, seit die beiden sich wegen Thomas Mann zerstritten hatten, den Bill einen eitlen Nichtstuer und Schaumschläger nannte. Parry schlug zunächst vor, sich darauf zu einigen, daß man in puncto Mann geteilter Meinung sei. Bill blieb eisern: Kein gebildeter Mensch, der auf sich hielt, könne so einen Blödsinn zusammenschreiben. Parry wandte ein, Bill kenne den Autor ja nicht im Original. In dem Fall, sagte Bill, sei das ganz unerheblich. Parry nannte ihn einen engstirnigen Kleingeist, was Bill als plumpe Beleidigung zurückwies. Parry versicherte Jennifer, die ihm nicht zuhörte, er habe es nicht nötig, sich mit einem größenwahnsinnigen Streithahn auf eine Stufe zu stellen. Seitdem hatte er kein Wort mehr mit Bill gesprochen.

Jennifer hatte eigens einen Kuchen für Alexander gebacken und einen besonders guten Tee gebrüht. Gleich als er zur Tür hereinkam, rieb sie verzückt ihre Nase an der seinen. Prompt kniff Klein-Thomas, den sie auf dem Arm hatte, seine Mutter besitzergreifend in die Wange. Sie zeigte Alexander das Haus, ohne daß er darum gebeten hätte. Und er stellte beunruhigt fest, daß sie ihm die zügellose Neugier des Liebhabers andichtete, der auch das andere Leben der Geliebten in allen Einzelheiten kennenlernen möchte, angefangen von der rosa Blümchentapete in der Toilette, über das Kinderzimmer mit dem Beatrix-Potter-Fries und dem lustigen Mobile im Stil von Miró, bis hin zu den skandinavischen Möbeln und den Tweedvorhängen im Schlafzimmer. Vor allem dort kam er sich vor wie ein Voyeur, wie ein schmieriger Eindringling. Jennifer griff seufzend nach seiner Hand. Klein-Thomas, der auf ihrer Hüfte saß, seufzte mit. Sie legte das Kind aufs Bett und setzte sich dazu. Alexander blieb demonstrativ stehen. Thomas sabbelte, zerrte an ihrem Kleid, und als sie ihn mit einem sanften Schubs zurechtwies, brach er in Tränen aus. Da nahm sie ihn hoch, schwenkte ihn geschickt, aber nicht ohne Zartgefühl um die eigene Achse und legte ihn sich mit dem Kopf nach unten über die Schulter, so daß er nichts mehr zu sehen bekam. Anschließend begab man sich rasch wieder nach unten.

Beim Tee waren beide spürbar nervös. Beide standen unter einer fiebrigen Spannung, aber es war weder Verlangen, das sie umtrieb, noch das Gegenteil. Thomas saß in seinem Kinderstühlchen und fixierte Alexander mit porzellanblauen Augen. Alexander nippte seinen Tee aus einer rosenroten Tasse und dachte: Sie hätte mich gelassen, und es wäre ihr egal gewesen, daß er danebenlag und zugeguckt hätte. Die Reiterchen, die Jenny dem Kind zurechtmachte und mit Hefeextrakt bestrich, warf er auf den Boden. »Thomas«, sagte sie und drehte seinen Stuhl zum Fenster, »guck mal da, die Bäume und der blaue Himmel und die liebe Sonne!« Aber Thomas würgte und prustete und verrenkte sich den Hals, nur um Alexander im Auge behalten zu können. Alexander fühlte sich bemüßigt, in irgendeiner Weise Kontakt zu dem Kind aufzunehmen. Als er sich überwand und Thomas einen Finger hinstreckte, wurde der sogleich, wenn auch mißtrauisch, von einem butterverschmierten Händchen umklammert. »Er mag dich«, sagte sie. »Ach Gott.« Sie wischte sich eine Träne aus dem Augenwinkel, hob Thomas aus seinem Stühlchen und setzte ihn auf Alexanders Schoß, wobei sie es so einzurichten wußte, daß ihre Hand einen aufreizend langen Moment auf seinem Schritt zu liegen kam. Sie schniefte gerührt und trat zurück, um das idyllische Bild zu betrachten.

Thomas war ein kleines, schweres, erhitztes Bündel. Thomas' kleine Faust lag auf seinem Arm. Thomas roch sowohl frisch geschrubbt als auch ziemlich unangenehm: nach Seife und Urin, nach Hamamelis, Hefeextrakt und Marmelade. Thomas war ein kleines Menschlein, ein künftiger Mann mit durchdringendem, düster-kritischem Blick. Auf einmal schnellte er hoch, zuckte und zappelte aus Leibeskräften wie ein Wackelpeter oder eine mexikanische Springnuß und wäre Alexander fast vom Schoß gefallen. Jennifer fing ihn gerade noch auf, schwang ihn sich bäuchlings über die Schulter und küßte und knuddelte ihn so lange, bis er sich wieder beruhigt hatte.

»Er würde dich bestimmt *liebhaben*, Alexander.«

»Ich muß gehen. Die Potters erwarten mich.« Er stand auf und klopfte sich ab.

»Ich liebe dich.«

»Ich dich auch. Aber mich hier mit dir zu treffen, in diesem Haus, das ertrage ich nicht. So wird das nichts. Du mußt dich mal für einen ganzen Tag freimachen und mit mir wegfahren. Ich *hab'* doch jetzt das Auto.«

»Das geht nicht.«

»Es muß gehen. Laß dir was einfallen.«

»Meine Möse tut weh.« Errötend.

»Kein Wunder. Mir tut auch alles weh. Ich halt' das so nicht mehr lange aus.«

Alexander machte, daß er fortkam, und ging zu den Potters. Frederica, die ihn hereinließ, zischte schon auf der Schwelle in weithin hörbarem Flüsterton: »Bei uns braut sich ein mordsmäßiger Krach zusammen. Sieht so aus, als könnte es gleich losgehen. Jedenfalls ist die Stimmung hier schon seit Tagen ganz ekelhaft.«

»Dann ist es vielleicht besser, ich gehe wieder.«

»Kommt nicht in Frage!« rief Frederica und zerrte ihn ins Haus.

Die Familie war vollzählig versammelt. Es war ungewohnt düster und unfreundlich im Zimmer: als ob etwas mit der Beleuchtung nicht in Ordnung wäre. Bill wollte wissen, ob Alexander einen Sherry mittrinke, schenkte ihm und sich ein Gläschen ein und bedachte nachträglich auch Winifred mit einem kleinen Schluck. Die Familie war alles andere als gesprächig – mit Ausnahme von Frederica, die Alexander mit Reminiszenzen an Mrs. Parry und deren Darstellung in *Die Dame ist nicht fürs Feuer* bestürmte, ein Thema, von dem sich mühelos überleiten ließ zu ihrem Entschluß, selbst zur Bühne zu gehen und Berufsschauspielerin zu werden. Nein, sie würde bei Gott nicht zu Hause herumsitzen und ihr Talent, soweit vorhanden, ungenutzt verkümmern lassen. Lodge hatte ihr verbindlich die Rolle der jungen, ungekrönten Elizabeth angeboten, und seit sie seinen Brief bekommen hatte, schwebte Frederica (von der Panne im »Treffpunkt« einmal abgesehen) wie auf Wolken. Sie hatte sich angewöhnt, ihre Reden mit Flüchen und Kraftausdrücken zu würzen, die, auch wenn sie nicht ganz den Zeitgeist trafen, doch als Modernisierungen des elisabethanischen Vokabulars erkennbar waren. Eine Attitüde, mit der sie ihrer Umgebung gehörig auf die Nerven ging. Alexander versuchte ihre Begeisterung mit dem Hinweis auf die Arbeitslosenstatistik der Schauspielergewerkschaft zu dämpfen, die einen erschreckend hohen Anteil an weiblichen Mitgliedern aufwies. Bill sagte, Frederica würde erst einmal auf die Universität gehen und ein gutes Examen machen, wie ihre Schwester. Erst dann hätte sie das nötige Rüstzeug, um ihre Berufswahl treffen zu können.

»Wie Stephanie«, ergänzte Frederica höhnisch.

»Wie Stephanie«, bestätigte Bill. »Auch wenn du leider nur sehr wenig von ihrer Selbstdisziplin und Wahrheitsliebe mitbekommen hast.«

»Demnach hat Stephanie also deine Erwartungen erfüllt? Und du bist mit ihrem Werdegang zufrieden?«

»Sie könnte weit mehr erreichen. Und das wird sie auch. Die Schule hier, das ist nur eine unbedeutende Etappe ihrer Laufbahn.«

»Ach, Vater, du weißt nichts über Stephanie oder ihre Pläne! Du kennst weder ihre Vorstellungen noch die unseren. Du ahnst ja nicht, was du uns angetan hast!«

»Frederica, bitte!« Stephanie war rot geworden. Alexander, der sie interessiert beobachtete, kam zu dem Schluß, Frederica sei nur deshalb so sicher gewesen, daß ein Streit in der Luft lag, weil sie selbst ihn provozieren wollte.

»Ich weiß wohl, daß Stephanie zu wenig Ehrgeiz hat. Ich sag' ihr immer wieder, daß sie zu schade ist für diese Provinzschule. Der Meinung sind Sie doch auch, Alexander, nicht wahr?«

Winifred ersparte ihm die Antwort. Sie war so erbost über Frederica, daß sie, ohne die Folgen ihrer Einmischung zu bedenken, das Wort ergriff. »Darum geht's hier doch gar nicht. Stephanie – was hast du? Was ist los mit dir?«

»Nichts. Gar nichts. Es ist alles in bester Ordnung ... bloß ... also wenn du's genau wissen willst: Ich habe mich verlobt. Ich wollte es eigentlich noch ein Weilchen für mich behalten.«

Sie wirkte alles andere als glücklich bei diesem Geständnis, das sie aus unerfindlichem Grund an Alexander richtete. »Und mit wem, wenn ich fragen darf, und da ich nicht die leiseste Ahnung habe, muß ich das leider fragen«, sagte Bill, »mit wem also hast du dich verlobt?«

Den Blick unverwandt auf Alexander gerichtet, antwortete sie: »Mit Daniel Orton.«

»Und wer, bitte, ist Daniel Orton?«

Alexander hätte nicht zu sagen gewußt, ob diese Frage als ironische Spitze gemeint war oder ehrlicher Unwissenheit entsprang. Diesmal antwortete Frederica.

»Das ist der Vikar. Du weißt schon, der, der manchmal vorbeikommt. Der wegen der Kätzchen hier war.«

»Kenn' ich nicht«, sagte Bill.

»Meinen Glückwunsch«, sagte Alexander matt.

»Du kannst nicht bei Verstand sein.«

»Doch, Daddy. Ich hab's mir gut überlegt. Und er genauso. Eine solche Entscheidung muß schließlich jeder für sich treffen.«

»Quatsch!«

»Daddy, bitte, fang nicht an zu streiten. Bitte nicht. Ich habe mich entschieden. Und es ist mein Leben. Also laß uns bitte nicht streiten.«

»Dein Leben, daß ich nicht lache! Was glaubst du denn, was das verdammt noch mal für ein Leben wäre, an der Seite eines Pfaffen? Da müßtest du Kaffeekränzchen halten und Gebetskissen sticken, die Pfadfinder betreuen, die Wohltätigkeitsbasare und den Mütterverein. Für so ein kümmerliches Schattendasein bist du doch völlig ungeeignet. Ebensogut könnte man ein Rennpferd vor einen Milchwagen spannen. Binnen einer Woche wärst du reif fürs Irrenhaus, falls du das nicht, wie ich vermute, jetzt schon bist. Und er, dieser Vikar, der ist entweder verrückt, oder er hat keinen Funken Phantasie, wenn er dir so ein Leben zumuten will. Aber er sieht ja weiß Gott nicht so aus, als ob Phantasie seine starke Seite wäre.«

»Daddy ...«

»Und dann wäre da noch sein Glaube, was immer der wert ist, in Zeiten wie diesen. Ich nehme an, den wirst du nicht auch noch teilen wollen? So tief bist du doch hoffentlich noch nicht gesunken?«

»Nein, aber ...«

»Was aber?«

»Seine Arbeit ... er leistet sinnvolle Arbeit, und davor habe ich größten Respekt.«

»Aber das hat doch nichts mit dir zu tun, du dummes Ding! Für das, was er tut, braucht man deine Begabung nicht. Dafür werden von einer Pfarrersfrau Fähigkeiten verlangt, die du wiederum nicht mitbringst. Der Mann hat offenbar völlig kopflos gehandelt. Na, egal, sein Pfarrer wird das niemals zulassen. Mein Gott, Stephanie, du willst mir doch nicht weismachen, daß du aus freien Stücken einer Institution beitreten möchtest, die den Wert der Frau nach den Ansichten eines Paulus beurteilt und die zweifellos auch ganz dezidierte Ansichten zum Thema Fortpflanzung und Kindersegen vertritt. Ich garantiere dir, die würden eine Kuh aus dir machen! Ach, was sage ich, eine Sklavin, jawohl, eine wandelnde Teekanne im Tweedkostüm. Nein, das kann nicht dein Ernst sein!«

»Hör auf damit, ich bitte dich. Du hast kein Recht, so von Daniel zu reden – du tust ja grade so, als ob er ein Neutrum wäre!«

Bill wandte sich mit theatralischer Gebärde an Alexander. »Es ist meine Schuld. Doch, ich bin schuld, anders kann ich's mir nicht erklären. Irgendwo muß ich versagt haben. Meine Kinder haben allesamt keinen Mumm – keinen Mumm und keine Ausdauer. Sowie sich ihnen eine echte Herausforderung bietet, tun sie alles, um sich davor zu drücken. Mein Sohn ist ein Weichling und ein Träumer, und meine Tochter verschleudert ihr einziges Talent, um sich mit einer verlogenen Schimäre zu vermählen ...«

»Du hast recht«, unterbrach ihn Frederica. »Ja, es ist deine Schuld. Weil du uns immer wieder solche Szenen machst wie jetzt. Wie können wir werden, wie du uns haben möchtest, wenn du uns deine Ideale durch diese abscheulichen Auftritte selber verleidest? Wahrscheinlich heiratet sie den Vikar nur dir zum Trotz – und damit sie dein ewiges Gemeckere nicht mehr mitanhören muß und weil sie die Selbstherrlichkeit leid ist, mit der du bestimmst, was gut und richtig ist ...«

»Schluß jetzt, Frederica!« rief Winifred. »Hör auf damit. Und du auch, Bill. Seht ihr denn nicht, was ihr anrichtet?«

»Anrichten? Ich versuche zu retten, was zu retten ist – oder willst du, daß das Mädchen sich mit einem dicken Pfaffen verheiratet?«

»Nein, das nicht. Aber ich glaube auch nicht, daß unsere Wünsche hier ausschlaggebend sind. Es ist ihre Entscheidung, und ich werde in jedem Fall zu ihr halten.«

»Dank wirst du dafür keinen ernten, das sage ich dir. Sie legt es darauf an, uns zum Gespött zu machen.«

»Nein!« sagte Stephanie eisig. »Was immer ihr auch denken mögt – du und Frederica –, es hat nichts mit euch zu tun. Ich liebe Daniel. Es war nicht leicht, mir das einzugestehen, und jetzt machst du alles nur noch schlimmer. Aber erreichen wirst du damit gar nichts. Also hör jetzt bitte endlich auf.«

Bill griff nach einem hohen Bücherstapel, auf dem zuoberst ein Aschenbecher thronte, und schleuderte ihn auf Stephanie. Sie konnte sich gerade noch seitwärts wegducken. Die Bücher landeten, teils seitenraschelnd, teils mit dumpfem Aufprall, um sie herum. Der Aschenbecher traf eine Lampe, die zischend explodierte. Es regnete Glassplitter, und im Zimmer verbreitete sich ein brenzliger Geruch. Stephanie hob mit zitternden Händen zwei der Bücher auf. In Bills Mundwinkeln hatte sich eine feine Schaumkruste gebildet. Alexander sagte mit abgewandtem Blick: »Ich denke, Sie sollten sich jetzt nicht weiter äußern. Zum einen schickt es sich nicht, daß ich bei so einem Gespräch dabei bin. Zum anderen sollten Sie Rücksicht auf Stephanie nehmen. Sehen Sie denn nicht, wie todunglücklich sie ist?«

»Todunglücklich«, wiederholte Bill gedehnt. »Dazu hat sie auch allen Grund. Im übrigen bin ich auch unglücklich. Und wie! Aber gut, ich sage nichts mehr. Für mich ist das Thema ein für allemal erledigt. Du kannst natürlich tun und lassen was du willst, Stephanie, nur will ich nichts mehr damit zu tun haben. Also sei so gut und behellige mich nie wieder mit dieser Sache.«

Er warf noch einen zornigen Blick in die Runde, nickte Alexander brüsk zu und stürmte aus dem Zimmer. Mit ausdruckslosem Gesicht ging Winifred ihm nach.

»Ich hab' dir ja gesagt, das gibt eine Katastrophe«, rief Frederica.

»Du warst mir keine Hilfe«, sagte Stephanie.

»Ich hab's versucht«, behauptete Frederica.

»Kaum«, widersprach Alexander.

Stephanie hielt die Arme vor der Brust verschränkt und zitterte am ganzen Leib. Alexander setzte sich zu ihr.

»Alles in Ordnung?«

»Ich weiß nicht. Ich glaube, mir wird schlecht.«

»Seien Sie nicht so streng mit sich. Es muß nicht für alles eine vernünftige Erklärung geben.«

»Wir sind nun mal zur Vernunft erzogen worden.«

»Kaum«, widersprach Alexander.

»O doch! Im Glauben an Vernunft und Humanität, an Toleranz und den Wert menschlicher Bindungen – so hat man uns erzogen. Aber mit der richtigen Technik läßt sich jeder Grundsatz untermauern. Nach dem, was heute geschehen ist, werde ich nie mehr so für ihn empfinden wie früher.« Ihre Stimme war kaum zu verstehen, und Alexander konnte sich des peinlichen Gefühls nicht erwehren, daß ihre letzten Worte womöglich nicht Bill gegolten hatten, sondern Daniel. Unterdessen erklärte Frederica beherzt: »Er wird schon einlenken. Ganz bestimmt.«

»Wenn es so kommt, dann hätte ich alles umsonst durchgestanden. Und er wird von mir erwarten, daß ich so tue, als ob nichts weiter passiert wäre. So macht er's immer mit uns, er dreht es so, daß wir schuld sind, wenn wir uns seine Vorwürfe zu Herzen nehmen, weil er doch im nachhinein gesagt hat, daß es gar nicht so gemeint war. Also ist es unsere Schuld, wenn wir uns mit Gemeinheiten das Hirn vergiften, weil er seine Worte ja längst zurückgenommen hat.«

»Aber Sie dürfen sich doch solche lächerlichen Vorwürfe nicht zu Herzen nehmen.«

»Nein.« Eisig.

»Stephanie – gehen Sie zu Daniel und reden Sie mit ihm. Jetzt gleich. Sobald wie möglich.«

»Mit Daniel? Aber ich kann ihm das doch unmöglich erzählen. Das wäre *entsetzlich*. Ich kann nicht ...«

»Es betrifft doch auch ihn«, sagte Alexander freundlich. Stephanie brach in nervöses Schluchzen aus.

»Ich kann ihn mir gar nicht mehr vorstellen. Nicht richtig jedenfalls. Es ist ja nicht so, als hätte ich nicht auch – meine Zweifel gehabt – wegen der Kirche – und überhaupt ...«

»Aber Daniel ist doch da«, sagte Alexander, »in Lebensgröße.« Als er den Arm um sie legte, roch sie den Duft von Old Spice. Sie konnte ihm nicht sagen, daß er, der ihr solange als unwirkliches Ideal vorgeschwebt hatte und der nun plötzlich greifbar neben ihr saß, sie erst recht in Ungewißheit und Zweifel stürzte. Also weinte sie sich stumm an seiner Schulter aus, während er ihr tröstend übers Haar strich, wieder und immer wieder.

Frederica, die unbeachtet auf dem Sofa saß, bebte vor Erregung. Ihr Leben und das ihrer Geschwister war von klein auf von solchen Zornesausbrüchen überschattet gewesen. Dies war keineswegs die erste Lampe, die bei den Potters zu Bruch ging. Äußerlich orientierten sie sich an dem Mythos eines normalen, festgefügten und gesicherten Familienlebens. Doch hinter der Fassade taten sich immer wieder Risse und Sprünge auf, durch die es kalt hereinblies – das war gestern so wie heute und würde auch morgen nicht anders sein. Was freilich auch eine belebende Wirkung hatte. Denn nach der Potterschen Ethik und Ästhetik waren lautstarke, groteske Auftritte, bei denen die blanke Unvernunft regierte, mitnichten ein Anzeichen für vorübergehende Geistesgestörtheit, sondern recht eigentlich die Würze des Lebens, die einem erst den richtigen Auftrieb gab und zu großen Taten beflügelte. Frederica rutschte vom Sofa, tätschelte Stephanie, die unter der Berührung zusammenzuckte, aufmunternd den Rücken und ging hinaus.

»Mein Problem ist«, sagte Stephanie, »daß ich mich dem Leben nicht gewachsen fühle.«

»Unsinn!«

»Nein, ehrlich. Ich find's ja selber töricht, aber ich kann's nicht ändern. Und wissen Sie, wer mir dieses Gefühl gibt? Er – mein Vater.«

»Sie tun grade so, als wäre er Jehova persönlich. Das ist nicht gut.«

»Nein?«

»Sicher nicht, dadurch wird nämlich alles nur noch schlimmer. Auch für ihn.«

»Ich glaube, ich wär' am besten tot. Ich möchte einfach aufhören zu leben.«

»Aber Sie wollen doch Daniel Orton heiraten.«

Nachdem er das gesagt hatte, beugte er sich über sie und küßte sie mit geschlossenen Lippen auf den Mund. Sie ließ den Kopf wieder auf seine Schulter sinken, und sie saßen noch eine Weile still beieinander. Was Daniel betraf, so hatte sie die Wahrheit gesagt: Sie konnte ihn sich im Moment tatsächlich nicht vorstellen.

21. Der Puppenvertreter

Frederica überreichte Stephanie ihre Geschenke und nutzte die Gelegenheit zu einer wortreichen Entschuldigung. Stephanie bedankte sich und sagte, das sei aber wirklich nicht nötig gewesen. Frederica fand, Stephanie sei klug genug, um zu wissen, wie kränkend solche Floskeln sein können. Man mochte Stephanie die momentane nervliche Belastung zugute halten, aber sie hätte auch merken müssen, daß Frederica ebenfalls unter einem erheblichen Druck stand.

Was sie umtrieb, ja fast in Raserei versetzte, hätte man mit einem verbotenen Sexfilm vergleichen können, der dieser Tage, wenn auch unscharf und lückenhaft, ohne Unterlaß in ihrem Kopf und anderswo ablief. Da wurden Bilder freigesetzt, die auch einen Daniel, trotz seines Übergewichts, geradezu unheimlich faszinierend erscheinen ließen: Nolens volens lüpfte Fredericas Phantasie Chorhemd und Priesterhosen, taxierte die Last seines Bauchgebirges und zeigte ihr in flüchtigen Visionen, wie Stephanies weiches weißes Fleisch und sein stark behaarter, wulstiger Leib sich in lustvollem Rhythmus auf und ab bewegten. Sie setzte ihren Körper den Lüften aus, aber statt sie zu penetrieren, umfingen die sie nur mit beklemmender Schwüle. Sie legte sich mit jedem an, war affektiert und probierte ständig neue Posen aus, auf die einzig ihr Spiegel reagierte. Winifred riet ihr zu einem ausgiebigen Spaziergang an der frischen Luft. Frederica ließ sich das nicht zweimal sagen: Gleich am nächsten Tag nahm sie den Autobus nach Calverley. Von dort sollte es mit dem Überlandbus weitergehen in die Moorlandschaft im Norden von Yorkshire.

Der Busbahnhof lag hinter der Kathedrale von Calverley, in der sie sich eine knappe Viertelstunde umsah, bevor sie den braunen Omnibus nach Goathland und Whitby bestieg. In der unbestimmten Erwartung jenes Schwebezustands, den eine angenehme Fahrt hervorrufen kann, lehnte sie sich in eine Fensterecke. Ein Mann stieg zu und setzte sich neben sie. Frederica erhob sich halb und raffte, als sie entgegenkommend beiseiterückte, ihren Rock enger an sich. Ihr Nachbar machte es sich bequem und hatte den freien Zwischenraum im Nu ausgefüllt. Sie musterte ihn flüchtig. Der Mann war korpulent und wirkte in seinem flauschigen, rötlich-braunen Anzug sehr solide. An der breiten Hand, die auf dem Knie neben dem ihren lag, trug er einen goldenen Siegelring. Sie sah zum Fenster hinaus.

Gleich hinter der Stadtgrenze von Calverley ging es bergan. Mißmut und Hitze blieben zurück, Fredericas Kopf wurde freier, und sie überließ sich ihren Gedanken. Sie dachte an Racine. *Phèdre* war einer der Texte, die sie fürs Abitur vorbereitete. Miss Plaskett, die Französischlehrerin, gab ihnen unzählige Charakterstudien auf: Phèdre, Hippolyte, Aricie, Oenone hatten sie schon durch, Thésée stand noch aus. Im Abiturjahr wurde alles so schematisch abgehandelt, was zur Folge hatte, daß Racine sich nicht mehr von Shakespeare unterschied und Shakespeare nicht von Shaw – im letzten Trimester hatte sie über Joan, Dunois, Cauchon, de Stogumber genauso geschrieben wie jetzt über die Protagonisten Racines. Man war gehalten, die dramaturgische Funktion der Charaktere zu erörtern und obendrein, wie den Sahneklecks auf dem Biskuitauflauf, ihre individuelle Persönlichkeit zu analysieren, herausragende und unverwechselbare Merkmale aufzuzeigen. Ein weiterer Themenschwerpunkt, der wiederum Shakespeare mit Racine gleichsetzte, wenn auch nicht mit Shaw (der dem braven und gewissenhaften Abiturienten überhaupt allerhand Kopfzerbrechen bereitete), betraf die Interpretation der Leitmotive. Blut und Säuglinge in *Macbeth*, Blut und Licht und Finsternis in *Phèdre*. In der Beziehung hatten sowohl Shakespeare als auch Racine große Ähnlichkeit mit Alexander Wedderburn. (Bei Shaw wurde es komplizierter. Falls man nicht seine eigenen polemischen Spitzen wiederholen wollte, blieb einem da fast nichts mehr zu sagen. Nun war es aber für einen guten Schüler höchst unbefriedigend, nur das nachzuplappern, womit ein anderer, und sei es der Autor selbst, ein Stück erklärt und damit ohnehin jeden weiteren diesbezüglichen Kommentar überflüssig gemacht hatte. Bestimmt gab es noch andere Interpretationsmöglichkeiten, nur wußte sie ums Verrecken nicht, welche.)

Bei Shakespeare und Racine dagegen waren die Stücke schon rein formal ganz anders aufgebaut. Ein derart eklatanter Unterschied ließ sich gewiß auch in Worte fassen. Phädra und Kleopatra als zwei Porträts leidenschaftlicher Frauengestalten: Zeigen Sie die Gemeinsamkeiten und Unterschiede auf, die sich bei einer vergleichenden Betrachtung ergeben. Nein, nein, so ging es nicht. Ebensowenig wie mit der klassischen Einheit von Ort, Zeit und Handlung, die in dem Zusammenhang bestimmt wieder auf eine falsche Fährte führte.

Ausschlaggebend war der Alexandriner. Man mußte anders denken, ja die Gedankenstruktur änderte sich von ganz allein, wenn man in geschlossenen und noch einmal durch eine feste Zäsur unterteilten Reimpaaren dachte und sich außerdem –

vorausgesetzt, man dachte auf französisch – mit einem begrenzten Vokabular behelfen mußte.

Ce n'est plus une ardeur dans mes veines cachée.
C'est Vénus toute entière à sa proie attachée.

Eine Aussage, untergliedert in vier Abschnitte, die gleichwohl und trotz des ungeheuerlichen Bildes, das da heraufbeschworen wird, vollkommen harmonisch und ausgewogen präsentiert werden; ganz zu schweigen von dem grandiosen Effekt, den der Dichter erzielt, indem er *cachée* und *attachée* als Reimpaar aufeinandertreffen läßt. Sah man sie plastisch vor sich, die *Venus toute entière*? Frederica hatte unwillkürlich immer an Stubbs' reißenden Löwen mit dem Pferd gedacht und sich ein formlos zusammengekauertes Ding vorgestellt, das sich aus einer Baumkrone auf seine wehrlose Beute fallen läßt und dem zappelnden Opfer die krallenbewehrten Pranken ins Fleisch schlägt. Das Innere wird von außen her zerfetzt, zerstört. Aber die Versform trennte Angreifer und Opfer nur, um sie gleichzeitig in einer unwiderruflichen Symbiose zusammenzuzwingen. So ungefähr. Ja, dachte Frederica, wenn man die gedankliche Struktur des Alexandriners analysierte, dann käme man der Sache vielleicht schon näher – man brauchte sich ja bloß anzuschauen, wie *kopflastig* die Metaphern waren – im Vergleich zu der spielerisch leichten Bildsprache Shakespeares. Ein zufriedenes Lächeln glitt über ihre entspannten Züge. Vor dem Fenster zog mittlerweile die unverwechselbare Moorlandschaft vorbei: Unebene Banketten säumten die Straße, dahinter wechselten struppige Weiden und windbewegte Wollgrasflächen miteinander ab: Bis zum Horizont markierte nichts als kahler Granitfelsen, Heidekraut und Farngestrüpp das karge, schrundige Buckelgelände.

Der Mann neben ihr rückte näher. In der Regel war es so, daß die Person auf ihrer, der Fensterseite, unfairerweise den größeren Teil der Sitzbank einnahm. Diesmal preßte sich der breite Hintern des Mannes warm und nachdrücklich an den ihren. Sein Unterarm reichte bis auf ihren Platz herüber. Und als der Bus das nächste Mal in die Kurve ging, streckte er die Hand aus, stützte sich auf ihrem Knie ab und sagte, als er sich wieder aufrichtete: »'tschuldigung. Der ruckelt aber auch ganz schön.«

»Keine Ursache.«

»Fahren Sie weit?«

»Bis Goathland.«

»Wohnen Sie da?«

»Nein, nein.«

»Touristin?«

»Nur'n Tagesausflug.«

»Dito. Hatte einen freien Tag und dachte mir, führste mal raus aufs Land. Sind Sie solo?«

»Ja.«

»Dito.«

Sparsamer Redner, dachte Frederica. Der Mann lehnte sich zurück und versank wieder in Schweigen. Sein Hintern aber wurde merklich breiter und kam immer näher. Schon streifte sein Revers ihre Brust, und sie spürte seinen Atem. Frederica legte das Gesicht an die Fensterscheibe und betrachtete die Landschaft. Sah die Brauntöne vom Vorjahr, welken, fahlgelben Farn und verdorrtes Heidekraut auf heurigem Brachland und keimendem Grün. Die Kunst kam auch ohne Landschaft aus; sie war vor ihr dagewesen und würde sie vielleicht sogar überdauern. Racine zum Beispiel hätte sich bestimmt nicht für die Farbschattierungen des Adlerfarns interessiert, und Mondrian, den sie erst kürzlich entdeckt hatte, höchstwahrscheinlich auch nicht. Doch wer hier oben lebte, für den war die Natur von entscheidender Bedeutung, dessen Wahrnehmung und Gedankengänge wurden im brontëschen Sinne von ihr geleitet. Andererseits aber verstellte sie einem auch den Blick, denn sie war mit so vielen Assoziationen befrachtet, daß man sie weder ganz unbefangen für sich betrachten noch durch sie hindurchsehen und sie ignorieren konnte. Im Augenblick stellte sie sich eine Wohnung in London vor, eine Wohnung, die wahrscheinlich Alexander gehörte; sie sah schnörkelloses, helles Holz, viel Weiß, geschlossene Vorhänge und gedämpftes Licht, artifizielle Konturen – rund und oval, würfel- und stromlinienförmig – und hie und da einen Hauch Cremeweiß und Gold. Sie lächelte wieder, was ihren Nachbarn erneut dazu ermunterte, sie anzusprechen.

»Hätten Sie 'n Tip? Was man da oben machen könnte?«

»Nein. Aber es soll sehr hübsch sein.«

»Sagt man, ja. Vielleicht 'n kleinen Bummel machen, sich die Beine vertreten, hm? Eigentlich 'n Witz, daß ich an meinem freien Tag 'n Ausflug mache, wo ich doch schon von Berufs wegen dauernd auf Achse bin. Die Woche hab ich hier die ganze Grafschaft abgeklappert. Huddersfield, Wakefield, Bradford, York, Calverley. Und dann noch 'n Abstecher zur Spielzeugmesse in Harrogate. Iss' nämlich meine Branche, Kinderspielzeug. Bei dem ewigen Gejuckele sollt' man ja meinen, daß ich an meinem freien Tag die Beine hochlege und nix wie meine Ruhe haben möchte, aber was will ich machen: Ich kann einfach nicht stillsitzen.«

Frederica nickte zurückhaltend. Der eben noch so ruhige Mann sagte erstaunlich gereizt: »Macht einsam, so 'n Vertreterleben, das sag' ich Ihnen. Iss' nich' leicht, Heim und Familie zusammenzuhalten, wenn einer immer auf Achse sein muß. Sie würden's nich' glauben, was ich allein in das Haus reinpumpe, aber ich selber, ich hab' rein gar nix davon, außer vielleicht die Genugtuung zu wissen, daß sie ohne mich bestimmt nich' so fein raus wärn. Aber ich will mich nich' beklagen. Kann schließlich nich' erwarten, daß ich so dazugehöre, wie wenn ich jeden Tag mit am Abendbrottisch sitzen tät'. Manchmal hab' ich das Gefühl, ich bin ihnen direkt lästig, wenn ich so reinschneie und Umstände mach', wissen Sie. Also laß ich's bleiben, wenn's geht, statt daß ich mich verrückt mach' und mir 'n Bein ausreiß', nee, da schick' ich doch lieber 'ne schöne Postkarte und bleib', wo ich bin, mach' ein, zwei kleine Ausflüge, so wie heute, guck' mir 'n bißchen was an, quatsche mit den Leuten. Ich finde, da hat man auf die Dauer mehr von, und die Enttäuschung, die spart man sich auch.«

»Ja«, sagte Frederica, die nie erfahren sollte, wer dieses Heim bewohnte, ob Eltern oder Ehefrau mit oder ohne Kinder. »Bei uns zu Hause ist es grade ziemlich chaotisch. Meine Schwester heiratet nämlich.«

»So, ja, das kann ich mir denken, daß das mächtig Wirbel macht.« Der braune Mann nickte verständnisvoll.

Als sie in Goathland ankamen, hielt der Bus vor einem Pub. Hier oben war es noch empfindlich kühl. Auf dem abschüssigen Dorfanger gingen die Gänse spazieren, ein paar Heideschafe trotteten den Neuankömmlingen entgegen, mahlten freudlos mit den Zähnen und zockelten wieder davon. »Kommen Sie, ich geb' einen aus«, sagte Fredericas Begleiter. Sie wollte schon dankend ablehnen, aber sie war noch nie in einem Pub gewesen, und die Neugierde überwog. Auf die Frage, was sie trinken wolle, antwortete sie »Whisky«. Den kannte sie, mit Honig vermischt, als Erkältungsmittel, und er schien besser hierher zu passen als Sherry oder Gin mit Limonensaft. Der Mann spendierte ihr zwei Whisky und erzählte ihr von den Puppen, die er verkaufte.

»Also man sollt's nicht glauben, aber die Teutonen drüben auf dem Kontinent, die machen viel niedlichere Puppen als wir. Mit so hübschen Gesichterchen, und erst die Haare, ganz weich und fein, direkt wie echt. Unsere Standardpuppe dagegen, die hat schon so 'n Flunschgesicht und Backen wie rote Murmeln, und die Augen, die klappern wie Steinchen und hören gar nicht mehr auf mit dem Gescheppere, wenn man die Puppe mal verkehrt 'rum hält. Bei den meisten wundert man sich, daß die Kinder sie überhaupt mögen, mit diesen blutroten Kußmündern und dem affigen, altklugen Ausdruck im Gesicht. Direkt schlecht könnte einem werden, wenn man sie genau anguckt, wozu ich normalerweise natürlich gar nicht komme, weil's schließlich mein Job ist, das Produkt an den Mann zu bringen. Außerdem hängt so 'n Kind sein Herz an alles, ich denke oft, die Gören sehen gar nich', womit sie schmusen, den meisten genügt schon irgend 'n alter Lumpen oder 'ne Wäscheklammer oder irgend so 'n Gummidings, wenn sie sich erst mal damit angefreundet haben. Iss' jedenfalls meine Erfahrung. Aber wenn man in der Lage iss', daß man Vergleiche anstellen kann, dann kriegt man so 'ne Art Gespür für das, was ideal wär'. Und ich tät' mir wünschen, mal 'ne richtig naturgetreue Puppe zu sehen, Sie wissen schon, so eine biegsame mit richtigen Falten, wie die echten Babys sie haben, eine, die trinkt und sich naßmacht und alles, mit diesen nutzlosen, krummen Knickbeinchen, wie echte Babys halt. Ich könnte so eine entwerfen, aber der Handel tät' sie nicht anrühren, wär' denen viel zu häßlich, so ohne Haare und mit prallem Bäuchlein, käm' gar nich' in Frage für die. Wirklich schade drum. Genau wie um die Bubenpuppen. Erlaubt sind da höchstens Neger oder Holländer in Tracht, unter der sie dann aber gefälligst schön glatt und ohne Anhängsel sein müssen. Ich wär' ja neugierig, ob die Jungs nie fragen, wo denn der kleine Butzelmann, der Schniedel, Pimmel, Däumeling iss', den sie von sich un von ihren Brüdern kennen. Von Natur aus iss' der Mensch nich' so schamhaft, das iss' alles anerzogen. Noch 'n Whisky? Dabei täten lebensechte Puppen keinen verderben, oder was meinen Sie? Aber wenn ich so eine auf den Markt bringen wollte, tät' mich garantiert irgendwer anzeigen.«

»Das glaube ich auch. Ich hatte mal eine niedliche Gummipuppe. Angelica hieß sie. Aber die hatte dann keinen Bauch mehr, der ist einfach mit dem Hemdchen verschmolzen. Furchtbar war das.«

»Wahrscheinlich haben Sie sie zu heiß werden lassen. Bei Gummi hilft da Talkumpulver. Oder nehmen wir zum Beispiel die Haare. Ja, das ist ein gutes Beispiel. Auch da sind uns die Teutonen voraus. Die haben eine viel bessere Farbpalette – ganz naturgetreu –, bei uns dagegen gibt's bloß rabenschwarz oder platinblond und hin und wieder mal 'nen Ton, den man zur Not kastanienbraun nennen kann. Wenn Sie mich fragen, iss' das aber nix wie Henna. Aber die Deutschen, bei denen sehen die Haare ganz natürlich aus, und sie verteilen sie auch viel besser, setzen sie nich' einfach in Reih und Glied, wie man's erwarten würde bei denen, sondern schön über den ganzen Kopf verteilt, wie beim echten Haarwuchs, und manchmal kommt, wie gesagt, was wirklich Hübsches dabei raus. Da kann einem echt der Glaube an *Made in Britain* vergehen, obwohl's mir nich' leicht fällt, die Deutschen zu loben, weiß Gott nich'. Dafür hab' ich zuviel mitgekriegt da drüben. Aber wissen Sie, kein Deutscher und kein Engländer oder sonst wer würde an 'ner Puppe Haare hinkriegen, die so schön und weich wär'n wie Ihre. Einfach unvergleichlich! So'n herrlicher Farbton, wirklich ganz was Besonderes, wenn ich das mal so sagen darf.«

»Danke schön«, versetzte Frederica übertrieben würdevoll.

»Keine Ursache. Also ich war mit der Besatzung drüben in Deutschland, und ich sage Ihnen, erstklassige Puppen sind das letzte, was man den Burschen zutrauen würde. Eher schon Lampenschirme aus Menschenhaut oder wandelnde Gerippe, so wie die, die wir gesehen haben, als wir in Polen einmarschiert sind, um die Vernichtungslager zu befreien. Soll ich Ihnen sagen, wie's da ausgesehen hat? Also ich bin vorhin in Calverley im Dom gewesen, und da waren diese Totenmasken und Skelette, wie die Bischöfe sie früher in den Nischen unter ihren Särgen hatten – von wegen der Mahnung an die eigene Sterblichkeit. Und jetzt stellen sie sich vor, Sie kommen da an, und ein ganzer Haufen von solchen Klappergestellen wankt Ihnen entgegen, und die stinken auch noch ganz bestialisch. Der Magen hat sich einem umgedreht, und wir war'n fix und fertig mit den Nerven. Obwohl wir extra wegen denen hin sind, konnte man's fast nicht glauben, daß das Menschen war'n. Noch 'n Whisky? Nein? Wie wär's dann mit 'nem kleinen Spaziergang?«

Unter dem Tisch angelte sein Fuß nach dem ihren, rieb sich Ziehharmonikasocke an Nylonstrumpf. Sie spürte, daß es hier streng nach den allerdings ziemlich skurrilen Regeln eines ihr unbekannten Spiels zuging. Soundsoviel Unterhaltung, so und so viele Drinks, ein angemessenes Quantum von beidem und dann: »Wie heißen Sie übrigens?«

»Freda. Freda Plaskett.«

»Ausgefallener Name. Ich heiße Ed. Also getauft bin ich natürlich auf Edward, und das hör' ich auch lieber, aber die Leute sagen nun mal alle Ed zu mir.«

»Ed.«

»Wollen wir gehen?«

Sie schlenderten durch den Ort, folgten einer Straße, die in einen Feldweg mündete, balancierten über einen kleinen Wildbach und gelangten endlich hinaus ins offene Moor. Weiter wollte Ed offenbar nicht gehen. Er erkundigte sich, ob Frederica es für eine Rast im Freien zu kalt fände. Als sie verneinte, holte er einen Mackintosh hervor und breitete ihn unter einem wordsworthianischen Dornbusch aus. Frederica sagte sich, daß gewisse Dinge ihr nicht mehr soviel Kopfzerbrechen bereiten würden, wenn sie darüber Bescheid wüßte, und nahm steif auf einer Ecke des Mantels Platz. Gewiß, sie hatte *Lady Chatterley* gelesen, *Der Regenbogen* und *Liebende Frauen*, aber das heißt nicht, daß sie sich von dem Puppenvertreter eine Offenbarung erwartet hätte. Sie wollte aus dem Zustand der Unwissenheit heraus, zumindest soweit, daß sie sich ein Bild machen und die Ursache für ihre Unzufriedenheit ergründen konnte.

Ed streckte sich ziemlich unbeholfen neben ihr aus und sah, auf einen Ellbogen gestützt, zu ihr hoch. Sie vermied den Blickkontakt. Während der ganzen Prozedur nahm sie sein Gesicht nicht wirklich wahr, sondern konstatierte lediglich, daß er Hängebacken hatte, glattrasiert war und das drahtige braune Stoppelhaar kurzgeschoren trug.

»Bequem so?« fragte er.

»Es geht.«

»Entspann dich ein bißchen, leg dich lang, dann geht's gleich besser.«

Sie legte sich hin.

»Braves Mädchen«, sagte er und wälzte sich neben sie.

Jetzt hievte er ein Bein über ihre Knie, schob sein Gesicht ganz nahe an das ihre und küßte es Zug um Zug mit heißen, festen, trockenen Lippen: erst Stirn und Wangen, dann die geschlossenen Lider, Mund und Kinn. Mit fast dämonischem Geschick spulte er so ein technisch routiniertes Programm ab.

Nachdem diese trockene Küsserei geraume Zeit gedauert hatte, begann er sich allein auf ihren Mund zu konzentrieren, zwickte ihn mit Lippen und Zähnen, rubbelte ihn von der Seite und stemmte ihn schließlich mit der Zunge auf, die anscheinend schrecklich groß war, rund und geschwollen, und die nach Nikotin, Bier und Tee schmeckte. Ihre Zähne prallten knirschend aufeinander. Frederica versuchte sich wegzudrehen, was ihn jedoch erst recht anspornte: Mit einem Arm drückte er sie an sich und wuchtete sein ganzes Gewicht auf sie. Sie spürte den Druck seines steifen Glieds, das sich unablässig an ihr rieb, und ihre Zunge, die sich fluchtartig zurückgezogen hatte, gab einen Moment nach und streifte die seine, was sie vor Schreck und Ekel erschauern ließ. Aber die unstillbare, die widerliche namenlose Neugier wollte nicht weichen. Vielleicht war er ja ein sexbesessener Triebtäter. Sie hätte da nicht so unüberlegt reinschlittern dürfen.

Just in dem Moment glitt seine Hand an ihrem Bein hinauf, unter den Rock und bis zu ihrem dicken Schulschlüpfer, den er ebenso routiniert zu rubbeln begann wie vorher ihr Gesicht.

Frederica fand das so peinlich und widerwärtig, daß sie sich am liebsten losgerissen hätte. Ich werde noch verrückt, dachte sie, ich muß endlich wissen, wie es ist, aber ich ertrage es nicht. Aber es spielt keine Rolle, wie man's erfährt, an dem Wie darf ich mich nicht stören. Sie versuchte, die Beine zu schließen, *nein* zu sagen, aber ihr Mund war besetzt, ihr Becken beschwert, und schon manövrierte sich die emsige Hand langsam in ihren Schlüpfer hinein und dahin, wo es jetzt peinlicherweise warm und feucht wurde. Es war merkwürdig: Je unangenehmer ihr die ganze Sache war, desto willenloser kapitulierte ihr Körper vor einer schier übermächtigen Gier, die ihn sich den aufdringlichen Fingern noch entgegenstemmen ließ, und als er endlich zwei davon in sie hineinrammte, zog sie sich krampfhaft und schmerzgeschüttelt über ihnen zusammen, und die Tränen schossen ihr in die Augen. Sie stellte sich diese geschäftigen Finger vor, stumpf, fremd, nikotinverfärbt, nicht allzu sauber, und in einer Raserei widerstreitender Leidenschaften biß sie den beißenden Mund wieder, krümmte sich und warf einen Arm hoch, um auf das drahtige Haar einzutrommeln oder es zu streicheln; überraschenderweise fühlte es sich babyweich und nachgiebig an. Ihre Beine unter dem hochgeschlagenen Kleid waren kalt und feucht. Sie fragte sich, was wohl wäre, wenn sie plötzlich pinkeln müsse, und der Gedanke daran ließ ihre Erregung abklingen. Ed nahm ihre Hand und führte sie behutsam an seinen Hosenschlitz. Frederica ließ sie unschlüssig ein, zwei Augenblicke über dem Anzug dort liegen, drückte anstandshalber ein paarmal auf die Wölbung und zog sie wieder zurück. Sie wußte weder, was er von ihr erwartete, noch verspürte sie die geringste Lust, es zu tun. Ganz plötzlich und ohne Grund fühlte sie sich schlaff und matt. Als Ed wieder nach ihrer Hand griff, machte sie sich recht energisch und mit abgewandtem Gesicht los. Da setzte er sich brüsk auf und wischte sich ganz unverhohlen und sorgfältig die Hand an seinem Taschentuch ab. Frederica zog schützend die Beine über dem heißen, wunden, pochenden Gefühl zusammen und musterte ihn abwartend. Aus Mangel an Vergleichsmöglichkeiten wußte sie nicht, ob er die Sache damit beendete, seine Frustration demonstrierte oder das Signal für einen neuerlichen Angriff gab. Tatsächlich begann Ed, den Blick starr auf die teilnahmslose Moorlandschaft gerichtet, wieder zu erzählen.

»Damals in der Armee, vor dem Schlamassel in Deutschland, da sind wir, also ein paar von den Kameraden und ich, wir sind in Kairo durch die Bordelle gezogen. Die hatten so Vorführungen, weißt du, boten die ganze Palette, von Hausmannskost bis zu ganz ausgefallenen Nummern. Manches davon war nicht weiter berühmt, nix, was man nich' anderswo auch geboten kriegt, und auf Stiefeln und so 'n Zeug hab' ich sowieso nie gestanden. Aber es gab auch 'n paar Tricks, wie man sie nich' alle Tage sieht. Zum Beispiel war da 'n Schuppen mit so 'nem Mädchen, über der hatten sie in 'nem reißfesten Netz direkt von der Decke runter 'nen Esel aufgehängt. Und den machte sie dann heiß, die Kleine, legte sich unter ihm lang und machte ihn heiß, mit Händen und Mund und allem, was sie so hatte, war ganz schön aktiv, das Mädel. Und der Esel, also der hatte so einen Mordsapparat, daß er fast das Netz gesprengt hätte, und bald war er auch so was von geil, aber er kam eben nicht ran an sie, von wegen dem Netz. Trotzdem mußten sie ihm noch die Hufe zusammenbinden, weil er sonst Wunder was hätte anrichten können. Der hätt' die Kleine glatt zerrissen und aufgeschlitzt. Aber auch so hat er noch um sich geschlagen wie verrückt, und dazu dann ihr Gezappele. Also das war schon 'ne Sache, war das.«

Er verstummte so unvermittelt, wie er zu sprechen begonnen hatte. Frederica fiel nichts ein, was sie darauf hätte sagen können. Also saßen sie, beide mit leicht verdutztem Gesichtsausdruck, stumm nebeneinander.

»Das beste wird sein, wir gehen ins Dorf zurück«, sagte er, »und nehmen den nächsten Bus runter an die Küste.«

»Ich glaube – ich bleibe noch und mache hier oben eine kleine Wanderung.«

Sie blieben noch ein Weilchen sitzen.

»Tja«, sagte Ed, »ich pack's dann. Wenn du mal aufstehst, damit ich an meinen Mantel kann.«

Frederica sprang hastig auf, und er nahm seinen Mackintosh, schüttelte ihn sorgfältig aus, legte ihn sich über den Arm, nickte ihr wortlos zu, machte kehrt und ging den Weg zurück, den sie gekommen waren.

Sie kam dann doch nicht sehr weit, streunte nur ein Stückchen querfeldein ins Moor hinaus, fand aber bald – wie zufällig – auf den Weg zurück. Die Lust auf einen kräftigen Fußmarsch war ihr ebenso gründlich vergangen, wie sich der Striptease-Film aus ihrem Kopf verflüchtigt hatte. Sie wußte durchaus noch nicht alles, was zu wissen nötig war, aber doch entschieden mehr als vor diesem Ausflug. Der Weg führt sie an einer Toreinfahrt vorbei, in der ein frischgeputzter, silbrigglänzender Wagen stand. Schon von weitem kam ihr das Auto bekannt vor, und auf einmal wußte sie, wem es gehörte. Sie ging darauf zu, näherte ihr Gesicht der Windschutzscheibe und spähte ins Wageninnere.

Die Vordersitze waren leer. Auf der Rückbank lag Alexander in wenig anziehender Pose – mit gespreizten Beinen und ein Knie in der Schwebe – über einer nicht erkennbaren, weil von ihm verdeckten Frau. Jacke und Hose hatte er noch an, aber der heruntergerutschte Hosenbund beulte sich wulstig unter den ausgestellten Kordsamtschößen. Weich und glatt hing ihm das schöne Haar ins Gesicht, streichelte die Stirn der Frau und verdeckte seine Züge. Frederica erstarrte. Mit weitaufgerissenen Augen, von Neugier verzehrt, spähte sie wie hypnotisiert in den Fond. Durch irgend etwas aufgeschreckt, hob Alexander den Kopf. Auf seinem geröteten Gesicht glänzten Schweißperlen. Ihre Blicke trafen sich.

Inmitten des Goathland-Moors Frederica Potters Gesicht im Rahmen seiner Windschutzscheibe zu erblicken, war unvergleichlich schlimmer als die Erscheinung des Mädchens mit dem Haarnetz und ihrem Cheshire-Katzengrinsen auf dem Burgwall. Nach dem Erlebnis mit Ed hatte sie ihr Make-up aufgefrischt, und Alexander blickte in eines jener grellgeschminkten, marionettenhaften Gesichter, wie sie damals Mode waren: hochgewölbte, goldschimmernde Lider und ein weinrot leuchtender Mund in einer ansonsten bleich gepuderten Maske. Unter dem roten Haar schaukelten große vergoldete Ohrringe. Der Ausdruck auf ihrem Gesicht dünkte Alexander lüstern und grausam. Für einen Moment, der ihm sehr lange vorkam, hielten sie den stummen Blickkontakt. Dann verfiel Alexander auf den abstrusen Gedanken, wenn er sich duckte und sein Gesicht wieder über das von Jennifer neigte, die hoffentlich bislang durch seinen Körper vor Fredericas prüfendem Blick geschützt war, dann würde Frederica sie vielleicht nicht erkennen und im übrigen, sobald sie sah, daß niemand sie beachtete, wieder verschwinden. Eine Halluzination war sie nicht: Die Windschutzscheibe beschlug von ihrem Atem. So züchtig wie möglich kringelte er sich über Jenny zusammen, horchte auf den eigenen Atem und wartete. Aus verschiedenen, teils ästhetischen, teils anatomischen Gründen wünschte er, daß sie nicht im Wagen geblieben wären. Aber Jenny hatte über die Kälte im Freien geklagt.

Frederica, die wieder im Autobus saß, staunte nicht schlecht, als sie Ed zusteigen sah. Ihr Erstaunen wuchs, sobald er neben ihr Platz nahm und ein dickes schwarzes Notizbuch zückte. Noch ehe der Bus losfuhr, erklärte er ihr in geschäftsmäßigem Ton, daß er sich gern ihren Namen und ihre Adresse aufschreiben würde. Für den Fall, daß er einmal in ihre Gegend komme, was ja gut möglich sei, bei seinem Beruf. Frederica wiederholte Miss Plasketts Nachnamen und gab eine fiktive Adresse an, zusammengesetzt aus Jennifers Hausnummer und Daniels Straßennamen, sowie eine Telefonnummer, die zur Hälfte aus der ihrer Schule und zur Hälfte aus der des Hausarztes bestand. Dieses aus wahren Details gesponnene Lügengewebe besaß eine Glaubwürdigkeit, die bloße Erfindung nie gehabt hätte, und sie war ziemlich stolz darauf, auch wenn sie nicht verstehen konnte, warum Ed sich überhaupt für diese Angaben interessierte. Keuchend, langsam und geduldig schrieb er alles mit und sprach dann zwischen Goathland und Calverley nicht mehr mit ihr, obwohl sich sein Hintern in den Kurven gelegentlich ebenso beredt an den ihren quetschte wie auf der Herfahrt.

Sie dachte angestrengt nach. Es war ein wechselvoller, dafür aber sehr ereignisreicher Tag gewesen: Stephanie, die Kathedrale von Calverley, Racine, die Moorlandschaft, Ed, Alexander. Wenn man die einzelnen Facetten in einen durchaus denkbaren Zusammenhang brachte, dann bekamen sie nachgerade etwas Beängstigendes. Nahm man zum Beispiel die unschönen Visionen von Daniel und setzte sie in Beziehung zur *Vénus toute entière* und die wieder zu Ed und Eds heiße geschwollene Zunge zum heißen geschwollenen Apparat des Esels und die beiden zu

Alexander, und forcierte man, strategisch gesprochen, als ästhetische Bereicherung die Cathy-und-Heathcliff-Assoziationen der Moorlandschaft und gab dem aufstrebenden Turm der Kathedrale von Calverley eine primitive freudsche Deutung, dann erhielt man gewissermaßen ein organisches Gesamtbild, das ohne Frage und trotz seiner unbestreitbaren Faszination furchtbar deprimierend war.

Wenn man sie dagegen alle gesondert betrachtete! Dann freilich ergab sich ein in vieler Hinsicht wahrheitsgetreues Bild.

So fußte etwa Racines Bedeutung im wesentlichen auf dem Alexandriner. *Vénus toute entière* war nur ein Beispiel und obendrein kein besonders gutes, das sie gewählt hatte, weil es jeder auswendig kannte und es sich in einem übers Moor holpernden Omnibus gut memorieren ließ.

Das Moor wiederum hatte nichts mit Cathy und Heathcliff zu tun, es sei denn, sie führte die Assoziation selbst herbei. Gesehen hatte sie nur, daß der fahle Schimmer, den der welke Vorjahrsfarn über die jungen Schößlinge warf, das frische Grün aus der Ferne wie gestreift wirken ließ.

Ed war ein Niemand. Nur weil er ein Niemand war, hatte sie ihn gewähren lassen. Sie hatte sein Gesicht nicht gesehen, und wenn es vorhin Zufall gewesen war, so wurde es jetzt Methode, sie würde ihm nicht ins Gesicht sehen. Er hatte seine Funktion, mehr nicht. Ansonsten hatte sie ihn bereits abgehakt.

Der Esel hatte mit alledem gar nichts zu tun, aber jetzt kannte sie die Geschichte, und die war, für sich genommen, ganz interessant.

Blieb noch Alexander. Sie wußte genau, wer die Frau bei ihm gewesen war. Obwohl Alexander sie zum großen Teil verdeckte, hatte man Jenny doch erkennen können. Sie hätte jetzt auf Alexander böse sein sollen, doch statt dessen überkam sie bei seinem Anblick ein Gefühl der Macht. Wissen bedeutete Macht, wenn man nicht den Fehler beging, die einzelnen Informationen durcheinanderzubringen oder sie sich gar zu Herzen zu nehmen. Sie kannte sich jetzt aus, wußte, wer was mit wem trieb, und zu wissen, was Ed mit ihr machte oder Alexander mit Jennifer, war durchaus lehrreich. Trotzdem hatte es nichts mit dem zu tun, was sie mit Alexander machen würde oder er mit ihr, wenn die

Zeit reif war. Auf einmal schien es durchaus vorstellbar, daß eine solche Zeit irgendwann kommen würde.

All diese Fakten und Informationen konnte man getrost so, wie sie waren, und ohne sie weiterzuentwickeln, aufeinanderschichten und ablegen. Das dergestalt gehortete Wissen erzeugte ein starkes Gefühl von Freiheit und Ehrlichkeit. Ja gemessen an den vorangegangenen organischen und sexuellen Analogverbindungen, die ohne Zweifel egoistisch gewesen waren, konnte man diese Methode sogar selbstlos nennen. Weder Daniel noch Alexander, Racine, Ed, der Kairoer Esel, Emily Brontë oder die Architekten der Kathedrale von Calverley hatten diese Verbindung geschaffen, sondern sie ganz allein und aus ihrem ureigensten Bedürfnis heraus. Aber der Dualismus von Selbstlosigkeit und Egoismus war ein Problem für sich, denn die Willkür, mit der man die Dinge entweder getrennt oder im Zusammenhang betrachtete, hatte wieder mit Macht zu tun, die es, so die doppeldeutige Lehre ihres Vaters, theoretisch zu meiden und praktisch anzustreben galt.

Sie spürte instinktiv, daß sich aus dem Konzept der wertfreien Wissensansammlung ein ihr gemäßes Verhaltensmodell und eine brauchbare Ästhetik entwickeln ließen. Allerdings rechnete sie damit, daß es Jahre dauern würde, bevor man dieses Modell in seiner ganzen Bedeutung erfaßt hatte, und damit sollte sie recht behalten.

Also kehrte sie fürs erste zum Alexandriner zurück, weil man sich auf den am ehesten konzentrieren konnte, ohne daß man Gefahr lief, alle anderen Assoziationen mit aufzuscheuchen. Anscheinend gab es einen ganz einfachen Weg zu erkennen, daß Racines Stück in Bereichen *gut* war – präzise, gehaltvoll, ausgereift, von bleibendem Wert –, in denen ihr *Astraea* längst nicht so gelungen schien. Bloß, woran erkannte man diese Qualitäten, und wie überprüfte man sein Urteil? Konnte man so etwas am Aufbau des Versmaßes ablesen?

Vermutlich war es ein Glück für sie, daß sie mit ihren siebzehn Jahren noch nichts von Coleridges Theorie über den Ursprung des Versmaßes wußte. Zu dem Zeitpunkt, als sie davon erfuhr, besaß sie das nötige Rüstzeug, um auch dieses Mosaiksteinchen in ihr Informationssystem einzufügen.

Winifred, die in der Regel davon ausging, daß Stephanie gleich ihr vor großen Aussprachen zurückscheue und strittige Themen lieber auf sich beruhen lasse, erschien eines Abends in ihrem Zimmer und sagte, sie sei zu dem Schluß gekommen, daß sie die Initiative ergreifen und Daniel einladen müsse, falls Stephanie den Wunsch habe, ihn in die Familie einzuführen. Was Bill anging, fuhr sie, als Stephanie keine Antwort gab, fort, so würde der schon einlenken – wie immer, Stephanie kenne ihn ja. Stephanie meldete Zweifel an. Winifred gab die Hoffnung nicht auf. Ein Mann wie Daniel werde doch wohl Verständnis für die geheiligten Überzeugungen eines anderen zeigen. Stephanie versetzte niedergeschlagen, sie bezweifle auch das. Daniel sei nicht gerade tolerant, im Gegenteil, er gerate leicht in Zorn. Sichtlich erregt bat Winifred darum, sich setzen zu dürfen. Es sei ihr nicht recht, sagte sie, daß Stephanie einen Hitzkopf heirate. Sie habe sich bemüht, ihnen ein Heim zu schaffen, in dem sich alle wohlfühlten, eine Aufgabe, die Kompromisse und Zugeständnisse erforderte, und die hätten an ihr gezehrt. Sie saß im Morgenrock am Fußende des Bettes und sagte ohne Überleitung: »Er hat mich in den Flitterwochen sitzenlassen.«

Stephanie sah sie ungläubig an.

»Das habe ich noch keinem Menschen erzählt. Wir fuhren nach Stratford ins Theater, und in der Pause, da ist er einfach aus dem Bühnencafé weggerannt. Sie spielten *Viel Lärm um nichts*, und ich war so glücklich, die Liebesszenen in dem Stück sind ja so echt – ich liebe nichts in der Welt so sehr wie Euch, ist das nicht seltsam? –, und so kam es, daß ich ihm in der Pause gestand, was ich getan hatte. Ich fühlte mich so im Einklang mit ihm, dabei war's nur das Stück.«

»Und? Was hattest du getan?«

»Ach ja. Ich hatte an seine Eltern geschrieben und ihnen mitgeteilt, daß wir geheiratet hatten und sehr glücklich seien miteinander. Ich dachte mir, sie würden sich auf diesen Brief hin rühren, vielleicht sogar zur Hochzeitsfeier kommen.«

»Aber deine Hoffnung war vergebens?«

»Ja. Er sollte recht behalten, ich hatte mich geirrt. Gegen die Potterschen Dickschädel kommt man nicht an.«

»Das ist wahr«, sagte Stephanie und dachte bei sich: Sie ist keine Potter. Ich dagegen, ich bin eine von ihnen.

»Jedenfalls, kaum daß ich mit meinem Geständnis herausrückte, machte er mir mitten im Café eine Szene, wie das so seine Art ist. Nur war's das erste Mal, und ich hatte noch keine Ahnung, daß er … Ich bat ihn, sich zu mäßigen. Nicht so laut, sagte ich, und darauf er: Wenn das so ist, wenn du dich genierst, dann gehe ich eben irgendwohin, wo du mich nicht hören kannst. Und weg war er. Er nahm den kleinen Wagen, den wir damals hatten, und blieb zwei ganze Tage fort.«

»Und du? Was hast du gemacht?«

»Ach, erst wollte ich mir die Vorstellung zu Ende ansehen, aber ich hab's nicht ausgehalten. Also bin ich zurück ins Hotel und hab' gewartet. Du weißt ja, wie das ist mit dem Warten. Man setzt sich eine Frist – eine Stunde, sechs Stunden, einen Tag oder zwei – und nimmt sich vor: Solange die nicht um ist, mach' ich mir keine Sorgen. Aber ich hockte zwei Tage und zwei Nächte ohne Geld und ohne einen Menschen, dem ich mich hätte anvertrauen können, in einem fremden Hotel. Außer um mir die Beine zu vertreten, traute ich mich kaum hinaus, vor lauter Angst, er könne zurückkommen und gleich wieder davonlaufen, falls ich nicht da wäre und ihn erwartete. Manchmal setzte ich mich in New Place in die Anlagen – und seitdem sind mir die Düfte dieses Gartens verleidet – ist ja auch so bitter, das Aroma von Beifuß und Wermut. Trotzdem, das Wetter war herrlich damals, die Heckenrosen blühten, es war alles sehr hübsch. Aber ich wäre am liebsten heimgefahren, bloß hab' ich mich zu sehr geschämt.«

»Und was war mit ihm? Ist er womöglich krank geworden?«

»Das hab' ich mich natürlich auch gefragt. Ich war nahe daran, die Polizei zu verständigen, aber es war mir alles so furchtbar peinlich, noch dazu in den Flitterwochen, ohnehin eine heikle Zeit. Dann war er plötzlich wieder da. Er sei nach Malvern gefahren, sagte er, und hätte lange Fußmärsche gemacht, um mit sich ins reine zu kommen. Anschließend nahm er mich dorthin mit: Wir fanden Unterkunft im britischen Lager und verbrachten eine glückliche Zeit – für mich war's womöglich die glücklichste meines Lebens. Aber warum habe ich dir das eigentlich erzählt? Ach ja, richtig – was ich sagen wollte –, irgendwann lenkt er schon ein, du wirst sehen.«

»Vorhin hast du gesagt, du willst nicht, daß ich einen Hitzkopf heirate.«

»Ja, das stimmt.«

»Was hat er denn gesagt, als er zurückkam?«

»Oh, er stürmte in den Speisesaal – ich aß gerade ein Omelette – was anderes traute ich mich nicht zu bestellen, wo ich doch kein Geld hatte und mich sowieso schon vor der Rechnung fürchtete –, und er polterte gleich los: Er habe sich unerträglich benommen, schrie er, aber je länger er fortgeblieben sei, desto weniger habe er sich getraut zurückzukommen. Also gingen wir nach oben, und er sagte – unter Tränen hat er das gesagt –, er glaube nicht, daß er sich jemals ganz in den Griff bekommen könne. Er tauge nicht für die Ehe, er hätte nicht heiraten dürfen. Was blieb mir da anderes übrig, als ihn zu beruhigen – wir würden einen Weg finden, hab' ich gesagt, einen Weg, um miteinander auszukommen. Und das haben wir ja auch geschafft.«

»Freut mich, daß die Geschichte ein glückliches Ende gefunden hat.«

»Ach, Stephanie! Sag das nicht so sarkastisch. Schau, damals wurdest du gezeugt. Aber um dir das zu erzählen, bin ich nicht hier – ich wollte dich um Rat fragen. Es geht darum, daß ich Daniel zum Essen einladen möchte. Was meinst du – ob er kommen würde?«

Und Daniel kam. Winifred gab sich mit dem Essen große Mühe. Sie entschied sich für Käsesoufflé, Brathähnchen und einen Obstsalat aus frischen Früchten, dem sie eigens ein Minifläschchen Cointreau beimischte. Sie ging mit Lust an die Zubereitung des Soufflés, und ihre Sehnsucht nach der reichen Angebotspalette aus Vorkriegszeiten hielt sich in Grenzen. Erst ihre Töchter, die mit Rationierung und Ersatzprodukten aufgewachsen waren, sollten sich später auf eine unverfälschte Schlemmerküche mit Butter und Wein und röstfrischen Gewürzen verlegen. Winifred dagegen begeisterte sich nicht minder für

Fertiggerichte wie für arbeitssparende Haushaltsgeräte. Denn sie erinnerte sich noch genauso lebhaft an die Backtage von früher, an das mühselige Teigkneten für die Fleischpasteten, die dann doch nicht aufgingen, wie an feuerverzinkte Waschzuber, Kupferbottiche und die Plackerei mit den störrischen, handbetriebenen Wäschemangeln – lauter lästige Pflichten, denen man wahrhaftig nicht nachzutrauern brauchte. Daniel zu Ehren kaufte sie Wein und holte ihre Damastservietten und die geschliffenen Kelchgläser hervor. Er sollte sich als Gast geehrt und trotzdem wohl fühlen.

Er stürmte in die Diele und schlug die Haustür so heftig ins Schloß, daß die Sherrygläser auf dem Tablett im Wohnzimmer klirrten. Er begrüßte seine Gastgeber mit einem dröhnenden »Hallo, Hallo« und tat seine Bewunderung für den reichgedeckten Tisch zu rasch, zu laut und zu beflissen kund. Er hatte sich selber Mut gemacht: Einer wie er, der sich tagein, tagaus halbwegs erfolgreich durch heikle Zusammenkünfte lavierte, der könne wohl auch den gesellschaftlichen Anforderungen einer Tischgesellschaft standhalten, meinte er zuversichtlich und mit dem Resultat, daß er nun übertriebenes Selbstbewußtsein demonstrierte. Er hatte sich wie gewohnt seiner Prioritäten vergewissert und beschlossen, daß Bills und Winifreds Meinung auf das, was ihn und Stephanie verband, keinen Einfluß haben solle und dürfe und folglich auch nicht haben werde. Er sollte allerdings die Erfahrung machen, daß er bei seinen Überlegungen zu wenig Rücksicht auf Stephanies Verhältnis zu ihren Eltern genommen hatte.

Er trank mehrere Gläser Sherry sehr rasch hintereinander, weigerte sich, Stolpersteine zur Kenntnis zu nehmen, überbrückte die häufigen Gesprächspausen zu hastig mit witzigen Anekdoten aus dem Gemeindeleben und nervös forciertem klerikalen Gelächter. Die Anekdoten waren meist gutmütig derbe, auf ihn selbst gemünzte Scherze. Er rühmte das Soufflé, das ihm in der Tat vorzüglich schmeckte, so vehement, daß Winifred sich vorkam wie eine mißratene Hausfrau, die von der zuständigen Sozialarbeiterin dazu beglückwünscht wird, daß sie endlich einmal einen annehmbaren Rosinenpudding zustande gebracht hat. Stephanie sagte fast gar nichts.

Nach dem Essen tranken sie Kaffee aus winzigen, hauchdünnen Tassen. Noch hatte niemand die bevorstehende Hochzeit erwähnt. Daniel schilderte Winifred die fabelhaften Fortschritte, die Stephanie mit Malcolm Haydock mache. Seine Rechnung ging auf: Winifred war gerührt und gestand, daß sie kaum etwas über seine Arbeit wisse. Daniel warf ein, daß es oft besser sei, wenn die rechte Hand nicht wisse, was die linke tue, gab dann aber bereitwillig Auskunft – vielleicht um auf diesem Wege seine Referenzen vorzuweisen. Winifred wollte wissen, ob sein Gelübde ihm nicht eine zusätzliche Bürde sei, und Daniel verbreitete sich wortreich über die seltsamen Vorstellungen, die unter Laien über die Geistlichkeit grassierten, wobei er zu seinem Pech beim Thema Priester und Sexualität landete und die ohnehin peinlich berührte Stephanie nur noch mehr in Verlegenheit brachte. Sie war gerührt gewesen, als er ihr in Felicitys Zimmer vom Affront der Mitreisenden im Eisenbahnabteil erzählte, aber die amüsanten oratorischen Schnörkel, die er jetzt ihrer Mutter zuliebe in die Geschichte einflocht, mißfielen ihr. Sie hatte großen Respekt vor seiner aufreibenden Arbeit und schätzte seinen praktischen Verstand, doch es widerstrebte ihr zutiefst, daß er, um ihrer Mutter zu gefallen, so abgenutzte Schlagworte wie »Spontaneität« und »Einsatzfreude«, »Zuwendung« und »Zartgefühl« bemühte – Begriffe, die seinen engagierten Einsatz seicht und banal erscheinen ließen. Lautstark und jovial versicherte er ihnen, ein Pfarrer sei, was seine Sexualität anging, ein Mann wie jeder andere – mehr oder weniger jedenfalls – und daß kaum einer seiner Amtsbrüder sich gegen die Geburtenkontrolle oder für entsagungsvolle Selbstverleugnung stark mache; ja nicht einmal das Sakrament, wonach zum Ehebund eine Menge Gebetsarbeit im Schlafzimmer gehöre, würde sonderlich hochgehalten. An dieser Stelle spürte er endlich die Befangenheit der Frauen und sah Stephanies Gesicht kühl und ablehnend wie eine Maske über ihrer Kaffeetasse schweben.

»Mein Gott«, sagte er, an sie gewandt. »Es tut mir leid. Ich hab' mich, ohne nachzudenken, über Dinge ausgelassen, die mir geläufig sind, weil sie andernorts in belanglosen Gesprächen immer mal wieder aufs Tapet kommen. Aber bei dir ist das was anderes. Vor dir dürfte ich nicht so reden.« Und obwohl er genau ins Schwarze getroffen hatte, brachte er sie dadurch, daß er ihre Gedanken in Worte faßte, in um so größere Verlegenheit.

»Sei nicht töricht«, war alles, was sie sagte.

Da nahm Winifred ihren Mut zusammen und sprang ihm bei. »Ich finde, du solltest Daniel nicht tadeln. Die – diese Hochzeit bringt nun einmal Probleme mit sich – und das hier ist eins davon. Ich für meinen Teil bin froh, daß Sie uns so aufrichtig Ihre Meinung gesagt haben.«

Daniels finstere Miene blieb unverwandt auf Stephanie gerichtet, doch sie wich seinem Blick beharrlich aus.

Draußen in der Diele polterte und rumorte es abermals so heftig, daß drinnen die Kaffeetassen schepperten. Gleich darauf steckte Bill den Kopf durch die Tür.

»Äh ... störe ich? Ihr könnt's mir ruhig sagen, dann gehe ich wieder.« Niemand antwortete.

»Wußt' ich's doch, daß ich störe, aber keine Angst, ich bin schon weg.«

Er rührte sich nicht vom Fleck. Daniel stand auf und streckte ihm die Hand hin.

»Guten Tag.«

»Sehr freundlich«, sagte Bill. Die dargebotene Hand nahm er nicht. Die Frauen saßen wie versteinert. »Sie machen also meiner Tochter den Hof?«

»Die Werbephase habe ich hoffentlich schon hinter mir.«

»Was ich davon halte, hat man Ihnen vermutlich gesagt.«

»Allerdings, und ich bedaure es sehr.«

»Ich verweigere meine Zustimmung.«

Daniel machte den Mund auf, doch Bill kam ihm zuvor.

»Ich weiß, ich weiß, *rechtlich* gesehen bin ich ohne Handhabe. Aber moralisch, moralisch werde ich mich zur Wehr setzen. Eine Verrücktheit, die so offensichtlich zum Scheitern verurteilt ist, kann ich unmöglich gutheißen.«

»Das hat nichts mit Moral zu tun. Das ist pure Arroganz.«

»Und was die Geschmacklosigkeit heimlicher Stelldicheins betrifft ...«

»Das Beste wird sein, ich verabschiede mich jetzt«, sagte Daniel. »Wo ich nicht willkommen bin, da dränge ich mich auch nicht auf. Aber ich hoffe, daß Stephanie mich bald heiraten wird. Denn mit mir ist sie bestimmt besser dran.«

Mit theatralisch ausgebreiteten Armen stellte Bill sich ihm in den Weg und versperrte die Tür.

»Sie haben ihr doch nichts zu bieten. Und von dem, was ihre Persönlichkeit ausmacht, haben Sie keinen blassen Schimmer.«

»Das zu entscheiden sollten wir ihr überlassen.« Daniel geriet zusehends in Rage, und der Unmut darüber, sich während des Essens blamiert zu haben, sowie Stephanies ebenso hartnäckiges wie besorgniserregendes Schweigen schürten seinen Zorn. »Ich mag nicht mitansehen, wie Sie sie quälen. Sie mißbrauchen ihre Liebe zu Ihnen. Ihr Verhalten ist regelrecht grausam, doch, das ist das richtige Wort dafür, und Sie können von Glück sagen, daß Stephanie innerlich so stark und so gefestigt ist. Fragt sich nur, ob's auch für sie ein Glück ist. Sie schieben alles auf Ihre Tochter. Dabei geht's in Wirklichkeit doch gar nicht so sehr um sie. Und jetzt lassen Sie mich gefälligst vorbei.«

»Ganz der treue Seelsorger!« rief Bill, aber seinem Spott fehlte der rechte Biß. Jäh ließ er die Arme sinken und schlug unvermittelt, wie es seine Art war, einen versöhnlichen Ton an – ein Trick, mit dem er auch seine Familie immer wieder verwirrte und hinters Licht führte.

»Bitte bleiben Sie! Jeder hier weiß, daß man meine Worte nicht auf die Goldwaage legen darf. Du lieber Himmel, ich – ich würde mich *umbringen*, wenn ich auch nur einen Moment lang dächte, daß irgend jemand alles *ernst* nimmt, was ich sage. Sicher, ich plustere mich schon mal auf, das kann ich nicht leugnen, aber ich speie bloß Rauch und kein Feuer, da können Sie fragen, wen Sie wollen – an mir hat sich noch keiner verbrannt. Sie können jetzt nicht so einfach gehen, es ist doch noch gar nichts besprochen. Und du, Stephanie, du kannst sicher sein, daß wir zu dir stehen, du bist schließlich unsere Erstgeborene.«

»Ich habe mich weder entehrt, noch bin ich schwanger«, sagte Stephanie, »folglich brauche ich auch keinen solchen Beistand.«

Daniel setzte sich wieder. Die Frauen blieben in Abwehrstellung. Bill warf einen prüfenden Blick in die Runde. »Vielleicht trinken wir ein Glas – ja, was hab' ich denn anzubieten? – Sherry hatten Sie, wie ich sehe, schon, und Wein steigt einem so leicht zu Kopf. Also was nehmen wir? Wie wär's mit einem Whisky?«

»Ja, gern.«

»Stephanie, sei so gut und hol einen kleinen Krug Wasser für Mr. Ortons Whisky. Und nun zu Ihnen, Mr. Orton: Ich kann Sie unmöglich in dem Glauben lassen, daß ich meine Tochter nicht lieben würde. Wissen Sie, jede Familie hat so ihre Eigenheiten, und falls ich eine etwas impulsive und ungebärdige Art habe, meine Liebe zu zeigen, so mag man mich dafür tadeln, aber meine Familie weiß trotzdem, wie's gemeint ist. Wir stehen uns nämlich sehr nahe – schon weil wir einander so ähnlich sind, und *darum*, Mr. Orton, kann ich Ihnen die Frage nicht ersparen, ob Sie sich auch gründlich überlegt haben, wie Stephanie sich – also wie sie mit Ihrem Glauben zurechtkommen soll.«

»Darüber haben wir längst gesprochen.«

»Das mag wohl sein. Aber was ist mir Ihrem Pfarrer? Ich kann mir nicht vorstellen, daß er sonderlich erbaut sein wird, wenn ...«

»Er schätzt Stephanie sehr«, versicherte Daniel. Mr. Ellenbys spitzfindige Bedenken und seine eigene stoische Gegenwehr unterschlug er Bill ebenso, wie er sie Stephanie verschwiegen hatte. »Er bittet zwar um eine Unterredung mit ihr, ist aber ansonsten der Meinung, daß es – falls sie einwilligt – letzten Endes nur uns angeht.«

In Bills spitzem Gesicht wetterleuchtete es gefährlich.

»Ich nehme doch an, daß Sie sich nicht mit dem Gedanken tragen, Ihre Pläne auf absehbare Zeit in die Tat umzusetzen.«

Lieber eine Heirat auf Biegen oder Brechen, dachte Daniel, als sich weiter vor unerfüllter Sehnsucht zu verzehren. Und als Stephanie mit dem Wasserkrug zurückkam, erklärte er Bill in sorgsam gewählten Worten, daß er im Gegenteil darauf hoffe, sehr bald heiraten zu können, das Aufgebot sei schon bestellt. Im übrigen habe er eine Sozialwohnung in der Arkwright-Siedlung in Aussicht, wohin er sich als Geistlicher ohnehin berufen fühle und die er sich auch würde leisten können. Bill preßte in gespieltem Entsetzen die schlanken weißen Hände vor die Brust, rang demonstrativ nach Luft und sagte: »Ich habe Sie offenbar unterschätzt. Sie legen sich ja mächtig ins Zeug! Aber ich warne

Sie: In diesem modernen Irrgarten, da werden Sie kein Bein auf den Boden kriegen. Ich weiß, wovon ich rede, ich hab' selber mal versucht, dort draußen zu unterrichten. Aber in so einer Asphaltwüste, da finden Sie keinen Gemeinsinn, keinen kulturellen Rückhalt, kein ... Schauen Sie, hier in Yorkshire, da heißt's normalerweise: Unsre Nellie, Unser Ernie, Unsre Katze, Unser Hund und Unsre Straße. Aber da draußen, da gibt's nur *Die* Siedlung, *Den* Sowieso, *Das* Ichweißnichtwas und so weiter. Kein Mensch fühlt sich wohl da. Die Gören lungern auf der Straße rum, und jeder Kirschbaum, den Sie pflanzen, wird über Nacht wieder gefällt. Ich weiß, wovon ich rede, ich kenn' mich aus.«

»Ich mich auch. Da, wo ich herkomme, war's nämlich nicht viel anders.«

»Verstehe. Gut, dann ist es für Sie vielleicht wirklich das Richtige. Aber ich finde, Sie sollten sich's gründlich überlegen, bevor Sie meine Tochter in so eine Gegend verpflanzen.«

»Ich will sie aber jetzt heiraten.«

Bill schenkte den Whisky ein und ließ sich, meistenteils leutselig, weiter über die Nachteile der Siedlung aus. Die Frauen beteiligten sich nicht am Gespräch. Daniel, der ihre Zurückhaltung bemerkte, war gleichwohl der Meinung, daß er sich ganz gut behaupte und Fortschritte mache. Ja, er glaubte allen Ernstes, er hätte einen ersten kleinen Sieg errungen, und beschloß zu gehen, bevor das Blatt sich womöglich wieder wende.

An der Tür sagte Bill: »War mir sehr aufschlußreich, unser Gespräch, ich habe eine Menge gelernt daraus.« Doch unversehens erstarrte sein Gesicht zu einer giftigen Grimasse. »Nichtsdestotrotz hat das Christentum im neunzehnten Jahrhundert seinen Geist aufgegeben, mein Freund. Ans Sterben ging's ja schon viel früher, aber das neunzehnte Jahrhundert, das hat ihm dann endgültig den Garaus gemacht. Womit Sie sich befassen, das ist bloß ein amputiertes Glied, das körperlos weiterzuckt.«

»So was Ähnliches haben Sie schon mal gesagt. Und ich werde gar nicht erst versuchen, Sie eines Besseren zu belehren.«

»Würde Ihnen auch nicht gelingen.«

»Aber was mich betrifft, so habe ich immer noch meinen eigenen Kopf.«

»Na, weit her ist's nicht damit«, sagte Bill und machte ihm die Tür vor der Nase zu.

23. Comus

Als Frederica ein paar Tage später in der Vorabenddämmerung durch den Kreuzgang von Blesford Ride ging, erschien ihr Matthew Crowe im Schattendunkel der Pallas Athene. Er zeigte sich hocherfreut über das Zusammentreffen, trottete wohlbeleibt und gemessen auf sie zu und ergriff ihre beiden Hände.

»Mein liebes Kind, welch unerwartetes Vergnügen in diesem *tristen* Milieu! Ich komme gerade von Alexander, aber der war schlecht aufgelegt und ungastlich. Wollten Sie etwa auch zu ihm?«

»Ich war bei meinem Vater. Genauso schlecht gelaunt und ungastlich.«

»Was für eine *unnahbare* Anstalt! Und schuld daran ist mein ehrenwerter Ahnherr mit seinem katholisch-atheistischen Religiositätsmischmasch. Einfach grauenhaft! Man braucht sich ja bloß diese tristen Figuren anzuschauen: abgesehen vom achso-herzigen Jesuskind nicht ein einziges lächelndes Gesicht. Athene hat Muskeln wie ein Kohlenträger und den Mund von Lizzie Siddall. Und dem glotzäugigen Shakespeare rutschen die Strumpfbänder, weil er keine Waden hat. Kommen Sie, wir wollen diesen traurigen Gestalten entfliehen.«

»Ja, gern«, sagte Frederica, die sich in Wirklichkeit eine kindliche Zuneigung für das deftige Pantheon bewahrt hatte. Sie gingen im Gleichschritt nebeneinander her.

»Und? Immer schön fleißig?«

»Eigentlich schon. Solange mir der Gedanke an die Aufführung nicht in die Quere kommt. Aber normalerweise lasse ich mich durch nichts von der Arbeit ablenken.«

»Beneidenswert.«

»Bloß manchmal, da werd' ich so kribbelig.«

»Diese innere Unruhe, die werden Sie immer spüren. Die liegt Ihnen im Blut. Wie wär's, wenn ich Sie zu mir nach Hause einlade, und wir trinken einen guten Tropfen zur Entspannung? Was halten Sie davon?«

Frederica widerstand grundsätzlich nur schwersten Versuchungen. Crowe komplimentierte sie in seinen Bentley, der funkelnd in der Auffahrt stand. Als sie sich in den fast ungebührlich bequemen Polstern zurechtsetzte, überkam Frederica flüchtig, aber gleichwohl sehr deutlich ein Gefühl dafür, wie lustvoll es sein könnte, sich in einen Rowdy zu verwandeln und mit einem großen Messer auf diese verschwenderische, weiche und zart duftende Lederpracht einzustechen und sie zu zerfetzen. Eine Vorstellung, die sie erst erschreckte und dann faszinierte. Sie faltete die Hände im Schoß; Crowe gab Gas, drehte dann richtig auf und rauschte so rassig und geschmeidig zugleich zwischen Feldern, Moorinseln und Trockenmauern dahin, daß man nur graue, braune, olivgrüne und ockergelbe Bänder vorbeiflattern sah.

In Long Royston angekommen, führte Crowe sie durch die dunklen, stillen, teils abgedeckten Säle des Herrenhauses. Ein Lichtstrahl huschte über die Stukkatur, fiel auf die festen Brüste und die drallen Knie von Venus und Diana, beleuchtete Aktäons weißen Leichnam. Der kleine Scheinwerfer, der auf Elizabeth-Virgo-Astraea gerichtet war, machte noch einen bescheidenen Ausfall in höhere Regionen, bevor die Dunkelheit ihn verschluckte. Es war so eiskalt und zugig in den Gemächern, daß Frederica sich in Trab setzte; Crowe folgte gemächlich: Durch langgestreckte Korridore kamen sie endlich in sein überheiztes, hellerleuchtetes kleines Arbeitszimmer, wo im gemauerten Kamin ein Holzfeuer flackerte. Crowe bot ihr einen tiefen, lederbezogenen Ohrensessel an und ein scheinbar ungeheuer großes Glas braunen Sherrys, der im Feuerschein rötlich golden schimmerte. Von der Schale mit Salznüssen, die er ihr reichte, nahm sie gierig eine ganze Handvoll, ihre übliche Vorsorge für den Fall, daß die Gastgeber vergessen sollten, ihre Erfrischungen ein zweites Mal anzubieten. Er lachte darüber. Und sie hätte unbesorgt sein können: Crowe war ein aufmerksamer Gastgeber, der ihr oft und gewissenhaft nachschenkte.

Er sprach zu ihr über sie, über ihre Pläne und Ambitionen. Seine Worte waren gaukelnde Liebkosungen, die sie mit federzartem Lob kitzelten und mit einer Neugier, so warm und gehaltvoll wie sein Sherry. Er attestierte ihr »Präsenz«, eine

Gabe, wie er sagte, nichts, was sich erlernen ließ, und meistens gekoppelt mit »Elan«, über den sie ebenfalls verfüge und der ihr stets eine faszinierende Wirkung auf gewisse Männer (wenn auch nicht auf alle) garantieren würde. Das Jahr 1953 sollte sich in Fredericas Leben dadurch auszeichnen, daß sie einer Unmenge von Menschen begegnete, die ihr bereitwillig, ja begierig eine zusammenfassende Charakteristik der eigenen Person anboten, meist in einer Mischung aus Kalenderweisheit, Cliquengeschwafel und plumper Anmache. Crowes Anmerkungen wirkten auf ihr reizbares Gemüt wie rhythmische Bürstenstriche auf empfindliches Haar: Sie setzte sich gerade, frischte Geist und Körper auf, lächelte huldvoll und leerte noch ein Glas Sherry.

»*Ich* habe selbstredend keine besonderen Talente», sagte Crowe. »Ich hege nur die Begabungen anderer, wodurch man – ich gestehe es freimütig – leicht ein bißchen gehässig wird, weil man einfach so kolossale Erwartungen in einen Menschen setzt, in den man gewissermaßen investiert hat. Das, meine Liebe, ist eine versteckte Warnung, die Sie aber gewiß in den Wind schlagen werden, schon weil sie im Grunde zu nichts anderem taugt. Und was mich betrifft, so bin ich ein großer Bewunderer der Macht.«

»Aber davon haben Sie doch selber genug.«

»Nicht die Macht, über die Sie gebieten, meine Liebe. Die meine erschöpft sich darin, daß ich treuhänderisch ein Kulturerbe verwalte. Ihnen dagegen liegt sie im Blut.«

Er bat sie an den Schreibtisch und zeigte ihr dort eine Miniatur von Johanna Seale, einer juwelengeschmückten Schönheit mit düster umflortem Blick, deren Büste knapp unter dem hochgeschnürten, mit braunem Samt verhüllten Busen endete. Mit der Bemerkung, daß Macht in gewissen Fällen sogar Elektrizität erzeuge, legte er ihr seine kleinen, pummeligen Hände um die Taille. Ja, da sei unverkennbar ein Prickeln zu spüren – hochinteressant. Er nahm im Schreibtischsessel Platz und zog sie mit geübtem Griff auf seinen Schoß.

Frederica war entsetzt, einfach weil sie Crowe für einen alten Mann gehalten hatte. Nach ihrer verschwommenen Vorstellung waren Männer seines Alters (und sie war gänzlich im ungewissen darüber, wie alt er sein mochte) häufig gezwungen, sich mangels Tatkraft mit Worten zu begnügen. Im Vollgefühl jugendlicher Energie glaubte sie ihm eine Freundlichkeit, ja eine besondere Gunst zu erweisen, wenn sie seine gewagten Ausfälle mit gespielt anzüglichen Blicken parierte, eine Attitüde, die so gar nicht zu ihrer Arroganz und ihrem pfiffigen Temperament passen wollte. Doch da sie das noch nicht erkannt hatte, legte sie einen Hauch von Lüsternheit in ihren Blick, die nicht einmal beabsichtigt war. Als er sie jetzt packte, begriff sie sofort, daß Crowe weder senil war noch unbeholfen. Vielmehr tätschelte, fummelte und fingerte er kundig und routiniert an ihr herum, die es auf seinem Schoß leider ziemlich unbequem hatte. Mochte er noch so geübt sein, er war eben auch kleingewachsen: Ihre Beine, ihr Rumpf ragten in einer Weise über ihn hinaus, die sie staksig und unästhetisch dünkte. Sie versuchte zu lächeln, was jedoch nicht leicht war, da ihr von der Anstrengung, den Kopf in einer für Crowe günstigen Position zu halten, langsam der Nacken steif wurde. So schweigsam und wortkarg Ed gewesen war, so eloquent und beredsam garnierte Crowe sein Liebesspiel.

Seine Plauderei geriet zu einem fortlaufenden Kommentar über ihre Gliedmaßen und Körperteile – als ob sie ein Kunstwerk wäre oder eine Schönheitskönigin. Jedes Inventarstück wurde zuerst benannt und umschrieben und sodann mit Fingern und Lippen gekitzelt, gezwickt, gekniffen oder gestreichelt, wie es gerade passend schien. Ihre Augen, erklärte er, sollten eigentlich größer und dunkler sein, aber da sei nun einmal nichts zu machen, und er mißbillige den Gebrauch von Konturstiften; sprach's und entfernte die Reste ihres Lidstrichs mit einem spukkefeuchten Taschentuch. Ihr Haar, das er mit den Händen fächerförmig ausbreitete, müsse mit einer guten Pflegespülung behandelt und kräftig ausgedünnt werden. Haarspray komme *nicht* in Frage, eventuell eine Tizianspülung, um den Kupferton zu mildern – aber es sei auf jeden Fall kraftvoll und elastisch, sagte er, drehte sich spielerisch ein paar Strähnen um die Finger und beschnupperte sie mit seiner kurzen Stupsnase. Ihre Wangenknochen nannte er göttlich und pickte mit trockenen, weichen warmen Lippen daran wie ein Vogel. Ihr Mund zeuge von einem ausgeprägten Charakter: Sie müsse allerdings die hängenden Mundwinkel korrigieren und dürfe nie, *niemals* wieder so wie jetzt den Lippenstift über die natürliche Lippenkontur hinaus auftragen. Abermals wischte er die anstößigen Spuren fort, und als sie schon das Gefühl hatte, ihr Gesicht müsse förmlich glühen vor lauter Rubbeln, neigte er sich über sie und umschloß ihre Lippen warm und trocken mit den seinen. Er roch nach Sherry und Holzrauch. Wie ein rötlich schimmernder Vollmond glänzte seine Tonsur im Feuerschein. Frederica schielte auf ihre steif abstehenden Arme und Beine, die sich in der Position nicht abwinkeln ließen, und litt, weil sie sich vorkam wie eine Vogelscheuche aus dem Bilderbuch. Crowe schob unterdessen eine kleine Hand in ihre Bluse und ließ die Brustwarze zwischen Daumen und Zeigefinger kreisen – ein ausgesprochen unangenehmes Gefühl, doch sie wußte nicht, wie sie ihm hätte Einhalt gebieten sollen. Hoffentlich hatte sie wenigstens saubere Unterwäsche an, was oft nicht so ganz der Fall war. »Oh«, sagte Crowe, »hart wie junge Äpfelchen, nein, wie entzückend! Und so fest und straff wie alles an dir, mein liebes Kind.« Sie spähte aus dem Fenster, vor dem keine Gardinen hingen, weil Crowe so gern zuschaute, wie seine Zypressen, die Eiben und Wacholderbüsche mählich mit den nächtlichen Schatten verschmolzen; weil es ihm Freude machte, den Goldlack zu riechen und den Nachtduft der Levkojen und dem bleichen Mond zuzusehen, wie er über seine Buchsbaumhecken segelte und über Diana und Apoll, die schneeweiß und hoch erhobenen Hauptes den Pfad bewachten, der zu seinem abgesenkten Garten führte. Wie Alexander in Goathland ihr Gesicht in seiner Windschutzscheibe erschienen war, so sah Frederica jetzt in Crowes Fenster ein körperloses, weißes Antlitz, das mit wehendem Haar und entsetzter Miene hereinstarrte. Und es war Alexander, dessen wunderschöne Hände in gleichsam flehender Gebärde neben seinem Gesicht an der Scheibe sichtbar wurden, bevor die Erscheinung sich wabernd auflöste: Knirschende Schritte auf dem Kies, dann klopfte es.

»Herein!« rief Crowe, ohne Frederica loszulassen. Vielmehr schlang er den Arm noch fester um ihren Unterleib und legte ihr die Hand, die er aus ihrer Bluse zog, von außen auf die Brust. Wie eine zu groß geratene trotzige Marionette starrte sie Alexander entgegen, der in vorwurfsvollem Ton zu Crowe sagte: »Sie haben mich doch vorhin auf einen Drink eingeladen. Machen Sie keine Umstände, haben Sie gesagt, sondern kommen Sie einfach über die Terrasse ins Haus.«

»Stimmt. Aber Sie konnten sich ja so schwer von Ihren schmuddeligen Klassenheften losreißen, daß ich fast nicht mehr mit Ihrem Erscheinen gerechnet habe. Frederica dagegen lechzte ebenso nach einer Stärkung wie ich. Also haben wir uns die Wartezeit mit ein wenig Geschäker vertrieben.«

Er kippte Frederica gekonnt von seinem Schoß, gab ihr noch einen Klaps auf den Po und goß Alexander einen Sherry ein. Frederica hielt ihm hicksend ihr Glas hin, und er schenkte ihr nach. Alexander runzelte mißbilligend die Stirn. Crowe bedachte beide mit einem rosig-milden Lächeln. Sein silbriger Haarkranz wehte sacht im Zug des Kamins. Er warf eine Handvoll Späne ins Feuer, daß die Funken stoben: Grün schillerten sie, silbern und blau.

Dreimal schwenk ich in der Luft die Asche rum
Dreimal sitz ich auf dem Zauberstuhle stumm;
Dreimal drei Blütenblätter reiße aus und sprich
Dazu ganz leis, sie liebt mich, liebt mich nicht.

»*Comus*« sagte Frederica.

»Nein, nein!« widersprach Alexander schulmeisterlich. »Campion.«

»Du hast dich von dem Zauberstuhl irreführen lassen«, konstatierte Crowe verschmitzt und schwenkte die Karaffe.

»Der Stuhl in *Comus* ist ganz widerlich abstoßend«, sagte Frederica.

»Unbestritten.« Crowe nickte. »Nach dem giftgen Marmorsitze / Mit Harz beschmiert, das schreit vor Hitze / Tast' mit keuscher Hand ich, kühl und naß.«

»Obszön!« urteilte Frederica und errötete bedeutungsvoll. Alexander, der sie mit distanziertem Blick maß, setzte sich und wartete auf die Fortsetzung des Gesprächs. Er wartete vergeblich. Nach einer Weile erklärte Frederica, sie müsse nun gehen. Crowe machte Einwände, Alexander erbot sich, sie in seinem Wagen mitzunehmen. Sie sieht ganz so aus, als ob sie betrunken wäre, dachte er. Crowe sagte: »Immer mit der Ruhe! Ruf einfach deine Mutter an und sag ihr, daß du später kommst«, und Alexander beteuerte, daß er sie liebend gern nach Hause bringen würde. Zumal er sich ohnehin auf den Weg machen müsse. Hier brach Crowe in unbändiges Gelächter aus und wollte wissen, ob Frederica überhaupt allein aus ihrem Sessel hochkäme.

Zu dritt gingen sie über die Terrasse und hinunter in dunkle, grasbewachsene Laubengänge, die nach Rosmarin und Buchsbaum dufteten, und erhaschten einen flüchtigen Blick auf einen Springbrunnen, der von Eiben gesäumt im Mondlicht sprudelte. Frederica war richtig übel von zuviel Sherry, vor Aufregung, Besitzgier und ästhetischer Reizüberflutung.

»War mir ein ganz besonderes Vergnügen«, sagte Crowe, als er ihr in den silberglänzenden Sportwagen half. »Komm recht bald wieder.«

»Gern.«

Alexander bedankte sich förmlich und brauste mit ruckelndem Motor davon.

»Was ist da drinnen vorgefallen?« fragte er.

»Nichts Besonderes.«

»Weiß Ihre Familie, daß Sie hier waren?«

»Wohl kaum. Aber was kümmert Sie das?«

»Ich bin schließlich ein Freund der Familie.«

»Oh, deswegen.« Sie nickte wieder. »Aber es ist mein Leben. Ich wüßte nicht, warum Sie sich da einmischen sollten.« Nach einem weiteren Schluckauf setzte sie hinzu: »Besonders ... besonders, da ich Ihnen auch nicht in Ihr Leben dreinrede.« Sie lehnte sich zurück und schloß die Augen.

»Das ist ja auch was anderes.«

»Mag sein. Jedenfalls mische ich mich nicht ein, oder?«

»Nein. Soviel ich weiß, tun Sie das nicht.«

Jedesmal, wenn er in die Kurve ging, rutschte und schlingerte sie in ihrem Sitz hin und her. Er ärgerte sich gewaltig über sie. Sie auf Crowes lächerlich kleinem Schoß sitzen zu sehen hatte ihn schockiert. Sie hatte ihm den Abend mit Crowe verdorben; und die Vorstellung, daß Crowe und sie Intimitäten austauschten, von denen er nichts gewußt hatte, war ihm peinlich. Zu guter Letzt war er sich prüde vorgekommen – und nicht nur das –, als er mitansehen mußte, wie Crowes Finger die schattenhafte Rundung in ihrer Bluse betatschten.

»Frederica ...«

»Hmhm?«

»Sie sind noch sehr jung.«

»Ich weiß. Aber ich beeile mich mit dem Älterwerden, so gut ich kann. Wenn ich in dem Tempo weitermache, dann wird es sich schon bald lohnen, daß man mich für voll nimmt.«

»Sie sollten sich in acht nehmen. Sie haben eine Menge zu verlieren.«

»Was? Was hätte ich zu verlieren, wovon ich mich nicht liebend gern freiwillig trennen würde?«

Sie warf den Kopf hin und her und stimmte ein irritierendes Gelächter an.

»Obendrein sind Sie auch noch betrunken.«

»Mag sein. Ich hab' nicht die leiseste Ahnung, wieviel ich intus habe. Er macht das ganz raffiniert.«

»Und Sie sind ein abscheuliches Kind.«

»Bin kein Kind«, widersprach sie mit anzüglichem Augenaufschlag – eine affektierte Gebärde, die hier ebenso fehl am Platz war wie vorhin bei Crowe.

»Ich fühle mich verpflichtet, Ihnen Kaffee einzutrichtern, bis Sie wieder nüchtern sind. Aber ich werde Sie *nicht* mit zu mir nehmen.«

»Nein. Das wäre alles andere als klug. Und außerdem hat das Café ja noch auf.«

»Mein Gott!«

»Ich verzichte auf den Kaffee.«

»Das sollten Sie sich noch mal überlegen!«

Und so führte Alexander sie in die ultramarinblau funkelnden Tiefen, wo sie kochendheiße, aufgeschäumte Milch und bitteren Kaffee zu sich nahmen.

»Was sind Sie eigentlich? Der Große Bruder? Oder der Gute Geist?«

»Wie?«

»Na ja, so wie Sie mich dort losgeeist haben, hätten Sie gut einer von beiden sein können. Nur daß ich den Kelch bereits geleert und jede Menge Erdnüsse verputzt hatte. Ich halte nämlich nichts davon, etwas abzulehnen, das einem vielleicht kein zweites Mal angeboten wird.«

»Sie sind noch viel zu jung, um begreifen zu können, was mit Ihnen geschieht. Sie haben noch keine ...«

»Ach, nein? Meine Schwester geht mit dem Vikar ins Bett – was sagen Sie nun?« Alexander bemühte sich ebenso angestrengt wie vergeblich um eine gleichmütige Reaktion.

»Das hätte ich allerdings nicht gedacht.«

»Nein, natürlich nicht! Aber ich *weiß* es. Ich weiß überhaupt so allerhand ... Trotzdem hab' ich keine Lust, mich zur Brautjungfer machen zu lassen und wie die Blumenfee im Frühling in gelbem Popelin herumzulaufen. Wahrscheinlich gibt es viele Dinge, über die ich längst noch nicht gut genug Bescheid weiß. Aber mit dem Alexandriner, da kenne ich mich aus.«

Alexander hielt diese letzte Bemerkung irrtümlich für eine törichte Anspielung auf seine Affäre. Doch der Gedanke, die Versform mit dem Namen ihres heimlich Geliebten in Verbindung zu bringen, war Frederica nie gekommen. Sie hatte nichts weiter beabsichtigt, als das Gespräch vom Thema Sex zurück in intellektuelle Bahnen zu lenken. Ein Versuch, der unerkannt und unbelohnt blieb und den Alexander nur zum Anlaß nahm, sie schleunigst und um jeden Preis nach Hause zu expedieren: Brüsk und gebieterisch zog er die Kichernde vom Stuhl und die Wendeltreppe hinauf, stützte die Torkelnde mit beiden Armen und spürte zu seinem Entsetzen ein Aufflackern sexueller Erregung, als er einmal, um sie aufzufangen, unter ihre Brüste griff. Oben angekommen, bugsierte er sie hastig ins Auto, fuhr auf dem schnellsten Weg zur Master's Row und schubste sie auf die Straße hinaus, wo sie in albern starrer Pose verharrte wie ein Kind, das Denkmal spielt. Alexander kurbelte das Fenster herunter und zischte sie an: »Geh'n Sie ins Haus!«

»Sie sind gemein.«

»Nein, bin ich nicht. Aber nun geh'n Sie endlich rein!«

Bei den Potters flammte das Flurlicht auf. Alexander machte sich schleunigst aus dem Staub und hoffte kleinmütig, daß sie ihn bestenfalls nicht verraten und schlimmstenfalls nicht verantwortlich machen würde für etwas, was er nicht verschuldet hatte. Doch da Diskretion anscheinend nicht zu ihren Stärken zählte, hielt seine Zuversicht sich in Grenzen.

24. Malcolm Haydock

An dem Tag, an dem Stephanie »Dienst« hatte, schaute Daniel bei den Haydocks vorbei. Irgendwie war es unmöglich geworden, sie in der Master's Row oder im Pfarrhaus zu sprechen. Schon auf dem betonierten Fußweg drang ihm undeutlicher Lärm entgegen.

Mit fliegenden Haaren und gehetztem Blick öffnete sie ihm. »Komm schnell rein, und mach die Tür zu.«

»Was ist denn los? Macht er Dummheiten?« Daniel verzichtete fürs erste auf die einstudierte Rede über ihre gemeinsame Zukunft. »Du siehst ja ganz blaß und mitgenommen aus.«

»Ich seh' nicht nur so aus, ich bin fix und fertig. Er hält Waschtag – hat die ganze Badewanne vollgestopft und den Heißwasserhahn aufgedreht. Ich komme nicht gegen ihn an. Wir schaffen's anscheinend beide nicht mehr, stillzuhalten so wie früher.«

»Das haben wir gleich!« Daniel lief, zwei Stufen auf einmal nehmend, die Treppe hinauf. Dann stand er in der Tür zum Badezimmer, bereit für die Konfrontation mit Malcolm Haydock – sofern man von Konfrontation sprechen kann, wenn eine Partei die andere gar nicht erst zur Kenntnis nimmt.

In der Badewanne weichten unter Dampfschwaden: Mrs. Haydocks geblümte Daunendecke, ein ineinander verknäulter schwarzrosa Berg Unterwäsche, eine vielarmige Krake aus Strumpfhaltern und Strapsen, etliche Paar Schuhe, ein eingestürzter Legoturm, eine schwimmende Armee kleiner grauer Soldatendäumlinge, eine Glasflasche, aus der leuchtendrosa Badesalz rieselte, und der Staubsauger. Malcolm Haydock wiederholte unablässig wie ein Leierkasten den Schlager: »How *much* is that doggie in the window?«

Daniel hievte den Staubsauger aus der Wanne und stellte ihn, triefnaß und dampfend, in eine Ecke. Dann wandte er sich ernst, aber höflich an Malcolm.

»Damit könntest du dich bös' verletzen. Dich oder wen anders, der ihn so tropfnaß anschließen würde. Und nun gib mir noch die Bettdecke, mein Junge. Federn und Wasser vertragen sich nämlich nicht allzu gut.«

Tolpatschig zerrte er die Decke aus der Wanne, und bis er sie ins Waschbecken gestopft hatte, waren seine Hemdbrust und die Hose patschnaß. Malcolm Haydock wich torkelnd vor ihm zurück und kauerte sich, die Wange an den Toilettensockel gepreßt, auf den Boden, wo er ein grausig monotones, ja auf einen einzigen Ton beschränktes, schrilles Gekreisch anstimmte und dazu die Augäpfel verdrehte: erst nach oben, dann nach unten und im Kreis.

»Und jetzt noch die Wollsachen von deiner Mama. Damit sie nicht einlaufen, weißt du. Und die Schuhe auch, weil die sonst hin sind. Aber mit dem Nylonzeug, da kannst du ruhig weitermachen, denk' ich. Eingeweicht ist es, warum sollst du's da nicht gleich richtig waschen?«

Er zog eine Handvoll triefender Petticoats und Strumpfhaltergürtel aus der Wanne. Malcolms Kopf kreiste ruckartig und ohne Unterlaß auf dem Hals. Daniel hängte die Kleidungsstücke über den Wannenrand und rief nach Stephanie.

»Hast du irgendwas, worin wir die Sachen hier auswringen können? Ist die reinste Schweinerei – die Farben bluten schon aus.« Und wieder an Malcolm gewandt: »Ist nicht bös' gemeint. Wir wollen dir ja nicht den Spaß verderben. Warum sollst du nicht Wäsche waschen, wenn dir danach ist. Man muß sich nur das Richtige dazu aussuchen.«

Gleich einem Funkzeichen strahlte Malcolm Haydock das Signal aus, daß er nicht vorhanden sei – er nicht und nichts und niemand sonst. Stephanie kam mit einer Zinkwanne die Treppe heraufgekeucht, in die sie, gemeinsam gegen Malcolms markerschütternde Lokomotivenpfiffe ankämpfend, die pitschnasse, glitschige Daunendecke verfrachteten. Dann ging's ans Auswringen und -drücken, Rubbeln, Recken, Aufhängen: Eine ganze Zeit lang arbeiteten sie stumm und verbissen Hand in Hand. Daniel brachte den Staubsauger in die Küche hinunter, wischte ihn, so gut es ging, trocken, und stellte ihn auf eine Zeitung. Aus dem Getriebe sickerte immer noch Wasser. Als er wieder nach oben kam und verstohlen ins Badezimmer lugte, stand Malcolm in der Wanne und schleifte mit einer Hand einen Drachenschwanz aus Nylonwäsche hinter sich her. Mit der anderen kniff er sich in die frische Wange und drehte – was recht schmerzhaft aussah – unablässig ein Stück Haut zwischen Daumen und Zeigefinger. Schuhe und Strümpfe, die er anbehalten hatte, hatten sich schon voll Wasser gesogen. In dem Geräusch, das er jetzt von sich gab, erkannte Daniel allmählich die nachgerade unheimlich treffende Imitation eines Staubsaugers, der fortwährend an einer im Schlauch steckengebliebenen Haarnadel würgt.

Sie setzten sich nebenan auf Mrs. Haydocks ungemachtes Bett, wo sie in Hörweite zum Bad waren, aber von dort nicht gesehen werden konnten. Ärgerlich knuffte Daniel die graugrüne, kunstseidene Tagesdecke beiseite, auf der sich kein Halt finden ließ, und legte einen nassen, schwarzgewandeten Arm um Stephanies Schulter.

»Ich bin froh, daß du gekommen bist. Bitte bleib noch, wenn du kannst.«

»Das ist das erste Mal, daß du *zu mir* sprichst, seit … seit Wochen … seit dem großen Krach.«

»Ich weiß. Es tut mir leid.«

»Damit ist es nicht getan. Es muß endlich was geschehen. Wir müssen das Aufgebot bestellen, und zwar gleich, und heiraten, und zwar gleich, damit dieser ganze Unfug ein Ende hat. Ich weiß, daß alle Welt sich einbildet, eine *lange* Verlobungszeit wär' klug und vernünftig – der Pfarrer liegt mir damit genauso in den Ohren wie dir dein Dad. Aber so kann es nicht weitergehen. Entweder wir heiraten, oder wir lassen es bleiben.«

»Es geht, noch vor Trimesterende.«

»Natürlich geht es. Wir brauchen uns nur nach uns zu richten. Für Hochzeitsreise und den ganzen Firlefanz ist sowieso kein Geld da. Du kannst an der Schule bleiben. Aber immer weiter so von mir wegdriften und drüber grau werden, das darfst du nicht. Das lass' ich nicht zu.«

»Daniel?«

»Was ist?«

»Hat er den Staubsauger?«

»Den Staubsauger? Aber den hab' ich ... Nein, nein, nein, das ist er selber, er denkt, er *ist* ein Staubsauger. Paß auf, ich horch' auf ihn, wenn du mir zuhörst, ja? Sag selbst, was bringt es uns, wenn wir noch länger warten?«

»Er – Daddy –, vielleicht lenkt er ja doch ein. Oder du könntest es dir anders überlegen. Ich fühle mich vielleicht nach einer Weile nicht mehr so sterbensmatt.«

»Das glaub' ich alles nicht. Nicht die Bohne. Im Gegenteil, genau das macht mir angst. Er will dir Hoffnung machen, du sollst denken, daß er womöglich einlenkt – nur darum hält er sich wenigstens etwas im Zaum, aber er wird nicht nachgeben. Und was dich angeht, so machst du dich krank, und das lass' ich verdammt noch mal nicht zu. Ich will dich so wie an dem Tag am Meer, du weißt schon: lebendig, Liebste, nicht elend und grau. Ich hab' gesehen, wie du sein kannst. Und das will ich wiederhaben.«

»Ach, Daniel, vielleicht kommt die ganze Kraft und Energie allein von dir. Vielleicht war alles dein Werk, und mir hat man den Lebenswillen gebrochen, bevor ich alt genug war, es zu merken.«

»Nein, das ist nicht wahr. Ich *weiß* es. Und wenn ich dich mit Gewalt in die Kirche schleifen muß ...«

Sie legte das Gesicht auf seine nasse Schulter. Man hätte glauben können, es sei allein seine innere Glut, die da so dampfe. Stephanie kam zur Ruhe. »Ich bin beim Pfarrer gewesen«, sagte sie, »wie du's gewollt hast. Er mag mich. Ich bin eine Heuchlerin.«

»Hab' ich dir doch gleich gesagt, daß du ihm gefallen wirst. Kann sich nich' vorstellen, daß groß was auszusetzen wär' an einer, die für George Herbert schwärmt und auch noch tadellose Manieren hat. Für den bist nicht du der Feind – das bin ich.«

»Das ist doch lachhaft.«

25. *Brave Ehefrauen*

Daniel ging daran, seine Hochzeit in die Wege zu leiten. Stephanie, die sich einfach ergeben in alles fügte, was er vorzuschlagen hatte, war ihm dabei keine große Hilfe. Daniel hatte einen heiligen Zorn auf sie, doch sie tat ihm auch leid, weil er spürte, daß sie an allem zweifelte – ihn und sich selbst eingeschlossen. Die Tatsache, daß er sich nur auf den eigenen Einsatz verlassen konnte, trieb ihn erst recht zu raschem Handeln an. Er hatte einen Streit mit dem Pfarrer wegen des Aufgebots und noch einen wegen seines geplanten Umzugs in die Arkwright-Siedlung. Der Pfarrer sprach von der Würde der Kirche, die es zu wahren gelte, und erinnerte daran, wie empfindlich die Sozialarbeiter auf Übergriffe in ihr Ressort reagierten. Daniel berief sich lautstark auf das, was Christus gesagt, getan und von seinen Jüngern gefordert habe. Er wußte, daß er dem Pfarrer mit seinem Geschrei fast körperlichen Schmerz zufügte und daß, wenn er losbrüllte, Mr. Ellenby alles tun würde, um ihn zum Schweigen zu bringen und sich vom Hals zu schaffen. Also brüllte er. Er tobte auch, als es um das Aufgebot ging, obwohl er insgeheim überzeugt war, daß der Pfarrer in dem Punkt womöglich gewichtigere Argumente parat hatte als die, mit denen er ihn offen konfrontierte. Aber er war ein willensstarker Mann, und in der zweiten Maiwoche verlas Mr. Ellenby, während er über den Chor hinweg nervös nach seinem mürrisch dreinschauenden Vikar schielte, das Aufgebot zum erstenmal. Die ledige Stephanie Potter, ebenfalls Mitglied seiner Pfarrei, war, wie Mr. Ellenby feststellte, bei diesem Akt nicht zugegen. Die Gemeinde scharrte unruhig mit den Füßen. Daniel strafte sie mit finsteren Blicken.

Wie sich herausstellte, besaß er zumindest einen Bundesgenossen. Winifred erhob sich plötzlich wie eine alternde Walküre und suchte emsig Mittel und Wege, um den jungen Leuten eine Hochzeit auszurichten. In der letzten Aprilwoche und den ganzen Mai hindurch hielt Bill sich argwöhnisch bedeckt. Er verbrachte viel Zeit in der Schule und noch mehr mit seinen Studenten vom Erwachsenenbildungsprogramm, mit denen er durch die Pubs in den Bergarbeitersiedlungen zog. Er kam mit Überraschungsgeschenken nach Hause: Bücher vor allem, die meistens für Stephanie bestimmt waren. Mit zusammengekniffenen Lippen und feuchten Augen wartete er auf Dankesbezeigungen, die auszudrücken ihr immer schwerer fiel. Allein im Mai bekam seine Tochter von ihm: *Die Bekenntnisse eines gerechtfertigten Sünders*, Careys Übersetzung der *Divina Commedia*, Wittgensteins *Tractatus logico-philosophicus* und T. S. Eliots *Beiträge zum Begriff der Kultur*, die sie bereits hatte und daher an Frederica weitergab. Zu Daniel sagte sie, daß es unmöglich sei herauszufinden, ob es sich bei diesen Büchern um heimliche Hochzeitsgeschenke handele oder um unterstützende Materialien für die christlich-humanistische Debatte ihrer zweigeteilten Seele. Daniel gestand, daß ihm die meisten Titel unbekannt seien, und wollte von ihr wissen, ob er sie lesen solle. Nein, natürlich nicht, sagte Stephanie und versank wieder in ihr tristes Schweigen.

Winifred, deren taktisches Geschick sich verblüffend schnell entwickelte, fragte Bill eines Abends freiheraus, ob er sich generell gegen Hochzeitsvorbereitungen verwahre – ja oder nein? Bill herrschte sie an, er habe ihr schon einmal gesagt, was andere machten, sei ihm gleich, solange nur keiner versuche, ihn mit hineinzuziehen oder um Rat anzugehen, und ob sie nicht sehen könne, daß er zu tun habe. Er wartete darauf, daß sie ihre Frage ängstlich und beflissen umformulieren würde. Doch er wartete vergeblich.

Winifred besuchte Mrs. Ellenby, und nach Mrs. Ellenby ging sie zu Mrs. Thone, der Frau des Rektors. Mrs. Ellenbys Sympathie für Daniel Orton war bestenfalls lauwarm. In ihren Augen war er ein geistlicher Schnüffler und Unruhestifter, dessen Einsatz bei Wohltätigkeitsbasaren zu wünschen übrigließ und der allzu verschwenderisch mit dem elektrischen Strom umging. Aber wie alle am Ort mochte sie Stephanie, hatte überdies eine schlechte Meinung von Bill und ein leidenschaftliches Faible für Hochzeitsfeierlichkeiten. Winifred offenbarte ihre familiären Zwistigkeiten in einer, wie sie hoffte, taktvollen Mischung aus persönlicher Betroffenheit, mitfühlendem Verständnis für ihre Tochter und nachsichtiger Toleranz gegenüber den exzentrischen Anwandlungen ihres Mannes. Mrs. Ellenby war gerührt und auch ein wenig geschmeichelt. Sie fand sich bereit, Hochzeitsgeschenke, Nachrichten und Grußbotschaften in Empfang zu nehmen, damit im Hause der Potters möglichst wenig Unruhe entstehe. Sie empfahl eine Schneiderin, einen Konditor und eine Druckerei. Sie erbot sich, persönlich für den Blumenschmuck in der Kirche zu sorgen und Daniels Mutter bei sich im Pfarrhaus zu beherbergen.

Mit Mrs. Thone hatte Winifred einen schwierigeren Stand. Damals, als sie und Bill neu an die Schule gekommen waren, hatte Mrs. Thone durchaus freundschaftlich vorgefühlt, sie zum Kaffee gebeten und mit Essenseinladungen bedacht, die Winifred aber nur in den seltensten Fällen annahm und für die sie sich nicht zu revanchieren traute, weil Bill den Rektor verachtete und sie (auch wenn sie sich das selbst kaum eingestand) Angst hatte, daß er, falls die Thones öfter des Abends bei ihnen zu Gast wären, sie mit irgendeiner furchtbaren Unverschämtheit brüskieren und dadurch ihr ohnehin sehr schattenhaftes Gesellschaftsleben vollends auslöschen würde.

Monica Thone entsprach eher dem Erscheinungsbild eines Rektors als ihr Mann: Sie trug graue Tweedkostüme und teure Seidenblusen: Das graumelierte Haar war sportlich kurz geschnitten: Sie hatte in Oxford klassische Philologie studiert. 1947 war der einzige Sohn der Thones, ein damals zehnjähriger Junge, auf dem Spielplatz von einer niedrigen Bank gefallen und so unglücklich mit dem Kopf aufgeschlagen, daß er auf der Stelle tot war. Die Jungs in der Schule fürchteten sich vor Mrs. Thone und behaupteten, sie hätte den bösen Blick. Sie patrouillierte mit wachen Augen über das Schulgelände, sprang für erkrankte Lehrkräfte ein und hielt im Gefängnis von Calverley, wo sie anscheinend sehr beliebt war, einen abstrusen Kurs über die englische Komödie.

Ihre Begrüßung für Winifred fiel so kühl aus, daß die Mühe hatte, ein Gespräch in Gang zu bringen. Sie saßen sich in Mrs. Thones ungeheiztem Wohnzimmer gegenüber: zwei hochgewachsene Engländerinnen, steif und bitterernst und außerstande, ihren englischen Schutzschild des Schweigens zu senken. Winifred dachte: Ich könnte in Tränen ausbrechen, könnte jammern und lamentieren – wie furchtbar unangenehm ihr das wäre! Aber sie sagte nur ganz gefaßt: »Ich brauche Ihre Hilfe.«

»Und womit kann ich Ihnen helfen?«

»Es geht um meinen Mann. Ich muß Ihnen das erklären ... also mein Mann ...«

»Haben Sie sich das auch gut überlegt ...«, murmelte Mrs. Thone.

Winifred schlug einen festeren Ton an und bejahte. Sie lieferte eine ebenso treffende wie sachliche Zusammenfassung der bisherigen Ereignisse, erklärte, daß die Hochzeit stattfinden müsse, und zwar bald, und daß man Bill weder damit behelligen noch in die Vorbereitungen einbinden dürfe.

»Und was kann ich dabei tun?«

»Ich spreche nicht gern über meinen Mann. Ihm wäre das schrecklich unangenehm.«

»*Meinem* Mann zufolge ist Ihr Bill ein Genie mit schwierigem Charakter.«

»Wenn man mit ihm verheiratet ist«, sagte Winifred, »dann machen sich die Schwierigkeiten stärker bemerkbar als das Genie.«

»Mein Mann sagt, er sei unbezahlbar. Und oftmals unerträglich.«

»Stimmt genau.«

Sie tauschten ein flüchtiges Lächeln.

»Was ich fragen wollte, ist, ob Sie – ob Ihr Mann – ob die Schule –, also ob Sie uns vielleicht bei der Ausrichtung der Hochzeitsfeier behilflich sein würden. Was Bill angeht, so bin ich, ehrlich gesagt, nicht einmal sicher, ob er überhaupt *kommen* wird. Aber für sie, für meine Tochter, wünsche ich mir eine richtige Hochzeit, eine mit allem, was dazugehört. Und *hier* könnte er nichts dagegen einwenden ... oder womöglich dazwischenfunken ...«

»Ich verstehe schon. Verzeihen Sie, wenn ich so direkt frage«, sagte Mrs. Thone taktvoll, »aber werden Sie denn unter diesen Umständen finanziell zurechtkommen?«

»Wir haben ein gemeinsames Konto. Und das werde ich ungeniert in Anspruch nehmen.«

Jetzt lachte Mrs. Thone wirklich.

»Ich muß zugeben, daß es mir ein Vergnügen wäre, so ein Fest zu arrangieren, ohne Ihren Mann einzuweihen – auch wenn ich das nicht laut sagen sollte. Und ich wüßte nicht, warum wir nicht den Rektoratsgarten dafür nutzen sollten, falls das Wetter mitspielt. Und warum wir – für die Tochter eines langjährigen und angesehenen Kollegen – nicht das Küchenpersonal, unser Geschirr und die schuleigenen Gläser einsetzen sollten. Ich glaube nicht, daß ich Basil groß damit behelligen werde. Er hat, unter uns gesagt, eine Heidenangst vor den Wutausbrüchen Ihres Mannes. Ich werde ihm einfach mitteilen, daß der Hochzeitsempfang stattfindet – daß ich ihn organisiere – und daß er nicht die geringste Veranlassung hat, Bill davon in Kenntnis zu setzen. Durchsickern wird's natürlich trotzdem.«

»Ich baue darauf, daß Bill sich weiter blind und taub stellen wird.«

»Er könnte Ihnen einen Strich durch die Rechnung machen.«

»Freilich, darüber, was er alles tun könnte, ließe sich stundenlang spekulieren. Aber wenn wir Glück haben, wird es ihm nicht gelingen, eine ganze Hochzeit zu verhindern.«

»Ihre Tochter macht mir einen braven, gesetzten Eindruck. Ist der junge Mann ein zuverlässiger Charakter?«

Doch, das sei er, sagte Winifred. Und obendrein wie eine Dampfwalze. Lasse sich von keinem Hindernis abschrecken. Sie selbst, entgegnete darauf Mrs. Thone, entwickle neuerdings mehr Ähnlichkeit mit einer Dampfwalze, als man ihr zugetraut hätte. Ob sie – und wer immer sonst von den Potters abkömmlich sei – vielleicht Lust hätte, am Krönungstag zu ihr zu kommen und sich die Übertragung im Fernsehen anzuschauen? Der ungestüme Vikar sei natürlich mit eingeladen. Die Schüler bekämen an dem Tag zwar frei, aber es seien immer ein paar darunter, die nicht wüßten, wohin, und die würde sie dann ebenso dazu bitten wie ein, zwei Mitglieder des Lehrkörpers. Winifred fühlte sich verpflichtet, die Einladung anzunehmen, über die sie sich im übrigen aufrichtig freute.

Daniel und Stephanie hatten nun einen Hochzeitstermin: den 21. Juni, und eine Einladung zur Krönung (im Fernsehen). Winifred holte ihre mechanische Nähmaschine aus der Versenkung und schneiderte ein gelbes Popelinekleid für Frederica. Mrs. Ellenbys Schneiderin nahm Stephanies Maße. Die Einladungen wurden verschickt, darunter sogar welche an bislang unbekannte Potters. Stephanie bot Mrs. Orton in einem kurzen, taktvoll formulierten Brief ihren Besuch an. Als Antwort bekam sie eine Postkarte mit Blumenmotiv: Dahlien in einem großen Silberkrug auf einem polierten Tisch, auf deren Rückseite Mrs. Orton geschrieben hatte, nein, besucht mich nicht, das wäre zu strapaziös für alle Beteiligten, zumal es um meine Gesundheit NICHT ZUM BESTEN steht, aber wenn der große Tag kommt, werde ich da sein, keine Bange, danke für den Brief und alles Gute. Daniel sagte, sie sei eine faule Trulle und das nicht erst seit gestern. Pessimistisch fügte er hinzu, daß sie Mrs. Ellenby ganz schön auf den Wecker gehen würde, aber was sein müsse, das müsse eben sein. Stephanie wußte auch dazu nichts zu sagen.

26. Owger's Howe

Lucas Simmonds sagte, sie müßten eine metaphysische Generalkarte des Erdstrichs, der Schauplatz ihrer Forschungen werden sollte, erstellen, eine Karte, in der die Biosphäre bis in die Noussphäre hineinreichte, wo sie ihre Strahlkraft ganzheitlich entfalten könne und künftig gegen störende Wechselfälle und Verfallserscheinungen gefeit sei. Sie beide würden dabei als Mittler fungieren. Geleitet von ihrer Intuitionsgabe (insbesondere natürlich der von Marcus) würden sie die Kraftfelder, die sich gewiß rings um Calverley lokalisieren ließen, für Experimente oder auch Rituale nutzen, was ohnehin nur unterschiedliche Definitionen ein und desselben Vorgangs seien. Der zweigleisig – biologisch wie mental – gesteuerte *Modus operandi* sei notwendig, weil sie, wie die Amphibien an beiden Welten partizipierend, zugleich auch als Bindeglied zwischen diesen beiden Welten fungierten. Ihre nächtlichen Meditationen würden jeweils das Forum für das Experiment des kommenden Tages offenbaren.

Wie eine Art Mandala hängte er sich, zur stimulierenden Förderung ihres Unternehmens, Meßtischblätter von den North Yorkshire Moors ins Zimmer, Fotografien von der Abtei in Whitby und von einer Meereshöhle, die im Volksmund die Jakobsleiter hieß, von der Rosette im Münster zu Calverley, von Schrittsteinen und Römerschanzen im Moor von Fylingdales. Er dehnte seinen ohnehin eklektischen Lektürekanon auf mythologische Abhandlungen über Feen und Druiden aus und erzählte Marcus von Orten, die von alters her und aus gutem Grund als Schnittstellen zwischen irdischen und überirdischen Gefilden gegolten hätten. Diese sogenannten Nabelpunkte der Erde, denen man auf Berggipfeln ebenso begegnen könne wie in unterirdischen Höhlen, die würden sie aufsuchen und ihre Beobachtungen und Schlußfolgerungen vor Ort nach streng wissenschaftlichen Kriterien notieren. Und sie würden Proben nehmen, sowohl faktisch wie mental, würden nach Glücksbringern Ausschau halten und nach außergewöhnlichen Exemplaren der Flora und Fauna. Es handele sich um eine Verquickung von wissenschaftlichem Feldversuch und spiritueller Wallfahrt: ein gesundheitsförderndes Exerzitium an der frischen Luft, gepaart mit geistigen Übungen, deren Modalität sich Marcus offenbar noch nicht ganz erschlossen habe. Er dagegen stürzte sich begierig auf jede noch so zufällige Übereinstimmung, Analogie, Verkettung von Traum und Realität, Vision und Ereignis. Für ihn, den emsigen Protokollanten und Bearbeiter, wimmelte es überall von möglicherweise höchst bedeutsamen Assoziationen.

Marcus, dessen reizbares Naturell besonders empfindlich, ja mit fieberähnlichen Erregungszuständen auf diese Experimente reagierte, fand daran gleichwohl mehr Gefallen als an den vorausgegangenen Dressurprüfungen. Lucas hatte angefangen, seine Wachträume, jene endlose Kette detailgetreuer, wandlungsfreudiger Bilder, die ihm in ruhigen Leerlaufphasen oder an der Schwelle zwischen Schlaf und Bewußtsein erschienen, zu protokollieren und auszuwerten. Häufig wiederkehrende Motive waren das Spinnennetz in verschiedenen Varianten, graues Tauwerk und schillernde Glasfasern in Hyazinth-, Iris- und Enzianblau. Oder Stoffe: entrollte Ballen, wallende Bahnen: mit Paisley-Muster, paillettenbesetzt, mit Gesichtern und Händen auf und zwischen den Gewebeschichten. Einmal sah er, wie eine lange Prozession von Reptilien, Nashörnern und Mammuts vor einer Kulisse verkümmerten Strauchwerks, dessen Blätter und Zweige er zeichnen, aber nicht identifizieren konnte, auf blutigen Sohlen über Eis und Schnee zogen. Einmal stieg ein behelmtes Antlitz vor ihm auf und wollte nicht weichen, obwohl er nach Kräften mit den Augen plinkerte, obwohl Rauchschwaden über die Erscheinung hinwehten und obwohl die Konturen des Gesichts zeitweilig ausuferten und zu Seeadlern mutierten oder sich in ein dichtes Gefieder aus schwarzen Schwungfedern verwandelten. Vielleicht weil Lucas von Blumen sprach, begann Marcus Anemonen zu sehen, die sich schlangengleich auf geschmeidigen Stengeln aufrichteten und ihre purpurnen, saphirblauen und violetten Kelche entfalteten; oder Blütenzweige, deren Knospen in der Sonne barsten und, kaum ans Licht getreten, in einen nachtschwarzen Himmel entflohen. (Die Vision von der blutenden Kreatur im Schnee spielte fast als einzige vor einem fahlen Horizont.) Er sah durchsichtiges Schilfrohr, in dem die Säfte stiegen, sah sie grünschillernd und klar emporperlen zu güldenen Fruchtständen und sah weiße, purpurgesprenkelte Kelche, von denen ein ehrenpreisblauer, beschwingter Blütenregen niederging. Lucas sagte, was er da sehe, das seien Idealbilder der Biosphäre: Blumen, wie sie einstmals waren oder wieder sein würden oder ihrem inneren Schöpfungsbild nach sein sollten. Schon Goethe habe die Urpflanze, die in der Natur gar nicht vorkam, gleichwohl in der real existierenden Flora geschaut. Da sei es doch denkbar, daß sich Marcus – nachdem er zuvor schon mathematische Formen imaginieren konnte – jetzt das Grundmuster der Arten enthülle, das Modell der belebten Natur. Er, Lucas, habe sich neulich erst Gedanken darüber gemacht, ob das häufig anzutreffende Märchenmotiv von der Salbe, die, wenn man sich die Lider damit bestrich, mikroskopisch kleine, dem bloßen Auge nicht erkennbare Elementarwesen in Bergeshöhlen und Flußbetten, ja sogar auf belebten Marktplätzen sichtbar machte, nicht eine Chiffre sei für jene visionären Kräfte, die speziell auf die Erschaffung modellhafter Miniaturlebewesen oder noch gar nicht ausgestalteter Schöpfungselemente eingestimmt waren. Er erinnerte an Blake, der den Geist eines Flohs gezeichnet und erklärt hatte, der Mensch brauche nur die Tore seiner Wahrnehmung reinzuhalten, und schon sei er imstande, alle Dinge unbegrenzt in ihrer ursprünglichen Gestalt zu erkennen. Stell dir das nur einmal vor, rief Lucas schwärmerisch und fuchtelte mit einem Krokus vor Marcus' Nase herum, stell dir vor, man könnte diese Blume bis zu ihrem Ursprung zurückverfolgen und spüren, was seit Anbeginn der Zeiten an Materie und Energie durch sie hindurchgeströmt ist und welche Kraft ihr in diesem Augenblick, da wir sie betrachten, ihre reine und doch so komplexe Form verleiht …

Marcus vermochte Lucas' hektischen Analogiesprüngen nicht zu folgen. Natürlich sah er den Krokus, sah die feinverzweigten Linien auf dem glänzenden Kelch, den mattgoldenen Kern, die fast durchsichtigen Blütenblätter. Aber der doppelte Ansturm konzentrierter Visionen und realer Bildwelten, welch letztere mit einer den Visionen so nahe verwandten halluzinatorischen Intensität erforscht und memoriert werden mußten, daß die Gedächtnisprotokolle beider Wahrnehmungsformen untrennbar ineinanderflossen, versetzte ihn dauerhaft in einen Zustand, der eigentlich nur dadurch erträglich war, daß Lucas so unbeirrt und zielstrebig die Orientierung vorgab.

Sie durchstreiften das erkorene Gelände in Lucas' Wagen, einem schnittigen, schwarzglänzenden Automobil mit tiefer Straßenlage, in dem Marcus anfangs von geometrischen Bildern malträtiert wurde. Wenn die Banketten rechts und links der Straße mit den weißen Markierungen auf der Fahrbahn zusammenschnurrten, von den Reifen verschluckt und unsichtbar gemacht wurden, dann erschreckte ihn das genauso wie der plätschernde Abfluß im Bad oder das Millimeterpapier. Durch die Fahrtgeschwindigkeit verwandelten sich Bäume und Horizont in Elemente der Konvergenzgeometrie: Die Drehzahl des Motors gab den Rhythmus vor, in dem die hohen Wipfel am Wegrand sich tänzelnd der Windschutzscheibe entgegenneigten. Lucas war ein rasanter Fahrer, der sich großspurig in die Kurven legte und dazu durch die Zähne pfiff. Marcus offenbarte seine Angst vor parallaktischen Phänomenen und bat ihn, nicht gar so schnell zu fahren. Lucas behauptete, das fördere die visionäre Wahrnehmung. Ob Marcus noch nie davon gehört habe, daß man im Mittelalter die Hexen in einen Sack steckte, sie in eine Baumkrone hängte und ordentlich ins Schaukeln brachte? Weil sich in diesem Schwebezustand – losgelöst von Zeit, Raum und Erdenschwere – ihr Dimensionsspektrum erweiterte und sie für Visionen empfänglich machte. Er könne sich sehr wohl vorstellen, daß in modernen Zeiten ein Sportwagen die gleiche Wirkung habe – zumindest auf die Beifahrer. Marcus solle sich also nicht so anstellen, sondern lieber dafür sorgen, daß sein Geist frei und aufnahmebereit sei. Marcus sagte, genau davor fürchte er sich. Lucas erwiderte, er sei doch dabei, nicht wahr, bei etwaigen Entäußerungen könne er Marcus zurückholen ins sichere Koordinatensystem von Windschutzhecken und weißen Markierungen. Der so ermutigte Marcus fand allmählich Spaß an dem waghalsigen Tempo. Gleichsam losgelöst von seinem Körper erfuhr er die unermeßliche Weite des Himmelsgewölbes und skizzierte die vorbeifliegende Moorlandschaft als fortlaufende Reihe konzentrisch sich drehender Kugeln. Bei einer dieser Fahrten wurde ihm schlecht, aber dann nie wieder. Lucas sagte, wem beim Autofahren übel werde, der sei willensschwach und habe keine Kontrolle über seinen Solarplexus. Er sagte, er, Lucas, *wünsche nicht*, daß Marcus sich in seinem Wagen übergab – es störe die Konzentration, und der Gestank wirke unangenehm lange nach. Er gab Marcus ein Malzbonbon. Marcus mußte sich nie wieder übergeben.

An einem frühlingshaften Sonntag besuchten sie die Tropfsteinhöhlen in Knaresborough und einen zweiten angeblich wundertätigen Ort ganz in der Nähe: ein aus Findlingen errichtetes Langgrab, bekannt unter dem Namen Owger's Howe.

Lucas hatte in einschlägigen Büchern über Mutter Shipton nachgelesen, jene prophetische Hexe aus dem fünfzehnten Jahrhundert, die im Höhlenlabyrinth von Knaresborough, dem sogenannten Dropping Well, gehaust haben soll. Diese Frau müsse, so versicherte er Marcus, über beachtliche parapsychologische Fähigkeiten verfügt haben, denn sie sagte das große Hochwasser der Themse voraus, die Londoner Pest und den Tod Wolseys, die Säkularisation der Klöster, den Untergang der Armada, die Dauer der Regentschaft Elizabeths I. und die Enthauptung Charles I. Aber nicht nur das: Neben ihren hellseherischen Gaben besaß die weise Frau auch Macht über die Naturgewalten: Sie warf ihren Gehstock ins Feuer und barg ihn unversehrt aus den Flammen. Und zu guter Letzt sagte sie etliche Erfindungen der Neuzeit voraus.

Gedanken werden fliegen um die Erd
Schneller, als ein Lidschlag währt.
Menschen werden durchs Gebirge reiten
Und kein Pferd, kein Esel sie begleiten.
Auf dem Meeresgrund wird man spazieren,
Drunten reiten, schlafen und parlieren,
Man wird durch die Lüfte schweben
Schwarzweiß und grün, so wie das Leben …

Lucas hielt es für denkbar, daß ein Mensch mit der Begabung einer Mutter Shipton Kontakt zu den Magnetfeldern im Erdinnern besaß. Marcus hatte dazu keine Meinung, hörte aber folgsam zu.

Als sie in Knaresborough eintrafen, hatte der Himmel sich bezogen. Wie ein gewöhnliches Touristenpaar folgten sie, ein Erwachsener und sein halbwüchsiger Begleiter, dem Uferweg entlang der Nidd, bis sie zu dem Felsvorsprung kamen, über den das Quellwasser aus den unterirdischen Höhlen in ein flaches steinernes Brunnenbecken sickerte. Das Wasser, das laut Lucas mit wertvollen salpeterhaltigen Erdpartikeln angereichert war, wurde durch eine Rohrleitung über mittlerweile versteinerte, erstarrte Rinnsale und Tröpfelbäche, über Farninseln und teils mächtig ausgreifende, teils schlaff herabhängende Baumwurzeln und Pflanzenstrünke geführt. Die Romantiker des frühen neunzehnten Jahrhunderts, die für pittoreske Naturerscheinungen schwärmten, hatten sich ernsthaft über das Treiben der damaligen Brunnenwächter empört. Lucas, der sich in der Bibliothek von Calverley einen alten Reiseführer ausgeliehen hatte, begann Marcus daraus vorzulesen. »Die Felskuppe mit ihrer vielfältigen Vegetation ist von einer natürlichen Kruste aus Kalkkarbonat überzogen, aus dessen Überschüssen sich im Lauf der Zeit ein weit auskragendes, steinernes Gesims gebildet hat. Unter diesem nun pflegen die Brunnenwächter tote Vögel und anderes Getier aufzuhängen, ferner Äste und Gezweig, alte Hüte, Strümpfe und Schuh' und was dergleichen törichter Requisiten mehr sind, die sich im steten Tröpfelregen der Quelle ›petrifizieren‹ lassen und von Kuriositätenjägern, die zumeist aus Harrogate herüberkommen, als *objets de vertu* heimgeführt werden.«

Als Marcus und Lucas an die bezeichnete Stelle kamen, baumelten dort in der Tat an Schnüren und Bindfäden aufgehängte überkrustete Handschuhe und Socken, ja sogar eine Melone, die rings um das noch unversehrte Hutband Grünspan angesetzt hatte und über deren Krone sich die poröse Kalkkruste bereits langsam ausbreitete. Lucas verfolgte gespannt, wie Marcus mit ernster Miene die verschiedenartigen Petrefakte musterte, die sich unter den schwer und bedächtig niedergehenden Tropfen bildeten. Da versteinerte ein ganzes aus Stroh geflochtenes und mit Federflaum ausgepolstertes Vogelnest samt winzigem Gelege langsam für die Ewigkeit. Marcus' Blick verweilte lange darauf. Auch ein Buch war unter den Talismanen: die Seiten verklebt vom sich härtenden Kalk, der Titel bereits überkrustet und unleserlich für alle Zeit. Es war etwas Unheimliches um diesen gleichförmigen, stetig fortschreitenden Verwandlungsprozeß. Ob sich, wenn man einen dieser versteinerten Äste oder Farnwedel abbrach, inwendig wenigstens eine Spur des einstigen Lebens finden ließe?

»Mir gefällt das nicht. Ich versteh' nicht, warum man so was macht.«

»Aus Neugier. An der Wandlungsfähigkeit der Materie. An Kuriosa. Und was da entsteht, das sieht doch aus wie *echte* Skulpturen – schau nur einmal genau hin.«

Marcus starrte auf die jämmerlich an ihren Schnüren baumelnden, bis in die letzte ausgeleierte Falte verewigte steinerne Socken.

»Ich seh' nur lauter totes Zeug. Was soll daran faszinierend sein?« fragte er und war trotzdem fasziniert.

»Du mußt die Hand reinstecken und dir etwas wünschen. Aber nicht abwischen – das Wasser muß von allein auf der Haut trocknen.«

»Warum?«

»Weil es so Brauch ist. Vielleicht ein Beschwörungsritual. Magische Kontaktaufnahme. Wir sollten's jedenfalls versuchen.«

Marcus war durchaus nicht dafür.

»Fühlen, riechen, tasten, hören, sehen«, skandierte Lucas. »Fels, Gestein, Bäume und Farn. Hier treffen Lithosphäre und Biosphäre aufeinander. Oder, wie ich es sehen würde:

Ein- und Ausgang fallen zusammen. Aber wir müssen uns Gewißheit verschaffen.»

Er zog sein Jackett aus, rollte ernst und feierlich den Hemdsärmel hoch, und Marcus folgte widerstrebend seinem Beispiel, schlüpfte aus dem Blazer, machte den Manschettenknopf auf und krempelte den Ärmel hoch. Seite an Seite standen sie und streckten Arm und Hand in den eisigen Strahl über dem Brunnenbecken. Das bitterkalte Wasser brannte prickelnd auf der Haut.

»Und jetzt konzentrier dich«, sagte Lucas, ohne anzugeben, worauf. Marcus richtete sein Augenmerk auf das kalkverkrustete Vogelnest: faulig geronnene Flüssigkeit, in steinerner Ummantelung versiegelt. Er wandte sich ab, ließ die Blicke schweifen und stieß unversehens auf ein Knäuel zusammengeknoteter, versteinerter Schnürsenkel. Was mochten sich die Leute davon versprechen, solch ordinäre Gebrauchsgegenstände zu petrifizieren? Sowie er den tropfenden Arm zurückzog, lief die prikkelnde Haut blutrot an. Lucas' rosig überhauchter, sommersprossiger Unterarm zitterte leise neben seiner Hand.

»Hast du dir was gewünscht?«

»Mir ist nichts eingefallen.«

»Öffne dich! Mach deinen Geist frei und laß die Zukunft auf ihn wirken.«

»Ich kann nicht, ich fühl' mich nicht wohl hier.«

»Aber der Ort hat eine Aura!«

»Diese Touristenfalle? Ich find's nur kalt hier und schrecklich feucht.« Der Wasserfilm auf seiner Haut gefror langsam, und Marcus sah sich schon für alle Zeiten an diesen unheimlichen Ort gefesselt. Falls seine Hand nicht zu Stein erstarrte, würde sie unter der Eiskruste zersplittern.

»Wir müssen irgendwas Persönliches dalassen. Damit der Kontakt erhalten bleibt. Dazu braucht es eine Art Verbindungspol, verstehst du? Was ist, hast du was Geeignetes bei dir?«

Marcus klopfte mit der Linken die Taschen seines Blazers ab. Seine rechte Hand brannte und kribbelte wie verrückt. Er förderte einen Kugelschreiber zutage, ein paar Münzen, ein Taschentuch, eine Rolle Bindfaden. Lucas schob die Fundstücke hin und entschied sich für das Taschentuch, in dessen Borte fein säuberlich Marcus' Wäschezeichen eingestickt war. Marcus sagte, bei der Kälte bräuchte er vielleicht ein Taschentuch. Doch Lucas meinte nur, er habe mehrere dabei und könne ihm gegebenenfalls eins borgen. Er zückte einen Bleistift und legte ihn mit Marcus' Taschentuch unter das tröpfelnde Rinnsal.

»Siehst du, so schafft man ein Bindeglied: Was Teil von uns war, wird nun Teil der Quelle.«

»Ich hab' Hunger.«

»Wenn's klappt, müßten mein Stift und dein Taschentuch zu einem einzigen kleinen Denkmal versteinern«, sagte Lucas und setzte fast wehmütig hinzu: »Mit *dem* Bleistift habe ich deine Visionen protokolliert. Er war über weite Strecken an unserem Experiment beteiligt – das dürfte ihn zu einem starken Pol machen.«

Vor Marcus' innerem Auge tanzte ein steinerner Bleistift mit einem steingewordenen Draht und summte versteinerte Töne. In der Ferne blinkte flüchtig ein Detektorempfänger. Wie ein verängstigter Hund beobachtete Lucas sein Mienenspiel. Wann immer sein in der Regel fügsamer und leicht zu beeinflussender Mitstreiter Zeichen von Skepsis oder Langeweile zu erkennen gab, geriet er jedesmal in Alarmbereitschaft. Lucas, der Proselytenmacher, legte sich doppelt ins Zeug.

»Denk dir, die Höhle, in der Mutter Shipton hauste, die hatte man gleich hier aus dem Fels geschlagen. Genau wie bei der Sibylle von Cumae oder bei der Pythia. Wenn das nichts zu bedeuten hat! Die beiden Priesterinnen standen bekanntermaßen an der Schwelle zur jenseitigen Welt, hatten den Nabelpunkt gefunden ... Ich dachte, es könnte dir hier ähnlich ergehen ... ich meine, daß du etwas spüren würdest ... ein Kraftfeld ... irgend etwas.«

»Nein. Auf mich wirkt das alles undurchdringlich, bedrükkend und schwer. Ich möchte weg von hier.«

»Bedrückend, sagst du? Wie äußert sich das?«

Mit feuchten, kalkbekleckten Fingern malte Marcus schemenhafte Silhouetten in die Luft. Er maß Lucas mit undurchdringlichem Blick und nutzte zum erstenmal sein Wissen um die fragwürdige Autorität, die er über seinen Mentor besaß.

»Wie sich das äußert? Ganz einfach: Ich weiß, daß wir von

hier verschwinden sollten, und zwar schleunigst. Wir sind hier nicht erwünscht. Wir stören den Frieden der Quelle.«

Vor seinem inneren Auge öffnete sich flüchtig ein Labyrinth aus weitläufigen Korridoren, deren glattgeschliffene, blaugeäderte Mauern ihn mächtig anlockten. Doch er verscheuchte die Vision und wiederholte trotzig: »Wir sind hier nicht erwünscht.«

»Aber sonst kannst du nichts erkennen?«

»Nein.«

Lucas schlüpfte in seine Jacke.

»Gut, dann gehen wir ... Halt, wir sollten irgendwas mitnehmen.«

In einem nahegelegenen Wäldchen wuchs einiges, was Lucas für ihre Zwecke sehr geeignet schien: ein später, winterharter Eisenhut, Ausdauerndes Bingelkraut und Hirschzunge, der einzig wirklich autochthone Farn, kenntlich an seinen ungeteilten Blättern. Lucas machte den Vorschlag, eine Handvoll der goldgrün gefiederten Farnwedel und ein Büschel von der übelriechenden haarigen Wolfsmilch mit den grünen Knospen der Quelle zu opfern und von ihr petrifizieren zu lassen. Marcus weigerte sich kategorisch, dorthin zurückzukehren, und Lucas gab klein bei. »Erzählen Sie mir von Owger's Howe«, bat Marcus listig. Schlagartig hellte Lucas' Miene sich auf. In einem Moorgebiet südlich von Calverley, sagte er, dicht bei einem wenig bekannten Flecken mit Namen Obtrush Yat (oder Tor), befinde sich ein stattliches Hügelgrab mit säulenbewehrtem Eingang, auf dessen Schwelle schon vor alten Zeiten Sühneopfer dargebracht wurden: hier eine Schale Milch, um die Geister zu besänftigen, dort ein besonderes Klopfzeichen: Rituale, die sich nach dem Jahreskreis richteten. Um Mitternacht, so ging die Sage, hörte man mitunter aus dem Innern des Tumulus Gefechtslärm und anschließend festliche Tanzmusik. Angeblich war einmal ein Schäfer mit seinem Hund durch die steinerne Grabpforte ins Feenreich eingedrungen und niemals wiedergekehrt. Für die Fahrt dorthin würden sie etwa zwei Stunden brauchen, aber es sei bestimmt ein lohnendes Ziel. Und er habe einen Picknickkorb im Wagen. Bevor sie losfuhren, las er Marcus aus den Aufzeichnungen eines gewissen William of Newbridge vor, der die Abenteuer eines Landmannes aus den Provinzen von Deiri (d.i. Yorkshire) wiedergab. Dieser wackere Mann hatte eines Abends, just als er dem Moor entlang heimwärts ritt, aus einem Hügelgrab »Sangesstimmen vernommen und fröhlich lärmendes Treiben wie von einem Festgelage. Da er sich itzt verwunderte, wer wohl so fürwitzig sein und mit seinen Lustbarkeiten das nächtliche Schweigen an solch heiliger Stätte stören mochte, beschloß er, der Sache auf den Grund zu gehen. Wie er näher trat, stand seitlich der Grablege ein Türchen offen – da bückt' er sich flugs und spähte hinein. Doch wer beschreibt sein Erstaunen, als sich vor ihm ein großer, hell erleuchteter Saal auftat, in dem sich Menschen sonder Zahl, und auch Frauenspersonen darunter, zu einem vornehmen Bankett niedergelassen hatten und itzund die Becher erhoben und einem stattlichen und gar liebreizenden Paare zutranken, das, wie das reichverzierte Gewand der Dame und das Kränzlein in ihrem Haar verrieten, itzt frisch vermählt war. Einer der Lakaien, die den Eingang flanierten, bot auch dem braven Landmanne einen Becher, darinnen es rubinrot funkelte wie von einem guten Wein. Er nahm den Trunk, doch statt ihn an die Lippen zu setzen, goß er ihn heimlich ins Gras. Doch welch ein Grauen erfaßte ihn, als just an der Stelle, wo die Tropfen niedergegangen waren, glühende Flammen aus dem Boden züngelten. Den Becher weiter fest umklammernd, warf er sich aufs Pferd und floh in großer Hast; die Tischgesellschaft aber erhob ein wütendes Geschrei und setzte ihm in Windeseile nach. Indes erreichte unser Reitersmann unbeschadet die Stadt, woselbst er das zaubrische Gefäß dem Küster in Verwahrung gab. Kaum daß er den Becher aus den Händen ließ, entschwanden die Verfolger seinem Blick, und auch ihr schrilles Zetern verstummte mit einem Schlag – sein armes Pferd aber gebärdete sich noch lange danach wie toll und ist sein Lebtag nicht wieder das fromme Reittier von ehedem geworden. Indes verwahrte man den Becher, einen Pokal, aus fremdländischem Metalle getrieben, von wunderlicher Form und einer Farbe, die allhier nicht ihresgleichen kannte, auf Jahr und Tag im Kirchenschatz, wo das wilde Heer seiner nicht hat habhaft werden können. Wenn aber einer sich ein Herz faßte und nahm den Becher in die Hand, dann frischten itzt die Winde auf, und gar fürchterlich hallten das Jammern und Singen und die Verwünschungen der Geister an sein Ohr.«

Marcus wollte wissen, was Owger bedeute, und Lucas sagte, manche Volkskundler vermuteten dahinter eine Verballhornung von Ogier le Danois, und das wiederum sei ein dänischer Paladin gewesen, der sich für etliche hundert Jahre ins Feenreich verdungen habe, unter der Bedingung, daß er, in Zeiten höchster Not, auf die Erde zurückkehren dürfe – wie König Artus, wie Merlin oder andere äonische Schläfer, die irgendwo in Bergestiefen ihrer Wiederkunft harrten. Andere Forscher sahen in Owger einen heimischen Kobold, einen harmlosen Wicht, der sich über die ihm dargebrachten Opfertränke freute und von Zeit zu Zeit Rinder und Schafe mit seinen tollen Streichen kopfscheu machte.

Die Felder, zwischen denen der grasbewachsene Fahrweg den Steilhang nach The Howe hinaufführte, waren so stark von Adlerfarn, Heidekraut und Disteln durchsetzt, daß man das Moor bereits auf dem Vormarsch wähnte. Die Grablege thronte hoch und weithin sichtbar auf dem Gipfel eines Rundhügels, der ringsum terrassiert oder von Auffaltungen der Erdkruste umgeben war, die, wie Lucas schalkhaft und mit unternehmungslustig strahlendem Blick versicherte, während sie, beladen mit Picknickkorb und den Behältern für ihre Proben aus Flora und Fauna in leinenen Tragetaschen, aufwärts stiefelten, *die* im Volksglauben als Schweißbett eines abscheulichen Drachenwurms galten, der hier im Todeskampf verendet sei, nachdem er sich für sein letztes Gefecht auf ebendiesem Hügel verschanzt habe. Marcus, der bald außer Atem war, fragte nicht, warum Lucas den Drachenglauben so ohne weiteres ins Reich der Fabel verbannte und sich darüber lustig machte, wenn ihm andererseits die Vorstellung von kleinen oder wundertätigen oder grünen Männchen, von Geisterwesen in Hügelgräbern oder Engeln in Kathedralen oder archaischen Müttergestalten, die magnetische Veränderungen über Jahrhunderte voraussagten, als zwar verquere, aber dennoch glaubhafte Schilderung real existierender Kräfte galt. Zweifellos würden ihm all diese Zusammenhänge klarer werden, falls er sich um Aufklärung bemühte. Tatsächlich aber bevorzugte er, wenn es ans Benennen und

Kategorisieren ging, tunlichst eine nebulöse Unschärfe. Seine Glaubensbereitschaft war, was gewisse spektakuläre Theoreme betraf, um kein Jota gewachsen. System und Struktur, die mochten sich im Schöpfungsplan wohl aufzeigen lassen, aber Biosphären und Lithosphären und Entelechien, das waren für ihn nach wie vor nur Reizwörter, nichts weiter.

Die Fundstücke, welche Lucas als Pole und Fokalpunkte auf den Yorkshire Moors verteilte, betrachtete er mit einer Mischung aus Skepsis und Furcht. Mit ziemlicher Sicherheit waren sie nicht das, wofür Lucas sie ausgab. Trotzdem setzten die rituellen Handlungen, die sie vollzogen, die seltsamsten Reaktionen in ihm frei: Das zerrte und prickelte, schabte und brannte, dehnte und verkrampfte sich, wie er es sonst nur im Kontakt mit einem jener Kraftfelder erlebte, an die er notgedrungen glauben mußte, schon weil sie Erscheinungen glichen, die zum ganz normalen Lehrstoff einer seriösen Schule gehörten: Elektrizität zum Beispiel, Röntgenstrahlen oder Magnetismus. Mit einer elektrischen Ladung konnte man eine Maus in die Lüfte schleudern oder ein Schaf oder gar einen Menschen. Man konnte einen Probanden durchrütteln, bis er bibberte wie eine willenlose Marionette, konnte ihn versengen und bis auf einen kalzinierten Klumpen verkohlen lassen. Damals, als das Licht wechselte, war etwas in ihn eingedrungen, hatte seinen Körper durchbohrt, und etwas ganz Ähnliches ereignete sich jetzt wieder, bemächtigte sich seiner so ganz und gar, daß er an allen Gliedern zitterte. Wenn Lucas nicht gewesen wäre, dann hätte es ihm jetzt womöglich das Gedächtnis ausgelöscht wie eine frisch geputzte Schiefertafel, oder sein Leib wäre entwichen wie ein Versuchsobjekt in einem Vakuum.

Unweit der ins Erdreich eingesunkenen, unzugänglichen Öffnung des Hügelgrabs schlugen sie ihr Lager auf. Lucas, für den Marcus eine Art menschlicher Wünschelrute war, eine Alraune oder, hier oben, dachte Marcus bitter, ungeschützt auf dem von schwärzlichen Wolkenbänken bedrängten Erdwall, eine Art lebender Blitzableiter – Lucas zupfte ihn am Ärmel und wollte wissen, ob sich ihm das Wesen der Stätte erschließe, ob er irgendeine Präsenz spüren könne. »Lassen Sie mich los«, entgegnete Marcus ziemlich gereizt, »ich kann nicht denken, wenn

Sie mich anfassen.« Gleichwohl versuchte er, als er jetzt die Längsseite des Grabes abschritt, pflichtschuldig, seinen Geist zu entleeren. Als er hoffnungsvoll wiederholte, daß er hungrig sei, antwortete Lucas nicht minder gereizt, er wisse doch wohl, daß sie ihr Werk auf *nüchternen* Magen verrichten müßten. Ganz wie beim Abendmahl. Nach getaner Arbeit würden sie ihr Picknick halten: lauter gute Sachen und obendrein reichlich bemessen. Er kicherte. Schnuppernd und mit wachem Blick setzte Marcus seinen Rundgang fort. Er lauschte hinunter ins Erdreich und hinauf in die Lüfte, doch der Tumulus war alt und stumm. Inwendig mischten sich Erde und Staub mit erdig staubigen Luftpartikeln. Was auf ihm wuchs, verdankte sich einem langwierigen Kreislauf, einem vielfachen Austausch von Materie: Die Erde brachte Gras und Disteln hervor, die Gebeine der Toten zerfielen zu Erde und Staub: Unterirdische Wasseradern durchzogen das ganze Terrain, traten als Nahrungsspender aus dem Boden und verdunsteten wieder. Er legte eine Hand an die grasbewachsene Flanke des Hügels, spürte die Wärme, die von ihm ausging, bückte sich und fand eine blaue Blume. »Hier wächst eine blaue!« rief er Lucas zu. »Ich hab' eine blaue Blume gefunden. Ein wunderschönes Blau.« Lucas eilte herbei und geriet gleich außer sich: An zwei, drei Zentimeter langen zarten Stielen wuchs aus einem hohen, kannelierten Schaft die blaue Blütenkrone empor. Die Blätter waren rosettenförmig am Grunde des Stengels angeordnet.

»Nicht pflücken!« rief Lucas. »Das ist ganz was Seltenes, eine Kostbarkeit. Besonders hier oben. Ein Frühlingsenzian. Den findet man in dieser Gegend nur alle Jubeljahre einmal – im Burren, da kommt er schon eher vor, aber eine Rarität ist er in jedem Fall, das kann keiner leugnen. Ich sag' dir, das ist ein Zeichen: Hier, genau an dieser Stelle, soll unser Experiment stattfinden. Warte, ich hol' den Eisenhut. Und vielleicht etwas Milch. Sollen wir Milch ausgießen – als eine Art Trankspende? Was meinst du? Unter dem Landvolk war es üblich so.«

Marcus setzte sich ins Gras und betrachtete den seltenen Enzian. Lucas kam und breitete Eisenhut und Bingelkraut und Farn rings um seine blaue Blume aus. Er füllte einen kleinen Glasbecher mit Milch aus der Thermosflasche und stellte ihn dazu. Nach einigem Besinnen ordnete er die Blumen neu und legte ein paar Stengel über Kreuz. »Jetzt brauch' ich noch einen von deinen Pennies. Ich leg' auch einen dazu, und dann haben wir ein richtiges Sakrifizium beisammen. Bei den alten Völkern war es Brauch, die Toten mit Weggeld versehen auf die Reise in die Unterwelt zu schicken. Und irgendwo hab' ich gelesen, der Enzian, das sei die Fackel der Verstorbenen.«

Marcus hielt den Blick unverwandt auf die blaue Blume gerichtet. Wie duftig sie aussieht, dachte er, wie morgenfrisch und heiter. »An Totenbeschwörungen sollten wir uns lieber nicht versuchen«, sagte er.

»Nein, nein, so hab' ich's auch nicht gemeint. Wir suchen ja im Gegenteil den Weg nach innen; gleichsam eine Furt hinüber in eine andere Dimension. Das mit der Fackel war nur ein Beispiel für das Licht, das uns den Weg weisen soll. Aber wie gehen wir nun vor? Was haben die Weisen aus der Vorzeit an heiligen Stätten getan? Na? Getanzt haben sie! Und zwar so schnell, daß der Kosmos sich mit ihnen drehte, ja sich so innig mit ihnen verband, daß sich die Erde vor ihnen auftat und sie den Tanz der Atome und Elementarteilchen mit eigenen Augen schauten ... Das ist auch der Grund, warum die Derwische immerfort so ekstatisch im Kreis herumwirbeln: weil sie ihren Geist freimachen müssen von allem Ballast ...«

Marcus ließ den strohblonden Kopf hängen. »Ich kann nicht tanzen wie ein Derwisch«, sagte er und starrte auf das kleine Blumenarrangement. Albern sah das aus. Und schillerte doch bedeutsam. Lucas legte seine Hände über Kreuz und streckte sie ihm entgegen.

»Wenn wir uns hier – genau über dieser Stelle – über Kreuz die Hände reichen, siehst du, so – dann bilden wir eins von deinen Koordinatensystemen nach. Und wenn das hier wirklich ein Kraftfeld *ist*, dann stehen wir über der Schnittstelle zweier Reiche – und wir werden uns mit den Mächten dieser Stätte verbünden, mit den Mächten von ...«

»Owger.«

»Ach, das ist bloß ein Name. Genausogut könntest du sagen: Gras oder Enzian, Bingelkraut, Eisenhut, Erde, Luft, Wasser ...«

»Ich find's kindisch.«

»Komm, laß es uns versuchen. Bitte! Nach all der Mühe sollten wir's *wenigstens* versuchen.«

Marcus spreizte die langen, knochigen Finger, und Lucas umschloß sie mit seinen ungeschlachten, eckigen Händen. Es war der erste bewußt herbeigeführte und mehr als flüchtige Körperkontakt seit Anbeginn ihres Experiments. Wobei Marcus die Berührung lethargisch duldete: Die Initiative ging einzig von Lucas aus.

»Jetzt den Oberkörper zurück. Und den Kopf freigemacht – hör auf zu denken. *Achtung* ...«

Fester und immer fester umklammerte Lucas seine Hände, dann zerrte er ihn mit sich in eine kreisende Bewegung. Schneller und immer schneller hoben sich ihre Füße vom Boden. Der wolkenschwere Himmel sauste schlingernd auf sie nieder: Die Hügel rollten ihnen torkelnd entgegen: Und ihre Füße trommelten und stampften, hüpften und flogen: Marcus gellte sein eigenes Lachen in den Ohren, wild und erregt: Lucas stieß seltsam gurgelnde Pfiffe aus, in die der sausende Luftzug mit hohem schrillen Singsang einstimmte. Und abermals beschleunigten sie ihr Tempo: Vor Marcus' Augen kreiselte ein buntschillernder Farbkokon, in dem sich Grau und Braun, Gold, Grün und Fleischfarbenes in ekstatischem Reigen mischten: Hin und wieder erschien mittendrin der Enzian wie ein blauer Punkt. Einen unbefangenen Zuschauer hätten die beiden wohl weniger an tanzende Derwische erinnert als an Schulkinder, die auf dem Spielplatz ähnlich angespannt ihre rasenden Achten drehen, um die Orientierung zu verlieren und, wenn sie endlich lachend, kreischend und stolpernd zum Stillstand kommen, mitanzusehen, wie das Schulhaus samt den Eisengeländern und den Torpfosten in würdigem Reigen an ihnen vorbeirollt.

Nach und nach erstarb ihr Gelächter in keuchendem Schweigen. Der Rhythmus ihrer stampfenden Füße verselbständigte sich. Was dann geschah, war ebenso unbefriedigend, da in keiner Weise schlüssig, wie viele andere okkulte Erlebnisse auch. Keiner von beiden erinnerte sich später, wann und wie der Tanz geendet hatte. Gewiß war nur, daß sie irgendwann neben dem Hügelgrab erwachten – der eine auf dieser, der andere auf jener Seite –, beide mit dem Gefühl, tief und fest geschlafen zu haben.

Als Marcus die Augen aufschlug und den kahlen Hügel schwarz vor sich aufragen sah, glaubte er eine ganze Zeit lang, es sei Nacht, und konnte sich nicht erinnern, wo er war. Er starrte unverwandt ins Schwarze, das sich auf einmal öffnete wie ein Tunnel und aus dem ihm eine weiße Scheibe entgegenfunkelte, die größer und größer wurde, bis er nicht mehr über ihren trüb und milchig schimmernden Rand hinwegsehen konnte und sich dort, wo eben noch unbegrenzte Finsternis geherrscht hatte, eine grenzenlose fahle Helligkeit ausbreitete. Und dann erkannte er, gleichsam wie im sich lichtenden Nebel, Zug um Zug seine Umgebung wieder: die Hügelkette, die kargen Äcker, den Grabeingang mit dem steinernen Tor, an dessen einer Säule er lehnte. Er stand auf und kehrte schwankenden Schrittes zu der Stelle zurück, an der ihr Tanz stattgefunden hatte. Der Enzian war noch da. Den Becher fand er leer. Das Zweieinhalbshillingstück, das auf dem Blumenarrangement lag, war wohl einem von beiden während ihres wilden Reigens aus der Tasche gefallen. Als Lucas ihm von der anderen Seite des Hügelgrabes entgegengeschwankt kam, stimmten seine Ohren – oder vielleicht war es auch die Luft oder womöglich gar der Tumulus selbst – einen schrillen Pfeifgesang an. Lucas legte ihm die Hände auf die Schultern: Marcus tat es ihm feierlich nach: Mit gesenktem Kopf und schwer atmend standen sie einander gegenüber. Dann bückten sie sich, hoben den Becher auf und die Münze, die Lucas einsteckte.

Sie fuhren erst ein paar Meilen und suchten sich dann einen Platz fürs Picknick. Salzige Roastbeef-Sandwiches, Tomatensuppe (in einer Thermoskanne), Käse, Äpfel und ein schwerer englischer Kuchen waren kräftigende Kost. Als sie aus dem Wagen stiegen, schaute Marcus sich um und sah eine massive gedrechselte Lichtsäule, die sich bernsteingelb gegen den schiefergrauen Himmel abhob und gleich den Hurrikanen oder Wasserhosen, die in Abenteuerbüchern abgebildet sind, oder wie der Stamm eines transparenten, unermeßlich hohen Baumes über die Hügelkuppe emporragte und aus immer größeren Höhen ihre forschenden Luftwurzeln hinabsandte zwischen Spalt und Stein, über Grat und Felsvorsprünge. Fürs erste behielt er diese Vision für sich. Lucas sollte sich weder genötigt fühlen, das, was sie an der Grablege getan hatten, in Worte zu fassen oder – schlimmer noch – an dem Versuch einer solchen Beschreibung zu scheitern. Nach den ersten heißhungrigen Bissen wurde er gewahr, daß es in dem engen Wagen nicht nur nach Roastbeef roch, sondern auch nach Angst – Angst, die von Lucas ausging. Um ihn zu beruhigen, sagte er: »Ich glaube, wir sollten nicht darüber reden – jedenfalls nicht jetzt, und wer weiß, ob überhaupt.« Lucas hob das runde, verschwitzte Gesicht über seinem Sandwich. Marcus legte nach: »Ich *weiß*, daß wir Stillschweigen bewahren sollen.« Er hoffte, es Lucas damit leichter zu machen. Eine andere Möglichkeit, ihm zu helfen, sah er nicht.

Erst als sie heimkamen, stellten sie fest, daß keiner von beiden daran gedacht hatte, die Dauer der Finsternis über dem Hügelgrab zu stoppen.

27. Die Krönung

Vor dem 2. Juni dieses Jahres hatte die Mehrheit der an dem Tage in Mrs. Thones Wohnzimmer Versammelten noch nie eine Fernsehübertragung gesehen. Zu den Gästen gehörten neben der vollzählig erschienenen Familie Potter Felicity Wells, die Parrys und Lucas Simmonds, der sehr aufgeregt war und Marcus zuvor erklärt hatte, sowohl die Krönung als auch das Medium Fernsehen könnten ihnen unter Umständen produktive Einblicke in das Phänomen der Kraftübertragung verschaffen. Von den sechs Schülern, die eingeladen waren, hatten einige bereits einen Fernsehapparat zu Hause, und die Ellenbys konnten sich auf einschlägige Erfahrungen mit diversen Gemeindemitgliedern berufen, die den Kasten selbst dann nicht ausschalteten, wenn sie ihren Pastor mit Tee oder Sherry bewirteten. Alexander, der vergebens auf eine Einladung von Crowe nach Long Royston gehofft hatte, war ebenfalls anwesend. Und irgendwann am Vormittag hatte es bei Mrs. Thone geläutet, und Edmund Wilkie stand mit einem fremden jungen Mädchen auf der Schwelle. Er habe gehört, sagte Wilkie verbindlich, daß bei ihr heute Tag der offenen Tür sei. Das Fräulein heiße Caroline, und dürften sie wohl hereinkommen? Ganz Calverley und Blesford sei menschenleer und verlassen: eine Atmosphäre wie nach einem tragischen Todesfall oder einer Katastrophe: Sie lechzten nach *Gesellschaft*. Crowe habe sie für den Abend zu einem Fest eingeladen, doch sie seien entschieden lange vor der Zeit eingetroffen. Unter diesen Worten schob er sich an Mrs. Thone vorbei in die Diele, zog sein Mädchen, das er um die Taille gefaßt hatte, nach und ließ einen ellenlangen Schal sowie einen kugelrunden Sturzhelm auf Mrs. Thones Eichenkommode fallen. Mrs. Thone bat ihn ins Wohnzimmer. Als Schüler war Wilkie der Dorn in Mr. Thones Fleisch gewesen. Er hatte jede Regel gebrochen, emotionale, intellektuelle und moralische Fraktionen gegründet und geschürt, obwohl er sich selbst immer nur für die eigenen Interessen engagierte, und hatte großspurig behauptet, seine glänzenden Erfolge seien trotz und nicht dank der Bemühungen von Dr. Thone und seinem Kollegium zustande gekommen. Dessenungeachtet bekannte sich Basil Thone zu einer nachgerade perversen, wenn auch gar nicht so seltenen Zuneigung – nicht für Wilkies Intellekt, dem er mißtraute, sondern für die schiere Problematik, mit der er ihn konfrontierte. Wie viele andere Lehrer erlag auch er der Versuchung, den schwierigsten unter seinen Schülern zu lieben und nicht die sprichwörtlichen neunundneunzig braven Lämmer. Und wie viele andere verlorene Söhne kehrte Wilkie von Zeit zu Zeit zurück, um diese törichte Anhänglichkeit aufs neue zu nähren, damit zu protzen, sie einzufordern und hochmütig zurückzuweisen. Bill Potter, dem solche Sentimentalitäten fremd waren, bewunderte Wilkies Verstand, rümpfte die Nase über seine einstudierten Posen, hegte Zweifel an seiner moralischen Integrität und machte sich weiter keine Gedanken darum, was aus ihm werden sollte: eine Haltung, die sich in der Hauptsache dem Umstand verdankte, daß die Psychologie eine Disziplin war, die in Bills Kulturkanon kaum Platz fand. Als Wilkie nun Mrs. Thones rosaroten und silbernen Salon betrat, da erhob sich Dr. Thone (seinerseits mit rosarotem Teint und silberner Haartolle, die seine Schüler unbewiesen für ein Toupet hielten) und begrüßte ihn freudig. Bill dagegen grunzte nur etwas Unverständliches und lehnte sich tiefer in seinen Sessel. Wilkie, der noch immer sein Mädchen im Arm hielt, nickte forsch-fröhlich in die Runde. In einem Fortissimo, das selbst Richard Dimblebys dröhnendes Organ mühelos übertönte, machte er seine Bekannten – Bill, Alexander, Stephanie, Frederica, Geoffrey Parry – mit Caroline bekannt. Caroline war ein dunkelhaariges, graziles Geschöpf mit dem Pagenkopf und den schmalen, kantig modellierten Gesichtszügen, die damals in Mode waren, mit einem beschwingten Gang und verspielten Ballettslippern, durch die ihre Fesseln zierlich und die Waden wohlgerundet wirkten.

»Guckt mal«, sagte Frederica, »da kommt die Königin.«

»Ist doch eigentlich alles bloß Theater«, sagte Wilkies Mädchen.

Miss Wells ließ einen gequälten Seufzer hören.

»Seid so gut und setzt euch hin«, forderte Alexander diktatorisch.

Damals hatten das aufdringliche Kameraauge und die zudringliche Mattscheibe noch keinen eigenen Verhaltenskodex. Vielmehr stellte sich die BBC in der offiziellen Bilanz ihrer Übertragung der Krönungsfeierlichkeiten noch ganz naiv die Frage: »Gesetzt den Fall, unter den Zuschauern verfolgte jemand diesen feierlichen und bedeutsamen Akt mit einer Tasse Tee neben sich – hätte das nicht etwas Unschickliches? Diesbezüglich wurden sehr ernste Vorbehalte geäußert ...« Der Großteil der Presse hielt sich indes demokratisch an die Statistik und jubilierte ohne Wenn und Aber. »Indem er sich am Krönungstag für 125 Millionen Menschen zu einem Fenster nach Westminster verwandelt, beweist der unscheinbare kleine Bildschirm, was er wert ist ... Von Hamburg bis Hollywood wird ein Millionenpublikum den Tag und die Stunde miterleben, in der die königliche Kutsche durch das freudetrunkene London rollt ... 800 Mikrofone stehen für 140 Rundfunkreporter, die der Welt verkünden werden: In diesem Augenblick wird Elizabeth gekrönt. Trotzdem gehört der heutige Tag dem Fernsehen. Denn indem das Fernsehen sich direkt an die Untertanen ihrer Majestät wendet, verleiht es der offiziellen Anerkennung der Monarchin an diesem ihrem Krönungstag einen neuen Wert ... ›Und so sie emporgeschritten ist und stehet vor des großen Edwards Thron, wendet die Königin sich zu dem Volke und zeiget sich ihren Unterthanen ...‹«

Man sprach von Heimkino und seiner kleinen »Leinwand«, nannte auch die Königin wiederholt und mit Entzücken ein kleines Persönchen und rühmte, auch dies wiederholt, ihre (trotz der langwierigen und ermüdenden Zeremonie unter der Last der Staatsgewänder und der ungemein schweren Krone) aufrechte und unverzagte Haltung. Überhaupt grassierten Diminutive und Superlative unter den Zuschauern, die wie gebannt auf die flimmernde Mattscheibe starrten und den Bewegungen der grauweißen Schatten folgten, den funkelnden Lichtreflexen, die Metall und Geschmeide aussandten und in deren Mitte man eine blinzelnde kleine Puppe gewahrte – einen halben, einen, zwei Zoll groß: ein Gesicht von vielleicht acht Zoll Durchmesser, das ernst oder huldvoll in die Kamera blickte: ein lächelndes Schwarzweiß-Symbol in gefältetem Linnen und Goldbrokat mit schillernden, perlmuttgetönten Stickereien in Rosa und Grün, Rosenrot, Amethyst, Gelb und Gold, Silber und Weiß: mit Goldkristallen, gradierten Diamanten und Perlen auf Borten und Säumen. Steifgelocktes schwarzes Haar und ein schwarzer Mund, der wohl in Wirklichkeit rot geschminkt war, da eine Frau ohne Lippenstift zur damaligen Zeit als nicht angezogen galt. Abgezirkelte, briefmarken- oder kuvertgroße, stecknadelköpfige Marschkolonnen, weich hingetüpfelte Gobelinrabatten aus ununterscheidbaren Gesichtern und Hüten in endlosen Zuschauermengen, die eine wie die andere aussahen und doch nie die gleichen waren, Lafetten, kleine Peers in Breeches und mit Adelskrönchen, umlagerte Fensterreihen, Sängerknaben, grau flimmernde Insignien: ein unübersehbarer, gewaltiger Strom, der, akkompagniert von Dimblebys sonor vorgetragenen Erläuterungen, von rauschenden Hymnen und Psalmen, sich ständig formierte, auseinanderdriftete, neu ordnete.

Und wie beurteilte man das Schauspiel nun wirklich hinter den Kulissen? Die Presse beschwor in lyrisch verbrämten, mit Archaismen durchsetzten, zaghaften Imperativen ein neues Elisabethanisches Zeitalter.

»Ein Blick in die Zukunft berechtigt zu der schönen Hoffnung auf ein zweites Elisabethanisches Zeitalter, in dem Wissenschaft, Industrie und Künste einen neuerlichen Aufschwung erleben und Ressourcen mobilisieren und aktivieren, dank deren sich die Last des Volkes lindert und in allen Lebensbereichen neue, chancenreiche Wege erschlossen werden.

Andererseits fällt auf diese Zeit des Aufbruchs auch der Schatten der ersten atomaren Wolken, die sich zwischen uns und die Sonne geschoben haben – ein Schatten, aus dem sich mit Sicherheit die eine Prognose herauslesen läßt: Wenn es uns nicht gelingt, einen dauerhaften Frieden zwischen den Völkern herbeizuführen, dann wird sich noch manche nachwachsende Generation um ihre Zukunft betrogen sehen ...«

In Winston Churchills mit klischierten und überkommenen Epitheta befrachteter Diktion bekamen die archaisierend gestützten Optimismusparolen ein ganz eigenes Flair.

»Es sage keiner, die Ära ritterlicher Tugenden gehöre der Vergangenheit an. Nicht im Angesicht der Lady, die hier im Zenith unserer weltweiten Staatengemeinschaft vor uns steht und die wir als unsere Monarchin achten und ehren, wie wir sie um ihrer selbst willen lieben. Huld und Edelmut – diese uns allen aus dem höfischen Zeremoniell vertrauten Attribute – erhalten mit dem heutigen Abend einen neuen Klang, weil wir der Überzeugung sind: Diese Lichtgestalt, die uns die Vorsehung in Zeiten gesandt hat, deren Gegenwart entbehrungsreich und deren Zukunft ungewiß ist, trägt sie zu Recht.«

In hoffnungs- und verheißungsvolle Proklamationen schleichen sich mitunter rätselhafte Zweifel ein. So zitierte der *Daily Express* in einem großangelegten Leitartikel ebenso pompös wie unpassend:

> Ach, Güter wie Geburt und Stand
> Sind Schatten nur, nicht von Belang

und beschönigte diese düstere Reflexion mit dem Nachsatz, der Schattenvergleich träfe nur dann zu, wenn Volk und Königin sich nicht »hehren Zielen« weihten und diese mit »eiserner Zielstrebigkeit« verfolgten.

Der *News Chronicle* schwankte in seinem Artikel über die Erstbesteigung des Mount Everest zwischen verdrucksten Akklamationen und wahren Klimmzügen verbaler wie moralischer Peinlichkeiten. Auch er wartete mit einem wenig stimmigen Beispiel großer englischer Lyrik auf, diesmal von Browning:

> Doch schauen sollt' ich weiter als ich greife,
> Wozu ein Himmel sonst?

Das Blatt schwärmte von »dem ebenso abweisenden wie wunderschönen, dem grausamen und doch heißbegehrten Gipfel aller Gipfel, der sich Jahrzehnt um Jahrzehnt der Bezwingung durch den Menschen widersetzt« habe. Das Planspiel, Krönungstag und Everest-Besteigung zusammenzuspannen und als Indikatoren einer neuen Reichsgründung zu feiern, gedieh nicht über einen nebulösen Flirt mit Metaphern wie Himmel auf Erden, Goldenes Zeitalter, Kleopolis und was der Verknüpfungen von irdischer Unvollkommenheit und ewiger Harmonie mehr sind, hinaus, ja das Konzept verlor sich letztlich in tiefsinnigen Grübeleien:

»Die Britischen Inseln gleichen derzeit einem wehenden Fahnenmeer. Seit heute aber flattert auch auf der anderen Seite des Erdballs, auf dem höchsten Gipfel unseres Planeten, eine – nein: die gleiche, unsere Nationalflagge.

Was ist das eigentliche Faszinosum dieser Nachricht, womit weckt sie den einhelligen Stolz einer ganzen Nation? Mit der Verheißung ungeahnter Möglichkeiten: mit der hochgemuten Gewißheit, daß ein glanzvoller, ein fulminanter Triumph das Zeitalter Elizabeths II. einläutet. Allen notorischen Spöttern zum Trotz prophezeien wir dieser Siegesbotschaft einen Symbolcharakter, der sie dauerhaft über alle gegenwärtigen Schlagzeilen hinausheben wird.

In früheren Zeiten hätte man in einem solchen Fall von einem ZEICHEN gesprochen. Der moderne Mensch in seiner Verunsicherung schreckt vor den möglichen Bedeutungen zurück und reagiert eher peinlich berührt auf derlei sprachliche Extravaganzen.«

Später, 1973, sah Frederica im Fernsehen eine Telekollegsendung, in der Alexander über den Wandel der Sprachstile im Medien- und Kommunikationswesen referierte. Das Bild- und Textmaterial zu seinem Vortrag stammte, ebenso wie die hier angeführten Zitate, aus der Berichterstattung über den 2. Juni 1953. Frederica bewunderte seine scharfsinnige Analyse der vordergründigen Sprache, die mit inzwischen fast nicht mehr zulässigen Vokabeln wie freudetrunken und visionär, heißbegehrt, hehr et cetera einen künstlich herbeigeredeten nationalen Gefühlstaumel erzeugte. Alexander zeigte auf, wie man Churchills höfische und in sich schon sinnentleerte Floskeln mit Benthams nicht minder peinlichem Technokratenkauderwelsch zusammenspannte, das die heilige Dreieinigkeit von Wissenschaft, Industrie und Künsten beschwor und »Ressourcen mobilisierte«, um die Last des Volkes zu lindern und in allen »Lebensbereichen« neue »chancenreiche Wege« zu erschließen. Während der moralbefrachtete, von hohlem Pathos beschwerte Appell, die Bürde des kleinen Mannes zu lindern, rhetorisch in ungebrochener Folge über Bunyan bis auf Christus zurückreiche, so Alexander, handele es sich bei den bewußt vage gehaltenen Abstraktionen wie »Ressourcen«, »aktivieren« und »mobilisieren« um einen neuen Jargon, mit dem man versucht habe, die alteingeführten, sinnhaltigen sogenannten großen Worte auf ein bescheideneres, ein leichter faßliches Bedeutungsfeld herunterzumendeln. In Wahrheit, erklärte Alexander 1973 (diesmal unter Zuhilfenahme einiger teils selbstgeprägter, teils dem Zeitjargon entlehnter Abstraktionen), in Wahrheit hätten die von starken nostalgischen Strömungen getragenen Archaisierungsbestrebungen in die Irre geführt, hätten tatsächlich nur die Schatten von Geburt und Tod heraufbeschworen: Wachträume seien sie gewesen, Gaukelbilder unwiederbringlich verlorenen Ruhms. In Wahrheit habe man damals wie heute genau gewußt, daß die Musik längst woanders spiele. Erwartungsgemäß beschloß er seine kritische Rückblende mit David Lows eindrucksvoller Karikatur, der mit den zerrissenen Union Jacks, den ausgeleierten Puppen, schlaffen oder zerplatzten Luftballons, leeren Gläsern und toten Bildschirmen. Der neue Jargon fördere die gleichen Worthülsen zutage wie der alte und die ungute Verbindung zwischen beiden erst recht, sagte er, das habe die jüngste Entwicklung bewiesen.

1973, als sie das hörte, fand Frederica, er zeichne da ein allzu vereinfachtes Bild. Seine Thesen fügten sich reibungslos in den damals rasant um sich greifenden Narzißmus der Medien mit ihren exzessiven Selbstbespiegelungen, die noch die kleinste Randerscheinung zum Gegenstand endloser Kommentare machten. 1953 versuchte Alexander sich diskursiv und in Versen mit Geschichte und Wahrheit auseinanderzusetzen. 1973 kritisierte er, in Prosa, die geltenden Kommunikationsformen. Doch es gab nicht nur *eine* allgemeingültige Wahrheit, und Frederica meinte sich zu erinnern, daß die Aufbruchstimmung vor zwanzig Jahren (als sie eine aufgeweckte, aber politisch eher desinteressierte Siebzehnjährige gewesen war) von rührender Naivität getragen wurde. Und auch die treuherzige Begeisterung der Kommentatoren war echt und ohne Hintergedanken gewesen, selbst wenn ihre nostalgischen Erwartungen sich nachher nicht erfüllen sollten. Und das Volk, das hatte sich ganz seinen Hoffnungen überlassen, denn zu der Zeit, da die harten Kriegs- und die entbehrungsreichen Nachkriegsjahre gerade erst hinter ihm lagen, fehlte der Hoffnung (trotz sporadisch errichteter Vergnügungsparks und Festsäle) das objektive Korrelat ebenso wie weiland Hamlets verzweifelter Not.

Aber die Menschen entwickelten einen ganz natürlichen Hang zu lyrischen Schwärmereien, und auch wenn die Lyrik der fünfziger Jahre sich im nachhinein als recht verstiegen und künstlerisch dürftig erwies, war doch nichts Besseres nachgekommen. Auf belanglose Gedichte folgte belanglose »Satire«, eine rhetorikfeindliche, schwerfällig träge Strömung mit einem verquälten Hang zum Defätismus. Low hatte schonungslos provoziert, aber von dem, was danach kam, war vieles nur noch überdreht.

So dachte Frederica im nachhinein. Aber seinerzeit, 1953, hätte sie sich noch Wilkies Mädchen und ihrem »Alles bloß Theater!« angeschlossen, schon weil sie instinktiv spürte, daß dies die »richtige« Reaktion war. So würde das zeitgenössische Urteil über die Krönungsfeierlichkeiten lauten. »Zeitgenössisch«, das war damals ein Synonym für »modern«, eine Gleichsetzung, die weder vorher galt, noch heute üblich ist. Zeitgenössisch, so wollte sie damals sein, und sie war durchaus gescheit genug zu erkennen, daß die Krönung nicht nur nicht der Beginn eines neuen Zeitalters, sondern nicht einmal ein zeitgenössisches Ereignis war. Als ein Jahr später *Lucky Jim* erschien, bekam

Frederica vor lauter Freude über Jim Dixons unerbittlichen Haß auf Merry old England Weinkrämpfe, und das, obwohl sie durchaus auch scharfsinnig genug war zu erkennen, daß Kingsley Amis und sein Romanheld dem rauschenden Fest, das Matthew Crowe an jenem Abend gab, genauso zwiespältig gegenübergestanden hätten wie sie. Crowe konnte es sich leisten, Berufsmusiker zu engagieren, die in original elisabethanischen Gärten abwechselnd mit echtem Jazz original elisabethanische Weisen spielten, während die Gäste in echten Seidengewändern stattliche Mengen dazu passender Getränke – Champagner und Newcastle Brown Ale – konsumierten. Reichtum und Geld, das waren Werte, die auch die zeitgenössischen Spötter respektierten, und als die funkelnde Staatskarosse mit der leibhaftigen Königin in ihren goldenen Prunkgewändern in den Hof des Buckingham-Palasts einrollte, da schwappte der edle Wein oder Whisky in Amis' Glas über, und heraus quoll die Wohlstandsgesellschaft mit gefüllter Brieftasche und in grellbunter Nylontoilette von der Stange, ließ sich für die Hochglanzmagazine ablichten und schickte sich an, mit Union Jacks aus Plastik und silbernen PVC-Stiefeletten das Phänomen der Beautiful People zu erfinden und zu bebildern.

Das wahre Paradies ist laut Proust immer das verlorene Paradies. Erst als sie alt genug war, die zaghaften Hoffnungen von 1953 mit der eigenen, fast erwachsenen Erkenntnis gleichzusetzen, daß man immer wieder von vorn anfangen muß und daß ihre Realität in der Zukunft lag, erst da begann Fredericas sehnsüchtige Rückbesinnung auf das, was sie seinerzeit schlankweg als trügerisches Blendwerk bezeichnet hatte. Auch ihre Passion für die *Vier Quartette* begann sie, als sie älter wurde, im Proustschen Sinne mit der Krönung zu assoziieren oder vielmehr mit dem, was sie für England, seine Geschichte und deren Kontinuität bedeutete. Mit der Krönung wollte man der Welt England und die Gegenwart präsentieren. Der Versuch war gescheitert, aber es hatte schon schlimmere Fehlschläge gegeben. Getreu der Maxime, daß jeder Versuch sich lohnt, und in Anbetracht der Tatsache, daß die Königin gekrönt *war*, was immer das Volk davon halten mochte, symbolisierte der Akt durchaus England und die Gegenwart. Damals.

Was die übrigen betraf, so machten sie sich ihre eigenen Gedanken. Die Ellenbys waren hochgemut und zuversichtlich, als ob die ganze Welt für einen kurzen, aber bedeutsamen Moment sonntägliche Einkehr hielte. Felicity Wells schwelgte in Verzückung über den kulturellen Rahmen und sah sowohl in den der überirdischen Perspektive der Himmelssphären nachgebildeten Gewölben der Westminster Abbey als auch in dem kleinen, weißen, sehr irdischen Gesicht der Königin über den insignienbestickten Staatsgewändern ein Versprechen auf Erneuerung. Sie erinnerte sich dabei sehr wohl an das, was Eliot gesagt hatte: Der ungläubige Engländer unterwerfe sich dem christlichen Brauchtum anläßlich von Geburt, Tod und seinem ersten Experiment mit dem Ehestand. Und jetzt unterwarf sich ein ganzes Volk einem altehrwürdigen, christlich nationalen Ritus. Wahrlich eine Renaissance.

Daniel und Stephanie bekamen von der Übertragung nur sehr wenig mit. Stephanie behielt Bill im Auge, Daniel beobachtete Stephanie, und Bill widmete sich mit fast kindlicher Begeisterung dem Fernseher oder vielmehr seiner Technik, die ihn überraschenderweise sehr zu faszinieren schien. Jennifer Parry paßte auf Alexander auf und Geoffrey auf Thomas, der in einem niedrigen Kinderstühlchen festgeschnallt war. Mrs. Thones Gemütsbewegung hielt sich in Grenzen. Ihr Interesse an der Zukunft und die einst rege Anteilnahme am Weltgeschehen waren mit ihrem Sohn gestorben: Ein kleiner Junge konnte in der kurzen Spanne zwischen einem guten Frühstück und dem Gong zum Ende der Pause herumhüpfen, stürzen, mit dem Kopf aufschlagen und nach ein paar krampfartigen Zuckungen für immer aufhören, sich zu bewegen, und in Verwesung übergehen – als sie erst einmal wirklich begriffen hatte, daß das möglich war, da wußte sie auch, daß man nichts ungeschehen machen konnte: keinen Luftangriff, kein Vernichtungslager und auch die grausame Schöpfungsgeschichte nicht; woraus sie für sich die Lehre zog, daß ihr nicht viel Zeit zur Verfügung stand und daß es keine große Rolle spielte, was sie damit anfing. An Stelle von sozialem Engagement entwickelte sie (deren ausgeprägte Vitalität sich aufgrund dieser Einsichten leider nicht verringert hatte) einen heroischen Stolz, den sie sinnloserweise in die Wahrung des Scheins investierte. Und dem zumindest wurde bei der Krönung aufs schönste Genüge getan. (Auch Winifreds Bemühungen im Dienste Stephanies waren ein vorbildliches Beispiel: daher die Einladung.) Den verstorbenen König hatte man begraben, und seine Zukunft, das war seine Tochter. Für Monica Thone war sein Tod nur ein Markstein, ein weiteres Indiz dafür, daß ihr Leben, einschließlich jedweder Zukunft, an der ihr vielleicht einmal gelegen war, der Vergangenheit angehörte. Sie mochte die kleinen Jungs, denen sie Würstchen im Schlafrock und Fruchtsaft vorsetzte, und fand es ganz in Ordnung, daß die Kinder ihr nicht in die Augen sehen konnten oder wollten. Falls sie um ihre Gedanken wußten, sollten sie dazu auch gar nicht imstande sein.

Alexander, dessen intensive Beschäftigung mit der Vergangenheit sich in einem äußerst kritischen Verhältnis zur Gegenwart niederschlug, ärgerte sich gründlich über Dimbleby und darüber, daß der Rundfunksprecher seine Elogen auf Elizabeth II. durch heftige Attacken gegen die erste Elizabeth aufzuwerten trachtete.

»Wieder einmal stehen Englands Sterne nicht allzu günstig, und doch, um wieviel vorteilhafter gestaltet sich mit der Persönlichkeit unserer Königin der Beginn dieser zweiten elisabethanischen Ära. Ihr Charakter, uns allen wohlbekannt, ist die Frucht einer unbeschwerten Kindheit, einer auf den höchsten christlich-moralischen Grundsätzen fußenden Erziehung, gefestigt durch den schönen Rückhalt einer in Liebe vereinten Familie.

Wie anders dagegen das Schicksal der ersten Elizabeth, der ihr Vater, der herrschsüchtige Lüstling Heinrich VIII., und ihre Mutter, die intrigante Anne Boleyn, womöglich einiges in die Wiege gelegt hatten, was den spanischen Gesandten nicht ganz zu Unrecht veranlaßte, sie mit dem Titel einer ›Tochter des Satans‹ zu bedenken. Zu ihrer Entlastung konnte sie zwar auf eine Kindheit verweisen, neben der die meisten zerrütteten Familien unseres Jahrhunderts, die man so oft für die steigende Jugendkriminalität verantwortlich macht, höchst achtbar dastünden. Aber diese freudlose Kindheit förderte eben auch die Entfaltung ihrer Listen und Ränke …«

Für die im Gegensatz dazu von Dimbleby gerühmte ›junge Ehefrau und Mutter‹ konnte Alexander sich bestenfalls halbherzig erwärmen – und das nicht zuletzt aufgrund der bekannten Tatsache, daß die junge Ehefrau und Mutter ein denkbar schlechtes Verhältnis zu ihrer gleichnamigen Vorgängerin auf dem Thron hatte, deren grausame Haltung gegen ihre Ahnherrin Maria Stuart sie scharf verurteilte. Alexander grübelte über den neofreudschen Respekt vor gesellschaftlich sanktioniertem Verhalten nach, das sich in Dimblebys Lobeshymne niederschlug, und wurde ganz melancholisch, als ihm einfiel, daß ja auch sein Stück zu neofreudschen Argumenten griff, um den Beweggründen der ersten Gloriana Respekt zu zollen. Er hatte sich nicht wirklich mit ihrer Regentschaft auseinandergesetzt, sondern nur auf das Privatleben konzentriert: »Das Geheimnis einer starken Regentschaft beruht im wesentlichen auf dem Pomp, mit dem die Monarchen ihre Festlichkeiten inszenieren.« Während des feierlichen Zuges durch die Stadt hatte Elizabeth sich immer wieder »spontan« an ihre Untertanen gewandt: Alexander hatte Teile dieser Ansprache in die bunte Szenenfolge seines Stückes eingeflochten.

»Und sintemalen es euer Ersuchen ist, daß ich jetzt und in der Zukunft als eure gute Herrin und Majestät über euch regiere, so seid versichert, daß ich so gut sein werde zu euch, wie nur je eine Königin zu ihrem Volke gewesen ist. Am festen Willen gebricht es mir nicht, und wohl vertrau' ich darauf, daß es mir auch an der Macht nicht fehlen wird. Und weiters dürft ihr gewiß sein, daß ich mich, so es noth tut, nicht scheuen werde, für euer aller Frieden und Sicherheit mein Blut zu vergießen. Gott lohn' euch allen eure Treue.« – »Wenn dies nun ein ganz wunderbar Jubeln und Jauchzen hervorrief, so ist's nicht weiter verwunderlich, waren doch die Worte gar trefflich verknüpft und dabei von so inniger Herzlichkeit.«

Ach ja, dachte Alexander an jenem 2. Juni, daran mangelt es uns heute ganz empfindlich – an inniger Herzlichkeit ebenso wie an trefflich verknüpften Worten. Jahre später, aber noch vor seinem gelungenen Feature über die Berichte und Kommentare zur Krönung, hatte er zu dem Thema ein parodistisches Drehbuch verfaßt, in dem er versuchte, die Festlichkeiten und ihre öffentliche Präsentation so wiederzugeben, wie er sie empfunden hatte, nämlich als einen Anschlag auf das Stilgefühl in einer ohnehin stillosen Zeit. Herausgekommen war ein schrilles und seichtes Nostalgiestück in ziemlich mißglückter, planlos mäandernder Sprache, die dennoch zu Herzen ging und der man einen, wenn auch unbeabsichtigten, elegischen Fallrhythmus nicht absprechen konnte. Doch kein Produzent wollte sich für das Projekt interessieren. Was ihm fehle, sagten sie unverblümt taktlos, seien Aktualität und Biß.

Lucas hatte Marcus eingeredet, daß sich die mentalen Energien millionenfach auf eben diesen Schauplatz, auf eben dieses Geschehen konzentrieren würden. Marcus müsse versuchen, sich an diese Kräfte anzukoppeln oder sich bei ihnen einzuschalten. Unsichtbare Mächte würden durch konkrete elektrische Schaltverbindungen dazu animiert werden, sichtbare Zeichen und Symbole zu setzen – wie das Salben mit Öl oder die Wirkkraft der Kathodenstrahlen. Er verwirrte Marcus mit Exkursen über Durchfluten und Filtern und Bindungsmechanismen, aus denen der Junge schloß, daß sie sich darauf konzentrieren sollten, mit Hilfe der ministrierenden Prinzen und Bischöfe (also des geistlichen und weltlichen Adels) eine Folge reibungslos funktionierender neuer Formen zu kreieren. Marcus saß mit den anderen Jungen auf taubengrauen Samtschemeln in der ersten Reihe; Lucas, der es für ratsam gehalten hatte, daß sie ihre Arbeit unauffällig verrichteten, befand sich am anderen Ende des Zimmers. Von Zeit zu Zeit spürte Marcus den intensiven Blick des Freundes über sich hinweggleiten wie das Blinklicht eines Leuchtturms.

Gehorsam betrachtete er den Bildschirm, was freilich die längste Zeit nichts weiter ergab als eine geometrische Vision der Mattscheibe, auf der es von Pünktchen, Krakelfüßen, Würmern, Kügelchen, Klecksen und rhythmisch zuckendem Geflimmer nur so wimmelte. Aber dann gelang es ihm just im Augenblick der Salbung, auf deren Bedeutung Lucas ihn besonders eingeschworen hatte, das Bild als Bild herauszufiltern: Der grauglänzende Überwurf verschwand, und zum Vorschein kam die kleine Frau, eingehüllt in zwölf Meter weißes Linnen, das in reichem Faltenwurf über ihren üppigen Busen drapiert war. Sie saß in dem wuchtigen alten Thronsessel und hatte die Hände genauso übereinandergelegt, wie er seine schwitzenden Hände hielt. Und dann begann die Szene zu flimmern. Vor seinen Augen gloste und waberte es, so daß er die einzelnen Rasterbilder, die ständig übereinandergeblendet wurden – Füße über Kopf über Füße über Kopf –, nur noch zweidimensional wahrnahm.

Vielleicht hatte Lucas gehofft, er würde die Taube herniederschweben oder, wie es einem Hellseher widerfahren war, die säulenstarken Füße und Knie des Schutzengels der Abtei gläsern und großmächtig durchs Dachgewölbe emporsteigen sehen.

Was tatsächlich geschah, hatte mehr Ähnlichkeit mit seinem Kindheitserlebnis, dem Ausschlüpfen. Kühles weißes Linnen fiel ihm über Brust und Schultern, und einen Moment lang befingerte er staunend den Stoff. Dann begann Mrs. Thones gemütliches Wohnzimmer zu wackeln und zu beben. Marcus stand auf und wankte auf den Fernseher zu, der prompt seine Übertragung unterbrach und statt menschlicher Gestalten sirrende, wie von einem Schneesturm in Schwingung versetzte Drähte zeigte. Man rief ihm zu, er solle sich wieder hinsetzen. Er machte ein, zwei Schritte zur Seite, und sobald er sich von dem Apparat entfernte, begann der, obgleich immer noch knisternd, wieder normale Bilder auszustrahlen. Lucas Simmonds sprang auf. Aber auch Daniel erhob sich, was Lucas veranlaßte, sich wieder hinzusetzen. Er wirkte verängstigt und wütend zugleich. Marcus drehte sich unterdessen langsam um die eigene Achse. Daniel packte ihn am Arm, und man konnte deutlich beobachten, wie das Knistern verstummte, sobald Daniels Körper sich zwischen den Jungen und das Gerät schob, und wie Ihre Majestät abermals klar und ruhig vom Bildschirm lächelte. Marcus hatte große Schmerzen. Er erwog, Daniel zu beißen, den seine nebelverschleierten Augen kaum erkennen konnten, der ihn aber seinem Gefühl nach wie eine Boa constrictor umklammert hielt. Nach einem prüfenden Blick in sein Gesicht kniff Daniel ihn kräftig in den Arm, die unauffälligste Schocktherapie, die ihm einfiel. »Rutsch rüber und mach ihm Platz«, sagte er zu Stephanie. Sobald er zwischen ihren beiden warmen Körpern auf dem Sofa saß, fiel Marcus zitternd in sich zusammen, und als Daniel ihn noch einmal und jetzt fast brutal zwickte, schloß sich sein eben noch schlaff geöffneter Mund. Dann machte er auch die Augen zu und ruhte sich in der trokkenen schwarzen Wärme aus, die von Daniel zu Stephanie zu wandern schien und einen Stromkreis bildete, der ihn von allen übrigen Kräften, die noch im Raum walten mochten, fernhielt.

Stephanie erwachte vorübergehend aus der allzu friedlichen Lethargie, mit der sie sich gegen Bills Grobheiten abzuschirmen pflegte, und erinnerte sich daran, daß es eigentlich ihre Sorge um Marcus gewesen war, die sie zu Daniel geführt hatte. Aber dann war Marcus über ihren eigenen Problemen in Vergessenheit geraten. Um ihren Gedanken zu entfliehen, schlief sie in letzter Zeit wie eine Tote – eine Gabe, die sie mit ihrem Bruder gemeinsam hatte. Sie wußte daher nicht, ob er nachts im Bett immer noch weinte. Verstohlen blickte sie zu Lucas Simmonds hinüber. Er lächelte zufrieden, versöhnlich, jungenhaft, aber sein Gesicht unter dem dichten Lockenschopf war knallrot angelaufen, und in seinen Augenwinkeln schimmerten Tränen. Als er merkte, daß sie ihn ansah, reagierte er mit einem mehrmaligen, vermutlich freundlich gemeinten Kopfnicken und schob sich im Sitzen die Hände unter die Pobacken, was ihr vorkam wie eine komplizierte Konzentrationsübung.

Die Zeremonie nahm ihren Fortgang. Dimbleby rühmte gleich mehrmals das phänomenale Talent der Engländer für derlei feierliche Handlungen. War es nicht wunderbar, wie diese Unzahl von Menschen sich so einträchtig bewegte und wie einträchtig ihre Herzen schlugen? Frederica bemerkte dazu, daß ihr rührende Massenszenen ein Greuel seien. Wenn sie sich vor etwas fürchte, dann vor großen Menschenansammlungen, die im Gleichschritt aufmarschierten. Ein Einwurf, der Edmund Wilkie zu einer Gegenrede zu animieren schien. Irgendwann während der Übertragung, als die regennassen Straßen Londons jettschwarz über den Bildschirm flimmerten, hatte er sich eine rosa Brille aufgesetzt, durch die er die Versammlung jetzt lächelnd beäugte. Er habe, sagte er, einen höchst interessanten Psychoanalytiker mit Namen Winnicott kennengelernt, der mit ein paar wirklich fesselnden Theorien über die unbewußten Triebkräfte aufwarten könne, die hinter dem Konzept der Demokratie stünden. Laut diesem Winnicott seien alle Menschen beherrscht von einer unbewußten Furcht vor der Weiblichkeit, einer Furcht, die es den Frauen naturgemäß sehr schwer mache, gesellschaftliche oder politische Macht zu erlangen respektive damit umzugehen. Herrscherfiguren seien eine Art Ersatzeltern, und weder Männer noch Frauen würden ein weibliches Wesen in dieser Position dulden, weil im Dschungel ihres Unterbewußtseins allenthalben übermächtige und furchterregende Phantasieweiber lauerten. Damit erkläre Winnicott die grausamen Quälereien, mit denen man sich in den meisten Kulturen an den Frauen vergangen habe. Die Menschheit fürchte sich vor der FRAU, weil sie einstmals, zu Anbeginn, alle gänzlich von ihr abhängig gewesen waren und ihre Individualität nur dadurch erringen konnten, daß sie ebendiese Abhängigkeit leugneten. Winnicott zufolge meisterten Diktatoren ihre panische Angst vor der Frau dadurch, daß sie sie vereinnahmten und vorgaben, in ihrem Sinne zu handeln. Darum verlangten sie nicht nur Gehorsam von ihr, sondern LIEBE. Vielleicht war das der Grund für Fredericas Angst vor Gemeinschaftsgefühlen, sei es nun Liebe oder Haß.

Alle Anwesenden forschten insgeheim in ihrem Unterbewußtsein (soweit es ihnen zugänglich war) nach der Furcht vor dem WEIBE, und es sei hier nicht verschwiegen, daß man reihum fündig wurde. Bill Potter erklärte Wilkie, für ihn sei das alles Stuß und obendrein haarsträubend unbedarft, worauf Frederica sagte: Na gut, aber was ist mit der Königin und dieser massenhaften Begeisterung für die Monarchie?

Ach, versetzte Wilkie, die Monarchie, die sei schon okay, weil sie schließlich erblich sei und außerdem nur das vornehmste Glied in einer ganzen Kette symbolischer Elternschaften bilde, was die erste Elizabeth übrigens sehr schlau erkannt hätte: Die Unterhausabgeordneten seien die Eltern des gemeinen Volkes, die Lords im Oberhaus die des Unterhauses, und der Monarch stehe an Eltern Statt über den Lords. Wenn der Herrscher es dann noch fertigbrächte, an Gott zu glauben, ergebe sich eine besonders günstige Konstellation, weil die Kette dann nämlich bis in die Unendlichkeit fortreiche und wirklich sicher und beständig sei. Und so, fuhr Wilkie fort, beweist Winnicott, daß die Mythen vom Sterbenden Gott und dem Ewigen Thronherrn bis auf den heutigen Tag in Kraft sind. Die Königin beschützt uns in unserer Furcht vor dem WEIBE, weil sie eine gütige, unnahbare und mithin ungefährliche Mutterfigur ist, mit der wir uns in unserer demokratischen Monarchie gut einrichten können.

Bill sagte, er sei es gründlich satt, daß heutzutage alles und jedes auf Sexualität und Familie zurückgeführt werde. Wilkie erklärte sich im Prinzip mit ihm einverstanden, gab aber zu bedenken, daß man in diesen Zeiten gar keine andere Wahl habe, als freudianisch zu argumentieren. Und die psychologische Deutung allgemein bekannter Reizphänomene dünke einen immer falsch, sobald man sie ans Tageslicht zerre, wo sie nicht hingehörten, weil man sich doch normalerweise gegen sie sträube und sie unterdrücke, das liege schließlich in der Natur der Sache. Das, konterte Bill, sei eben die Crux mit der Psychoanalyse: Wie man sich auch drehe und wende, immer sitze man in der Falle, denn jeder Einwand werde einfach als Blockadehaltung interpretiert, welche nur die ursprüngliche Diagnose erhärte. Jedenfalls in den Augen der Gläubigen. Und genau darauf gründe sich auch das Fundament des Glaubens. Er wisse schon, warum er sich gar nicht erst auf dieses schlüpfrige Parkett begebe. Und falls Wilkie sich für seine Meinung interessiere, so wolle er noch hinzufügen, daß seiner Meinung nach die wirkliche Gefahr für den Menschen nicht vom WEIBE ausgehe, sondern von diesem harmlosen kleinen, diesem unscheinbaren kleinen, diesem weltweit verbreiteten kleinen Bildschirm da vorn. Der ohne Zweifel das Aus bedeuten müsse für Lektüre und Gespräch, für Gemeinschaftsspiel, Handwerk und Familienleben.

Wilkie meinte, soweit komme es vielleicht dann doch nicht, aber wenn ihnen die Experimente mit unterschwelligen Reizen bekannt wären, die er gesehen hatte – Versuche, bei denen man einen Kinobesucher mitten in einem Film, der von ganz etwas anderem handelte, mit einem mehrmals unauffällig eingeblendeten Glas Eiswasser schier zum Verdursten bringen konnte –, wenn sie das gesehen hätten, dann wäre ihnen bestimmt angst und bange davor, was ein Hitler mit manipulierten Bildern anstellen konnte, auf denen heimtückische Juden hungernde Kinder erwürgten. Aber wie dem auch sei, mit dem Kasten da müsse man sich abfinden, den werde man nicht mehr los, und er für sein Teil habe sogar vor, sich beim Fernsehen zu engagieren, denn daher kämen nun einmal künftig die Impulse unserer Kultur, und entweder machte man sich das Ding zunutze, oder man hockte als unmündiger Zuschauer tatenlos davor. Eine Maxime, die zumindest Frederica und Alexander beherzigten, auch wenn Wilkie an diesem Tag vielleicht etwas geckenhaft und nicht besonders seriös wirkte mit seinen runden rosa Augengläsern und dem pinselig sprießenden Bärtchen, das er sich für die Rolle des Ralegh stehenließ.

Jahre später, lange nach seinem Stück und dessen Folgen, nach dem durchgefallenen Drehbuch und seinem geharnischten TV-Vortrag, wurde Alexander eines Abends von der glasklaren Erinnerung an die Krönungsfeierlichkeiten heimgesucht. An diesem Abend hatte er den Auftrag, einen Artikel von circa 500 Wörtern über ein ganz anderes Fernsehereignis zu schreiben, eine Show, in der Robin Day, unterstützt von einer Riege Feministinnen und Psychologinnen, den weiblichen Jan Morris teils freundlich, teils hämisch in die Zange nahm. Und während dieses Exerzitiums wurde eine Filmsequenz eingeblendet, die den schönen jungen James Morrison zeigte, wie er mit weit ausgebreiteten Armen auf die weißglitzernde, die unermeßliche Bergwelt zu Füßen des nun endlich bezwungenen jungfräulichen Gipfels deutete und triumphierend dessen Unterwerfung verkündete, die gleichwohl kein ZEICHEN war. Aber *er* ist eines, dachte Alexander, wenn auch eins, das sich nur schwer interpretieren läßt: männlich von Geburt, weiblich dem Triebe nach, ein Mensch, der sich einer wahrhaft attischen Selbstverstümmelung unterzog, um sich zu einem Gegenstück des Wahrzeichens der ersten Elizabeth zu machen: zum aus der Asche erstandenen Phönix, dem alchimistischen *mysterium coniunctionis*, zu Hermes und Aphrodite, Vater und Mutter in einer Person, kurz gesagt, zu dem, was Spenser die Ovidsche Natur nennt. Die abenteuerlichen Legenden fielen ihm ein, Geschichten, wonach die erste Elizabeth angeblich ein Mann war oder eine Frau mit ausgeprägten männlichen Merkmalen. Und nun stellte sich heraus, daß die Regentschaft der zweiten ein Hermes auf dem Berge eingeleitet hatte, der sich in eine Aphrodite verwandelte, die ihr anachronistisches Pläsier darin fand, sich von den Taxifahrern in Bath den Hintern versohlen zu lassen. Eine ambivalente, aber durchaus würdevolle Persönlichkeit, über die Robin Day sich erbarmungslos lustig machte und mit unerwarteten Dokumenten ihrer oder seiner früheren Inkarnation in die Enge trieb. Es war ein langer Weg von dieser Farce zurück zu Dimblebys volltönender Hommage an das Sinnbild der jungen Frau.

Alexander bemühte sich stundenlang, eine metaphysisch verrätselte und dabei geistreiche Betrachtung über Mrs. Morris und Mr. Day zu Papier zu bringen. Rücksichtnahme, die Wahrung des guten Geschmacks und der Gedanke an mögliche juristische Konsequenzen brachten ihn schließlich davon ab. Der Artikel, den er publizierte, war ironischerweise ein fast Dimbleby-reifer Tribut an Mrs. Morris' langbeinige Grazie, ihre kehlige Stimme und ihre Liebenswürdigkeit.

Ein Dutzend Spenserscher Strophen über Natur und Genie und über die viereckige Guckkastenwelt der Mattscheibe hielt er in seiner Schublade verschlossen. Ganz verstanden hätte diese Verse vielleicht nur Frederica, aber gerade ihr wollte er sie nie und nimmer zeigen.

28. Gedanken zur Traumdeutung

Drei- oder viermal im Leben hatte Stephanie schon Träume gehabt, die sich grundlegend von anderen unterschieden. Träume, die ernst und doch heiter waren, verrätselte Visionen, warnend und verführerisch. Dieser jüngste Traum nun war spannend und kränkend zugleich, wie zu ihrer Demütigung ersonnen.

Sie ging an einem weitläufigen weißen Strand spazieren. Es war Ebbe; weit draußen schwappten die Wellen träge und lautlos über den Sand. Ihr war weder heiß noch kalt, und doch fröstelte sie ein wenig. Und sie wußte, daß sie dort, wo sie war, lieber nicht gewesen wäre.

Sie ging langsam, gehemmt von einer Lethargie, die den Dingen innewohnte und sich auf sie übertrug; es war, als hätte die Welt sich verausgabt. Alles wirkte wie ausgebleicht, und wo vielleicht noch Farbspuren erkennbar waren, verblaßten auch die und zerflossen wie auf einem überbelichteten Negativ. Über dem durchsichtig silbrigen Aschgrau des Sandes lag ein Gelbstich. Die perlmuttenen Klippen trugen an manchen Stellen gespenstische fleischfarbene Kleckse. Cremige Schlieren durchzogen den weißlichen Himmel wie Knitterfalten im Zeichenpapier. Das Wasser war milchig trüb, und die Felsen in der Ferne leuchteten weiß wie ein vom Meer angeschwemmtes, ausgebleichtes Gerippe.

Lautlos kamen Roß und Reiterin von den Klippen herab, eingehüllt in stoffreiche Gewänder, die sich in der eigenen Zugluft blähten. Das Pferd, das unter wehendem Festonschmuck einherstampfte, streckte die weichen weißen Nüstern durch eine weiße Kapuze. Die Ohren waren angelegt: Das Maul schäumte: Die Augen blieben in der Vermummung unsichtbar. Die Reiterin hielt den weiß- und goldschimmernden Schleierkokon, dessen Zipfel munter hinter ihr dreinflatterten, mit beiden Händen über der Brust zusammengerafft, an die sie auch die festonierten Zügelschlaufen preßte und einen undefinierbaren, verpackten Gegenstand. Das ruhige Antlitz zwischen den wippenden Tüchern war kalkweiß.

Sie sah zu, wie die beiden dem Wasser entgegenpreschten, und zwang sich weiterzugehen. Am Strand war es jetzt, da Roß und Reiterin ihren Luftstrom mit sich fortgetragen hatten, fast windstill. Sie mußte nach etwas suchen – in oder unter den Felsen – und vertraute darauf, daß ihr einfallen würde, was es war, sobald sie an die rechte Stelle kam. Doch mit der Zeit schwand ihre Zuversicht, und sie wußte, sie hatte sich überschätzt. Ihr Kopf war ganz leer.

Hinter ihr kam das Pferd lustlos längs der Brandungslinie zurückgetrottet. Die Flut war überraschend schnell gestiegen, schon wogten hart neben ihr die gischtfunkelnden kraftvollen Wellenkämme.

Sie streckte eine Hand aus und griff in die Zügel. Doch als sie das warme Fleisch berührte, die weichen, kaum behaarten Pferdelippen und die geschürzten Nüstern, da erschrak sie heftig und zog die Hand zurück. Das Tier senkte den Kopf und blieb stehen. Es war doch nicht so ungestüm und aufgeweckt, wie sie zunächst geglaubt hatte – der mächtig gewölbte Brustkasten, die stark behaarten, plumpen Fesseln machten es eher schwerfällig. Die Frau hing schlaff im Sattel. Sie mußte die beiden um jeden Preis wieder in Bewegung setzen: Schwer lastete die Verantwortung auf ihr. Und es packte sie jene unheimliche Urangst, die sich einstellt, wenn man in eine Geschichte hineingeraten ist, in der man nicht mitspielen und von der man auch nicht wissen möchte, wie sie ausgeht.

Den Blick auf das Stoffknäuel zwischen den Fingern vor der Brust der Reiterin gerichtet, fragte sie, ob es nicht das beste sei, sie setze ihren Weg fort? Die zusammengesunkene Gestalt gab keine Antwort, doch man konnte spüren, daß sie große Angst hatte. Und ein Urbild von einem Geschichtenerzähler gab ihr zu verstehen, daß die Urne vergraben werden müsse und daß der Weltuntergang nahe sei. Da gab sie dem Pferd einen festen Klaps auf die stramme Hinterhand, das Tier machte einen Satz und trottete durchs Wasser davon.

Sie blickte sich um und sah, daß die hohen, glitzernden Wellen, die sich so rasch in der Bucht gesammelt hatten, ihr schon mit Macht entgegenbrandeten.

Sie rannte los, ohne daß sie vom Fleck gekommen wäre, und die Flut setzte ihr unaufhaltsam nach.

Im Traum fängt, kurz bevor der Verfolger den Gejagten einholt, die Geschichte einfach in veränderter Form noch einmal an, es sei denn, man wacht vorher auf.

Sie wühlte mit nassen Händen unter den Klippen bei den Felsen und hob ein trichterförmiges Loch aus, dessen Wände ständig bröckelten und auf den glitschig funkelnden, feuchten Bodensatz hinunterrutschten. Mittlerweile war ihr schrecklich heiß, und sie weinte leise vor sich hin. Bis zu den Ellbogen hatte sie sich ins Erdreich gegraben, als sie auf die Öffnung eines rostigen Eisenrohrs stieß. Auf dem glatten dunklen Grundwasserspiegel in ihrem Loch schwamm ein weißer Schaumring. Sie ging in die Hocke und betrachtete ihr Werk. Doch da war keine Urne, das da unten war Abwasser und gehörte wieder zugedeckt. Die Urne dagegen sollte gerade nicht verborgen, sondern nachgemacht und vervielfältigt werden. Sie grub an der falschen Stelle. Alles war schiefgegangen. Man würde sie bestrafen.

Sie lief über die Felsen. Der Wunsch, sich aus der Geschichte herauszuhalten, wurde stärker, aber ihr Pflichtbewußtsein siegte. Vor ihr auf den Felsbänken standen wie in einer Apotheke ganze Batterien von Alabasterurnen, Krügen und Glaskolben aufgereiht (bestimmt waren auch Duplikate darunter). Die Gefäße, von denen manche zugekorkt waren, während andere einen Schraubverschluß hatten, lugten zwischen gefiederten Blasentangpolstern hervor oder überragten jene öligen, aufgequollenen Häufchen mit den gezackten Rändern, die die Losung der Katzenhaie sind und die man Nixentäschchen heißt. Sie reichte nicht an die Behälter heran, die sich alle ähnelten, auch wenn keiner dem anderen ganz gleichsah. Sie setzte sich auf einen Hügel aus jenem Seetang, der an rauhes, altes, ungebleichtes Leinen erinnert. Wie ein Webmuster glitten ihr die lebenden Büschel durch die Finger, und die gebogenen oder gezackten Blättchen hatten Ähnlichkeit mit dem Festonschmuck am Geschirr des Pferdes. Am milchweiß verschleierten Horizont braute sich etwas zusammen. Sie hatte die Urne verloren, die, in der alles, was es zu retten galt, enthalten war, auch wenn die Felsen gespickt schienen mit Deckelkrügen, die wer weiß was für Aschen oder Salben bargen. Sie hätte stillhalten sollen. Außerdem hatte sie etwas Wesentliches zu tun versäumt. Jetzt war es zu spät – über die gurgelnden Blasentangfelder führte kein Weg zurück. Schon leckten die weißen Wasser glucksend und rauschend an den eiskalten Felsen empor.

Als sie aus dem Schlaf hochschreckte, war ihr Gesicht in Tränen gebadet, die Blase zum Bersten gefüllt.

Daß sie nach dem Gang zur Toilette nicht wieder einschlafen konnte, war mit ein Grund dafür, daß sich der Traum so deutlich in ihrem Gedächtnis verankern ließ. Freilich setzten sich Träume wie dieser ihrer Erfahrung nach ohnehin im Wachen fort. Draußen dämmerte blaßblau und graugefleckt der Morgen. Sie zog sich die Decke um die Schultern, richtete sich im Bett auf und versuchte die Geschichte zu ergründen.

Die Schlußverse verschiedener Gedichte drehten und schlängelten sich zusammenhanglos im Raum wie abgerissene Handlungsfäden, wie die schimmernden Zipfel vorbeiflatternder Spinnweben. Was zu verbergen tödlich ist. Sanft kräuselt sich die Welle, schaumgekrönt. Grausam Hirtenlied. Die stürmischen Fluten des Weltenuntergangs. Du, stummer Krug, luchst uns das Denken ab … Hinter diesen Versatzstücken kamen die erhabenen Formen eines erhabenen Sprachstils anstolziert, grammatikalische Gerippe versunkener Epochen, gespenstisch anzuschauen – bruchstückhaft erinnerte Kadenzen und ungehörte Melodien in harmonischem Rhythmus mit fortlaufendem Text. Sie hätte weinen mögen darüber, daß sie inzwischen vergessen und entschwunden waren, alle zur gleichen weißen Leere verblaßt.

Es kamen noch andere Gefühle ins Spiel. Eins davon war blanker Zorn über die frivolen Manipulationen eines präzisen, vielschichtigen und regen Gedächtnisses. Der Tag in Filey mit den stürmischen Winden und der aufgewühlten See hatte naturgetreu und in seiner ganzen Dramatik Eingang gefunden in ihren Traum, der die widerstreitenden Leidenschaften ohne ihren Willen einte, sublimierte, kanalisierte und endlich zum Abklingen brachte. Man hatte sie zur Kunst hochstilisiert, hatte modernistisch verbrämte Splitter anspielungsreicher hoher Kunst herausgefiltert, Beutestücke, Treibgut einer untergehenden Kultur – nur daß es nicht ihr Werk war. Sie hatte das impotente Gespenst der englischen Dichtkunst heraufbeschworen, ja, aber sie besaß nicht die Kraft, es zum Leben zu erwecken.

Auf einer anderen Ebene war der Traum mit seiner reduktiven Einfalt und der in ihrer Deutung penetrant aufdringlichen Bildsprache auch so etwas wie ein geschmackloser Freudscher Witz, dachte sie und schickte sich an, behutsam und gründlich gleichsam das Blattwerk dieses psychoanalytischen Wildwuchses zu sondieren.

Item: Blasentang war für jemanden, der notorisch unter postkoitaler Blasenentzündung litt, eine besonders unangenehme Anspielung.

Item: Der Schoß-Urnen-Komplex kam in seiner Schlichtheit einer intellektuellen Kränkung gleich, zumal wenn er, wie hier, durch Seegras und Löcher noch so plump in seiner Symbolik verstärkt wurde. Was man in einem Traum, der einen in Schrekken und Raserei versetzte und aus dem man in Tränen aufgelöst erwachte, als reales Geschehen begreifen sollte, als sinnliches Gleichnis oder Handlungsmotiv, das dürfte nur verschleiert, indirekt und verrätselt angedeutet werden.

Item: Bei ihrer verzweifelten Grabungsaktion mit dem Ziel, die eine kostbare Urne zu finden oder sie vielleicht auch zu verscharren, hatte sie ein tiefes, blutiges Loch ausgehoben und darin eine verrostete, schäumende Karikatur des männlichen Gliedes entdeckt. Die hierdurch heraufbeschworenen Assoziationen waren besonders widerlich, weil es in Wirklichkeit – am Strand von Filey – ja tatsächlich verrostete und schaumbekränzte Kanalisationsrohre und blutroten Lehm gegeben hatte.

Eine weitere Assoziation entsetzte sie dermaßen, daß es ihr fast gelungen wäre, sie zu unterdrücken. Aber die Parallele zwischen den Schaumringen im Sand und den weißen Spukeflöckchen rund um ihres Vaters wutverzerrten Mund war ihr denn doch zu deutlich.

Blieb noch der didaktische Kern. Den hätte eine sehr belesene Pythia nach einer englischen Version der *Sortes Vergilianae* diktiert haben können. »Was zu verbergen tödlich ist«, das war Milton in seinen Betrachtungen über die Literatur und darüber, wie schmerzlich sie dem Blinden fehlte. An gleicher Stelle setzte er die eigene Apathie in Bezug zu dem erschreckenden Gleichnis vom ungetreuen Knecht, der das einzige Pfund, welches er empfangen hat, ängstlich vergräbt statt es zu mehren. Dann die Zitate aus der *Ode auf eine Griechische Urne*. Du noch unberührte Braut der Stille. Die entsinnlichte Sinnlichkeit des Verstandes. Das Urnenbegräbnis. Behauener Alabaster. Glatt wie behauener Alabaster. Das war nun wirklich sehr weit hergeholt, aus einem zu entlegenen Text geborgt. Da wurden lauter Nebensächlichkeiten assoziativ zusammengeführt: weiß, fahl, kalt, Urne, Pferd, Himmel, Meer.

Das Pferd hatte natürlich Vorläufer, unter denen jenes fahle mit dem Reiter, des Name hieß Tod, ein besonders vages und nur sehr schwer deutbares Beispiel war. Doch es gab da einen Zelter, den sie nicht einordnen konnte, Instinkt mit archaischen Ängsten gepaart, und noch ein anderes, ein sehr präzises literarisches

Bild von einem Reiter schwebte ihr vor, einem, der sich sputen muß, weil er einen kostbaren Schatz zu vergraben hat. Und auf dieses letzte Bild zählte sie, beschwor es in ihrer Hilflosigkeit mit der Wendung von den »stürmischen Fluten des Weltenuntergangs« und mit einer Art entgegengesetztem Nachbild zu ihrem Traum, einem höckrigen, dunklen Reittier, das über einen schwarzen – keinen weißen! – Sandstreifen zockelte: William Wordsworth' Traum-Dromedar.

Sie rief sich noch verschiedene andere markante, skurrile Wortschöpfungen ins Gedächtnis – Wendungen aus *Moby Dick* und aus *Ordnungsgedanken auf Key West*, aus *Dover Beach* und den Tennysonschen Entscheidungsschlachten im Nebel. Aber der eigentliche didaktische Kern, das wußte sie, lag bei Milton und Wordsworth und der Urnenbestattung. Sie holte ihre alte Cambridge-Ausgabe des *Präludiums* aus dem Regal. Wordsworth' Traum ereignete sich in der Mitte jenes unbefriedigenden V. Buches, betitelt *Bücher*. In diesem Traum floh der Reiter, der kein Beduine war und auch nicht Don Quichotte, vor der allerletzten, der Untergangsflut, um einen Stein und eine Muschel zu vergraben, die (im Traum) eine leidenschaftliche Ode und Euklids Elemente vorstellten, mit anderen Worten: Sprache und Geometrie.

Stephanie las. Manche Leidenschaften gehören zum gängigen Repertoire der Literatur, während andere, wiewohl zur gleichen Kategorie zählend, so abstrus sind, daß sie sich jeder Beschreibung entziehen. Die Leseleidenschaft rangiert irgendwo in der Mitte: Man kann sie andeuten, aber nicht wirklich plastisch ausführen, schon weil die Beschreibung einer leidenschaftlichen Lektüre von *Bücher* (um beim Beispiel zu bleiben) wesentlich mehr Raum in Anspruch nehmen würde als der Text selbst und folglich zu einer enttäuschenden Antiklimax geriete. Es wäre auch keine Alternative, dem Vorbild von Borges' Dichter zu folgen und *Bücher* in diesen Roman zu integrieren, obschon die darin thematisierte Furcht vor dem Untergang der Bücher und die Absicht, eine Traumgestalt zum Mittelpunkt des fiktionalen Geschehens zu machen, dem Text nachgerade wordsworthsches Gewicht verleihen könnten. In Wordsworth' wie in Stephanies Traum verdeutlichte der nicht näher bezeichnete Erzähler den Gang der Handlung. Aber einer gewissenhaften, sorgfältigen Lektüre Ereignischarakter zu verleihen, das ist keine so leichte Übung. Was Stephanie in *Bücher* fand, das waren unnötige Ängste: Verlustängste, die Angst vor dem Ertrinken und vor dunklen Mächten, wobei unklar blieb, wer sich hinter der zerstörerischen Gewalt verbarg, das Leben oder die Phantasie, oder wo diese beiden zusammenkommen; wo, wenn überhaupt, der nicht näher bezeichnete Erzähler mit einer handfesten Geschichte aufwartet. Erst dachte sie, während sie anstandshalber und ganz bewußt ein paar Tränen vergoß, sie denke, daß sie nicht heiraten solle; daß sie mit der Einwilligung in diese Heirat eine Welt verloren (oder begraben) habe; sie solle zurückgehen nach Cambridge und eine Dissertation über Wordsworth' Ängste vor dem Untergang der Bücher schreiben. Dann dachte sie, das sei einfach verrückt, und brach in hysterisches Gelächter aus. Dann wieder dachte sie, sie selbst sei es, die sich fürchte, die Angst davor habe, Körper und Geist und Phantasie gleichzeitig zusammenzuführen, und daß Daniel genau das von ihr verlange und daß es dann keinen Platz mehr gebe, an dem Urne oder Landschaft sich allein behaupten konnten. Doch wenn sie zu verbergen den Tod bedeutete, dann war es bestimmt erst recht tödlich, sich mit ihnen abzukapseln und einzusperren. Sie wußte keine Lösung, und darum würde sie den leichtesten Weg beschreiten, würde das tun, was schon so trefflich arrangiert war, und heiraten. Sie blätterte zurück zum Anfang des Buches und las es in einem Zug durch – wie besessen, als ob ihr ganzes Sein davon abhinge.

29. Hochzeit

Nach der Krönung überboten sich die Kommentatoren in Lobeshymnen auf die besondere Gabe der Engländer, große Ereignisse würdevoll in Szene zu setzen. Was von der Potterschen Hochzeit in Erinnerung blieb, waren konfuse Zustände, eine gereizte Stimmung und abfällige Bemerkungen über die kirchliche Zeremonie. Bill wartete ab, bis fast alle Vorbereitungen getroffen waren, und erklärte dann, sie müßten schon verstehen, daß er diese Angelegenheit nicht durch sein Erscheinen in irgendeiner Kirche sanktionieren werde. Dies nur für den Fall, daß sie angenommen hätten, er würde seiner Tochter den Brautführer machen. Aber gewiß nicht, mein Lieber, antwortete Winifred gleichmütig, ging hin und verpflichtete Alexander. Wie viele fügsame Naturen entwickelte auch sie, einmal zum äußersten getrieben, ein erstaunliches Maß an Eigeninitiative. Stephanie, mit der sie sich zuvor nicht abgesprochen hatte, war peinlich berührt, doch da hatte Alexander mit seinem Faible für feierliche Handlungen längst freudig zugesagt.

Man konnte sich des Eindrucks nicht erwehren, daß die Braut dem großen Ereignis ziemlich teilnahmslos entgegensah. In der Tat machte Stephanie sich recht sauertöpfische Gedanken über die bevorstehende Zeremonie. Wie die meisten kleinen Mädchen hatte auch sie als Kind lüstern und narzißtisch das rituelle Spiel »Meine Hochzeit« inszeniert. Und wie die meisten ihrer erwachsenen Mitbürger reckte auch sie heute den Hals, wenn eine weißgeschmückte Limousine vorbeifuhr, um einen Blick auf »Die Braut« zu erhaschen – irgendeine unidentifizierbare Stenotypistin, Herzogin, Reit- oder Schullehrerin, die sie nie wiedersehen und wenn, dann nicht mehr erkennen würde. Unter primitiven Völkern war es Sitte, Beschneidung und Eintritt in die Pubertät, die Jagd zu Wasser und zu Lande, Geburt, Hochzeit und Tod mit rituellen Zeremonien zu feiern, bei denen die Leiber mit Beulen, Narben und Blasen gezeichnet, mit Farben, Blättern, Blüten und Federn geschmückt wurden. Daran, daß im Gefolge der Königin Männer mit aufgeschlitzten Wangen unter englischen Hüten und Helmen mitmarschierten, hatte man sich längst gewöhnt. Stephanies Aversion gegen das kirchliche Zeremoniell beruhte auf der Annahme, daß Daniel es für bare Münze nahm und daran glaubte: In dem Punkt wenigstens war sie mit ihrer Familie einig. Für sie dagegen blickte kein Gott vom Kruzifixbalken herab, weder um den Trauring mit Zauberkraft zu segnen, noch um sie beide Hand in Hand oder Aug' in Aug' zu vereinen. Trotzdem würde sie in eine weiße Schleierwolke gehüllt vorn am Altar stehen und Cranmers Texte nachsprechen. Zur Gegenwehr flirtete sie wenigstens in Gedanken eigensinnig mit ketzerischen Blasphemien und vergegenwärtigte sich die rauhe Wirklichkeit etwa am Beispiel einer Freundin, deren

Bräutigam nach einer unbesonnenen Hochzeitsreise von Keswick nach Dover zuerst im Hotelzimmer in seinen Schlafanzug gestiegen war und dann, während die Braut sich im Bad mit einem unhandlich schlüpfrigen Pessar abquälte, die Hose feierlich wieder ausgezogen hatte. Worauf er mit blankem Hintern und entblößtem Torso schnarchend auf die Tagesdecke plumpste und in einen so tiefen Schlaf sank, daß nichts und niemand ihn mehr wachbekam. Geschichten wie diese wurden Stephanie beharrlich von allen Seiten zugetragen, und sie war heilfroh, wenigstens davor sicher zu sein, daß irgend jemand in der Brautnacht herging und (sei es konkret oder im übertragenen Sinne) ihre Laken aus einem der schlecht schließenden Fenster in der Sozialwohnung hängte.

Ihren Auszug aus dem Elternhaus hatte sie immer vor dem Hintergrund eines einträchtigen und durch ihren Weggang noch enger zusammenrückenden Familienverbundes gesehen. Doch als der Hochzeitsmorgen anbrach, da wirkte das Haus in der Masters' Row kahl und leergefegt, und im Kreise der Familie klaffte unübersehbar eine große Lücke. Man frühstückte so zeitig, daß die Frauen noch unfrisiert und im Morgenrock herunterkamen. Bill ließ sich nicht blicken, ja war, wie sich anschließend herausstellte, überhaupt nicht im Haus. Auf Stephanies Gedeck lag ein brauner Umschlag. Er enthielt einen Scheck über 250 Pfund, ausgestellt auf Stephanie Potter. Alle hatten ein ungutes Gefühl, als sie ihn vorzeigte.

»Wenn sie den einlöst, ist sie keine Potter mehr«, sagte Frederica rundheraus.

»An so was ist die Bank sicher gewöhnt«, meinte Stephanie. Marcus erschien in Flanellhosen und einem Trikothemd aus Baumwolle. Still und unauffällig setzte er sich auf seinen Platz.

»Wo mag er hingegangen sein? Was glaubt ihr?« fragte Frederica. Niemand antwortete. Stephanie schob ihr unberührtes Ei zur Seite. Winifred schenkte den Tee aus.

»Ob er überhaupt bei irgendwas aufkreuzen wird, was meint ihr?« fragte Frederica weiter. Auch darauf antwortete niemand.

Lange herrschte Schweigen. »Na schön«, sagte Frederica endlich, »wenn man sich hier mit keinem vernünftig unterhalten kann, dann geh' ich rauf und nehme ein schönes Bad.«

Erregt gebot Winifred ihr Einhalt. »Jetzt warte mal, du kannst nicht einfach so losrennen, wir müssen uns erst absprechen. Wichtig ist, daß *Stephanie* ihr Bad bekommt, das müssen wir bedenken – und den Boiler – und einen genauen Zeitplan sollten wir machen, alles will sorgfältig kalkuliert sein ...«

»Ach, Mummy, sei nicht kindisch, jeder kann baden, wann er Lust hat, wir haben doch alle nichts zu tun, und es ist noch haufenweise Zeit, bevor's Ernst wird, weil du natürlich darauf bestanden hast, alles schon gestern zu erledigen. Weshalb wir heute ewig lange herumsitzen und an den Nägeln kauen müssen, bloß für den Fall, daß vielleicht der Boiler in die Luft fliegt oder die Blumen nicht kommen und wir nach Blesford und zurück radeln müssen, um welche zu besorgen, oder ...«

»Das ist also der Dank dafür, daß ich mich bemüht habe, alles möglichst reibungslos zu organisieren«, sagte Winifred mit zusammengepreßten Lippen. »Ihr glaubt anscheinend, so eine Hochzeit regelt sich von allein.«

»Aber nein, ganz im Gegenteil! Und wir beklagen uns ja auch bloß über die Schikane so einer stundenlangen, faden Warterei ...«

»Mir ist es gleich, wann ich bade«, sagte Stephanie in einem Ton, der Winifred besorgt aufblicken ließ. Stephanie gab sich einen Ruck. »Das heißt, wo ich mich in der Wanne so leicht erhitze und immer gleich krebsrot anlaufe, wär's schon gut, ich ginge rechtzeitig, um mich wieder abzukühlen, bevor ...«

»Wieso? Paßt doch wunderbar: die hold errötende Braut«, warf Frederica ein.

»Halt den Mund!« herrschte Marcus sie an, worauf sich alle überrascht nach ihm umwandten. Da stand er auf und ging nach oben, ins Bad.

»Schön«, sagte Frederica, »geh' ich eben nach Stephanie. Dann kann ich mich wenigstens genüßlich in der Wanne aalen, mich einsingen und sehen, daß ich in Form komme.«

»Von *aalen*«, sagte Winifred, »kann keine Rede sein, Liebes. Dafür ist heute keine Zeit.«

Sie irrte sich, und Frederica sollte recht behalten: Sie hatten viel zuviel Zeit eingeplant. Ein Lieferant brachte die Blumen, Mrs. Thone rief an, um zu sagen, daß Speisen und Getränke bereitstünden, Bill blieb verschwunden, und weiter passierte nichts. Die drei Frauen streiften ruhelos durchs Haus, brühten überflüssigerweise ständig frischen Nescafé und spähten beiläufig aus den Fenstern. In den Zimmern wechselten sperrige Paketstapel mit unschönen Lücken, die überall da entstanden waren, wo Winifred einen Stuhl oder eine Standuhr für die Einrichtung der Sozialwohnung beigesteuert hatte. Frederica wußte, daß sie eigentlich an so einem Tag miteinander hätten lachen oder weinen sollen, aber Winifred und Stephanie waren still und in sich gekehrt; ihre eigenen unbeholfenen Scherze wirkten entweder schrecklich aggressiv oder ordinär, und so schloß sie sich nach einer Weile tatsächlich im Bad ein, wo sie mit grimmiger Inbrunst »Feigheit wohnt in meiner Seele nicht« anstimmte und »Bleib bei uns, o Herr« und dazwischen eins von den melancholischen Liedchen des Narren aus *Was Ihr wollt*. Nachdem Winifred sie vor lauter Nervosität aus der Wanne gescheucht hatte, nahm Stephanie in aller Eile ein Bad – sie wollte ihren Körper heute nicht sehen – und zog sich anschließend rosig erhitzt, noch feucht und mit gekräuselten Haaren in ihr Zimmer zurück, wo sie dann auf dem Bett saß und wartete, bis es an der Zeit war, sich anzuziehen – was freilich immer noch ein paar Stunden dauern würde.

Das von jeher nüchterne Zimmer war nun fast leergeräumt. Ihre Bücher, die Kaminfiguren, Hocker und Nachttisch hatte man schon in die Wohnung am Askham-Weg geschafft. Im Kleiderschrank hingen nur noch Sachen, die ihr nicht mehr paßten, die sie abgetragen oder ausrangiert hatte. Weil sie so nervös war und um sich zu beschäftigen, hatte sie das Bett abgezogen und die Decken am Fußende zusammengefaltet. Auf denen saß sie nun still und in sich gekehrt und kannte den Raum nicht wieder, dem sie nicht Lebewohl sagen konnte, weil er schon nicht mehr der war, den sie bewohnt hatte. Sie beneidete ihre Schwester, die immer irgend etwas haben wollte und die sich auch jetzt wieder einige ihrer zurückgelassenen Habseligkeiten angeeignet hatte – ein Gobelinkissen, ein Haarnadelschälchen, einen Druck von Botticellis *Primavera*: Statt des Bildes war nur noch ein heller Fleck auf der grünen Tapete zurückgeblieben, neben dem die Wände auf einmal staubig und vergilbt wirkten. Sie dachte an ihre Kindheit, aber da war nichts, was sie berührt hätte. Sie dachte an Daniel und ließ es dann doch lieber bleiben. Sie dachte an Wordsworth und empfand momentan Erleichterung. Es klopfte, und Winifred kam herein. Sie trug ein neues Korselett unter dem Morgenrock und hielt die obligate Tasse Nescafé in der Hand.

»Geht's dir gut, Liebes?«

»Mir fehlt nichts.«

Winifred sah sich um. »Es sieht ein bißchen kahl aus bei dir. Ich dachte, wir könnten hier ein Arbeitszimmer einrichten – für ihn. Tut mir leid, daß er sich so aufführt.«

»Nicht deine Schuld. Und im Grunde war's nicht anders zu erwarten.«

»Aber das ist dein Tag. Und er versucht ihn dir zu verderben.«

Stephanie sah, daß sie weinte.

»Für dich wollte ich alles so, wie es sich gehört, eine richtige Familienhochzeit, für dich ...«

»So wird's auch sein.«

Sie sahen sich an, und beider Blicke verrieten die gleiche geduldige Resignation. Winifred hatte die Hände in den Stulpen ihres Morgenrocks versenkt und umfaßte mit den Armen tröstend ihre Taille. Stephanie dachte: eine Frau, ein Haus, »eine richtige Familie ...« Wollte sie Daniel »ein Heim« schaffen? Was wollte sie überhaupt? Frederica stürzte herein, schon in dem gelben Popelinekleid, das Haar mit einer langen schokoladenbraunen Schleife zurückgebunden.

»Jetzt macht aber zu!« rief sie. »Alexander kommt eben über den Brühl, ganz in Perlgrau und mit Zylinder, so was Hinreißendes habt ihr noch nicht gesehen – und ihr sitzt hier noch in der Unterwäsche. Wo's endlich losgeht! Borgst du mir deinen neuen Lippenstift, Steph, den ganz hellen? Meine sind allesamt zu kräftig für diesen Butterton, da braucht's Finesse, und du möchtest schließlich keine aufgedonnerte Brautjungfer, oder? Sag, würdest du mir auch noch ein bißchen was von deinem grünen Lidschatten abgeben?«

Stephanie wies stumm auf ihre Kommode, und dann sah sie zu, wie Frederica sich rasch und geschickt ihres keuschen Braut-Make-ups bediente. Das sind meine Sachen, die ich benutzen sollte, dachte sie und schämte sich, so zu denken: Wie ein kleines Kind an seinem Geburtstag benimmst du dich, nicht wie eine erwachsene Frau, schalt sie sich, während Frederica gekonnt auf ihr Maskaratäfelchen spuckte und sich mit ihrem Tuschebürstchen über die rötlichblonden Wimpern strich. Der grüne Lidschatten stand Frederica ganz gut.

»So – das war's auch schon. Jetzt kann ich Alexander reinlassen, und du hast Zeit, dich schönzumachen. Mummy hat eben dein Kleid aufgebügelt. Ich geh' und hol' es, ja?«

»Wenn du meinst.«

Frederica maß sie mit einem langen, hungrig besitzergreifenden Blick und rauschte wieder ab. Unter ihrem frisch gestärkten Baumwollrock knisterte der Tüllpetticoat. Gleich darauf war sie wieder da und hängte den schlaffen weißen Plastiksack, in dem das Brautkleid steckte, an die Tür.

»Wenn du eine Garderobiere brauchst, dann ruf mich. Er ist schon im Garten, ich geh' und lass' ihn rein. Hoffentlich findet er dieses Gelb nicht zu kindisch ...«

Als sie allein war, rückte Stephanie die nackte Birne ihrer Nachttischlampe näher an den Spiegel – der Schirm war auch schon an den Askham-Weg umgezogen –, hielt ihr Gesicht ins grelle, bühnenähnliche Licht und begann sich mit sparsam flüchtigen Gesten zu schminken. Dann schlüpfte sie aus dem Morgenrock und warf einen zornig kühlen Blick auf ihre nackten Brüste, ehe sie sich das Kleid überstülpte und in Windeseile Haken und Ösen und Reißverschlüsse zunestelte. Sie zog die Bürste so ungestüm durchs Haar, daß ein paar malträtierte Strähnen sich zu unerwünschten Korkenzieherlocken kringelten, über denen sie nun, erbarmungslos mit Nadeln und Klemmen auf ihrem Kopf herumfuhrwerkend, die kleine weiße, drahtverstärkte, von Tüllwolken umwogte Pillbox festdrückte. Was für ein Blödsinn, das Ganze! Eins, zwei, hatte sie die Füße in weiße Ziegenlederpumps gezwängt und stöckelte mit raschelnden Röcken auf den Flur hinaus. Unten schoß Frederica auf der Suche nach einem verlegten Handschuh kreuz und quer durch die Diele, und Winifred, zackig in leuchtendes Marineblau gewandet, quälte sich vor dem Spiegel mit einem plissierten Leinenhut ab. In der Haustür stand ein Chauffeur. Stephanie blieb auf der Treppe stehen.

»Ach, da bist du ja! Das ist gut. Reizend siehst du aus. Alexander ist mit den Blumen im Wohnzimmer. Wenn er – wenn dein Vater – also wenn er zurückkommt, dann sag ihm – ach, ich weiß auch nicht – sag ihm – aber was immer du tust, laß dir ja nicht einfallen, auf ihn zu warten, hörst du? Auf keinen Fall. Was ist, sitzen meine Haare hinten richtig? Sehe ich lächerlich aus?«

»Du siehst wunderbar aus.«

»Na ja, ist sowieso egal, wie ich aussehe. Wer weiß, vielleicht ist es ganz gut, wenn er sich *nicht* blicken läßt. Also, Liebes – dann bis nachher in der Kirche.«

»Hoffentlich«, sagte Stephanie, die immer noch auf der Treppe stand. Frederica wirbelte vorbei und schwenkte einen Strauß Kornblumen, vermischt mit weißen Rosenknospen, in der Hand.

»Ich sag' dir, Alexander ist mit Abstand der bestaussehende ...«

»Ich komme mir so albern vor«, sagte Stephanie.

»Das ist ganz normal«, tröstete Frederica sie gedankenlos und eilte hinaus zum Wagen. Unsicher betrat Stephanie das Wohnzimmer.

Alexander erhob sich – ein Ausbund an Eleganz in Rauchgrau, Perlgrau, Austerngrau –, grüßte sie mit einer angedeuteten Verbeugung und sagte: »Ah, lassen Sie sich anschauen, lassen Sie mal sehen.« Sie stand wie versteinert in der Tür. Er winkte sie zu sich heran. »Kommen Sie näher, bitte, gehen Sie ein paar Schritte. Wie lieb, daß Sie an mich gedacht haben, es ist mir wirklich eine Ehre. Könnten Sie den Kopf ein klein wenig höher halten? Und machen Sie größere Schritte. Verzeihen Sie, wenn ich ... Ja, so ist es wunderschön.«

Vor lauter Aufregung wäre sie fast über die Bügeleisenschnur gestolpert. Sie raffte einen tiefhängenden Zipfel ihres Schleiers und bückte sich, unbeholfen in raschelndem Weiß, um den Stekker herauszuziehen.

»Lassen Sie mich das machen«, sagte Alexander.

»So was kann leicht zu einem Kurzschluß führen.«

»Den haben wir ja nun verhindert.« Er stellte das Bügeleisen aufs Bücherbord und räumte das Bügelbrett hinters Sofa. Im

Zimmer herrschte ein schändliches Durcheinander: Fredericas Morgenrock lag achtlos hingeworfen auf dem Teppich, auf Tisch und Kaminsims standen schmutzige Kaffeetassen, überall schwirrten Holzwolleflusen von diversen Verpackungen herum. Mitten in diesem Chaos ergriff Alexander ihre Hände.

»Ein wunderschönes Kleid.«

»Ich find's lächerlich.«

»Wieso?« Er war innerlich angespannt: Die familiäre Schlamperei war ihm zutiefst zuwider. Was die Kleiderordnung anging, so wäre er nie für knallrote Sakkos und enge weiße Hosen mit prall betontem Hintern eingetreten: Aber eine Frau mit weißem Schleier und langem fließenden Kleid mit Schärpe erregte seine Aufmerksamkeit in einem Maße, wie es einer Frau in einer Schürze – sofern sie nicht gerade auf der Bühne stand – nie gelungen wäre. »Wieso?« wiederholte er. »Wo bleibt Ihr Sinn für den feierlichen Anlaß? Schreiten Sie einmal richtig aus.« Er maß sie mit geübtem Blick. Ein paar Säume saßen schief: Eine Öse in der Taille war nicht richtig angenäht: Beim Ankleiden hatte sie in ihrer Hast die Taillennaht so tief gezerrt, daß sie jetzt unter der Schärpe vorlugte, und auch mit dem Kopfputz stimmte etwas nicht. Er faßte sie kurz an den Händen und sagte: »Wenn Sie erlauben, könnte ich Ihnen rasch die Schärpe richten. Und den Schleier ein bißchen zurechtzupfen. Darf ich?«

Sie nickte nur, sprachlos.

»Sie sehen wirklich reizend aus.« Geschäftig hantierten seine Hände an ihrer Taille, lüpften, rafften, schürzten, bauschten. »Haben Sie welche von diesen kleinen goldenen Stecknadeln? Hier ist ein winziges Stückchen Naht gerissen.« Ihre Bewegungen waren eckig, verrieten die mühsam beherrschte Ungeduld derer, die von helfenden Händen gezwungen werden, stillzuhalten und sich betasten zu lassen. Seine Finger verhielten einen Moment und umspannten ihre Taille mit festem Griff. Stephanie straffte die Schultern: Allmählich begann sie, sich in dem Kleid zurechtzufinden. »Ein paar von den kleinen goldenen Stecknadeln«, wiederholte Alexanders schöne Stimme belustigt, tadelnd, hartnäckig.

»O ja, Stecknadeln. Auf der Spiegelkommode in meinem Zimmer. Ich geh' schon.«

»Nein, nein! Sie dürfen sich nicht bewegen. Ich hole sie.«

Sie stand reglos wie eine weiße Säule und hörte ihn – Alexander – in ihrem kahlen schäbigen Zimmer herumkramen und dann federnden Schrittes wieder herunterkommen. Abermals legte er Hand an sie, umkreiste sie gebückt, steckte hier vorsichtig etwas mit einer Nadel fest und rückte da eine Falte zurecht. Er band die Schärpe neu und deutete, indem er mit den Händen ihren Brustkorb nachzeichnete und ihr übers Gesäß strich, die Positur an, die das Kleid vorteilhaft zur Geltung bringen würde. Dann drehte er sie zu sich um und zupfte, einen Blick in den keuschen V-Ausschnitt riskierend, zerstreut ihren Kragen in Form. Er faßte sie unters Kinn und hob ihr Gesicht an.

»Haben wir noch Zeit? Dann könnte ich Ihren Haaransatz korrigieren. Und Ihr hübsches Hütchen, das sitzt ganz asymmetrisch. Außerdem quälen Sie sich absichtlich mit diesen martialischen Nadeln und Klemmen – Sie, ein schönes Mädchen, an dem von Natur aus alles weich ist, rund und fließend. Und die Haare, die zerrt man nicht so mit Gewalt aus dem Gesicht, liebes Kind, das geht wirklich nicht. Darf ich mal?«

»Hab' ich eine andere Wahl?«

»Sie wissen doch, daß ich's besser weiß.«

»Weiß ich, ja.«

In Sekundenschnelle hatte er die Haarnadeln entfernt, einen brandneuen Kamm aus der Brusttasche gezückt, die zierliche Pillbox flachgeklopft, in Form gebogen, ihr wieder aufgesetzt und festgesteckt. An ein, zwei Stellen, die sie sich zuvor wundgescheuert hatte, glühte die brennende Kopfhaut kurz auf und verblaßte wieder. Sie atmete tief durch. Er trat einen Schritt zurück, um sein Werk zu begutachten, trat wieder vor und musterte prüfend ihr Gesicht. Sie war schon darauf gefaßt, daß er sich auch noch anheischig machen würde, ihr Make-up aufzufrischen, aber er nickte nur anerkennend, fuhr ihr mit einem Finger sanft über die Wange und strich eine Locke hinters Ohr zurück.

»Das macht mir richtig Spaß«, sagte Alexander. »Sie glauben gar nicht, wie ich mich über die Einladung gefreut habe. Und jetzt hole ich Ihnen die Blumen.«

Er ging und kam mit dem durch Drähte zusammengehaltenen, weißgolden überschäumenden Gesteck aus Rosen und Stephanotis, Freesien und Orangenblüten zurück: Einzeln waren die Köpfchen von den Metallstreben in den Stengeln durchbohrt, als ganzes aber wirkte das Bukett dicht, duftig und frisch.

»Ich kann das bestimmt nicht richtig halten.«

»Das zeige ich Ihnen.«

Er reichte ihr den Strauß. Sie nahm ihn ungeschickt in Empfang, hielt ihn zu weit vom Körper ab, ließ die Blüten schwer herunterhängen.

»Nein, nicht so: Drücken Sie's richtig an sich – *nicht* so tief – auf Taillenhöhe, Ellbogen anlegen – höher, über der Schärpe.«

Wie leicht und luftig das Bukett wirkte, trotz seines starren Drahtkorsetts.

»Sieht aus wie ein Keuschheitsgürtel«, sagte sie gedankenlos.

»So, wie Sie's gehalten haben, hätte man leicht auf einen deftigeren Vergleich kommen können«, gab Alexander zurück, und sie lachten beide. »Aber nun dürfen Sie nicht so stocksteif dastehen, Sie müssen locker ausschreiten. Und große Schritte machen, aus der Hüfte heraus, damit *Bewegung* in das Kleid kommt. Na los, versuchen Sie's.«

Und sie schritt aus. Für einen Augenblick fühlte sie sich wohl in ihrem Körper, den seine Hände, seine Augen modelliert hatten. Es klingelte. Der Chauffeur war von der Kirche zurück, um seine letzte Fuhre abzuholen. Gemeinsam gingen sie in die kleine Diele hinaus. Cremefarbene Türrahmen, geblümte Tapeten, Telefontischchen, Kleiderhaken, preßspanverkleidetes Treppengeländer. Unwillkürlich dachte sie an frisch abgesteckte Baustellen mit Ecksteinen, Holzlatten, Betonverschalungen als Grenzmarkierung. Ein Haus beanspruchte so wenig Grund – nur ein paar von diesen hoheitsvoll schwebenden weißen Schritten, und schon hätte sie es von einem Ende bis zum anderen durchmessen. Ein Kind, das im Freien spielte, wäre in einer Minute über einen Raum entsprechend dem von Wohnzimmer und Küche gehüpft, hätte im Handumdrehen die gesamte Wohnfläche überquert. Was sie auf diesen Gedanken brachte, war nicht zuletzt die peinliche Vorstellung davon, wie Alexander eben in ihrem ausgeräumten Zimmer gestanden und ihre Frisierkommode nach goldenen Stecknadeln durchwühlt hatte – in demselben Zimmer, in dem sie ihn sich so viele Male mit offenen Augen in ein perfekt eingerichtetes Puppenheim hineingeträumt hatte, eins, das mit Vorhängen und Teppichen gegen Nacht und Kälte abgeschirmt war. Streben, Stützen und Dämmwerk, das war im Grunde alles, woraus so ein Haus bestand. Ihre kleine weißbehandschuhte Hand legte sich mit festem Griff auf Alexanders Arm. Er beugte sich nieder und küßte sie auf den Mund. Dann drapierte er den Schleier vor ihrem Gesicht. Gemessen gingen sie im Gleichschritt den Gartenweg entlang und bestiegen den geschmückten Mietwagen.

Die nächste Etappe dauerte eine kleine Ewigkeit. Sie saßen schweigend im Fond, während an den Straßenecken kleine Menschentrauben zu ihnen hereinguckten, ja ihr sogar zuwinkten, wie einer vorbeifahrenden Prinzessin. Alexander führte sie mit einer Hand unter dem Ellbogen, als sie sich ihren weißverschleierten Weg über die unebenen Kirchhofsplatten bahnte. Vor dem Portal kauerte ein Mann mit einem Fotoapparat. Grinsend und gestikulierend versuchte er ihr ein Lächeln abzugewinnen – dann noch eins und wieder eins. Sie drehte den weißvermummten Kopf hierhin und dorthin. Aus dem Dunkel der Kirche winkte ein schwarzgewandeter Küster, und als sie ihm folgte, stand da Frederica, ganz in Gelb, mit funkelndem Späherblick. Der Küster dirigierte sie bis dicht an die schwarze Samtportiere, die Vorraum und Kirchenschiff trennte, und während Frederica und Alexander den Schleier zurechtzupften und den Faltenwurf des Kleides ordneten, starrte sie in den schwarzen Vorhangstoff. Sobald die Orgel zu spielen anfing, sagte der Küster, werde er den Vorhang wegziehen und der Tür da einen kräftigen Schubs geben, weil die nämlich klemmte. Sie solle sich nur mit der ausgetretenen Stufe in acht nehmen, erst letzte Woche sei eine Braut hier der Länge nach hingeschlagen und habe mit kaputter Brille und einem wunderschönen Veilchen ihr Jawort sprechen müssen. Frederica umschwänzelte sie wie eine mühsam gezügelte Ein-Mann-Prozession. Alexander legte ihre Hand dekorativ auf seinen Arm: Der Blasebalg ächzte und pfiff, und plötzlich erklang Musik. Der Küster zog den Vorhang auf, Alexander nahm die tückische Stufe, Frederica tapste hinterdrein. Bei der Probe hatte der Pfarrer Stephanie ermuntert, Daniel mit strahlendem Lächeln zu begrüßen. Groß und wuchtig ragte er unter dem blanken Messingadler an der Kanzel auf. Ihre Blicke trafen sich nur flüchtig. Sein Gesicht war finster und konzentriert.

Wie ein windbewegter Garten schwankte die Gemeinde hin und her, als sich jetzt die behüteten, die blumenbekränzten Köpfe nach der Braut reckten. Die Frauen taxierten das Kleid, und der Atem stockte ihnen in Erinnerung an den eigenen großen Augenblick oder vor lauter Vorfreude darauf. In der Phantasie entkleideten sie die Braut, spekulierten darüber, was sie wisse und was nicht, projizierten die eigene zweifelhafte Unschuld auf sie und ihre Erfahrungen: gewesene, angehende, zukünftige. Felicity Wells' welke Wangen schimmerten feucht unter einer Peter-Pan-Kreation aus einander überlappenden malvengrauen Blütenblättern. Alexander fragte sich, was an Hochzeiten wohl so tränenrührend sei. Er für sein Teil blickte mit einer gewissen Befriedigung auf seiner Hände Werk, ja bewunderte seinen effektvoll unterstützenden Beitrag, als er jetzt vortrat, um dem Mann dort am Altar seine Braut zuzuführen.

Das Brautpaar stand vor Mr. Ellenby und kehrte ihm den Rücken zu, einen weißen und einen schwarzen, weiß schäumend und luftig der eine, dunkel, massig, blankgewetzt der andere. Kompakt waren sie beide. Stephanies schlichtes Kleid (weder Seide noch Spitze) hatte unter dem herabwallenden Schleierdreieck fast etwas Nonnenhaftes. Aber unter dem Mieder zeichneten sich ihre großen, prallen Brüste ab, und die ziemlich ranke Taille betonte ihre prachtvollen Hüften. Die ideale Figur zum Kinderkriegen, dachte Alexander und teilte damit den allgemeinen Eindruck. Gerührt folgte er dem Austausch des Ehegelübdes, den altvertrauten, klaren Worten, den eindeutigen Formulierungen. Daniel antwortete schroff, Stephanie leise und deutlich. Mr. Ellenby, der eher den fürsorglichen Beistand als den dröhnenden Prediger gab, hatte sich die wenigen Worte, die ihm zu diesem Anlaß geboten schienen, gründlich überlegt. Seinen üblichen Kommentar zu den Pflichten und Freuden eines wahrhaft christlichen Ehestandes hatte er ausgelassen und ihn zugunsten einer neuen und der Braut zu Ehren mit ein paar literarischen Zitaten angereicherten Predigt verworfen – einer

Predigt, die er dennoch für ernsthaft genug hielt, um den Bräutigam an jenes andere Gelübde zu gemahnen, das er als erstes abgelegt hatte. Würdig und taktvoll hoffte er den Bogen von Spensers Epithalamion und Miltons Hymnus auf Adams und Evas Eheglück bis hin zu den biblischen Paaren zu schlagen, die in der Trauungsliturgie aufgeführt sind, jener allererste primitive Bund eingeschlossen. Eva, aus Adams Rippe geschaffen, war Fleisch von seinem Fleisch. Was nichts anderes hieß, als daß Mann und Frau ein Fleisch sind. Die Hochzeitsliturgie verwies ausdrücklich auf die Parallele zwischen ehelicher Vereinigung und dem Bündnis Gottes mit dem Menschen, versinnbildlicht in der Vereinigung Christi mit seinem Gemahl, der Kirche. »So sollen auch die Männer ihre Frauen lieben wie ihren eigenen Leib.« Dieses Paulus-Wort hatte nicht umsonst Eingang ins anglikanische Gebetbuch gefunden. »Wer seine Frau liebt, der liebt sich selbst. Denn niemand hat jemals sein eigen Fleisch gehaßt; sondern er nährt es und pflegt es, gleichwie auch Christus die Gemeinde. Denn wir sind Glieder seines Leibes.« Daniel war bei seiner Ordination dazu aufgerufen worden, Kirche und Gemeinde – und durch sie den Korpus Jesu Christi und sein Gemahl – zu schützen und ihnen zu dienen. »Und werden die zwei ein Fleisch sein«, heißt es bei Paulus weiter. »Dieses Geheimnis ist groß; ich rede aber von Christus und der Gemeinde.« In typisch englischer Manier vermied die Gemeinde während dieser Predigt jeglichen Blickkontakt untereinander. Mr. Ellenby stand, als er über seine kleine Wendeltreppe wieder zur Erde hinabstieg, die unergründliche Miene vor Augen, mit der Daniel seine sehr persönlichen Bemerkungen über den heiligen Petrus aufgenommen hatte – Cranmer zufolge »selbst ein verheirateter Mann«, dessen kerniger Rat zur Bekehrung eines heidnischen Gemahls ebenfalls in die Trauungsliturgie eingegangen ist. »Desgleichen sollt ihr Frauen euren Männern untertan sein, auf daß auch die, die nicht glauben an das Wort, durch der Frauen Wandel ohne Wort gewonnen werden.« Oder durch den Wandel der Männer, hatte er zu Daniel gesagt, der nichts als ein barsches »Ja« zur Antwort gab. Mitunter hatte Mr. Ellenby Daniel in Verdacht, selbst ein mehr als halber Heide zu sein. Paradoxerweise verstand die junge Frau, die ihm im übrigen sympathisch war, weit eher, worauf er oder der Apostel Paulus mit ihren Gleichnissen und Analogien abzielten, als sein streitbarer Vikar. Sie hatte in seinem Studierzimmer gesessen und sich sehr verständig über Herberts *Temple*-Gedichte geäußert. Kein Zweifel, daß sie den Kern dessen, worauf es ankam, in sich trug. Und vielleicht würde sie es mit ihren keuschen Reden kraft eines weiteren gottgefügten Paradoxons tatsächlich fertigbringen, ihren ungehobelten Partner zu bekehren. Um was es nicht alles zu beten galt. Wohlwollend ruhte sein Blick auf dem weißverschleierten Haupt, das sich gerade mit ketzerischen Gedanken über die Fragwürdigkeit analogiegestützter Argumente trug. Huldvoll erteilte Mr. Ellenby dem jungen Paar seinen Segen.

Marcus, der in einer Bank weit hinten saß, schmiegte sein Gesicht an ebendie kühle Säule, hinter der Stephanie zu Ostern gestanden und den Gottesdienst verfolgt hatte. In gewissen Abständen kontrollierte er seine Armbanduhr: Der synchrone Ablauf war von entscheidender Bedeutung für das Gelingen ihres Experiments. Er sah die kostbaren alten Deckengemälde über den Schwibbögen, sah Stephanies und Daniels Rücken, roch die stark duftenden Stephanotis und die charakteristischen Ausdünstungen von Stein und Wachs. Was der Pfarrer sagte, hörte er nur zum Teil. Sein Blick schweifte über die verblaßten Reste der Kohlezeichnungen: ockrig und gelb, rot, weiß und kobaltblau gemasert: So stellten sie die bedrohlich züngelnde Schlange dar, Evas halbherzigen Widerstand, das ruhende Jesuskind, die Schmerzensmutter, Christus am Kreuz, Christus in Zorn und Herrlichkeit, den gezahnten, gähnenden Höllenschlund. Auch Marcus gähnte: Nervosität und Anspannung machten ihn immer müde. Wieder schaute er prüfend auf sein kleines Zifferblatt. In letzter Zeit, genauer gesagt, seit sie sich damit abgefunden hatten, daß ihre Experimente scheinbar ergebnislos ausgingen, waren ihm und Lucas ein paar verblüffende Erfolge bei der Übertragung mentaler Bilder gelungen. In etwa zehn Minuten mußte er sich in einen Empfänger verwandeln, in einen Fühler, eine Antenne. Und später dann in einen Sender. Inzwischen war das eine rasch und einfach vollzogene Übung: Füße nebeneinander, Hände falten, Augen schließen, Denken ausschalten, Augen wieder öffnen, aber ohne zu fokussieren.

Nun wurde das Diagramm heraufbeschworen, fixiert und festgehalten: ein klares, geometrisches Bild. Nach einer Weile erschien dann die Vision, und darüber legte sich, gleichsam wie ein Nachbild auf der Netzhaut seines inneren Auges, eine Projektion. Wenn möglich, wurde das Phänomen mit Papier und Bleistift dokumentiert. Ging das nicht, so prägte er es seinem Gedächtnis ein.

Keinen Erfolg hatten sie mit der Übertragung von Sprache oder Gedanken. Für Lucas ein Fehler ihres Systems. Andernfalls hätten sie in der Lage sein müssen, Gedanken weiterzuleiten. Marcus hatte schon Schwierigkeiten, einen Gedanken, sofern er vom gesprochenen Wort abwich, überhaupt zu definieren. Lucas verstand unter einem solchen Gedanken etwa eine Erkenntnis über die Biosphäre oder über den Kern des Bewußtseins oder das geistige System, das hinter der Evolution der Arten stand. Marcus wollte wissen, wie so ein Gedanke übertragungsgerecht formuliert oder überhaupt erst einmal wahrgenommen werden könne. Lucas beklagte, daß ihre Ergebnisse so ungereimt seien, von einer fast arglistigen Redundanz. Was nützte ihnen ein Ausschnitt aus einer geblümten Tagesdecke im Volkskunstzentrum von Calverley? Was die an Piranesi gemahnenden Spiralen und Schraubengewinde im Gehäuse von Winifred Potters zu Reparaturzwecken zerlegtem Toaster, deren Bild Marcus ausgesendet und Lucas deutlich empfangen und aufgezeichnet hatte? Seit ihrem Ausflug zum Dropping Well und nach Owger's Howe wußte Marcus um die Macht, die er über Lucas besaß und deren Ausübung ihm ein kühl besonnenes Vergnügen bereitete. Um die Wahrheit zu sagen, bedeuteten ihm die empfangenen Eindrücke – unabhängig von jeder eventuellen Botschaft – eine in ihrer Begrenztheit angenehm überschaubare Erfahrung. Glücklicherweise fehlte ihnen das grenzenlose Ausdehnungspotential, das er in der Geometrie so fürchtete, auch wenn deren überirdische Klarheit ihm andererseits viel Halt gab. Ihnen fehlte ferner das unbeholfen stammelnde Wortgeklingel jener wissenschaftlichen Theorien, mit denen Lucas sein Hirn zuzeiten regelrecht zu bombardieren schien. Auch wenn er sie mit ihm teilte, blieben seine Visionen letztlich Einzelerfahrungen, eine anschauliche Leistung, die dennoch zu nichts nütze war.

Und da es ihm so gefiel, redete er Lucas ein, es habe alles seine Richtigkeit und, solange sie beide den Prozeß in keiner Weise störten, würde ihnen der Sinn der Visionen schon irgendwann offenbart werden. Schließlich hatte sich doch auch bei ihren Übertragungen gezeigt, daß die nur aufs Geratewohl funktionierten, daß sie ihre Erfolge nicht gezielt zu didaktischen oder »Test«-Zwecken einsetzen durften, sondern sie nachgerade heimlich und verstohlen konstatieren mußten, um sie nicht durch plumpe Aufdringlichkeit zu verscheuchen. Das klang so überzeugend, daß Lucas notgedrungen nachgab und meinte, es sei wohl wirklich das beste, sie würden so weitermachen wie bisher. Nicht lange danach entwickelte er die Hypothese, sie befänden sich derzeit noch in einer Trainingsphase, an deren Ende eine gigantische Gedächtnisleistung stünde: Wenn die Zeit reif sei, müßten sie sich einen geistigen Entwicklungsplan einprägen, der so grundlegend neu, so präzise und kompliziert sein würde, daß ein Uneingeweihter ihn weder ersinnen noch begreifen konnte. Ein Gedanke, der Marcus nicht unsympathisch war. Eine so extreme Aufgabe, die äußerste Konzentration verlangte und ihn gänzlich in Anspruch nahm, konnte ihn vielleicht von einer Vielzahl seiner gegenwärtigen Ängste befreien. Seine geheimen Zweifel daran, jemals eine der Visionen in Sprache übersetzen zu können, verstummten trotzdem nicht.

Ihm war nicht ganz geheuer bei dem Gedanken, die Kirche zum Übertragungsort zu machen. Aber bislang hatte Lucas die für ihre Experimente geeigneten Kraftfelder stets treffsicher lokalisiert. Die Vorbehalte gegen seinen Umgang mit den gewonnenen Kenntnissen standen auf einem anderen Blatt. Säulen und steinerne Balken sandten eigene geometrische Schwingungen aus, die sich ihm als starkes, dreidimensionales Gefüge ineinandergreifender Linien und Formen offenbarten: die einen Raum absteckten, sich zu Schnittpunkten bündelten, aber auch (samt Türen und Dächern, Seitenschiffen, Schwibbögen) davonsegelten in die Unendlichkeit. Ein ins Unendliche geweitetes Gehäuse ist zum Fürchten. Und was war mit den vielen blumengeschmückten Köpfen vor ihm? Vermutlich bildeten die alle miteinander ein separates Kraftfeld, das jedwede Botschaft entweder massiv verstärken oder sie bis zur Unkenntlichkeit verzerren konnte. Wer weiß, dachte er, während Mr. Ellenbys Paulus-Zitate an ihm vorbeirauschten, wer weiß, *was* da noch durchdringen kann? »O Herr, der Du kraft Deiner himmlischen Macht alles Irdische aus dem Nichts erschaffen hast«, sprach der Pfarrer, »und der Du, allda Deine übrige Schöpfung wohlgeordnet war, bestimmet hast, daß aus dem Manne, geschaffen nach Deinem Bilde und Gleichnis, das Weib seinen Anfang nehmen soll ...«

Der Minutenzeiger rückte auf den verabredeten Punkt vor. Marcus konzentrierte alle Sinne, entäußerte sich seines Körpers, blickte ins Dunkel und sah das Bild aus seinem Un-Raum emporschweben. Es wurde ganz still um ihn. Er wartete.

Er sah Gräser. Es begann mit der flüchtigen Vision einer Blume, die er anhand der spitz zulaufenden, helmartigen Kronblätter über den rötlich braunen Blütentrauben als Knabenkraut identifizierte. An dessen Stelle traten gleich darauf klar und leuchtend die Gräser: ein dichtes Büschel, eingerollt in ein großes grünes Blatt, aus dem die gefüllten Ähren schwer und tief herabhingen. Es war ein ganzes Sortiment, das da zum Vorschein kam: Schwingelgras, Englisches Raygras, gemeine Quecke, Wiesengrün, Straußgras, Seiden- und Zittergras. Die Halme waren silbergrün oder grüngolden, wächsern und durchsichtig, vom leuchtenden Grün junger Ulmenblätter oder dunkel und herb wie sumpfiges Schilfkraut. Die zarten Adern in den Stengeln schimmerten wie straff gebürstetes Haar: blank und glänzend zeichneten sich die erhabenen Blattgelenke unter den gestielten Ährchen ab. Wäre er über eine Wiese gegangen, durchs Moor oder an einem Fluß entlang, dann hätte er solche Halme zu Tausenden achtlos niedergetreten. Hier dagegen konnte er es kaum fassen, wie kunstreich und unverwechselbar jede einzelne Rispe geformt war. Und wie schön sie aussahen. Schönheit war sonst nicht sein Fall: Früh schon hatte er sie als Wertmaßstab aus seiner imaginären Schlicklandschaft verbannt: Zwar hatte man oft versucht, sein Augenmerk darauf zu lenken, doch er hatte jedesmal weggeschaut. Auch jetzt nannte er sie nicht beim Namen – seine Sinne waren ohnehin ganz aufs Schauen konzentriert –, aber das Entzücken, das mit der Betrachtung einherging, das gründete eindeutig auf einer geglückten Kombination von Farbe, Form und Vielfalt. Ein-, zweimal hatte er es schon erlebt, daß die von Lucas ausgesandten Signale sich zu einem solchen Reigen artverwandter Naturalien formierten und vor seinem inneren Auge als Eier oder Rückenwirbel, Steine oder Muscheln erschienen. Und jedesmal hatte er dabei dieses ganz besondere ästhetische Vergnügen empfunden. Wie es entstand, ob es mit der Vision übertragen wurde, ob es von Lucas oder von ihm selbst ausging, all das wußte er nicht und wollte es auch gar nicht wissen. Allmählich verblaßten die Gräser vor seinen Augen, gaukelten aber noch eine Weile als seltsam durchsichtige, kristallene Schattenbilder durch den Raum. Ihr phosphoreszierender Lichtquell offenbarte nun jeden Pollenschlauch als durchsichtigen, farblosen Zylinder, zerlegte jedes Samenkorn, jede reife Hülse und jede umgeknickte Granne in ihre mannigfachen, akribisch sortierten Partikel. Unterließ man es, die zu zählen, dann geschah es oft (geschah es Marcus oft), daß ihm ein ganzer Berg exakter Zahlen – von Gräsern, von Ähren, sogar von Grannen – im Gedächtnis haften blieb. Lucas hätte die Gräser unzerlegt für eine spätere Überprüfung gespeichert.

Als es vor seinem inneren Auge leer geworden war, kehrten die Bilder der Primärgeometrie zurück – Marcus spürte sie mehr, als daß er sie kommen sah, das heißt, er erahnte ihre Formen in ähnlicher Weise, wie man einen Stuhl wahrnimmt, auf dem man gerade Platz nehmen will, oder ein Hindernis, dem es im Dunkeln auszuweichen gilt. Er hätte ihnen Gestalt verleihen, sie als Seilstränge, verschlungenes Takelwerk oder filigrane Lichtmuster sichtbar machen können, doch er unterließ es und sah sich statt dessen nach etwas um, was er durch den geometrischen Trichter zurücksenden konnte zu Lucas. Sein Blick fiel auf den Höllenschlund an der gegenüberliegenden Wand. Und bevor ihn leise Zweifel an der Schicklichkeit seines Tuns beschlichen, hatte er schon angefangen, ihn abzutasten, zu vermessen und in sich aufzunehmen. Das Motiv hatte sich gewissermaßen selbst gewählt. Das langgezogene rote Oval gähnte tief und rissig durch ein Fallgitter stark gekrümmter Hauer. Darüber blähten sich qualmende Drachennüstern, stierten giftig die runden, schwarz hervorquellenden Augen. Auf der Kinnpartie tummelten sich ein ausgelassener Haufe streichholzkleiner schwarzer Teufelchen mit Ringelschwänzen und gebogenen Mistgabeln, mit denen sie ganze Schwärme winziger Menschlein wie Spreu zwischen die gebleckten Zähne schaufelten, indes der Nachschub schon gebündelt seines Schicksals harrte. Marcus' eidetische Kräfte konzentrierten sich darauf, das Bild durch bisher unbemerkte Details zu ergänzen: so das Gewimmel insektenartiger, winziger Geschöpfe, die Ohren und Nüstern des Ungetüms fast so naturgetreu umschwärmten, als ob da eine Kuh auf einer Sommerwiese lagerte: die behaarten, über dem Gehörgang durchstochenen Ohren: die schwarzen Borsten, die wie die ersten Spritzer eines Regenschauers auf der ockerbraunen Haut glänzten. Seine Wahl war ein bißchen vordergründig, aber sie würde ihren Zweck trotzdem erfüllen: Lucas sollte nämlich nicht wissen, welches der berühmten Fresken er ausgesucht hatte, auch wenn er wahrscheinlich erkennen würde, daß es sich um eines der Bilder aus diesem Zyklus handelte. Als er sich Konturen und Einzelmotive gut eingeprägt hatte, entzog Marcus seinen unverwandt auf ihr Objekt gerichteten Blicken nach und nach jegliche Konzentration, schaltete Denken und Wahrnehmung aus – eine Arbeitsmethode, die sich erstaunlich gut bewährt hatte, obwohl er hinterher oft völlig entkräftet war. So auch diesmal. Als der Sog zwischen ihm und dem verblassenden Höllenschlund jäh nachließ, als das Geschehen ringsum, das er zwischenzeitlich ausgeblendet hatte, wieder in sein Bewußtsein drang, da lasteten die kühlen, wuchtigen Mauern des Kirchenschiffs schwer und bedrückend auf ihm.

Die Gemeinde sang gerade: »Leite mich, du mein König und Herr«, ein Lied, das Stephanie sich gewünscht hatte, weil der Text von George Herbert stammte. Marcus spürte, wie sich der Stein unter seiner feuchten Hand und an der klammen Wange allmählich erwärmte. Er richtete seine Aufmerksamkeit auf Braut und Bräutigam.

Er versuchte die zarten, gestärkt übereinanderliegenden Dreiecke im Faltenwurf des Schleiers zu einem einleuchtenden geometrischen Muster zu formen. Potenzierte Transparenz war etwas, was ihn von jeher faszinierte. Aber diesmal konnte er sich keinen Reim darauf machen: Die Webfäden des Schleiers erwiesen sich als genauso willkürlich und frustrierend wie bestimmte Kennzeichen von Autos und Bussen, die zu besteigen er tunlichst vermied: meist schwache, nichtssagende Ziffern, weder Primzahlen noch sonderlich flexibel, aber mit einem (bestenfalls zwei) möglichen Bezugsfäden ausgestattet, die es zu verankern galt. Nein, dieses Schleiergespinst war ein ganz und gar undurchdringlicher Kokon. Nicht nur das: In der Rückschau erschien ihm das geometrische Geflecht der visionären Gräser auf einmal fast genauso unbefriedigend. Auch sie paßten in kein Schema. Und er wäre nie auf die Idee gekommen, einen solchen Fehler zu korrigieren, indem er das sperrige Material im Geiste ein wenig ummodelte, es in ein selbsterdachtes kleines Muster einpaßte. Er projizierte getreulich nur das, was er sah. Mit der Zeit fühlte er sich unbehaglich zwischen dem undeutlichen Koordinatennetz seiner Visionen und dem überbetonten Netzwerk der Kirchengeometrie, das mit Geschlossenheit Weite suggerieren wollte und Leichtigkeit durch Schwere. Niedergeschlagen richtete er den Blick auf Daniels breiten schwarzen Rücken: Und auf einmal wiederholte sich, was während der Krönung vor dem Fernseher geschehen war. Schwarz schluckte die Lichtstrahlen, ohne sie zu reflektieren. Dafür strahlte es reichlich dunkel glühende Wärme ab. Es war, als ob die ziellos herumschwirrenden Energieströme, als ob all die diffusen Kräfte im Raum zusammengeschnurrt und in dieses feste Fleisch gefahren wären, um dort zur Ruhe zu kommen. Müde blickte er auf Daniels ungebeugte, unter dem straffen schwarzen Tuch leicht gewölbte, ansonsten aber reglose Schulterblätter. Er war hungrig. Er gähnte, zwängte sich mühsam wieder in seinen guten Anzug und die Sonntagsschuhe und stand auf, um der Familie in die Sakristei zu folgen.

In der Sakristei rückten alle vertraulich schwatzend zusammen. Alexander näherte sich seinem Schützling mit den Worten: »Ist's erlaubt, die Braut zu küssen?« – »Ich zuerst!« sagte Daniel, schlug Stephanies Schleier zurück und küßte sie auf den Mund. Die Sakristei war ein kleines Steinverlies mit nur einem einzigen schmalen, bleigefaßten Fenster hoch oben unter der Decke. Marcus erwog, wieder hinauszugehen, dorthin, wo es sich freier atmen ließ. Winifred zerdrückte ein paar Tränen, als Daniel die Braut küßte.

Mit kratzender Feder und krakeliger Schrift trugen sie sich ins Kirchenregister ein. Daniel Thomas Orton. Stephanie Jane Potter. Morley Evans Parker. Alexander Miles Michael Wedderburn.

Stephanie fand sich unversehens neben Daniels Mutter wieder, die zu ihr aufsah, eine kleine Hand auf ihren weißen Arm legte und in vertraulich schnarrendem Flüsterton sagte: »Ich weiß es zu schätzen, wenn wer laut und deutlich spricht. Unser Daniel ist da ja wohl in der Übung. Aber Sie haben Ihre Sache auch sehr schön gemacht.«

Stephanie maß sie von oben herab. »Ich habe eben auch eine Menge Übung, durch meinen Beruf.«

»Ja, so was hab' ich mir schon gedacht. Ich dagegen, ich war bei meiner Trauung noch so genierlich, daß es nur zum Flüstern gelangt hat, vor lauter Kratzen im Hals. Und gezittert hab' ich am ganzen Leib. Aber Sie, Sie waren die Ruhe selbst.«

»Es kommt mir alles noch ein bißchen unwirklich vor«, antwortete Stephanie, und das war in diesem Fall durchaus keine leere Floskel. Im übrigen ließ sie sich nicht gern anfassen und hätte die kleinen Finger, die ihren Arm umklammerten, am liebsten abgeschüttelt. Durch die graugetüpfelten, transparenten Nylonhandschuhe schimmerte die Haut in befremdlichen Schattierungen von Ziegelrot über Braun bis Bläulich-Lila.

»Tja, so langsam wird's Ihnen schon dämmern«, sagte Daniels Mutter im Ton grimmiger Zuversicht. »Kann man auch gar nich' erwarten, daß so was sich auf einen Schlag festsetzt, was?« Sie zupfte Stephanie gebieterisch am Ärmel, wie um anzudeuten, daß pikantere Vertraulichkeiten folgen würden, und Stephanie beugte sich über sie. Sie wußte inzwischen – nebenbei bemerkt das einzige, was sie über sie wußte –, daß für Daniels Mutter das Leben aus einem endlosen Strom überall anwendbarer und ausnahmslos von ihr selbst handelnder Anekdoten bestand.

»Neulich nachts, da hatte ich einen Traum, in dem war ich wieder die kleine Clarrie Rawlings. Und ich ging spazieren mit Barry Tammage – ein junger Bursche, der mir seinerzeit den Hof gemacht hat –, und wie wir so gehn, da bedrängt er mich – und ich sag' zu ihm: Also, ich weiß nich', und: Na ja, mal sehn, vielleicht, und: Wir müssen abwarten, was wird, nich' wahr. Und dabei hab' ich die ganze Zeit gewußt, daß es irgendwie doch nich' sein kann – Sie verstehen schon: weil's da irgendwas gab, das mir glatt entfallen war, nich'. Und als ich aufgewacht bin, da fang' ich an zu sinnieren, aber trotzdem hat's bestimmt noch gute fünf Minuten gedauert, bis daß mir einfiel, daß ich ja eine verheiratete Frau bin. Und Witwe obendrein und daß Dan sein Dad schon dreizehn Jahre unter der Erde liegt.

1922 haben wir geheiratet, ja, und auf einmal waren all die Jahre wie weggeblasen. Komisch so was, nich'? Ich fand's ganz natürlich, daß ich auf einmal wieder jung war und verliebt, wie wenn alles andere nie gewesen wär' und als ob ich das mit der Heirat nie richtig begriffen hätte. Obwohl: Brian *iss* ja nun von uns gegangen, all die Jahre schon, nich'. Aber trotzdem: Manchmal, da beguck' ich mir meine Hände und denk': Nanu, wem gehören denn die? Das sind doch die Hände von 'ner alten Frau? Ja, so ist das, damit muß man sich abfinden. Daß unser Dan heiratet, das hätt' ihn gefreut, ja, da wär' sein Dad gern dabei gewesen. Uns war nämlich schon bange, ob da noch mal was draus wird, wo er's doch so mit der Religion hat, was die Mädels sowieso schon abschreckt, noch dazu wenn einer so dick iss wie unser Dan, weswegen er ja auch immer so schüchtern gewesen iss', nich'. Aber auf seine Art iss' er ein guter Junge, da kann ich nich' klagen, und sein Dad, der wär' mächtig stolz gewesen, wenn er das noch erlebt hätte, wie er sich rausgemacht hat.«

Stephanie kam sich albern vor, wie sie da über ihre neue Mutter geneigt stand, ohne daß ihr zu deren Vertraulichkeiten auch nur das geringste eingefallen wäre. Rettung nahte in Gestalt Mr. Ellenbys, der eben den umgekehrten Brautzug formierte. Er versammelte die ungleichen Paare – Braut und Bräutigam, Morley Parker und Frederica, Alexander und Winifred, Marcus und Daniels Mutter – um den Sakristeitisch, gab dem Organisten ein Zeichen und geleitete die Hochzeiter zum Ausgang.

Daniel lächelte der Gemeinde zu. Bei diesem einmaligen Auftritt als Bräutigam hatte er einen viel persönlicheren Bezug zu seiner Kirche als an gewöhnlichen Tagen, wenn er sich nach dem Gottesdienst zum priesterlichen Händedruck aufstellte. Heute fühlte er sich als Eroberer. Er hatte es geschafft. Allen Hindernissen zum Trotz. Die da in sich gekehrt neben ihm herging, war seine Frau. Er selber schritt schwungvoll, fast tänzelnd aus und drehte den Kopf bald nach links, bald nach rechts, um seine Schäflein zu mustern. Er strahlte schier vor naiver, unbändiger Freude darüber, daß und wie sie gekommen waren: trotz Sonntagsstaat alle verschieden: korpulent und gertenschlank, grau und glitzernd, lebenshungrig und resigniert. Ihm waren alle recht, denn alle waren sie am rechten Ort. Vertraulich nickte er den einzelnen zu, dankte fröhlich für ihren Gruß. Er sah die unbewegliche Mrs. Thone, ihre im Seidenkörperschoß gefalteten Hände, das starre, versteinerte Gesicht unter dem dunklen, breitkrempigen Hut. Sein Lächeln erlosch vor ihrer Starrheit, er bedeutete ihr nur mit einem raschen, strengen Blick, daß er sie bemerkt hatte. Aber kaum daß er hinter ihr die munter winkende Schullehrerin gewahr wurde, kehrte das Lächeln mit unverminderter Heiterkeit zurück.

Sie traten hinaus vors Portal, wo sie eine Weile zu zweit, zu dritt oder in Gruppen für die Fotografen posierten. Währenddessen sagte Daniel zu Stephanie: »Ich hab' gehört, wie meine Mutter dir das Leben erklärt hat.«

»Sie glaubt anscheinend, man wisse erst dann wirklich sicher, daß man verheiratet ist, wenn ... wenn einer von beiden stirbt, oder so ähnlich.«

»Das ist von Mensch zu Mensch verschieden. Und sie hat's vermutlich gar nicht so genau wissen wollen. Bei uns braucht's wahrscheinlich auch seine Zeit, bis wir begriffen haben, was mit uns passiert ist. Aber *so* lange hoffentlich nicht. Bis jetzt finde ich jedenfalls alles ganz großartig.«

»Ach, wirklich?«

»Aber ja doch. Wir machen das schon ganz gut. Ein Riesenspaß, das ganze.«

Sie nahm seine Hand und sah zu ihm auf, und prompt hielten sämtliche Fotografen diese stimmige Szene fest.

Daniels Freude über die Solidaritätsbezeigungen seiner Gemeinde schloß auch seine Mutter mit ein. Seltsamerweise hatte es ihn weder erschreckt noch in Verlegenheit gebracht, sie zu Stephanie über seine Gewichtsprobleme und seinen Kirchenfimmel reden zu hören. Was er dabei empfand, war eher eine Art lustvoll rauschhafter Übermut. Er hatte seinen Platz gefunden und die Frau seiner Wahl geheiratet – und sie, sie war seine Mutter. Seine kleine Mutter mit dem dicken, fleischigen Buckel unter dem Genick und dem schmächtigen Körper, der jetzt formlos und platt über ihren dünnen, krummen Beinen und den geschwollenen Knöcheln hing. Belustigt studierte er die verhuschten Züge in dem angegrauten Gesicht mit den braunen Altersflecken, dessen einstiger Liebreiz nur noch wie ein launisches Gespenst in den geschürzten Lippen oder den Fältchen um die Augenwinkel spukte. Ihr violetter Topfhut aus künstlichem Stroh war mit einem Büschel gipserner Stechpalmzweige dekoriert, mit Stoffkornblumen, welken Margeriten und borstigen smaragdgrünen Federn. Das schüttere, dauergewellte Haar darunter war zu steifen Löckchen frisiert. Er konnte sich noch an eine Zeit erinnern, da sie weiche, goldene Locken gehabt hatte, Haare, die ihr bei ihrer Generation Bewunderung eintrugen und sie, ehe sie sich's versah, in den Ruf einer »Schönheit« brachten. Heute war sie eher schäbig ausstaffiert in ihrem spießigen Crêpe-de-Chine-Kleid mit den großgemusterten, lilaweißen Blumen und dem züchtig gerüschten Spitzeneinsatz, über dem sie einen aus der Mode gekommenen schwarzen Wintermantel trug. Daniel mochte sie nicht. Trotzdem war er in einem entlegenen Winkel seines Herzens schlichtweg glücklich darüber, daß sie gekommen war – so wie sie war – und daß er darum wußte. Sogar darüber freute er sich, daß er wußte, daß und wie die steifen grauen Löckchen einmal golden geglänzt hatten.

30. Rektoratsgarten

Alexander wartete vor der Kirche auf die Rückkehr der weißgeschmückten Limousine, die ihn abholen sollte. Er war als letzter übriggeblieben, doch das machte ihm nichts aus: Er fühlte sich sehr englisch heute, und ihm war wohl dabei. Flinke Glokken schlugen unermüdlich in ihren klaren, knappen Intervallen, bis die Töne sich verhaspelnd durcheinanderpurzelten. Der weiche, mit Gänseblümchen übersäte Rasenteppich zwischen den Gräbern dämpfte jeden Schritt. Alexander war ein Mann, der auch Umwege in Kauf nahm, um so eine grüne, steinern beschauliche Stätte allein erleben zu können, ein Mann, der ehrfürchtig in Kirchenvorhallen verharrte, ein Mann, der ergriffen vor bemoosten, vom Regen ausgehöhlten Grabsteinen stand, die rußgeschwärzt und ausgemustert an Mauern und Zäunen lehnten. Kurz gesagt: Friedhöfe inspirierten Alexander. Unversehens fand er sich auf einem Weg wieder, der unter dunkel blühenden Eiben entlangführte. Bei Tennyson war zu lesen, daß Eiben, wenn man an ihnen rüttelte, in Pollenrauch aufgingen, jedenfalls die männlichen, separat gepflanzten Bäume. Halb aus Langeweile, halb aus Neugier versetzte Alexander einem der Stämme aufs Geratewohl einen Stoß, und siehe da, es klappte tatsächlich: Eine lebende Rauchwolke stieg in den hellen Sommerhimmel auf, zog in der unbewegten Luft ihre Kreise und rieselte dann sachte auf seinen eleganten Cutaway nieder.

Irgendein Mann, ein Spaziergänger, der Gärtner, ein verspäteter Hochzeitsgast, lungerte am anderen Ende des Friedhofs herum. Vorsichtig schwang Alexander seine langen hellgrauen Beine über zwei mit frischen, aber doch schon angewelkten Soden bedeckte Erdhügel. Seine Stimme hätte in der dumpfen, stickigen Luft nicht weit genug getragen.

Der Mann trug einen zerknitterten Sommeranzug, dessen kräftige Farbe Alexander in Gedanken stahlblau nannte, ohne den wirklichen Blauton von Stahl zu kennen. Er hatte einen angejahrten, flachen Panamahut auf dem Kopf, kauerte neben einer viktorianischen Grabplatte und kratzte mit einem spitzen Stöckchen die Mooskruste von der Inschrift. Seine schmutzigbraunen, leichten Schuhe waren aus ungegerbtem Leder. Er schaute nicht auf, als Alexander näherkam.

»Bill«, sagte Alexander und fragte sich, ob er nicht besser daran getan hätte, still und leise kehrtzumachen.

»Nun ist's ja hoffentlich vorbei«, sagte Bill, der nicht aufhörte, an dem Stein herumzupulen. »Hat unverschämt lange gedauert. Ich nehme an, es ist trotzdem alles glattgegangen.«

»Ja.«

»Während ich hier herumgestromert bin, sind ab und zu schale Jubelklänge über die Gräber weg an mir vorbeigeweht. Näher, hab' ich mir gedacht, sollte ich netterweise nicht rangehen.« Welke Dahlien und halbvertrocknete Kornblumen standen in einem Blumenhalter aus künstlichem Marmor, in dessen Zierlöchern er mit seinem Stecken herumstocherte, während er den Spruch vorlas, den er freigelegt hatte.

Der Herr Jesus schenk uns Frieden
Dir dort droben, uns hienieden.

»Doppeldeutig das, finden Sie nicht auch? Jedenfalls nicht ganz schlüssig. Und was die Sache da drinnen angeht, so hab' ich womöglich drauf gehofft, daß wer mit großem Getue aufspringt, um diese Eheschließung mit handfesten Einwänden zu verhindern. Aber da hab' ich wohl Pech gehabt, wie?«

»Ja«, sagte Alexander. Bill wiegte sich auf den Fersen und deutete mit seinem Behelfswerkzeug zu ihm hoch.

»Ich nehme an, Sie denken, ich hätte den Bogen überspannt. Ich nehme an, Sie denken, ich hätte auf die Stimme des Blutes hören sollen. Ich nehme an, Sie denken, ich hätte meine innersten Überzeugungen über Bord werfen und da reingehen sollen. Ich nehme an, Sie können nicht begreifen, daß es mir *unmöglich*, schlicht und einfach unmöglich war.«

»Ich hab' nichts dergleichen gesagt.«

»Da wär' ja auch die schlappschwänzige englische Höflichkeit davor, Schafsköpfe, dressierte. Ich nehme die Sache wenigstens ernst.«

»Es war sehr ergreifend«, sagte Alexander, der sich, um seinen perlmuttgrauen Ärmel vor Grünspanflecken zu bewahren, dekorativ an einen noch ziemlich neuen Grabstein lehnte. »Ich war ergriffen.«

»Dazu gehört bei Ihnen ja auch nicht viel. Ich hab' Ihr Spielchen mit den Eiben beobachtet. ›Auf düstrem Grund entflammte Triebe / Falln in Düsternis zurück.‹ Beherzigen Sie das da oben auf Ihrer Wolke aus fruchtbarem Rauch, oder wo immer Sie im Geiste herumschweben. Düsternis, Düsternis. Genau die seh' ich auch, überall.«

»Sie waren sehr glücklich, Bill.«

»Glücklich wie dressierte Schafe, nur daß für sie mal das Erwachen kommt. Ich wollte was Gescheites für meine Tochter.«

Sein Zorn war so lebendig, daß Alexander fast glaubte, er könne die Funken sprühen hören. Dabei fiel ihm ein, woran Bill Potter ihn von allem Anfang an erinnert hatte: an einen Schwelbrand, der tief im Innern eines Heuschobers glimmt. In diesem speziellen Fall fühlte er sich fast verpflichtet, das Feuer zu löschen, er wußte nur nicht, wie. »Ich verstehe nicht«, sagte er, »warum Sie es sich gar so zu Herzen nehmen.«

»Ach nein?« entgegnete Bill heftig. »Glauben Sie, ich übertreibe? In Ihren Augen mach' ich nur Theater, was?«

»Nein, nein«, sagte Alexander beschwichtigend.

»Ich wollte, daß sie was Gescheites kriegt, was *Richtiges.*«

»Daniel«, versetzte Alexander gereizt, »Daniel ist ein richtiger Mann. Das dürfte wohl niemand bestreiten.«

»Ach nein? Also da muß ich widersprechen – spontan widersprechen, falls das möglich ist. Richtige Männer – in dieser Welt einbalsamierter Zombies. Herrgott! Aber aus der Warte sieht's außer mir ja keiner. Sie denken, ich hab' keine Manieren, und er ist doch eigentlich ein ganz netter Kerl für seine Verhältnisse, anständig und so weiter. Von wegen Manieren, damit ist's hier nicht getan, auch wenn sie sonst das englische Allheilmittel sind, unsre guten Umgangsformen. Bloß sind Formen allein leer und tot. Aber hier geht's ums *Leben*. Und das existiert da drinnen überhaupt nicht.« Er fuchtelte mit einem verschwitzten Arm so heftig in Richtung der Kirche, daß er fast das Gleichgewicht verloren hätte.

»Sie meinen, ich sollte ihm in christlicher Nächstenliebe die Hand reichen und auf seiner Hochzeit tanzen?«

Alexander war sich seiner Meinung in diesem Punkt durchaus nicht sicher. Trotzdem antwortete er mechanisch: »Ja, klar.«

»Ich will aber nicht.«

Alexander musterte ihn kritisch.

»Nun gut, Sie haben mich überredet. Ich werde Sie begleiten. Sie sind doch auf dem Weg dorthin, oder?«

»Ja, ja«, sagte Alexander.

Gemeinsam bestiegen sie den Wagen, doch die Abfahrt verzögerte sich, weil Bill den Chauffeur anwies, erst die weißen Schmuckbänder einzurollen und abzunehmen. »*Völlig* deplaziert«, sagte er zu Alexander, während er sich in die grauen

Polster zurücklehnte und den Panama fast bis auf den Nasenrükken herunterzog. »Schließlich sind wir weder Jungfrauen noch Hochzeitstorten, noch festlich gestimmt. Vor allem letzteres nicht. Lämmer auf dem Weg zur Schlachtbank, das trifft's schon eher, aber ich denke, wir begnügen uns mit einem unauffälligen Abgang, ohne Schleifen.«

Der Rektoratsgarten hatte eine gewisse Ähnlichkeit mit dem letzten der Gärten in *Alice im Wunderland*, dem mit der verschlossenen Pforte in der Mauer. Um hineinzugelangen, nahmen Bill und Alexander wie die anderen Gäste vor ihnen den Weg über das abschüssige Sträßchen, das von der Schule herunterführte. Als sie durchs Tor spähten, lag vor ihnen ein ummauertes Rechteck, über dessen phantasielose Ausgestaltung Alexander sich stets aufs neue ärgern konnte. An der Stirnseite des Gartens war dicht an der Mauer eine Art Podest mit umlaufendem Plattenweg aufgeschüttet. Auf dieser kleinen Tribüne, flankiert von einem falschen Jasmin und einer trockenen Trauerweide, hatte er *Die Dame ist nicht fürs Feuer* inszeniert; hinter den kümmerlichen Adlerfarnen dort war er in scharlachroten Strumpfhosen und schwarzem Lederwams hervorgesprungen. Heute waren auf dem Plattenweg Tapeziertische, verhüllt mit altgedientem Schuldamast, für das kalte Büfett aufgeschlagen. In der Mitte thronte, neben einem abgewetzten Teekessel und einer Kaffeemaschine, eine zweistöckige, blauweiße Hochzeitstorte mit dorischen Säulchen. Alexander hätte den Garten mit Lavendel und Heidekraut bepflanzt, mit Thymian und Rosmarin, hätte Spalierpfirsiche und -birnen gezogen und das Tor von Klematis und wilden Rosen umranken lassen. Statt dessen wuchsen in den Einheitsbeeten rings um die Rasenfläche roter Salbei, blaue Lobelien, weißes Steinkraut und dazwischen zwei, drei Büschel grell leuchtender Petunien – alle fein säuberlich in patriotischer Farbenfolge angeordnet. Nichts für Alexander, der weder Braunrot mochte noch die schreienden Violettöne. Entlang der geharkten Rabatten machten Internatsbedienstete mit schäumenden Flaschen und flachen Sektschalen die Runde.

Bill linste verstohlen um die Ecke, nahm einen kleinen Anlauf, und – schwupp – war er drinnen. Alexander, der ihm ratlos folgte, erkundigte sich, ob er Winifred suchen solle oder Daniel oder

Stephanie. Nein, nein, wehrte Bill ab, er riskiere nur einen Blick auf die Schnelle, und bei einem Blick auf die Schnelle wolle er es auch belassen. Er würde sich im Hintergrund halten. Alexander brauche sich also nicht zu beunruhigen. Alexander war beunruhigt. Er winkte eine Serviererin mit einem Tablett heran.

»So ist's recht«, sagte Bill. »Trinken Sie ein Glas von meinem Sekt. Die Rechnung zahle nämlich ich. Man ist fest entschlossen, meinen Beitrag auf diese nützliche Funktion zu reduzieren. Vernünftig gedacht, keine Frage. Und wer von uns wird nun als Brautvater oder enger Freund der Familie die bewußte Ansprache halten? Haben Sie ein paar Stichworte vorbereitet? Ich hatte gehofft, daß Sie so weit vorausdenken würden. Also dann lege ich alles in Ihre bewährten Hände. Mir sind öffentliche Reden ohnehin ein Graus. Ich freue mich schon darauf zu hören, wie Sie mich vertreten. Das wird mich aufheitern. Und nun gehn Sie und mischen sich unters Volk. Ich werde derweil unauffällig hier auf und ab schlendern, also machen Sie sich meinetwegen *bitte* keine Sorgen.« Er kippte ein Glas Sekt auf einen Zug, griff unverzüglich nach einem zweiten und eilte davon. Mit seinem zerbeulten Hut, der ihm jetzt tief im Nacken saß, hätte man ihn ohne weiteres für einen verirrten Ausflügler halten können.

»Verdammt«, murmelte Alexander. Und dann sah er Frederica, die in der Nähe des falschen Jasminstrauchs stand. Ausnahmsweise war er beinahe froh über die Begegnung mit ihr.

»Ich habe Ihren Vater auf dem Friedhof getroffen.«

»Das sehe ich. Vermutlich hat er das Sich-rar-Machen bis zur Neige ausgekostet und will nun probieren, wie es ist, dabeizusein. Hätten Sie ihn doch in der Sakristei eingesperrt oder sich sonst was einfallen lassen.«

»Ich bin mir nicht sicher, ob er nicht vielleicht eine Rede halten will.«

»Wenn er Lust hat, macht er's, und falls er stumm ärger auffallen kann, wird er's bleiben lassen – so oder so kann ihn keiner daran hindern. Und wenn ich Sie wäre, dann würde ich mir tüchtig einen antrinken und aus der Schußlinie bleiben.«

Alexander bedeutete einer Kellnerin, ihm und Frederica nachzuschenken. Und dann sahen sie Stephanie, die ein wenig pummelig zwischen den Gästen hin und her flatterte.

»Hoffentlich verdirbt man ihr nicht die Freude. Sie macht so einen glücklichen Eindruck.«

»Finden Sie?« kam es scharf zurück.

»Sie etwa nicht?«

»Woran wollen Sie das erkennen? Ich weiß, es ist abscheulich, wie *er* sich aufführt, aber im Grunde hat er nicht unrecht. Was kann ihr diese Welt denn bieten?«

»Ich mag Daniel.«

»Oh, ich denke, ich mag ihn auch. Daniel ist in Ordnung. Auf seine Art. Aber ich begreife nicht, wie sie sich einbilden kann, ihn zu kennen.«

»Vielleicht ist das für die Liebe ja auch gar nicht so wichtig.«

»Liebe«, wiederholte Frederica. »Wenn ich das schön höre! Was die sogenannte *Liebe* angeht, so war sie bis vor ein paar Wochen noch in Sie verliebt. Und jetzt das.«

Alexander guckte unwillkürlich zu der Braut hinüber, die sich eben wieder über Daniels kleine Mutter beugte und – noch ganz verschämt – die Hand mit dem blitzenden Trauring hob, um sich den Schleier aus dem Gesicht zu halten. Sie wirkte mit einemmal sehr faszinierend und geheimnisvoll, und er mußte daran denken, wie er noch diesen Morgen ihre Taille umspannt hatte. Frederica beobachtete ihn dabei, wie er Stephanie beobachtete. »Das ist doch Unsinn«, sagte er. »Sie kennt mich ja eigentlich kaum.«

»Darauf kommt's auch nicht an, das haben Sie eben selbst gesagt. Und Stephanie hat sich weiß Gott genug Gedanken über Sie gemacht. Ja, Sie waren ein unerschöpfliches Gesprächsthema. Man hat viel über Sie spekuliert. Und Sie angehimmelt. Wenn Nachdenken und Grübeln was mit Erkenntnis zu tun hätten, dann wären Sie jetzt bis ins Innerste durchleuchtet.«

Alexander fühlte sich hilflos und verunsichert, genau das, was sie beabsichtigt hatte. »Es war wunderschön und hoffnungslos, Sie anzuhimmeln«, sagte Frederica. »Stephanie ist nämlich sehr schüchtern. Und Sie haben nichts gemerkt.«

»Nein, das muß ich allerdings zugeben.«

»Sieht Ihnen ähnlich!« sagte Frederica in einem Ton, der keinen Widerspruch duldete. Überhaupt hatte sie im Verlauf ihres Gesprächs eine fast herablassende Art angenommen, die

Alexander ziemlich stark irritierte. Im Geiste sah er die Schwestern abends beieinander sitzen, ernsthaft die Köpfe zusammenstecken und ihn auseinandernehmen – eine Vision, die ebenso rasch verblaßte, wie sie gekommen war. Er richtete sich auf – innerlich wie äußerlich – und maß Frederica von oben herab.

»Sei's drum, mir hat's jedenfalls eine Entscheidung abgenommen«, sagte Frederica mit einem spöttischen Lächeln.

»Wovon reden Sie?«

»Na, von der Zeremonie in der Kirche. Das ist nichts für mich. Ich könnte das niemals schlucken. Ich meine, es klingt ja soweit ganz schön, dieses: Mit meinem Leibe will ich dir huldigen und dich ehren, aber ich kann Paulus nun mal nicht ausstehen. Ich war selber ganz erstaunt darüber, wie wütend mich diese Predigt gemacht hat. Ich möchte nicht geliebt werden, weil ein Mann seinen eigenen Körper liebt, das ist doch verrückt. Und erst diese ganzen Sprüche über Christus und sein Gemahl. Sagen Sie bloß, für Sie ergibt das irgendeinen Sinn! Dieses Geheimnis ist groß; ich rede aber von Christus und der Gemeinde. Und dann dieses Bild von der Frau, die dem Mann untertan sein soll wie der Leib dem Kopf. Das ist doch furchtbar. Erniedrigend ist das.«

»Sie müssen aber schon ein bißchen historisches Bewußtsein ...«

»Hab' ich, hab' ich ja! Aber darüber hinaus hege ich auch einen gewissen Respekt für die Sprache, und ich dulde nicht, daß man so Luder mit ihr schindet. ›Gehorsam geloben‹ – so ein Lippenbekenntnis ist ja noch das wenigste, und ich wäre vielleicht sogar imstande, es einzulösen, aber daß jemand meinen Körper – tot oder lebendig – für derartige Gleichnisse benutzt, das lasse ich nicht zu.«

»Sie sind schrecklich impulsiv.«

»Ich weiß. Manchmal bin ich mir selber unheimlich. Reden wir von was anderem.«

Stephanie machte unter den Gästen die Runde und bedankte sich für die Geschenke, wobei ihr fabelhaftes Gedächtnis ihr gute Dienste leistete: Sie konnte sich jede Salatschüssel, jeden Teelöffel und jedes Handtuch vergegenwärtigen und ihren Dank entsprechend individuell formulieren. Auf einmal entdeckte sie in einiger Entfernung ihren Vater, der sich in seiner schaurigen

Aufmachung unter die Jungs aus Daniels Jugendclub gemischt hatte. Sie winkte ihm, was er ostentativ übersah. Sie ging ihm ein paar Schritte entgegen und winkte noch einmal. Er schlängelte sich, hinter Büsche und Menschentrauben geduckt, dem Ausgang zu. Ohne sich lange zu besinnen, raffte sie mit beiden Händen ihr wallendes weißes Kleid und rannte ihm, hochgeschürzt und mit wehenden Röcken, quer über den Rasen hinterdrein. Lachend, als glaubten sie sich Zeugen eines urtümlichen Hochzeitsrituals, ließen die Gäste sie passieren. Bill verdrückte sich hinter das Podest mit dem kalten Büfett. Stephanie nahm mit schreckensstarrer Miene Anlauf, enterte die Tribüne und sauste auf der anderen Seite wieder hinunter. Der Schleier bauschte sich im Lauf, flatterte, blieb einen Moment in der Schwebe und senkte sich anmutig nieder.

»Halt!« rief sie. Bill blieb stehen. Er schaute sie auch an, aber ohne etwas zu sagen. Als sie ihn zum Ausgang schielen sah, entfuhr ihr ein flehendes: »Nein, bitte geh nicht!«

»Offiziell bin ich gar nicht hier. Wollte nur mal auf die schnelle einen Blick riskieren.«

»Bitte bleib.«

»Ich habe nicht den Eindruck, daß ich sehr erwünscht bin. Oder daß man mich mit offenen Armen aufnimmt.«

»Aber über den Scheck haben wir uns sehr gefreut.«

»Ich tue, was ich *kann.*«

»Das war sehr großzügig.«

»Jedenfalls kann man mir nicht nachsagen, daß ich kleinlich wäre.«

»Nein, gewiß nicht. Aber nun bleib auch und begrüße Mutter ... Daniel ... jetzt, wo du schon mal ...«

»Ich wollte bloß sehen, wie man meine Ersparnisse umsetzt.«

Die rüde Unhöflichkeit, die er sich mit diesem letzten Satz geleistet hatte, schien ihn selber zu erschrecken. Wie er so dastand und mit dem Schuh im Kies scharrte, kam er ihr vor wie eine hölzerne Marionette, die ungeschickte Hände ruckartig bewegten. Sie dachte schon daran, einfach auf ihn zuzugehen und ihm einen Kuß zu geben. Aber sie sah im Geiste so deutlich, wie er ihr daraufhin einen heftigen Stoß versetzte, sie ins Gras warf und sich doch aus dem Staub machte, daß sie es unterließ.

»Ach, warum bist du nur so?«

»Mir ist«, stammelte er, »mir ist ...«

Daniel kam schwerfällig über die kleine Tribüne zu ihnen heruntergestiegen. Bill reagierte sofort. Er beäugte ihn so wachsam und scheel, als hätte er es mit einem Polizisten zu tun, der eben zur Festnahme schreiten wollte.

»Freut mich, daß Sie gekommen sind«, sagte Daniel schroff.

»Glaub' ich gern«, versetzte Bill. »Aber ich wollte grade gehen. Hab' ohnehin nur auf einen Sprung vorbeigeschaut, um ... Eigentlich bin ich gar nicht da. Also dann.«

»Sie sind sehr wohl da«, sagte Daniel. »Wir sehen Sie beide. Gleich wird die Torte angeschnitten. Machen Sie uns die Freude?«

»Ich gehöre nicht hierher.«

Daniel hätte ihn umbringen können. Er stellte sich vor, wie er Bill Potter am Schlafittchen packte und seinen Kopf samt dem Panamahut im Kies zermalmte. Doch da schlug ihm von der anderen Seite des Weges eine heiße Woge ohnmächtiger Erregung entgegen: Wenn es nur um ihn gegangen wäre, hätte er den Mann einfach dort stehenlassen. »Bitte kommen Sie«, sagte er. »Wir möchten Sie gern dabeihaben.«

Bill klappte den Mund auf und zu wie ein Nußknacker. Daniel sagte: »Stephanie« und marschierte in stoischer Ruhe wieder aufs Podest hinauf. Gern hätte er sie bei der Hand genommen, aber er spürte instinktiv, daß eine so besitzergreifende Geste nur Öl ins Feuer bedeutet hätte. Sie schaute Bill an, und ihr Gesicht verzog sich zum Weinen.

»Du bist meine Erstgeborene«, sagte Bill, von dramatischem Selbstmitleid übermannt. »Trotz allem.«

»Bitte«, sagte sie demütig. »Bitte.«

Gemeinsam erklommen sie die Tribüne, gemeinsam standen sie – zu dritt – neben der vom fauchenden Teekessel und der zischenden Kaffeemaschine flankierten Torte. Mit einer Mischung aus Zorn und diebischer Koboldsfreude nahm Bill von der kleinen Empore aus die Gäste in Augenschein, die sich im Halbkreis um sie versammelt hatten.

»Kümmern Sie sich nicht um mich«, sagte er zu Alexander, der mit einem Glas in der Hand bereitstand, um die Brautrede zu halten. »Ich bin eigentlich gar nicht da, schaue nur mal auf einen Sprung vorbei. Aber ich freue mich auf Ihre kleine Ansprache. Also lassen Sie sich durch mich nicht aufhalten.«

Alexander zog sich kurz und mit Anstand aus der Affäre. Nur als es darum ging, seine Rolle bei dieser festlichen Zeremonie zu erklären, geriet er, durch Bills Gegenwart gehemmt, beträchtlich ins Stottern. Ansonsten äußerte er sich bewundernd über Daniels Arbeit, lobte Schönheit und Klugheit der Braut, die er mit einer weißen Rose verglich. Ein wohliges Prickeln, angeregt durch Fredericas vertrauliche Geständnisse, durchfuhr ihn, als er endlich sein Glas erhob – so schwungvoll, daß die blaßgoldene Flüssigkeit kräftig hin und her schwappte. Er zitierte Spensers Epithalamion. Dessen klare Sprache, die bildhaften Vergleiche weckten wiederum seine Tennysonsche Passion für die Vergangenheit, die leise Wehmut, mit welcher der Dichter entschwundener Augenblicke der Vollkommenheit oder der Entrückung gedenkt. Er sprach von der erquicklichen Verschwisterung von Weinen und Lachen. Er forderte alle Anwesenden auf, mit ihm auf das glückliche Paar anzustoßen.

Von Rechts wegen hätte Daniel jetzt die Dankrede halten müssen. Und er hielt auch schon eine Postkarte mit ein paar Stichworten griffbereit. Doch da stellte Bill Potter sich zwischen Teekessel und Kaffeemaschine in Positur, schob Hut und Schultern zurück, schlenkerte die blauen Hosen über den Hüften zurecht und bekundete die Absicht, dem, was sein Kollege so beredt vorgetragen habe, rasch ein, zwei Worte hinzuzufügen. Zwar sei er, wie man vielleicht gehört habe, offiziell gar nicht da, aber ein paar inoffizielle wohlwollende Worte seien ihm vielleicht trotzdem gestattet. Und auf die weiße Rose Bezug nehmend, von der sein Kollege gesprochen hatte, beteuerte er, wie schwer es ihm falle, in dieser bezaubernden Erscheinung seine Tochter zu sehen, die doch seinem Gefühl nach kaum erst den Zeiten klebriger Fingerchen und schmuddeliger Baumwollschlüpfer mit unzuverlässigem Gummibund entwachsen sei. Ein sicherer Lacher, für den er gekonnt pausierte. Er beschrieb, wie sein kleines Mädchen im hochgerutschten Blazer unter dem verbeulten Ranzen zur Schule gezockelt war. Er zitierte aus ihren Zeugnissen und lieferte die Interpretation der Beurteilung gleich mit. »Ein wertvolles Mitglied der Gemeinschaft« bedeutete soviel wie orthodoxe Aufsichtsschülerin mit Sklaventreibermethoden – und letzteres würde sie da, wo sie nun hinging, wohl auch brauchen. »Ohne Zweifel begabt, sofern ihr Interesse gewonnen werden kann«, hieß stur, oft auch faul, aber ein heller Kopf. Und dieser Kopf hatte sie immerhin bis nach Cambridge gebracht. Mit der Zeit hatte sie natürlich Baumwollschlüpfer, süße Petticoats und ihre ergebenen, tintenbekleckten Sklaven gegen eine Riege durch die Bank sehr ernsthafter, hoffnungslos in sie vernarrter Jungmänner eingetauscht, die sich allesamt angewöhnten, auf dem Weg von Bristol nach Cambridge oder einer ähnlichen umständlichen Strecke »einen Abstecher« nach Blesford Ride zu machen. (Doch, er denke schon, daß sie nebenher die Zeit gefunden habe, ein-, zweimal in der Universitätsbibliothek vorbeizuschauen.) Was ihn anging, so hätte er es nie geschafft, einen der jungen Burschen richtig kennenzulernen, bevor er dem nächsten Platz machen mußte. Und nun war also Daniel an der Reihe – zu dessen Gunsten sich zumindest sagen ließ, daß man ihn, dank eindeutiger Merkmale, nicht verwechseln konnte. Er traue Daniel zu, daß der sein Glück machen würde. Und er hoffe, es sei nicht nötig, ihn eigens darauf hinzuweisen, daß das Kind des Weibes Mutter sei und daß – was immer Daniels Kirche über den Gehorsam predigen mochte – seine Tochter seiner Erfahrung nach in Dingen, über die ihr hervorragender Verstand sich eine Meinung gebildet hatte, absolut nicht mit sich reden lasse. Andererseits habe Daniel ja bewiesen, mit welch eisenhartem Willen er seine Ziele verfolge. Wie dem auch sei, er jedenfalls wünsche ihnen Glück.

Man hatte allgemein den Eindruck, Bill habe sich köstlich humorvoll aus der Affäre gezogen.

Daniel zückte abermals seine Postkarte und rasselte den obligatorischen Dank an Winifred, die Ellenbys, die Thones, an Alexander und Frederica herunter. Auch Bills wohlwollende Worte, wie er den Brautvater hölzern zitierte, fanden Erwähnung. Er schaffte es, diese kleine Pflichtübung zu absolvieren, ohne daß er oder seine Frau in seiner Rede auch nur ein einziges Mal vorgekommen wären. Anschließend zog er sich zurück.

Alexander verspürte einen heftigen Stich knapp unter dem

linken Schulterblatt: Die allgegenwärtige Frederica bohrte ihm den Finger in den Rücken. »Ich dachte schon«, zischte sie ihm zu, »er bringt es fertig und sagt: Sie hat ihren Vater hintergangen, und dir blüht womöglich das gleiche Schicksal. Haben Sie nicht auch so was erwartet? Was für ein Theater, ehrlich! Das war nämlich alles gelogen, müssen Sie wissen. Sie hat sich *nie* schmutzig gemacht, Stephanie doch nicht, und ihre Schlüpfer saßen immer tadellos, und ihre Freunde, so sie welche hatte, die sind nie zu uns gekommen – warum, das liegt ja wohl auf der Hand. Für mich ist die Sache damit endgültig klar. Falls ich jemals heirate, kommt er mir nicht in die Quere, das wird eine heimliche Trauung, ohne Kirche und weit, weit weg von Yorkshire. Ihre Rede hat mir übrigens gut gefallen. Sogar das Spenser-Zitat, auch wenn mir persönlich Donne der liebere ist. Drum geht nun dorthin, wo der Bischof harrt, Euch zu vereinen; doch auf andre Art vollziehen muß sich dieser Bund. Finden Sie es nicht auch wunderbar, wie er mit den grammatikalischen Schichten jongliert? Ich hab's gern, wenn man sauber trennt, was nicht zusammengehört.«

Alexander dämmerte, daß es diesem schrecklichen Mädchen irgendwie geglückt war, ihm durch schiere Hartnäckigkeit einen vertraulichen Umgangston aufzuzwingen, der so natürlich und über lange Zeit gereift wirkte, daß seine gute Erziehung es ihm unmöglich machte, sich dagegen zu verwahren. Außerdem wäre es ziemlich schwer gewesen, diese Vertraulichkeit soweit anzuerkennen, daß man sie zurückweisen konnte, ohne sie erst recht zu vertiefen. Abgesehen davon interessierte ihn das, was sie zu erzählen hatte.

»Und es ist wirklich nichts Wahres dran?« fragte er, nachdem er sich vergewissert hatte, daß niemand sie belauschte.

»Kein Wort davon. Jeder, der sie kennt, hätte merken müssen, daß es nur eine Aneinanderreihung all der Klischees ist, mit denen sie am allerwenigsten identifiziert werden möchte.«

»Ich wünschte, ich hätte ihn von hier fernhalten können.«

»Aber Sie müssen zugeben, daß es ein unheimlich dramatischer Auftritt war.«

Die zweistöckige Hochzeitstorte wurde abgeschmückt und angeschnitten. Bald lagen nur noch die zerkrümelten Reste in der Sonne. Gleich daneben ließen die Sträuße von Braut und Brautjungfer die Köpfe hängen: Die Unart des drahtgestützten Blumenbindens rächte sich. Allmählich wurde das Brautpaar zum Aufbruch gemahnt. Sie entfernten sich zu Fuß: passierten das Drehkreuz an der Pforte und stiegen dann über den abschüssigen Pfad zum Brühl hinunter in die Masters' Row, wo sie sich umziehen würden. Da sie nirgendwo hinfuhren, weil kein Geld für eine Hochzeitsreise da war, verabschiedeten die Gäste sie am Gartentor: Nur die Familie und Daniels Mutter begleiteten sie nach unten: Das heißt, zunächst ging auch Alexander mit, aber an der Eisenbahnbrücke beschloß er umzukehren. Zum einen war er niemandes Vater, Bräutigam oder Anverwandter, zum anderen brauchte man ihn nicht mehr, und außerdem hatte er genug.

Er blieb also stehen und sah ihnen nach, wie sie in weitem Abstand zueinander – trippelnd, stöckelnd, schlendernd – den sonnenbeschienenen Brühl durchmaßen und, am Bioteich vorbei und unter den Torpfosten hindurch, die Sportplätze überquerten. Daniel in Schwarz, Stephanie in Weiß, die gertenschlanke Frederica im wippenden Goldgewand. Winifred ließ unter dem dunklen Hut müde den Kopf sinken. Bill zog in Schlangenlinien über den Platz, um den anderen auszuweichen, die kleine Mrs. Orton mühte sich kopfwackelnd und mit eingesackten Schultern voran. Der hochaufgeschossene Marcus, der in seinem dunklen Anzug spindeldürr wirkte, ging als letzter. Sein flachsweiches Haar war adrett zurückgebürstet. Als Frederica sich nach Alexander umsah, winkte er und wies, um seine Absicht unmißverständlich klarzumachen, mit dem Daumen hinter sich. An ebendieser Stelle hatte er auch an dem Tag gestanden, an dem sein Stück angenommen wurde. Er erinnerte sich, wie er damals zu der Einsicht gekommen war, daß ihn von nun an nichts mehr hier festhalten oder ihm Grenzen setzen könne: weder die Menschen von Blesford noch ihre Welt, und daß er sie genau darum interessant gefunden hatte. Heute war er allerdings zu lange in ihrer Gesellschaft gewesen und ihnen zu nahe gekommen. Fast wäre er einer der ihren geworden und hätte dadurch beinahe sein Interesse an ihnen verloren. Als sie unten auf dem Sportplatz immer kleiner wurden und endlich nur noch wie Puppen durch die Gartenpforte das Pottersche Grundstück betraten, atmete er tief durch, spürte förmlich, wie er wuchs und an Statur gewann. Andere Orte fielen ihm ein: ein Garten in Oxford, eine Terrasse in Grasse, die Kreidefelsen von Dover, der Bois de Boulogne. Nein, so sehr man sich auch an weißen Rosen und Eibenpollen und Cranmers Prosa ergötzen mochte – all das konnte nicht darüber hinwegtäuschen, daß ein Mann mehr, unendlich viel mehr zu erreichen vermochte, als sich mit einem der eintönigen Rechtecke in der Masters' Row zu begnügen. Er dachte an das weibliche Durcheinander heute morgen in dem engen, kahlen Brautgemach, dem so gar nichts Geheimnisvolles mehr geblieben war, und an den Augenblick, als er durch Jennifers hübsch bedruckte Schlafzimmergardinen auf ein winzigkleines, quadratisches Stück Himmelsblau geschaut hatte. Er würde dieser Welt entkommen. Er war fast überzeugt davon, daß er alle Vorkehrungen treffen würde, um gleich nach der Aufführung seines Stücks zu verschwinden – komme, was da wolle. Auf der anderen Seite des Sportplatzes sah er eine kleine gelbe Gestalt auf und ab hüpfen, die mit etwas Weißem winkte. Da nahm er den Zylinder vom Kopf, schwenkte ihn feierlich, setzte ihn wieder auf und ging den Weg zurück, den er gekommen war.

31. Hochzeitsnacht

Daniel hatte sich die Szene immer im Dunkeln ausgemalt, doch da Hochsommer war, blieb es ewig lange hell. Morley Parker fuhr sie von der Masters' Row zum Askham-Weg, vorbei an dichtgedrängten, halbkreisförmig angeordneten Mietskasernen und engen, tristen Handwerkersiedlungen, bestehend aus schmalbrüstigen Reihenhäusern, über deren Schieferdächern der Qualm von Kohlenfeuern stand. Zu ihrer Wohnanlage gehörten sechs Häuser, die laut Bebauungsplan in zwei nach drei Seiten hin geschlossenen Rechtecken um zwei begrünte Innenhöfe mit blühenden Bäumen gruppiert waren. Tatsächlich bestanden die Grünflächen aus gestampften Lehminseln, durchzogen von rissigen Betonwegen und übersät mit unförmigen, von den Raupenfahrzeugen ausgehobenen Erdklumpen, aus denen Wegerich und Weideröschen, Schafgarbe und Saudisteln sprossen. Ihre Wohnung lag ebenerdig und nach hinten heraus; zu jeder Parterrewohnung gehörte eine Gartenparzelle, ein handtuchgroßes, buckliges Stück Grund mit Maschendrahtzaun, Betonpfosten und quietschendem Eisentürchen umfriedet. Die Bewohner der oberen Stockwerke hatten statt dessen einen betonierten Balkon mit Eisengeländer und einem Netz von Wäscheleinen darüber. Von der winzigen Küche aus blickte man auf einen schwarzen Gummireifen, der an einem verknoteten Seil von einer Art Gerüst herabhing, und auf einen ganz alten, schrundigen und verkrüppelten Weißdorn mit geschwärzter Rinde, der im Moment hell und duftig im Laub stand. Er war älter als die Siedlung und war, als seinerzeit die Bulldozer zum Ausschachten auf der Baustelle anrückten, wie durch ein Wunder verschont geblieben.

Mrs. Ellenby hatte ihnen ein kaltes Abendessen bereitgestellt, damit sie nicht zu kochen brauchten – Huhn, einen Salat in einer mit feuchten Geschirrtüchern und übergestülptem Teller frischgehaltenen Schüssel aus geschliffenem Glas, einen Fruchtsalat (ebenfalls in einem abgedeckten Gefäß), eine Flasche Rheinwein. Auch Cocktailbrötchen waren dabei, ein frischer, knuspriger Laib Brot, eine Dose Lyons-Kaffee, ein Päckchen Tee, zwei Flaschen Milch, ein Camembert und ein Stück Edamer. Auf dem Tisch prangte ein großer Strauß feuerroter Gladiolen in einer Glasvase auf einem Spitzendeckchen. Davor lehnte ein Zettel, auf dem stand, die roten Beten seien auf einem Extrateller, damit sie die hartgekochten Eier nicht verfärbten, und Mrs. Ellenby wünsche ihnen eine recht gute Nacht und einen glücklichen Start im neuen Heim. Sie blinzelten ein bißchen, als sie Seite an Seite den reichgedeckten Tisch in Augenschein nahmen. Nach der gleißenden Helle über Rektoratsgarten und Brühl erschien die enge Wohnung mit den kleinen, dichtverhängten Fenstern besonders schummrig und stickig. Stephanie mochte eigentlich keine Tüllgardinen, aber auch sie räumte ein, daß blickdichte Vorhänge hier unerläßlich seien. Die Wände waren sehr dünn, und sie ertappte sich dabei, daß sie leise auftrat, wie um ihre Anwesenheit geheimzuhalten.

Es war gegen sieben. Daniel, der eingehend sein Heim und verstohlen auch seine Frau betrachtete, fragte sich, ob er ein Abendessen in einem Restaurant hätte bestellen und Gäste dazu einladen sollen. Sie stand ruhig da und schaute sich um, ohne ihn anzusehen.

»Was sollen wir jetzt machen?« fragte er.

»Wir könnten uns zu Tisch setzen und das alles aufessen.«

»Gut.«

»Oder die Pakete drüben auf dem Sofa auspacken.«

»Auch gut.«

»Aber ich habe keinen großen Hunger, nicht nach all den getoasteten Häppchen, der Torte und dem vielen Sekt.«

»Nein, ich auch nicht.«

Er begriff, daß er sich vorgestellt hatte, sie würden unverzüglich ins Schlafzimmer gehen, die Vorhänge zuziehen, sich all die adretten Kleider, die sie eben erst angelegt hatten, wieder vom Leibe reißen und ins Bett fallen. Er sah jetzt, daß es so nicht ablaufen würde. Sie hatte sich von ihm abgewandt und hantierte wahllos mit den Utensilien auf der Küchenanrichte: den neuen Lebensmitteldosen, einer Schere, der Zitronenpresse. Und während sie die Schere betastete wie ein unkenntliches Gerät, das sie mit verbundenen Augen erraten mußte, sagte sie: »Worauf ich wirklich Lust hätte, das ist, mir die Schuhe auszuziehen. Nur das.«

Er spürte dem Ton dieses »nur das« nach und griff ihn auf.

»Also dann, worauf wartest du? Wir sollten uns ein bißchen ausruhen. Nur das. Ich bin ganz geschafft«, setzte er unaufrichtig hinzu. Da bückte sie sich und streifte die Schuhe von den Füßen. Ohne die hohen Pfennigabsätze wirkte sie mit dem spießigen Leinenkostüm und dem runden Hütchen, in dem sie den Weg aus dem Elternhaus in ihr neues Heim angetreten hatte, wie eine pummelige, gesetzte Frau in den Dreißigern.

»Den Hut könntest du auch absetzen«, sagte Daniel, der sie neugierig musterte. Sie dagegen schaute ihn noch immer nicht an. Aber den Hut nahm sie ab. Als ihr glänzendes Blondhaar mit der straffen Innenrolle zum Vorschein kam, hatte Daniel den Eindruck, es sei früher länger gewesen. Ob es in den Nacken herabwallen würde, wenn man daran zog, oder gleich einer

Drahtspirale zurückschnellen, oder war es einfach nur kürzer geschnitten? In einer Woche oder in einem Monat würde er ihre Haare genau kennen. Der Gedanke erfüllte ihn mit einer tiefen, schlichten Freude. Sie nahm Hut und Schuhe und ging hinüber ins Schlafzimmer, wohin Daniel ihr folgte. Sie hinterließ dunkelfeuchte, elegante Fußabdrücke auf dem Linoleum, die ihn erregten. Im Schlafzimmer legte sie nur den Hut auf die Kommode, stellte die Schuhe neben das Bett und kam gleich wieder heraus, Daniel immer hinterdrein. Sie setzte sich aufs Sofa, streckte die Füße in die Luft, wackelte mit den Zehen und ließ die Knöchel kreisen.

Auf einmal fand sie die ganze Situation furchtbar – furchtbar, düster und endgültig. Die vielen neuen Hausgeräte, die ungewohnten Tüllgardinen und Spitzendeckchen, Daniels derbe Sachen, die überall verstreut waren, seine großen abgetragenen schwarzen Schuhe im Schrank, der voluminöse Morgenmantel, der sich hinter der Schlafzimmertür blähte, das Gebetbuch auf der Kommode und daneben seine klobige Bürste mit den borstigen schwarzen Haaren darin. Sie hob den Blick und hielt suchend Ausschau nach Luftlöchern in der engen Zelle. Neben und über ihr dudelten und schluchzten aus verschiedenen Radios verschiedene Schlager. Draußen trappelten Schritte vorbei, und plötzlich erklangen schrille Kinderstimmen:

Unsre Gloria ist ein Dämel,
Sitzt wie'n Esel auf dem Schemel.
Plumpst der Schemel in den Dreck,
Krabbeln die Flöhe über ihr weg.

Ein flüchtiges Lächeln huschte über Stephanies Gesicht und erlosch gleich wieder. Der Gassenhauer wurde einmal wiederholt und dann ein zweites Mal. Wenn Daniel nur aufhören wollte, sie anzusehen, wodurch er sie nachgerade zwang, ihre Blicke ruhelos schweifen zu lassen.

»Warum legst du dich nicht ein Weilchen hin?« schlug er vor. »Mach einfach die Augen zu und versuch ein bißchen zu schlafen.« Es drängte ihn hinzuzusetzen: Ich werde dich auch nicht anrühren, doch irgendwie hätte er einen solchen Satz am Hochzeitstag anstößig gefunden. Also sagte er mit absichtlich schläfriger Stimme: »Nun mach schon.« Fast konnte er ihre Gedanken lesen. »Na gut«, sagte sie tonlos, stand auf und ging ins Schlafzimmer, einen Raum, in dem gerade genug Platz war für das Bett, einen Stuhl, die Kommode und einen schmalen Läufer. Er sah zu, wie sie den Rock auszog, Jacke und Bluse ablegte. Er ging um sie herum und schloß die Vorhänge. Sie kroch rasch ins Bett, streckte sich in Schlüpfer und Strümpfen aus, warf Daniel einen verstohlenen Blick zu und schloß die Augen. Nach kurzem Zögern entledigte auch er sich einiger Kleidungsstücke und legte sich vorsichtig neben sie. Ihre Lider, der Mund, die kleinen Fäuste auf dem Kissen neben der Wange, ja sogar die bestrumpften Beine verrieten, wie verkrampft sie war. Er stieß einen langen, bedächtigen Seufzer aus, küßte sie flüchtig auf die Stirn, verschränkte die Hände unter dem Kopf und starrte finster an die verschattete Decke. Und dann geschah etwas, was ihn im nachhinein selber überraschte: Er schlief ein.

Als sie nach unbestimmter Zeit erwachten, dunkelte draußen eine fahle Sommernacht. Daniels Gewicht hatte eine Kuhle in das neue Bett gedrückt, in die sie im Schlaf beide hineingerutscht waren. Er spürte, wie sie sich mühsam aufzurichten versuchte, und drückte sie mit seinem starken Arm nieder. »Hier«, sagte er, »hier bin ich.« Sie drehte den Kopf zur Seite, schob ihn zwischen sein Kissen und das ihre, und er erkannte ihre leuchtenden Augen, die unverwandt ins Dunkel blickten. »Nicht doch«, sagte er, »wer wird sich denn fürchten.« Was zwei Liebende miteinander reden, bewegt sich meist auf dem schmalen Grat zwischen kindischem Geplapper und glasklarer Logik, je nachdem, ob das Gesagte ankommt, wie es gemeint ist, oder nicht. Er hatte nicht einmal einen Anhaltspunkt dafür, ob sie ihm zuhörte. »Ich liebe dich«, sagte er hoffnungsvoll. Sie gab einen kleinen Laut von sich: Jedenfalls war ihm so, als ob ihre Lippen sich bewegt hätten. »Hmm?« fragte er. »Ich liebe dich«, flüsterte sie. Er hatte keine Ahnung, wie das gemeint war. Er begann an ihren Trägern zu nesteln. Sie leistete keinen Widerstand. Unbeholfen und schweigend, mit stümperhafter Klavierbegleitung über seinem Kopf, mit Glenn-Miller-Weisen, die nur ein paar Schritte vom Fußende des Bettes entfernt dudelten, und in Gedanken bei seinem Gewicht, das auf ihrem kleinen, wenngleich drallen

Körper lastete und auf der neuen Bettfederung, die denn auch vernehmlich quietschte – so vollzog Daniel seine Ehe. Währenddessen geschah es, daß sein Gesicht einen Augenblick auf dem ihren lag, Wange an Wange, Schläfe an Schläfe und – durch weiche Haut und weicheres Fleisch hindurch – Schädelknochen an Schädelknochen. Es sind ihre Schädel, dachte er, die die Menschen voneinander trennen. In dem einen, dem bewußten Sinne könnte ich und würde man sagen, daß ich mich in ihr verliere. Aber da drinnen, in dieser beinernen Zelle, da denkt sie und denkt, ganz allein für sich, so wie ich in der meinen, man denkt Dinge, die der andere nicht hört, nicht hören kann, und daran wird sich nichts ändern, auch wenn es sechzig Jahre so mit uns weitergeht. Was denkt sie über *mich*? Er wußte es nicht. Kannte weder ihre Gedanken noch sie. Mit sich allein im Pfarrhaus war das anders gewesen, da hatte er sie ganz klar vor Augen gehabt, eine Frau, mit der er reden konnte und die ihm lachend Antwort gab, während sie auf seinem Bett saß oder in seinem Sessel und in seiner Phantasie mit den Beinen baumelte. Hastig riß er die Augen auf, um statt des rotschwarz und dunkel glühenden Inneren des eigenen Kopfes wieder ihr Gesicht vor sich zu sehen. Was er sah, waren gesenkte Wimpern, eine feuchte, gerunzelte Stirn, fest zusammengepreßte Lippen, lauter Zeichen, die Abschottung signalisierten. Trotzdem, dachte er, ich bin *hier*. Ich bin hier, egal, was sie denkt. Und das war das äußerste, was er an Triumphgefühl erhaschte.

Hinterher wurde sie erstaunlich lebhaft, als ob sie sich wieder hineingefunden hätte in die neue Situation und die dazugehörigen Spielregeln. Schwungvoll richtete sie sich auf.

»Vielleicht sollten wir jetzt Mrs. Ellenbys Abendbrot essen.«

»Das muß nicht sein.«

»Aber es war doch lieb von ihr, und ich hätte ein schlechtes Gewissen, wenn ich einfach hier liegenbliebe und die guten Sachen verkommen ließe.«

»Ich dachte, du hast keinen Hunger.«

»Doch, jetzt schon, jetzt hab' ich einen Mordshunger.«

»Na, wenn das so ist, dann wird gegessen, selbstverständlich.«

Also wusch man sich und zog sich an, und dann saßen sie einander bei Tisch gegenüber, aßen das Hähnchen und die beiden

Salate, den grünen und den mit den Früchten, und tranken Wein dazu. Während der Mahlzeit redete sie ohne Punkt und Komma. Er hatte sie noch nie von dieser Seite erlebt, aber jetzt plapperte sie munter drauflos und zeigte sich so gewandt im Umgang mit den gesellschaftlichen Gepflogenheiten, wie es gar nicht zu ihrer gewohnten, mal trägen, mal nachdenklich schweigenden Art passen wollte. Mit witzigen Bemerkungen kommentierte sie die Hochzeit, die Hüte der Damen und ihre gespreizten Posen, die Peinlichkeiten beim Empfang, den bauchigen Teekessel und die unförmige Kaffeemaschine, den glasierten Tortenboden, den sie in einer Blechform in der Küche stehen hatten, die Anordnung ihrer Bücher und Bilder, den Schrank, der dauernd klemmte, die scheußliche Deckenbeleuchtung, die unbedingt gegen eine heimeligere, weniger grelle Lichtquelle eingetauscht werden müsse. Nicht nur, daß sie die Kerne der Maraschinokirschen im Obstsalat sammelte und ihren Tellerrand damit verzierte, nein, sie zählte sie auch noch mit Kinderreimen und alten Zaubersprüchen ab: Einer für Silber, zwei für Gold ... Er sagte mal ja, mal nein, versuchte sogar hin und wieder, seine in der Gemeindearbeit erworbene Gabe, abflauende Gespräche neuerlich in Gang zu bringen, für einen tolpatschigen Beitrag zu ihrer Unterhaltung zu nutzen. Unterschwellig aber konnte er sich des Gefühls nicht erwehren, daß sie ihn wie eine Frau behandelte und daß der Küchentratsch, der ihm als geistige Nahrung vorgesetzt wurde, gleichsam seine Männlichkeit negierte und aufhob.

Ihm, der nie wirklich in eine Familie eingebunden gewesen war, mangelten sowohl Erfahrung als auch Talent für jene Art von Konversation, bei der es einzig darum geht, den ganzen prosaisch nüchternen Trivialgehalt eines überstandenen Tages in Sprachgehalt umzumünzen. Natürlich war er schon Zeuge solcher Alltagsgespräche gewesen, doch ihm selbst war die Zeit zu schade dafür, er suchte lieber die Auseinandersetzung mit den Extremen. Und die namenlose, die sich allmählich wiederbelebende Stimme, die sich beim Mittagessen oder einen Abend lang unentwegt über Dinge ausläßt, die ohnehin sattsam bekannt oder nicht erinnernswert sind, die hatte er eigentlich nie bewußt gehört: Wie kann sie sagen, ein halbes Dutzend Eier, wenn ich laut und deutlich ein Dutzend verlangt habe, zu schade, wirklich, es war ein ganz entzückendes Rosarot, ganz ähnlich wie deine Bluse, nein, nicht die vom letzten Samstag, sondern die andere, die du schon monatelang nicht mehr angehabt hast, die mit der Stickerei, ein Gasherd *ist* besser als ein elektrischer, da mach' ich jede Wette, allein schon, weil man das Gas so sparsam rauf und runter schalten kann, obwohl sich die Flächen *viel* schlechter reinigen lassen, das stimmt, ich hab' mir die Hacken abgelaufen nach einer Rinderkeule, aber alles, was ich kriegen konnte, war ein Bruststück, ja genau das, was du auf dem Teller hast, ein bißchen fett ist es, das mußt du zugeben, nicht wahr, aber ich hatte eben keine andere Wahl, also hab' ich ein paar Pfefferkörner extra drangetan, die wirklich guten Happen sind ja beim Brustfleisch sogar noch saftiger, auch wenn mehr Fett dran ist, oder vielleicht grade *deswegen* ...

Sie redete wie ein Buch. Warum, verdammt noch mal, mußte sie ihm *sagen*, daß die Gladiolen rot waren und daß Rot nicht zu ihren Lieblingsfarben gehörte, wenn er doch selber sah, daß die Blumen rot waren, und seit Monaten wußte, daß sie kein Rot mochte? Ein Wust von Worten demontierte einen Wust von Dingen und rückte sie andererseits gerade dadurch in den Vordergrund. Er dachte das nicht bewußt durch, dazu war er zu benommen. Also nagte er verwirrt an seiner Hähnchenhälfte herum, während sie fröhlich weiterplauderte. Sie konnte das, was sie mit Worten berührte, entschärfen, neutralisieren, kurz: für sich annehmbar machen. Also vermaß sie verbal die Grenzen der Wohnung, eine naive Methode, sich mit Unliebsamem auszusöhnen – mit dem Spiegel etwa, von dem sie behauptete, er habe genau die richtigen Maße, um die kleine Diele optisch zu vergrößern, oder mit den Kacheln in dem fensterlosen winzigen Bad, deren Grün sie mit Wörtern wie Gurke und Avocado zu Leibe rückte und mit der laut geäußerten Hoffnung, die schreiende Farbe ließe sich vielleicht dämpfen, wenn man sie mit Badevorleger und Duschvorhang in einer dunkleren, satten Schattierung des Grundtons kombiniere. Er konnte sich beim besten Willen nicht an die Kacheln im Bad erinnern, sagte aber, er sei überzeugt, daß sie recht habe. Nervös löffelte sie die Kirsch- und Weintraubenkerne auf dem Rand ihres Obsttellers hin und her. Der dunkle, schwere Wein, der dem Fruchtsirup im Obstsalat beigemischt war, stieg ihr zu Kopf. Sie fragte ihn, ob es Sherry sei oder Portwein, und er antwortete, das wisse er nun wirklich nicht, tippe aber auf den Madeira vom Mütterhilfswerk, keinesfalls auf den Meßwein, der sei nämlich erstens schwach und zweitens sauer. Jedenfalls ein Gebräu, das es in sich habe, meinte sie. Und auch das brauchte man ihm nicht eigens zu sagen.

Mit einer gewissen Förmlichkeit besorgte sie den Abwasch, und er half ihr dabei. Hinterher sah er ihr zu, wie sie mit ein paar ausgewrungenen Spüllappen den Ablauf blankrieb. Sie kochte Kaffee, und er trank ein paar Schluck. Sie ging zwischen Bad und Schlafzimmer hin und her und kümmerte sich um kleine Verrichtungen, die er nicht nachvollziehen konnte und die ihn nicht interessierten. Für sie wurden die Zimmer bewohnbar, indem sie ihren Radius ertastete, ihm machte sie sie gerade dadurch bedrückend eng. Er dachte an die Straßen, die draußen vor dem Häuserblock lagen. Nach einer Weile stand er auf und ging in die Küche, wo er sich im Dunkeln ans Fenster stellte und hinaussah. Zwei Lichtquellen, der Mittsommermond und ein Natriumwürfel auf einem Betonpfahl, beschienen die lehmig glänzenden Erdschollen und ließen sie aufblitzen wie träge Wellenkämme bei ruhigem Seegang. Der Weißdorn und der schwarze Schaukelreifen waren nur rußig düstere Silhouetten, doch über die Weißdornblätter huschte weißes Mond- und orangegeflammtes Laternenlicht. Er versenkte die Hände in den Taschen, zog die Schultern hoch und hüllte sich in Schweigen.

Endlich trat sie leise hinter ihn.

»Daniel ...«

»Hmm.«

»Was machst du da, so im Dunkeln?«

»Ich weiß nicht.« Und lauter: »*Ich weiß es nicht.*« Es klang wie ein Manifest.

»Und ich dachte, du weißt immer, was du tust.«

Sie legte ihm die Hand auf den Arm, er schüttelte sie ab, worauf sie einen Schritt zurücktrat und verstummte. »Du warst derjenige«, sagte sie nach einer ganzen Weile, »du warst überhaupt der einzige, der gewußt hat, was er tat.«

Er gab keine Antwort: Alles, was sie von ihm sah, war ein wuchtiger schwarzer Umriß vor einer schwarzen Fensterscheibe. Unwillkürlich dachte sie an seinen jähen Zornesausbruch damals im Pfarrhaus. Im Zimmer von Miss Wells. Er hatte das alles bewerkstelligt, es war ganz allein sein Werk. Sie griff wieder nach seinem Arm, reckte sich auf die Zehenspitzen und küßte ihn auf die starre Wange. Ruckartig befreite er sein Gesicht: Sie spürte seinen Zorn wie ein Knistern auf der Haut. Sie versuchte es noch einmal mit einem Kuß und mit einem schmeichlerischen Koselaut, der ebenso unaufrichtig wie überflüssig war, denn inzwischen hatte er ja, was er wollte: ihre Aufmerksamkeit – nur daß sie ihn jetzt zur Raserei trieb. Er drehte sich um, packte sie und zermalmte sie fast in seinen Armen, wühlte mit den Händen in ihrem Haar und bohrte sein Gesicht in das ihre. Sie taumelten durch die Wohnung zurück ins Schlafzimmer. Ihm fiel ein, daß er bei ihrer ersten Begegnung den Wunsch verspürt hatte, sie entzweizubrechen. Sein Arm traf ihre Schulter fast wie ein Schlag, unter dem sie zusammensackte. Und wieder dachte er: Ich bin *hier*.

Später sagte er: Ich tue dir weh, doch sie rief ungestüm: Nein, nein, nein, das tust du nicht. Noch später hatte er jegliche Orientierung verloren, und als er die Augen aufschlug, sah er sie nackt dasitzen und ihn anschauen. Beiden triefte das Gesicht von Schweiß und Tränen, die Haare hingen ihnen klatschnaß um den Kopf. Seine Züge waren zu müde und verkrampft zum Lächeln. Er blickte in ihr maskenhaft starres Antlitz und glaubte darin das Spiegelbild des eigenen zu erkennen. Er berührte ihre heiße Brust und nickte ihr zu. Sie legte eine Hand auf die seine.

Wieder eine Weile später wurde er wach, weckte sie auf und liebte sie lange, ruhig und ausdauernd. Wenn er immer noch nicht wußte, wer sie war, so fand er das jetzt durchaus angenehm: Sie waren zusammen, beide im selben Raum, und mehr zählte nicht. Zwei Namenlose in der Dunkelheit, von denen er nicht wußte, was sie empfanden, aber daß dem so war, fühlte er. Die Musik von draußen war verstummt.

Sie dagegen dachte – und sie dachte es wörtlich –, daß dies das erste und einzige Mal in ihrem Leben sei, da sich ihr ganzes Sein – Körper, Geist und was immer unsre Phantasie gebiert oder erträumt – in einem einzigen Punkt konzentrierte. Und dann übernahmen die imaginären Bilder die Führung. Ihre Vorstellung von der inneren Ausgestaltung des Körpers war von Haus aus sehr vage: Ihr fehlte die greifbare Perspektive, die erkennbare Begrenzung, auch wenn sie sich innerlich größer wähnte, als sie sich von außen sah, und sie dachte an inwendig dunkles Fleisch, schwarzrot, rotschwarz, biegsam und beweglich. Falls Daniel diese Räume vermaß, indem er in ihre changierenden Kammern und blinden Gänge hinabtauchte, so ließen sie sich durch seine Berechnung weder fassen noch im Zaum halten. Denn die Landschaft der inneren Welt folgt ihren eigenen Gesetzen. Unbeirrbar und zuversichtlich keimte Licht aus der Finsternis, ein saphirnes Leuchten stieg aus den schwarzroten Tiefen, geisterte durch weitverzweigte Höhlen, verflüssigte sich zu glasklarem blauen Wasser, das durch gemeißelte Basaltrohre plätschernd auf blumigen Wiesen austrat, deren lichtgrüne Stengel, duftige Blätter und bunte Blüten sich in anmutigem Tanze mit den windzerzausten Gräsern auf den Klippen wiegten, auf den Klippen hoch über einem matt schimmernden Strand und dem fernen Rauschen der matt schimmernden See. Die dort drunten haben ihr eigenes Licht: Dieses Vergil-Wort über den Hades galt auch für ihre inwendige Welt: Auch sie hatte ihr eigenes Licht, und das mochte in dem Bewußtsein, daß man es vor einem dunklen Hintergrunde sah, daß es aus dem Dunkel emporgestiegen war und im Dunklen wurzelte, täuschend hell erscheinen und klarer als jeder Sommertag. Man betrachtete diese Welt nicht mit dem inneren Auge, das Erinnerung speichert und Wiedererkennen schenkt, sondern mit dem imaginären Blick des blinden Knaben, der das Licht von ihr abstrahlen läßt, es in ihr bündelt und durch Blumenstengel und plätscherndes Wasser leitet, durch wogende Ähren und Blüten, es zum Glänzen bringt wie ein unbesonntes Meer, das ganz aus eigener Kraft leuchtet, oder wie den weiß schimmernden Sand, der unter einem Nachthimmel knapp außer Sicht über die Dünen weht. Sie war diese Welt, sie wandelte in ihr und überschritt bald lustvoll säumend, bald eilig und beschwingt die Grenze zwischen Grün und Sand und Wasser, eine schillernd bewegliche Grenze, die sich unverdrossen erneuert, sooft sie auch fällt.

Teil III
Redit et Virgo

32. Saturnalien

Der Park von Long Royston füllte sich mit Stimmen und Requisiten, vergoldeten Sänften, Scheinwerfern und Kabelschlangen. Die Schlafgemächer waren bis in die Karnickelbaue unterm Dach, wo einst Heerscharen von Bediensteten unsichtbar genächtigt hatten, von Schauspielern, Technikern, Kostüm- und Maskenbildnern samt Anhang belegt. Die Musiker, Tänzer und zum Schluß Zuschauer, die mit öffentlichen Verkehrsmitteln und Ausflugsbussen herangekarrt wurden, kamen aus Calverley, York, Scarborough, aber auch von entlegeneren Orten aller vier Himmelsrichtungen. Matthew Crowe, der die Bataillone mobilisiert hatte, hielt ihre Bewegungen in Zeit und Raum auf amtlichen topographischen Karten und Terminplänen im Großen Saal fest, wo er wie ein Hexenmeister mit leuchtend bunten Reißnägeln in allen Regenbogenfarben jonglierte. Auf ganzseitigem Millimeterpapier entwarf er mit verschiedenfarbigen Stiften – smaragdgrün, ultramarinblau und zinnoberrot – die Probenpläne, deren ausgeklügeltes System er der Truppe mit einer von Alexander in Blesford Ride ausgeborgten schulmeisterlichen Zuchtrute zu erläutern pflegte. Auch einen Wegweiser durch die eigenen Besitzungen hatte er anzubieten, mit Führungen zu Lustgarten, Wintergarten, Kräutergarten, Wasserspielen, antikem Irrgarten, genannt der römische, auch wenn er in Wirklichkeit viel älter war. Crowe hatte ihn vom Hubschrauber aus rekonstruieren und mit aufgeschütteten Wandelgängen und kleinen Buchsbaumhecken neu anlegen lassen.

Lieferwagen brachten körbeweise Papierrosen und kistenweise Hippen und Rapiere, die alle in Ställen und aufgelassenen Spülküchen gelagert werden mußten. Das Bier kam frühzeitig in großen Mengen, Champagner folgte in kleineren. Aus lauschigen Hainen und Rabatten erklangen eigenwillige Kompositionen, seltsame Melodien. Wiederholt beteuerte ein Countertenor im Rosengarten, daß dortselbst keine Schlangen hausten und auch mordgierige Bären nicht. Im Küchengarten kämpfte ein spanischer Akzent mit zungenbrecherischen, vor Zischlauten strotzenden Flüchen. Nymphen und Schäfer drehten sich auf dem Rasen hinter dem versenkten Grenzzaun im schweißtreibenden Reigentanz.

Crowe klagte Marina Yeo, die unter mondbedruckten Decken unter der von ihrem Berge herniedersteigenden Cynthia schlief, das Festspiel nehme allmählich Dimensionen an wie weiland die Hofreisen der Jungfräulichen Königin. Miss Yeo musterte ihn im Abendgold auf seiner Terrasse majestätisch über den Champagner hinweg und sagte, genau darauf habe er es doch wohl auch abgesehen. Crowe bekannte sich zu seiner Schwäche für glanzvolle Attraktionen. »Morgen werden die Feuerwerkskörper geliefert. Ja, ich werde mit großem Fanal abtreten und nicht winselnd den Schwanz einziehen, bevor die Studenten hier anrücken und erbarmungslos meinen Rasen niedertrampeln. Und ja, es gefällt mir, viele Menschen an einem Ort zu versammeln, die, statt dem zu frönen, was sie Leben nennen, das zuwege bringen, was ich unter Kunst verstehe.« Miss Yeo verwies darauf, daß von denen, die in Scharen kamen, offenbar keiner wieder ging, und das war in der Tat symptomatisch für diesen hektischen und doch so luziden Juli und August. Die Sonne schien tagein, tagaus, und wer Probe hatte, probierte, indes die anderen, die nichts zu tun hatten, trotzdem irgendwie blieben und im Gras oder auf den Steintreppen picknickten, Kulissen schoben, Nägel einschlugen, schliefen, zuschauten, miteinander stritten, tranken, flirteten.

Alexander stieß eines Nachmittags auf einen Wintergarten, aus dem frivoles Kreischen und Gelächter drang. Sehen konnte er nicht, was drinnen vorging, denn die dichten, sattglänzenden Hecken trotzten nicht nur eisigen Winterstürmen, sie waren auch blickdicht. Den schmalen Zugang markierte eine dorische Plinthe, die einen steinernen Putto trug, und an dem lehnte, einen braungebrannten Arm um die grobbehauenen, grauen Hinterbacken des Engels geschlungen, Edmund Wilkie im himmelblauen Baumwolltrikothemd mit Lochmuster, himmelblauer Brille und enganliegenden Shorts mit Bundfalten. Er lächelte Alexander zu und sagte: »Das Genie an der Schwelle zum Garten«, was Alexander im ersten Moment als Kompliment auffaßte, bis ihm der Gedanke kam, Wilkie habe womöglich sich selbst gemeint.

Wilkie fuhr fort: »Ben hat seine liebe Not damit, die drei da drinnen in Form zu bringen, soviel steht fest. Dem Mädel gehört der Hintern versohlt – zumindest müßte man sie mal tüchtig reinzwicken. Vielleicht sollte ich das übernehmen. Oder besser noch Sie.«

»Sie hat doch kaum einen Po«, sagte Alexander, der unterdessen, gewissermaßen als Wilkies voyeuristisches Pendant, auf der anderen Seite der Gartenpforte Posten bezogen hatte. »Und das bißchen, was da ist, reizt mich nicht zum Kneifen.«

»Nein?« fragte Wilkie. »Nicht einmal der Kunst zuliebe?«

»Nein«, sagte Alexander. Wilkies ungenierte Hilliard-Parodie vor Augen, war es fast unmöglich, nicht selbst in eine Pose zu verfallen. Alexanders Gegenwehr mündete in eine unbequem starre militärische Haltung und in Betrachtungen über Wilkies Hinterteil, das sich in etwa zehn Jahren höchstwahrscheinlich zum Fettsteiß ausbilden würde. Er sah noch, wie Wilkies weiche Hände den harten kleinen Steinpenis und die Hoden des Puttos liebkosten, ehe er seine Aufmerksamkeit den Vorgängen im Innern des Gartens zuwandte.

Elizabeths erste große Szene, Alexanders erste große Szene, Fredericas erste große Szene war die, in welcher die Prinzessin aufgescheucht durch den Obstgarten rennt, weil der amouröse und politische Satyr Thomas Seymour ihr mitsamt ihrer Stiefmutter Catherine Parr auf den Fersen ist. Am Ende schneiden beide ihr unter wildem Gelächter das Gewand in hundert Fetzen. Alexander hatte, so hoffte er jedenfalls, diese Szene dazu genutzt, behutsam die widersprüchliche Sexualität seiner Heldin, so wie er sie sah, anzudeuten: die ungestüme Koketterie, die lähmende Furcht, ihre Machtgelüste, das Gefühl der Einsamkeit. In der Szene bekannte die Prinzessin sich auch zu ihren panischen Ängsten, an die im Stück noch des öfteren erinnert, die aber nie mehr direkt angesprochen wurden, da Elizabeth sich klugerweise gegen eine solche Wiederholung entschieden hat. Bei der laufenden Probe war von Alexanders Text bislang noch kein Wort zu hören gewesen. Lodge versuchte seinen schwerfälligen Akteuren erst einmal das Kreischen, Lachen und Rennen beizubringen. Den Seymour spielte ein ziemlich grobschlächtiger ortsansässiger Bibliothekar namens Sidney Gorman, der sich, genau wie Frederica, durch eine erstaunliche Ähnlichkeit mit seiner Bühnenfigur für die Rolle empfohlen hatte. Catherine Parr dagegen glich eher Chaucers lebenslustiger Frau aus Bath als der herben Puritanerkönigin mit ihrer unglücklichen Leidenschaft. Sie war die Frau eines Rechtsanwalts und im örtlichen Laienspiel seit Jahren auf das mütterliche Fach abonniert.

»*Lauft!*« rief Lodge. »*Lauft* doch, Herrgott noch mal! Aber so, als ob's euch ernst wär'.«

In der Mitte des Wintergartens stand ein spärlich tröpfelnder Springbrunnen, dessen Strahl aus dem umgedrehten Tritonshorn in der Hand einer Nixe kam, die über ihrem zusammengerollten Fischschwanz ein verschmitztes Lächeln zur Schau trug. Um diesen Brunnen sauste Frederica unentwegt im Kreis – gefolgt von Gorman, dem wiederum Joanne Plummer alias Catherine Parr folgte. Fredericas Versuch, hoheitsvoll den Kopf in den Nacken zu werfen, mißlang ebenso kläglich wie die Hand-auf-der-Hüfte-Pose, die bei ihr einfach nur linkisch und unnatürlich aussah. Als sie abrupt stehenblieb, um sich mit theatralisch herausforderndem Blick nach ihren Verfolgern umzusehen, waren die ihr so dicht auf den Fersen, daß sie Mühe hatten, nicht über sie zu stolpern. »*Nein!*« brüllte Lodge. »Beim Vorsprechen«, fuhr er fort, »da haben Sie auf eine witzige Art sehr sexy gewirkt. Wo ist das abgeblieben?« Gorman, der sich das Schienbein rieb, mit dem er gegen den Rand des Springbrunnens geprallt war, stellte Lodges Bemerkung mit ostentativ ungläubiger Miene in Frage. Wilkie sagte zu Alexander: »Sexy ist sie nur, wenn sie spricht, das ist mir längst aufgefallen.« Frederica fragte Lodge, ob sie ihren Text wiederholen dürfe.

Sie litt furchtbar unter dem Unvermögen, sich bühnengerecht zu bewegen. Sie war, hin- und hergerissen zwischen hochfahrender Arroganz und kindlicher Unterwürfigkeit, davon ausgegangen, daß sie sich auf den Proben von selbst durch ihre natürliche Überlegenheit als Schauspielerin, als königliche Figur würde behaupten können – und hatte sich gleichzeitig darauf verlassen, daß sie sich als unverbildet formbares Material in die Hände eines Impresarios begeben könne, der ihr seinen Odem einhauchen und sie in der von ihm gewünschten Gestalt zum Leben erwecken würde. Mit dem Resultat, daß sie nun nicht wußte, ob sie sich groß in Szene setzen oder marionettenhaft auf Befehl agieren sollte. Sie haßte Lodge dafür, daß er ihr nicht erklärte, wie sie laufen müsse, und fühlte sich gedemütigt, weil er nicht merkte, daß sie von selbst kein Gespür dafür hatte. Gorman und Joanne Plummer waren ihr dagegen völlig gleichgültig. Daß sie beide auch körperlich unangenehm fand, war zumindest für einen Mann wie Lodge, der an derlei chemische Dissonanzen unter seinen Akteuren gewöhnt war, leicht zu erkennen. Aber auch Wilkie merkte es und amüsierte sich darüber. Wenn Gorman und Plummer das Wort an sie richteten, verweigerte sie ihnen den Blickkontakt, was einerseits zur Rolle paßte, andererseits den fatalen Nachteil hatte, daß alle drei dadurch in ihrem Spiel noch gehemmter und unbeholfener wurden.

»Wenn Sie wollen, dann wiederholen Sie ein paar Sätze. Nehmen Sie die Stelle nach Tom Seymours Gesülze über Rahm und Flammen. Aber bitte denken Sie dran, das ist Ihr erster Versuch mit dem königlichen Balzspiel – Sie haben Angst, daß es danebengehen könnte. Vergegenwärtigen Sie sich den neckisch aufreizenden Ton, mit dem Marina in der großen Maskenszene arbeitet. Versuchen Sie den ein bißchen ungelenk zu parodieren. Marina macht das goldrichtig. Und wenn Gorman sich auf Sie stürzen will, dann rennen Sie los. Also Sie laufen – schauen sich um – laufen weiter. Nicht vergessen, insgeheim möchten Sie sich auch ganz gern einholen lassen. Aber lassen Sie das ihn besorgen und bringen Sie sich nicht selbst zur Strecke. Alles klar? Und nehmen Sie sich in acht mit dem Brunnen. Ich will keine Komiker, die sich mit Entengrütze bespritzen, ich will eine richtige Balgerei. In der Sequenz, da geht's handfest zur Sache, kapiert? Was hier geschieht, wird zwar nachher in der großen Maskenszene zu einer Art tänzelnder Traumjagd stilisiert, aber zwischen euch dreien, da muß es erst mal tüchtig krachen, kapiert?«

Frederica begriff durchaus, was verlangt war. Ihr fehlte einfach nur die körperliche Phantasie, um das Gewünschte entsprechend umzusetzen. Lodges Stimme umwarb und bedrohte sie zugleich. Bei vielen Schauspielerinnen, Marina Yeo eingeschlossen, bewirkten solch samtverhüllte Drohgebärden ein erregendes Prickeln in Brustwarzen und Vagina. Die von intellektuellen Ängsten blockierte Frederica ließen sie kalt. Gorman packte sie bei den Schultern und gab ihr den Einsatz: »Schau her, kleine Löwin, kleine dornige Rose du ...« Sein Atem roch stark nach Bier und eingelegten Zwiebeln. Sie rümpfte die Adlernase. Ihre schmächtigen Brüste schwollen an, aber nicht vor Erregung, sondern im schmerzlichen Bewußtsein ihrer Ohnmacht.

»Meinen Sie nicht, wir würden die Sache voranbringen, wenn wir, statt hier Maulaffen feilzuhalten, reingingen und das Publikum verstärkten?« fragte Wilkie.

»Dadurch würde es nur noch schlimmer.«

»Unsinn! Wenn einer den schlummernden Pfau in dieser verklemmten Jungfrau wecken kann, dann Sie.«

»Ich habe Ben nicht drum *gebeten*, sie zu besetzen.«

»Irrtum! Sie wissen sehr genau, daß sie zu den wenigen gehört, die erkannt haben, was Ihnen vorschwebt. Und Sie wissen auch, wie sie darauf brennt, Ihnen gefällig zu sein.« Mit einem letzten Schnipser verabschiedete er sich von dem Putto und seinen kleinen steinernen Trauben. »Wohlan, Sir, kommt und macht Euch nützlich.«

Sie setzten sich auf eine Steinbank in einiger Entfernung von Lodge, der ganz geknickt schien. Frederica, die noch nervöser war, trug temperamentvoll ein paar Zeilen vor und verhaspelte sich prompt. Der Ingrimm, mit dem sie sich wieder fing und in die dramatische Spannung der Szene zurückfand, mochte eine gezielte schauspielerische Glanzleistung sein; vielleicht verdankte er sich aber auch nur Alexanders Gegenwart. Lodge richtete sich auf. Halbherzig setzte Gorman zu seiner öligen Anmache an. Lodge sprang von der Bank hoch. Er tobte. Wilkie kicherte verhalten. Auf Fredericas schamglühendem Antlitz erblühte ganz natürlich das Geviert der rotweißen Rose. Leider stolperte sie im nächsten Augenblick so unglücklich über den Rand des Springbrunnens, daß sie sich den Knöchel aufschlug. Sie blutete stark. Lodge verlangte nach einem sauberen Taschentuch, und das sauberste von allen hatte, wie konnte es anders sein, Alexander anzubieten. Er kniete sich hin und verband ihr sorgsam das schlanke, staubbedeckte Bein.

»Ich bewege mich falsch, ich tauge nicht für die Rolle. Ich werde Sie blamieren.«

»Sie lernen's schon noch.«

»Das glauben Sie nicht wirklich. Sie haben's mir von Anfang an nicht zugetraut. Und Sie hatten völlig recht.« Reumütig wischte Alexander sich die blutbefleckten Finger an seinem blütenreinen Taschentuch ab.

»Ich hab's Ihnen sehr wohl zugetraut«, log er. »Und das tu' ich noch. Ob Ihnen die Szene leichter fallen würde, wenn Sie einen richtigen langen Rock trügen?« Bei seinen Schulaufführungen hatte er oft erlebt, daß den Jungen, die eine Mädchenrolle spielten, damit geholfen war.

»Ja, vielleicht.«

»Das ließe sich arrangieren. Soll ich mich mal drum kümmern?«

Sie schniefte eine Träne hoch, die seiner Einfühlsamkeit galt und ihrer Demütigung. Alexander sprach mit Lodge, und der wandte sich an jemanden, der ein vliesverstärktes Fähnchen von einem Unterrock herbeischaffte und sich nach einigem Hin und Her auch noch dazu bewegen ließ, Joanne Plummer mit der Schneiderschere der Gewandmeisterin auszurüsten. Alexander legte selbst mit Hand an, um die wehenden Papierbahnen mit Sicherheitsnadeln an Fredericas Turnhemd festzustecken. Lodge führte seine drei Akteure noch einmal durch die Szene. Während dieses Durchlaufs fanden sich etliche Darsteller des Maskenspiels ein, das im Rahmen der nächsten größeren Szene auf dem Probenplan stand; unter ihnen Jennifer und Matthew Crowe, der es durchgesetzt hatte, daß er als Francis Bacon in einem pelzverbrämten Samtrock auftreten durfte.

Diesmal klappte das Zusammenspiel besser. Die angestaute Wut, Alexanders Berührung, ein flüchtiger Blick auf Jennys nackte, gebräunte Schulter und ihr frischgewaschenes Haar beflügelten Fredericas wetterwendische Lock- und Abfuhrtaktik ganz erstaunlich. Dank des Unterrocks wußte sie nun auch, wohin mit ihren störenden Händen. Als Joanne Plummer ihr, um das Mädchen zu zügeln, von sich aus besänftigend die Hand auf die schmächtige Schulter legte, fuhr Frederica überzeugend majestätisch zurück und richtete ihre tadelnde Zurückweisung mit hoheitsvollem Spott irgendwo zwischen Sid Gorman und Alexander Wedderburn ins Leere. »Wie könnt Ihr's wagen, so gegen mich Euch zu betragen!« rief sie, und endlich lag jene Mischung aus herrischer Kühle und naiver Lüsternheit in ihrer Stimme, die Lodge damals beim Vorsprechen so gereizt hatte. Gorman brachte, zu echter Aggression angestachelt, das Mädchen mit einer Art Rugby-Griff zu Fall, und Joanne Plummer, erregt durch das martialische Schneiderwerkzeug, das sie wie wild über ihrem Kopf schwenkte, steigerte sich in ein hysterisches Gelächter hinein, schnippte, lachte, schnippte und fuchtelte zwischen den Hieben mit der Schere durch die Luft, indes Gorman ziemlich heftig an den wehenden Vliesfalten zwischen Fredericas Beinen herumzerrte. Gleich welken Blütenblättern ließen sich trudelnde Fetzen und weiße Papierschnitzel auf Brunnen und Rasen nieder: Frederica strampelte sich frei, zog ihren kurzen Rock, den sie unter dem Kostüm trug, notdürftig über die entblößten Schenkel, und als sie jetzt den weinerlichen Aufschrei des alten Weibes aus der Volksballade anstimmte, da klang es genauso ordinär, ängstlich und verschlagen, wie Alexander es sich vorgestellt hatte: »Der Herr erbarm' sich, ich hab' damit nichts zu schaffen!« Das Publikum applaudierte. »Wie denken Sie sich das Schlußbild?« erkundigte Wilkie sich lächelnd bei Alexander. »Im enganliegenden Trikot oder in wogenden Unterröcken?« Und Alexander, für den das eine durchaus ernstzunehmende Frage war, antwortete entsprechend: »Ich möchte, daß sie das Haar offen trägt, und dazu denke ich mir so ein Flatterhemdchen, was Ausgefranstes, halb Hure, halb Nymphe – aber nicht ganz ohne Korsett – ein kleiner Blumenschmuck, den Seymour ihr ansteckt …« – »Mit anderen Worten: Lady Chatterley!« unterbrach Wilkie. »Quatsch!« brummte Alexander. »Das mit den Blumen ist jedenfalls ein hübscher Einfall«, sagte Wilkie.

Als nächstes war, wie schon erwähnt, die große Maskenszene an der Reihe: allerdings nur nach dem Probenplan, denn chronologisch gehörte sie erst ans Ende des zweiten Aktes. Vielleicht wäre es sinnvoll, an dieser Stelle kurz den Aufbau von Alexanders Stück zu skizzieren, und zwar sowohl nach der Konzeption des Autors wie auch in Lodges Bühnenfassung.

Jedem der drei Akte war ein tiefschürfender Dialog zwischen Ralegh und Spenser vorangestellt, die im Licht eines einzigen Scheinwerfers auf der dunklen Terrasse saßen und gegebenenfalls Schach spielten, während sie – in Versen – über praktische Themen von weitreichender Bedeutung parlierten wie etwa die Ausrüstung der Flotte, die Kannibalen in Guinea, die fortschreitende Verrohung und völlige Unbelehrbarkeit des irischen Bauernstandes oder über theoretische Probleme, bei denen es um Planeten ging und um das Sehvermögen, um optische Röhren und darum, ob man mit geröteten oder schräggeschlitzten Augen auch rötlich eingefärbte beziehungsweise schräggeschlitzte Welten sehen würde, ein Streitpunkt, zu dem Ralegh (in Anlehnung an Plinius) seine Abhandlung *Der Skeptiker* beigesteuert hatte. Natürlich wurde auch ein wenig über die Königin geplaudert: über die irdische Majestät und die ewige Herrscherin, die Cynthia des Oceanus, die Gloriana der *Faerie Queene*, über Draytons *Idea* und die Ideenlehre Platons.

Der erste Akt handelte von Mary Tudor, Kerkerhaft, Rehabilitation und Thronbesteigung Elizabeths. Der zweite beschrieb das Goldene Zeitalter mitsamt den gefährlichen Rückschlägen: die Armada, Maria Stuarts Ende, Heiratspolitik. Das höfische Maskenspiel im Finale zeigte die Wiederkunft Astraeas, der Rechtschaffenen Jungfrau, die als letzte der Unsterblichen beim Anbruch der gewalttätigen Eisenzeit die Erde verlassen und die sich nun als erste wieder eingefunden hatte, um das neue, das Goldene Zeitalter zu verkünden. *Redit et virgo, redeunt Saturnia regna*, wie es bei Vergil heißt. Der dritte Akt endlich brachte den Niedergang der Königin, Essex' Aufstand und die Siege der rauhbeinigen Iren, dank ihrer logistischen Überlegenheit in tückischen Moorlandschaften. Die Unterredung im Tower wurde ausführlich wiedergegeben: »Ich bin Richard II., weiß Er das nicht?« hatte sie zu dem Archivar gesagt, eine Schlüsselstelle, die Alexander augenzwinkernd mit Zitaten aus dem *Lear* angereichert hatte, deren Ursprung oft nur an beiläufig eingestreuten Namen und Begriffen erkennbar war: Fenchel, die Drud und ihrer Neun, Samen und Gußformen der Natur, der Knopf, der allzu feste, Feder und Spiegel des verheißnen Endes oder Abbild jenes Schreckens. Manchmal dachte Alexander, er hätte dieses Beiwerk lieber streichen sollen. Lodge machte des öfteren Ernst damit und nahm solche Stellen heraus, wie er überhaupt wenig zimperlich an Gedankengebäuden herumhobelte und -feilte, die Alexander für natürliche, unaufgefordert seinem Kopf entsprossene und mittlerweile zum heiligen Hain zusammengewachsene Triebe hielt. Ihr Ursprung tue nichts zur Sache, befand Lodge, das Publikum würde sie in jedem Fall für vulgär halten, für nichts als nachträglich aufgepappte, prätentiöse Schnörkel.

Im Blickpunkt eines jeden Aktes stand ein einsamer Gefangener: Elizabeth, Maria Stuart, der ehrvergessene Essex. Den Epilog sprach Ralegh, der zu diesem Zeitpunkt ebenfalls im Tower eingekerkert war: Fünfzehn Jahre Haft lagen vor ihm, die schreckliche Expedition zum Orinoko und seine *Geschichte der Welt*. Spenser, der abgeklärte, weise Mann, war da schon gestorben. Die irischen Barbaren hatten sein Schloß Kilcolman in Schutt und Asche gelegt, wobei vermutlich auch mehrere Bände der endlosen *Faerie Queene* mitverbrannten. Ihn, den verarmten Dichterfürsten, setzte man auf Essex' Geheiß neben Chaucer in Westminster Abbey bei. In Alexanders Stück gab der Moment, da sein Lebenslicht erlosch, den Auftakt zu jenen unwirtlichen Tagen, da die Schatten länger werden und erkalten.

Alternierend mit den vom Glück verlassenen Häftlingen kamen ausgelassene Spielszenen in großer Besetzung auf die Bühne, die Lodge festlich ausschmückte und choreographierte. Als Gegenpole zu diesen Lustbarkeiten traten wiederum diverse schwarze Boten auf, die Schreckensnachrichten aus der Außenwelt zu verkünden hatten: Sie vermeldeten, wie Lopez auf seinem Blutgerüst gefoltert, gehenkt und gevierteilt ward, beschrieben den zugleich würdevollen und lächerlichen Tod der perückentragenden Schottenkönigin und Essex' schaurigen Zug durch Londons menschenleere Straßen. Alexander hoffte, daß seine Herolde an die dramaturgisch so eminent wichtigen Boten der griechischen Tragödie heranreichten. Er ließ sie in Versen sprechen, von denen er hoffte, daß sie so sinnlich, rein und anschaulich klingen würden, wie er sie beim Schreiben im Ohr gehabt hatte. Doch nun kam Lodge und strich sie ihm fortwährend zusammen: Sie würden nur von der Handlung ablenken, behauptete er. Im Gegenteil, sagte Alexander, sie *seien* die Handlung, seien das dichterische Element, das auf die Imaginationskraft des Publikums einwirken sollte, während die silbernen und güldenen Maskentänzer ihr labyrinthisches Netz aus Lust und Tugend schufen und die Poeten auf der Terrassentreppe philosophierten. Lodge verwies abermals auf das Publikum: Das würde an kühlen Abenden bald unruhig und rastlos, auch wenn man es noch so gut mit Decken und Thermosflaschen versorgte, und das einzige Mittel dagegen sei Bewegung auf der Bühne. Alexander denke gewiß nur an milde, klare Nächte mit Mondenschein und flimmerndem Sternenzelt, aber er, Lodge, habe schon zu viele Freiluftinszenierungen erlebt, die mit so einem blauäugigen Konzept baden gingen. Insgeheim fand er, Alexanders Stück habe ein bißchen Ähnlichkeit mit Frederica Potter – klug, aber unbeweglich. Beide mußte man ein bißchen zusammenstutzen, um sie in Schwung zu bringen.

Den allegorischen Maskenaufzug *Astraea*, Alexanders kunstreich eingefügtes Spiel im Spiel, unterbrach die Nachricht vom Tod der irdischen Königin als düsterer Kontrapunkt zu den visionären Verheißungen von glanzvollen Weltreichen, dem Kreis, der sich harmonisch schließt, und immerwährend reichen Ernten. Lodge hatte Astraea und ihre Ehrendamen eigentlich an goldenen Drähten auf die Bühne herunterlassen wollen, ein Regieeinfall, der aus technischen Gründen scheiterte. Der Reigen der Grazien aber weitete sich, wie bei solchen Scharaden üblich, am Ende zu einem Tanzvergnügen für die ganze Hofgesellschaft aus, an dem auch Ralegh, Spenser und Beth Throgmorton teilnahmen. Und wenn ganz zum Schluß noch der von einer Jungenklasse gemimte Antimaskenzug zotteliger und gehörnter Satyrn auf den Plan trat, dann mündete der ganze Mummenschanz in gespielt liederliche Saturnalien und den berühmten Swisser-Swatter-Zungenbrecher, der in seiner unverfälschten Komik direkt von John Aubrey entlehnt war. Wilkie-Ralegh gab einen eleganten Dionysos. Marina Yeo thronte wie ein juwelengeschmücktes Stilleben in entrückten Höhen, bis man endlich auch sie dazu bewegen konnte, sich erhaben und würdevoll unter die Tänzer zu mischen.

Astraea und ihre Edelfräulein wurden gespielt von Anthea

Warburton und den entzückenden jungen Mädchen, die Frederica seinerzeit alle Hoffnung geraubt hatten: Sie verkörperten Phantasiegestalten, die fast ohne Text auskamen. Anthea, ein Geschöpf mit dem Gesicht einer Botticelli-Venus, der Figur einer Schönheitskönigin und tadellos damenhaftem Auftreten, verstand es, eine Korngarbe in mehreren klassischen Posen zu tragen, die durch die Bank reizend wirkten. Wenn sie mit den weißen Armen winkte oder ihr erntegoldenes Haupt neigte, mußten die Zuschauer, und Lodge mit ihnen, unwillkürlich lächeln, so anmutig wirkte jede ihrer Gesten. Der Grazienreigen und die jungen Hofdamen in ihrem Gefolge agierten in einer Atmosphäre gesunder, unschuldiger, diensteifriger Weiblichkeit, gepaart mit staunender Bewunderung vor dem Glamour der wahren, der professionellen Schauspieler – ein Starkult, der ausschlaggebend werden sollte für das in der Truppe keimende bacchanalische Fluidum. In Helmen frischgehaltene Sandwiches fanden sie zum Kichern, sie schwärmten für die großen Mimen wie Max Baron, Crispin Reed, Roger Braithwaite oder Bob Grundy und waren, was die Wirkung ihrer naiven Passionen anging, nicht ganz so ahnungslos, wie sie zu sein vorgaben.

Daß Frederica aus dieser Grazienschar ausgeschlossen blieb, lag zum Teil an ihrer Rolle, aber mehr noch an ihrem Naturell. Sie konnte nicht kichern. Kein in Tränen aufgelöstes Mädchen hätte bei ihr Trost gesucht, keines ihr anvertraut, daß es eins von Braithwaites mit seinen Initialen bestickten Taschentüchern an sich gebracht hatte. Daß sie in Alexander Wedderburn verknallt war, hatte sich rasch herumgesprochen, nur wurde ihr das, wie sie in düsterem Selbstmitleid vermutete, als Torheit, wenn nicht gar als Geschmacksverirrung ausgelegt. Der Groll, den das Gezwitscher der Grazien in ihr entfachte, ist nicht ohne Einfluß auf den weiteren Verlauf dieser Geschichte.

Ein feines Gespür für die Konkurrenz der Grazien zeigte auch Jennifer. Sie näherte sich dem Problem ihrer Liebe neuerdings mit dem Verstand und nahm sich vor, Alexander solle in diesem Sommer nichts über die Waschmaschine hören und nichts von Klein-Thomas zu sehen kriegen, ein Entschluß, der umsichtige Planung erforderte, da sowohl Thomas als auch die Waschmaschine nach wie vor vorhanden waren. Um beide kümmerte sie sich jetzt spätabends oder borgte sich die Freundinnen der Grazienriege zum Kinderhüten aus. Sie fuhr nach Calverley, ließ sich die Haare machen, kaufte Strandkleider und weitschwingende Röcke. Heute trug sie ein pfirsichfarbenes Popelinekleid mit Spaghettiträgern; sie saß meistens mit den Grazien zusammen, neben denen sie jünger wirkte, und sie war auch nicht mehr so blaß und streng. Alexander, der das gerührt zur Kenntnis nahm, ging und setzte sich zu ihr zu Füßen. Wilkie folgte auf dem Fuß und versicherte Jenny, wie sehr er sich auf ihren gemeinsamen Auftritt im Maskentanz freue.

Lodge plazierte die Grazien in lieblicher Pose am einen Ende der Terrasse, die Satyrknaben in strategisch günstigen Sträuchern und den Hofstaat als aufstrebenden Aktionskern in der Mitte, Stufe um Stufe emporschreitend bis vor den Thron. Auf sein Zeichen tänzelten die Mädchen nach vorn und streuten imaginäre Girlanden über die Bühne. Die Jungen, die ihnen mit Luftsprüngen entgegenkamen, rissen sportlich die kurzen Beine in die Höhe. Lodge führte die Lords und Ladies ins Bild und hieß sie, sich mit dem Karree vertraut zu machen, in dem sie hüpfend und trippelnd herumwirbeln würden. Die Musikbegleitung fehlte, da das Orchester vorläufig noch nicht zu den Proben kam. Frederica hatte sich zu Alexander gesetzt; eigentlich hätte sie um die Zeit schon heimgehen können, wäre da nicht ihre Angst gewesen, etwas zu verpassen. »Ach, holder Jüngling …«, hob Marina Yeo an und schritt auf Max Baron zu. »*Jetzt*, Wilkie«, kommandierte Lodge. Wilkie drängte Jenny gegen eine wacklige Steinsäule – »Eigentlich sollte es ein Baum sein«, sagte Alexander, sich nach vorn beugend – und rammte ein stämmiges Knie in die geblähten pfirsichroten Falten ihres Kleides. »Nein, *sweet Sir Walter*, nicht«, kreischte Jenny überzeugend. Wilkies Gesicht verschwand hinter dem Rüschenbesatz ihres Ausschnitts an Jennys Busen. Sie errötete verwirrt und brachte den bewußten Versprecher durchaus glaubhaft. »Klasse!« rief Lodge. »Unsre besten Tage sind nur ein Schattenspiel, holder Jüngling«, sagte Marina Yeo, »und unsre ewiggleichen Gesten, sie erstarrn ein wenig, und sind doch immer neu.«

»Alexander«, flüsterte Frederica, »warum tremolieren die

großen Schauspielerinnen immer so? Warum können sie nicht klar und verständlich sprechen?«

»Pst!« zischte Alexander.

»Ach, holder Jüngling«, intonierte Frederica in hinreißender Parodie.

»Pst!«

Wilkies Knie bohrte sich tiefer, sein Arm lag fest um ihre Schulter. »*Swisser swatter*«, stammelte Jenny. »Halt!« rief Lodge. »Ich will hier nichts Verklemmtes, sondern eine kreischende Furie, wenn Sie sich das vorstellen können, Herzchen.«

»So ähnlich wie beim Orgasmus«, ergänzte Wilkie.

»Wenn erst das Timing stimmt, wird das bestimmt eine sehr komische Szene«, sagte Frederica zu Alexander, der keine Antwort gab. Wilkie hatte Jenny bei den bloßen Armen gepackt, und es sah aus, als flüstere er ihr glühende Worte ins Ohr. Diesmal hatte das »*Sweet Sir Walter*« einen kratzig bebenden Klang, und das »*Swisser Swatter*« konnte durchaus als Furiengekreisch durchgehen. Lodge klatschte Beifall, Wilkie gab Jenny einen Kuß, Alexander brachte Frederica unwirsch zum Schweigen, und die Königin ereiferte sich in jungfräulichem Zorn, bevor die ganze Gesellschaft sich vor Lachen ausschüttete.

Am selben Nachmittag zu vorgerückter Stunde vernahm man den ersten Ton des Flaschenchors, dem eine ebenso glänzende wie verhängnisvolle Karriere bevorstand. Edmund Wilkie setzte eine eben geleerte Bierflasche an die Lippen und blies einen elegischen Ton, ein rauschendes, pfeifendes, eulenhaftes Motiv, das erstaunlich laut von Mauern und Baumstämmen widerhallte. Beim nächsten Versuch griff er einen Takt aus der eben probierten Tanzweise auf. Alexander tat ihm lachend Bescheid und blies auf einer noch halbvollen Flasche von der anderen Seite der Terrasse zurück. Crowe schwenkte seine Zuchtrute wie einen Taktstock, und die beiden bliesen und prusteten sich tapfer durch eine halbwegs erkennbare Melodie. Lodge verbeugte sich mit einem »Da capo!« vor ihnen und kehrte zu seinen Tänzern zurück. In der Folgezeit stellte Wilkie erst eine Flaschenoktave zusammen und dann ein ganzes Orchester, zu dem Champagner und Cidre ebenso gehörten wie großes und kleines Bier und Whisky. Zu den Bläsern gesellten sich Trompeter, und alle miteinander ließen sie ihre Instrumente raspeln, singen und seufzen. Noch später kam eine Zeit, in der die kalkulierten Disharmonien sich auflösten in wilde Kakophonie und sinnlosen Radau. Einstweilen aber stand Alexander enthusiasmiert auf der Terrasse, nickte Wilkie anerkennend zu und schlug mit dem Fuß den Takt; Anthea schüttelte Mähne und Handgelenke; Thomas Poole, der eine volle Flasche Guinness gefunden und auf einen Sitz ausgetrunken hatte, dudelte inzwischen mit und machte das Duett zum Trio. Die Grazien kicherten. Als die kleine Improvisation beendet war, tanzte Alexander mit Jenny quer über die Terrasse und in den Großen Saal: Anmutig folgte ihnen die Grazienschar: Die unmusikalische, hölzerne Frederica blieb Crowe überlassen, der sich seine Rute mit militärischem Aplomb unter einen Arm klemmte, ihr den anderen bot und sie hineingeleitete.

Der Hausherr bewirtete sie mit Getränken. Max Baron saß auf einem Tisch und belehrte die Grazien über das wahre Rätsel im *Hamlet*, in dem er einen vielbeachteten Claudius gegeben hatte. Alexander und Jenny saßen zusammen in einer Fensternische. »Was hat dieser Kretin bloß zu dir *gesagt*?« wollte Alexander wissen. Wilkie kredenzte Marina Yeo mit beträchtlichem theatralischen Getue einen großen Weinpokal, den er vorgab mit beiden Händen halten zu müssen. »*Gesagt* hat er nur: Warte, bis ich das Schlupfloch da hinein gefunden habe. Ein Scherz, nichts weiter.« – »Er war schon als Kind ein Ekel.« – »Jetzt ist er kein Kind mehr. Und auch kein Ekel. Aber du brauchst ihn auch nicht so für voll zu nehmen.« Sie war erhitzt und glücklich: Endlich amüsierte man sich wieder. Alexander drückte ihre Hand.

»Ich *wußte* also«, sagte Max Baron zu den Grazien, »ich *wußte* ganz einfach, daß Claudius die Ophelia irgendwann vor Beginn der Spielhandlung verführt haben muß. Erst dadurch ergibt es einen Sinn, daß er, und nur er, so vordergründig als Gesetzesbrecher und Sittenverderber an den Pranger gestellt wird: Er ist nämlich derjenige, für den sie dieses ganze ungereimte Zeug über Jungfräulichkeit zusammendichtet ...«

Frederica erlebte eine böse Überraschung, als Anthea Wartburton plötzlich in einem klaren, kühlen Sopran zu singen anhob:

Da kriegt' er Schneid, zog an sein Kleid,
Zog auf die Kammertür,
Ließ rein die Maid, die rein als Maid
Niemals mehr kam herfür.

Einen Augenblick lang herrschte vollkommene Stille, dann kicherten die Grazien im Chor. »Genau«, sagte Max Baron. »Und sie singt das für *ihn*, den König, in der *Blumenszene* – es ist ihr letzter ungewollter Verrat am armen Hamlet ...«

»Der gar nicht anwesend ist«, warf Frederica patzig ein.

»Das tut nichts zur Sache. Es geht doch darum, daß da irgendwas faul ist, und *Claudius* ...«

»Ich glaube, das kann so nicht richtig sein«, unterbrach Frederica.

»Ich *wußte*, also wie sie mit den Blumen daherkam, da wußte ich, daß *er* wußte, daß *Claudius*, nein, daß *ich* wußte ... kurz und gut, wer immer sie spielt, müßte ein durchtriebenes kleines Biest geben, weder jung noch alt, aber eine, die erfahren genug ist zu wissen: Er trägt die Schuld, und sie ist nur sein Geschöpf ...«

»Mir leuchtet das unheimlich ein«, sagte Anthea Warburton.

»Blödsinn!« konterte Frederica und hörte ihr vermeintliches Flüstern glockenhell im Tonfall ihres Vaters über die Terrasse schallen.

»Eine hochinteressante Theorie«, sagte der aalglatte Crowe dicht neben ihr.

»Nein, das ist alles Quatsch. Dazu war er ein viel zu guter Dramatiker. Wenn er es so gemeint hätte, dann käme das auch im Stück zum Ausdruck. Aber bei Shakespeare glaubt Laertes, *Hamlet* hätte sich die Gunst seiner Schwester erschlichen. Diese ganzen anderen Spekulationen, die können einfach nicht stimmen.«

»Das sehe ich nicht ein. Ich sag' Ihnen doch, ich hab' die Rolle nur gelesen und *wußte*, wie der Hase läuft.«

»Was Sie *wissen* nennen«, sagte Frederica unbeirrbar, spitzfindig und erbarmungslos, »das war nur Ihr ganz persönliches Empfinden.« Und um das Maß voll zu machen, wandte sie sich, Crowe grob mißachtend, an Alexander. »Alexander, Alexander! Er *war* doch ein zu guter Dramatiker, als daß er ...«

Alexander, der lässig den Arm um Jenny gelegt hatte, ließ Frederica schmählich im Stich. »Es handelt sich hier um den rätselhaftesten aller Shakespearetexte«, begann er und ärgerte sich, als er merkte, daß seine Stimme zu einem unverständlichen Gemurmel erstarb. Doch dann dachte er: Na wenn schon, ich bin schließlich nicht in meiner Eigenschaft als Lehrer hier, und zog seine Liebste fester an sich.

»Sie haben ja gar nichts zu trinken«, sagte Crowe zu Frederica.

»Nein.«

»Aber Sie könnten ein Glas vertragen.«

»Haben Sie je erlebt, daß ich eins ausgeschlagen hätte?« Es sollte eine Pointe werden, aber sie brachte sie schlecht. Ihr Gesicht brannte wie Feuer. Crowe reichte ihr ein eisgekühltes Glas und sagte: »Kommen Sie, ich möchte Ihnen was zeigen.«

Und so landete sie wieder in seinem Privatboudoir, und er legte ihr die Skizzen für die Maskentänzer vor – gehörnte Männer und laubbekränzte Frauen –, und seine kleinen, wurstfingrigen Hände stahlen sich um ihre Taille.

»Brummbär, Stockfisch von einem Mädchen. Gib nach, so gib doch endlich nach.«

Der Raum lag größtenteils im Dunkeln. Neben der Neonröhre über dem Marsyas spendete der abgezirkelte Schein der Schreibtischlampe das einzige Licht.

»Er sieht das jedenfalls ganz falsch, daran ist nichts zu deuteln. Er hat den Text einfach *falsch* interpretiert.«

»Ja, sicher, aber was macht das schon?« Er hatte außer der gekühlten Flasche auch die Gläser mitgebracht. »Nun setz dich erst einmal, Kind, und sieh dir meinen Inigo Jones an ...«

Sie ging und setzte sich abseits. Aber er kam ihr nachgetrottet: rosige Pausbacken, silberne Tonsur, kleiner Spitzbauch. »Ich könnte eine richtige Frau aus dir machen, Frederica.«

»Wenn Sie eine echte Prinzessin aus mir machten, wäre mir mehr geholfen. Ich muß einfach gut sein in der Rolle, verstehen Sie, aber mit Intelligenz läßt sich da nichts wettmachen, zum Singen und Tanzen hab' ich kein Talent, und was Ihre Bilder angeht, so kenne ich mich, ehrlich gesagt, zu wenig aus, um ihre besonderen Qualitäten schätzen zu können – abgesehen davon, daß sie uralt sind. Ich weiß auch nicht, warum die Leute mir ständig irgendwas *zeigen* wollen – noch dazu, wo ich einfach zu ungebildet bin, um zu begreifen, was so ein Kunstwerk bei anderen Leuten auslöst und warum. Außerdem: Wenn ich wirklich mal was weiß, und ich bin so dumm und sag' es, dann werd' ich hinterher bloß ausgepfiffen.«

»Du liebes Mädchen, *mein* liebes Mädchen, ich möchte nichts weiter, als daß du dich in zehn Jahren daran erinnerst, daß du so etwas einmal gesehen hast – meine Zeichnungen, meinen blutenden Marsyas, meinen stolz erblühten Hyazinth. Ich möchte, daß du dich daran erinnerst: Du stehst mir dafür, daß die Erinnerung überdauert. Komm, trink noch einen Schluck. Möglich, daß du meine Bilder heute noch nicht zu würdigen weißt, aber erinnern wirst du dich an sie. Wenn ich längst tot oder wenigstens senil geworden bin, wirst du sie immer noch frisch und lebendig im Gedächtnis haben.«

»Blödsinn!«

»Nachdem du dieses Wort eben erst mit Fanfarenstärke im Dienste einer guten Sache benutzt hast, solltest du es jetzt nicht für eine Lüge mißbrauchen. Wie alt schätzt du mich?«

»Keine Ahnung.«

»Alt?«

»Im Vergleich zu mir schon.«

»Ah, ja, freilich.« Er setzte sich auf ihre Sessellehne, schob die Hand in ihr Kleid und fing an, sie in den Busen zu kneifen. »Aber nicht so alt, daß ich notgedrungen abstoßend wirken müßte?«

»Nein.« Obwohl er (oder das, was er im Moment mit ihr anstellte) abstoßend war.

»Aber auch nicht unwiderstehlich wie Alexander.«

»Ich liebe ihn schon mein Leben lang. Fast, jedenfalls. Das haben Sie doch gewußt.«

»Nein, wußte ich nicht. Und das, obwohl er anderweitig so – so stark engagiert ist?«

»Ach, das ist nichts Ernstes.«

»Es deprimiert mich zu hören, wieviel Zuversicht aus deinen Worten spricht. Weißt du denn auch« – jetzt drehte er ihre Brustwarze fast schmerzhaft grob zwischen den Fingern – »weißt du denn auch, *womit* es ihm ernst ist?«

Sie wollte schon bejahen, wollte sagen: mit mir – wenn die Zeit gekommen ist, wenn es soweit sein wird – eine Situation, die zugegebenermaßen noch nicht eingetreten war –, aber dann machte sie, instinktiv Gefahr witternd, den Mund wieder zu. Sie setzte abermals an, diesmal um zu sagen: mit seinem Stück, mit dem sei es ihm ernst, und besann sich wieder eines Besseren, so als könne sie andernfalls Alexanders verwundbare Stelle preisgeben, was einfach lächerlich war, da Crowe doch wissen mußte (und zwar besser noch als sie), was Alexanders Stück für Alexander bedeutete. Stumm hob sie Crowe ihr glühendes Gesicht entgegen, und er zwickte und biß sie dann regelrecht in die Lippen. Auch das fortgesetzte Spiel seiner Hände mit ihren Brüsten tat jetzt ausgesprochen weh. Sie fragte sich, ob sie ihn zurückbeißen solle, und redete statt dessen weiter.

»Es ist zwecklos, ich bin nicht gebildet, sondern hab' bloß ein bißchen mehr gelesen als die meisten Mädchen in meinem Alter.«

»Laß hören.«

»Na ja, ich kenne *Phèdre* und *Le Misanthrope* und *Vol deNuit* und *Hamlet* und den *Sturm* und *Paradise Lost* Buch IX und X und die Keats-Gedichte aus dem Band von 1820 und *Wuthering Heights* und *Kubla Khan* und eine Auswahl aus Goethes Lyrik, den *Tonio Kröger* und *Aus dem Leben eines Taugenichts*, und bald werde ich noch *Persuasion* kennenlernen und etwas von Kleist, weil das meine Pflichtlektüre fürs Abi ist. Ach ja, und ein bißchen was von Ovid und Tacitus hab ich auch gelesen und das sechste Buch der *Aeneis*. Und außerdem«, fuhr sie fort, während Crowe eine Hand unter ihren Rock schob, weit den Schenkel hinauflangte und mit scharfen Nägeln hineinkniff, was sie unangenehm an Ed und Goathland erinnerte, »außerdem *Lady Chatterley* und alles andere von Lawrence, was Daddy uns aufgedrängt hat. Aber glauben Sie mir, das hilft alles nichts«, sagte sie mit einem finsteren Blick auf die Blutklumpen in den Muskelsträngen des Marsyas, »*Ihre* Kunst und das, was Sie mir immerfort zeigen wollen, verstehe ich trotzdem nicht.«

»Wie harte kleine Äpfelchen«, sagte Crowe, »und weicher kleiner Fischrogen. Bist ein hübsches Ding, mit einem harten und einem weichen Kern, und eines Tages wirst du schon begreifen, auch wenn du jetzt noch nicht soweit bist, wieviel das sechste Buch der *Aeneis*, der *Sturm* und *Phädra* und *Tonio Kröger* mit den Dingen zu tun haben, die ich dir zeige. Und falls du deine Worte auch nur einigermaßen korrekt wählst, wenn du von deiner Kenntnis dieser Bücher sprichst, dann ist dein Schicksal schon besiegelt, und es bleibt dir keine andere Hoffnung, als dich auch mit den übrigen Kunstgattungen vertraut zu machen. Was meinst du, soll ich dich heimfahren oder Alexander dazu bewegen, daß er dich als unliebsame Dritte neben Mrs. Parry mitnimmt? Womit kann ich erreichen, daß du wiederkommst, dich auf meinen Schoß setzen und zulassen wirst, daß wir uns gegenseitig ein bißchen mehr zeigen?«

»Alexander, bitte.«

»Du wirst dich nicht beliebt machen.«

»Daran bin ich gewöhnt.«

»Meinst du, du wirst dein Ziel erreichen?«

»Ich weiß es nicht. Aber das ist, glaub' ich, sowieso nicht das wichtigste.«

»Ich bewundere deine Unbeirrbarkeit.«

»Ich hab' ja sonst nichts.«

»Ah, das stimmt nicht ganz. Da wären noch die Äpfelchen, der Rogen, ein minimaler Grundstock an Bildung. Ich glaube freilich nicht, daß dich das, was du heute begehrst, noch reizen wird, wenn du's erst einmal hast. In meinem Klo findest du Kamm und Bürste. Ich geh' derweil und mach dir den Fürsprecher.«

Jenny war glücklich. Lodge war mit ihr zufrieden, Alexander umwarb sie, und Wilkie machte ihr gerade im rechten Maß den Hof. Wenn sie an Thomas dachte, dann dachte sie nicht direkt an ihn, sondern an Symbole seiner Existenz: ihre Haustür, einen ungespülten Peter-Rabbit-Teller, helles Tageslicht auf zugezogenen Baumwollgardinen. Geschlossene Vorhänge waren ihr ein Greuel, aber mit Kleinkindern ging es nun mal nicht anders. In dem Augenblick trat Crowe zu ihnen und erklärte Alexander, daß Frederica zuviel getrunken und er ihr versprochen habe, Alexander würde sie nach Hause bringen. Alexander sagte, er habe andere Pläne. Crowe meinte, die könnten warten. Jenny sagte, es sei in der Tat nicht so wichtig. Und wie sie es sagte, das unterschied sich dermaßen von den kratzbürstigen Sticheleien der letzten Zeit, daß er sie, überwältigt von Wohlbehagen und Zärtlichkeit, verstohlen an sich drückte – eine Stimmung, die auch dann noch anhielt, als Crowe mit einer fahrig wirkenden Frederica zurückkehrte. Intime Zweisamkeit wird nicht selten durch die Gegenwart eines Außenseiters noch verstärkt. So auch in diesem Fall. Jenny saß neben ihm; Schenkel und Schultern streiften, sehnsüchtige Finger berührten sich. Frederica war in einsam brütender Depression auf den Rücksitz verbannt. Als sie über Crowes Viehrost holperten, sah sie im Geiste neben sich auf dem Rücksitz wieder die ineinander verschlungenen Gestalten von Goathland, und vor Alexanders innerem Auge stieg im selben Moment das geschmacklos angemalte Gesicht auf, mit dem sie zu ebender Windschutzscheibe hereingespäht hatte, durch die er jetzt auf die Straße hinaussah. Mit einem waghalsigen Schlenker kurvte er unter einer Zeder vorbei. Jenny lachte. Frederica sagte: »Mensch, passen Sie doch auf!« Alexander sagte: »Tun Sie mir einen Gefallen und halten Sie den Mund, Frederica.«

33. Verkündigung

Stephanie stand in der Fernsprechzelle am Askham-Weg und versuchte zu telefonieren. Es war ein heißer Tag. Die Zelle auf der Schlamminsel mitten im Kreis der Raupenschlepperspuren roch nach schalem Tabak, verdunstetem Urin, erwärmtem Metall. Die Gerüste mit den Schaukelreifen waren umlagert von Kindern, die herumtollten oder sich langweilten. Den aufgequollenen Telefonbüchern fehlte der Einband. Dafür hatten sie eine Patina aus graubrauner Schmiere angesetzt. Stephanie stand in dieser Miefsäule und las umständlich eine Nummer ab, die sie auf einem zusammengefalteten weißen Zettel notiert hatte. Daniel beobachtete sie vom Fenster aus. Eine rosigweiße Gestalt, von knallroten Gittern eingerahmt. Lauschend neigte sie den Kopf, drehte die Wählscheibe, warf eine Münze ein.

Ein Klicken in der Leitung, die Verbindung war hergestellt. Ihre Knie zitterten. »Hier spricht Mrs. Orton. Man hat mir gesagt, wenn ich um diese Zeit anriefe, dann wüßten Sie vielleicht schon etwas.«

»Ich stelle Sie zu ihm durch. Einen Augenblick, bitte.«

Wieder das Klicken. Summende Drähte. Summender, wartender Kopf.

»Ach ja, Mrs. Orton.« Eine dröhnende, respekteinflößende Stimme. »Frohe Kunde. Das Ergebnis ist positiv. Freut mich sehr für Sie.« Keine besonders passende Wortwahl für jemanden, der mehr nach einem Richter als nach einem Glücksboten klang. »Sie sollten sobald wie möglich zu mir in die Sprechstunde kommen. Und Sie werden allerhand Vorkehrungen treffen müssen, ein Bett reservieren und so weiter ... Mrs. Orton, sind Sie noch da?«

»Oh, ja.«

»Und haben Sie gehört, was ich gesagt habe?«

»Ja, ich hab' verstanden.«

Er schien nach einer geeigneten Formulierung zu suchen, dann fragte die Stimme ganz nonchalant: »Kam das überraschend für Sie?«

»Ja.«

»Also machen Sie jetzt keine Dummheiten, Mrs. Orton. Sie müssen erst mal zu mir in die Praxis kommen, und dann sehen wir weiter. Schließlich geht es jetzt nicht mehr um Sie allein.«

»Ich weiß.«

»Dann werde ich Ihnen einen Termin geben. An welchem Tag wär's Ihnen recht?«

Papier raschelte in der Leitung, der Termin wurde vereinbart, der Hörer eingehängt. Aber sie blieb in der Zelle stehen, den Blick starr auf die eine undurchsichtige Wand gerichtet, und schlang wie in Trance die Arme um den Leib.

Sie versuchte, ihre Gedanken zu ordnen. Daniel hatte sie völlig verwirrt: Sein Gesicht, seine herzliche Wärme, sein ganzes Wesen machten sie taumelig, selbst wenn er nicht bei ihr war. Was sie indes nicht davon abgehalten hatte, sich mit anderen Dingen zu beschäftigen. Sie hatte ihr Lehramt bis zum Ende des Trimesters erfolgreich ausgeübt, und nun las sie Abend für Abend – ungeachtet der Bandenkämpfe auf der Treppe, trotz schrillender Klingeln, chronischen Radiolärms und zerschellender Glasscherben – sehr konzentriert und mit Hingabe das *Präludium*. Dank Daniel waren die Verse auf einmal völlig einleuchtend, als ob er ihr den Zugang zu einer verständigen Lektüre gewiesen hätte – er oder der gemeinsame Sex –, und sowie er aus der Kirche, dem Altenheim oder dem Krankenhaus zurückkehrte, widmete sie denn auch beiden ihre ganze Aufmerksamkeit. Er war so stark, so einfallsreich, so präsent. Sie mußte wohl gewußt haben, daß er so war, wie sonst hätte sie ihren vermeintlichen Interessen und Prioritäten derart zuwider handeln können? Wie viele Intellektuelle konnte auch sie sich kaum fassen vor Staunen und Freude darüber, einmal – und noch dazu mit Fortüne – ihrem Instinkt gefolgt zu sein. Dieses eine Mal hatte sie mit dem Körper gedacht, anders war es nicht zu erklären. Und dafür wurde sie nun mit lauterer Wonne belohnt, mit Glücksmomenten, die, wie sie dunkel ahnte, den meisten Menschen niemals vergönnt waren.

Sie meinte sich an den Augenblick der Empfängnis zu erinnern: Sonnendurchflutet und durchsichtig war er gewesen, wie Wasserglas, und obwohl sie wunderbar schläfrig gewesen war, konnte sie nicht anders, als nach innen zu horchen, auf die Zellen, in denen es gärte wie in einem Teig, wenn die Hefe geht, und so heftig, daß es ihr den Atem verschlug. Sie hatten es nicht darauf angelegt. Wahrscheinlich, dachte sie, immer noch reglos die Arme um den Bauch geschmiegt und auf den Lippen ein lustvoll entrücktes Erinnerungslächeln, wahrscheinlich lag es einfach an Daniels Überfülle, der weder Fleisch noch Blut noch irgendein Gummischutz standhalten konnten. Sie bildete sich ein, es täte ihr leid. Immerhin bedeutete es wohl den Anfang vom Ende dieser extravaganten Zweisamkeit, und sie war nie zuvor extravagant gewesen, hatte es auch nie sein wollen. Aber jetzt? So eine Traube frisch keimender Zellen war vielleicht ebenso wenig resistent gegen extravagante Kräfte wie ein Kondom. Merkwürdig, wie rasch man Beschützerinstinkte gegenüber diesem ungewollten Etwas entwickelte. Trotzdem, es war so. Ihre durch Daniel geschärften Sinne erkannten es zweifelsfrei. In ihrem Fall reichten offenbar schon ganze zehn Minuten.

Finanziell würde es sicher ein Problem werden. Daniel wußte so genau, was er wollte, und von Kindern hatte er nie etwas gesagt. Sie wußte, daß es Männer gab, die durch die Bauchdecke der Mutter auf die Herztöne horchten, während andere sich von Anfang an gegen den künftigen Rivalen sträubten. Was sollte sie Daniel sagen?

Massig, noch in Amtstracht, kam er durch den Schlamm gewatet und pochte von außen an die Scheibe. Entgeistert schaute sie ihn an.

»Na bitte«, sagte er und machte die Tür auf, »die Verkündigung.«

»Wie hast du das erraten?«

»Ganz einfach, du siehst aus wie eins dieser Marienbilder: die Gebenedeite an ihrem Betpult, und so entrückt, als ob auch dir ein Engel erschienen wäre. Nein eigentlich sind's die Arme. Alle Frauen machen das, sich so liebevoll den Bauch halten, da weiß man immer gleich Bescheid. Und dann dauert's nicht lange, und sie kriegen Haare wie struppige Kehrbesen.« Mit einem mutwilligen Grinsen strich er ihr über den goldschimmernden Kopf. »Gar so fassungslos kannst du doch nicht sein, wir haben immerhin hie und da ein Auge zugedrückt und öfter mal die Kurve geschnitten. Also kam es sicher nicht wie ein Blitz aus heiterem Himmel. Steph?«

»Ich hatte Angst davor, wie du es aufnehmen würdest.«

»Ich bin stolz auf mich. Fast alle bringen es zuwege, wenn sie's drauf anlegen, und meistens sind sie dann stolz auf sich. Mir geht's genauso. Aber willst du nicht endlich da rauskommen?«

»Daniel, es ist kein Grund, stolz zu sein, es war ein Fehler, und wir werden arge Probleme kriegen ...«

»Ich weiß. Aber ich denke, die werden wir meistern, oder? Jedenfalls wird es eine spannende Sache: Du siehst jetzt schon ganz anders aus.«

»Ich fühle mich auch ganz anders.«

»Na bitte, da hast du's. Nur zehn Minuten hat's gebraucht, und wir sind ein völlig anderer Mensch. Bitte, komm ins Haus.«

Sie gingen in ihre Wohnung. Daniel ließ sie nicht aus den Augen, als erwarte er jeden Moment, einen Akt der Verwandlung an ihr zu beobachten. Und wohl weil sie sich tatsächlich wie verwandelt fühlte, fand sie das wahnsinnig komisch. Sie fing an zu lachen. Daniel fiel ein und stimmte ein brüllendes Gelächter an. Und dennoch, dachte sie, es ist eine Zäsur, die Dinge haben sich geändert, wir haben uns verändert, und das haben wir noch nicht richtig begriffen. Aber sie konnten einfach nicht aufhören zu lachen.

34. Der Drache von Whitby

Der durchschlagende Erfolg der während der Orton-Potter-Hochzeit erprobten Übertragungsversuche schien für Lucas ein Ansporn zu sein, sich an ein neues Betätigungsfeld mit anderen Schwerpunkten heranzuwagen. Daß die bisherigen Experimente geglückt waren, stand außer Zweifel: Der Laborbecher mit den Gräsern, die Marcus in der St. Bartholomew-Kirche gesehen hatte, prangte als augenfälliger Beweis auf Lucas' Werkbank. Außerdem hatte Lucas die von ihm empfangenen Bilder in einer Zeichnung festgehalten: ein Maul mit wulstigen Lippen und Reißzähnen, umschwirrt von einer Wolke fliegender Partikel, worin sich ohne weiteres ein grober Umriß der Höllenpforte in St. Bartholomew erkennen ließ. Sogar eine Art ausgefransten Heiligenschein hatte er hinzugefügt, noch dazu mit Rotstift, so sicher war er sich, daß die Farbe eine Rolle spielte. Hinterher erklärte ihm ein rosig strahlender Lucas, sie hätten den unwiderlegbaren Beweis dafür erbracht, daß sie komplexe Bilder und Botschaften sowohl empfangen als auch übermitteln konnten. Als nächstes müßten sie unbedingt Kontakt zu den außerirdischen Geisteswesen aufnehmen, die schon auf sie warteten. Er für sein Teil hege keinen Zweifel daran, daß sich dazu sehr bald Gelegenheit bieten werde. Mit ein wenig Meditation und ein paar weiteren Forschungen würden sie gewiß auch auf die geeignete Methode stoßen. Er sei da absolut, wirklich absolut zuversichtlich. Und dann lachte er lauthals, wie um überschüssige Energie abzulassen.

Unvoreingenommen, aber doch neugierig beobachtete Marcus in den nächsten paar Tagen Lucas' Verhalten. Wie es schien, strotzte er neuerdings vor Gesundheit, ja war wie von dämonischen Kräften besessen. Er konnte nicht stillsitzen: Sogar wenn er etwas erklären wollte, lief er dabei ruhelos auf und ab, ständig war er unterwegs, um dies oder das herbeizuschaffen, und den Kreuzgang passierte er eigentlich nur noch im Sprinttempo. Seine frischen Wangen leuchteten wie Apfelbäckchen, aber er wurde merklich schlanker, ja regelrecht dünn um die Taille und an den Oberschenkeln. Die Flanellhosen hingen ihm immer schlabbriger um die Beine, und mitunter raffte er ganze Stoffbündel in den geballten Fäusten zusammen. Im Umgang mit seinem Jünger war er nicht mehr so zaghaft wie früher – jedenfalls hatte er sich den flehenden Hundeblick abgewöhnt, mit dem er Marcus zuvor um Orientierungshilfe anzugehen pflegte. Anscheinend empfing er jetzt selber Botschaften, über die er sich indes – bis auf ein paar wichtigtuerisch aufgekratzte Andeutungen – geheimnisvoll ausschwieg. Er war immer auf der Suche nach Symptomen, Vorzeichen, Fügungen – und fand sie auch. Querverbindungen zwischen Büchern, die er wahllos aus den Regalen in der Bibliothek zog, beflügelten ihn, und er schien gewaltige Mengen von Schrifttum zu verschlingen: Freud, Frazer, Jung, die Protokolle der Psychologischen Forschungsgesellschaft, Gerards Kräuterbuch, J.W. Dunne, Gerald Heard. Unterschiedslos benutzte er all diese Texte zusammen mit dem Red Guide für die North Yorkshire Moors, der Bibel, seinen Lexika zur britischen Flora und Fauna sowie den Legenden um Mutter Shipton als eine Art universeller, eklektischer Orakelsammlung. Wortspiele oder Begriffe, die lexikalisch mehrfach besetzt waren, begeisterten ihn über die Maßen. Er verwandte viel Zeit darauf, Marcus in kryptischen Lektionen über die verschiedenen Bedeutungen des englischen Wortes *Mercury* aufzuklären, das mythologisch und alchimistisch für Merkur steht, chemisch für Quecksilber und botanisch für Bingelkraut: Mercurialis – Bingelkraut – hatten sie in Knaresborough gefunden, ein deutlicher Fingerzeig. Und dann verlor er sich in weitschweifigen Theorien über hermetische Lehren und hermetische Siegel an vakuumverschlossenen Gefäßen, von denen er eine Volte zum alchimistischen Hermaphroditen schlug, dem irdischen Symbol des vollendeten Werks, der spiritualisierten Materia, des *lumen novum*, des bewußten Steins.

Marcus saß da, hörte sich alles an und ließ das meiste davon an sich vorbeirauschen, ohne daß er versucht hätte, es zu begreifen.

Wenn er darüber nachdachte, wobei er zur Veranschaulichung das friedliche Bild von einem Globus imaginierte, durchbohrt, markiert und zusammengehalten mit einem Netzwerk von Linien, die sich an den Polen und im Erdmittelpunkt trafen und verzweigten, dann fand er sein Mißtrauen gegen die Sprache bestätigt. Gestützt auf solche Fachterminologien, ließen sich, wenn man es darauf anlegte, mit halsbrecherischem Tempo logische Zusammenhänge suggerieren und Verbindungen knüpfen. Aber wenn man einfach hergeht und sagt: »Das Licht war zu stark für mich, ich hab's nicht ertragen«, dann spricht man eine andere Sprache, dachte Marcus, eine, für die er sich anscheinend nicht interessiert. Er schaute durchs Laborfenster hinaus auf den kleinen weißen, schmerzhaft gleißenden Sonnenball und dachte, daß die Relation zwischen dem Licht, das ihm so zusetzte, zwischen seinen Wahrnehmungsantennen und jenem Gemisch aus lodernden Gasen und Materie sowie eventuellen außerirdischen Geisteswesen womöglich längst nicht so reibungslos funktionierte, wie all diese hübschen Worthülsen einen glauben machen wollten. Gleichwohl war er nicht unzufrieden: Lucas hatte, zumindest vorübergehend, davon abgelassen, mit Hilfe von Marcus' hypnagogischen Visionen Prophezeiungen anzustellen, und dadurch bekam er endlich wieder mehr Schlaf. Und solange er sich das Denken versagte, boten die Sprachakrobatik und mehr noch die körperliche Gelöstheit seines Freundes ihm Geborgenheit und Trost.

Es war die merkwürdige Übereinstimmung zwischen einer Passage in Jungs *Psychologie und Alchemie* und der Beschreibung des Klosters Whitby Abbey im Red Guide, die Lucas auf die Idee brachte, die Ruine der Abtei zum Schauplatz ihres nächsten Experiments zu machen. Daß seine Wahl auf Whitby fiel, erklärte er sich einerseits daraus, daß Caedmon, der tumbe Kuhhirt und Laienbruder, hier die göttliche Erleuchtung erfuhr, die ihn seinen germanischen Schöpfungshymnus dichten ließ; andererseits (und das war der dürftigere Beweggrund) faszinierte ihn die im Red Guide nacherzählte und durch ein Zitat aus Sir Walter Scotts *Marmion* gestützte Sage über die unerschrockene Äbtissin Hilda von Whitby und ihre Wundergaben.

Und einmal wohnte im Konvent
Ein Königsfräulein gar aus Kent,
Die schöne Edelfled;
Gar tausend Schlangen, heißt es, sein
Erstarrt sogleich zu kaltem Stein
Bei Hildas Nachtgebet:
Manch steingewordnes Schlangentier
Fand man im heiligen Revier;
Der Möwen Schwingen lähmt's, die weißen,
Wenn hoch sie über Whitby kreisen.
Und taumeln matt sie in den Tau,
So gilt's dem Ruhm der hohen Frau.

Die Chronisten, erklärte er Marcus, hielten natürlich die Ammoniten für petrifizierte Schlangen, zu Stein erstarrt durch Hildas heilige Zauberkraft. In Wahrheit verhalte es sich aber ganz anders, und die Ammoniten seien frühe Zeugnisse der *wahren* Schöpfungsgeschichte, und die geheime Bedeutung der petrifizierten Schlange, ihr *wahrer* Bezug zur Heiligkeit finde sich in Jungs Darstellung des Mercurius als Drache, nachzulesen in *Psychologie und Alchemie*. Und dann trug er Marcus mit wachsender Erregung eine ganze Seite daraus vor:

Der Drache symbolisiert das Erlebnis, die Vision des laborisierenden und »theoretisierenden« Alchemisten. Der Drache als solcher ist ein Monstrum, d. h. ein Symbol, gemischt aus dem chthonischen Prinzip der Schlange und dem Luftprinzip des Vogels. Er ist ... eine Variante des Mercurius. Mercurius ist aber der im Stoff erscheinende, göttliche, geflügelte Hermes, der Offenbarungsgott, Herr des Denkens und Psychopompos par excellence. Das flüssige Metall des »argentum vivum«, des Quecksilbers, war der wunderbare Stoff, der das Wesen des στίλβων, des Glänzenden und innerlich Belebenden vollkommen ausdrückte. Spricht der Alchemist von Mercurius, so meint er äußerlich Quecksilber, innerlich aber den in der Materie verborgenen oder gefangenen weltschaffenden Geist. Der Drache ist wohl das älteste figürliche Symbol der Alchemie, das uns dokumentarisch beglaubigt ist.... Die Alchemisten wiederholen immer wieder, daß das »opus« aus *einer* Sache hervorgehe und zum *Einen* wieder zurückführe, also gewissermaßen ein Kreislauf sei, wie ein Drache, der sich in den Schwanz beißt. Darum heißt das »opus« öfters »circulare« = kreisförmig oder »rota« = Rad. Der Mercurius steht am Anfang und am Ende des Werkes: Er ist die »prima materia«, das »caput corvi«, die »nigredo«; als Drache verschlingt er sich selbst, und als Drache stirbt er und aufersteht als Lapis wieder. Er ist das Farbenspiel der »cauda pavonis« (Pfauenschwanz) und die Trennung in die vier Elemente. Er ist der Hermaphroditus des anfänglichen Wesens, welches in das klassische Bruder-Schwester-Paar auseinandertritt und in der »conjunctio« sich einigt, um zum Schlusse in der strahlenden Gestalt des »lumen novum«, des Lapis, wieder zu erscheinen. Er ist Metall und doch flüssig, Stoff und doch Geist, kalt und doch feurig, Gift und doch Heiltrank, *ein die Gegensätze einigendes Symbol.*

Lucas war, so sagte er, der Ansicht, daß in Scotts Versen mehr Weisheit stecke, als dem Dichter bewußt gewesen sei, die Verbindung von Schlange und Schwingen ausgerechnet in Whitby Abbey, die sei das Relikt eines mächtigen, aber korrumpierten primitiven oder okkulten Symbols, denn Vogel und Schlange *gemeinsam* bildeten den geschlossenen Kreis, sprich: den Drachen mit dem Schwanz im Maul, Sinnbild der Vermählung von Erde und Luft, also genau das, wonach auch er und Marcus strebten, nicht wahr, die Überführung der Erdhaftigkeit in ein lichtes, fließendes Medium, eine Substanz, die nicht so gravitationslastig war wie die Erde, und wenn sie es sehr klug anstellten, dann würden sie auch noch die restlichen der ursprünglich vier Elemente – Feuer und Wasser – dazunehmen können, und obendrein Quecksilber und ihr Exemplar des pflanzlichen Merkurs, das Bingelkraut, mit seinem botanischen Namen Mercurialis geheißen. Der Schauplatz ihrer nächsten Unternehmung stehe ja nun zweifelsfrei fest: Über den genauen Verlauf des Experiments oder Rituals, je nachdem, welcher Terminologie man sich verpflichtet fühle, über den müsse man sich freilich noch Gedanken machen.

Es war einmal ein begnadeter Schachspieler, ein halbes Kind

noch, der gab an, sein Erfolgsgeheimnis beruhe darauf, daß alle Figuren bei jedem Zug mit wetterleuchtendem oder beweglichem bunten Lichtschweif vor seinem inneren Auge erschienen und ihm ein lebendiges Muster aller denkbaren Züge vorspielten: Er wähle dann jeweils den Zug aus, dessen Lichtreflex die Spielsituation am stärksten, die Spannungen auf dem Brett am meisten beeinflusse. Fehler unterliefen ihm nur dann, wenn er sich bei der Wahl seiner Lichtschweife statt von deren Schlagkraft von seinem Schönheitssinn leiten ließ. Eine ganz ähnliche Erfahrung machte Marcus, wann immer Lucas ihn in hektischem Plauderton durch das Labyrinth seiner Querverweise führte. Verführerisch war es schon, dieses weitverzweigte Schaltsystem: wie ein schönes Spinnennetz, aber eben auch genauso schwach und anfällig. Trotzdem hatte Marcus keine Bedenken deswegen: Ein System war immerhin vorhanden, auch wenn es nur aus gepunkteten Linien mit alternierenden Blinkzeichen bestand. Und es kam ihm nicht zu, Kritik an der mangelnden Tragfähigkeit der unsichtbaren Verbindungsfäden zu üben. Vielleicht hatte ja in diesen Gefilden jedermanns inneres Spinnennetz die erforderliche, individuell abgestimmte Stärke und Reißfestigkeit. Vielleicht war das von Lucas gleichsam aus gewirktem Stahl.

Und so machten sie sich an einem heißen, sonnigen Sonntag Seite an Seite in Lucas' Sportwagen auf den Weg nach Whitby. Im Kofferraum standen zwei Körbe, einer mit einem reichhaltigen Picknick, der andere mit diversen Werkzeugen und Utensilien, die Lucas geheimnistuerisch in weiße Servietten, Taschentücher und Seidenschals eingepackt hatte. Er hatte sich auch selbst ein rotweiß gepunktetes Seidentüchlein umgebunden, das keck im offenen Kragen seines weißen Oberhemds unter dem marineblauen College-Blazer flatterte. Marcus trug wie gewöhnlich sein Baumwolltrikothemd mit dem Lochmuster und darüber die Jacke seiner Schuluniform, auf deren Brusttasche ein goldgewirktes Türmchen mit dem Sinnspruch *»ad caelum hinc«* eingestickt war. Ein Motto, mit dem sich noch kein Lateinlehrer in Blesford Ride hatte anfreunden können. Crowes Ahnherr, der es eingeführt hatte, wollte angeblich das windige Türmchen als Sinnbild für das gesamte, Rückhalt und starken

Hort symbolisierende Gebäude verstanden wissen. Im Lehrerzimmer nannte man es spöttisch den Babylonischen oder den Schiefen Turm.

Es wurde eine ganz beschauliche Fahrt, die sie erst nach Süden und dann in östlicher Richtung übers Moor führte, bis sie endlich steil bergab auf die Küstenstraße zuhielten, die sich, den Klippen folgend, in weitem Bogen um das Goathland Moor herumschlängelte, die nämliche Straße, hinter der Frederica dem Wesen des Alexandriners nachgegangen war, während der stämmige Ed mit grober Hand ihre Brüste und Schenkel bearbeitet hatte. Lucas hatte diese Route gewählt, damit sie die Ortschaft umgehen und sich der Abtei zu Fuß, von den Klippen an der Südküste her, nähern könnten.

Das Wetter oben auf den Felsen war nach Lucas' Worten wie bestellt: Die Sonne stand hoch am tiefblauen Himmel, ein leichter Küstenwind hielt die Wolken fern. Auf ihrem Weg querfeldein zur Abtei bestäubten Butterblumen, Wiesenkerbel und Ehrenpreis sie mit weißen und gelben Pollen. Weiß glänzten die blanken Ruinen in der klaren Luft, und die steinernen Torsi wirkten schwerelos – waren, abermals nach Lucas' Worten, wie Luftspiegelungen, auch wenn sie sich im Näherkommen als handfeste, kühle Schattenspender erwiesen. Er schien ungehalten über die Ausflügler, die durch den kahlen Chorraum schlenderten oder anhand der Schautafeln die ursprüngliche normannische Anlage abschritten. Marcus erriet, daß er damit gerechnet hatte, allein vor einem Altar oder an der mutmaßlichen Stätte des einstigen Altars zu stehen, und daß die kleinen Mädchen, die singend umherhüpften, die alten Männer mit ihren Tornistern und die in klobigen Stiefeln herumstapfenden Motorradler mit den baumelnden Schutzbrillen in den behandschuhten Händen ihn gehörig aus dem Konzept brachten. Mit ihren säuberlich abgedeckten Picknickkörben nahmen er und Marcus sich dagegen aus wie die adretten Ersatzspieler der Auswärtsmannschaft bei einem Kricketmatch. Als sie zwischen den verfallenen Mauern, durch deren Scharten und Fensternischen der Seewind strich, über das von Strandhafer durchsetzte Buckelpflaster streiften, ging Marcus, der unwillkürlich an die bedrükkende Geometrie des wuchtig geschlossenen Baus von St. Bartholomew's denken mußte, mit Vergnügen daran, die zerstörte Harmonie dieser weitläufigen Anlage im Geiste wiederzuerrichten, sie zu ergänzen und zu vollenden. Die Sonnenstrahlen tanzten über angeschwemmtes Strandgut, blankpolierten Stein, Grashalme und Butterblumenschmelz. Hin und wieder zuckten kleine, verirrte Ableger (wie sichtbar gewordene Konvektionsströme) in kreisförmigen Spiralbewegungen zwischen Erde und Himmel auf und nieder: huschende Triebe, Keimlinge, Wildwuchs des gleißenden Gestirns. Gemessenen Schrittes, wie bei einer Militärparade oder einer feierlichen Prozession, so ging Lucas die Kultstätte ab. Als ob er auf dem Brühl die Krickettore plazieren oder ein Fußballfeld abstecken würde, dachte Marcus; man sah ihn förmlich den imaginären weißen Markierungslinien folgen. Er trug den geheimnisvoll verhüllten Korb. Marcus, sein Gehilfe, folgte mit Thermoskanne und Flaschen, Bakelitbechern, Brot, Fleisch, Äpfeln, Süßigkeiten und Wein.

Und warum, fragte Lucas in eindringlichem Flüsterton, warum sollten sie das ihnen auferlegte Werk nicht genausogut in aller Stille verrichten können, irgendwo abseits auf einer einfachen Wiese, wo nicht so viele Störungen lauerten wie hier. Dabei wies er mit einer Handbewegung auf die kleinen Mädchen, die unter lustigem Grimassieren herumtollten wie fleischgewordene atmosphärische Störungen und das Liedchen von Tom Tiddler's Ground schmetterten. Ja, warum nicht, gab Marcus respektlos zurück, immerhin bestehe ja die Chance, daß sie just auf die Stelle stießen, an der einmal Caedmons Kuhstall stand, der, in dem er die Erleuchtung hatte, und Lucas antwortete ganz ernsthaft, ja, das Gras hier ringsherum müsse das nämliche sein, in dem Caedmons Kühe geweidet hätten, soviel stehe fest. Nicht ein und *dasselbe* Gras, wandte Marcus ein. Aber viel Unterschied mache das nicht, sagte Lucas, zog seine schlackernden Hosen hoch und wechselte den Korb von einer fiebrig heißen Hand in die andere. Also machten sie sich wieder auf den Weg und gingen, vorbei an der aufgelassenen Schutzhütte der Küstenwache mit ihrem verwilderten Gärtchen, den Pfad über die Klippen zurück, bis sie nach einiger Zeit ein ideales Plätzchen fanden, eine Stelle, die so geschützt lag, daß hier statt des borstigen Strandhafers, der windzerzausten Skabiosen und der

Dünendisteln eine üppige Vielfalt an hohen Gräsern gedieh, die sich über einem dichten gelben Blütenteppich aus Butterblumen, gesprenkelt mit Wiesenkerbel, wiegten. Marcus, der im ersten Moment ängstlich an die vielen Pollen und an sein Asthma dachte, empfand, als er wie zur Probe einmal tief durchatmete, keinerlei Beklemmung, kein Anzeichen eines drohenden Anfalls: Zwar nieste er kräftig Blütenstaub aus, verspürte aber sonst nichts weiter als den heißen, schwindelerregenden Ansturm vegetabiler Überfülle. Von fern her hörte er immer noch den Gesang der kleinen Mädchen – »Wir sind auf Tom Tiddlers Grund, Stibitzen Gold und Silber« –, und ein Kirchenlied fiel ihm ein, das sie gesungen hatten, als er noch klein war. Maßliebchen ist unser Silber, Hahnenfuß gilt uns für Gold. Und das ist a-a-alles, was uns der Himmel zollt. Lucas holte eine Decke mit Schottenmuster aus dem Korb und breitete sie über die piek-senden, aufgestellten Gräser, zwischen denen die Luft zirkulierte. Nun wollen wir anfangen, sagte Lucas. Auf leeren Magen, wie in Owger's Howe.

Trotz der Erfahrungen von Owger's Howe rechnete Marcus im Grunde nicht damit, daß etwas passieren würde. Schon deshalb nicht, weil die doch sehr irdische Präzision und der Erfolgsdruck, mit dem Lucas zu Werke ging, die visionären Kräfte seiner Meinung nach eher verscheuchen würden. Wenn er sich trotzdem ein bißchen ängstigte, dann nur davor, daß man ihn zu irgendwelchen haarsträubenden oder verrückten Handlungen zwingen könne. Lucas begann seinen Korb auszupacken. Er breitete eine große weiße Serviette auf die Decke, und auf der Serviette verteilte er: einen fossilierten Ammoniten, ein Büschel getrocknetes Gras, in Seidenpapier eingeschlagen, ein Zellophanpäckchen mit gepreßten Blumen, ein zugestöpseltes Reagenzglas mit einer Quecksilberkugel darin, ein paar runde Rauchglasplättchen, ein großes, ebenfalls rundes Vergrößerungsglas und endlich ein Taschentuch sowie ein kleines Instrument, das aussah wie ein Skalpell.

Lucas dozierte. Ziel der Übung war es, in Kontakt zur Noussphäre zu treten, nicht wahr, dem aber stand, wie den weisen Gelehrten seit altersher bekannt war, die zu stark ausgeprägte physikalische Existenz des Menschen entgegen. Um aber nun irdisches in geistiges Leben zu verwandeln, bedurfte es der Läuterung der Materie zu reiner Wesenheit. Die in alten Kulturen üblichen Brandopfer dienten möglicherweise symbolisch und zum Teil vielleicht auch ganz konkret just diesem Zweck. Ihn, Lucas, habe bei Marcus' Beschreibung der Photismen und der gekreuzten Kegel, wenn er es einmal so ausdrücken dürfe, auch und besonders der wiederholte Hinweis auf ein brennendes Glas beeindruckt, ja er gehe sogar so weit, darin in der Rückschau ein Omen, ein Zeichen zu sehen. Weshalb er, kurz gesagt, den Vorschlag mache, daß sie mit Hilfe des Brennglases ein Brandopfer darbringen sollten, eines, bei dem qua Übertragung durch unseren irdischen Licht- und Wärmequell, nämlich die Sonne, Materie freigesetzt werde in Licht und Energie. Als Opfergaben ausgewählt habe er natürlich nur Objekte, deren Symbolkraft bereits erprobt sei: die Gräser, das Bingelkraut, den Eisenhut und Enzian, die sie bei ihrer Expedition zur Tropfsteinhöhle am Dropping Well gefunden hatten. Nur daß sie diesmal nicht auf Versteinerungen ausseien, sondern auf Umwandlung in Licht, ins *lumen novum*, ein anderes Omen. Trotzdem habe er auch einen Ammoniten mitgebracht, als steinernes Symbol für Schöpfung und Werk (wenngleich der seine leider nur von Portland Bill stamme und nicht aus Whitby – aber es sei trotzdem ein guter Stein, einer, den er schon als Kind geschenkt bekommen habe) – also wie gesagt, einen Ammoniten als Symbol des vollendeten Werks, ferner etwas Quecksilber im verkorkten Röhrchen, wo es den in der Materie gefangenen Geist repräsentiere, und dann bräuchten sie aber, um das Brandopfer zu vervollständigen, neben den Gräsern auf jeden Fall auch noch etwas Fleisch, wie schon ein Blick in die Schöpfungsgeschichte zeige, wo Abel dem Herrn Fleisch dargebracht hatte und Kain die Früchte des Feldes, und nur Abels Opfer war mit Wohlgefallen aufgenommen worden. In ihrem Fall sollte das Fleisch seiner Meinung nach von ihnen selbst stammen. Er habe zwar daran gedacht, Würmer oder dergleichen mitzubringen, aber für eine authentische Opferhandlung sollten sie doch lieber eigenes Fleisch nehmen, sei Marcus nicht auch der Ansicht? Marcus, der in Gedanken von Kain und Abel zu Abraham und Isaak gesprungen war, ließ den Blick über die leuchtenden Butterblumen schweifen, in der Hoffnung, etwas Lebendiges zu entdecken, das er an seiner Statt anbieten könne, aber alles, was er sah, waren ein paar ferne Schmetterlinge: Zitronenfalter und kleine Bläulinge. Ein Büschel Kopfhaare und ein paar Blutstropfen sollten genügen, fuhr Lucas fort, ein Messer habe er vorsorglich mitgebracht. Ob Marcus sonst noch etwas einfalle, was er vielleicht vergessen habe?

Marcus hielt den Blick auf die Butterblumen gerichtet und auf das Schottenmuster der Wolldecke, er lauschte den Seufzern der niedergedrückten Gräser unter der Decke und verneinte. Es sei denn, etwas Authentisches, direkt von hier, aus Caedmons Kuhstall, sagte er mit einem matten Lächeln. Lucas wies ernsthaft auf die Parallele zwischen Caedmon und Abel hin, die beide Hirten gewesen waren, und Marcus sagte lakonisch, es seien weit und breit keine Kühe da. Aber Milch, sagte Lucas, in der Thermoskanne, und sie könnten ein paar Wiesenblumen pflücken und daruntermischen, eine ausgezeichnete Idee.

Sie durchstöberten die nächstgelegene Hecke auf der Suche nach einer geeigneten Pflanze für ihr Sakrifizium: Das Gelb der Butterblumen dünkte sie irgendwie zu grell, zu knallig für ihre Zwecke. Wieder war es Marcus, der eine ungewöhnliche Entdeckung machte: ein hochaufgeschossenes Gewächs mit kleinen, leuchtend blauen, rosa geäderten, trichterförmigen Blüten und dunklem, dornenbewehrtem Blattkranz. Der zur Bestimmung dieses seltenen Exemplars herbeigerufene Lucas sagte, das sei ein Gemeiner Natternkopf, genau das richtige für ihre Zwecke, handele es sich doch abermals um eine Drachenpflanze oder eine Schlangentransmutation. Er zog die Pflanze mit den Wurzeln aus dem Boden und legte sie, in einem rieselnden Erdhäufchen, neben die anderen Gräser, neben Enzian und Mercurialis.

Dann griff er nach dem kleinen Seziermesser. »Streck die Hand aus«, sagte er zu Marcus. »Ich möchte drei Blutstropfen herauspressen – so ungefähr – drei wären natürlich ideal – und mit diesem Taschentuch auffangen. Drei von jedem von uns, meine ich, die wir dann miteinander vermischen.« Marcus zuckte unwillkürlich zurück. »Das Messer ist steril«, beteuerte Lucas, der nun seinerseits den Arm ausstreckte. »Ich versichere dir, es ist ganz bestimmt steril.« Marcus stellte sich vor, wie dieselbe dreieckige Klinge einen Wurm sezierte und die zusammengeschrumpelte Haut vom zuckenden Fleisch pellte. Seine Hand hing schlaff und reglos am Körper herab. Doch Lucas ergriff sie, drehte die Handfläche der Sonne zu, zückte das Messer und ritzte mit einem raschen Schnitt den Handballen auf. Erst spritzte, dann sickerte das Blut heraus. Bedeutend mehr als die vorgesehenen drei Tropfen. Lucas brach darüber in unmäßiges Gelächter aus. Dann stieß er sich selbst die Klinge in den Zeigefinger. Sein Blut lief über das von Marcus und tröpfelte mit diesem auf das weiße Taschentuch, wo die ungleichen roten Spritzer zu einem ovalen Klecks zusammenflossen. Lucas hob die Hand, schnitt sich eine drahtige Locke von der Stirn, dann nahm er einen Augenblick lang Marcus' Kopf in die blutgetränkte hohle Hand und säbelte ihm ein Büschel von den glatten, strohigen Haaren ab. Er flocht beide Strähnen zusammen und ließ das flache kleine Gebinde auf die Blutlache im Taschentuch fallen. Nach einigem Besinnen lüpfte er das Tuch und schob den Ammoniten unter die Gräser. Es wäre unrealistisch anzunehmen, sagte er, daß die Sonnenenergie einen Ammoniten verzehre. Aber sie könne sehr wohl mit ihm in Verbindung treten, ihn in irgendeiner Form verwandeln. Und nun? Dächte Marcus nicht auch, daß sie jetzt Aufstellung nehmen und den gleichen Tanz vollführen sollten, mit dem sie in Owger's Howe so gute Erfolge erzielt hatten? Er strecke die Hand aus, mischte, als er Marcus' Finger berührte, Blut mit Blut und zog seinen widerstrebenden Gehilfen auf die Füße. Er reichte ihm eine Rauchglasscherbe. »Zum Schutz der Augen. Wenn du direkt in die Sonne schaust. Und damit du auch das kleinste Anzeichen einer Veränderung, jeden Kontaktversuch wahrnehmen kannst ...«

Sie drehten sich im Kreis. Marcus kam sich albern dabei vor und unwirklich. Er litt unter Schwindelgefühlen und Übelkeit, fast war ihm, als sei er aus sich herausgetreten. Sie warfen die Beine, zertrampelten Butterblumen, stampften das Erdreich fest. Als sie innehielten, flimmerten die Blumen in konzentrischen Kreisen aus Butter und Sahne, und die grünen Streifen im Schottenkaro der Decke schlingerten wie Meereswellen. Lucas hob sein Rauchglasplättchen vors Auge, richtete den Blick in die blauen Weiten, hinauf zu dem goldenen Fanal, der Goldguinee, dem lodernden Heliumball und setzte sich dann, nach einer feierlichen Verbeugung, auf die Quasten am Saum der Decke. Rasch ahmte Marcus all seine Gesten nach. Lucas griff unterdessen nach dem Vergrößerungsglas. »Meinst du, wir sollten SIE in irgendeiner Form *ansprechen*?« fragte er.

»Nein.«

»Ich halt's auch nicht für richtig. Worte wären hier zu läppisch. Ich denke, wir sollten uns bei den Händen fassen.«

Und so geschah es. Sie reichten sich die Hände, Lucas hob das Vergrößerungsglas, fing ein Bündel Sonnenstrahlen ein, lenkte sie reflektierend auf die Serviette und hielt dann das Glas eine Weile ganz ruhig.

Es war schwer auszumachen, ob wirklich ein weißes Feuer aufleuchtete oder ob es nur flüssige Luft war. Jedenfalls war es eine vollkommen statische Erscheinung, ohne züngelnde Flammen, und eigentlich sah man nur, wie die ausgebreiteten Gegenstände langsam zerfressen wurden, zusammenschrumpften und einer nach dem anderen verkohlten. Die Gräser, der Erfolgsbeweis ihres Übertragungsversuchs, stiegen als feiner Ascheregen auf, ein Schattenriß, der noch einen Augenblick die Form behielt, ehe er zu Staub zerfiel. Das gleiche geschah mit dem Enzian. Die Zellophanhülle mit dem Mercurialis darin loderte golden und platinweiß auf, färbte sich dunkel, erst sirupbraun, dann schwarz, und löste sich endlich in Nichts auf. Das Haarbüschel über dem Blutflecken kräuselte und kringelte sich wie wild, kam zur Ruhe und ging mitsamt dem Blut in Rauch auf. Der Gemeine Natternkopf zischte, brutzelte, schrumpelte in sich zusammen. Das spektakulärste Beispiel bot das Quecksilber in dem Reagenzglas, das in der Hitze mit schrillem Quietschen barst, worauf eine Unmenge winziger, silbrig schillernder Tröpfchen entwichen, die durch den Stoff ins verbrannte Erdreich kullerten. Auf der Serviette erschien ein verkohlter Kreis, ein schwarzes Loch, das sich heimlich ausbreitete und die gleißende Flamme verschlang, die vor der anrückenden schwarzen Silhouette ein letztes Mal golden aufflammte. Das einzige, was dann noch vom Aufbegehren der vernichteten Materie zeugte, war ein durchdringendes Geruchsgemisch aus Fleisch und

Pflanze. Dunkel verglomm der Stoff des Taschentuchs über dem Buckel des Ammoniten, zerfiel in lauter winzige Flöckchen und hinterließ auf der Maserung im Stein eine schwarze, schlüpfrige Spur, die Marcus wie gebannt verfolgte. Er dachte dabei an ein früheres Experiment mit ganz ähnlicher Versuchungsanordnung: Hier war nun zweifelsfrei bewiesen, wie stark die Kräfte wirkten, die so eine Linse zu bündeln vermochte. Gleichgültig, was da vor seinen Augen tanzte, ob Flamme oder erhitzte Luft, so weiß, weiß, satt und transparent weiß, wie das flimmerte, war es das blanke Nichts, das einen qualvoll in sich aufsaugen und eliminieren würde, sobald man nur einen Finger hineinsteckte.

Nimm das Glas, sagte Lucas, halt es ruhig und gib gut acht, was passiert. Ich werde das Ritual mit einem Trankopfer aus Milch und Wein beschließen. Er kramte in Marcus' Korb herum, goß ein paar Tropfen Milch aus einer Flasche auf einen Blechdeckel, hantierte ungeschickt mit dem Korkenzieher, bis er eine Flasche Nuit St. Georges geöffnet hatte, und schüttete den Wein in den verkohlten Kreis, wo er qualmend aufflammte und unter Entfaltung eines starken Buketts verdampfte. Die Milch im Deckel zog sich zusammen, wurde erst wächsern und trübe und verdickte sich dann zu einem bräunlichen Rinnsal, das Blasen warf und einen besonders eklig-verquälten Geruch entwickelte, der Marcus an seine Schulzeit als Erst- oder Zweitkläßler erinnerte, als die Jungen sich in der Pause um den Ofen im Klassenzimmer gedrängt, mit Strohhalmen in ihre karge Milchration gepustet und Blasen auf die gußeiserne Herdplatte gespritzt hatten. Lucas goß noch einen Schuß Wein nach; jetzt war es eine ganz ordentliche Pfütze, auf der kleine Rußpartikel schwammen und die langsam von der Erde aufgesogen wurde.

Marcus legte das Brennglas beiseite, das sich in der Tat brennend heiß anfühlte. Rings um ihn flimmerte und waberte unverflüssigte Luft, vor ihm gähnte der geschwärzte, sonnenförmige Flecken, der allein von ihrer Versuchsanordnung übriggeblieben war. Sie hatten eine außerordentliche Demonstration der Macht jener Kräfte geliefert, denen man für gewöhnlich nicht einmal Rechnung trug. Lucas' Gesicht und seine Haare waren schweißgebadet.

»Was nun?« fragte Marcus.

»Wir bleiben hier sitzen und warten. Wir haben unsere Parole ausgegeben, haben unsere Wünsche angemeldet, jetzt können wir nur noch warten.«

Marcus, der zusah, wie das Licht die Butterblumen streichelte, fragte sich, was das wohl für Wünsche sein mochten, die sie angegeben hatten: Wollten sie sich von der Hitze verzehren lassen und vergehen? Unsichtbar werden? Schwarze Rußschnipsel und Bläulinge taumelten durch die Luft und ließen sich irgendwo nieder. Sie warteten. Der ruhige Nachmittag schritt gemächlich voran.

»Trink einen Schluck Wein«, sagte Lucas und schenkte ein. Nach einer Weile sagte er: »Hier, trink noch einen Schluck Wein.« Marcus, der keinen Alkohol gewöhnt war, trank in durstigen Zügen. Lucas saß hoch aufgerichtet, wie in Erwartung eines Flammenhauchs, der seine Stirn streifen würde, oder einer Stimme, die aus dem blauen Himmelsgewölbe herabdröhnte. Er nippte fast ohne Unterlaß an seinem Bakelitbecher. Marcus bot er ein Roastbeef-Sandwich an und einen Apfel, die beide angenommen wurden. Er selbst aß nichts. Nach gut zwei Bechern Wein legte Marcus den Kopf auf die Decke und verschränkte die Arme über dem Gesicht, um seinen Augen Dunkelheit zu schaffen. Das aufdringliche Licht, das ihn auf dem Brühl so unerbittlich heimgesucht und durchdrungen hatte, hielt sich heute, trotz Sonne und Brennglas, verdächtig fern. Wahrscheinlich war die Atmosphäre so spannungsgeladen: Seine Kopfschmerzen meldeten sich wieder. Nach einer kleinen Weile streckte Lucas sich neben ihm aus. Und die alte, ängstlich forschende Stimme fragte: »Was nun?«

»Och, wir warten.« Dumpf, mit belegter Stimme in die Armbeuge gesprochen.

»Warten worauf?«

»Wie soll ich das wissen? Sie haben doch damit angefangen.«

Wieder eine Weile später sagte sein Freund kleinlaut: »Tut mir leid.«

»Bei *mir* brauchen Sie sich nicht zu entschuldigen. Ich hab' ja nicht erwartet, daß der Himmel sich öffnen würde. Trotzdem, daß die Sachen tatsächlich verbrannt sind – das war schon toll.«

»Ach, nein, das war ganz simpel.«

Marcus begriff, daß Lucas ihm wieder jene zweifelhafte Autorität zuschieben wollte, die mehr Verantwortung als Macht bedeutete, und das machte ihn wütend.

»Sie haben doch *gesehen*, was mit all Ihren Mitbringseln passiert ist. Ganz genau haben Sie's gesehen. Da sollten Sie jetzt auch wissen, wovor ich solche Angst habe, und müßten vorsichtiger sein. Ich hab' Angst, das Hirn könnte mir im Kopf verbrutzeln wie eben der Natternkopf hier auf dem Tuch. Sie begreifen anscheinend nicht, daß es da draußen tatsächlich *etwas* gibt, vor dem man allen Grund hat, sich zu fürchten. Ja, wenn Sie wirklich *nachgedacht* hätten, dann wären Sie jetzt nicht verärgert, nein, fürchten würden Sie sich. Oder wollen Sie zu einer heißen Luftsäule zusammenschmelzen, senkrecht aufs Meer hinausgeschleudert werden, wollen Sie das? Oder zu Asche werden wie die hübschen Gräser, ja? Möchten Sie im Nichts aufgehen? Wie nahe wollen Sie sich noch heranwagen? Ich glaube nicht, daß Sie wissen, was Ihnen da bevorsteht. Aber ich, ich weiß es. Mit Ihrem Experiment haben Sie wenigstens einmal demonstriert, wie sie wirken, die Kräfte, vor denen ich mich so fürchte, aber nicht mal da durfte ich's aussprechen, wie entsetzlich es ist, und Sie haben immerfort behauptet, es wäre herrlich und wunderbar. Was erwarten Sie sich eigentlich, was soll ES für Sie tun? Und gesetzt den Fall, es gelingt Ihnen, den Kontakt herzustellen, und ES ist wirklich ein Geisteswesen, woher wissen Sie denn, daß Sie SEINE Annäherung ertragen könnten? Nein, wir müssen sehen, daß wir IHM nicht in die Quere kommen – stillhalten, das ist alles, was wir tun können.«

Nach einem langen Schweigen sagte Lucas: »Ich bin so unglücklich.« Nichts weiter.

Marcus wandte das Gesicht ab. Aber dann verschleierte sich sein Blick, er streckte Lucas die verletzte Hand entgegen, der ergriff sie und umschloß sie mit seinen heißen Fingern. Ihre Körper rückten näher zusammen. Marcus hörte ein sonderbares Klappern, und als er merkte, daß es Lucas' Zähne waren, die wie im Fieber aufeinanderschlugen, drehte er sich zu ihm um, legte den Arm fest um die Schulter des Freundes und krallte die Finger in den heißen Flanell. Schweißgeruch schlug ihm entgegen und panische Angst. Er umschlang Lucas so fest, als gälte es, ihn mit der eigenen Körperwärme vor dem Erfrieren zu retten.

Die dumpfe Stimme stieß leise hervor: »Ich bin so unglücklich. Ich habe nichts, keine Freunde, nichts, was ich tue, gelingt. Nur hin und wieder, da bin ich nahe dran an der Vision, so nahe, daß ich fast etwas sehe – und dann, dann gibt's ein Unglück.«

»Sie haben doch mich.« Marcus zitterte vor ungewohnter Zärtlichkeit.

»Aber ich bin nicht gut für dich. Du lebst in der realen Welt. Ich schlittere von einer Phantasmagorie in die andere. Ich hätt's wissen müssen, hätte mich vorsehen müssen – wenn ich abnehme, dann ist das immer ein Zeichen. Ich sollte dich beschützen, du stehst unter meiner Obhut, da dürfte ich nicht ...«

»Nicht doch. Sie haben mein Leben verändert. Und, Sir, unsere Versuche, die waren doch nicht umsonst, was wir gesehen haben, war echt, die Gräser, die Höllenpforte, das kann uns doch keiner nehmen. Und vielleicht braucht es diesmal bloß seine Zeit, bis es wirkt – und vergessen Sie Owger's Howe nicht – Sie haben wirklich viel erreicht – sehr viel – und es war – *ist* eine Menge Echtes dabei ...«

Er wollte diese hermetische Welt nicht verlieren. Lucas Simmonds war sein Schutzschild gegen die Zudringlichkeiten des Unendlichen.

»Ich bin unrein. Daran liegt es. Auch. Daran, daß ich von der Erde und irdisch bin. Obwohl es stinkt und ich den Geruch verabscheue, wie obendrein das ganze schmutzige Geschäft. Ich hasse meinen Körper, Körper überhaupt, ich hasse dieses heiße, pralle ... Du, du bist rein. O ja, so was erkennt einer, der den richtigen Blick dafür hat. Du bist ein unbeflecktes Wesen, deine Gedanken sind rein. Du bist ...«

Marcus wollte nicht wissen, was und wie er war. Er rückte noch näher, zerrte an Lucas' Blazer, bewegte die Fleischeslast darunter und sagte beschwichtigend, wie man zu einem Kind sprechen würde: »Pst, ganz ruhig, das ist alles nicht so schlimm. Es hat sich ja was bewegt, aber jetzt müssen Sie stillhalten. Sie haben doch mich, ich bin ja da.« Und wann, dachte er, wann hatte seine Gegenwart je einem anderen Menschen geholfen oder Trost gespendet? Denn er erinnerte sich nicht mehr an bestimmte Tage aus seiner Kindheit oder an die gemeinsamen Momente mit Winifred in der stillen, hermetischen Abgeschiedenheit des Entbindungsheims. Dabei hätte sie ihm damals genauso zugeredet haben können, wie er jetzt mit Lucas sprach: wie eine Mutter zu einem rastlos strampelnden Kind. »Ruhig«, sagte er, »ganz ruhig, es wird ja alles gut.« Und urplötzlich sank Lucas in einen fiebrigen Schlaf. Er hatte Marcus das Gesicht zugewandt, die feuchten Lippen waren leicht geöffnet, und als Marcus den Kopf hob, sah er die glitzernden Schweißtröpfchen, die in seinen Brauen hingen, und die feuchtglänzende Rille an seiner Nasenspitze. Er behielt Lucas' Hand in der seinen, schloß die Augen und schlief bald so schwer und traumlos, als ob Bewußtlosigkeit der einzig erstrebenswerte Zustand sein könnte.

Als sie erwachten, lösten sie schweigend Arme und Beine voneinander und kehrten sich den Rücken zu, während sie ihre Sachen einsammelten. Sie zogen die Decke vom niedergedrückten Gras, klaubten den Apfelbutzen auf und das Messer, packten alles ein und machten sich auf den Weg zum Auto. Marcus fühlte sich entsetzlich elend. Wie Nachbilder der Sonne tanzten indigoblaue Kreise triaden- und spiralförmig vor ihm über den Strandhafer, gaukelten hart am Klippenrand über dem Abgrund, schwebten himmelwärts. Lucas redete nicht mit ihm und lief so schnell, daß Marcus sich mächtig anstrengen mußte, um mithalten zu können.

Der schwarzglänzende kleine Sportwagen, der auf einem Grasstreifen parkte, glühte innen und außen wie ein richtiger kleiner Backofen, und der Hitzeschleier, den er abstrahlte, schwebte in der Luft wie der Lamellenschlag einer Qualle im Wasser. Lucas hievte die Körbe hinten auf den Notsitz, klemmte sich hastig hinters Lenkrad, schlug seine Tür zu und kurbelte das Fenster herunter. Marcus setzte sich neben ihn und fuhr sich mit der Hand unter den schweißverklebten Kragen. Sie warfen ihre Jacken zu den Körben auf die Rückbank. Marcus beobachtete Lucas, der sich in seinem Sitz zurücklehnte, aber nicht ihn ansah, sondern starr geradeaus durch die Windschutzscheibe blickte. Um sie herum siedende Hitze.

»Da ist vieles, worüber ich mit dir reden sollte, über Dinge, die du wissen müßtest, Dinge, die ich nicht erwähnt habe.«

»Nein, nein ...« Abwehrend. »Ist schon gut.«

»Wie willst du das beurteilen? Es gibt da einiges über mich, was du wissen solltest – denk' ich jedenfalls –, auch wenn ich gehofft hatte, daß es hier nicht in erster Linie ums *Persönliche* gehen würde, ach, wie sehr hab' ich das gehofft. Aber durch mein Schweigen habe ich dich getäuscht – ich bin – mir passieren Dinge – und du könntest meinen, du hättest ein Recht darauf, Bescheid zu wissen, für den Fall, daß sie wieder vorkommen. Und ich will dir auch alles sagen, wirklich alles, wenn es an der Zeit ist. Man kann es niemandem verübeln, daß er Angst hat vor Verwandlung, Entäußerung – oder davor, eingesperrt zu werden, was schon vorgekommen ist, früher mal, das geb' ich zu. Angefangen hat's mit dem Zerstörer. Dieser Zerstörer, auf dem ich im Pazifik stationiert war. Es kam zu Turbulenzen wegen irgendwelcher Richtantennen und Botschaften, ja, auch damals schon, und sie veranstalteten ein Tribunal, ich wurde vor ein Tribunal zitiert, und dann saß ich lange Zeit in einer weißen Zelle. Damals haben sie zu mir gesagt: Sie dürfen niemals Kinder haben, den Gedanken an Kinder, den schlagen Sie sich aus dem Kopf, Sie könnten's vererben ... Ich hatte das Gefühl, daß sie mich elektronisch überwachten, für den Fall, daß ich – in der Richtung – aktiv würde – damit sie eingreifen und es verhindern könnten ... das mit den Kindern. Vielleicht war das nur Einbildung. Jedenfalls waren sie alle ganz in Weiß, und auch die Zimmer waren weiß – es hätte überall sein können: auf dem Zerstörer, außerhalb von Zeit und Raum – ich hatte zu verschiedenen Zeiten unterschiedliche Vorstellungen von dem Ort, an dem sich das alles abspielte, und richtig zu mir gekommen bin ich erst wieder, als ich irgendwo in Greenwich war, also ganz bestimmt nicht da, wo alles angefangen hatte. Vielleicht bin ich geflogen. Vielleicht haben sie mich hingeflogen. Vielleicht war die Zeit stehengeblieben. Keiner hat mir was gesagt. Sie dachten wohl, ich wäre nicht gesund genug, geistig, meine ich, um etwas anfangen zu können mit ihren Informationen. Aber ich habe deswegen noch lange nicht aufgehört zu denken, im Gegenteil, ich begann Hypothesen über meinen Aufenthaltsort zu entwikkeln. Ich glaube, sicher bin ich mir nicht, aber ich weiß, daß ich *dachte*, sie hätten mir Elektroden in die Ohrläppchen eingepflanzt und in meinen ... um ganz sicher zu gehen. Vielleicht war es so, wer weiß. Die Mittel dazu haben sie jedenfalls. Du würdest staunen, wenn ich dir erzählte, was ich dort so alles mitbekommen habe, bevor ... bevor ich weg bin.

Ich hab' dir doch von dieser Schule erzählt, wo sie von mir verlangt haben, daß ich im Rahmen der Humanbiologie auch Sexualkunde unterrichte. Aber ich hab' nein gesagt: Nein, nein, dafür müssen Sie sich eine fromme Dame mit Sendungsbewußtsein von irgendeinem Wohlfahrtsinstitut suchen oder ein vitales junges Mädchen, eine lächelnde Naive. In meinem Zustand, da läßt man den unsterblichen Wurm in Ruhe, nette, hermaphroditische Regenwürmer, an die wage ich mich grade noch heran, das sind unkomplizierte Geschöpfe, die, jedenfalls soweit ein menschliches Auge das erkennen kann, kaum Probleme haben. Ich behandele Amphibien oder Kaninchen, aber vom Menschen, diesem großmächtigen Amphibium, von dem lasse ich die Finger und hoffe im übrigen auf einen Entwicklungssprung, durch den sich das ganze Problem von selbst erledigt – siehst du, so rede ich mit denen, oder auch nicht, je nachdem, wer zuhören könnte und *wie* sie zuhören, versteht sich. Man kennt Wege zur Erlangung des ewigen Lebens, die aber ausgerechnet den höherentwickelten Organismen verschlossen sind – ja, wirklich, sogar Freud sagt das. Tod und Zeugung, sagt er, der Tod des Menschen und seine Form der Arterhaltung sind eng miteinander verschwistert. Aber wenn sich die Körperzellen einmal aufspalten in Soma und Keimplasma, dann, sagt Freud, dann wäre es pure Verschwendung, das individuelle Leben sich unbegrenzt weiter fortzeugen zu lassen. Pure Verschwendung, jawohl. Als die höher entwickelten Organismen mit ihrer Fähigkeit zur schier unbeschränkten Zellteilung auf den Plan traten, da kam der Tod als nützliches Regulativ ins Spiel: Das *Soma* ist sterblich, die Keimzellen sind's nicht – darum heißt es ja: die unvergängliche Saat. Trotzdem haben die zu mir gesagt: Den Gedanken an Kinder ... Aber das hab' ich dir ja schon erzählt. Übrigens hat Freud auch darauf hingewiesen, daß die Zellreproduktion nicht erst einsetzte, als der Tod in die Welt kam. O nein! Die Zellteilung ist genauso ein Urmerkmal der lebenden Materie wie das Wachstum. Von allem Anfang an hat sich das Leben auf unserem

Planeten kontinuierlich vermehrt. Rätselhaft daran ist freilich, daß nur die höherentwickelten Organismen getrenntgeschlechtlich sind und irgendwann absterben. Im Gegensatz zur Biosphäre einerseits und zu den Hermaphroditen andererseits, die sich teilen und teilen gleich einer Hydra und, eine Kreuzung aus vegetabilischer und animalischer Gattung, immer neue Exemplare ihrer selbst reproduzieren.

Neulich, da stieß ich auf ein merkwürdiges altes Buch von Gerald Heard, keins, worin er sich mit dem Gottesbeweis auseinandersetzt, sondern ein Buch mit dem Titel *Der Narziß – eine Anatomie der Mode*. Das hat mir gefallen, weil Heard aufzeigt, wie wir unsere Kleidung benutzen, um die eigene Anatomie zu verändern – früher in der Hauptsache mit Korsett und Rasierapparat – neuerdings geht man daran, mit Hilfe von Chemie und Pharmazie die Funktion der Hypophyse zu manipulieren, unerwünschten Haarwuchs einzudämmen – Heard sieht darin einen evolutionären Schritt zur Reduzierung unserer Körpermasse. Ich fand das hochinteressant. Indem wir Häuser bauen, schreibt er, uns Kleiderschränke und Werkzeugkästen zulegen, hätten wir uns einen Ersatz für die Nutzung von Fell und Nägeln und Zähnen geschaffen. Und die richtige Dosis wissenschaftlicher Enthaltsamkeit, schreibt er, die würde uns zu gegebener Zeit auch von unserer schwerfälligen Gedärmedestillerie befreien. Eines Tages, schreibt er, werden wir tatsächlich so aussehen wie die Marsmenschen bei H.G. Wells, lauter Maschinen mit tentakelbewehrtem Hirn, nur daß wir das dann nicht mehr abstoßend finden, sondern darin den Inbegriff der Schönheit sehen werden. Ein Mensch ohne seine Maschine wird uns dann ebenso anekeln, wie ein unbekleideter Mann heutzutage die hochanständigen Damen empört, ja wird uns den gleichen Abscheu einflößen, wie wir ihn unsinnigerweise immer noch beim herrlichen Anblick des Gehirns empfinden, wenn es ohne seine Haar- und Haut- und Knochenhülle bloßliegt. Er schreibt, wir werden uns in Scharen von intelligenten kleinen Aufziehmechanismen verwandeln, in Uhrgehäuse gleichsam, jedes mit einem winzigen, schillernden, individuellen Schlagwerk im Herzen. Für mich paßt das sehr gut zu dem, was Jung über Mercurius und die *prima materia* schreibt – weil er nämlich sagt, es gäbe eine Möglichkeit, wie wir zurück könnten zum Ursprung – dem Gedanken im Kerker der Materie …

Vorhin hast du mich gefragt, ob ich enden möchte wie die Gräser. Ob ich im Nichts aufgehen will, so hast du gesagt. Die Antwort lautet: ja und nein. Sag, beschäftigst du dich viel mit Gedichten?«

Marcus verneinte. Er sei, fügte er hinzu, lange Zeit allergisch gewesen gegen Gedichte, die sich bei ihm zu Hause angesammelt hätten wie Staub oder Pollen, solange er denken könne, und daß er sich inzwischen für desensibilisiert halte. Ein erstaunlich erhellendes Geständnis, dem Lucas indes kaum Beachtung schenkte, weil er bereits einen Schritt weiter war. Er habe sich, erklärte er, in jüngster Zeit auch sehr viel mit Lyrik beschäftigt, insbesondere mit dem Werk Andrew Marvells, dem das Bedürfnis, frei zu sein von geschlechtlichen Zwängen und von der Bürde des Fleisches, offenbar sehr vertraut gewesen sei. Jedenfalls habe er ein wunderschönes Gedicht geschrieben, das schlicht *Der Garten* hieß und in dem vom Triumph des Geistes die Rede sei und von seiner Macht, / Auszulöschen alle Kreatur / Bis auf einen grünen Gedanken in grüner Schraffur. Meine Pflanzenliebe, sagte Lucas grüblerisch und scheinbar ohne Zusammenhang. Und nach einer weiteren Gedankenpause fuhr er fort: »Ich wünschte, man ließe mich in Ruhe meine Botanik unterrichten. Ich wünschte, es wäre so einfach, und man könnte sich an den grünen Gedanken halten.« Und nach einem neuerlichen Schweigen setzte er hinzu: »Ich bin nicht homosexuell, verstehst du, ich bin überhaupt nichts.«

»Das wäre auch egal«, sagte Marcus und setzte zu einer Beteuerung oder einem Versprechen an, das er aber nicht zu Ende brachte. Er hatte Lucas nicht richtig zugehört, oder doch nur soweit, bis dessen bruchstückhaft zutage geförderte Erinnerungen seine eigenen Ängste weckten. Aber so sehr diese ihn auch bedrängen mochten: Mehr noch fühlte er sich von zärtlicher Rührung durchdrungen: Lucas hatte ihm zu essen gegeben, hatte ihn unterwiesen und bewundert: Er schuldete ihm eine Gegenleistung. Gern hätte er ihm Trost gespendet, ohne zu wissen, wie und warum. Und in seiner Hilflosigkeit erging es ihm wie vielen von uns in ähnlicher Situation, und er bot sich statt dessen selber an.

»Sir, Lucas, *mir* liegt an Ihnen. Ehrlich. Hier bin ich. Kann ich denn gar nichts tun?«

Lucas wandte ihm ein von Sonne und Scham gerötetes Gesicht zu.

»Du könntest mich berühren. Nur das. Kontakt schaffen.«

Und wieder streckte Marcus zögernd die Hand aus. Lucas nahm sie in die seine, die geschwollen wirkte und taub, und im nächsten Moment legte er ihre beiden Hände in seinen Schoß. Sie saßen stumm nebeneinander, ohne sich anzusehen, und blickten unverwandt durch die Windschutzscheibe. Lucas schob ihre Hände tiefer in seinen Schritt. Marcus zuckte unwillkürlich zurück, und Lucas packte fester zu.

»Du darfst *niemals*«, bat er flehentlich, pedantisch, keuchend, »*nie* darfst du sagen, es sei bloß um Sex gegangen. Aber wenn du bereit wärst ... nur anfassen, nichts weiter, ich versprech's dir.«

Er nestelte hilflos am Verschluß seiner prall gespannten Hose, und plötzlich schoß heiß, aufrecht und seidig glatt, der Penis heraus. Marcus wollte seine Hand zurückziehen, Lucas hielt sie eisern umklammert.

»Ich dürfte das nicht, ich weiß«, stammelte Lucas. »Aber wenn du nur ... wenn du dich nur überwinden könntest – bloß anfassen, nichts weiter –, weil ich dann auch Kontakt hätte zu ...«

Marcus blickte seitwärts, sah an seiner Seite zum Fenster hinaus, und dann streckte er mitleidig, verlegen, aus Ehrgefühl und Kameradschaftsgeist, die bleiche, schmale Hand aus und legte sie schlaff an das brennende Glied, ohne es zu umfassen, ohne es zu streicheln. »Ah«, seufzte Lucas, »ah«, und der harte Schaft erblühte üppig und tropfend, nur um fast augenblicklich wieder zu erschlaffen, indes Marcus die volle Ladung in der Hand behielt. »Ah«, seufzte Lucas wieder, und ein Schauer überlief ihn. »Das hab' ich nicht gewollt. Entschuldige. Ich hatte mich nicht genügend in der Gewalt.«

Sie brachten es nicht fertig, sich anzusehen.

»Das macht nichts«, sagte Marcus mit gedämpfter Stimme. »Es ist egal, Lucas.«

Aber es war nicht egal. Einen Augenblick lang hatte sich auch in ihm etwas geregt, er hatte Zuneigung verspürt, und dann hatte es Lucas übermannt, und er war wieder genauso allein, ausgestoßen und isoliert wie eh und je. Er wischte sich die Hand ab: am Taschentuch, an den Hosenbeinen, an allem, was ihm in die Finger kam.

»Es ist nicht egal«, widersprach Lucas. »Es ist eine Katastrophe. Der Anfang vom Ende.« Ganz ruhig und kategorisch sagte er das und knöpfte sich dabei den Hosenschlitz zu. Dann wartete er auf eine Antwort, und als Marcus schwieg, weil ihm keine einfiel, steckte er den Zündschlüssel ins Schloß, ließ den Motor aufheulen und lenkte den Wagen, ohne einen Blick auf seinen Beifahrer, im Rückwärtsgang von der Grasbankette hinunter auf die Fahrbahn und brauste los.

Was dann folgte, die Fahrt übers Moor, das war ein Alptraum. Bevor er überhaupt aufhörte zu denken, dachte Marcus noch, ein Auto mit dem Tempo könne es eigentlich gar nicht geben. Sirrende Luft und Heidekraut und Trockenmauern flogen vorbei. Jedesmal, wenn es mit jaulenden Reifen in die Kurve ging, hob sich sein Magen. Die Perspektiven schwankten, zurrten sich zusammen wie ein Kokon, der ihn mitten zwischen die Augen traf. Er schloß die Lider. Er wollte etwas sagen, aber sein Mund war ganz trocken. Wie im Sprung setzten sie über Hügelkuppen, plumpsten oder schwebten in Luftlöcher, rauschten ungebremst über Kreuzungen, schrammten achtlos, ohne jeden Respekt, an Torpfosten und Baumstämmen vorbei. Marcus rutschte nach einer Weile auf den Boden hinunter, vergrub das Gesicht im Sitz und warf nur noch einmal einen verstohlenen Blick auf die starre, reglose Gestalt des Freundes, der mit rosig erhitztem Gesicht unter den goldglänzenden Locken teilnahmslos übers Lenkrad ins Leere starrte. Wollen Sie uns denn umbringen, wollte Marcus sagen, aber er konnte nicht sprechen, nicht einmal sein »Möchten Sie im Nichts aufgehen?« wiederholen. Die Augen ängstlich aufgerissen, duckte er sich, verlor das Bewußtsein, sah den Himmel über sich schlingern, als er es wiedererlangte, und schloß erneut die Lider.

35. Königin und Jagdmeisterin

Es kam der Abend der Generalprobe. Und das ist unsere letzte Chance, sagte Lodge, der den königlichen Fußschemel auf der kiesbestreuten Terrasse bestiegen hatte, um Hauptdarsteller wie Komparsen anzufeuern, während im Park eine einsame grüne Flasche melodisch und wundersam schwermütig: Wer, o wer? fragte. Das ist unsere letzte Chance für den großen Wurf, den berühmten zündenden Funken, und wir sind ja auch schon sehr dicht dran. Er ruderte beschwörend mit den Armen und intonierte ganz gegen seine Art mit dem klingenden Timbre und im schmelzenden Glissando des geborenen Schauspielers – gurrte, schmeichelte, drohte –, und die gesamte Truppe, ob in Perücke und pelzverbrämten Gewändern, ob in Krinolinen oder pluderigen Kniehosen, seufzte und lachte und raffte (bildlich gesprochen) Röcke und Mut zusammen.

Frederica saß neben Edmund Wilkie auf einer Decke im Scheinwerferlicht einer Bogenlampe, die über ihnen im Baum hing. Wilkie, im schwarzsamtenen, mit einem Strahlenkranz von Staubperlen geschmückten Kostüm dem in sein Cape gehüllten Ralegh aus der Portrait Gallery täuschend ähnlich, stellte mit Bleistift und Papier minutiöse Berechnungen an. Er hatte schon etliche Bogen solchen Papiers mit Diagrammen von Reagenzgläsern, hohen und dickbauchigen Flaschen vollgezeichnet, mit Darstellungen der kosmischen Schlange, wie sie durch die himmlischen Gefilde irrt, oder von Apoll mit einem Blumentopf und den drei Grazien. Über die letzten Wochen hatte er sich allerhand einfallen lassen, um aus dem Flaschenchor eine wissenschaftlich fundierte Kunstform zu machen. Er vermaß Luft- und Wassersäulen, protokollierte Tempi und Frequenzen von Tönen und Melodien, die abwechselnd in weiträumig hohlen Glaskolben widerhallten oder durch schlanke Röhren zirpten. Unter den Faunen des Antimaskenzuges hatte er sich ein mehr oder minder verläßliches Knabenorchester zusammengestellt, mit dem er in den wenigen Freistunden im Großen Saal probte. Mittlerweile preßte jeder der kleinen Musikanten ein exakt vermessenes und etikettiertes Instrument an sein Wams: diamantene, bernstein- und smaragdfarbene oder Wein-, Bier- und

Limoflaschen. Wenn Wilkie ihnen den Einsatz gab, konnten sie *Giles Farnaby his Toye, When the Saints Come Marching In, Paradise* von Dowland und Campion und *The Foggy, Foggy Dew* mit von Wilkie selbst arrangierten melodischen Schnörkeln und in effektvoller Lautstärke vortragen. Dieser vielseitige Mann schrieb nun nach eigenem Bekunden an einer Komposition der wahren Sphärenmusik, zu der er sich, wie er sagte, von der *Practica Musica* des Franchino Gaffori habe inspirieren lassen, der seinerzeit eine Reihe von Analogien zwischen dorischen, lyrischen, phrygischen, gemischtlyrischen Tongattungen, den Himmelsplaneten und den Musen aufgestellt hatte. Wilkie versprach Marina Yeo, daß er aus einer dionysischen Kakophonie ein wahrhaft apollinisches Werk schaffen würde – und zwar nur aus dem einen Grund, weil er sich damit auf die Terrasse stellen und ausrufen wolle: »Horch, meine Marina, das ist Sphärenmusik!«

»Aber wie soll das gehen«, fragte Frederica skeptisch, »wenn doch keiner *weiß*, daß Sie sich tatsächlich die Mühe gemacht haben, all diese planetarischen und transzendentalen Oktaven zu arrangieren?«

»Sie wissen es. Marina weiß es. Und die Flaschenjungs wissen es auch, ich hab's ihnen erzählt. Sie gickeln und gackeln, aber sie wissen Bescheid. Außerdem wird ein System, so es denn vorhanden ist, intuitiv erkannt, selbst wenn das Publikum ihm oder den Prinzipien, von denen es sich herleitet, keinen Namen geben kann.«

»Das Publikum merkt bestimmt nichts«, sagte Frederica. »Schon gar nicht intuitiv, und ich auch nicht, egal, wieviel Sie mir noch davon vorschwärmen, weil ich nämlich stocktaub bin.«

Diese Erklärung schien Wilkie ungemein zu erheitern. »Ach, wirklich? Na, das paßt ja großartig! Damit bestätigen Sie nämlich eine Theorie von mir über den ursächlichen Zusammenhang von Unmusikalität und ausdrucksloser Sprechstimme. Das erklärt auch, warum Ihnen die eisige Unnahbarkeit so gut gelingt.« Er rezitierte ein oder zwei Verse aus Fredericas Monolog in der Turmszene und traf dabei ihre Intonation sehr genau. »Ausdruckslos«, wiederholte er. »Insbesondere bei den Halbtönen. Und unmotivierte Wechsel der Tonart. Wie süße, aber gräßlich verstimmte Glocken. Oder wie ein kreischender Pfau. Nein, wir können schließlich nicht alle Sphärenmusik machen. Doch was *dich* angeht, meine liebe Marina, so habe ich das Gefühl, daß *du* beinahe das absolute Gehör besitzt.«

»Das war einmal.« Marina thronte über ihnen und verteilte Rockweiten von den Ausmaßen des Empires auf zwei zierlich vergoldete Dekorstühlchen. »Aber in letzter Zeit, da hat es ein wenig nachgelassen.«

»Ja, es verschlechtert sich mit dem Alter«, sagte Wilkie genüßlich. »Ein unaufhaltsamer, aber – was dir ein Trost sein dürfte – auch langsamer Prozeß. Ach, Marina, soll ich dir ein Lied schreiben, eins zu meiner sphärischen Flaschenmusik, was meinst du, würdest du mit meinem unsichtbaren Chor singen? Frederica, Darling, Sie sind selbstverständlich eingeladen, aber hören – hören werden Sie nichts. Sie werden sie verpassen, ›die gestrengen Bürgen glückseligen Erwachens‹. Eine überaus treffende Beschreibung guter Musik, wie schon Huxley ganz richtig erkannt hat. Nein, wie kommen Sie bloß ohne sie aus?«

»Ich meditiere«, entgegnete Frederica schroff. »Und was die Musik angeht, so hätte ich oft lieber meine Ruhe.«

Wilkie antwortete ihr nur mit einem satten, koboldhaften Grinsen, denn Lodge hatte eben seinen Appell beendet und gab mit einem windigen Degen den Einsatz für die Flaschenspieler, die gleich die Backen aufbliesen, als gälte es, mit Botticellis Zephyr zu wetteifern, und *Rule Britannia* anstimmten.

»Was wir bräuchten, sind *Trommeln*. Die würden auch Sie hören, mein Kind: Bei dem Herzschlag und Vibratolauf Horchet selbst der Taube auf. Bloß, was für Trommeln passen zu Sphärenmusik? Habt ihr gewußt, meine Schönen, daß der jambische Pentameter sich nach der Zahl der Herzschläge bemißt, die in einen einzigen Atemvorgang passen? Shakespeare dichtete nach menschlichem Pulsschlag. Für die Sphärenmusik bräuchte man freilich ein Schlagmaß, das sich an nicht anthropomorphen Rhythmen orientiert, ein mechanisches Ticktack wie von einer Wasseruhr oder einem astronomischen Instrument ...«

»Halt die Klappe, Wilkie«, sagte Lodge, »damit ich endlich anfangen kann. Und ihr alten Hasen schert euch raus oder setzt euch schön brav auf eure vier Buchstaben und spielt Publikum. Wilkie, jetzt *halt* endlich den Rand und komm rauf und zeig uns deinen Prolog. Ruhe, bitte! Licht, bitte!«

Und in den Baumkronen flammten warm, rund und hell die Lampen auf: goldschimmernde Früchte im grünen Laub. Es war Spätnachmittag, grau und tintenblau zog die Dämmerung herauf, aber dunkel war es noch nicht. Im Dunkeln spielte erst der letzte Akt, wo Lodge, angeregt durch die Yorker Mysterienspiele von 1951 und die Szene, in der die echte Sonne als riesiger, blutroter Ball hinter dem Christusdarsteller am Kreuz und dem Bühnenaufbau in den Kulissen der Klosterruine untergegangen war, den Einbruch der Nacht in sein Regiekonzept eingebaut hatte, als Natureffekt gewissermaßen, der Glorianas Hinscheiden und Verlöschen untermalen sollte. Wilkie zupfte seinen Umhang zurecht, schwang sich mit einem Satz auf die Terrasse und schlenderte zu Thomas Poole/Spenser hinüber, um seinen Prolog abzuliefern.

Jenny, die spät dran war, weil der quengelige Thomas sie aufgehalten hatte, lief aufgeregt durch den ehemaligen Küchentrakt, in dem die Damengarderoben untergebracht waren, und bat, es möge ihr doch jemand das Mieder im Rücken zuhaken. In einer gekachelten Spülküche traf sie Alexander, der sich ihr als persönlicher Gewandmeister anbot. Was beide an ihre erste Umarmung in dem engen Kabuff unter der Schulbühne erinnerte. Alexander zwängte seine Hände in das biegsame Fischbeinkorsett und umspannte die weichen Brüste. Ach, ihr Häkchen, ach, ihr Ösen. »Hat Crowe dir angetragen ...?« Sie lachte. »Er hat, der alte Pandarus, Meister der Intrige. Und ich hab' ja gesagt, natürlich hab' ich ja gesagt.«

Crowe hatte allen, die darauf angewiesen waren – und namentlich Jenny – Verpflegung und Unterkunft für die Nacht angeboten. Geoffrey hatte gesagt, er sehe überhaupt nicht ein, wieso sie nach der Probe nicht heimkommen könne nach Blesford. Er würde sie abholen. Er müsse aber doch auf Thomas aufpassen, hatte sie eingewandt. Alexander gegenüber erwähnte sie nichts von ihrem Streit.

»Und wenn ich bleibe, wenn ich heute nacht hierbleibe, wirst du dann, werden wir ...?«

»Aber ja.«

»Und es ist nichts dabei?«

»Aber nein.«

Sein zuckersüßes Gestammel klang ihm verräterisch in den Ohren. In Wirklichkeit war er durchaus nicht so sicher, wie er tat. Er mußte an Stephanie Potter denken, an ihre kleinen goldenen Stecknadeln und die Schleierwolken, und er fragte sich, warum um alles in der Welt es einen Menschen danach verlangen sollte, mit seinen Fingern in den Körperöffnungen eines anderen zu gründeln. Wonach es ihn verlangte, das war ein sauberes, weißes, ruhiges Zimmer für sich allein. Er hatte weder Lust zu tanzen noch sich zu betrinken.

»Jenny, ich muß los, ich bin so nervös wegen dieser Probe, ich verzieh' mich. Wir besprechen das hinterher.«

»Ja, natürlich«, sagte sie, getreu ihrer neuen Rolle der souveränen, verständnisvollen Frau. »Bis nachher dann. Küß mich.«

Sein Mund streifte ihre roten Lippen, die durchsichtige, gestärkte Halskrause. Sie war ganz das Ebenbild seines Entwurfs: ein zartes Vögelchen in geblümten Röcken und duftigen Gazeärmeln. Aber es war doch wohl nicht die Sehnsucht nach dem Zeichenbrett, die sein Gemüt bewegte, oder gar nach der Kleiderpuppe, an der man an langen Sommernachmittagen im Handarbeitssaal des Blesforder Mädchengymnasiums das Kostüm probiert hatte.

Auf dem großen Rasenrondell in Crowes Park hatte man ein halbkreisförmiges Podest mit ansteigenden Sitzreihen aufgeschlagen, nicht unähnlich den Tribünen, die jüngst den Weg des Krönungszuges gesäumt hatten. Alexander setzte sich nicht zu Lodge, Crowe und den übrigen Organisatoren, sondern suchte sich einen Platz ganz am Rand und weit oben, im Schatten der Baumwipfel, und verfolgte von dort den verbalen Schlagabtausch, den Spenser und Ralegh sich, von unsichtbaren Weisen aus dem Gebüsch sekundiert, mit seinen und mit ihren Worten lieferten.

Er erinnerte sich an seine ursprüngliche Idee, an den Traum

von der sprachlichen Renaissance: blumig, bilderreich, kraftstrotzend. Im Mittelpunkt das unnahbare, das vollkommene Mann-Frau-Wesen unterm Fischbeinkorsett. An eine zu früh in den Text eingebundene und darum forciert wirkende Metapher: Blut, aus Steinen gepreßt. Reine, unvermischte Farben: Rot und Weiß, Grün und Gold.

Und dann die mühselige Einarbeitung des Faktenmaterials, das er bergeweise zusammengetragen hatte, um die Spielhandlung in einen möglichst vielschichtigen, historisch solide unterfütterten Kontext zu stellen: diplomatische Gepflogenheiten, Mantel-und-Degen-Mentalität, Met und Korn, Staub- und Meeresperlen, neoplatonische Mythographie, Schnupftücher, Steißrollen, saurer Wein und Flohkraut, *Polyolbion*, die *Faerie Queene*, die Metzeleien in den Niederlanden und in quatschnassen irischen Sümpfen. Die schwindelerregende Bedeutungsvielfalt der Wörter. Wenn er zum Beispiel *cup* schrieb, ein Wort, das sowohl »Kelch« als auch »Schicksal« bedeuten konnte, dann assoziierte er gleich alles mit, was er über Sherry und Küchengefäße wußte, über Circe und *Comus* und die Geschenke, mit denen man der ersten Elizabeth auf ihren königlichen Rundreisen zu huldigen pflegte. Rosen und Meuchelmord, der rotweißen Rose Geviert auf ihrem jungen Antlitz, grausame Metzelei wie im Falle des Dr. Lopez, dessen qualvoll in die Länge gezogenen Tod Benjamin Lodge so hasenfüßig gekürzt und hinter die Kulissen verbannt hatte.

Die Erfahrung, daß ein Drama bei der Umsetzung der Idee in Bühnensprache und -spiel viel von seiner Dichte einbüßen kann, die hatte er schon mit seinem früheren Stück gemacht. Aber diesmal traf sie ihn noch schmerzlicher, weil er die Szenen beim Schreiben so deutlich, so leuchtend bunt und scharf umrissen vor sich gesehen hatte wie in einem stereoskopischen Projektionsapparat oder einer inneren Camera obscura. Oft profitierte man freilich auch von dem, was Schauspieler und Regisseure aus den für ihre Phantasie im Text ausgesparten Leerstellen machten, gewann aus ihrer Deutung neue, unverhoffte Einsichten, unbeabsichtigte Impulse. Bei diesem Stück war ihm das bislang noch nicht passiert. Statt dessen hatten seine Figuren, seine Kopfgeburten, die biederen Gesichter ortsansässiger Personen angenommen, waren zu Max Baron, Marina Yeo, Thomas Poole, Edmund Wilkie, Jenny und Frederica Potter geworden, wobei letztere ihn am meisten verwirrte. Es kostete ihn Überwindung, das, was diese Darsteller als ihre ureigene Interpretation ansahen, nicht als grob trivialisierende Personifikation zu verurteilen. Dabei ließ sich vor allem Marina Yeo mit Vorliebe über ihre »Gestaltung« der Rolle aus. Vielleicht hatte er ihnen ja zu wenig Raum gelassen für selbständige Gestaltung, eigene Interpretation. Was er zu Papier gebracht hatte, war so dicht und geschlossen: strotzte, wie alle guten Versdramen der fünfziger Jahre, vor geistreich pointierten Bildsymbolen (das heißt, es wurde heftig mit Sonnen und Monden jongliert, mit Schwänen und Spinnfäden, Blumen und Steinen) und der besonderen visuellen Imaginationskraft eines Autors, der seine eigenen Kostüme entwarf: kastanienbraune und dämmergraue Samte, reichgefältelte, buntschillernde Roben und goldgestickte Applikationen, die in Wirklichkeit nie so schön sein konnten wie in der Phantasie.

Lodge hatte ein übriges getan und seine anschaulichen, facettenreichen Szenen auf die profanen Leitmotive primitiver Leidenschaft reduziert: Sex, Reigen, Tod; Tod, Reigen, Sex. Auf Geheiß von Schauspielern, die bestimmte Stellen peinlich oder unter ihrer Würde fanden, schrieb Lodge ganze Dialoge um. Eine, die sich dauernd an seinem Text verging, war Marina Yeo. Dabei wußte Alexander, daß man seine Verse sehr wohl sprechen konnte, schließlich hatte er sie auf der Bühne in seinem Kopf klar und deutlich vernommen.

Mehr noch als das Gefühl, daß man sein prächtiges Luftschloß ins Wanken brachte, quälte ihn, wie sie mit seinem Versuch, die eigene Passion für die Vergangenheit zu vermitteln, umsprangen. Mit Flöten und Zimbeln und ekstatischem Rausch hatte er Tempel und Arkadien wiederauferstehen lassen wollen, doch was Lodge inszeniert hatte, das waren keine Unsterblichen, die unter Hesperiens Sonne wandelten, das war Sex im Strandkleid, waren Sandwiches in vergoldeten Pappmachéhelmen und die Exaltiertheiten von Edmund Wilkies Flaschenchor.

Der Prolog ging anstandslos durch. Außer daß Lodge noch eine Dialogzeile strich, die aber nicht von Alexander stammte, sondern von Ralegh und den Wankelmut unseres frostigen Planeten beklagte. Im Schein der Spätnachmittagssonne balzten und kapriolten die drei, die als nächstes an der Reihe waren, durch den Obstgarten der scherenschwingenden Catherine Parr. Langsam und effektvoll flatterten die Schnipsel ihres zerfetzten Rockes dem ausgestreckten Mädchen auf die nackt gespreizten Beine, und Alexander sah ihnen dabei zu. Ihr Körper verkrampfte sich in genau der richtigen Mischung aus Zorn, Erregung und selbstverschuldeter Einsamkeit. Sie weiß genau, was sie tut, dachte er. Ihr wild zerzaustes rotes Haar breitete sich wie ein Fächer über Gänseblümchen und Rasen. Alexander schwindelte vor nacktem, ungestümem Verlangen. Er redete sich ein, seine Gefühlsaufwallung gälte seinem Stück, seiner Figur. Frederica sprang auf, belferte unter schrillem Gelächter ihr: »Barmherziger Himmel, ich hab' nichts damit zu schaffen!«, donnerte einen Fluch hinterdrein und entfloh. Den kurzen Beifall, der ihren Abgang begleitete, quittierte sie hoch zufrieden.

Erst als Lodge ihr in der letzten Probenwoche erklärte, er bekomme langsam den Eindruck, ihr Spiel habe »zu sich gefunden«, begriff Frederica wirklich, wie sehr er an ihr gezweifelt hatte. Sie selbst hatte sich, trotz aller Pein über ihren ungelenken Körper, mit dem optimistischen Glauben getröstet, daß sie, wenn es darauf ankam, auch ohne allzu große Anstrengung allemal besser sein würde als die anderen. Die Erfahrung hatte sie in der Schule gemacht, und sie galt, ihrer Meinung nach, auch für die Dramenrezitationen in der Klasse, weil sie die Grammatik besser beherrschte und weil ihr Wortschatz größer war als der ihrer Mitschülerinnen. Und in diesem Fall, sagte sie sich, hatte sie auch das Stück durch und durch verstanden.

Was ihren Auftritt rettete, war indes nicht die Kennerschaft, sondern ihre Unbeliebtheit. In der Schule mochte man sie nicht, aber da sie auch nichts für ihre Altersgenossen übrighatte, meinte sie, das mache ihr nichts aus. Hier dagegen, zwischen Künstlern und Intellektuellen und Leuten, die sie in ihrer Naivität für Bohemiens hielt, hier hatte sie gehofft, anzukommen und akzeptiert zu werden. Vielleicht hatte sie sich nicht die rechte Vorstellung von dieser prospektiven Wahlverwandtschaft gemacht, jedenfalls gaben sich die Profischauspieler von Anfang an mit den Grazien ab, über die und mit denen sie lachten und hinter den Hecken schäkerten und denen sie kleine Geschenke machten. Sie huldigten Marina Yeo mit Lauten der Bewunderung und zeigten sich, sobald Frederica das Wort ergriff, in der Regel irritiert. Sie scherzten über ihre Schwäche für Alexander, aber sie taten es nicht mit ihr gemeinsam, so wie sie die Köpfe mit den perlmuttschimmernden Haarkränzen zusammensteckten und einträchtig mit Anthea über deren Schwärmerei für Thomas Poole kicherten, diesen durch und durch nüchternen und verschlossenen Menschen. Frederica fand keinen Zugang zu diesem Kreis, obwohl sie in ihrem Innern, in ihrer Phantasie übersprudelte vor subtilem Gelächter und geselligen, anspielungsreichen Witzen, solchen, wie sie zweifellos unter ihren Mitspielern die Runde machten. Was sie vor der Verzweiflung bewahrte, was ihr auch im späteren Leben noch oft zum Rettungsanker werden sollte, das war schieres, unerbittliches Rivalitätsdenken, eine häßliche, aber wirkungsvolle Gegenwehr. Sie fanden sie alle vielleicht nicht sympathisch, nun gut, aber sie würden sie bewundern müssen.

Sie nahm sich vor, es mit Willenskraft zu erzwingen. Sie holte sich Rat bei Crowe und Wilkie. Sie stellte sich vor den Spiegel und warf Arme und Beine in die Luft, bis es endlich nicht mehr stocksteif und hölzern oder einfach albern aussah. Verbissen produzierte sie sich vor einer furchtbar unerbittlichen, einer unfehlbaren inneren Frederica. Und weil ihre Rolle danach war, funktionierte das über weite Strecken.

Die Ironie dabei (und es lohnt sich vielleicht, das in diesem Zusammenhang festzuhalten), die Ironie dabei war, daß, während Alexander, weil er eine versunkene Sagenwelt gar zu lebhaft imaginiert hatte, vielleicht auch nur, weil er schon zu alt war, zu viele und zu weit zurückreichende Erinnerungen gesammelt hatte, weil seine Visionen von oder Hoffnungen auf Ruhm und Anerkennung zehn oder zwanzig Jahre vor 1953 gereift waren – kurz, während Alexander nie soweit kam, diesen Höhepunkt seiner Karriere in der Rückschau als eine gewissermaßen archetypisch goldene, als *seine* Blütezeit anzusehen, gelang das Frederica ohne weiteres. Was wiederum eine Sache des Alters gewesen sein mag. Mit siebzehn lag das Leben noch vor ihr und wartete darauf, entdeckt zu werden, wie immer es auch weitergehen mochte und welches Schicksal ihr vielleicht schon bestimmt war. In den sechziger Jahren gelang es ihr, erlöst von der Peinlichkeit, siebzehn zu sein, noch Jungfrau und allenthalben verpönt, die eigene Erinnerungsbühne mit einer heiter stimmigen Szenerie zu bestücken, die sie immer wieder auffrischte, schönte und mit Goldrand versah, sowie sie zu verblassen drohte. Sie verklärte Marina Yeos geniale Begabung, nachdem Marina Yeo langsam und qualvoll an Kehlkopfkrebs gestorben war, sah die Grazien, aus denen inzwischen Hausfrauen wurden, Turnlehrerinnen, Sozialarbeiterinnen, Modeverkäuferinnen, eine Alkoholikerin und eine weitere früh verstorbene Schauspielerin, in der Rückschau als echte Golden Girls, auf denen immer noch ein goldener Abglanz lag, und sie sah die Rasenrondelle, die Alleen, die Lampions in den Wipfeln und die Lichter, die auf halb versteckten singenden Flaschen tanzten, in jenem noch ewigen Licht, das die grenzenlosen, die unwandelbaren Panoramen illuminiert, zu denen sich, aus der Perspektive des einjährigen Kindes, Vorortsgärtchen und sommerliche Stadtparks weiten: endlose, grüne Horizonte und Laubengänge, von denen wir unentwegt hoffen, daß wir sie eines Tages wiedersehen und wiederfinden, daß wir irgendwann in Wirklichkeit (was immer das sein mag) darin leben werden.

Der erste Akt schloß mit dem Turmmonolog. Wilkie hatte, als er zuvor ihre unmusikalische Sprechweise nachäffte, einen Verdacht erhärtet, den er selbst zu einem früheren Zeitpunkt mit der Bemerkung geweckt hatte, Alexander habe sich womöglich mit seinem neuen Stück verrannt und sei wieder ins metaphysische Puppenspiel nach Art der *Gaukler* abgeglitten. Frederica fragte sich daraufhin, ob ihr Monolog nicht fast zu schön geraten sei, und überlegte, wie sie dieser ohnehin sehr weitschweifigen Entsagung des Geschlechtlichen wenigstens den rhapsodischen Klang nehmen könne. Sie ließ die wiegenden Schritte weg, die Lodge ihr beigebracht hatte, pflanzte sich statt dessen steif und schwerfällig an der Rampe auf, sprach in mokantem Ton von der versiegelten Quelle und würgte alle großen Gesten vorzeitig mit krampfhaftem Gekicher ab. »Ich will nicht bluten« – und Schluß. »Laß gut sein!« rief Lodge verärgert, als sie abging. Alexander, der es ihr anfangs verübelt hatte, daß sie sich an seinem Reimschema verging, beschlich nach und nach der Verdacht, seine Dialoge gingen einem womöglich zu glatt von der Zunge und sie versuche lediglich, ihn vor dem Absturz ins Klischee zu bewahren. Er beschloß, hinunterzugehen und sie in ihrer Interpretation zu bestärken.

Hinterher, in der Garderobe, feuerte Lodge das Ensemble an wie ein Fußballtrainer seine Mannschaft. Wenn sie weiter so grausam überzögen, dann müßten sie sich die Nacht um die Ohren schlagen, prophezeite er und erkundigte sich spitz bei Frederica, ob sie vielleicht einen Stock verschluckt hätte. Eine Wendung, bei der sie unwillkürlich immer an die Blakeschen Eidola denken mußte, die in ihrem Kokon aus langen Fleischstreifen und -scheiben und -klumpen tatsächlich aussahen wie wandelnde Mumien. Nein, sagte sie, sie hätte nur das Gefühl gehabt, so wirke es überzeugender, ob es ihm etwas ausmache? »Ich dachte, ich hätte Sie auf Trab gebracht«, sagte Lodge, »und jetzt sacken Sie mir wieder ab. In Zukunft zeigen Sie gefälligst ein bißchen Temperament – und Bewegung, wenn ich bitten darf!«

Alexander hatte sich unbemerkt neben sie gesetzt; Alexanders Old-Spice-Duft kitzelte ihre Nase; Alexanders weich modulierte Stimme murmelte: Nein, einen Stock habe sie ganz gewiß nicht verschluckt, eher schon habe sie ihn an eine Statue erinnert – als seien ihre Glieder zu Alabaster erstarrt, so habe sie gespielt – oder an die im Erdreich festgewurzelte Daphne, die in Lorbeer verwandelt ward, um den Nachstellungen Apollos zu entkommen. Ach wirklich, so habe es ausgesehen?, staunte Frederica und fügte hinzu, daß da irgend etwas verkehrt laufe, irgendwo müsse irgendwie der Wurm drin sein. Er fürchte, sagte er, es liege an seinen Versen. Sie nickte und fuhr fort, sich den Kopf über Liebreiz und Grammatik zu zerbrechen.

Schon vor dem peinlichen oder katastrophalen Zwischenfall geriet der zweite Akt hemmungslos daneben. Die Stimmung war gereizt, die Schauspieler outrierten entweder, oder sie nahmen sich zu sehr zurück. Weise Ratschläge wurden herausgebrüllt, als gelte es, den Anbruch des Jüngsten Gerichts zu verkünden, aber das Todesurteil der Maria Stuart ließ man sich vorsetzen wie eine Tasse lauwarmen Tee. Die Maskentänzer waren nicht in der Lage, ihre Figuren aufeinander abzustimmen; Wilkie brachte die Grazien aus dem Takt, indem er vor ihnen als Feenkönigin, ausgerüstet mit Astraeas güldnem Schwert, posierte, und die Knaben aus dem Antimaskenchor wuselten übereinanderpurzelnd auf der Bühne herum wie aufgescheuchte Ameisen. Alexander und Frederica, inzwischen beide überzählig, saßen auf der Tribüne und sahen zu, wie Lodge Kopfnüsse an kleine Dämonenknirpse verteilte oder sich anstrengte, die müßig herumschlendernden Damen und Herren zu kunstvollen Tableaus zu gruppieren, aus denen sie im Nu wieder ausscherten, kaum daß er ihnen den Rücken kehrte. Irgend jemand zerschlug eine Bierflasche an einem Steinbaluster, während die Weise der himmlischen Harmonie stümperhaft zum drittenmal erklang. Jennys große Szene war an der Reihe, die mit dem Swisser-Swatter-Zungenbrecher, und als Wilkie, der sich durch nichts erschüttern ließ, ihr wacker auf den Leib rückte und mit seiner routinierten Grapscherei anfing, da mischte sich ein störendes Geräusch unter die sägenden Geigen, die perlenden Lautenklänge, die johlenden Flaschen, das halb erstickte Kichern und Gekreisch der hart bedrängten Bess Throgmorton. Man hörte es schon von weitem: ein Klirren und Knirschen wie von einem metallenen Reifen, den ein Kind im Zickzack über einen Kiesweg rollt, und daneben gleichmäßig knarrende, zügige Marschschritte, die sich von der Hausfront her näherten. Plötzlich schoß zwischen der hoheitsvoll posierenden Astraea und dem pelzverbrämten Baron Verulam ein schauderhaft ungeölter Kinderwagen in schwankender Fahrt heran und enterte die Terrasse. Dahinter schob sich Geoffrey Parry in den goldschimmernden Scheinwerferkegel, der auf den Grazienreigen gerichtet war. Wie eine geblendete Eule blinzelte er durch seine Hornbrille ins Dunkel, und sobald er seine Frau entdeckt hatte, ging er, mit einem seltsam verständigen Lächeln über gesprenkeltem Tweed und scharf gebügelten Flanellhosen, ohne Zögern auf sie zu.

»Ich hab' endgültig genug«, sagte er freundlich und klaubte dabei zerstreut Wilkies Hand aus Jennys Busen. »Ich hab' das Meine getan und weit mehr als das, aber nun ist Schluß. Entweder du kommst mit nach Hause, oder du behältst dein Kind hier. Ich habe zu arbeiten. Weil ich nämlich eigentlich Wissenschaftler bin und keine Kinderfrau. Und darum werde ich kein einziges Schlaflied mehr singen. Du mußt also entweder heimkommen oder eine andere Regelung finden. Habe ich mich klar genug ausgedrückt?«

»Du machst dich ja lächerlich«, sagte Jenny. »Ich kann nicht mitkommen, du siehst doch, daß wir Generalprobe haben. Da kannst du nicht verlangen ...«

»Und ob ich kann!« Wut ist immer auch mit einem Schuß Komik gepaart. Frederica prustete los. Von den Flaschenjungen im Gebüsch fingen einige an zu kichern. Geoffrey Parry schlug die Decke des Kinderwagens zurück und hob seinen Sohn Thomas heraus, der aus Leibeskräften zu schreien anfing. Geoffrey hatte ein krebsrotes Gesicht, und Thomas hatte ein krebsrotes Gesicht. »So geht das andauernd«, sagte Geoffrey. Thomas strampelte und plärrte. »Kommst du jetzt mit oder nicht?«

»Natürlich nicht!« Jenny blickte von Crowe zu Wilkie und in Anthea Warburtons desinteressiertes, schönes Gesicht. An Alexander sah sie vorbei. Hinter Crowes und Wilkies breitem Lächeln argwöhnte sie männliche Schadenfreude.

»Gut«, sagte Geoffrey gleichbleibend freundlich. »Okay.« Damit hob er Thomas in seinen Armen hoch und warf ihn mit kräftigem zielsicheren Schwung quer über die Bühne an Jennys Brust. Atemlos wankend und völlig verstört fing sie ihn auf. Thomas schnappte nach Luft, brüllte los und schwoll noch röter an. Geoffrey musterte den Kinderwagen. Er musterte Ensemble und Terrasse. Er versetzte dem Wagen einen heftigen, wohlberechneten Tritt in Richtung Treppe. Der Wagen verhielt einen Augenblick wippend und federnd auf der obersten Stufe, bevor er holpernd hinunterrollte und auf dem Rasen umkippte. Ein Fläschchen, etliche Dosen Babynahrung, ein Packen Windeln und ein Teddybär kollerten ins Gras.

»So, das wär's«, sagte Geoffrey. »Jetzt werde ich wohl wieder zum Arbeiten kommen. Und du bist bei der Mami besser aufgehoben, nicht wahr, Tom?« schloß er honigsüß, gehässig, in einem Ton, den ihm niemand zugetraut hätte. Er machte kehrt, verschwand im Schatten der Hausecke, und kurz darauf hörten sie seinen Wagen anspringen.

Gellend, zwitschernd, dröhnend meldeten sich die Schauspieler zu Wort. Jennys Busen wogte unter dem Ansturm der Tränen. Lodge winkte die Garderobieren herbei und bat sie, sich um das Kind zu kümmern. Frederica sagte zerstreut zu Alexander: »Da wäre es doch vernünftiger, man würde gar nicht erst heiraten.« – »Ja, ja«, sagte Alexander und dachte bei sich, daß er durch diesen Zwischenfall der Ehe womöglich ein großes Stück nähergerückt war, als er sich hätte träumen lassen. Er warf einen Blick auf Frederica, die ihn ihrerseits höchst belustigt musterte, und dann setzte er, weil er schließlich ein Gentleman war und weil er sah, daß Jenny litt, seine langen Beine in Bewegung und ging zu ihr, um sie zu trösten. Jenny klammerte sich leidenschaftlich an ihn und erklärte laut schluchzend, jetzt sei alles wieder gut, es brauche sich wirklich niemand zu beunruhigen, sie könnten ungestört weiter proben, Thomas kenne Alexander, er sei bei Alexander gut aufgehoben, Alexander könne das Kind verwahren.

Alexander schaukelte Thomas durch den dritten Akt, nachdem er ihn erfolglos Frederica angetragen hatte, die rundheraus gestand, daß sie kleine Kinder nicht leiden könne, besten Dank. Er hatte das klägliche Gefühl, er müsse sich anstandshalber um Thomas kümmern, obwohl er die ein-, zweimal, als er seinen wütenden Blick auffing, einen starken Drang verspürte, ihn unter die Tribüne zu schieben, allein in seinen Wagen zu steigen und sich gen Calverley und weiter Richtung Norden davonzumachen. Frederica saß daneben und beobachtete ihn. Sie war so ungewohnt schweigsam, daß er sich zum erstenmal, seit sie sich näher kannten, Gedanken darüber machte, was wohl in ihr vorging. Thomas störte Marina Yeos stumme Sterbeszene mit seltsamem Quaken und ominösen Schmatzlauten. Die Dunkelheit brach herein: Spenser, der Dichterfürst, war von der Bühne abgetreten und harrte seines einsamen und schmählichen Todes. Stilvoll, schwarzgewandet und sich rüstend für seinen tiefen Fall und die elende Kerkerhaft, sprach Wilkie seinen Epilog. Endlich kam Jenny und nahm ihr Kind in die Arme, wo es aufs neue sein Wutgebrüll anstimmte. Dann begann Lodge mit seinem kritischen Resümee, und bald wurde ernsthaft gezecht und auf Rasen und Terrassen zu Flaschenchor, Grammophon und Tudor-Klängen getanzt. Man verzehrte riesige Mengen Fischragout und spielte im Park Versteck. Jenny sagte, sie müsse mit Alexander reden. Als Frederica klar wurde, daß keiner sie oder Jenny mit zurück nach Blesford nehmen würde, ging sie zu Crowe und fragte, ob sie doch über Nacht bleiben könne. Nicht nur das, sagte Crowe, wenn sie Lust hätte, dürfe sie sogar in einem der Staatsgemächer schlafen. Plötzlich stand Wilkie wie aus dem Boden gewachsen neben ihr und beschwor sie zu bleiben: *Bitte* bleiben Sie, kommen Sie tanzen und amüsieren Sie sich.

Irgendwann sehr viel später an diesem Abend, als Jenny sich zwischenzeitlich fortgestohlen hatte, um Thomas in seinem Kinderwagen schlafenzulegen, geriet Alexander auf einem Mondscheinspaziergang mit Wilkie und Frederica über begrünte Wege in den alten Kräutergarten. Wilkie hatte Frederica untergehakt; ihre Schritte verhallten lautlos; ganz schwach nur hörte man das Gedudel und Geklimper von der fernen Terrasse. Es duftete nach Rosmarin, Thymian und Kamille. Alexander dachte daran, daß er bald umkehren und zu Jenny gehen müsse, der man eine holzverschalte kleine Dienstbotenkammer ganz oben unterm Dach zugeteilt hatte. Er war ein bißchen beschwipst, aber daß der in der Phantasie so oft durchlebte Augenblick nun unmittelbar bevorstand, das schien ihm doch klar zu sein. Und dann war er in Gedanken unversehens bei Frederica. Was würde sie machen? Im Geiste sah er sie erhitzt und rosig vom Feuerschein auf Crowes Schoß sitzen. Sein Blick streifte den stämmigen Wilkie, der im Gleichschritt mit ihr ging. Vielleicht hätte er sie zurückbringen sollen zu Bill Potter. Nein, sie ging ihn doch nichts an. Blaßgelber Fingerhut stand am Eingang zum Kräutergarten Spalier. Wenn man hier rausgehe, sagte Wilkie, und scharf rechts in diesen kleinen Laubengang einbiege, dann kämen da ein paar herrlich duftende Strauchrabatten, die jetzt, in der Nachtluft, vielleicht besonders apart wirkten. Sie folgten ihm durch einen Irrgarten mit hohen, gestutzten Hecken in tiefe, stille Finsternis. Wie angenehm wäre es, dachte Alexander, mehr als angenehm, wenn man einfach die ganze Nacht hier zwischen würzigen Sträuchern und lautlosem Grün verweilen könnte. Als er hinter ein paar Lorbeerbäumen einen weißen Fuß hervorblitzen sah, wußte er im ersten Moment nicht, ob der aus Stein war oder aus Fleisch und Blut. Dann bogen sie um die Ecke und starrten zu dritt auf zwei eng ineinander verschlungene und ziemlich entblößte Gestalten, einen wirren Haufen Kleidungsstücke und eine glitzernde Champagnerflasche.

Was Frederica sah, bevor sie die rhythmischen Bewegungen weißer weiblicher Schenkel und nicht ganz so weißer männlicher Pobacken wahrnahm, das war das nach oben gewandte Gesicht der Frau, des Mädchens – und dieses Mädchen war Anthea Warburton. Ihr Gesicht war ein ebenso reiner Spiegel stürmisch unbekümmerter Hingabe, wie es auf der Bühne der Spiegel ebenmäßig unantastbarer Schönheit war: das vor Nässe schwarz gesträhnte Blondhaar glänzte im bleichen Mondlicht, die weit aufgerissenen Augen funkelten ins Leere, der Mund öffnete sich zu einem lautlos schwarzen Schrei übermächtiger Lust oder Qual. Der Körper des Mannes, halb entblößt unter dem verrutschten Hemd, bäumte sich angespannt über ihr auf, die Augen verschwanden unter tropfnassen Haaren. Alexander war der erste, der in diesem entfesselten Menschen seinen zurückhaltenden, kultivierten, in sich gekehrten Freund Poole erkannte, Thomas Poole, der im Unterricht so bedächtig über das moralische Weltbild von *Mansfield Park* sprach, wobei er selbstvergessen mit seiner Stummelpfeife gestikulierte, und der nach der Schule heimging zu seiner molligen, frohgelaunten Frau und den drei kerngesunden Kindern. Nicht um seinet-, aber um Fredericas willen fand er es obszön, diesem Schauspiel zuzusehen. Also streckte er die Hand aus, um sie am Weitergehen zu hindern, doch kaum daß er ihre schmächtige Schulter berührte, zuckte sie wie wild zusammen, warf ihm einen Blick zu, den er nur als haßerfüllt oder verächtlich deuten konnte, riß sich los und rannte in den Laubengang zurück. Das Geräusch ihrer fliehenden Schritte schreckte Poole und Anthea auf, die sich in instinktiver Abwehr aneinanderklammerten, ehe sie zu den verbliebenen Zaungästen aufschauten. Poole tastete im Gras nach seiner Brille, wischte sie an einem Hemdzipfel trocken und musterte Alexander mit steinerner Miene. Antheas liebliches Gesicht nahm langsam wieder den weichen, schulmädchenhaften Ausdruck an. Keiner sprach ein Wort. Alexander zog sich mit einer leichten Verbeugung zurück. Wilkie machte einen verlegenen kleinen Schlenker und eilte ihm nach. Poole und Anthea blieben Schulter an Schulter im Gras sitzen. Sie hatten die nackten weißen Beine ausgestreckt, die Köpfe lehnten schwer gegeneinander.

»Haben Sie gewußt«, sagte Wilkie, »daß es schon so weit gediehen war? Ich nicht. Ich hielt sie für Träumer, alle beide. Ich dachte, die wären schon glücklich, wenn sie sich nur mit den Augen verschlingen könnten.«

Alexander, der überhaupt nichts bemerkt oder gedacht hatte, war völlig verstört.

»Nein, so was von Verzückung«, sagte Wilkie träumerisch. »Wenn ich geahnt hätte, was bei dem Mädchen zu holen ist, dann hätte ich selber mal mein Glück versucht. Aber sie kam mir immer so apathisch vor. Nicht einfach nur verkrampft, wie unsere entschwundene Freundin, sondern von Natur aus passiv, somnambul. Ach ja, was soll's, jeder kann sich mal irren. Aber meinen Sie nicht, daß Sie Frederica nachgehen sollten? Mir schien, sie war ganz außer sich.«

»Wäre sie doch heimgefahren!« gab Alexander schroff zurück. »Und außerdem bin ich nicht für sie verantwortlich. Ich hab' auch so genug um die Ohren.«

»Der alte Poole hat wohl jede Menge Gelegenheit, seinen Charme an diesen tranigen Schulmädchen auszuprobieren«, meinte Wilkie in vertraulichem Plauderton.

»Oh, Wilkie, tun Sie mir einen Gefallen und halten Sie den Mund.«

»Vielleicht versuche *ich's* mal bei Frederica.«

»Machen Sie, was Sie wollen, mich geht das nichts an, aber lassen Sie mir meine Ruhe.«

»Ist das Ihr Ernst?«

»Nein. Sie ist schließlich noch ein Kind.« Anthea Warburtons Gesicht stieg vor ihm auf. »Oder aber ich werde langsam alt. In meinen Augen ist sie jedenfalls ein Kind. Und als das sollten Sie sie auch sehen, nur tun Sie's nicht.«

»Vielleicht kümmern Sie sich lieber wieder um Ihr Baby«, sagte Wilkie mit samtiger Stimme. Alexander stakste davon. Wilkie lachte, pflückte sich einen Rosmarinzweig und ging wieder dorthin, wo die Musik spielte.

Alexander stieg unterdessen hinauf ins ehemalige Dienstbotengeschoß. In dem Labyrinth kleiner Alkoven mit hölzernen Trennwänden und weißgekalkten Decken, in das man die weitläufigen Schlafsäle unterteilt hatte, würden sich in ein paar Jahren die Elitestudenten der neuen Universität zusammendrängen. Jenny war ein kleines Eckkämmerchen unter dem Dachvorsprung zugeteilt worden. Auf dem Gaskocher in der Behelfsküche nebenan hatte sie erst die Milch für den quengeligen, tränenverschmierten Thomas warmgemacht und dann sein Abendessen: ein Fertiggericht aus Leber und Reis, eine Nachspeise mit Äpfeln und Pflaumen. Der abnehmbare Korb des Kinderwagens stand auf dem Boden: Jenny kniete davor und tätschelte ihrem Sohn den Rücken, bemüht, seinen Argwohn zu zerstreuen und ihn zum Einschlafen zu bringen.

Alexander klopfte: Nervös sprang Jenny auf, ließ ihn herein und eilte zurück zum Körbchen, das bereits unheilvoll hin und her schwankte. Eine Frau mit einem schlaflosen, cholerischen Baby wird zwangsweise zur Marionette, die dem kleinsten Geräusch, jedem Rascheln und Kratzen, dem Atemrhythmus des unsichtbaren Nichtschläfers und seinem lautlos angespannten Lauschen ohnmächtig ausgeliefert ist. Alexander, der von alledem keine Ahnung hatte, kam herein und sagte mit galantem Lächeln und hallender Stimme: »Siehst du, ich hab's geschafft.«

»Pscht!« machte Jenny.

»Du, unten im Park ist eben was Unglaubliches passiert ...«

»So sei doch ruhig!« zischte Jenny verzweifelt, angespannt bis zum äußersten. Alexander verstummte folgsam und schlenderte ans Fenster. Man konnte hören, oder vielmehr Jenny hörte, wie Thomas jedem seiner Schritte lauschte. Unter dem Mansardenfenster war ein holzgetäfelter Sitz eingelassen. Hier ließ Alexander sich nieder und spähte durch nachtschwarzes und silbrig schimmerndes Geäst hinunter in den Park. Er sah Lodge und Crowe mit rotglühenden Zigarrenspitzen promenieren, sah Thomas Poole und Anthea Warburton: frisch gekämmt, blond und makellos.

»Darling ...«, sagte er.

»Pscht! Wenn ich ihn jetzt nicht zum Einschlafen kriege, kann ich nicht, wir können nicht ... dann beruhigt er sich überhaupt nicht mehr.«

»Soll ich gehen und später wiederkommen?« fragte Alexander gekränkt. Er war auf irgend etwas Leidenschaftliches gefaßt gewesen: verschämte Tränen oder hemmungslose Hingabe – so genau wußte er das selber nicht –, keinesfalls aber auf diese gereizte Stimmung, dieses schroffe, heftige Abkapseln von ihm. Sein Vorschlag irritierte Jenny erst recht. Nein, sagte sie, wenn er sich nur ein paar Minuten zusammennehmen und ruhig sein wolle, dann würde Thomas schon einduseln, bestimmt. Wenn er dagegen dauernd rein und raus laufe und dabei so laut mit der Tür schlage wie vorhin, dann seien sie womöglich die ganze Nacht mit ihm zugange. Und schon wandte sie ihre Aufmerksamkeit wieder dem Kind zu. Sie hatte herausgefunden, daß ein *sehr* schläfriges Baby mitunter kapituliert, wenn man seinen Bewegungsdrang rigoros eindämmt. Die Methode war allerdings riskant, denn wenn das Kind nicht gar so müde war, konnte man es damit erst recht in Rage bringen. Mit schwerer Hand massierte sie Thomas' Po und sein Kreuz: Erst versteifte er sich unter ihrem Griff, dann lag er entspannt, und seine Atmung verlangsamte sich. Das heiße, feuchte Gesichtchen versank in der Matratze: Die Lippen öffneten sich. Jenny erhob sich steifbeinig und warf Alexander einen unsicheren Blick zu. Alexander hatte versucht, die Beherrschung zu wahren, indem er sich die schmerzlich-süßen Freuden seiner anfänglichen Sehnsucht nach ihr in Erinnerung rief. Er dachte zurück an den Ausflug nach Goathland, an die Umarmung auf dem Rücksitz seines Autos und sah plötzlich wieder Fredericas neugieriges Gesicht vor der Windschutzscheibe. Nein, bloß das nicht! Halb und halb war er darauf gefaßt, daß sie sich in die Lüfte schwingen und gleich ihre spitze Nase an dieses himmelhohe Fenster drücken würde.

»Siehst du«, sagte er zu Jenny, »nun haben wir's endlich doch geschafft.«

Sie wollte lachen und hätte fast angefangen zu weinen. Sie kam und setzte sich neben ihn in die Fensternische. Eigentlich hatte er noch irgendwo eine Flasche Wein besorgen wollen. Doch jetzt hatte er das Gefühl, sie würde böse werden, falls er noch einmal wegginge. Also begann er auf ziemlich prosaische Art, Jennys Knöpfe aufzunesteln. Als sie sich im Gegenzug an seinem Hemd zu schaffen machte, mußte er sich zusammennehmen, um ihre Hand nicht wegzustoßen – ein Impuls, der ihn nicht wenig verstimmte.

Irgendwann waren sie so weit, daß Jenny in BH, Strapsen und Nylonstrümpfen dasaß, während Alexander immer noch Hosen und Socken anhatte. Als Jenny sich von ihm losmachte und aufstand, um die Nachttischlampe auszuknipsen, flüsterte er, ganz Kavalier: »Ich wollte dich doch *sehen.*« Sie weinte still vor sich hin. »Nein, willst du nicht«, sagte sie, »weil ich nämlich ganz schlaff und wabbelig geworden bin, und Schwangerschaftsstreifen hab' ich auch.« – »Dann will ich eben die sehen«, sagte Alexander, was durchaus nicht der Wahrheit entsprach. »Jedenfalls möchte ich *dich* sehen.«

»Wirklich?« fragte Jenny. Sie ließ die letzten Hüllen fallen, löste ihr Haar und tappte schwankend, auf bloßen Füßen, zu ihm zurück. »Und es macht dir tatsächlich nichts aus?« – »Ich liebe dich«, sagte Alexander stoisch. Sie setzte sich wieder neben ihn, senkte verschämt den Kopf. Die Haut ihrer weichen, runden Brüste, die sich eine Spur erschlafft auf den Rippenbogen senkten, war nicht mehr ganz gespannt, nicht mehr ganz elastisch. Kreuz und quer um die Brustwarzen verliefen feine silbrige Linien, und als er genauer hinsah, entdeckte er die gleichen auch auf Bauch und Schenkeln – wie plätschernde Fische sahen sie aus, wie bleiche Aale. »Ganz neu bin ich nicht mehr«, sagte Jenny, »was du hier siehst, ist schon gebraucht.« Da neigte Alexander in einer Mischung aus Resignation und Beschützerinstinkt den Kopf und ließ seine Lippen über die silbernen Streifen wandern. Sie braucht Liebe, dachte er, braucht sie so sehr, und streichelte sanft ihre Wirbelsäule und die noch immer festen, sonnengebräunten Knie.

»Komm ins Bett«, sagte Jenny. Also stand Alexander endlich auf, ließ die Hosen herunter und ging blaß und hochgewachsen zur Tür, um abzuschließen, während ihr schwindlig wurde vor Entzücken über seine nonchalante Schönheit und aus Angst davor, daß Thomas wieder aufwachen könnte.

»Wie wunderbar, daß es am Ende doch hier, in diesem Haus, passiert«, sagte Alexander gedankenverloren, als er zurückkam. Und wie er neben ihr unter die Decke schlüpfte, gab Jenny ebenso zerstreut zurück: »Weißt du, nach dieser Nacht kann ich nicht bei Geoffrey bleiben. Ich kann nicht mit einer Lüge leben.«

Alexanders Penis, dessen unzulängliche, weil kümmerlich schneckenhafte Regungen ihn ohnehin schon beunruhigt hatten, erschlaffte bei diesen Worten zur gänzlich unbewegten Rosette. Er lag neben ihr und zeichnete mit den Fingern zerstreut die Schwangerschaftsstreifen nach, die sich im Halbdunkel auf ihrem Unterleib abzeichneten. Als sie nach einer Weile die Hand auf seine Genitalien legte, zogen die sich weich, ach so weich in sich zusammen. Ihre zaghaft ungeübten Manipulationen an seinem Glied wehrte er mit einem ungehaltenen Schnauben ab. »Es ist irgendwie peinlich in seiner Gegenwart«, sagte er.

»Und das, nachdem wir so lange gewartet haben«, sagte sie. »Aber mach dir nichts draus. Und bleib nur ganz ruhig. Weißt du, ich kann's noch gar nicht richtig fassen, daß du hier bei mir bist.«

Er sah wieder den friedlich stillen, mondbeglänzten Kräutergarten im Schutz der geschorenen Hecken vor sich, sah Thomas Pooles wirres Haar und seinen feucht glänzenden, angestrengt pumpenden Leib. Hoffnungsvoll schob er eine Hand zwischen Jennys Beine, doch sie bäumte sich gleich so lustvoll auf, daß er es wieder mit der Angst bekam.

»Jenny, es tut mir leid.«

»Nicht doch, es wird schon alles gut.«

»Ich habe zu lange gewartet.«

»Und ich bin zu unerfahren«, bekannte sie verlegen. »Küß mich, nimm mich einfach nur in die Arme und küß mich.«

Also küßte er sie. Zuversichtlich schmiegte er seinen Körper an den ihren. Er gab sich wirklich redlich Mühe. Thomas, der diese halbherzigen Manöver und Finten im Schlaf mitbekam, hievte seinen kleinen Körper mit ungeheurem Geschick aus der Horizontalen empor. Schon tauchte seine hochgewölbte Stirn über dem Rand des Kinderwagens auf, und der Kopf wackelte vor gespannter Neugier, während er mit großen dunklen Augen auf ihre Nacktheit schielte. Er sperrte den Mund auf und plärrte. Er schrie wie am Spieß. Jenny war im Nu aus dem Bett gesprungen und hatte ihn an die nackte Brust gepreßt, die er mit drallen Babyfingern umklammerte. Übellaunig zwickte er in die weichen Rundungen, denen Alexander sich eben noch so halbherzig gewidmet hatte. Sie setzten sich nebeneinander aufs Bett, und nach einer Weile legten sie sich aus reiner Erschöpfung wieder hin. Der erhitzte kleine Wüterich hatte sich eisern an Jenny festgeklammert, die drallen Füßchen rammte er gegen Alexanders Schlüsselbein. »Wenn ich ihn ein paar Minuten im Arm halte«, sagte Jenny, »dann schläft er schon wieder ein, das klappt eigentlich jedesmal.« Alexander nickte, höflich wie immer, und drehte das Gesicht zur Wand. So stark war sein Verlangen danach, das Bewußtsein auszuschalten, daß er als erster einschlief.

Fredericas Gemüt war in hellem Aufruhr. In unserem Gefühlsleben gibt es zwangsläufig für alles ein erstes Mal, und sie hatte in diesem Jahr fast schon zu viele Premieren mitgemacht, auch wenn ihr noch mehr bevorstanden: familiäre Veränderungen, erste Erfahrungen mit dem Sex, mit Kunst, Kultur, Erfolg, Versagen, Wahnsinn, Verzweiflung, Todesangst. Manches davon hatte sie nur indirekt berührt. Andere erste Eindrücke waren tiefgründiger und sollten sie folglich dauerhafter prägen: so die raunenden Gleichnisse über Anfang und Ende, die der Alte in seinem holzgetäfelten Kabinett erzählte, oder John Donnes Sonnenaufgang, *Troilus und Cressida, Die Herzogin von Malfi*, Racine und Rilke. Wie kann man in reiferen Jahren ernsthaft nachvollziehen, was die allererste Konfrontation mit solchen Stoffen bedeutet? Und wie sollten die Jungen ermessen können, welchen Einfluß (hemmend und horizonterweiternd zugleich) die Bekanntschaft mit diesen neuen Sujets auf ihre lebenslange geistige Ausrichtung haben wird?

Ähnliche Vorstellungsdefizite finden sich auch bei Themen wie Sex und Identität. Die freudlosen, hektischen Tage der letzten Wochen hatten Frederica ihre ersten Erfahrungen mit selbstgewählter Einsamkeit beschert. Fredericas Spiegelbild hatte niemand bewundert und begehrt als nur Frederica. Voraufgegangen waren das aufreizende Rätselraten um Daniel und Stephanie. Und noch davor hatte sie sich nichts sehnlicher gewünscht, als Alexander näherzukommen. So wie andere Frauen vielleicht ursprünglich irgendeinen unbekannten Schauspieler anhimmeln und durch ihn eines Tages ihre Liebe zu Benedikt oder Biron oder Hamlet entdecken und über die wiederum ihr Herz an einen längst verstorbenen Dramatiker verlieren. Seit der Goathland-Episode deutete einiges darauf hin, daß sie mit dieser Art Wunschvorstellung nicht weiterkommen würde. Ed, Jenny, Crowe und Wilkie hatten sich ihrer Liebe zu irgendeinem Benedikt oder Mr. Rochester in den Weg gestellt und statt dessen Alexander nur um so begehrenswerter erscheinen lassen. Lodge, Elizabeth und die Sorge um zu hübsch gedrechselte Verse, Perfektionsdrang im Verein mit geistigem Snobismus hatten sich gegen ihn verbündet und seinen Sockel wieder ins Wanken gebracht. Doch nun, beim Anblick der weißblitzenden Schatten von Thomas Poole und Anthea-Astraea, war das ungestillte Verlangen aufs neue erwacht. Was ein simples Schulmädchen wie Anthea konnte, das war für Frederica – auch ein Schulmädchen, aber eins mit ungleich mehr Format – geradezu ein *Muß* ... Und wenn man den harmlosen, netten Poole rumkriegen konnte ...

Sie wußte damals nicht, daß sie sich eines Tages, wenn sie als alternde Frau durch die Straßen von London gehen sollte, fast mit Gewißheit würde sagen können: Mein Verlangen ist gestillt. Ich würde jetzt gern allein leben. Oder daß sie mit vierzig und von Verlangen geschüttelt, mit einem wohlig abgemilderten Gefühl der Verzweiflung erkennen würde, daß jedes Verlangen in Enttäuschung mündet und daß es trotzdem weiterbrennt. Mit siebzehn war es die Jungfräulichkeit, die ihr – wie die Heuschrecke in Salomons Gleichnis – als Last erschien. Eine Last, die Frederica Potter so sehr bedrückte, daß sie sich, nachdem sie reichlich Rotwein und zwei Brandys getrunken hatte, auf die Suche nach jemandem machte, der sie davon befreien würde.

Aushilfsweise, wie er ausdrücklich betonte und was sie erst später als Kavaliersgeste erkannte, bot sich Wilkie an.

»Ein klein wenig Zeit kann ich Ihnen widmen, meine Liebe, später habe ich dann eine *Verabredung*.«

»Sie habe ich gar nicht gesucht.«

»Nein, nein, ich weiß, aber Sie werden mit mir vorliebnehmen müssen, er ist im Moment anderweitig beschäftigt.«

Frederica nahm hastig einen Schluck Wein. »*Warum?*« stammelte sie.

»Liegt das nicht auf der Hand? Eine reizende Frau, gegenseitiges Verständnis, eine lang andauernde – und obendrein hoffnungslose – Liebe.«

»Ich seh' das anders. Außerdem ist es bei ihr keine *Liebe*.«

»Sie meinen, sie liebt ihn nicht so, wie Sie es täten? Aber Sie sollten sich eher den Kopf darüber zerbrechen, ob er sie liebt. Wenn Sie mich fragen, ob die Liebe der anderen ebenso groß ist, wie es die Ihre wäre, dann würde ich sagen: größer, und zwar beträchtlich. Auf die Frage: Liebt er sie, würde ich hingegen antworten: Er hat Angst. Was er genießt. Er läßt sich gern einheizen, wenn Sie den Kalauer gestatten. Und genau darin läge, wenn Sie nur gewitzt genug wären, es zu begreifen, Ihr Vorteil. Denn Sie könnten ihm die Hölle heiß machen. Die gute arme Jenny dagegen ängstigt ihn nicht durch Dominanz, sondern mit provinzieller Spießigkeit, dem Schreckgespenst unserer Generation: Teetassen und Windeln, Rüschen und geblümte Treppenläufer und dann das ominöse Klicken, wenn das klitzekleine Gartentörchen ins Schloß fällt.«

»Ich bin auch nur eine Provinzlerin.«

»Sie kommen aus der Heimstatt von Zierdeckchen und Teewärmern, ich weiß, ich habe schließlich den gleichen Hintergrund, Ihr Dad und ich, wir sind vom selben Schlag. Nur werden Sie ebensowenig dort hocken bleiben wie ich, und unser Alexander, der arme Kerl mit seiner jungfräulichen Königin, der sollte das eigentlich erkennen, wenn er bloß richtig hingucken würde. Doch nun hören Sie auf, sich zu grämen. Ihr Frauen, ihr könnt jeden Mann haben, wenn ihr nur hartnäckig genug seid und nicht zu sehr in ihn verliebt. Aber leider sind die meisten von euch so dämlich und benutzen ihren Verstand nicht.«

»Hören Sie auf damit, Wilkie. Mir ist nicht nach Ihren klugen Vorträgen. Mir ist schlecht. Von dem vielen Wein und weil er sich heimlich mit ihr trifft und weil ich mit Ihnen von der Liebe rede, immerzu nur von der Liebe, und nichts geschieht.«

Wilkie wurde shakespearisch. Liebe, was ist Liebe, fragte er und gab sich selbst die Antwort, daß es sie gar nicht gebe, nur ein Trugbild sei sie, genau wie die Ehre. Es war wirklich kein Vergnügen, ihm zuzuhören. Er könne nichts weiter tun, als sie zu lieben und gleich wieder von ihr zu lassen, denn leider habe er, wie gesagt, eine Verabredung. Er empfahl ihr noch, sich auf jeden Fall einer Mitfahrgelegenheit nach Blesford zu vergewissern, machte ihr eine schwungvolle Verbeugung und stolzierte davon. Nach den Gesetzen dieses Gartens schien es unvermeidlich, daß er von Crowe abgelöst wurde, der ihr einen dritten Brandy offerierte, sich wegen der dunklen Ringe unter ihren Augen besorgt zeigte und fragte, ob sie im Sonnengemach schlafen wolle, da Marina sich bereits unter dem Mond niedergelassen habe.

Der Alkohol, ästhetische Grübeleien und die Liebe hatten sie schwindlig gemacht. Sie wollte gleich zu Bett gehen, sagte sie und folgte Crowe, der eigens eine Kerze in einem Zinnleuchter mit Glaszylinder für sie bereithielt, durch düstere Korridore. Die Beleuchtung im Sonnengemach, sagte er, diene der Zurschaustellung der Kunstwerke, als Nachtlicht und zum Lesen im Bett sei sie ungeeignet. Außerdem finde sie Kerzenschein ja vielleicht anheimelnd. Hinter einem geschnitzten Paneel war ein Dimmer verborgen, mit dem Crowe wirkungsvolle Lichtreflexe auf das Deckengemälde von Hyazinth und Apoll warf: kühlrote, diffuse Terrakotta-Inseln im hohen, dämmrigen Saal. Verstellbare Zugjalousien an den Fenstern schützten die Wandbehänge tagsüber vor grellem Lichteinfall. Die Kerzenflamme hob seltsame Gipsauswüchse und goldgewirkte Gobelinmotive aus dem Halbdunkel hervor, die wüste Rangeleien und Exzesse ahnen ließen. Crowe stellte die Kerze auf ein Tischchen mit Marmorplatte, deckte pedantisch das Bett auf und beschwor sie, hier drinnen nicht zu rauchen. Er öffnete eine holzgetäfelte Tür, und zum Vorschein kamen eine mahagoniverkleidete Toilette und ein großes Waschbecken mit Messingarmaturen.

»Von meinem Großpapa installiert. Für die Assisenrichter, die hier zu übernachten pflegten. Ich überlasse dich jetzt deiner Toilette. Wünschen das Fräulein ein Nachthemd?«

»Nein.« Fast überraschte es sie, daß Crowe sich tatsächlich ohne viel Aufhebens entfernte.

Sie zog den Bügel-BH aus, den sie auf der Bühne trug und der sie an verschiedenen Stellen wundgerieben hatte, und legte sich in Baumwollhose und Popelinebluse ins Bett. Es war das erste Mal, daß sie unter einem Baldachin schlief oder zu schlafen versuchte: Lodernde Feuerschalen und gestickte Sonnen hingen rings um ihren Kopf und funkelten im Kerzenschein. Apoll, Zephyr und Hyazinth in seiner Blutlache, aus der die purpurne Blume erblühte, konnte sie hoch oben an ihrer Decke nicht genau erkennen, zumal sie zum Teil auch durch die Bettvorhänge verdeckt waren. Auf einmal merkte sie, daß der Raum sich hob und senkte und die Wände ihr entgegenkamen – wie Meereswogen, wie Keats' lange Teppichläufer auf dem zugigen Boden. Entschlossen heftete sie den Blick auf die Kerzenflamme, doch auch die hob und senkte sich, wenngleich in anderem Rhythmus, blähte sich mitraförmig auf und fiel im Luftstrom in sich zusammen. Die Matratze wölbte sich in der Mitte zu einem runden Walfischbukkel, auf dem sie keinen Halt fand. Und außerdem wollte sie sich um keinen Preis in diesem altehrwürdigen Himmelbett übergeben. Also schlang sie seufzend die schmächtigen Arme um die Brust, setzte sich auf und starrte in die Kerzenflamme.

Ein stählernes Quietschen und ein roter Lichtschein, der zusehends heller wurde und flackernd über den weißen apollinischen Fries und die belebte rote Wüste an der Decke glitt, machten sie neugierig. Sie reckte den Hals und spähte durch die Bettvorhänge, aber sobald sie den Kopf in den Nacken legte, wurde ihr wieder übel, und so schob sie ihn zittrig in die Vertikale zurück. Eine Tür ging auf, und Crowe trat ein. Er war jetzt in einen golddurchwirkten Morgenmantel aus purpurnem Brokat gehüllt, trug scharlachrot bestickte Samtpantoffeln an den Füßen und hielt eine dickbauchige Flasche sowie eine Obstschale in Händen.

»Ich dachte mir, du hast vielleicht Hunger. Was hältst du von einem nächtlichen Budenzauber?«

Er goß ein Glas Champagner ein, von dem sie wußte, daß sie es nicht trinken durfte, und setzte sich ungefragt zu ihr auf die Bettkante. Aber es war ja schließlich sein Bett.

»Du hast doch noch nicht geschlafen?«

»Nein.«

»Und trotzdem ganz allein. Hier, probier mal die Weintrauben. Du hast doch nichts gegen einen kleinen Besuch? Nein, bestimmt nicht.«

»Ich bin ziemlich beschwipst«, sagte Frederica in der Hoffnung, ihn damit auf Distanz zu halten.

»Das habe ich mir schon gedacht. Aber womöglich macht dich das erst recht empfänglich für meine Lichteffekte. Ich kann Sonnenauf- und -untergang inszenieren, gleißende Mittagshelle und ein eher mäßiges Zwielicht, lauter Kunststückchen, von denen ich mir vorstellen könnte, daß sie dir gefallen: Eine Zimmersonne mitten in der Nacht. Schein hier für uns, so scheinst du aller Welt.«

Er entfernte sich wippenden Schrittes vom Bett, hantierte an einer Schalttafel herum, und schon war die Wüste von Gold- und Bernsteinglanz überflutet. Als er zurückkam, sah Frederica, daß er unter dem Hausmantel nichts weiter anhatte. Sie aß eine Weinbeere, dann noch zwei und spuckte die Kerne in den Kerzenhalter.

»Darf ich dich anschauen?« Es war eine rein rhetorische Frage, denn er zog ihr ohne weiteres die Bluse aus. Sie blieb starr und reglos sitzen. Er schlug die Decke zurück und zerrte an ihren Hosen. »Runter damit«, sagte er, und es klang schon nicht mehr so freundlich. Mit steinerner Miene schlängelte sie sich aus der Hose. Crowe betrachtete sie gründlich: Hals, Brüste, den festen, kleinen Bauch, das rötliche Dickicht darunter, die langen, überschlanken Beine.

»Nimm dir nur von den Trauben. Sag, bist du noch Jungfrau?«

»Ja.« Absurderweise fühlte sie sich zu einem Minimum an Höflichkeit verpflichtet. Es war sein Bett, sein Haus, seine Initiative, sein Spiel.

»Das ist ärgerlich.«

»Ich kann's nicht ewig bleiben«, versetzte Frederica gereizt, denn sie mußte dabei an Anthea denken. Rein theoretisch betrachtet, war die Jungfernschaft ein leicht zu behebendes Ärgernis.

»Ich könnte dir eine Menge beibringen.«

»Dinge, die ich wissen möchte?«

»Oh, das denke ich schon. Doch, ja.«

Und sie war in der Tat wißbegierig, wollte nicht länger im dunkeln tappen. Aber sein von Natur aus heiteres, rosiges Cherubsgesicht mit der weißgelockten Tonsur wirkte, wenn es so wie jetzt einen entschlossenen Ausdruck annahm, ein bißchen lächerlich, und gegen alles, was lächerlich war, kannte Frederica wenig Nachsicht.

Crowe sagte: »Leg dich hin«, und sie gehorchte. Er streichelte sie von Kopf bis Fuß: Sie schloß unter seinen sanften Händen die Augen, woraufhin das Zimmer sich zwar noch ärger drehte, aber wenigstens sah sie sein rotglänzendes Gesicht nicht mehr. Er pikste mit den Fingern in ihren Schamhaaren und feuchten Öffnungen herum. Sie erinnerte sich an Ed: Wie von selbst bäumte ihr Körper sich auf. Sie dachte an das rhythmische Auf und Ab weißer Leiber unter dunklen Büschen. Crowe schnäbelte spielerisch an ihr herum. Er neigte den Kopf und streifte mit Lippen und Augen und Zähnen und Kamelhaarwimpern über ihre prickelnde Haut. Ihre Sinne signalisierten in rascher Folge und immer abwechselnd diffuses Verlangen und eindeutige Irritation. Er griff ihr so grob zwischen die Beine, daß es weh tat. Und als er die schmerzende Stelle küßte, geriet sie in einen so wirren Tumult aus punktueller Lust, übermächtiger Scham und trunkener Übelkeit, daß sie unwillkürlich wie unter einem Peitschenhieb zurückzuckte. »Halt still«, sagte Crowe, der eben aus seinem Morgenmantel schlüpfte. Sie richtete sich auf und betrachtete seinen Unterleib, die derb rotgefleckte Haut mit dem bläulichen Unterton, die den Fleischfarben an der Zimmerdecke glich, und die zornrote Spitze seines Apparats. Er legte sich neben sie und biß ihr Knutschflecken in den Hals. Jede seiner Bewegungen war stürmisch und gewandt zugleich. Er versuchte ihre Schenkel zu spreizen, die sie mechanisch wie Wurzelstränge ineinander verschlang.

»Es tut nicht weh. Bestimmt nicht, oder doch nicht sehr, ist nur ein leckerer kleiner Stich, die Art Schmerz, die im Grunde wohltut, die erst den richtigen Kitzel ...«

Vielleicht hätte sie ihm aus Ermattung, Höflichkeit oder Unsicherheit erlaubt, weiterzumachen, wenn er nur den Mund gehalten hätte. Aber der Ton, in dem er »leckerer kleiner Stich« sagte, ließ sie abermals zurückschnellen. Diesmal krachte ein knochiges Knie gegen sein Doppelkinn.

»Hör auf zu zappeln«, sagte er verärgert und rieb sich die getroffene Stelle, aber sie hatte es satt, sich herumkommandieren zu lassen. Sie wand sich los und betrachtete kühl und abschätzig seinen bleichen Silens-Bauch und die rosigen Anhängsel auf dem Laken.

»Ich geh' aufs Klo«, sagte sie, rollte von dem Walfischbuckel herunter und sprang wie eine Katze auf die Füße.

»Natürlich«, sagte er, wieder ganz zuvorkommend, aber die zuckersüße Stimme paßte nicht zu diesem kirschroten Gesicht und den schlaffen bleichen Fleischringen. Unter dem rastlosen Flimmern der mörderischen Wüstensonne stolzierte Frederica davon und schloß sich mit Aplomb in dem mahagoniverkleideten Kabinett ein. Doch als sie dann dort auf der Toilette saß, gestand sie sich notgedrungen, daß sie nicht weiterwußte. Hinaus wollte sie auf keinen Fall wieder, und hier drinnen konnte sie nicht bleiben. Sie raffte ein großes weißes Badetuch zusammen und schlang es sich wie eine Toga um die Schultern. In dem Moment hörte sie eine Stimme – nicht die von Crowe – völlig widersinnig sagen: Hier ist Vergißmeinnicht zum Andenken, was mit einem leisen, melodischen Lachen beantwortet wurde. Und das brachte sie auf den Gedanken, daß die vermeintliche Schranktür in dem kleinen Waschraum ja durchaus auch der Zugang zu einem angrenzenden Gemach sein konnte, das, wiewohl offensichtlich belegt, vielleicht doch einen Fluchtweg bot, der der Rückkehr dorthin vorzuziehen war, wo der entfesselte kleine Satyr ausgestreckt darauf lauerte, sie zu beißen und ihr weh zu tun. Sie drückte auf die Klinke, und die gab nach. Lautlos, barfuß tappte sie über die Schwelle.

Die angestrengte Pose der beiden nackten Körper in dem Bett auf dem hohen Podest unter der vom Berge niedersteigenden Cynthia hätte eine Parodie auf Rodins *Kuß* sein können. Die

Frau war Marina Yeo, und in dem Mann erkannte Frederica, als er wieder zu sprechen begann, Edmund Wilkie.

»Ich habe dir aber nicht nur Vergißmeinnicht mitgebracht, mein Lieb', sondern auch Kamille und Augentrost und Zitronenthymian und Pfefferminz und Rosmarin, um dein Kissen damit zu bestreun.«

»Keine Raute?«

»Keine Raute. Davon kriegt man schreckliche Allergien. Und wir wollen uns doch nicht in fiebriger Hitze und übersät von häßlichen juckenden Blasen paaren.«

Marina lachte wieder. Wilkie murmelte etwas Unverständliches. Marina sagte mit ihrer Bühnenstimme: »Ach, aber ich bin eine alte Frau, eine müde alte Frau, Alter kann Schönheit verdorren lassen, und ich welke schon ...«

»Das Alter hat dich nur zarter gemacht und weiser, und das weißt du auch. Außerdem liebe ich alte Frauen. Ganz ehrlich. Solange sie noch geliebt werden wollen.«

»Du bist ein unkritischer junger Fant.«

»Nein, nein! Ich bin sogar sehr kritisch. Aber auch unersättlich. Genau wie du. Ich hab' das gleich in dir wiedererkannt. Gib zu, daß ich recht habe.«

Die Schauspielerin lachte ihr kehliges Lachen. »Wenn ich erst ein *bißchen* älter bin, nur ein klitzekleines bißchen, dann kann ich's nicht mal mehr wagen, das vor mir selber einzugestehen, mein Lieber.«

»Aber heute nacht – und mir ...«

»Ach, Wilkie«, sagte sie mit einem wunderbar tremolierenden Schluchzen in der Stimme, »liebe mich heute nacht, liebe mich ...«

»Du weinst ja echte Tränen.«

»Das geht bei mir auf Bestellung.«

»Mir brauchst du nichts vorzuweinen. Ich werde auch so lieb zu dir sein, unvorstellbar lieb, und das die ganze Nacht, du meine wunderschöne alte Frau, und du wirst mir dafür Dinge zeigen, auf die ich nicht einmal im Traum gekommen wäre – weil du nämlich die Größte bist ...«

»Und du, du bist ein verschmuster Kerl mit einer schmutzigen ...« stieß Marina kichernd hervor. Und dann, sehr zur Erleichterung der verstörten Frederica, verschmolz das statuenhafte Tableau fester miteinander, sank in die Kissen zurück, und der Dialog reduzierte sich auf leise fragendes Stöhnen und Gemurmel. Frederica glaubte, jetzt oder nie sei der Moment zum Rückzug gekommen. Ihr Handtuch fest an sich gepreßt, schlich sie von der Verbindungstür am Fußende des Bettes vorbei, quer durch den Lichtschein, den das unverhängte Fenster hereinließ, zum Ausgang. Als sie an dem beladenen Bett entlanghuschte und unwillkürlich einen neugierigen Blick riskierte, fand sie Wilkies ausdruckslose braune Augen über die bäuchlings sich verrenkende Schauspielerin hinweg unverwandt auf sich gerichtet. Wie in einem aberwitzigen Begrüßungszeremoniell nickte sie ihm feierlich zu. Ein Lächeln glitt über sein Gesicht, und er zwinkerte unmißverständlich, ehe er sich wieder über seine Gespielin beugte, als wolle er Marinas Lider mit Küssen verschließen, bis Frederica glücklich zur Tür hinaus war.

Rasch durchmaß sie die weitläufigen Galerien, die abwechselnd im Dunkeln und im Mondschein lagen, und machte nur kurz unter dem ikonographischen Porträt der Elizabeth mit dem Füllhorn halt. Sie rückte den Knoten im Handtuch zurecht, der ihre Schulter bedrängte wie Schottland die Polyolbions, und huldigte der gedrungenen Gestalt mit einem angedeuteten Knicks. Sie selber hatte weder Fluß noch Füllhorn oder goldene Früchte. Und der Toga entledigte sie sich am besten auch so rasch wie möglich. Sie setzte ihren Weg fort, bis sie hinunter in den Küchentrakt und zu den Garderoben kam, wo sie sich in ein paar Lagen des Vliesstoffs hüllte, der ihr in der Szene im Obstgarten als Unterrock diente. Darüber zog sie eine zerrissene Musselinbluse, die zum Kostüm einer Komparsin gehörte, und einen grünen Wollumhang. Sie erwog, barfuß und in diesem Aufzug nach Blesford zurückzumarschieren, verwarf den Gedanken aber gleich wieder und trat hinaus in den Park.

Als sie im weiten Bogen die Terrasse überquerte, spähte sie zu den Dienstbotenkammern im Dachgeschoß hinauf. Irgendwo dort oben war Alexander … Sie hätte bei Crowe bleiben sollen; hätte sie ihn gewähren lassen, dann wäre das immerhin ein eindeutiger Schritt gewesen, ein konsequenter Zug in dem verwirrenden Spiel, in das sie da hineingeraten war. Crowe machte ihr angst. Sie setzte sich in Trab.

Sie landete schließlich in dem kleinen Wintergarten mit dem Springbrunnen, wo die Nymphe noch verschmitzt vor sich hin lächelte, obwohl ihr jetzt kein Wasser die Schenkel netzte oder durch die gespreizten Finger rann. Mit untergeschlagenen Beinen, Polyolbions Positur nicht unähnlich, setzte Frederica sich auf den Rasen und betrachtete abwechselnd die stahlgrauen Hecken, den Mond, das Wasser. Anfangs, etwa zehn Minuten, die sich indes lange hinzogen, ließ sie die Blicke ziellos schweifen, und dann entwickelte sich daraus eine Art fingierter Nachtwache, die sich gleichwohl durch ihr gewissenhaftes Ausharren legitimierte und wiederum ziemlich lange dauerte. Der Morgen dämmerte, und hier und da gab eine kahle Stelle in der Hecke den Blick frei auf die ersten Moorausläufer im umgebenden Landschaftsbecken, das die Nacht in unkenntliches Dunkel getaucht hatte. Von der Terrasse hallte dröhnend der Frühstücksgong herüber. Draußen im Moor blökte kläglich und heiser ein Schaf. Frederica stand auf, verharrte zögernd, ging zurück.

Ein üppiges Gemeinschaftsfrühstück erwartete diejenigen, die jetzt schon etwas essen konnten: Fischragout, Würstchen, Toast und Marmelade, literweise Kaffee und Tee. Crowe saß gepflegt und elegant am Kopfende der Tafel im großen Saal und gab, mit Marina Yeo an seiner Seite, den leutseligen Gastgeber. Frederica, die er geflissentlich übersah, setzte sich nicht, sondern beobachtete Alexander und Jenny, die über den Rasen auf die Terrasse zugingen und das Oberteil von Thomas' Kinderwagen zwischen sich trugen. Sie besann sich auf das, was Wilkie ihr eingeschärft hatte, schnappte sich den Untersatz des Wagens und stürzte ihnen damit auf dem Kiesweg entgegen.

»Suchen Sie den? Fahren Sie dann zurück nach Blesford? Können Sie mich mitnehmen?«

Schlafmangel und Einsamkeit hatten ihren Blick geschärft. Die beiden sahen verquollen aus und bedrückt. Alexander warf Jenny einen verlegenen Blick zu und sagte, er wisse es noch nicht genau. Jenny sagte schnippisch: Aber natürlich, das sei das einzig Vernünftige, und er solle sich gefälligst bemühen, seine Seite geradezuhalten, während sie den Wagen zusammenbaute, damit der Aufsatz einrasten konnte. Frederica forschte in Alexanders Gesicht nach Zeichen von Glückseligkeit. Er hatte einen erschlafften Zug um den Mund, der anders war als sonst, aber sie war nicht bereit, den für ein Merkmal von Seligkeit zu halten.

Wilkie erschien rundlich, geschniegelt und nach frischer Seife duftend, mit einem Tablett voll Würstchen und Fischragout. Er zwinkerte Frederica zu und maß sie prüfend von Kopf bis Fuß.

»Ohne Schuhe?«

»Die hab' ich irgendwo vergessen.«

»Vielleicht könnte ich sie wiederfinden.«

»*Nein*«, sagte sie mit ganz unnötiger Schärfe in der Stimme und sah in den schläfrigen Blicken der anderen die Neugier aufflackern.

Bevor Alexander abfuhr, hatte er Frederica unmißverständlich auf den Rücksitz verbannt.

»Ich setze Sie zuerst ab«, sagte er, als sie die Ortsgrenze von Blesford erreichten, »und fahre dann Mrs. Parry und Thomas nach Hause.«

»Andersrum wär's praktischer. Dann könnte ich Ihnen helfen, Thomas auszuladen.«

»Das schaffen wir auch so.«

»Aber ich habe auch meine Handtasche verloren, mit den Schlüsseln drin. Um die Zeit ist bei uns noch alles abgeschlossen, und ich müßte klingeln, um ins Haus zu kommen. Mein Vater würde mich umbringen. Sie täten mir einen großen Gefallen, wenn Sie mich noch ein bißchen dabehielten.«

»Ihnen scheint ja über Nacht wirklich alles abhanden gekommen zu sein.«

»Ja«, sagte Frederica schlicht.

Jenny erklärte spitz, sie fände es *viel, viel* besser, wenn sie und Thomas zuerst abgeladen würden. Alexander zerbrach sich den müden Kopf über ihre möglichen Beweggründe für diesen Vorschlag. Wollte sie Geoffrey Sand in die Augen streuen und ihn glauben machen, Frederica sei von Anfang an mit von der Partie gewesen? Hatte sie vor, ihn für sein klägliches Versagen zu bestrafen (obwohl sie sich diesbezüglich doch so nachsichtig und verständnisvoll geäußert hatte)? Oder war sie einfach eifersüchtig und gekränkt, weil er nicht Manns genug gewesen war, ihnen Frederica von Anfang an vom Hals zu halten? Er raffte sich noch einmal zu einem halbherzigen Einwand auf, wurde aber wieder von Jenny niedergeredet, die sich in weiblicher Unberechenbarkeit in eine regelrecht selbstzerstörerische Rachsucht hineinzusteigern schien. Am Ende war es die wunderlich gewandete Frederica, die Jenny und Thomas ins Haus half und dabei ausgelassen mit dem Fahrgestell und ein paar überzähligen Dosen Babynahrung jonglierte. Alexander wußte, daß er einen Weg hätte finden müssen, Jenny seiner unverminderten Besorgnis wegen Geoffreys mutmaßlicher Drohgebärden zu versichern, daß er ihr für den Notfall, mit dem zu rechnen war, Rat und Zuflucht hätte anbieten müssen. Er schämte sich seiner Erleichterung darüber, daß er zu alledem nun keine Gelegenheit gefunden hatte.

Als Frederica zurückkam, bequemte er sich dazu, ihr die Tür zum Fond aufzuhalten. Ziemlich kleinlaut stieg sie ein und sagte: »Würde es Ihnen was ausmachen, erst mal an der Schule vorbei und wieder zurückzufahren, oder einfach irgendwo in der Gegend rum, damit ich ein bißchen Zeit habe, mich zurechtzufinden? Wie's aussieht, bin ich da nämlich ganz schön in was reingeraten.«

»Allerdings«, sagte er, und es klang fälschlicherweise so, als sei er durchaus im Bilde. Er hielt es für unklug, sie auszufragen oder ihr eine Predigt zu halten, obwohl er den Drang verspürte, beides zu tun. Im übrigen hatte er es nicht eilig damit, heimzukommen, wo auch er sich mit der eigenen Situation würde auseinandersetzen müssen. Also gab er ihrem Wunsch nach, ließ den Motor an und fuhr los. Nach wenigen Augenblicken hörte er das geschäftige Knistern und Rascheln ihrer papierenen Röcke, und schon machte sie Anstalten, über die Rückenlehne des Beifahrersitzes zu ihm nach vorne zu klettern.

»Machen Sie, daß Sie da runterkommen!«

»Warum?«

»Weil das gefährlich ist. Außerdem will ich Sie hier vorne nicht haben.«

»Aber warum denn nicht?«

Sie landete in einem Knäuel aus Armen und Beinen neben

ihm, entwirrte ihre Extremitäten und setzte sich gerade. Er fuhr langsam weiter. Es dauerte nicht lange, und sie legte ihm mit einer unmißverständlichen Geste die Hand aufs Knie.

»Frederica, das muß aufhören. Sie machen uns ja beide lächerlich.«

»Das ist mir egal.«

»Aber mir nicht.«

Er hielt an. Ob durch Zufall oder aus Gewohnheit, jedenfalls hatte er den Weg zum ehemaligen Offiziersausbildungslager eingeschlagen, und sie parkten nun an der Einmündung der alten Betonauffahrt zu den Nissenhütten auf dem Burgwall. Hoch oben in den Ulmen veranstalteten die Vögel ein aberwitzig lautes Frühkonzert. Das unmögliche Mädchen warf sich stürmisch auf ihn und krallte sich mit Spinnenfingern in seinen Nackenhaaren fest. Er wehrte sich verbissen und, wie ihm schien, lange Zeit vergeblich gegen ihre Umarmung. Sie war sehr kräftig. Endlich gelang es ihm aber doch, sich zu befreien, und er schubste sie auf ihren Sitz zurück. Keuchend hielt er ihre Hände in ihrem Schoß fest. Sie hatte ihm das Ohr aufgekratzt, und er blutete.

»Ich will das nicht, Frederica. Lassen Sie mich gefälligst zufrieden.«

»Sind Sie ganz sicher?«

»Und ob!«

»Na ja, ich mein' ja bloß, weil ich wahrscheinlich mehr darüber nachgedacht habe als Sie«, sagte Frederica, als sei damit der Beweis für ihre höhere Einsicht erbracht. Er sah sie an: strähniges, ungekämmtes rotes Haar, blauverschattetes, kreidebleiches Gesicht, gerunzelte Stirn, böser Blick. Sie war die leibhaftige Parodie der Jungfrau im Garten.

»Was hast du bloß die ganze Nacht getrieben?«

»Ach, so allerhand. Manches war ganz nett, anderes wiederum scheußlich. Ehrlich gesagt, war's meistenteils scheußlich. Wie's aussieht, bin ich unter anderem zum unfreiwilligen Voyeur geworden. Aber ich denke, man kann sagen, ich hab' einiges gelernt. Und Sie? Was haben Sie gemacht?«

»Nichts, was ich dir auf die Nase binden würde.«

»Na ja, ist ja jetzt auch nicht mehr so wichtig. Ich wünschte bloß, ich hätte meine Sachen nicht verschlampt. Ich dachte, wenn ich dieses Papierzeug hier nehme, dann ist das noch am wenigsten wie Klauen, das hätte ich nicht fertiggebracht. Aber der Plunder ist doch praktisch nichts wert. Ich hab' eine sehr moralische Erziehung genossen, wissen Sie, von wegen Stehlen und so weiter. Und natürlich sind meine Eltern auch sehr spießig – daß jemand einfach so seine Klamotten verliert, das würden sie nicht verstehen.«

Alexander lachte auf. Die Ungeniertheit, mit der sie über seine mißlungene Liebesnacht hinwegging, reizte ihn, ohne daß er es wollte, und er amüsierte sich über ihre treffende Charakterisierung der Potterschen Moral, die einen weit empfindlicheren Verlust als den von Kleidungsstücken womöglich gelassen hingenommen hätte. Aber dann sagte er düster: »Ich hab' irgendwie das Gefühl, ich sollte dich von deinen Eskapaden abhalten. Ich meine, ich fühle mich dafür verantwortlich. Weiß der Himmel, warum.«

»Nein, genau das ist falsch! Sie sind *nicht* verantwortlich, jedenfalls nicht, was das angeht, wie könnten Sie auch. Außerdem würde ich so was gar nicht dulden. Ich bin für mich selber verantwortlich, und so soll es auch bleiben. Es ist nur... ich liebe dich.«

»O Gott«, sagte Alexander. Und angestachelt von irgendeinem Höflichkeitsspleen, von dem Gefühl, es ginge hier um etwas ganz Besonderes, ließ er sich von der Wahrheit des Augenblicks leiten oder auch nur von ihrer weiblichen Willenskraft und fügte hinzu: »Ich liebe dich wohl auch.«

Er war ein Mann des Wortes. Worte zogen ihn, einmal ausgesprochen, unweigerlich in ihren Bann. Doch es lief ihm kalt den Rücken herunter, als er erkannte, daß sie mit einem Mal wahr waren, daß er sie hatte wahr werden lassen. Ja, daß er bisher vielleicht, wenn auch leider nicht mit Gewißheit, eigentlich nur dadurch so zuverlässig gegen sie gefeit gewesen war, weil sie ungesagt geblieben waren.

»Was aber«, ergänzte er kläglich und machte damit seinen Fehler nur noch schlimmer, »was aber überhaupt nichts ändert und keinem von uns was nützt, das siehst du doch ein, nicht wahr? Es ist völlig aussichtslos.«

Aber da saß sie schon rittlings auf seinem Schoß und preßte

ihr Gesicht an das seine. Sie wand und drehte sich, schmiegte und klammerte sich an ihm fest. Er versetzte ihr einen Klaps auf die papiernen Falten, und schon taumelten die abgerissenen Fetzen vor seinen Augen, die der Sommerwind auf zwei weit gespreizte Beine herunterflattern ließ. Sein Fleisch war zweifelsohne nicht unempfänglich. Und sie, sie war noch unmöglicher, als Jenny es je gewesen war.

»Hör auf damit, du unerträgliches Ding, hör auf zu zappeln. Ich verführe keine Kinder.«

»Ich bin kein Kind. Und zu verführen brauchst du mich auch nicht.«

»Für mich bist du ein Kind. Und außerdem bist du noch Jungfrau.«

Alexanders länglich-schmales, bestürztes Gesicht war ihr näher, als sie es je ernsthaft für möglich gehalten hätte.

»Nein, nein, bin ich nicht!« frohlockte Frederica in einem Anfall von Verwegenheit. Schließlich war es ja, wenn sie an Eds Finger dachte und an Crowes Zähne, der reine Zufall, daß sie immer noch eine *Virgo intacta* war.

Um Alexander drehte sich alles. »Bist du nicht?« stammelte er und seufzte noch einmal: »O Gott!« Dann küßte er sie ziemlich heftig und zerrte planlos an ihren papierenen Hüllen. Sie machte sich als erste von ihm los, und als sie ihn ansah, lag eher etwas herausfordernd Gebieterisches in ihrem Blick als die einfältige Hingabe, vor der er sich so gefürchtet hatte. Sie wurde erwachsen, war sehr schnell erwachsen geworden. Er war neugierig zu erfahren, wo und wann sie ihre Unschuld verloren hatte.

»Zu meiner Zeit«, sagte er, »da waren wir – also jedenfalls die Mädchen in deinem Alter, die waren damals noch viel naiver. Oder es fehlte ihnen an Gelegenheit.«

»Das *ist* deine Zeit«, konterte sie, und gleich dem alten Bäuerchen, das Henry James bewiesen hatte, daß auch der größte Umstandskrämer nicht immer mit der Kirche ums Dorf fahren muß, zumindest nicht, um die High Street von Windsor zu finden, setzte sie hinzu: »Du bist ja mitten drin!« Und dann horchten beide schweigend auf das wilde Kauderwelsch der Vögel.

»Außerdem kann ich mir keine weiteren Komplikationen

leisten. Du bei deiner Intelligenz solltest doch gemerkt haben, daß ich auch so schon mit Problemen eingedeckt bin.«

»Auch darüber hab' ich nachgedacht. Und ich bin zu dem Schluß gekommen, daß das nichts mit mir zu tun hat. Im übrigen kriegst du mit mir keine Probleme. Ich will nur, daß du in mir die siehst, die ich bin, und mich entsprechend behandelst.«

»Das werd' ich nun wohl müssen. Aber ich glaube nicht, daß das wirklich alles ist, was du willst.«

»Ich werde mich damit zufriedengeben, vorläufig.«

Er fiel wieder über sie her, und diesmal zerzauste er sie tüchtig. Dabei hatte er immer noch keine Ahnung, worauf er, geschweige denn sie, eigentlich aus war. Er dachte, er wolle die Entscheidung ihr überlassen. Aus unerfindlichem Grund durchfuhr ihn ein freudiger Schrecken, als sie plötzlich das Gewicht verlagerte, so daß ihr aufgelöstes Haar sich wie ein keuscher Vorhang über seinen Schoß breitete, und im Nu in einen tiefen Schlaf fiel. Er hielt sie in seinen Armen und sah unverwandt hinaus auf die Nissenhütten und die Bäume, in denen die Vögel unermüdlich weitersangen. Reuevoll dachte er an frühere Betrachtungen über die heilige Stimme der Natur zurück, während sie ihre schlichten Tonleitern rauf- und runtertschilpten.

»Verdammt«, murmelte er, »o verdammt«, und zerrte an den schmächtigen Schultern, die ihm ständig unter den Händen wegrutschten. »Verdammt noch mal.«

36. Interludien in zwei Türmen

Marcus streifte an den Schaukästen vor dem Biologiesaal vorbei, an Korallenstöcken, Skeletten und Fossilien. Die großen Ferien hatten begonnen: Bis auf ein, zwei versprengte Ausländer waren die Jungen alle heimgefahren. Desinfektionsmittel hatten die schwülen Ausdünstungen verschwitzter Kleider aus den Klassenzimmern verscheucht und nichts als muffige Leere zurückgelassen. Neuerdings ging er oft hier, unter Lucas' Turm, auf und ab. Seit der Rückkehr von Whitby war es völlig ungewiß, ob – und wenn ja, unter wessen Leitung – sie das große Experiment fortsetzen würden. Damals, während der Fahrt, hatte Marcus schon den Tod vor Augen gehabt. Auf den Boden des Wagens hingekauert, das Gesicht in die Lederpolster gepreßt, mit durchgerüttelten Knochen und bebendem Fleisch, so hatte er sich resigniert ins Dunkel fallen lassen und war völlig entgeistert gewesen, als er sich (von Lucas und dem Fahrzeug ganz zu schweigen) erhitzt, aber unversehrt auf dem schuleigenen Parkplatz wiederfand. Irgendwie war er aus dem Auto gekippt und in den Kies gefallen, wo er reglos zusammengerollt liegenblieb. Lucas hatte die Türen sperrangelweit offengelassen, als er mechanisch und ohne einen Blick zurück auf seinen Beifahrer dem naturwissenschaftlichen Flügel zusteuerte. Marcus hatte sich nach einer Weile aufgerappelt, den Wagen sorgsam abgeschlossen und die Autoschlüssel in Lucas' Fach am Fuß der Wendeltreppe geworfen. Währenddessen kreisten unaufhörlich Sonnenflecken vor seinem Gesicht. Er hatte damit gerechnet, daß Lucas nie wieder Notiz von ihm nehmen würde, denn er erkannte intuitiv und ganz ohne einschlägige Erfahrungen die extreme sexuelle Notlage, in der sich sein Freund befand und die ihm keine andere Wahl lassen würde. Die Frage, ob er den Kontakt zu Lucas aufrechterhalten oder das Experiment fortsetzen wollte, stellte sich ihm überhaupt nicht. Nach seinem Verständnis hatte er eine Verpflichtung übernommen und fühlte sich für Lucas verantwortlich: Er hatte das deutlich gemacht, indem er seine Hand ausstreckte, und mehr noch dadurch, daß er sie dort beließ. Trotzdem war ihm, wenn er in sich hineinhorchte, bewußt, daß sein eigenes sexuelles Empfinden, seine Reaktion auf Whitby, wohl irgendwo zwischen nachsichtiger Ablehnung und heftigem Ekel anzusiedeln wäre. Allein, das fiel nicht ins Gewicht, durfte sein Verantwortungsbewußtsein, sein Pflichtgefühl nicht beeinflussen – nie gekannte, einzigartige Erfahrungen in seinem ansonsten so auffallend nichtssagenden Leben, das ihm aber immerhin die nötige Moral beigebracht hatte, um seine Beweggründe zu erkennen und danach zu handeln.

Tatsächlich hatte Lucas in der nächsten Zeit einen undurchsichtigen Zickzackkurs verfolgt, indem er sich abwechselnd zu den Vorfällen von Whitby, dem Experiment und ihrer Freundschaft bekannte oder so tat, als hätte es sie nie gegeben. Ein paar

Tage nach ihrer Rückkehr drängte es Marcus – ihn, der normalerweise nie die Initiative ergriff –, an Lucas' Tür zu klopfen. Lucas hatte ganz fröhlich »Herein« gerufen, doch als er Marcus erkannte, war er in seinem Sessel erstarrt und hatte so lange stumm und wie versteinert auf die Wand geblickt, bis der Junge die Tür leise wieder zumachte und sich davonstahl. Ihm war nichts eingefallen, was er hätte sagen können, und außerdem hatte er gespürt, daß Lucas sich ohnehin gegen ihn verschließen und taub stellen würde.

Zwei Tage später waren sie sich, nicht ganz zufällig, im Kreuzgang begegnet. »Oh, hallo«, hatte Lucas ihn begrüßt, »daß wir uns auch mal wieder sehen, komm doch mit rauf auf einen Tee.« Und dann hatte er Marcus eine typische Schulvesper vorgesetzt und ihn dabei lächelnd und onkelhaft so angelegentlich nach seinen schulischen Leistungen befragt, als ob es an seinem Besucher nichts Interessanteres und Bemerkenswerteres gäbe als seine Abituraussichten. Danach war er zweimal so geistesabwesend an Marcus vorbeigegangen wie an einem unsichtbaren Gespenst. Beim dritten Mal hatte er ihm in einem Ton, als habe der Junge gefehlt oder sich verspätet, zugerufen: »Ach, da bist du ja!« Worauf er ihn verschwörerisch ins Labor zog und ihm erklärte, nun sei es gewiß, sie würden von Fremdlingen beobachtet, ja sogar heimgesucht, Wesen, über deren Ursprung und Absichten er noch nicht im Bilde sei, aber sobald er sich Einblick verschafft habe, würde das Experiment in eine neue Phase eintreten, das sei bereits so gut wie beschlossen. Bei einer vierten Begegnung hatte er einen Ausflug zu den 1000 Steinpyramiden von Fylingdales in Yorkshire vorgeschlagen, wo mit Sicherheit eine besonders hohe Konzentration von Strahlungsenergie anzutreffen sei. Marcus begriff, daß er eine Heidenangst davor hatte, noch einmal in dieses Auto einzusteigen, und es, sollte Lucas ihn direkt dazu auffordern, trotzdem tun würde. Er begann darüber nachzudenken, ob er irgend etwas unternehmen könne, wegen Lucas, dessen sprunghafte Launen keine Rückschlüsse auf die Gültigkeit seiner Theorien zuließen. Der selbstauferlegte Druck habe, so hatte Lucas zu Beginn ihrer Versuchsreihe einleuchtend behauptet, schon versiertere Geister als sie beide zusammen zu Fall gebracht. Da Marcus sich aber zur Zeit auf keinen Präzedenzfall besinnen konnte, kam er auf die Idee, die Gänge zu patroullieren, um das Geschehen im Auge zu behalten, wie er es, absichtlich vage, für sich formulierte.

Eines Tages, als er sich dem Eingang zum Biolabor näherte, sah er etwa drei Schritte vor sich in Augenhöhe einen glühenden, orangerot leuchtenden Kreis, der sich gleich ihm durch den dunklen Korridor auf die Tür zu bewegte. Dieses opake Etwas mit seiner deutlich erkennbaren Kugelform schien ganz massiv zu sein, jedenfalls eignete ihm nichts von der ätherischen Körperlosigkeit gewöhnlicher Nachbilder. Marcus blinzelte ein paarmal und lenkte den Blick auf die Bodenfliesen hinter sich: Das Ding kletterte gemächlich tiefer, schrumpfte, ohne indes an Strahlkraft zu verlieren, und folgte ihm über den Fußboden. Er ging weiter. Wenn das Ding an seine Augenbewegungen gekoppelt war, mußte es eine optische Täuschung sein, doch als er sich wieder nach ihm umsah, wechselte es so ungeniert von einer Seite des Korridors auf die andere, daß man ihm eine gewisse Eigenmächtigkeit wohl nicht absprechen konnte. Marcus stieß an die Pendeltür, die entgegen der Hausordnung nicht verschlossen war, und trat ein. Das Ding, das ihm unverdrossen gefolgt war, wechselte im Schein der Abendsonne die Farbe und erstrahlte jetzt in einem kräftigen Eisblau. So lag es geraume Zeit auf einer Bank, wurde ganz allmählich kleiner und verwandelte sich dann in eine schmale, aber immer noch massive Sichel. Deren schwindende Kontur verweilte noch eine Zeitlang, irgendwann aber sah Marcus dort, wo sie gelegen hatte, gewissermaßen nur noch ihren Schatten, der ihm freilich nun wieder als Kreis erschien und von dessen dunstiger Silhouette am Ende doch nicht mehr blieb als eine Projektion seines inneren Bildes. Visionen hatte Marcus auch früher schon gehabt, das Licht, das ihm zusetzte, oder die Übertragungsaufgaben für Lucas nicht mitgerechnet. Aber wenn er zurückdachte, so bestand ein perzeptiver Unterschied zu diesem Ding, das ebenso präsent gewesen war wie die Gefäße und Bücher, neben denen es gelegen hatte. Er hatte immer geglaubt, allen Sinnestäuschungen eigne eine perzeptive Unstimmigkeit, an der man sie entlarven könne. Hier ging das nicht. Zwar hatte das Ding, soweit er sehen konnte, keinerlei Funktion. Andererseits ging eine so ungeheure sinnliche Faszination von ihm aus, wie er sie sich verführerischer kaum denken konnte, und das, obwohl Orange nie zu seinen Lieblingsfarben gehört hatte, schon weil es ihn so grell und aufdringlich dünkte. Seine bevorzugten Visionen hatten immer im Spektrum zwischen Lavendel, Blau und Grün gespielt. Aber das Glühen vorhin, das war auch weit über ein ordinäres Orange hinausgegangen.

In der Anfangsphase ihres Experiments wäre Marcus begierig gewesen, Lucas dieses Ding zu beschreiben, um es neutralisieren und in ihre Versuchsanordnung integrieren zu können. Jetzt dagegen widerstrebte ihm der Gedanke daran ganz entschieden. Das Ding stand für sich, und er war vollauf zufrieden damit, es gesehen zu haben; er wollte nicht darüber nachdenken oder diskutieren müssen. Das rückte es in die Nähe eines anderen Phänomens, das er Lucas sehr wahrscheinlich ebenfalls vorenthalten würde. Dabei handelte es sich um einen – allerdings erst seit Whitby – regelmäßig wiederkehrenden Traum, in dem er einfach immerfort in dem Garten jener mathematischen Formen weilte, die ihm beim Versuch, sie seinem Vater zu beschreiben, abhanden gekommen waren. Der Garten lag jetzt im Dämmerlicht. Der Himmel und die noch erkennbaren Pflanzen schillerten blau wie Miesmuscheln: Der Himmel war ungestirnt bis zum Horizont, doch dafür strahlten hier und da, in Reihen angeordnet oder gebündelt, die Formen: Kegel, Pyramiden, Spiralen und vernetzte Antennen aus zartgesponnenem Licht, die ein System bildeten und neue Systeme schufen. Jemand, der – anders als Marcus – an Gleichnissen interessiert war, hätte vielleicht gesagt, daß die Kegel und Pyramiden aussähen wie polierter Marmor, aber da Leben oder zumindest irgendeine Energie in ihnen wohnte, fehlte ihrem Glanz der kühle Schimmer der Unnahbarkeit. Marcus befand sich nicht direkt *in* diesem Garten. Vielmehr bildete er eine Art Pendant zu ihm, dessen Lage und Gestaltung in seinem Kopf ein getreues Kompendium fanden. Vielleicht aus diesem Grund, vielleicht aus anderen Gründen wollte er nicht, daß Lucas oder sonst jemand in den Garten hineinkam oder von ihm erfuhr. Seine lichte Bläue war es, die ihm bewußtmachte, wie atemberaubend intensiv jenes Etwas loderte, das er im Geiste auf Anhieb »die innere Sonne« getauft hatte.

Als er das Labor betrat, erwartete er gleichzeitig, es leer zu finden und Lucas dort anzutreffen, auch wenn er keine Ahnung hatte, was der um diese Zeit dort zu tun haben konnte. Aber er war tatsächlich da. Im weißen Kittel, mit hochgekrempelten Ärmeln und zwiebelbraunen Gummihandschuhen, die aussahen wie abgestorbenes Fleisch, stand er vor den Spülbecken. Zaghaft kam Marcus näher. »Wer ist da?« fragte Lucas, ohne sich umzudrehen.

»Ich bin's.«

»Ich hab' schon auf dich gewartet«, sagte Lucas, und es klang so vorwurfsvoll, als wäre dieses Treffen verabredet gewesen und Marcus hätte sich verspätet.

»Das tut mir leid.«

»Ich bin dabei, mein Haus zu bestellen, bevor etwas passiert.«

Marcus kam noch ein paar Schritte näher. In den starken Formalingeruch, der über dem Raum hing, mischte sich ein unangenehm süßlicher Duft. Lucas schaufelte ganze Hände voll toter Froschlurche aus einem Becken in ein hohes Glasgefäß. Die grau gefleckten Leiber glitschten und flutschten gespenstisch hin und her. In einem anderen Becken schwammen abgetrennte Gliedmaßen und bleiche, wallende Innereien. Auf der Bank neben Lucas lag ein offenes Leinenetui mit einem Sezierbesteck. Er schenkte Marcus ein freundlich herablassendes Lächeln, zeigte auf das Gefäß mit den Präparaten und sagte betont scherzhaft: »Wer so abergläubisch wäre, daß er aus diesen Eingeweiden die Zukunft lesen wollte, der fände sie, fürchte ich, ziemlich grau und kümmerlich. Hast du eine Ahnung, wie die Menschen im Altertum glauben konnten, daß ausgerechnet die Innereien von Tieren ihnen Aufschluß über die Geschicke der Welt geben würden? Hielten sie Hühner und Ziegen etwa für kleine Mikrokosmen? Aus deinen eigenen Eingeweiden, ja, da könntest du dir deine Zukunft deuten, wenn du nur an sie rankämst, und würdest ganz schön was erfahren dabei, aber das ist natürlich nicht zu machen. Oder mit deinen Genen oder Chromosomen, da ginge es auch, nur daß sich die mit den primitiven Werkzeugen, die wir zur Verfügung haben, nicht rauslösen lassen.«

»Nein«, sagte Marcus nur. Er war auf der Hut. Er schnupperte den Verwesungsgeruch. Nachdenklich setzte Lucas die dreieckige Spitze seines Messerchens an die Kuppe eines gummibewehrten Daumens. Er deutete auf ein Glas, in dem es von weißlich zusammengeringelten Würmern wimmelte.

»Und was die angeht, so sind sie inwendig zu simpel beschaffen und gleichen einander zu sehr, als daß da irgendwelche Omen erkennbar wären. Niederes Gewürm. Ich bin ein elender, nützlicher Wurm. Die da, die sammle ich für die Untertertia. Würmer sind vielseitig verwendbar. Sich von der Untertertia sezieren zu lassen ist freilich nicht ihre wichtigste Funktion. Aber sei's drum, auf dem Angesicht der Erde krabbeln ja haufenweise Würmer herum, und ich will doch alles in guter Ordnung hinterlassen, bevor ...«

»Bevor was?« fragte Marcus beherzt und angstvoll zugleich.

»Bevor kommt, was kommen muß. Es wird etwas passieren, und zwar schon bald. Ich habe bereits unmißverständliche Zeichen empfangen. Wenn du willst, erzähle ich dir davon. Zum Beispiel habe ich gewußt, daß du heute kommst.«

Das mochte wohl stimmen, aber irgendwie fehlte seinen Worten die strahlende Autorität, die Lucas' Parolen zum Thema der allgegenwärtigen Prädestination früher auszuzeichnen pflegte. Heute war er grau im Gesicht, die blonden Locken hingen ihm müde und glanzlos um den Kopf, Stirn und Kinn schimmerten feucht. Marcus, der am liebsten wieder gegangen wäre, wußte, daß er das nicht durfte.

»Magst du mit raufkommen? Wir müssen auf alle Eventualitäten – gute wie schlechte – gefaßt sein. Ich habe Grund zu der Annahme, daß ich fremde Mächte eingeschleust habe – daß sich ein Konflikt anbahnt – womöglich im All – mein Fehler, ich habe versagt – ein Riß – in der ansonsten geschlossenen Oberflächenstruktur – der großen Gewinn oder Verlust nach sich ziehen kann, je nachdem. Bitte, komm mit rauf. Du mußt im Besitz der Fakten sein, für den Fall ... bevor ...«

Marcus versprach, ihn hinaufzubegleiten. Lucas rieb die quietschenden Handflächen aneinander und schüttete noch ein Quantum kleiner Kadaver ins Glas. Marcus schaute sich um und dachte zurück an den Tag, an dem das Licht ihn hierher gescheucht hatte, den Tag, mit dem alles anfing. Er sah Knochenhäufchen und in Formalin eingelegte Embryonen, und dann fiel sein Blick auf die Schautafeln von MANN und FRAU. Irgend etwas daran machte ihn stutzig, und dann sah er, daß man aus jedem Bild da, wo die Genitalien eingezeichnet gewesen waren, fein säuberlich ein kleines Stück Wachstuch herausgeschnitten hatte. Auf den Diagrammen, die im Aufriß die Innenansicht des Körpers zeigten, waren sogar die Fortpflanzungsorgane entfernt worden: Samenstränge, Eileiter, der ganze krösig gefältelte beziehungsweise prall gewölbte Apparat. Soweit er erkennen konnte, waren all die so entstandenen Öffnungen genau abgezirkelte Quadrate, kleine Guckfenster auf eine leere, unbesonnte, eine nicht verblaßte Wand. Er zweifelte keine Sekunde daran, daß diese Beschneidung Lucas' Werk war. Als er sich nach ihm umsah, faltete Lucas gerade das Leinenetui mit seinem Sezierbesteck zusammen und schob es in die weiße Kitteltasche. Er räumte die beschlagenen Gläser ins Regal. Er winkte Marcus, ihm zu folgen.

Oben im Turmzimmer blieb Marcus verlegen in der Tür stehen, während Lucas aufs Geratewohl Kissen und Gardinenstangen inspizierte. Auf Wanzen müsse er jetzt ständig gefaßt sein, meinte er düster, und es sei ja nicht das erste Mal, er sei ganz bestimmt früher schon abgehört worden, weshalb er es nur vernünftig finde, sich jetzt vorzusehen. Damals, auf dem Zerstörer im Pazifik, da habe man sich eine unglaublich raffinierte Drahtkonstruktion einfallen lassen, um ihn abzuhören. Ob Marcus sich schon einmal überlegt habe, wie paradox diese schlichte Wortkombination sei: der Zerstörer im Pazifik? Der Ozean war friedliebend, und das vom Menschen erbaute Schiff, das ihn befuhr, war, selbst wenn es angeblich in friedenserhaltender Mission unterwegs sein sollte, ein Zerstörer. In letzter Zeit sei er immer wieder einem merkwürdigen Lieferwagen begegnet, ja fast mit ihm zusammengestoßen, einem Wagen mit der Aufschrift »Jalousien und Sonnenschutz Whitby«, was eindeutig ein Zeichen sein müsse. Zumal dieser Wagen an der Seite mit einem auffallenden Symbol geschmückt war, einem runden, von einer Wellenlinie geteilten Gestirn, einer unbeholfenen Darstellung von Yin und Yang, dem Meer des Lichts, das über dem Meer der Finsternis wogt. Etwas von diesem Licht hatten sie ohne Zweifel in Whitby mit Hilfe von Brennglas, Blut und Wein eingefangen, aber er neige doch zu der Ansicht, daß sie nicht weit genug gegangen waren, daß ihr Opfer zu gering und daß seine, Lucas', anschließende Takt- und Geschmacklosigkeit die Strafe dafür gewesen sei. Marcus habe gewiß schon bemerkt, daß auch Begriffe wie Takt oder Geschmack eigentümlich ambivalent waren, und er müsse sich doch darüber gewundert haben, daß man ausgerechnet Wörter aus einem so sinnlichen Kontext zum Maßstab für Werturteile machte, die oft überhaupt nichts mit Sinnlichkeit zu tun hatten. Da kam wieder das schreckliche, das anthropomorphe Universum ins Spiel, das es doch um jeden Preis zu bannen galt. Eine Möglichkeit, aus dem Teufelskreis auszubrechen, bot vielleicht die Anwendung sexueller Magie oder besser gesagt sexueller Riten, die aber ging mit so vielen Gefahren einher, mit Täuschungen und zweifelhaften Vergünstigungen ... Wo war er stehengeblieben? O ja, der Lieferwagen, richtig. Also der kam plötzlich aus irgendeiner Seitenstraße auf ihn zugeschossen oder versperrte ihm unversehens mitten in Blesford den Weg. Der Fahrer war nicht von dieser Welt, ein Teufel in Engelsgestalt mit ledriger Haut und einem Schopf goldblonder Locken, die auf keinen Fall echt sein konnten. Diese Kreatur grinste in einem fort, aber manchmal, da bedrohte sie ihn auch oder machte ihm Zeichen, mal, als wolle sie ihn anlocken, mal wie bei einer Geisteraustreibung, Zeichen, die leider ebenfalls mehrdeutig seien, weshalb er, Lucas, sie nur schwer auslegen könne. Und vor dem Labor, da habe er eine Milchflasche gefunden, randvoll mit Blut gefüllt, was zweifellos auch etwas zu bedeuten habe, sicher hatte ein außerirdischer Besucher sie aus irgendeinem Grund dort deponiert. Und dann die Spitzel: Gesichter, die zum Beispiel zu diesen Fenstern hereinspähten, ja durch ebendiese Fenster hier, hoch droben im Turm, glotzten sie ganz unverfroren herein mit ihrem immerwährenden Grinsen und solange es ihnen Spaß machte, damit er auch ja merkte, daß er unter Beobachtung stand. Und wenn man die Vorhänge vorzog, dann versammelten sie sich unten an der Treppe und schnitten dort ihre Grimassen. Und erst die Atemgeräusche! Ja, man hörte es im Zimmer atmen, als ob der Turm neben der Lungenspitze des Universums stünde, gesetzt, das wäre anthropomorph, was es natürlich nicht war.

Dieser ganze Sermon wurde von lebhaften Gebärden begleitet, die Marcus nur als bedrohlich interpretieren konnte, und zur weiteren Betonung durch dumpfe Schläge auf die Schreibtischplatte unterstrichen. Marcus hatte das Gefühl, er werde beschuldigt, diese Erscheinungen heraufbeschworen zu haben. Sein Instinkt sagte ihm: Er ist verrückt. Aber das war erst recht entsetzlich, nicht etwa, weil er Angst gehabt hätte, Lucas-der-Irre könne gefährlich sein oder ihm etwas antun, sondern weil damit das ganze System ins Wanken geriet, mit dem sich die bisherigen Ereignisse hatten rechtfertigen lassen. Er, Marcus, hatte anfangs um seinen eigenen Verstand gefürchtet. Dann war der supernormale Lucas gekommen und hatte ihm für die Erscheinungen, die ihn quälten, eine logische Erklärung geboten, hatte Erfahrungen, wie etwa die Übertragung innerer Bilder, mit ihm geteilt, was darauf hindeutete, daß zumindest sie beide auf gleicher Wellenlänge waren (oh, diese verfluchten Drähte!) und sich mit größtenteils nicht anerkannten Phänomenen auseinandersetzten. Wenn Lucas tatsächlich verrückt war, dann blieb er, Marcus, wieder allein mit allem, was ihn seinerzeit schon fast in die Knie gezwungen hätte, der Geometrie des Wassers in Abflüssen, dem Grauen eines Treppenschachts, dem Ausschlüpfen aus dem eigenen Körper, den Lichtfeldern. War Lucas dagegen nicht ganz verrückt, so konnte man sich immerhin noch auf die Theorie zurückziehen, sie hätten irgendwelche nicht näher identifizierbaren außerirdischen Kräfte aufgestöbert und erzürnt. Gegen die Namen und Geschichten, mit denen Lucas seine inneren Bilder oder Nachtgesichte belegte und ausschmückte, hatte Marcus immer schon Vorbehalte gehegt, auch wenn er mit dieser Skepsis in gewisser Weise nur die eigene Leichtgläubigkeit bemäntelte, denn er selber hatte schließlich weder Namen noch Geschichten parat. Engel oder Teufel kamen in seinen Visionen eigentlich nicht vor; die nahten sich ihm vielmehr in Form von Kegeln und Luftbewegungen und Lichtspiralen, als magnetische Kräfte und plötzliches Herzjagen. Was aber nicht bedeutete, daß es keine Engel gab und keine Dämonen.

Und wenn Lucas verrückt war, dann trug er die Verantwortung; das heißt, er war für Lucas verantwortlich, weil er sich bereit erklärt hatte, sein Freund zu sein. Und mit seinen Photismen und hypnagogischen Visionen war er vielleicht sogar verantwortlich für die Vorfälle, die Lucas in den Wahnsinn getrieben hatten.

»Was haben Sie vor, Sir?« Sein Ton war respektvoll, die Stimme ausdruckslos. Lucas ließ sich in einen der beiden Kaminsessel fallen.

»Ich habe dich auserwählt«, sagte er, wie nebenbei eine weitere Doppeldeutigkeit fabrizierend, »ich habe dich auserwählt, weil ich eine sehr wichtige Erkenntnis mit dir teilen möchte.«

»Danke, Sir.«

Lucas versank in düsteres Schweigen. Offenbar versuchte er sich darauf zu besinnen, worin diese Erkenntnis bestand. Dann schlug er sich mit einemmal kräftig auf die Schenkel und rief: »Wir hätten bis zum Äußersten gehen müssen!«

Mit völlig veränderter Stimme fuhr er fort: »Hast du gewußt, daß es in den Gefängnissen Seiner Majestät oder Ihrer Majestät, wie es ja jetzt heißen muß, hast du gewußt, daß da eine große Anzahl Männer einsitzen, von denen einige meiner Ansicht nach nicht als Verbrecher im eigentlichen Sinne bezeichnet werden können, auch wenn man viele mit Recht als solche brandmarkt, alte Kerle, die irgendwo aus dem Gebüsch herausspringen und sich vor dummen kleinen Mädchen entblößen oder in öffentlichen Anlagen und auf freiem Feld frevelhaft Hand an sich legen – aber ich spreche von der großen Anzahl der Männer, die um Hormone betteln oder flehentlich nach noch drastischeren Behandlungsmethoden, gar nach einem chirurgischen Eingriff verlangen, ach was, die darum winseln! Zu anderen Zeiten, in anderen Kulturen, wären sie nicht so hilflos gewesen. Bei Frazer kann man ausführlich nachlesen, wie es um die Priester der alten Gottheiten bestellt war, um Adonis, Thamuz und Attis, seine Schilderungen lassen keinen Zweifel daran, daß sie freiwillig und frohen Herzens das Messer gegen sich selbst richteten ... Wenn Fasten und Zölibat und strenge Zucht ungeahnte neue Erkenntnisse zutage fördern, warum dann nicht auch die Klinge, so denke ich mir bisweilen, obwohl es nicht das ist, weswegen ich dich auserwählt habe.«

Marcus konnte die ekligen Angstausdünstungen förmlich

riechen, die das Müffeln der Sportsachen und den Kakaoduft in dem stickigen kleinen Zimmer überlagerten. »Vielleicht sollten wir das Experiment einfach abbrechen«, sagte er. »Vielleicht ist das alles zuviel für uns.«

»Das wäre mir aber gar nicht recht. Alles, was sich lohnt, ist gefährlich. Ich denke, wir sollten den Zeichen, den Indizien, die wir haben, folgen, wenn es sein muß, sogar bis in die Katastrophe.«

Marcus wartete höflich ab, daß er ihm sagen würde, wohin die Zeichen wiesen.

»Ich hab' dir ja schon von den Steinpyramiden im Moor von Fylingdales erzählt. Über eintausend sind da versammelt, das muß man sich mal vorstellen. Bei meiner Lektüre bin ich darauf gestoßen, daß die Götter des Altertums – und seine Göttinnen, Aphrodite zum Beispiel –, lediglich durch Säulen, Pyramiden wie die in Fylingdales oder steinerne Kegel repräsentiert wurden. Ich denke mir, was da dahintersteckte, war ein System, um Macht, Kraftfelder und Pole herunterzuholen auf Erdniveau. Diese Denkmäler sind so was wie – äh – *Prüfsteine*«, sagte er, und diese neuerliche, aufschlußreiche Doppeldeutigkeit zauberte einen Abglanz des alten wissenden Lächelns auf sein Gesicht. »Wir sollten uns das ansehen. Wahrscheinlich werden die dunklen Mächte die Stätte eingekreist haben, und es könnte passieren, daß wir durch ihren Zauber zu Asche verbrennen. Aber wenn nicht, dann könnten wir bis ans Ziel vorstoßen.«

»Wie?« hauchte Marcus.

»Ich werd' dich hinfahren. In ein paar Tagen oder in ein, zwei Wochen. Erst müssen wir uns läutern und reinigen – dürfen nichts Blutiges mehr zu uns nehmen und nach Sonnenuntergang überhaupt nichts mehr essen –, damit unsere Körper den gefräßigen Dämonen, den blutgierigen Geistern nicht von vornherein zur leichten Beute werden. Ich nehme an, wir werden ein Zeichen bekommen, wenn wir aufbrechen sollen. Falls ich es nicht erkenne, wirst immerhin du es sehen, nicht wahr?«

Marcus nickte gequält. Er schaute zum Fenster, aber von draußen blinzelten keine grimassierenden Gesichter herein, sondern nur die Abendsonne. Er sah Lucas an, der unentwegt seine Hände im flanellenen Schoß knetete. Sein geheimer Formengarten fiel ihm ein, und bei dem Gedanken, daß Lucas seine alten Götter und elektrischen Impulse ausgerechnet mit steinernen Pyramiden und Kegeln in Verbindung gebracht hatte, packte ihn blinde Wut. Natürlich beeindruckte ihn diese Assoziation auch, aber nicht genug, daß er dafür seine Erkenntnis preisgeben wollte (und er war sicher, daß es ganz und ausschließlich die seine war), die ihm sagte, daß ihre Gedanken sich wieder einmal überlagert und daß jeder in seinem Zeichensystem oder -modell das gesehen hatte, was der andere imaginierte. Lucas war ohne Zweifel ein Stümper, der mit all diesem *Gefasel* über alte Götter und Dämonen und Körper, irdische oder außerirdische, die Reinheit, die Klarheit dessen besudelte, was ihm, Marcus, an Eingebungen zuteil geworden war. Und Lucas war gefährlich: Dämonen hin oder her, für Marcus stand fest, daß es, falls sie noch einmal zusammen in dieses Auto stiegen und wieder etwas passierte, höchstwahrscheinlich ihr Leben kosten würde. Dabei kam es gar nicht so sehr darauf an, was »passierte« – denn gleichgültig, ob es sich um ein sexuelles, religiöses oder mathematisches Erlebnis handelte, das Resultat wäre in jedem Fall das gleiche: ein Häuflein Asche, egal, ob Dämonen den Brand legten oder ob der Benzintank explodierte oder ob irgendein metaphysisches Brennglas einen himmlischen Bannstrahl auf sie lenkte. Aber obwohl er sich vorgenommen hatte, Lucas nichts von der Rückkehr seiner geometrischen Figuren zu erzählen, wußte er auch, daß er sich auf seine Bitte oder sein Geheiß doch wieder zu ihm in den Wagen setzen würde – allen bösen Vorahnungen zum Trotz. Er schuldete ihm das, schuldete es seinem Scharfsinn oder was immer davon übriggeblieben war und den Schweißgeruch und die summenden Drähte der Spitzel auf irgendwelchen Zerstörern durchdringen konnte. Darüber hinaus dachte er, daß es jetzt endlich an der Zeit sei, sich mit einem Dritten zu besprechen, und faßte einen Entschluß.

Im Turm gegenüber saß Alexander am Schreibtisch, vor sich die Unterrichtsbeilage der *Times* und einen Stapel Bewerbungsunterlagen, die er sich hatte kommen lassen. Ein Bewerbungsformular ist weder ein Passierschein für einen Ortswechsel oder neuen Lebenswandel noch eine schriftliche Prüfung. So ein leerer Fragebogen mutet vielmehr vertrauenerweckend nüchtern und sachlich an: wie die Unterlagen zur Volkszählung oder zu einer Meinungsumfrage. Er konnte der BBC (in London oder Manchester), einem alten Traditionsinternat oder einer modernen Pädagogischen Hochschule seine Qualifikationsnachweise schicken und sein literarisches Konzept darlegen, ohne aus dem Bereich von Phantasie und Wunschdenken heraustreten und sich ernsthaft für eine dieser Stellen interessieren zu müssen. Er wußte im übrigen, daß es töricht wäre, irgendeine weitreichende Entscheidung zu treffen, bevor – wie Crowe es ausdrückte – der erste und der letzte Vorhang über seinem Stück gefallen war: eine Position, die es ihm ermöglichte, die Formulare unbefangen als das zu betrachten, was sie waren: ein Haufen Papier. Schaudernd, wie ein verkaterter Zecher, besann er sich auf die Ereignisse der letzten Nacht und der frühen Morgenstunden und nahm sich dann entschlossen die Fragebögen der BBC vor. Wedderburn, schrieb er. Alexander Miles Michael. Für einen Menschen von seiner Passivität hatte ihn dieses klangvolle Namensaufgebot immer schon seltsam militärisch angemutet, und er stolperte auch jetzt wieder darüber, als er die kleinen Kästchen ausfüllte: Geburtsdatum, Ausbildungsorte, Abstammung, Nationalität und bisherige Veröffentlichungen – jeder Eintrag ein Rückzugsgefecht mit seiner einzigen Waffe, der Feder, und er konnte nur hoffen, ein strategisch durchdachtes Manöver zu liefern und keine kopflose Flucht. Vielleicht war es ja auch schon mit einer Finte getan. Er brauchte die Papiere nicht unbedingt abzuschicken. Fürs erste genügte vielleicht schon das Bewußtsein, daß ihm dieser Weg offenstand.

Alexander überdachte sein absonderliches Verhältnis zur Sexualität, seine erotischen Blamagen. Insgeheim glaubte er, daß seine Neigungen denen anderer Männer näher verwandt waren, als die meisten von ihnen eingestehen würden. Er schätzte den imaginären Genuß, schätzte Phantasiebeziehungen mit echten Frauen und echte Beziehungen zu Frauen, die seiner Phantasie entsprungen waren. Und natürlich schätzte er seine köstliche Einsamkeit, in die er niemanden eindringen lassen wollte. Zugleich aber – und das war noch sonderbarer, wenn nicht in der Tat absonderlich –, zugleich schätzte er den Kitzel der Angst.

Keiner übermäßigen Angst. Krallenspuren, Absätze, die sich ins Fleisch bohrten oder knallende Peitschenhiebe kamen in seinen Wunschträumen nicht vor. Und selbst wenn er, wie man das unwillkürlich manchmal tut, über die Träume, die er hatte, hinausging und sie weiterspann, reichte seine Phantasie nicht aus, sich vorzustellen, wie es sein mochte, derlei zu begehren. Aber eine schwache Ahnung, eine Nuance davon: das prickelnde Kitzeln wehender Haare auf bloßer Haut, die Panik einer überstürzten Flucht durch krachendes Unterholz und peitschendes Laub, die Erfahrung, daß ein Aufflackern echter Angst Geruchs- und Gesichtssinn schärfen, die provozierte er immer wieder. Demütigungen und Peinlichkeiten machten ihm durchaus keine Freude, weshalb er stets nur kurzlebige Beziehungen gehabt hatte, denn sowie es zu demütigenden und peinlichen Szenen kam, was irgendwann immer der Fall war, beendete er sie. Trotzdem schätzte er explosive, temperamentvolle Frauen, die, sobald sie in Wut gerieten, im Nu sein Verlangen erregten. Keats' Vers »Wenn deine Herrin zornig grollt« hatte ihm nie Rätsel aufgegeben, nicht einmal, als er noch ein ganz kleiner Junge gewesen war. Er fand solch obskure Lustgefühle ganz natürlich.

So weit, so gut. Er hatte sich in Jennifer verliebt, weil sie ihn während der Proben zu *Die Dame ist nicht fürs Feuer* ausgezankt, ja ihn buchstäblich umgehauen hatte. Er hatte sich, wie es seine Art war, ein Vergnügen daraus gemacht, sie zu beschwichtigen und die Kräfte ihres Zorns umzumünzen in Begehrlichkeit. Zugegeben, er hatte immer noch Angst vor ihr, aber als sein Fleisch vor ihrem Verlangen zurückgeschreckt war und sie darauf so nachsichtig und verständnisvoll reagierte, da war ihm klargeworden, daß seine Angst sich gewandelt hatte. Was ihn jetzt schreckte, das war nicht mehr ihr Zorn, nicht die ungezähmte Wildheit, sondern ihre Liebe, das waren Thomas und die Vorstellung, in eine Familie hineingezwungen und eingesperrt zu werden. Wohingegen er im Fall Frederica Potter nachgerade den umgekehrten Prozeß durchlaufen hatte. Ihre Anhänglichkeit hatte er zunächst als peinlich und demütigend empfunden, weil er dahinter die drohende häusliche Enge witterte und in ihr nur einen kindlich naiven, mit Bills spießiger Vorstadtmoral belasteten Quälgeist sah.

Er hatte keine genaue Vorstellung davon, wann sich das geändert hatte. Mit dazu beigetragen hatte jedenfalls die Prinzessin im Stück, die seinen Hang zu bedrohlichen Frauen widerspiegelte, ihn – da sie ein Selbstporträt war – darüber hinaus aber auch teilte, und nicht nur den, sondern ebenso seine nur heimlich eingestandene köstliche Einsamkeit, die sowohl Fluchtpunkt war als auch Energie- und Kraftquell. Da war endlich einmal ein Mädchen, das wußte, wie man kalt und versteinert agierte, wie man Furcht zeigte, Wut und Anmut ausspielte. Er hatte Angst vor ihrem Wissen, hatte Angst vor ihr. Als sie sich an ihn geklammert und ihn gekratzt hatte, war er in seliger Bangigkeit erschauert. Er betrachtete die unterwürfige Haltung des schöngeschwungenen weißen Marmorrückens der *Danaïde* auf seiner Kaminbrüstung und beeilte sich, die Formulare fertig auszufüllen. Er hatte nicht die Absicht, sich noch weiter in den Streit zwischen Bill Potter und seiner Familie hineinziehen zu lassen. Oder, wie er sich niedergeschlagen eingestand, in die häuslichen Querelen der Parrys. Sobald sein Stück abgesetzt war, würde er seine Sachen packen, die Steinsammlung, den *Knaben mit Pfeife*, die *Danaïde* und seine Bücher im Kofferraum verstauen und nach Weymouth und von dort weiter gen Süden fahren. Er würde Jennifer eine besonders große Topfpflanze zurücklassen – er dachte darüber nach und entschied sich für einen Lorbeerstrauch in einem Holzbottich –, ferner eine von Nicholas Hilliards weißen Rosen und irgendein Buch, ein passendes, nicht *Die Ode des Okeanus an die Mondgöttin*, die ohnehin in keiner anständigen Ausgabe verfügbar war, sondern irgend etwas anderes, das würde er sich noch einfallen lassen. Was das unmögliche Mädchen anging, so konnte er von Glück sagen, daß er noch einmal davongekommen war, und sie, sie würde weiter durch seine Träume spuken – was auch seine Vorzüge hatte – und ihn im übrigen sehr schnell vergessen (bei ihrer rastlosen, unermüdlichen Energie war das gar nicht anders möglich) und schon bald einem anderen die Haare zerzausen. Den Kontakt zu Bill würde er – ihretwegen – nicht aufrechterhalten, aber er würde mit Crowe in Verbindung bleiben, ja ihn nach angemessener Frist vielleicht sogar einmal besuchen, bevor Long Royston den Akademikern übergeben wurde.

Er legte die Formulare der Unterhaltungsabteilung der BBC beiseite und wandte sich den BBC-Fragebögen der Redaktion Unterricht und Kultur zu. Der Anblick seiner Handschrift wirkte beruhigend auf ihn. Ein wenig ähnelte sie den eleganten, kühl und sachlich aufs Papier geworfenen, schräggeneigten Schriftzügen der ersten Elizabeth. Auf der Treppe erklangen eilige Schritte. Hastig und ohne anzuklopfen riß jemand die Tür auf. Fast machte er sich auf eine Erscheinung der königlichen Jagdmeisterin in der Gestalt Fredericas gefaßt, eine Vision, die ihn auf den Einfall brachte, einen Mann im höchsten Turmzimmer mit einem eingekesselten Fuchs zu vergleichen, als ob die Chance, aus einem strategisch günstiger gelegenen Raum zu entkommen, größer gewesen wäre. Das Lächeln, das ihm dieser Gedanke entlockte, schien seine Besucherin zu verstimmen, die in Wirklichkeit Jennifer war.

»Ich muß mit dir sprechen«, sagte Jennifer. »Ich hab' sonst niemanden.«

»Aber war es klug, hierherzukommen?« wandte Alexander resigniert ein. Bisher war es ihm immer gelungen, Frauen aus seinen Privaträumen fernzuhalten, ein Grund dafür, daß er und sein Ruf (zumindest als diskreter Kavalier) sich so lange gehalten hatten.

»Auf einmal spielen alle verrückt. Und ich würde meinen, wir und das ganze Drumherum sind inzwischen so in aller Munde, daß es kaum noch darauf ankommt, ob mich wer hier sieht oder nicht.«

»Wahrscheinlich hast du recht«, sagte Alexander in dem gleichen müde resignierten Ton, während er versuchte, seine Bewerbungsunterlagen mit Manuskripten zuzudecken. Jennifer zog unterdessen Regenmantel und Kopftuch aus und warf sie über einen Stuhl.

»Sowie ich dich sehe, ist alles wieder gut«, sagte sie, »da kriegt das Ganze gleich wieder einen Sinn. Aber ehrlich, du kannst dir nicht vorstellen, was zu Hause los ist. Du, ich wünschte, du würdest dir dieses verschwörerische Grinsen verkneifen, die Sache ist nämlich überhaupt nicht komisch. Geoffrey hat sich aufgeführt wie der Elefant im Porzellanladen und das ganze Eßgeschirr zerschlagen, das Spode, stell dir das mal vor. *Geof-*

frey, der keiner Fliege was zuleide tun kann, der normalerweise nicht hört und sieht, was um ihn herum vorgeht, sonst hätte ich ja nicht ... oder vielleicht wäre ich ... ist ja auch egal, jetzt. Und er spricht kein Wort, außer mit Thomas, und zu dem redet er in so einem verlogenen, jämmerlichen Ton ... Ich hätte ihm so was ehrlich nicht zugetraut.«

»War es da klug, daß du von zu Hause fort bist?«

»Was soll das heißen? Ich hätt's nicht mehr ausgehalten, nicht, wenn er sich so aufführt. Das ertrag' ich nicht. Ich mußte dich einfach sehen. Obwohl du ja nicht gerade erfreut scheinst über meinen Besuch.«

»Wie kann ich mich freuen, wenn du so aufgelöst bist. Das hat mich natürlich erschreckt.«

Sie ging ein paar Minuten schweigend auf und ab und rückte zerstreut an seinen Sachen herum, verschob bald die luftig geformten Wedgewood-Schalen mit den Zweigen darin, bald die kleine Steinpyramide. Dann holte sie theatralisch Luft und sagte: »Hier geht's mir gut. Siehst du, jetzt ist alles in Ordnung. Sag, was machst du gerade?«

Sie kam und setzte sich auf seine Sessellehne. Er raffte sich kläglich auf und legte ihr den Arm um den Po. Sie blätterte in seinen Papieren, eine Angewohnheit, die ihm grundsätzlich zuwider war, und fischte ein Bewerbungsformular aus dem Stapel.

»Alexander Miles Michael. Nein, wie schön, was für wunderschöne Namen. Was schreibst du denn da? Alexander, *was hast du vor?* Du suchst doch nicht etwa eine neue Stelle?«

»Nur so eine Gedankenspielerei.«

Mit geübter Hand fächerte sie den Papierstoß auf und brachte die übrigen Formulare zum Vorschein.

»Fünf Bewerbungen! Es muß dir ja sehr dringend sein mit dem Wechsel, selbst wenn's nur einer in Gedanken ist.«

»Ja, weißt du«, sagte er vorsichtig, »es scheint sich in der Tat so eine Art Krise anzubahnen. Zumindest in meiner Vorstellung. Hast du denn nichts davon bemerkt?«

»Aber diese Unterlagen, die hast du doch bestimmt schon lange vor gestern abend angefordert.«

»Die Krise schwelt ja auch nicht erst seit gestern abend.«

»Es ist wegen mir.«

»Und wegen Thomas«, sagte Alexander wahrheitsgemäß. Der Gedanke an Thomas machte ihm wirklich angst.

»Thomas? Thomas. Wolltest du uns verlassen?«

»Ich sag' doch, es war nur so ein Gedankenspiel.«

»Du könntest uns mitnehmen. Ich würde mitkommen. Ich liebe dich. Ja, das wäre eine Möglichkeit. Du könntest fortgehen und uns nachholen, und dann würden wir noch einmal richtig von vorn anfangen.«

»Jenny, Liebes ...«

»Du würdest mich doch nicht verlassen?«

»Nein, nein. Ich wollte ja auch gar nicht weg. Ich liebe dich, Jenny.«

»Aber du *könntest* woanders hingehen und uns mitnehmen. Das würde alles ändern, es wäre offen und ehrlich, und wir hätten wirklich eine Chance.«

»Und was ist mit Thomas?«

»Er liebt dich. Er ist noch so klein. Natürlich würde er mitkommen.«

»Jenny... Wenn ich Thomas wäre, dann, ich meine, er hat sein eigenes Leben.«

»Ich könnte Thomas hierlassen. Das heißt, ich tät's nicht gern, ich will Thomas nicht im Stich lassen, aber so, wie die Dinge liegen – was bleibt denn da noch für ihn oder für mich?«

»Vielleicht eine ganze Menge. Wie können wir jetzt, aus dem Augenblick heraus, beurteilen, wie die Dinge stehen? Jenny, Liebes, laß uns erst mal das Stück durchbringen. Es bedeutet mir so viel. Und du bist so gut in deiner Rolle, wenn du nur versuchen wolltest ... ich meine, obwohl ich alles verdorben habe oder doch zum Teil ...«

»Nein, sag so was nicht! *Du* hast keine Schuld. Zwischen dir und mir ist alles in Ordnung, mein Liebling, um dir das zu beweisen, bin ich ja hier.«

»Was?«

»Es wäre alles wunderschön geworden, wenn Thomas nicht dabeigewesen wäre. Was du gerade gesagt hast, liefert mir den letzten Beweis dafür. Ich wußte, du würdest dir Vorwürfe machen, dich grämen, und weil ich das wußte, bin ich gekommen.

Wenn wir's jetzt noch mal probieren, dann klappt es bestimmt. Komm, das sind wir uns schuldig.«

»Jenny... das ist ein Internat... eine Jungenschule... wir sind in meinem Zimmer... am hellen Vormittag.«

»Man kann nicht wegen allem und *jedem* so pingelig sein. Ich hätte mich schon längst über deine ewigen Bedenken hinwegsetzen sollen. Es ist doch nicht so, als ob dir das dauernd passierte.« In scharfem Ton: »Oder?«

»Nein«, sagte er wahrheitsgemäß.

»Na also.« Ihr Rock glitt zu Boden. Sie hob ein Bein in die Höhe und machte ihr Strumpfband los. Sie stand nackt neben seinem Schreibtisch, nackt unter der *Danaïde*, lag nackt in seinem schmalen Junggesellenbett. Aus Höflichkeit zog auch er sich aus, ohne sonderliche Eile, und legte sich zu ihr. Er konnte nicht. Andernfalls hätte er es getan, sagte er sich ingrimmig, schon um die peinliche Prozedur nicht weiter in die Länge zu ziehen und es endlich hinter sich zu bringen. Aber er konnte nicht. Er drehte das Gesicht zur Wand. Jenny, die bis zum Brustansatz errötet war, brach plötzlich in lautes Schluchzen aus. Alexander, entsetzt über ihre Qual und ihre Schmach, richtete sie auf, wiegte sie in seinen Armen und flüsterte: »Ah, nun grubbel nicht so, nicht doch« – und wunderte sich selbst in der Situation, wo er ein solches Wort her hatte, eine Wendung nördlicher Mundart, die nicht zu seinem Vokabular gehörte und die er im nächsten Moment mit gequältem Lächeln *Lady Chatterleys Liebhaber* zuordnete. Jenny weinte in einem fort, immer heftiger und immer lauter. Er spürte, daß darin ihre einzige Zuflucht lag, solange sie nicht wußte, was sie sagen, ob und wie sie ihn berühren sollte.

»Grubbel nicht so, Liebes, es war nur der falsche Augenblick, und wir sind beide mit den Nerven runter, und wir haben viel zu wenig geschlafen, und ich bin so unruhig hier, um die Zeit... Es hat wirklich nichts zu bedeuten, es wird schon alles gut werden, wenn ...«

»Wenn, wenn! Wann soll das sein, dieses *Wenn*? Ach, ich hatte es so gut gemeint, und jetzt hab' ich alles nur noch schlimmer gemacht, weil ich einfach so reingeplatzt bin und mich aufgedrängt hab' ... vor dir rumgeschwänzelt bin wie ...«

»Keine sehr glückliche Wortwahl.«

»Alexander, bitte lach jetzt nicht.«

»Aber warum denn nicht? Was können wir sonst tun? Du solltest mitlachen. Im Augenblick jedenfalls. Ich verspreche dir, es wird alles gut ...«

»*Wann?*«

»Sobald wir ein annehmbares Quartier haben und genügend Zeit.«

»Dann wirst du uns – mich – fortbringen von hier.«

»Ich weiß nicht. Im Moment kann ich keinen klaren Gedanken fassen.«

»Also ehrlich, ich finde, das ist *die* Lösung, da gibt's gar nichts anderes.«

»Na, wenn das so ist«, sagte Alexander beschwichtigend, »dann wird es auch so kommen, nicht wahr?«

Sie lächelte unter Tränen und fing wieder an zu weinen – gefaßter diesmal. Er hielt sie in den Armen. Sie streichelte sein beharrlich schlaffes Glied und seine Lenden, aber ihre Gesten waren so fahrig, als könnte er jeden Augenblick explodieren oder vehement vor ihr zurückschrecken. Er übte sich in Geduld. »Du hast so helle Haut«, sagte sie, »du bist so schön, so unberührt und makellos, ich könnte dich immerfort anschauen.«

»Na, das ist dir ja unbenommen«, sagte er, und etwas in seiner Stimme schien sie zu erschrecken oder einzuschüchtern, denn sie sprang aus dem Bett und begann sich hastig anzuziehen. Er folgte ihrem Beispiel, bevor sie es sich anders überlegte, und brachte sie zur Tür, ehe sie ihm anbieten konnte, noch zu bleiben. Er ging sogar so weit, sich zerknirschter zu stellen, als er war. Fürs erste fühlte er sich nämlich ganz glücklich mit dem qualvoll psychischen Druck, den er sich angedichtet hatte und der sie in einer Weise verunsicherte und nachsichtig stimmte, wie er es sich besser nicht hätte wünschen können.

Er fühlte sich ein bißchen klebrig und verschwitzt, als er zu seinen Formularen zurückkehrte und ein weiteres davon ausfüllte. Das dauerte ungefähr zehn Minuten, und dann hörte er wieder eilige Schritte auf der Treppe, und die Tür wurde zum zweitenmal hastig aufgestoßen. Er nahm an, Jenny sei zurückgekommen, weil sie etwas vergessen hatte oder einen weiteren dringenden Appell an ihn richten wolle. Doch diesmal war es Frederica.

»Ich muß mit dir sprechen«, sagte Frederica. »Ich hab' sonst niemanden.«

Sein Puls raste. »Was ich von mir im Moment leider nicht behaupten kann«, sagte er.

»Nein, ich weiß. Ich hab' spioniert. Hab' mich im Tomatenbeet versteckt. Zum Glück hatte ich was zum Lesen dabei, und draußen scheint die Sonne. Also hab' ich so vor mich hingedöst und zur Abwechslung immer mal eine Passage in meinem Buch gelesen, das war schon auszuhalten. Aber Tomaten haben einen scheußlichen Geruch, die riechen wie erhitztes, geschreddertes Metall mit irgendwas drin, Schwefel vielleicht, oder? Jedenfalls ein Geruch, der regelrecht auf einen losgeht und den Stoffwechsel angreift, wenigstens kommt mir das heute morgen so vor, womöglich weil ich nicht geschlafen hab' und mir so schwummrig ist, daß ich auf alles hyperempfindlich reagiere. Aber die Sonne hat die ekligen Tomaten wettgemacht, und ich bin ein bißchen belesener als zuvor, was immer das bringen mag.«

»Und worin bist du jetzt belesener?«

»Ach, ich hab' mir noch mal *Liebende Frauen* vorgenommen. Ich hatte nämlich plötzlich Angst, ich könnte Gudrun sein. Ich meine, unser Haus kam mir auf einmal vor wie eine schreckliche Falle – genau wie dieser rote Klinkerbau im Roman, in dem die Brangwens wohnen, und Daddy war wirklich gemein zu mir, und ich mußte dran denken, wie wir uns früher über dich unterhalten haben, Steph und ich, und Steph erinnerte mich an Ursula, und dann hab' ich echt Zustände gekriegt, weil nun bloß noch Gudrun übrigblieb, und die will ich nicht sein.«

»Das einfachste wäre, du liest einen anderen Autor.«

»Ich weiß, ich weiß. Ich liebe und hasse Lawrence, ich glaube ihm, und ich lehne ihn radikal ab, alles zur gleichen Zeit und immerzu. Das schlaucht. Vielleicht war's auch bloß der Titel. Ich meine, ich hatte einfach Lust auf ein Buch, das so heißt. Was soll ich denn sonst lesen, was meinst du? Schlag was vor, gibt mir eins von deinen Büchern – ganz was anderes.«

»Wen liest du denn am liebsten?«

»Am liebsten? Also im Augenblick am liebsten Racine.«

Er dachte an Racine, an *Liebende Frauen* und an Frederica Potter, und es fiel ihm nur ein Satz ein, der auf alle drei paßte. »*Vénus toute entière à sa proie attachée.*«

»Nein, nicht *das*, nicht diese gräßliche Stelle über die schicksalhafte Ausgewogenheit des Unabwendbaren, nein! Ich erzähle dir lieber, was ich mir Kluges über den Alexandriner ausgedacht habe und was ich in meinem Abituraufsatz nicht unterbringen konnte oder nur mit Mühe und Not, weil die Fragen so eng begrenzt waren. Dabei ersticke ich fast an meinem ganzen Wissen über Racine, aber ich kann und kann's nicht loswerden, und so werd' ich's irgendwann einfach vergessen haben. Ist das nicht furchtbar?«

»Keine Angst, du kriegst deine Chance«, sagte er. »Los, erzähl mir was über den Alexandriner.«

Er war ein guter Lehrer, nicht weil er wie Bill mit seinem Charisma Leidenschaft weckte und Engagement für vermeintlich wichtige Themen, sondern einfach weil er zuhören konnte, wußte, wann die nächste Frage fällig war, und den anderen seinen Gedankengang in Ruhe zu Ende bringen ließ. Er gab Frederica Zeit und ein Forum, um ihre Gedanken zum Alexandriner darzulegen. Während die Wärme von Jennys schamgerötetem Fleisch langsam aus seinen Armen wich und von seinem Leib, saß er da und betrachtete dieses Mädchen, das immer polternd und kollernd auf ihn losgegangen war, das sonst ständig zwischen lawrenceschen Hyperbeln und dem falschen Pathos des selbstgerechten Rhapsoden schwankte und das ihm nun treffend und gewandt, anhand ausführlicher Zitate, wohlgeordnet und nach und nach immer gefaßter die Struktur erst eines, dann eines zweiten und endlich einer ganzen Kette von Alexandrinern auseinandersetzte: von *Mithridate* bis *Athalie*, von der eloquenten Ironie des *Britannicus* bis zur alles verzehrenden Leidenschaft in *Phèdre.* Wie er sie so manierlich auf ihrem harten Stuhl sitzen sah, dachte er: Sie hat ein feines Ohr, ein sehr feines sogar, und dabei fiel ihm ein, daß sie eine stocksteife Schauspielerin war, und er mußte unwillkürlich lächeln, worauf sie, als hätte sie seinen Gedanken erraten, sagte: »Ich liebe den Alexandriner, weil er auf dem Papier so klar und unterkühlt wirkt und trotzdem so *einleuchtend* argumentiert, und doch stelle ich mir vor, daß er auf der Bühne ohne übertriebene Gesten auskommen muß, ohne dröhnende Deklamation, die nur die Symmetrie der Verse zerstören würde. So wie ich es mir vorstelle, müßten die Schauspieler einfach nur ruhig dastehen und dürften höchstens hin und wieder eine majestätische Armbewegung machen oder den Kopf in die Hände sinken lassen. Siehst du das auch so?«

»Doch, das hat was für sich.«

»Ich liebe dich.«

Es folgte ganz natürlich auf das, was sie zuvor gesagt hatte, war doch ihr ganzer Vortrag eine einzige Liebesgabe gewesen, von ihr so gemeint, von mir so aufgefaßt, dachte er.

»Und ich liebe dich.« Er sagte es so schlicht wie möglich, in der Hoffnung, ihr irgendwie vermitteln zu können, daß ihre behutsam zögernde, dann flüssig und abstrakt argumentierende und dabei doch so leidenschaftliche Rede ihn in einer Weise bewegt hatte, wie es einer anderen Frau, obwohl sie sich in rosiger Nacktheit vor seinem Kamin präsentierte, nicht gelungen war. Hier dagegen die heilige, die geweihte Stimme, unverkennbar, mit Fanfarenklang. Nein, das war nicht das Entscheidende, sondern einfach die Ausnahmesituation, denn schließlich: Wann machte man schon einmal jemandem einen Gedanken zum Geschenk? Er hatte immer wieder gehört, daß sie sehr gescheit sei, und das einfach so hingenommen. Sie selber hatte es ihm oft genug gesagt.

»Ich liebe dich, weil du sehr klug bist«, sagte er, um ihr zu zeigen, daß er es jetzt eingesehen hatte.

»Und ich liebe dich, weil du schreiben kannst.«

»Ob das gute Gründe sind?«

»Na ja, in einem Roman würden sie wohl nicht durchgehen. Romanfiguren lieben sich nicht, weil beide begreifen, daß Racine ... daß er ist, was er ist. Im Grunde könnte man's mit Mathe vergleichen, bloß daß ich nicht gut bin in Mathe, aber egal, ich wollte sagen, wichtig ist das Sinnliche, aber das stimmt auch nicht, oder zumindest liegt das sinnliche Vergnügen nicht im Sex, sondern in der Geometrie, das heißt, eigentlich weiß ich nicht viel über Sex, also sollte ich wohl besser nicht darüber reden. Wo war ich gleich wieder? Ach ja, wenn wir Romanfiguren wären, dann hätten wir uns sehr verdächtig gemacht damit, daß wir hier sitzen und dröge über irgendein Versmaß schwafeln, und es würde bestimmt ein böses Ende mit uns nehmen.«

»Wenn wir Romanfiguren wären, dann würde man sagen, der Dialog ist zu gekünstelt, der fliegt raus. Sex kann in einem Roman vorkommen, klar, aber Racines Versmaß, das ist kein Thema, egal, wie leidenschaftlich man sich dafür engagiert. Pound hat mal gesagt, Poesie, das sei eine Art genial inspirierter Geometrie, eine, mit deren Gleichungen man keine Dreiecke und Zylinder berechnet, sondern die menschlichen Gefühle. Und Wordsworth sagt, Erotik und Versmaß werden gleichermaßen durch den Blutfluß gesteuert, verstehst du, und von dem sublimen, dem elementaren Lustprinzip, das unser ganzes Leben und Sein bestimmt. Das heißt, wenn wir uns von den ebenso exakten wie geheimnisvollen Zauberformeln einer genialen, einer poetischen Mathematik inspirieren lassen, dann können wir gegenseitig das Rauschen unsres Blutes hören, Frederica.«

»Wie wunderbar.«

»Ja. Paß auf, ich geb' dir ein Buch, das nichts mit *Liebende Frauen* zu tun hat. Ich werde dir meine zerfledderte Everyman-Ausgabe der Lyrik des 16. Jahrhunderts schenken, weil da *Die Ode des Okeanos an die Mondgöttin* drin ist, zwar mit einem Haufen Druckfehler und in sehr fragwürdiger Orthographie, aber diese lautmalerischen Ebbe- und Flutbewegungen – also das mußt du einfach lesen.«

»Ich werde es immer in Ehren halten.« Sie sagte es spöttisch und ernst, parodistisch und aufrichtig. Und dann saßen sie einfach nur da und sahen sich an.

»In den Romanen von D. H. Lawrence«, begann sie wieder, »da lieben sich die Menschen, weil sie sonst so unsäglich sprachlos sind, oder wegen der dunklen Einsamkeit ihrer Lenden, ihrer kosmischen Vereinzelung und was weiß ich noch alles. Sie prahlen und schwafeln, aber *reden*, wirklich reden, das tun sie nicht, außer Lawrence selber, der schon. Er war richtiggehend sprachverliebt, und in gewisser Weise ist es verlogen, wenn er immer auf die angeblichen Werte ›jenseits‹ des oder ›unter‹ dem Sprachniveau verweist. Ich habe auch einen Hang zur Sprache, warum kann man sich eigentlich nicht durch die Sprache lieben? Racine läßt seine Figuren das Unaussprechliche aussprechen. Komisch, dabei wollt' ich gerade sagen, daß sein Wortschatz eher klein war, bloß gilt das ja für Lawrence genauso, zumindest auf dem Gebiet, und beide weisen sie über die Sprache hinaus, aber so gestochen klar und formstreng der eine aufzeigt, was sie nicht leisten kann, so undiszipliniert greint und quengelt der andere, und ... ach, ich weiß auch nicht. Die Stelle mit den Ringen und der Rehpastete, die gefällt mir, glaub ich, wirklich gut, und auch noch die mit dem Kaninchen. Und ein Grund dafür, daß ich Racine so toll finde, ist der, daß Daddy ihn überhaupt nicht mag. Er kann kein Französisch. Ich glaube, er hält's für eine unterkühlte und trotzdem unmoralische Sprache. Vielleicht belege ich auf der Uni Französisch und Deutsch. Wenn was nicht auf englisch ist, kann er einem nicht so leicht mit seinen kulturellen Werturteilen kommen.

Du mußt entschuldigen, Alexander, aber ich bin so überdreht, weil ich nicht geschlafen habe und so berauscht bin von dir und selig, daß ich hier bei dir bin und wir so miteinander reden, daß ich mich einfach nicht bremsen kann, weißt du, ich kann mir nicht vorstellen, daß man länger als einen oder höchstens zwei Tage hintereinander glücklich sein kann, und darum hab' ich das Gefühl, ich muß es jetzt in vollen Zügen genießen.»

»Du sagtest vorhin, Bill war gemein zu dir. Was ist denn gewesen?«

»Er hat mich eine dreckige Hure genannt.« Eine Formulierung, die Frederica mit unverhohlenem Genuß wiederholte. »Und dann hat er mich vermöbelt, und den Papierrock, den hat er auch ganz schön zerfetzt, obwohl ich ihm gesagt hab', daß der nicht mir gehört. Und außerdem, hab' ich gesagt, gefiele mir seine Ausdrucksweise nicht, und mein Lebenswandel, der ginge nur mich was an. Da hat er gesagt, das wär' ja ganz was Neues, und ich, ich hab' ihm eine geknallt. So richtig mit der geballten Faust ins Auge. Das ist gleich ganz zugeschwollen. Er hat mich ins Bett geschickt, also hab' ich mich hingelegt und ein bißchen gedöst, und dann, als ich hörte, wie er aufs Klo ging, bin ich abgehauen und hierher zu dir gelaufen.«

»Das kann sich doch unmöglich so abgespielt haben.«

»Nicht ganz so, nein, ich hab's ein bißchen dezenter gemacht, als es war, und mich schmeichelhaft schlagfertig dargestellt, und außerdem hab' ich die Geschichte gehörig gekürzt, wofür du mir nur dankbar sein kannst. Es war nämlich eine ganz schön ekelhafte Szene. Dein Name ist übrigens nicht gefallen, falls du deswegen in Sorge sein solltest.«

»Ein bißchen schon, ja.«

»Vergiß es. Er ist ziemlich schwer von Kapee, und außerdem ist er immer noch so auf Daniel geschliffen, daß ich glaube, der ist der einzige, gegen den er ernsthaft was hat. Und natürlich gegen meinen unanständigen Lebenswandel und dagegen, daß ich hergehe und Klamotten verbummele, die er bezahlt hat. Aber ich hab' ihm gesagt, daß ich die Sachen wiederkriege.«

»Und? Hat ihn das getröstet?«

»Er hat mir nicht geglaubt.«

»Ich kann nicht, ich kann mich nicht mit ihm anlegen und mit deiner Familie – wo du obendrein noch so jung bist. Das wäre gerade so, als würde ich einen Schüler verführen, Frederica. So was macht man nicht.«

»Ach nein? Wilkie hat mir ganz was anderes erzählt. Und ich hätte auch gedacht – ich weiß nicht, aber unsre heutige Oberschule, das ist schließlich keine heilige Kuh, die ist doch geistig tot, und überhaupt, *ich* hätte gedacht, dieses klassische Lehrer-Schüler-Verhältnis untergraben zu wollen, das wäre gradezu ein Urinstinkt. Außerdem eine *mögliche* Variante der alten Ödipus-Geschichte, ich meine, es gibt ja kein überliefertes Gesetz, das dagegen spricht, nur die Schulordnung, und daß die bloß dazu gemacht ist, übertreten zu werden, das wissen wir doch alle. Wirklich, ich wünschte, ich *wäre* deine Schülerin. Wir beide könnten herrliche Zeiten erleben. Wie Abaelard und Héloise.«

»Ich wüßte nicht, was daran wunderbar wäre.«

»Gut, ja, aber das waren *andere* Zeiten, um dich zu zitieren. Wir leben in der Gegenwart, wir sind mittendrin. Nicht mal mein Daddy droht heute gleich mit dem Fleischermesser.«

»Du kannst einen wirklich beruhigen!«

»Nein, im Ernst, ich muß dir was sagen.« Sie stand auf, kam hinter den Schreibtisch und setzte sich auf seine Sessellehne, wo zuvor Jenny gesessen hatte. Ihr Blick huschte über die Bewerbungsunterlagen. Falls sie begriff, worum es sich handelte, ließ sie es sich nicht anmerken. Sie strich ihm übers Haar, und in seinen Adern kribbelte es wie verrückt.

»Sag, willst du nicht mit mir schlafen?«

»Ich weiß nicht, ob ich das kann. Es käme mir unredlich vor. Unter anderem gegen dich. Und wahrscheinlich auch gegen mich selber.«

»Das kann ich verstehen. Aber ich glaube, es spielt keine Rolle, nicht zwischen dir und mir, hier und jetzt.«

Ein Mädchen von siebzehn Jahren im Hier und Jetzt, das war's, was sie ausmachte, dachte er bei sich. Ihr Leben war noch nicht durch eine festgefügte Vergangenheit und Zukunft determiniert, war keines, das mit alten Zwängen und Verpflichtungen und lähmenden Mißerfolgen an ihr zehrte. Sie war noch unberührt – na ja, beinahe jedenfalls. Und aus dem Grund, sagte ihm die Vernunft, aus dem Grund ist sie verletzbar. Was er mit ihr machte oder nicht machte, konnte ihr ganzes Leben verändern. Sie *sieht* aber gar nicht so dünnhäutig *aus*, hielt sein Körper dagegen, und der praktische Verstand sprang ihm bei. Sie wirkte zäh und unabhängig und ganz einfach lebenshungrig.

»Halt mich trotzdem.«

»Es ist nicht so, daß ich dich nicht *begehren* würde.«

»Nein. Es sind bloß deine Skrupel. Schon gut, wir haben ja noch so viel Zeit. Halt mich nur ein bißchen fest. Ganz unverbindlich.«

Er zog sie hinunter auf seinen schwellenden Schoß und hielt sie in den Armen. Sie saßen ganz still. Im Dickicht seines Hirns raschelte es wie toll; er saß in einem Auto, raste einen steilen Hang hinunter und verlor die Kontrolle über das Lenkrad. Im Geiste schrie er schrill und stumm und mit ganz der schwindelerregenden Lust, mit der er als Kind Achterbahn gefahren war, und der literarische Tick, der ihn unerbittlich verfolgte, sagte ihm (und das war keine Kindheitserinnerung, sondern eine leise säuselnde Stimme mit deutschem Akzent, die aus dem *Wüsten Land* zitierte), er solle nur festhalten, was er habe, das mit den keuschen, reinen Sätzen sei nur eine Mär, was aber nicht weiter tragisch sei, denn in Wahrheit gäbe es bestimmt auch keine kosmisch vereinsamten unberührten Schulmädchen, die man keusch auf dem Schoß wiegen könne. (Und dabei war *Lolita* noch nicht mal geschrieben.) Er hielt sie fest, ganz fest. Sie lachte ausgelassen. Wenn sie ihn weiter bedrängt hätte, dann hätte er sie genommen. Aber sie tat nichts dergleichen, denn sie fürchtete sich vor möglichem Blutvergießen und davor, bei einer Lüge ertappt zu werden, und außerdem war sie rasch zu der Erkenntnis gelangt, daß ein ungestörtes Zusammensein mit mehr Muße und Zeit bestimmt besser geeignet wäre. Zudem würde es ihm mit seinen Skrupeln, wenn sie sie nur respektierte, gewiß so gehen wie den meisten Menschen, und sie würden ihm mit der Zeit lästig werden. Wenn man einen Skrupel ein, zwei Tage ernst genommen hat, sagte sich die kluge Frederica, dann bekommt man das Gefühl, der Pflicht sei Genüge getan, und fängt an zu hoffen, daß Umstände oder Notwendigkeit ihn aus dem Weg räumen werden. Im übrigen war auch sie nicht ohne Vorbehalte. Racine war eine Sache, aber Matthew Crowes Schnabel und Krallen und seinerzeit Eds rupfende Wurstfinger waren eine andere. Sie wollte nicht angeekelt gegen den unglaublichen, den vollkommenen Alexander aufbegehren. Nicht wenn ich, dachte sie und streichelte seine wunderschönen, edlen Schulterblätter unter dem Hemd, nicht wenn ich unverhofft schon so weit gekommen bin.

Alexanders letzter Besucher klopfte an. Und auch sein Entree fiel, als er hereingerufen wurde, zaghafter aus als das der Vorgänger. »Tut mir leid, wenn ich störe, aber ich muß mit Ihnen sprechen«, sagte er. »Ich wußte sonst niemanden, den ich hätte um Rat fragen können, verstehen Sie?«

Alexander dachte höchst selten an Marcus, wenn er nicht – wie jetzt – direkt mit ihm konfrontiert war. Seit der Ophelia hatte er den Verdacht, mit dem Jungen »stimme etwas nicht«, was er aber leichthin auf den penetranten Vater, die Schwierigkeiten im Elternhaus und auf das Milieu schob. Was sein Verhältnis zu dem Jungen weiter komplizierte, war der Umstand, daß der Gedanke an Ophelia immer noch sein Gesicht und seine Stimme heraufbeschwor, ja schlimmer noch: Wann immer er den dürren, schmächtigen Jungen mit dem ausdruckslosen Gesicht und den strohblonden Haaren sah, fiel ihm unweigerlich Ophelia ein. Wenn er einmal über Marcus nachdachte (wie er es jetzt in aller Eile versuchte), dann kam er zu dem Schluß, ihre seltenen Begegnungen seien immer darauf hinausgelaufen, daß Marcus ihm etwas sagen oder zeigen wollte es, aber vor lauter Verklemmtheit nicht fertigbrachte. Er wiederum hatte von typisch britischer Warte aus das Bedürfnis, solche Vertraulichkeiten abzuwehren, da man endemische Hysterie doch tunlichst in Schach halten sollte und auch weil ihm nicht wohl dabei gewesen wäre, sich in Bereiche einzumischen, die so unmittelbar dem Einfluß und der Autorität Bill Potters unterlagen. Daß Bills Sohn jetzt auf einmal leibhaftig vor ihm stand, eine Angst und höfliche Beflissenheit verströmende Erscheinung, darin sah er gewissermaßen seine Strafe für das, was Bill Potter ohne Zweifel als »sittlichen Übergriff« auf seine Tochter betrachtet hätte.

»Setz dich«, sagte er nervös.

Marcus setzte sich auf die Kante eines unbequemen, harten Stuhls und sah sich um. Er nahm den Raum in sich auf: die hellen, klaren Harlekin-Wände, das Commedia-dell'arte-Plakat für die *Gaukler*, Picassos Akrobaten in ihrer rosagrauen Wüste, den rosenbekränzten Knaben, die schimmernde *Danaïde* und die Steinpyramide darunter. Das Zusammenspiel der Alabastereier mit den unregelmäßigen, dunkel glänzenden, kreidigen Rundungen und Flächen von Kalk- und Flintsteinen gefiel ihm ebenso wie der Kontrast zu den weiß gerundeten Hüften und den schwarzen Hintergrundrechtecken der *Danaïde*. In diesem Zimmer herrschte ein ausgewogenes Verhältnis zwischen dem Gefüge von Raum und Körpern, und das flößte ihm, vorübergehend, eine gewisse Sicherheit ein.

Auch er erinnerte sich indes an Ophelia und schlug die Augen nieder vor dem gefährlichen Knaben mit dem üppig bekränzten Haupt. Die *Hamlet*-Inszenierung hatte Alexander zu einem möglichen, wenn nicht gar zum idealen Vertrauten oder Beichtvater werden lassen, einfach weil er damals der Regisseur gewesen war, der Marcus sagte, was er zu tun und wie er sich zu bewegen habe. Und er, Marcus, hatte Lucas womöglich nur erlaubt, ihn so zu behandeln, wie er es tat, weil er sich an den Gedanken einer Art leitenden Regisseurs gewöhnt hatte. Bis auf seinen Vater hatte niemand sonst sich die Mühe gemacht, ihm zu sagen, wie er sich verhalten solle.

Marcus' stumme Bestandsaufnahme dauerte ihre Zeit, und Alexander wurde unterdessen noch nervöser.

»Möchtest du mir nicht sagen, was dich zu mir führt?«

Marcus fuhr zusammen.

»Ich weiß nicht, wo ich anfangen soll. Sie werden's nicht normal finden. Das heißt, Sie werden's verrückt finden. Ich glaube, er ist verrückt. Wahrscheinlich jedenfalls. Ziemlich sicher sogar.«

»Wer oder was ist verrückt?«

»Sir, worum es geht, worum es eigentlich geht – ich habe Angst um Mr. Simmonds, Sir. Angst vor dem, was er vielleicht vorhat.«

Alexander hatte so gut wie nie einen Gedanken an Lucas Simmonds verschwendet, der geradezu langweilig normal und angepaßt war und dessen scheinbar so flüssige Konversation im Lehrerzimmer sich immer nur um Sport und andere triviale Gemeinschaftsaktivitäten drehte. Alexander hatte das lächelnde Gesicht vor Augen, die durchtrainierte Gestalt und dieses Flair von Krikket und Naturverbundenheit. Bestenfalls eine Nebenfigur in einem Kriminalroman aus weiblicher Feder. Vernünftig gekleidet, mit vernünftigen Ansichten, einer, über den hinter seinem Rücken niemand redete. Zu unauffällig für einen Wodehouse.

»Sir, er sagt, vor seinen Fenstern lauern Spione. Er sagt, er wird abgehört, Sir. Ich meine, er und sein Zimmer, beide werden angeblich elektronisch überwacht. Und dann sein Auto, ich glaube, irgendwann fährt er mal zu schnell.«

Marcus hatte beschlossen, ein Minimum der glaubwürdigsten Fakten preiszugeben, einfach um auf die Notlage seines Freundes aufmerksam zu machen. Hoffnungsvoll blickte er hoch. Die tiefen Falten auf Alexanders schön geformter, hoher Stirn zeugten von abgrundtiefer Verwirrung. Marcus lieferte noch ein paar Fakten nach.

»Er sagt, ein paar Zerstörer auf einem Zerstörer hätten seinen Verstand zerstört. Und vielleicht auch etwas von seinem biomorphen Rüstzeug – sagt er. Dann hat er eine Milchflasche gesehen, die voller Blut war. Er hat mit einer Schere Löcher in die Schaubilder von MANN und FRAU im Biolabor geschnitten. Ich glaube, er hat auch ein paar Frösche seziert.«

»Das gehört in seinem Fach dazu.«

»Kommt drauf an, wie.«

Alexander versuchte sich zu konzentrieren. Bis eben war er in Gedanken noch bei Frauenkörpern gewesen, bei den geheimen Tiefen des Fleisches und dem Rauschen in Blut und Hirn. Milchflaschen und dubios zerschnipselte Frösche fielen nun wirklich nicht in seinen Kompetenzbereich.

»Und? Was schließt du aus alledem?«

»Ich weiß nicht, Sir. Er glaubt, ich kenne mich mit Dingen aus, von denen ich nichts weiß. Ich verstehe längst nicht soviel davon, wie er meint.«

»Und wieso werden überhaupt irgendwelche besonderen Kenntnisse von dir erwartet?«

»Sir, er ist mein Freund.«

Eine ehrliche, eine verzweifelte und hochherzige Antwort und eine hinterhältige obendrein, denn sie klammerte gewisse Dinge aus, die Marcus nicht über die Lippen wollten, solange es sich nur irgend vermeiden ließ: seine eigenartigen Fähigkeiten nämlich, um derentwillen freundschaftlicher Kontakt gesucht und gewährt worden war. Alexander fand seine Antwort in einem anderen Sinne hinterhältig. »Freund« war kein Wort, das man in Blesford Ride ganz unbefangen in den Mund nahm; es war im Gegenteil eines, das man tunlichst vermied, wenn von harmlosen Freundschaften die Rede war. Und was Marcus Potter oder Lucas Simmonds anging, so hatte Alexander noch nie gehört, daß man einem von beiden irgendwelche »Freunde« zuschrieb. Aber er erfuhr so manches nicht. Alexander musterte den Jungen, dessen bleiche Züge rings um die Brille eine gewisse Ähnlichkeit mit der kreidigen Blässe seiner Schwester hatten, nur daß bei ihm Augen, Haare und Gesichtsausdruck von einer Farblosigkeit waren, die fast an Auflösung grenzte. Unwillkürlich schweifte sein Blick hinüber zu dem frechen, dem so ganz anderen Knaben an der Wand, und ein wohliges Schauern überlief ihn. Wenn Frederica keine jungfräuliche Mimose war, so war es dieser Junge um so mehr, und der unglückliche Simmonds hatte mit dem Feuer gespielt, mit einem labilen, gefährdeten Charakter. Eine Welle unmotivierter Sympathie für seinen hypothetischen Simmonds erfaßte ihn. Jungen waren eine schreckliche Spezies. »Warum«, fragte er, und sein Ton klang drohender als beabsichtigt, »warum kommst du mit dieser Geschichte ausgerechnet zu mir?«

»Hab' ich doch gesagt, Sir, aus Angst vor dem, was passieren könnte. Ich meine, beim letzten Mal, da wären wir fast ums Leben gekommen, alle beide.«

»Beim letzten Mal?«

»Als wir das letzte Mal rausgefahren sind und ... na ja, das war so 'ne Art Ausflug, den wir gemacht haben, er nennt's Exkursion – so was wie ein Studientag – wo man vorher eine Aufgabe gestellt kriegt – aber darüber möchte ich nicht sprechen, ich ... und auf der Rückfahrt, da hätte er uns wirklich beinahe umgebracht. Er sagt, das Tempo, das kommt aus dem Körper.«

Marcus war kein guter Redner. Seine dumpfe Stimme vermittelte nichts von dem Grauen dieser schwindelerregenden, rasenden Fahrt über Moor- und Hügelland. Tatsächlich konnte man von seinem Ton auf einen Querulanten schließen, was Alexander unseligerweise auch tat.

»Mit anderen Worten, du hast das Gefühl, die Beziehung sei zu gefährlich geworden?«

»Das nicht, nein, oder doch, ja, schon, aber deshalb bin ich nicht hier. Ich hab' Angst vor dem, was er tun könnte.«

»Mir ist immer noch völlig unklar, was er eigentlich bisher getan hat«, sagte Alexander taktvoll, eine Spur feindselig. »Also raus damit.«

Marcus versuchte es. Es fiel ihm schwer. Er konnte, als es darauf ankam, die Worte Gott oder Religion oder Licht nicht aussprechen, und obwohl es ihm mittels weitschweifiger Umschreibungen gelang, von dem »Experiment« zu reden und Nebenaspekte wie die hypnagogischen Symbole zu benennen, erweckte sein zurechtgestutzter, zensierter Bericht, mit dem er das Unaussprechliche zu schützen hoffte, merkwürdigerweise sehr viel stärker als (wenn überhaupt) beabsichtigt, den Eindruck, daß es sich hier um eine »persönliche Beziehung« handelte. Alexander horchte auf entsprechende Schlüsselworte. Schwächen und Stärken eines guten Beichtvaters liegen gefährlich nahe beieinander. In beiden Fällen geht es darum zu hören, was gesagt wird, und gleichzeitig auf das zu lauschen, was ungesagt bleibt, den Eindruck zu erwecken, man habe etwas verstanden, was eine Flut von Auslegungsmöglichkeiten bietet, nur damit das Bekenntnis nicht ins Stocken gerät und dem, der es ablegt, am Ende doch noch die eine unmißverständlich eindeutige Aussage entschlüpft. Alexander war normalerweise ein guter Beichtvater, was zum Teil daran lag, daß er den Geheimnissen anderer Leute nur zögernd und widerstrebend sein Ohr lieh und dadurch nicht in Gefahr geriet, sie wie sein Privateigentum zu behandeln. Er hätte darüber hinaus auch insofern für die Rolle prädestiniert sein müssen, als er, der Dramatiker, ein distanziertes, professionelles Interesse an der Entwicklung von Geschichten und Handlungsabläufen mitbrachte – allein, dieses Interesse war bei ihm ziemlich schwach ausgebildet, und er bevorzugte alte, ausgefeilte, abgeschlossene Geschichten. In diesem Fall erwies er sich obendrein noch als schlechter Zuhörer. Er war übernächtigt, war benebelt von Sex und Jenny und Frederica. Er hörte, wie Marcus nach Worten rang, und interpretierte das, was er sagte, nach einem ganz bestimmten Schema. Marcus sprach von »der Sache« und »der Affäre«, um die Dinge nicht beim Namen nennen zu müssen, und Alexander versah jedes Wort mit dem passenden Etikett. Marcus sprach von »Übergriffen« und meinte geometrische Formen, Radiowellen oder andere Störfaktoren, die Lucas' Konzentration hemmten, und Alexander deutete sein Gestammel biologisch und folgerte daraus, daß man sich an Marcus vergriffen habe. Er fing an, Marcus gezielter nach dem zu befragen, was Lucas mit ihm »gemacht« habe. Es wäre ihm in vieler Hinsicht lieber gewesen, nichts darüber zu wissen, doch er hielt es für seine, wenn auch unangenehme Pflicht, Marcus reden zu lassen, wenn ihm danach war. Und Marcus redete, aber so verklausuliert, daß die Geschichte sich entsetzlich in die Länge zog. Im Augenblick murmelte er irgend etwas Unverständliches über einen Höllenschlund. Für Alexander stand fest, daß beide, der Mann und der Junge, von kalvinistischen Schuldgefühlen geplagt wurden. Er versuchte das Problem direkt anzugehen.

»Und der körperliche Kontakt? Spielt der dabei eine große Rolle?«

Marcus begann zu erklären, daß er überhaupt keine Rolle

spiele, was im allgemeinen, wenn auch nicht bis zur letzten Konsequenz, der Wahrheit entsprach. Doch dann fiel ihm Whitby ein, und er fing an zu glühen.

»Du schämst dich deswegen«, stellte Alexander fest.

»Wenn, dann er«, sagte Marcus. »Aber das ist nicht das Entscheidende.«

»Man neigt immer dazu, das wirklich Entscheidende herunterzuspielen und zu verdrängen«, sagte Alexander freundlich. In Wirklichkeit empfand er einen ganz ungerechtfertigten Zorn gegen diesen Jungen, den er ebenso zu Unrecht verdächtigte, den armen Simmonds verführt, ihn in qualvolle Frustration und ohnmächtige Gewissensbisse gestürzt zu haben.

Marcus wiederum erinnerte diese Unterredung langsam geradezu unheimlich an ein Gespräch, in dem Lucas ihn in aggressiver, preußischer Manier darüber verhört hatte, ob er an sich herumspiele. In einem für seine Verhältnisse ärgerlichen Ton sagte er: »Es hatte nichts mit Sex zu tun. Ich meine ... darum ging's nicht. Es ...« In seinen blassen Augen standen Tränen, in Wangen und Hals pulste, dicht unter der durchsichtigen Haut, das Blut.

»Du mußt dir das einreden. Ich weiß, du kannst gar nicht anders. Du fühlst dich durch dieses Erlebnis beschmutzt und mißbraucht, das ist offensichtlich. Und ich merke auch, daß du gewisse Dinge zurückhältst, Dinge, die du weggelassen hast, die du nicht aussprechen kannst ...«

»Aber keine *solchen* Dinge.«

»Natürlich nicht. Wenn du's sagst. Ich will dich nicht aushorchen.«

»Sie verstehen es nicht.«

»Wie kann ich etwas verstehen, worüber du nicht sprichst? Trotzdem würde ich meinen, daß ich mir so in groben Zügen ganz gut vorstellen kann, worum es geht. Und wenn ich recht verstehe, dann wird dir das ganze allmählich zuviel – weil die Affäre dich anekelt und abstößt, weil dein Freund sich komisch benimmt ...«

»Das ist nicht der Punkt. Ich hab' Angst, daß er was vorhat.«

»Und was könnte das sein?«

Marcus suchte nach einer Antwort. Er hatte Alexander ein

völlig falsches Bild von Lucas vermittelt. Zögernd sagte er: »Er meint, wir müßten die tausend Steinpyramiden im Moor von Fylingdales besuchen. Aber ich weiß, wenn wir da hinfahren, werden wir getötet. Ich weiß es.«

Fünf oder sechs längliche Tränen rannen langsam über das ausdruckslose Gesicht.

»Das kann ich mir eigentlich nicht denken«, sagte Alexander in einem für seine Verhältnisse herzlichen Ton. »Aber wie auch immer, da gibt's eine ganz einfache Lösung: Du darfst eben nicht mitfahren. Sag ihm klipp und klar, daß es aus ist – daß dir die ganze Geschichte zu gefährlich wird und daß du Angst hast, sie könnte ein schlimmes Ende nehmen. Was ja ganz der Wahrheit entspricht.« Es schien ihm weder denkbar noch angebracht, Marcus Potter über das Automobil als Symbol sexueller Potenz zu belehren, obgleich sein literarischer Verstand bereits emsig dabei war, eine Reihe von Gleichnissen für die Furcht vor destruktiven Energien (Simmondsschen wie Potterschen) zu entwerfen.

»Er braucht mich.«

»Er kann nicht *ernsthaft* jemanden brauchen, den er so zur Verzweiflung treibt wie dich. Im übrigen ist der Mensch erstaunlich widerstandsfähig. Und es tut nicht gut, sich für unentbehrlich zu halten – das ist nämlich fast keiner von uns, wir machen uns da nur allzu gern was vor. Und wenn du nicht auf dich selber aufpassen kannst, Marcus Potter, dann schaffst du's bei einem anderen Menschen erst recht nicht.«

Aalglatt, dieser letzte Sermon, und nicht ganz wahrheitsgetreu, aber das war es, wonach die Leute verlangten, was sie hören wollten, oder etwa nicht? Sich selber konnte man so was nicht einreden, aber es anderen zu predigen – ah! –, da entfaltete sich eine gewisse Tugend, eine Herzenseinfalt ...

»Aber was ist mit ihm, was wird er *tun*?«

»Man wird mit ihm reden müssen. Ich will versuchen, mich darum zu kümmern. Bist du deshalb gekommen? Paß auf, du solltest jetzt heimgehen und deinem Vater *irgend etwas* erzählen – so wenig wie möglich –, aber sieh zu, daß er dich für eine Weile fortschickt. Vielleicht zu einer Tante.«

»Ich habe keine Tanten. Und mit meinem Vater zu reden, das ist keine gute Idee.«

Alexander hätte ihm anbieten können, das an seiner Stelle zu tun. Aber wie kann man zu einem Mann sagen: »Da hat sich wer an Ihren sechzehnjährigen Jungen rangemacht«, wenn man selber gerade erst von seiner siebzehnjährigen Tochter abgelassen und immer noch den Duft ihrer heißen, trockenen Haut in der Nase hat?

»Ich möchte nur, daß man ein bißchen auf ihn achtgibt.«

»Ich werd' ein Auge auf ihn haben.«

»Versprochen?«

»Versprochen.«

Er würde ihn im Speisesaal über Kricket ausfragen. Ihm wie zufällig im Kreuzgang über den Weg laufen. Ihm zur Sicherheit auf den Zahn fühlen. »Und du vergiß es einfach«, fügte er hinzu, »vergiß es und belaste dich nicht länger damit.«

Mancher macht sich's leicht, dachte er.

37. Die Premiere

Was immer Alexander vielleicht, nach einigem Bedenken, hinsichtlich seiner drei Besucher zu tun beschlossen hätte, das wurde nicht zuletzt durch die Eröffnungsvorstellung seines Stückes vereitelt, die auf ebendiesen Abend zu Anfang August fiel. Ein Ereignis, das er im vorhinein schon oft durchlitten hatte, allerdings immer nur unter dem Gesichtspunkt, ob die Aufführung Erfolg haben oder ob sie durchfallen würde. Nicht berücksichtigt hatte er (ebensowenig wie Stephanie, als sie sich rein theoretisch eine Hochzeit vorstellte) die leiblichen und die Gewissensqualen oder all die banalen kleinen Unannehmlichkeiten, die ihn im Ernstfall heimsuchen sollten – auch wenn man, nachdem er Jenny schon in ihrem romantischen Schmuddelhain auf dem Burgwall geradezu unheimlich prophetisch von den Saturnalien gesprochen hatte, in die eine so langfristige Probenzeit wohl münden würde, von ihm mit Fug und Recht ein wenig mehr Weitblick hätte erwarten können. Als er seinen Platz auf dem erhöhten, halbmondförmigen Stahl- und Holzgerüst einnahm, dachte er indes bloß noch daran, wieviel Privates nun publik werden würde, von seinem Wissen um die Geheimnisse der Jungfräulichen Königin über das Ringen um erlesene Verskunst bis hin zu den Unterlassungssünden und Versäumnissen der letzten Tage. Sobald das Publikum mehr oder minder gesittet die knarrende Tribüne erklomm, interessierten die Schauspieler sich natürlich nicht mehr für seine Ansichten. Jetzt drehte sich alles nur noch darum, dem anonymen, dem vielschichtigen Moloch dort oben zu gefallen, ihn gefügig zu machen und für sich einzunehmen.

Längst hatten Männer mit Besen, Körben und dornbewehrten Abfallstangen alle Spuren der übermütigen nächtlichen Tafelrunde beseitigt, und auf dem glattgeharkten Kies der Terrasse glitzerte nicht einmal mehr die kleinste Glasscherbe. Der Rasen war frisch gemäht und gefirnißt. Lorbeersträucher, Eiben und hohe Kiefern, an denen Flaschenjungen beim Klettern Zweige geknickt und Äste niedergerissen hatten, waren ausgeschnitten und gestutzt worden, und in Hecken und Baumkronen warteten ordentlich aufgereihte, sanft schimmernde, runde Hesperidenleuchten darauf, beim Einbruch der Dunkelheit ihre ganze Strahlkraft zu entfalten. Sänften, Türmchen auf Rädern, Throne und Zinnen standen hinter dem Herrenhaus bereit. In dem abgesenkten Gärtchen schrummte und fiedelte unsichtbar das Orchester. Das Publikum dieses Premierenabends, an dem großer Andrang herrschte, unterschied sich merklich von dem der kommenden Vorstellungen: Lokalgrößen mit goldener Amtskette, der Bischof im lila Ornat und mit Gamaschen, flankiert von den Dechanten aus dem Umland, die bereits designierten Fakultätsdekane samt Vizekanzler der künftigen Universität, Abgesandte des Finanz- und Kultusministeriums, der hiesige Viscount und seine Töchter, die bekannten Springreiterinnen, Industrielle und natürlich die Presse. Aber auch die Damen aus der Gemeinde waren vertreten, die solange Kostüme genäht und Pretiosen gesammelt hatten, Freunde und Angehörige des Ensembles und vereinzelt sogar Herrschaften, die schlicht für ihre Eintrittskarte bezahlt hatten. Zur vorletzten Kategorie gehörte Geoffrey Parry, der seinen Sohn Thomas mitgebracht hatte, weil es angeblich aussichtslos war, für ein so verstörtes Kind einen Babysitter zu finden. Unter den zahlenden Zuschauern saßen Lucas Simmonds, dessen Erscheinen für die beiden einzigen

Menschen, die überhaupt ein Interesse daran hätten haben können, eine unliebsame Überraschung war, und Ed, der Puppenvertreter.

Ausflugsomnibusse, die an den verschiedensten Standorten gestartet waren, kamen in Long Royston zusammen. Es gab Karten für *Astraea oder die Jungfräuliche Königin*, bei denen die Busfahrt von Calverley, Scarborough, Durham oder York bereits im Preis inbegriffen war. Oder man buchte einen Aufenthalt in einem der Kurorte im Norden des Landes, wo diverse Hotels und Dorfgasthöfe den Besuch einer Theateraufführung inklusive Transfer von wahlweise Manchester, Edinburgh, Birmingham und London anboten. Crowe, der in mancher Hinsicht ein ebenso tüchtiger Geschäftsmann war wie sein Urgroßvater, stellte sich angesichts des Erfolges dieser Unternehmung die Frage, ob er mit einem Programm für Theaterreisen und Kulturveranstaltungen nicht besser gefahren wäre als damit, Long Royston in eine Stiftungsuniversität umzuwandeln. Aber bei allem Unternehmungsgeist war er nicht sehr ausdauernd, und im Grunde reizte es ihn auch nicht, viel von seiner Energie für den Tourismus aufzuwenden. Die ankommenden Busse rollten in einen Innenhof, wo man die Fahrgäste aussteigen ließ, die sich in der Cafeteria mit Tee und Gebäck, mit Bier oder Gin versorgen konnten, bevor sie sich durch weite Alleen und über begrünte Spazierwege zu dem hölzernen Halbmond begaben.

Just dieser Entladeplatz war es, wo Frederica erbleichend den stämmigen Ed erkannte, der mit der Miene eines stolzen Gutsherrn aus einem der Busse kletterte. Es überlief sie kalt. Als wäre Ed eine Art de Flores gewesen oder der Geist Banquos, ein wandelnder Frevel, auferstanden, um sie zu demütigen. Hastig zog sie sich vom Küchenfenster zurück und prallte mit Wilkie zusammen. »Was Unangenehmes gesehen?« fragte er.

»Einen Mann, den ich kenne. Na ja, nicht direkt.«

Ed schlenderte unterdessen auf die Cafeteria zu.

»Und jetzt kommt er, um Sie spielen zu sehen?«

»Großer Gott, nein, er weiß gar nicht, daß ich ich bin, ich meine, er weiß nicht, daß ich mitspiele.«

Wilkie streichelte sie. Wilkie streichelte zur Zeit jeden. Es war nicht leicht, ihm böse zu sein. »Und was macht die Liebe zu unserer jungfräulichen *Queen*?«

Bevor Wilkie mit diesem Ulk angefangen hatte, wußte Frederica gar nicht um die Doppeldeutigkeit des Wortes und wäre auch nie auf die Idee gekommen, daß Alexander vielleicht schwul sein könne. Aber kaum, daß der Groschen gefallen war, tat sie bezeichnender weise alles, um nur ja nicht als naiv oder begriffsstutzig dazustehen. So sagte sie denn jetzt in überlegenem Ton, das sei wohl nicht ganz der passende Ausdruck, nein, sie wisse sogar *definitiv*, daß er nicht zutreffe.

»Aha«, sagte Wilkie.

»Aha«, sagte auch Frederica, hin und her gerissen zwischen dem Wunsch, ihre Verbindung zu Alexander geheimzuhalten, und dem Drang, sie vor sich selbst dadurch zu beglaubigen, daß sie darüber sprach. Wie Alexander war auch sie ein Wortmensch: Wie den Grazien hätte es ihr, wäre sie nur so beliebt gewesen, daß die anderen mit ihr hätten reden mögen, gefallen, zu tratschen und mit ihren Erfahrungen und Triumphen zu prahlen.

»Sie haben meinen Rat befolgt.«

»Gewissermaßen.«

»Und jetzt blühen Sie auf wie eine Rose.«

»So ungefähr.«

»Ich *sterbe* vor Neugier, meine Liebe.«

»Ich kann darüber nicht sprechen, ich …«

»Versteht sich.« Wilkie war schon nicht mehr bei der Sache. »Frederica, schauen Sie! Harold Hobson. Ivor Brown. Eine ganze Wagenladung Kritiker! Wenn Sie Glück haben, verändern die über Nacht Ihr Leben. Und meins. Und seins natürlich auch. Apropos und ganz unter uns, Darling: Halten Sie's eigentlich für ein *gutes* Stück?«

Frederica, der sein Ton nicht behagte, wich erst einmal aus, um Zeit zu gewinnen.

»Und Sie? Was halten Sie davon?«

»Ich denke, die Chancen stehen nicht schlecht dafür, daß es ein rauschender Erfolg wird. Obwohl ich mir nicht vorstellen kann, daß dieser Hang zum Versdrama sich auf die Dauer durchsetzt. Das ist wie mit dem ganzen Krönungsbrimborium und den scheußlichen Gewändern der Hofdamen: lauter Rückgriffe auf einen Stil, den es so nie gegeben hat und den zu parodieren ihnen der nötige Biß fehlt.«

»Aber er sagt, genau das sei der springende Punkt: eine ernstzunehmende, moderne Versform zu schaffen und *keine* Parodie, sich *nicht* dem Diktat des modernen Realismus zu beugen.«

»Sehr löblich. Und glauben Sie, das ist ihm gelungen?«

»Glauben Sie's?«

»Für einen hochfahrenden Blaustrumpf sind Sie ganz schön feige mit Ihren ewigen Ausflüchten. Aber ich glaube nicht, daß es Ihr Debüt ruinieren wird, wenn ich mit einem aufrichtigen Nein antworte. Mit seiner Scheu vor der Parodie hat er sich ungewollt Anklänge – diffus und sentimental befrachtet – an verstaubte und nicht ganz so verstaubte Vorbilder eingehandelt, an die zurechtgestutzte Orthodoxie eines Eliot oder Fry: blutleer, lendenlahm, saftlos.«

»Das ist unfair. Aber eine kenntliche Beschreibung.«

»Braves Mädchen. Darüber hinaus ist es ihm nicht gelungen, das alte postromantische Problem zu lösen und einen bühnentauglichen inneren Monolog zu schreiben. Der seine ist so was von steifleinen – wieder siehe Eliot, siehe Fry. Es rührt sich einfach nichts. Und das ist ja wohl eine krasse Fehlleistung, wenn man die Quellen vergleicht und sich anschaut, was bei den Elisabethanern alles passiert ist. Was die Versform angeht, so halte ich die gerade *wegen* der Reinfälle im neunzehnten Jahrhundert für überholt. Man könnte es wie Brecht mit Prosa versuchen oder eine effektvolle Persiflage à la Grand Guignol aufziehen. Aber auch noch Versdrama und psychologischen Realismus zusammenspannen – die schon beide für sich genommen passé sind –, nein, das kann nicht gutgehen.«

»Aber daß Sie irgendeine Gattung einfach so für passé erklären, das geht auch nicht. Eine Kunstform ist immer so gut wie der Autor, der sie wählt.«

»Darauf darf ich mich gar nicht einlassen. Wie alt sind Sie? Siebzehn. Wir sprechen uns wieder, wenn Sie dahinter gekommen sind, daß manche Formen für historische Stoffe taugen und andere nicht. Wenn Sie sich entschließen, Schriftstellerin zu werden, und sich anschicken, einen großen Proustschen Roman im Geiste George Eliots zu schreiben, ohne daß Sie das Sujet zum Leben erweckt kriegen, weil Ihnen die Wörter unter den Fingern zerbröseln und handfeste Charaktere wie zappelige Marionetten agieren.«

»Ich werde aber nicht Schriftstellerin.«

»Gratuliere!«

»Vielleicht könnte man es machen wie Racine ...«

Als Wilkie darauf nicht antwortete, argwöhnte Frederica, daß er Racine nicht gelesen habe – er war nicht allwissend – und daß er gleich ihr ein Mensch sei, der eine solche Bildungslücke nicht eingestehen wollte. In gewisser Weise respektierte sie das, wie sie auch seine ikonoklastische Strenge respektierte, teils weil es eine unverkennbar moderne, eine zeitgemäße Haltung war, zum Teil aber auch, weil er sich ernsthaft um klar definierte Denkmodelle zu bemühen schien. Trotzdem ließ sie ihn stehen. Wenn sie Alexanders Monologe vortragen sollte, dann hatte es keinen Sinn, über diffuse Anklänge nachzugrübeln. Werturteile waren jetzt nicht am Platz. Seltsam nur, daß sie nicht das Gefühl hatte (und das hatte sie ganz gewiß nicht), Wilkie wolle Alexander mit seiner Kritik persönlich treffen respektive sie gegen ihn aufstacheln. Was er sagte, klang gehässig, allein auch das war zeitgemäß, und Wilkie war kein gehässiger Mensch.

Alexander beobachtete die Kritiker. *Die Gaukler* hatten sie seinerzeit im großen und ganzen wohlwollend als hoffnungsvollen Erstling bezeichnet. Zu *Astraea* erschienen sie zahlreicher und standen auch mehr im Blickpunkt, weil sie ihren Transport in Eigenregie organisiert und für den entsprechenden Auftrieb gesorgt hatten. Und dann sah er die Potters. Aus irgendeinem Grund hatte Bill Daniel und Stephanie Karten geschickt und sie davon in Kenntnis gesetzt, daß die ganze Familie mitgehen würde. Alexander, dem es unerträglich gewesen wäre, die Aufführung mit Lodge oder auch nur der Gewandmeisterin neben sich durchstehen zu müssen, hatte sich ganz oben in eine Ecke verdrückt. Jetzt merkte er, wie der Pottersche Trupp vertikal zu ihm heraufgestiegen kam. Der ebenso schwerfällige wie flinke Daniel, unter dessen Gewicht die Planken schaukelten, erreichte ihn als erster. Marcus, der in einigem Abstand hinterdreinzokkelte, sah kurz auf, schlug die Augen nieder und stolperte, was ihm einen Rüffel von Bill eintrug, der im Flanellhemd mit offenem Kragen erschienen war. Alexander hatte, wie ein Großteil des heutigen Publikums, den Smoking gewählt.

»Stören wir?« fragte Daniel.

»Nein, nein.«

»Könnt' ja sein. Womöglich würden Sie lieber allein bleiben. Nicht, daß ich die Bagage umstimmen könnte.«

»Sie könnten sich hersetzen und als Bollwerk fungieren.«

»Gemacht. Aber ich nehme meine Frau zwischen uns, damit die ihr vom Leib bleiben.«

Und so kam es, daß Stephanie neben Alexander saß. Der rosarote Popeline spannte über ihrem Busen. Sie war in einen grünen Seidenschal gehüllt, dessen Fransen fast über dem Boden schleiften. Sie hatte darauf bestanden, daß kein Mensch etwas von dem Baby erfahren dürfe, weil Bill toben, Winifred sich unnötig aufregen und alle Welt, besonders aber Frederica, folgern würde, das Kind sei vorehelich gezeugt worden. Daniel kam das hart an, denn er verfolgte fast zwanghaft jede noch so kleine körperliche Veränderung und hätte seine Fürsorge von Natur aus am liebsten lautstark kundgetan. Alexander begrüßte sie herzlich.

»Geht es Ihnen gut?«

»Solange mir nicht schwindlig wird.«

»Keine Angst, wenn's losgeht, merken Sie die Höhe nicht mehr.«

»Und wenn doch«, sagte Daniel, »dann setzen wir uns um. Vielleicht sollten wir das sowieso machen.«

»Pscht, nein. Mir geht's gut.«

Marcus, der sich wie aufs Stichwort verfärbt hatte, war ganz grün im Gesicht. Alexander sah unter sich die kleine Riege des Lehrerkollegiums von Blesford Ride, alle im Smoking, einige mit Gattin. Die Thones, Geoffrey Parry, der Thomas auf den Knien schaukelte, Lucas Simmonds mit blank geschrubbtem Gesicht, frisch gewaschenen, wehenden Locken und harmloser Durchschnittsmiene. Da er weder dessen Ansichten über das Theater kannte noch wußte, was er vom anthropozentrischen Weltbild der Renaissance hielt, teilte Alexander auch nicht Marcus' Sorge über sein Erscheinen. Vielmehr empfand er seine stur zur Schau getragene Heiterkeit nach Bills zornfunkelnden Blicken und Daniels mühsam gedrosselter Hektik als geradezu wohltuend.

Das Orchester begann zu spielen. Und gleich einer riesigen Vogelschar, die sich zur Ruhe begibt, setzte das Publikum sich raschelnd und raunend auf den vielen luftigen Sitzen zurecht, putzte und glättete ein letztes Mal sein Gefieder und verstummte. Thomas Poole und Edmund Wilkie kamen von rechts und links auf die Terrasse geschlendert, tauschten, als sie zusammentrafen, einen Händedruck und sprachen ihren Prolog, in dem sie nachsichtig die manierierte Ästhetik des Schäferspiels parodierten und auf die liebliche Idylle des Goldenen Zeitalters bei Ovid zurückblickten. Wilkies schauspielerische Qualitäten kamen immer erst dann überzeugend zur Geltung, wenn es ernsthaft losging. Jetzt ahnte man, daß er diesmal mit Bravour überzeugen würde: ironisch, gütig, traurig, geistreich, aufbrausend. Alexander lehnte sich seufzend zurück.

Stephanie war ohne große Erwartungen gekommen. Ihr war jetzt ständig übel, und ihre Welt schien immer mehr auf den eigenen Biorhythmus zusammenzuschrumpfen. Sie beobachtete sich und ihr Tun mit träge distanzierter Neugier. Zum Beispiel fiel ihr auf, daß es ihr neuerdings schwerfiel, einen Satz, egal ob mündlich, schriftlich oder auch bloß in Gedanken, zu Ende zu führen. Sobald sie nur eine verschwommene Vorstellung davon hatte, was sie sagen wollte oder hätte sagen können, schien das bereits zu genügen, und sie ließ ganze Sätze unausgesprochen verhallen. Heute waren ihre Gedanken noch nicht so weit gediehen, daß sie sich hätte vorstellen können, einem wirklichen Theaterabend beizuwohnen. Sie hatte praktische Probleme im Vorfeld gelöst, wie die Beschaffung einer passenden Stola, die ihre Figur kaschierte, und Sorge dafür getragen, daß sie pünktlich sein würden. Sie hatte emotionale Probleme gestreift: Daniels übertriebene Fürsorglichkeit, die Befürchtung, daß Bill sich mit Daniel streiten und über Alexanders Stück den Stab brechen könnte, ihr Bedürfnis, Frederica moralischen Beistand zu leisten. Wie es sein würde, tatsächlich hier zu sitzen und der Handlung eines oft imaginierten Theaterstücks zu folgen, das hatte sie sich nicht ausgemalt.

So unvoreingenommen ließ sie sich von seiner Dichte und Dynamik freilich weit mehr berühren, als wenn sie mit einer vorgefaßten Meinung oder gar kritikversessen gekommen wäre. Aber Stephanie war keine beckmesserische Natur: *Astraea* nahm sie mit der gleichen allumfassenden Konzentration in sich auf, die sie den Tabletts mit Rateartikeln aus der Kindheit, die sie Gedichten und neuerdings Daniel widmete. Und ihre Empfindungen glichen denen, die sie gelegentlich vor einem »geglückten« Kunstwerk überkamen: Sie hatte das Gefühl, daß es dem, was ihr vor Augen stand, gelungen war, etwas zu verwirklichen, was es nach damals geltenden künstlerischen Normen eigentlich gar nicht hätte geben dürfen. Alexanders Stück hätte in ein Flickwerk aus Zitaten und Anspielungen ausufern können, in ein Historienspiel, das, statt den politischen Notwendigkeiten Rechnung zu tragen, überfrachtet war mit verbalen Frivolitäten und rührseligen Reminiszenzen. Später sollten all diese potentiellen Gefahren zur Sprache kommen. Stephanie aber sah an diesem Abend das, was Alexander und Lodge ihrem Publikum hatten zeigen wollen.

Sie sah die junge Elizabeth bleich und gedrungen vor dem Traitors' Gate, dem Verrätertor, sitzen und sich weigern, den Tower zu betreten: Sie sah die todgeweihte Elizabeth bleich und gedrungen im Nachtgewand auf einem Kissen sitzen, das ein glücklicher Regieeinfall just an der gleichen Stelle plaziert hatte, und dagegen aufbegehren, daß sie sich zum Sterben niederlegen sollte. Sie sah, irrlichternd zwischen der alten und der jungen Königin, die weißgewandete Astraea und die zart umgaukelnden Grazien sich unter dunklen Waldeskuppeln und goldglänzenden Früchten im Reigentanz wiegen. Sie sah Symbole Macht entfalten und wieder verlieren, so als Ralegh erst in sonnendurchfluteter Audienz mit einer jugendlichen Königin mit Erd- und Himmelskugeln jonglierte und dann, im Epilog, in seinem finsteren Turmverlies mit den gleichen Kugeln spielte. Oder als erst Catherine Parr dem jungen Mädchen im Obstgarten Äpfel anbot, dann Virgo-Astraea der prächtig geschmückten Gloriana im höfischen Maskenspiel goldene Äpfel darbrachte und endlich Robert Cecil die alte Monarchin beschwatzte, doch wenigstens ein kleines Schnitzchen zu sich zu nehmen. Sie verfolgte die

Symmetrie zwischen dem jungen Mädchen, das ausgestreckt im sonnenwarmen Gras ruhte, und der alten Frau, die in wachsender Finsternis aufgebahrt lag und der die Hofdamen das im Todeskampf verrutschte Nachtgewand ordneten und die Falten in marmorsteifem, würdigen Fall drapierten, während in dem abgesenkten Gärtchen schrill der Rebec klagte. Sie erkannte, daß das für den Schlußapplaus arrangierte Tableau mit der statuarischen alten Herrscherin auf ihrem Sockel, zu der die junge Prinzessin emporsah und die Astraea mit dem Zauberschwert aus ihrer Starre erlöste, eine stumme Parodie auf Hermiones Erwekkung im *Wintermärchen* war. Mit ihrer schläfrigen Stimme teilte sie Alexander diese und andere Beobachtungen mit, und er wies, erfreut und geschmeichelt, darauf hin, daß sein Text durchgängig mit dem Themenduo Wiedergeburt und Renaissance im Verbund mit Shakespeares letzten Dramen spiele, auch wenn Lodge sich mehr auf Botticellis *Primavera* habe kaprizieren wollen, und Stephanie sagte, ja, auch das habe sie gesehen oder vielmehr die Sprache habe das nötige Gewicht, es herüberzubringen ... und ihre Stimme erlosch. Er griff dankbar nach ihrer Hand.

»Frederica war großartig«, sagte sie.

»Das fand ich auch.«

»Sie waren alle wunderbar. Aber bei ihr fand ich, sie hat sich noch mehr ins Zeug gelegt als ...«

»Ja, das hat sie ... tut sie.«

»Das Publikum ist ganz aus dem Häuschen.«

»In der Tat, so scheint es ... Wollen Sie mit hinter die Bühne kommen? Zu Frederica? Ich jedenfalls muß unbedingt hinunter.«

Die Zuschauer klatschten und trampelten im Takt. Der unsichtbare Flaschenchor zeigte sich unverwüstlich und ließ immer wieder, wenn auch nicht ganz fehlerfrei, die Sphärenmusik erschallen, und ein Teil des Publikums sang dazu, wie es die Zuschauer im Fußballstadion getan hätten oder in einer Hollywood-Show oder in Miltons Empyreum. Alexander führte Stephanie an der vor Begeisterung jubelnden Menge vorbei ins Inferno der Garderoben. Selber wie von Sphärenklängen getragen, drängte es ihn, Frederica zu berühren. Erinnerungen an flüchtig entblößte Schenkel und zartgliedrige Handgelenke bedrängten ihn.

Frederica saß vor dem Spiegel und nahm sich die Schminke ab. Ihr Gesicht glänzte vor Fett, Tränen, Hitze und Leidenschaft. Er sah ihr über die Schulter und in die Augen.

»Ich habe Stephanie mitgebracht. Leider kann ich nicht bleiben. Ich muß rüber zu Marina.«

»Ich weiß.«

Den Wattebausch in der reglos erhobenen Hand, blickte sie unverwandt geradeaus. Die schwarzen Augen funkelten.

»Mein Gott, Frederica, wir reden später über alles. Aber vorerst habe ich Pflichten. Ich könnte mich jetzt auch gar nicht konzentrieren.«

»Natürlich. Ich werde mich im Hintergrund auf die Lauer legen. Du weißt ja, wie gut ich das kann.«

Stephanie trat zu ihnen. Falls die Flammen sexueller Erregung sie versengten, ließ sie sich nichts davon anmerken, sondern betastete gelassen ihren Leib unter den grünen Stolaschwingen.

»Du warst großartig, Frederica. Ich hab' auch nicht eine Sekunde vergessen, daß du es warst.«

»Na, wenn das kein Lob ist!« Frederica wandte sich mit tükkischem Lächeln an Alexander. »Und Sie? Nach all der Mühe, die Sie mit mir hatten, haben Sie sich da auch mal die Zeit genommen und daran gedacht, daß ich es war? Haben Sie *mich* bemerkt?«

»In mancher Beziehung überhaupt nicht. In anderer dagegen immerzu.« Er beugte sich nieder und küßte sie betont kameradschaftlich. Seine Knie zitterten.

Frederica lernte schnell. Die beklemmende Atemnot, die stürmische Sehnsucht, die zu Anfang den Rhythmus einer leidenschaftlichen Liebe bestimmen, lassen sich, unter Inkaufnahme eines höchst angenehmen Schmerzgefühls, etwa dadurch beherrschen und vertiefen, daß man den Geliebten fortschickt, ehe er von selber geht. Alexander bahnte sich einen Weg durch die dichtgedrängten Gratulanten zum Platz der alten Schauspielerin. Frederica wandte sich ungestüm an Stephanie.

»Er liebt mich.«

»Ja, ich seh's. Gewiß liebt er dich.«

Sie faltete die Hände vor ihrer schwellenden Taille unter den grünen Fransen und überlegte. Die beiden Schwestern sahen zu, wie Jenny eine Hand aus ihrem Garderobensessel herausstreckte und beschwörend auf Alexander einredete, der sich anmutig und beflissen vorbeugte, um auch sie zu küssen. Dann löste er ihre verkrampften Finger von seiner Hemdbrust und legte ihre Hand behutsam ins sich rötende Dekolleté zwischen Halskrause und Mieder. Jenny umklammerte seine Hand und hielt sie über der ihren fest. Frederica beobachtete die Szene mit abschätzigem Blick, ehe sie sich daranmachte, ihre hochgetürmten Locken auszubürsten.

»Was soll daraus werden?« fragte Stephanie, die sich mitten in einem von gegenpoligen Stromstößen durchpulsten elektrischen Feld wähnte. »Du kannst doch nicht anderer Leute Leben zerstören.«

»Ich kann und ich will. Schließlich bin ich frei und kann tun und lassen, was mir gefällt.«

»Nein, kannst du nicht. Denn vor dem Gesetz bist du noch ein Kind.«

»Du weißt, daß ich kein Kind mehr bin. Und ich will ihn haben ... ich will, ich will, ich will!«

»Ich möchte, daß du glücklich wirst.«

»Man kann auch glücklich sein, ohne in einer Sozialwohnung zu hausen und für alte Schachteln Tee zu kochen. Und außerdem ist Glück nicht das Entscheidende, sondern daß es passiert ist, wirklich und wahrhaftig passiert.«

»Aber die übrigen Beteiligten, Frederica, denen wird es weh tun.«

»Das ist ihr Problem.«

»Man wird auch dir weh tun.«

»Selbst wenn, ich kann's aushalten.«

Alexander lugte über Marina Yeos Schulter in den abgedunkelten Spiegel zwischen den nackten weißen Glühbirnen. Auch ihr Gesicht glänzte fettig: Sie war eben dabei, Totenblässe und blauschwarze Lidschatten zu entfernen sowie die Runzeln – wenn auch nicht alle –, die ihre Stirn und die Kinnpartie durchzogen.

»Bringt das nicht Unglück, wenn man sich plötzlich hinterrücks in anderer Leute Spiegelbild hineinschleicht?« fragte sie.

»Von einem solchen Aberglauben ist mir nichts bekannt. Im

übrigen komme ich nur, um Ihnen zu sagen, daß Sie eine Offenbarung waren.«

»Nicht doch, Narziß, bringen Sie Ihre Brauen woanders in Form und gehen Sie mir aus dem Licht. Außerdem habe ich Augen im Kopf und kann sehen, daß das Spieglein an der Wand Ihnen nicht sagt, ich sei die Schönste im ganzen Land. Oder? Sterblicher Mond ging seinen letzten Gang. Und jetzt stören Sie mich nicht, lieber Junge, damit ich sehen kann, ob diese Falten echt sind oder abwischbar. Sie waren also zufrieden, ja?«

»Ich war hingerissen und fasziniert und so gerührt – was Sie aus der Schlußszene gemacht haben, das war einfach Zauberei.«

»Komplimente sind nicht Ihre Stärke.«

»Na, wenn Sie das wissen, dann wissen Sie ja auch, wann's mir ernst ist mit dem, was ich sage.«

Sie lachte und verzog ihren weichen Glacéledermund bald in die eine, bald in die andere Richtung.

»Sie tat recht daran, keinen Spiegel zu verlangen. Kipling, nicht wahr? Was ist, Alexander, Darling, können Sie mir das Gedicht aufsagen?«

»›Sie windet und dreht sich und leert all ihre Tiegel,
Auf daß sie ihn wage, den Blick in den grausamen Spiegel.‹
Meinen Sie das?«

»So ähnlich geht es, ja. Ach, was soll's, in meinem Alter ist so ein Gesicht nur noch ein Requisit. Mit einem selber hat es nichts mehr zu tun, verstehen Sie? Mein Gesicht ist mein Kapital, damit verdiene ich meinen Lebensunterhalt, aber mich werden Sie darin nicht finden. So, jetzt lassen Sie mich allein, und wenn ich mir ein neues verpaßt habe, eins für die Presse, dann dürfen Sie wiederkommen und mir Ihren Arm leihen. Wir werden das Kind schon schaukeln. Das Publikum war jedenfalls ganz passabel, finden Sie nicht?«

»Es hat Ihnen zu Füßen gelegen.« Er küßte ihr die Hand, verneigte sich vor dem abgespannten Gesicht im Spiegel und eilte davon.

Oben im großen Saal herrschte reges Gedränge: Publikum, Schauspieler, Ehrengäste und Namenlose schoben sich pausenlos aneinander vorbei. Alexander versuchte in kurzen, immer wieder von enthusiastischen Komplimenten unterbrochenen Etappen zu Crowe und Lodge vorzudringen. Als er Geoffrey und Thomas entdeckte, schwenkte er hastig ab und sah erleichtert, daß die Menge ihn Thomas Poole in die Arme trieb, der freilich – sei's von der Schminke, vor Erschöpfung oder Sauerstoffmangel – ziemlich grau wirkte unter den Scheinwerfern, die über seinem Kopf auf Dianas Nymphen und ihre leblose Last gerichtet waren.

»Thomas! Tausend Dank. War wirklich ausgezeichnet.«

»Gratuliere zu Ihrem Erfolg. Ich hab' mit der Lokalpresse gesprochen und mit dem Typen vom *Manchester Guardian*, die sind alle hell begeistert. Hören Sie – wir sind doch Freunde, nicht wahr –, ich *muß* mit Ihnen reden. Über das, was Sie neulich abends mitangesehen haben.«

»Vergessen Sie's. Ich hab' gar nichts gesehen.«

»Nein, verdammt, Sie haben's sehr wohl gesehen. Das stört mich auch nicht. Oder jedenfalls nicht sehr. Es ist nur... ich kann keinen klaren Gedanken mehr fassen ... so kann es nicht weitergehen. Alexander – ich muß es einfach mal jemandem sagen. Ich bin ganz furchtbar verliebt in dieses – dieses *Kind* – und ...«

»Sind Sie sicher, daß Sie mich einweihen wollen?«

Thomas ließ sich nicht beirren. Breitschultrig, sanft und blond stand er vor ihm und sagte: »Wenn's Ihnen nichts ausmacht.«

»Es ist nicht vielleicht bloß eine Sommernachtstraum-Romanze?«

»Also darauf, es so einfach abzutun, wäre ich nie gekommen. Und jetzt ginge das sowieso nicht mehr. Sie ist nämlich, sie ist schwanger, verstehen Sie. Ich weiß nicht, wie ich ohne sie weiterleben soll, aber mein Verstand sagt mir, daß *sie* sehr wohl ohne mich leben kann und ein Recht darauf hat – ich meine, man braucht sie doch nur anzusehen – und ich, ich bin ein Niemand, ein zweitklassiger Schulmeister, während sie ... in ein, zwei Jahren ... noch kann ich sie glücklich machen – das heißt, ich hab's gekonnt ... Und jetzt das.«

»Thomas ... was kann ich für Sie tun?«

»Ich weiß nicht. Gar nichts. Einfach nur zuhören. Sie sind diskret und ein ziemlich heller Kopf, so jemanden habe ich gebraucht. Ich mußte es einmal aussprechen, einfach um zu sehen, ob ich das kann: dastehen und mit normaler Stimme darüber reden. Ich stelle fest, es geht. Haben Sie sie unten gesehen? Ich wage mich nicht in ihre Nähe.«

»Sie hat bezaubernd gespielt.«

»Virgo-Astraea. Sie war keine mehr, wissen Sie. Ich meine, sie war nicht mehr Jungfrau. Ich hätte sie sonst nicht angerührt, aber sie hat mir erklärt – unmißverständlich erklärt –, daß sie weiß, worauf sie sich einläßt. Hat früher wie verrückt mit ihrem Vetter gevögelt – im Wald oder in irgendeiner Scheune –, wenn die Eltern dachten, sie wäre auf der Jagd.«

»Und Elinor...« Elinor war Thomas Pooles Frau.

»Sie schwirrt hier irgendwo rum. Ich weiß, ich sollte mich zusammenreißen und nach ihr sehen. Vermutlich wäre es das Gescheiteste, ich würde mich um einen Arzt bemühen. Es ist nur ... ich hatte noch nie so ein Problem ... Elinor. Die letzten drei Jahre haben wir meistens umringt von einem Haufen Kinder geschlafen – das reinste Bett von Ware war das bei uns daheim – nicht, daß ich mich darüber beklagen wollte, ich hab' sie gern alle um mich – ich liebe Elinor und meine goldigen Kleinen – Sie müßten sie mal sehen. Bloß, das hier, das ist ... das ist so furchtbar übermächtig, Alexander, daß ich mich die meiste Zeit kaum noch auf meine Familie besinnen kann. Meine Vernunft reicht gerade mal aus, mir zu sagen, daß das nicht von Dauer sein kann, nicht so – aber dann ist es auch schon aus mit meinem vielgerühmten gesunden Menschenverstand. Gott, dieses Mädchen – sie bringt mich dazu, Dinge zu tun, die ich immer für infantil und entwürdigend gehalten habe – ich erfinde Prüfungskonferenzen, behaupte, der Wagen müsse in die Werkstatt, nur damit ich sie auf dem Oberdeck irgendwelcher Überlandbusse betatschen kann. Ich mache Sachen, die ich nicht mal aussprechen könnte – die infantil und entwürdigend *sind.* Und wunderbar. Ich weiß, Sie haben genug eigene Sorgen – haben Sie da auch Probleme wegen Ihrer Würde? Ich mein' das gar nicht pathetisch – ich brauche meine Würde. Nicht zuletzt derentwegen hat sie überhaupt Gefallen an mir gefunden. Und jetzt? Jetzt bin ich ein schwachsinnig hechelnder Idiot.

Wahrscheinlich sollte ich mich wirklich um einen Arzt bemühen, was meinen Sie? Aber ich kann den Gedanken nicht ertragen – ich meine, das ist mein Kind, also es wäre meins – und sie ist doch selber noch ein Kind und lebt abgeschirmt wie im Kloster in dieser Schule mit dem hübschen kleinen Portikus und der Pförtnerin.«

Alexander blieb die Antwort auf diesen ganz und gar unpooleschen Gefühlsausbruch erspart, weil sich just in dem Moment Marcus Potter dazwischendrängte. Er stierte noch geistesabwesender in die Gegend als sonst, und als er mit stumm auf- und zuklappendem Mund vor Alexander stehenblieb, hatte der das Gefühl, das Schicksal mache sich heute einen Spaß daraus, ihn mit einem Übermaß an aberwitzigen Analogien und Parallelen mattzusetzen.

»Na los, Junge, raus mit der Sprache«, sagte er fast gehässig zu Marcus und versuchte gleichzeitig, dem verzweifelten Thomas Poole mit entschuldigender Miene und hilflosen Blicken Verständnis zu suggerieren.

»Verzeihen Sie, Sir. Aber bitte kommen Sie schnell.«

»Was ist denn jetzt schon wieder?«

»Sir, mein Vater hat mit dem Bischof Streit angefangen. Einen entsetzlichen Streit, Sir, das heißt, sie streiten über ganz entsetzliche Dinge. Und er – Mr. Simmonds, Sir –, er ist auch dabei, und wie es aussieht, denkt er – also er ist schrecklich aufgeregt und denkt anscheinend, daß es bei ihrem Streit vor allem um ihn ginge. Ich hab' Angst, Sir.«

»Wenn du glaubst, es würde mir Spaß machen, in einen Streit zwischen deinem Vater und dem Bischof einzugreifen …«, begann Alexander und setzte gereizt hinzu: »Ausgerechnet heute abend …«

Marcus Potters wässrige Augen schwammen in Tränen. Thomas Poole, der ein weiches Herz hatte, sagte begütigend: »Schon gut, Marcus, ich habe Mr. Wedderburn nur gerade auch mit meinen Problemen belästigt, die längst nicht so akut sind. War genauso unverzeihlich, ihm damit seinen Triumph zu überschatten. Aber nun kommen Sie, Alexander, seien Sie großmütig. Sie können sich's leisten, und daß es keinen Aufschub duldet, wenn es gilt, Bill Potter und den Bischof auseinanderzubringen, das müssen doch sogar Sie einsehen.«

Er stieß Alexander aufmunternd in die Seite, doch dem sah

über Marcus' Schulter das quengelige Gesicht des kleinen Thomas Parry auf dem Arm seines Vaters entgegen.

»Ah, da ist ja Alexander«, sagte Geoffrey bedeutsam. »Komm, Thomas, du *magst* Alexander doch, nicht wahr? Ja, ja, wie ich höre, magst du Alexander sogar sehr. Na, willst du Alexander nicht mal winken?«

Alexander machte sich eilends mit Marcus davon. Thomas Poole, der sich anschloß, flüsterte ihm hastig zu. »Sehen Sie, so hat alles sein Gutes. Damit wir uns nicht falsch verstehen: Der arme alte Parry tut mir von Herzen leid, wirklich. Ach, warum können wir nicht alle ruhig und friedlich nebeneinander leben? Sie sind ein Glückspilz, Alexander, daß Sie keine Verpflichtungen haben. Sehen Sie zu, daß es so bleibt, und binden Sie sich nicht. Armer alter Parry. Die Frauen sind unbarmherzig. Gott, was für ein Klischee. Elinor hab' ich damit natürlich nicht gemeint. Um Himmels willen, Alexander, so verbieten Sie mir doch endlich den Mund!«

Der Bischof, die Ellenbys, die Ortons, die Potters, Miss Wells und mehrere Vertreter der niederen Geistlichkeit standen an einem Ende des Saals beisammen, hielten Champagnergläser in der Hand und redeten aufgeregt durcheinander. Als Marcus Alexander endlich zu ihnen durchgeschleust hatte, diskutierten sie gerade lautstark über einen wirren Themenkomplex, der, grob skizziert, mit der Definition von Schmerz begann und über Verstümmelung, Hinrichtung, Kreuzigung, Bauchaufschlitzen und Methoden der Wiederbelebung abermals beim Schmerz endete. Auch Lucas Simmonds, der mit dabei war, ereiferte sich lautstark, im Gegensatz zu Edmund Wilkie, der denen, die ihm zu folgen vermochten, in wohlgesetzten Worten eine Fülle von psychosomatischen Erkenntnissen über Schmerzschwellen und die persönlichkeitsbildende Funktion des Körpers unterbreitete. Als Alexander zögernd näher trat, erklärte Bill Potter den Bischof offenbar gerade mit mühsam gedrosselter Stentorstimme für einen blutigen Schlächter; der Bischof, erhitzt, mit vom Wein geröteten Wangen, aber klarem Kopf, schien Lucas Simmonds über Sinn und Notwendigkeit des Leidens zu belehren, und Simmonds rang in einem fort die Hände und forderte erregt ein rigoroses Einschreiten gegen den grassierenden Sittenverfall. Wilkie trug immer noch das schwarzsamtene Kostüm seiner Nachtwache im Tower, hatte sich allerdings wieder hinter seiner rosenfarbenen Brille versteckt. Felicity Wells konnte sich, beengt durch Krinoline, Steißrolle, Halskrause und grasgrüne Schleppe, kaum rühren. Frederica war nicht da, aber Stephanie stand mit schwerem, anmutig geneigtem Kopf gedankenversunken neben Daniel: ein Abbild der frühen Venus aus der Allegorie des Frühlings.

Begonnen hatte das Gespräch in einem ganz anderen Tenor. Miss Wells hatte Stephanie überredet, gemeinsam mit ihr und den Ellenbys den lieben Herrn Bischof zu begrüßen. Der Bischof, ein hochgewachsener, düsterer Mensch mit nicht unschönen Zügen, einer weißgesprenkelten schwarzen Mähne, sportlicher Figur und intelligentem Blick, hatte Stephanie sein Lob für ihre ihm als ganz und gar vorbildlich geschilderte Arbeit mit Jugendlichen, jungen Ehefrauen, Bettlägerigen und Behinderten ausgesprochen. Stephanie, die sich ganz bewußt dafür entschieden hatte, Daniels Wirken in all den Bereichen nach besten Kräften zu unterstützen, wo diese Arbeit sie nicht in Konflikt mit ihren Prinzipien bringen würde, hätte die bischöflichen Komplimente sicher mit Anstand über sich ergehen lassen, wäre ihr Vater nicht ständig hinter ihr herumgetänzelt wie ein Fliegengewichtsboxer, der jeden Moment zu einem Körperschlag gegen die kaum merklich vorgewölbte, rotseidene Taille des geistlichen Herrn ansetzen wollte.

Der Bischof wiederum hatte, kaum daß er Bills ansichtig wurde, ein paar Betrachtungen über das nunmehr so erfreuliche Aufblühen ihres gemeinsamen kulturellen Erbes anstellen wollen und damit natürlich Öl in die ohnehin schon stürmischen Wogen gegossen. Doch er fuhr nun fort, den wahren christlichen Gemeinsinn zu preisen, der sich hier und heute so beispielhaft und augenfällig in diesem von Kirchen und Schulen nebst Bills hervorragendem Erwachsenenbildungsinstitut initiierten und im ausdauernden Zusammenwirken aller, wirklich aller Beteiligten vollendeten Werke manifestiert habe. Darauf hatte Bill entgegnet, der Bischof möge gefälligst nur für sich selbst sprechen. Er für seinen Teil sei nämlich keineswegs so optimistisch zu glauben, daß viel von unserer Kultur, einschließlich, mit Verlaub, des Christentums, wiederbelebt werden könne oder auch nur den Versuch dazu wert sei. Was da stirbt, das sterbe, so stehe es ja schon in der Bibel, sagte er. Und darüber hinaus müsse er hier leider einmal klarstellen, daß er rein gar nichts von dieser Art Stücken halte, die mit *possierlichen*, aber hohlen Träumen die Vergangenheit verklärten und eine Epoche idealisierten, die es so nie gegeben habe, sondern die in Wahrheit grundschlecht, viehisch und blutrünstig gewesen sei. Ein despotischer Polizeistaat, beherrscht von Spionen, Folterknechten und Scharfrichtern, die man ihm, nebenbei bemerkt, heute abend nicht vorgeführt habe. Und so hatte das, was von Marcus treffend als »entsetzlicher Streit« eingestuft worden war, seinen Anfang genommen.

Miss Wells hatte aufgeregt dazwischengekreischt, das Erhängen, Rädern und Vierteilen von Dr. Lopez sei immerhin, wenn auch nur kurz, erwähnt worden. Wilkie hatte mit der Erklärung sekundiert, die ursprünglich sehr schaurige Szene sei stark zusammengestrichen worden; hierauf hatte man flüchtig Campions Martyrium gestreift; Lucas Simmonds hatte mit übertriebener Heftigkeit zu wissen begehrt, ob Schmerz und Qual denn in jenen rauheren Tagen einen qualitativ anderen Stellenwert besessen hätten, sei es für Vollstrecker, Opfer oder Zeugen. Das wiederum hatte unweigerlich eine jener merkwürdigen Diskussionen darüber ausgelöst, zu was für Grausamkeiten der Mensch dem Menschen gegenüber fähig ist. Der Bischof hatte sich auf die Märtyrergeschichten des John Fox berufen und auf Bonhoeffers Briefe aus dem Konzentrationslager. Lucas Simmonds hatte einiges von dem referiert, was, wie ihm auf einem Zerstörer im Pazifik berichtet worden sei, die Japaner mit aufsässigen Kriegsgefangenen anzustellen pflegten. Wilkie warf ein, es gebe inzwischen höchst aufschlußreiche Studien zur Relation zwischen subjektivem Schmerzempfinden und den damit keineswegs immer identischen physischen Stimulationspunkten. Ebenfalls weitgehend erforscht sei das Phänomen, daß ein durch und durch schmerzgepeinigter Mensch sein Bewußtsein vom Körper loslösen und gewissermaßen von außen her verfolgen könne, wie die Marter ihren Lauf nimmt. Lucas war an diesen

Informationen sehr interessiert und bestürmte Wilkie, ihm Näheres über die psychologischen Mechanismen zu erzählen, die solche Reaktionen ermöglichten. Der Bischof bemerkte an dieser Stelle, es gebe Schlimmeres als Schmerz und Schmerzensangst, als Tod und Todesfurcht – nämlich Unwissenheit und Frevel. Er selbst habe es, als er vor Jahren als Gefängnisgeistlicher in Bentham wirkte, denjenigen unter »seinen« Gefangenen, wie er sich ausdrückte, stets abgelehnt, die zum Tode verurteilt waren, zu gestatten, daß sie mit einem von Morphium getrübten oder betäubten Geist unter den Galgen traten, auf daß sie sich nicht selbst der Chance beraubten, im Angesicht der höchsten Not doch noch den Weg zu Buße und Bekehrung zu finden. Im übrigen sei er, just aus diesem Grunde, für die Beibehaltung des Todesstrafe.

Das war der Augenblick, in dem Bill Potter zu brüllen anfing. Er hatte den Bischof einen grausamen, arroganten Perversling genannt. Marcus machte sich auf die Suche nach Alexander. Der Bischof, dessen Augen dunkel waren vom Wein, der ansonsten aber ebenso verbindlich wie kompromißlos blieb, hörte weiter aufmerksam zu und versäumte nicht, seinen Gegnern kundzutun, daß er sie für naiv und oberflächlich halte, unfähig, den eigentlichen Sinn oder die wahre Aufgabe seines hohen Amtes zu begreifen.

Als Alexander, Thomas Poole und Marcus dazukamen, war Bill gerade mitten in einer plastischen Schilderung der menschenunwürdigen Grausamkeiten, die sich in so einer Todeszelle abspielten. Der Bischof konterte ruhig und vom faktischen Standpunkt her durchaus zutreffend mit dem Einwand, daß Bill sich dazu mangels eigener Erfahrung gar nicht äußern könne; er dagegen habe just unter diesen unwahrscheinlichen Umständen Augenblicke von erhabener Schönheit und Herrlichkeit miterlebt und geteilt. Das sei ja erst recht eine Schande, schrie Bill. Stephanie war in Tränen aufgelöst. Lucas schlug sich mit einem Lamento über die Wehleidigkeit des modernen Menschen auf die Seite des Bischofs, dem seine Unterstützung freilich höchst zuwider zu sein schien. »Wenn dir aber dein rechtes Auge Ärgernis schafft, so reiß es aus«, schrie Lucas. »Oder ein Bein, einen Arm oder sonst was.«

Wilkie sagte zu Alexander: »Wissen Sie, was das Ganze ins Rollen gebracht hat? Eine Diskussion über Ihre angeblich schönfärberische Darstellung der Tudorzeit.« Bill widersprach. Inzwischen gehe es jedenfalls um ungleich *wichtigere* Themen, sagte er und fuhr im gleichen Atemzug fort, den Bischof mit Statistiken zu bombardieren, die belegten, wie viele Richter in Ausübung ihrer barbarischen Pflicht über Nacht ergraut und um den Verstand gekommen seien. Der Bischof sagte, ein solches Amt erfordere in der Tat viel Kraft und einen starken Glauben, und Lucas, der sich zusehends in den eigenen Worten verhedderte und dessen Rede immer zusammenhangloser wurde, sagte, der erste Mensch sei aus Erde gemacht und irdisch, und er müsse ganz und gar ausgelöscht werden, so qualvoll das auch sein möge, damit das unsterbliche Samenkorn keimen und aufgehen könne, was den Bischof veranlaßte, laut und vernehmlich mit der Zunge zu schnalzen, während Bill mit dröhnender Stimme gegen den widerwärtigen Charakter der Christenheit loswetterte, die erst einen zu Tode gemarterten, zermalmten Körper anbetete und eine gescheiterte Existenz. Dann ging er auf Daniel los und sagte, er müsse verrückt sein, wenn er von ihm erwarte, daß er seiner Tochter die Einheirat in diese widernatürliche und verstockte Sekte je verzeihen würde. Lucas sagte, erst ein zermalmter Körper setze die glorreich triumphierende Seele frei, worauf der Bischof streng entgegnete, bei manchen von Mr. Simmonds' – war das der Name? –, also bei manchen von Mr. Simmonds' Ansichten sei er nicht sicher, ob sie auch auf einem gesunden Empfinden fußten; er jedenfalls wolle nie und nimmer einem *obsessiven* Schmerzens- und Todeskult das Wort reden, sondern plädiere lediglich für ein gesundes Verhältnis des Menschen zu dem ihm auferlegten Schicksal. An dieser Stelle wurde der völlig ermattete, schweißnasse Lucas Simmonds klatschmohnrot vor Erregung, und Daniel ergriff das Wort. Er wandte sich zuerst an Bill und sagte, er erwarte von ihm nichts weiter als Ärger und Unfrieden, und sodann an den Bischof, dem er kurz und bündig erklärte, den Standpunkt, den er, der Bischof, soeben vertreten habe, halte er für gottlos, grausam und unverantwortlich.

Daniel, der unverkennbar der wütendste von allen war, brachte seine Rede vor lauter Empörung kaum zu Ende. Immerhin fügte er noch hinzu, daß ihm bislang niemand einen guten Grund dafür geliefert habe, kaltblütig jemanden umzubringen, geschweige denn, einen anderen Menschen in einen Mord zu verwickeln, weshalb er jetzt gehen und seine Frau heimbringen werde. Bill schien diese ebenso stürmische wie unerwartete und wahrscheinlich nicht einmal willkommene Schützenhilfe die Sprache zu verschlagen. Daniel legte den Arm um seine Frau und führte sie aus dem Saal, ohne sich noch einmal umzudrehen. Mr. Ellenby erklärte dem Bischof, Daniel sei ein ungeschliffener Diamant. Der Bischof erwiderte schneidend, Daniel hätte die Höflichkeit haben und wenigstens seine Antwort abwarten können. Lucas Simmonds rannte ganz plötzlich aus dem Saal. Alexander sah, wie die Parrys, inzwischen zu dritt, unaufhaltsam auf ihre laute Ecke zusteuerten. Er fühlte sich verpflichtet, mit Marcus zu reden – oder mit Lucas. Der Kerl hatte entschieden einen Vogel, keine Frage, er war ja auch plötzlich so verquollen und irgendwie aus der Fasson geraten, ganz zu schweigen von dem fast spürbaren elektrischen Prickeln einer miefigen, grauenhaften Angst, das von ihm ausging. »Ich bin sicher«, sagte er, »daß ich recht hatte, heute nachmittag. Du kannst es nicht riskieren, dich weiter auf so eine dubiose Beziehung einzulassen, wer weiß …«

»Aber irgend jemand muß ihm *helfen*«, sagte Marcus.

Alexander erwog, den Bischof zu Rate zu ziehen, der jetzt vor Zorn schäumte, und Bill, der den Beleidigten spielte. Er dachte daran, sich selber, mit Marcus zusammen, um Lucas zu kümmern, womit er den Bischof, Bill, die Parrys und Thomas Pooles unlösbares, dem seinen so bestürzend ähnliches Problem mit einem Schlage los gewesen wäre, aber man kam ihm auch diesmal zuvor. Gleichsam schwebend, wie von einem unsichtbaren Bühnenmechanismus bewegt, näherte sich vom anderen Ende des Saals Crowe mit seinen drei Elizabeths, Marina, Frederica, Anthea, die lächelnd und winkend Alexanders Aufmerksamkeit zu erregen suchten. Crowe, noch immer im Kostüm des Barons Verulam, schwang seinen langen Stab wie Comus, als er den Pöbel zähmte, oder wie seine Mutter Circe, wenn sie die Schweine in ihren Koben zurückscheuchte.

»Alexander – das ist Ihr Abend, mein Lieber – die Kritiker

sind ganz außer sich vor Begeisterung – Sie müssen unbedingt mitkommen – man schreit buchstäblich nach Ihnen, lieber Junge – man *brennt* darauf, Sie kennenzulernen – guten Abend, Bischof, ein Triumph, nicht wahr, der Meinung sind Sie doch auch, so ein fabelhaftes Gemeinschaftswerk – kommen Sie, Alexander, verzeihen Sie, meine Herrschaften, aber ich *muß* ihn jetzt entführen – so helfen Sie mir doch, meine Damen – guten Abend, Jenny, Liebste, Sie waren *hinreißend*, die *Yorkshire Post* hat versprochen, Ihnen eine Extrazeile zu widmen, Bess Throgmorton, wie ach so roh geschändet von Sweet Sir Walter – nein wie *überzeugend* Sie das gespielt haben – und Sie, mein Bester, Sie durchtriebener Schlingel von einem Lord, Sie haben sich natürlich auch einen Namen gemacht – aber nun kommen Sie endlich, bitte, entschuldigen Sie uns, meine Herrschaften, gute Nacht, Bill, freut mich, daß Sie's einrichten konnten, heute abend dabeizusein. Kommen Sie, Alexander, so kommen Sie doch endlich.«

Marcus lief hinaus auf die Terrasse, um nach Lucas zu sehen. Er fand ihn gleich neben der königlichen Sänfte. Sein Atem ging rasch, auf seinem Gesicht lag ein unnatürliches Lächeln. Marcus konnte sich nicht denken, warum er überhaupt gekommen war, es sei denn aus irgendeinem fanatischen oder übersteigerten Bedürfnis, seinerseits ein Auge auf Marcus zu haben.

»Sir, geht's Ihnen gut? Sie sehen ...«

Lucas antwortete gereizt, es gehe ihm gut, alles sei in bester Ordnung, ja mehr als das. Sie seien lediglich in den Strudel eines sehr machtvollen Kräfteaustauschs hineingeraten. Trotzdem dürften sie ihre Aufgabe nicht vergessen und müßten sich vergewissern, welche Rolle sie zu spielen hätten. Ihre Fahrt nach Fylingdales sei übrigens auf den kommenden Freitag festgesetzt.

»Sir, ich kann nicht. Ich kann nicht mehr mitmachen. Ich habe Angst.«

Natürlich habe er Angst, gab der erhitzte Cherub noch ungehaltener zurück und rammte die Faust gegen den windigen vergoldeten Türflügel der Sänfte. Habe er denn erwartet, man könne so einfach kosmische Kräfte verdrängen und ungestraft, ja ohne Ängste davonkommen? Das sei doch zu töricht. Es spreche alles dafür, daß sie am Freitag entweder erfrieren oder verschmoren würden oder sich in reine Energie auflösen, so daß nichts von ihnen übrigbliebe als wandelnde Schatten, wie sie nach der Explosion aus dem flammenden Inferno von Hiroshima gekrochen seien. Eine Aussicht, die ihn in einen rasenden Freudentaumel zu versetzen schien. Wir haben doch von Anfang an gewußt, was wir riskieren, setzte er mit bestechender Logik hinzu. Oder etwa nicht?

Marcus sagte, nein, er habe es nicht gewußt. Und jetzt ... jetzt ... sei er sich nicht mehr sicher, ob sie sich das Ganze nicht bloß eingebildet hätten.

»Und die Übertragungen? Der Triumph über die Schwerkraft in Owger's Howe? Deine Photismen? War das auch alles nur Einbildung?«

»Nein. Das nicht, nein. Aber vielleicht war es – war es nicht – nicht das, was Sie – was wir uns darunter vorgestellt haben.«

»Wir wissen nicht, was es gewesen ist. Noch nicht. Aber es gibt nur einen Weg, es herauszufinden.«

»Nein. Ich hab' Angst.«

»Aber du hast die Sehergabe.«

»Da bin ich mir nicht mehr so sicher. Ich trau' mich nicht. Sie müssen mich gehen lassen.«

»Du bist – du ekelst dich doch nicht vor mir?«

Marcus fing an zu weinen. Ungerührt von seinen Tränen wiederholte Lucas die Frage.

»Nein. Das habe ich Ihnen doch längst gesagt. Es ist nur so, daß ich mich fürchte, das ist alles.«

»Dann muß ich eben allein fahren. Allein werde ich fast mit Sicherheit scheitern. Aber mir bleibt keine andere Wahl.«

Zaghaft flehte Marcus ihn an, sein Vorhaben aufzugeben. Lucas lachte ihn nur aus. »Na schön«, sagte er, »geh doch, wenn du magst. Es ist zwar zu spät zum Davonlaufen, aber wenn du willst, betrüg dich ruhig und mach dir was vor. Nur das, wovor du Angst hast, das ist überall, und es wird mit dir machen, was es will, wo und wann es ihm gefällt.«

Marcus schluchzte und beteuerte – nicht ganz aufrichtig –, daß er es sei, Lucas, vor dem er die meiste Angst habe: »Vor Ihnen, ja, vor Ihnen!« Daraufhin versetzte Lucas ihm einen so jähen und heftigen Schlag ins Gesicht, daß seine Lippe aufplatzte. Wenn das so sei, dann solle er ihn gefälligst in Ruhe lassen, sagte er noch und rannte wie gehetzt von der Terrasse. Marcus setzte sich neben die Sänfte, barg seinen brennenden Kopf in den Händen und weinte hemmungslos. Die Leute, die vorbeikamen, hielten ihn für betrunken, machten taktvoll einen Bogen um ihn und überließen ihn sich selbst.

Zwei von denen, die spätabends an Marcus vorbeiliefen, waren Alexander und Frederica. Beide waren auf der Flucht: Alexander vor den Parrys, die ihn kurz aus den Augen gelassen hatten, um sich darüber zu streiten, wer Thomas' stinkende Windeln wechseln solle, Frederica vor dem Puppenvertreter, der mit erhobenem Arm und schnippenden Fingern versucht hatte, sich zu ihr durchzudrängen. Er war nicht eingeladen, aber fast jeder hätte sich Zutritt zu der Premierenfeier verschaffen können, und die meisten hatten das ausgenutzt. Mit Wilkie konnte man zur Not noch über Ed reden, aber nicht mit Alexander, dem sie deshalb nur gesagt hatte, sie müsse unbedingt raus an die frische Luft. Er hatte den Vorschlag gutgeheißen, und so waren sie losgerannt, begleitet von vereinzelten spöttischen Bravorufen und dem Gelächter derer, die zurückblieben. Im Dunkeln, wo er nur ihre Schritte und ihren Atem hören konnte, fühlte er sich ihr nahe. In dem Gärtchen mit dem Springbrunnen war es schon anders. Sie hielten einander unbeholfen in den Armen, und beide spürten genau, wie verkrampft und unzugänglich der andere war. Beiden standen Anthea Warburtons feste, weiße Pobacken und Schenkel vor Augen, die sich rhythmisch und anmutig auf und ab bewegten. Er konnte aber eine Frederica Potter nicht einfach zu Boden werfen und sich mit ihr unter einem Busch wälzen. Und was Frederica anging, so fehlte ihr das Talent, um ihn zu einer solchen Rangelei im Grase zu animieren. Also blieben sie eng aneinandergeschmiegt stehen und erstarrten schon bald in vertrauter Pose, wie Kinder, wenn sie Denkmal spielen. Sie kaschierte ihre Nervosität durch unentwegtes Plappern, wiederholte ihm die derben Komplimente, die sie eingeheimst hatte, erinnerte ihn an Malheure, Hänger und kleine Ausrutscher während der Vorstellung. Er wünschte sehnlichst, sie möge endlich aufhören zu reden, und wirklich verstummte sie nach einer Weile. Wie um sicherzugehen, legte er ihr den Finger auf die kühlen Lippen.

»Und was jetzt?«

Keine Antwort.

»Vielleicht sollten wir uns darauf einigen, das Ganze einfach zu vergessen?«

Keine Antwort.

»Schließlich kann nichts Gutes dabei rauskommen.«

»Ich will es aber.«

»Das kann manchmal ganz unbedeutend und kläglich sein.«

»Das ist mir egal. Ich will dich.«

»Aber was haben wir denn für eine Chance?«

Sie wußte es auch nicht. Eine Bettgeschichte, Heirat, Seelengemeinschaft, Fortbestand dieses herrlich aufregenden, prekären Verhältnisses bis in alle Ewigkeit.

»Lassen wir es einfach so, wie es ist. Ich liebe dich.«

Der herrische, ja fast drohende Ton, in dem sie das sagte, entwaffnete ihn vollends. In irgendeinem Winkel seines Hirns wußte er, daß sie alle eventuellen Konsequenzen auf ihre Weise regeln würde. Die Augen unter ihrer gerunzelten Stirn waren trüb und kalt. Sie war die göttliche Hindin im Hain, von ihm geschaffen oder heraufbeschworen, sie war die Unberührbare, ein Mädchen, das man gefahrlos begehren durfte, weil man es doch nicht haben konnte. Er packte sie bei den Schultern; sie preßte sich an ihn und wand sich so ungestüm in seinen Armen, daß er sich vor lauter Erregung zu Spielchen verleiten ließ, die sonst nicht zu seinem Repertoire gehörten. Ihr lautes Lachen hallte lüstern und unschuldig durch den Garten. Sie war Herrin der Lage, und er wußte, daß er in der Falle saß. So sehr er sich auch dagegen wehren mochte, die schiere Neugier würde ihn weitertreiben.

Während der nächsten drei Wochen waren beide so berauscht voneinander und von ihrem Erfolg, daß sein Vergleich zwischen ihr und der göttlichen Hindin eine neue, ironische Komponente bekam. Die Gazetten überschütteten sie mit Lobeshymnen in jenem blumig-schwülstigen Stil, der damals en vogue war. *Astraea*, hieß es, sei ein künstlerischer Triumph. Seit George Bernhard Shaw sei am Firmament der heimischen Bühnenliteratur kein so strahlender Stern mehr aufgegangen wie Alexander

Wedderburn. Lodge und Marina Yeo huldigte man wie gewohnt überschwenglich. Aber auch Wilkie und Frederica wurde ein Maß an Aufmerksamkeit zuteil, das dem übrigen Ensemble nicht gerechtfertigt schien. In der *Yorkshire Post* und im *Manchester Guardian* konnte Frederica ihr Gesicht im schwarzweißgesprenkelten Zeitungsraster bewundern, wie es stolz und streng unter einem Blumenkrönchen hervorblickte. Korpulente Damen und beflissene junge Herren, Journalisten von Frauenzeitschriften und Lokalblättern, wollten sie interviewen und sich mit ihr über den phänomenalen Erfolg einer einheimischen Amateurschauspielerin unterhalten, die noch nicht einmal aus der Schule war. Sie wolle, diktierte sie ihnen in die Feder, einmal eine so große Schauspielerin wie Marina Yeo werden. Ihrem Abiturzeugnis sehe sie »mit banger Erwartung« entgegen. Ihre ganze Familie sei literarisch interessiert. Sie gab zum besten, was sie von der Jungfräulichkeit der Elizabeth hielt. Sie spielte eine Frederica, die sich selber spielte.

Alexander fuhr nach Manchester und sprach im Radio über die Renaissance des Versdramas. Akademische Fachzeitschriften, mondäne Intellektuellenblätter und ordinäre Illustrierte boten ihm stattliche Honorare für Artikel zu historischen oder literarischen Themen und über FRAUEN, die zu schreiben er sich redlich bemühte. Es kam zu ersten Vorgesprächen wegen einer Londoner Inszenierung der *Astraea* – mit einigen Änderungen und einer durchweg professionellen Besetzung. Lauter Dinge, die sie sich von Anfang an erträumt hatten und die ihnen nun doch ganz unwirklich vorkamen, weil all ihre Konzentrationsfähigkeit, all ihr Glücksempfinden so geschwächt und nur noch aufs nackte Verlangen fixiert waren. Bill lenkte eines Tages ein – »schleimig«, befand Frederica, aber sie sagte es mit hörbarer Befriedigung. Er trug jetzt immer ein Bündel Zeitungsausschnitte in der Brusttasche, mit Bildern von seiner gertenschlanken Tochter, wie sie auf einem Stein saß, mit der Faust gegen eine Mauer trommelte, mit ausgestreckten Armen und Beinen im Gras lag.

Das übrige Ensemble schottete sich noch feindseliger gegen Frederica ab als zuvor und bedachte sie mit Attributen wie »unerträglich« und »eitel«, die nicht ganz gerechtfertigt waren.

Zwar stimmte es, daß die Entwicklung der letzten Wochen sie trunken gemacht hatte. Sie dachte an ihr Konterfei im Schaufenster des Blesforder Fotografen, während sie durch sonnenwarmen Wiesenkerbel streifte, und lachte laut vor sich hin. Aber aller Stolz und all ihre Freude waren so eng verknüpft mit der narzißtischen Hinwendung auf den Körper, den Alexander endlich, endlich begehrte, daß ihr schlimmster Verstoß gegen ihre Mitmenschen eine immerwährende, benommene Zerstreutheit war, die, wer es so auslegen wollte, als Kränkung verstand. Alexander lobte sie vor der Presse, und sein Lob wurde gedruckt. »›Eine von hoher Intelligenz geprägte schauspielerische Leistung‹«, las Wilkie ihr im Park von Long Royston vor. »›Eine ungemein einfühlsame Versinterpretin‹, sagte er hier. Sie haben's geschafft.«

»Na und? Ich *bin* intelligent.«

»Das ist uns allen bis zum Überdruß bekannt. Und wie steht's mit Ihren sonstigen Ambitionen? Beschläft er Sie endlich? Haben Sie schon mal Gift im Kaffee gefunden?«

Die Affäre, oder was immer es sein mochte, war auf erschrekkende Weise publik geworden, obwohl sie sich noch gar nicht richtig manifestiert hatte. Das Ensemble hatte in einem jener skurrilen Gemeinschaftsurteile, zu denen eng verflochtene Gruppen mitunter fähig sind, beschlossen, Fredericas Hartnäkkigkeit bei der Verfolgung ihres widerstrebenden Galans – im Prinzip – zu bewundern, sie aber gleichwohl weiterhin unsympathisch zu finden, weil sie ihre Eroberung so rücksichtslos und egoistisch betrieben und weil sie die ganze Publicity an sich gerissen habe. (Wilkie, der besser organisiert war, bereits im Ruf eines kuriosen Universalgelehrten, um nicht zu sagen eines Genies stand, der schon seine Pressemappe ins Archiv der BBC lanciert hatte und sich gleich mehrere Agenten warmhielt, betrieb seine geschickte Eigenwerbung unangefochten und ohne dadurch Abneigung oder gar Haß auf sich zu ziehen.) Statt dessen gönnte die Truppe sich die Kaprice, Alexander mit Verachtung zu strafen, weil er vor einer so unverfroren dreisten Sexkampagne kapituliert hatte. Zwar trieben sie ihren Boykott nicht zu weit. Sein Stück war phantastisch und entsprechend groß war sein Ruhm, in dessen Glanz auch sie sich sonnten. Aber sie überschütteten Jenny Parry unablässig mit kleinen Aufmerksamkeiten. Die Flaschenjungen zwängten sich durchs dichteste Gebüsch, um Alexander und Frederica in jeden Winkel des Parks zu verfolgen, in dem sie miteinander spazierengehen wollten. Elisabethanische Höflinge beugten sich kichernd aus jedem Fenster, sobald die beiden nur den Versuch machten, auf der Bank darunter Platz zu nehmen.

Alexander war so verwirrt, daß er all diese Machenschaften nur am Rande mitbekam. Frederica, die bereits daran gewöhnt war, um ihrer guten Noten willen geschnitten zu werden, begegnete den Anfeindungen wegen ihrer Presseerfolge noch mit relativem Gleichmut, auch wenn es nicht in ihrer Natur lag, den Gegner durch irgendeine versöhnliche Geste umzustimmen. Mit den Nachstellungen, die ihr und Alexander galten, wurde sie indes nicht so leicht fertig, ja sie litt darunter, ohne daß es ihr gelungen wäre, irgendwie – und sei es mit brisanten Vertraulichkeiten – um Sympathie und Mitgefühl zu werben. Allein, der Erfolg stärkte ihr Selbstbewußtsein. Sie würde es den anderen schon zeigen. Allen – außer Alexander. Sogar er wurde der Feigheit bezichtigt, ein Vorwurf, der ihn bis zu einem gewissen Grad mit melancholischer Genugtuung erfüllte. Es war klar, daß es nicht mehr lange so weitergehen konnte. Irgend etwas mußte geschehen, mußte eine Änderung herbeiführen. Nur welche, das war überhaupt nicht klar.

38. St. Bartholomäus

Der 24. August, St. Bartholomäus und der Tag, an dem Frederica Potter Geburtstag hatte, war durch einen hübschen Zufall auch der, an dem die Post Fredericas Abiturauswertung brachte. Es war der Montag, mit dem das Stück in seine letzte Aufführungswoche ging. Stephanie war schon frühmorgens in der Kirche, die dem heiligen Bartholomäus geweiht war, um die Blumen für den Namenspatron herzurichten. Sich um den Blumenschmuck zu kümmern war eine weitere Aufgabe, die sie ihrer Auffassung nach als Frau eines Vikars mit Anstand übernehmen konnte. Sie hatte versucht, sich über St. Bartholomäus kundig zu machen, aber wie sich herausstellte, war er ein Heiliger, über den nur sehr wenige und ausnahmslos blutrünstige Einzelheiten bekannt waren. Er hatte zu den Aposteln gehört und Kleinasien, Westindien und Ostarmenien bereist, wo er bei lebendigem Leibe gehäutet und anschließend geköpft worden war. Seine Identität lag im dunkeln: Verschiedentlich wurde er mit dem Jünger Nathanael gleichgesetzt, der aus Kanaa in Galiläa stammte und von dem Jesus gesagt hat: »Siehe, ein rechter Israelit, in welchem kein Falsch ist.« Auch die Ziele seiner Missionsreisen waren ungewiß, denn, wie Stephanie herausfand, hatte »Indien« für Griechen und Römer wahlweise Arabien, Äthiopien, Libyen, Parthien, Persien und das Land der Meder bedeutet. Mit seinen Streifzügen ins Morgenland erinnerte er an den Dionysos der *Bakchen*, mit dem ihn, ihrer Schätzung nach, auch das Martyrium von Häutung, Zerstückelung und endlich Wiedergeburt verband. Für kurze Zeit hatte sie die Hoffnung gehegt, daß Daniels Kirche vielleicht einem heimischen Bartholomäus geweiht sei, nämlich St. Bartholomew von Durham, einem Benediktiner, der ursprünglich aus Whitby stammte und zweiundvierzig Jahre lang ein eintöniges Eremitenleben in der Klause des heiligen Cuthbert auf Farne Island verbracht hatte, wo er um 1193 friedlich entschlafen war. Aber die kleine Statue des Heiligen in ihrer Nische unweit der Kanzel war eigentlich nur an dem gezückten Messer zu erkennen, dem Werkzeug seines Martyriums. In der Seitenkapelle befand sich ferner eine schlechte, vergrößerte Reproduktion von Michelangelos Darstellung des Märtyrers, wie er ingrimmig aus Sixtinischen Wolken des Jüngsten Gerichts herniederfährt, wild sein Messer über dem Haupte schwingend und seine ledrige tote Hauthülle hinter sich herschleifend, die das verzerrte Antlitz des Künstlers zeigt. Stephanie beschloß, beide Bildnisse mit einer Blütenwolke aus wilden Blumen zu umrahmen und teilweise auch zu verhüllen.

Da ihre Schwangerschaft für einen scharfen Beobachter inzwischen unverkennbar war, hatte sie zur Tarnung die Mode des christlichen Frauenvereins adaptiert: plissierter grüner Leinenkittel oder Trägerrock, der an Koch- oder Gärtnerskluft erinnerte oder auch an ein weltliches Chorhemd, flache, strapazierfähige Schuhe, Gartenschere in der Kittelschürze und ein Korb mit Blumen und blühenden Zweigen über dem Arm. Sie konnte sich immer noch auf dem Fahrrad halten und fuhr langsam und hochaufgerichtet durch die Felder, wo sie am Wegrand weiße Umbelliferen pflückte und Margeriten, grünen Nieswurz und Hundsrosensträußchen, wilden Hafer und Gerste mit hängenden Ähren, gelben und weißen Fingerhut. In Anspielung auf den anonymen Märtyrer hätte sie gern ein paar Tupfer Rot oder Scharlach oder Purpur hinzugefügt, aber Mohn kann man gar nicht so schnell pflücken, wie er die Blätter verliert, und durch Päonien – die eventuell gepaßt hätten – war das duftige Gespinst aus Grün und Weiß und Gold und zartem Violett, das sie zusammenstellte, farblich ganz bestimmt erdrückt worden.

Mit der Kirche als Bauwerk hatte sie sich schon seit einer ganzen Weile ausgesöhnt. Wenn sie allein hier herumging, Blumendraht zurechtbog, Wasser nachfüllte, Stiele zusammenband, fühlte sie sich sogar richtig wohl. An diesem Morgen jedoch, wie schon an mehreren Morgen zuvor, war sie nicht allein. Lucas Simmonds war da und wartete in abstoßend beflissener Gebetshaltung unter einer Säule, dicht beim Höllenschlund. Mit einem verstohlenen Blick in seine Richtung tappte sie wildlederleise zum Taufstein und dachte, daß er sterbenselend aussehe, daß Gartenwicken die Lösung seien und sie Mrs. Ellenby um ein Sträußchen bitten würde, daß Marcus auch etwas zugestoßen sein müsse oder er zumindest zu Schaden gekommen sein könne, daß Simmonds Hilfe brauche, es aber unschicklich sei, sein selbstgewähltes Schweigen zu stören.

Sie arbeitete still vor sich hin, und Lucas betete oder zermarterte sich den Kopf, bis die Tür im Portal mit einem gewaltigen Luftzug aufflog und Frederica hereinstürzte. Polternd kam sie den Gang heraufgesprescht.

»Guck mal«, rief sie »guck«, ohne selber auch nur irgendwo hinzugucken, und Stephanie erhob sich langsam von den Knien und nahm die Postkarte, die Frederica ihr entgegenschwenkte und die mittlerweile schon ganz schmuddelig und verwischt war, und fand eine Benotungsliste, die sich so über die Maßen hervorragend las, daß man es auf den ersten Blick kaum glauben konnte.

»So was«, sagte Stephanie. »So was. Freust du dich? Alles Gute zum Geburtstag.«

Frederica sprang ums Chorpult herum und zerzauste die wilden Mohrrüben, aus denen ganze Pollenwolken aufstiegen.

»Laß, die sind empfindlich. Ich hab' ewig für den Strauß gebraucht.«

»Ist hübsch geworden. Wofür sind die? Erntefest?«

»Nein, Dummchen. Jetzt doch noch nicht. St.-Bartholomäus-Tag.«

»Natürlich, mein Geburtstag! Der Tag des Massakers. Ich hab' die anderen ganz schön massakriert, fertiggemacht hab' ich sie, keiner kann mich mehr schlagen.«

»Schrei nicht so. Du bist in einer Kirche. Andere Leute suchen hier Ruhe.«

Frederica sah sich verdutzt um. »Ach, der. Steph, was *macht* der hier? Mir ist er nicht geheuer.«

»Bitte halt den Mund und sei nicht gar so taktlos. Wo deine Stimme so trägt.«

»Steph, du, jetzt kann ich alles machen, einfach alles, ich bin besser als alle anderen, ich kann *tun* ...«

»Du kannst mir nicht meine Sträuße verhunzen», sagte Stephanie so sanft wie möglich. Man konnte niemanden bewundern und ermutigen, der sich selber schon so rückhaltlos bewunderte und ermutigte.

»Steph, was noch Niedagewesenes, Daddy gibt ein Fest für mich, zum Geburtstag, mit Champagner und Erdbeeren, in der Schule, im Rektoratsgarten oder, wenn's regnet, im Kreuzgang. Samstagmittag, am Tag unserer letzten Vorstellung. Er hat mich hergeschickt, dich und Daniel einzuladen – *er* würde eure Wohnung natürlich nicht betreten, aber mich hat er hingeschickt. Ich war bei Daniel, der hat mir gesagt, ich würde dich hier finden.

Oh, und Dad hat Alexander *angerufen*, um ihn einzuladen, was zum Schreien komisch ist, in mehr als einer Beziehung. Aber trotzdem großartig. Ich könnte an die Decke springen vor Glück.«

»Gib acht, daß du nicht ausrutschst«, sagte Stephanie, die dabei vielleicht an ihren Korb dachte, vielleicht ans Leben. Frederica wedelte mit den Armen und setzte mit aufreizenden kleinen Sprüngen kreuz und quer durchs Mittelschiff. Als erst Alexander und dann Daniel durchs Portal traten, wurde deutlich, daß Frederica die Kirche in eine Rendezvous- und Feststätte umgewandelt hatte. Alexander sah aus wie ein Mottenmännchen, das ein Gemisch aus Honig und Moschus angelockt hatte. Daniel sah aus wie Daniel. Frederica schwenkte den beiden Neuankömmlingen ihre Postkartentrophäe entgegen. Lucas Simmonds blieb mit geschlossenen Augen neben der Säule knien. Frederica machte einen Satz, stolperte über den Korb und sorgte dafür, daß Alexander sie auffing.

Stephanie kehrte ihnen den fülligen Rücken zu und fuhr fort, Glockenblumen zwischen die vereinzelten Gräser zu stecken. Bis auf die Hundsrosen rochen diese Sommerblumen, die so prächtig aufschäumten und den grimmen Sixtinischen Heiligen verhüllten, lebendig, aber abstoßend, unappetitlich und obszön – Nieswurz ebenso wie Fingerhut und alle Verwandten des Schierlings. Keine Frage, die Wicken mußten her. Daniel kam und massierte ihr den Rücken; warm strich seine schwere Hand über die jetzt schon schmerzenden Muskelstränge.

Die Potters waren, dachte er, auf grausame Art unachtsam. Wie konnten sie ihre Blässe übersehen, ihre behäbige Lethargie und ihre neuerdings so verzögerten Bewegungen? Die Potters ereiferten sich über einen Punktestand von 90 oder 95 Prozent, redeten endlos über Zensuren, Zensuren auf einem Fetzen Papier oder für eine schriftliche Hausarbeit, Noten, mit denen man sich einen Namen machen oder der Welt seinen Stempel aufdrücken konnte. Bill Potter mochte der Trauung seiner ältesten Tochter fernbleiben und den Teil des Hochzeitsfestes, bei dem er sich blicken ließ, lächerlich machen, aber er war imstande, mit der im Norden streng verankerten Sitte der Knauserigkeit zu brechen, um Noten mit Champagner zu belohnen. Daniel verachtete die ganze Sippe. Er hatte durchaus Phantasie, wenn es galt, die Ängste einer Frau vor kommenden Schmerzen nachzuvollziehen. *Er* hatte beobachtet, wie andere Männer ihre Söhne liebten, manche gut, manche schlecht, und konnte daher abschätzen, inwieweit er wußte und nicht wußte, daß er den seinen lieben würde. Was seine Phantasie nicht leisten konnte, war, nüchterne schwarze Zensurziffern in Beziehung zu setzen zu klugen Erkenntnissen über den Kern der Leidenschaft bei Racine, oder wenigstens zu einem verständig formulierten Aufsatz über die Schrecken im *Hamlet* und im *Lear*. Daniel hatte nicht den Wunsch, einmal Bischof zu werden, und darum entdeckte er im eigenen ungestümen Streben auch keine so ehrgeizigen Ambitionen wie im Potterschen Notenwahn.

Als Marcus in die Kirche kam, dachte jeder von denen, die schon dawaren, er suche ihn oder sie. Frederica meinte, er sei wegen ihres Geburtstags und wegen ihrer Noten gekommen, Alexander, daß er bisher nicht geleistete Hilfe suche und Rat, Stephanie, daß er gleich ihr bekümmert sei über Bills neuerliches einseitiges Engagement, vielleicht auch bedrückt von der Erinnerung an jene unglückseligen Versuche damals, das bei ihm diagnostizierte »Genie« zu entwickeln und zu fördern. Daniel unterstellte ihm religiöse Probleme. Lucas Simmonds war, wie sich nachträglich erwies, unerschütterlich überzeugt davon, daß durch ihn ausgesandte geistige Schwingungen Marcus hergelockt hätten, eine andere Art von Mottenbotschaft.

Jedenfalls blieb er, als er sie alle so beisammen sah, unschlüssig in der Tür stehen und machte Miene, gleich wieder umzukehren. Frederica winkte ihm mit ihrer Postkarte und röhrte ihm die Prozentzahlen entgegen, Stephanie trat vor und wollte ihn berühren, Alexander zog sich hinter das Chorpult zurück, Lucas Simmonds schlug die Augen auf, erhob sich gelenkig aus seiner knienden Stellung und lief vor zum Altargitter, wo er sich umdrehte und in schroffem, kühl-sachlichem Ton das Wort an den Jungen richtete.

»Das hat ja reichlich lange gedauert, bis du die Botschaft erhalten hast. Ich wußte, hier sind wir sicher. Ich hab' dir doch gesagt, Gebet und Vorbereitung würden nötig sein. Ich wußte, daß atmosphärische Störungen und ... sagen wir elektrische Reibungsfrequenzen gegen uns arbeiteten – wir wollen das Phänomen lieber nicht beim Namen nennen, nicht einmal hier –, aber ich dachte, in eine von hier ausgesandte Nachricht könnten sie sich nicht einmischen, oder ich hab's jedenfalls riskiert, jawohl, ich hab's riskiert. Mein Gott, wenn ich mal so sagen darf, was bin ich froh, daß du da bist. Sie haben angegriffen, ich sage dir, höllische Sturmangriffe waren das. Aber jetzt, wo du da bist, werden wir uns behaupten.«

Dann erst nahm er die anderen zur Kenntnis.

»Guten Morgen, Herr Pfarrer. Wedderburn. Man darf wohl nicht hoffen, daß Sie alle gekommen sind, um auf Knien zu kämpfen. Sei's drum, guten Morgen, Marcus!«

Marcus stand unbeweglich. Er öffnete den Mund, aber kein Laut kam heraus. Er versuchte die Hand auszustrecken und konnte es nicht, was er freilich nicht darauf zurückführte, daß irgendein Dämon oder ein schelmischer Elementargeist mit elektromagnetischen Kräften sie gelähmt hätte. Er schnupperte den heißen Straßengrabenduft, den der Wiesenkerbel auf den kühlen Stein übertrug. Er stand und rührte sich nicht. Daniel machte ein paar Schritte auf ihn zu. Da geriet er ins Wanken und streckte eine Hand aus, die Daniel ergriff.

»Sag mir, was du tun willst«, redete Daniel ihn behutsam an.

»Ich – weiß – es nicht.«

Alexander kam hinzu. »Möchtest du nach Hause?«

Marcus schüttelte den strohblonden Kopf.

»In Daniels Wohnung?« schlug Alexander vor.

Marcus nickte, seine Flanellknie schlotterten. Er versuchte, weder den Höllenschlund anzusehen noch den verratenen Lucas. Sein Kopf schwirrte von Botschaften und Symbolen wie geflügelten Schlangen, die sich beständig zusammenringelten und wieder entrollten, in seiner Hirnschale zuckten Lichtblitze in Weiß und Gold und kaiserlichem Purpur, sein Körper war ein Gefäß, das, genau wie Lucas es prophezeit hatte, in jedem Moment zerspringen und sich auflösen konnte, so gründlich, daß nicht einmal Trümmer zurückblieben. Daniels Wohnung war voll von entsetzlich realen, eventuell hilfreichen Kissen und Teekesseln und menschlichen Utensilien aller Art, die, falls sie einem nicht hinterrücks eine tückische Falle stellten wie die versteinerten Schuhe in Mother Shiptons Tropfsteinhöhle, vielleicht kuschelig sein mochten und warm, so daß man sich an ihnen festhalten konnte. Er ergriff Daniels trockene, starke Hand. »Bring mich hin«, sagte er.

Daniel war beunruhigt wegen Lucas, dem er sich als Seelsorger mindestens ebenso verpflichtet fühlte wie Marcus Potter, in seiner praktischen Sicht ein weiteres Opfer der Überbewertung von Noten. Nun waren Seelen oder jedenfalls solche, die sich so gebieterisch aufspielten, zwar nicht gerade sein natürliches Revier, auch wenn er sich um die, auf die er gestoßen war, stets nach besten Kräften bemüht hatte, aber im Augenblick krallte sich der sonst so flüchtige Marcus mit dem Griff eines Verzweifelten direkt in sein Fleisch, und da er für diesen Griff empfänglich war, ging er mit ihm. Alexander, der sich verantwortlich fühlte, ohne zu wissen, was er hätte tun können, und den Marcus nicht ganz so nervös machte wie Lucas, schloß sich an, und Frederica sauste hinter Alexander her.

Stephanie nahm ihren Korb vom Boden auf, ging hinüber zu dem alabasternen Blumentrog am Altargitter und sagte behutsam zu Lucas Simmonds:

»Ich war gerade dabei, den Blumenschmuck für die Kirche herzurichten, für den Bartholomäus-Tag.« Von dem Mann ging ein übler Gestank aus, eine Mischung aus Schweiß und süßlichem Haaröl und Karbol und fauligem Atem, die der hypersensible Geruchssinn der Schwangeren durch geblähte Nasenflügel so intensiv aufnahm, daß ihr für einen Augenblick übel wurde. Die guten Manieren der Engländer sind doch etwas Schreckliches, dachte Stephanie. Ich sollte ihn fragen, was ihm solche Angst macht, ihm anbieten, mit ihm niederzuknien, ich sollte sagen, daß Marcus krank ist. Aber ich kann's nicht. Ich kann's nicht. So ruhig wie möglich ging sie hin und her, holte eine Gießkanne voll frischen Wassers, sortierte ein paar welke Gartenlilien und Nelken aus, die Mrs. Ellenby, deren Geschmack eher konservativ war, letzte Woche hergestellt hatte.

»Wollen Sie sich nicht setzen?« sagte sie schließlich beiläufig, die Gastgeberin in ihrer Kirche. Zu ihrem Erstaunen ließ er sich ohne weiteres gleich dort auf den Kanzelstufen nieder und barg den Kopf in den Händen. Sie bog ihren Blumendraht zurecht und vermied es, ihn anzusehen. Mit einem matten Anflug seiner alten Munterkeit sagte er: »Und, wann kommt das Baby?«

»Es weiß noch keiner«, entgegnete sie rasch. Und dann: »Um Ostern rum. Ich meine, die anderen wissen's noch nicht, weil wir's ihnen nicht gesagt haben.«

»Ich hab's gleich gesehen.«

Eine Vorstellung, die ihr nicht gefiel: als ob sie nackt vor ihm stünde. Sie versuchte seiner Beobachtung einen harmloseren Bezug zu geben. »Sie sind eben Biologe. Es ist Ihr Fachgebiet.«

»Sagen Sie das nicht. Ich hasse die Biologie.«

»Ich hab' sie auch nie gemocht«, sagte sie ruhig und ohne zu begreifen, worum es ging, während sie um den Blumentrog herumtapste und einen Strauß Margeriten von der Mitte her fächerförmig arrangierte. »Aber es war das einzige naturwissenschaftliche Fach, mit dem ich zurechtkam. Und eins mußte ich als Nebenfach nehmen, um Englische Literatur als Hauptfach nehmen zu können. Mit den abstrakten Disziplinen, Mathe und so, wäre ich überhaupt nicht zurechtgekommen. Aber den Mädchen schwatzt man ja immer die Biologie auf.«

»Pflanzen«, sagte er. »Oder Steine. Die machen mir nichts aus. Aber man muß schon wesentlich besser sein als ich, wenn man vom Fleisch wegkommen und sich spezialisieren will. Ich bin bloß ein Stümper. Warum haben Sie geheiratet?«

»Um ein Privatleben zu haben«, sagte sie wahrheitsgemäß. Und einen Moment lang sah sie Daniels Gesicht so, wie es war, gleichsam in Großaufnahme. »Nicht, daß wir viel Privatleben hätten. Es ist ein ständiges Kommen und Gehen.«

»Um ein Privatleben zu haben.« Er überlegte. »Ich habe kein Privatleben. Ich habe überhaupt kein Leben. Ich berühre niemanden. Ich bitte Sie, mir das zu glauben. Es hat seine Gründe.«

»Und Marcus?« fragte sie ganz vorsichtig.

»Marcus ist auserwählt. Marcus – kann sehen, was – sonst niemand sieht. Marcus ist – nicht wie – andere Menschen.«

»Wenn er's nur wäre, dann ging's ihm besser«, sagte sie fast heftig.

»Sie können das meinetwegen behaupten. Aber es stimmt nicht.«

Er stand auf – der flüchtige Kontakt war zerstört – und ging zurück zu seiner Säule, um weiter zu meditieren oder dort Wache zu halten. Sie setzte langsam ihre Arbeit fort, bis alle Gefäße – an Taufstein und Kanzel, Chorpult und Altar – gefüllt waren mit blassen, ungekünstelten, knospenden Blumen. Daniel kam zurück.

»Geht's dir gut? Würdest du dich um Marcus kümmern?

Frederica macht alles nur noch schlimmer, und Alexander hält sich mit verängstigtem Gesicht an den Möbeln fest.«

Sie reckte sich zu ihm hoch und flüsterte ihm ins Ohr, was Lucas gesagt hatte.

»Ich bleibe noch ein bißchen«, sagte Daniel. »Vielleicht redet er ja mit mir.«

»Ich habe deinen heiligen Bartholomäus mit Blumen zugedeckt.«

»Sehr hübsch«, sagte Daniel. »Wirklich sehr hübsch. Für ein Mädchen, das an Ostern noch keine Blumen dulden wollte.«

»Ich hab' nicht gesagt, er ist von den Toten auferstanden. Ich hab' gesagt, ich habe ihn zugedeckt. Ihn und sein Messer und seine Haut.«

Daniel betrachtete den Michelangeloschen Bartholomäus, die blaustichige, verschwommene Nachbildung eines schlechten Kopisten, tätschelte sich den eigenen Bauch und sagte: »Na, dafür, daß er nicht auferstanden ist, fährt er aber verdammt zornig hernieder.« Blitzartig ging ihm durch den Kopf, was Häuten bedeutete, wie sein eigenes Fett von einer dünnen, straffen Haut zusammengehalten wurde und wie man andernfalls aus sich herausquellen müßte, wie muskulös der mißgelaunte Heilige war, und dann strich er über Stephanies straffen Leib und sagte: »Los jetzt, mach Schluß hier und geh und kümmre dich um Marcus.« Ein Leib in einem anderen Leib, sein Sohn.

Er verharrte eine Weile kniend, wartete darauf, daß Simmonds aufstehen würde, und fragte sich, ob er ihn offen ansprechen solle. Als Simmonds sich erhob, stand auch er eilends auf, und einen Moment lang sahen sie einander über die Länge des Kirchenschiffs hinweg an. Dann bedeutete Simmonds ihm mit flach emporgehaltener Hand, er solle ihm nicht zu nahe kommen, nickte fahrig in Richtung des Altars und verschwand. Daniel lief ihm nach bis auf den Friedhof, wo er aber nur noch hörte, wie draußen auf der stillen Straße der Motor des kleinen Sportwagens aufheulte. Als er hinaustrat, löste Simmonds sich schon in weißen Staub auf.

39. Das Fest im Pantheon

Bills Fest für Frederica wurde so überstürzt geplant und ins Werk gesetzt, daß mit peinlichen Zwischenfällen beinahe schon zu rechnen war. Da der Himmel sich immer mehr bezog, feierte man nicht in dem umfriedeten Garten, sondern im Pantheon. Die Yorkshiresche Knauserigkeit hatte sich letztlich genug behauptet, um die Feier zu einer recht merkwürdigen Kombination aus Teegesellschaft und Gasterei mit geistigen Getränken geraten zu lassen: Nach Tee und Schinkenbrötchen und Petits fours war ungefähr ein Glas Champagner pro Gast vorgesehen, um auf Fredericas Gesundheit anzustoßen. Eingeladen waren in erster Linie Bills Freunde und Kollegen vom Volkshochschulverband (Dozenten, Schriftführer, Programmverantwortliche), die Damen aus seiner Laienspielgruppe und diejenigen aus dem Kollegium in Blesford Ride, die *Personae gratae* waren. Dazu gehörten – *ex officio* – Mr. und Mrs. Thone, Alexander und aus irgendeinem Grund auch Geoffrey Parry, der, so Bill, in ihrem Streit über Thomas Mann immerhin Rückgrat bewiesen habe, wenn auch ein bockbeiniges. Frederica sagte, das sei eine abscheuliche Metaphernvermengung, und Bill, der das feixend bestätigte, gab zurück, ein bockbeiniges Rückgrat *sei* in der Tat etwas Abscheuliches, verdiene aber, wie gesagt, gleichwohl Respekt. Warum die Parrys die Einladung so bereitwillig angenommen hatten, war, dachte Frederica, ein anderes Problem, wiewohl eines, das ihr unentwegt zu schaffen machte. Ihre anfängliche Begeisterung über das Prüfungsergebnis ließ allmählich nach, und statt dessen fing sie an zu begreifen, daß sie, die Musterschülerin, ausgesprochen langsam und schwerfällig war, wenn es um das Studium menschlichen Verhaltens ging. So dauerte es eine ganze Zeit, ehe sie begriff, was Daniel auf Anhieb durchschaut hatte, daß nämlich ihr Fest nicht einfach nur ihr Fest war, sondern Bills Rache an Stephanie dafür, daß man ihn gezwungen hatte, für den Champagner aufzukommen, mit dem man ihre Vermählung mit einem übergewichtigen Vikar feierte, für den sie auf eine glänzende Universitätskarriere verzichtet hatte. Und dann, als Bill sie zu sich rief und fragte, wen von ihren »Freunden« sie denn einladen wolle, ging ihr auf, wie peinlich es war, ihre 90- und 95prozentige Trefferquote publik zu machen, und wie unklug, ihre häusliche und schulische Alltagswelt mit der Traumwelt der *Astraea* zusammenzubringen, in der es ihr so leicht erschienen war, sich mit zuckersüßem Hohn über das allgemeine Gemunkel über ihr Verhalten im Umgang mit und in bezug auf Alexander hinwegzusetzen. Sie wollte aber auf keinen Fall, daß dieses Gemunkel bis in die Masters' Row vordrang. Es kam soweit, daß sie sich fragte, was sie denn eigentlich wolle. Ihrem Vater sagte sie, sie würde gern Wilkie einladen. Thomas Poole würde, als Bills geschätzter Freund, ohnehin dabeisein, also schlug sie Anthea Warburton vor, die sie nicht mochte, von der sie aber hoffen durfte, daß sie sich aus eigenem Interesse in Sachen Alexander diskret verhalten würde. Ferner schlug sie Lodge vor, weil er zurückhaltend, und Miss Wells, weil sie naiv war und sich nett um Stephanie kümmern würde, derentwegen Frederica sich sehr dumm vorkam und ein sehr schlechtes Gewissen hatte. Der einzige Verbündete, den sie sonst noch besaß, war Crowe, und sie war sich nicht sicher, wieweit sie nach der Episode im Sonnenbett, die nie mehr zur Sprache gekommen war, noch auf ihn zählen durfte. Außerdem konnte Bill ihn nicht ausstehen. Dafür war er ein großer Bewunderer von Marina Yeo, der man folglich eine Einladung zukommen ließ. Miss Yeo bedankte sich liebenswürdig, entschuldigte sich aber mit dem Hinweis auf Alter, Kopfweh, die lange Laufzeit des Stücks und das Bedürfnis, ihre Kraftreserven für die Strapazen der Dernière aufzuladen. Wilkie sagte zu Frederica, sie wisse ja wohl, was *das* bedeute, oder?, versprach aber, seinerseits mit nicht mehr als einer winzigen Verspätung auf ihrer Redoute zu erscheinen. Von der alten Königin zur jungfräulichen Prinzessin, dem Kreislauf der Jahre rückwärts folgend, so will ich mich nahen. Apropos: Haben Sie dagegen schon was unternommen? Wogegen? fragte Frederica gereizt. Gegen die Jungfräulichkeit, dummes Mädchen, sagte Wilkie, wogegen sonst? Frederica antwortete, nein, habe sie nicht, und sie komme in immer ärgere Bedrängnis deswegen, weil sie doch gelogen habe und weil sie zu ihrem eigenen Erstaunen feststelle, daß sie es mit der Angst bekomme, weil Alexander irgendwie so *unnahbar* sei, selbst in seinen liebevollsten Momenten, und auch so schreckhaft, der arme schöne Liebling, daß man nicht so mit ihm darüber sprechen könne wie mit Wilkie, und dadurch habe sie sich immer tiefer in das Lügengespinst verstrickt, und Gott allein wisse, wo das hinführen oder wie es je ein Ende nehmen solle, außer daß etwas geschehen *müsse*, weil sie es auf Dauer nicht ertragen könne, so lichterloh zu brennen und sich zu verzehren. Nein, wirklich nicht, sagte Wilkie nachdenklich, wirklich und wahrhaftig nicht.

Das Fest war eines jener Feste, die im Unterschied zu Crowes Saturnalien nicht in Schwung kamen. Obwohl es sich zunächst ganz hoffnungsvoll anließ. Es fachsimpelten genug Leute ernsthaft über den Lehrberuf und über Erfolg oder Mißerfolg verschiedener Methoden, Lyrik zu unterrichten oder Menschen, um eine Zeitlang eine gewisse Atmosphäre kultivierter Intelligenz aufrechtzuerhalten, in deren Glanz sich Miss Wells' flatterige Erregung legte und dank einiger von Wilkies klugen Bemerkungen über George Herbert einem besänftigten Lächeln wich; in deren Glanz es Alexander gelang, vor Bills literaturbeflissenen Hausfrauen aus Arkengarthdale den charmanten Pädagogen herauszukehren; in deren Glanz Thomas Poole das diplomatische Kunststück vollbrachte, Fredericas Erfolg als kulturelle Leistung zu deuten, indem er sie beiseite nahm und sich mit ihr über die Sprache der *Vier Quartette* unterhielt. Es interessiere ihn, sagte er, ob das gedankenphilosophische, das dogmatische Element in den Gedichten sie schwäche oder poetisch ausblute, und Frederica, deren geschliffene Konzentration sich sogleich auf das Wesen von Ort und Zeit im Spiegel blutleerer Verse als Spiegel einer blutleeren Kultur richtete, vergaß ihre Erinnerung an seine nackten Rundungen auf dunklem Grün, sprach zu ihm, wie sie zu Alexander über den Rhythmus bei Racine gesprochen hatte, fand ihn sympathisch und war ihm dankbar. Und Poole, der Folterqualen litt, sollte später, gleich ihr, an diese Unterhaltung zurückdenken als an etwas unverhältnismäßig Normales an einem ganz und gar verrückten Tag.

Es fielen freilich auch dunkle, betrübliche Schatten auf den akademischen Glanz. Einer davon war Marcus, der feingemacht, in seinem einzigen passablen Anzug, steif auf dem Rand der Klostermauer saß und mit leerem Blick über den Rasen starrte. Daniel und Stephanie hatten nichts weiter aus ihm herausbekommen als die Versicherung, daß, was immer gewesen, jetzt aus und vorbei sei und daß er lieber nicht darüber reden wolle. Alexander hatte Daniel seine Version von Marcus' »Problem« erzählt und damit sein, Alexanders, ohnmächtiges Verantwortungsgefühl beträchtlich erleichtert. Daniel hatte über seine Schilderung ebenso nachgedacht wie über das, was Stephanie von Lucas gehört hatte. Gesagt hatte er nichts dazu. Er wünschte sich immer öfter, daß er das wäre, was er bei sich einen »religiösen« Menschen nannte und worunter er vielleicht einen Visionär verstand oder einen Mystiker. Soweit er es beurteilen konnte, würden die Kräfte, die er besaß, in dieser Situation erst dann von Nutzen sein, wenn sie völlig außer Kontrolle geriet. Er behielt teils den Jungen im Auge, teils seine Frau.

Winifred, der niemand etwas gesagt hatte, stand so nahe bei Marcus, wie sie es sich nur getraute, und schaute ihm zu, wie er ins Leere schaute. Er hatte sich von ihr entfernt, war an irgendeinen Ort geflüchtet, der schlimmer und weiter fort war als alle vorherigen. Und wenn sie versuchte, ihm zu folgen, dann würde er womöglich ganz verschwinden, zumindest glaubte sie das. Tat er es nicht, so hatte lebens- oder zumindest ein Eheleben lange Erfahrung sie gelehrt, daß jedes Anzeichen von Erregung ihrerseits Bill auf den Plan gerufen hätte, der sie oder Marcus oder alle beide mit zuviel Liebe oder Haß niederknüppeln und sie in einen zähnefletschenden, dämonischen Clinch hetzen oder treiben würde, nur um nicht jenes Maß an Stille und noch mehr Stille entstehen zu lassen, die allein hier Rettung schaffen konnte.

Mrs. Thone stand dabei und musterte Winifred abschätzig. Schmerz macht einen Menschen hart, je größer der Schmerz, desto schlimmer die abhärtende Wirkung, gleichgültig, was die Tröster dazu sagen, und Leid adelt nicht, auch wenn es dem leidenden Geschöpf gelegentlich ein gewisses Maß an äußerer Würde verleihen mag. Winifred war für Mrs. Thone einfach eine Frau, die einen Sohn hatte und nichts gegen das Unglück dieses Sohnes unternehmen wollte oder konnte. Mrs. Thones Sohn war an einem Sommertag gestorben, und im Winter war Mrs. Thone milder gegen die Mütter lebender Söhne gestimmt, denen es an Klugheit und Perfektion mangelte. Heute beobachtete sie ein paar trostlos trübe Sonnenflecken und Wolkenschatten auf dem Schulrasen, während sie sich mit leichter Hand auf Pallas Athenes unnötig üppige Hüfte stützte und an ihrem Tee nippte: eine Unbeugsame.

Alexander schlenderte zwanglos, in langbeiniger Anmut, hinüber zu dem Duo Frederica und Thomas Poole, um Frederica zu ihrem phantastischen Prüfungsergebnis zu gratulieren, was sich hoffentlich so anhörte, als spräche hier, wie früher, nur ein Freund der Familie. Sie grinste so gemein, wie es seinerzeit ihre Art gewesen war, und einen Moment lang fragte er sich, was ihn nur gestochen und wie es soweit mit ihm habe kommen können, daß es ihn jetzt derart danach verlangte, seine Hand an diesen heißen, braunen Beinen hinauf- und seinen Mund diesen schlanken Hals hinabgleiten zu lassen, und während seine Phantasie das Verlangen detaillierte, begriff er, daß, ganz gleich was ihn gestochen hatte, der Stachel ihm immer noch tief im Fleisch saß.

»Wir haben uns ganz besinnlich über Eliot unterhalten«, sagte Poole traurig.

»Dann laßt euch bitte nicht stören«, sagte Alexander und versuchte, Abstand zwischen sich und Frederica zu schaffen, indem er sich an die nächstbeste steinerne Monstrosität lehnte, die ausgerechnet den blinden, honorigen, charakterstarken, hehren Artus vorstellte. Anthea Warburton näherte sich in einer Woge weißgestärkter Tüllpetticoats unter rosenknospigem Popeline und nahm Poole verstohlen beim Ellbogen.

»Kannst du irgendwas tun«, sagte sie mit ihrem farblosen Höhere-Tochter-Stimmchen. »Mir ist so schrecklich flau.«

»Das kommt von zuviel Schultee«, sagte Frederica frisch von der Leber weg und bemerkte, wie immer zu spät, das steifleinene Erschrecken der beiden Männer und den komplizenhaften Blick, den sie tauschten. Flau? Flau. Schuljargon. Ein altmodisches Wort. O Gott! Ich bin ins Fettnäpfchen getreten. Zuerst ärgerte sie sich vor allem über ihre kindische Bemerkung mit dem Tee, dann kam noch die bange Frage hinzu, warum *Alexander* es so mit der Angst bekommen hatte. An dieser Stelle erschien, wie zufällig, Elinor Poole, dicht gefolgt von Jennifer

Parry, die ihren kleinen Sohn auf der Hüfte balancierte, wiederum gefolgt von ihrem Mann. Bill hatte sich in Richtung der Tische begeben. Er wollte ganz offensichtlich eine Rede halten. Schon hörte man die ersten Champagnerkorken knallen.

»Na …«, sagte Jenny entsetzlich laut und schrill zu Frederica, »na, wann ist es denn soweit mit dem freudigen Ereignis?« Frederica sah Anthea an, schlug die Augen nieder, strich abwehrend den eigenen Rock über dem eigenen flachen Leib glatt.

»*Was* denn für ein freudiges Ereignis?« konterte sie mit zusammengezogenen Brauen.

»Na, der Familienzuwachs bei Ihnen. Ich nehme doch an, wir feiern den ebenso wie Ihren Erfolg, oder? Obwohl, wenn ich Stephanie wäre, also ganz *entre nous*, ich glaube nicht, daß ich da mit gar so fliegenden Fahnen auf die Mutterschaft zugesteuert wäre. Bei ihr ist's jetzt zu spät, sie kann die Uhr nicht mehr zurückdrehen, und ich werde ihr natürlich kein schweres Herz machen, aber Sie, Frederica, wenn ich Ihnen einen Rat geben darf, dann lassen Sie sich gesagt sein: Finger weg! Opfern Sie Ihre Ausbildung nicht, lassen Sie die Uni nicht sausen und sich nicht zur Milchkuh machen und zum Putzlumpen, bilden Sie sich nicht ein, mit ein bißchen hastig verschlungener Lektüre zwischen zwei Stapeln Windeln und Geschirr könnte man die geistige Verkümmerung aufhalten, weil das nämlich nicht stimmt. Für einen Seitensprung mögen Sie zwischendurch Zeit finden, aber zum Leben nicht und zum Nachdenken auch nicht, und lassen Sie sich von denen« – sie warf einen finsteren Blick in die Runde, auf Poole, Anthea, Elinor, Alexander und die bedrückte Winifred, die sich inzwischen dazugesellt hatte – »lassen Sie sich von denen nichts anderes einreden.« Sie zerrte an den drallen Beinchen ihres Sohnes, die sich um ihre Taille geschlungen hatten. »Laß los, du Alter vom Meer, du. Geh zu Daddy. Ja, du bist ein kleiner alter Mann vom Meer, und der Umstand, daß du obendrein ein lieber, goldiger Mops bist, der macht's nicht besser, im Gegenteil. Hören Sie mir zu, Frederica Potter? Der eigentliche Witz an diesem Gespräch – das heißt, bis jetzt war's ja eher ein Monolog, aber ich bin gleich fertig, keine Angst – also der Witz daran ist, daß Sie garantiert nicht auf mich hören werden, weil ich es bin, die Ihnen die Augen öffnet, und Sie meinen Motiven nicht trauen, und daran tun Sie sogar recht. Trotzdem, auch ich habe recht, und Sie werden schon noch dahinterkommen, so oder so. Ende der Ansprache. Oh, Geoffrey, *sei* so gut und nimm du dieses lecke Kerlchen. Ich will gehen und Mrs. Orton gratulieren. Und dann hätte ich dich gern noch kurz gesprochen, Alexander, bevor diese fröhliche Gesellschaft sich auflöst, wenn's dir recht ist.«

Alexander nickte, sprachlos. Frederica sah entgeistert zu ihrer Schwester hinüber und wunderte sich, wo sie nur ihre Augen gehabt hatte. Elinor Poole kramte in ihrer Handtasche nach einem Taschentuch, und als Thomas ihr den Arm um die Schulter legte, fing Anthea an, züchtige kleine Würgelaute auszustoßen. Geoffrey Parry nahm seinen Sohn und setzte sich auf der anderen Seite von Pallas Athene auf die Klostermauer. Das Kind legte den Kopf an die Schulter des Mannes. Mrs. Thone kam und setzte sich dazu.

Frederica wußte nicht recht, wohin, nur daß sie nicht bleiben und ihrer Mutter in die Augen sehen konnte, weshalb sie sich aufmachte und zu Stephanie hinüberschlenderte. Die Serviermädchen der Schule räumten die Teetassen ab und stellten statt dessen die Gläser mit dem perlenden Champagner bereit. Alexander sah Fredericas unerbittlichem Rücken hinterher, fing Thomas Pooles tragischen Blick auf, wandte sich mit fürsorglicher Galanterie an Anthea Warburton und fragte sie, der er gewünscht hätte, daß die Erde sich auftun und sie verschlingen möge, ob ihr denn wieder wohl sei, ob er ihr ein Glas Wasser oder Champagner bringen dürfe, ob sie nicht lieber ein bißchen weiter in den Schatten käme. Zu seiner Erleichterung kam sie, was Thomas Poole die Chance gab, seiner Frau ihr Taschentuch zu suchen, und Alexander die Gelegenheit, sich – einstweilen nur, das war ihm klar – vor Jenny in Sicherheit zu bringen. Jenny marschierte inzwischen, getrieben von irgendeinem zornmütigen weiblichen Hausgott, zu Bill hinüber, der eben mit gründlichem Räuspern seine Stimmbänder für die Gratulationsrede präparierte, die er, angereichert mit Zitaten aus Aschams Lob auf die Bildung der jungen Prinzeß Elizabeth, zu halten gedachte. Sie beglückwünschte Bill, wie zuvor schon seine Familie, zu dem in Aussicht stehenden freudigen Ereignis, obwohl ihr mittlerweile klar war, daß die Potters (was sie anfangs nicht gewußt hatte) von Stephanies Zustand noch gar nichts ahnten. Bill, der zwischen Husten und Räuspern nur mit halbem Ohr hinhörte, begriff plötzlich doch, wovon sie sprach, und Winifred, die vergebens herbeigeeilt kam, sah gerade noch, wie er Daniels Blick mit einem Ausdruck so geballten und unverhältnismäßigen Abscheus erwiderte, daß sie für einen Moment dachte, nun habe er wahrhaftig den Verstand verloren und würde gleich anfangen, mit Flaschen oder Silbertabletts nach seinem stämmigen, schwarzgewandeten Schwiegersohn zu werfen.

Daniel bedeutete Stephanie, er fürchte, sie müßten sich auf etwas gefaßt machen.

Bill begann viel zu hektisch und etwas zusammenhanglos nicht über Roger Ascham zu reden, sondern über das nie enden wollende Ringen um das Denken oder die Kunst und über *Areopagitica.* »Denn Bücher sind nicht ganz und gar tote Materie, sondern enthalten ein Lebenselixier, das just so rege sein kann wie die Seele, deren Geistesfrucht sie sind ... Ein gutes Buch zu zerstören, das ist fast, als zerstörte man ein Menschenleben: Wer einen Menschen umbringt, tötet ein verständiges Wesen, das Ebenbild Gottes; aber der, der ein gutes Buch zerstört, tötet die Vernunft selbst, tötet das Bildnis Gottes, wie ein geistiges Auge es gesehen hat. Mancher Mensch ist eine Last für diese Welt«, sagte Bill und funkelte Daniel dabei wutentbrannt an, »ein gutes Buch aber ist der Lebenssaft eines erhabenen Geistes ...«

»Eine Last für diese Welt – in seinen Augen ist das direkt auf mich gemünzt«, sagte Daniel ruhig und ohne Umschweife.

»Wovon *redet* er bloß?« fragte Stephanie, an deren träumerischer Benommenheit das meiste von dem, was sich bisher abgespielt hatte, unbemerkt vorbeigegangen war.

»Er will dir klarmachen, daß Bücher besser sind als Babies«, sagte Daniel. Bill verbreitete sich unterdessen lautstark und in abenteuerlichen Volten darüber, wie sehr er sich immer schon für die Chancengleichheit der Frauen im Bildungssystem stark gemacht habe und wie gediegen Alexanders Stück geraten sei, besonders im Hinblick auf die Erziehung seiner Heldin.

»O Gott«, sagte Stephanie, »er weiß es. Er ist außer sich.«

»Ich glaube, er hat gedacht, man könnte mich noch irgendwie loswerden«, sagte Daniel fröhlich, »aber nun wird die Geschichte gewissermaßen ein bißchen zu leibhaftig.«

»Gar so gelassen bräuchtest du's auch nicht zu nehmen.«

»Ja, warum denn nicht? Mir macht das nichts aus. Und um meinen Sohn, da werde ich mich besser kümmern, als er das bei seinem getan hat.«

»Es könnte auch eine Tochter werden.«

»Gut, dann um meine Tochter«, sagte Daniel, der kein Prophet war.

Bill brachte gerade in unheilschwangerem Ton die Hoffnung zum Ausdruck, daß Frederica ihre Begabungen, ihre zahlreichen Begabungen, einmal besser nutzen möge, als er (wie er leider zugeben müsse) die Talente genutzt hatte, die ihm einst in die Wiege gelegt worden waren. Die Zukunft eines Mannes liege in seinen Kindern, es sei denn, er sei einmalig und begabt genug, ein erhabener Geist zu werden, und darum sehe er in die eigene Zukunft ...

Im Hintergrund sprang ein Auto an. Auf zwei Rädern kam es dröhnend unter dem Torbogen zwischen den beiden Türmen hervorgeschossen und brauste quer über ein Rasenrondell. Basil Thone lief, gegen solchen Vandalismus protestierend, auf den Rasen hinaus. Marcus Potter trieben komplexere Beweggründe, dem Wagen hinterherzulaufen, dem er verzweifelt, aber stumm nachwinkte.

»Simmonds«, sagte Alexander zu Anthea Warburton und ließ sie kurzerhand stehen. Marcus rannte blindlings weiter, obwohl Simmonds und sein Käfer, nachdem sie ein paar Blumenbeete und einen schönen Säulenschaft demoliert hatten, längst verschwunden waren – bis auf entferntes Reifenquietschen, Motorengebrumm und einen brenzligen Geruch in der Luft. Alexander raffte sich auf und setzte Marcus nach. Daniel tätschelte beruhigend Stephanies Schulter und walzte hinter Alexander her. Bill stockte mitten in seiner Rede. Frederica biß sich auf die Lippen und reckte das Kinn in die Luft.

Als Alexander Marcus einholte, war der schon ein Stück weit auf der Straße, die ins Moor hinaufführte. Jämmerlich torkelnd, mit hängendem Kopf, so schleppte der Junge sich voran; sein Atem ging keuchend und stoßweise. Alexanders Kondition war ebenfalls nicht die beste, aber für einen kurzen Sprint reichte es doch, und als sie auf gleicher Höhe waren, versuchte er, den Jungen japsend zum Anhalten zu bewegen. Marcus stolperte unbeirrt weiter. Minutenlang trottete Alexander wie eine Witzfigur neben ihm her und sagte Dinge wie: »... bringt doch nichts ... hab' dir ja gesagt, laß die Finger davon ... mußt doch Vernunft annehmen.« Als er Daniels wuchtige Schritte näher kommen hörte, warf er sich voll Verzweiflung in einer Art Rugbyangriff auf Marcus, als wäre es ein Gebot des Mannesstolzes, das Opfer selbst zur Strecke zu bringen und nicht Daniel zu überlassen. Sie taumelten beide auf die Straße, und Marcus wehrte sich wie ein Tier – er, der immer so ätherisch und körperlos gewirkt hatte, biß und kratzte auf einmal und landete hin und wieder einen laschen Hieb. »... will dir doch nur helfen ...«, schluchzte Alexander.

»Er war mein *Freund*«, sagte Marcus in der Vergangenheitsform, als ob Lucas Simmonds schon tot wäre.

Daniel hatte sie eingeholt, pflanzte sich mit beiden Füßen fest in den Staub und blickte starr auf sie hinunter.

»Hört auf damit«, sagte er. »Seid doch nicht blöd. Was ihr da macht, ist völlig sinnlos, der Mann ist inzwischen über alle Berge. Komm mit nach Hause, Marcus.«

»Nein.«

»Aha, und was willst du *dann* machen?«

»Ich ...«, sagte Marcus. Er rang nach Luft. Ihm kam der Gedanke, daß er sterben könne, einfach so, gleich hier auf der Straße. Es war kein schlechter Gedanke. »Ich ...«, begann er wieder, während seine Lungenflügel sich schmerzhaft zusammenzogen. Die Augäpfel rollten nach oben, und er verlor das Bewußtsein.

Daniel erwies sich als wackerer Experte der Mund-zu-Mund-Beatmung, die sich als dringend nötig erwies. Alexander kniete untätig im Staub und beobachtete sein tüchtiges Gegenüber, und als der Atem des Jungen flatterig wiederkam, half er ihm, Marcus langsam zur Schule zurückzutragen. Dort trat ihnen zaghaft ein wachsbleicher Bill entgegen. Daniel, der seinen toten Punkt überwunden hatte, befahl ihm, sich darum zu kümmern, daß man den Jungen hochschaffte ins Krankenzimmer und sofort einen Arzt auftrieb. Alexander, der seinen toten Punkt noch nicht überwunden hatte, klammerte sich mit verschleiertem Blick an eine Säule. Seine zum Bersten vollgepumpte Lunge schmerzte, sein Gesicht war zerkratzt, die Kleidung schmutzig, sein schönes Haar stand wirr und struppig zu Berge. Durch heiße Tränen sah er Frederica davonstolzieren, wütend, weil man ihr das Fest verdorben und sie ihrer Würde beraubt hatte. Indessen steuerten die Parrys geradewegs auf ihn zu. Er sah sich nach Poole um, konnte ihn aber nirgends entdecken.

»Wenn du einen Moment Zeit hättest, Alexander«, sagte Jenny, »würde ich gern mit dir reden.« Sie winkte den hinterherzockelnden Rest ihrer Familie heran. »Geoffrey kann ruhig hören, was ich zu sagen habe, wir haben uns nämlich schon ausgesprochen.«

Alexander machte sich auf eine Szene gefaßt, die vermutlich nicht viel anders ausfallen würde als die, der ihn jene Dame ausgesetzt hatte, die ihm huldvoll beteuerte, es sei alles nur ein Irrtum gewesen und in Wahrheit habe sie die ganze Zeit über ihren Mann geliebt. Solche Szenen waren der Preis, den er für sein kompliziertes Liebesleben zahlen mußte.

»Ich habe Geoffrey gesagt, was passiert ist.«

»Oh?«

»Was *genau* passiert ist«, sagte Jenny mit unnötig drohendem Unterton.

»Und was ist passiert?« fragte Alexander verständnislos.

»Wir sind miteinander ins Bett gegangen. Zweimal. Ich hab's Geoffrey gesagt, und Geoffrey wird mich auf Ehebruch verklagen und die Scheidung einreichen.«

»Aber ...«

»Was Thomas angeht, so will Geoffrey sich nicht von ihm trennen, aber ...«, und hier kamen ihr die Tränen, zumindest ein paar, »aber das will ich auch nicht. Ganz bestimmt nicht, wie immer ich auch über ihn gesprochen habe. Ich liebe ihn. Ich liebe dich. Geoffrey weiß das. Und Geoffrey sagte, wir müssen uns alle zusammensetzen und vernünftig darüber beraten, was mit Thomas werden soll.«

Alexander, der Geoffrey hilflos ansah, versuchte ihm auf gleichsam hypnotischem Wege zu suggerieren, er möge doch endlich selber den Mund aufmachen oder vielleicht ihm, Alexander, einen Kinnhaken verpassen, was seinem Gefühl nach gewiß angebracht und bei einigem Glück das endgültige Aus gewesen wäre. Doch er mußte entsetzt feststellen, daß Geoffrey sich amüsierte, ja daß er zumindest teilweise richtig froh war über die Entwicklung der Geschichte. Geoffrey schwebte vermutlich bereits ein Leben mit einem attraktiven Au-pair-Mädchen vor und mit langen Abenden, die er ungestört mit Thomas Mann in der Bibliothek verbringen würde. Er erwog einen Appell wie »Lieber Geoffrey, ich bin Ihrer Frau nicht zu nahe gekommen, denn ich hab' ihn gar nicht richtig hochgekriegt.« Nur daß ihm ein solcher Satz nicht über die Lippen wollte. Er erwog die eher machiavellistische Strategie, Geoffrey zu versichern, auch er liebe Thomas und brächte es nicht übers Herz, Thomas von seiner Mutter zu trennen, denn er sah wohl, daß Geoffrey um Thomas kämpfen würde, auch wenn ihm das, was Jenny trieb, inzwischen herzlich egal war. Allein, auch die Beteuerung blieb ihm im Halse stecken. Schon weil er keineswegs bereit war, Geoffrey oder Jenny zuzusichern, daß er eine Jenny ohne Anhang zu sich nehmen würde. Wie zum Teufel, dachte er gereizt, konnte sie auch nur daran *denken*, mit einem Kerl durchzubrennen, der nicht mal einen hochkriegte?

»Ich habe Geoffrey von diesen ganzen Bewerbungsunterlagen erzählt«, fuhr sie gnadenlos fort. »Natürlich wäre alles viel leichter, wenn du ernsthaft daran denkst fortzugehen.«

»Geoffrey ...«, sagte Alexander.

»Ich habe dem, was Jenny gesagt hat, nichts hinzuzufügen«, sagte Geoffrey, dessen Gesicht immer breiter vor Vergnügen wurde.

»Es gibt da aber auch Dinge, die sie Ihnen verschwiegen hat.«

»Bestimmt nichts, was mich jetzt noch umstimmen könnte«, sagte Geoffrey Parry, dem von der Abgespanntheit der Kinderwagenszene nichts mehr anzumerken war, ja, der sich wieder ganz in den beschaulichen Gelehrten zurückverwandelt zu haben schien.

»Wir reden nach der letzten Vorstellung noch mal drüber«,

sagte Jenny nachsichtig. »Ich meine die letzte Vorstellung deines Stücks.«

Die Parrys machten kehrt und entfernten sich – eine scheinbar harmonische Familie –, während Alexander langsam zu seinem Turm hinaufstieg.

40. Die Derniere

Vielleicht hatte man schon zuviel gefeiert. Vielleicht lag zuviel drohende Gewitterschwüle in der Luft. Auf jeden Fall endete die letzte Vorstellung des Stücks, wenn nicht mit Weh und Ach, so doch bestenfalls mit einem melodisch-metallischen Vibratoeffekt. Alexander, der sich die ganze Aufführung ansah, geriet dabei in einen solchen Gefühlstaumel aus Verlangen und panischem Schrecken, wie er es, in früheren Zeiten, gar nicht für möglich gehalten hätte. Jennys Ultimatum und Fredericas Fest überhaupt hatten paradoxerweise auch dazu geführt, daß sein Verlangen, Frederica Potter besitzen, nehmen, haben, beschlafen, sie vögeln zu wollen (lauter Verben, die normalerweise nicht zu seinem Wortschatz zählten), sich in unerhörter, ja drastischer Weise steigerte. Wenn er nicht an »deflorieren« dachte, dann weil er annahm, daß das bereits geschehen sei. Ebenfalls zum ersten Mal interessierte er, der mit solchen Themen sonst träge und gleichgültig umging, sich dafür, wann genau die Defloration stattgefunden und wer sie vollzogen haben mochte. War es vor seiner Nase passiert, während der Proben zu seinem Stück? Oder schon vorher? Im Freien oder im geschlossenen Raum? Durch Crowe, Wilkie oder irgendeinen ihm unbekannten pickligen Jüngling aus Blesford Ride? Von denen gab es ja weiß Gott genug. Er war schrecklich erbost über Thomas Poole, der seinen Spargel mit so durchschlagendem Erfolg versenkt hatte, auch wenn der alles andere als gelegen kam, und er hatte eine ausgesprochene Aversion gegen den fleischigen, selbstgefälligen Daniel Orton, der seinen Erfolg offenbar nicht einmal ungelegen fand. Er war entsetzt über seine Gefühle während der rökkezerschlitzenden Scherenszene, die weniger Licht abbekam als in früheren glücklichen Wochen, dafür aber ein paar unheilschwangere Regentropfen. Die vormals, zu Beginn des Sommers, so alabasterstarre Frederica wand und schlängelte sich jetzt lüstern, wölbte das Becken, schwenkte die sehnigen Fesseln durch die Luft und entblößte ihre kleinen Brüste fast zur Gänze in einer Weise, die ihn unangenehm übertrieben dünkte und ihm eine ungelegene Erektion bescherte. Es war schon komisch, dachte er, daß ihm Wilkies Grabungen in Jennys Dekolleté so gar nichts ausgemacht hatten. Es war verabscheuungswürdig. Er, er selbst, hatte sich, sich selbst zum Narren gemacht. Zum mindesten, zum allermindesten sollte er zur Entschädigung dafür das bekommen, wovon er jetzt wußte, daß er es begehrte. Dieses abscheuliche Mädchen. Nein, nicht abscheulich. Als sie in ihren zerfetzten Unterröcken davonrannte, blieb er still sitzen und wartete auf ihre Rückkehr mit dem Turmmonolog, den sie, sich selbst übertreffend, hysterisch und unterkühlt zugleich ablieferte. *Ego flos campi*. Steinerne Frauen bluten nicht. Ich werde nicht bluten. Alexander fühlte die eigenen harten Vorsätze gleichsam steinhart werden.

In der Pause hatte er eigentlich mit ihr sprechen wollen, wurde aber von Thomas Poole abgefangen, dessen Vertraulichkeiten ihn nicht länger interessierten. Poole sagte, wenn Alexander es aushalte, ihm nur noch einmal für zehn Minuten den Hochzeitsgast zu mimen, so wolle er ihm ewig dankbar sein, und Alexander sagte – gehässig für Alexander –, daß Poole wohl den falschen Dichter erwischt habe, er solle doch eigentlich Edmund Spenser vorstellen, den edlen Rhapsoden edlerer ehelicher Liebe, der, wenn man C. S. Lewis glauben dürfe, den großen Sensibilitätswandel in der Liebesdichtung herbeigeführt habe, und wenn er, Alexander, an seiner, Pooles, Stelle wäre, was Gott sei Dank nicht der Fall sei, dann würde er sich wieder auf die eheliche Liebe zurückziehen, und zwar *pronto*. Poole schien weder an Alexanders Gehässigkeit Anstoß zu nehmen noch an seinem plumpen Witz, sondern fuhr ernsthaft fort, ihm zu erklären, daß er jetzt einen Arzt gefunden habe, und raten Sie mal, durch wen? Marina Yeo persönlich. Die gesagt habe, sie sei, um ihrer Karriere willen, in der Vergangenheit auf verläßliche Ärzte mit verläßlichen Privatkliniken angewiesen gewesen und betrachte es als Dienst an der Allgemeinheit, die einschlägigen

Namen weiterzugeben. Sein Problem sei freilich noch, wie man Anthea überreden, wie sie vorbereiten könne, was alles höchst unangenehm sei, und das Geld, das müsse er auch noch auftreiben, keine Kleinigkeit bei seinem Gehalt. Marina Yeo verkehre in den besten Kreisen, sowohl gynäkologisch wie anderweitig.

Alexander sagte, wegen des Geldes könne er sich getrost an ihn halten, da dieses Stück einen ordentlichen Batzen einzuspielen scheine. Und was Anthea anging, so sei es nur verständlich, wenn sie sich fürchte ...

Poole erwiderte, nein, nein, sie fürchte sich nicht. Sie sei schrecklich wütend, weil ein geplanter Urlaub in Juan-les-Pins ins Wasser zu fallen drohe. Und sie lasse sich nicht gern von Ärzten befummeln, habe sie gesagt. Alexander meinte, das könne auch ein Euphemismus für weit schlimmere Ängste sein, und Poole sagte, es wäre zu schön, wenn er das glauben könnte. Darauf tranken beide einen starken Whisky.

Frederica, die zu Beginn des zweiten Aktes durch den Park streifte, weil sie den Moment hinauszögern wollte, in dem sie ihr wunderhübsches Kleid zum letztenmal würde ausziehen müssen, stieß dort auf Anthea, die sich – in ihrem durchsichtigen weißen Gewand, mit Flitterkrone und versilberten Spitzen – zwischen Lorbeersträuchern erbrach.

»Geht's dir gut?«

»Nein, das siehst du doch. Es kommt in so gräßlichen Schüben. Wenn ich's jetzt hinter mich bringe, dann kann ich weiterspielen und mein Schwert und die Garben schwenken, ohne daß mir schwindlig wird. Klebt da noch was von dem Zeug an den Rüschen?«

»Nur ganz wenig.«

Frederica befeuchtete ihr Taschentuch und rieb an der dünnen Schleimspur herum, die sich über das spitz zulaufende Ende einer Rüschenlage zog.

»Wahrscheinlich hast du schon mitgekriegt, daß ich schwanger bin.«

»Und was willst du jetzt machen?«

»Sehen, daß ich's losbringe. Ich muß Mummy und Daddy davon überzeugen, daß es gute Gründe dafür gibt, mich auf ein, zwei Wochen nach London zu lassen. Marina wird mir helfen müssen.«

»Warum sollte sie?«

»Na ja, sie hat den Doktor ausfindig gemacht und die Klinik und alles. Sie wird das schon deichseln.«

»Fühlst du dich sehr schlecht?«

Weiß wie Marmor stand Anthea-Astraea im schwindenden Licht, Aug in Auge mit der rötlichen Frederica, die sie fragend anstarrte.

»Mir ist flau. Andauernd ist mir so verdammt flau. Nichts macht mir mehr Spaß. Kein Sex, kein Champagner, keine Erdbeeren, kein Applaus, nicht mal ein neues Kleid, weil's ja doch nicht paßt – eigentlich überhaupt nichts, wenn du's genau wissen willst. Ich bin wirklich sauer. Ich dachte, bei anständigen Männern könnte man sich drauf verlassen, daß sie gescheit aufpassen. In Zukunft werde ich mich mehr in acht nehmen müssen. Und wenn du jetzt denkst, ich wäre knallhart, Frederica Potter, dann frag dich doch mal, wie ich sonst damit fertigwerden sollte?«

Sie trippelte davon, eine zierliche Feengestalt, die gleich ihren Platz im letzten Bild des Maskenzuges einnehmen würde. *Redit et virgo, redeunt Saturnia regna.* So intonierte Thomas Poole anachronistisch, und die Ährengarbe der Fruchtbarkeit und das Schwert der Gerechtigkeit zitterten nur ganz leise in den Armen der reglosen Statue.

Frederica traf auf Wilkie. Sie war fast in Tränen aufgelöst. Wilkie packte sie am Arm – er hatte gerade die Vergewaltigung Bess Throgmortons über die Bühne gebracht – und sagte: »He, he, sachte, was ist denn los?«

»Ich weiß nicht. Es ist wegen Anthea. Sie ist krank. Es ist so schrecklich.«

»Nicht krank, schwanger. Und das ist bald wieder repariert. Sagt immerhin Marina.«

»Repariert ist aber wirklich nicht der richtige Ausdruck.«

»Wahrscheinlich nicht, nein. Ich bin auch der Meinung, daß Vorbeugen besser ist als Heilen, aber vielleicht ist die Leidenschaft einfach mit ihnen durchgegangen. Na, na, Kopf hoch. Ich werd' hoffentlich meine Affären auch in Zukunft besser regeln. Und wie steht's mit deinen?« Seit dem Fest duzten sie sich.

»Ich weiß nicht. Ich kann nicht. Ich hab' *Angst.*«

»Frederica, du bist ein Schwanzfopper.«

»Oh, sagt man so? Ich kannte nicht mal das Wort. Aber ich bin nicht so eine, und du weißt das auch, ich hab' bloß keine Ahnung, was ich tun soll. Ich hab' gelogen, und jetzt wird alles voller Blut sein, bestenfalls, und ich weiß auch nicht, wie man sich – schützt –, und er weiß nicht, daß ich nicht Bescheid weiß – und ich kann mir einfach nicht vorstellen, was ich tun soll oder wie, und er denkt, ich könnt's, kann's, und ich hab' solche Angst.«

»Ich hab' gehört, das mit dem Blut, das ist für gewöhnlich ein Märchen.«

»Ach ja? Aber die meisten Märchen haben einen wahren Kern, manche Frauen müssen irgendwo, irgendwann bluten, warum also nicht ich? Und hör bitte endlich mit der Haarspalterei auf, ja! Ich bin kein Schwanzfopper, und so wie die andere – knallhart, hat sie gesagt, ist sie –, so bin ich auch nicht. Ich meine, ich könnte gar nicht so sein, ich brauche mir ja nur Stephanie anzusehen, ein Teint wie Sahne, und du mußt auch mal an die *Alternativen* denken, daran, daß Babies was Wunderbares sind zum Beispiel, oder fertige kleine Menschen, oder an was weiß ich. Obwohl ich mir, ich geb's zu, nicht vorstellen kann, daß ich je selber eins haben möchte. Ich nehme an, bei Steph war's auch so, daß die Leidenschaft mit ihnen durchgegangen ist, nur hat Steph mehr Mumm, falls es wirklich das ist, was ich meine. So oder so, für mich sind beide kein gutes Vorbild. *Was soll ich nur tun?*«

»Na ja ...«, begann Wilkie, »meine Pläne sind, um ehrlich zu sein, ein bißchen ins Schleudern geraten. Ich hatte anschließend für zwei oder drei Tage eine schöne Motorradtour mit meinem Mädchen an der Küste lang geplant, und jetzt sagt sie mir, sie hängt in Cambridge fest und kann nicht mit. Hättest du Lust einzuspringen? Ganz platonisch, nur zur Gesellschaft?«

»Ich kann nicht. Wegen Daddy und Mummy und Marcus und Alexander und Alexander und Alexander. Du weißt doch, daß ich nicht kann.«

»Würde aber auf einen Schlag 'ne Menge Probleme lösen. Und amüsieren würden wir uns auch.«

Frederica lächelte grimmig. »Und dir ist es egal, wenn dein Schwanz gefoppt wird?«

»Dazu käm's gar nicht. Das heißt, ja, es ist mir egal, ergo könnte es nicht passieren, und außerdem hättest du keinen Grund, dich vor mir zu fürchten, weil du nicht so blödsinnig in mich verliebt bist und weil du mich nicht angelogen hast. Also wäre mein bestes Stück auch in der Hinsicht nicht gefoppt. Warum willst du also nicht mitkommen? Wir hätten bestimmt Spaß miteinander.«

»Ich weiß nie, was du *wirklich* willst, Wilkie.«

»Ach, das ist ganz leicht. Ich will der Beste sein. Alles andere – Menschen inbegriffen – rangiert an zweiter Stelle.«

»Der Beste worin?«

»In allem. Siehst du, *das* ist mein wahres Problem. Das raubt mir nachts den Schlaf. Wenn man schon überall der Beste ist, wie soll man da wissen, was nachkommt? Wie auch immer, denk noch mal über den Ausflug nach. Morgen geht's los. Ich komm' bei dir vorbei, und entweder ich nehm' dich mit, oder ich geb' dir den Abschiedskuß.«

Und so ging die Sonne zum letzten Mal über der letzten Szene der *Astraea* unter, und der Großteil des Ensembles verbarg sich, so sie nicht auf der Bühne gebraucht wurden, hinter Büschen und Adlerfarnen und guckte zu, während Alexander und Lodge hoch oben auf der Tribüne thronten, von wo sie sahen, was den meisten Zuschauern an diesem Abend verborgen blieb: ein einzelnes, schmales rotes Scheibchen der untergehenden Sonne. Es hatte Abende gegeben, da war sie prächtig und blutrot hinter Haus, Terrasse und königlichem Kissen versunken, und andere mit einem pfauenblauen Himmel, phantastisch unterlegt von silbrig schimmerndem Purpur. Heute abend standen schwere Wolken am Horizont, die sich höher und höher auftürmten und die Szene noch vor Einbruch der Nacht verdunkelten, so daß der auf Marina Yeo gerichtete Scheinwerfer durch eine hauseigene Bogenlampe verstärkt werden mußte, die ein bißchen grell leuchtete und entschieden mehr Chiaroscuro beisteuerte, als es Elizabeth I. selbst angemessen erschienen wäre.

Jedenfalls saß sie nun, zum letzten Mal, in ihrem weißgefältelten Nachthemd unter der jetzt wirklich himmelhohen roten

Perücke auf ihrem riesengroßen, cremeseidenen Kissen. Die sich Meter um Meter fächerförmig um sie bauschenden Linnengewänder, in denen Elizabeth II. auf dem schlichten, sakramentalen Höhepunkt der Krönungsfeierlichkeiten zu sehen gewesen war, hatten bei dem endgültigen Entwurf dieses Kostüms Pate gestanden, dessen schieres Gewicht wohl niemand erraten hätte, der sah, wie mühelos Marina es, bevor sie sich ernsthaft ans Sterben machte, nachschleifen und ausschwingen ließ.

Da saß sie nun also und hatte, wie Geschichtsbücher, Legenden und Textbuch es vorschrieben, den Finger mit kindlicher Geste in den Mund gesteckt, und weil es ein Versdrama war, führte sie mit stockenden, aber immer noch wohlgesetzten Worten Selbstgespräche über das Wesen der Dinge, über Einsamkeit, Jungfräulichkeit, über Macht und herannahende Finsternis. Der bucklige Robert Cecil schlurfte geschäftig die Terrassenstufen hinauf und wieder hinunter. Kammerfrauen, die an Charmian und Iras erinnerten, hielten sich wartend bereit. Das Kissen hatte paspelierte Säume und an allen vier Ecken extravagant geschürzte Knoten aus Paspelkordeln. Die Königin sprach von England, faselte von grünen Feldern, erinnerte sich gereizt daran, daß man ihr den Ring, mit dem sie Engelland vermählt worden war, hatte absägen müssen, weil ihr gealterter Ringfinger so deformiert war. Ihr Ringmännlein nannte sie diesen Finger – in einer nicht ganz glaubhaften Rückbesinnung auf einen Kinderreim. Auch vom Spenserschen Wandel, dem wankelmütigen, sprach sie und mit Ovid vom Goldenen Zeitalter, von Milchbächen, die nie versiegen, und ewig reifendem Korn. Dann verstummte sie.

Lodge stieß Alexander den Ellbogen in die Rippen.

»Astreines Theater, das Beste, was ich je auf die Bretter gestellt hab'.«

Langsam, ganz langsam taumelte die aufrecht kauernde Gestalt mit der juwelengeschmückten Turmcoiffure seitlich auf das Kissen nieder. Miss Yeo konnte ein Publikum unerhört lange Zeit in Atem halten, wenn es ans Sterben ging. Die rote Perücke rollte davon (und erinnerte diejenigen, die ein Auge für visuelle Parallelen hatten, an die frühere Schilderung der Szene, in der man Maria Stuart die Perücke vom abgeschlagenen Haupt geschlagen hatte), und die Weißhaarige sank totenbleich in die cremigen Falten des Kissens. Hier folgte ein letztes ruckweises Aufbegehren des Körpers, dann erstarrten die Glieder inmitten ihrer lichtweißen plissierten Leinenbahnen, und die Damen kamen liebevoll herbeigeeilt, richteten Gewand und Gliedmaßen, steckten die purpurne Rose wieder zwischen die der Länge nach fest aneinandergepreßten Handflächen der Tudor-Ikone, die sie dergestalt in ihr eigenes Denkmal verwandelten. Vor dem bedeckten Himmel und im Schein der Bogenlampe trat das schneeige Weiß dieser Szene plastischer hervor als in allen bisherigen Aufführungen, und die Schauspielerin wirkte gesichtslos bis auf die Raubvogelnase, die man ihr Abend für Abend so sorgsam – heute zum letztenmal – aufmodelliert hatte. Sobald die Frauen sie auf dem Kissen aufgebahrt hatten, konnten sie sie forttragen, und so geschah es – in weißer, still verhaltener Prozession.

»Das iss 'n bißchen geschummelt«, sagte Lodge. »Sie *ist* ganz zum Schluß noch ins Bett gekrochen, das alte Luder – aber was für eine Bombenszene!«

Als man sich nach der Vorstellung auf der Terrasse Lebewohl sagte, war die Stimmung gedrückt. Den Schauspielern wurden bereits die Kostüme abgenommen und in Weidenkörbe verpackt, um nach Stratford und anderswohin zurückgeschickt zu werden. Wilkie erteilte aus irgendeinem Grund den traurigen Befehl, die Instrumente des Flaschenchors zu zerschlagen. Auf dem Sattelplatz bei den Stallungen hatte er eine Stelle ausgewählt, wo alle Flaschen aufs Pflaster geworfen werden sollten, und während von den Kleinen ein paar ihren Spaß an dem Klirren und Scheppern hatten, jammerten andere unter Tränen, daß sie ihre ureigene Flasche zum Andenken hätten aufheben wollen. Und was glaubten sie wohl, wandte sich der gestrenge Wilkie an diese Abtrünnigen, was glaubten sie wohl, würde ihnen ein einziger Ton nützen, ohne das dazugehörige Orchester? Irgendeine Art von Musik könnten sie jederzeit jeder beliebigen Flasche entlocken. Nein, nein, die ganze Komposition würde jetzt und hier zerschmettert, aber er habe ja die Partitur, und er verspreche ihnen, daß die Sphärenmusik irgendwann in der Zukunft und an anderem Ort aufs neue erklingen werde. In der Zwischenzeit aber wolle er nicht, daß irgend jemand sich an seiner Schöpfung verging, und außerdem funkelten Glasscherben doch so hübsch. Also warfen sie und warfen und warfen in splitternder Kakophonie.

Frederica trat an Crowe heran, der anscheinend ganz damit beschäftigt war, den handfesten Ratschlägen zu lauschen, die Marina Yeo Anthea erteilte. Sie wolle sich, sagte sie, bei ihm bedanken für alles, was er für sie getan hatte. Sie sagte – schon zaghafter –, sie mache sich Gedanken um ihre Zukunft und würde gern seinen Rat einholen. Er versetzte in seinem weltmännischsten Ton, daß er ihr diesbezüglich mit Freuden zur Verfügung stehe, wenn sie es tatsächlich wünsche, und reichte ihr ein Glas mit – wie sie befürchtete – extrasüßem Sherry, obwohl das bei ihm doch eher unwahrscheinlich war. Und *worüber* wolle sie sich denn insbesondere beraten lassen? fragte Crowe.

Na ja, sagte Frederica, es sei immer schon ihr Wunsch gewesen, zum Theater zu gehen. Und nun überlege sie, ob man sich mit diesen Kritiken – sie sagte nicht: mit dieser schauspielerischen Leistung – als Empfehlung auf einer Schauspielschule oder eventuell auch bei einem Privatlehrer vorstellen und versuchen könne, auf so einer ersten Erfahrung aufzubauen. Denn eine Bühnenkarriere, die sei nun einmal ihr sehnlichster Wunsch. Hätte Crowe vielleicht ein paar gezielte Vorschläge, wie sie es anstellen könne, ihren Traum zu verwirklichen? Crowe lächelte und tätschelte ihre Schulter und lächelte noch breiter.

»Natürlich«, sagte er, »würde Lodges Rat dir hier eher weiterhelfen als meiner und vielleicht sogar der unsres lieben Alexanders – letzteres scheint mir allerdings eher zweifelhaft. Aber du hast nach dem meinen gefragt und sollst ihn hören, mein liebes Mädchen. Also wappne dich. Um als Schauspielerin Karriere zu machen« – mit aalglatter Miene – »müßtest du dir erst ein neues Gesicht und einen neuen Körper anschaffen. Und dann lernen, was anderes als immer nur dich selbst darzustellen. Mag sein, daß du all das fertigbringst. Aber mein Rat wäre: Halt dich an das, was Daddy sagt, lebe deine Liebhaberei auf einer Laienspielbühne aus und baue ansonsten auf diese fabelhaften Abiturnoten, von denen wir doch alle so *wahnsinnig viel* gehört haben. Wirklich spielen kannst du nämlich nicht, verstehst du. Für die Rolle hier wurdest du als Typ besetzt, und von dem Typ laufen nun mal nicht viele rum, so daß man wenig Auswahl hat. Du sagtest seinerzeit – und mit Recht –, daß unsre entzückende Anthea ihre Rolle ihrem hübschen Gesicht und ihrem Liebreiz verdanke, aber *auf der Bühne*, Frederica, sind diese Vorzüge *generell* etwas mehr gefragt als deine. Ich gebe zu, es wäre besser, wenn die Stimme unsrer reizenden Anthea nicht so piepsig wäre, aber man kann schließlich nicht alles haben, wiewohl ich glaube, daß die Schauspielschulen überquellen vor jungen Damen, die sowohl hübsch sind als auch anmutig, die eine melodische Stimme haben und ein Quentchen von jenem besonderen Esprit – nicht dem, den du hast –, den man von einer Schauspielerin erwartet.«

»Ich verstehe«, sagte Frederica.

»Dessen bin ich mir gewiß. Darf ich dir noch einmal zu deiner ausgezeichneten Darbietung gratulieren, die alle Erwartungen übertroffen hat – sogar die meinen. War, wie sich gezeigt hat, eine kluge Wahl. Und erlaube mir, dir Glück zu wünschen für Oxford oder Cambridge oder wo immer du landen magst. Aber jetzt entschuldige mich, ich muß mich wieder Antheas faszinierendem kleinen Problemchen widmen. Adieu, Frederica.«

Ein paar Tränen – nicht viele –, denn sie hatte einen wahnsinnigen Stolz – landeten in dem Fettiegel, als sie sich zum letztenmal vor dem Garderobenspiegel abschminkte. Verstohlen beobachtete sie Marina Yeo. Häßlich war sie. War vielleicht nie wirklich schön gewesen. Hatte womöglich trotzdem immer dafür gegolten. Was Crowe zu ihr gesagt hatte, ging auf Kosten des Sonnenbettes, war aber (und sie hatte Verstand genug, das zu erkennen) auch ernst gemeint und darüber hinaus womöglich (und auch zu dieser Einsicht reichte ihr Verstand) gar die Wahrheit. Also aus der Traum. Sie beobachtete auch Jenny, die rastlos und fahrig wirkte, aber nicht mehr so flügellahm wie in letzter Zeit. Sie betrachtete das eigene Gesicht im Spiegel. Crowe hatte recht, es war ein nichtssagendes Durchschnittsgesicht, ein Paukergesicht mit Sommersprossen, spitzem Mund und spitzem Kinn.

Und was ihre Brüste anging – zum letztenmal nestelte sie mühsam das Fischbeinkorsett auf –, so verdienten sie kaum den Namen, sondern waren eher Knubbel, so knubbelig wie ihre Ellbogen und Knie, Schönheitsfehler, die die Scheinwerfer genüßlich hervorheben würden. Alexander trat unvermutet hinter sie.

»Ich fahre dich heim, ja?«

»Frag Mrs. Parry.«

»Die holt vermutlich ihr Mann ab.«

»Tut er doch sonst nicht.«

»Heute war die letzte Vorstellung. Zier dich nicht. Frederica, Frederica, *komm.*«

Und sie kam. Sie ließ sich von ihm wegführen, ohne daß einer von beiden Jennifer noch einen Blick gegönnt hätte. Sie saß neben ihm im Wagen und weinte ein bißchen.

»Was ist denn, Liebste?«

»Crowe sagt, ich bin zu häßlich für eine Schauspielerin. Und ich könnte nur mich selber spielen. Besorg dir 'n neues Gesicht, das hat er gesagt. Und das Furchtbare daran ist, daß er recht hat.«

»Ich wüßte nicht, warum du unbedingt Schauspielerin werden solltest. Bei deinem Verstand! Aber häßlich bist du weiß Gott nicht.«

»Nein?«

»Nein. Auf spröde Art sexy – so hat Lodge dich beschrieben, als er dich zum erstenmal sah, damals, als ich noch so blind und vernagelt war. Aber er hat nicht mal die Hälfte gesehen. Jeder Zoll an dir ist ... du bist ... Du bist die einzige Frau – die einzige, ich schwör's dir –, die mich jemals so zum äußersten getrieben hat. Falls dich das amüsiert.«

»Nein«, sagte sie gedehnt, »es *amüsiert* mich nicht.« Es machte ihr angst. Selbst in ihrem momentanen Rausch machte es ihr angst, daß Alexander denken oder sich gar wünschen konnte, sie sei fähig, sich über ein bis zum äußersten gesteigertes sexuelles Verlangen lustig zu machen. Wo sie doch in Wirklichkeit so naiv war und von nichts eine Ahnung hatte. Sie hatte sich nach einem Alexander gesehnt, den man nicht mit Händen greifen, nicht mit Worten fassen konnte – der verschlossen und unnahbar war.

»Ich liebe dich, Frederica. Du bist aberwitzig jung, und wir sind umgeben von lauter abschreckenden Beispielen trauriger Irrtümer, und die ganze Sache ist von Anfang bis Ende unmöglich, und trotzdem liebe ich dich.«

»Ich habe dich schon immer geliebt.«

Er fuhr mit ihr durch den Park von Long Royston, und als sie am Pförtnerhaus vorbeikamen und durch das schmiedeeiserne Tor rollten, da durchzuckte sie der Gedanke, daß sie nicht wieder herkommen würde. Zumindest nicht, bevor die neue Universität das ganze Anwesen bis zur Unkenntlichkeit verändert hätte. Irgendwie hatte sie sich vorgestellt, sie würde hier ein willkommener Gast werden und von Zeit zu Zeit über die Rasenrondelle schlendern, durch die Küchengärten und Stallungen. Hinter sich hörte sie das schwache Echo von splitterndem Glas. Entflohn sind die Klänge. Es war tatsächlich so, als ob man aus dem Paradies ausgesperrt würde. Eigentlich hätte das Tor dröhnend hinter ihnen zuschlagen müssen, was es aber nicht tat, da am Ausgang gerade lebhafter Verkehr herrschte.

Alexander fuhr sie in rasantem Tempo auf den Burgwall, hielt zwischen den Nissenhütten und riß sie an sich. Er zerrte, ganz unalexanderhaft, an ihrer Unterwäsche, tat ihr weh mit zurückschnellenden Gummis, mit seinen Fingernägeln und mit eingeklemmten, ziependen Härchen.

»Ich muß, ich muß«, wiederholte er immer wieder, selbst in dem Moment unfähig, ein angemessenes Verb zu finden. So wie sie einmal darum gekämpft hatte, ihn zu verführen, so kämpfte Frederica jetzt darum, intakt zu bleiben.

»Nicht hier, nicht jetzt«, sagte sie immer wieder. Alexander versuchte sich zu behaupten, aber nicht sehr mannhaft. Zudem hatten sie Probleme wegen und manch schmerzhaften Zusammenstoß mit Gangschaltung und Handbremse.

»Hör zu – Alexander – ich werd' mir was einfallen lassen. Ich komme morgen, ich versprech's dir – wenn du mich nur jetzt heimbringst, sofort, auf der Stelle. Das war alles zuviel für mich. Und ich komme mir ganz schmutzig vor. Bitte.«

»Aber natürlich.«

Er fuhr sie heim. Sie verabredeten, sich morgen zu treffen –

vielleicht auf der Eisenbahnbrücke beim Brühl –, einen langen Spaziergang zu machen, weg von all diesen erinnerungsträchtigen Orten, und auf Mittel und Wege zu sinnen. Sobald er fort war und sie allein in ihrem schmalen Bett in der Masters' Row lag, überkam sie ein verspätetes, wirres Verlangen danach, seine seidige Haut unter ihren Händen zu spüren, sein Haar zu riechen, loszulassen ... was immer man loszulassen hatte. Die Fäuste geballt vor Zorn und Verlangen, so schlief sie ein.

Alexander, der nicht schlafen konnte, stand an seinem Turmfenster, betrachtete den Mond über dem Gewächshaus und wurde zufällig Zeuge der schlingernden, torkelnden Heimkehr von Lucas Simmonds, der auf demselben Wege zurückgefahren kam, wie er gestartet war, nur daß er jetzt langsam über Blumenbeete und Rasenrondelle tuckerte. Kühl und distanziert beobachtete Alexander, wie Simmonds, eine verwahrloste Gestalt, mehr oder weniger aus dem Wagen kollerte und wie trunken auf seinen Turm zuschwankte, ohne die Autotür zu schließen. Alexander erwog, ihm zu Hilfe zu kommen, und konnte sich nicht dazu überwinden – gegen bespitzelnde Dämonen und Milchflaschen voll Blut auf der Türschwelle wußte er keine Abhilfe, und falls Simmonds sonst nichts fehlte, wäre ihm mehr geholfen, wenn man ihn sich einmal gründlich ausschlafen ließ, ja, das wäre überhaupt das allerbeste für ihn. Im übrigen war ihm der Gedanke an Simmonds zuwider. Und er konnte das Problem ja auch getrost auf morgen verschieben: daß der Mann nicht tot war, sondern still und leise zurück in sein Bett schlich, widerlegte zumindest einen Aspekt von Marcus Potters angsterfüllter Theorie.

41. Der Bioteich

Der nächste Tag war ein Sonntag. Marcus erwachte daheim im Bett, hörte erleichtert das vertraute Rasseln und Fauchen seiner gequälten Atemzüge, schlug die schweren Lider auf, schloß sie wieder und verfiel in einen traumlosen Schlaf. Er war krank. Er war nicht verantwortlich.

Alexander, der nicht geschlafen hatte, schämte sich am Morgen dafür, sich letzte Nacht so gar nicht um Lucas Simmonds gekümmert zu haben. Da ihm außerdem noch einfiel, daß Geoffrey und Jennifer ziemlich sicher mit ihren Plänen für seine Zukunft auftauchen würden, beschloß er in einer Mischung aus Feigheit und Wagemut, sein Zimmer zu verlassen. Er ging quer durch den Kreuzgang zu Simmonds' Turm hinüber, wo am Fuß der Treppe eine unberührte weiße Milchflasche mit Goldfolienverschluß in der Sonne blinkte, und lief leichtfüßig die Stufen hinauf. Simmonds' Tür stand offen. Alexander klopfte. Es war niemand da. Er trat ein, stellte fest, daß in dem Bett jemand ganz normal geschlafen hatte. Der Pyjama war achtlos übers Kissen geworfen, als habe man ihn ganz normal abgestreift. Es roch nach Toast und Schweiß. Er fühlte sich nicht befugt, ein Fenster zu öffnen. Er beschloß, draußen nach Simmonds Ausschau zu halten, während er seine Schritte in Richtung Frederica Potter lenkte.

Frederica hatte Mühe, aus dem Haus zu kommen, weil Bill Winifred in einen abwegigen Streit über Stephanies Schwangerschaft verwickelt hatte. Zwar konnte selbst er Winifred in keiner Weise für die Zeugung ihres künftigen Enkelkindes verantwortlich machen, doch das hinderte ihn keineswegs daran, sie dafür auszuschelten und unentwegt lautstark zu wiederholen, daß jetzt alles glasklar auf der Hand liege: die Sache sei vor der Eheschließung passiert, daß man von einem Geistlichen Prinzipien erwarten könne und daß er Daniel Orton öffentlich an den Pranger stellen werde. Winifred tat etwas, was sonst nicht ihre Art war: Sie weinte. Sie weinte nicht um Stephanie, die sie heftig beneidete, sondern wegen Marcus, den sie liebte und im Stich gelassen hatte. Bill gegenüber erwähnte sie ihn vorsichtshalber nicht, damit er gar nicht erst auf die Idee kam, etwas wegen des Jungen zu unternehmen – zum Beispiel Lucas Simmonds zu verhören, falls der Mensch überhaupt auffindbar war. Alles, worauf Bill verfallen mochte, wäre schlimmer als stillhalten und abwarten. Der Gedanke brachte sie zum Weinen, worauf Bill nur noch lauter brüllte. Als Frederica sagte, sie werde jetzt einen Spaziergang machen, sagte Bill, nein, das werde sie nicht tun. Winifred sagte: Aber warum denn nicht, und Frederica verzog sich in die Küche und verschwand durch die Hintertür. Kaum daß sie draußen war und allein in der Sonne stand, gehörte ihr Körper wieder ihr und loderte hell auf vor Hoffnung und panischer Angst. Sie setzte sich in Trab und rannte quer über den Brühl, in der Gewißheit, daß Alexander schon auf sie warte; das wußte sie so sicher, wie daß das Gras verdorrt und das, was vom Horizont herangedonnert kam, die Eisenbahn war.

Erstaunlich viele Leute lehnten sich, rufend und gestikulierend, ausgerechnet aus den Fenstern dieses Schnellzuges. Erst dachte sie, man habe ihr berühmtes Gesicht erkannt, und dann, was plausibler gewesen wäre, daß sie in der momentanen Aufregung irgendein unerläßliches Kleidungsstück vergessen habe. Sie zögerte, blieb stehen und sah sich um. Und so geschah es, daß beide gleichzeitig, Alexander von der Brücke und Frederica von der Seitenlinie des Rugbyfeldes her, die Gestalt im Bioteich erblickten: einen nackten Mann, der laut vor sich hin sang. Langsam gingen sie auf ihn zu. Als sie sich der Gestalt näherten – Frederica von hinten, Alexander von vorn –, erkannten sie Lucas Simmonds, Frederica an dem Lockenkopf und dem irgendwie aufdringlich herausgestreckten Elfenbeingesäß, Alexander am verzerrten, purpurnen Gesicht. Simmonds rührte mit einem langen Stab, den er in der Linken hielt, das weiche, schwarze Wasser in dem runden Tümpel auf. Der seit langem unergründete Bioteich war offenbar tiefer als vermutet, zumindest reichten die schwappenden, gurgelnden Wellen Simmonds bis über die fleischigen Knie. Der Gesang wechselte zwischen »O komm, O komm, Adonai« (mit endlos in die Länge gezogenen, tirilierenden Vokalen) und Miltons Fassung des 136. Psalms, der im Sonntagsgottesdienst von Blesford Ride ungefähr zweimal pro Halbjahr an die Reihe kam. Hier waren die Verse vielfach gekappt oder gingen im Rauschen des Wassers unter. Man spürte einen gewissen fiebrigen Zorn in der Art, wie der Stecken die Wellen peitschte, wenn der Text sich nicht einstellen wollte, und hörte ein lautes, aufrichtiges Frohlocken aus den Versen heraus, die das Gedächtnis willig preisgab. Simmonds' Haupt- und Körperhaare waren gleichermaßen aufs sorgfältigste mit Blumen geschmückt: mit Ackerwinde, Wiesenkerbel, Storchschnabel und geflecktem Aronstab, Hornklee und mit

Bedacht plazierten großen Margeritenblüten, umwunden von Roggen- und Gerstenähren und zusammengeflochtenen, lang herunterhängenden, klebrigen Labkrautgarben.

Als Alexander sich weiter vorwagte, sah er das scharfe Schlachtermesser, das Lucas in der Rechten hielt, und die kleinen und sehr wahrscheinlich auch größeren Schnitte, die kreuz und quer in die Innenseiten von Simmonds' Schenkeln eingeritzt waren und aus denen glänzendes, sich allmählich verkrustendes Blut über die Beine abwärts rann.

Alexander begriff, daß Simmonds verrückt geworden war: Nie hätte er geglaubt, daß er je mit eigenen Augen einen so klassischen, so grandiosen, so archetypischen Fall von Wahnsinn zu sehen bekäme. Aber er hatte nicht die leiseste Ahnung, wie Simmonds' Verfassung einzuschätzen, geschweige denn, was in einer solchen Situation zu tun sei. Wahrscheinlich, dachte er, sollte ich ihm einfach ganz kühn entgegentreten. Er trat einen Schritt vor.

»Simmonds. Simmonds, mein Bester. Kann ich helfen?«

Simmonds starrte grimmig konzentriert in die Sonne und fuhr fort zu singen. Alexander ging vor bis an den Rand des Teichs. Simmonds watete plantschend heran und zielte bedrohlich mit dem Messer auf ihn. Alexander wich zurück. Er besann sich auf Frederica und bedeutete ihr mit hektischen Gesten, sich in Sicherheit zu bringen. Frederica kam näher, und Simmonds drehte sich nach ihr um, so daß endlich auch sie die welke Pracht seiner Blumenkrone sah, das Brustgehänge und die schlaffen lila Blütenköpfchen, die aus dem weichen Busch seines Schamhaars lugten. Sie sah auch das Blut – und das Messer.

»Lauf nach Hause«, rief Alexander, »sei ein braves Mädchen. Lauf heim und hol Hilfe.«

»Keine Hilfe«, intonierte Simmonds, »keine Hilfe.«

»*Lauf*!« sagte Alexander zu Frederica.

Sie rannte los.

Alexander kauerte sich – in gehörigem Abstand – auf die Teicheinfassung und starrte wie hypnotisiert auf Simmonds' Geschlechtsteile, auf sein großes und trotz der blutigen Stiche ungebeugtes Gemächt. Simmonds bückte sich, schlug aufs Wasser, sang abwechselnd mit Inbrunst oder verstummte mißmutig.

Alexander überlegte fieberhaft, was zu tun sei, falls dieser Wahnsinnige auf die Idee käme, auf die Gleise hinaufzustürmen, oder falls er womöglich versuchen sollte, sich zu kastrieren. Simmonds watete im Kreis. Alles in allem, befand Alexander, war die Rückenansicht vorzuziehen.

Frederica platzte mitten in einen Familienkrach, der sich erst recht zugespitzt hatte, seit Daniel und Stephanie hinzugekommen waren, die in einem Anfall von Kleinmut beschlossen hatten, Bill den Wind aus den Segeln zu nehmen, indem sie sich gemeinsam für Zeugung und Empfängnis ihres Kindes entschuldigten.

»Hilfe, Hilfe!« rief Frederica aus Leibeskräften. »Lucas Simmonds platscht total verrückt durch den Bioteich, und Alexander ist auch dort, und Simmonds bedroht ihn mit einem *Messer.* Noch dazu splitternackt. Ihr müßt unbedingt helfen! Splitternackt, bis auf lauter Blumen und Gräser, die er sich überall hingesteckt hat – wie der Lear oder wie Mellors in *Lady Chatterley.* So tut doch was! Ich hab' immer gehört, in dem Teich, da wären Blutegel drin, das Wasser ist ekelhaft schlammig und schwarz. Oh, und er sieht so schrecklich aus, und er *singt* in einem fort.«

»Krankenwagen«, sagte Daniel zu Stephanie. »Hör auf, so zu schreien«, sagte er zu Frederica. Doch für diese Mahnung war es schon zu spät. Marcus tauchte, blaß und wackelig, oben am Treppenabsatz auf. Stephanie telefonierte mit dem Rettungsnotdienst und erklärte, sie brauchte einen Krankenwagen aufs Rugbyfeld – am Brühl – bei der Blesford-Ride-Schule. Nein, es handele sich nicht um einen Sportunfall, sie denke, man solle vielleicht auch die Polizei verständigen – ein gefährlicher Mensch mit einem Messer … umnachtet.

»Du brauchst dich daran nicht zu *weiden*«, sagte Daniel verärgert zu Frederica.

»Tu' ich eigentlich auch nicht, das ist bloß meine Art, mich auszudrücken, und ich bin schließlich gekommen, um Hilfe zu holen, das ist doch die Hauptsache, oder?« sagte Frederica, warf den Kopf in den Nacken wie eine Mänade und glühte vor theatralischer Selbstüberschätzung.

»Du hättest verdammt noch mal deine *Stimme dämpfen* können«, zischte Daniel. Frederica blickte völlig verständnislos in die Runde. Marcus kam leise die Treppe heruntergeschlichen und zupfte Daniel am Ärmel.

»Gehst du hin? Soll ich – soll ich mitkommen?«

Daniel konzentrierte sich auf das neue Problem.

»Du mußt nicht.«

»Ich wußte, es würde was Furchtbares passieren. Ich bin für ihn verantwortlich. Ich muß mit.«

»Wenn du mußt, dann mußt du. Aber falls es schlimmer wird mit ihm, wenn er dich sieht, oder wann immer ich's dir sage, gehst du heim, verstanden?«

»Er geht nicht«, sagte Bill.

»Es ist *sein* Leben«, sagte Daniel. »Sie haben sich bis jetzt nicht eingemischt, und wenn er nun, wo die beiden ernsthaft Probleme haben, glaubt, er muß es mit durchstehen, dann sage ich, er kann's.«

»Der Mann ist ein Wahnsinniger.«

»Das bin ich vielleicht auch«, sagte Marcus, der zaghaft die durchsichtigen Finger in Daniels Jackenärmel krallte. »Vielleicht ... ich kann ihn vielleicht beruhigen. Sonst hat er – er hat immer gemacht, was ich ihm gesagt habe.«

»*Du* machst, was *ich* dir sage«, donnerte Bill.

»Warum?« fragte Daniel, der auf Bill schon in eigener Sache so geladen war, wie er es bei sich nannte, daß er Marcus' Interessen vielleicht nicht mehr objektiv abzuwägen vermochte.

»Ich *muß* mit. Wenn was passiert – dann – trage ich – mein Leben lang die Verantwortung.«

»Na, dann komm«, sagte Daniel. Daraufhin zog auch Stephanie Daniel am Ärmel. »Ist das wirklich vernünftig?«

»Die Wahrheit ist allemal besser als Phantasievorstellungen, und Marcus hat recht, das geht ihn an. Also komm.«

Schließlich zockelten sie alle über den Gartenweg auf die Straße und rüber zum Brühl: Marcus taumelnd zwischen Daniel und Stephanie, gefolgt von Bill und Winifred, mit Frederica, die sich wegen ihrer geschmacklosen Krakeelerei genierte, als Schlußlicht. Lucas Simmonds war immer noch im Teich, sein Gesang klang inzwischen ein bißchen heiser, und Alexander hockte noch immer als nutzloser Wachtposten am Rand. Daniel ging gemessenen Schrittes auf Lucas zu.

»Wir kommen, um Sie da rauszuholen, Sir.«

Lucas watete im Kreis.

»Warum?« fragte Daniel. Gern hätte er auf sein gaffendes Publikum, das ihn nur in Verlegenheit brachte, verzichtet. Er war aufrichtig interessiert zu erfahren, wie Simmonds auf die Idee verfallen war, im Stadium blumenbekränzter Nacktheit in den Teich zu steigen.

Simmonds schwenkte sein Messer. Marcus stürzte vor.

»Sir! Sir! Nein, so geht es nicht. Ich weiß, ich hätte kommen sollen, aber ich habe nicht gedacht, was Sie dachten, daß ich denke, ich glaube wirklich daran – an die Photismen, die Gräser, Sir, das alles haben wir ja wirklich gesehen, und es ist doch auch wissenschaftlich dokumentiert – aber das hier, das ist nicht der rechte Weg.«

Lucas wandte sich um, senkte den Kopf wie ein kämpferischer Stier und starrte ihn finster an. Marcus trat vor und streckte ihm die Hand hin.

»Bitte, kommen Sie heraus.«

Lucas Simmonds bückte sich, schöpfte den feinen schwarzen Schlick des Bioteichs in die hohle Hand und klatschte ihn dem Jungen mit voller Absicht auf das saubere Hemd, die grauen Hosen, das bleiche, sommersprossige Antlitz.

»Geh weg. Du wirst nicht gut sein zu mir. Du nicht.«

Wieder peitschte er mit seinem Stecken auf das Wasser ein. Man hörte einen Krankenwagen über den Grasstreifen am Rand der Bankette rumpeln.

»Wer dann?« fragte Daniel, während die Männer vom Rettungsdienst und ein paar Polizisten mit einer Trage, einer Zwangsjacke und scharlachroten Decken über den sonnenglühenden Platz kamen. »Wer dann?«

Lucas Simmonds blickte verzweifelt in die Runde: so viele Potters, der labile Alexander, der robuste Daniel. Er watete aus dem Teich, dessen schlammiger Grund quatschend an seinen Füßen klebte, tappte geradewegs auf Stephanie zu und barg den heißen Kopf an ihrer Brust. Grotesk zusammengekrümmt, denn sie war eine kleine Frau, stand er vor ihr, bizarr gestreift mit schwarzen Schlammspuren, mit roten Schenkeln, weißem Leib und purpurnem Hals, mit Blüten und Ähren im Haar; und obwohl ihr der Magen hochkam, legte sie die Arme um ihn und sagte sinnlos: »Schon gut.«

»Ich hab's Ihnen gesagt, ich hab's Ihnen doch gesagt, ich habe kein Privatleben, ich berühre niemanden.«

»Ist ja gut.«

»Die Zerstörer kommen.«

»Nein, nein. Man bringt Ihnen nur ein wenig Frieden.«

»Glauben Sie das nicht, meine Dame. Ich war schon mal da. Es gibt keinen Frieden an diesen Orten, nur weiße Lichter, und die Logik von Zeit und Raum, die hebeln sie aus. Ich denke, ich werde nicht mitgehen.«

Schwach richtete er sich auf und schwenkte sein Messer, und schon warf der kleine Trupp Männer sich von hinten auf ihn, überwältigte ihn und streckte ihn zu Boden, entwand ihm das Messer und verfrachtete ihn in den Krankenwagen. Die Tür fiel hinter ihm zu.

»Wo bringen sie ihn hin?« fragte Marcus.

»Ich vermute nach Calverley, ins Krankenhaus«, sagte Daniel. »Die haben eine psychiatrische Station.«

»Und sind die gut dort?«

»Zumindest nicht schlecht. Es gibt bessere und schlimmere. Auf jeden Fall wird er dort zur Ruhe kommen.«

»Er will aber nicht ...«

Zurück in der Masters' Row bestand Winifred darauf, daß Marcus, der entsetzlich keuchte, wieder ins Bett gepackt wurde. Alexander stand neben Frederica und hörte sich an, wie Bill die abgrundtiefe Unmoral von Lehrern verfluchte, die sich an ihren Schülern vergingen. Stephanie setzte sich mit geschlossenen Augen nieder. Die Haut des Mannes hatte unter ihren Fingern gebrannt, sein feuchter Mund hatte auf ihrer Brust gelegen, nie mehr würde sie dieses klägliche Mitleid loswerden können, sie sehnte sich nach einem Bad. Bill sagte, er würde raufgehen und Marcus ordentlich ins Gewissen reden und herausfinden, was die beiden eigentlich genau getrieben hatten. Er wolle dafür sorgen, daß der Junge begriff, daß die ganze ekelhafte Geschichte ein für allemal vorbei war. Nur über meine Leiche, sagte Winifred – man müsse Marcus jetzt allein lassen, er dürfe nicht unter Druck gesetzt oder ausgefragt werden, er brauche Frieden und seine Privatsphäre.

Winifred hatte recht, aber nur weil sie sich unerwartet durchsetzte, entdeckte man erst am späten Nachmittag, daß Marcus, trotz Asthma, in seinem Zimmer aus dem Fenster geklettert und spurlos verschwunden war. Bill und Winifred brauchten zweieinhalb Tage, um ihren Sohn wiederzufinden, obgleich das eigentlich ganz einfach hätte sein müssen. Bill beteuerte anfangs heftig, der Junge sei »wohlauf« und »mache bestimmt nur einen Spaziergang«. Winifred war überzeugt, ihr Sohn habe, vermutlich sogar aus freien Stücken, den Tod gefunden. Als Bill sich endlich damit einverstanden erklärte, die Polizei einzuschalten, verlor man weitere Zeit mit Nachforschungen in Einöden und mit dem Absuchen der Flüsse. Alexander fuhr vergebens alle Nebenstraßen ab, und Frederica spannte Wilkie ein, der kreuz und quer mit seinem Motorrad durch die Landschaft brauste und in Gräben und Hecken spähte. Daniel rief im Allgemeinen Krankenhaus in Calverley an, wo man ihm sagte, nein, ein Marcus Potter sei nicht da und Lucas Simmonds ebensowenig, den habe man lediglich untersucht und ruhiggestellt und dann nach Cedar Mount überwiesen, eine große Anstalt etwa fünfundzwanzig Meilen von Calverley entfernt, eine ganz abgeschiedene, gut befestigte Anlage weit draußen auf dem Lande. Daraufhin telefonierte Daniel mit Cedar Mount und erfuhr, daß Lucas Simmonds immer noch unter Beruhigungsmitteln stand und daß man von einem Marcus Potter nichts gesehen oder gehört habe.

Frederica fuhr mit Alexander. Sie war in einer merkwürdigen Verfassung: Ihre Gedanken flogen in den wildesten Assoziationen hin und her: Manchmal sah sie vor ihrem geistigen Auge den nackten roten Mann, manchmal das wesenlose Gesicht ihres Bruders, ohne daß sie die beiden hätte zueinander in Beziehung setzen können. Manchmal strich eine schläfrige Wärme über sie hin, die Verlangen weckte, und dann faßte sie dem neben ihr sitzenden Alexander an die Schenkel. Wenn sie das tat, zitterte er mal vor Begierde und mal vor Zorn; auch er konnte sich jetzt weder auf die Katastrophe noch auf das Mädchen konzentrieren. In seinen diversen Taschen sammelten sich verschiedene Notizzettel, auf denen die Schulsekretärin Anrufe von Mrs. Parry und auch einige von Dr. Parry notiert hatte, aber bislang war es ihm noch erspart geblieben, diese Anrufe erwidern zu müssen. Er hatte auch zwei dicke Briefe von Jenny bekommen, die jedoch noch ungeöffnet waren. Auch seine Phantasie kehrte, *mutatis mutandis*, wie die von Frederica unangenehmerweise immer wieder zu Lucas Simmonds' entblößten scharlachroten Geschlechtsteilen zurück.

Marcus war zu Fuß unterwegs. Daniels Instinkt hatte ihn nicht getrogen, er hatte lediglich einen ungünstigen Zeitpunkt für seine Anrufe gewählt, und die Angestellten in der Zentrale des Krankenhauses waren schlecht informiert und inkompetent. Zuerst war Marcus über Nebenstraßen nach Calverley gelangt. Er war ein bißchen benommen von dem langen Marsch, aber das Atmen fiel ihm leichter, je länger er unterwegs war. Er war überzeugt, daß er selbst, wenn auch teils ungewollt, einen wichtigen Faden durchtrennt hatte, der Lucas an die Realität band, und daß mit diesem Faden seine eigene dürftige (und durch Lucas aufrechterhaltene) Verbindung mit dem alltäglichen Leben dahin war. Immer wieder kam ihm der Gedanke, daß er mit Lucas zu den Steinen hätte fahren und sich töten lassen sollen, auch wenn er nicht hatte sagen können, warum das besser gewesen wäre. Auf jeden Fall hatte er unrecht gehandelt – er hätte Lucas die Treue halten müssen. Er trottete über die grasbewachsenen Banketten, und die auffliegenden Pollen ließen Lider und Schleimhäute anschwellen. Keine einzige Botschaft drang mehr durch, aber er hatte das entsetzliche Gefühl, das Licht lauere nur darauf, ihn in feindseliger Absicht zu überfluten, sobald er die kuriose Schutzwehr aus töricht beschränkter Normalität, die er um sich errichtet hatte, fahrenließe. So wie er sich vor dem Licht fürchtete, hatte er auch angefangen, sich vor dem Haus in der Masters' Row zu fürchten, das ihm jetzt als ein Würfelsystem aus lauter schwarzen Kästen erschien, in denen man immerfort bei unerträglicher Hitze herumirrte, bis man gegen eine nackte Wand stieß, kehrtmachte und wieder von vorn begann.

Als er nach Calverley kam, erwies er sich als listiger Fährtensucher. Er fand das Krankenhaus anhand eines Stadtplans, der vor dem Münster aushing, und begab sich auf Umwegen dorthin, über eine Ringstraße, der leicht zu folgen, die aber schrecklich lang, laut und staubig war. Als er endlich ankam, hatte er das Gefühl, er biete einen sonderbaren Anblick, was gefährlich gewesen wäre. Tatsächlich fühlte er sich aber auch sonderbar vor lauter Erregung, Hunger, Heuschnupfen, Asthma und Müdigkeit. Er hatte weder Appetit, noch wäre er fähig gewesen, etwas zu essen, doch er hatte nun schon seit zwei Tagen nichts mehr zu sich genommen.

Er setzte sich auf eine Parkbank und weinte eine Weile still vor sich hin. Auch das gehörte zu seiner List, da das Weinen ihm Erleichterung schaffte und ihm so die Kraft gab zu tun, was er tun mußte – mit entsprechender, normaler Stimme um einen Besuch bei Lucas Simmonds bitten. Er klopfte sich die staubige Flanellhose ab und rieb seine Schuhe mit dem Taschentuch blank, mit dem er anschließend, nicht besonders erfolgreich, versuchte, die Staubschicht von seinen Brillengläsern zu entfernen. Dann stand er auf und torkelte ein bißchen herum, bis er sich zutraute, forschen Schrittes das Krankenhaus zu betreten, rückte die verschmierte Brille im verschmierten Gesicht gerade, wandte sich in die angepeilte Richtung und marschierte los.

Normalerweise haßte und fürchtete er Krankenhäuser. Den Geruch, die hallenden Korridore, das geschäftige Treiben, die Apathie. Dieses hier erstürmte er förmlich durch die Pendeltür und wandte sich mit einem Kieksen, das sich wie durch ein Wunder in genau den richtigen, höflich neutralen Ton wandelte, an den Pförtner.

Eine halbe Stunde lang mußte er diese Rolle durchhalten, während man ihn von Glaskäfig zu Glaskäfig weiterreichte, vom Pförtner zu einer Krankenschwester und dann zu einer zweiten und endlich zu einem Pfleger, der wußte und es ihm auch sagte, daß Lucas Simmonds in eine Anstalt auf dem Lande verlegt worden sei. Welche Anstalt? Der Pfleger war nett und hilfsbereit, notierte ihm auf einem Stück Papier die wichtigsten Wegmarken, zeichnete eine kleine Skizze dazu, deren Maßstab für Marcus an dem Punkt – vielleicht zum Glück – ohne Bedeutung war. Marcus nickte dankbar, aber stumm, weil er seiner Stimme mißtraute und fürchtete, wenn er den Mund aufmache, könne ein neuerliches Kieksen oder Stammeln ihn verraten.

Als nächstes machte er sich, querfeldein, auf den Weg zur Irrenanstalt Cedar Mount. Zwei Tage brauchte er bis dorthin und verfiel neuerlich mit List darauf, sich einen Schlafplatz in einem Heuschober zu suchen, um, wie er es absurderweise bei sich nannte, seine »Kraft« zu bewahren. Hinterher erinnerte er sich kaum noch an diesen Marsch, außer daß Staub und Schweiß und Tränen sich auf seinem Gesicht vermengt und verkrustet hatten wie zu einer Totenmaske und daß er aus einer ziemlich ekligen Pfütze getrunken hatte und ihm davon schlecht geworden war, kurz bevor er an einer ganz passablen Viehtränke vorbeikam. Fast mit Sicherheit legte er – auch wenn es nie jemand nachprüfte oder genau erfuhr – mehr, viel mehr Meilen zurück, als nötig gewesen wäre, und ging etliche Male im Kreis, bevor er auf die hohe Mauer des Anwesens stieß, an der er taumelnd entlangstolperte, bis er an ein Tor kam, durch das er sich zwängte, und zu einem Pfad, den er entlangpirschte. Cedar Mount stammte wie Blesford Ride aus der viktorianischen Gotik (nur daß es sehr viel größer war) und ging tatsächlich wie die Schule auf eine Stiftung von Crowes spendablem liberalen Vorfahren zurück, der zur Auflage gemacht hatte, das Haus so human zu führen, wie das Retreat in York.

Marcus, der inzwischen zu müde für listige Manöver war, erklomm die Freitreppe, klammerte sich an eine weißbekittelte Frau und sagte, er sei gekommen, seinen Freund Lucas Simmonds zu besuchen, und habe sich wohl leider ein wenig verspätet. Diesen Zusatz fügte er an, um ihren Argwohn wegen seines erhitzten Gesichts und des keuchenden Atems zu zerstreuen. Tatsächlich hatte er die denkbar beste Ansprechpartnerin erwischt, eine gutmütige, dienstbeflissene, gluckenhafte Person, die den Teeausschank betreute und die ihm jetzt skeptisch erklärte, sie glaube nicht, daß Mr. Simmonds Besuch empfangen dürfe. »Unsinn!« sagte Marcus in einer verblüffenden Imitation des väterlichen Gebelfers. »Na ja«, meinte die Frau, sie wolle mal nachsehen, und trottete, dicht gefolgt von Marcus, den Flur hinunter zu einer Station, auf der alte Männer in Nachthemden oder lustig bunten Pullis und Flanellhosen neben einer Reihe von Spinden und an einem breiten Fenster saßen. Am Ende der Station drehte die Frau ab, um nach einer Schwester zu suchen. Marcus fand Simmonds in einem Metallbett liegend, die Augen starr zur Decke gewandt. Sein erhitztes Cherubsgesicht wirkte leer und ausdruckslos.

»Sir«, sagte Marcus. »Sir, ich komme Sie besuchen.«

Simmonds drehte den Kopf und stierte ihn an.

»Ich sehe sicher furchtbar aus, entschuldigen Sie, aber ich bin den ganzen Weg gelaufen.«

»Wo wir sind, ist ungewiß.«

»Nein, es heißt Cedar Mount, es liegt ganz ruhig und abgeschieden, ich weiß, wo es ist, ich bin den ganzen Weg zu Fuß gekommen.«

Simmonds glotzte. Marcus dachte: Er wird mich anspucken, er wird einfach die Augen vor mir verschließen, er wird sich übergeben oder sonstwas. Simmonds starrte ihn nur an. Dann sagte er, die Worte sorgfältig artikulierend: »Setz dich.«

Marcus setzte sich. Er zog Simmonds' schlaffe Hand unter der Decke hervor und hielt sie in der seinen. Sie zitterte. Er sagte: »Sehen Sie, ich bin gekommen. Es war alles *echt*. Nur das Experiment ist schiefgegangen. Sie hatten ja schon so was befürchtet. Sie müssen mir erzählen, wie das kam, aber nicht jetzt, noch nicht, erst wenn Sie sich besser fühlen. Dann erzählen Sie mir, was geschehen ist.«

»Oh, nichts ist geschehen. Nur – etwas – Schändliches.«

»Das ist nicht mehr *wichtig*, Sir. Sie müssen nur gesund werden.«

»Die werden – mir was wegschneiden. Aber nicht das Richtige, was vom Gehirn. Die ... sie beschädigen mein Gedächtnis. Und dann – dann verliert man seine Stelle. Wahrscheinlich hätte ich die sowieso verloren. Laß es nicht zu, daß sie an mir rumschnippeln. Geh – nicht – weg – Marcus. Ich – danke dir sehr – daß du – gekommen bist.«

Marcus hatte das Gefühl, nur die staubverkrustete Totenmaske bewahre sein Gesicht davor, in Tränen zu zerfließen. Er sagte: »Ich gehe nicht weg. Ich verspreche Ihnen, ich gehe nicht fort.«

Simmonds sagte: »Ich will – lieber flüstern.«

Marcus neigte sein Lehmgesicht näher an den mühsam arbeitenden Mund.

»Ich hab' Angst – aber es geht – nicht wirklich um mich. Du bist – der Auserwählte. Das Wunder. Laß dich nicht – von ihnen – abhören. Ausspionieren. Laß keinen – an dein Gehirn ran. Gott – will – dich.«

»Oder irgendeine Kraft.«

»Gott oder irgendeine Kraft.« Simmonds zeigte ein bleiernes Lächeln. »Oder ich. Du gehst nicht weg.«

»Nein. Ich bleibe.«

Und er blieb geraume Zeit, obwohl er und Lucas einen komplizierten Kampf gegen eine letztlich unüberwindliche Übermacht ausfechten mußten. Beide weinten, beide fingen an einem bestimmten Punkt an zu schreien, Marcus versuchte sich am Bett festzuklammern, sobald jemand ihm zu nahe kam. Simmonds wurde mit einer Spritze ruhiggestellt, so daß Marcus den letzten Teil seiner Wache, nachdem Lucas' wild um sich schlagender Körper in reglose Apathie verfallen war, neben einem schnarchenden Klotz verbrachte. So unglaublich es scheint, aber solange niemand wußte, wer er war, ließen sie ihn dort sitzen. Gelegentlich kam jemand vorbei und erkundigte sich nach seinem Namen oder wollte wissen, woher er komme, und dann antwortete er mit seinem höflichen, staubigen, gespenstischen Lächeln. Daniels dritte, schon recht verzweifelte Telefonnachfrage machte die Klinikverantwortlichen endlich stutzig und brachte sie dazu, ein paar naheliegende Schlußfolgerungen zu ziehen. So kam es, daß Marcus, als er irgendwann den müden Kopf von einem Glas Wasser hob – er hatte immer noch jede Nahrungsaufnahme verweigert –, seine Eltern durch den Krankensaal auf sich zukommen sah. Winifred wandte instinktiv den Blick von der Gestalt auf dem Bett ab. Bill sagte: »So, jetzt ist alles gut, nun kannst du nach Hause kommen, und dieser ganze Unfug wird aus und vorbei sein, als hätte es ihn nie gegeben.«

Marcus begann zu schreien. Er war selbst überrascht, daß er allein einen solchen Lärm veranstalten konnte, und dann wunderte er sich, weil er nicht mehr aufhören konnte zu schreien, und endlich über das Gehäuse, das die Schreie um ihn herum errichteten. Seines Vaters Stimme sprach ernst und gewichtig, aber kein Wort davon drang zu ihm durch. Ein alter Mann befahl Marcus, der dachte, Bill sei gemeint, und unter Schreien kicherte: »Klappe sssuu!« Man holte einen Arzt herbei. Und eine kräftige Krankenschwester. Marcus schrie und weinte und bekam eine Spritze. Bill und Winifred sprachen mit den Ärzten, und es wurde vereinbart, daß sie gemeinsam mit Marcus über Nacht in der Anstalt bleiben sollten, um bei ihm zu wachen, damit er sich geborgen fühlte, wenn er wieder zu sich kam. Dann könne man gemeinsam beraten, was weiter geschehen solle. Winifred rief Frederica an und sagte ihr, daß Marcus gefunden, aber krank sei, in einer Klinik, und sie seien bei ihm und würden diese Nacht nicht nach Hause kommen. Es mache Frederica doch nichts aus, allein zu bleiben, oder? Sie solle nur ja alle Türen abschließen und Daniel Bescheid sagen, der Marcus aufgespürt habe, und sie werde dann schon allein zurechtkommen.

Frederica sagte, sie komme sehr gut zurecht.

42. Die Jungfrau im Garten

Frederica blies die Suche ab. Alexander war leicht zu finden, worüber sie sich immer noch wundern konnte, nachdem sie ihn schließlich jahrelang geliebt und stets nur mit Herzflattern und zufällig höchstens alle zwei, drei Wochen oder in noch größeren Abständen gesehen hatte. Jetzt benahm er sich wie ein Liebhaber und verließ sie nie ohne genaue Belehrung darüber, wo er zu finden sei oder wo sie ihm eine Nachricht hinterlassen könne. Und das bedeutete eine schreckliche Macht: Indem er Sorge trug, daß sie sich seiner jederzeit sicher war, verlieh er ihr eine schreckliche Macht.

Wilkie war jetzt, da das Stück abgesetzt war, schon schwerer zu finden: Während dessen Laufzeit hatte er in Calverley ein möbliertes Zimmer bewohnt, aber mindestens ebensooft in Long Royston übernachtet, und die Pension in Calverley, in der Frederica nie gewesen war, hatte nur ein Telefon auf dem Gang, das meist laut hallend und endlos klingelte, gelegentlich aber auch von Fremden abgenommen wurde, die entweder nicht wußten, wer Wilkie war, oder ihn schon seit zwei, drei Wochen nicht mehr gesehen hatten. Frederica hinterließ also für Alexander überall da Nachrichten, wo sie ihn am ehesten vermutete, und wartete darauf, daß Wilkie von allein wieder auftauchen würde. Und wirklich kam er irgendwann wie Cocteaus Todesbote aus *Orphée* in Lederkluft und mit Motorradbrille die Masters' Row entlanggebraust. Frederica hatte nicht ernsthaft damit gerechnet, daß sie und Alexander Marcus finden würden, aber als Wilkies Kopf aus seinem hohlen Gehäuse herauskroch, ging ihr auf, daß sie Angst gehabt hatte, er könne ihn, leblos und entsetzlich zugerichtet, in irgendeinem Straßengraben aufspüren.

»Es ist alles in Ordnung. Man hat ihn gefunden. Er war in dieser Klapsmühle, wo sie den Mann hingebracht haben. Das heißt, er war in zwei Klapsmühlen. Alles zu Fuß. Es heißt, er sei selber krank, sie wissen noch nicht, wie schlimm es um ihn steht, sie sagen mir nicht, ob er auch verrückt ist oder was.«

»Verstehe. Sehr gut, dann kann ich ja jetzt meinen kleinen Ausflug in Angriff nehmen. Du kommst nicht mit?«

»Wie könnte ich? Die Eltern sind bei ihm geblieben, bei Marcus, er steht noch unter Beobachtung, ich bin ganz allein im Haus und für alles verantwortlich.«

»Na, allzu schwer wirst du an der Verantwortung schon nicht tragen. Eine kleine Notlüge über einen Besuch bei einer Freundin, und alles wäre geritzt. Täte dir gut, ein bißchen Seeluft.«

»Sei nicht albern. Ich kann nicht. Komm rein, ich mach dir einen Kaffee.«

»Nein, danke. Ich hab' noch viel zu tun.« Er begann Helm und Handschuhe überzustreifen. »Ich bin nur eingesprungen, weil's ein Notfall war. Aber ich rühr' mich wieder. Schon bald, noch bevor ich losfahre. Paß auf dich auf.«

Er schwang ein Bein über den Sattel, ließ den Motor ein paarmal laut aufheulen und brauste, ein bizarrer schwarzer Ritter, über die schmale Straße davon. Frederica ging ins Haus zurück und wanderte unruhig von einem Zimmer zum anderen. Sie war nie zuvor ganz allein in diesen Räumen gewesen, und die Leere, die unmerkliche Stille ängstigten sie ein bißchen – andererseits erschienen ihr die Gegenstände um sie herum allmählich auf angenehme Weise unwirklich und verfügbar zugleich. Sie stellte eine Vase, die sie nie hatte leiden können, in den Küchenschrank und ließ sich durch diesen kühnen Schritt dazu ermutigen, zurück ins Wohnzimmer zu gehen und die Familienfotos auf dem Sekretär fortzuräumen. Ihr und Stephanies kindliches Konterfei schob sie gleich mit einer gewissen hämischen Freude in eine Schublade, aber über dem Babybild von Marcus verweilte sie zögernd und verwirrt von Erkenntnissen, die sie sich noch nie bewußt gemacht hatte: wie sehr Winifred dieses Kind geliebt und wie sehr sie selbst es gehaßt hatte; wie sie sich und Marcus vor diesem Haß zu schützen pflegte, indem sie (wie ihr jetzt erst aufging, ganz bewußt) die Augen vor seiner Veranlagung und seinen seltsamen Gepflogenheiten verschloß. Sie hatte ihn einfach als ein Element sozialer Ungerechtigkeit behandelt, über das man sich getrost entrüsten konnte. Frederica verstaute auch Marcus in einer Schublade und stopfte dann Bills ganze Pfeifensammlung dazu, nebst Pfeifenreinigern und Aschenbechern. Sie wünschte, Wilkie hätte ihre Kaffeeinladung angenommen. Nie zuvor hatte sie ein Fleckchen gehabt, wohin sie irgendwen oder irgendwas eigenmächtig einladen konnte, und nun hatte er, ohne diese phantastische Gelegenheit zu erkennen, einfach nein gesagt und war davongefahren.

Sie wollte eben in den Garten hinauslaufen und die Rosen schneiden, die Winifred nie anrührte, als Alexanders silberner Sportwagen fast geräuschlos vor dem Haus vorfuhr. Er setzte in hurtigen Sprüngen durch den Vorgarten – ein Hirsch auf der Flucht – und riskierte keinen noch so verstohlenen Blick in Richtung des Parryschen Eingangs. Er wollte nicht einmal wissen, ob dort ein Vorhang gelupft wurde oder ein dünner Lichtstreifen unter der Tür durchfiel. Frederica öffnete ihm mit fast feierlicher Geste die Tür.

»Ich habe das ganze Haus für mich allein.«

»Na, dann laß mich rein, und versperr nicht den Weg, sei so gut. Wie geht's ihm? Wie geht es Marcus?«

»Oh, mit dem ist alles in Ordnung. Sie haben ihn gefunden. Das heißt, nein, es geht ihm nicht sehr gut, aber gefunden haben sie ihn. Er war tatsächlich in dieser Nervenklinik, Daniel hatte recht, bloß daß dort keiner wußte, wer er war. Jetzt liegt er auch da, Mummy sagt, er ist richtig krank, aber sie sagt nicht, wie schlimm es steht oder was er für eine Krankheit hat. Jedenfalls bleiben die Eltern über Nacht bei ihm, und ich hab' das ganze Haus für mich allein.«

Sie führte Alexander ins Wohnzimmer und sagte: »Du trinkst doch einen Kaffee?«

»Danke, gern«, sagte Alexander, immer höflich.

Sie ging in die Küche und klapperte sehr geschäftig, aber nicht sehr geschickt mit Kessel und Geschirr herum. Alexander folgte ihr, lehnte sich gegen die Anrichte und sah ihr zu. Beide fühlten sich gehemmt durch die widersprüchlichen Signale, die von dem Haus ausgingen: Einerseits herrschte darin die gewohnte, drückend strenge Atmosphäre, andererseits hatten sie es heute ganz für sich allein. Es war Bill Potters Haus, in dem Frederica sich als das gescholtene Kind fühlte und Alexander als der jüngere Kollege, ein Haus, dessen Luft geschwängert war von Zornmütigkeit und bürgerlicher Wohlanständigkeit, dem öden Einerlei von Saubermachen, Essen, Schlafen. Sie nahmen ihren Kaffee mit zurück ins Wohnzimmer, setzten sich einander gegenüber und begannen eine höfliche Unterhaltung über Marcus.

»Ich habe ein ganz schlechtes Gewissen«, sagte Alexander. »Er kam zu mir und hat's mir gesagt – daß dieser Mann auf dem besten Wege sei, den Verstand zu verlieren, und ich hab' ihn nicht ernst genommen.«

Aus irgendeinem Grund – der nichts mit Marcus' möglichen Beweggründen zu tun hatte –, machte diese Mitteilung Frederica sehr böse.

»Wie konnte er auf so eine Idee verfallen? Warum dich damit behelligen? Die *sind* übergeschnappt, alle beide. Und du, was hast du gemacht?«

»Na ja – ich dachte – es wäre was rein Sexuelles. Ich hab' dem Jungen geraten, sich von ihm fernzuhalten.«

»Das war doch richtig, sehr vernünftig war das.«

»Nein, das war's ganz offensichtlich nicht. Und ich war verwirrt. Deinetwegen.«

»Meinetwegen?«

»Ja, ich hatte das Gefühl, ich hätte kein Recht, Stellung zu beziehen. Verführung Minderjähriger. Dein Vater. All das.«

»Das ist nicht sehr nett von dir, mir so was ins Gesicht zu sagen.«

»Nein, nein, es ist genau umgekehrt. Du bist nicht sehr nett.«

»Bitte?«

»Ja, stimmt's etwa nicht? Wenn du ein nettes Mädchen wärest, würden wir nicht so hier sitzen. Wir würden uns Sorgen um Marcus machen.«

»Das würde auch nichts helfen. Wahrscheinlich hätte es nie was gebracht, und jetzt hilft's bestimmt nicht mehr.«

»Sag mir, wie's ihm geht.«

»Ich hab's dir gesagt. Ich weiß es nicht.«

Daraufhin tranken sie stumm ihren Kaffee und dachten an den unvorstellbaren Marcus und den noch unvorstellbareren Lucas, den sie gleichwohl gemeinsam gesehen hatten.

Das Telefon klingelte. Es war Winifred, die sagte, Marcus gehe es schlechter, er wolle oder könne nichts essen, sei die meiste Zeit ohne Bewußtsein, nicht transportfähig. Sie bleibe bei ihm.

»Und Daddy?«

»Er sagt, er muß auch hierbleiben.«

Winifred und Frederica hatten kein Verhältnis zueinander. Weder bekundete Frederica Mitgefühl für ihre Mutter, noch schien Winifred ein Wort des Trostes von ihr zu erwarten. Frederica sagte: »Es ist ein bißchen komisch, hier so ganz allein zu sein, ohne daß ich was zu tun habe.«

Am anderen Ende der Leitung herrschte benommenes Schweigen.

»Ich fühle mich gräßlich, eben haben wir noch Abend für Abend das Stück gespielt, und auf einmal gibt's nur noch diesen widerlichen Schlamassel um Marcus und sonst gar nichts. Bist du noch da?«

»Ja, Frederica.«

»Ich fahre vielleicht ein paar Tage weg, mit einer Schulfreundin.«

»Mit wem?«

»Oh, Anthea. Anthea Warburton. Du weißt doch, das nette

Mädchen, die bei dem kleinen Historienspiel im Stück dabei war.«

»Ja. Tut mir leid, aber ich kann gar nicht richtig denken, ich bin so in Sorge um Marcus. Aber mach das ruhig, fahr ein bißchen weg.«

»Du hast nichts dagegen?«

»Nein, nein. Ich verstehe nicht, warum du eine solche Affäre daraus machst.«

»Ich dachte, du brauchst mich vielleicht – irgendwie.«

»Nein«, sagte Winifred, die das Gefühl hatte, es würde ihr gerade noch gelingen, die nötige Ruhe und Kraft zu mobilisieren, um mit Bill und Marcus fertigzuwerden, wenn nur irgendwer Frederica einfach für ein paar Tage verschwinden ließe.

»Ja, das tut mir leid, daß ich nicht gebraucht werde. Dann setz' ich mich eben ab. Oder vielleicht auch nicht. Ach, ich hab' Alexander und Wilkie gesagt, daß sie die Suche nach ihm einstellen können.«

»Danke.«

»Hat er was gesagt?«

Er hatte flehentlich darum gebeten, ihn zu Lucas zu lassen, er hatte seinen Eltern gesagt, sie sollten gehen, er hatte geschrien und geschrien und immer wieder beteuert, daß er auf keinen Fall mit nach Hause komme.

»Eigentlich nichts«, sagte Winifred. »Er ist krank.«

»So, ja. Wie furchtbar. Dann kommt ihr also nicht nach Hause?«

»Nein.«

»Du klingst wirklich ganz elend. Aber mach dir um mich keine Sorgen. Wenn ich hier nicht klarkomme, dann setz' ich mich einfach ab. Ich lass' aber auf jeden Fall von mir hören.«

»Danke.«

»Vielleicht wird ja noch alles gut«, sagte Frederica mit einer Spur von Zweifel in der Stimme. Sie sprach ins Nichts. Ihre Mutter hatte vor lauter Erschöpfung aufgelegt.

»Wie geht's ihm?« fragte Alexander.

»Sein Zustand hat sich verschlechtert. Sie kommen nicht nach Hause.«

»Was fehlt ihm denn?«

»Das will sie nicht sagen. Sie hat eigentlich überhaupt nichts gesagt. Sie traut mir nicht. Sie sorgt sich nur um ihn.«

»Das kannst du ihr wohl nicht verdenken.«

»Nein? Aber ich tu's. Ich tu's. Ich tu's.«

»Ich glaube, ich geh' jetzt lieber.«

»Nein, bitte nicht. Es tut mir leid. Ich falle den Leuten nur so auf die Nerven, weil ich mir nicht anders zu helfen weiß, ich passe nirgends rein, man sieht mich einfach nicht, und wenn ich mich noch so sehr in Szene setze. Du hast recht, verglichen mit dem, was Marcus durchmacht, ist das bestimmt völlig unwichtig, aber für mich nicht, ich muß schließlich irgendwie leben, ich kann mich doch nicht in nichts auflösen.«

»Hör auf, so rumzufegen. Ich gehe jetzt. Ich kann nicht so mit dir im Haus deiner Mutter sitzen, bei allem, was ich empfinde, während um uns herum diese schrecklichen Dinge passieren.«

»Nein, geh nicht. Bitte, nicht. Bleib bei mir. Ich fürchte mich so ganz allein im Haus.«

»Was kann ich hier tun? Ich hab' das Gefühl, ich habe ihr Vertrauen schon einmal mißbraucht, und jetzt bin ich auf dem besten Wege, es wieder zu tun. Ich fühle mich schrecklich schuldig.«

Frederica wollte nichts davon hören. Zweifel-, Unzulänglichkeits- oder Schuldeingeständnisse seitens Alexanders hatten, an diesem Ort und zu diesem Zeitpunkt, etwas verheerend Endgültiges. Sie steigerten ihr gefährliches Machtgefühl über ihn, über die Dinge, ins schier Unerträgliche. Im Gegenzug begann sie, bar jeder Verantwortung, herauszusprudeln:

»Es ist doch bloß ein Haus. Nur Steine und Mörtel und Stühle und anderer Plunder – nicht deine oder meine Stühle, sondern einfach bloß irgendwelche Stühle, die zufällig dastehen. Du kannst an mir rumfummeln, wo du willst, im Park vom Herrenhaus oder auf dem Burgwall oder hier, der Ort spielt dabei überhaupt keine Rolle, das ist einfach – eine Geschmacksfrage. Ästhetik. Und Liebe hat nichts mit Ästhetik zu tun. *Das hier ist weiter nichts als ein ganz gewöhnliches Haus.*«

Alexander, der seinem Wesen nach ein durch und durch ästhetischer Mensch war, umschiffte diese Klippe, indem er sagte, es tue ihm leid, er sehe ja, wie mitgenommen sie sei, er hätte sie nicht noch mehr aufregen dürfen. Frederica sagte, er dürfe nicht gehen, denn so seltsam das auch klingen möge, sie fürchte sich allein im Haus, es überkämen sie so schlimme Gedanken. Vielleicht würde Alexander wenigstens zum Mittagessen bleiben?

Er blieb zum Essen. Es gab Frühstücksfleisch und Möhren aus der Büchse und eingemachte rote Bete, die ziemlich säuerlich schmeckten, und Tee. Frederica bemerkte, das sei ein ausgesprochen scheußliches Essen, und Alexander gab ihr recht. Bei beiden meldete sich, so sehr hatten sie sich an Crowes ausschweifende Gastlichkeit gewöhnt, ein dringendes Verlangen nach etwas Alkoholischem. Nur hätten sie dazu ausgehen müssen, und das wäre ihnen unter Jennys Augen unangenehm gewesen. Nach dem Essen gingen sie zurück ins Wohnzimmer, und Alexander umarmte Frederica auf dem Sofa. Es war kein glücklicher Versuch. Ständig waren sie sich gegenseitig mit ihren angewinkelten Gliedern im Weg, und Frederica wurde in ihrer panischen Angst ganz gefühllos. So in die Enge getrieben, begann sie wieder zu sprudeln und sagte, da sie schon mal ein ganzes Haus zur Verfügung hätten, wäre es doch besser, Alexander komme mit nach oben.

»Nein«, sagte Alexander. »Nicht hier.«

»Es ist nur ein Haus, und es ist mein Haus, mein Zimmer, und ich will dich.«

Sie gingen nach oben. Alexander erinnerte sich seiner Stippvisite in Stephanies Zimmer an deren Hochzeitsmorgen, als er ein paar kleine goldene Stecknadeln gesucht hatte. Und dann erinnerte er sich an seinen Rundgang durch Jennifer Parrys beträchtlich hellere und »zeitgenössischere« Ausgabe dieses gleichen Häusertyps. Warum hatten Frauen, sogar eine Frederica Potter, diesen offenbar unwiderstehlichen Drang, sich als Makler aufzuführen und stolz den in drangvoller Enge installierten Komfort kleiner Backsteinschachteln herzuzeigen? Er ahnte nicht, daß Frederica sich der glorreichen Illusion hingab, dieses Haus würde ihr hinterher nie mehr so schäbig und bedrückend und unbesiegbar vorkommen. In ihrer Phantasie hatte sie Alexander schon oft auf dieser Treppe, auf der Schwelle ihres Zimmer gesehen. Im Geiste verwandelte sie jetzt die tristen Würfel des Hauses nach ihren Idealvorstellungen. Sie riß die

Tür zu ihrem Zimmer auf und sagte, was sie nie in Wirklichkeit zu sagen gehofft hatte: »Komm rein.«

Die Kargheit des Raumes rührte ihn: die spärliche Einrichtung, das Linoleum, die verblaßten Drucke an den Wänden, die Bücherstapel, die nicht mehr ins Regal paßten. Sie hatte nicht mal eine Frisierkommode, nur einen quadratischen Spiegel über einem alten Eichensekretär, und hinter diesem Spiegel steckte in einer Ecke ein ziemlich verschwommenes Zeitungsfoto von ihm und in der anderen der vergrößerte Probeabzug eines Pressefotos von Frederica in ihrem Elizabeth-Kostüm. Auch das rührte ihn, wenn auch auf andere Art. Frederica, die seinem Blick gefolgt war, sagte: »Crowe hatte ganz recht, jetzt seh' ich's auch: Man hat mich nur als Typ besetzt. In der Schule muß ich die Männerrollen spielen, und Crowe engagiert mich wegen einer zufälligen Ähnlichkeit. Wie erniedrigend.«

»Es war nicht bloß das. Eine solche Rolle bewältigt man nicht nur aufgrund einer typgerechten äußeren Erscheinung.«

»Ich werde nicht bluten«, sagte sie grüblerisch, und ihr wurde bange vor dem, was jetzt gleich, noch dazu am hellichten Tag, geschehen mochte. Alexander, der seinerseits Grund hatte, nervös zu werden, setzte sich vorsichtig auf die äußerste Bettkante, bedeutete ihr, sich neben ihn zu setzen, und sagte: »Ich sehe dauernd deinen Vater hereingestürmt kommen. Ich fühle mich ganz und gar nicht sicher hier. Und geschmacklos finde ich's auch, was mir übrigens sehr wohl etwas ausmacht.«

»Ich verstehe nicht, wie du dir so einen Gefühlsluxus leisten kannst. Die ganze Affäre ist von *mehr* als zweifelhaftem Geschmack, aber damit müssen wir uns abfinden, und in Gefahr sind wir hier sicher nicht. Denke ich.«

Alexander umarmte sie und drückte sie aufs Bett nieder. Er küßte sie. Aber sein Gefühl, beobachtet zu werden, wurde immer stärker, und mit ihm stieg Fredericas Angst davor, daß er entdecken könnte, wie unerfahren sie in Wirklichkeit war. Plötzlich schnellte sie wie eine Aufziehpuppe hoch.

»So wird das nie und nimmer was«, sagte sie.

»Das hab' ich dir ja gleich gesagt.«

»Ich fand's nur so jammerschade, ein ganzes Haus für sich zu haben und das nicht auszunutzen.«

»Vielleicht heute nacht«, sagte Alexander und legte eine schwere Hand auf ihre jetzt wohltuend unerreichbare Scham. Sie seufzte.

»Ich könnte spätabends wiederkommen und eine Flasche Wein mitbringen. Wenn du dich versichert hast, daß sie wirklich nicht zurückkommen.«

»Ich könnte dir was kochen.«

»Könntest du, ja.«

»Bei Kerzenschein. Im *Dunkeln.*«

»Wunderbar.«

»Würde dir das gefallen, Alexander?«

»Ja«, sagte er. »Wenn's dunkel geworden ist, werde ich herunterkommen, zu Fuß, über die Sportplätze und hinten herum ins Haus, und wir sitzen hier still beisammen und trinken ein Glas, und dann haben wir die Nacht für uns, eine ganze Nacht ...«

»Und es wird dir nichts mehr ausmachen, daß es dieses Haus ist?«

»Ich will dich«, sagte er, so leidenschaftlich es ihm möglich war. Er dachte, das Haus würde ihm im Dunkeln vielleicht wirklich nicht soviel ausmachen. Im Dunkeln, auf Freiersfüßen, mochte jeder irgendwann irgendein x-beliebiges Haus aufsuchen. Die Dinge würden bei Nacht ein anderes Gesicht haben.

Nachdem das entschieden war, lagen sie noch eine kleine Weile beisammen und rangen, voll bekleidet, mit fruchtloser Leidenschaft. Dann stand Alexander auf und ging.

Grübelnd fuhr er zur Schule zurück. Diesmal sah er zu Jennys Haus hinüber, aber das war zur Straßenseite reglos und blind. Und, dachte er, es bot keinen Ausblick über die Sportplätze, weil es zu dicht am Ende der Masters' Row stand. Seine Taschen quollen über vor unbeantworteten Briefen. Er durfte nicht vergessen, sie vor dem Rendezvous heute abend auszuleeren. Außer Jennys dicken, immer noch ungeöffneten Briefen hatte er Antworten auf die bunt zusammengewürfelten Bewerbungsschreiben bekommen, die er abgeschickt hatte. Anscheinend wollte man ihn überall haben. Er hatte Einladungen zu Vorstellungsgesprächen in Oxford, bei der BBC in Manchester und London, an der berühmten alten Privatschule in Dorset. Außerdem hatten ihn, von sich aus, einige Theaterverlage und Agenten angeschrieben, ein Produzent aus London und einer aus Amerika, letzterer von zweifelhaftem Ruf, sowie etliche Schulen und Colleges und Literaturvereine in Stadt und Land. Er war jemand. Er war ungebunden, flexibel. Es ging aufwärts mit ihm. Und alles, was er im Kopf hatte, war das Bild eines gedrungenen nackten Mannes in einem Teich und das eines ungebärdigen Schulmädchens, das in einem schäbigen Backsteinhaus auf die Dunkelheit wartete. Es wäre vielleicht vernünftiger, gar nicht erst hinzugehen: einfach seine Sachen zu packen und abzuhauen. Im selben Augenblick, in dem ihm dieser Gedanke kam, überfiel ihn ein heißes Schwindelgefühl, und er sah ein, daß dieser Ausweg nicht in Frage kam. Er mußte die Sache mit Frederica regeln, und zwar hier und jetzt, anders würde es ihm nicht gelingen, endlich wieder Herr seiner selbst zu werden. Und er würde die Sache regeln, im Dunkeln. Was Geoffrey und Jenny anging, so würde er ihnen einfach schreiben und ihnen, aus seiner Sicht, die Wahrheit sagen, die ganze Wahrheit, allen beiden, und diese Wahrheit würde ihn freisetzen. Aber das mußte noch nicht gleich sein.

Frederica wurde klar, daß sie zum Einkaufen gehen mußte. Das Frühstücksfleisch war schon für eine Mahlzeit nicht das Wahre gewesen und konnte gewiß kein zweites Mal herhalten. Ihr wurde klar, daß sie noch nie für jemanden gekocht und es auch eigentlich nie richtig gelernt hatte. Und ihr wurde klar, daß sie fast überhaupt kein Geld hatte. Das war noch vor der Zeit von Elizabeth David, und Fredericas Vorstellungen von einem schönen Essen zu zweit leiteten sich von den Vorschlägen aus biederen Frauenzeitschriften her und vom immer seltener praktizierten Beispiel ihrer Mutter. Pampelmuse mit Kirschen garniert und gebratene Ente und frischer Obstsalat mit Sahne? Hors d'œuvres und Steak mit in der Schale gekochten Kartoffeln und Salat, gefolgt von gebackenen Bananen mit Rum und Schlagsahne? Eiscreme? Suppe mit warmen Brötchen, gefolgt von Forelle, gefolgt von einer Trifle mit viel Sherry drin? Sie traute es sich nicht zu, eine Ente zu braten oder ein Steak auszusuchen und zuzubereiten, ohne daß am Ende eine ungenießbare Schuh-

sie mal eine wirklich gute und verläßliche Verkleidung brauchte, dann gäbe es nichts Besseres als eine Motorradkluft in der falschen Größe.

Als sie endlich in Scarborough anlangten, war ihr Körper trotzdem taub gefroren und ihre Wirbelsäule so steif verkrümmt, daß sie nicht sicher war, ob sie sie je wieder würde aufrichten können. Wilkie brauste, ruckartig die Gänge wechselnd, über die Promenade, und drüben, jenseits des Geländes, lag das tintenschwarze Meer, auf dem die weißen Schaumkronen kamen und gingen und im Schein der Lichterkette über der Hafenmole aufblitzten. Weit draußen schaukelten die Boote, und von noch weiter her grüßte der dunkle Umriß der Klippe mit dem Leuchtturm. Ihr Herz wurde leicht und froh wie jedesmal, wenn sie das Meer sah, unabhängig von Jahreszeit und Gezeiten, und das wird auch immer so bleiben, dachte sie, obwohl sie erst ganze achtzehn Jahre alt und gleich Daniel kein Prophet war. Wilkie fuhr geradewegs vors Grand Hotel und stellte das Motorrad ab.

»Je größer, desto anonymer, weniger neugierig und um so amüsanter«, sagte er. »Finde ich. Aber du bleibst erst mal draußen und versuchst aus diesen Hosen rauszukommen, sonst lassen sie dich nicht über die Schwelle. Ich erkundige mich unterdessen nach den Zimmern. Oder besser gesagt nach einem Zimmer.«

Er kam zurück und sagte, er habe eins bekommen. Dann zog er seinen kleinen Siegelring ab und schlug vor, sie möge sich den, mit dem Siegel nach innen, an den Ringfinger stecken. »Wäre nicht das erste Mal, daß das klappt«, sagte er.

Steifbeinig humpelte sie hinter ihm her in die Halle. Er hatte sie als Mr. und Mrs. Edmund Wilkie, Cambridge, eingetragen. Sie schleifte ihren Rucksack hinter sich her und hatte das Gefühl, sie sehe nicht im entferntesten nach irgendeiner Missis aus, aber die Pförtner waren höflich, sogar zuvorkommend, verbeugten sich und hielten ihr Lift- und Gangtüren auf, und dann stand sie endlich mit Edmund Wilkie in einem Zimmer mit hochgewölbter Decke, goldroten Brokatvorhängen, Spitzentagesdecke, einem nierenförmigen Frisiertisch und weichen, schallschluckenden Teppichen. Das Bett war riesig groß, hatte Nachttische und

-lampen zu beiden Seiten und eine Klingelleiste über dem Kopfende.

Wilkie rasselte mit den Sturzhelmen, als wären es Kokosnüsse, und machte keine Anstalten, sich ihr zu nähern. Stattdessen empfahl er ihr, ein heißes Bad zu nehmen (ein Rat, den sie befolgte) und ein wenig Make-up aufzulegen, damit sie nicht mehr ganz so wie ein entlaufenes Schulmädchen aussah (ein Rat, den sie ebenfalls befolgte), und mit ihm unten in dem rotgold und cremeweiß ausgeschlagenen Speisesaal zu essen (und auch das tat sie), wo unter schimmernden Kronleuchtern die Tische mit gestärktem weißen Damast eingedeckt waren und mit schwerem Silberbesteck. Wilkie lachte, als er ihr Gesicht sah. »Das ist was fürs Auge«, sagte er. »Piekfein, Frederica. Nicht für unsereinen, versteh mich nicht falsch, aber für die Geschäftsleute aus Yorkshire, die sich mit Frau oder Sekretärin mal ein Wochenende fern vom Alltag gönnen wollen. Bestell dir, was du magst – in vernünftigem Rahmen. Ich bin gerade flüssig. Und die Kasse klingelt bald wieder, weil ich neulich erst einen Vertrag beim Funk unterschrieben habe.«

»Beim Rundfunk?«

»Ja, ja. Für zwei Projekte. Eins hat mit meinem Experiment mit dem Flaschenchor zu tun, du weißt, die lustigen verschiedenfarbigen Gläser, mit denen ich ja auch ein paar ganz interessante Ergebnisse erzielen konnte. Und dann spreche ich den Parolles in einer Aufnahme von *Ende gut, alles gut*, die die Marlowe-Gesellschaft produziert. Immer noch keine eindeutige Zukunftsperspektive, wie du siehst. Aber ich reüssiere an allen Fronten. Cambridge lasse ich allerdings vielleicht sausen, vorausgesetzt, daß ich mein Mädchen auch dort loseisen kann. Langsam sehe ich nämlich keinen Sinn mehr darin, mit Gewalt einen Titel zu ergattern.«

Sie aßen Consommé Julienne, Hummer Thermidor und eine Dessertkreation, die aus Meringe und Schlagsahne bestand, aus Zucker und Eis und geraspelten Nüssen, und die aussah wie ein mit eingezogenen Schwingen dahingleitender Schwan. Sie tranken eine Menge weißen Burgunder. Wilkie unterhielt sie mit kleinen Scherzen und drängte sie, ihm von Goathland zu erzählen, aber sie brachte nicht mehr heraus, als daß man ihr dort absonderliche Geschichten zugetragen habe, namentlich eine von einem Esel in einem Bordell. Esel im Bordell, sagte Wilkie, das sei ein abgenudelter Topos, der bis auf Apuleius zurückgehe. Guck dir doch nur diesen entzückenden Nachtisch an, sagte Frederica. Genauso haben vielleicht die ausgesehen, die für Elizabeth kreiert wurden, dachte sie, sagte sie. Was sie wieder an Alexander erinnerte und verstummen ließ.

»Mach dir keine *Gedanken*«, sagte Wilkie. »Du hast ihm doch eine Nachricht hinterlassen. Außerdem wollte er's nicht in eurem Haus, nicht aus Überzeugung, das weißt du doch ganz genau. Und ich werde dich ja brav wieder bei ihm abliefern.«

Alexander hatte die Nachricht nicht erhalten. Es war ihm mit knapper Not gelungen, Jennifer auszuweichen, die er gerade noch rechtzeitig am Fuß seiner Treppe gesehen hatte, um sich seinerseits in den Eingang zu Lucas Simmonds' Turm zu flüchten, wo mittlerweile eine kleine Batterie von Milchflaschen funkelte, die offenbar niemand abbestellt hatte. Auch er fühlte sich dafür nicht zuständig. Als er Jennifer fortgehen sah, war er zu seinem Wagen zurückgelaufen und erst einmal eine Weile durch die Gegend gegondelt, wobei er einmal auch auf Crowe und seinen Bentley traf, der gebieterisch hupend an ihm vorbeirauschte. Endlich hielt er in Blesford und kaufte einen großen Strauß Kornblumen, weiße Astern und Margeriten. Er merkte, daß seine Taschen immer noch vollgestopft waren mit unliebsamen Briefen, die er nicht in seinem kleinen Schlafzimmer herumliegen haben wollte, und daß er erhitzt war und zerzaust und sich eigentlich hätte waschen sollen. Allein, er mochte nicht in seinen Turm zurück, und so legte er die Briefe ins Handschuhfach und schloß es ab. Er hielt an einem Pub, trank zwei Halbe Bier und unterzog sich auf dem Herrenklo einer Art Katzenwäsche. Als ihm einfiel, daß er Wein versprochen hatte, kaufte er zwei Flaschen Rosé d'Anjou. Sobald es dunkel geworden war, fuhr er zurück auf den Schulparkplatz, stellte den Wagen ab und ging zu Fuß am Rektoratsgarten vorbei und über die Brücke, am spiegelglatten, schwarzen Bioteich entlang auf das Pottersche Gartentor zu. Sein Herz hämmerte. Er atmete schwer. Diesmal würde er es durchziehen.

Erst als er am Tor stand, fiel ihm auf, daß es im ganzen Haus finster war. Ein leeres Haus erkennt man nicht nur durch den Augenschein, aber er weigerte sich, seinen Sinnen zu trauen, redete sich ein, es sei ganz unmöglich, sie habe doch wiederholt gesagt, als ob das besonders wichtig wäre: »Wenn es dunkel ist«. Er roch das frisch gemähte Gras drüben auf dem schaurigen Brühl und den warmen Duft von Winifreds ungepflückten Rosen: Virgo, Albertine, King's Ransom, Papa Meilland, Elisabeth von Glamis. Er pochte an die Küchen- und an die Terrassentür. Er rief nach Frederica. Keine Antwort. Er stellte seine Flaschen auf den Sims der Terrassentür und legte seinen Erntestrauß dazu. Er schlenderte, mit gespielter Lässigkeit, ans Tor zurück und lehnte sich dagegen. Er spähte hinauf zu den Schlafzimmerfenstern. Jemandem, der ihn beobachtet hätte, wäre er nicht viel anders erschienen als Stephanie damals der wartende Lucas; es sei denn, er hätte ihn an Lady Chatterleys Liebhaber erinnert. Alexander setzte sich ins Gras und schlang in knabenhafter Gebärde die Arme um die Knie. Einzelne Verszeilen aus dem Kontext von »Komm in den Garten, Maud« schwirrten ihm mit absurder Hartnäckigkeit durch den Sinn: Bist Königslilie und Rose in eins. Sie kommt zu spät, weint die weiße Rose, zu spät. Ich komme, mein Täubchen, mein Lieb. Er kam zu der Überzeugung, daß diese Szene lächerlich, daß er selber eine lächerliche Figur war.

Die Zeit verstrich. Er schritt den Garten ab, aber die Grundstücke an der Masters' Row boten nicht viel Platz zum Schreiten. Er verlor die Beherrschung und bolzte Kornblumen und Margeriten kreuz und quer über den Rasen. »Dieses Luder«, sagte er laut zum Mond hinauf, »dieses Luder, ich hab's gewußt.« Allein, sein Wutpotential war ebenso begrenzt wie seine Begierde. Er erinnerte sich an das anzügliche Gelächter des Flaschenchors und durchlebte einen Moment lang die gleiche unempfängliche innere Kälte wie Demetrius, an dem Pucks und Oberons Zauber versagt. Gleichwohl wußte er, daß bald, sehr bald schon ein Augenblick kommen würde, in dem er sich nicht einmal mehr würde vorstellen können, was ihn bewogen hatte, so lange in diesem Garten auszuharren. Und wenn dem so war, dann hielt ihn auch nichts mehr davon ab, fortzugehen, weg aus dem

Garten, von Blesford Ride, aus dem Norden Englands, gleich, auf der Stelle. Es war ihr unbändiger, lodernder Wille gewesen, der ihn festgehalten hatte, und wo immer sie jetzt sein mochte, er war frei. Er kickte noch ein paar Kornblumen über den Rasen, aber ohne Gehässigkeit. Seine Gefühlsstürme waren kurz und legten sich rasch. Er dachte daran, auch die Weinflaschen umzutreten, unterließ es aber. Sollten sie auf der Türschwelle stehenbleiben, eine Opfergabe, aus der, wer immer sie fand, das Beste machen mochte. Er würde nicht mehr da sein, um es mitanzusehen. Er ging fort. Das Abenteuer war zu Ende.

43. Ströme von Blut

Zu gegebener Zeit führte Wilkie Frederica hinauf in ihr Zimmer, wo inzwischen das Bett aufgedeckt und das Oberlaken am Kopfende adrett zurückgeschlagen war.

»Wenn schon alles vorbereitet ist«, sagte er, »dann können wir uns ja auch gleich hinlegen.«

Sie wuschen und entkleideten sich eher zurückhaltend und machten sich bettfertig. Als Wilkie nackt aus dem Bad kam, betrachtete Frederica ihn verstohlen: eine verträumte, untersetzte Gestalt mit sonnenverbrannten Händen und gebräuntem Hals, auf dem sich der V-Ausschnitt des Hemdkragens abgezeichnet hatte. Sie sah sein Ding, wie sie es in Gedanken nannte, rot und steif und leicht nach oben gebogen, und wandte das Gesicht ab. Als er näherkam, schlug ihr der Geruch von Zahnpasta entgegen, ein artfremder Hauch, überdeckt von Seifenduft und den Ausdünstungen natürlicher Körperwärme. Wilkie raschelte und knisterte mit Papier und Gummi. Dabei wandte er ihr seinen bleichen Rücken zu, und sie sah, wie die Nackenmuskeln vor gespannter Aufmerksamkeit hervortraten.

»So«, sagte er, »und jetzt hör gut zu. Ich geh' das ganz wissenschaftlich an, werde dir erklären, wie was funktioniert, was einer Frau Lust bereitet und was mir, das nimmt dir die Angst, und ich habe nachher mehr davon, wenn wir's schön langsam und vorsichtig angehen. Okay?«

Frederica nickte. Wilkie richtete sich auf, und als wäre sie ein

Vorführmodell für den Unterricht in Humanbiologie, betastete er sie bald hier, bald da mit gefühlvoll trockenen Fingern und erklärte ihr, wo es ihr wohltue, gerieben, und wo, gekitzelt zu werden, wo er besonders empfänglich sei für Lust oder Schmerz. Er murmelte etwas davon, daß es auf die richtige Gleitfähigkeit ankomme, und brachte ein Döschen Vaseline zum Vorschein, aus dem er sich, ihr wiederum züchtig den Rücken kehrend, gründlich salbte. Er war galant, dogmatisch und sehr bestimmt. Im späteren Leben sollte Frederica entdecken, daß sein Wissen, sowohl um die Sache an sich als auch und vor allem in bezug auf ihre Reaktionen, nicht so erschöpfend gewesen war, wie er vielleicht geglaubt oder es zumindest behauptet hatte. Damals war sie ihm dankbar für sein scheinbar so sachliches, selbstsicheres Auftreten. Später gesellte sich dazu noch die Dankbarkeit dafür, daß er ihr das Rüstzeug beschert hatte, künftige Entdeckungen gelassen anzugehen.

Anfangs war Frederica ziemlich entsetzt über den laufenden Kommentar, der an ihr Ohr drang. (Wilkie küßte sie nicht ein einziges Mal – als ob das eine unschickliche Intimität gewesen wäre.) »Oh«, stöhnte Wilkie, als er nach ein paar schlüpfrigen Anläufen endlich in sie eindrang, »das war aber mal ein Stoß. Gott, ist das eng. Mit dir alles in Ordnung?«

»Ja«, sagte Frederica, nachdem sie kurz die Lippen zusammengepreßt hatte.

Wilkie gab eine Art Grunzen von sich und pumpte eine Weile auf und nieder. »Gut so?«

»O ja«, sagte Frederica, die es weder besonders schön noch besonders unangenehm fand, eher wie ein unaufhörlich nachrutschendes Tampon, aber froh war, daß es endlich passierte.

Nach ein paar Minuten begann Wilkie, mit einer neuerlichen Portion Vaseline bewaffnet, in kleinen, raschen, kreisenden Bewegungen ihre Klitoris zu reiben, was Frederica ziemlich albern, aber auch wie eine unnötige Aufdringlichkeit erschien, trotz der Gegenwart eines viel größeren Wilkie viel tiefer in ihr drinnen.

»Und das? Tut das gut?«

»O ja«, sagte Frederica und runzelte vor konzentrierter Anstrengung die Stirn. Sie spürte in sich ein diffuses Flackern und die plätschernden Ausläufer einer wogenden Brandung, ein Abflauen und ein schwummeriges Gefühl im Bauch, wie wenn man rasendschnell eine Rutschbahn hinuntersaust oder die ersten Anzeichen von Trunkenheit spürt. Sie unterdrückte all diese Empfindungen mit Macht, weil ihr Körper instinktiv und jenseits des Verstandeshorizonts begriff, daß am Ende, auf dem Höhepunkt dieser Aufwallungen, die Kapitulation stand, ein Verzicht auf ihre Eigenständigkeit, den sie entschlossen war nicht zu leisten.

»Stell mal die Knie hoch.«

Sie stellte die Knie hoch. Wilkie streichelte ihre Brüste, was sie an Crowe erinnerte, und murmelte etwas von »erektilem Gewebe«, ein biologisches Phänomen, das Frederica schon längst für überbewertet hielt. Er fuhr unterdessen fort, zügig auf und ab zu pumpen. Sie bemühte sich, möglichst fügsam zu reagieren, und konzentrierte sich ansonsten darauf, nicht loszulassen. So ein menschliches Gesäß, dachte sie auf einmal, war doch was Lächerliches, eine lächerliche Mischung aus Schwabbelfleisch und Muskeln. Sie lachte.

»Glücklich?«

»O ja.«

»Gut. Gut.«

Frederica dachte, mit einem leichten Anflug von Übelkeit, an die Szene, in der D. H. Lawrence beschreibt, wie sich die Lust in Constance Chatterleys Körper ausbreitet, wie die Erfüllung in kleinen, zusehends stärker werdenden Wellen ihren Unterleib durchflutet. Was sie spürte, waren nur vertikale Bewegungen, die sie bald flackernd, in ganzer Breite, durchzuckten, sich bald durch ein punktuelles Kribbeln bemerkbar machten, unterbrochen von jähen Stromstößen, die sie jedesmal hastig zu erden bemüht war. Wilkie hörte auf zu reden und schlug ein schnelleres Tempo an. Interessiert betrachtete Frederica sein Gesicht. Der Mund stand offen, das Kinn hing schlaff herab, er hatte die Augen geschlossen und atmete schwer. Sein kleiner fleischiger Bauch lag heiß und verschwitzt auf dem ihren. Nach einer Weile preschte er noch einmal wie rasend vor, gab plötzlich ein lautes, sehr intimes Stöhnen von sich und ließ den Kopf einen Moment lang so schwer auf ihre Brust sinken, als habe er sich restlos verausgabt. Auf seinem Gesicht lag ein tragischer Ausdruck.

Frederica spürte ein Schmetterlingskribbeln im Bauch, von dem sie nicht wußte, ob es von ihm oder von ihr stammte, und das in kurzen Abständen von einem schmerzhaften Zucken und heißen Pochen abgelöst wurde. Wilkie zog seinen Penis rasch und geschickt heraus, kehrte ihr den Rücken, um die nötigen Handgriffe zu erledigen, und sank, das Gesicht von ihr abgewandt, in die Kissen.

»War das gut so?« fragte er mit schwächer werdender Stimme zwischen keuchenden Atemstößen.

»O ja.«

»Du bist nicht gekommen.«

»Das tut mir leid.« Trotz ihrer Reminiszenzen an *Lady Chatterley* wußte sie nicht genau, was er meinte.

»Nein, nein, war vermutlich mein Fehler. Wir werden's noch mal probieren. Ich hab' mal ein Mädchen mit ins Hotel genommen, die hat jedesmal, wenn sie kam, einen Schrei losgelassen wie eine pfeifende Lok, ohrenbetäubend, schrecklich. Die anderen Gäste klopften schon an die Tür, um nachzusehen, ob ich sie womöglich umbringen würde. Mit der war's genau umgekehrt, die konnte ich nicht mäßigen. Schade eigentlich.«

»Unter mir ist alles naß.«

»Na, das wundert mich nicht.« Er seufzte. »Hat's weh getan?«

»Nicht sehr.«

Er schien eingenickt zu sein. Frederica starrte auf die Haare an seinem Hinterkopf und dachte, daß sie ihn, seit sie angefangen hatten, sich privat miteinander zu unterhalten, nie weniger gut gekannt oder sich ihm weniger nahe gefühlt hatte als jetzt. Sie hatte wieder etwas gelernt. Sie hatte gelernt, daß man – »Es« – auf einigermaßen annehmbar höfliche, ja freundschaftliche Weise tun konnte, ohne daß es einen Übergriff auf die jeweilige Privatsphäre bedeutete oder die eigene Einsamkeit in irgendeiner Weise tangierte. Man konnte die ganze Nacht mit einem fremden Mann verbringen und nur seinen Hinterkopf sehen und dabei mehr auf sich selbst beschränkt und isolierter bleiben als irgendwo sonst. Das war eine nützliche Erfahrung, die zudem das gräßliche Entweder/Oder aus der Lebensgestaltung der Frau aufhob, das sie immer für unabdingbar gehalten hatte: entweder Liebe, Sex, Leidenschaft und alles, was dazugehörte, oder eine durchgeistigte Existenz in Einsamkeit, Ehrgeiz und mit all den anderen Komponenten. Aber nun gab es auch noch einen dritten Weg: Man konnte im Bett allein und doch nicht allein sein, wenn man kein großes Getue um »Es« machte. Auch sie würde sich jetzt auf ihre Seite drehen und schlafen.

Sie döste ein und schlief, bis sie in panischer Angst hochschreckte: Also doch, das Blut hatte sie geweckt.

Sie stupste Wilkie an.

»Wilkie – bitte – es ist *sehr* naß jetzt, wirklich.«

»Hmm?«

»Bitte. Ich komme mir vor, als läge ich in einem regelrechten See.«

»Dann stimmt was nicht«, sagte Wilkie entgegenkommend. »Wollen mal nachsehen.« Er sprang aus dem Bett und schlug die Decke zurück. Er hätte wohl, sagte er dabei, Blut auf dem Gummi gefunden, aber nicht so viel, daß es ihm erwähnenswert erschienen sei.

Das Blut breitete sich sickernd und triefend unter Frederica aus, die Schenkel waren rot gefärbt, eine Lache kroch schon ihren Rücken hinauf. Selbst der sonst so gelassene Wilkie wurde bei dem Anblick etwas bleich und fragte, ob sie sich sehr schwach fühle – wie vor einer Ohnmacht.

»Ich glaube nicht«, sagte Frederica. »Bloß *naß*.«

»Setz dich mal hin.«

Sie richtete sich auf und sagte, jetzt fühle sie sich doch schwummerig, ein bißchen.

»Laß mal sehen, wie schnell es kommt.«

Er beugte den Kopf hinunter und sagte, es hätte nicht den Anschein, als würde es direkt sprudeln oder auch nur besonders auffallend stark fließen. Er wolle, sagte er, ein Polster aus einem Handtuch drehen, und da könne sie sich draufsetzen, während er sich um das Bett kümmern werde.

»Wilkie – es ist furchtbar und so peinlich.«

»Quatsch. Hotels sind dafür da, sich um so was zu kümmern. Solange du nur nicht schlapp machst. Aber in einer Blutlache schlafe ich nicht, da hat auch mein *Sangfroid* seine Grenzen. Darum werde ich jetzt erst mal das Bett abziehen. Und du setz dich auf dein Handtuch und rühr dich nicht.«

Sie beobachtete fasziniert, wie er das blutige Laken abzog, so gut es ging im Waschbecken ausspülte und über einen Heizkörper hängte. Dann machte er das Bett neu, mit dem Überschlaglaken auf der Matratze und den Decken darüber. Frederica wusch er mit einem Waschlappen ab und inspizierte aufs neue sie und das Handtuch.

»Für eine Hämorrhagie dürft's nicht reichen«, sagte er mit seiner gewohnt großspurigen Selbstsicherheit. »Ich würde sagen, es handelt sich nur um einen Fall von besonders schwerer hymenaler Blutung.«

»Ist dir so was schon mal passiert?«

»Könnt' ich nicht sagen, nein. Und oft möchte ich das auch nicht erleben, das kann einem schon ganz schön in die Glieder fahren. Abgesehen von der Sauerei. Ich glaube, ich lass' in Zukunft die Finger von Jungfrauen. Wer weiß, vielleicht bleibst du mein einzig gutes Werk an der Fraktion der Jungfrauenschaft, Frederica. So, wenn du dich jetzt ganz vorsichtig hinlegst, dann wickle ich dich in die Handtücher ein und steck' sie fest, und dann können wir endlich 'ne Runde schlafen. Falls es schlimmer werden sollte, müßten wir einen Arzt holen, aber das wird nicht nötig sein. Du bist halt bloß ein sehr blutiges Mädchen.«

»Und du bist sehr *praktisch*.«

»Der rechte Mann zur rechten Zeit am rechten Ort, hab' ich dir doch gesagt. Arme kleine Frederica. Deinen Badeanzug hast du auch umsonst mitgebracht, wenn das nicht aufhört. Aber jetzt konzentrier dich drauf, die Blutung zu stoppen – Geist triumphiert über Materie, du weißt schon –, und wenn du's mit der Angst kriegst, weck mich.«

Zehn Minuten später war er wieder eingeschlafen.

44. *Rückkehrer*

Bill und Winifred kehrten am nächsten Tag nach Blesford zurück. Sie kamen in einem Krankenwagen, denn sie brachten Marcus mit. Marcus war merklich dünner geworden und begegnete allem, was ihm vor Augen kam, mit übertrieben panischer Angst. Als er das Haus in der Masters' Row erblickte, warf er sich heftig schreiend hin und her und schleuderte die Arme mit einer Kraft durch die Luft, die man ihm längst nicht mehr zugetraut hätte. Dann brach er auf dem Gehsteig ohnmächtig zusammen. Sie trugen ihn ins Haus und legten ihn aufs Sofa. Als er wieder zu sich kam, begann er aufs neue zu schreien und wie wild um sich zu schlagen. Man telefonierte nach einem Arzt. Der Krankenwagen kam zurück, und Marcus wurde wieder abgeholt. Der Klinikpsychiater bat Winifred zu einem Gespräch unter vier Augen.

Frederica und Wilkie verbrachten noch einen Tag am Strand. Heulende Winde bliesen eisig von der Nordsee herein. Wilkie warf ein paar Steinchen ins Wasser, und Frederica humpelte, dick in Watte verpackt, neben ihm her. Inzwischen blutete sie, wenn auch nicht mehr übermäßig, so doch beträchtlich stärker, als sie es sonst gewohnt war. Er tue ihr leid, daß sie ihm so ein Klotz am Bein sei, sagte sie endlich, aber sie müsse sich irgendwo hinsetzen, sie sei ganz wackelig auf den Beinen. Wilkie brachte sie zurück ins Grand Hotel, wo sie zusammengekuschelt auf dem Bett lag und sich einbildete, mitleidige und neugierige Fragen in den Gesichtern von Portiers und Zimmermädchen zu lesen. Wilkie ging hinunter, um zu telefonieren, und sagte, als er zurückkam, sein Mädchen erwarte ihn dringend in Cambridge, sie sei ein bißchen verärgert, weil sie ihn nicht habe erreichen können, und außerdem winke ihm die Chance auf eine Rolle in einer Inszenierung des *Wechselbalgs* bei einem Studententheaterfestival in München. Wenn sie also nichts dagegen habe, würde er ganz gern zurückfahren.

Alexander führte eine Unmenge Telefonate. Er fühlte sich wie neugeboren. Jetzt, wo er diesem Garten entronnen war, schienen sein Erfolg, seine Zukunft wieder ganz ihm zu gehören. Er vereinbarte einen Termin mit der BBC in Manchester und mehrere Vorstellungsgespräche in London, von wo er weiterfahren würde nach Oxford, um über das Forschungsstipendium zu verhandeln. Den Posten an der Schule in Dorset schlug er aus. Er hatte vorläufig genug vom Lehrberuf. Er ließ sich seine Schrankkoffer aus dem Schulkeller heraufbringen und organisierte zusätzlich ein paar Teekisten aus dem Schulvorrat. Er wurde bei Dr. Thone vorstellig und überreichte ihm sein offizielles Kündigungsschreiben. Er schloß seine Tür ab, stellte sein Laubsägebrettchen auf ABWESEND, damit jeder merkte, daß er nicht zu sprechen sei, und fing an zu packen.

Daniel erhielt einen Brief aus Sheffield in einer ihm unbekannten Handschrift. Als er ihn öffnete, las er, daß seine Mutter schwer gestürzt sei, sich mehrfach die Hüfte angebrochen habe und wochen-, vielleicht monatelang stationär behandelt werden müsse. Nach ihrer Entlassung aus dem Krankenhaus sei damit zu rechnen, daß sie nicht mehr wie bisher allein den Haushalt werde führen können. Ihren Unterlagen zufolge, so schrieb die Krankenhausverwaltung, sei er der nächste, ja in der Tat der einzige lebende Angehörige, weshalb man ihn benachrichtige, obwohl sie nicht nach ihm verlangt habe. Er ging zum Bahnhof und nahm den nächsten Zug nach Sheffield.

Thomas Parry erkrankte an einer heiklen Mittelohrinfektion, die mit ungewöhnlich hohem Fieber einherging. Er schrie Tag und Nacht, fünf Nächte durch. Geoffrey und Jenny verabreichten kalte Waschungen, versuchten ihn zum Trinken zu bewegen, wachten an seinem Bett.

Der Psychiater sagte zu Winifred, der eigentliche Grund für Marcus' Probleme scheine seine Angst vor dem Vater zu sein, und es sei äußerst wünschenswert, daß er bis zu seiner Genesung in die Obhut von Menschen komme, die verständnisvoll und für ihn nicht so angstbesetzt seien, falls sich das irgend arrangieren ließe. In der Klinik wolle er ihn nicht behalten, da die Atmosphäre dort dem Jungen nicht guttue und unglücklicherweise überdies unerwünschte Assoziationen zu Lucas Simmonds wecke, der ein sehr, sehr kranker Mann und unter ärztlicher Aufsicht am besten aufgehoben sei.

Anthea Warburton nahm für zwei Wochen eine Einladung der gastfreundlichen Marina Yeo wahr und brach anschließend mit Freunden und Cousins zu einem sonnigen Urlaub nach Juan-les-Pins auf.

Frederica und Wilkie fuhren, so gemessenen Tempos, wie es ein Motorrad nur erlaubt, zurück nach Blesford und knatterten die Masters' Row hinunter. Dort kam ihnen, in der Gegenrichtung, hinter dem Blesforder Bus, Alexanders silberner Triumph entgegen. Der hatte einen Dachständer, den er zuvor nicht gehabt hatte und der ordentlich beladen und mit einer von Seilen festgezurrten Plane überspannt war. Frederica sah Alexander ganz deutlich: eine blendende Erscheinung, lächelnd, distanziert und in tadelloser Haltung, so saß er hinter der grün getönten Windschutzscheibe. Auch Alexander erkannte Wilkie einigermaßen deutlich, soweit die insektenähnlichen Ausbuchtungen von Helm und Schutzbrille dies zuließen, und er sah ebenso die flatternde rötliche Mähne, die hinter Wilkies fest an ihn gepreßtem Beifahrer herflatterte und ihm auch diesen zu identifizieren half. Er blickte unverwandt geradeaus auf die Straße und lächelte eisern weiter, wodurch er die nervös vor ihrem Gartentor herumtrippelnde und winkende Jenny Parry verpaßte. Es lag nicht in Alexanders Natur, anderen Menschen die Katharsis, Krise oder Klimax zu gönnen, auf die sie in ihrem Leben vielleicht Anspruch zu haben meinten, obgleich er wußte, daß ein solches Dénouement in der Kunst ganz unerläßlich dazugehört. Aber bei ihm waren der Schlußakt ebenso wie der Anfang immer Alleingänge. Er ließ die Kupplung los und beschleunigte seine Flucht.

Wilkie setzte Frederica ab, nahm ihren Helm an sich, der an den Sozius geschnallt war – »der wird meinem Mädchen auch passen«, sagte er –, und schob das Visier hoch, um sie zu küssen.

»Ich werde dich doch wiedersehen, oder?« fragte sie.

»Schon möglich. Die Welt ist klein. Paß gut auf dich auf.«

Er versteckte sein Gesicht hinter Plastikblende und Schutzschirm und kletterte wieder auf seine Maschine. Sie stand auf dem Gehsteig und sah ihn hinter Alexander herbrausen. Dann sah sie Jennifer Parry auf ihrem Gartenweg stehen, und langsam dämmerte ihr, was seine Haltung am Steuer und was der Gepäckträger zu bedeuten hatte. Sie ging ins Haus und wurde prompt vom Wutgebrüll ihres Vaters empfangen, der wissen wollte, was ihr denn eingefallen und wo sie gewesen sei, warum sie einen solchen Saustall hinterlassen und überall in der Küche rohe Lebensmittel verstreut habe und warum ihm, kaum daß er die Terrassentür aufmachte, lauter Weinflaschen entgegengekollert und auf den Fliesen zerschellt seien. Der Garten sei nicht minder versaut als die Küche, und das, wo ihre Mutter ohnehin schon außer sich sei vor Sorge, und alles, was ihr in einer solchen Situation einfalle, sei, mit ihren Freunden aus der feinen Gesellschaft herumzuziehen. Frederica wurde der Antwort auf diese Vorwürfe, die noch ein etwas trüberes Licht auf Alexanders mögliche Gefühle und Beweggründe warfen, durch das Klingeln des Telefons enthoben. Bill nahm den Anruf entgegen. Es sei, sagte er, als er niedergeschlagen und mit hängenden Schultern zurückkam, ihre Mutter gewesen. Er berichtete Frederica, was laut Winifred der Psychiater über Marcus herausgefunden hatte. Er habe, sagte er, immer geglaubt, sie alle wüßten, daß sie nicht so gemeint seien – die Dinge, die er manchmal tue und sage. Frederica, die in Gedanken immer noch bei Alexander war, versetzte gereizt, Marcus habe es augenscheinlich nicht gewußt, oder? Und wenn er es genau wissen wolle, so habe sie den Eindruck, Stephanie habe es ebensowenig durchschaut, aber falls ihn das tröste, könne er sicher sein, daß sie, Frederica, aus härterem Holz geschnitzt sei und wisse, daß er sich in einer solchen Krisensituation nicht ernsthaft über ungebratene Koteletts auf dem Küchentisch und Weinflaschen in den Blumenbeeten aufregen würde. Dann nahm sie seinen Gesichtsausdruck wahr und empfand einen Anflug von Mitleid und mehr als einen Anflug von Furcht. Sie suchte nach einer gangbaren Lösung. Daniel sei eine Möglichkeit, sagte sie. Marcus schien Daniel zu vertrauen. Das sei ihr früher schon aufgefallen. Vielleicht würden Daniel und Stephanie Marcus aufnehmen, bis er sich wieder ein bißchen gefangen habe oder was immer ihm nottue.

Bill sagte düster, in dieser lächerlich kleinen Wohnung sei kaum Platz für eine weitere Person, geschweige denn zwei, mit dem zu erwartenden Kind, und Daniel habe schon genug am Hals. Frederica meinte, das sei das Interessante an Daniel, daß man nie mit Bestimmtheit sagen könne, wann er genug am Hals habe. Bill wurde in sich gekehrt und nachdenklich, und dann zog er seinen Mantel an und eilte hinaus zum Askham-Weg.

Wie der Zufall es wollte, hatte sich inzwischen herausgestellt, daß die Ortons ohnehin nicht am Askham-Weg wohnen bleiben konnten. Daniel kehrte aus Sheffield zurück und sagte, er fürchte, sie würden seine Mutter auf jeden Fall bei sich aufnehmen müssen. Mr. Ellenby besorgte ihnen ein ehemaliges Handwerkerhäuschen in einem Teil von Blesford, in dem sich die jüngere Generation der Mittelklasse solche Häuser zu kleinen Ersteigenheimen herrichtete, und der Pfarrer schlug vor, Daniel solle die arbeitsscheuen Elemente aus seinem Jugendklub für die Renovierung einspannen. Stephanie, die Bills Überraschungsbesuch, seine Tränen und Selbstvorwürfe, seine dramatische Darstellung der Notlage, in der Marcus sich befand, völlig überrumpelt hatten, sagte zu Daniel, es sei ebenso ihre Pflicht, Marcus aufzunehmen, falls er zu ihnen kommen wolle, wie seine Mutter. Natürlich, sagte Daniel. Natürlich müßten sie Marcus aufnehmen. Wenn das Marcus' Wunsch sei. Marcus sagte ja, als Daniel ins Krankenhaus fuhr und ihn fragte. Es war das einzige Wort, das er über etliche Tage sprach.

Der Herbst kam und brachte die erste Kälte mit. Marcus wurde im Askham-Weg einquartiert, wo er auf der Wohnzimmercouch schlief, bis das Haus bezugsfertig war. Frederica ging zurück ans Blesforder Gymnasium und bereitete sich für die Aufnahmeprüfung an der Universität vor. Ihr war sehr rasch klargeworden, daß Alexander für immer gegangen war. Sie fühlte sich gedemütigt, aber ohne den Druck seiner Gegenwart, ihres Verlangens; und ohne den Zwang, auf eine Krise hinzuarbeiten oder eine solche zu vermeiden, fühlte sie sich auch wie befreit, fast unabhängig. Die nützlichste Lektion dieses Sommers war, wie sie feststellte, die Erkenntnis gewesen, daß sie sich darauf verstand, die Dinge – und auch Menschen – auseinanderzuhalten. Sie konnte auf ihrem Bett liegen und um Alexander weinen oder um Wilkie, ja sogar um *Astraea*, aber dann gestärkt aufstehen und großzügige Energie- und Konzentrationsreserven entdecken, die sie frohgemut in ihre Arbeit investierte. Sie war erleichtert, daß sie den simplen Markstein der Defloration (so eklig auch die nicht enden wollenden Blutungen gewesen waren) hinter sich gebracht hatte. Sie war erschüttert und fassungslos über die Veränderung, die sie an ihren Eltern beobachtete. Bill hatte eine ganze Reihe von Kursen abgesagt und verbrachte seine Zeit damit, rastlos, in Filzpantoffeln, durchs Haus zu wandern. Er sprach mit niemandem, aber oft klappte er den Mund stumm auf und zu, als wolle er buchstäblich jedwede Rede im Keim ersticken. Winifred blieb tagelang im Bett. Frederica arbeitete trotzdem weiter, schon um sich einen Ausweg aus dieser Tristesse zu erkämpfen, aber auch einfach um der Bücher willen. Doch eines Abends, als sie spürte, wie bedrohlich sich die emotionalen Ängste zwischen die Schichten ihres arbeitenden Geistes drängten, beschloß sie, Daniel und Stephanie zu besuchen, um sich mit eigenen Augen zu überzeugen, wie es Marcus ging, was zu hoffen und was zu befürchten stand.

Daniel öffnete ihr die Tür. Er lächelte nicht, ließ sie aber eintreten. Sie sagte aufgeräumt: »Ich wollte nur mal kurz bei euch reinschauen. Zu Hause ist es unerträglich. So was von bedrükkend.«

Daniel hätte von seinem Heim das gleiche behaupten können, versagte es sich jedoch. Statt dessen forderte er sie auf: »Na, dann setz dich, wenn du schon mal da bist. Ich mach dir einen Tee.«

Stephanie und Marcus saßen stumm nebeneinander auf dem Sofa; sein schmächtiger Körper wurde in fast grotesker Manier von ihrem schwellenden Leib gestützt und aufrechtgehalten. Stephanie nickte Frederica so vorsichtig zu, als wäre Marcus ein Kind oder ein Kranker, der nicht gestört werden dürfe. Marcus ließ nicht erkennen, ob er sie überhaupt bemerkt hatte.

Seit Marcus zu ihnen gekommen war, hatte sich das Leben der Ortons grundlegend verändert. In den ersten zwei Tagen hatte Marcus sich nur an Daniel gehalten und wie ein kleines Kind gewimmert, sobald er sich auch nur für kurze Zeit aus seinem Blickfeld entfernte. Stephanie hatte bemerkt, wie sehr das Daniel irritierte, und sie versuchte bedrückt, seine Rolle zu übernehmen. Stundenlang saß sie in reglosem Schweigen neben dem Jungen, so wie sie früher neben Malcolm Haydock gesessen hatte. Es war in der Tat nicht sehr viel anders. Eines Tages erzählte sie ihm behutsam, daß Lucas Simmonds erneut verlegt und an seinem jetzigen Aufenthaltsort angeblich ruhiger geworden sei. Marcus hatte sie daraufhin gefragt, ob man Lucas verletzt oder ihn angegriffen habe, und als sie ihm versicherte, davon könne keine Rede sein, hatte er ihr eine Version seiner Ängste, Lucas und ihn selbst betreffend, geschildert, hatte ihr von Lucas' zerschlagenen Hoffnungen erzählt, von den Photismen, den Übertragungen, den Lichtvisionen. Sie hatte nicht viel davon verstanden, dachte aber (vielleicht fälschlicherweise), daß intellektuelles Verständnis hier auch weniger gefragt sei als »bedingungslose Akzeptanz«, und hatte sich mit der ihr eigenen Gewissenhaftigkeit daran gemacht, Marcus zu akzeptieren. Wie bei ihrer Arbeit mit Malcolm Haydock kam, bildlich verstanden, ein Element der Zähmung hinzu. Sie hatte ihm die Möglichkeit verschafft, stundenlang den Kopf in ihren Schoß zu legen und nichts weiter zu tun, als einfach nur zur Ruhe zu kommen. So fand Daniel sie immer häufiger vor, wenn er abends heimkam, und er akzeptierte ihre Heilmethode, versuchte, sich nicht einzumischen.

Jetzt ging er in die Küche, um Frederica den versprochenen Tee zu kochen, klapperte mit Kesseln und Tellern herum, tapste von Schrank zu Schrank. Frederica, die ihm bald gefolgt war, zischte: »Ist das die ganze Zeit so? Ob er je wieder gesund wird?«

»Ich weiß es nicht.«

»Und wie hältst du das *aus*?«

»Ich weiß selber nicht.« Über Daniels Gesicht huschte ein grimmiges Lächeln. Er mochte Frederica Potter nicht, und er würde ihr nicht sagen, wie er sich fühlte, er, der darüber ohnehin und grundsätzlich mit niemandem sprach. Aber die Antwort wäre gewesen, daß er es kaum noch aushielt. Als moralischer Mensch war er entsetzt darüber, wie er auf Marcus' Gegenwart reagierte und auf die Veränderungen, die mit Stephanie vor sich gingen. Nacht für Nacht träumte er von Mord, sah den bleichen, unschuldigen Marcus sein ungeborenes Kind hinschlachten, sah dieses Kind Stephanie vor seinen Augen blutig entzweireißen. Sah sich selbst, Daniel Orton, wie er Bill Potter mit Simmonds' Tranchiermesser über den Brühl verfolgte. Und am grauenhaftesten waren die vielfältigen Erstickungsvisionen. Da wälzte sich sein eigener massiger Körper versehentlich auf ein – auf das Kind, oder ein gesichtsloses, glitschiges, schweres Ungeheuer lastete auf ihm selbst und preßte ihm das Leben aus dem Leib. Seine Frau, die schwanger war und tat, was sie für richtig hielt, konnte er damit nicht belasten und ängstigen. Und Marcus tat ihm aufrichtig leid. Aber er trauerte den lachenden, sommerwarmen Tagen in der kleinen Wohnung nach, die nie wiederkehren würden. Schon aus rein praktischen Erwägungen durfte er nichts sagen: Die Wände waren dünn, die Wohnung war winzig, der Junge, trotz seiner ständigen Apathie, doch wachsam und vor allem nervös.

»Wie hältst du das *aus*, Daniel?« wiederholte Frederica.

»Es ist ja ein Ende abzusehen. Im Haus werden wir mehr Platz haben. Er wird seinen Schock mit der Zeit überwinden. Steht jedenfalls zu hoffen. Und dann kommt ja auch das Kind.«

Für einen Moment schaute er, wie so oft, wie schon in seiner Hochzeitsnacht, hinaus auf den schwarzen Gummireifen, der an seinem Gerüst hin und her pendelte, und auf den verkrüppelten alten Weißdorn und die tiefen Furchen im schlammigen, aufgeweichten Boden. Frederica trat neben ihn und folgte seinem Blick.

»Zu Hause – die Eltern – sind so passiv und kraftlos geworden, als sei es eine Schande, Energie zu haben. Ich arbeite zwar, aber ich hab' nicht das Gefühl, daß ich irgendwo dazugehöre, ich hänge richtiggehend in der Luft.«

»Ja.«

»Du dagegen – du scheinst mir fast zugekleistert zu sein mit Problemen.«

»Ach, ja«, sagte Daniel, den Blick unverwandt aus dem Fenster gerichtet. »Ich stehe in der Mitte des Lebens, nicht, da ist das ganz normal, der Lauf der Dinge eben.« Er hatte sich das selber oft und oft vorgesagt. Aber die Sorge hatte seine Kräfte abgestumpft. Zum erstenmal seit seiner Bekehrung gestand er sich ein, daß seine Energien womöglich hoffnungslos blockiert und daß ihm die Hände gebunden waren. Er spürte einen Schatten dieser Sorge in dem schmalen, törichten Mädchen neben sich.

»Du wirst schon zurechtkommen, wenn du erst auf der Universität bist. Das ist nur die leidige Warterei.«

»Das mag wohl sein. Und dir wird's auch besser gehen – sobald das Baby auf der Welt ist.«

»Ja.«

»Und Marcus?«

»Ich weiß nicht, Frederica. Er gehört nicht zu den praktischen Problemen, mit denen ich mich auskenne.«

Er stellte Teetassen und eine Packung Kekse auf ein Tablett, und sie gingen zurück in das enge kleine Wohnzimmer. Marcus' Kopf ruhte auf Stephanies Schulter; sein Körper lehnte schlaff wie der einer Strohpuppe auf dem Sofa; Hände und Beine hingen reglos herab. Sie saß plump und ungraziös wie eine widernatürliche Pietà daneben und sah mit scheinbar blindgläubiger Geduld über seinen blonden Schopf zu Daniel auf. Er hatte sie einmal aufgetaut und konnte es gewiß wieder tun. Daniel sagte zu Frederica: »Es ist eine Frage des Wartens – der Geduld – für uns alle.«

Es fiel ihm nicht leicht, dieses untätige Warten und sich in Geduld Fassen. Genausowenig wie Frederica, dachte er, aber ohne viel Mitgefühl für sie. Er gab ihr eine Tasse Tee, und dann saßen beide in ungeselligem Schweigen beisammen und betrachteten das untätig stille Paar auf dem Sofa. Ein Ende war das noch nicht, aber weil es geraume Zeit so fortdauerte, kann es genausogut hier aufhören.

Miszellen für interessierte Leser erstellt von der Übersetzerin

S. 7 *Darnley Portrait*: Das sog. *Darnley Portrait* von Elizabeth I., entstanden um 1575, stammt von einem unbekannten Maler und verdankt seinen scheinbar so beziehungsreichen Titel lediglich dem Umstand, daß ein Earl of Darnley es 1925 für die NPG angekauft hat.

S. 8 *Gloriana:* gemeint ist das sog. *Ditchley Portrait*, ein um 1590 entstandenes Gemälde, das den Hymnus des elisabethanischen Dichters George Peele auf seine Königin illustriert: »Elizabeth, great empress of the world, / Britannia's Atlas, star of England's globe, / That sways the mighty sceptre of her land, / And holds the royal reigns of Albion…«

S. 14 *negative Befähigung:* »…plötzlich verstand ich, welche Eigenschaft es ist, die einen Mann bedeutend macht, besonders in der Literatur, und die Shakespeare in so überreichem Maß besaß – ich meine die *negative Befähigung*, d. h. wenn jemand fähig ist, das Ungewisse, die Mysterien, die Zweifel zu ertragen, ohne alles aufgeregte Greifen nach Fakten und Verstandesgründen.« Zitiert nach: John Keats, Werke und Briefe, RUB 1995, S. 335 (unter Verwendung der Brief-Ü. v. Ch. Schuenke).

S. 16 *Schaut, wie er dasteht…:* Shakespeare, *König Lear*, III/6, 24 ff., zitiert nach d. Ü. v. Frank Günther, dtv-Klassik 2872, S. 155.

S. 19 *eine flüchtige Tugend:* Zitat aus John Milton, *Areopagitica*. Eine Rede an das englische Parlament über eine freie, unlizenzierte Presse. Erschienen 1644. – Ein flammendes Manifest für die Meinungsfreiheit, benannt nach den Fällen, die vor dem athenischen Gerichtshof, dem Areopag, verhandelt wurden.

S. 63 *… roh geschändet:* T. S. Eliot, *Das Wüste Land*, II, 99 f.

S. 77 *Yeats:* Zitat aus: William Butler Yeats, *The Second Coming* (Die Wiederkunft), symbolträchtiges Gedicht aus der Sammlung *A Vision* (1925).

S. 80 *Alter ist unnütz* u. folgende Zitate: vgl. Shakespeare, *König Lear*, II/4.

S. 93 *holde Gefilde:* vgl. William Langland, *The Vision of William Concerning Piers The Plowman* (1362-1390), »*A Fair field* full of folk found I there.«

S. 96 *… Gürtel um die Erde ziehn:* Shakespeare, *Sommernachtstraum*, II/1 (175).

S. 96 *Redeunt Saturnia Regna*: Vergil, Eklogen, IV,6.

S. 106 *hellen Stern:* Shakespeare, *Ende gut, alles gut*, I/1, 97.

S. 106 *Plutos Wagen:* ders., Das Wintermärchen, IV/3, 116.

S. 107 *Glaubt nicht, ich sei so dumm* u. folgende Zitate: John Webster, *Die Herzogin von Malfi* I/1. Ü. Elisabeth Plessen, Rowohlt Theater Verlag, 1985 / S. 122 f.

S. 109 *Aprikosen*: vgl. ebd., II/1.

S. 112 *Wellenschaum gefahrdrohender Meere:* John Keats, »Ode an eine Nachtigall«, Vers VI.

S. 151 *der rotweißen Rose Geviert:* Fulke Greville, *Caelica*, Sonett Nr. 82 (vgl. auch die Ekloge auf den April in Spensers *Shepheards Calendar*).

S. 154 *lieblich berauschende Sprache:* George Herbert, »The Forerunners«, Vers IV, 19 f. – Herbert (1593-1633) war neben John Donne der bedeutendste

Vertreter der englischen metaphysical poetry, vergleichbar etwa unserer Barocklyrik.

S. 209 *Polyolbion: Polyolbion* oder eine Beschreibung von Landstrichen, Flüssen, Gebirgen, Wäldern und anderen Gegenden unserer berühmten Insel Großbritannien. – Topographisches Gedicht von Michael Drayton (1569-1631) in 30 Gesängen, erschienen 1622. Das umfangreiche Werk, dessen grch. Titel wörtlich übersetzt »reich gesegnet« hieße, spiegelt in anschaulicher Weise das nationale Hochgefühl der englischen Renaissance wider.

S. 210 *Birkins Mond:* Der Schulinspektor Rupert Birkin in D. H. Lawrences *Women in Love* strebt danach, die Sexualität zu transzendieren, mit dem Ziel, daß der Liebesakt ein kosmisches Gleichgewicht schaffe, das dank der biologischen Polarität der Partner eine strikte Trennung der Eigenpersönlichkeit garantiert. Gefährdet sieht er dieses Idealmodell durch die besitzergreifende »Magna Mater«, symbolisiert durch das Mondgestirn, das er in einem symbolischen Racheakt vernichtet: Bei einem nächtlichen Picknick am See mit der Geliebten zerstört er das Spiegelbild des Mondes auf der Wasseroberfläche mit Steinwürfen.

S. 214 *spähnden Mond:* Shakespeare, *Antonius und Kleopatra*, IV/15, 64. – Ein Zitat, das an dieser Stelle als bitter-ironischer Kommentar zu Alexanders und Jennifers unseliger Liebesbeziehung zu verstehen ist, denn Kleopatra beschwört den »visiting moon« im Augenblick, da Antonius stirbt: »The crown o' the' earth doth melt. My lord! / O, withered is the garland of the war, / The soldier's pole is fall'n: Young boys and girls / Are level now with men. The odds is gone, / And there is nothing left remarkable / Beneath the visiting moon.«

S. 217 *Quid me nihi detrahis*: Ovid, *Metamorphosen*, VI, 385 f.

S. 217 *Si comme quando:* Dante Alighieri, *Divina Commedia*, Paradiso I, 19 ff.

S. 223 *Tulpe:* vgl. Samuel Johnson, *The History of Rasselos, Prince of Abissinia*, 1759. – Didaktisches Lehrstück, in dem es heißt: »The poet does not number the streaks of the *tulip*.«

S. 227 *eine blumige Sage:* John Keats, »Ode auf eine griechische Urne«, I,4.

S. 230 *deren stolze Pracht:* Edmund Spenser, *The Faerie Queene*, VIII. Buch, Canto unperfite, Nr. 1.

S. 230 *Homer:* vgl. *Ilias*, 6. Gesang, Vers 146 ff.

S. 231 *daß jedes Ding die Dauer flieht:* Edmund Spenser, *The Faerie Queene*, VII. Buch, Canto 7, Nr. 58.

S. 235 *Alpha und Omega ...:* Offenbarung des Johannes I 13 ff.

S. 235 *Langland:* vgl. Anm. S. 93 zu W. Langlands allegorischer Verserzählung *Piers the Plowman.*

S. 236 *Wenn die Toten ...:* 1. Korinther 15, 32.

S. 249 *Sir Peter Scott:* britischer Ornithologe, Künstler, Literat und Naturschützer (1909-89).

S. 254 *stolz die Fluten ...:* Zitat aus S. T. Coleridge, *The Time of the Ancient Mariner* (Die Weise vom alten Seefahrer), erschienen 1798.

S. 270 ... *Wind wie ein gewetztes Messer:* Zitat aus einer Seemannsballade von John Masefield (1878-1967) mit dem Titel »Seafever«: »I must down to the seas again, to the vagrant gypsy life, / To the gull's way and the whale's way *where the wind's like a whetted knife;* / And all I ask is a merry yarn from a laughing fellow-rover, / And quiet sleep and a sweet dream when the long trick's over.«

S. 291 *Brave Ehefrauen:* Teil II des ungemein erfolgreichen, mehrfach dramatisierten und verfilmten Romans *Kleine Frauen* von Louisa May Alcott, erschienen 1868/69.

S. 312 *Ce n'est plus...:* Racine, *Phèdre*, II. Akt, Vers 304: »Das ist keine versteckte Leidenschaft mehr, / die in meinen Adern brennt – / Das ist Venus selbst, die ihre Beute reißt.«

S. 325 *... liebe nichts in der Welt:* Shakespeare, *Viel Lärm um Nichts*, IV/1, 265.

S. 339 *Dreimal schwenk ich...:* Liedvers von Thomas Campion (*1619), von dem neben lateinischen »Poemata« und einer kritischen Abhandlung zur englischen Poesie vor allem höfische Maskenspiele und lyrische Gedichte erhalten sind, die der Autor zum Teil auch selbst vertonte.

S. 339 *Nach dem giftgen Marmorsitze...:* Zitat aus John Milton, *Comus.* Ursprünglicher Titel dieses allegorischen Schauspiels: *Ein Maskenspiel, aufgeführt 1634 in Schloß Ludlow vor dem Sehr Ehrenwerten Grafen John von Bridgewater, Statthalter von Wales.* – Der Name *Comus*, der erst in der 4. Aufl. im Titel erscheint, bezieht sich auf den Zauberer Comus, den Sohn des Bacchus und der Circe.

S. 347 *Brave Ehefrauen:* vgl. Anm. S. 291.

S. 371 *Richard Dimbleby:* (1913-65) englischer Rundfunksprecher, der durch seine Berichterstattung über historisch bedeutsame Ereignisse wie die Krönung Elizabeths II. oder das Begräbnis Winston Churchills bekannt wurde. Er hatte eine unverwechselbare Stimme und eine getragene Diktion.

S. 373 *Ach, Güter wie Geburt...:* Schlußvers aus James Shirley (1596-1666), *The Contention of Ajax and Ulysses for the Armor of Achilles* (1659). Den hier zitierten und in England immer noch sehr bekannten Vers ließ Charles I. sich gern vorsingen. Oliver Cromwell jagte er angeblich großen Schrecken ein.

S. 374 *Doch schauen sollt' ich...:* Zitat aus: Robert Browning, *Andrea del Sarto*, Dramatischer Monolog, erschienen 1855.

S. 376 *das objektive Korrelat:* Die These vom o.K., die auf den amerikanischen Maler Washington Allston zurückgeht, wurde von T. S. Eliot in seinem 1919 veröffentlichten *Hamlet*-Essay aufgegriffen und bekannt gemacht. Darin heißt es: »Wenn man ein Gefühl künstlerisch darstellen will, so geht das nur auf dem Umweg über das 'objektive Korrelat': d. h. mit Hilfe einer Reihe von Objekten, mittels einer Situation oder Ereigniskette, die speziell *diesem* Gefühl zur Veranschaulichung dienen; so daß sich im folgenden, falls die äußeren und notwendigerweise auf die Sinneswahrnehmung beschränkten Bedingungen gegeben sind, besagtes Gefühl von ganz allein einstellt.«

S. 386 *(Sir) Robin Day:* englischer Journalist und Rundfunkmoderator, geb. 1923, der durch seinen knallharten Interviewstil bekannt wurde. Days Markenzeichen: eine gepunktete Fliege.

S. 391 *was zu verbergen tödlich...:* John Milton, »On his Blindness«, Sonett Nr. 19, 1655 [?]

S. 391 *Grausam' Hirtenlied:* John Keats, »Ode auf eine griechische Urne«, V,5.

S. 391 *stummer Krug:* William Wordsworth, *Präludium oder das Reifen eines Dichtergeistes*, Buch V, Vers 137.

S. 391 *ungehörte Melodien:* John Keats, »Ode of eine griechische Urne, II, 1.

S. 392 *unberührte Braut der Stille:* ebd., I, 1.

S. 392 *Reiter, des Name hieß Tod:* Zitat aus: Johannesoffenbarung, VI, 8. – Vgl. hierzu: »Tod auf einem bleichen Pferd«, Gemälde von Benjamin West (1738-1820), das Keats ausführlich in ebendem Brief beschreibt, in dem er auch den Begriff von der »negativen Befähigung« prägt (s. Anm. S. 14).

S. 393 *»Ordnungsgedanken auf Key West«:* Gedicht von Wallace Stevens (1879-1955), einem der bedeutendsten amerikanischen Lyriker des 20. Jh.s (vgl. etwa die 1937 erschienene Sammlung *Der Mann mit der blauen Gitarre*).

S. 393 *»Dover Beach«:* 1867 veröffentlichtes Gedicht von Matthew Arnold (1822-1888). In »Dover Beach«, einem dramatischen Monolog, verquickt der Dichter die Beschreibung des nächtlichen Meeres vor der frz. Küste mit melancholischen Rückblenden auf ein romantisch verklärtes Mittelalter.

S. 407 *auch die Männer...:* Zitat aus Epheser-Brief V, 28.

S. 407 *Wer seine Frau liebt...:* Ebd., Vers 29 f.

S. 407 *Dieses Geheimnis...:* Ebd., Vers 31 f.

S. 407 *sollt ihr Frauen...:* 1. Petrusbrief, III,1.

S. 411 *O Herr, der Du kraft...:* Korintherbrief, XI, 7.

S. 420 *Auf düstrem Grund...:* Zitat aus Alfred Lord Tennyson, *In Memoriam A. H. H.*, XXXIX. Dieses 1850 entstandene, sehr umfangreiche argumentative Gedicht nimmt zusammen mit dem ebenfalls ins Philosophische reichenden Zyklus *Maud* eine Sonderstellung im Schaffen des Dichters ein. Den Anstoß zu dieser Elegie gab der frühe Tod von Tennysons hochbegabtem Jugendfreund A. H. Hallam.

S. 425 *Luder mit ihr schindet:* Anspielung auf eine gern zitierte Randbemerkung Winston Churchills in einem Staatsvertrag, die lautete: »This is the sort of English up with which I will not put.«

S. 429 *das Kind des Weibes Mutter...:* Umkehrung einer Verszeile aus William Wordsworth' Gedicht: »My heart leaps up when I behold«. »... So was it when my life began: / So is it now I am a man; / So be it when I shall grow old, / Or let me die! / *The child is father of the man*; / And I could wish my days to be / Bound each to each by natural piety.«

S. 430 *drum geht nun dorthin...:* Zitat aus John Donne, »Epithalamion on the Lady Elizabeth and Count Palatine being Married on St. Valentine's Day«, V. 51 ff. / Ü. Werner v. Koppenfels.

S. 443 *Redit et Virgo...:* Vergil, Eklogen, IV, 6. (Schon kehrt die Jungfrau zurück, Saturns Regierung kehrt wieder). – Vgl. auch 2. Anm. S. 96.

S. 453 *Fenchel:* Shakespeare, *König Lear*, IV/6, 12.

S. 453 *die Drud und ihrer Neun:* Ebd., III/4, 119.

S. 453 *Samen und Gußformen...:* Ebd., III/2, 1 ff.

S. 453 *der Knopf...:* Ebd., V/3, 311.

S. 453 *Feder und Spiegel...:* Ebd., V/3, 265.

S. 453 *Abbild jenes Schreckens:* Ebd., V/3, 266.

S. 457 *Unsre besten Tage sind nur ein Schattenspiel:* Shakespeare, *Ein Sommernachtstraum*, V/1, 215.

S. 460 *Da kriegt er Schneid...:* Shakespeare, *Hamlet*, IV/5,52 ff. (Zitiert nach d.Ü. v. Frank Günther, dtv-Klassik 2358, S. 221).

S. 471 *Caedmon:* (gest. um 680), einfacher Kuhhirte in Northumbria, dem angeblich im Traum die Gabe des Dichtens verliehen wurde (vgl. Bedes Schilderung in *Historia Ecclesiastica Gentis Anglorum*). In Whitby wurde er daraufhin als Laienbruder ins Kloster aufgenommen, mit der Dichtung angelsächs. Bibelparaphrasen betraut und ging als »Vater des englischen Kirchenliedes« in die Populärgeschichte ein.

S. 472 *Und einmal wohnte im Konvent...:* Zitat aus: Walter Scott, *Marmion*, ein Gedicht in 6 Gesängen, erschienen 1808; abenteuerlich-romantische Dichtung im Stil der gotischen Schauerromantik.

S. 472 *Der Drache symbolisiert...:* zitiert nach: C. G. Jung, *Psychologie und Alchemie*, Zürich: Rascher, 1949 / Teil III: Die Erlösungsvorstellungen in der Alchemie, S. 398 ff.

S. 476 *Tom Tiddlers Ground:* der Name eines Fangspiels, etwa vergleichbar mit unserem »Kaiser, wieviel Schritte gibst du mir?«

S. 490 *Andrew Marvell:* (1621-1678) bedeutender Vertreter der *metaphysical poets*, wirkte zeitweise als Sekretär des erblindeten Milton.

S. 493 *Königin und Jagdmeisterin:* »Queen and Huntress« heißt das Lied des Hesperus in Ben Johnsons *Cynthia's Revels* (V, 3).

S. 494 *dieser vielseit'ge Mann:* Anspielung auf eine Stelle (»that man of many parts«) des berühmten Monologs »Die ganze Welt ist Bühne« aus Shakespeares *Wie es euch gefällt* (II/7, 139).

S. 495 *die gestrengen Bürgen...:* Zitat aus: John Milton, *Comus*, a.a.O., I, 263.

S. 498 *Polyolbion:* vgl. Anm. S. 209.

S. 504 *Baron Verulam:* d.i. Francis Bacon, der diesen Titel nach der antiken Siedlung Verulanium (dem heutigen St. Albans) annahm.

S. 515 *Heuschrecke:* vgl. Prediger Salomo, 12,5.

S. 518 *zugiger Boden:* Zitat aus: John Keats, *The Eve of St. Agnes* (der St. Agnes-Abend), aus der berühmten Sammlung von 1820, Strophe 40.

S. 519 *Schein hier...:* aus: John Donne, »The Sun Rising« (Der Sonnen-Aufgang), zitiert nach J. D., *Alchimie der Liebe*, Diogenes 1996, Ü. Werner v. Koppenfels, S. 13.

S. 521 *Vergißmeinnicht...:* Shakespeare, *Hamlet*, IV/5, 173.

S. 522 *Raute:* ders., *Das Wintermärchen*, IV/3, 74.

S. 529 *High Street von Windsor:* Zum Anekdotenschatz über den für seine Weitschweifigkeit und seine langstieligen Reden bekannten Henry James gehört auch die über eine Landpartie, die er mit der befreundeten Schriftstellerkollegin und begeisterten Automobilistin Edith Wharton unternahm. In Windsor will H. James nach dem Weg fragen, läßt aber den alten Mann, bei dem er sich erkundigt, so lange nicht zu Wort kommen, daß der dem Autor schließlich erbost in die Rede fallen muß, um ihm klarzumachen, daß er sich just in der gesuchten Straße befindet.

S. 544 *»Wenn deine Herrin...«* John Keats, »Ode on Melancholy« (Ode an die Melancholie), aus der Sammlung von 1820, Strophe 2.

S. 545 *»Die Ode des Okeanus«* vgl. Roy Strong, *The Cult of Elizabeth*. Elizabethan Portraiture and Pageantry. London 1977, S. 48 ff.

S. 552 *Vénus toute entière ...:* vgl. Anm. S. 312.

S. 560 *Wodehouse:* P. G. Wodehouse (1881-1975), humoristischer Autor, dessen Protagonisten Bertie Wooster und sein Kammerdiener Jeeves mit ihren Erlebnissen aus dem »guten alten England« vor dem 1. Weltkrieg bis heute zu den populärsten Figuren der engl. Unterhaltungsliteratur gehören.

S. 578 *»Sterblicher Mond«:* Shakespeare, *Sonett Nr. 107* (zitiert nach d. Ü. v. Ch. Schuenke, Straelener Manuskripte NF 12, 1994/S. 114).

S. 580 *Bett von Ware:* Das sog. *Bed of Ware* ist ein ungewöhnlich großes Eichenbett aus dem 16. Jh., das in einer Herberge in Ware (Hertfordshire) stand und z. B. in Shakespeares *Was Ihr Wollt* (III/2) erwähnt wird. Heute ist das *Great Bed of Ware* im Victoria & Albert Museum in London ausgestellt.

S. 584 *Was da stirbt ...:* Zitat aus: *Der Prophet Sacharjo* (AT), II, 9.

S. 588 *... roh geschändet:* vgl. Anm. S. 63.

S. 595 *Siehe, ein echter Israelit ...:* Johannesevangelium I/47.

S. 609 *Alter vom Meer:* Anspielung auf eines der Abenteuer in *Sindbad der Seefahrer.*

S. 610 *Ascham:* Roger Ascham (1515-1568) war 1548 Erzieher der Prinzessin Elizabeth, die ihn 1558, in ihrem Krönungsjahr, zu ihrem Privattutor ernannte.

S. 611 *Denn Bücher sind ...:* Zitat aus John Miltons *Areopagitica* (vgl. hierzu Anm. S. 19).

S. 617 *Hochzeitsgast:* In S. T. Coleridges *The Rime of the Ancient Mariner* (vgl. Anm. S. 254) zwingt der alte Matrose den Gast einer fröhlichen Hochzeitsfeier, sich die Geschichte seiner schauerlichen Seefahrten anzuhören.

S. 622 *Charmian und Iras:* Kleopatras Dienerinnen in Shakespeares *Antonius und Kleopatra.*

S. 622 *... faselte von grünen Feldern:* Falstaffs Worte auf dem Totenbett (vgl. Shakespeare, *Heinrich V.*, II/3,17).

S. 627 *Entflohn sind die Klänge:* Zitat aus: John Keats, »Ode an eine Nachtigall«, letzter Vers.

S. 652 *Elizabeth David:* englische Kochbuchautorin (1914-1992), die ihren Landsleuten besonders die französische und mediterrane Küche nahezubringen suchte.

S. 662 *Komm in den Garten:* Zitat aus: Alfred Lord Tennyson, *Maud* (1855), Teil I, Strophe XXXII ff. – Dieses von Tennyson selbst als »kleines Melodrama« bezeichnete Gedicht (das sein Autor auch als »kleinen Hamlet« apostrophierte), charakterisiert »die Geschichte einer morbiden poetischen Seele unter dem zerstörerischen Einfluß eines merkantilen Zeitalters«. Augenfällig die Parallelen zur Figur Alexander Wedderburns in diesem »Seelendrama«, das allgemein das Leiden am Leben thematisiert und in der Gespaltenheit seiner Helden exemplarisch vorführt.

S. 669 *Wechselbalg: The Changeling*, Tragödie von Thomas Middleton & William Rowley, UA 1623.

Inhalt

Teil I: *Eine flüchtige Tugend*

Teil II: *Eine blumige Sage*
»Nun lenzt das Jahr«

Teil III: *Redit et Virgo*